新日本古典文学大系 明治編 8

河竹黙阿弥集

原 道生
神山 彰 校注
渡辺喜之

岩波書店刊行

目次

解　説

凡例

一　本巻には、河竹黙阿弥の明治期の作品から、『人間万事金世中』（明治十二年〈一八七九〉二月、新富座初演）、『島鵆月白浪』（明治十四年〈一八八一〉十一月、新富座初演）、『風船乗評判高閣』（明治二十四年〈一八九一〉一月、歌舞伎座初演）の三篇を収め、年代順に配列した。

底本には、黙阿弥の直接の関与が確実な手書きの台帳が見当らぬため、次の活字本を採用した。

人間万事金世中　『黙阿弥全集』第十三巻

島鵆月白浪　『狂言百種』第三号

風船乗評判高閣　『黙阿弥全集』第二十巻

二　本文は底本を忠実に翻刻することを原則としたが、通読の便を考慮して、次のような校訂を施した。なお、全集本と百種本とでは若干基準の異なる点がある。

1　改行

話者ごとの台詞の改行およびト書の改行は、全集本による『人間万事金世中』と『風船乗評判高閣』は底本のまとし、百種本による『島鵆月白浪』は全集本（『黙阿弥全集』第十六巻）に準じて新しく施した。また、その際、話者の頭書も全集本に従った。

2　字体

漢字・平仮名・片仮名の別は底本のままとし、原則として通行の字体に改めた。漢字は、原則として常用漢字表にあるものはそれを採用した。

3　反復記号

「ゝ」「〻」「〱」は、原則として底本のままとした。

4　傍点・括弧

傍点・括弧は、全集本による『人間万事金世中』『風船乗評判高閣』は底本のままとし、百種本による『島鵆月白浪』は全集本に準じて新しく処理を施した。

5　仮名遣い

『人間万事金世中』『風船乗評判高閣』においては、そのよる全集本が、歴史的仮名遣いを基本としながらも、若干の混乱が見られるので、改めて歴史的仮名遣いに統一した。百種本による『島鵆月白浪』の仮名遣いは底本のままとした。

6　振り仮名・送り仮名

振り仮名・送り仮名は底本のままとした。

7　清濁

仮名の清濁は適宜補正した。

8　句読点

全集本による『人間万事金世中』『風船乗評判高閣』の句読点は底本どおりとし、百種本による『島鵆月白浪』は全集本に従って新しく句読点を施した。

9　誤脱
底本の誤記は、原則として、適宜補正し、その旨を脚注で断った。脱字は適宜〔　〕によって補った。
10　役人替名
全集本による『人間万事金世中』『風船乗評判高閣』では、初演時の番付等によって役者名を補い、百種本に準じた形で表示した。百種本による『島鵆月白浪』は、底本どおりの配列・表示とし、新しく役者の姓を〔　〕で補った。
三　本文中に身体に関する不適当な表現・語句がある。これらは、今日使用すべきではないが、原文の歴史性を考慮してそのままとした。
四　本文校訂は三編とも原道生が当り、脚注は、『人間万事金世中』を渡辺喜之、『島鵆月白浪』『風船乗評判高閣』を神山彰が担当した。
五　各作品の解題は原道生が担当した。
六　脚注
1　『人間万事金世中』では、早稲田大学演劇博物館所蔵台帳（イ三六八）所載の大道具下絵および草双紙（ツ三―二三四）の図版を使用した。
2　『島鵆月白浪』の道具帳（釘町久磨次作成）と舞台写真については、国立劇場所蔵の昭和五十八年三月上演時のものを使用した。
七　巻末に付録として、「主要人名一覧」「用語一覧」、各作品の辻番付、絵本役割番付、錦絵、地図の類、およびリットン作『マネー』の梗概を掲出した。

八　『人間万事金世中』の原稿作成に関しては、中込重明氏、川口由彦氏の助力を得た。記して感謝します。

九　終わりに、貴重な資料を提供することを許諾された、国立劇場、早稲田大学演劇博物館、靖国神社遊就館に対し、厚く御礼申し上げます。

人間《にんげん》万事《ばんじ》金世中《かねのよのなか》

渡辺喜之
原道生
校注

二幕八場の翻案散切物。

〔**初演**〕明治十二年（一八七九）二月二十八日より東京新富座の二番目狂言として初演。この時の興行は一番目『赤松《あかまつ》満祐梅白旗《まんゆううめのしらはた》』、中幕『勧進帳《かんじんちょう》』、大切『魁花春色音黄鳥《かいかのはるいろねのうぐいす》』だった。

〔**成立**〕イギリスの文学者リットンの喜劇『金（原題 Money）』（一八四〇年初演）の梗概を福地桜痴から聞き、それを同時期の横浜の出来事として脚色し直した作品。黙阿弥にとっては最初の西洋種の翻案であり、戯曲を原拠とした翻案劇としては日本最初のものである。

〔**題名**〕著名な成句「人間万事塞翁が馬」をもじって目先の金銭的利欲に追われる軽薄な世相を皮肉ったもの。原題の「金」も利かせている。

〔**初演配役**〕五世菊五郎（恵府《えふ》林之助。原作のエヴリンに当る）、八世半四郎（おくら。クララ）、九世団十郎（毛織《けおり》五郎右衛門。グレーヴズ）、初世左団次（寿無田《すなだ》宇津蔵。ダッドリー・スムーズ）、三世仲蔵（辺見《へんみ》勢左衛門。サー・ジョン・ヴェシー）、二世鶴蔵（おらん。フランクリン）、五世小団次（おしな。ジョージナ）他。

〔**梗概**〕亡父の相場の失敗で財産を失った林之助の許に、突然長崎の親類から、巨額の遺産がもたらされた。それまで彼につらく当っていた強欲な縁者たちは、態度を急変して彼にとり入ろうとするが、結局彼は、貧しくとも心の美しいおくらと結婚し、立派に店を再興する。

〔**特色**〕この頃歌舞伎の欧化熱が高まり、本作もその影響を強く受けた作品とされているが、開化期の横浜の風俗を巧みに取り入れて、ほとんど翻案臭を感じさせないものとなっている。中でも、林之助とおくらの親たちを、ともに維新後一旦は成功しながらも投機その他の失敗のために没落に及んだ商人として設定しているという点には、他の散切物にしばしば取り上げられているような開化の動きに適応出来なかった旧士族といった事例とはまた異質の、当期の社会に生じた新しい問題が鋭く捉えられているといえるだろう。金銭欲に駆られて右往左往する伯父一家を戯画化しながら、最終的には、金よりも愛や誠意を重んじる主人公たちを幸福な結末へと導くというわかり易い展開によって、本作は、明るく素朴な喜劇的作品として、好評をもって迎えられている。なお、波戸場の場面では、ガス灯入りの月が評判を呼び、舞台装置や照明の発達に資するところが大きかった。

[一]第弐番目《だいにばんめ》は[二]英国《えいこく》の名誉《めいよ》の学者《がくしや》リトン氏《し》が筆《ふで》を揮《ふる》ひし[三]モニーの演劇大意《えんげきたいい》は人《ひと》のまじはりも兎角《とかく》に金《かね》へ目《め》をつけて浮薄《ふはく》にながるゝ人情《にんじやう》を[四]穿《うが》ちつくせし[五]西洋《せいやう》の狂《きやう》言《げん》[六]趣向《しゆかう》も深《ふか》き池《いけ》の端名《はたな》におふ[七]福地《ふくち》先生《せんせい》が[八]翻訳《ほんやく》なして御噺《おはなし》ありしを及《およ》ばぬ筆《ふで》に[九]横《よこ》浜《はま》へうつす脚色《しくみ》も[一〇]春《はる》の夜《よ》のおぼろに筋《すぢ》も波戸場《はとば》の月影《つきかげ》まとまり兼《か》ねしをやう〳〵に綴《つゞ》りあげしは此演劇外《このえんげきほか》へ取《と》られぬ其《そ》のうちにと[一一]座主《ざしゆ》も作者《さくしや》も俳優《はいいう》も欲《よく》が先立《さきだ》つ新狂言《しんきやうげん》

一 二番目狂言。明治十二年二月二十八日より四月二十八日まで新富座。三月一日には、前年六月新富座開業式に招待された政府お雇い外国人三十二名が、その返礼として贈った引幕の披露もかねて総見をし、翌二日には同じく天幕を贈った在横浜のオランダ人が総見(この時初めての英文の筋書ができた)、更に五日にも横浜在留の外国人が多数招待されている(田村成義編『続続歌舞伎年代記・乾』市村座、大正十一年)。 二 イギリスの名高い文学者リトン氏。エドワード・ジョージ・アール・リットン、ブルワー=リットン卿(一八〇三-七三)。一八六六年に初代男爵。Edward George Earle Lytton, Bulwer-Lytton, 1st Baron. 三 リットンの喜劇『金(Money)』。一八四〇年十二月八日-四一年五月、ヘイマーケット劇場(the Haymarket)で初演。 四 (人情の機微を)微妙な点まで描きつくした。 五 『俳優評判記』第三編に「かのち」と振仮名。 六 面白みをつける工夫を凝らして。「深き」は次の「池」にかかって行く。 七 福地桜痴。天保十二年(一八四一)-明治三十九年(一九〇六)。明治七年東京日日新聞社長となり、声望言論界を圧した彼の屋敷は、当時下谷茅町にあり、池端御殿と称されて、たびたび高官富豪を招待し、彼自身池端御前と呼ばれていた。 八 長崎に生れて、弱冠二十一歳で初めて洋行して以来、四度にわたり欧米を視察した桜痴は、西洋の文学・演劇に通じ、リットンその他の戯曲・小説を翻訳して黙阿弥・円朝等に聞かせた。 九 西洋種であることから舞台を横浜にした。外国人観客を当て込み、実際、政府お雇い外国人をはじめ多数来場した。なお、『ベルツの日記』(四二頁)参照。 一〇 「おぼろ」が「筋」もおぼつかないと続き、「月」にかかって行く。

一 人間万事金世中《にんげんばんじかねのよのなか》

（金の世の中＝二幕）

序幕

二 横浜境町辺見店の場

三 同仙元下裏借家の場

同辺見宅遺状開の場

四 毛織五郎右衛門《けおりごろゑもん》　五 市川団十郎

六 恵府林之助《ゑふりんのすけ》　七 尾上菊五郎

八 辺見勢左衛門《へんみせいざゑもん》　九 中村　仲蔵

一〇 門戸《もんと》の手代藤太郎　一一 坂東　家橘

一二 雅羅田臼右衛門《がらたうすゑもん》　一三 市川団右衛門

親類山本当助　大谷　門蔵

辺見の番頭蒙八　坂東喜知六

差配人武太兵衛　中村荒次郎

米屋宇四郎　市川猿十郎

薪屋勘次郎　小川　幸升

辺見の若者鉄造　沢村　由蔵

同　電吉　市川幡右衛門

同　荷介　坂東竹次郎

辺見の丁稚野毛松　市川　宝作

辺見の下女おえい　尾上梅三郎

一四 辺見の妻おらん　一五 中村　鶴蔵

一六 辺見の娘おしな　一七 市川小団次

一八 おらんの姪おくら　一九 岩井半四郎

二〇 林之助乳母おしづ　二一 岩井　繁松

二二 乳母の孫千之助　二三 尾上菊之助

二 新富座の座主十二世守田勘弥（一八四六―九七）。明治十一年六月、新富座は本建築がなり、七日・八日、洋風による落成開場式を行なった。この時外国公使、大臣など朝野の名士を招待し、役者は燕尾服、座方関係者はフロックコートで挨拶したのが話題となった。勘弥は、歌舞伎の欧化改良を推進した中心人物であったが、翌十二年九月外人の一座を劇中劇に加えた『漂流奇談西洋劇（ひょうりゅうきだんせいようかぶき）』という合同劇で失敗し、以後彼の欧化熱は急速に冷める。

以上三頁

一「人間」は、世の中、世間、の意。この単刀直入な題名は元の僧熙晦機の七律から引かれ、人口に膾炙した「人間万事塞翁馬（さいおうがうま）」をもじったものか。先行の同類の題は、滑稽本・艶本・黄表紙に『人間万事虚誕計（うそばつかり）』『人間万事裏表』『人間万事塞翁馬』『人間万事西行猫（さいぎょうがねこ）』『人間万事二一天作五』『人間万事吹矢的』等がある。また、シェイクスピアの『ヴェニスの商人』を翻案した『何桜彼桜（さくらどき）銭世中』（明治十八年五月、大阪戎座）にこの題名が影響を及ぼしている。「金」はリットンの劇『マネー』を利かしたもの。

二 現、横浜市中区日本大通り。公園の北、外国人居留地と日本人街の境目に位置し、関内のほぼ中央部にある。明治元年居留地拡張の折、旧太田町六丁目と坂下町二ケ町が合併し、境町一・二丁目となった。本作中の辺勢の店は、現在の日本銀行があるあたりの一画にあったということになる。台帳1では「横浜弁天通逸見勢店の場」。台帳2では「横浜堺町辺清内の場」。

三 現、中区元町。元町を見下す浅間山（せんげんやま）にあった仙元宮（せんげんみや）の崖下のことと思われる。仙元宮については『横浜開港側面史』補遺（横浜貿易新報社、明治四十二年）に「前田橋の山の上

（辺見店先《へんみみせさき》の場《ば》）＝[二四]本舞台《ほんぶたい》[二五]上手《かみて》へ寄《よ》せて[二六]三間《げん》の間《あひだ》[二七]常足《つねあし》の二重《ぢゆう》、[二八]金網《かなあみ》の蹴込《けこ》み、[二九]下《しも》の方《かた》二間《けん》の[三〇]落間《おちま》、この正面土蔵《しやうめんどざう》の入口《いりくち》、二重《ぢゆう》の正面上《しやうめんかみ》の方《かた》一間《けん》、中仕切《ちゆうじき》りのある間平戸《まひらど》の戸棚《とだな》、この前《まへ》に帳場格子《ちやうばがうし》、真中《まんなか》一間《けん》[三一]大阪格子《おほさかがうし》の出這入《ではひり》、下《しも》の方《かた》一間《けん》の板羽目《いたばめ》、これへ状差《じやうさ》し帳面《ちやうめん》などを書割《かきわ》り、五間《けん》の間《あひだ》一面《めん》の瓦庇《かはらびさし》、[三二]軒口積《のきぐちつみ》問屋《どんや》の板看板《いたかんばん》その外[三三]蒸汽船《ほかじようきせん》の名《な》を記《しる》したる板札《いたふだ》を大分《だいぶん》に掛《か》けてあり、例《いつも》のところ門口《かどぐち》、此《こ》の外正面《そとしやうめん》ペンキ塗《ぬ》りの板塀《いたべい》、総《すべ》て横浜境町積問屋《よこはまさかひちやうつみとんや》見世先《みせさき》の体《てい》、上手帳場格子《かみてちやうばがうし》の内《うち》に[三四]蒙《もう》八、散髪《ざんばつ》鬘羽織《かづらはおりき》着流《なが》し前垂掛《まへだれが》けの番頭《ばんとう》にて[三五]帳面《ちやうめん》を付《つ》けて居《ゐ》る、下手落間《しもておちま》の前《まへ》に[三六]鉄造《てつざう》、電吉《でんきち》、荷介何《にすけいづ》れも散髪鬘《ざんばつかつらき》着流《なが》し前垂《まへだ》れ掛《が》けの若《わか》い者《もの》にて、銘々《めい〳〵》荷拵《にごしら》へをして居《ゐ》る、[三七]野毛《のげ》松散髪《まつざんばつ》の丁稚《でつち》にて取散《とりちら》してある縄《なは》を片付《かたつ》けて居《ゐ》る、[三八]この見得《みえ》玩具《おもちや》の木琴《もくきん》の入《い》りし[三九]浜唄《はまうた》にて幕明《まくあ》く、

鉄造　もし番頭《ばんとう》さん、[四〇]神戸《かうべ》行《ゆ》きの海上丸《かいじやうまる》へ積込《つみこ》む荷物《にもつ》は、これで仕揚《しあが》り、

電吉　これから直《すぐ》に積出《つみだ》さうとも、少《すこ》しも差支《さしつか》へはございませんから、

に祭り奉るは浅間山仙元宮にて実に尊き御神なり。元は当村（横浜村）に御座候所異人館出来に付き当山に移したまふ。是より見はらす景色は異人館を残らず目の下に見おろし、…海の方には五ケ国の船々入まじりて都（すべ）て二里四方を目の前に見渡し、当所第一の見処なり」とある。また、幕末、横浜に遊学した高橋是清の『高橋是清自伝』（千倉書房、昭和十一年）には、「浅間山下の酒屋」「浅間山下の洗濯屋」という言い方が出てくる。もっとも、慶応四年（一八六八）春再版の『横浜明細全図』（師岡屋伊兵衛）には「浅間下」という地名が、芝生（うしほ）村（現、西区浅間台、浅間町）の一画にあるが、本作中（二一頁一一行）、千之助が「祖母さんが…異人さんの洗濯屋の下仕事をして」と言っているので、当時クリーニング屋が多くあった元町の方ではないかと考える。『俳優評判記』第三編にも、乳母が林之助を育ててから「其後元町の浅間下へ世帯を持たる所」とある。台帳2では「浅間下裏借屋の場」。**四** リットンの『マネー』ではグレーヴズ（＝五郎の音）に当る役。**五** 九世。天保九年（一八三八）—明治三十六年（一九〇三）。本興行当時は四十二歳。**六**『マネー』の主人公エヴリン（＝恵府〈ふえ〉林〈りん〉）に当る。**七** 五世。天保十五年（一八四四）—明治三十六年（一九〇三）。当時三十六歳。**八**『マネー』の「けちんぼジャック」ことサー・ジョン・ヴェシー（ヴェセー＝辺勢〈へんせい〉）。**九** 三世。文化六年（一八〇九）—明治十九年（一八八六）。当時七十一歳。
一〇 主人の門戸藤右衛門は『マネー』の中のモードーントに当る。藤太郎に当る人物は『マネー』にはおらず、弁護士シャープが遺言状読上げに同行する。**一一** 初世。弘化四年（一八四七）—明治二十四年（一八九一）。当時三十三歳。柔らかい台詞回

荷介　どうか帳面《ちやうめん》へ間違《まちが》はないやうに、控《ひか》へておいておくんなさい。

蒙八　いや貴様達《きさまたち》が間違《まちが》へればとて、おれの記《しる》した帳面《ちやうめん》に間違《まちが》ひのあつた例《ためし》はない、余計《よけい》な心配《しんぱい》はせぬが好《よ》い。

野毛　そんな[一]口綺麗《くちぎれい》なことを言《い》つて、[二]お前《まへ》さんの顔《かほ》のやうに又凹《またへこ》んぢやいけませんよ。

蒙八　えゝ、この[三]才槌《さいづち》めが、引込《ひつこ》んで居《ゐ》ろ。

ト爰《こゝ》へ奥《おく》より、おえい下女《げぢよ》のこしらへにて盆《ぼん》へ[四]茶碗《ちやわん》を四《よッ》つ載《の》せて持《も》つて出《い》で、

えい　皆《みな》さん御苦労《ごくらう》でござります、お茶《ちや》でもあがつてお出掛《でか》けなさい。

蒙八　いや、さう気《き》が付《つ》いてくれるから、どうでもおえいどんは頼《たの》もしい、みんなもわしの[五]相伴《しやうばん》をさつしやい。

鉄造　わたし共《ども》こそ[六]力業《ちからわざ》をして、だいぶ息《いき》が切《き》れたから、

電吉　茶《ちや》の一杯《ばい》も呑《の》まないぢやあ、[七]波戸場《はとば》へ担《かつ》いで行《ゆ》かれぬが、

荷介　蒙《もう》八さんは帳場《ちやうば》へ坐《すわ》り、骨《ほね》なんぞは折《を》れない筈《はず》だ。

えい　ほんにお前《まへ》さん方《がた》三人《にん》に、汲《く》んで来《き》たのでございますよ。

蒙八　[八]いや人目《ひとめ》があるゆゑさうは言《い》へど、わしに呑《の》ませようと持《も》つて来《き》たの

しから「鳩ぽっぽ」という仇名がついていた。一二『マネー』のグロースモア(=雅羅の音)。台帳2では「臼杵嘉右衛門」。一三 初代。?―明治二十二年(一八八九)。一四『マネー』ではサー・ジョンは妻を亡くしているが、かわりに異父(母)姉妹であるレイディー・フランクリン(=らん)が出てくる。一五 二世。天保二年(一八三一)?―明治二十三年(一八九〇)。一六 サー・ジョンの娘ジョージナ(=しな)に当る。一七 五世。嘉永三年(一八五〇)―大正十一年(一九二二)。当時三十歳。一八『マネー』のヒロイン、クララ(=くら)・ダグラスに当る。一九 八世。文政十二年(一八二九)―明治十五年(一八八二)。当時五十一歳。「眼千両」と言われた美貌の女方。二〇『マネー』ではスタントンという名前だけで舞台に登場しないが、作中たびたびエヴリンに母の恩人として言及される。二一 文政九年(一八二六)?―明治二十六年(一八九三)。二二『マネー』にはこれに当る人物はいない。二三 二世。明治元年(一八六八)―明治三十年(一八九七)。当時十二歳。五世菊五郎の養子。後に小説から映画にもなった『残菊物語』で知られる。二四―三〇 →用語一覧。三一 戸の横桟に格子を細く組んで小障子を付したもの。三二「船積問屋」の略。江戸時代からの委託問屋の一つで、諸国の産地から引き受けた荷物を、消費地の荷受問屋へ積み出した。三三 台帳2では「太平丸快乗丸」とある。三四「啓蒙」をもじったものか。台帳2では「藤八」。三五 底本「張面」を直す。三六 鉄道・電信という文明開化を象徴するものを踏まえた命名。三七 横浜の地名、野毛(野毛山、野毛町)に因む。台帳2では「時松」。三八 →用語一覧。三九 漁師の唄を模倣した歌舞伎下座唄の一つ。海岸の場に囃子として用いる。早くは、鶴屋南北の『天竺徳兵衛韓噺(てんじくとくべえいこくばなし)』で徳兵

野毛　ぢや、呑《の》んでやるから爰《こゝ》へ出《だ》しな。（ト皆々《みなく》茶《ちや》を呑《の》むことよろしく。）

えい　おい〱おえいどん、おいらにも茶《ちや》をくれないのか。

野毛　いえ〱お前《まへ》は、大《おほ》きな形《なり》で遊《あそ》んでばかりおいでだから、お茶《ちや》も何《なに》もいらぬわいなあ。

蒙八　えゝ何《なん》で遊《あそ》んでゐるものか、縄《なは》九からげの手伝《てつだ》ひをして、一人前《にんまへ》は働《はたら》いて居《ゐ》らあ。

野毛　これ〱野毛松《のげまつ》、ふざけるな、小僧《こぞう》のくせに利《き》一〇いた風《ふう》に、茶《ちや》など呑《の》むには及《およ》ばぬことだ。

蒙八　いや小僧《こぞう》だつて番頭《ばんとう》だつて、開化《かいくわ》一一の世界《せかい》は同《おな》じ権《けん》一二だ、さう安《やす》くして貰《もら》ひますまい。

野毛　えゝ、ふざけたことを言《い》やあがるな。

蒙八　これ〱野毛松《のげまつ》、茶《ちや》が呑《の》みたけりやあ台所《だいどこ》へ行《い》つて、手前《てめへ》の勝手《かつて》に汲《く》んで呑《の》め。

鉄造　どこの家《うち》でも小僧《こぞう》の分《ぶん》まで、茶《ちや》を汲《く》んで来《き》て呑《の》ませるものか。

電吉　早《はや》く貴様《きさま》も出世《しゆつせ》をして、肩揚《かたあ》一三げの下《お》りた着物《きもの》を着《き》やれ。

荷介　呑《の》みたくばお前《まへ》にも、今汲《いまく》んで来《き》てあげるわいなあ。

えい

衛が門付に来る場でもこれが使われている。

四 神戸は横浜と同じく、幕末（実際の神戸開港は一八六八年一月一日）から明治初年にかけて外港として急速に発展する。明治十年代、横浜から神戸行の蒸気船名には和歌浦丸・東海丸・つるが丸などが見える（『横浜毎日新聞』明治十二年一月三十一日その他）。海上丸は架空の船名であろう。台帳2は「太平丸」。

以上五頁

一「口清らか」に同じ。物言いが立派である。

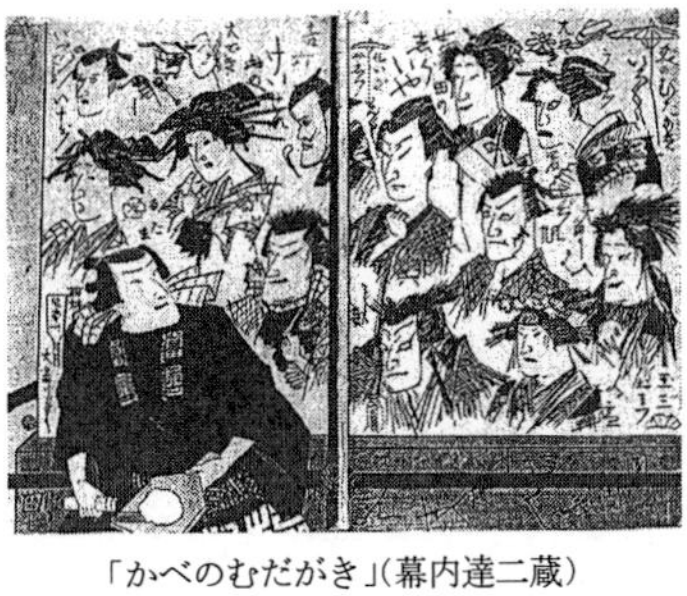

「かべのむだがき」（幕内達二蔵）

二 番頭蒙八を初演した坂東喜知六は、前頭部が突出し、顎がしゃくれていたため、「ちりれんげ」という仇名がついていた。『繰返開花婦見月（くりかえすかいかのふみづき）』に「（吉）…是れからおらあ船を借りてすばりで川をさがして見よう。（三助）すばりをするより網を借りて、散蓮華という渾名だから、すくった方が早かろう」。七世坂東三津五郎は次の話を伝えている。「この芝居には、父の弟子の坂東喜知六と云ふのが、股潜りの若衆

蒙八　おえいどん打捨《うつちや》[一]つておかッし、そんなことをすると癖《くせ》になります。

野毛　えゝ夜這《よばひ》[二]に行つてはじかれた癖《くせ》に、女《をんな》の肩《かた》を持《も》つても無駄《むだ》なことだ。

蒙八　うぬ、そんなことを吐《ぬ》かしをつて。（ト算盤《そろばん》を持《も》つて立掛《たちかゝ》る。）

野毛　やあ、はじかれ番頭《ばんとう》[三]が算盤《そろばん》を持《も》つた。

蒙八　えゝ、どうするか見《み》やあがれ。

ト野毛松《のげまつ》を追回《おひまは》す。爰《こゝ》へ奥《おく》より勢左衛門《せいざゑもん》[四]散髪《ざんぱつ》の白髪鬘《しらがかつら》羽織《はおり》着流《きなが》しにて出来《いでき》たる、野毛松《のげまつ》奥《おく》へ逃込《にげこ》むゆゑ、蒙《もう》八勢左衛門《せいざゑもん》を打《う》たうとして心付《こゝろづ》き、

やあ、こりや違《ちが》つた。

勢左　蒙《もう》八どん、何《なん》の真似《まね》だ。

蒙八　[五]そろばん先《さ》きの杖《つゑ》、いや、間違《まちが》へました。

勢左　いゝ年《とし》をして小僧《こぞう》を捉《とら》へ、馬鹿《ばか》な真似《まね》をさつしやらずと、積込《つみこ》みの荷《に》の間違《まちが》はぬやうに、帳《ちやう》へちやんと控《ひか》へさつしやい。

蒙八　へい、もうちやんと控《ひか》へました。どれ手水《てうづ》[六]にでも行《い》つて来《こ》よう。（ト[七]つんとして奥《おく》へはひる。）

勢左　これおえい、貴様《きさま》も何《なん》で女《をんな》のくせに、見世先《みせさ》きへ出《で》て遊《あそ》んで居《ゐ》るのだ。

で出てゐました。この喜知六と云ふ人は、顔がしやくれてゐましたので、ちりれんげと云ふ仇名があつたほどで、もと〳〵三枚目の、とてもをかし味のある役者でしたが、また何とも云へない色気を持つた役者でした。その喜知六が、編笠をとつて、助六の股を潜るのですが、さぞいい男だろうと思つて、編笠をとるのを見ると、ちりれんげなので、見物がドッと来るのでした。九代目（をぢさん）も、「こんないい股潜りはない」と云つて感心してゐました」（井上甚之助『三津五郎芸談』和敬書店、昭和二十五年）。
三「才槌頭」の略。胴の部分がふくれた小形の木の槌である木椎のように後頭・前頭が突き出ている。頭部をめぐる悪態の応酬になっている。
四 底本「茶腕」を直す。
五「相伴」は、供応の席につらなって正客の相手をし、みずからも供応を受けることをいう。蒙八は、正客気どりで若い者に茶をふるまってやろうと取りすまして言っている。
六 力を要する仕事。肉体労働。
七 波止場へ荷物を運び込む様子は横浜の開化の浮世絵にしばしば描かれた当時の風物誌(「横浜海岸通之図」明治三年、歌川広重〈三代〉画など)。
八 番頭役は大抵鼻の下が長い人物に造型される。
九 縄で縛りくくる仕事。梱包作業。
一〇 知ったかぶりに。なまいきに。歌舞伎で商家の丁稚・小僧はよくなまいきな口を利き、番頭などをからかう。
一一「開化」は当時「文明開化」として最も流行した言葉。本作中でも盛んに使われる。小僧が使うところが面白い。
一二「権」は人が当然のこととして自己を主張し、行動することのできる権利。right の訳語。「同権」という言葉は福沢諭吉『文明論之概略』(福沢蔵版、明治八年)第三章に「文明の本旨は上下同権に在るに非ずや」とあり、『富士額男女繁山(ふじびたいつくばのしげやま)』でも

えい　いいえ、遊《あそ》んでは居《を》りませぬ、荷拵《にごしら》へのお見世《みせ》の衆《しゆう》へ、お茶《ちや》を汲《く》んで参《まゐ》りました。

勢左　えゝそれが余計《よけい》な世話焼《せわや》きだ、余所《よそ》から来《き》た客《きやく》ぢやアあるめえし、茶《ちや》が呑《の》みたけりやあ勝手《かつて》に呑《の》むわ、茶《ちや》を汲《く》んで来《く》る暇《ひま》があるなら、八台所《だいどこ》へ行《い》つて雑巾《ざふきん》でもさせ。

えい　はい〳〵、御免下《ごめんくだ》さりませ。（トつんとして奥《おく》へはひる。勢左衛門若《せいざゑもんわか》い者《もの》三人《にん》に向《むか》ひ、）

勢左　又貴様達《またきさまたち》も貴様達《きさまたち》だ、荷拵《にごしら》へが出来《でき》たなら早《はや》く波戸場《はとば》へ持《も》つて行《ゆ》くがいゝ、九物《もの》の高《たか》い横浜《よこはま》に居《ゐ》て一〇大飯《おほめし》を喰《く》ふ奉公人《ほうこうにん》に、遊《あそ》んで居《ゐ》られてたまるものか。

鉄造　どれ、それぢやあ今《いま》のうち、

電吉　波止場《はとば》へ行《い》つて船《ふね》の中《なか》へ、

荷介　積込《つみこ》んでしまふとしよう。

勢左　積込《つみこ》む時《とき》にひよろついて、海《うみ》へ荷物《にもつ》を落《おと》すまいぞ。

鉄造　一一よい〳〵ぢやアあるめえし。

勢左　何《なん》だと。

「何卒（なにとぞ）男女同権になりたき事を希望なし」と既に使われている。台帳2には「是内の旦那でも爰に居る番頭さんでもこの時松でも皆同じ皇国の人民だ。そんなにせいでもいゝじやあないか。サアわしにも早く持つて来ておくれ〳〵」とある。一三 肩揚げは子供物の衣類の裄（ゆき）を肩の所に縫い上げておくもの。成長するとそれをおろして着るようになることから、ここは早く成人しろの意。

以上七頁

一 打ち捨てておきなさい。放っておけ。
二 夜、相手の寝所へ忍び入って、こばまれ、はねつけられた。三「はじく」と「算盤」を掛ける。女に振られ、はじかれた番頭が、指先を使って珠をはじく算盤を持ったと冷やかす。
▽勢左衛門登場。野毛松退場。
四『俳優評判記』第三編に「仲蔵の辺勢は申分なし拵へから気味合云に云れぬうまみ大当り〳〵」と評され、『続続歌舞伎年代記・乾』では「登場人物何れも原作を傷けまじと注意せる痕跡十分あらはれとりどり出来栄見えたるが取分け仲蔵の辺見勢左衛門見るから頑冥不霊金銭の外眼中何物をも認めざる強慾の人物を写して余りある可く軽妙のしぐさ群を抜て最も妙を極めたり」と絶讃されている。五 諺「転ばぬ先の杖」の洒落。六「てみづ」の音便。手・顔などを洗う水から転じて、厠（かわや）、便所のこと。
▽蒙八退場。
七 すまして愛想なく。このあと勢左衛門に叱られて、おえいもまた、同じ様で退場する。小言のうるさい主人に対する奉公人のささやかな抵抗を示すおかしみ。八 台所で雑巾でも縫っていなさい。「さす」は、（縫針を）刺す。針仕事。
▽おえい退場。

鉄造　いえ、よろしう[一]ございます。

勢左　よろしくなくツてどうするものか。（トこれにて三人件《にんくだん》の荷物《にもつ》を担《かつ》ぎ下手《しもて》の方《かた》へはひる。勢左衛門下《せいざゑもんした》[二]に居《ゐ》て、）いや人《ひと》[三]を使《つか》へば使《つか》はるゝと、少《すこ》しでも目《め》が放《はな》れると奉公人《ほうこうにん》め等《ら》がふざけてならぬ。それに因果《いんぐわ》[四]とこの家《うち》ほど喰《くら》ひ[五]潰《つぶ》しの多《おほ》い家《うち》はない、一人《ひとり》[六]の甥《をひ》を拠《よんどこ》ろなく家《うち》へ引取《ひきと》りおいてやると、又女房《またにようばう》の一人《ひとり》[七]の姪《めひ》を余儀《よぎ》[八]なく引取《ひきと》ることになり、十人《にん》[九]からの暮《くら》しゆゑ喰《くは》せるばかりも年《ねん》に積《つも》ると三百円《ゑん》ではあがらぬから、余《よ》程稼《ほどかせ》がにや引合《ひきあ》はぬわい。

ト思案《しあん》の思入《おもひいれ》、やはり木琴入《もくきんい》りの浜唄《はまうた》になり、花道《はなみち》より臼《うす》右衛《ゑ》門《もん》散髪《ざんばつ》鬘《かづら》羽織《はおり》着《き》流《なが》し駒下駄《こまげた》がけ、襟巻《えりまき》[一〇]獺虎《らつこ》[一一]のしやつぽ[一二]を冠《かぶ》り出《い》で、直《すぐ》に舞台《ぶたい》へ来《きた》り、門口《かどぐち》にて内《うち》をのぞき、

臼右　勢左衛門《せいざゑもん》さん、お見世《みせ》にござつたか。（ト内《うち》へはひる。）

勢左　いよ、これは臼右衛門《うすゑもん》さん、よくござつた、まあこつちへ上《あが》らつしやい。

臼右　いゝ儲《まう》け口《ぐち》でもないかと思《おも》つて、ぶらりとこつちへ出《で》かけて来《き》ました。

ト二重《ぢゆう》へあがり、よろしく住《すま》ふ。

九 当時、横浜は外国貿易で景気が良かった代りに、物価も急騰していた。「勧商局報告 明治十一年十一月末日物価電報表」(『朝野新聞』同年十二月三日)によると、米一石(単位は「、」が円)

東京	七、三八五	青森	五、一六三
大坂	六、三六〇	名古屋	六、八〇三
横浜	七、七〇〇	広島	六、一七〇
兵庫	六、二六〇	下ノ関	五、七一〇
堺	六、〇五〇	熊本	六、六二一
仙台	五、八八二	函館	五、九六〇

他に、麦、塩、油、綿、生糸、綿糸、茶、石炭、砂糖についてそれぞれの地での物価が記載されている。一〇 食費がかさむ。大飯食(おおめしくらい)。

一一 手足が麻痺して歩行が困難になる病気の俗称。ここはそれにかかっている人、中風病みなど。老役者仲蔵へのからかいもあるか。

以上九頁

一 何でもありません。「よいよい」を言い繕う。

二 坐って。三 諺。人を使うという事は楽なようでも気苦労が多く、かえって人に使われているようにつらいものである。四 不運なめぐり合せで。五 穀潰(ごくつぶし)。食べるだけで何の役にも立たない奉公人が多いと不平をこぼす。

六 勢左衛門の実弟恵府林左衛門の子、林之助。

七 おらんの姪、倉田おくら。『マネー』では、ジョン・ヴェシーは、遠縁のエヴリンと自分が名付親となった孤児のクララを家においている。

八 仕方なく。九 十人以上の。舞台に登場するだけで十一人いる。

一〇 明治五、六年頃から流行。当時の風俗画に襟巻を着けた者が描かれ、「狐、兎、皮付襟巻行はる」「舶来白の襟巻大に行はる」等の記事が見える(石井研堂『明治事物起原』第十七編衣装部)。

一一 もとアイヌ語。カワウソに似ているが尾は

勢左　今《いま》も一人《ひとり》で考《かんが》へてをつたが、知《し》つての通《とほ》りわしの家《うち》は十人《にん》からの暮《くら》しゆゑ、どんなにしても家《うち》の掛《かゝ》りが月《つき》に三十円《ゑん》は堅《かた》くかゝり、其《そ》の外地《ほかぢ》代《だい》や商法《しやうはふ》[一三]の税《ぜい》で十円《ゑん》づゝはきつと出《で》るから、積問屋位《つみどんやぐらゐ》で斯《か》うして居《ゐ》ては所詮残《しよせんのこ》る所《とこ》へ行《ゆ》かぬから、石炭油《せきたんゆ》[一四]の出《で》る山《やま》でも見出《みだ》して、何万円《なんまんゑん》といふ大金《おほがね》の蔓《つる》にでも取付《とりつ》きたいものだ。

曰右　先《ま》づわしの目的《もくてき》では、毎年箱根《まいねんはこね》[一五]や伊豆《いづ》の熱海《あたみ》が夏季《なつき》になると繁昌《はんじやう》するゆゑ、もつと手近《てぢか》な大山《おほやま》[一六]の麓《ふもと》へ温泉《をんせん》を開《ひら》いて、東京中《とうきやうぢゆう》の地獄《ぢごく》[一七]を残《のこ》らず狩集《かりあつ》め、湯女《ゆな》[一八]と号《がう》して娼妓《しやうぎ》[一九]をさせ湯場《ゆば》[二〇]と貸座敷《かしざしき》[二一]の元締《もとじめ》をしたら、きつと金儲《かねまう》けが出来《でき》ると思《おも》ふが、此《こ》の企《くはだ》てはどうでござらう。

勢左　成程《なるほど》それは好《い》い思《おも》ひ付《つ》きだが、大山辺《おほやまへん》で湯《ゆ》の湧《わ》き出《で》る場所《ばしよ》でも見出《みだ》してござつたのか。

曰右　いや其《そ》の目途《もくと》はまだ立《た》たぬが、不動《ふどう》[二二]が祀《まつ》つてあるからは、湯《ゆ》が湧《わ》き出《で》るに違《ちが》ひない。

勢左　そりや又《また》どういふ見込《みこみ》があつて、

曰右　はて不動明王《ふどうみやうわう》の真言《しんごん》[二三]にも、[二四]あびるおんせんそわかと言《い》ひます。

勢左　えゝ、落《おと》[二五]し咄《ばな》しか、馬鹿々々《ばかばか》しい。

円筒状で短く、後ろ足に水かきを持つ。体長一メートル《メー トル》。体毛は濃褐色で銀毛が交じり、稠密で柔かく光沢があり、毛皮として珍重される。**三** 帽子。フランス語の chapeau から。シャップ、シャポーとも。幕末から明治にかけて使われた著名な外来語の一つ。『繰返開花婦見月《くりかえすかいかのふみづき》』の六三郎、『富士額男女繁山《ふじびたいつくばのしげやま》』の妻木繁も散髪鬘にシャッポという出で立ち。**一三**「商法」は、あきない、商売の意。明治十一年に制定された「地方税規則」に「営業税並に雑種税」というものがあり、また遠藤湘吉「財政制度」(『講座　日本近代法発達史』4、勁草書房、昭和三十三年)の中の「租税及び印紙収一覧表」をみると、決算額として八〇パーセント《パーセント》以上をしめる地税(地租)と並んで、鉱山税、酒類税、煙草税、証券印紙税、船税、車税、会社税、度量衡税等、多様な税の種類があがっている。**一四** 石油のこと(石井研堂前掲書第十一編農工部)。**一五** 江戸時代の末から、薬湯と呼ばれる温泉が箱根や熱海にあり、人々が押しよせた(『横浜市史稿・風俗篇』臨川書店、昭和六十年)。また、泉湯といわれる温泉場が明治七年に東京で当り、温泉の流行が話題とされる。『月梅薫朧夜《つきのうめかおるおぼろよ》』でも池上温泉朝日楼が舞台となり、「(九郎)近頃しきりに衛生の論が盛んに温泉流行《おんせんばやり》、箱根熱海は言ふに及ばず、伊香保磯辺の繁昌も、今言ふ汽車の便利から、しかし遠くへ行かずとも、爰《ここ》の家に泊つてゐると、箱根にゐるも同じ事だ。七湯廻りをするよりも、東京内の温泉を方々歩くが気散じだ」とある。『繰返開花婦見月《くりかえすかいかのふみづき》』には、桜木町の桜風呂の話が出てくる。**一六** 神奈川県中央部丹沢山地の南東端にある山。雨降《あふり》山。阿夫利山。古来修験道場として知られ、阿夫利神社、大山寺

両人　はゝゝゝ。

ト煙草《たばこ》をのみ居《ゐ》る、やはり木琴《もくきん》入りの浜唄《はまうた》になり、花道《はなみち》より林《りん》之《の》助《すけ》散髪《ざんばつ》鬘《かづら》羽織《はおり》着流《きなが》し駒下駄《こまげた》にて小《ち》さな風呂《ふろ》敷包《しきづゝ》みを持《も》ち、後《あと》より以前《いぜん》の荷介《にすけ》出来《でき》り、

荷介　もし林之助《りんのすけ》さん、今《いま》お帰《かへ》りでござりますか。

林之　おゝ荷介《にすけ》どんか、今帰《いまかへ》りました、お前《まへ》は何処《どこ》へ行《ゆ》きなすつた。

荷介　今波戸場《いまはとば》へ荷《に》を積込《つみこ》みに行《ゆ》きましたが、[二]判取《はんとり》を忘《わす》れたゆゑ取《と》りに帰《かへ》つたのでござりまする。

林之　それでは又《また》、[三]いゝ、れこが大小言《おほこごと》であらう。

荷介　なに、朝《あさ》から晩《ばん》までの小言《こごと》ゆゑ何《なん》とも思《おも》ひはしませんが、お前《まへ》さんは[四]奉公人《ほうこうにん》と違《ちが》つて[五]現在《げんざい》の甥御《をひご》さんでありながら、私共同様《わたくしどもどうやう》にあゝがみ〳〵おつしやるとは、実《じつ》に喧《やかま》しい旦那《だんな》でござります。

林之　浮沈《うきしづ》みとはいひながら、親《おや》に死《し》なれ家《いへ》に離《はな》れ、便《たよ》りない身《み》に親類《しんるい》の伯《を》父《ぢ》の家《うち》へ居候《ゐさうらふ》、[六]朝晩箸《あさばんはし》の上《あ》げ下《おろ》しに、やれ喰潰《くひつぶ》しの意気地《いくぢ》なしのと、口汚《くちぎた》なく追《お》ひ使《つか》はれこんな悔《くや》しい事《こと》はない、[七]掛取《かけとり》にでも出《で》た時《とき》が少《すこ》しはこつちの[八]寿命延《じゆみやうのば》し、家《うち》へ帰《かへ》れば又《また》がみ〳〵、伯《を》父《ぢ》の小言《こごと》を聞《き》かねば

（たいさんじ）がある。標高一二五三メートル。神社の祭神は雨乞いの神とされ、江戸時代から信仰のための登山が行われたが、「大山詣り」の習慣は明治初期においても盛んであった。『横浜開港側面史』補遺（横浜貿易新報社、明治四十二年）には古老の回顧雑話として、明治五、六年、大山石尊詣りで、人力車を買い切った東京の石屋講と駕籠で行く横浜のお備（そな）講とが七日七夜大喧嘩をし、戸塚に血の雨を降らしたという逸話が残っている。

一七　ひそかに売春行為をする女。私娼。

一八　温泉宿にいて入浴客の世話や接待をする女。

一九　特に公認された売春婦。公娼。

二〇　湯のある場所。浴場。

二一　女郎屋の言い換え。

二二　「不動明王」の略。大日如来が一切の悪魔を降伏（ごうぶく）するために忿怒の相を現したもの。色黒く、眼を怒らし、両牙を咬み、右手に降魔（ごうま）の剣を持ち、左手に縛の索を持つ。大山の中腹あたりに不動様があることは幕末の歌川貞秀の浮世絵でもわかる。

二三　真実の語。仏の言語。梵語 mantra の訳語。呪。陀羅尼。

二四　密教で大日如来を祈る時の呪文「あびらうんけんそわか（阿毘羅吽欠蘇婆訶）」をもじった洒落。上の五文字に一切諸法が含まれているとされ、下の梵語からきた三語は、真言陀羅尼の終りにつける語で、功徳あれ、成就あれなどの意。

二五　山口又市郎『開化自慢』（大阪、明治七年）初編上に以下の件がある。「武太郎「…それほどおまへが智者ならば、やりそこないはなささうなものじやが、此間の石炭油の一件、くらがり峠の山裾を、むちやくちやに掘ちらさせた、人足賃から諸雑用、大分御隠居さんに損をさせたではないか、あれがほんのお先キまつくらがり峠で、全体あのやうな

荷介　ならぬが、あんまり小言《こごと》は[九]どつとせぬものではないか。

林之　[一〇]その内《うち》にもわたくしは大嫌《だいきら》ひでござりますが、どうかお前《まへ》さんが内々《ない〱》で、入口《いりくち》にある判取《はんとり》をちよつと取《と》つて下《くだ》さいませんか。

荷介　ありさへすれば知《し》れないやうに、わたしが出《だ》して上《あ》げよう。

林之　どうぞお願《ねが》ひ申《まう》します。

荷介　さあ〱早《はや》く行《ゆ》きませう。（ト舞台門口《ぶたいかどぐち》へ来《き》て、）伯父《をぢ》さん、行《い》つて参《まゐ》りました。

ト内《うち》へはひり、門口《かどぐち》にある判取《はんとり》を勢左衛門《せいざゑもん》に知《し》れぬやうに外《そと》へ出《だ》してやる。荷介悦《にすけよろこ》んで下手《しもて》へはひる。勢左衛門林之助《せいざゑもんりんのすけ》を見《み》て、

勢左　えゝ行《い》つて来《き》たもねえものだ、僅《わづ》か五[一一]丁《ちやう》か十丁《ちやう》の所《ところ》へ掛取《かけと》りに行《い》つて[一二]二時間余《じかんあま》り、何《なん》でこんなに手間取《てまど》つたのだ。

林之　先方《さき》の旦那《だんな》がお留守《るす》ゆゑ、帰《かへ》りを待《ま》つて居《を》りましたので、大《おほ》きに遅《おそ》くなりました。

勢左　むゝ、帰《かへ》りを待《ま》つて居《ゐ》たのなら、掛[一三]金《かけ》は残《のこ》らずよこしたであらうな。

林之　へい、取《と》つて参《まゐ》りましてござりまする。

勢左　そんなら早《はや》く爰《こゝ》へ出《だ》せ。

浅い山から、石炭油の出さうな事はない、畑の蛤ほつてもない事じやアハ、、、。鶯文「これ〱夫をいはれては恐縮々々、しかし貴殿とても清水のほとりで、温泉を見出したトいつて、あれでも大さうな損をかけたじやあねへか。武太郎「それじやによつてわしは高言はいはぬわいナ、しかしあれはすこし考の有たことで、おまへのくらがり峠とはわけがちがふ。鶯文「フウそれはどの様な考が有ての、武太郎「さればさ、清水には滝が有て、不動が祭つてあるによつて、鶯文「不動があればなぜ温泉があるのだ、武太郎「はて真言にあびる温泉そわかといふわいの。鶯文「ヱ、しやれか、おもしろくもねへ。しかしもとが山で思い付たのだから、大山不動も縁のねへ事でも無へ。武太郎「サア夫じやによつて、もそつとやつて見たら物になるまいものでもなかつたに、をしい事をしました」（明治文化研究会編『明治文化全集』第二十巻）。

以上一一頁

▽林之助の登場。

一『俳優評判記』第三編の評には「扠（さて）此所菊五郎の恵府林（あふりん）はちよつと見た柄（がら）から年格好から形（なり）の拵（こしら）へまで申分なし□羽織の裾の皺になつて上の方へまくれて居るところなぞは実に御配慮です」とある。 二「判取帳」の略。金銭または品物の授受の証印を受けておく帳面。 三「これ」を逆にした隠語。あからさまに言うのを憚るような事物を暗にさしていう場合に用いる。金銭・情人・妾・父親・上役など。ここは、主人勢左衛門のこと。 五 実の。本当の。 四 底本振仮名「ほうこうこん」を直す。 六 食事で箸を上げたり下げたりするような、日常のちょっとした一挙一動、細かな事にまで口やかましく言う場合に用いる語。 七 掛売の代金を取り立て

林之　へい〳〵、お納《をさ》め下《くだ》さりませ。
　ト小風呂敷《こぶろしき》の包《つゝ》みを出《だ》す、これにて勢左衛門《せいざゑもん》風呂敷《ふろしき》を開《ひら》き、通《かよ》[一]ひの帳面《ちやうめん》と札《さつ》を出《だ》し算《かぞ》へて居《ゐ》る。
臼右　林之助《りんのすけ》どの、何処《どこ》へ行《ゆ》かしやつた。
林之　これは本町《ほんちやう》[二]の臼右衛門《うすゑもん》さま、よくおいでなされました、吉田橋《よしだばし》[三]の手前《てまへ》まで掛取《かけと》りに参《まゐ》りました。
臼右　それは御苦労《ごくらう》なことであつた。
勢左　（此《こ》の内札《うちさつ》を算《かぞ》へ居《ゐ》て思入《おもひいれ》あつて、）やい林之助《りんのすけ》、こりや十三円《ゑん》[四]と三銭《せん》きりで、三厘不足《りんふそく》をして居《ゐ》るぞ。
林之　へい文久《ぶんきう》[五]の端金《はした》がないから負《ま》けてくれと申《まう》すゆゑ、お序《ついで》さまで宜《よろ》しいと負《ま》けてやつて参《まゐ》りました。
勢左　えゝそれだからおのれの事《こと》を、世帯知《しよたいし》[六]らずだと常《つね》から言《い》ふのだ、三厘《りん》のことはさておいて、一厘《りん》でも一毛《もう》[七]でも、勘定《かんちやう》の内《うち》が不足《ふそく》では請取《うけと》れませぬと何故《なぜ》言《い》はぬ、文久銭《ぶんきうせん》[八]が二《ふた》つあれば煮込《にご》[九]みのおでんが二本喰《ほんく》はれる、おのれ棒先《ぼうさき》[一〇]を切《き》りをつたな。
林之　いえ、どういたしまして、そんな賤《いや》しいことをいたしませう。

ること。八 息やすめ。本来は、長生きするための保養、の意。九「どつと」（副詞）は、多く、下に否定の表現を伴って用い、人の態度・風采・物事のできばえなどがあまり感心しない、かんばしくない、気に入らない、ぱっとしない意を表す。一〇（気に入らないものは多くあるが）、その中でも（特に小言が）。
▽林之助は内へ。荷介退場。
一一 一丁は六十間。一〇九《メートル》強。したがって、「五丁か十丁」は五百から千《メートル》の所。
一二 洋刻は散切物では繰返し言及される。
一三 現金売買でなく、後で清算する約束で行う売り買い。その代金。

以上一三頁

一 掛売・掛買の時、品名・金高・月日などを記して、後日、金銭を授受する時の覚えとする帳簿。単に「通(かよ)い」ともいう。二 現、中区本町。安政六年（一八五九）横浜開港に際して設置され、道幅十間のメイン・ストリートであった。北端の海岸には神奈川湊と結ぶ渡船場があり、鉄道開通以前の唯一の交通手段として繁盛し、初期横浜の代表的商人である生糸売込商の原善三郎が文久二年（一八六二）に「亀屋」を開業したほか、中居屋重兵衛が銅瓦の壮大な店を構えるなど、貿易商人の家屋・店舗が立ち並んだ。また、明治五年にはガス灯が一—四丁目に十数基点火されている。三 当時「かねの橋」として評判だった横浜新風俗の象徴。現、中区吉田町・港町四丁目。派大岡(おほおか)川（中村川）に架かり、関内と関外を結んだ橋。東海道と開港場を結ぶため開かれた横浜道からの関内への入口で、横浜貿易の発展に伴い交通の要所となった。石井研堂『明治事物起原』第九編交通部「鉄橋の始」によれば、明治二年英国技師アール・ヘンリー・ブラントンの

勢左　いや〱それに相違《さうゐ》ない、[一一]有体《ありてい》に言《い》つてしまへ。

臼右　はて、三厘位《りんぐらゐ》の不足《ふそく》なら小遣《こづか》ひにやつたと思《おも》つて、まあ〱勘弁《かんべん》さつしやるがよい。

勢左　いや、黙《だま》つて居《ゐ》ると癖《くせ》になります。

林之　おゝ、黙《だま》つて居《ゐ》ると申《まう》しますれば、[一三]今途中《いまとちゆう》で本町《ほんちやう》の五郎右衛門様《ろゑもんさま》にお目《め》にかゝりましたが、[一二]長崎《ながさき》にござる伯父様《をぢさま》の御病気《ごびやうき》の事《こと》は、まだ此方《こちら》へ知《しら》せの手紙《てがみ》が届《とゞ》きませぬか。

勢左　[一四]何《なん》だ、長崎《ながさき》の藤右衛門《とうゑもん》が病気《びやうき》で居《ゐ》ると聞《き》いて来《き》たと。

林之　へい、[一五]二三日後《にちあと》に長崎《ながさき》から[一六]郵便《いうびん》が届《とゞ》いたと、五郎右衛門様《ろゑもんさま》がおつしやりました。

勢左　(思入《おもひいれ》あつて、)あの藤右衛門《とうゑもん》は[一七]相場《さうば》で儲《まう》け、今《いま》では彼《か》の地《ち》で何万円《なんまんゑん》といふ[一八]大身代《おほしんだい》になつたといふ事《こと》、[一九]三年《ねん》あとに女房《にようばう》に死《し》なれ、[二〇]家督《かとく》を譲《ゆづ》る子《こ》とてもなく、今《いま》ぽつくりと死《し》んだ日《ひ》には、跡《あと》はみんな他人《たにん》のものだが、近《ちか》い所《とこ》なら駆付《かけつ》けて親切《しんせつ》ごかしに[二一]身代《しんだい》をこつちへ悉皆《そつくり》ずり込《こ》[二二]まうもの、長崎《ながさき》では都合《つがふ》が悪《わる》い。

臼右　その門戸《もんと》どのは、こなたを始《はじ》め林之助《りんのすけ》どんや此《こ》のわしまで、脱《のが》れぬ中《なか》

設計で、長崎浜町の大橋と共に、本邦鉄橋の始めとされる。明治十年出版の川井景一『横浜新誌』初編(明治文化研究会編『明治文化全集』第八巻所収)に挿画入りで、「中ん就く鉄橋(かねのはし)の如きは横浜の中央に当る。四方の道程是れ由り算し出し、八方の人戸是れより連り建つ。其東元街北方に赴く者の、西太田、程ヶ谷に向ふ者の、南は則ち石川根岸の往来、北は則ち高島坊(たかしまてう)、神奈川の出入、皆斯(こゝ)を過ぎざる者なし。故に全港の繁華斯の地を以て第一とす。橋甚だ長からずと雖ども、幅甚だ濶からずと雖ども、両岸石を築き、而して直に大梁を架す。故に橋に一脚なし、舟行の便極めて多し。表面平坦にして、欄干鉄を以て製し、奇巧佳麗、而して欄上四方に赤気灯を設く。橋上は人行雑踏、橋下は常に舟行を絶たず。故に橋畔賈人争ふて露肆を開き、壮閣(やたい)を連ね、蒲席(うすべり)を接す。饔を売る者あり、飴(あめ)を鬻く者あり、赤飯を估り、蕎麦を售る、其間又烹竜(にごみ)を挟む、車夫傖父争ふて之を食ひ、競ふて之を買ふ、其繁昌想ふ可し」と紹介され、他に多くの錦絵にも描かれた。 四 一円は百銭。一銭は十厘。 五 文久銭。四文銭とも。寛永通宝及び文久三年(一八六三)以降鋳造した文久永宝の称。いずれも一枚が四文(明治維新直後は二厘、下って明治四年十二月からは一厘半)に通用した。 六 家計に疎い。 七 一厘は十毛。 八 三厘。 九『樟紀流花見幕張(くすのきりゆうはなみのまくばり)』(慶安太平記・丸橋忠弥)に「いや、これだ〱。煮込みのおでんでやつちよろねとは、こゝらのことをいうのだな」。二つ→煮込み→二本→棒とつながる。 一〇「棒先を撥(は)ねる」とも。大名の乗物をかつぐなど雑役に従事した陸尺(ろくしやく)が駕籠屋から取った賄賂より転じて、人に頼まれた買物のうわまえを

勢左　の縁者《えんじや》ゆゑ死《し》ぬと見込《みこ》みが付《つ》いたなら、こなたと二人《ふたり》で蒸汽《じようき》[一]へ乗《の》り、入費《にふひ》[二]をかけて乗込《のりこ》んでも、こりや若干《なにがし》か儲《まう》かる仕事《しごと》だ。

勢左　いや〳〵それも藤右衛門《とうゑもん》がきつと[三]死《し》んでくれゝばいゝが、もし全快《ぜんくわい》でもされた日《ひ》には入用《にふよう》[四]の遣《つか》ひ損《そん》で、指《ゆび》[五]を啣《くは》へて帰《かへ》らにやならぬ、こりやうつかりと手《て》は出《だ》されぬ。

林之　いえ〳〵九死《し》[六]一生《しやう》との手紙《てがみ》が来《き》たと申《まう》す事《こと》ゆゑ、成《な》らうことならわたくしは見舞《みまひ》に行《ゆ》きたうござりまする。

臼右　いや、さう聞《き》いて見《み》れば猶《なほ》の事《こと》、全快《ぜんくわい》したら入費《にふひ》だけ向《むか》うに出《だ》させてやつてもいゝから、親切《しんせつ》ごかしに行《ゆ》かねば嘘《うそ》だ。

勢左　いや入費位《にふひぐらゐ》を出《だ》させても、こつちの暇《ひま》[七]が欠《か》けるから、全快《ぜんくわい》されては割《わり》[八]に当《あた》らぬ。

臼右　はて、そこが所謂一《いはゆるいち》[九]かばち、危《あや》ふい橋《はし》を渡《わた》らねば大《おほ》きい儲《まう》けは出来《でき》ぬ世《よ》の中《なか》、

勢左　こりや女房《にようばう》とも相談《さうだん》の上《うへ》、どうか工風《くふう》[一〇]を付《つ》けねばならぬ。

臼右　まあともかくも奥《おく》へ行《い》つて、[一一]とつくり相談《さうだん》いたしませう。

勢左　そんなら奥《おく》で、臼右衛門《うすゑもん》さん、

はねることを言う。　一一　ありのまま。いつわりなく。　一二　林之助は、勢左衛門の小言をさらりと聞き流し、巧みに話題を転換する。『俳優評判記』第三編の評は「食客（いさふらふ）に居る事だからもつと涜（いぢ）けて居さうな所なるを辺勢に叱られても左而已（さのみ）気にも掛（かけ）ぬ様子で長崎の伯父（をぢ）が病気の事を云所誠（まこと）に伯父（をぢ）甥（をひ）の間だ柄が能（よく）わかつて見得ます」とある。　一三　『マネー』では、インドのカルカッタ。　一四　勢左衛門の顔付が一瞬のうちに変り、劇の本筋に入って行く。　一五　二、三日前。　一六　新制度。郵便の始めは、石井研堂前掲書第九編交通部に「明治四年三月より、三都間に郵便を開始したるが、すこぶる好結果を得、同七月には、横浜にも郵便役所を設けたり。これわが国郵便制度実行の始めなりとす。…同年暮に大阪を経て長崎まで延長して、東京より九十五時間とし、また翌五年三月以後東京市内にも毎日三回の配達を実行するに至れり」とある。黙阿弥は、散切物で、盛んに郵便、電信を取り上げる。『勧善懲悪考子誉（かんぜんちようあくこうしのほまれ）』の虎蔵は「二銭の郵便に一分の鉄道、便利な世界になつたぢやねえか」と言っている。　一七　藤右衛門は遺言状の中で、「開店以来運に叶ひ繁昌致し居り候所」（六三頁八行）と記しているが、何の商売で儲けたかは明らかでない。しかし、長崎や横浜では明治初期の貿易業にからんだ相場で大儲けすることは少なくなかったから、勢左衛門はそれを言っている。　一八　所有している土地や財産、資産の大きいこと。　一九　三年前。　二〇　家屋、遺産のこと。相続財産。　二一　親切を口実にして利を計る。　二二「ずり」は「摩（す）り」の変化。ひそかに取る。盗む。

以上一五頁

臼右　儲《まう》かることなら、厭《いや》とはいはぬ、

勢左　とつくりと相談《さうだん》しませう。

ト勢左衛門《せいざゑもん》件《くだん》の札《さつ》を持《も》ち、臼右衛門《うすゑもん》付いて奥《おく》へはひる。[一二]林之助《りんのすけ》跡《あと》に残《のこ》り呆《あき》れし思入《おもひいれ》にて、

林之　いやも、[一三]眼《め》の寄《よ》る所《ところ》へ玉《たま》とやらで、伯母御《をばご》を始《はじ》め娘《むすめ》まで欲《よく》に目《め》のない義理知《ぎりし》らず、そこへ立入《たちい》る親類《しんるい》も義理人情《ぎりにんじやう》はそつちのけで、寄《よ》るとさはると欲張《よくば》り話《ばな》し、呆《あき》れ返《かへ》つた人《ひと》ではある。

ト奥《おく》よりおくら島田鬘《しまだかづら》[一四]やつし装《なり》、下女同様《げぢよどうやう》のこしらへにて出来《いできた》り、

くら　林之助《りんのすけ》さん、お帰《かへ》りでござんしたか。

林之　おゝおくらどのか、お前《まへ》にも話《はな》さうと思《おも》ひましたが、長崎《ながさき》の伯父様《をぢさま》が大病《たいびやう》との郵便《いうびん》が届《とゞ》きました。

くら　今奥《いまおく》でそのお話《はな》し最中《さいちゆう》でござんすが、お前《まへ》さんやわたしの為《ため》にも大事《だいじ》の伯父様《をぢさま》でござんすゆゑ、近《ちか》いとこなら早速《さつそく》にお尋《たづ》ね申《まう》しに行《ゆ》かねばならぬが、何《なに》をいふにも長崎《ながさき》ゆゑちよつと[一五]自由《じいう》は足《た》りませぬわいな。

林之　さあ、[一六]それも[一七]当時《たうじ》は[一八]開《ひら》けて居《ゐ》るゆゑ、金《かね》さへあれば蒸汽《じようき》にて早速行《さつそくゆ》か

一「蒸汽船」の略。　二 ある事をするのにかかる費用。　三『マネー』では、モードーントの死亡が、手紙で、開幕早々伝えられている。
四 注二の「入費」と同じ。　五 欲しい物に手が出せないで、空しく眺めているさま。「ユビヲクワユル」(日葡)。　六 九分通り命が助からぬ。
七 時間がなくなる。時間的な浪費をすることになる。　八 割に合わない。　九 一か八か。もとカルタ博奕から出た語。運を天にまかせて冒険すること。『菅原伝授手習鑑(すがわらでんじゅてならいかがみ)』に「サアそこが一か八か生き顔と死に顔とは相好の変る物」。　一〇 いろいろ考えて手段を講じる。
一一 よくよく。念を入れて。
▽勢左衛門、臼右衛門退場。
一二『俳優評判記』第三編、台帳2および『歌舞伎新報』明治十二年では、林之助は一人残った所で今の身の上を独り言で嘆く。『俳優評判記』第三編は「まだ死だとも生たとも訳らないのに最(もう)あんな事を云(いう)本とうに薄情な人だナアト是より自分の親は恵府林左衛門とて元は弁天通りで西洋向(せいようむき)の陶器を商ひ立派に暮した者で有しが幼少の時母に別れ其后親父は米の相場に係て家は退転引続て死去なしたる故親るゐの辺勢方へ食客とは成たるがどうぞして一度(ひとたび)もとの様に成たい物だナアト一人(ひと)り言を言て居(ゐる)」。『歌舞伎新報』明治二十三年、台帳1および現行では、おくらを相手にして語る。
一三 諺「目の寄る所へ玉が寄る」。目が動けば瞳もそれにつれて動く。同類相集まるの意。黙阿弥作品にはよく出てくる諺の一つ。次の「欲に目のない」「寄るとさはると」につながっている。
▽おくら登場。
一四 見すぼらしい様子。『歌舞伎新報』明治十二年に「前垂掛」、台帳2に「まへだれがけ」とある。

れぬ事《こと》もないが、蒸汽《じようき》どころか電信《でんしん》[一]を掛《か》ける銭《ぜに》さへ自由《じいう》にならぬ、実《じつ》に不仕合《ふしあは》せなわしが身《み》の上《うへ》、愚痴《ぐち》のやうだが其《そ》の以前《いぜん》は弁天通《べんてんどほ》[二]りで恵《ゑ》[三]府林《ふりん》と人《ひと》にも知《し》られた瀬戸物問屋《[四]せとものどんや》、異国《いこく》へ手広《てびろ》く取引《とりひき》して豊《ゆた》かに暮《くら》した身代《しんだい》も、母《はゝ》がこの身《み》を産《う》んだ時産後《ときさんご》で死《し》んで乳《ちゝ》もなく、乳母《うば》の世話《せわ》にて成人《せいじん》するうち、親父様《おやぢさま》には欲《よく》に迷《まよ》ひ、不図《ふと》米相場《[五]こめさうば》にかゝりてより損亡《[六]そんまう》続《つゞ》き身代潰《しんだいつぶ》れ、遂《つひ》には御病死《ごびやうし》なされしゆゑ、わしは此《こ》の家《や》へ引取《ひきと》られ、養育《やういく》うけし乳母《うば》とても掛《[七]かゝ》り息子《むすこ》の夫婦《ふうふ》に死《し》なれ、十一になる孫《まご》を相手《あひて》に仙元下《[八]せんげんした》に幽《かすか》な暮《くら》し、其《そ》の上《うへ》ならず先頃《さきごろ》より長《なが》の病気《びやうき》で居《ゐ》るとの事《こと》、どうか以前《いぜん》の恩返《おんがへ》しに貢《みつ》いで遣《や》り度《た》く思《おも》へども、僅《わづ》か二厘《りん》か三厘《りん》の不足《ふそく》に目角《めかど》を立《た》てられる伯父《をぢ》の家《うち》に厄介人《[九]やくかいにん》、長《なが》く斯《か》うして居《ゐ》た日《ひ》[一〇]には義理《ぎり》の欠《か》ける事《こと》ばかり、どうしたものと明暮《あけくれ》に、苦労《くらう》の絶《た》えたことはありませぬ。

くら

そりやもうお前《まへ》さんばかりぢやございんせぬ、わたしも以前《いぜん》は本町《ほんまち》の倉《くら》田宗右衛門《たそうゑもん》と人《ひと》に知《し》られた生糸《[一一]きいと》の仲買《[一二]なかがひ》をする人《ひと》の娘《むすめ》、何不自由《なにふじいう》なく育《そだ》ちしもその父《とゝ》さんが蚕種紙《[一三]たねがみ》で大《たい》そう御損《ごそん》をなされしゆゑ、それから身《しん》代左《[一四]だいひだ》り前《まへ》、引続《ひきつゞ》いてのお煩《わづら》ひで終《つひ》に果敢《はか》なくなられしを、気病《きやみ》に母《はゝ》が

『俳優評判記』第三編の評は「半四郎のお倉は余り奇麗《きれい》なのと持《も》ちまへの愛敬《あいきやう》でどうも林之助と出来《でき》て居るのかと思う様で有ました□併《しか》し林之助と千之助が咄《はな》しのうちに菓子《くわし》パンをやる所至極《しごく》篤実《とくじつ》で心切《しんせつ》なる仕打《しうち》は大よし申分は有ません」。一五 思い通りにはならない。一六『歌舞伎新報』明治二十三年には、「それも当時の事ゆへ金さへあれば行かれるが言甲斐の無《な》い今の身の上愚痴なやうだが」。一七 現在は。当今は。一八 開化で便利になっている。

以上一七頁

一 明治二年十月二十三日（現在の「電信電話記念日」）、横浜裁判所内に伝信機役所ができ、翌年一月二十六日、東京横浜間の公衆電報の受付けが開始された。当時の人びとは、電線で情報が運ばれる電信のことを「ハリガネだより」と呼んだ（『開港場・横浜ものがたり』横浜開港資料館・横浜市歴史博物館、平成十一年）。電報料金は、明治二年東京横浜間仮名一字に付き銀一分（一厘六毛余）、明治五年には和文二十字以内が市内五銭、隣局七銭、明治十八年は十字以内が市内五銭、内地相互間十五銭であった（『週刊朝日』『昭和五十六年三月六日「値段の風俗史」）。二 現、中区。横浜開港当初の通名で、洲乾干湊の弁天社（のち厳島神社と改称し、明治二年に羽衣町に移転）へ通ずる道から名付けられたという。明治以降は、吉村屋、野沢屋などの大貿易商が軒を並べ、高級品店が多く、下町的な伊勢佐木町の商店街とは対照的な商店街であった。三 恵府林左衛門。四 陶磁器は輸出品として、また日本の土産物としてよく使われた。五 空米相場（くうまいそうば）ともいう。現実の取引を目的とせずに行われる米穀の空売買。六 損失。利

煩《わづら》ひつき又《また》も御病死《ごびやうし》なされしゆゑ、便《たよ》りない身《み》に伯母《をば》の家《うち》へ引取《ひきと》られて来《き》て下女同様《げぢよどうやう》、追使《おひつか》はれてをりますが以前《いぜん》の事《こと》を考《かんが》へますと、悔《くや》しいやら悲《かな》しいやらで、一五夜《よ》の目《め》もろく〱合《あ》ひませぬわいなあ。

林之　成程《なるほど》こなたも本町《ほんまち》で、それ相応《さうおう》に暮《くら》したる宗右衛門《そうゑもん》どのゝ一人娘《ひとりむすめ》、

くら　お前《まへ》も以前《いぜん》は弁天通《べんてんどほ》りで瀬戸物問屋《せとものどんや》の息子《むすこ》さん、

林之　世《よ》が世《よ》であるなら、此《こ》の家《うち》と親類同志《しんるいどうし》の付合《つきあひ》に、

くら　甥《をひ》よ姪《めひ》よと呼《よ》ばれても、斯《か》う一六すげなうはされまいに、

林之　厄介人《やくかいにん》よ喰潰《くひつぶ》しと、一七たゞ取《と》るやうにこき使《つか》はれ、

くら　一八辛《つら》い思《おも》ひを押《お》し怺《こら》へ、我慢《がまん》に我慢《がまん》はして居《を》れど、

林之　漏《も》るは涙《なみだ》の瀬戸土瓶《せとどびん》、

くら　一九心細《こゝろぼそ》いも生糸《きいと》の縁《えん》、

林之　思《おも》へば二〇しがない、

両人　身《み》の上《うへ》ぢやなあ。

ト両人《りやうにん》萎《しを》れしこなし、やはり木琴《もくきん》入《い》り浜唄《はまうた》になり、花道《はなみち》より千之《の》助《すけ》散切鬘《ざんぎりかつら》二一襤褸装《つゞれなり》藁草履《わらざうり》にて、二二辻占昆布《つじうらこぶ》の入《い》りし箱《はこ》を肩《かた》に掛《か》け出来《いでき》り、

を失うこと。七 老後の頼りとする息子。八→四頁注三。『勧善懲悪孝子誉(かんぜんちようあくこうしのほまれ)』交番所の場で田舎親仁の二人連が巡査に仙元下へ行く道を尋ねる。「(砂道)仙元下へ参るのは、此の道を真直に凡そ十町程参ったら、突当りから左へ曲り、右へ付いて二町行くと、最早其処(そこ)が仙元下だ」。そのあと親仁は「御一新此の方の好い事を算(かぞ)へますれば、先づ第一が御巡(おまはり)り様、続いて郵便針(いうびんはり)がね便り、又鉄道に街の瓦斯灯(がすとう)、橋の掛替(かけか)へ道普請(みちぶしん)、犬の糞のないばかりも、結構な事でござります」と述べる。九 居候。一〇 底本振仮名「に」を直す。一一 横浜は安政六年(一八五九)の開港以来生糸の輸出港として急激に発展。石井研堂『明治事物起原』第十編金融商業部には、開港翌年、野毛村の芝屋清五郎なるものが、妻の発案で甲州島田糸を貿易することを始め、生糸売り込み業者はたちまち九十三軒に上った、とある。外国貿易で、売込商と呼ばれる仲買人が大量の生糸を外国商館に輸出していたが、慶応三年(一八六七)には、生糸が全輸出品価額の約五〇(パーセント)、蚕種が約二〇(パーセント)、茶が約一五(パーセント)を占めていた。一八八〇年代後半まで全国の貿易総額に占める横浜の割合は日本最大で、生糸の輸出は横浜がほぼ独占していた(『開港場・横浜ものがたり』)。横浜商人で生糸売込商として、「亀屋」の原善三郎、「野沢屋」の茂木惣兵衛などが成功者として名高い(横浜開港資料館報『開港のひろば』)。一二『俳優評判記』第三編に「生糸の売込屋なりしが」。一三 蚕卵紙。かいこの蛾に卵を生みつけさせた厚紙。生糸に次いで蚕卵紙の輸出も年々増大した為、各地の蚕種業者が競って製造し、横浜に積み出したが、しばしば供給過多に陥り、倒産する者が多かった。明治七年蚕卵紙を大量

千之　辻占昆布《つじうらこぶ》ぢや、板《いた》[一]こぶぢや、頭《あたま》を打《う》たれていたこぶぢや、（ト呼《よ》びながら門口《かどぐち》へ来《き》て内《うち》を覗《のぞ》き、）若旦那《わかだんな》様《さま》、それにおいでゞございますか。

林之　（千之助《のすけ》を見《み》て、）おゝ千之助《のすけ》か、よく商《あきな》ひに精《せい》が出《で》ますの。

くら　あの子《こ》はたしか仙元下《せんげんした》の。

林之　わしを育《そだ》てた乳母《うば》の孫《まご》、高島町《たかしまちやう》[二]へ辻占《つじうら》こぶを、毎日《まいにち》売りに行《ゆ》くとのことぢや。

くら　てもまあ、それは感心《かんしん》な、どれお品《しな》さんへ内証《ないしよう》で、お菓子《くわし》を持《も》つて来《き》てやりませう。

林之　いや、その志《こゝろざ》[三]しは有難《ありがた》いが、知《し》れると悪《わる》い、止《よ》しにさつしやい。

くら　いえ腐《くさ》るほど仕舞《しま》つてあるゆゑ、知《し》れる気遣《きづか》ひはござんせぬ。

　　　トおくら奥《おく》へはひる、千之助《のすけ》[四]も内《うち》へはひり、あたりを見回《みまは》し、

千之　若旦那《わかだんな》様《さま》、余儀《よぎ》ない事《こと》でお前様《まへさま》に、お願《ねが》ひがあつて参《まゐ》りました。

林之　丁度折《ちやうどをり》よく見世《みせ》の者《もの》も爰《こゝ》に居《ゐ》ぬゆゑ遠慮《ゑんりよ》はない、どういふ頼《たの》みか言《い》うて見《み》やれ。

千之　[五]祖母《おばあ》さんの病気《びやうき》の事《こと》で、お願《ねが》ひがあつて参《まゐ》りました。

林之　おゝ其《そ》の病気《びやうき》が気《き》になるゆゑ、見舞《みまひ》に行《ゆ》きたく思《おも》つて居《を》れど、使《つか》ひに

に焼却したり、明治十年、蚕卵を摺り落として卵を灯油の原料にする措置をとったりした、その折の川柳に「種紙師身代までも摺つぶし」がある。『歌舞伎新報』明治二十三年に「種紙と生糸の相場で大層に」。一四 衣服の着方が普通と反対であることから転じて、物事が思うようにならぬこと。運や金まわり、商売などがうまくいかなくなること。一五 夜もろくろく眠れない。一六 つれなく。そっけなく。一七 ただで手に入れて、何の返礼もしない。一八 林之助の父が瀬戸物問屋であったことから。「漏る」と「土瓶」は縁語。一九 おくらの父が生糸商人。「細い」と「糸」は縁語。二〇 貧しい。つまらない。
▽千之助登場。『俳優評判記』第三編、台帳2では、千之助は花道で暮しに難渋していることを述懐してから本舞台に来る。
二一 破れたのを継ぎつづった着物を着たまま。ぼろ着姿で。二二 辻占（吉凶を占ったり、恋占いの短い文句を記した紙片）付きの板昆布。「辻占」は菓子やせんべいその他様々な商品に付けられ、あぶり出しのような細工をしたものもあった。E・S・モースは、『日本その日その日』（石川欣一訳、平凡社・東洋文庫、昭和四十五年）で辻占菓子を絵入りで紹介している。岡本綺堂は、幼時父に連れられて明治十二年の新富座で『人間万事金世中』の初演を観ているが、その折、幕間に辻占入りの八橋を買ってもらう話を書いている（『明治劇談・ランプの下〈もと〉にて』岡倉書房、昭和十年）。『歌舞伎新報』明治二十三年には「辻占昆布（つぢうらこんぶ）」。

以上一九頁

一 板昆布。板状に平らに干したこんぶ。「板」は「痛い」と、「昆布」は「瘤」とを掛けている。
二 現、西区。明治三年、鉄道敷設のため、野毛

千之　出《で》ても心《こゝろ》が急《せ》き、少《すこ》し帰《かへ》りが遅《おそ》くなると、伯父《をぢ》にがみ〳〵噛付《かみつか》れるので心《こゝろ》に任《まか》せず無沙汰《ぶさた》をしたが、乳母《うば》の病気《びやうき》はどんな様子《やうす》だ。御親切《ごしんせつ》にお前様《まへさま》がお案《あん》じなされて下《くだ》さいますが、[六]塩梅《あんばい》が悪《わる》いその上《うへ》に貧乏《びんぼふ》に追《お》はれますので、段々《だん〳〵》重《おも》くなるばつかり、あれでは快《よ》くなる筈《はず》はないと案《あん》じられてなりませんから、それでお願《ねが》ひに参《まゐ》りました。

林之　さうして頼《たの》みといふ訳《わけ》は、どういふ訳《わけ》か言《い》うて見《み》やれ。

千之　若旦那様《わかだんなさま》、まことに申《まう》し兼《か》ねましたが、お金《かね》を少々《せう〳〵》貸《か》して下《くだ》さりませ。

林之　そりや頼《たの》まずともこつちから、持《も》つて行《ゆ》かうと思《おも》つて居《ゐ》るが、幾《いく》らばかりあればよいのだ。

千之　いえ幾《いく》らでも宜《よろ》しうござりますが、お金《かね》の入用《いりよう》一通《とほ》りお聞《き》きなすつて下《くだ》さりませ。（ト合方《あひかた》になり、）[七]祖母《おばあ》さんが達者《たつしや》で居《ゐ》れば、[八]異人《いじん》さんの洗濯屋《せんたくや》の下仕事《したしごと》をして稼《かせ》ぎますから、そんなに[九]困《こま》りもしませんが、其《その》おばあさんが去年《きよねん》の暮《くれ》から長煩《ながわづら》ひをして居《ゐ》るので、米屋《こめや》や薪屋《まきや》へ借《か》りが出来《でき》、やい〳〵催促《さいそく》されましても、辻占《つじうら》こぶを売《う》つた位《ぐらゐ》の儲《まう》けの内《うち》では返《かへ》されず、薬《くすり》を買《か》つてお米《こめ》を買《か》ひお粥《かゆ》を炊《た》いて二人《ふたり》して啜《すゝ》つて居《ゐ》るのが精一《せい》ぱい、余計《よけい》な銭《ぜに》が儲《まう》からぬ故《ゆゑ》それを案《あん》じて[一〇]おばあさんが、

浦石崎（現、西区）から青木町海岸（現、神奈川区）までの埋立て事業が開始された。高島嘉右衛門（後の高島易断の創始者。一八三二―一九一四）が請負い、翌四年二月に完成する。高島は、鉄道用地とその左右三間ずつを政府に献じ、残りの埋立地は、その功により、高島町と命名された。明治四年九月、日本最初の鉄道停車場が建設され、翌年五月には横浜品川間で仮営業を始め、十月十四日に横浜新橋間の全線が正式に営業された。明治四年吉原町（現、中区羽衣町）にあった遊廓が大火にあい、高島町に移される。同十年には貸座敷六十三軒、娼妓四二九人、芸妓三十九人、酌人六人（『県治一覧表』）であったが、同十五年長者町仮宅を経て、真金町・永楽町（現、南区）に移転するまで高島町には紅灯がともり続けた。また、明治六年七月に岩伊座が開設され、舞台でガスの裸火照明をしたが、その舞台開きに、河原崎権之助時代の市川団十郎（九世）が出演している（斎藤多喜夫「横浜の劇場」『横浜の芝居と劇場』横浜開港資料普及協会、平成四年）。『勧善懲悪孝子誉（かんぜんちょうあくこうしのほまれ）』でも、元町に住み、屑買を生業とする善吉は、高島町と野毛山の下通りを「屑ござい、古着屑ござい〳〵」と呼びながら来た、とある。　三 厚意。親切心。

▽おくら退場。千之助内へ。

四『マネー』では、エヴリンが乳母を見舞いに行ったところ、病床で死にかけ、家賃も六か月滞納したままであることを知らされて帰っている。乳母は登場せず、スタントンという名前だけ言及されるが、千之助に当る人物はいない。

五『俳優評判記』第三編に「婆（ばゞ）さん」。

六 身体の具合が悪い。　七『歌舞伎新報』明治十三年に「祖母（ばあ）さん」。　八 明治十年代くらいの「横浜有名西洋洗濯鏡」と題するクリーニング

年《とし》の行《ゆ》かぬ一人《ひとり》の孫《まご》に苦労《くらう》をさせるが気《き》の毒《どく》だから、一日《にち》も早《はや》く死《し》にたいが、病気《びやうき》で死《し》んでは葬《とむら》ひや何《なに》[一]かでやつぱり跡《あと》で物《もの》が入《い》るゆゑ、いつそ人《ひと》に見《み》られぬやう海《うみ》[二]ツ端《ばた》まで這《は》つて行《ゆ》き身《み》を投《な》げて死《し》ぬと言《い》ひますから、そんな事《こと》でもされましては大変《たいへん》でござりますゆゑ、案《あん》じなさんなと力《ちから》をつけ、拠《よんどこ》ろなく御《ご》[三]無《む》心《しん》に参《まゐ》りましてござりまする。（ト泣《なき》声《ごゑ》をして言《い》ふ。）

林之　おゝ尤《もつと》もな其《そ》の心配《しんばい》、わしもそれゆゑ疾《と》うからして尋《たづ》ねてやらうと思《おも》へども、今《いま》いふ通《とほ》り少《すこ》しの間《ま》も暇《ひま》がないゆゑ無沙汰《ぶさた》をした、さうして米屋《こめや》薪屋《まきや》の払《はら》ひは幾《いく》らばかりあればいゝか、それを序《ついで》に聞《き》かしてくれ。

千之　はい薪屋《まきや》は僅《わづ》かでござりますが、米屋《こめや》は二円《ゑん》も遣《や》りませんでは中々《なか〳〵》あとを送《おく》りません、其《そ》の内《うち》一番困《ばんこま》りますのは大家《おほや》さんに三月《みつき》ぶり、店賃《たなちん》の借《かり》がござりますので、それをやらねば店《たな》[四]を明《あ》けろと毎日《まいにち》やい〳〵言《い》はれますので、病人《びやうにん》が気《き》を揉《も》みますを昨夜《ゆふべ》もだまして寝《ね》かしつけ、高《たか》島町《しまちやう》へ商《あきな》ひに行《ゆ》き、夜《よ》[五]通《どほ》し売《う》つて歩《ある》きましても四[六]銭《せん》か五銭《せん》の儲《まう》けゆゑ、お米《こめ》を買《か》つてしまひますと薬《くすり》[七]の手当《てあて》がござりませぬ。

林之　去年《きよねん》の暮《くれ》から又《また》一倍《ばい》諸[八]式《しよしき》の相場《さうば》があがつたから、其《そ》の困《こま》るのは尤《もつと》もだ、

屋の番付には、年寄として石川口の小島庄助、勧進元として元町谷戸坂の脇沢金次郎の名が見え、圧倒的多数が元町から北方にかけての山手の麓に集中している。外国人が顧客だったからだが、仙元下の長屋にはおしづのようにその下仕事をする者が住んでいたであろう（『横浜ものはじめ考』横浜開港資料普及協会、昭和六十三年）。『高橋是清自伝』（千倉書房、昭和十一年）には、是清とともに横浜に遊学した鈴木六之助は大槻文彦らと一緒に浅間山下の洗濯屋の座敷を借りていた、とある。

九『歌舞伎新報』明治二十三年に「困(こま)つた事はございませんが去年から長煩(ながわづ)らひで米屋や薪やに借(かり)が出来家主(おふや)さんにも店賃(たなちん)が溜(たま)りました故(ゆへ)皆なやい〳〵言ますが辻占(つぢうら)の儲(もふけ)では薬りを買て米を買(かい)お粥(かゆ)を焚(たい)てすゝつて居(ゐる)が精(せい)一ぱい中々(なか〳〵)借(かり)は返せませぬ」。

一〇『歌舞伎新報』明治二十三年に「祖母(ばあ)さん」。

以上二一頁

一『歌舞伎新報』明治二十三年に「何やかで」。

二 初演時草双紙の千之助の話では、「夕べも身を投ると私しを置て欠(かけ)出したをやう〳〵とめて置きました」と実際に身投げしかける。

三 他人の迷惑をかえりみないで頼むこと。遠慮なく金品などをねだること。

四 借家から出てゆけ。

五 高島町には遊廓などもあった。『勧善懲悪孝子誉(かんぜんちようあくこうしのほまれ)』にも、按摩波の市が「日が暮れると高島町へ出掛けますから」とある。明治九年七月二十九日の『郵便報知新聞』に横浜の近況として左の記事がある。「当年は生糸の相場が非常に高貴なりしにて、大いに港内の景気を取直し、高島町の遊廓にては美も醜もお茶を挽くこと稀れなり。既に神風楼の娼妓寒江は

千之　然《しか》し必《かなら》ず案《あん》じるな、何《いづ》れ後方都合《のちかたつがふ》をして金《かね》をわしが持《も》つて行《ゆ》くから、料簡違《れうけんちが》ひをせぬやうによく病人《びやうにん》にも力《ちから》を付《つ》け、わしの行《ゆ》くのを待《ま》つて居《ゐ》やれ。

林之　[九]そんなら願《ねが》ひをお叶《かな》へなさつて、お金《かね》を貸《か》して下《くだ》さるとか。おゝ育《そだ》ての恩《おん》ある乳母《うば》の病気《びやうき》や、年端《としは》の行《ゆ》かぬそちの苦労《くらう》を、何《なん》で見《み》捨《す》てゝ居《を》られうぞ。

千之　そんならどうぞ若旦那様《わかだんなさま》、お助《たす》けなすつて下《くだ》さりませ。

林之　必《かなら》ず心配《しんぱい》せぬがよい。

ト爰《こゝ》へ奥《おく》より以前《いぜん》のおくら、[一〇]菓子《くわし》パンを紙《かみ》に包《つゝ》み、奥《おく》を憚《はゞか》りながら、持《も》つて出《い》で、

くら　聞《き》けば聞《き》くほど哀《あは》れな話《はな》し、これは同《おな》じお菓子《くわし》のうちでもお腹《なか》の足《た》しにならうから、内証《ないしよう》でお前《まへ》に上《あ》げますぞえ。（ト出《だ》す。千之助《のすけ》開《ひら》き見《み》て、）

千之　こりや菓子《くわし》パンでござりますな。

林之　爰《こゝ》で喰《た》べては[一一]差合《さしあ》ひゆゑ、袂《たもと》へ入《い》れて持《も》つて行《い》きやれ。

千之　持《も》つて帰《かへ》つて、病人《びやうにん》のお[一二]婆《ばあ》さんに喰《た》べさせます。

この程生糸商人に数百円にて贖(か)われたり。野毛山より馬車道、弁天通りへ掛け毎夜店を開く氷水店が九十八軒、麦湯が百八軒いずれも二、三の白面嬢を置く、しかし査官の巡行厳なれば袂を捉えて強迫するあたわず、「旦那お寄りなさい」と口々に勧むは耳喧(かまび)すし。芝居は炎暑のために休業。円馬の一世一代も志め寿の清元を聞くのが当て込みで少し客足があるばかり。天麩羅、酢屋(すしや)、豌豆、南京の辻売菓子は、両側に店を開き余地なき程なり。毎夜十二時頃迄は権的(妾)の手を携える怪物は野毛山辺より現われ、ラシヤメン附きの髭は居留地より来り、兵児帯(へこおび)の書生は狐嬢の美醜を評し、鼻毛の長き野郎は一杯の麦酒ときつとですよの一言に半円を飛ばし、奇々怪々の怪物が東に現われ西に隠れ、雑沓を極む」。六『俳優評判記』第三編では「四百か五百」。七 薬代にまわす金。八 諸種の商品の値段。物価。九『歌舞伎新報』明治二十三年に「夫(そん)ならお金を貸(かし)て下さいますか有難(ありがた)ふございます」。

▽おくら登場。

一〇 食パンに砂糖を加えた菓子パンを考案したのは、明治二年初代木村安兵衛創業の日本最初のパン屋「文英堂」(文明開化の「文」と二代目英三郎の「英」からとった木村屋の前身)である。明治五年の鉄道開通時に、木村屋は新橋駅構内に販売店(キヨスク第一号)を出し、菓子パンを大いに売り出した。明治七年銀座四丁目に移った木村屋の英三郎は、糀菌による酒種アンパンを武島勝蔵とともに作りあげた。明治天皇が明治八年四月四日徳川御三家の一つだった水戸家の下屋敷に臨幸された時、御接待茶菓子として山岡鉄舟はこのアンパンに着目し、木村屋の創業者安兵衛に相談を持ちかけ、安兵衛は寝食を

くら　ても感心《かんしん》なことぢやなあ。

千之　左様《さやう》なら若旦那様《わかだんなさま》、姉《ねえ》さん有難《ありがた》うござります。

林之　早《はや》く家《うち》へ帰《かへ》るがよいぞ。

千之　是《こ》れでお暇申《いとままう》しまする。（ト門口《かどぐち》の外《そと》へ出《で》て、）辻占昆布《つじうらこぶ》ぢや、板昆布《いたこぶ》ぢや。

　　　ト呼《よ》ぶ。これより木琴入《もくきんい》りの浜唄《はまうた》になり、[一]千之助《のすけ》呼《よ》びながら花《はな》道《みち》へはひる、おくらこれを見送《みおく》り、

くら　斯《か》うして互《たが》ひに人《ひと》の家《うち》で辛《つら》い思《おも》ひをすると思《おも》へば、又《また》あのやうに幼年《えうねん》にて苦労《くらう》をして居《ゐ》る子供《こども》もあり、あれから見《み》れば二人《ふたり》とも、少《すこ》しはましでござんせうわいなあ。

林之　それゆゑ[二]余計《よけい》な心配《しんぱい》が、

くら　えゝ。

林之　いえなに、余計《よけい》な心配《しんぱい》をしてくれたので、あれも悦《よろこ》んで帰《かへ》りました。

くら　あんなお菓子《くわし》は腐《くさ》るほど、奥《おく》にしまつてありますわいなあ。

　　　ト爰《こゝ》へ奥《おく》よりおらん半纏着《はんてんき》流《なが》しの婆《ばゝ》アにて出来《いでき》り、

らん　何《なに》が腐《くさ》るほどしまつてあります。

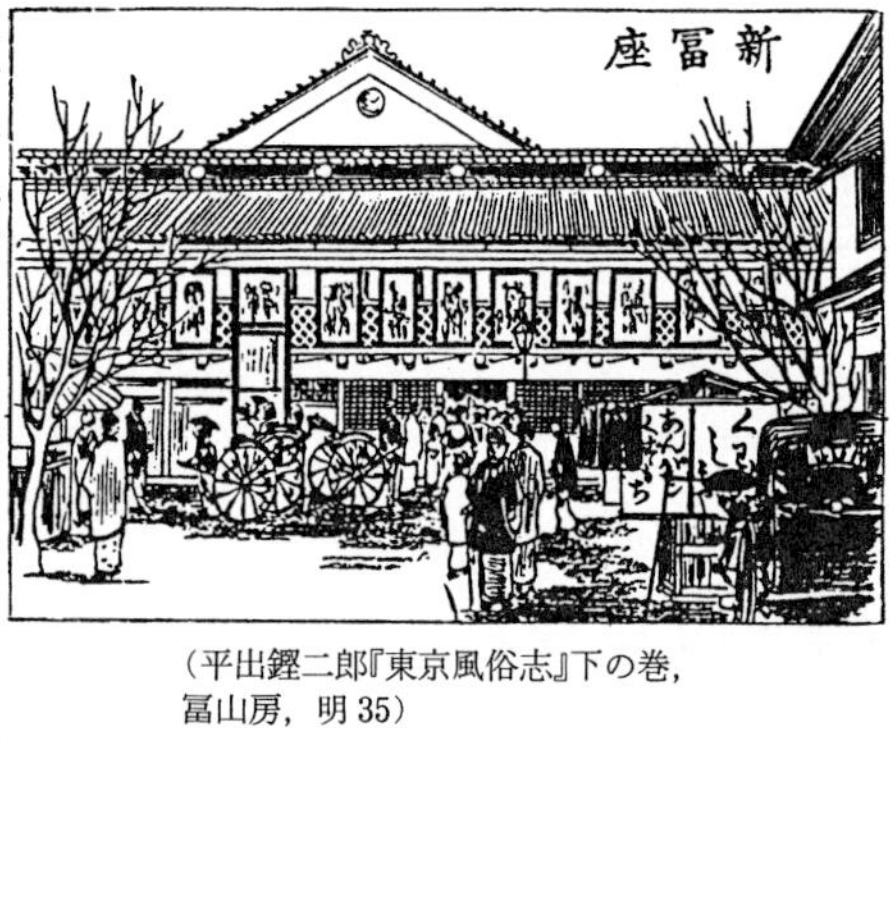

（平出鏗二郎『東京風俗志』下の巻，冨山房，明 35）

忘れて研究、桜の花の塩漬けをパン中央に埋め込んだ桜アンパンを考案した、という。西洋のパンと日本の餡を一体化したアンパンは、明治九年から本式に売り出されて、全都の評判となり、店頭はアンパンを求める客で終日賑わったという（安達厳『パンの明治百年史』木村栄一発行、昭和四十五年。坂部健『木村屋総本店物語』木村屋総本店社内報、平成六年）。因みに平出鏗二郎の『東京風俗志』下の巻（冨山房、明治三十五年）には明治二十二年開場の歌舞伎座の絵とともに新富座の絵も出ているが、「あんパン」の看板が見え、劇場内でも売っていた、と想像される。**二**　かちあって具合が悪いこと。さしつかえ。『勧善懲悪孝子誉（かんぜんちょうあくこうしのほまれ）』でも菓子を貰って食べずに持ち帰る例がある。「（かつ）

林之　や、こなたは伯母様《をばさま》、さては様子《やうす》を。
らん　腐《くさ》るほどしまつてあるとは、何《なん》の事《こと》だか耳障《みゝざは》りだ。
くら　さあ、それはあの、奥《おく》の間《ま》にお金《かね》が腐《くさ》るほどしまつてあらうと。
らん　えゝ余計《よけい》な事《こと》を喋《しや》べらねえで三継《つ》ぎ物《もの》でもするがいゝ、四間《ま》がな隙《すき》がな見《み》世《せ》へ出《で》て男《をとこ》の側《そば》へ寄《よ》りたがるとは、こんないやらしい奴《やつ》はありやあしねえ。
くら　それでは、お菓子《くわし》といふことを、
らん　何《なん》だと、
くら　いえ、五をかしな事《こと》はいたしませぬわいなあ。（ト奥《おく》へはひる、林之助《りんのすけ》思入《おもひいれ》あつて、）
林之　もし伯母様《をばさま》、折入《をりい》つてお願《ねが》ひがござりますが、お叶《かな》へなされては下《くだ》さりませぬか。
らん　改《あらたま》つて願《ねが》ひがあるとは、六娘《むすめ》の聟《むこ》にでもなりたいといふのか。
林之　いえ左様《さやう》ではござりませぬ、実《じつ》は七唯今《たゞいま》見世先《みせさき》へ、あなたも予《かね》て御存《ごぞん》じの乳母《うば》の孫《まご》が参《まゐ》りまして段々《だんだん》との因果《いんぐわ》ばなし、婆《ばゞ》あが長《なが》の煩《わづら》ひにて其《そ》の日《ひ》の八煙《けむ》りを立兼《たてかね》て困《こま》つて居《ゐ》ると申《まう》すことゆゑ、私《わたくし》も其《そ》の以前母《いぜんはゝ》のな

もし卯之さんとやら、何故其のお菓子をお上りでない。(卯之助)はい、是は浜へ帰りまして、蔭膳をする其時に、お父さんへ供へます」。
三『歌舞伎新報』明治二十三年に「祖母(ばあ)さん」。

以上二三頁

一『俳優評判記』第三編の評に「菊之助の千之助は大極上々の大当り親御が先年未だ羽左衛門で有し頃故(せん)の小団次が稲葉小僧の時の蜆売と一対の物にて実に辺勢の見せで祖母(ばゝあ)の病気の事から借金が有のを婆(ばゝ)さんが気を揉むと云咄しの内に見物一同が情に迫て泪をこぼすは完(まったく)く菊坊の功(ちから)で有ます」。
▽千之助退場。
二 林之助は、おしづと千之助が貧苦に迫っていることを言うが、おくらの手前まぎらし、おくらが心配りをしてくれた感謝に変える。
▽おらん登場。『俳優評判記』第三編の「役者唄曲尽(やくしやうたひつく)し」に「辺見(へんみ)の妻は面白い事で有ましたかやうな役は手に入た物」と書かれており、評の中には、「霍蔵(つるざう)のお蘭は大当り〳〵□もそつと品(ひん)が有たら直(なほ)能(よ)からうと思ました」とある。鶴蔵は、名人仲蔵の門下。初め雁八。岡本綺堂『明治劇談・ランプの下(もと)にて』(岡倉書房、昭和十年)に江戸前の道化として芸風が紹介されており、『東海道中膝栗毛』の弥次郎兵衛役は絶品だったと賞されている。三 衣服の破れた所に布きれを当てて縫いつくろうこと。四 ひまさえあれば。絶えず。
五「お菓子」を「をかしな事」(あやしまれるような事)はしていない、と言いまぎらす。
▽おくら退場。
六 後に、おらんの方から娘を嫁に押しつけることになる逆転のための伏線。七 元来、因果応報のことを題材とした物語だが、ここは不運な

い身《み》を乳母《うば》の乳《ちゝ》で養育《やういくう》受けし恩《おん》あるゆゑ、貢《みつ》いで遣《や》り度《た》く思《おも》ひますが、唯今《たゞいま》の身分《みぶん》では金子《きんす》の工面《くめん》も出来《でき》ませねば、どうぞあなたのお計《はから》ひで[一]十円《ゑん》ばかりわたくしに、お貸《か》しなされては下《くだ》さりませぬか。

らん　何《なん》だ十円貸《ゑんか》せ、これ林之助《りんのすけ》何処《どこ》を押《お》せばそんな音《ね》が出《で》るのだ、十円《ゑん》の事《こと》はさておいて一円《ゑん》たりとも纏《まと》めた金《かね》を何《なん》でそなたに貸《か》されるものか、よくまあ物《もの》[二]を積《つも》つて見《み》なさい、いはゞ此処《ここ》の家《うち》の喰潰《くひつぶ》しで一銭《せん》一厘《りん》の働《はたら》きもなく、[三]頭《あたま》の天辺《てつぺん》から足《あし》の爪先《つまさき》まで伯《を》父《ぢ》の厄介《やくかい》になつて居《ゐ》ながら、乳母《うば》に貢《みつ》いで遣《や》り度《た》いから金《かね》を貸《か》せなどゝは呆《あき》れた料簡《れうけん》、乳《ちゝ》を呑《の》んで育《そだ》てられようがたゞでも呑《の》ませて貰《もら》やあしまいし、[四]高《たか》い給金《きふきん》でそなたの親《おや》が乳母《うば》に抱《かゝ》へた雇人《やとひにん》、いはゞ此方《こつち》がお客《きやく》さまだ恩《おん》にきる所《ところ》は少《すこ》しもない、人間《にんげん》らしい料簡《れうけん》で恩返《おんがへ》しをする心《こゝろ》なら、親《おや》に別《わか》れ家《いへ》に離《はな》れ途《と》方《はう》に暮《く》れてゐる所《とこ》を引取《ひきと》つて、世話《せわ》をしてやるこちら夫婦《ふうふ》は大恩人《だいおんじん》、[五]思入《おもひい》れ孝行《かうく》するがよい。[六]奉公人《ほうこうにん》なら貸《か》した金《かね》を給金《きふきん》で差引《さしひ》くといふ見《み》[七]当《あて》があるゆゑ、少《すこ》し位《ぐらゐ》貸《か》してやるまいものでもないが、厄介人《やつかいにん》のそなたなどに、何《なん》で金銭《きんせん》が貸《か》されるものか。

林之　あなたは左様《さやう》におつしやりますが、死《し》んだ親父《おやぢ》の遺言《ゆいごん》にも母《はゝ》が産後《さんご》の

めぐり合せによる現在のふしあわせな境遇、をいう。八 炊煙を立てる(暮しをたてる)こともできぬほど貧苦に迫って。

以上二五頁

一『マネー』では、実母の最期を見とってくれた乳母が六か月分の家賃を延滞し、病気で今にも死にそうだというのを見舞ってきたエヴリンが、まず、ジョン・ヴェシーに家賃の滞納分を用立ててくれるよう頼むが、断られる。次いで頼んだ娘のジョージナは、一たん出しかけたイヤリングをしまって、生返事のあと、住所だけを控える(この住所をクララが覗き込んで記憶する)。その後、グロースモアにも頼むが、屁理屈を言って応じない。ところが、遺産の入ったあと、誰か十ポンドを借してくれと言うと、居合す全員が一斉にポケットから出そうとする場面がある。

二 ものごとを大ぐくりにとらえて考えろの意。

三『歌舞伎新報』明治二十三年に「天窓(あたま)から足の爪先まで伯父の厄介(やくかい)喰潰しで居ながら乳母に貢(みつ)いで遣(や)るも能(よく)出来た」。

四 実際には「高い」はずはなかろう。わずかな金でも吝嗇家には惜しい。

五 心を込めて。

六 底本「奉行人」を直す。

七 めあて。見込み。

悩《なや》[八]みで死《し》に、乳《ちゝ》に困《こま》つて居《ゐ》たところを乳母《うば》の丹精《たんせい》[九]一方《かた》[一〇]ならず養育《やういく》うけしそちなれば、母同様《はゝどうやう》に心得《こゝろえ》ろと末期《いまは》[一一]の際《きは》に言残《いひのこ》し此《こ》の世《よ》を去《さ》つてござりますゆゑ、乳母《うば》の難儀《なんぎ》を聞《き》きながら捨《す》てておく訳《わけ》には参《まゐ》りませぬ、厄介人《やつかいにん》ゆゑ貸《か》されぬとおつしやりますならわたくしは、何《いづ》[一二]れへなりとも雇《やと》ひに出《で》て、主人《しゆじん》に頼《たの》み給金《きふきん》の前借《ぜんしやく》をいたしてなりと貢《みつ》いで遣《や》りたうござりますから、お金《かね》をお貸《か》し下《くだ》さらずば、どうぞ伯父様《をぢさま》へお話《はな》しなすつて奉公《ほうこう》に出《だ》して下《くだ》さりませ。

ト此《こ》の以前奥《いぜんおく》より勢左衛門《せいざゑもんい》出で、これを聞《き》き居《ゐ》て、

勢左　いや奉公《ほうこう》に出《だ》す事《こと》はならぬ、貴様《きさま》は一生《しやう》この家《うち》で飼殺《かひごろ》[一三]しにして使《つか》はねば、この伯父《をぢ》が引合《ひきあ》はぬわえ。

ト前《まへ》へ出《で》る。

らん　おゝ好《よ》い所《ところ》へ旦那《だんな》どの、聞《き》いてござつたか知《し》らねども、あんなふて勝《がつ》[一四]手《て》を言《い》ひますわいなう。

林之　いえ喰潰《くひつぶ》しとおつしやりますゆゑ、奉公《ほうこう》に出《で》ると申《まう》しましたのが、なんでふて勝手《がつて》でござりまする。

勢左　えゝ、それだからおのれの様《やう》な理《り》[一五]も非《ひ》も分《わ》からぬ奴《やつ》はないと、おれが

八　病い。病気。
九　うそいつわりのない誠実な心。まごころをこめて物事をすること。
一〇　ひととおりでなく。なみなみならず。
一一　今は、今際（「今は限り」の意）。最期。臨終。
一二　『マネー』では、エヴリンはクララへの思いから、食客であることを耐えていて、外に出て行こうとはしない。

▽勢左衛門登場。

一三　家畜を死ぬまで飼うように、役に立たなくなった雇人を一生養っておくこと。

一四　不手勝手、不貞勝手。自暴自棄のしたい放題なこと。ふてくされた言動。

一五　道理にかなっていようがいまいが問題にしない。

不断《ふだん》から言《い》つて居《ゐ》るのだ、親《おや》[一]なき後《のち》は伯父《をぢ》が親《おや》と、此《こ》の日本《にっぽん》はいふに及《およ》ばず、各国《かくこく》まで例《たと》へてあれど、親《おや》なき後《のち》は乳母《うば》が親《おや》だと、そんな間《ま》違《ちが》つた譬《たとへ》はない、その乳母《うば》に貢《みつ》ぎたいといつて親同然《おやどうぜん》な伯父《をぢ》を捨《す》て奉《ほう》公《こう》に出《で》て、それで済《す》むか、[二]給金《きふきん》の前借《まへがり》をして乳母《うば》に貢《みつ》がうと思《おも》ふなら、その金《かね》を伯父《をぢ》によこせ、それでこそ孝行者《かうくもの》と[三]直[四]新聞《ぢきしんぶん》へ出《で》て褒《ほ》められるが、乳母《うば》に貢《みつ》ぎをしたいから金《かね》を貸《か》してくれろなどゝは、[五]途方《とはう》とてつもない奴《やつ》だ、金《かね》も貸《か》さねばおのれの自由《じいう》に奉公《ほうこう》にも出《だ》さぬから、伯父《をぢ》へ孝行《かうく》と思《おも》ふなら、喰潰《くひつぶ》しにならぬやう[六]一生懸命《しやうけんめい》に働《はたら》きをれ、そんな曲《まが》つた料簡《れうけん》だから、伯父《をぢ》の心《こゝろ》にかなはぬのだ。

らん　こりや旦那《だんな》どのゝ言《い》はれる通《とほ》り、親《おや》なき後《のち》は伯父《をぢ》が親《おや》、母《はゝ》なき後《のち》は伯《を》母《ば》が母《はゝ》、家《うち》の身代《しんだい》さへ[七]肥《こや》してくれゝば、何《なん》でこつちで邪魔《じやま》にしよう、料簡違《れうけんちが》ひな事《こと》を言《い》はずと一生懸命《しやうけんめい》に働《はたら》くがよい。

林之　そんならどうでもわたくしを、奉公《ほうこう》に出《だ》しては下《くだ》さりませぬか。

勢左　大恩《だいおん》のある伯父《をぢ》を捨《す》て、不実《ふじつ》をすると捨《す》ておかぬぞ。

林之　そんな[八]手前勝手《てまへがつて》な、

らん　何《なん》だとえ。

一 諺。正しくは「親なき後は兄が親」。林之助の考えを責めながら、勢左衛門自身の譬えが間違っているおかしみ。『歌舞伎新報』明治二十三年に「コレ親無時は伯父が親と言事を知て居らふ」。

二 奉公先からの給金。

三 すぐ。即座に。

四 新聞は、明治元年に出た『江湖新聞』『中外新聞』『日日新聞』『遠近新聞』が最初のもの。明治六年には全国で七十九種にも上っている。『勧善懲悪孝子誉（かんぜんちようあくこうしのほまれ）』に仮名垣魯文編集の『かなよみ（仮名読新聞）』に親孝行の記事が出た例が引かれる。「（かつ）そんなら此間の新聞にあつた、卯之助さんといふ親孝行は此お子でござんしたか」。

五 すじみち。道理。「途方」「途轍（とてつ）」と同じ意味の言葉を繰返して強める。「トハゥヲワキマエヌヒトヂャ」（日葡）。

六 「一所懸命」の転。

七 豊かにする。富ます。

八 自分の便宜ばかりはかること。勢左衛門夫婦を批難したあと、言いかえて、自分の勝手、我儘として詫びる。

▽おしな登場。

九 おくらと対照的な身装。『俳優評判記』第三編の評、「小団次のお品は大当り〳〵少しも点の打所なし極まじめで奇麗な娘で何もイヤな振りもせず夫で只慾張た事ばかり云て居る所大受〳〵□実に思つたより能（よふ）五座いました」。また、『続続歌舞伎年代記・乾』（田村成義編、市村座、大正十一年）には「我儘にして父母の性質をうけつぎたる軽薄無情の蓮葉娘を描写して残す所なく此優唯一の当り役として非常の賞讃を

林之　いえ手前《てまへ》の勝手《かつて》を申《まう》しまして、お腹《はら》をお立《たゝ》せ申《まう》しました。真平御免下《まつぴらごめんくだ》さりませ。

勢左　さう詫《あやま》るなら料簡《れうけん》してやる。（ト爰《こゝ》へ奥《おく》よりおしな九島田鬘振袖娘《しまだかづらふりそでむすめ》にて出来《いできた》り、）

しな　もし一〇父《とゝ》さん、臼《うす》右衛《ゑ》門《もん》さんがお帰《かへ》りなさるが、何《なん》ぞ御用《ごよう》はござりませぬか。

勢左　いや金儲《かねまう》けの病気見《びやうきみ》舞《まひ》に、一一半口乗《はんくちの》つておかねばならぬ。

らん　儲《まう》かる事《こと》ならわたしも半口《はんくち》、娘《むすめ》と二人《ふたり》で乗《の》りませう。

勢左　いや乗《の》られては割《わり》が悪《わる》い。（ト勢左衛門奥《せいざゑもんおく》へはひる。）

らん　何《なん》だかこりや甘《うま》さうな話《はな》しだ。（ト跡《あと》を追《おつ》かけ奥《おく》へはひる。おしな思《おもひ》入《いれ》あつて、）

しな　一二これ林之助《りんのすけ》どの、いつも見世《みせ》へ東京《とうきやう》から来《く》る、一三小間物屋《こまものや》さんは見《み》えなんだかえ。

林之　東京《とうきやう》から来《く》る小間物屋《こまものや》とは、吉兵衛《きちべゑ》さんでござりますか。

しな　あの人《ひと》に少《すこ》し頼《たの》むものがござんすから、来《き》たら奥《おく》へ知《しら》せて下《くだ》さい。

林之　畏《かしこま》りました。頼《たの》むものとは一四又指輪《またゆびわ》でござりますか。

博し是より大いに売出したり」とあり、さらに次の逸話が残っている。「小団次このお品にて拵へをすませ舞台へ出んと作者部屋の前を通りしに林之助のこしらへにて爰に舞台のキッカケを待ち居たる菊五郎がそのこしらへを見て「娘が内に居るのに帯留を締ちやア居ねへ大体背負守りの紐でとめるか下女なんかは前垂の紐で留て居らア帯どめをするのはをかしいぢやねえか」と注意され小団次も大いにさとり早速に取すてゝ帯留は次幕恵府林宅へ来る時に用ひたりと些細の事にも能く行届く菊五郎が技芸の上の注意はいつもながら感服なり」。

一〇『歌舞伎新報』明治二十三年に「那父（おとつ）さん」。『俳優評判記』第三編に「おとッさん」。

一一 普通「一口乗る」と言う。企てや出資の分担の半人分。儲け話に半人分入れてもらおう。

▽勢左衛門、おらん退場。

一二『俳優評判記』第三編に「林之助さん東京（とうけい）から来る小間物屋はまだ見得ませぬか（林之助）へヱ坂本からくる吉兵衛さんで御座いますか」。台帳2「阪本から来る吉兵衛さんでございますか」。

一三 女性の化粧用のこまごましい品物、紅・白粉（おしろい）・櫛・簪（かんざし）などを扱う商人。

一四 明治に入って、金銀時計類・鎖類・指環類・両眼鏡などが売られる（『日本絵入商人録』明治十九年、『絵で見る明治商工便覧』第二巻、やま戸書房、昭和六十二年所収）。ことに、明治十年に上野公園で開かれた内国勧業博覧会以降、指輪を嵌めることが流行した。『マネー』では、ジョージナは、前記イヤリングのほか、鼈甲のギターを売って慈善に使ったと言及される。更に、父ジョンと共に指輪の買物に出かける場面もある。

しな　いえ、此《こ》の間《あひだ》出来《でき》て来《き》たこの[一]銀簪《ぎんかん》の耳掻《みゝか》きが少《すこ》し小《ちひ》さいゆゑ、直《なほ》して貰《もら》はうと思《おも》ふのぢやわいな。

　ト[二]珊瑚珠《さんごじゆ》の玉《たま》の入《い》りし簪《かんざし》を見《み》せる。

林之　成程玉《なるほどたま》に合《あ》はせましては少《すこ》し小《ちひ》さいやうでござりますが、[三]色気《いろけ》と云《い》ひ形《かたち》といひ[四]すなほな玉《たま》でござりますな、こりやあ[五]古《こ》渡《わた》りでござりませう、なか〳〵安《やす》くは出来《でき》ますまいね。

しな　いえ、そんなに高《たか》くはござんせぬが、玉《たま》ばかりが十円《ゑん》でござんした。

林之　へえゝ、玉《たま》ばかりが十円《ゑん》でござりますか、いや此《こ》の位《くらゐ》の[六]分《ぶ》があつては、無疵《むきず》でござりますからその位《くらゐ》はいたしませう。

しな　銀簪《ぎんかん》だけの損《そん》さへすれば、いつでも十円《ゑん》で引取《ひきと》るといふゆゑ、[七]四五日《にち》あとに拵《こしら》へたのぢやわいな。

林之　左様《さやう》でござりますか、好《い》い簪《かんざし》でござりますな。（ト簪《かんざし》を持《も》ち思入《おもひいれ》あつて、）おしなさん、折入《をりい》つてお前《まへ》さんにお願《ねが》ひがござりますが、此《こ》の簪《かんざし》をわたくしに、[八]少《すこ》しの内貸《うちか》しして下《くだ》さりませぬか。

しな　えゝもう馬鹿《ばか》らしい、[九]お前《まへ》に貸《か》さうと思《おも》つて拵《こしら》へはしないよ。（ト簪《かんざし》を引取《ひきと》る。）

一　銀製の簪。今でも古道具屋にある。

二　珊瑚をみがいて加工、細工して作った玉。色は赤・桃・ぼけ・ぼけまがい・白の五種で、種々の装飾品に用いる。

三　色のぐあい。いろあい。

四　形状がまっすぐで、曲がったりゆがんだりしていないさま。

五　古く外国から渡ってきた品物。室町時代またはそれ以前に渡来した織物・薬品・陶磁器などの称。良質、高貴なものとして珍重された。『天衣紛上野初花（くもにまごううえののはつはな）』の河内山宗俊の台詞に「外へ出るには古渡り唐桟、内では結城を普段に着て」。

六　厚さの程度。

七　四、五日前。

八　少しの間。『歌舞伎新報』明治二十三年に「四五日」。

九　『歌舞伎新報』明治二十三年に「唯（だれ）が貸奴が有物か」。

林之　そりやさうでございませうが、長《なが》くではございませぬ、二三日貸《にちか》して下《くだ》さりませ。

しな　誰《だれ》がお前《まへ》に貸《か》しませう、常談《じやうだん》[一〇]をお言《い》ひでないよ。

林之　いえ常談《じやうだん》ではございません、真実《ほんたう》に貸《か》して下《くだ》さりませ。（ト袖《そで》にすがる、）

しな　えゝも、厭《いや》だヨウ。（ト袖《そで》を振払《ふりはら》ひツン[一一]として奥《おく》へはひる、林之助《りんのすけ》これを見送《みおく》り、）

林之　親《おや》が親《おや》なら娘《むすめ》まで、色気《いろけ》を捨《す》てゝ欲《よく》がたつぷり、こゝらが開化《かいくわ》[一二]の娘《むすめ》か知《し》らん。

ト呆《あき》れし思入《おもひいれ》。引違《ひきちが》へて奥《おく》より以前《いぜん》の臼《うす》右衛《ゑ》門《もん》出来《いでき》り。

臼右　入費《にふひ》を遣《つか》つて見舞《みまひ》に行《ゆ》き、向《むか》うが死《し》ねばたんまり[一三]と儲《まう》かる仕事《しごと》の目論見《もくろみ》も、乗《の》[一四]り手《て》が殖《ふ》ゑては割《わり》に当《あた》らぬ。（ト懐《ふところ》より札《さつ》を出《だ》し、）然《しか》し土産《みやげ》の資《し》[一五]本金《ほんきん》も半分《はんぶんで》出ればこつちも気安《きやす》い、ちつとも早《はや》く買立《かひた》[一六]てよう。

ト札《さつ》を紙入《かみいれ》に納《をさ》め門口《かどぐち》の方《かた》へ行《ゆ》かうとする、林之助《りんのすけ》この体《てい》を見《み》て羨《うらやま》しきこなしにて、

林之　もし雅羅田《がらた》さま、お見掛《みか》け申《まう》して、折入《をりい》つてお願《ねが》ひがございまする。

一〇 冗談。

一一 →八頁注七。
▽おしな退場。

一二 黙阿弥作品においては「開化」という言葉が、両面価値・二重価値的に捉えられている。

▽臼右衛門登場。

一三「たくさん」の意だが、「たんまりせしめる」などと用い、やや品がない。

一四 利益を分配する頭数が多くなっては割に合わない。

一五 元手(もと)。

一六 土産物を買入れよう。→六四頁二行。

臼右　見掛《みか》けて頼《たの》みがあるといふは、貴様《きさま》も半口乗《はんくちの》せてくれろか。

林之　いえ左様《さやう》ではござりませぬ、差当《さしあた》りまして今日中《けふぢゆう》に金子《きんす》が十円《ゑん》ござりませねば、義理《ぎり》のかけまする事《こと》が出来《でき》て当惑《たうわく》いたしてをりまする。どうぞあなたのお情《なさけ》で[一]親類《しんるい》うちの誼《よしみ》を思《おも》ひ、十円《ゑん》[二]お貸《か》し下《くだ》さりませぬか。

臼右　これ〳〵林之助《りんのすけ》どん、その親類呼《しんるいよば》はりは止《よ》して下《くだ》さい、そりやあそなたの親父《おやぢ》とは[三]商法仲間《しやうはふなかま》で[四]入懇《じゆこん》を結《むす》び、親類《しんるい》の付合《つきあひ》もしたが家《うち》が潰《つぶ》れてこつちの家《うち》へ引取《ひきと》られてゐるそなたへ対《たい》し、金《かね》を貸《か》す謂《いは》れはない、十円《ゑん》どころか少《すこ》しの縁《えん》も、今《いま》となつちやあ[五]他人向《たにんむ》きだ。

林之　さうおつしやらずと、[六]お達引《たてひき》にて、

臼右　いや[七]見当《みあて》のねえのに、金《かね》は貸《か》せねえ。

林之　そこを何卒《なにとぞ》、（ト袂《たもと》にすがるを、）

臼右　えゝうるせえ、放《はな》さねえか。（ト袖《そで》を振払《ふりはら》つて花道《はなみち》へはひる、[八]林之助《りんのすけ》これを見送《みおく》り思入《おもひいれ》あつて、）

林之　伯父《をぢ》は勿論今《もちろんいま》の人《ひと》も、元《もと》は親類同然《しんるいどうぜん》の付合《つきあひ》をしたお人《ひと》だが、斯《か》うも分《わ》からぬ人《ひと》ばつかり揃《そろ》ひも揃《そろ》つて居《ゐ》るものか、金《かね》が出来《でき》ねば千之助《のすけ》の貧苦《ひんく》を助《たす》ける事《こと》もならず、乳母《うば》の命《いのち》にかゝはる大事《だいじ》、いつそ此《こ》の間《ま》に本

一　逆転する伏線の言葉。
二　『マネー』ではグロースモアに頼んで断られる。
三　商売仲間。あきないの同業者。
四　熟懇、入魂、昵懇。親しく交わること。
五　他人同士。
六　立引。気前を見せて、他人の出費を引き受けること。また、男としての義理や意気地を立て通すこと。ここでは、金品を用立てることだが、このあと、蒙八・野毛松が鸚鵡(歌舞伎で、道化役が主要な役の台詞や演技を直後にまねる演出をいう)でまねる。
七　→二六頁注七。
▽臼右衛門退場。
八　『俳優評判記』第三編では、林之助「コイツもいかぬへ」と吐き、これをまた、番頭・丁稚が鸚鵡で言う。台帳2は「アヽまたしくじつた〇」。

町《まち》の五郎《ろ》右衛《ゑ》門様《もんさま》の所《ところ》へ行《ゆ》き、膝《ひざ》[九]へ縋《すが》つて頼《たの》んで見《み》よう、それが何《なに》より[一〇]上分別《じやうふんべつ》だ。

ト身支度《みじたく》をする、爰《こゝ》へ奥《おく》より幕明《まくあ》きの蒙《もう》八出《で》て、

蒙八　[一一]これ〳〵林之助《りんのすけ》どの、金《かね》がいるなら蒙《もう》八が差繰《さしく》[一二]つて貸《か》して進《しん》ぜようか。

林之　おゝ蒙《もう》八どの、有難《ありがた》い、どうかなるなら貸《か》して下《くだ》さい。

蒙八　その代《かは》り又《また》こつちでも、こなたに一つの頼《たの》みがあるのぢや。

林之　さうして、其《そ》の頼《たの》みといふのは。

蒙八　外《ほか》でもないが、こなたの縁者《えんじや》でこつちの家《うち》に厄介人《やつかいにん》で居《ゐ》る、あの倉田《くらた》のおくらさんを、わしに取持《とりも》つて貰《もら》ひたい。

林之　人《ひと》が心配《しんぱい》して居《ゐ》る所《とこ》へ、そんな常談《じやうだん》を言《い》はないで、金《かね》の都合《つがふ》が出来《でき》るなら、どうかわしに貸《か》して下《くだ》さい。

蒙八　いえ常談《じやうだん》ではない、おくらさんさへ取持《とりも》つて下《くだ》されば、きつと金《かね》は都《つ》合《がふ》して貸《か》してあげませう。

林之　それだと云《い》つて色事《いろごと》の取持《とりもち》はどうもわたしには出来《でき》ませぬ、それぢやあもうお前《まへ》にも借《か》りませぬ。やつぱり本町《ほんまち》の、いえなに、[一三]外《ほか》で都合《つがふ》をしませうから、みだらな事《こと》はお断《ことわ》り申《まう》します。

九「袂にすがる」から「膝へすがる」、更に三四頁一一行の蒙八・野毛松の動作へつながる。
一〇 上乗の分別。最もよい考え。
▽蒙八登場。
一一『歌舞伎新報』明治二十三年では、以下の番頭・丁稚の鸚鵡はない。
一二 やりくりをして。
一三 本町の「ほ」の音を言い替える。

蒙八　さういつこくを[一]言《い》はないで、取持《とりも》つことが出来《でき》ずば、せめて、おくらさんと[二]情人《いろ》になる智慧《ちゑ》をわたしに貸《か》して下《くだ》さい。

林之　情人《いろ》などをした事《こと》のないわたしだから、そんな智慧《ちゑ》はありません。

蒙八　さうおつしやらずと、[三]お達引《たてひき》にて、

林之　えゝ色気《いろけ》のないのに、智慧《ちゑ》は貸《か》されぬ。

蒙八　そこを何卒《なにとぞ》、（ト袂《たもと》へすがるゆゑ、）

林之　えゝうるさい、放《はな》しなされい。

ト袖《そで》を振払《ふりはら》ひ逸散《いつさん》に花道《はなみち》へはひる、[四]此《こ》の内奥《うちおく》より幕明《まくあ》きの野毛《のげ》松此《まつこ》の体《てい》を見《み》て居《ゐ》る、

蒙八　旦那《だんな》もいつこくだが、今《いま》の人《ひと》も身内《みうち》だけ揃《そろ》ひも揃《そろ》つたいつこく者《もの》、いつそ此《こ》の間《ま》に当人《たうにん》の[五]尻《しり》へ縋《すが》つて頼《たの》んで見《み》よう、それが何《なに》より上分別《じやうふんべつ》だ。

野毛　[六]番頭《ばんとう》さん、わたしが取持《とりも》つてあげるから、晩《ばん》に[七]軍鶏《しやも》でもお奢《おご》りな。

蒙八　いや情事《いろ》などをしたことのない小僧《こぞう》に此《こ》の取持《とりも》ちは頼《たの》まぬから、それよりやつぱり[八]直談《ぢかだん》じに、いえなに、[九]旦印《だんじるし》に小言《こごと》をいはれるから、みだらなことはお断《ことわ》りだ。

野毛　さういつこくを言《い》はないで、軍鶏《しやも》が厭《いや》ならせめて[一〇]牛《ぎう》でも、

一　性急で腹立ち易いこと。頑固で人の言を聞かぬこと。語源は、「一刻」が短い時間で急ぐ意を表すところから生じたとも、「一国」だけを知って他国を知らない意からともいう。

二　色男。恋人。台帳1は「色」（以下、三行、一三行も同じ）。

三　三二頁九行の林之助の台詞に対応。ここから鸚鵡になる。

四　『俳優評判記』第三編に「番頭コイツもいけねへト林之助の真似をする」。台帳2は「ア、又しくじつた」。

▽林之助退場。野毛松登場。

五　三三頁一行の林之助の台詞「膝」と対照。

六　『歌舞伎新報』明治十二年に「丁稚（宝作）出て弾（はぢか）れ番頭（ばんと）トはやして這入（はいる）を（喜知六）追掛（おひかけ）て這入（はいる）」。

七　ニワトリの一品種。闘鶏に用い、愛玩用・食用。しゃも鍋は、明治七年頃の流行の一つであった（岩崎爾郎・清水勲『明治大正諷刺漫画と世相風俗年表』自由国民社、昭和五十七年）。横浜にも「鶏肉舗（しやもや）」がある（『横浜新誌』初編、明治十年。明治文化研究会編『明治文化全集』第八巻所収）。

八　直談判に同じ。他人に依頼せず、直接に相手と談判すること。

九　「ぢかだんじ」の「だん」から、「だんじるし」の「だん」につながる。旦那に「印」をつけて隠語めかしていう。人名や語の頭字に添えて遠まわしにいう言い方。『俳優評判記』第三編では、見ていた丁稚が「番頭さんはお倉さんを当こんではぢかれたはぢかれ番頭だ」と囃す。そこで蒙八は「コレ何を云今の様子を知つたら仕方がないが決して人に云な」と口止めをしようとする。現行台本では、「はぢかれ番頭」は幕開きにあり、また口止めもない。以下「丁稚黙言（だまつ）て居るから何か奢って呉（くれ）ろ

蒙八　おごつたことはないわたしだから、そんな散財《さんざい》はまつぴらさ。

野毛　さうおつしやらずと、お達引《たてひき》にて。

蒙八　えゝ色気《いろけ》のないのに、牛《ぎう》はおごれぬ。

野毛　そこを何卒《なにとぞ》、

蒙八　えゝうるさい、放《はな》しなされい。

ト一一追《おつ》かけて奥《おく》へはひる、入替《いれかは》つて奥《おく》より以前《いぜん》の勢左衛門《せいざゑもん》おらんを連《つ》れて出来《いできた》り、

らん　もし旦那《だんな》どの、内々用《ないくよう》とは何事《なにごと》でござるか、昼日中《ひるひなか》見世先《みせさき》で、まさか一二提灯《ちやうちん》で餅《もち》もつけまい。

勢左　えゝ馬鹿《ばか》な事《こと》を言《い》はつしやるな、内証《ないしよ》の用《よう》とは外《ほか》でもないが、あの林《りん》之助《のすけ》めが乳母《うば》へ貢《みつ》ぐと十円《ゑん》の金《かね》を借《か》りたがるは、何《なに》に遣《つか》ふか分《わか》らぬゆゑ持逃《もちに》げでもされぬやうに、貴様《きさま》もこれから気《き》を付《つ》けさつしやい。

らん　ほんに彼奴《あいつ》めも年若《としわか》ゆゑ、いつか近所《きんじよ》へ一三馴染《なじみ》をこしらへ一四穴《あな》ッ這入《ばひ》りでもするのか知《し》れぬ、こなたも是《こ》れから林之助《りんのすけ》は金《かね》の使《つか》ひなどにせぬがよい。

勢左　いやそればかりぢやない、今聞《いまき》けばあの番頭《ばんとう》めが林之助《りんのすけ》に金《かね》の工面《くめん》を

ト云番頭馬鹿を云な丁稚さう仰(つお)しやらずと是非「番頭ヱ、知らねへわへト奥へ入」となる。

一〇 牛肉。仮名垣魯文『安愚楽鍋』初編(明治四年)に「牛鍋食はねば開化不進奴(ひらけぬやつ)」。黙阿弥は『繰返開化婦見月(くりかえすかいかのふみづき)』で牛鍋屋を取り上げている。開化直前の横浜を細かく伝えるE・スエンソン『江戸幕末滞在記』(新人物往来社、平成元年)に、「日本人は牛を労働に使うだけで食さない」とあるが、明治九年の『郵便報知新聞』七月十二日には「日増しに牛肉を好む者が殖へると見へ昨年に較れば一倍なりと」の記事あり。

一一 『俳優評判記』第三編には、「丁稚コイツも行ねへと云ながら奥へ行うトするト秤が袖に引かゝる丁稚ヱ、知らねへわへト振払うトする秤で手を打おかしみ有て奥へは入」と入れ事(歌舞伎などで、原作にない文句や振りなどを挿入すること)が加わっている。台帳2では「(時松)ア、またしくじつたト是にてでつち奥へは入ろふとするを西洋はかりに袖が引つかかるをヱ、知らぬわへト袖を振放そふとする時はかりで手ヲ打いたひこなしにてア、またしくじつたとゆびをくわへながら奥へはいる」となっている。

▽蒙八・野毛松退場。勢左衛門・おらん登場。

一二 「提灯で餅を搗く」とは、(老人のしなびて役に立たない陰茎を提灯に譬えて)老人が房事を行うことをいう。転じて、思うようにならないことの譬え。おらんは原義通りにわいせつな台詞をあけすけに言う。

一三 情婦。情人。　一四 情婦のもとや遊里などに入り込むこと。情事に入りびたる。『富士額男女繁山(ふじびたいつくばのしげやま)』に「(大蔵)定めて何所ぞへ穴ツぱいりでござらうな。(繁)いや、聊かも左様な事はござりませぬ」。

らん　してやると言《い》つて、爰《こゝ》で吐《ぬ》かしてをつたは、[一]くすね銭《ぜに》でも持《も》つては居《ゐ》ぬか。

らん　いやもう家《うち》に居《ゐ》る奴《やつ》はみんな泥坊《どろばう》、少《すこ》しも油断《ゆだん》はならぬから、今夜《こんや》から代《かは》りぐ〜に金《かね》の番人《ばんにん》に起《お》きて居《ゐ》ませう。

勢左　どうか他人《たにん》を遣《つか》はずに、金《かね》の儲《まう》かる工夫《くふう》はないか。

らん　又見世《またみせ》の奴《やつ》が奥《おく》へ行《い》つて、女共《をんなども》と[二]どち狂《ぐる》つて居《ゐ》るか。

勢左　貴様《きさま》は奥《おく》を気《き》を付《つ》けろ、おれは帳面《ちやうめん》を調《しら》べにやならぬ。

らん　やれ〳〵世話《せわ》の焼《や》けたことだ。

トおらんは奥《おく》へはひる。勢左衛門《せいざゑもん》は上手《かみて》帳場《ちやうば》の内《うち》にて[三]帳合《ちやうあひ》をして居《ゐ》る、やはり木琴入《もくきんい》りの浜唄《はまうた》になり、花道《はなみち》より[四]毛織《けおり》五郎《ろ》右衛《ゑ》門《もん》[五]散髪《ざんぱつ》鬘《かつら》羽織《はおり》着《き》流《なが》し駒下駄《こまげた》がけにて先《さき》へ立《た》ち、後《あと》より門戸《もんと》の手代《てだい》藤太郎《とうたらう》同《おな》じく散髪《ざんぱつ》[六]半合羽《はんがつぱ》脚絆《きやはん》草履《ざうり》がけの旅装《たびなり》にて、[七]下等《かとう》の蝙蝠傘《かうもりがさ》を突《つ》き出来《いできた》り、花道《はなみち》にて、

五郎　[八]向《むか》うの家《うち》がお前《まへ》に話《はな》した、辺勢《へんせい》といふ積問屋《つみどんや》の見世《みせ》だ。

藤太　成程《なるほど》、強欲《がうよく》と呼《よ》ばれるだけあつて、金《かね》のありさうな見世構《みせがま》へでござりますな。

一　ひそかに盗んだり、ごまかしたりして得た金。『青砥稿花紅彩画（あおとぞうしはなのにしきえ）』に「百が二百と賽銭（さいせん）のくすね銭せえだんだんに」。

二　「どちぐるう」とも。ふざける。ざれあう。

▽おらん退場。

三　金銭や商品の勘定と帳簿面とを照合して、計算の正否を確かめ、損益などを記入している。

▽五郎右衛門・藤太郎登場。

四　『俳優評判記』第三編に「団十郎の毛織五郎右衛門は先何も云所もなし□尤当人も遊で居る気で仕て居るので有ませうが鬘（かつら）が林之助と同じ様で額いの所へ毛が四五本下るのは堂も若（じや）けらッぽく見えてわるし」「家橘の手代の藤太郎は何ともなくてよし□扨此人を藤太郎と名を付たは堂云理屈か門戸藤右衛門の藤太郎と云ト堂か息子の様に思われます○併し当人はよく仕て居ました赤裏（あかうら）の廻（まは）し合羽（かっぱ）に手提（てさげ）を持て出た所例（つい）もの若旦那ツケが無くて大よし」。

五　底本「散鬘髪」を直す。

六　上半身をおおう丈の短い合羽。

七　当時の新風俗。幕末から行われかけていた洋傘は明治に入って、年ごとに流行していった。「カナキンで張りたる蝙蝠傘を傍らへ置き」（仮名垣魯文『安愚楽鍋』）。平出鏗二郎『東京風俗志』中の巻（冨山房、明治三十四年）「容儀服飾」には「蝙蝠傘は早く慶応三年の初め、既に伝はり来りしが、専ら武士の用いたりしに、次第に衆庶を通じて盛に用いられ、竟（つひ）に日傘（ひがさ）を圧倒せり。当初は八間骨の平張（ひらばり）にして、劣れるは天竺木綿（てんぢくもめん）、優れたるは甲斐絹（かひき）を以て張りしが」とある。

八　『歌舞伎新報』明治二十三年に「（九）向ふの家が辺瀬（へんせい）と言（いふ）積問屋（つみとひや）あそこへ往（ゆけ）

五郎　あすこへ行《ゆ》けば、門戸《もんと》どのゝ身寄《みよ》りの者《もの》が寄合《よりあ》つて居《を》れば、遺言状《ゆいごんじやう》[九]は
あすこで開《ひら》きませう。

藤太　勝手《かつて》を知《し》らぬわしの事《こと》ゆゑ、何分《なにぶん》よろしくお頼《たの》み申《まう》しまする。

ト右《みぎ》の唄《うた》にて両人舞台《りやうにんぶたい》門口《かどぐち》へ来《き》て、

五郎　辺勢《へんせい》どの、お店《みせ》に居《を》られましたか。（ト内《うち》へはひる。）

勢左　これは本町《ほんまち》の五郎《ろ》右衛《ゑ》門《もん》どの、お珍《めづ》らしい、よくおいでなされた、ま
あこれへお寄《よ》んなさい。

五郎　それぢやあ藤太郎《とうたらう》どの。

藤太　先《ま》づ〳〵お先《さ》きへ。

五郎　御免《ごめん》なさい。

[一〇]ト五郎《ろ》右衛《ゑ》門《もん》二重《ぢゆう》[一一]へ上《あが》りよろしく住《すま》ふ、藤太郎平舞台下手《とうたらうひらぶたいしもて》に住《すま》[一二]
ふ、これにて勢左衛門《せいざゑもん》帳面《ちやうめん》を片付《かたつ》け前《まへ》へ出《で》て、

勢左　繁用《はんよう》[一三]に取紛《とりまぎ》れ、毎度御無沙汰《まいどごぶさた》に打過《うちす》ぎましたが、五郎《ろ》右衛《ゑ》門《もん》どのはい
つもながら、お替《かは》りなうて結構《けつこう》でござる。

五郎　その御無沙汰《ごぶさた》はお互《たが》ひの事《こと》、用《よう》がなければ年始《ねんし》の外《ほか》、問《と》[一四]ひ音信《おとづれ》もしま
せなんだが、いつもこなたもお達者《たつしや》で、お見世《みせ》も繁昌《はんじやう》すると聞《き》き、陰《かげ》

ば門戸殿(もんどどの)の身頼(みより)が寄合(よりあつ)て居(ゐる)から遺言状は彼家(あのや)にて読ませふ(藤太)勝手を存ぜぬ私し故宜敷(よろしく)願ひますト舞台に来り(九)辺瀬殿(へんせいどの)御在宿(ございしゆく)でござつたか(幸)是は五郎右衛門殿お珍らしひサア〳〵是へ」。明治二十三年の寿座での上演には、五郎右衛門を九蔵、瀬左衛門を幸笑、おし那を鬼丸、おらんを団六、臼右衛門を団升、林之助を照蔵、おくらを田之助が勤めているため、『歌舞伎新報』明治二十三年には（　）に役者名が入っている（以下同）。

九『マネー』では、グレーヴズが、ジョンの邸に弁護士シャープを連れてきて、親類を集めて遺言状を読ませる。

一〇『歌舞伎新報』明治二十三年に「ト両人(りやうにん)宜敷内へ入住(いりすま)ふ」。

一一 ↓用語一覧。

一二 ↓用語一覧。

一三 用事の多いこと。多忙なさま。

一四 訪問したり手紙を出すこと。

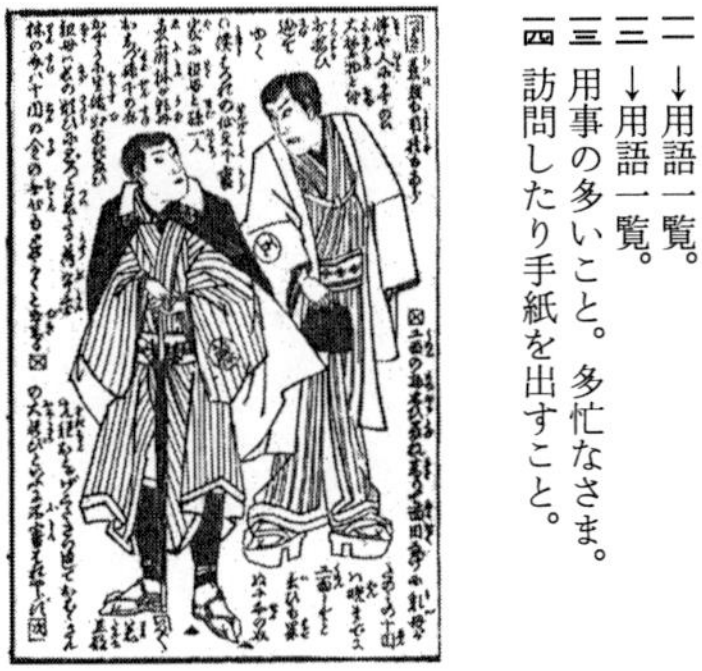

ながらお悦《よろこ》び申《まう》します。

勢左　有難《ありがた》いことに、どうか斯《か》うか取《と》[一]り続《つゞ》いて居《ゐ》るものゝ、旨《うま》い銭儲《ぜにまう》けが少《すく》ないので、思《おも》ふやうには行《ゆ》きませぬ。

藤太　（前《まへ》へ出《で》て、）これはお初《はつ》にお目《め》にかゝりまする。（ト辞儀《じぎ》をなす、勢《せい》左衛門藤太郎《ざゑもんとうたらう》を見《み》て、）

勢左　ついぞ見馴《みな》れぬ旅《たび》の御仁《ごじん》、これは何《いづ》れのお人《ひと》でござる。

五郎　あれはこなたも知《し》らぬ筈《はず》、今度《こんど》始《はじ》めて出《で》て来《き》ました長崎表《ながさきおもて》[二]のこちらの親類《しんるい》、門戸《もんと》どのゝ手代《てだい》にて藤太郎《とうたらう》どのといふ若者《わかもの》、先頃《さきごろ》より藤右衛門《とうゑもん》どのには大病《たいびやう》で居《を》られた所養生《ところやうじやう》叶《かな》はず病死《びやうし》[三]され、それに付《つ》いて遺言状《ゆいごんじやう》を預《あづか》り今方蒸汽《いまがたじようき》で此《こ》の地《ち》へ着《つ》き、わしの家《うち》へ尋《たづ》ねて来《き》たゆゑ、直《す》ぐに連立《つれだ》つてこちらの家《うち》へお知《しら》せ申《まう》しに来《き》ました。

トこれを聞《き》き、勢左衛門締《せいざゑもんしめ》[四]たといふ思入《おもひいれ》あつて気《き》を替《か》へ、態《わざ》とびつくりせしこなしにて、

勢左　えゝ、そんならなんと言《い》はつしやる、長崎表《ながさきおもて》の門戸《もんと》どのには、大病《たいびやう》で死《し》なれましたか。

藤太　後月《あとげつ》[五]二十八日《にち》の夜《よ》、果敢《はか》なく病死《びやうし》を遂《と》げられました。

一「とり」は接頭語。つづく。かろうじて生活をつづける。食いつなぐ。

二（地名などにつけて）そちらのほう。もと。「国表」「江戸表」など。

三『マネー』では、開幕早々モードーントの死去が、手紙で伝えられる。『歌舞伎新報』明治二十三年に「（九）此仁（このにん）は長崎の門戸殿（もんどどの）の手代にて藤太郎殿と言（いふ）若者先頃よりして藤右衛門殿は大病で居（おら）れた所養生（やうじやう）叶（かな）わず死去され夫（それ）に就（つい）て遺言状を預かり今方（いまがた）蒸汽（じやうき）でこの地へ着し私（わし）が家へ尋ねて来たゆへ直（すぐ）に同道して参りましたト是を聞（きゝ）態（わざ）と恟（びつ）くりせし思入にて（孝）夫（そん）なら門戸殿には死去致されましたか（藤太）去月（きよげつ）廿八日の夜墓（はか）なく成（なり）ました（孝）ヤレ〳〵夫（それ）はお気の毒ト態々（わざ〳〵）愁（うれ）ひのこなしにて悔（くや）みを言（いふ）」。

四「占めたり」から、物事が自分の思い通りになった時に喜んでいう語。

五 先月。

勢左　やれ〱それはお気《き》の毒《どく》な、さつき林之助《りんのすけ》が途中《とちゆう》で五郎右衛門《ろゑもん》どのにお目《め》にかゝり、長崎《ながさき》の門戸《もんと》どのが大病《たいびやう》だといふ書面《しよめん》が届《とゞ》き御心配《ごしんぱい》との噂《うはさ》を聞《き》き、まだ六十にもならぬお人《ひと》、どうか本復《ほんぷく》[六]させたいと、丁度《ちやうど》その折雅羅臼《をりがらうす》どのも店《みせ》へ来合《きあは》せて居《ゐ》ましたゆゑ、見舞《みまひ》に行《ゆ》かうと相談極《さうだんき》まり今度《こんど》の蒸汽《じようき》の出帆《しゆつぱん》[七]には乗込《のりこ》む積《つも》りで居《ゐ》ましたに、その見舞《みまひ》さへ間《ま》に合《あは》ず死《し》なつしやつたとは情《なさけ》ない、末期《いまは》に一目《ひとめ》[八]逢《あ》はぬのが、まことに残念《ざんねん》な事《こと》でござる。（トわざと愁《うれ》ひのこなしよろしく〱）

藤太　それに付《つ》けてもこちらのお家《うち》へ、主人《しゆじん》の血縁《けつえん》[九]の林之助《りんのすけ》さまや倉田《くらた》の娘《むすめ》御《ご》おくらさまが、先年《せんねん》より引取《ひきと》られ御厄介人《ごやくかいにん》でをられますとのこと、これなる毛織《けおり》五郎右衛門《ろゑもん》さまより承《うけたま》はりましてござりますゆゑ、先《ま》づ兎《と》も角《かく》もその方《はう》へと、お知《しら》せ申《まう》しに参《まゐ》りました。

勢左　いやその二人《ふたり》より藤右衛門《とうゑもん》[一〇]どのゝ縁《えん》に繋《つな》がるわしの女房《にようばう》おらんを始《はじ》め、娘《むすめ》のおしなも嘸《さぞ》この事《こと》を聞《き》いたなら、力《ちから》を落《おと》すことであらうが、言《い》はずに居《を》れば後《あと》での恨《うら》み、これへ呼《よ》んで言《い》ひ聞《き》かせませう。（ト奥《おく》へ向《むか》ひ、）これ〱婆《ばあ》さん、大変《たいへん》だ、娘《むすめ》をつれて爰《こゝ》へ出《で》さつしやい。婆《ばゞ》アどん〱。

六「ほんぷく」とも。病気がすっかりなおること。全快。「ヤマイガホンブクスル」（日葡）。

七 明治十一、二年頃、横浜から神戸、馬関、長崎を経由して上海に行く蒸汽船があり、「広島丸」「九重丸」「名古屋丸」等の名が見える（『横浜毎日新聞』。“The Japan Weekly Mail”）。なお底本振仮名「しゆつぽん」を直す。

八 底本「一日」を直す。

九『歌舞伎新報』明治二十三年に「血縁(ちえん)」。

一〇 おらんが藤右衛門の親類。四一頁五行に「一番縁者のわし」とある。ただし、おらんと藤右衛門がどのようなつながりの親戚なのかはわからない。

ト呼《よ》び立《た》てる。これにて奥《おく》より以前《いぜん》のおらん、おしなを連《つ》れて出来《いできた》り。

らん　大変《たいへん》だとは旦那《だんな》どの、何事《なにごと》が始《はじ》まりました。

しな　父《とゝ》さん、何《なん》ぞ見世《みせ》の品《しな》でも紛失《ふんじつ》をしましたかいなあ。

勢左　いや[一]それしきの事《こと》ではない、長崎表《ながさきおもて》の藤右衛門《とうゑもん》どのが、たうとう病死《びやうし》さつしやれたのだ。

らん　それはお気《き》の毒《どく》なことなれど、[二]四百里余《りあま》りも隔《へだ》たつて居《ゐ》るゆゑ。

しな　爰《こゝ》でとやかういうたとて、仕方《しかた》がないではござんせぬか。

勢左　なに、仕方《しかた》がない事《こと》があらうぞ、藤右衛門《とうゑもん》どのは女房《にようばう》もなく跡《あと》を取《と》るべき子供《こども》もないから、[三]何万両《なんまんりやう》といふ大身代《おほしんだい》も他人《たにん》の物《もの》にせねばならぬ、そこは差詰《さしづ》め縁者《えんじや》のものが跡《あと》へ乗込《のりこ》み[四]丸取《まるど》りに、いやさ、まるで他人《たにん》の其《そ》の中《なか》で病死《びやうし》をしては看病《かんびやう》も届《とゞ》かぬ勝《がち》であらうと思《おも》へば、おりや残念《ざんねん》でこたへられぬ。（トわざと愁《うれ》ひのこなし、）

らん　成程《なるほど》、それでは、わしの姪《めひ》のおくらの親《おや》の兄御《あにご》なる藤右衛門《とうゑもん》どのゝ事《こと》なれば、わしの為《ため》にも繋《つな》がる縁《えん》、

しな　[五]又父《またとゝ》さんの甥《をひ》に当《あた》る林之助《りんのすけ》どのゝ実家《じつか》とは、脱《のが》れぬ縁者《えんじや》の門戸《もんと》さまゆ

▽おらん・おしな登場。

一　その程度のこと。それくらいのこと。

二　明治十年の『改正 横浜分見地図』（→付録）の「諸港海上里程略表」には長崎まで四百六十五里とある。

三　明治政府は維新後、直ちに貨幣新造を企て、明治二年造幣局を設けて、貨幣の形状を円形に改め、十進法を採用した。最初は、百銭をもって一元と定め、一銭の十分の一を一厘という説であったが、途中何らかの経緯で一元を一円という名に変えた（石井研堂『明治事物起原』第十編金融商業部）。ただし、民間では「両」という呼称は暫く併用され、俗に円と両は同義に用いられている。

四　すべてを余さず取る「まるどり」と言いかけて、「まるで」と言葉を濁す。

五　恵府林左衛門は、辺見勢左衛門の実弟（八七頁二行「我が現在の弟ゆゑ」）。従って、林之助の母が門戸藤右衛門の縁につながると推定されるがはっきりしない。もっとも、親類関係であることだけがわかっていれば、この場合は十分であろう。因みに『マネー』においても事情は同じである。

ゑゝ、父《とゝ》さん始《はじ》めわたしとてもやつぱり縁者《え(ん)じや》に違《ちが》ひない。

勢左　おゝさうだとも〳〵、親子《おやこ》三人《にん》その外《ほか》に、二人《ふたり》の縁者《えんじや》を家《うち》へ引取《ひきと》り世《せ》話《わ》をして居《ゐ》る勢左衛門《せいざゐもん》だ、形見分《かたみわ》けなら五人前《にんまへ》、いやさ、五人《にん》の涙《なみだ》を三人《にん》で、女房《にようばう》も娘《むすめ》もたんと泣《な》け、おれは一倍悲《ばいかな》しいわえ。

らん　さう聞《き》いて見《み》れば誰《たれ》よりも、一番《ばん》縁者《えんじや》のわしが悲《かな》しうござる。

しな　六林之助《りんのすけ》どのよりおくらどのより、わたしがたんと悲《かな》しいわいなあ。

ト三人《にん》わざと泣《な》くことよろしく、五郎《ろ》右衛門《ゐもん》藤太郎《とうたらう》顔《かほ》見《み》合《あは》せ思《おもひ》入《いれ》あつて、

五郎　扨《さて》それについて藤右衛門《とうゐもん》どのが、末期《まつご》の際《きは》に縁者《えんじや》のものへ所有《しよいう》の金《かね》を取調《とりしら》べ、残《のこ》らず形見《かたみ》に割付《わりつ》けられて遺言状《ゆいごんじやう》を書残《かきのこ》し、これを故郷《こきやう》の縁《えん》者《じや》のものへ病死《びやうし》の後《のち》に渡《わた》してくれと、言残《いひのこ》されて死《し》なれし由《よし》。

藤太　七壮年《さうねん》ながらわたくしが主人《しゆじん》の手許《てもと》で病気中昼夜《びやうきちゆうちうや》の世話《せわ》をいたしましたゆゑ、我《わ》が亡《な》きあとで横浜《よこはま》へ手前《てまへ》がこれなる遺言状《ゆいごんじやう》を持参《ぢさん》いたし、五郎《ろ》右衛門《ゐもん》さまへお届《とゞ》け申《まう》せと主人《しゆじん》の言付《いひつ》け、葬式万端済《さうしきばんたんす》ませまして直《すぐ》に蒸汽《じようき》へ乗込《のりこ》んで、八三日《か》三晩《ばん》で波濤《はたう》を越《こ》え、先刻《せんこく》この地《ち》へ着《ちやく》しました。

勢左　さう聞《き》いて見《み》れば猶以《なほもつ》て、こりや泣《な》いて居《ゐ》る所《ところ》ぢやない。

六『歌舞伎新報』明治二十三年に「林之助殿やおくら殿より私しが沢山（たんと）悲しふござんすト三人声を揚（あげ）て泣く」。

七ここでは、年若で未熟なものの意に聞えるが、「壮年」には「未熟」という含意はない。↓六八頁注一。

八やや時代を遡るが、幕末に航海記録を残したロドルフ・リンダウ（飯盛宏訳『日本周航記』西田書店、平成四年）によると、航路は九州南端の大隅海峡を通るか、または瀬戸内海を通過するかのいずれかであり、「蒸気船で、大隅海峡を経由し長崎から横浜への海路をゆくのに通常四日及至六日を要する」とある。明治十五年八月十九日の『朝野新聞』に、それまで、横浜・神戸間は通常三十六時間で航海されていたのが、三十時間に短縮されたとの記事があるので、横浜・長崎間はその倍とすれば、三日三晩ということになる。

らん　さうして、どういふ形見《かたみ》わけか。

しな　早《はや》う聞《きか》せて下《くだ》さりませ。

五郎　その遺言状《ゆいごんじやう》は、親類《しんるい》一統寄《とうよ》り集《あつま》りし列座《れつざ》の上《うへ》、開封《かいふう》してと仏《ほとけ》の遺言《ゆいごん》。

藤太　お手数《てすう》ながらこちらから縁者《えんじや》の衆《しゆう》を[一]回状《くわいじやう》にて、お呼《よ》びなされて下《くだ》さりませ。

勢左　縁者《えんじや》といつても本町《ほんまち》の雅羅臼《がらうす》どのと、[二]太田町《おほたまち》の[三]山当《やまたう》どのゝ二軒《けん》なれば、早速呼《さつそくよ》びにやりませう。

ト[四]有合《ありあ》ふ帳場《ちやうば》の[五]掛硯《かけすゞり》を出《だ》し、巻紙《まきがみ》へ回状《くわいじやう》を書《か》く、おらん奥《おく》へ向《むか》ひ、

らん　これ〳〵野毛松《のげまつ》、使《つか》ひがあるぞ。（ト[六]呼《よ》ぶ、奥《おく》より以前《いぜん》の野毛松出来《のげまついできた》り、）

野毛　へい〳〵、何処《どこ》へお使《つか》ひでござります。

しな　大急《おほいそ》ぎで、本町《ほんまち》から太田町《おほたまち》まで行《い》つて来《く》るのぢや。

野毛　はじかれ番頭《ばんとう》に、お暇《いとま》でも出《で》ますのでござりますか。

しな　えゝもう、そんな訳《わけ》ではない。（ト此《こ》の内勢左衛門《うちせいざゑもん》回状《くわいじやう》を書《か》いて、）

勢左　これを本町《ほんまち》の雅羅臼《がらうす》から太田町《おほたまち》の山当《やまたう》へ持《も》つて行《ゆ》き、急《きふ》に耳《みゝ》よりな儲《まう》

一　宛名を連記し、次から次へまわして用を達する書状。回章。回書。

二　現、中区。町名の由来は、安政三年(一八五六)に太田屋源左衛門によって開発された太田屋新田にちなむ。慶応二年(一八六六)の通称豚屋火事の大火後、商館・商店などが建って市街化が進み、明治四年東から西へ一―六丁目とした。

三　山本当助。

四　丁度そこにある。

五　「掛硯箱」の略。掛子(かけご)のある硯箱。

▽野毛松登場。

六　『歌舞伎新報』明治十二年に「手代を呼(よび)廻状を持(もたし)て遣(やり)」。『俳優評判記』第三編は「丁稚に持して遣(つか)ひにやる」。『歌舞伎新報』明治二十三年に「(孝)夫(それ)では早速ト硯箱(すゞりばこ)を引寄(ひきよせ)回状を書(かき)子僧に大急ぎで持(もた)せ遣(や)る」。

七　数年来稼ぎ出した財産。多年にわたってふやした資産。

八　かねてから思い設けていること。心がまえ。

九　諺「帯に短し襷に長し」(物事の中途半端で役にたたぬ譬え)の略。

※『ベルツの日記』明治十二年三月一日(菅沼竜太郎訳、岩波書店、昭和五十四年)

三月一日(東京)

月の第一日として、今日は医学校ではお休みである。ちょうどそのお休みの今日、築地・島原の大劇場へ招待された。ここは日本一の劇場で、守田勘弥という人がその持主である。この劇場は明治九年十一月の大火で焼失し、先般やっと再建されたばかりである。その時の開場式(こけらおとし)に自分はフォン・シーボルトを介して招待された。われわれ外人の出席者はその節、お礼

野毛　け口《くち》が、いやさ、儲《まう》け口《くち》だと嘘《うそ》をついて、早《はや》く来《く》るやうに呼《よ》んで来《こ》い。
勢左　へい〳〵儲《まう》け口《くち》だと嘘《うそ》をついて早《はや》く呼《よ》んで来《こ》いと、言付《いひつ》けましたと申《まう》しますのでござりますか。
野毛　えゝ馬鹿野郎《ばかやらう》めが、黙《だま》つて行《い》つて来《こ》い。
らん　それではだまつて行《い》つて来《き》ませう。（ト回状《くわいじやう》を持《も》つて門口《かどぐち》へ出《で》る。）
野毛　又道草《またみちくさ》を喰《く》つてはならぬぞ。
五郎　なんでも黙《だま》つて行《い》つて来《き》ます。（ト野毛《のげ》松花道《まつはなみち》へはひる。）
いやなに勢左衛門《せいざゑもん》どの、今度《こんど》長崎《ながさき》の藤右衛門《とうゑもん》どのが不慮《ふりよ》の病死《びやうし》を遂《と》げられても、家督《かとく》を嗣《つ》ぐべき子《こ》がないゆゑ、[七]年頃《としごろ》仕出《しだ》した身代《しんだい》も他人《たにん》のものにせねばならぬ、それに付《つ》けてもこちらの家《うち》、斯《か》うして立派《りつぱ》な娘《むすめ》御《ご》が年頃《としごろ》になつて居《を》られるゆゑ、跡《あと》を取《と》るべき聟《むこ》をこしらへ、老後《らうご》の安心《あんしん》さつしやれたらよからうやうに思《おも》ひますが、[八]お心組《こゝろぐみ》でもござりまするかな。
勢左　それはおつしやるまでもなく、疾《と》うから捜《さが》して居《を》りますが、扨捜《さてさが》さうとなりますと気《き》に入《い》つたのは少《すく》ないもの。
らん　偶々《たまく》あれば[九]長《なが》し短《みじ》かし、これぞと思《おも》ふ相手《あひて》のないので、未《いま》だに聟《むこ》が定《さだ》

に絹の幕を贈った。今日この幕が披露されるので、われわれ寄贈者は招待された次第である。

例の通り盛りだくさんの戯曲が上演された。最初は史劇が二つ、一つは『赤松』で、かずかずの人殺しと腹切りがあり、他は『義経と弁慶』で、二人とも十二世紀の日本歴史で最も大衆に人気のある人物だが、ねたみ深い兄頼朝が義経を捕えるため設けた関所を、山伏に姿を変えて通るのである。将軍側の役人を左団次が、弁慶を団十郎が演じた。この両優は、快活で理智的な中年の男である菊五郎と共に、日本で最もすぐれた俳優とされている。事実、かれらの演技は全く傑出している—もちろん、あらゆる身振り、表情がわれわれの観念からすれば誇張的でごつごつし、せりふには日本の芝居が要求するような不自然に気取った点はあるが—。とにかく、芸そのものはすばらしい。今日は女があまり登場しなかったので、女—周知のように、女の役は男がやることになっている—の口から低音(バス)(文字通り然り!!)が飛出すのを聞くという醜態によって気分をぶちこわされることもなかった。不思議なことに、女の役をやるこれらの俳優は往々にして、女の声をまねようと苦心することが全然なく、むしろかれら自身の気どった男の声でしゃべるのである。それが終ると、時間でいえば夜の七時だが、次は、聞くところによるとフランス(ママ)ものの翻案であるとかいう、横浜を舞台にした近代劇であった。これは人物が耳なれた日常の言葉でしゃべるので、自分にも少しはわかった。劇は『人間万事金の世の中』という。これは立派な演技だった。全員、端役にいたるまで、ドイツではそうたやすく見られないほど上手に、その役割をこなしていた。しかしこの時刻になっても、まだいつ終るか見

まりませぬ。

五郎　いや外《ほか》を穿鑿《せんさく》するに及《およ》ばず、勢左衛門《せいざゑもん》どのゝ一人《ひとり》の甥《をひ》ゆゑ、あの林之[一]《りんの》助《すけ》どのを聟《むこ》にしたら、男[二]《をとこ》も好《よ》し、気立《きだて》も好《よ》し、殊《こと》に娘御《むすめご》のおしなのとは丁度似合《ちやうどにあひ》の従妹同志《いとこどうし》、他人[三]《たにん》交《まぜ》ずの水入《みづい》らず好《よ》い都合《つがふ》ではござらぬか。

藤太　遠国生《ゑんごくうま》れのわたくしゆゑ、詳《くは》しい訳《わけ》は存《ぞん》じませぬが、病死《びやうし》いたした主《しゆ》人《じん》にも林之助《りんのすけ》さまのお身《み》の上《うへ》を案《あん》じておいでなされましたゆゑ、こちらのお家《うち》の御養子《ごやうし》にお直[四]《なほ》りなされば冥土《めいど》から、仏《ほとけ》もさぞや喜《よろこ》びませう。

勢左　いや折角《せつかく》のお勧《すゝ》めだが、あの林之助《りんのすけ》は聟養子《むこやうし》に直《なほ》す訳《わけ》にはなりませぬ。

五郎　扨《さて》は若気《わかげ》の過失《あやまち》にて、心得違《こゝろえちが》ひの事《こと》でもして、

藤太　こちらの親御《おやご》のお眼識[五]《めがね》に、叶《かな》はぬ事《こと》でもござりますか。

らん　いえ、これぞといつて疵《きず》もないが、相場《さうば》にかゝつて身代《しんだい》を潰《つぶ》した人《ひと》の悴《せがれ》ゆゑ、男《をとこ》は好《よ》いが三[六]文《もん》の働《はたら》きもない彼《あ》れの性分[七]《しやうぶん》。

勢左　どうか持[八]《ぢ》参《さん》の一万円《まんゑん》も持《も》つて来《く》るやうな、聟《むこ》があつたら周旋《しうせん》をして下《くだ》さりませ。

五郎　それでは持《ぢ》参《さん》を沢山持《たくさんも》つた、聟《むこ》が望《のぞ》みでござつたか。

込みがつかない。

　ところで、自分をこの上なく驚かせたことが一つある―それは、シーボルトやオステンのように日本語のよくわかる西洋人はもちろんのこと、自分が質問した多数の日本人自身ですら、弁慶のせりふの内容を自分に説明できなかったばかりか、むしろ自分の質問にすこぶるめんくらった形だったことである。

　エルウィン・ベルツ(一八四九―一九一三、享年六十四歳)は明治九年(一八七六)から二十六年間、東京大学医学部のお雇い教師であった。〔酒井シヅ〕

一　無一文の林之助を聟に勧めるのは、後に逆転する伏線。

二　『歌舞伎新報』明治二十三年に「男振は好(よ)一人の甥御なり」。

三　親しいものの中によく知らない人が交るのを「油に水の入りたるごとし」という譬えのあるところから、その反対の、内輪の親しい者ばかりで、中に他人を交えぬこと。

四　仮の地位から正式の地位につく。

五　めきき。鑑識。「眼鏡にかなう」は目上の人に認められ、気に入られること。

六　僅か三文という銭を稼ぐ能力もない。

七　『歌舞伎新報』明治二十三年に「彼れが性分」。

八　「持参金」の略。後に林之助が二万円の遺産を手に入れてしまうため、一種のドラマティック・アイロニーになっている。

藤太　しかしあんまり不釣合《ふつりあひ》の醜男《ぶをとこ》にては、御当人《ごたうにん》が、

しな　いえ[九]持参金《ぢさんきん》さへたんとあれば、男振《をとこぶり》には構《かま》ひませぬ。

勢左　おゝ、それでこそわしの娘《むすめ》、

らん　なんでも当時《たうじ》は、[一〇]欲《よく》の世《よ》の中《なか》、

五郎　はて、今時《いまどき》の娘御《むすめご》は、

藤太　[一一]気立《きだて》が替《かは》つて居《ゐ》ると見《み》える。

勢左　それにつけても遺言状《ゆいごんじやう》を、

らん　早《はや》く開封《かいふう》した上《うへ》で、

しな　形見分《かたみわ》けなら何人前《なんにんまへ》でも、

勢左　あこれ、（ト押《おさ》へ、）[一二]早《はや》く使《つか》ひが帰《かへ》ればいゝが。

藤太　ても呆《あき》れかへる。（ト言《い》ふを冠《かぶ》せて、）

五郎　はて、爰等《こゝら》が[一三]地金《ぢがね》の、（ト煙草盆《たばこぼん》にて煙管《きせる》をはたくを[一四]道具替《だうぐがは》りの知《し》らせ、）[一五]開《ひら》けた所《ところ》だ。

ト皆々《みな〳〵》[一六]引《ひ》つぱり[一七]よろしく、木琴入《もくきんい》りの浜唄《はまうた》にて道具回《だうぐまは》る。

[一八]（仙元下裏借家《せんげんしたうらしやくや》の場《ば》）＝本舞台《ほんぶたい》一面《めん》の平舞台《ひらぶたい》、上《かみ》の方《かた》[一九]折回《をりまは》し

九『歌舞伎新報』明治二十三年に「お金」。

一〇 外題の「金の世の中」と呼応。

一一『歌舞伎新報』明治二十三年に「替つた者でございます」。

一二『歌舞伎新報』明治二十三年に「一同が来れば能(よ)い」。

一三 鍍(めっ)金(き)の土台の金属。本性をあらわすの意の「地金を出す」を、文明開化にかけて、「開けた」とした。

一四 →用語一覧。

一五『俳優評判記』第三編に「ヤ開けたものサネ」。

一六 引張りの見得。幕切れに、舞台上の人物たちがそれぞれ別の仕草をしながら、心理的に引っ張り合っているような緊張した顔付・姿勢をして静止すること。

一七 特別な仕草や動きを指定せず、各役者に演技の工夫をまかせ、全体が一つにまとまるようにすること。

一八『マネー』には、乳母は名前のみ知られるだけで、舞台に登場しないため、この場面はない。

一九 →用語一覧。

の反故張《ほごば》りの障子屋体《しやうじやたい》、正面上《しやうめんかみ》の方《かた》一間《けん》の押入戸棚《おしいれとだな》、内《うち》三尺《じやく》の仏壇《ぶつだん》[一]、この下手《しもて》一面《めん》の鼠壁《ねずみかべ》[二]、下手《しもて》の褄古《つまふる》[三]びたる竹格子《たけがうし》の半窓《はんまど》、この内《うち》に一ツ竈《べつゝひ》[四]、その外台所道具《ほかだいどころだうぐ》よろしく並《なら》べ、いつもの所古《ところふる》びたる門口《かどぐち》、此《こ》の外正面総雪隠《そとしやうめんそうぜついん》[五]の屋根《やね》を見《み》せたる板塀《いたべい》、総《すべ》て横浜仙元下裏借家《よこはませんげんしたうらしやくや》[六]の体《てい》、上手《かみて》に古《ふる》びたる蒲団《ふとん》を敷《し》き、この上《うへ》に[七]おしづやつし装《なり》の老母病人《らうぼびやうにん》のこしらへにて、行火《あんくわ》[八]に凭《もた》れ起《お》き直《なほ》り居《ゐ》る、これを以前《いぜん》の千之《の》助後《すけうしろ》へ回《まは》り背中《せなか》を摩《さす》り介抱《かいはう》して居《ゐ》る、この見得《みえ》四ツ竹節《だけぶし》[九]の合方《あひかた》にて道具《だうぐ》留《と》まる。

千之　これ祖母《おばあ》[一〇]さん、若旦那《わかだんな》さまからお金《かね》が届《とゞ》き、これで当分安心《たうぶんあんしん》ゆゑ、もう身《み》を投《な》げて死《し》ならうなどゝ悲《かな》しい事《こと》を言《い》はないで、土産《みやげ》に貰《もら》うたパンの菓子《くわし》でもしこたま喰《く》つて力《ちから》を付《つ》け、早《はや》くよくなつておくんなせえ。

しづ　さあ思《おも》ひ掛《が》けなく十円《ゑん》といふお金《かね》が届《とゞ》き、こちらでは飛立《とびた》つ様《やう》に嬉《うれ》しいが案《あん》じられるは若旦那《わかだんな》さま、以前《いぜん》と違《ちが》ひ今《いま》の身《み》は伯父御《をぢご》のお家《うち》へ掛人《かゝりうど》[一二]、どんな工面《くめん》で十円《ゑん》といふお金《かね》をお貸《か》し下《くだ》されしか無理《むり》な事《こと》でもなされたる工面《くめん》の金《かね》ではあるまいかと、又案《またあん》じられてならぬわいなう。

千之　なあに、そんなに案《あん》じなさんな、居候《ゐさうらふ》でも若旦那《わかだんな》のおいでなさる彼《あ》の

▽舞台におしづ・千之助。
一　底本「仏檀」を直す。　二　鼠色に塗った壁。
三　端（つま）。へり。はし。
四　ただ一つだけつくり設けたかまど。『歌舞伎新報』明治二十三年「かまど」。
五　共同便所。かわや。「京坂ニテハ、惣雪隠ト云。江戸ニテハ、惣ガウカト云」（『守貞謾稿』）。
六　借家でも日の当らぬ狭い所である。『勧善懲悪孝子誉（かんぜんちようあくこうしのほまれ）』に「表長家十軒に裏長家が両側で八軒づつで十六軒、合せて二十六軒」。
七　『俳優評判記』第三編の評「志げ松の乳母（うば）お賤（しづ）ははまり役にて大出来〳〵惜（をし）い事に病人らしく見得ないのは残念〳〵」。
八　火を入れて手足をあたためるもの。外側は木製または土製。
九　貧家や裏店（うらだな）の幕開きにおもに使われる下座音楽。竹の板を両手で打つカスタネットのような楽器で大道芸人の唄を用いる。『曾我綉俠御所染（そがもようだてのごしよぞめ）』に文句が引かれている。
一〇　『歌舞伎新報』明治二十三年でも同じ。二〇頁注七、二三頁注一二と違って、面と向かって呼びかける時は丁寧語になる。　一一　たくさんに。
一二　他人の家に寄食する人。居候。食客。現行の歌舞伎の『仮名手本忠臣蔵』六段目で、五代目尾上菊五郎の型として、「猟人（かりゆうど）」の女房がお駕籠でもあるまいが」という台詞があるが、「掛人（かかりうど）」も利かしてあるか。
一三　大店（おおだな）を指す言い方。火事があっても土蔵だけは残る。明治九年来日して間もないベルツは、日本橋から築地にいたる全市域と外人居留地の一部を焼いた火事（この時、新富座も焼失した）に出会い、翌十二月一日火災のあとを見て回り、土蔵だけが残った一面の焼野原の中で、日本人が平然と談笑しているさまを見て、

しづ　お店《たな》は、土蔵《どざう》[一三]があつて五間間口《けんまぐち》、おいらの家《うち》よりよッぽど立派《りつぱ》だ。十円《ゑん》ばかりの金《かね》などはそこらに転《ころ》がつて居《ゐ》さうな家《うち》だ。

千之　さあ、それゆゑに猶々《なほ〳〵》心配《しんぱい》、伯父御《をぢご》といへど日頃《ひごろ》から強欲非道《がうよくひだう》なお人《ひと》と聞《き》けば、もし若旦那《わかだんな》が掛先《かけさき》[一四]のお使《つか》ひ込《こ》みでもなされたら、どんな憂《う》き目《め》に逢《あ》はうも知《し》れぬと、それが心配《しんぱい》でならぬわいの。

しづ　その心配《しんぱい》をするよりは早《はや》くよくなつてくれさへすれば、おいらも稼《かせ》いで金《かね》を溜《た》め、若旦那《わかだんな》にお返《かへ》し申《まう》して、御迷惑《ごめいわく》[一五]なざあ掛《か》けやあしねえ。

千之　そなたが昼夜《ちうや》呼《よ》び歩《ある》き、声《こゑ》をからして稼《かせ》いでも高《たか》の知《し》れた辻占昆布《つじうらこぶ》、纏《まと》めた儲《まう》けは出来《でき》ぬわいの。

　　トこの時下《ときした》の七輪《りん》[一六]へかけし薬土瓶《くすりどびん》吹きこぼれるゆゑ、

しづ　お前《まへ》、薬《くすり》を呑《の》まないか。

千之　煎《せん》[一七]じあがつた様子《やうす》ゆゑ、枕頭《まくらもと》へ持《も》つて来《き》や。

しづ　あい〳〵。

　　ト四ッ竹《だけ》の合方《あひかた》[一八]きつぱりとなり、花道《はなみち》より以前《いぜん》の林之助《りんのすけ》腕組《うでぐみ》をして出来《いできた》り、花道《はなみち》にて、

林之　五郎右衛門《ろゑもん》さまのお宅《たく》へ行《ゆ》きお願《ねが》ひ申《まう》さうと思《おも》つた所《ところ》、生憎《あひにく》お留守《るす》で

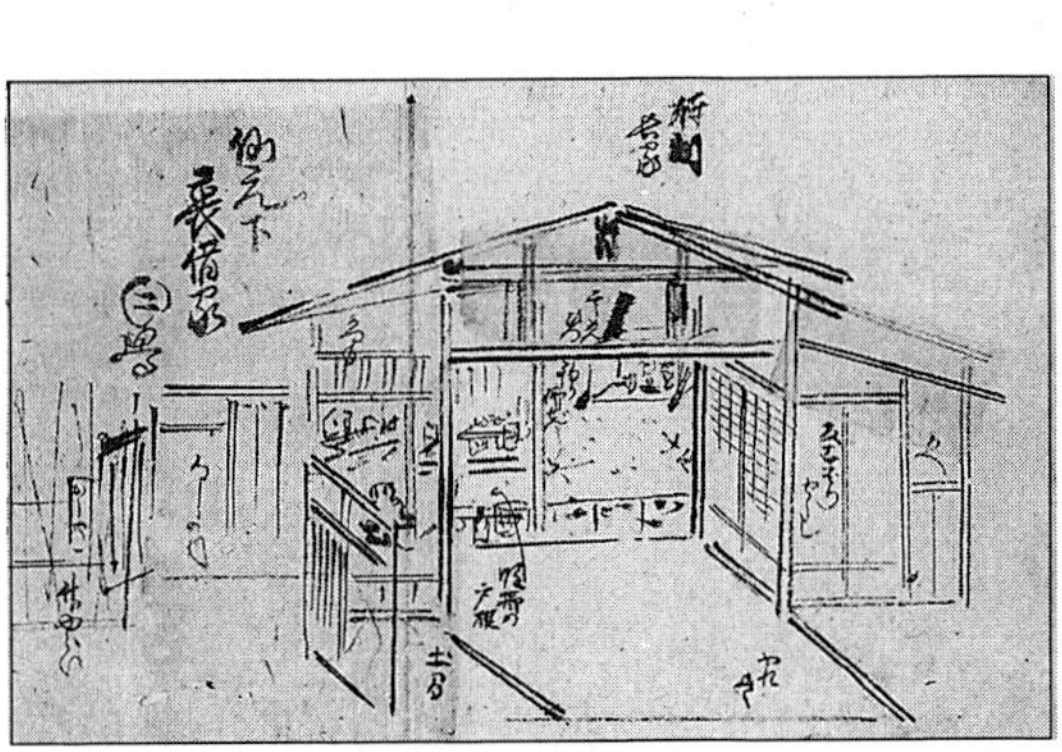

台帳所載大道具下絵
（早稲田大学演劇博物館蔵）

びっくりしたことを記している。「いたるところにまだ家屋がぎっしり建っているので、少し離れた所からでは全く焼跡とは見えないほどである。これがすなわち蔵(らく)と称する耐火家屋で、これを商人はみな数棟、裕福な人なら大てい一棟はもっているのである。値打ちがあるものはすべて、この珍しい建物におさめられる」（菅沼竜太郎訳『ベルツの日記』岩波書店、昭和五十四年）。

一四　掛代金を受け取るべき得意先。

一五　「なぞは」の訛。

用《よう》が足《た》りず、乳母《うば》の家《うち》へも行《ゆ》き難《にく》いが、といつて此《こ》の儘捨《まゝす》てておいては、乳母《うば》が短気《たんき》な事《こと》でもして、あの千之助《のすけ》が路頭《ろとう》に迷《まよ》ひわしを恨《うら》むは知《し》れたこと、仮令《たとひ》頼《たの》みの金《かね》は出来《でき》ずとも力《ちから》を付《つ》けて言延《いひのば》し、金《かね》の工面《くめん》に取《と》り掛《かゝ》らう（ト門口《かどぐち》へ来《きた》り、内《うち》を窺《うかゞ》ひこちらへ来《きた》り、）せめて一円《ゑん》でも持《も》つて居《を》れば、見舞《みまひ》に来《き》たと入《はひ》られるが、どうも手《て》ぶらでは入《はひ》りにくい、いつそ寄《よ》らずに出直《でなほ》さう。（ト花道《はなみち》の方《かた》へ行《ゆ》きかけ、）いや〳〵それでは爰《こゝ》まで来《き》て、こつちの心《こゝろ》が届《とゞ》かぬゆゑ、やつぱり寄《よ》つて力《ちから》を付《つ》け金《かね》を言延《いひの》べて帰《かへ》るとしよう。

ト門口《かどぐち》の外《そと》にまご〳〵してゐる、おしづこなしあつて、

しづ　これ千之助《のすけ》、誰《たれ》か表《おもて》へ来《き》たではないか。

千之　誰《たれ》が来《こ》ようとも大丈夫《だいぢやうぶ》だ、もう掛取《かけと》りには恐《おそ》れねえ。

トこちらへ来《き》て門口《かどぐち》をあける、これにて林之助《りんのすけ》びつくりして、

林之　おゝ千之助《のすけ》、帰《かへ》つて居《ゐ》たか。

千之　や、若旦那《わかだんな》さまでござりましたか。

しづ　なに、若旦那《わかだんな》がおいでなされた。

千之　さあ〳〵おはひり下《くだ》さい。（トこれにて林之助《りんのすけ》是非《ぜひ》なく内《うち》へはひり、）

一六 七厘。物を煮るのに価七厘の炭で足りる意からという。焜炉（こんろ）の一。多くは土製。

一七 薬・茶などを煮出す。一八 →用語一覧。

▽林之助登場。

——以上四七頁

一 行きつ戻りつうろうろする演技の常套的手法。

二『俳優評判記』第三編では、「林之助通（とほ）りで病気の様子を尋（たづね）る」となっている。

三 寝莫蓙。夏季、敷いて寝るのに用いるござ。

林之　乳母《うば》や、久《ひさ》しく御無沙汰《ごぶさた》をしました。

しづ　これ千之助《のすけ》畳《たゝみ》がきたない、せめて寝蓙《ねござ》[三]なと敷《し》いたがよい。

千之　あい〳〵。（ト押入《おしいれ》より破《やぶ》れた寝蓙《ねござ》を出《だ》し上手《かみて》よき所《ところ》へ敷《し》き、）さあ若《わか》旦那《だんな》さま、これへお坐《すわ》り下《くだ》さりませ。

林之　いやそれでは却《かへ》つて面目《めんぼく》ない、必《かなら》ずともに構《かま》はぬがよい。

しづ　はてむさくるしうござりますから、どうぞあれへお坐《すわ》り下《くだ》さい。

　　トこれにて林之助《りんのすけ》是非《ぜひ》なく上手《かみて》へ住《すま》ふ。

千之　祖母《おばあ》さん、[四]お茶《ちや》でも買《か》つて来《こ》ようか。

林之　あゝこれ、決《けつ》してそれには及《およ》ばぬ、茶《ちや》などを買《か》はれてはわしが困《こま》る。

　　トこの内《うち》おしづ蒲団《ふとん》[五]より這下《はひお》りて、

しづ　扨若旦那《さてわかだんな》さま、何《なん》とお礼《れい》を申《まう》しませうか、口《くち》では申《まう》し尽《つく》されませぬが、以前《いぜん》の誼《よしみ》を思召《おぼしめ》され世《よ》に落果《おちはて》しわたくし共《ども》をお救《すく》ひなされて下《くだ》さりまして、有難《ありがた》い事《こと》でござりまする、お蔭《かげ》さまにて病人《びやうにん》も大安心《おほあんしん》をいたしまして、これでは追々《おひ〳〵》薬《くすり》もきゝ全快《ぜんくわい》いたすでござりませう。

　　ト頻《しき》りに礼《れい》を言《い》ふゆゑ、林之助《りんのすけ》術《じゆつ》[六]なきこなしにて、

林之　[七]これ〳〵乳母《うば》や、其《そ》の様《やう》に丁寧《ていねい》に礼《れい》を言《い》はれては、わしは穴《あな》へでもは

四　十円という金が入った余裕と、茶とて用意できぬ貧乏世帯が示される。『俳優評判記』第三編の評に、「菊之助の千之助は先（せん）の所とはグツト違（ちがつ）て金の出来た所から勢（いきほひ）ひもよく林之助の表へ来た時お賤が誰か来たではないかと云をお婆さんもう誰が来てもこわくはない掛取（かけとり）ならコツチへおは入なさいと云所から林之助を見てお婆さんお菓子（「お茶」の間違いか—校注者注）でも買（かつ）て来やうかと云（いふ）子供の功（たくみ）のなき情合（じやうあい）申分なし」とある。

五　改まった挨拶をする。

六　なすべき方法がない。せつない。つらい。

七　『歌舞伎新報』明治二十三年に「其（その）礼から先へ言（いわ）れては面目（めんぼく）ない先刻（さつき）千之助に請合（うけあつ）たがどふもけふは都合（つがふ）が附（つか）ず」。

ひりたい、成程《なるほど》さつき千之助《のすけ》から話《はな》しを聞《き》いて気《き》の毒《どく》ゆゑ、僅《わづ》かながらも貢《みつ》ぐ気《き》で心《こゝろ》は一やきもきして居《ゐ》れど、何《なに》をいふにも出来《でき》ぬは金《かね》。

しづ　さゝ、其《そ》の出来《でき》難《にく》い金子《きんす》をば十円《ゑん》まとめて下《くだ》さいますとは、なかく〳〵容易《ようい》な事《こと》ではないと、実《じつ》はどうして御都合《ごつがふ》をなされし事《こと》かと、老《おい》の身《み》の取越《とりこ》し苦労《ぐらう》をいたすくらゐ。

林之　さあ、十円《ゑん》出来《でき》るか五円《ゑん》出来《でき》るか、そこの所《ところ》は知《し》れぬけれど、遅《おそ》くも二明日《あした》の夕方《ゆふがた》までには、工面《くめん》をしてよこしませう。

千之　いえなに、さつきお使《つか》ひで届《とゞ》きましてござりまする。（トこれを聞《き》き林之助《りんのすけ》びつくりして、）

林之　なに、使《つか》ひで届《とゞ》いたとは、

しづ　さあ、四十恰好《がつかう》な使《つか》ひのお方《かた》が、あなたさまから頼《たの》まれたと金子《きんす》を十円《ゑん》お持《も》ち下《くだ》され、使《つか》ひの事《こと》ゆゑ面倒《めんだう》ながら三端紙《はがみ》でよいから、請取《うけとり》をくれとおつしやりますゆゑ、千之助《のすけ》に四印紙《いんし》を買《か》ひにやりまして、五請取《うけとり》を書《か》き判《はん》を押《お》しお渡《わた》し申《まう》してござりまする。

千之　それでは先刻《さつき》のお使《つか》ひは、あなた御存《ごぞん》じござりませぬか。（ト林之助《りんのすけ》合点《がてん》の行《ゆ》かぬ思入《おもひいれ》にて、）

一「やきやき」ともいう。気をもんでいらだつさま。

二『歌舞伎新報』明治二十三年に「必らず明日の夕方迄には工面(くめん)して遣(よこ)しませふ(多)イヽヱ先刻(さっき)届きました(照)何(なに)届ひたとは(賀)是(これ)此通(このとふ)り貴君(あなた)のお名前でお使(つかひ)が持(もっ)て参りました卜照蔵不審(ふしん)の仕打(こなし)にて札(さつ)を改め見て(照)ハテ不思議な事も有物(あるもの)じゃ卜宜敷思入(おもいれ)」。『俳優評判記』第三編のこの件は以下のようになっている。「お賤千之助は頻(しきり)に金の礼を云を林之助は気の毒がり実は今日余所(よそ)へ某工面(くめん)に行たれど先の人が留守ゆえ埒(らち)が明(あか)ず翌(あす)の夕方にはわしがきつと持て来ます卜云お賤イヱ〳〵先刻(さきほど)あなたから頼まれて来てとて此十円のお金をお持(もち)なされて下されましたと見せる林之助不審(ふしん)晴(はれ)ずさうしてどんな人が持て来ましたと尋(たづね)るお賤四十恰好(かつかう)のお人でシカモわしは遣(つか)ひの事だから受取(うけとり)を渡せと仰(おつ)しやる故(ゆゑ)千之助に書(かゝ)せて受取を上(あげ)ました卜云林之助はどんな心切(しんせつ)な人がわしの名前で金を恵(めぐ)んで呉(くれ)たるか」。

三 はしたの紙。紙きれ。

四 明治六年「証券印紙発行規則」で「金子受取、金銀貸借、地所売買、書入、質入、為替受取、諸約定等」に印紙の貼付を要するようになった。『勧善懲悪孝子誉(かんぜんちょうあくこうしのほまれ)』に「五郎右衛門請取を書き紙入より印紙を出し、請取へ張り、印を押す」。

五 台帳1では、「千の助に印紙を買いにやりましてわたしの手がふるへてなりませぬゆへ千の助の手でひろい書で受取を書き」(傍線校注者)となっている。↓一二九頁一六行。

林之　さうして使《つか》ひの持《も》つて来《き》た、其《そ》の十円《えん》はまことの札《さつ》かな。

　　トこれにておしづ蒲団《ふとん》の下《した》より紙《かみ》に包《つゝ》みし札《さつ》を出《だ》し、

しづ　一円札《えんさつ》で此《こ》の通《とほ》り、十枚届《まいとゞ》いてござりまする。（ト出《だ》す、林之助改《りんのすけあらた》め見《み》て、）

林之　偽物《ぎぶつ》にあらぬ真《まこと》の札《さつ》、はて、何者《なにもの》が届《とゞ》けしか。

千之　それではもしや門違《かどちが》[六]ひで、持《も》つて来《き》たのぢやありますまいか。

林之　（思入《おもひいれ》あつて、）いや、こりや千之助《のすけ》の孝心《かうしん》を神《かみ》や仏《ほとけ》も憐《あはれ》みて、貧苦《ひんく》を救《すく》ふ天《てん》の恵《めぐ》み、よも門違《かどちが》ひではあるまいわえ。

しづ　[七]とあつて出所《しゆつしよ》もたしかならぬ、お金《かね》をお貰《もら》ひ申《まう》したとて、遣《つか》ふわけにもなりませぬ。

千之　欲張《よくば》り大家《おほや》に話《はな》したら、取《と》[八]り上《あ》げばゞあにするかも知《し》れぬ。

林之　いや、後日《ごにち》に主《ぬし》が知《し》れたらば、此《こ》の林之助《りんのすけ》が借《か》りた積《つも》りで二人《ふたり》の科《とが》にはせぬ程《ほど》に、心《こゝろ》おきなく此《こ》の金《かね》で、諸方《しよはう》の払《はら》ひをするがよい。

しづ　道《みち》ならぬとは思《おも》ひますれど、貧苦《ひんく》に迫《せま》りどの道《みち》とも、なくてかなはぬ[九]切羽《せつぱ》ゆゑ、

千之　若旦那《わかだんな》さまのお詞《ことば》に、随《したが》ひますでござりませう。

六　家を間違えて。

七　『俳優評判記』第三編では、五〇頁注二の引用に続いて林之助の方が先に「何（なん）にしても其届て呉た人の知れる迄は其金は遣（つか）う事は出来ませぬぞ」と言い、「お賤成程さう仰（おつ）しやれば其通り現在お金は有ながら遣う事さへならぬかト思案して居る所へ」となる。

八　産婆。産婆が生れた赤子を取り上げることにかけた。猫糞（ねこばば）にもかける。

九　最後のどたん場。せっぱつまる。困りきった状態。もとは、せまい鍔（つば）の意から刀の鍔の表裏、柄（つか）と鞘（さや）とに当る部分に添える板金（いたがね）。

林之　いづくの[一]誰《たれ》が恵《めぐ》みしか、不思議《ふしぎ》な事《こと》もあるものぢや。
トよろしく思入《おもひいれ》、やはり四ッ竹《だけ》の合方《あひかた》になり、花道《はなみち》より[二]家主《いへぬし》武《ぶ》太兵衛《たべゑ》半纏着《はんてんき》流《なが》し下駄《げた》がけにて先《さき》に立《た》ち、宇《う》四郎《らう》の[三]米屋《こめや》、勘次《かんじ》郎《らう》の[四]薪屋《まきや》両人《りやうにん》着《き》流《なが》し前垂掛《まへだれがけ》にて[五]通《かよひ》を持《も》ち出来《いできた》り、花道《はなみち》にて、

武太　これ〳〵二人《ふたり》の衆《しゆう》、あんな貧乏人《びんぼふにん》を相手《あひて》どつて[六]願《ねが》つた所《ところ》が[七]入費《にふひ》損《ぞん》で、向《むか》うの入費《にふひ》を[八]差《さ》配人《はいにん》が立替《たてかへ》るやうな事《こと》に成行《なりゆ》き、甚《はなは》だ迷惑《めいわく》しますから、それよりわしが承知《しようち》だから家《うち》の[九]がらくたを[一〇]あらひざらひ、貸《かし》の抵当《かた》に持《も》つて帰《かへ》らつしやい。

宇四　家《うち》のがらくたといつた所《ところ》が、油揚《あぶらあげ》のやうな[一一]三布《みの》蒲団《ぶとん》に[一二]荒布《あらめ》のやうな[一三]掻《かい》巻《まき》が一枚《まい》、腐《くさ》つた畳《たゝみ》が三畳半《でふはん》に[一四]反古張障子《ほごばりしやうじ》が二三枚《まい》、行火《あんくわ》が一つに口《くち》の欠《か》けた薬土瓶《くすりどびん》や七輪《しちりん》では、[一五]五厘《りん》の直打《ねうち》も覚束《おぼつか》ない。

勘次　金気《かなけ》といつたら台所《だいどこ》に鍋《なべ》が一つあるツきりで、[一六]素麺箱《さうめんばこ》に古手桶《ふるてをけ》、瀬戸《せと》物小《ものこ》鉢《ばち》をかき集《あつ》めた所《とこ》で、[一七]天道干《てんたうぼし》に並《なら》んでゐる[一八]一品《しな》文久《ぶんきう》の代物《しろもの》ばかり、掘出《ほりだ》し物《もの》にならうといふめぼしいものは一つもない。

武太　はてそこが所謂《いはゆる》[一九]百貫《くわん》の抵当《かた》に編笠《あみがさ》一蓋《かい》で仕方《しかた》がない、此《こ》の差配人《さはいにん》もあんな者《もの》にいつがいつまで店《たな》を塞《ふさ》がれては、店賃《たなちん》は取《と》れず手数《てすう》はかゝる、

一　底本「唯」を直す。
二　『歌舞伎新報』明治二十三年に「差配人武太兵衛〈むたべゑ〉」。
三　『歌舞伎新報』明治二十三年に「米屋の亭主」。
四　『歌舞伎新報』明治二十三年に「薪屋堅蔵（かたざう）」。
▽武太兵衛・米屋・薪屋登場。
五　↓一四頁注一。
六　（裁判所等に）訴えてみても。
七　↓一六頁注二。
八　貸地や貸家などの管理を所有主に代わってする人。「明治二年十月八日の触に、『これ迄、家主家守（やもり）と唱来候もの、以後地面差配人と唱替可申事』とありてより、始めて差配人あり」（石井研堂『明治事物起原』第二編法政部）。
九　「がら」は物の触れる音。「くた」は「あくた」の約。値打ちのない雑多な物品。
一〇　何から何まで。残らず。
一一　三幅（の）の布を縫い合わせて作った蒲団。ふつう敷蒲団に用いる。
一二　褐藻類のコンブ科の海藻。
一三　綿の入った夜着。
一四　不要な紙で張った障子。
一五　上の七輪（七厘）にかける。
一六　そうめんを入れた箱。その空箱を物入れに使っている。同じく貧家を舞台とする『勧善懲悪孝子誉（かんぜんちょうあくこうしのほまれ）』にも出てくる。
一七　路上にござなどを敷き、品物を並べてあきなう店。大道店（だいどうみせ）。露店。
一八　どの品も文久銭一枚で売る。「文久」は一四頁注五参照。
一九　百貫の貸し金に対する抵当がわずかに笠一つだけ。「百両のかたに編笠一蓋」「百貫に塗笠一蓋」とも。『勧善懲悪孝子誉』に「造作を払うにもやうやく五円か六円では百貫の抵当に編笠

こんな迷惑《めいわく》な事《こと》はない。

宇四　御差配人《ごさはいにん》が承知《しようち》なら、構《かま》ふ事《こと》はない、やツつけませう。

勘次　斯《か》ういふことなら道具屋《だうぐや》でも、一緒《しよ》に連《つ》れ立《だ》つて来《く》ればよかつた。

武太　まあ、ともかくも[二〇]責掛《せめか》けさつしやい。（ト三人舞台《にんぶたい》の門口《かどぐち》へ来《き》て、）

三人　[二一]さあ〳〵、来《き》たぞよ〳〵。（ト内《うち》へはひる。千之助見《のすけみ》て、）

千之　大家《おほや》さまも御《ご》一緒《しよ》に、米屋《こめや》さんに薪屋《まきや》さん、よくおいでなされました。

武太　いや〳〵何《なん》でよく来《く》るものか、あんまり貴様達《きさまたち》が[二二]いけずるいから、心《こゝろ》持悪《もちわる》く出掛《でか》けて来《き》たのだ。

宇四　御差配人《ごさはいにん》へ断《ことわ》つて、今日《けふ》こそ一番願《ばんねが》[二三]ひつけようと、二人揃《ふたりそろ》つて出《で》かけて来《き》たを、

勘次　大家《おほや》さんの[二四]御理解《ごりかい》で、[二五]身代限《しんだいかぎ》りと相場《さうば》が極《きま》り、家中《うちぢゆう》[二六]さらつて帰《かへ》るのだ。

武太　さあ〳〵身《み》ぐるみ、

三人　脱《ぬ》いだり〳〵。（ト[二七]わや〳〵言《い》ふ。）

しづ　成程段々《なるほどだん〳〵》あなた方《がた》へ差上《さしあ》げまするお払《はら》ひも、延《の》び〳〵になりましたゆゑ、そのお腹立《はらだ》ちは御尤《ごもつと》もなれど御覧《ごらん》の通《とほ》りお客《きやく》もあれば、まあお静《しづ》かになされませ。

一盞」。

二〇 休まずにせめる。謡曲などの詞章に出てくる文句。

二一 『仮名手本忠臣蔵』六段目でも、猟人三人が、「さあ〳〵、来たぞや〳〵」と与市兵衛の死骸を運んで入ってくる。

二二 「いけ」は接頭語で「いつけ」とも言い、卑しめ罵る意をあらわす。にくらしいほど横着である。ずるがしこい。

二三 しっかりと乞い求めて（勘定を払ってもらおう）。「つく」は勢いのはげしい意。「叱りつける」など。

二四 『歌舞伎新報』明治二十三年に「扱い」。

二五 家財一切を代金とかえることに話がまとまって。

二六 （家の中にある金目のものを、川底を浚〈さら〉うように）すっかり取って。

二七 多人数がやかましく声を立てるさま。わいわい。貧家に借金取りが家財などを取り立てにくるシチュエーションは世話場の常套手段。鶴屋南北の『盟三五大切（かみかけてさんごたいせつ）』『東海道四谷怪談（とうかいどうよつやかいだん）』等にも使われている。

武太　えゝ客来《きやくらい》があるの何《なん》のと、[一]しやあ〳〵とした落着《おちつ》き顔《がほ》。

宇四　客《きやく》といふも、大方借金取《おほかたしやくきんと》りか[二]代言人《だいげんにん》だらう。

勘次　まご〳〵するとがらくたでも、向《むか》うへ持《も》つて行《い》かれるから、

武太　わしが承知《しようち》だ、やッつけなされい。

宇四 勘次　さうしませう〳〵。

[三]ト三人立《にんた》ちかゝり、台所道具《だいどころだうぐ》を前《まへ》へ持《も》ち出《だ》し並《なら》べる事《こと》あつて、

[四]ト〲林之助《りんのすけ》の前《まへ》にある行火《あんくわ》を取《と》りあげ下手《しもて》へ持《も》つて来《き》、敷《し》いてゐる寝蓙《ねござ》をあげにかゝる、この内林之助《うちりんのすけ》煙草《たばこ》を呑《の》みゐて、此《こ》の時《とき》むつとせし思入《おもひいれ》にて、

林之　えゝ、人《ひと》に一言《こと》の挨拶《あいさつ》もなく、余《あま》りと言《い》へば無法《むはふ》な衆達《しゆうたち》だ。

武太　いや無法《むはふ》も作法《さはふ》もあるものか、爰《こゝ》の店《たな》を貸《か》しておく此《こ》の差配人《さはいにん》が先《さき》へ立《た》ち、[五]店立《たなだ》てをする[六]貧乏神《びんぼふがみ》。

宇四　貸《か》した銭《ぜに》をよこさぬから、不足《ふそく》ながらもがらくたを家中《うちぢゆう》浚《さら》つて持《も》つて行《ゆ》き、それで勘弁《かんべん》してやるのだ。

勘次　いはゞこつちは[七]大負《おほま》けに負《ま》けた[八]捌《さば》きの[九]お客《きやく》さま、客《きやく》であらうが親類《しんるい》だらうが、遠慮会釈《ゑんりよゑしやく》があるものか。

一 平然とした。あつかましく羞恥心のないさま。

二 現在の弁護士の前身。明治五年「司法職務定制」で、代言人や代書人が本人のかわりに訴訟に関与できるようになったが、その資格要件には法律知識を要求されていなかったので、だれでもなれ、一般には江戸期の「公事(くじ)師」「出入り師」以来の風が強く残り、「三百代言」(青銭三百文で引き受ける)と蛇蝎視された代言人も多かった。その弊を匡すため、明治九年二月十二日、「代言人規則」が布達され「地方官ノ検査」(府県庁の代言人検査)に合格して免許を得る免許代言人という資格ができる。ただ、暫くの間は、従来からの代言人も「代人」として、免許代言人と入り乱れて訴訟の代理を行う事態がみられた。更に明治十三年には、司法省が中央で一括して試験を行うようになり、免許代言人の地位はますます向上する(奥平昌洪『日本弁護士史』巌南堂書店、昭和四十年)。長谷川時雨の父深造は、当時十二人しかいなかった「官許代言人」の一人であった、という(長谷川時雨『旧聞日本橋』岩波書店、昭和五十八年、初出「日本橋」『女人芸術』昭和四年)。

三『俳優評判記』第三編では、最初に林之助が、差配人らに対し一たん下手に出て、「明日(あした)の夕方迄には是非私しが片を付ますから今日の所は堂か五勘弁と頼」む演出となっている。それでも三人が聞かぬ故、もじもじしているおしづに金を出させて払いをする。『歌舞伎新報』明治二十三年は「三人立掛る照蔵むっとして」とあり、以下現行台本と同じ。

四 とどのつまり。鯔(ぼら)が幼魚から成魚になるに従ってその名称を変え、最後に「とど」となるところから、「結局」「ついに」などの意に使う。

五 家主が貸家から借家人を強制的に追い立てる

武太　それともこなたが中《なか》へはひり、
宇四　貸《か》した払《はら》ひをすつぱりと、
勘次　綺麗《きれい》に勘定《かんぢやう》つける気《き》か、
武太　それが出来《でき》ずば、
三人　退《の》いて居《ゐ》なさい。
林之　さうして幾干《いくら》ありましたら、払《はら》ひが綺麗《きれい》に付《つ》きますな。
武太　おゝ[一〇]五十銭《せん》づゝの店賃《たなちん》が三月《みつき》溜《たま》つて一円《ゑん》二分《ぶ》、今月《こんげつ》になり今日《けふ》までを日割《ひわり》にすれば日《ひ》に二銭《せん》、六日《か》溜《たま》つて十二銭《せん》。
宇四　こんなにずるいと気《き》も付《つか》ず、二分《ぶ》づゝ送《おく》つた米《こめ》の代《だい》も[一一]一斗《と》が二斗《と》と度《たび》重《かさ》なり、[一二]地蔵《ぢざう》の顔《かほ》も[一三]三斗《ど》六升《しやう》、金《かね》に直《なほ》して[一四]三円《ゑん》一分《ぶ》、
勘次　[一五]土釜《どがま》が二俵《へう》に[一六]炭団《たどん》が十五、薪《まき》が十把《ば》で[一七]一《ひと》からげ三銭《せん》づゝゆゑ三十銭《せん》、都合《つがふ》で一円《ゑん》八十五銭《せん》、
武太　双方《さうはう》しめて六円《ゑん》二分《ぶ》と、
宇四　二十二銭《せん》の勘定《かんぢやう》だが、
勘次　家中《うちぢゆう》さらつて、
三人　負《ま》けてやるのだ。

こと。
六 民間で、人を貧乏にさせると信じられている神。小さく、痩せこけ色青ざめ、手に渋団扇を持ち、焼けた味噌の臭いを好む。ここでは、それになぞらえた悪口に用いている。
七 これ以上ない大幅な値引きをした。
八 さばけた。世なれていて物わかりがいい。話のわかる。
九 自分達のこと。
一〇 一円＝四分＝百銭。一分＝二十五銭。現行テキストと『歌舞伎新報』明治二十三年及び『俳優評判記』第三編では微妙に数値が違っているので、左の表に示す。但し『歌舞伎新報』の薪代(五)は補った。

	現行テキスト	『歌舞伎新報』	『俳優評判記』
店賃	一円二分十二銭	一円五十銭	二円
米代	三円一分	三円二十五銭	三円五十銭
薪代	一円八十五銭	一円八十(五)銭	一円廿五銭
計	六円二分二十二銭	六円六十銭	六円七十五銭

一一 「一度(ど)が二度(ど)と」に掛ける。
一二 諺「地蔵の顔も三度」。いかに柔和で忍耐強い人でも、しばしば侮辱されれば怒ることの譬え。仏の顔も三度。
一三 一石＝十斗＝百升＝千合。
一四 米一升が約九銭、一斗が約九十銭、一石が約九円の小売値段となる。↓九頁注九。
一五 「土竈炭(どがまずみ)」の略。土竈で焼いた炭で質が脆く火つきがよい。
一六 木炭・石炭などをふのりで固めた燃料。
一七 一束。

林之　[一]それでは七円《ゑん》あげましたら、一分《ぶ》と三銭《せん》釣銭《つりせん》が来《き》ますな。

武太　そりやあ言《い》はずと、

三人　知《し》れたことだ。（ト林之助件《りんのすけくだん》の札《さつ》を七枚出《まいだ》し、）

林之　さあ、改《あらた》めて請取《うけと》らつしやれ。

三人　やあ。（トびつくりする、合方《あひかた》きつぱりとなり、）

林之　[二]いくら借《か》りがあるかは知《し》らぬが、十円《ゑん》あつたら追付《おッつ》からうと、これこの通《とほ》り持《も》つて来《き》て、払《はら》ひを取《と》りにござるを先刻《さつき》から待《ま》つて居《ゐ》ました、[三]長《なが》屋《や》の差配《さはい》もなさるといふお前《まへ》さんも無慈悲《むじひ》なら、また米屋《こめや》さんも薪屋《まきや》さんもあんまり[四]因業《いんごふ》ではござりませぬか、とさあ、厭《いや》なことを言度《いひた》いとこだが病人《びやうにん》で居《ゐ》る年寄《としよ》りや、小供《こども》に免《めん》じて何事《なにごと》も言《い》はずにお帰《かへ》し申《まう》しますから、払《はら》ひを取《と》つたら[五]近所《きんじよ》の衆《しゆう》あとを送《おく》つてやつて下《くだ》さい。

武太　いやさういふ慥《たし》かな身寄《みより》の衆《しゆう》が、後楯《うしろだて》に付《つ》いてござれば、これで大家《おほや》も大安心《おほあんしん》。

宇四　米屋《こめや》もこれから安心《あんしん》して、どんどん米《こめ》を送《おく》りませう。

勘次　まき屋《や》もぱツぱと燃《も》えるやう、枯《か》れた薪《たきゞ》を送《おく》りませう。

しづ　それでこちらも、安心《あんしん》して、

一『俳優評判記』第三編は「林之助夫（そん）なら七円あげるからつりを置（おい）て行なさいと紙に乗（のせ）て出す三人夫々（それ〴〵）に受取急に世事（せじ）を云（いひ）て帰るを見て」。『歌舞伎新報』明治二十三年は「ソリヤ七円でお釣りが来ますなト紙幣（さつ）を出（いだ）す」。

二『歌舞伎新報』明治二十三年に「私（わし）は先刻（さつき）から此方衆（こなたしゆ）が払ひを取（とり）に来（くる）を待て居ました余（あんま）り無法な被成方故（なされかたゆへ）少し言度事（いひたいこと）も有ますが病人や子供に免じて何も言（いは）ずに帰（かへ）して上（あげ）ますト三人面目なきこなし俄（には）かに世事（せじ）を言（いふ）」。

三 数多くの住居を一棟の下につらねた家。棟割（むねわり）長屋。

四 頑固で無情なこと。強欲。情け知らず。

五 米屋と薪屋に丁重に呼びかける。

六『歌舞伎新報』明治二十三年に「ハテ地獄の沙汰もト紙幣（さつ）を下へ置（おく）を知（しら）せ金次第じやわへト宜敷（よろしく）道具廻る」。

七 地獄の裁判でも金力で自由にできるという金力万能をいう諺。外題の「金の世の中」と呼応する。底本「地嶽」を直す。

八 ↓四五頁注一六・一七。
▽舞台に五郎右衛門・勢左衛門・おらん・おしな・藤太郎・蒙八。

九 台帳1「逸勢内遺状開の場」。

千之　肩身《かたみ》が広《ひろ》くなりました。

林之　六いや地獄《ぢごく》七の沙汰《さた》も。（ト件《くだん》の札《さつ》を下《した》へ置《お》くを道具替《だうぐがは》りの知《しら》せ、）金次第《かねしだい》ぢやわえ。

ト皆々《みなみな》引《ひ》八つぱりよろしく、四ツ竹《だけ》の合方《あひかた》にて道具回《だうぐまは》る。

九（辺見宅遺言状開きの場《へんみたくゆいごんじやうひらきのば》）＝本舞台《ほんぶたい》一面《めん》の平舞台《ひらぶたい》、上下折回《かみしもをりまは》一〇し障子屋体《しやうじやたい》、正面上《しやうめんかみ》の方《かた》一間《けん》の床《とこ》の間《ま》この次《つぎ》一間地袋違《けんぢぶくろちが》ひ棚《だな》、下手《しもて》一面腰張《めんこしば》りの茶壁《ちやかべ》、総《すべ》て辺勢《へんせい》の宅奥座敷《たくおくざしき》の体《てい》。爰《こゝ》に以前《いぜん》の五郎右衛門遺言状《ろゑもんゆいごんじやう》を持《も》ちて真中《まんなか》に住《すま》ひ、上手《かみて》に勢左衛門《せいざゑもん》、おらん、おしな、下手《しもて》に藤太郎《とうたらう》、蒙《もう》八の番頭住《ばんとうすま》ひ、この見得合方《みえあひかた》にて道具留《だうぐと》まる。

勢左　先《ま》一一づ兎《と》も角《かく》も遺言状《ゆいごんじやう》を開《ひら》いて、読《よ》んではどうでござるな。

五郎　いや〳〵親類《しんるい》一同《どう》が列座《れつざ》の上《うへ》で開《ひら》かねば、後《あと》で兎《と》や斯《か》う苦情《くじやう》があると、死《し》んだ仏《ほとけ》へ言訳《いひわけ》がござらぬ。

藤太　さうして本町《ほんまち》の雅羅臼《がらうす》さまや、太田町《おほたまち》の山当《やまたう》さまは、まだお見《み》えなされませぬかな。

一〇　→用語一覧。
一一　『歌舞伎新報』明治二十三年には「（幸）先（まづ）ともかくも御開封（ごかいふう）被下てはどふでござイます（九）イヤ〳〵親類が一同揃（そろ）わねば仏の心に背（そむき）ます（藤）大ぶ皆様がお遅（おそ）ふござイますな（扇）今又（いまゝた）小僧を出しましたから程（ほど）なくお出（でい）に成ませふ（団六）紀念（かたみ）の高（かた）が極らぬ内はどふも落着（おちつか）ぬ（鬼）胸がドキ〳〵するわいなア」。

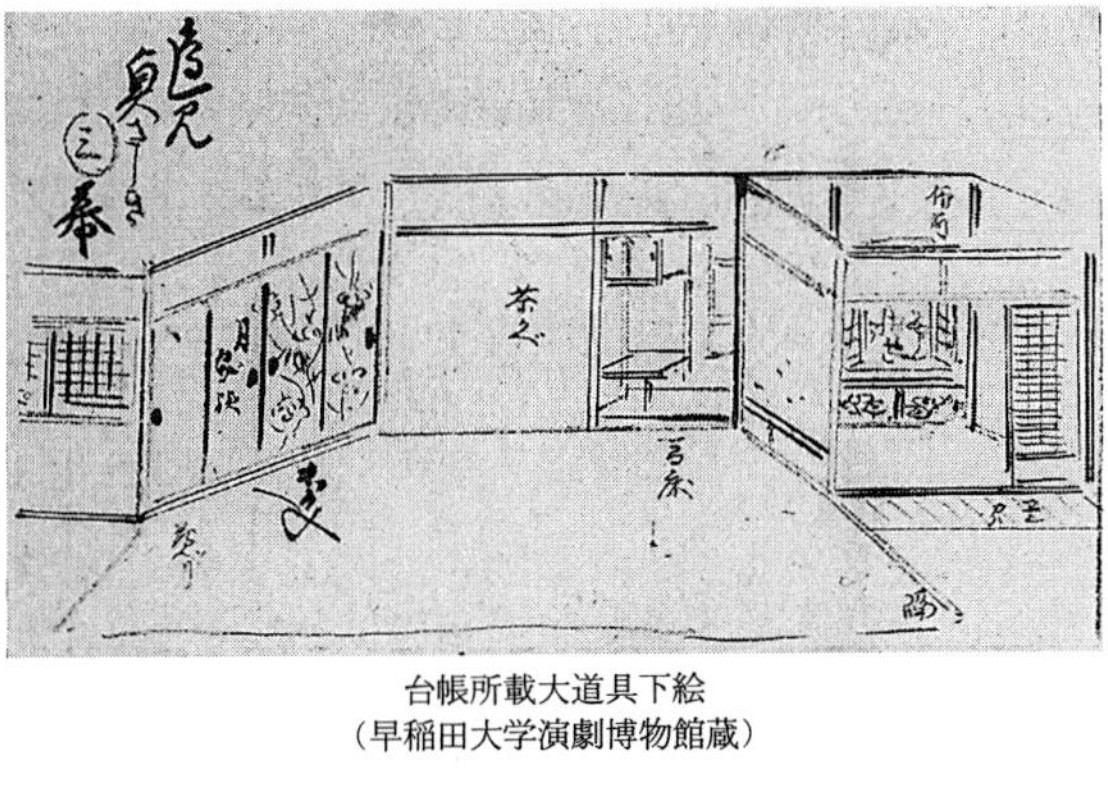

台帳所載大道具下絵
（早稲田大学演劇博物館蔵）

蒙八　今又《いままた》小僧《こぞう》を追《お》[一]ひ迎《むか》ひに、急《いそ》がせてやりましたれば、程《ほど》なくおいでゞござりませう。

らん　遺言状《ゆいごんじやう》を開封《かいふう》して、形見《かたみ》[二]の高《たか》が極《きま》らぬ内《うち》は、どうやら心《こゝろ》が落着《おちつ》きませぬ。

しな　何《なん》の事《こと》はない、無尽《むじん》[三]に行《い》つて鬮《くじ》を引《ひ》く前《まへ》のやうに、胸《むね》がどき〳〵するわいなあ。

勢左　これ〳〵蒙《もう》八、もう一度《ど》誰《たれ》か迎《むか》ひにやるがよい。

蒙八　いえ、迎《むか》ひに参《まゐ》つた野毛松《のげまつ》が、まだ帰《かへ》つて参《まゐ》りませぬ。

勢左　いや小供《こども》では埒《らち》が明《あ》かぬ、貴様《きさま》急《いそ》いで行《い》つて来《こ》い。

蒙八　いえ、わたくしが参《まゐ》りませんでも、程《ほど》なく見《み》える時分《じぶん》でござります。

勢左　えゝ何時《いつ》まで待《ま》つて居《を》られるものか、行《い》けといつたら行《い》かねえか。

蒙八　へい〳〵畏《かしこま》りました。（ト渋々《しぶ〳〵》立《た》たうとする、爰《こゝ》へ下手《しもて》の障子《しやうじ》を開《あ》けおえい出《で》て、）

えい　只今《たゞいま》お帰《かへ》りでござりまする。

らん　おゝ野毛松《のげまつ》が帰《かへ》つたか。

しな　御親類《ごしんるい》も一緒《しよ》であらうの。

一　回状を誰かに持たせてやった後、更に小僧を迎いに出したという言い方だが、実際には小僧が回状を持っていった。→四二頁注六。

二　遺産の金額。貰い分。

三　「無尽講」の略。相互に金銭を融通しあう目的で組織された講。一定の掛金を持ち寄って定期的に集会を催し、抽籤や入札などの方法で順番に各回の掛金の給付を受ける。明治以後も庶民の間で行われた。頼母子講。

▽おえい登場。

えい　いえ、林之助《りんのすけ》さんがお帰《かへ》りでござりまする。

勢左　[四]えゝあんな奴《やつ》はどうでもいゝ。

五郎　[五]いや〳〵戻《もど》りし林之助《りんのすけ》どのは、藤《とう》右衛《ゑ》門《もん》どのゝ身寄《みよ》りゆゑ、是《これ》へ来《く》るやう、さう言《い》つて下《くだ》さい。

えい　畏《かしこま》りましてござりまする。（ト下手《しもて》へはひる。）

蒙八　どれ、わしも行《い》つて来《こ》よう。（ト下手《しもて》へはひる、入替《いれかは》つて以前《いぜん》の[六]林之《りんの》助出来《すけいできた》り、）

林之　これは五郎《ろ》右衛《ゑ》門《もん》さまを始《はじ》めとして、長崎《ながさき》よりのお使《つか》ひのお手代《てだい》、只《たゞ》今見世《いまみせ》で承《うけたま》はりますれば、藤《とう》右衛《ゑ》門《もん》さまには[七]御養生叶《ごやうじやうかな》はず、たうとう御病死《ごびやうし》なされし由承《よしうけたま》はつて驚《おどろ》き入《い》り、遠路《ゑんろ》のことゆゑ御末期《ごまつご》にお目《め》にかゝらぬ此《こ》の身《み》の残念《ざんねん》、たゞ〳〵愁傷《しうしやう》いたしまする。（ト皆々《みな〳〵》へ辞《じ》儀《ぎ》をする。）

藤太　扨《さて》はあなたが恵府《ゑふ》の御子息《ごしそく》、林之助《りんのすけ》さまでござりましたか、私事《わたくしこと》は門《もん》戸《と》の手代藤太郎《てだいとうたらう》と申《まう》す者《もの》、以後《いご》はお見知《みし》り下《くだ》さりませ。

林之　左様《さやう》ならお前様《まへさま》が[八]予《かね》てお名《な》を聞《き》き及《およ》びし、藤太郎《とうたらう》どのでござりましたか、定《さだ》めて伯父《をぢ》の病中《びやうちゆう》もお手《て》を尽《つく》され[九]御丹精《ごたんせい》を、なされたでござりま

四『マネー』でも、ジョンは、遺言状開封の席からエヴリンをはずそうとする。それを弁護士シャープが聞きとがめて、引き留める。

五『俳優評判記』第三編は「イヤさうでねへ一番大切な人だ現在藤右衛門殿の甥の事故（ことゆゑ）直（すぐ）に爰へ呼（よん）で下さい」。

▽おえい・蒙八退場。林之助登場。

六『俳優評判記』第三編では、林之助の登場が曰右衛門、当助と一緒になっている。「雅楽曰ト山本藤助出る続（つゞ）て林之助出（いで）藤太郎に悔（くや）みを云て居るを辺勢辻（もどか）しがりて其（その）紋切形（もんきりがた）の悔（くやみ）は跡へ廻して遺言状（ゆいげんじやう）を早く聞（きか）うと云」。『歌舞伎新報』明治二十三年は現行台本と同じく、先に出て挨拶する。

七病気の手当てをすること。

八林之助は、勢左衛門らと違って、後でわかるように、時候の変り目ごとに長崎へ便りを出しているので藤右衛門の看病をした藤太郎の名を知っている。

九→二七頁注九。

せうが、其《そ》の甲斐《かひ》もなく相果《あひは》てまして、お力落《ちからおと》しお察《さつ》し申《まう》しまする。

五郎　林之助《りんのすけ》どのは藤右衛門《とうゑもん》どのゝ、肉身分《にくしんわ》けし甥《をひ》なれば、遠慮《ゑんりよ》に及《およ》ばぬこれへござれ。

林之　それでは余《あま》り[一]高上《たかあが》りゆゑ。

五郎　はて、不断《ふだん》とは違《ちが》ふゆゑ、遺言状《ゆいごんじやう》を読《よ》むまでは、[二]血縁《けつえん》の者《もの》が上席《じやうせき》ぢや。

林之　左様《さやう》なら藤太郎《とうたらう》どの、真平御免下《まつぴらごめんくだ》さりませ。

ト藤太郎《とうたらう》へ会釈《ゑしやく》して五郎右衛門《ろゑもん》の次《つぎ》へ住《すま》ふ、此《こ》の内勢左衛門《うちせいざゑもん》、おしな、おらん立《た》つたり居《ゐ》たりして、待《ま》ち詫《わ》びるこなしにて、

勢左　えゝ、まだ親類《しんるい》は参《まゐ》らぬか、第《だい》一使《つか》ひが[三]野呂間《のろま》だからだ。

らん　[四]又異人館《またいじんくわん》で[五]玉転《たまころが》しでも、見《み》て居《ゐ》るのでござんせう。

しな　母《かゝ》さんわたしが、一走《ひとはし》り行《い》つて来《こ》ようぢやござんせぬか。

藤太　はて其《そ》のやうにお急《せ》きなされずとも、もう程《ほど》なく見《み》えられませう。

（ト此《こ》の時下手《ときしもて》障子《しやうじ》の内《うち》にて、）

蒙八　さあ〳〵お早《はや》くおいでなされませ。

勢左　やれ〳〵、嬉《うれ》しや、見《み》えたやうだ。

ト合方《あひかた》きつぱりとなり、下手《しもて》より以前《いぜん》の蒙《もう》八[六]ついて臼《うす》右衛《ゑ》門《もん》、

一　上座に坐ること。
二　『歌舞伎新報』明治二十三年は「血縁（ちえん）」。
三　「鈍間」「野呂松」とも書く。愚鈍なこと。気のきかぬこと。また、その人。
四　西洋人の住んでいる洋風建築の家。
五　玉突き（ビリヤード）の俗称。明治八年頃、大阪では撞球（ビリヤード）を始めたものがあるが、東京、横浜では博奕同様とみなされ、立ち留まって見ることさへ危険なりとの警戒記事がある（明治八年十一月九日『仮名読新聞』第五号）。横浜の外国人居留地には、二階建の「クラブ」と称される建物にビリヤードがあった（E・スエンソン『江戸幕末滞在記』新人物往来社、平成八年）。箱根温泉には玉突場が十五、六もあり（『東京曙新聞』明治九年九月六日）、さらに石井研堂によれば、「十一年六月十五日『有喜世』に、団十郎、菊五郎ともに玉突き遊びに熱中の記事あり、これ等が邦人、玉突きの早き方なるべし」（『明治事物起原』第十四編遊楽部）。↓六一頁図。
六　（蒙八が）後ろに従って。
▽臼右衛門・当助・蒙八登場。
七　親類のこしらえ（扮装）で。
八　山本当助。
九　きまりきった型式、型どおりのやり方を言う。
一〇　元来、勝負不明または未決の際、どちらの勝ちとも決めないこと。
一一　『歌舞伎新報』明治二十三年に「（幸）門切形（もんきりがた）の吊慰（くやみ）は跡にして（団六）サア〳〵是で

後《あと》より山本当助《やまもとたうすけ》、散髪《ざんぱつ》鬘《かつら》羽織《はおり》着《き》流《なが》しの親類《しんるゐ》[七]にて出来《いでき》る、林之助《りんのすけ》

これを見《み》て、

林之　こりや、わたくしが是《こ》れに居《ゐ》ては。（ト立《た》たうとするを留《と》めて、）

五郎　はて、今日《けふ》ばかりは爰《こゝ》に居《ゐ》さつしやい。（ト無理《むり》に住《すま》はせる。）

臼右　勢左衛門《せいざゑもん》どの、先刻《せんこく》はおやかましうござつた。

勢左　二度《ど》まで迎《むか》ひをあげたのに、大《たい》そう遅《おそ》いではござらぬか。

臼右　いや、太田町《おほたまち》[八]が一緒《しよ》に行《ゆ》くと言伝《ことづて》をしてよこしたので、待合《まちあは》せて居《ゐ》て遅《おそ》くなりました。

当助　（前《まへ》へ出《で》て、）思《おも》ひも寄《よ》らぬ、回状《くわいじやう》を読《よ》んでびつくりいたしましたが、長崎表《ながさきおもて》の藤右衛門《とうゑもん》どのにはとんだ事《こと》でござりました、縁者《えんじや》の衆《しゆう》のお力《ちから》落《おと》し、嘸《さぞ》かし御愁傷《ごしうしやう》でござりませう。

勢左　いや〳〵紋切形《もんきりがた》[九]の悔《くや》みなどは、長々《ながく》しいから預《あつか》[一〇]りにして、後《あと》でゆつくり言《い》ふとしませう。

らん　さあ〳〵、これで人数《にんず》が揃《そろ》へば、

しな　お早《はや》くお開《ひら》きなされませ。

五郎　[一一]いや、まだこれへもう一人《ひとり》、血縁《けつえん》の者《もの》が坐《すわ》らねばならぬ。

三代広重「異人玉転之図」（神奈川県立歴史博物館蔵）

（鬼）人数が揃ひました（九）未《ま》だ此外《このほか》に倉田のおくらさん居《ゐ》らんではならぬ」。『マネー』でも、クララが欠けているのを、最後にレイディー・フランクリンが呼びに行く。

勢左　いや〳〵、これでよい筈《はず》ぢや。
五郎　はて、倉田《くらた》の娘《むすめ》がもう一人《ひとり》、是《こ》れへ列坐《れつざ》せねばならぬ。
らん　いえ、あのおくらはわしの姪《めひ》ゆゑ、形見分《かたみわけ》なら二人前《ふたりまへ》、
しな　母《かゝ》さん、わたしが預《あづ》からうわいなあ。
林之　丁度只今次《ちやうどたゞいまつぎ》の間《ま》に、涙《なみだ》に暮《く》れて居《を》りましたゆゑ、これへ呼《よ》んでやりませう。
らん　えゝ、呼《よ》ばいでもよいといふに。
蒙八　いえ、別《べつ》に手間《てま》は取《と》れません、おくらさん〳〵。
　ト呼《よ》び立《た》てる、これにて下手《しもて》より以前《いぜん》のおくら、悄々《しを〳〵》として出《い》で、下手下《しもてした》に居《ゐ》る。
くら　何《なん》ぞ御用《ごよう》でござりまするか。
藤太　只今主人《たゞいましゆじん》が形見分《かたみわけ》の遺言状《ゆいごんじやう》を開《ひら》きますから、お血筋《ちすぢ》ゆゑに林之助《りんのすけ》さまのお側《そば》へおいでなされませ。
くら　いえ〳〵、これが勝手《かつて》一でござりまする。（トやはり下手《しもて》に居《ゐ》る。）
臼右　これで人数《にんず》が揃《そろ》ひし上《うへ》は、
当助　藤右衛門《とうゑもん》どのゝ遺言状《ゆいごんじやう》を、

▽おくら登場。

一　自分にとって都合や具合がよい。

勢左　さあ〳〵、早《はや》く読《よ》み上《あ》げて下《くだ》さい。

五郎　わしの名宛《なあて》で届《とゞ》きしゆゑ、[二]嗚呼《をこ》がましいが[三]読《よ》み上《あ》げませう。

トこれより誂《あつら》への合方《あひかた》になり、上手《かみて》に勢左《せいざ》衛《ゑ》門《もん》、臼《うす》右衛《ゑ》門《もん》、おらん、おしな、下手《しもて》に林之助《りんのすけ》、当助《たうすけ》、藤太郎《とうたらう》、蒙《もう》八、おくら、真中《まんなか》に五郎《ろ》右衛《ゑ》門件《もんくだん》の遺言状《ゆいごんじやう》を取上《とりあ》げる、[四]皆々《みな〳〵》耳《みゝ》を澄《すま》して聞《き》くこなしよろしく。

『形見分遺言状《かたみわけゆいごんじやう》の事《こと》、一《ひとつ》、[五]我等《われら》儀《ぎ》[六]商法上《しやうはふじやう》の都合《つがふ》に依《よ》り、先年此《せんねんこ》の地《ち》へ引移《ひきうつ》り開店以来運《かいてんいらいうん》に叶《かな》ひ繁昌致《はんじやういた》し居《を》り候所《さうらふところ》、此《こ》の度不慮《たびふりよ》の[七]重病《ぢゆうびやう》に臥《ふ》し、薬用手当等届《やくようてあてとうとゞ》き過《す》ぎ候程手《さうらふほどて》を尽《つく》し候《さうら》へ共《ども》、全《まつた》く[八]定命《ぢやうみやう》の来《きた》りしにや[九]冥土黄泉《めいどわうせん》へ旅立《たびだ》ち候事是非《さうらふことぜひ》もなき次第《しだい》に御座《ござ》候《さうらふ》。たゞ〳〵残念《ざんねん》に心得候《こゝろえさうらふ》は、我等不幸《われらふかう》にして孤独《こどく》の身《み》ゆゑ[一〇]家督《かとく》を譲《ゆづ》るべき、一子《し》御《ご》座《ざ》なく頼《たの》みに思《おも》ふ親族《しんぞく》とても皆故郷《みなこきやう》なる其《そ》の御地《おんち》にて国《くに》を隔《へだ》て候《さうらふ》ゆゑ、末期《まつご》の際《さい》に至《いた》り候《さうらう》ても他人《たにん》のみの世話《せわ》に相成《あひな》り空《むな》しく相果《あひは》て候《さうらふ》は、[一一]約《やく》束事《そくごと》とは申《まう》しながら遺憾《ゐかん》の至《いた》りに御座《ござ》候《さうらふ》。』（ト是《こ》れを聞《き》き[一二]上手《かみて》の四人態《にんわざ》と愁《うれ》ひの思入《おもひいれ》にて、）

勢左　おゝ尤《もつと》もぢや〳〵、嘸末期《さぞまつご》の際《きは》までも親類《しんるい》の者《もの》に、唯一目逢《たゞひとめあ》ひたかつ

二 出過ぎている。差出がましい。
三『俳優評判記』第三編の評で、団十郎につき、「此遺言状を読む所は相変らずうまいこと〳〵」と感心している。『マネー』では弁護士シャープが読みあげる。
四『マネー』でも、スタウト、フレデリック・ブラウント、グロースモア、ジョン・ヴェシー、グレーヴズ、ジョージナ、最後にエヴリンと順々に遺産が読み上げられるが、その度に、一同は静まりかえって息を呑み、ほっと溜息をするという反応を繰返す。
五「儀」は人を示す体言に添えて、主題であることを示す。
六 商売をする上での利便を考えて。
七 底本振仮名「ぢうぢやう」を直す。
八 仏教用語。住劫のうち、時期に従って人の寿命の一定していること。一定している命数。
九 あの世。「黄泉」は中国で、地の色を黄に配したところから、地下の泉、よみ、死者の行く所を言う。
一〇 →一五頁注二〇。
一一 かねてから定まっている運命。
一二 以下、勢左衛門・臼右衛門・らん・しなが席順で台詞を言う。

臼右　たであらうわえ。病気《びやうき》と聞《き》いて虫《むし》が知《し》らせ、明日《あす》にも蒸汽《じやうき》で見舞《みまひ》に行《ゆ》からと土産物《みやげもの》まで買《か》ひ調《とゝの》へ、

らん　ゑゝ、そんならこなた早《はや》まつて、もう見舞物《みまひもの》を買《か》はしやつたか。

しな　それでは半口母《はんくちかゝ》さんと、乗《の》つたお金《かね》が無駄《むだ》になり、

勢左　こつちもやつぱり、

四人　残念《ざんねん》ぢやわえ。

林之　[一]して〳〵、お後《あと》は五郎右衛門《ごろゑもん》さま。

当助　何《なん》と認《したゝ》めござりまするか。

藤太　承《うけたま》はるも涙《なみだ》ながら、

蒙八　これから先《さき》が肝腎《かんじん》ゆゑ、

くら　お読《よ》みなされて、

五人　下《くだ》さりませ。

五郎　『就《つ》いては[二]、身寄《みよ》り縁者《えんじや》の方《かた》へ垢付《あかつき》[三]の形見《かたみ》にても差送《さしおく》り度候《たくさうら》へ共《ども》、里《り》数隔《すうへだ》てし此《こ》の地《ち》の儀《ぎ》ゆゑ所有《しよいう》の金円《きんゑん》為替手形《かはせてがた》[四]にて差送《さしおく》り候間《さうらふあひだ》、御手《おて》数《すう》ながら名宛《なあて》通《どほ》り貴所《きしよ》より御分配《ごぶんぱい》下《くだ》さるべく候《さうらふ》。一《ひとつ》、金《きん》千円《ゑん》、右《みぎ》は一[五]

一　対して、下手の林之助・当助・藤太郎・蒙八・くら五人も同じく席に順じて言う。

二　遺言状による家督相続人の決定は慣習的に認められ、かつまた相続争いの場合には、遺言状の文言が決定的な力をもった。長男への相続を原則としたが、それがない場合は養子などへの相続は認められていた。遺言状（書置・遺状ともいう）には、五人組町役人の加判か、または自筆で認（した）めたものへ印判を捺すのが形式的条件であった（井上和夫『藩法幕府法と維新法』巌南堂、昭和四十年）。

三　着古した衣服、特に故人が生前使用していた衣服。形見に分けるときにいう。

四　為替手形制度は、江戸時代、両替商を核として江戸・大坂間の代金送付に多用され、西欧に比肩しうるほど高度な発展を遂げていたが、明治九年の「国立銀行条例」による国立銀行以外の手形発行禁止で、従来の手形取引は衰微し、この不便さに大阪商法会議所等が手形取引再興の運動をした結果、明治十五年に「為替手形約束手形条例」が制定される。明治十二年当時は、国立銀行等を通じて手形を使っていたと思われる。

五　第一の。首位の。

の親類貴《しんるいき》所様《しよさま》へ形見《かたみ》のしるしに差送《さしおく》り候間《さうらふあひだ》正《まさ》に御落手下《ごらくしゆくだ》さるべく候《さうらふ》。一《ひとつ》、金《きん》五十円右《ゑんみぎ》は太田町《おほたまち》山本当助殿儀《やまもとたうすけどのぎ》[六]、我等《われら》此《こ》の地《ち》へ引移《ひきうつ》り候《さうらう》てより遠路《ゑんろ》の所毎度《ところまいど》心《こゝろ》に掛《か》けられ、新聞《しんぶん》を送《おく》り下《くだ》され候《さうらふ》ゆゑ御礼《おんれい》として形見《かたみ》の印《しるし》に些少《させう》ながら差送《さしおく》り候《さうらふ》、次《つぎ》は本町《ほんまち》の臼《うす》右衛《ゑ》門殿儀《もんどのぎ》は親類《しんるい》とは申《まう》しながら、商法上《しやうはふじやう》の取引《とりひき》より[七]入魂《じゆこん》を結《むす》び候《さうらうふ》までにて、我等《われら》此《こ》の地《ち》へ引移《ひきうつ》り候《さうらう》ても音信不通《いんしんふつう》に御座《ござ》候間《さうらふあひだ》、我等《われら》病死《びやうし》の儀《ぎ》を御申《おんまう》し伝《つた》へ下《くだ》され候《さうらふ》のみにてよろしく、』

トこれを聞《き》き臼《うす》右衛《ゑ》門気《もんき》を揉《も》み出《だ》し、

臼右　これ〱五郎《ろ》右衛《ゑ》門《もん》どの、其《そ》の遺言状当《ゆいごんじやうあ》てにならぬ、如何《いか》にこなたが読《よ》まつしやるとて、[八]おのれの田《た》へのみ水《みづ》を引《ひ》き、此《こ》の臼《うす》右衛《ゑ》門《もん》に伝言《ことづて》のみとは、[九]当《あて》ずつぽうを読《よ》むのであらう。

五郎　いや、[一〇]何《なに》もわしが読《よ》めばといつて、勧進帳《くわんじんちやう》ではあるまいし、書《か》いてないものが読《よ》まれませうぞ、疑《うたが》はしくばこれを見《み》さつしやい。（ト件《くだん》の遺言状《ゆいごんじやう》を突付《つきつ》けて見《み》せる、臼《うす》右衛《ゑ》門《もん》よく〱見《み》て、）

臼右　えゝ、斯《か》ういふ事《こと》と知《し》つたなら、不断手紙《ふだんてがみ》の音信《おとづれ》でもしておかうもの、忌々《いま〱》しい。

六　底本「山木〈やまき〉」を直す。

七　→三二頁注四。

八　我田引水。

九　『歌舞伎新報』明治二十三年に「余りな読方だ」。

一〇　初演時、団十郎の弁慶で、中幕に『勧進帳』が出ていたのを当て込む。『歌舞伎新報』明治二十三年は「何私が嘘を読ませふ是此通り」。『俳優評判記』第三編には、「コウ〱五郎右衛門さん出たらめを云(いつ)つちやア行(いか)ねへ本とうに読(よん)でお呉(くん)なせへと云五郎右衛門何出たらめを云物か勧進帳じやア有(ある)めへし夫見なせへと臼右衛門に見せる雅楽臼(がらうす)見て何の事だ此位なら捨手紙(すててがみ)の一本も遣(やつ)て置(おく)のだツけと膨(ふく)れかへつて下(さが)る」とある。

勢左　扨《さて》これからがこっちの番《ばん》だ、切《き》っても切《き》れぬ縁者《えんじや》の上《うへ》に斯《か》うして身寄《みよ》りを二人《ふたり》まで、世話《せわ》をして置《お》く大親類《おほしんるい》。

らん　しかし初筆《しよふで》[一]に記《しる》してある、一[二]の親類《しんるい》が千円《ゑん》では、

しな　たいがい相場《さうば》が知《し》れて居《を》れば、百円位《ゑんぐらゐ》でござんせう。

勢左　いや〳〵向《むか》うの身代《しんだい》は何万円《なんまんゑん》と聞《き》いて居《を》れば、まだ〳〵こんな事《こと》では。

五郎　さあ〳〵、読《よ》んで聞《き》かせて下《くだ》さい。

(又遺言状《またゆいごんじやう》を取《と》り上《あ》げ、)『金《きん》[三]百円《ゑん》、右《みぎ》は以前本町《いぜんほんまち》に生《き》[四]糸問屋《いとどんや》致《いた》し居《を》り候《さうらふ》　倉田《くらた》惣《そう》右衛《ゑ》門儀《もんぎ》は、我等《われら》父《ちゝ》の代《だい》より[五]重縁《ぢゆうえん》の親類《しんるい》にて二ヶ年以前《ねんいぜん》病《びやう》死後《〔し〕ご》相続人娘《さうぞくにんむすめ》くら事《こと》、境町《さかひまち》の伯母《をば》の方《かた》へ引取《ひきと》られ厄介人《やくかいにん》と相成《あひな》り居《を》り候由《さうらふよし》[六]不便《ふびん》の至《いた》りに存《ぞん》じられ候間《さうらふあひだ》、当人身《たうにんみ》に付《つ》き候《さうらふ》やう致《いた》し度《た》く然《しか》るべき縁《えん》も御座候《ござさうら》へば、貴所《きしよ》の御周旋《ごしうせん》を以《もつ》て、[七]縁辺《えんぺん》の儀御取結《ぎおんとりむす》び下《くだ》さるべく候《さうらふ》、』

らん　えゝ、そんなら姪《めひ》のあのおくらに、百円形見《ゑんかたみ》を下《くだ》さるとか。

しな　成程《なるほど》これでは後《あと》の方《はう》でも、なか〳〵馬鹿《ばか》にはなりませぬ。

くら　[八]不便《ふびん》な奴《やつ》と思召《おぼしめ》して、[九]藤右衛門《とうゑもん》さまのお情《なさけ》お慈悲《じひ》、有難《ありがた》い事《こと》でござりまする。

一　初めに書きしるすこと。初筆に最も高い値段がつくのが普通。
二　『マネー』の遺産配分は、スタウト＝「議会の討論報告書」の送付に対し、十四ポンド二シリング四ペンス。フレデリック＝名うての伊達男へ化粧道具入れの代金として、五百ポンド。グロースモア＝縁戚関係が疑わしいので、蝶のコレクションと家系図のみ。ジョン＝チェルトナムの水の送付に対し、その空瓶。グレーヴズ＝五千ポンド。ジョージナ＝一万ポンド。最後に残りの全財産をエヴリンにと知らされ、一座の人々は一様に興奮する。
三　『俳優評判記』第三編では「一金三百円」となっている。『歌舞伎新報』明治二十三年は現行と同じ。
四　底本「糸生」を直す。
五　親類または縁家が、重ねて婚姻または縁組を結ぶこと。また、その関係の家。
六　「不憫」と書くのは当て字。あわれむべきこと。かわいそうなこと。
七　婚姻による縁続きの間柄。「エンペンヲムスブ」(日葡)。
八　底本振仮名「ふぶん」を直す。
九　『マネー』では、おくらに当るクララは、孤児からジョンに引き取られ、レイディー・フランクリンにも養女として世話されるが、モードーントの遺産分けには一切加えられていない。そのかわり、エヴリンが、失恋の痛手から奇妙な復讐を思いつき、クララには明かさず、モードーントの遺産として、自分の分から二万ポンドを贈る。

藤太　これから跡《あと》に残《のこ》りしは、林之助《りんのすけ》さまとこちらのお宅《たく》、如何《いか》なる形見《かたみ》が記《しる》してあるか、現在使《げんざいつか》ひに参《まゐ》りし者《もの》すら、主人《しゆじん》の深慮《しんりよ》は分《わか》りませぬ。

勢左　無尽《むじん》でいへば爰等《こゝら》が一〇切分《きりわ》け、年《とし》のせゐゆゑ此《こ》の頃《ごろ》は耳《みゝ》がぐわん〳〵してならぬ、大《おほ》きな声《こゑ》で五郎右衛門《ごろゑもん》どの、一一高《たか》らかに読《よ》み上《あ》げて下《くだ》せえ。

五郎　『次《つぎ》に長崎《ながさき》へ移《うつ》りてより、此方《このかた》よりは書状《しよじやう》を出《いだ》し、寒暖《かんだん》の見舞《みまひ》として一二国産《こくさん》なども度々《たび〳〵》贈《おく》り候《さうら》へ共《ども》つひに一度《ど》返書《へんしよ》も送《おく》らず、余《あま》りと申《まう》せば不《ふ》一三実意《じつい》に存《ぞん》じ候《さうらふ》ゆゑ、一四形見《かたみ》として金《きん》三円《ゑん》、』

ト読《よ》みかゝるゆゑ、勢左衛門《せいざゑもん》気《き》の揉《も》めるこなしにて、

勢左　これ〳〵五郎右衛門《ろゑもん》どの、それは大方林之助《おほかたりんのすけ》めであらうの。

五郎　いや、『辺見勢左衛門殿親子《へんみせいざゑもんどのおやこ》三人《にん》へ。』

三人　えゝ、（トびつくりなし、）

勢左　これ一五常談《じやうだん》も時《とき》によるわえ。

五郎　いや、常談《じやうだん》ではない。此《こ》の通《とほ》りだ。（ト勢左衛門《せいざゑもん》に見《み》せる、勢左衛門《せいざゑもん》一六よく〳〵見て、）

らん　旦那《だんな》どの、

しな　父《とゝ》さん、

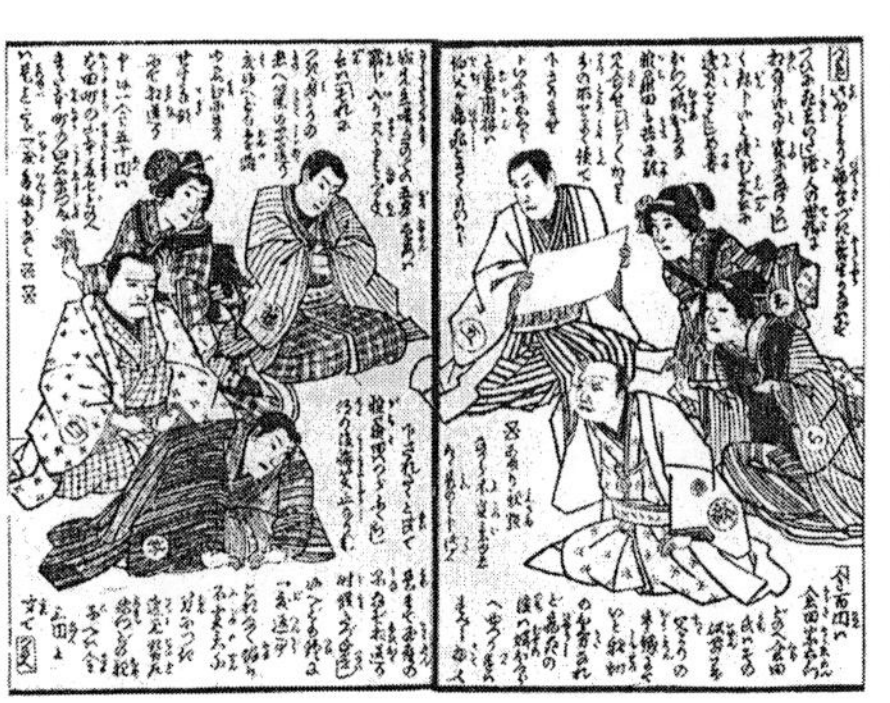

一〇 無尽で最後の落札者を決めること。

一一 『勧進帳』に「高らかにこそ読み上げけれ」。

一二 国産物。ここは長崎で産出した土産物。

一三 誠意がないこと。また、そのさま。薄情。

一四 『マネー』では、娘ジョージナには遺産が授けられ、父親ジョンには一切無し、と対照的になっている。

一五 冗談。『歌舞伎新報』明治二十三年に「笑談（ぜふだん）も時（とき）に寄（よる）」。

一六 『歌舞伎新報』明治二十三年に「是（こり）やどふ見ても三円だ」。

勢左　えゝ忌々《いま〳〵》しい。（ト遺言状《ゆいごんじやう》を打《う》ち付《つ》ける。）

当助　して〳〵、これなる林之助《りんのすけ》どのへは、何程形見《なにほどかたみ》を分《わ》けられしか。

蒙八　親子《おやこ》三人《にん》三円《ゑん》では、此《こ》の番頭《ばんとう》はあきらめもの。

くら　後《あと》をお読《よ》み下《くだ》さりませ。

五郎　（件《くだん》の遺言状《ゆいごんじやう》を取上《とりあ》げ、）『右不実意《みぎふじつい》なる伯父《をぢ》に引替《ひきか》へ、遠路《ゑんろ》の所長崎《ところながさき》まで月々《つき〴〵》機嫌《きげん》きゝの書状《しよじやう》を送《おく》り多年《たねん》の間実意《あひだじつい》を尽《つく》し心《こゝろ》に掛《か》けくれ候《さうらふ》は、[一]壮年《さうねん》の身《み》ながら行《ゆ》き届《とゞ》きし心底《しんてい》の程実《ほどじつ》に感心致《かんしんいた》し居《を》り候《さうらふ》[二]且又我等《かつまたわれら》肉《にく》身分《しんわ》けし一人《ひとり》の甥《をひ》に候間《さうらふあひだ》、[三]恵府林之助《ゑふりんのすけ》へ形見《かたみ》として金《きん》二万円遣《まんゑんつか》はし申《まう》すべく候《さうらふ》。』

　トこれを聞《き》き勢左衛門思《せいざゑもんおも》はず立上《たちあが》り、

勢左　なに、二万円《まんゑん》、むゝゝゝ。

　ト[四]びつくりして気絶《きぜつ》する、これにて皆々《みな〳〵》驚《おどろ》き、おらんおしな勢《せい》左衛門《ざゑもん》を介抱《かいはう》して、

らん　これ〳〵旦那《だんな》どの、どうさつしやつた。

しな　こりや癲癇《てんかん》と見《み》ゆるわいなあ。

蒙八　[五]癲癇《てんかん》ならば草履《ざうり》がいゝ。

一『俳優評判記』第三編に「壮年の身の及ばざる行届(ゆきとゞき)し心底(しんてい)の程(ほど)実(じつ)に感心致候」。『歌舞伎新報』明治二十三年に「壮年の身の行届(ゆきとゞ)きし心底(しんてい)感心致(いた)し居(をり)候」。→四一頁注七。

二『俳優評判記』第三編に「且(かつ)我等(われら)肉身わけし一人の甥(をひ)に候間」。『歌舞伎新報』明治二十三年に「且又(かつまた)我等一人甥(をい)に候得ば」。

三『マネー』でも、エヴリンへの遺産読み上げが、前半のクライマックスとなる。さらに、遺言補足書としてモードーントからエヴリンへの私信がついており、その中で、モードーントはエヴリンに、ジョージナかクララのいずれかを選んで、妻として迎えるよう勧めている。

四『マネー』では、ジョンが最も憤慨して反応するが、毒づくだけで気絶はしない。

五 癲癇の発作には草履を頭にのせると治癒の効果があるという民間の俗信によるもの（南博編『迷信・占い・心霊現象』『近代庶民生活誌』第十九巻、三一書房、平成四年）。

ト有合《ありあ》ふ上草履《うはざうり》[六]を取《と》つて勢左衛門《せいざゑもん》の頭《あたま》へ載《の》せ、手拭《てぬぐひ》にて結《いは》へつけ、

親類
皆々　勢左衛門《せいざゑもん》どのいなう。[七]

らん　旦那《だんな》どのいなう。

しな　父《とゝ》さんいなう。（ト皆々《みな〳〵》にて呼《よ》[八]び生《い》ける、勢左衛門心付《せいざゑもんこゝろづ》[九]き、）

勢左　いや死《し》にやあしねえ、大丈夫《だいぢやうぶ》だ〳〵。

臼右　そんならいよ〳〵林之助《りんのすけ》は、伯父《をぢ》の形見《かたみ》を二万円《まんゑん》、

五郎　それ、此《こ》の通《とほ》り相違《さうゐ》はあるまい。（ト突《つ》き付《つ》けて見《み》せる。）

らん　えゝ今度《こんど》は、ほんまに悲《かな》しくなつた。

しな　母《かゝ》さん、わたしも悲《かな》しいわいなあ。（ト両人《りやうにん》めそ〳〵泣出《なきだ》す、）

林之　いやも夢《ゆめ》にも知《し》らぬ二万円《まんゑん》、お形見分《かたみわけ》を下《くだ》さるとは、潰《つぶ》れし家名《かめい》を立《た》てよといふ、亡《な》き伯父《をぢ》さまのお情《なさけ》お慈悲《じひ》、こんな嬉《うれ》しい事《こと》はない。

藤太　（懐中《くわいちゆう》より手形《てがた》[一〇]を出《だ》し、）大金《たいきん》ゆゑに為替《かはせ》にて送《おく》る積《つも》りで此《こ》の如《ごと》く、何《いづ》れも手形《てがた》で持参《ぢさん》いたせば、御銘々《ごめい〳〵》にお渡《わた》し申《まう》しまする。（ト林之助《りんのすけ》、おくら、当助《たうすけ》へ渡《わた》し、）金三円《きんゑん》の為替手形《かはせてがた》、勢左衛門《せいざゑもん》さまお受取《うけと》り下《くだ》さりませ。（ト勢左衛門《せいざゑもん》の前《まへ》へ出《だ》す。）

六　座敷の上で履くぞうり。

七　「いの」は語・文の下につけて、感嘆、または呼びかけの意を表す。「かいの」「ぞいの」「といの」となることもある。「いなう」は「いの」を延ばして言ったもの。

八　呼び立てて生きかえらせる。

九　『歌舞伎新報』明治二十三年に「是にて心附（こゝろづき）（幸）イヤ何（なに）大丈夫だ〳〵（団升）其（それ）なら林之助は伯父の紀念（かたみ）を二万円（九）夫（それ）此通りト見せる（団六）今度は本間（ほんま）に悲しく成（なつ）た（鬼）母（かゝ）さん私しも悲しふござんすト両人めそ〳〵ト泣く（照）イヤモ夢にも知らぬ二万円お紀念分（かたみわけ）を下さるとは潰れし家を建（たて）よとある亡伯父様（なきおぢさま）の御慈悲心有難ひ事でござりますと悦（よろこ）ぶ（藤太）大金故（たいきんゆへ）に為換（かはせ）で送る積（つもり）で手形を持参致しましたト銘々（めい〳〵）へ渡す（幸）エヽ斯（こん）な物をト傍から団六鬼丸袂を引く（幸）取らぬには増（まし）だト懐中（ふところ）へ入（いれ）る」。

一〇　為替手形。→六四頁注四。

勢左　一え〻こんなものが、（ト打付《うちつ》けようとするを、おしなおらん、モシと両方《りやうはう》の袖《そで》を引《ひ》くゆゑ、勢左衛門《せいざゑもん》思入《おもひいれ》あつて、）取《と》らぬにましか。（ト懐《ふところ》へ入《い》れる。）

五郎　二いや流石《さすが》は、門戸藤右衛門《もんとうゑもん》どの、

当助　賞罰正《しやうばつたゞ》しきお形見分《かたみわ》け、

藤太　潰《つぶ》れし恵府《ゑふ》のお家《いへ》も立《た》ち、

林之　こんな嬉《うれ》しい事《こと》はなく、

くら　お目出度《めでた》いことでござりまする。

勢左　そつちは定《さだ》めて目出度《めでた》からうが、

らん　こつちは少《すこ》しも目出度《めでた》くなく、

しな　こんな悲《かな》しい事《こと》はない。

臼右　とんだ見舞《みまひ》の買損《かひぞん》をした。

蒙八　それも日頃《ひごろ》の強欲《がうよく》から、

臼右　やあ。

蒙八　いえ、お早《はや》くお帰《かへ》りなされませ。

臼右　え〻、おのれが言《い》はずと、勝手《かつて》に帰《かへ》る。

一『俳優評判記』第三編に「番頭は癲癇と心得て草履を手拭にてあたまへ縛り付ると其儘気が付て何死(にし)ア仕ねへと云皆々落着(おちつく)夫より五郎右衛門は藤太郎に云付夫々へ手形を渡す皆々礼を云逸勢の前へも三円の手形を出す斯な物は入(らい)ねへと云かけて是でも取ねへのは損だと懐へ入(れい)る」。

二『俳優評判記』第三編、『歌舞伎新報』明治二十三年とも、これに当るところはない。

三『歌舞伎新報』明治二十三年に「(九)ドレ親類は一同に(当)是(これ)にてお暇(いとま)(藤)致しませ

五郎　三どれ、親類《しんるい》一同《どう》、

当助　これにてお暇《いとま》、

藤太　いたしませう。

林之　四これなる手形《てがた》は、五郎《ろ》右衛門《ゑもん》さま。

くら　あなたへお預《あづ》け申《まう》しまする。（ト両人手《りやうにんて》形《がた》を出《だ》す。）

勢左　五いや、その手形《てがた》はおれが預《あづ》かる。（ト取《と》りに掛《かゝ》るを、五郎《ろ》右衛門手《ゑもんて》早《ばや》く引取《ひきと》り、）

五郎　いや仏《ほとけ》の遺言《ゆいごん》、（ト手形《てがた》と遺言状《ゆいごんじやう》を持《も》つて立上《たちあが》るを木《き》の頭《かしら》、）反故《ほご》にはなるまい。

トにつたり笑《わら》ふ。勢左衛門《せいざゑもん》、おらん、おしな手形《てがた》が欲《ほ》しきこなし、林之助《りんのすけ》おくらは嬉《うれ》しきこなし。跡皆々《あとみな〳〵》引《ひつ》六ぱりよろしく、木《もつ》琴入《きんい》りの浜唄《はまうた》にて、

ひやうし　幕

ふ（照）是成（これなる）手形は五郎右衛門様へ（田）お預（あづ）ケ申まする（幸）イヤ其（その）手形は己（おれ）が預かるト取（とり）に懸（かゝ）るを九蔵手早く取（とつ）て（九）イヤ仏の遺言ト遺言状（ゐげんじやう）と倶（とも）に持（もち）て立上るを木のかしら反古にはならぬトにつたり笑ふ此模様にて幕」。

四『俳優評判記』第三編に「林之助とお倉は手形を五郎右衛門に預（あづけ）るを逸勢夫は己（おれ）が預（あづから）ふと取（とり）にかゝる五郎右衛門ドッコイさうは成（なら）ねへ仏の遺言だ逸勢忌々（いま〳〵）しいなアと云時あたまの草履（ざうり）に気が付取て叩（たゝき）つける皆々よろしく有て幕」。台帳2「五ら右衛門は手形ヲ紙入へ仕舞ふとするをらん清左衛門に預れと思入にて知らせる清うなづき（清）甥の事なら其金円コノ清左衛門が預らふト取にかかるをどっこひと留テ（五ら）そうはいかねへこの金は（清）ヱヽ（五ら）是も仏の遺言だ（清らん品）思へば〳〵ト清左衛門立上るひやうしにいぜんのあたまの上のぞふりが落るが木のかしら（清）ヱヽいま〳〵しいなト清左衛門はぞうりを叩き附る林之助おくら藤助はよろこび五ら右衛門藤太郎に礼ヲいふ嘉右衛門藤八お栄らも皆〳〵つまらぬと云ふこなしにて真中に　五ら右衛門薄情ナやつといふ思ひ入にてきせるヲ持せゝら笑ふこの仕組よろしく木頭より賑やかなる鳴物にてひやうし幕」。

五 辺勢が草履を叩きつける幕切の台詞は、現行テキスト、また『歌舞伎新報』明治二十三年にもないもの。『俳優評判記』第三編は初演時の演出を写している点で貴重である。ただ、『俳優評判記』第三編の遺言状の文面は、現行テキストにほぼ一致しており、何らかの典拠があったのを思わせる。

六 →四五頁注一六・一七。

横浜本町恵府新宅の場
同　境町辺見見世の場
同　[三]波戸場脇海岸の場
〔[四]同　境町辺見見世の場〕
同　[五]恵府林宅婚礼の場

二幕目[一]大切[二]

恵府林之助　尾上菊五郎
辺見勢左衛門　中村　仲蔵
毛織五郎右衛門　市川団十郎
[六]寿無田宇津蔵《すなだうつざう》　[七]市川左団次
雅羅田臼右衛門　市川団右衛門
[八]代言人[九]口上糊《くちのうへのり》ス　[二]尾上梅五郎
　実は落語家梅生[一〇]
恵府の若者藤七　市川猿十郎
同　喜助　中村政寿郎
同　錦蔵　坂東　橘次
辺見の番頭蒙八　坂東喜知六
辺見の若者鉄造　沢村　由蔵
同　電吉　市川幡右衛門
同　荷介　坂東竹次郎
雅羅田の下男杢助　中村鶴右衛門
元浜十兵衛の手代
吉田七右衛門の代の者
桜木五郎兵衛の代の者
子役の男の子
子役の娘

一 実際の上演では「波戸場脇海岸の場」の後で幕を引き、波音でつなぐ三幕構成となっている。台帳1では「中幕大切」。台帳2では「中・下の巻」。 二 歌舞伎狂言でその日演ずる最終の出し物、切狂言を称するが、初演では、このあとさらに常磐津連中による大切浄瑠璃として「魁花春色音黄鳥(かいかのはるいろねのうぐいす)」という踊りがついた。
三 「西波戸場」あるいは「イギリス波戸場」と呼ばれた大波戸場近くの海岸通。横浜開港の前年である安政五年(一八五八)、運上所(現、シルクセンター)の北側海面に二本の突堤が築かれ、横浜で最初の波戸場となった。東の突堤は「東波戸場」あるいは「イギリス波戸場」と呼ばれ、外国人用、西の突堤は「西波戸場」といい、日本人が用いた。「西波戸場、此所和人荷物出入共御改所なり、東波戸場あり、此所異人荷物御改所の御番所に御座候」(『横浜開港側面史』補遺、横浜貿易新報社、明治四十二年)。次いで文久年間(一八六一―六四)に、フランス館(現、ホテル・ニューグランド)の地先に通称「フランス波戸場」が築造され、「東波戸場」と呼ばれたため、「イギリス波戸場」の方は、全体を「西波戸場」あるいは「大波戸場」と称されることになる。明治三年から、ヘンリー・ブラントンが次々と広大な横浜築港計画を提出したが実現せず、明治二十二年になってようやく現在も横浜港に残る防波堤と、鉄桟橋(大桟橋)が着工された。
四 底本記載なし。他台帳等により補う。
五 台帳2は「大松楼二階祝言の場」として、最後に「横浜弁天社祭礼の場」がつく。
六 台帳1・2、初演時辻番付、初演時草双紙、『俳優評判記』第三編、『歌舞伎新報』明治二十三年ではいずれも「寿無木(すむぎ・そむき)」となっている。『マネー』に出てくるキャプテン・ダッドリー・ス

恵府の小僧　　おらんの姪おくら　岩井半四郎
辺見の妻おらん　中村　鶴蔵　辺見の下女おえい　尾上梅三郎
辺見の娘おしな　市川小団次

（恵府《ゑふ》新宅《しんたく》の場《ば》）＝本舞台《ほんぶたい》四間《けん》通《とほ》し常足《つねあし》の二重《ぢゆう》、[一二]更紗《さらさ》の[一三]暖簾《のれん》口《ぐち》、左右《さいう》の棚《たな》[一四]薩摩《さつま》焼《やき》金《きん》入《いり》画《ゑ》模様《もやう》の花瓶《くわびん》、香炉《かうろ》、茶碗《ちやわん》、大皿《おほざら》などの書割《かきわり》、上《かみ》の方《かた》一間《けん》障子《しやうじ》屋《や》体《たい》、いつもの所《ところ》門口《かどぐち》、下《〔し〕も》の方《かた》喰違《くひちが》ひに土蔵《どざう》二棟《ふたむね》、此《こ》〔の〕前《まへ》に恵府林《ゑふりん》と記《しる》せし用水《ようすい》の桶《をけ》、総《すべ》て横浜《よこはま》本《ほん》町《まち》陶器《たうき》店《みせ》の体《てい》。爰《こゝ》に喜助《きすけ》、錦蔵《きんざう》散切《ざんぎり》紺《こん》の前垂《まへだれ》手《て》代《だい》のこしらへにて陶器《たうき》を帳面《ちやうめん》に記《しる》し居《ゐ》る、藤《とう》七羽《は》織《おり》着《き》流《なが》しにて真中《まんなか》に住《すま》ひ、下《しも》手《て》に[一五]○□△の三人《にん》羽織《はおり》着《き》流《なが》しにて[一六]足付《あしつき》の鰹節箱《かつぶしばこ》を前《まへ》へ置《お》き控《ひか》へ居《ゐ》る、小僧《こぞう》三人《にん》へ茶《ちや》を出《だ》して居《ゐ》る、此《こ》の見得《みえ》、合方《あひかた》へ異国《いこく》の鳴《なり》物《もの》を冠《かぶ》せ幕明《まくあ》く。

小僧　へい、お茶《ちや》をおあがりなされませ。

三人　これは〳〵、有難《ありがた》うございります。

藤七　してお前《まへ》さまは、何方《どちら》からおいでなされました。

ムーズというカード・ゲームの名人に当る役（「スム」という音を利かしている）。エヴリンは、このスムーズに協力を要請し、カード賭博に熱中した芝居を続け、全財産をすったふりをする。

七　初世。天保十三年（一八四二）―明治三十七年（一九〇四）。当時三十八歳。

八　↓五四頁注二。

九　いわゆる三百代言に、「糊口を淩ぐ」をかぶせた皮肉な命名。台帳2では「原田種明」。『マネー』には当てはまる人物はいないが、遺言状を読み上げた弁護士シャープが後半エヴリンの使用人として雇われ、エヴリンが破産する芝居を打つ手助けをする。

一〇　梅五郎の「梅」をとって、円生（↓一四一頁注四）の弟子らしい名とした。

一一　天保十四年（一八四三）―昭和三年（一九二八）。当時三十七歳。明治十四年六月、名題昇進し、四代目尾上松助と改名。

一二　ポルトガル語 saraça。人物・花鳥その他種々の幾何学的模様をすり込み、捺染した金巾（綿布）または絹布。もと、インドやペルシアから渡来したが、その後西洋から輸入し、日本でも多く産する。『勧善懲悪孝子誉(かんぜんちょうあくこうしのほまれ)』三幕目奥山北庭宅の場に「更紗の暖簾口」「更紗の幕」が出ている。

一三　店の軒先や出入口にたらし、日よけとする布。江戸時代以降、商家では屋号などを染め抜いて商業用とした。

一四　薩摩産陶磁器の総称で、文禄の役（文禄元年〈一五九二〉）に朝鮮から連れてこられた陶工が、島津義弘藩主のもとで技法を伝えたのが始まり。「金襴手(きんらんで)」といわれるものは、象牙色で美しいひびのある白釉陶に、金泥と絵具を用い、五彩の錦模様を焼付けたもの。明治時代には、

○　へいわたくしは弁天通《べんてんどほ》りの、一元浜《もとはま》十兵衛《べゑ》の手代《てだい》の者《もの》でござりまする、恵府林《ゑふりん》さまには二御旧地《ごきうち》へお立帰《たちかへ》りで御開店《ごかいてん》は、まことにお目出度《めでた》いことでござりまする、三わざとお祝《いは》ひ申《まう》しまする。

藤七　御丁寧《ごていねい》に御祝《おいは》ひ下《くだ》され有難《ありがた》う存《ぞん》じまする、主人《しゆじん》お目《め》に掛《か》りますでござりますが、四只今《たゞいま》五客来《きやくらい》にござりますれば、これよりお礼《れい》を申《まう》し上《あ》げます、して又《また》そちらのお二人《ふたり》さまは。

△　手前《てまへ》ことは六太田町《おほたまち》の、七吉田《よしだ》七右衛門《ゑもん》の代《だい》の者《もの》にござります。

□　又《また》わたくしは八馬車道《ばしやみち》の、九桜木《さくらぎ》五郎兵衛《ろべゑ》の代《だい》の者《もの》にござりまする。

△　御先代《ごせんだい》林左衛門《りんざゑもん》さまとは、まことに御懇意《ごこんい》にいたしましたゆゑ、

□　どうか相変《あひかは》らず一〇先々《せんぐ》通《どほ》りお取引《とりひき》を願《ねが》ひます。

△　これはほんの印《しるし》ばかり、

□　お祝《いは》ひ申《まう》し、

両人　上《あ》げまする。

藤七　旧地《きうち》とは申《まう》しながら、いはゞ一一帰《かへ》り新参《しんざん》ゆゑ手前方《てまへかた》から皆様《みなさま》へ、お願《ねが》ひ申《まう》しに出《で》ます所《ところ》、まことに恐入《おそれい》りまする。

○　何《いづ》れ主人《しゆじん》もお祝《いは》ひに、出《で》まするでござりますが、

輸出物の目玉商品であった(『日本陶磁器大系』16「薩摩」平凡社、平成元年。『日本のやきもの』八「薩摩・民窯」講談社、平成四年)。『歌舞伎新報』明治十二年に「錦手(にしきで)の陶器を飾りし店の体」。 一五 役名のつかない端役の記号。マル・カク・ウロコと読む。 一六 鰹節は江戸時代の初期より武士階級に「勝男武士」の音で好まれ、最高の贈答品であった(宮下章『鰹節』法政大学出版局、平成十二年)。
▽舞台に藤七・喜助・錦蔵・小僧、○□△の三人。

以上七三頁

一 元浜町(現、中区)を利かす。
二 先代の父林左衛門が開いていた店に戻った。
三 ほんの形ばかり。心ばかり。
四 底本振仮名「たゞいた」を直す。
五 来客。
六 →四二頁注二。
七 吉田橋(→一四頁注三)を利かす。
八 現、中区。関内の入口吉田橋から東北へ海岸通に至る通り。慶応二年の大火後、翌年吉田橋北側の太田屋新田が埋立てられて市街地を造成する際に、一直線の馬車で通れる道路として開通した。吉田橋側には義太夫定席富竹亭があり、橋際には明治二年営業を開始した東京・横浜間の乗合馬車の起点があった。伊勢佐木町が繁華街となる明治十年代後半頃までは横浜の代表的な繁華街であった。明治十年刊の『横浜新誌』初編(『明治文化全集』第八巻、日本評論社、昭和三十年)には、夜店の項に、「港内夜肆(よみせ)の盛なるや、馬車道を以て冠とす。吉田坊(まち)に野毛坊(まち)に次ぐに、弁天通及び元坊(まち)を以てす」とある。
九 桜木町を利かす。桜木町は、現、中区。明治

△　憚《はゞか》りながら旦那様《だんなさま》へ、

□　よろしく仰《おほ》せ下《くだ》さりませ。

藤七　申《まう》し伝《つた》へますでござりまする。

○　左様《さやう》なればわたくし共《ども》は、

藤七　まだ宜《よろ》しいではござりませぬか。

△　先《ま》づお暇《いとま》、

三人　いたしまする。（ト三人辞儀《にんじぎ》をなし、右《みぎ》の鳴物《なりもの》にて下手《しもて》へはひる。）

藤七　これ小僧《こぞう》、この箱《はこ》を片付《かたづ》けておけ。

小僧　はい〳〵。（ト鰹節箱《かつぶしばこ》を片付《かたづ》ける、）

藤七　[一二]今朝《けさ》ツから祝儀《しうぎ》の人《ひと》で、何《なに》をする事《こと》も出来《でき》ぬ。

喜助　まことに人《ひと》は正直《しやうぢき》なもので、家《うち》の旦那《だんな》が零落中《れいらくちゆう》は詞《ことば》もかけぬ其《そ》の人《ひと》が、二万円《まんゑん》のお形見《かたみ》で爰《こゝ》へ店《みせ》をお出《だ》しになると、

錦蔵　やれ以前《いぜん》の近付《ちかづき》だの、昔《むかし》は懇意《こんい》にしたのといつて、うるさく人《ひと》が出《で》て来《く》るが、みんな金《かね》が見当《みあ》てだか、気《き》の知《し》れたものではない。

藤七　世界《せかい》は開化《かいくわ》に進《すゝ》むほど人《ひと》が薄情《はくじやう》になるといふが、成程学者《なるほどがくしや》の言《い》ふ通《とほ》り、落目《おちめ》になれば往来《わうらい》で逢《あ》つても顔《かほ》を背《そむ》けるのに、

五年鉄道築堤が完成した後、その柵外は桜木町一—七丁目と命名された。

一〇　前々通り。これまで通り。

一一　主家を一旦去って、再び帰参し仕えた者になぞらえた。

一二『マネー』では、巨額な遺産を継いだエヴリンの新しい屋敷に、肖像画家、出版屋、建築家、室内装飾家、銀器製造人、馬車製造業者、馬商人、仕立屋などが控えの間に群がって、エヴリンにそれぞれ持参の商品を買い上げてもらうか、注文を取ろうと押し寄せている。シェイクスピアの『アテネのタイモン』の幕開きにも同じようなシーンがあり、『マネー』はその影響を受けている。

喜助　ろく〳〵顔《かほ》も知《し》らぬ者《もの》が、俄《には》かに[一]追従軽薄《ついしようけいはく》を言《い》つて来《く》るのも無理《むり》ではない、一夜《や》の中《うち》に二万円《まんゑん》の金《かね》がお手《て》にはひつたからだ。

錦蔵　これといふも日頃《ひごろ》から不実《ふじつ》な心《こゝろ》が少《すこ》しもなく、目上《めうへ》の人《ひと》を敬《うやま》つて遥々《はるぐ》遠《とほ》い長崎《ながさき》まで、よく音信《おとづれ》をなされたゆゑ。

藤七　門戸《もんと》さまからそれを褒《ほ》め、二万円《まんゑん》と、いふ金《かね》をお形見《かたみ》に下《くだ》すつたのだ。

喜助　其《そ》の古《いにし》への[二]富《とみ》でさへ、千両取《りやうど》りが[三]高《たか》だのに、二万円《まんゑん》お手《て》に入《い》るとは、

錦蔵　何《なん》といふ御運《ごうん》だか、斯《か》ういふ所《ところ》に仕《つか》へるのは、奉公人《ほうこうにん》まで仕合《しあは》せだ。

藤七　この御新宅《ごしんたく》のお祝《いは》ひに、諸方《しよはう》から来《く》る遣《つか》ひ物《もの》、

喜助　[四]鰹節玉子《かつぶしたまご》はいふに及《およ》ばず、

錦蔵　鯛《たひ》や海老《えび》の山《やま》をなし、

藤七　ほんに肴《さかな》の喰《く》ひあきだ。

ト右《みぎ》の鳴物《なりもの》にて花道《はなみち》より前幕《まへまく》の臼《うす》右衛《ゑ》門羽《もんは》織着《おりき》流《なが》し駒下駄《こまげた》にて、下男《げなん》[五]鰹節《かつぶし》の箱《はこ》を持《も》ち出来《いでき》たり、花道《はなみち》にて、

臼右　こりや杢助《もくすけ》、恵府林《ゑふりん》が本町《ほんまち》へ見世《みせ》を出《だ》したは向《むか》うの家《うち》か。

下男　へい、左様《さやう》にござりまする。

[六]臼右　成程《なるほど》これは[七]立派《りつぱ》な家《うち》だ、かゝる見世《みせ》をば開《ひら》くといふも、長崎表《ながさきおもて》の門戸《もんと》

一　前記シェイクスピアの『アテネのタイモン』では、富貴に阿諛（あゆ）追従する者の忘恩が取り上げられ、後半、凄まじい呪詛の対象となる。

二　富くじ。富、富突（とみつき）、突富（つきとみ）などが一般的呼称。本来「籤」ではなく、「突く」という作業によっている。百回当りを繰返し、最後の突どめの百番が大当りの富札になる。寺社修理料などをまかなうため江戸時代寛永（一六二四-四四）の頃から公認され、天保十三年（一八四二）禁止。一番くじの最高限度額は千両と相場がきまっていた。幸田成友の「富札」（『日本経済史研究』大岡山書店、昭和三年）によると、最高額の当りくじの額により、それぞれ千両富・五百両富・三百両富・百五十両富・百両富などに分れるが、千両富などはきわめて珍しく、文政（一八一八-三〇）から天保頃にかけては五百両富以上のものはなくなってしまっている。江戸では谷中感応寺（現、天王寺）・目黒不動（滝泉寺）・湯島天神（別当喜見院）を三富（さんとみ）と称した（『江戸学事典』〈弘文堂、昭和五十九年〉「富くじ」の項）。

三　程度。最上の限度。

四　底本「鱒節」を直す。

▽臼右衛門・杢助登場。

五　初演時の草双紙では臼右衛門が「糸おり一疋しん物」を持ってくることになっている。

六　底本「臼石」を直す。

七　底本「立流」を直す。

どのから形見《かたみ》に寄越《よこ》した二万円《まんゑん》、斯《か》ういふ金《かね》を持《も》つ者《もの》に、近《ちか》[八]しくせぬのはこつちの損《そん》だ。

下男　此《こ》の間《あひだ》まで食客《しよくかく》[九]でおいでなされた恵府林《ゑふりん》さま、大《たい》した事《こと》でござりますな。

臼右　こんな仕合《しあは》せな事《こと》はない。（ト右《みぎ》の鳴物《なりもの》にて本舞台《ほんぶたい》へ来《きた》り、下男入替《げなんいれかは》つて、）

下男　へい、お頼《たの》み申《まう》します。

藤七　はい、どちらからおいでなされました。

臼右　雅羅田臼右衛門《がらたうすゑもん》でござりまする。

喜助　これは雅羅田《がらた》さまでござりまするか。

錦蔵　さあ〳〵お通《とほ》りなさりませ。

臼右　左様《さやう》なら御免下《ごめんくだ》され。（ト合方《あひかた》になり内《うち》へはひり上手《かみて》へ通《とほ》り住《すま》ひ、）御《ご》主人《しゆじん》にはお内《うち》でござりまするか。

藤七　へい、宅《たく》にをりますでござります。

臼右　お内《うち》であらば臼右衛門《うすゑもん》がちよいとお目《め》にかゝりたいと、御主人《ごしゆじん》へ申《まう》して下《くだ》さい。

八『歌舞伎新報』明治二十三年に「是からは懇意せねばならぬ」。

九 寄食する人。居候。

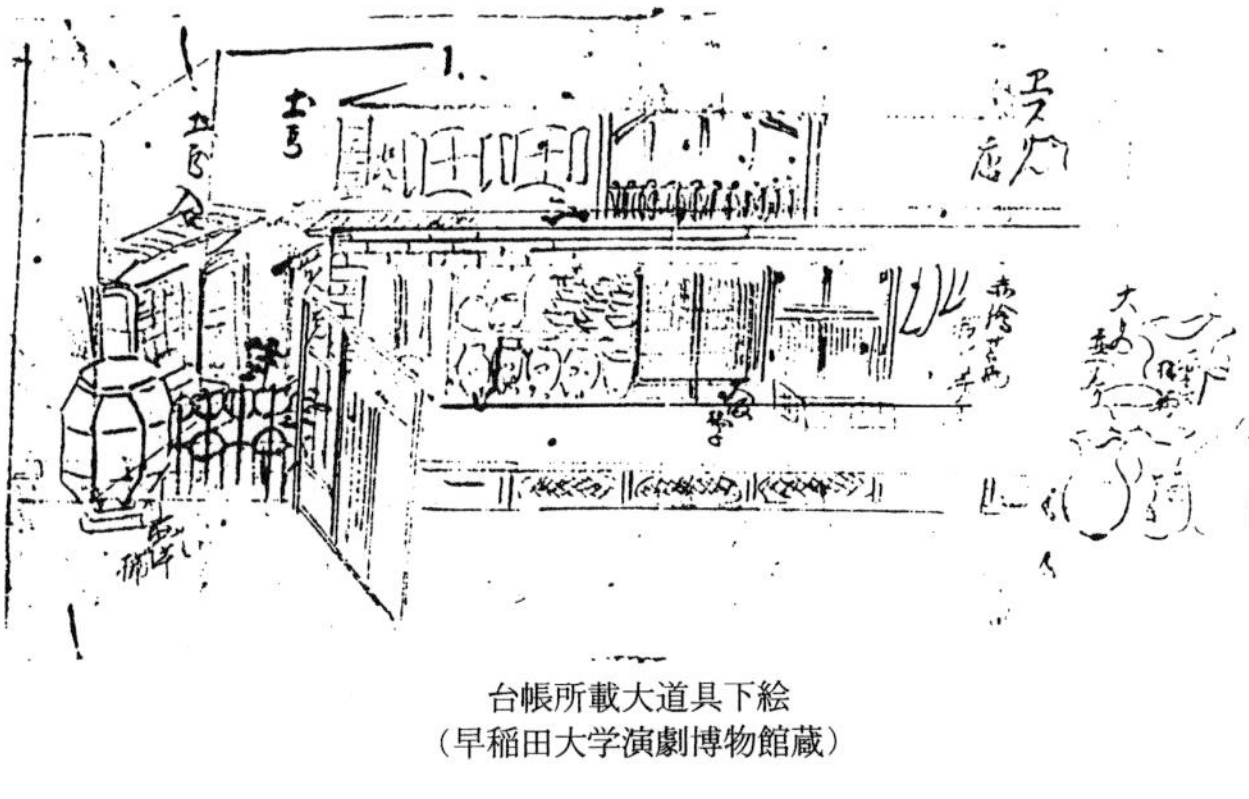

台帳所載大道具下絵
（早稲田大学演劇博物館蔵）

藤七　畏《かしこま》りましてござります。（ト奥にて、）

林之　雅羅田《がらた》さまがお出《い》でとか、（ト奥《おく》より林之助《りんのすけ》羽織《はおり》着流《きなが》しにて出来《いでき》り、）これは〳〵臼《うす》右衛《ゑ》門《もん》さまには、ようこそお出《い》で下《くだ》さりました。

臼右　御開店《ごかいてん》のお悦《よろこ》びに昨日《さくじつ》参《まゐ》る所《ところ》であつたが、脱《のが》れ難《がた》き用事《ようじ》があつて、大《おほ》きに延引《えんいん》いたしました。

林之　[一]御繁用《ごはんよう》でござりませうに、わざ〳〵お出《い》でなされずとも、お使《つか》ひで宜《よろ》しうござりますに。

臼右　いや〳〵使《つか》ひなどでは失礼千万《しつれいせんばん》、[二]自身《じしん》に上《あが》らにやなりませぬ。これは甚《はなは》だ些少《させう》ながら、[三]わざとお祝《いは》ひ申《まう》します。（ト下男《げなん》に持《も》たせし鰹節箱《かつぶしばこ》を取《と》り、）こりや其《そ》の方《はう》は先《さき》へ帰《かへ》れ。

下男　畏《かしこま》りましてござります。（ト下手《しもて》へはひる。臼《うす》右衛《ゑ》門《もん》鰹節《かつぶし》の箱《はこ》を林之《りんの》助《すけ》の前《まへ》へ出《だ》す。）

林之　新居《しんきよ》をお祝《いは》ひ下《くだ》さりまして有難《ありがた》う存《ぞん》じまする。（ト辞儀《じぎ》をする、臼《うす》右衛《ゑ》門《もん》思入《おもひいれ》あつて、）

臼右　扨此《さてこ》の度《たび》は御親父《ごしんぷ》の跡《あと》を立《た》てられ陶器《たうき》の開店《かいてん》、以前《いぜん》にまさる[四]御見世付《おみせつ》き何《いづ》れの棚《たな》もぴか〳〵と、光《ひか》り輝《かゞや》く[五]赤絵《あかゑ》の金入《きんいり》、目《め》を驚《おどろ》かすお見世付《みせつ》

一　↓三七頁注一三。
二　自分みずから。
三　↓七四頁注三。
▽杢助退場。
四　店がまえ。『歌舞伎新報』明治二十三年では「お見世様子」。
五　紅殻(べんがら)即ち酸化第二鉄を使って上絵付けをする赤を主調とした陶磁器。臼右衛門は「金襴手」(↓七三頁注一四)と混同して言っている。

き、まことにお悦《よろこ》び申《まう》しまする。

林之　父林左衛門《ちゝりんざゑもん》が大借《たいしやく》に拠《よんどこ》ろなく家名《かめい》を失《うしな》ひ、所詮生涯開店《しよせんしやうがいかいてん》は思《おも》ひも寄《よ》らぬことゝ存《ぞん》じ、暫《しばら》く伯父《をぢ》の厄介《やつかい》になり徒《あだ》に月日《つきひ》を過《すご》せしも測《はか》らず青《せい》[六]雲《うん》の時到《ときいた》り、長崎表《ながさきおもて》の門戸《もんと》さまが厚《あつ》き恵《めぐ》みのお形見《かたみ》分《わ》けに、昔《むかし》に帰《かへ》り し陶器《たうき》の開店《かいてん》、嘸《さぞ》や冥土《めいど》で亡親《なきおや》が悦《よろこ》びまして居《を》りませう。

臼右　草葉《くさば》の陰《かげ》でどの位《くらゐ》なお悦《よろこ》びだか知《し》れはせぬ、実《じつ》に冥土《めいど》ばかりでなく此《こ》の世《よ》の一家親類《けしんるい》まで、世間《せけん》[七]の見得《みえ》になりまして、まことに嬉《うれ》しうござりまする。

林之　御親類《ごしんるい》とは申《まう》せども遠《とほ》い御縁《ごえん》のお前様《まへさま》が、左様《さやう》に仰《おほ》せ下《くだ》さりますは、実《じつ》に有難《ありがた》うござりまする。

臼右　いや血筋《ちすぢ》をいはゞ遠《とほ》からうが、御先代《ごせんだい》とは近《ちか》しくいたし、水魚《すいぎよ》[八]の如《ごと》く交《まじ》はりました、以前《いぜん》に返《かへ》りて親御同様《おやごどうやう》、どうぞ親《した》しくして下《くだ》され。

林之　それは縁家《えんか》も少《すく》なきわたくし、お前様《まへさま》よりわたくしから、親《した》しくお願《ねが》ひ申《まう》しまする。

臼右　どうした事《こと》かこれ迄《まで》は、つい御疎遠《ごそゑん》にいたしたが、これから先《さき》は火《ひ》[九]の中《なか》でも当家《たうけ》の事《こと》なら飛込《とびこ》む心《こゝろ》、其《そ》の代《かは》りに又此方《またこなた》に困《こま》る事《こと》がござつた

六　志の開ける時。『暫』に「既に青雲の時至つて」。
七　世間から見て体裁のよいこと。
八　水と魚とが離れがたいようにきわめて親密な譬え。「水魚の交り」。
九　「火の中水の底」。艱難辛苦の譬え。前の「水魚の交り」を受けている。『壺坂霊験記（つぼさかれいげんき）』に「たとえ火の中水の底」。

ら、そこはどうか奮発《ふんぱつ》して力《ちから》になつて下《くだ》さりませ、爰《こゝ》が[一]親類《しんるい》の誼《よしみ》でござる。

林之　左様《さやう》な時《とき》がござつたら、及《およ》ばずながらお力《ちから》になります心《こゝろ》でございます。

臼右　それは千万忝《せんばんかたじけ》ない、斯様《かやう》な富家《ふうか》の親類《しんるい》を持《も》つたはまことに身《み》の仕合《しあは》せ、[二]いとゞ大《おほ》きな此《こ》の体《からだ》が猶々《なほ〳〵》肩身《かたみ》が広《ひろ》くなります。

林之　これ、お茶《ちや》を早《はや》く持《も》つて来《こ》ぬか。

藤七　只今差上《たゞいまさしあ》げますでござります。

ト前《まへ》の鳴物《なりもの》になり、菓子鉢《くわしばち》に茶《ちや》を出《だ》す、此《こ》の内花道《うちはなみち》より前幕《まへまく》の勢左衛門《せいざゑもん》羽織《はおり》着流《きなが》し駒下駄《こまげた》、おしな紋付裾模様綺麗《もんつきすそもやうきれい》なこしらへ、おらんも紋付《もんつき》の着付《きつけ》、おえい下女《げぢよ》、何《いづ》れも駒下駄《こまげた》、鉄造手代《てつざうてだい》のこしらへ尻端折《しりはしを》り草履《ざうり》にて、[三]反物《たんもの》を台《だい》に載《の》せしを風呂敷《ふろしき》に包《つゝ》み、是《こ》れを持《も》ち出来《いできた》り、花道《はなみち》にて、

しな　もし父《とゝ》さん、林之助《りんのすけ》さんのお家《うち》といふは、あの向《むか》うでござんすかえ。

勢左　おゝ二ツ蔵《くら》のある家《うち》だ、丁度《ちやうど》そつくり[四]居抜《ゐぬ》きがあつて、地面《ぢめん》ぐるみ買《か》つたさうだが、まことに運《うん》のいゝ男《をとこ》だ。

一　この言葉は、臼右衛門の林之助への対応が二転三転する中で、繰返し出てくる。

二　臼右衛門を演じた初代市川団右衛門は大柄な役者として知られ、しばしばその体型にあわせた台詞が出てくる。明治十四年第五月狂言『俳優評判記』の「役者博覧会」には「大きな所が押物で人を嬉しがらせる段通織」とある。『天衣紛上野初花（くもにまごううえののはつはな）』の河内山宗俊の台詞「大男総身に智慧が廻りかね」は、団右衛門が北村大膳役をしていたことによる。

▽勢左衛門・おしな・おらん・おえい・鉄造登場。

三　草双紙では「つりだいにて運び込む鰹節真綿柳樽いはずと知れし結納もの」となっている。

四　住宅や店舗などを、家具、調度、商品をつけたまま売り出すこと。

五　諺「果報は寝て待て」。前の「朝寝」をふまえる。

六　同じ所。一所。「一つ釜」「一つ鍋」。

七　自分の所有地に居所を構えるもの。家持ち。

八　無理に筋の通ったことのように言いなして（娘を嫁に貰わせよう）。

※劇評一　『郵便報知新聞』明治十二年三月十四日
　人間万事金世中と題せし二番目の新狂言は彼の英国の稗史（はいし）により西洋話を日本風に書綴りし新案なれど堂も其人情に遠く何分条立（すじだて）のまとまらねば全幕中錯雑して取留らぬ様に見ゆる件（くだり）なきにあらず此狂言の尤も真味とする大立者商家恵府林之助が当時零落の身にて伯父方の厄介となり居しが曾て召仕ひし乳母が病に侵され併（しかし）も赤貧（びんぼう）にて治療も届かず難義するを孫千之助の話に聞きて見継（みつ）いで遣

らん　ほんに家《うち》に居《ゐ》る時分《じぶん》も、なに一ッ抜目《ぬけめ》なく、疵《きず》といふのは朝寝《あさね》であつたが、たうとう[五]果報《くわほう》を寝《ね》て待つたか。

えい　此《こ》の間《あひだ》までわたくしどもと、[六]一つに御膳《ごぜん》をあがつたお方《かた》が、

鉄造　[七]居付地主《ゐつきぢぬし》の旦那様《だんなさま》とは、夢《よめ》のやうでござりますな。

勢左　何《なん》にしろ、二万円《まんゑん》の金《かね》を持《も》つてる親類《しんるい》が出来《でき》たは、おれが仕合《しあは》せ。

らん　何《なん》でも今日《けふ》は[八]こじ付《つ》けて、

勢左　あゝこれ、往来中《わうらいなか》でいらぬ事《こと》を、

しな　早《はや》く向《むか》うへ参《まゐ》りませう。

鉄造　それが宜《よろ》しうござりまする。

ト皆々《みなみな》本舞台《ほんぶたい》へ来《き》て、門口《かどぐち》へ来《きた》り、

勢左　林之助《りんのすけ》は内《うち》かな。

喜助　はい、在宿《ざいしゆく》でござりまするが、

錦蔵　何方《どなた》さまでござります。（ト門口《かどぐち》をあける。）

勢左　誰《たれ》でもない辺勢《へんせい》だ。

林之　これは伯父様《をぢさま》でござりまするか。

臼右　おゝ勢左衛門《せいざゑもん》どのか、さあ〳〵これへ通《とほ》らしやい。

り度き其金の融通にさへ差支へ伯母のおらんに頼み入るを承諾(うけがは)ざるのみならず伯父辺見勢左衛門が一生林之助を無給で使ふと云ふ談示に他方(ほかかた)へ雇はれ給金を借るともならぬ仕義爰が人情不人情を二ッに分けし発端の作意にて是より長崎に居る伯父の門戸藤右衛門が病死したれば横浜に在る縁故の者へ夫々紀念(かたみ)分けになり林之助は一方ならぬ血縁なればとて二万円を配分され此を資本(もとで)に元の如く恵府林の店を再興し忽ち以前の豪商となりし所へ相場師寿無田宇津蔵が代言人口上糊と共に来りて先代の貸金が元利積つて二万円直(す)ぐ返して貰ひたしと厳敷(きびしき)掛合に今取建(とりたて)し身代を其儘に旧借(きゆうしやく)へ振向けて又元の姿となるは流石に商家の気前と云ひ潔白なる了簡方を見せたるものと思ひの外に此場の事は真赤な偽(いつは)りにて強欲無慈悲な伯父親子が押掛け嫁を断る計略狂言中の狂言にて伯父をば容易く欺(あざむ)き負(をゝ)せ宇津蔵と林之助が出合となり顔見合せてマンマと首尾能(よ)く一杯嵌(は)めたと云ふ見得は諄良(じゆんりよう)なる恵府林が気質を描き出さずして却て凄みを帯びし様に見へ又おくらに借りし二度目の金も悲しひ体に見せ掛けて騙(だま)して取たか左も無ければ切なる女子の気を引く為めになせしとしか思はれず諄朴(じゆんぼく)と機智とを兼備せる恵府林となり随分無理なる作意なる故にか時に小栗の馬然(きめ)たる気風あるを免がれず些(すこ)し妙ならざるに似たりと言はんか折角の大意散漫して紀綱(きこう)なく善か悪か虚か実か一向に其在る所を見分け兼ね本条(ほんすじ)を尽さゞるは殆ど素人が寄つてたかつて茶番狂言をなす有様に彷彿(さもに)たりだが感心に俳優は其演ずる所を違へず趣向の拙(つたな)きに比べては中々能く遣られます。

勢左　誰《たれ》かと思《おも》へば臼右衛門《うすゑもん》、もう摺込《すりこ》[一]みに先《さき》へ来《き》たのか。（ト内《うち》へはひる。）

らん　さあ娘《むすめ》、早《はや》くはひりや。

しな　わたしや何《なん》だか恥《はづ》[二]かしくつて。

らん　何《なん》の恥《はづ》かしい事《こと》があるものかいの。

えい　さあ〳〵おはひりなされませ。

　ト皆々内《みなみなうち》へはひり、勢左衛門《せいざゑもん》おらんおしな三人上座《にんかみざ》に住《すま》ふ。

勢左　よい家《うち》とは話《はな》しに聞《き》いたが、これ程《ほど》とは思《おも》はなんだ、婆《ばゝ》あどん見《み》さしつたか、まことによい見世付《みせつき》だな。

らん　よいとも〳〵申分《まうしぶん》のない見世付《みせつ》き、これを他人《たにん》に取《と》られるのは、いや、他人《たにん》にあらぬ親類中《しんるいなか》、こんな嬉《うれ》しい事《こと》はない。

しな　縁《えん》に繋《つな》がるわたしまで、お嬉《うれ》しうございますわいな。

鉄造　まことにお見事《みごと》なことで、

両人　ございまする。

勢左　さうして、開店《かいてん》は何日《いつ》さつしやる。

林之　やう〳〵棚回《たなまは》[三]りが出来《しゆつたい》いたし、明日開店《みやうにちかいてん》いたしますゆゑ、後程《のちほど》お届《とゞ》け

一　へつらって機嫌をとる。ごまをする。

二　台帳1は「極りが悪い」。

三　店回り。関係ある店をまわりあるくこと。『歌舞伎新報』明治二十三年に「棚廻りが漸々出来(でき)ました故明日開業の積りでござりまする後程お届けに出る心得で居りました」。『歌舞伎新報』明治二十三年の方がわかりやすいが、現行テキストの「出来(しゅったい)」を成就、完了の意にとれば、問屋・得意先などに挨拶回りができた、と解せる。

に上《あが》らうと存《ぞん》じました所《ところ》でござります。
勢左　義理《ぎり》堅《がた》いそなたゆゑ、大方《おほかた》そんなことであらうと、家《うち》でも噂《うはさ》をして居《ゐ》
たが、
らん　一人体《ひとりからだ》で留守居《るすゐ》はなし、嘸《さぞ》お困《こま》りと思《おも》つたゆゑ、
しな　三人《にん》連《づ》れでお悦《よろこ》びに上《あが》りましてござります。
林之　手前《てまへ》の無人《ぶにん》四をお察《さつ》し下《くだ》され、よくおいで下《くだ》さりました。
勢左　これ鉄造《てつざう》、包《つゝ》み物《もの》を爰《こゝ》へ出《だ》しやれ。
鉄造　畏《かしこま》りましてござりまする。（ト風呂《ふろ》敷《しき》を解《と》き台《だい》五に載《の》せし反物《たんもの》を出《だ》し、）
これは主人《しゆじん》から御開店《ごかいてん》を、わざとお祝《いは》ひ申《まう》しまする。
林之　これは〳〵結構《けつこう》な品《しな》を、有難《ありがた》うござりまする。
錦蔵　へい、お茶《ちや》をお上《あが》りなされませ。
林之　これ、御酒《ごしゆ》の支度《したく》を早《はや》くしやれ。
錦蔵　畏《かしこま》りましてござりまする。
勢左　あ、いや〳〵六必《かなら》ず構《かま》はつしやるな、他人《たにん》ではない親類中《しんるいなか》に、七馳走振《ちそうぶ》り
はいらぬことぢや。
らん　この間《あひだ》までこちの家《うち》に親子《おやこ》同様《どうやう》にして居《ゐ》た中《なか》、決《けつ》して八義理《ぎり》立《だ》てには及《およ》

四　人手の足らぬこと。
五　→八〇頁注三。
六　決して。
七　大げさなもてなし。
八　筋道を尊重し、礼儀を重んじること。ここでは、他人行儀はやめてくれの意。

ばぬわいの。

臼右　勢左衛門《せいざゑもん》どの御夫婦《ごふうふ》の言《い》はるゝ通《とほ》り、われ〱は切《き》つても切《き》れぬ親類《しんるい》中《なか》、構《かま》はぬ方《はう》が嬉《うれ》しうござる。

林之　一なか〱以《も》つて開店前《かいてんまへ》、家内《やうち》二も取込《とりこ》みをりますれば、お構《かま》ひ申《まう》すことは出来《でき》ませぬ。

勢左　その取込《とりこ》みを知《し》りながら気《き》の毒《どく》ではあるけれど、ちとそなたへ密々《みつ〱》に話《はな》したいことがあるが、若《わか》い者《もの》を暫《しばら》く奥《おく》へ。

林之　畏《かしこま》りましてござりまする。

臼右　いかなることか存《ぞん》三ぜぬが、御密々《ごみつ〱》とあるからは、

勢左　いや〱貴様《きさま》四は脱《のが》れぬ親類中《しんるいなか》、その遠慮《あんりよ》には及《およ》ばない。

林之　皆《みな》のもの、暫《しばら》く次《つぎ》へ。

藤七　はッ、御内々《ごないく》とござりますれば、

えい　わたしどもゝともぐ〱に、

鉄造　お奥《おく》へ一緒《しよ》に参《まゐ》りませう。

喜助　さあ、おいでなされませ。（ト合方《あひかた》にて、藤《とう》七先《さき》に五人《にん》奥《おく》へはひる。）

林之　して密々《みつ〱》にわたくしへ、お話《はな》しとおつしやりますは。

一　いやいや。打消の語が下にくる。
二　「ヤウチ。即ち、イヘノウチ」（日葡）。
三　底本「存ぜぬか」を直す。
四　敬称。

▽藤七・喜助・錦蔵・鉄造・おえい退場。

勢左　いや話《はな》しといふは外《ほか》でもない、そなたとおれは甥《をひ》と伯父《をぢ》、元《もと》より深《ふか》い縁《えん》なれど猶《なほ》も深《ふか》く縁《えん》を結《むす》ばゞ、死《し》んだそなたの両親《ふたおや》も草葉《くさば》の陰《かげ》で悦《よろこ》べば、又《また》この世《よ》に居《ゐ》る伯父伯母《をぢをば》の我等《われら》二人《ふたり》も悦《よろこ》ぶ訳《わけ》、まだ此《こ》の外《ほか》に大悦《おほよろこ》[五]びに悦《よろこ》ぶもの〻ある訳《わけ》だが、そなたはおれの言《い》ふことを、うんと言《い》つて聞《き》いてくれるか。

林之　どういふことか存《ぞん》じませぬが、さう皆様《みなさな》がお悦《よろこ》びでは悪《わる》いことではござりますまい、よいことなら聞《き》きますから、早《はや》うおつしやつて下《くだ》さりませ。

勢左　それではきつと聞《き》いてくれるな。

林之　して悦《よろこ》びとおつしやりまするは。

勢左　さあ、悦《よろこ》びといふは、これなる娘《むすめ》を、そなたの女房《にようばう》にやりたいのだ。

林之　え、悦《よろこ》びとおつしやりますは、其《そ》の事《こと》でござりますか。

らん　丁度二人《ちやうどふたり》は年頃《としごろ》もまことに似合《にあ》ひ相応《さうおう》ゆゑ、お前《まへ》が家《うち》に居《ゐ》た折《をり》から末《すゑ》々二人《ふたり》を夫婦《ふうふ》にせうと親父《おやぢ》どのと言《い》つて居《ゐ》たが、まだ遅《おそ》からぬこと〻思《おも》ひその儘《まゝ》に延《の》ばしおいたが、斯《か》うして見世《みせ》を出《だ》すからは無《な》くてならぬ家《うち》の締《しま》り、早《はや》く女房《にようばう》を持《も》つのが肝腎《かんじん》、見張《みは》るものが一人《ひとり》ないと、ど

五　おしなのことを、もってまわった言い方で言う。『マネー』のエヴリンは、ジョン・ヴェシーから、ジョージナが名前を明かさずに乳母に十ポンド贈ったと、証拠の手紙ともども信じ込まされ、ジョージナに結婚を申し込む。

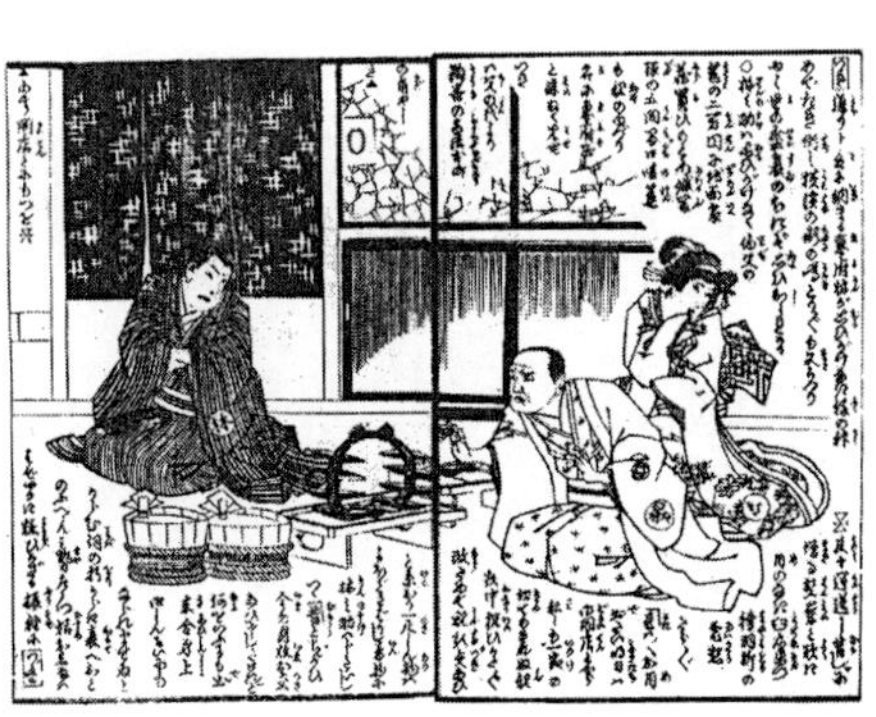

しな　の位台所《くらゐだいどこ》に損《そん》がたつか知《し》れはせぬ。所詮不束《しよせんふつゝか》な者《もの》ゆゑにお前《まへ》のお気《き》には入《い》るまいが、疾《と》うからわたしは女《によう》房《ばう》になる気《き》で、いつぞやお前《まへ》が[一]二見《ふたみ》さんで写《うつ》した写真《しやしん》をこの通《とほ》り、肌《はだ》身《み》離《はな》さず持《も》つて居《ゐ》るのは朝夕《あさゆふ》一つに居《ゐ》る心《こゝろ》、いつ親達《おやたち》が言出《いひだ》して縁《えん》を結《むす》んで下《くだ》さんすかと、[二]清正《せいしやう》さまへ[三]茶断《ちやだ》ちをして待《ま》ちに待《ま》つてをりましたわいな。

勢左　こりや娘《むすめ》ばかりぢやない、我等《われら》二人《ふたり》も同《おな》じこと末々《すゑ〴〵》妻《めあは》す心《こゝろ》ゆゑ、そなたの親父《おやぢ》が死《し》んだ後直《のちすぐ》に家《うち》へ引取《ひきと》つて息子《むすこ》のやうにしておいたのだ、[四]親《おや》なき後《のち》は伯父《をぢ》が親《おや》、わるい事《こと》は言《い》はぬから娘《むすめ》と夫婦《ふうふ》になるがよい。

らん　知《し》らぬ所《とこ》から[五]気心《きごゝろ》も知《し》れぬ者《もの》を貰《もら》ふより、一つ所《ところ》にゐた二人《ふたり》、見合《みあ》ひもいらねば身許《みもと》をも問合《とひあは》せるにも及《およ》ばぬ中《なか》。

臼右　成程《なるほど》これは好《い》い御縁《ごえん》、脇《わき》から貰《もら》ふその時《とき》は互《たが》ひに見得《みえ》も飾《かざ》りもあれば大《たい》した物《もの》が掛《かゝ》ります、[六]辺勢《へんせい》さんと恵府林《ゑふりん》さんは親類中《しんるいなか》の水入《みづい》らず、見《み》得《え》も飾《かざ》りもいらざれば、こんな御縁《ごえん》は又《また》とない、幸《さいは》ひ爰《こゝ》に臼右衛門《うすゑもん》が居《ゐ》たも不思議《ふしぎ》な御縁《ごえん》ゆゑ、此《こ》の媒人《なかうど》は親類中《しんるいなか》でわしら夫婦《ふうふ》がいたしませう。

（『横浜毎日新聞』明9・12・7）

一　当時銀座に開業していた写真師二見朝隈（あさま）＝嘉永五年〈一八五二〉―明治四十一年〈一九〇八〉のこと。明治八年日本橋で二見写真館を開業したが、火災で一時横浜に寄留したあと、明治十一年八月五日銀座二丁目に再開業したとされる（井桜直美・トーリン・ボイド『セピア色の肖像』朝日ソノラマ、平成二年）。明治九年十二月七日の『横浜毎日新聞』には、横浜に出張して写真を撮るとの広告を掲載し、右の似顔絵を出している。野崎左文の『私の見た明治文壇』（春陽堂、昭和二年）によると二見朝隈は、明治十一年七月、東両国の中村楼で催された「珍猫（ちんめう）百覧会」に多くの文人・芸能人と共に出席しているが、そこには河竹其水（黙阿弥）、尾上菊五郎の名も見え、写真師北庭筑波（新派俳優伊井蓉峰の父）の弟子としての紹介記事もある。『俳優評判記』第三編の評に「扠小団次のお品は先にも評した通り大出来にて此所も辺勢夫婦が女房に持て遣て呉（くれ）ろと掛合て居るうち紙入から林之助の写真を出して見て夫から恵府林に向ひて疾（とう）からいとしう思つて居たと云所能（よふ）御座いました〇此写真を出して林之助と見競べて居る所は余程意味の深い仕打にて是は敢て林之助に見せる狂言計りでなく林之助が金が出来た所から真に惚て内に居た時より大層立派に成たト云心持か爰らが当時はやりの人気で有ませうか」と賞めている。加えて「夫にしても此写真はいつ取たのか知らん」とある。なお『勧善懲悪孝子誉（かんぜんちようあくこうしのほまれ）』では五代目菊五郎自身が、当時の浅草金竜山の北庭筑

勢左　成程外《なるほどほか》へ頼《たの》まずにこなたが媒人《なかうど》してくれゝば、他人《たにん》入らずの身内《みうち》ばかり、此《こ》の林之助《りんのすけ》の親父《おやぢ》といふは我《わ》が現在《げんざい》[七]の弟《おとうと》ゆゑ、元《もと》より深《ふか》い縁者《えんじや》なれど親子《おやこ》となれば又《また》一倍《ばい》、縁《えん》が深《ふか》くなることゆゑ、こんな悦《よろこ》ばしいことはない。

らん　両親《りやうしん》のないお前《まへ》ゆゑ、親代《おやがは》りにわたし等《ら》が替《かは》り〴〵家《うち》へ来《き》て、万事《ばんじ》の事《こと》を掻回《かきまは》[八]し、いや万事《ばんじ》の世話《せわ》をするからは、第《だい》一家《うち》の為《た》めによい。

しな　わたしも思《おも》ひに思《おも》うたことゆゑ、お前《まへ》と夫婦《ふうふ》になるからは、お上《かみ》[九]さんのする事《こと》は、こりや言《い》はいでも知《し》れたこと、中働《なかばたら》[一〇]きから小間使《こまづか》[一一]ひ、下女《げぢよ》の代《かは》りもいたします。

臼右　まことに一家《け》親類《しんるい》の縁《えん》に縁《えん》を重《かさ》ぬるは、此《こ》の上《うへ》もない目出度《めでた》いこと、幸《さいは》ひ今日《けふ》は日柄《ひがら》もよし直《すぐ》に爰《こゝ》で極《き》めるがよい。

勢左　そなたが貰《もら》ふ心《こゝろ》なら、明日《あす》とも言《い》はずこつそりと内祝言《ないしうげん》[一二]の杯《さかづき》して、娘《むすめ》を置《お》いて行《ゆ》きませう。

らん　長々《ながく》お前《まへ》の世話《せわ》をしたも魚心《うをごゝろ》[一三]ありや水心《みづごゝろ》、是非《ぜひ》とも貰《もら》うて貰《もら》はにやならぬ。

しな　疾《と》うから思《おも》ふ身《み》の願《ねが》ひ、どうぞかなへて下《くだ》さりませ。

波に扮し、実際に写真を撮る場面を演じただけでなく、劇中で三度にわたり写真を使う芝居がある。作中芸者・役者の写真は土産物として買われているから、ここも恵府林ならぬ五代目の写真を当て込んだものと思われる。

二 清正公。加藤清正を祀る清正社。吉田新田を開発した吉田(勘兵衛)家の菩提寺常清寺(かつては、現、中区長者町にあったが、現在は、南区清水ヶ丘に移転)の中にある。『横浜開港側面史』補遺の「横浜ばなし」に「清正公大神儀は常清寺に奉祀せられ、村民の信仰深く、開港後も其地の眺望佳絶なる等よりして縁日、日曜等には参詣者頗る多く、公園の如き有様なりしとぞ」とある。 三 神仏などに願掛けをする時、ある期間、または一生茶を飲むのを断つことを誓うこと。 四 →二八頁注一。

五 『歌舞伎新報』明治二十三年「気心の知れぬ者を貰(もらわ)ふより一つ所にゐた従弟同士(どし)」。『俳優評判記』第三編に、鶴蔵のおらんが「娘を娶(よめ)に進(すゝめ)る」ところで「従弟同士は鴨の味がするとやら」と言ったのに対し評者は言語道断とあきれ、親の口から言えた事かとたしなめている。 六 底本振仮名「へいせい」を直す。

七 →四〇頁注五。

八 かきまぜる。勝手にふるまって混乱させる。

九 御上様。(多く商家などで)人の妻の尊敬語。

一〇 奥向と勝手向との間の雑用をする女。

一一 元来、禁中・江戸幕府の下役で、手回りの雑用に使われた者。身の回りの雑用に召し使う女。

一二 内々で祝言すること。うちわの婚礼。

一三 (魚に水と親しむ心があれば、水もそれに応じる心をもつ意から)相手が自分に対して好意をもてば、自分も相手に好意をもつ用意があることの譬え。

臼右　さあ〱早《はや》く恵府林《ゑふりん》どの、

勢左　色《いろ》よい返事《へんじ》を、

三人　聞《きか》して下《くだ》さい。（ト皆々《みなく》詰《つ》め寄《よ》る、林之助困《りんのすけこま》る思入《おもひいれ》。）

林之　伯父《をぢ》さま[一]伯母《をば》さま始《はじ》めとして、臼右衛門様《うすゐもんさま》まで共々《ともぐ》に、御親切《ごしんせつ》なそのお詞《ことば》、実《じつ》は家《うち》を持《も》ちましても、留守居《るすゐ》がなくて困《こま》りますゆゑ、

勢左　それを察《さつ》して押掛《おしか》けに、

らん　娘《むすめ》を連《つ》れて来《き》たのだ。

臼右　さあ〱、早《はや》く返事《へんじ》をしなさい。

林之　さあ無《な》くて困《こま》る所《ところ》ゆゑ、直《すぐ》にも御返事《ごへんじ》いたしたけれど、其《そ》の御返事《ごへんじ》のならぬといふは、所々方々《しよくはうぐ》[二]言込《いひこ》みがござりますゆゑ、其《そ》の方《はう》を断《ことわ》りませねば[三]御《ご》返事《へんじ》がいたし難《にく》うござります。

勢左　おゝ二万円《まんゑん》の[四]身上《しんしやう》ゆゑ所々方々《しよくはうぐ》から言《い》つて来《こ》ようが、それはみんな金《かね》が目当《めあて》で欲張《よくば》つた奴《やつ》ゆゑに片《かた》ツ[五]端《ぱし》から断《ことわ》るがいゝ、おれなどのは金《かね》に構《かま》はず、親類中《しんるいなか》で勧《すゝ》めるのだ。

らん　知《し》つての通《とほ》りこちの家《うち》も[六]万福長者《まんぷくちやうじや》といふではないが、その日《ひ》に困《こま》る家《うち》でもなければ、何万円《なんまんゑん》あらうとも、決《けつ》して金《かね》には目《め》を掛《か》けませぬ。

一　底本「伯父」を直す。
二　『歌舞伎新報』明治二十三年は「申込」。
三　底本「御迄事」を直す。
四　資産。財産。
五　底本振仮名「ぽし」を直す。
六　大金持ち。金満家。『風船乗評判高閣《ふうせんのりうわさのたかどの》』の福富万右衛門はその例。

しな　今《いま》お母《つか》さんの言《い》ふ通《とほ》り、七わたしも金《かね》には目《め》は掛《か》けませぬ、押掛《おしか》け女房《にようばう》に今日《けふ》来《き》たは、男振《をとこぶり》なら器量《きりやう》なら人《ひと》に勝《すぐ》れたお前《まへ》ゆゑ、それが目当《めあて》でござんすぞえ。

臼右　そりや八我等《われら》とても同《おな》じこと、今勢左衛門《いませいざゑもん》どのも言《い》はれたが所々方々《しよ〳〵はう〴〵》から言込《いひこ》むは、みんな二万円《まんゑん》の金《かね》が目途《もくと》、それに引替《ひきか》へ我々《われ〳〵》は金《かね》には少《すこ》しも目《め》は掛《か》けぬ、たゞ親類中《しんるいなか》の濃《こ》くなるのを悦《よろこ》んでお世話《せわ》するのだ。

林之　家《うち》を買《か》つたも昨日今日《きのふけふ》、まだ開店《かいてん》もいたさぬのに所々方々《しよ〳〵はう〴〵》から言込《いひこ》む嫁《よめ》は、皆《みな》二万円《まんゑん》の金《かね》が当《あ》て九欲張連《よくばりれん》でござりますから、末々頼《すゑ〴〵たの》みになりませねば、一〇迂闊《うくわつ》に相談《さうだん》はいたしませぬ。

勢左　欲張連《よくばりれん》とは事変《ことかは》り、こちらなどのは一一親類合《しんるいあひ》、一切金《さいかね》に目《め》をかけず、

らん　末々《すゑ〴〵》思《おも》ふ伯父伯母《をぢをば》が、親切《しんせつ》づくの此《こ》の縁談《えんだん》、

しな　どうぞ貰《もら》つて下《くだ》さるやう、

臼右　媒人役《なかうどやく》の我等《われら》もとも〴〵。

勢左　よい返事《へんじ》をば、

四人　いたして下《くだ》され。

林之　直《すぐ》にも応《おう》と御返事《ごへんじ》を申《まう》し上《あ》げたうござりますが、欲気《よくけ》を離《はな》れた五郎《ろ》

七　この言草は後で百八十度変る。『歌舞伎新報』明治二十三年に「わたしもお金に目は暮ませぬ人に勝れたお前の器量が目当でござんすぞへ」。

八　われ。「等」をつけるのは丁寧な言い方で、多く男が使う。

九　欲深い連中。「〇〇連」とする言い方は江戸後期から多く見られる。

一〇　談合。話にのること。

一一　親戚同士。

右衛《ゑ》門《もん》様《さま》から申《まう》し込《こ》みがござりますれば、此《こ》のお話《はな》しを致《いた》しませねば
御《ご》返事《へんじ》がなりませぬ。

勢左　その五郎《ろ》右衛《ゑ》門《もん》も親類中《しんるいなか》、とや斯《か》ういふ訳《わけ》もなし、

らん　一後《あと》で言《い》うても済《す》むことなれば、

しな　後《のち》とも言《い》はず今爰《いまこゝ》で、

臼右　二強談《がうだん》めくが、此《こ》の返事《へんじ》を、

勢左　どうぞ早《はや》く聞《き》かして、

四人　下《くだ》さい。

林之　そりや何様《なにやう》おつしやるとも、どうも只今《たゞいま》お返事《へんじ》は。

勢左　それでは折角《せつかくを》伯父《ぢを》伯母《ば》が、

らん　為《た》めをば思《おも》ふ親切《しんせつ》を。

しな　お前《まへ》は三無《む》足《そく》にしなさんすか。

林之　四中々《なかなか》もつて、さういふ訳《わけ》では。

臼右　さうでなくば、貰《もら》はつしやるか。

林之　五さあそれは。

勢左　但《たゞ》しは心《こゝろ》にかなはぬか。

一『歌舞伎新報』明治二十三年では「(団六)後とも言ず(鬼)今爰で(団升)早く返じを(四人)聞して下され」。

二 こわ談判。自己の要求に応ずるよう相手方に無理に談判すること。

三 無駄。「ムソクナシンラゥ(辛労)ヲイタ(致)イタ」(日葡)。

四 いやいや。打消しの語が下にくる。

五 歌舞伎演出常套の「詰め開き」(さあ〳〵ときびしく問い詰めて行く)。

六 応か否かの返答。

▽宇津蔵・梅生登場。

七『俳優評判記』第三編は「寿無木《そむき》宇津蔵、ロノ上糊《こ》ス」。『歌舞伎新報』明治二十三年は「寿無木《すむぎ》宇津蔵、口《ちく》の上《うへ》糊《のりす》」。『俳優評判記』第三編の評には、「扠此所へ来たる左団次の寿無木宇津蔵は異体の分らぬ人堂見ても米商人《こめあきんど》には人柄が能《よ》過るしさうかと思ふとせりふが少し勇肌で(爰らが相場師を聞せる積りか)また少し代言者らしき所も有□

林之　さあそれは。
らん　貰《もら》うてくれるか。
林之　さあ、
四人　さあ、
五人　さあ〳〵。
勢左　六否《いな》やの返事《へんじ》を、
四人　聞《き》かして下《くだ》さい。

ト四人詰寄《にんつめよ》る、林之助《りんのすけ》困《こま》る思入《おもひいれ》、此《こ》の内下手《うちしもて》より七宇津蔵《うつざう》羽織駒《はおりこま》下駄《げた》、梅生長《ばいしやうなが》き羽織木綿《はおりもめん》の八襠高袴下駄《まちだかばかまげた》、九代言人《だいげんにん》のこしらへにて出来《いできた》り、門口《かどぐち》にて内《うち》を窺《うかゞ》ひ思入《おもひいれ》あつて、

宇津　いや御免下《ごめんくだ》さい、恵府林《ゑふりん》さんのお宅《たく》はこちらでござりますか。
林之　はい、恵府林《ゑふりん》は手前《てまへ》でござります。
宇津　左様《さやう》なら、御免下《ごめんくだ》さい。（ト門口《かどぐち》を明《あ》け内《うち》へはひる。林之助《りんのすけ》見《み》て、）
林之　一〇何方《どなた》かと存《ぞん》じましたら、寿無田宇津蔵様《すなだうつざうさま》でござりましたか。
宇津　まことに久々《ひさぐ》お目《め》に掛《かゝ》りませぬ。
臼右　いや何方様《どなたさま》か存《ぞん》じませぬが、わたくしどもは皆親類《みなしんるい》、

夫は其筈さ富竹と云寄（せよ）の亭主が化て来たのだから何とも分らないのは尤サ〇夫でも大切に富竹だと名乗ても左ッ張席亭の親方らしく見得ないから妙だ」とある。
八 袴の内股の襠（さかいめに足した布）の高い袴。多く乗馬に用いた馬乗袴。石井研堂（前掲書第十七篇衣装部）に「もと乗馬用にて、武家の用品、町人百姓はこれを着くこと禁制なり。…（明治）四年八月十八日、はじめてこれを着用するを許せり」。『歌舞伎新報』明治二十三年は「長羽折木面（もめん）の袴」。
九 →五四頁注二。
一〇『歌舞伎新報』明治二十三年は「ヤ是は寿無木（すむぎ）様」。

らん　内輪《うちわ》の者《もの》にござりますれば、御遠慮《ごゑんりよ》なされず、先《ま》づ〳〵これへ。

宇津　いや、余《あま》りそれでは高上《たかあが》り[一]、

勢左　いえ、お構《かま》ひなされませず、

らん　これへお通《とほ》り下《くだ》さりませ。

宇津　然《しか》らばどなたも御免下《ごめんくだ》さい。（ト上手《かみて》へ通《とほ》り、梅生《ばいしやう》シヤツポ[二]を持《も》ち、）

梅生　甚《はなは》だ失敬《しつけい》[三]。

　　ト辞儀《じぎ》をなし同《おな》じく上手《かみて》へ通《とほ》り、宇津蔵《うつざう》の側《そば》へ住《すま》ふ、勢左衛門《せいざゑもん》皆々《みなく》は後《あと》へ下《さが》り様子《やうす》を窺《うかゞ》ふ。

宇津　扨承《さてうけたま》はれば恵府林殿《ゑふりんどの》には大《たい》した金《かね》がお手《て》に入《い》り、昔《むかし》へ返《かへ》つて御当所《ごたうしよ》へ陶器《たうき》の開店《かいてん》なされしは、まことにもつてわれ〳〵も、悦《よろこ》ばしいことでござりまする。

林之　お聞《き》き及《およ》びもござりませうが、長崎表《ながさきおもて》の伯父《をぢ》が歿《ぼつ》し、則《すなは》ち[四]恵《めぐ》みの形見《かたみ》金《きん》でこれへ宅《たく》を持《も》ちましたが、親共《おやども》からの御懇意《ごこんい》ゆゑ疾《と》くにもお宅《たく》へ上《あが》りまして、委細《ゐさい》をお話《はな》し申《まう》さねばなりませぬ所《ところ》でござりますが、何《なに》を申《まう》すもわたくし一人《ひとり》、それゆゑ御無沙汰《ごぶさた》になりました。

宇津　実《じつ》は四五日《にち》[五]あとからおいでをお待《ま》ち申《まう》しましたが、何《なん》の御沙汰《ごさた》もござ

一　→六〇頁注一。

二　→一〇頁注一二。

三　当時の流行語。『団々珍聞（まるまるちんぶん）』（明治十一年三月九日号）の「茶説」欄に「失敬の説」として「当時総社会ノ歯牙（クチノハ）ニカヽル流行言（ハヤリコトバ）ナレドモ書生連中尤之ヲ談上ニ発ス」とあり、吾輩失敬、僕失敬、君失敬などと用いた。『富士額男女繁山（ふじびたいつくばのしげやま）』に「失敬許したまへ」「甚だ失敬でござつた」。『勧善懲悪孝子誉（かんぜんちようあくこうしのほまれ）』でも「失敬千万」「失敬な御挨拶」等連発される。

四　その結果。そうして。

五　四、五日前。

りませぬから、今日上《こんにちあが》りましてござりまする。

林之　こちらから上《あが》らぬうち、あなた[六]からおいでを蒙《かうむ》つては、まことに申訳《まうしわけ》がござりませぬ。

宇津　前以《まへもつ》ておいでがあつたら、御相談《ごさうだん》づくに致《いた》さうと思《おも》つてをつた所《ところ》なれど、おいでがないゆゑ今日《こんにち》はお掛合《かけあひ》に参《まゐ》つてござる。（ト宇津蔵《うつざう》きつ[七]と言《い》ふ、林之助《りんのすけ》当惑《たうわく》の思入《おもひいれ》、勢左《せいざ》衛門《ゑもん》思入《おもひいれ》あつて、）

勢左　これ〳〵林之助《りんのすけ》、二万円《まんゑん》を目当《めあて》にするあなた[八]も嫁《よめ》のお口入《くちいれ》[九]なら、親類《しんるい》共《ども》から貰《もら》ひますと、

らん　早《はや》くお断《ことわ》りを申《まう》すがよい。

林之　いえ〳〵、左様《さやう》な訳《わけ》ではござりませぬ。

臼右　そんなら嫁《よめ》ではなかつたのか。

しな　それでわたしも落着《おちつ》いたわいな。

宇津　爰《こゝ》においでの皆様《みなさま》は、御親類《ごしんるい》の方《かた》とあるからは、御遠慮《ごゑんりよまう》申すに及《およ》ばぬから、是《こ》れにてお話《はな》し申《まう》します。

勢左　どういふ事《こと》か存《ぞん》じませぬが、親類中《しんるいなか》にござりますれば、

らん　御遠慮《ごゑんりよ》なさらず何《なん》なりと、

六　近世以後目上や同輩である相手を敬ってさす語。

七　おごそかなきびしい面持ちで、きっぱりと言う。

八　第三者を敬ってさす語。あのかた。

九　仲介をすること。周旋。

臼右　これでお話《はな》し、

三人　なされませ。

宇津　（思入《おもひいれ》あつて、）今改《いまあらた》めて言《い》はずとも知《し》つて居《ゐ》なさる事《こと》だけれど、お前《まへ》の親父《おやぢ》の林左衛門殿《りんざゑもんどの》へわたしが貸《か》した一万円《まんゑん》、利息《りそく》もろく〳〵取《と》らぬうち思《おも》ひ掛《が》けなく死《し》なれてしまひ、[一]地面《ぢめん》家作《かさく》有代物《ありしろもの》残《のこ》らず外《ほか》へ[二]書入《かきいれ》の抵当《かた》に取《と》られて家《うち》は[三]退転《たいてん》、家内《かない》の衆《しゆう》も散《ち》り〴〵に催促《さいそく》をする当《あて》もなく、一万円《まんゑん》のその抵当《かた》に紙《かみ》一枚《まい》を持《も》つて居《ゐ》たが、[四]紙魚《しみ》に喰《く》はれてしまふことかと思《おも》つて居《ゐ》たらお前《まへ》の手《て》へ、二万円《まんゑん》といふ金《かね》がはひつたことを聞《き》いたゆゑ、貸《か》した時《とき》から今年《ことし》までの利子《りし》を計算《けいさん》して見《み》たら、一万円《まんゑん》から上《うへ》になるが、端《はし》たは負《ま》けて二万円《まんゑん》、そつくり返《かへ》して貰《もら》ひたい。

林之　それでは親父《おやぢ》がお借《か》り申《まう》した一万円《まんゑん》のあの金《かね》は、[五]一万円余《まんゑんよ》の利子《りし》が積《つも》り、二万円《まんゑん》になりましたか。

宇津　これまで一度《ど》も催促《さいそく》せず、長々《ながく》待《ま》つた其《そ》の代《かは》り、又貸《またか》すとても一度《たび》は元利揃《ぐわんりそろ》へて二万円《まんゑん》、[六]器用《きよう》に返《かへ》しておくんなせえ。

林之　親父《おやぢ》が死《し》んで負債《ふさい》の為《ため》、恵府《ゑふ》の家名《かめい》も退転《たいてん》なし、暫《しばら》く縁家《えんか》の厄介《やくかい》になつてをります流浪中《るらうちゆう》、遂《つひ》に一度《どど》御催促《ごさいそく》をなされたことのない[七]あなた、

一　土地・家屋・その他家財道具一切合財。
二　"Iye wo kaki-irete kane wo karu, to borrow money by mortgaging a house."（J・C・ヘボン『和英語林集成』初版、慶応三年、日本横浜梓行、復刻版昭和四十一年、北辰）。江戸時代の担保付金銭貸借は、占有移転を伴う「質入」が原則で、「書入」は「質入」ができない時の補助的なものだったが、明治六年の太政官布告「地所質入書入規則」では、この「書入」を担保物件の占有状態を動かさないで金銭借入をする「抵当」に読み換え、その結果、担保形式は「質入」が衰微し、「書入」が増大していった。「書入の抵当（たか）」とは、今日でいう抵当物件のこと。
三　破産して、その地を立退く。
四　衣服・紙類など糊気のあるものを食害するシミ科の昆虫（体形が魚に似ているので「魚」の字を用いる）。
五　明治十年九月十一日頒布の「利子制限法」によれば、千円以上の契約利子は百分の十二である（石井研堂『明治事物起原』第二編法政部「法定利子法」）。ただし、この利息制限が適用されるのは法制定以降のことだから、それ以前になされた金銭貸借契約は「制限利息」をこえていても法的には有効である。
六　ここでは、「耳をそろえて速やかに」の意。
七　『歌舞伎新報』明治二十三年「貴君（あなた）」。

実《じつ》に感心《かんしん》いたしました、それゆゑ元利揃《ぐわんりそろ》へましてお返《かへ》し申《まう》すでござり
まする。

宇津　むゝ、それぢやあ元利《ぐわんり》二万円《まんゑん》、揃《そろ》へてお返《かへ》しなされますか。

林之　へい、お返《かへ》し申《まう》しまするでござりまする。

宇津　流石《さすが》は親《おや》に孝心《かうしん》と噂《うはさ》に聞《き》いた林之助《りんのすけ》さん、元利揃《ぐわんりそろ》へて二万円後《まんゑんのち》とも言《い》はず返《かへ》すとは、わたしもお前《まへ》に感心《かんしん》した。

梅生　とやかう言《い》はゞ寿無田氏《すなだうぢ》の助言《じよごん》八を仕《し》ようと思《おも》つて来《き》たが、元利揃《ぐわんりそろ》へてそつくりと返《かへ》すといふは珍《めづ》らしい、こんな人《ひと》が沢山《たくさん》あると、代言人《だいげんにん》は揚《あが》つたりだ。

林之　何《なに》も珍《めづ》らしいことはござりませぬ、親父《おやぢ》九が借《か》りたを子《こ》が返《かへ》すは、こりや当《あた》り前《まへ》でござりまする。

ト此《こ》の内下手《うちしもて》で勢左衛門始《せいざゑもんはじ》め四人顔見合《にんかほみあは》せ、うなづきあつて、

勢左　これ〳〵林之助《りんのすけ》ちよつと来《き》やれ。（ト林之助《りんのすけ》を下手《しもて》へ連《つ》れて来《きた》り、）さつきから掛合《かけあひ》を黙《だま》つて聞《き》いて居《ゐ》たが、何《なん》で親父《おやぢ》が一万円《まんゑん》一〇あなたにお借《か》り申《まう》したのだ。

らん　そんなに借《か》りのあることは、つひにこれまで聞《き》かなんだが、

八 じょげん。「ゴシャウギ（碁将棋）ニジョゴンスルワケンクヮノモトイヂャ」（日葡）。

九 諺「親の借銭を子が背負う」。人の責任を我身に背負う不合理の譬え。ここでは、譬えではなく文字通りに言っている。因みに、幕府法では、父の負債は相続人である子の負債となる（井上和夫『藩法幕府法と維新法』厳南堂書店、昭和四十年）。

一〇 →九三頁注八。

臼右　いつたい借《か》りたその金《かね》を、何《なに》に親父《おやぢ》が遣《つか》つたのだ。

林之　堅《かた》い人《ひと》ではござりますが、[一]米相場《こめさうば》が大好《だいす》きで上《あが》ると見込《みこ》んで買《か》ひ込《こ》んだ米《こめ》が[二]非常《ひじやう》の下《さが》りとなり、今日《けふ》は売《う》らう〳〵と待《ま》つて居《ゐ》るうちずん〳〵下《さが》り、遂《つひ》に[三]彼方《あなた》に一万円《まんゑんか》借りるやうになりましたが家蔵《いへくら》まで抵当《ていたう》に入《い》れる程《ほど》ゆゑ金《かね》はなく、借用証《しやくようしよう》を入《い》れましてお借《か》り申《まう》した一万円《まんゑん》、元《もと》は相場《さうば》にかゝりまして損《そん》した金《かね》でござります。

勢左　それでは借《か》りたは米相場《こめさうば》のだれ[四]へ回《まは》つて損《そん》した金《かね》か、仮令《たとひ》一万円《まんゑん》が二万円《まんゑん》でも[五]正金《しやうきん》で借《か》りたといふ訳《わけ》ではなし、いはゞ博奕《ばくち》も同然《どうぜん》な米相場《こめさうば》の借《か》りなどは、いくらあつても怖《こは》くはない。

臼右　そんな借《か》りを今《いま》が今《いま》、返《かへ》すには及《およ》ばない。

宇津　もしそこに居《ゐ》なさる親類方《しんるいがた》、お詞《ことば》の中《ちゆう》でござりますが、返《かへ》すには及《およ》ばないとはどういふ訳《わけ》か知《し》らないが、[六]御制禁《ごせいきん》の博奕《ばくち》で勝《か》つた金《かね》なら知《し》らぬこと、仮令《たとひ》負勝《まけかち》はあらうとも[七]天下《てんが》晴《は》れての米相場《こめさうば》、金《かね》で貸《か》したも同《おな》じこと、それも大《おほ》きな勝負《しようぶ》をするから一万円《まんゑん》といふ金《かね》だが、居候《ゐさうらふ》に居《ゐ》る人《ひと》に催促《さいそく》をしても無駄《むだ》だから今日《けふ》まで黙《だま》つて捨《す》ておいたが、昔《むかし》にまさる陶器《たうき》の開店《かいてん》、二万円《まんゑん》といふ大金《たいきん》が手《て》にはひつたといふ事《こと》を、聞《き》い

一　→一八頁注五。

二　異常。甚だしいさま。

三　→九三頁注八。

四　値段の下がること。だれる。タレルの俗語。"Kome-sōba mo chitto dare-kuchi da, the price of rice has begun to fall a little."(『和英語林集成』)。

五　現金。

六　きまりによって禁止された。非合法の。「天下晴れての」の対。因みに、『マネー』のスムーズは、トランプの賭でエヴリンの家屋敷まで買取る「芝居」をする。

七　合法の。

林之　たから取《と》りに来《き》たのだ、返《かへ》さなくつてい丶金《かね》なら返《かへ》すにやあ及《およ》ばねえ、[八]出《で》る所《とこ》へ出《で》て取《と》つて見《み》せよう。

林之　いえ〱これは私《わたくし》が只今《たゞいま》お返《かへ》し申《まう》しますから、お腹《はら》をお立《た》て下《くだ》さりますな、全《まつた》く親父《おやぢ》が借《か》りました金《かね》に相違《さうゐ》ございませねば、仮令《たとひ》これなる親類共《しんるいども》が[九]何《なに》やら申《まう》しませうとも。

宇津　それぢやあ金《かね》を返《かへ》しなさるか。

林之　元利揃《ぐわんりそろ》へて二万円《まんゑん》、お返《かへ》し申《まう》しますでござりまする。（ト勢左衛門《せいざゑもん》又《また》林之助《りんのすけ》を引張《ひつぱ》つて来《き》て、）

勢左　これ〱林之助《りんのすけ》、親《おや》の借《か》りた金《かね》だから子《こ》が返《かへ》すは当《あた》り前《まへ》だが、余《あま》りといへば馬鹿正直《ばかしやうぢき》、これが十か二十の金《かね》なら返《かへ》すのもよいけれど、元金《もときん》といふ一万円《まんゑん》は[一〇]空米相場《くうまいさうば》で損《そん》した金《かね》、まだその上《うへ》に一万円《まんゑん》、たゞ取《と》られる利息《りそく》まで、そなたは揃《そろ》へて渡《わた》す気《き》か。

らん　形見《かたみ》に貰《もら》つた二万円《まんゑん》、それで地面《ぢめん》や家作《かさく》を買《か》ひ、見世《みせ》の仕入《しい》れや何《なに》やかや、

しな　大《たい》したお金《かね》が入《い》りましたらうに、

臼右　元利揃《ぐわんりそろ》へて二万円《まんゑん》、どうしてこなたは返《かへ》す気《き》だ。

八　曲直を決する所、即ち裁判所などに訴え出て、表向きに黒白を争う。

九　何様(なにさま)。どのように。

一〇　現物がなく、ただ差金の授受だけを行う米の空取引。

林之　一万円《まんゑん》の為替手形《かはせてがた》に地面家作有代物《ちめんかさくありしろもの》、そつくり付《つ》けて渡《わた》す積《つも》り。

宇津　さういふお前《まへ》が料簡《れうけん》なら、仮令《たとひ》二万円《まんゑん》にならずとも、こつちも不足《ふそく》で料簡《れうけん》しませう。

勢左　（これを聞《き》き思入《おもひいれ》あつて、）それではこなたは二万円《まんゑん》の、借《か》りた地所《ちしよ》から家蔵《いへくら》まで、そつくり渡《わた》してしまふ気《き》か。

らん　こんな馬鹿《ばか》げたことはない。

臼右　こりやあわたしに任《まか》しなせえ。一万円《まんゑん》の借高《かりだか》へ[一]半金入《はんきんい》れゝば結構《けつこう》な、言分《いひぶん》なしの掛合《かけあひ》だ。

林之　いえ〳〵それでは済《す》みませぬ、親《おや》の借《かり》を子《こ》が[二]済《な》すは、こりや当然《たうぜん》でござりますから、揃《そろ》へてお返《かへ》し申《まう》します。

勢左　当然《たうぜん》だらうが何《なん》だらうが、古《ふる》い借《かり》をそつくりと返《かへ》すものがあるものか。

らん　こりや[三]代言人《だいげんにん》の真似《まね》をする、臼右衛門《うすゑもん》さんに任《まか》しなせえ。

臼右　おれが引受《ひきう》け裁判所《さいばんしよ》で、半金済《はんきんすま》しにして見《み》せよう。

林之　そりやさうでもあらうけれど、[四]不意《ふい》に貰《もら》つた二万円《まんゑん》、貰《もら》はぬ昔《むかし》と思《おも》ひますれば、親父《おやぢ》が借《か》りた一万円《まんゑん》を返《かへ》したゞけが儲《まう》けゆゑ、悔《くや》む所《ところ》はござりませぬ。

一　債務の全額弁済ができない場合、とりあえず払える額を支払わせ、残額を月賦等にして後にまわす「減額分割弁済」でことを処理する例がよくあった。これは当時勧解（→一〇〇頁注一二）でもよく見られたもので、「半金」とは半額の「内金」を意味する。

二　借りたものを返す。返済する。

三　免許を持たずに従来からの代言人として訴訟を引き受けている。→五四頁注二。

四　思いがけず。

勢左　えゝ聞《き》けば聞《き》くほど馬鹿《ばか》々々しい、貴様《きさま》はそんな欲《よく》のない時世《じせい》に合《あ》はぬ料簡《れうけん》だから、悔《くや》む所《ところ》がないか知《し》らぬが、娘《むすめ》をやつて其《そ》の金《かね》をおれが自由《じいう》に、いやさ、おれが金《かね》ではないけれど、

らん　他人《たにん》にあらぬ親類中《しんるいなか》、損《そん》をするのを見《み》ては居《を》られぬ。

臼右　何《なん》でもこれはおれが引受《ひきう》け、一裁判《ひとさいばん》受けねばならぬ。

ト三人《にん》きつと思入《おもひいれ》、林之助《りんのすけ》は困《こま》る思入《おもひいれ》。

宇津　それぢやあお前方《まへがた》は、借主《かりぬし》が返《かへ》す金《かね》を横合《よこあひ》から返《かへ》すなと言《い》ひなさりやあ、言《い》はずと知《し》れた五故障人《こしやうにん》お前方《まへがた》が願《ねが》はずともおれが方《はう》から願《ねが》ひ立《た》て、六御用状《ごようじやう》を付《つ》けてやるから家《うち》へ帰《かへ》つて待《ま》つて居《ゐ》ろ。さつきから聞《き》いて居《ゐ》りやあ、おれを白痴《こけ》だと思《おも》つたか、代言《だいげん》めかした事《こと》を言《い》つて、いやに脅《おど》した事《こと》を言《い》ふが、七平仮名付《ひらがなつき》の用書《ようしよ》を手本《てほん》に八読《よ》みのくだらぬ漢語《かんご》の文《ぶん》面《めん》、筋《すぢ》が九立《た》たねば書《か》く字《じ》さへ横《よこ》に寝《ね》て居《ゐ》る一〇鉄釘流《かなくぎりう》、裁判所《さいばんしよ》へ出《で》て突《つ》き戻《もど》され書直《かきなほ》さうにも根《ね》が一一盲目《めくら》、字引《じびき》がなければまご〳〵と一二杖《つゑ》に離《はな》れた座頭同然《ざとうどうぜん》、走《はし》らぬ筆《ふで》の探《さぐ》り足《あし》何処《どこ》等《ら》が鍼《はり》の利所《きゝどこ》だか急所《きふしよ》を知《し》らぬ一三へつぽこ代言《だいげん》、返《かへ》す金《かね》を返《かへ》すなと悪《わる》く揉《も》んで邪魔《じやま》をすりやあ、故障《こしやう》の廉《かど》一四を言《い》ひ立《た》つて一五闇《くら》い所《ところ》へ入《い》れてやるぞ。

五　邪魔をする人。異議を申し立てる人。
六　御用の書状。役所からの呼出状。
七　平仮名の振ってある実用書。
八　漢文を読みくだすことができない。
九　(筋が)立たない→(字が)横に寝て居る。
一〇　金釘のように細くてひょろひょろしている下手な字をあざけっていう語。
一一　文盲。
一二　杖→座頭→探り足→鍼→利所→急所→揉む。
一三　技倆の劣った者、役に立たぬ者を罵っていう語。
一四　理由。
一五　牢獄。

ト宇津蔵《うつざう》思入《おもひいれ》にて言《い》ふ、梅生《ばいしやう》前《まへ》へ出《で》て、

梅生　今日僕《こんにちぼく》[一]が寿無田《すなだ》氏《うぢ》と同道《どうだう》いたして参《まゐ》つたのは、とやかう言《い》はゞ有無《うむ》を論《ろん》ぜず、出訴《しゆつそ》[二]いたす心《こゝろ》で参《まゐ》つた。年中斯《ねんぢゆうか》うして大金《たいきん》を盛《さかん》に貸《か》せる寿無《すな》田氏《だうぢ》、出訴《しゆつそ》の絶《た》ゆる間《ま》がないから斯《か》くいふ口《くち》の上糊《うへのりす》が委《ゐ》[三]任《にん》を受《う》けて原《げん》[四]告人《こくにん》、これまで被告《ひこく》に一度《ど》でも説破《せつぱ》された事《こと》のないのは、産《うま》れが士族《しぞく》に幼年《えうねん》より学資《がくし》を費《つひや》し書生《しよせい》となり、勉強《べんきやう》なして漢学《かんがく》から英独《えいどく》[五]二国《こく》の学《がく》に亘《わた》り、仏《ふつ》[六]の民法《みんばふ》を心得《こゝろえ》て府庁《ふちやう》[七]の試験《しけん》を受《う》けしゆゑ忽《たちま》ち免許《めんきよ》[八]の代言人《だいげんにん》、北冥社《ほくめいしや》[九]の社員《しやゐん》となれば二等《とう》[一〇]と下《さが》らぬ僕《ぼく》が腕前《うでまへ》、されば各区《かくく》の分署《ぶんしよ》[一一]から勧解《くわんかい》[一二]又《また》は裁判所《さいばんしよ》、何処《どこ》へ行《い》つても先生《せんせい》と代言社会《だいげんしやくわい》で立《た》てられるは、条《でう》[一三]理《り》を立《た》てゝ義務《ぎむ》を尽《つく》すから。今《いま》こなた衆《しゆう》が故障《こしやう》を言《い》へば、それを書《か》き立《た》て出訴《しゆつそ》なすが今日僕《こんにちぼく》が則《すなは》ち職掌《しよくしやう》、片《かた》ツ端《ばし》から勧解《くわんかい》へ呼出《よびだ》してやるから待《ま》つて居《ゐ》ろ。(ト梅生《ばいしやう》立掛《たちかゝ》るを林之助《りんのすけと》留めて、)

林之　そのお腹立《はらだち》は御尤《ごもつと》もだが、先《ま》づ〳〵お待《ま》ち下《くだ》されませ。仮令《たとひ》これなる親類共《しんるいども》が何《なん》と申《まう》しませうとも、親父《おやぢ》の借《か》りゆゑわたくしが耳《みゝ》を揃《そろ》へてお返《かへ》し申《まう》せば、先《ま》づ〳〵お待《ま》ち下《くだ》さりませ。

梅生　そりやあお前《まへ》が条理《でうり》を立《た》て、借《か》りた金《かね》さへ返《かへ》しなさりやあ、何《なん》ぼ僕《ぼく》が

一　明治頃から、対等もしくは目下の者に対する自称の代名詞として青年・書生などが使った。
二　裁判所へ訴え出ること。提訴。
三　西欧法の翻訳語。明治五年の「司法職務定制」や同六年の「訴答文例」中、代言人についての規定の用語は「委任」ではなく、「代リ」「用フル」「依頼」であるが、同六年「代人規則」に初めて現われ、代言人にも使われ出した。
四　江戸時代の出入筋では「願人」「相手方」といい、明治初期には「訴人」「対答人」と呼ばれたが、「司法職務定制」五十一条で初めて、「原告」「被告」という用語になる。
五　明治新政府は、近代国家としての諸制度を整えるため、フランスと並んで、イギリス・ドイツを範とした。
六　明治六年箕作麟祥(みつくりりんしよう)がフランス六法の訳業にかかり、同九年「民法草案」が完成したが、そのままになり、政府は更に明治六年法律顧問としてフランスから招いていたボワソナード博士に、同十二年その起草を依頼した。
七　明治以降の府県制で、府知事が行政事務を取り扱う役所。
八　明治九年に資格のできた「免許代言人」はそれまでの代言人と違って、西欧法の学識を備えた専門家ということなので、この「免許」という用語にはかなりの威嚇効果があったと考えられる。→五四頁注二。
九　明治七年代書代言社の先駆となった島本仲道の「北州舎」(四月大阪、八月東京)をもじったものと思われる。服部撫松の『東京新繁昌記』(山城屋政吉、明治七―九年)の「代言会社」と題した一節に、明治七年頃の代言社が繁昌する世相が描かれている。「聞く、法庭一日の新訴三百余件を下らず。是れ代言社の繁昌する所以也。

宇津　生業《しやうばい》でも好《この》んで出訴《しゆつそ》はいたしませぬ。第一《だい》お上《かみ》へお手数《てすう》を掛《か》けるのが恐《おそ》れ入《い》るから、待《ま》てといふなら待《ま》ちませう。

林之　唯今《たゞいま》お返《かへ》し申《まう》しますから、暫《しばら》くお待《ま》ち下《くだ》さりませ。

勢左　これ林之助《りんのすけ》、どうでもそれでは二万円《まんゑん》、元利揃《ぐわんりそろ》へて返《かへ》す気《き》か。

林之　へい、親父《おやぢ》の借《か》りた金《かね》ゆゑに、[一四]どうも返《かへ》さにや済《す》みませぬ。

らん　済《す》まぬといふて有金《ありがね》から、地面家蔵《ぢめんいへくら》そつくりと渡《わた》してしまつたことならば、

しな　又《また》これからは一人身《ひとりみ》で、流浪《るらう》なさらにやなりますまい。

臼右　あまりといへば馬鹿《ばか》げた話《はな》し、是非《ぜひ》ともわたしに任《まか》せさつしやい。

林之　いえ〳〵何《なん》とおつしやつても、お前方《まへがた》には任《まか》されませぬ。

勢左　[一五]人《ひと》は正直《しやうぢき》がよいとはいへど、余《あま》りといへば正直過《しやうぢきす》ぎ、

らん　馬鹿《ばか》に劣《おと》つた、

しな　恵府林《ゑふりん》さん。

臼右　えゝ、さりとは歯痒《はが》[一六]いゝことだなあ。

ト皆々《みな〳〵》悔《くや》しき思入《おもひいれ》、此《こ》の内林之助《うちりんのすけ》は奥《おく》へはひり手箱《てばこ》を持《も》つて出《いで》

代言社なる者は、大概旧官員或は書生の社を結ぶ者にして、而(しか)して其の名は必ず法律研究を以てし、其の実は皆代言代書を為すの徒なり。其の社に北州舎と曰ひ、北鞘坊に在り。貴知法舎と曰ひ、五郎兵衛坊に在り」。

一〇　一等でなくとも、少くとも「二等」と虚勢を張ってこけおどしをしている。

一一　本署から分け設けられた役所・警察署。

一二　民事上の争いについて調停を試みたり、和解を勧めたりする制度(明治二十三年まで存続)だが、ここではそれを司る役所のように言いなしている。金貸し、代言人は、手続が裁判より簡便・迅速で、かつ一般庶民には裁判同様の効果をもった勧解を多用していた。当時の官尊民卑社会では勧解の召換状があれば、一般庶民は恐れ入ったものと思われる。

一三　物事の道理。すじみち。

一四　どうしても。

一五　「物は正直がよい」(『俚言集覧』)の転。

一六　「歯痒ゆい」の転。もどかしい。じれったい。

来《きた》り、中《なか》より手形《てがた》証文《しようもん》紙幣《しへい》を出《だ》し、

林之　左様《さやう》なれば寿無田様《すなださま》、一万円《まんゑん》の[一]為替手形《かはせてがた》に[二]居宅《きよたく》の[三]地券《ちけん》、陶器《たうき》の[四]控《ひか》へ、紙幣《しへい》の残《のこ》りが千二百円《ゑん》残《のこ》らずお渡《わた》し申《まう》しますから、不足《ふそく》の所《ところ》は旧来《きうらい》の誼《よしみ》にお負《ま》け下《くだ》さりませ。

宇津　おゝ負《ま》けますとも〳〵、為替手形《かはせてがた》で元金《もときん》の一万円《まんゑん》がそつくり返《かへ》れば、千二百円《ゑん》の有金《ありがね》に地面家作《ちめんかさく》に有代物《ありしろもの》、これ丈《だけ》が[五]只儲《たゞまう》け、不足《ふそく》はいくらあらうともさらりと負《ま》けて証文《しようもん》は、お前《まへ》へお返《かへ》し申《まう》します。

ト宇津蔵《うつざう》、勢左衛門《せいざゑもん》皆々《みな〳〵》へ見《み》せびらかす、四人《にん》は悔《くや》しき思入《おもひいれ》、宇津蔵《うつざう》紙入《かみいれ》から一万円《まんゑん》の[六]証文《しようもん》を出《だ》し林之助《りんのすけ》へ渡《わた》す。梅生感心《ばいしやうかんしん》なし、

梅生　これまで僕《ぼく》も寿無田氏《すなだうぢ》の、委任《ゐにん》を受《う》けて貸先《かしさ》きを相手取《あひてど》つた事《こと》があるが、先《ま》づ被告《ひこく》から掛合《かけあ》へば第《だい》一等《とう》が[七]半金済《はんきんな》し、二等《とう》が三ツ割《わり》三分《ぶん》の一、三等《とう》四等《とう》は五分《ぶん》の一、僅《わづ》かな金《かね》の入金《にふきん》に跡《あと》は月賦《げつぷ》か年賦《ねんぷ》の済方《なしかた》、二万《まん》円《ゑん》といふ金《かね》をそつくり返《かへ》すは前代未聞《ぜんだいみもん》、実《じつ》に[八]身代限《しんだいかぎ》りをする世間《せけん》の[九]太《ふと》い借方《かりかた》に、[一〇]爪《つめ》でも煎《せん》じて呑《の》ましてやりたい。（ト林之助《りんのすけ》証文《しようもん》をいたゞき、）

一　→六四頁注四。ここは勢左衛門らを騙すための「狂言」だから、偽物でもかまわない。
二　住んでいる家。「いたく」とも。
三　明治五年地租改正に伴い、政府が交付した土地の所有権を証明した証券。地券状。
四　控え帳。商品目録。
五　全くの利益。
六　もちろん、偽証文である。
七　→九八頁注一。
八　昔、負債主が負債を償還できない時、身代全部を債権者に提供して債務にあて、その間、種々の権利・資格を喪失した。現今の法律用語では「破産」。「今日之富戸豪商は、明日身代限之人と為る」（服部撫松『東京新繁昌記』）。
九　神経のず太い。
一〇　「爪の垢を煎じて呑む」（すぐれた人からせめて爪の垢でももらってあやかりたい、の意）の転。

※劇評二　『演芸画報』昭和八年四月　新劇場の『人間万事金の世の中』（小池孝子　明治座にて）

元よりこれは默阿弥の原作通りではない、三幕十場の中、四場までが書き足したものでつまりこの四場に新劇場の野心も見栄もあらうかと思はれ（る）が、どうもあまり戴きかねる。（中略）合方には昔ながらの下座もあり、「野毛の山」など当時の流行歌（はやりうた）も用ひ、その他洋楽の伴奏で、始終みんなが「金の世の中」といふ流行歌を唄ふのである。浪花節（なにはぶし）に合せての振りは誠に奇想天外であつたけれど、不思議にも歌舞伎を冒瀆するなんて心持はちつとも起らず、ひどく楽しく愉快であつた。（中略）先づ明

林之　嘸《さぞ》やこれまで親父様《おやぢさま》が、草葉《くさば》の陰《かげ》でこの借《か》りがお心掛《こゝろがゝ》りでございましたらう、唯今元利返済《たゞいまぐわんりへんさい》いたせば、お悦《よろこ》び下《くだ》さりませ。（ト勢左衛門《せいざゑもん》四人《にん》は呆《あき》れし思入《おもひいれ》。）

勢左　借《か》りたものを返《かへ》すといふは、まことに道《みち》であらうけれど、先《ま》づ半金《はんきん》か三《み》ツ一分《ひとぶん》、

らん　大概相場《たいがいさうば》のあつたもの。

しな　お金《かね》は元《もと》より地屋敷《ぢやしき》まで、

臼右　残《のこ》らず渡《わた》してしまふとは、

勢左　余《あま》りと言《い》へば、

四人　馬鹿《ばか》々々しい。

ト藤《とう》七、喜助《きすけ》、錦蔵《きんざう》、鉄造《てつざう》、おえい出来《いできた》り、

藤七　唯今奥《たゞいまおく》で御様子《ごやうす》を、承《うけたま》はりましてござりますが、御先代《ごせんだい》の旦那様《だんなさま》が、

喜助　お借《か》りなされた其《そ》の抵当《かた》に、地面家蔵《ぢめんいへくら》お金《かね》まで、

錦蔵　お渡《わた》しなさるとあるからは、お抱《かゝ》へなされたわたくしどもは、

林之　気《き》の毒《どく》ながら今日限《けふかぎ》り、暇《いとま》をやらねばなるまいわい。

藤七　御縁《ごえん》あつて良《よ》いお店《たな》へ、御奉公《ごほうこう》しましたと、

治時代の風俗を写してくれたのはおもしろかつた。幕の開く前に揚幕から合乗の俥（くるま）が出て舞台まで行き、それからぐるりと向き直つて戻つてゆくのだが、乗つてゐるのは若い男（嚢助）と女（山川章子）で、女は紫のお高祖頭巾（こそづきん）を冠り、男は中折（なかをれ）に黒の二重廻しの袖に包みこむやうに女を抱きしめるのをふり返つた俥屋（八十松）がチェッとやるのである—客席は一しきり擽（くす）ぐつたくされる。

辺見の娘おしな（しげる）の髪は、あれはマガレットとかいふのだらうか、前髪を取つてリボンをつけ短かくお下げにしたやうな頭、黄八丈の着物に、恵府林の家へ押掛けてゆく時はその上にお被布を羽織り、背中へ大きく三角に裾まで届くやうな肩掛をしたのも随分愉快だつた。

それから二幕目の幕外へ松葉杖の男（守蔵）綳帯の男（三津太郎）を出して、西南戦争後の物貰ひの様を見せ、例の棒を持つた巡査が出て来ると松葉杖の男が急に折り曲げてゐた足を出してどん〳〵逃げてゆく。

この芝居の眼目になつてゐる遺言状を持つて来る門戸の手代藤太郎（三平）といふ長崎の男は、着物に靴を履き、赤毛布（あかげつと）を背負つた姿である。（中略）最初の幕のあと、嚢助の流し唄の男が花道を「一つとや」を唄ひながら出て（この唄は西郷さんを唄つたものとか云つた）舞台に来てから、この狂言書卸し当時の世態、物価騰貴した有様などを述べ、「只今の言葉で申せばインフレーションの時代とでも申しませうか」などゝやり、「かうした狂言を私どもが演じますのはつまりお金で買へないものが、もつと大手を振つて歩ける様にしたいと思ふからでございます」といふやうな事を云つて、盛な拍手を得たのはなか〳〵気が利いてゐた。（以下略）

喜助　悦《よろこ》びました甲斐《かひ》もなく、

錦蔵　僅《わづ》かなうちにお暇《いとま》とは、

三人　一本意《ほい》ないことでござりまする。（ト三人手《にんて》を突《つ》き別《わか》れを惜《を》しむ思入《おもひいれ》。）

鉄造　内《うち》の旦那《だんな》もお嬢《ぢやう》さまを、嫁《よめ》にやらうとおつしやりましたが、お家《うち》がなくてはこれも破談《はだん》、

えい　爰《こゝ》をば早《はや》くお開《ひら》きに、なされましたがようござりまする。

勢左　おゝ目当《めあて》に思《おも》つた二万円《まんゑん》の、金《かね》がなければ何《なに》が当《あて》に、可愛《かはい》い娘《むすめ》がやれませう。

らん　まだしも遣《や》らぬ其《そ》のうちゆゑ、これきり破談《はだん》にすれば済《す》むが、

しな　来《き》てから後《のち》であつたらば、二仕様模様《しやうもやう》もない所《ところ》。

臼右　わしも媒人《なかうど》せぬが仕合《しあは》せ。

林之　伯父様始《をぢさまはじ》め皆様《みなさま》へ面目《めんぼく》もない事《こと》ながら、又《また》もや元《もと》の身《み》の上《うへ》に零落《れいらく》なせし林之助《りんのすけ》、どうぞこれから親類《しんるい》の誼《よしみ》をもつてわたくしの、三力《ちから》におなり下《くだ》さりませ。

勢左　その親類《しんるい》は今日限《けふかぎ》り、余《あま》りと云《い》へば馬鹿《ばか》々々《〱》しい、こなたに愛想《あいそ》が尽《つ》きたから、これから甥《をひ》と思《おも》はねば、必《かなら》ず伯父《をぢ》と思《おも》つてくれるな。

一　思うようにならない。残念である。

二　「仕様」に同韻の「模様」を重ねた語。なすべき方法。手段。仕方。

三　『俳優評判記』第三編では、ここで林之助は「お品殿を女房に下され」という。『歌舞伎新報』明治十二年には「（菊）お品を女房に呉と言を（仲）金が無れば誰が遺物か」とある。『歌舞伎新報』明治二十三年は現行通り、次の場で申し込む。

らん　目当《めあて》の金《かね》がない上《うへ》は、最早《もはや》こなたに用《よう》はない、決《けつ》して家《うち》へお出《い》では御《ご》無用《むよう》。

臼右　その親類《しんるい》は噂《うはさ》にも是《こ》れから言《い》つて下《くだ》さるな、四折角肥《せつかくふと》つた臼《うす》右衛《ゑ》門肩身《もんかたみ》が狭《せま》くなりますわ。

林之　そりやさうでもござりませうが、切《き》つても切《き》れぬ親類《しんるい》ゆゑ。

林之　それではこれからわたくしの、力《ちから》になつては下《くだ》さりませぬか。

勢左　誰《たれ》が力《ちから》になるものだ、人《ひと》を恨《うら》むな五心柄《こゝろがら》だぞ。（ト憎《にく》く言《い》ふ。）

林之　はて、是非《ぜひ》もないことぢやなあ。（ト林之助《り(ん)のすけ》腕《うで》を組《く》み、ぢつと思入《おもひいれ》。）

宇津　さあ、此《こ》の家《うち》は一万円《まんゑん》の抵当《かた》に取《と》つた上《うへ》からは、今日《けふ》からしてはわしが家《うち》、お前方《まへがた》には用《よう》はないから、早《はや》く帰《かへ》つてくんなせえ。

勢左　おゝ、帰《かへ》らないでどうするものだ、居《ゐ》ろと言《い》つてもこんな家《うち》に、

臼右　誰《だれ》が長居《ながゐ》をするものだ。

しな　さあ母《かゝ》さま、早《はや》く帰《かへ》りませう。

らん　おゝ帰《かへ》らうとも〳〵。（ト立上《たちあが》り、）いやうつかりとは帰《かへ》られない、先刻祝《さつきいは》ひに持《も》つて来《き》たあの六糸織《いとおり》を返《かへ》して下《くだ》さい。

宇津　いや〳〵あれは一万円《まんゑん》の、七高《たか》のうちゆゑ返《かへ》されねえ。

四　初代市川団右衛門の体型をきかした台詞。→八〇頁注二。

五　「心から」の転。自分の心から出てそうなった。自業自得。

六　よった糸を用いた平織りの絹織物。→八〇頁一二行(反物)。

七　(返済金の)収入の一部。

梅生　[一]達《たつ》て欲《ほ》しくば十円《ゑん》も、金《かね》を置《お》いて行《ゆ》くがよい。

らん　十円出《ゑんだ》せば新規《しんき》に買《か》へます。

鉄造　所詮《しよせん》こんな[二]因業《いんごふ》な人《ひと》に言《い》つても無駄《むだ》なこと。

えい　早《はや》くお帰《かへ》りなされませ。

　　　ト合方《あひかた》にて勢左衛門《せいざゑもんさ》先きに皆々付《みなくつ》き、花道《はなみち》へ行《ゆ》き、

鉄造　とはいへ、余程《よほど》な、

えい　金目《かねめ》な品《しな》を、

臼右　利息《りそく》の抵当《かた》にしてやられ、

しな　[三]大阪天満《おほさかてんま》の唄《うた》ではないが、

らん　こんな酷《ひど》い目《め》に逢《あ》うたことは、

勢左　糸織《いとおり》一反《たん》たゞ捨《す》てた。（ト合方《あひかた》、異国《いこく》の鳴物《なりもの》にて皆々花道《みなくはなみち》へはひる、林之助思入《りんのすけおもひいれ》あつて、）

林之　もう[四]四時過《じす》ぎでござりますから、暮《く》れぬ其《そ》のうちわたくしはお暇《いとま》いたすでござりまする。

宇津　斯《か》う貸借《かしかり》の片《かた》が付《つ》けば、昔馴染《むかしなじみ》の恵府林《ゑふりん》さん、今夜《こんや》は一杯呑《ぱいの》みませう。

梅生　知《し》つての通《とほ》り寿無田氏《すなだうぢ》は俠客肌《けふかくはだ》の気性《きしやう》ゆゑ、お前《まへ》の為《た》めにもならうか

一　当て字。どうしても。
二　頑固で無情な。
三　浅川征一郎『秘本江戸文学選四・江戸ばれ唄大成』（日輪閣、昭和五十三年）、玩究隠士編著『江戸はやり破礼歌集成』（好豆書肆・大平書屋蔵版、平成二年）に文化十年（一八一四）頃の唄として、〽大阪天満の真中で傘(カラカサ)枕でしてやつたこんな臭い尻(ぼぼ)したこたね引塵紙三帖たゞ捨た―『未刊甲子夜話』第二、巻之四十一（天保八年執筆）、とある。また、藤田徳太郎の『近代歌謡の研究』（人文書院、昭和十二年）には、「明治十年代の終より二十年代にかけて、都会で行われた地方歌は夥しいものであつた。その中でも、仙台節（先代節とも書く）、即ち尾張甚句が盛んであつたらしい。…仙台節は「コレ何だい」の囃子詞を持つのによつて何だい節ともいふ」とあり、同類の唄が引かれている。〽大阪天満のまんなかで、からかさ枕でしてやつたコリヤ〳〵こんなくさいものしたことアない、ちり紙三帖たゞ捨てた、捨てたちり紙またひろて、ちり〳〵云はせてコレナンダイ鼻かんだ。さらに、天保九年（一八三八）、前年の大塩騒動の落着を記した後に以下の唄が出ている。〽大阪天満の真中で、大筒鉄炮うつたげな、あんな騒動は見た事ない。〽大阪天満の真中で、天草もどきでしてやつた、あんなくせもの見た事ない、銭かねさん〴〵たゞすてた。〽大阪天満の真中で、さかさ馬からおつこつた、あんなよわい武士見た事ない、役高三千たゞすてた。『俳優評判記』第三編には評者の好尚には合わぬか、この「引込は無ても哉」とある。『歌舞伎新報』明治二十三年には、この引込の件は省かれている。台帳1では「糸織一反たゞ捨てた」のあと、「こゝからばか〳〵しいあ□□ゆないト□つて向ふへ入」となっている

林之　ら、今夜《こんや》は泊《とま》つておいでなさい。

五 有難《ありがた》うはございますが、此《こ》の証文《しょうもん》を菩提所《ぼだいしょ》へ持《も》つて参《まゐ》つて石碑《せきひ》へ手向《たむ》け、草葉《くさば》の陰《かげ》の親父《おやぢ》さまへお目《め》に掛《か》けたうございます。

藤七　そりやさうでもございませうが、明日《あした》それを御菩提所《ごぼだいしょ》へ、

喜助　お持《も》ちなされましたとて、

錦蔵　お遅《おそ》いこともございますまい。

林之　いや〱これは少《すこ》しも早《はや》く、お目《め》に掛《か》けるが親父《おやぢ》へ孝行《かうかう》、目《め》には見《み》えねど心《こゝろ》の内《うち》に、嘸《さぞ》やお悦《よろこ》びなされませうと、思《おも》へば早《はや》く持《も》つて行《ゆ》きたい。

宇津　親孝行《おやかうかう》のお前《まへ》ゆゑ、さういふ心《こゝろ》で居《ゐ》なすつては所詮《しょせん》止《と》めても止《と》まるまいから、これから直《すぐ》においでなさい。

梅生　身《み》の振方《ふりかた》の御相談《ごさうだん》が、あるなら明日《あした》出直《でなほ》して、ゆるりとおいでなさるがよい。

林之　御親切《ごしんせつ》なる其《そ》のお詞《ことば》、いづれ再《ふたゝ》び上《あが》りまして、お願《ねが》ひ申《まう》すでございまする。

藤七　それではこれより、

（□の部分は判読不能―校注者）。
▽勢左衛門・おらん・おしな・臼右衛門・鉄造・おえい退場。

四 洋刻。『繰返開花婦見月(くりかえすかいかのふみづき)』に「(六二三)〈六三郎懐中より時計を出して見て〉二時十五分でございます。(銀次)それでは三時前でございまする」。

五 『俳優評判記』第三編では、林之助は奉公人三人に向かって、「自分の着て居し羽織から莨入(たばこいれ)紙入を夫々に記念(かたみ)だと云て分て遣」る。父親、菩提所のことは触れられない。

※劇評三　『演芸画報』昭和十年七月
「有楽座初会観劇(いうらくざはつのけんぶつ)」(笹柴銀作)
第三は「人間万事金世中」黙阿弥のざんぎり喜劇である。変り種だけに、先年簑助の新劇場でも、その裏を増補し、新演出でやつて評判になつたことがある。云はゞ簑助のお土産狂言だから、無論主人公の恵府林は、当人がやるのかと思つたら、遠慮したのか、どうしたのか駒之助へ譲つて、自分は五郎右衛門へ廻つてゐる。併(かし)し、この前通り青柳信雄演出とあるので、それを楽しみに待つてゐると、やがて竹雀(たけす)の唄に見世物の囃子で幕が明いた。オヤ〱辺見の見世先にしては変だと思つたら、大きな箱が舞台の中央にあつて、森野鍛治哉が叶福助(なか ふふくすけ)の姿で控へてゐる。ハヽア、やり始めたなと思つて見てゐると、その箱が明いて、神田の勢左衛門、高橋豊子の女房、一の宮敬子の娘お品の三人が出て、慾張つた事を云つてゐると、澄川久の雅羅田臼右衛門が出て、長崎の門戸死亡一件を知らせる。箱が再び明くと、今度は駒之助の林之助と、(夏川)静江のおくらが出て、述懐のところがある。つまりこの覗きカラクリ

三人　あなたは直《すぐ》に、
林之　暮《く》れぬそのうち菩提所《ぼだいしよ》へ、
宇津　左様《さやう》なれば恵府林《ゑふりん》どの、
林之　これでお別《わか》れ申《まう》しまする。（ト唄《うた》になり、林之助《りんのすけ》[一]しを〳〵と花道《はなみち》へはひる。）
藤七　どれ、わたくし共《ども》も荷《に》を片付《かたつ》け、これから宿《やど》[二]へ、
三人　下《さが》りませう。
宇津　いや貴様達《きさまたち》は置据《おきす》[三]ゑに、これからわしが抱《かゝ》へませう。
喜助　それではこの儘《まゝ》あと〳〵へ、
錦蔵　お使《つか》ひなされて、
三人　下《くだ》さりますか。
宇津　一万円《まんゑん》の利息《りそく》の抵当《かた》に地面家蔵有代物《ちめんいへくらありしろもの》、そつくりわしが取《と》つたけれど、人《ひと》がなくては困《こま》るから、貴様達《きさまたち》を改《あらた》めて今日《けふ》からわしが使《つか》ひたいのだ。
梅生　商人衆《あきんどしゆう》とはいひながら、一厘銭《りんせん》から取上《とりあ》げるけちな稼業《かげふ》と事替《ことかは》り、ちよつとしても百円《ゑん》から何《なん》千円《ゑん》といふ高《たか》の、商《あきな》ひをする米《こめ》の相場師《さうばし》、悪《わる》いやうにはなさるまいから、出精《しゆつせい》[四]して奉公《ほうこう》しなせえ。

は、時間の都合から、短くして筋を売る為なのだ。その福助がカラクリの口上に准(なぞら)へて、面倒くさい所はしやべつてしまふが、いつも五九郎式タイプで笑はせるこの人も、この福助は一向をかしくないから不思議だ。その次には嚢助の五郎右衛門と、鶴之丞の手代藤太郎が出て来て、遺言状の筋を売る。二人が帽子を抱へてキッと見得といふやうな、面白い演出がある。すべてこの場は、様式的な動きで、羽織は単色の派手な物を使つてゐるなぞは注意である。唄もお定まりで、明治初年の流行(はや)り唄、「さいこどん〳〵」「梅ヶ枝の手水鉢」「カン〳〵ノウ」なぞを使つてゐるが、我れ〳〵も知つてゐるものだけに、なんだか明治十二年にしては新しいやうな気がする。（中略）「仏の遺言」チョン「反古にはなるまい」で幕になると、幕外へ当時の横浜の仕出しを沢山出して、風俗画を見せるのだが、やる人がどうしても古くなり切れないので、却つてをかしい。巡査なぞ、その一例である。

その幕が明くと、恵府林の見世で、勢左衛門夫婦がお品を押かけ嫁のところだ。駒之助は兎に角ざんぎりの二枚目といふ面倒な役を、それらしく見せてゐる。弥三郎の寿無田宇都蔵が出て来て、旧債(きうさい)を催促するので、恵府林再び無一文になる所だが、勢左衛門たちが、この引込みには、原作通り「大阪天満」を使ひ、「糸織一反只捨てた」で、一同踊りながら花道へ入る。爰(こゝ)らがなか〳〵面白い。

廻ると横浜海岸の場、この前の新劇場と同じやうに、錦絵式の色と構図で、古道具屋に見せても明治初年と踏める装置である。静江は教はつた通りをしてゐる形で、殊勝(しほ)らしい出来には違ひないが、独吟の入る芝居には少(ち)つ

藤七　わたくし始《はじ》め二人《ふたり》とも、[五]中年者《ちゆうねんもの》にござりますゆゑ、

喜助　[六]半途《はんと》でお暇《ひま》が出《で》ましては、まことに困《こま》り切《き》ります所《ところ》、

錦蔵　跡《あと》へお使《つか》ひ下《くだ》さりますれば、何《なに》より有難《ありがた》う、

三人　ござります。

梅生　時《とき》に旦那《だんな》、お祝《いは》ひに一杯《ぱい》どうでござります。

宇津　おれも丁度《ちやうど》呑《の》みたい所《ところ》、何《なん》ぞ肴《さかな》を言《い》ひ付《つ》けてくれ。

藤七　いえお肴《さかな》ならば諸方《しよはう》から、貰《もら》つた魚《さかな》が台所《だいどこ》に山《やま》ほど積《つ》んでござります。

喜助　幸《さいは》ひ少《すこ》しはわたくしが、料理心《れうりごゝろ》がござりますゆゑ、[七]摑《つか》み料理《れうり》にいたします。

錦蔵　お酒《さけ》も樽《たる》でござりますれば、先《ま》づ今日《こんにち》は[八]有合《ありあひ》で、

藤七　目出度《めでた》くおあがり、

三人　なされませ。

宇津　それぢやあ[九]骨《ほね》はぬすまねえから、酒《さけ》の支度《したく》をして下《くだ》せえ。

三人　畏《かしこま》りましてござりまする。（ト合方《あひかた》にて三人《にん》奥《おく》へはひる。梅生《ばいしやう》四辺《あたり》を見回《みまは》し、）

梅生　もし旦那《だんな》。

と縁の遠い芸だ。爰で見物ぐるみ一ぱい嵌(は)める趣向は、そも〳〵書卸し当時から否難されてゐるのだが、爰の見物には勿論その洒落はわからず或はそんな矛盾には全然気がつかず、ぼんやりと見てゐるやうだ。幕切れに宇都蔵が出て、「まんまと首尾よく」「コレ、大きな声だな」と云ふ所は、五代目でさへ変に悪党じみると云はれた所だが、駒之助は内輪にやつて爰は無事、どうも誠に器用な人だ。

次は辺勢の見世先、と云つても舞台面は往来、往来で勢左衛門夫婦が紙幣(さつ)の奪ひ合ひをやつてゐるのは少しをかしい。夫婦だけになるとすつかり新劇で、合方の聞えてゐるのが変な位。そこで臼右衛門が駈けつけて、林之助が再び見世を開業すると報告するので、あわて出し、娘と四人で駈け出すのだが、この引込みがちよいと面白い。面白いといふのはこの人たちが、様式的な足どりで入る形が、如何にも珍妙なのだ。

(以下略)

一『俳優評判記』第三編は菊五郎の恵府林の出て行くところを「身の廻りの物を奉公人に皆遣て仕舞て外へ出た所は其儘で直に見すぼらしくなる工合は実に感服うまゐ事で御座います爰らが作者の筆と役者の腕と一対の見どこ也」と評している。　二 奉公人の親許(おやもと)または保証人の家。　三 すえおき。そのままにする。ここでは引き続きこの商家で雇うの意。

四 精を出して励みつとめること。

五 やや長じて年季奉公に入った者。　六 中途で。

七 手間をかけずに作る即席料理。

八 有りあわせ。

九 他人の苦労を無にしない。ただばたらきはさせない。「骨」を前の「魚」にかけている。

宇津　何《なん》だ。

梅生　まことに首尾《しゆび》よく行《ゆ》きましたが、お礼《れい》はいくら下《くだ》さいます。

宇津　さうさ、いくらやつたものだらうか、先《ま》づお前《まへ》の礼《れい》は片手《かたて》[一]だな。

梅生　なに、片手《かたて》礼《れい》を下《くだ》さいますえ、五百円《ゑん》ではあるまいね。

宇津　欲張《よくば》つたことを言《い》ひなさんな。

梅生　それぢやあ五十円下《ゑんくだ》さいますか。

宇津　どうして〳〵、もつと下《した》だ。

梅生　それより下《した》では五円《ゑん》かね。

宇津　まだ〳〵。

梅生　五百疋《ひき》[二]といふのは今《いま》はないが。

宇津　おれが片手《かたて》は五十銭《せん》だ。

梅生　え、たつた二分《ぶ》[三]かね。

宇津　何《なに》も驚《おどろ》くことはない、一枚貫《まいもら》へばたつた二分《ぶ》だが、十枚貫《まいもら》へば五円《ゑん》だぜ。

梅生　むゝ、百枚貫《まいもら》へば五十円《ゑん》[四]、えゝ、忝《かたじ》けない。

ト宇津蔵《うつざう》煙管《きせる》で灰吹《はいふき》[五]を叩《たゝ》く、梅生《ばいしやう》ワツと定九郎《さだくらう》[六]の鉄砲《てつぱう》で打《う》たれ

一　五の数のつく金額の隠語。下の単価が不明なので、次のようなやりとりになる。

二　匹。鳥・獣・魚・虫などを数える語から銭を数えるのに用いた。古くは十文を一匹として、後に二十五銭を百匹とした。従って、五百疋は一円二十五銭。

三　二十五銭が一分。

四　円と両の併用。↓四〇頁注三。

五　煙草の吸殻をたたき入れるため、煙草盆に付いている竹製の筒。

六　『仮名手本忠臣蔵』五段目の山崎街道で斧定九郎が「五十両。忝い」と奪った金を数えた所で、早野勘平に猪と間違えられて鉄砲で打たれる。

し思入《おもひいれ》。

宇津　とんだ五段目《だんめ》[七]だ。

ト異国《いこく》[八]めいた唄《うた》にて道具回《だうぐまは》る。

（辺勢宅《へんせいたく》の場《ば》）——本舞《ほんぶ》台《たい》序幕《じよまく》辺勢宅《へんせいたく》の場《ば》の道具《だうぐ》、爰《こゝ》に以前《いぜん》の勢左衛門《せいざゑもん》、おらん、おしな住《すま》ひ、前《まへ》の唄《うた》にて道具留《だうぐとま》る。

勢左　婆《ばゞ》アどん、馬鹿《ばか》〳〵しい目《め》に逢《あ》つたぢやないか。

らん　馬鹿《ばか》〳〵しいの馬鹿《ばか》〳〵しくないのと、此《こ》の間《あひだ》からのことを考《かんが》へて見《み》ると、夢《ゆめ》ぢやあないかと思《おも》はれますよ。

勢左　いつたい長崎《ながさき》から届《とゞ》けて寄越《よこ》した、形見別《かたみわ》けが不当《ふたう》な割方《わりかた》、いくら音《いん》信《しん》をよくしたとて二万円《まんゑん》とは大《たい》したくれやう、おれが所《ところ》へ遺言状《ゆいごんじやう》を持《もた》せて寄越《よこ》せば開封《かいふう》して、調合《てうがふ》[九]して置《お》いたけれど、流石《さすが》は門戸《もんと》も目《め》が高《たか》い、正直物《しやうぢきもの》の五郎《ろ》右衛門《ゑもん》へ当《あ》てゝ来《き》たゆゑ仕方《しかた》がないわえ。

らん　親類《しんるい》一同立合《どうたちあひ》で居候《ゐさうらふ》の林之助《りんのすけ》へ、二万円《まんゑん》の形見分《かたみわ》け、余《あま》りといへば気《き》の悪《わる》さに、

勢左　このおしなを女房《にようばう》に持《も》たせ、そなたとおれが親顔《おやがほ》[一〇]で家《うち》の中《なか》を掻回《かきまは》し、

七　ここの件は、『俳優評判記』第三編には触れられてないが、『歌舞伎新報』明治二十三年には入っている。なお底本振仮名「だんだ」を直す。

八　『歌舞伎新報』明治二十三年には「西洋の唄にて」。

▽舞台に勢左衛門・おらん・おしな。

九　幾種類かの薬などを分量に応じて盛り合せること。ここでは、遺産の分配を自分に都合のよいように書きかえておくこと。

一〇　親のような顔をして。

らん　二三千円《ゑん》ずり込《こ》まう[一]と覘《ねら》つた的《まと》の矢《や》が外《そ》れて、あの相場師《さうばし》の宇津蔵《うつざう》に一万円《まんゑん》の為替手形《かはせてがた》に地面蔵《ぢめんくら》までたゞ取《と》られ、こんな悔《くや》しいことはない。

しな　わたしもあそこの嫁《よめ》になつたら、頭《あたま》の物《もの》から衣類《いるい》手道具《てだうぐ》心《こゝろ》のまゝにこしらへて、今日《けふ》[二]は芝居《しばゐ》明日《あす》は花見《はなみ》と栄耀《ええう》をしようと、思《おも》ひの外《ほか》、楽《たの》しみ損《ぞん》をしましたわいな。

勢左　まだしもおれが仕合《しあは》せは、昨日《きのふ》行《い》つて相談《さうだん》極《き》め内祝言《ないしうげん》でもさせたらば、聟《むこ》は我《わ》が子《こ》と林之助《りんのすけ》をまたく家《うち》へ置《お》かねばならぬ。

らん　どうしてあんな間抜《まぬけ》になつたか、こちの家《うち》に居《ゐ》た時分《じぶん》は目《め》[三]から鼻《はな》へ抜《ぬ》けるやうな、利口《りかう》ものであつたのに、古借金《ふるしやくきん》をまるくに返《かへ》すといふは馬鹿《ばか》々々《く》しい、然《しか》し男《をとこ》は立派《りつぱ》ゆゑ、おしなは残《のこ》り惜《を》しからう。

しな　何《なん》であんな意気地《いくぢ》なしが残《のこ》り惜《を》しうございませう。二万円《まんゑん》といふお金《かね》があるから行《ゆ》く気《き》でござんしたが、もう斯《か》うなつては林《りん》さんと夫婦《ふうふ》になるのは厭《いや》でござんす。好《よ》い男《をとこ》を亭主《ていしゆ》に持《も》つてしがない[四]暮《くら》しをするよりか、どんな醜《みにく》い男《をとこ》でもお金《かね》のうんと[五]あるのが好《す》き、わたしやお金《かね》にや惚《ほ》れるけれど、男《をとこ》に惚《ほ》れはしませぬわいな。

一　滑り移るようにこっそりと自分のものにする。
二　贅沢三昧に暮らす際の常套文句。
三　非常に賢いことの形容。
四　貧しい。
五　たくさん。
六　容貌のよい男を物色する。
七　心ばえ。気立て。
八　平安初期の歌人在原業平。伝説化された色好みの美男。能楽や歌舞伎・浄瑠璃にも多く取り上げられた。
九　火男の転。火吹き竹で空気を送る表情から片目が小さくて口のとがった男の滑稽な面。醜男の典型。お神楽に「おかめ」(お多福の面)などと共に登場する。
一〇『俳優評判記』第三編にはここを評して「小団次のお品イエ〱私は男振には構いません業平

らん　流石《さすが》はわたし等二人《らふたり》の娘《むすめ》、金《かね》にや惚《ほ》れるが男《をとこ》には惚《ほ》れぬといふは感心《かんしん》な。斯《か》うも親《おや》に似《に》るものか。

勢左　世間《せけん》の娘《むすめ》は十に八九は男選《をとこえら》み[六]をするものだが、金《かね》でなければ惚《ほ》れぬとは、まことに見上《みあ》げた心立《こゝろだ》て[七]、末頼《すゑたの》もしい料簡《れうけん》だ。

らん　詰《つま》らぬ男《をとこ》をこしらへて逃《に》げ隠《かく》れした其《そ》の果《は》てが、此《こ》の世《よ》で添《そ》はれぬことならばと、心中《しんぢゆう》をして死《し》ぬ者《もの》などには、此《こ》の上《うへ》もないよい手本《てほん》。

しな　お金《かね》に惚《ほ》れて二目《ふため》とも見《み》られぬ男《をとこ》を亭主《ていしゆ》に持《も》てば、女狂《をんなぐる》ひの気遣《きづか》ひなく、却《かへ》つて気楽《きらく》でござんすわいな。

らん　然《しか》しあんまり醜《みにく》い男《をとこ》を、亭主《ていしゆ》に持《も》たすも可愛《かはい》さう。

しな　いえ〳〵わたしや厭《いと》ひませぬ、業平《なりひら》[八]さんでもひよつとこでも[九]、灯《あか》[一〇]りを消《け》したその時《とき》は、別《べつ》に替《かは》りはござんせぬ、お金《かね》のあるのと無《な》いのとは一《ひと》目《め》にそれと知《し》れますれば、わたしや男《をとこ》にや惚《ほ》れませぬ、お金《かね》のあるのに惚《ほ》れますわいな。

勢左　おゝ金《かね》に惚《ほ》れるは開化進歩《かいくわしんぽ》[一一]、さて〳〵開《ひら》けた娘《むすめ》だなあ。

ト誂《あつら》へ異国《いこく》の唄《うた》になり、花道《はなみち》より以前《いぜん》の林之助《りんのすけ》悄々《しを〳〵》として出来《いできた》り、花道《はなみち》にて、

さんでもヒヨツトコでも灯を消(しけ)て寝れば同じ事と云所見物一同大請で有ました□是迄の所では親の前でこんな事を云様なアバズレでは無と思つたがハテナア」とある。『続続歌舞伎年代記・乾』でも「「業平さんでもひよつとこさんでも明りを消して寝てしまへば同じ事」とのせりふ満場を唸らせ大喝采を迎へぬ」としている。『歌舞伎新報』明治二十三年には「灯りを消して寝る時は別に代りはござんせぬ」。また、初演に出ていた尾上松助は、後年『名人松助芸談』(邦枝完二、興亜書院、昭和十八年)で、「明治十二年の春、新富座で福地さんが、あつちの言葉から直したものを、黙阿弥さんがこつちの物にして、「人間万事金世中」といふ狂言をやりましたが、これは大そうな当りでした。私も代言人になつて出ましたが、何しろ日本で初めての翻訳劇といふんで、出る人達はてんでに意気込が違つてましたよ。仲蔵さんの逸見勢左衛門が結構でござんしたが、小団次さんの逸見の娘が、また素晴らしく受けました。「業平さんでもヒヨツトコさんでも、明りを消して寝てしまへば同じこと」なんてセリフは、大向(おほむかふ)をうならせましたよ。―その後一度歌舞伎座で、歌右衛門さんがこの娘をやりましたが、その時は業平さんのセリフは止(と)められましてす」と語っている。この松助芸談にある如く、この台詞が後の上演でカットされ、そのため現行テキストでは「寝る」という言葉が、変えられたのではないかと考えられる。なお、台帳1は「灯りを消して居る時は別に替りはござんせぬ」、台帳2は「あかりを消して寝れば同じ事」となっている。

一一　新時代の先端を行っている、との意。↓三一頁注一二。

▽林之助登場。

林之　まことに人《ひと》の貧福《ひんぷく》は天《てん》より授《さづ》かる所《ところ》にして、一度《たび》我《わ》が[一]家退転《いへたいてん》なし、伯《を》父《ぢ》の方《かた》に身《み》を寄《よ》せて果敢《はか》ない月日《つきひ》を送《おく》りしも、思《おも》ひがけない長崎《ながさき》の門《もん》戸《と》さまの形見分《かたみわ》けに立派《りつぱ》の姿《すがた》に立至《たちいた》り、やれ嬉《うれ》しやといふ間《ま》もなく親《おや》の[二]古借《こしやく》を取立《とりた》てられ、又《また》もや元《もと》の身《み》となりしはよく〳〵金《かね》に見放《みはな》されしか、あゝ生《い》き甲斐《がひ》のない事《こと》ぢやなあ。（ト門口《かどぐち》へ来《きた》り、内《うち》へ入《い》らうか止《よ》さうかといふ思入《おもひいれ》あつて、小声《こごゑ》にて、）はい御免下《ごめんくだ》さりませ。

勢左　誰《たれ》か表《おもて》へ来《き》たやうだ。

らん　はい、何方《どなた》でござります。（ト門口《かどぐち》を明《あ》け、林之助《りんのすけ》を見《み》て、）や、林之《りんの》助《すけ》か。

林之　はい、左様《さやう》でござりまする。

勢左　もうおれの家《うち》に用《よう》はないのに、何《なに》しにこなたは爰《こゝ》へ来《き》た。

林之　お礼《れい》に上《あが》りましてござります。

らん　礼《れい》とは、何《なん》の礼《れい》に来《き》たのぢや。

林之　数《かず》ならぬわたくしを、お二人《ふたり》さまのお[三]眼識《めがね》で、お話《はな》しありし御縁談《ごえんだん》、まことに身《み》に取《と》り何程《なにほど》か有難《ありがた》うござります。

勢左　その縁談《えんだん》が、どうしたといふのだ。

一　破産して他へ引き移ること。家産を傾けて落ちぶれること。

二　以前からの借金。

三　→四四頁注五。

林之　古借《こしやく》の抵当《かた》に家蔵《いへくら》を渡《わた》して家《うち》がござりませねば、嫁《よめ》にはお貰《もら》ひ申《まう》されませぬが、是《こ》れからどこへか御厄介《ごやくかい》にならねばならぬ林之助《りんのすけ》、お二人《ふたり》さまのお眼識《めがね》で不束者《ふつゝかもの》ではござりますが、聟《むこ》になされて下《くだ》さりませぬか。

勢左　何《なん》だ、聟《むこ》にしてくれぬかとは、そりや誰《だれ》がことだ、[四]昼寝《ひるね》でもして来《き》たか、顔《かほ》でも洗《あら》つて来《く》るがよい。

らん　そんな[五]寝惚《ねぼ》けた散切《ざんぎり》を誰《だれ》が聟《むこ》にするものだ、さつき[六]口《くち》の酸《す》くなる程《ほど》二人《ふたり》で勧《すゝ》めたその時《とき》に、外《ほか》から沢山言込《たくさんいひこ》みがあるとそなたは言《い》つたぢやないか。外《ほか》へ行《い》つて聟《むこ》になれ、おらが所《とこ》では真平《まつぴら》だ。

林之　お腹立《はらだ》ちは御尤《ごもつと》も、申《まう》し訳《わけ》もござりませぬが、先刻御覧《さつきごらん》なされる通《とほ》り親父《おやぢ》の借《か》りを返《かへ》しまして、身《み》に一銭《せん》の貯《たくは》へなく、実《じつ》に路頭《ろとう》に迷《まよ》ひますから[七]親類合《しんるいあひ》の誼《よしみ》を以《もつ》て、どうかお貰《もら》ひ下《くだ》さりませ。

勢左　親類合《しんるいあひ》の誼《よしみ》といふが、おれを伯父《をぢ》と思《おも》ふなら二万円《まんゑん》貰《もら》つた時《とき》なぜおれに預《あづ》けないのだ。親父《おやぢ》の古借《こしやく》があらうとも、二割《わり》も爰《こゝ》で入金《にふきん》して跡《あと》は年賦《ねんぶ》に掛合《かけあ》つて、どうでもかたの付《つ》くことだ、それを親父《おやぢ》の借《かり》だから残《のこ》らず返《かへ》さにや済《す》まぬなどゝ、馬鹿律義《ばかりちぎ》の[八]道立《みちだ》てして家蔵地面代物《いへくらぢめんしろもの》ま

四　寝惚けたようなことを言うな。呆れたことを言った者に対して吐かれる言葉。
五　開化した散切頭をしているのに寝惚けたようなことを言っている奴。
六　口が酸っぱくなる。何度も同じ事を言うさま。
七　↓八九頁注一一。
八　道理を堅く守る。

でそつくり渡《わた》すといふやうな、そんな間抜《まぬ》けを辺勢《へんせい》が、何《なん》で聟《むこ》にされるものか。

らん　親父《おやぢ》どのも此《こ》の婆《ばゞ》も金《かね》がなければ何《なに》を目当《めあて》に、こなたに娘《むすめ》をやるものか、第《だい》一わたし等二人《らふたり》よりこなたは娘《むすめ》の気《き》に入《い》らぬわ。

林之　そんなら最前《さいぜん》、疾《と》うからしてわしと夫婦《ふうふ》になりたいと、言《い》つたはまことでなかつたか。

しな　[一]わたしがお前《まへ》に惚《ほ》れたのは、男振《をとこぶり》ではござんせぬ、二万円《まんゑん》のお金《かね》が目《め》当《あて》、それがなければ何《なん》でまあ、お前《まへ》などに惚《ほ》れませう。

らん　娘《むすめ》が斯《か》ういふ心《こゝろ》だから、所詮聟《しよせんむこ》には貰《もら》はれない。

林之　(呆《あき》れし思入《おもひいれ》にて、)さういふ事《こと》なら仕方《しかた》がないが、[二]先刻《さつき》あれ程御《ほどご》親切《しんせつ》に、おつしやつて下《くだ》さいましたお詞《ことば》がござりますゆゑ上《あが》りましたが、家蔵《いへくら》までも失《うしな》ひし[三]足《た》らはぬ心《こゝろ》に愛想《あいそ》が尽《つ》きたとおつしやいますれば仕《し》方《かた》がない、左様《さやう》なれば縁談《えんだん》はない御縁《ごえん》とあきらめまして、これから一先《ま》づ何《いづ》れへか立退《たちの》きますでござりまする、路用《ろよう》の当《あて》もござりませねば、親類合《しんるいあひ》の誼《よしみ》にて、どうか十円《ゑん》私《わたくし》にお貸《か》しなされて下《くだ》さりませ。

勢左　なんだ親類合《しんるいあひ》の誼《よしみ》を以《もつ》て十円金《ゑんかね》を貸《か》してくれろ、いや途方《とはう》もない事《こと》を

一「わたしも金には目は掛けませぬ、…男振なら器量なら人に勝れたお前ゆゑ、それが目当でござんすぞえ」(八九頁一行)から百八十度転回した台詞。

二『俳優評判記』第三編では前場で申し込むが、そこで「菊五郎の恵府林はお品を娶(よめ)に下されと云所にてさつきあれ程御心切に云て下さつては有ませんかと掛合て居る所は堂も伯父さんおめへ箍(たが)がゆるんだぜとか何とか威張さうな工合が弥々(いよいよ)あぶなかつた」と評されている。台帳2では以下のようになっている。「(林)スリや是程に□をかへしお願申ど□入ては下さりませぬか(清)ヱヽしつこひいやだといつたらコリヤどふするコノ伯父をどふするゥ○なんぢや其□がくやしいかヱヽ○サくやしいと思ふなら元の身代に成り二万といふ金さへならべりや何時でも元の親類に成てやるわひマアそれまでは今日かぎり□□□出入も叶ぬからきり〳〵表へ出ていつてしまへ(林)スリやアノ親類附合も今日限りとか(清)ヲヽ伯父でもない(らん)めいでもなし(志な)いとこ同しといふでもなし(清)さつぱり赤の他人じやわひ(林)モウかんにんがならぬわへト林之助ロおしきこなしにて立掛るこの時奥より前幕の番頭藤八出て来り捨ぜりふをして林之助をおさへる」(□印判読不能―校注者)。

三満足でない。十分に行き届かない。「足らふ」はタリ(足)アフ(合)の約。

言《い》ふ奴《やつ》だ、十円《えん》は扨《さて》おいて一円《えん》も貸《か》されない、決《けつ》しておれを伯父《をぢ》だと思《おも》ふな、おれも甥《をひ》だと思《おも》はぬぞ。

林之　それではあなたは伯父《をぢ》甥《をひ》の、切《き》つても切《き》れぬ深《ふか》い縁《えん》を、

勢左　金《かね》があるなら親類《しんるい》だが、無《な》ければ[四]あかの他人付合《たにんづきあひ》、決《けつ》してあると思《おも》つてくれるな。

林之　そりやさうでもござりませうが、今《いま》となつては何処《どこ》といつて便《たよ》る方《かた》なき林之助《りんのすけ》、どうか不便《ふびん》と思召《おぼしめ》し、十円出来《えんでき》ずば五円《えん》でも、お恵《めぐ》みなされて下《くだ》さりませ。

勢左　仮令《たとひ》僅《わづ》か一円《えん》でも貸《か》さぬといつたら貸《か》さぬから、[五]口数《くちかず》きかずと早《はや》く帰《かへ》れ。

らん　何処《どこ》へなりとも勝手《かつて》に行《い》つて、人《ひと》らしい身《み》になつたらば、それは五円《えん》でも十円《えん》でも貸《か》すまいものでもないけれど、その有様《ありさま》では[六]百も御免《ごめん》だ。

しな　大《たい》した金《かね》を持《も》ちながら、残《のこ》らず人《ひと》に渡《わた》してしまひ、僅《わづ》か五円《えん》のその金《かね》を借《か》りに来《く》るとは意気地《いくぢ》なし、そんな人《ひと》とは思《おも》はなんだが、夫婦《ふうふ》にならぬがわたしの仕合《しあは》せ。

勢左　ぐづ〳〵せずと早《はや》く帰《かへ》れ。

四　「あか(赤)」は「まったく」「すっかり」の意。まったくの他人。全然縁のない人。

五　つべこべ言わずに。

六　百文の金も出せないの意。百文は三銭七厘五毛。一銭たりとも貸すのはお断りだ。

林之　そんならどうでもわたくしへ、お貸《か》しなされて下《くだ》さりませぬか。

勢左　えゝ、百の銭《ぜに》でも貸《か》せるものか。

林之　余《あま》りと言《い》へば、（ト悔《くや》しき思入《おもひいれ》、奥《おく》より前幕《まへまく》の蒙《もう》八出来《いできた》り、）

蒙八　これ〳〵林《りん》さん、様子《やうす》は奥《おく》で聞《き》きましたが、長居《ながゐ》をすればお前《まへ》の恥《はぢ》、あゝお二人《ふたり》がおつしやつては、所詮貸《しよせんか》しては下《くだ》さらぬから、早《はや》く東京《とうきやう》へでも行《ゆ》きなすつて、一車《くるま》でも曳《ひ》きなさるがよい。

林之　伯父《をぢ》でない甥《をひ》でないとおつしやいますれば、もう再《ふたゝ》びお家《うち》へ参《まゐ》りはいたしませぬ。

勢左　おゝ、そりや見上《みあ》げた、いゝ料簡《れうけん》。

らん　必《かな》らず家《うち》へ来《き》てくれるな。

蒙八　さあ〳〵早《はや》く行《ゆ》きなさい、長《なが》くぐづ〳〵して居《ゐ》るうち、二巡査《おまはり》さんの目《め》にかゝると、こちらの家《うち》も迷惑《めいわく》します。

林之　只今参《たゞいままゐ》りますでござります。（ト立《た》ち上《あが》り行《ゆ》きかけるを、）

勢左　これ林之助《りんのすけ》、何処《どこ》へ行《ゆ》くか知《し》らないが、もし是《こ》れから喰《く》ふに困《こま》り、死《し》にでもするなら一思《ひとおも》ひに、海《うみ》か川《かは》へどんぶりやれ。

らん　親類合《しんるいあひ》に家《うち》の前《まへ》へ、三ぶらりなどは真平《まつぴら》だぞ。

一　人力車夫は明治期の零落したもののなる職業としてよく描かれる。『富士額男女繁山（ふじびたいつくばのしげやま）』に「（直次郎）世俗に申す士族の商法、資本も尽きて生活の道を失ひ止むを得ず、人力車とまで成り下り襤褸半纏に切れ股引」。

二　明治七年二月に、それまで邏卒（らそつ）と呼ばれていたのを巡査と改称した（宮武外骨『明治奇聞』半狂堂、大正十四年、『宮武外骨著作集』第一巻所収、河出書房新社、昭和六十一年）。明治六年一月の『郵便報知新聞』に邏卒のなかから、昼夜見回る者を選び、それを巡査と称したという記事が見える。『勧善懲悪孝子誉（かんぜんちょうあくこうしのほまれ）』に「（太五平）丁度折よくお巡り様が御通行なされまして、人力車夫をお叱り下され」。

三　垂れ下がるさま。首つり自殺のこと。『歌舞伎新報』明治二十三年に「内の軒へぶらりなんぞは御免だよ」。

林之　四それほどまでに、わたくしが。（ト立《た》ち戻《もど》るを蒙《もう》八留《と》めて、）

蒙八　あもし、憎《にく》まれ口《ぐち》は五不断《ふだん》の常《つね》、聞《き》き流《なが》しになされませ。

林之　（気《き》を替《か》へ、）そんならお暇《いとま》いたします。

蒙八　さあ〳〵、早《はや》く行《ゆ》きなさい。

林之　思《おも》へばこれまで長《なが》い間《あひだ》、厚《あつ》いお世話《せわ》になりました。（ト立《た》ち戻《もど》り辞儀《じぎ》をする。）

勢左　え〻口数《くちかず》きかずと、

勢左
らん　早《はや》く行《ゆ》きやれ。

林之　参《まゐ》りますでござります。（ト門口《かどぐち》へ出《い》で思入《おもひいれ》あつて、）情《なさけ》を知《し》らぬ人達《ひとたち》ぢやなあ。

ト唄《うた》になり、林之助《りんのすけ》よろしく六思入《おもひいれ》あつて花道《はなみち》へはひる。蒙《もう》八後《あと》を見送《みおく》り門口《かどぐち》をしめる。

勢左　お〻蒙《もう》八、よく林之助《りんのすけ》を追《お》ひ出《だ》してくれた。

蒙八　爰《こゝ》へ出《で》ますも如何《いかゞ》と存《ぞん》じ、様子《やうす》を聞《き》いて居《を》りましたが、余《あま》り果《は》てしがございませぬから、ちよつと仲裁《ちゆうさい》にはひりました。

らん　そなたが出《で》ずば未《ま》だぐづ〳〵、なか〳〵帰《かへ》ることぢやない。

四『歌舞伎新報』明治二十三年に「夫程に迄私しを」。

五 日常茶飯事。いつものこと。

六 底本振仮名「ねもひいれ」を直す。

▽林之助退場。『俳優評判記』第三編では、蒙八が林之助を門口から突き出す。「喜知六の蒙八恵府林に又お出なせへと云乍ら表へ突出格子を閉る時自分の首を挟むのは新しい趣向で有ました」。台帳2では以下のようになっている。

(清)ヱヽ藤八かまふな〳〵
(らん)早くお屯所へいつてお廻りさんをお願ひ申してくればい〻
(清)コレ〳〵娘女房あんな馬鹿にかまわずに奥へゆけ〳〵
(らん)本に馬鹿程こわひ物はごんせぬナ
(林)ヱヽまだあんなにくてい口を
(林)ヱヽはらが立〳〵
ト又むしやぶり附ふとするを番頭おさへて
(藤)コリヤ〳〵サーわかつている〳〵諸事番頭が引請けたまかせたり〳〵
(林)それじやといふて
(藤)それも承知じや〳〵
(林)思へば〳〵
(藤)ヱヽしつこひ〳〵知つてる〳〵
ト無利に門口から外へ突出し
(藤)ヱヽおと〻いきやれ
ト云〻ながら門ドロを〆るひやうしに首を〆る
(藤)アイター
ト是にて清左衛門らんと顔見合せ厄介なと云ふ思い入り門ドロ外と林之助ロおしき思い入引ぱりこの見得浅黄幕冠る。

勢左　子供《こども》の内《うち》から目《め》から鼻《はな》へ抜《ぬ》ける程《ほど》の利口《りかう》であつたが、どうしてあんな間《ま》抜《ぬ》けになつたか。
らん　あの塩梅《あんばい》[一]では喰《く》ふに困《こま》り、仕舞《しまひ》は身《み》でも投《な》げませう。
しな　ほんに男《をとこ》と産《うま》れながら、意気地《いくぢ》のない人《ひと》でござんすな。
らん　あんな間《ま》抜《ぬ》けな男《をとこ》でも、形見《かたみ》の金《かね》がそつくりあれば、
しな　それを目当《めあて》に女房《にようばう》になれど、
勢左　金《かね》がなければ七里《り》[二]けつぱい、
しな　摘《つま》んで捨《す》てるげじ〴〵[三]同様《どうやう》、
蒙八　[四]いゝをとゝひ来《こ》いでござりますな。
勢左　あゝ帰《かへ》つた後《あと》は塩花《しほばな》[五]だ、はツくしよ。（ト勢左衛門《せいざゑもん》嚔《くしやみ》をする。）
らん　おや、風邪《かぜ》気《け》かえ。
勢左　なに、彼奴《あいつ》が悪《わる》く、（ト肩《かた》を叩《たゝ》くを道具替《だうぐがは》[六]りの知《し》らせ、）言《い》つて居《ゐ》るのだ。
ト幕明《まくあ》きの鳴物《なりもの》になり、皆々《みな〳〵》[七]よろしく此《こ》の道具回《だうぐまは》る。
（波戸場《はとば》脇海岸《わきかいがん》の場《ば》）＝本舞台《ほんぶたい》一面《めん》の平舞台《ひらぶたい》、上《かみ》の方煉瓦造《かたれんぐわづく》[八]

一　按排、按配。具合。
二「七里結界(しちりけっかい)」の訛。密教で、魔障を入れないため七里四方に境界を設けること。転じて、嫌な人を寄せつけない、の意。
三　節足動物ゲジ(蚰蜒)の俗称。忌み嫌われる虫の代表。『封印切(ふういんきり)』で「げじげじの八つあん」。
四　二度と来るなの意。『歌舞伎新報』明治二十三年ではおらんの台詞「一昨日来いでござるわゐの」。
五　不浄なことや嫌なことがあった時、払い清めたり、縁起直しをしたりするために、塩をまくこと。
六　舞台転換。→用語一覧。
七　→用語一覧。
八　明治初期の横浜の風景は、写真・絵などでも知られる。慶応二年(一八六六)の通称豚屋火事の大火後、煉瓦造り、石造の耐火建築が急速に増えた。
九　人馬の侵入を防ぐための柵。こまよけ。
一〇　横浜の対岸神奈川湊。
一一　舞台にガス灯。ガス灯は、明治五年、馬車

りの異人館《いじんくわん》鉄《てつ》の[九]駒寄《こまよ》せ、内《うち》に冬木《ふゆぎ》の植込《うゑご》み、下《しも》の方石造《かたせきざう》の異人《いじん》館《くわん》、松《まつ》の立木《たちき》、正面《しやうめん》は海岸《かいがん》より[一〇]神奈川《かながは》を見《み》たる[一一]灯《ひ》入《い》り夜《よる》の遠見《とほみ》、港《みなと》に掛《かゝ》りゐる[一二]外国船《ぐわいこくせん》の書割《かきわり》よろしく、[一三]月《つき》を下《おろ》し、総《すべ》て横浜《よこはま》[一四]海岸《かいがん》通《どほ》りの体《て(い)》。波《なみ》の音《おと》にて道具《だうぐ》留《と》まる。と本釣鐘《ほんつりがね》、[一五]誂《あつら》への独吟《どくぎん》の唄《うた》浄瑠璃《じやうるり》になる。

〽青柳《あをやぎ》の枝《えだ》に風《かぜ》なき春《はる》の宵《よひ》、岸《きし》へ打《う》ちくるさし汐《しほ》の音《おと》も静《しづ》けき海原《うなばら》へ、照《て》り添《そ》ふ月《つき》はさゆれども、さえぬ思《おも》ひにしよんぼりと、佇《たゞず》む影《かげ》の薄霞《うすがすみ》、

トうすく波《なみ》の音《おと》を冠《かぶ》せ、花道《はなみち》より[一六]林之《りんの》助《すけ》腕組《うでぐみ》をなし、出来《いできた》り花《はな》道《みち》へ留《とま》り、本釣鐘《ほんつりがね》を打込《うちこ》み思入《おもひいれ》あつて、

林之　今更《いまさら》いふも愚痴《ぐち》ながら落目《おちめ》になるは情《なさけ》ないもの、形見《かたみ》に貰《もら》うた二万円《まんゑん》の金《かね》が手許《てもと》にある内《うち》は、他人《たにん》ばかりか現在《げんざい》の伯父伯母《をぢをば》までがやれこれと、無理《むり》に女房《にようばう》の押掛《おしか》け相談《さうだん》、金《かね》がなければ直《すぐ》に断《ことわ》り僅《わづ》かな事《こと》の無心《むしん》さへ聞《き》かぬ其《そ》の上伯父甥《うへをぢをひ》の縁《えん》さへ切《き》ると愛想《あいそ》づかし、斯《か》うも人《ひと》が薄情《はくじやう》になるのも元《もと》は皆金《みなかね》づく、利口《りかう》になるも馬鹿《ばか》になるも、まことに[一七]金《かね》の世《よ》の中《なか》ぢやなあ。

道(→七四頁注八)、本町通り(→一四頁注二)に日本で始めて点灯された。

一二　沖に停泊し、荷の積み下ろしははしけで行なった。

一三『歌舞伎新報』明治二十三年に「向ふ海岸より神奈川を見たる夜の遠見灯入の月を出し」。『続々歌舞伎年代記』によると「横浜波止場の道具は海原より空を見たる書割にて丸く満月を切出し瓦斯を点じて時々雲の懸るあつらへ是も梅幸(菊五郎の俳名—校注者注)の考案なるが目新らしく大向ふでは此月が出ると「お月さま〳〵」と褒めたるは面白し切出し火入の月は此時が始めてなりき」とあり、この場が評判だったことが伺える。

一四　現、中区。慶応二年の大火後、区画整理の一環として海辺通(現、元浜町)の東北側に埋立てられた町。この通りは、外国人居留地の海岸通と一直線に結ばれることとなった。港湾関係の施設が並び、船の乗降客や積卸しの貨物の往来が絶えなかった。当時の「横浜写真」にも多く残っている。

一五　→用語一覧。

▽林之助登場。

一六『俳優評判記』第三編は「扠(さて)此所恵府林が花道よりしほ〳〵として出て来(きた)るは誠に見たさまは能(よい)が扠(さて)分らぬ所もある様だ元より恵府林が古借の為に家蔵迄取(とら)れると云事は親類の薄情をためす謀事(はかりごと)にて林之助も承知の事夫を誰も見もせぬ波止場にて泪に暮て居るは本の椽(えん)の下の力持□夫とも見物ぐるみだます気か○何に仕ても為(す)る事がうまゐから如何にも真に不仕合に成た人の様で筋が混乱して見物が迷ひます」と評している。

一七　外題が強調される。

〽まだ如月《きさらぎ》もきのふけふ綻《ほころ》[一]ぶ梅《うめ》も開《ひら》きかね、余《あま》る寒《さむ》さの身《み》にしみて
塒《ねぐら》はなれし水鳥《みづとり》の、行《ゆ》きつ戻《もど》りつたゞ一羽《は》、

トやはり本釣鐘《ほんつりがね》、うすき波《なみ》の音《おと》にて林之助《りんのすけ》よろしく思入《おもひいれ》あつて舞台《ぶたい》へ来《く》る、此《こ》の時上手《ときかみて》より以前《いぜん》の臼右衛門《うすゑもん》出来《いできた》り、林之助《りんのすけ》思《し》案《あん》の思入《おもひいれ》にて行《ゆ》き当《あた》るを、臼右衛門突《うすゑもんつ》き退《の》け合方《あひかた》になり、

臼右　えゝ、気《き》を付《つ》けて歩《ある》かぬか。

林之　や、さういふこなたは臼右衛門《うすゑもん》どのか。

臼右　誰《たれ》かと思《おも》つたら恵府林《ゑふりん》か、何《なに》をまご〳〵して歩《ある》くのだ。

林之　最前《さいぜん》こなたが見《み》らるゝ通《とほ》り、親父《おやぢ》の古借有金《こしやくありがね》から地面蔵《ぢめんくら》まで渡《わた》してしまひ、今日《けふ》[二]に迫《せま》りし我《わ》が身《み》の上《うへ》、どうしたらよからうと、途方《とはう》に暮《く》れて居《を》りまする。

臼右　そりやあ貴様《きさま》の心柄《こゝろがら》[三]だ、先刻《さつき》おれに任《まか》せれば半金遣《はんきんや》れば皆済《かいさい》に、すましてやるに地面《ぢめん》から家《うち》まで渡《わた》してしまふとは余《あま》りといへば馬鹿《ばか》々々〳〵しい、これが正金《しやうきん》[四]といふではなし、米《こめ》の相場《さうば》で借《か》りた金《かね》いはゞ博奕《ばくち》も同然《どうぜん》だ、そんな金《かね》を耳《みゝ》を揃《そろ》へて返《かへ》すといふがあるものか。途方《とはう》に暮《く》れて困《こま》るのもみんな貴様《きさま》が間抜《まぬけ》だからだ。

一　底本「錠ぶ」を直す。

▽臼右衛門登場。

二　今日明日に迫って早く身の振り方をつけなければならない境遇。

三　→一〇五頁注五。

四　→九六頁注四。

林之　そりやさうでもござりませうが、正《まさ》しく親父《おやぢ》の借《か》りた金《かね》ゆゑ返《かへ》すが道《みち》でござりますから、家蔵《いへくら》までも添《そ》へまして返《かへ》しましてござりますが、これから何処《どこ》へ参《まゐ》りますにも小遣《こづかひ》さへもござりませねばどうすることも出来《でき》ませねば、申《まう》し兼《か》ねましてござりますが、どうか親類《しんるい》の誼《よしみ》を以《もつ》て、五円《あん》[五]お貸《か》し下《くだ》さりませぬか。

臼右　えゝ五円金《あんかね》を貸《か》してくれ、途方《とはう》もない事《こと》を言《い》はつしやい、親類《しんるい》だつてほんの遠縁《とほえん》、不断付合《ふだんつきあひ》せぬけれど立派《りつぱ》な家《うち》を持《も》つたといふゆゑ、何《なん》ぞの役《やく》に立《た》たうと思《おも》つて家見《いへみ》[六]にやつた鰹節《かつぶし》でさつき一円損《あんそん》をした、其《そ》の取返《とりかへ》しがありやあしない。五円《あん》の金《かね》はさておいて五銭《せん》の銀貨《ぎんくわ》も貸《か》されるものか。

林之　御親切《ごしんせつ》なお詞《ことば》を用《もち》ひませぬはわたくしが、如何《いか》にも悪《わる》うござりました、お腹立《はらだ》ちは幾重《いくへ》にもお詫《わ》びいたしますから、どうぞお許《ゆる》し下《くだ》さりませ、今《いま》の世界《せかい》は薄情《はくじやう》な人《ひと》ばかり多《おほ》いに最前《さいぜん》も、これまでよりか親類《しんるい》の縁《えん》を深《ふか》く重《かさ》ねたいと、御親切《ごしんせつ》なお詞《ことば》に甘《あま》へてお願《ねが》ひ申《まう》しまするが、どうぞ親類《しんるい》の誼《よしみ》にて、お貸《か》しなされて下《くだ》さりませ。

臼右　どうして〳〵親類《しんるい》は今日《けふ》限《かぎ》りお断《ことわ》り、元《もと》より鰯《いわし》[七]を煮《に》た鍋《なべ》くらゐ腥《なまぐ》さい

五『俳優評判記』第三編では、五円がだめなら「三両でも能(よ)から」と言う。
六 新築または転居の家を訪問すること。
七『歌舞伎新報』明治二十三年には「素より鰯の鍋位ひな続き合」とある。(鰯を煮ると、そのにおいが鍋に残って落ちにくいことから)縁を絶ちたい間柄にいう。親類のにおいがする程度の遠縁の親族。

台帳所載大道具下絵
(早稲田大学演劇博物館蔵)

林之　中《なか》のこなたとおれ、灰汁《あく》[一]でさつぱり洗《あら》ひ落《おと》し、腥《なまぐ》さツ気《け》を去《さ》つてしまへば、[二]五銭《せん》でも貸《か》す縁《えん》はない。

ト臼《うす》右衛《ゑ》門《もんゆ》行き掛《か》けるを袖《そで》に縋《すが》り、

臼右　さう仰《おつ》しやらずと是《こ》れまでの、親類中《しんるいなか》の縁《えん》をもつて。

林之　まだ〳〵そんなことを言《い》ふのか、一円損《ゑんそん》した上《うへ》からは、一銭《せん》たりとも貸《か》されねえ。

臼右　すりや、どうあつてもわたくしへ、

林之　貸《か》してやる縁《えん》がない。（ト振《ふ》り切《き》つて行《ゆ》くを、）

臼右　そこをお慈悲《じひ》に、（ト又《また》すがる。）

林之　執拗《しつこ》い、知《し》らぬといふに。

〽[三]磯馴《そなれ》の松《まつ》に去年《こぞ》のまゝまつはる蔦《つた》も二葉《は》三葉《は》、残《のこ》る古葉《ふるは》も夜嵐《よあらし》に散《ち》りて行方《ゆくへ》も[四]白波《しらなみ》の、

ト臼《うす》右衛《ゑ》門《もん》振払《ふりはら》ひ行《ゆ》かうとするを林之助《りんのすけ》前《まへ》へ回《まは》り留《とめ》る、これをかき退《の》け林之助《りんのすけ》を突倒《つきたふ》し、起《お》き上《あが》らうとするを、臼《うす》右衛《ゑ》門《もん》[五]むごく蹴倒《けたふ》し花道《はなみち》へはひる。

〽沖《おき》に漂《たゞよ》ふ[六]蜑小船《あまをぶね》、篝《かゞり》の火《ひ》さへ消《き》[七]えがてに、空《そら》も朧《おぼろ》の雨《あま》もよひ、

一　灰を水に浸して取った上澄みの液。

二『歌舞伎新報』明治二十三年には「最(もふ)壱銭も貸されねへ」。

三　海の強い潮風のために枝や幹が低くなびき傾いて生えている松。『青砥稿花紅彩画(あおとぞうしはなのにしきえ)』に「潮風荒き小ゆるぎの磯馴の松の曲りなり」。

四「知らない」にかける。

五『歌舞伎新報』明治二十三年に「むごく蹴返して向ふへは入る」。

▽臼右衛門退場。

六　漁夫の乗る小舟。

七　消え難(が)てに。今にも消えそうでいて消えない。

▽おくら登場。『俳優評判記』第三編は「恵府林は転(ころ)びて肱(ひぢ)を傷(いた)め血出る此時上手(かみて)よりお倉出(いで)て介抱(かいはう)し」となっている。ところが、初演時草双紙ではこの場面が際立って違っている。「番頭はじめ見世の者林の助を突出して格子ぴつしやり立切(たてきり)たり▲爰は横浜海岸に近き川辺の紅葉橋今はこの世にあきはてゝ死ぬる覚悟の林の助「ア、愚智(ぐち)ながら二万円伯父に譲られ元の身に親の家名を興(おこ)さんと思ひしことも亡き父が借た金ゆゑ元のもくあみ夫(それ)につけても十円の僅(わづか)な金も恵んでくれぬ邪見な伯父御寧(いつ)そ死んだが上分別(じやうふんべつ)と小石を袂にすんでの事海へざんぶと飛入る裾を思ひがけなく引とめる従弟(いとこ)のおくら「ヤ、其方(そなた)はおくらどの「お前がつねにかはつた顔つき跡からつけてまゐりました是は僅

ト林之助《りんのすけ》後《あと》を追《お》つかけ行《ゆ》かうとして、着物《きもの》へ付《つ》きし砂《すな》を払《はら》ひぢつと向《むか》うを見《み》て口惜《くちを》しき思入《おもひいれ》、この時下手《ときしもて》より前幕《まへまく》のおくら出《いで》来《きた》り、四辺《あたり》を窺《うかゞ》ひ側《そば》へ寄《よ》り、

くら　もし林之助《りんのすけ》さん、お前怪我《まへけが》でもしなさんせぬか。

林之　おゝ、誰《たれ》かと思《おも》つたらおくらさんか、仕合《しあは》せと何処《どこ》も怪我《けが》はしませぬ。

くら　揃《そろ》ひも揃《そろ》つてあの衆《しゆう》は、情《なさけ》を知《し》らぬ人《ひと》でござんす。

林之　八初手《しよて》から知《し》れたことではあるが、九愛想《あいそ》もこそも尽《つ》きました。

ト誂《あつら》への合方《あひかた》になり、おくら思入《おもひいれ》あつて、

くら　さつき一〇家《うち》へお出《い》での時《とき》お気《き》の毒《どく》だと思《おも》つたれど、情《なさけ》を知《し》らぬ人達《ひとたち》ゆゑ一一なまなかわたしが口出《くちだ》しをいたしましたらお前《まへ》さんの、却《かへ》つてお為《ため》になりませねば、素知《そし》らぬ振《ふ》りで一二清正様《せいしやうさま》へお詣《まゐ》りいたす積《つも》りにて裏《うら》からそつと脱《ぬ》けて来《き》ました、実《じつ》に無慈悲《むじひ》な人達《ひとたち》は言《い》はずと知《し》れた事《こと》ゆゑに、いつぞや門戸《もんと》の伯父《をぢ》さまから形見《かたみ》に貰《もら》うたお金《かね》をば、お預《あづ》け申《まう》した五郎《ろ》右衛門様《ゑもんさま》からわたしに十円下《ゑんくだ》さんしたが、何《なに》も其《そ》の後入《のちい》ることのないので持《も》つて居《ゐ》たこそ幸《さいは》ひ、此《こ》の十円《ゑん》を上《あ》げますから先《ま》づそれまでの小遣《こづか》ひに、お遣《つか》ひなされて下《くだ》さりませ。

（った）た十円なれど長崎の伯父さんより筐（かたみ）に貰（もら）ふたお金の内これで死ぬるを思ひとゞまり東京（とうけい）とやらへいって下さいと▲いと心切（しんせつ）の詞（ことば）にかんじ「邪見な伯父に引かへてお前の心切死んでも忘れは致しませぬと悦（よろ）こぶ後ろへ寿無田宇津蔵…」。

八　もと、囲碁・将棋で最初の手をいう。初めから。

九　愛想（あいそはアイソウの約）も小想（そこ）も尽き果てる。すっかりいやになる。

一〇　底本振仮名「うへ」を直す。

一一　中途半端でかえって具合の悪いという気持をこめていう。なまじっか。

一二　→八六頁注二。

ト懐《ふところ》から紙入《かみいれ》を出《だ》し、此《こ》の中《なか》より紙《かみ》に包《つゝ》みし札《さつ》を出《だ》す、この時《とき》
[一]書付《かきつけ》を落《おと》すこと。

林之　人《ひと》の落目《おちめ》を見捨《みす》てざる情《なさけ》を知《し》つたお[二]志《こゝろざ》し、まことに嬉《うれ》しく思《おも》ひますが、お前《まへ》も今《いま》は[三]掛人《かゝりうど》、これで着物《きもの》の一枚《まい》も早《はや》く拵《こしら》へて着《き》なさいまし、何処《どこ》へ[四]取付《とりつ》く島《しま》もなく困《こま》りはすれど男《をとこ》の一人身《ひとりみ》、是《こ》れから雇《やと》ひにはひつても命《いのち》は繫《つな》いで行《ゆ》かれます、お志《こゝろざ》しは受《う》けましたが金《かね》はお返《かへ》し申《まう》します。

ト札《さつ》の包《つゝ》みを出《だ》す。

くら　そりやさうでもござんすが、折角《せつかく》お前《まへ》に上《あ》げようと人目《ひとめ》を忍《しの》んだその志《こゝろざ》しを、林之助《りんのすけ》さん、どうぞ受《う》けて下《くだ》さんせいな。

林之　その志《こゝろざ》しは此《こ》の如《ごと》く頂《いたゞ》いて受《う》けました、必《かなら》ず徒《あだ》には思《おも》はぬから、此《こ》の儘納《まゝをさ》めて下《くだ》さいまし。

くら　それではどうでも此《こ》の金《かね》を、お前《まへ》は受《う》けて下《くだ》さんせぬか。

林之　さあ受《う》けぬといふではないけれど、お前《まへ》とても掛人《かゝりうど》、あり余《あま》るといふ金《かね》でないゆゑ。

くら　成程《なるほど》お前《まへ》のいふ通《とほ》り、便《たよ》りに思《おも》ふ両親《ふたおや》にとうに別《わか》れて寄辺《よるべ》なく、伯母《をば》を便《たよ》りて掛人《かゝりうど》、余計《よけい》なお金《かね》はなけれども、形見《かたみ》に貰《もら》うたこの十円《ゑん》、な

一 歌舞伎で良く使われる手法。『富士額男女繁山(ふじびたいつくばのしげやま)』に「此内繁懐中より紫のふくさ包を出し中の紙入より一円札を二枚出す此時手紙を一通落す」。
二 厚意。親切心。気持をあらわして物を贈ること。また、そのもの。
三 →四六頁注一二。
四 とりつくようすがない。たよりとしてすがる手がかりもない。

ければ無《な》いで済《す》みますゆゑ、これをお前《まへ》の用《よう》に立《た》て、どうぞ使《つか》うて下《くだ》さんせ、今《いま》にもお身《み》の納《をさま》りが付《つ》きましたらば其《そ》の時《とき》に、わたしに返《かへ》して下《くだ》さりませ。

林之　それほどまでに言《い》はれるを、無下《むげ》に返《かへ》すも本意《ほんい》でなければ、これはお借《か》り申《まう》します。

くら　そんなら使《つか》うて下《くだ》さんすか。

林之　これを力《ちから》に何《いづ》れかで、身《み》の振方《ふりかた》を付《つ》けまする。

くら　それで心《こゝろ》が晴《は》れましたわいな。

〽曇《くも》りて見《み》えぬ遠山《とほやま》も、思《おも》はぬ東風《こち》に吹《ふ》き晴《は》れて、景色《けしき》整《とゝの》ふ春《はる》の月《つき》、

トおくら嬉《うれ》しき思入《おもひいれ》、林之助《りんのすけ》札包《さつづゝ》みを頂《いたゞ》きおくらの親切《しんせつ》に感心《かんしん》の思入《おもひいれ》、おくらは林之助《りんのすけ》がいとしいといふ思入《おもひいれ》。

林之　五忠臣蔵《ちゆうしんぐら》の浄瑠璃《じやうるり》に、国《くに》が乱《みだ》れて忠臣《ちゆうしん》が知《し》れると書《か》いてありますが、なるほど違《ちが》ひござりませぬ、六落目《おちめ》になつて構《かま》ひ手《て》のなき時信《ときしん》を尽《つく》すのが、これがまことの人《ひと》の親切《しんせつ》、おくらどのゝ志《こゝろざ》し生涯《しやうがい》わたしは忘《わす》れませぬ。

くら　僅《わづ》かな事《こと》を其《そ》のやうに、厚《あつ》くお礼《れい》をおつしやつては、お気《き》の毒《どく》でござります。

五『仮名手本忠臣蔵』大序に「国治まつてよき武士の、忠も武勇も隠るゝに、譬えば星の昼見えず、夜は乱れて顕(あら)わるゝ」。

六 江戸時代より、町人世界にあった教訓。「人のおちめをすくふべき事」(『子孫鑑』寛文十三年、日本思想大系五十九巻『近世町人思想』岩波書店、昭和五十年所収)。

林之　思《おも》へばこれまで二人共《ふたりとも》、長年伯父《ながねんをぢ》の厄介《やくかい》[一]にて、一つ所《ところ》に居《ゐ》たけれど、

くら　お前《まへ》もわたしも物堅《ものがた》く、四辺《あたり》に人《ひと》の居《ゐ》ぬ時《とき》は、話《はな》しもろくにした事《こと》なく、

林之　常《つね》の朋輩同様《はうばいどうやう》[二]に、たゞ睦《むつ》まじくしたのみにて、色恋《いろこひ》[三]といふ訳《わけ》でもなく、

くら　人《ひと》に勝《すぐ》れた真実《しんじつ》に、惚《ほ》れてお貢《みつ》ぎ申《まう》します。

林之　その心《こゝろ》ならどうか[四]末々《すゑ〴〵》。

くら　え。

林之　末々《すゑ〴〵》までも信義《しんぎ》を尽《つく》し、

くら　永《なが》く御懇意結《ごこんいむす》びませう。

林之　いや人通《ひとどほ》りなき海岸《かいがん》に、長居《ながゐ》は恐《おそ》れ、少《すこ》しも早《はや》う。

くら　左様《さやう》ならば御機嫌《ごきげん》よう。

林之　お前《まへ》も達者《たつしや》で居《ゐ》て下《くだ》され。

くら　わたしよりお前《まへ》の身《み》を。（トほろりと思入《おもひいれ》。）

林之　それ程《ほど》までに。

くら　煩《わづら》うて下《くだ》さんすな。

〽梅《うめ》の薫《かを》りの慕《した》はしく、後《のち》のよすが[五]と袖《そで》に留《と》め人来《ひとく》と告《つ》ぐる鶯《うぐひす》の、

一　居候。↓一八頁一〇行。

二　傍輩（「朋」は当て字）。同じ主君・家・師などに仕えたりする同僚。転じて、仲間。

三　『マネー』と大いに違う所。エヴリンは最初からクララを熱愛しているが、二人の思いはすれ違いを繰返し、最終幕になってようやくロマンティックな恋が成就する。

四　『歌舞伎新報』明治二十三年に「どふかお前と末長く」。林之助はここで初めておくらを将来、伴侶としたい心をあらわす。「末々までも信義を…」と言い繕う。

五　縁。たより。よるべ。

▽おくら退場。

六　実の。↓一二頁注五。

七　↓一七頁注一三。

八　『繰返開化婦見月（くりかえすかいかのふみづき）』にも、落ちた手紙から少年の孝心を知る外国の話が引かれている。「此間も学校で修身口授に先生が、お教へなすつた西洋に、昔し普魯士（プロシヤ）という国のフレデリツキといふ王様が、お側に使ふ少年の椅子に掛りて睡り居る側に落散る手紙を拾ひ、何心なく読んで見しに、その少年が故郷の一人の母へ給金の半を貢ぎし礼状ゆゑ、斯くまで親に孝心を今まで知らぬは天への恐れと、多くのお金を睡り居る衣嚢（かくし）へそつと入れたまひし」。

九　底本「見付〈みっけ〉」を直す。

一〇　『歌舞伎新報』明治二十三年「月灯りに」。台帳1「月明りに」。灯入りの月を始めて披露し、その月灯りとガス灯の灯で書付を読むところが受けた。五世菊五郎は、明治三十六年一月の歌

初音《はつね》待《ま》たるゝ声《こゑ》ぞ楽《たの》しき、

　　トおくら跡《あと》を見返《みかへ》り〳〵花道《はなみち》へはひる。林之助《りんのすけ》跡《あと》を見送《みおく》り思入《おもひいれ》。

　　独吟《どくぎん》の切《き》れ誂《あつら》への合方《あひかた》になり、

林之

まことに人《ひと》の親切《しんせつ》は落目《おちめ》にならねば知《し》れぬもの、[六]現在《げんざい》伯父《をぢ》でありながら見下《みさ》げ果《は》てた勢左衛門《せいざゑもん》どの、[七]目《め》の寄《よ》る所《ところ》へ玉《たま》とやらで伯母《をば》御《ご》といひ、娘《むすめ》といひ揃《そろ》ひも揃《そろ》ひし薄情者《はくじやうもの》、乳母《うば》が難儀《なんぎ》を救《すく》ひたく十円《ゑん》貸《か》して下《くだ》されと頼《たの》みし時《とき》に貸《か》しもせず、門戸《もんと》どのゝ形見《かたみ》にて元《もと》の身分《みぶん》に立帰《たちかへ》れば、娘《むすめ》を女房《にようぼ》に遣《や》りたいと金《かね》を目当《めあて》に押《お》しての頼《たの》み、それも古借《こしやく》へ返《かへ》してしまへば伯父《をぢ》でなければ甥《をひ》でないと、今《いま》となつて他人《たにん》より、情《つれ》ない心《こゝろ》の二人《ふたり》の衆《しゆう》、それに列《つら》なる臼右衛門《うすゑもん》親類中《しんるいなか》を深《ふか》くしたいと、追従軽薄《ついしようけいはく》言《い》つたのも、つまりみんな金《かね》を目当《めあて》、それに引《ひき》かへおくらどの、親切《しんせつ》づくで此《こ》の金《かね》を貸《か》してくれたは忝《かたじけ》ない、今《いま》に礼《れい》をしますぞや。（ト[八]舞《ぶ》台《たい》に落散《おちち》りある書付《かきつけ》を[九]見付《みつ》け取上《とりあ》げ、）爰《こゝ》に落《お》ちてる此《こ》の書付《かきつけ》は、金《かね》を出《だ》す時《とき》おくらどのが大方落《おほかたおと》した書付《かきつけ》ならん、拾《ひろ》つて置《お》いて其《そ》の内《うち》に金諸共《かねもろとも》に返《かへ》しませう。（ト[一〇]月影《つきかげ》にすかし見《み》てびつくりなし、）や、こりや十円《ゑん》の請取書《うけとりしよ》、（トよく〳〵見《み》て、）[一一]慥《たしか》に是《こ》れは千之《の》助《すけ》が拾《ひろ》ひ書《が》きに

舞伎座上演を観て、次のような芸評を残している。「それから二番目の金世中（かねのよのなか）は明治十二年頃には未だ斬切仮鬘（ざんぎりかつら）が珍しいのと、またそれぞれ当込（あてこ）みの台詞（せりふ）があつて、それが大層受けたのですが、今ではお客の方が万々（ばんばん）御承知ですからそれ程には受けません、何でも黙阿弥はこういう物を書かせますと、その当時の人気に合う様にと書き、お客よりは一歩宛（づつ）進んでやつていましたから受けましたが、それをお客が進んでいる時に、芝居の方が旧（もと）通り依然としてやつているのには困りました。（中略）駄目を出すところは菊十郎が五郎右衛門と臼右衛門（うすゑもん）（宇津蔵の誤り―校注者注）の二役をしておるので、出る度毎に番付を見ませんと、始めての見物には何が何だか解りません、また乳母の家（うち）の場を出しません為めに、辻占売の千之助が恵府林に逢つていった事も無駄になり、海岸の月と瓦斯灯も犬死になりました、書卸には始めて灯入（ひいり）の月を見せたのと、ここでお倉の手紙を拾つてこの月と瓦斯灯の灯でその手紙を読んで、十円の金を乳母に恵んだという事が分るのですが、今度は月も瓦斯灯も全く入らないものとなつて了（しま）いました」（『五代目尾上菊五郎自伝』伊坂梅雪編、時事新報社、明治三十六年）。

一一 乳母の話で聞いた千之助の拾い書きの請取書。→五〇頁注五。大団円のきっかけ。『マネー』では、エヴリンが再び零落したと思いこんだクララが、最初乳母に送った時と同様に、署名を隠して施しのお金を銀行に振込む。その手紙が最終幕、レイディー・フランクリンの証言で、クララのものであったと明され、エヴリンは歓喜して、クララの愛を信じ、大団円を迎える。

かいた請取《うけとり》、それではいつぞや乳母《うば》の所《ところ》へ十円《ゑん》の金《かね》を送《おく》つたのは、おくらどのであつたか、それと言《い》はずに我《わ》が名《な》にて送《おく》つてくれし親切《しんせつ》は、世《よ》にも稀《まれ》なる心立《こゝろだ》て、爰《こゝ》から礼《れい》を言《い》ひますぞ。(ト林之助《りんのすけ》手《て》を合《あは》せ拝《をが》み、)一度《ど》ならず二度《ど》までも我《わ》れを助《たす》けしおくらどの、礼《れい》は詞《ことば》に尽《つく》されぬ。(ト花道《はなみち》の方《かた》へ思入《おもひいれ》、下手《しもて》より以前《いぜん》の宇津蔵《うつざう》出《い》で、)

宇津　林之助《りんのすけ》さま。

林之　おゝ宇津蔵《うつざう》どのか。

宇津　ちつと時代《じだい》なせりふだが、まんまと首尾《しゆび》よく。(ト大《おほ》きく言《い》ふ。)

林之　これ、(ト押《おさ》へるを木《き》の頭《かしら》。)大《おほ》きな声《こゑ》だな。

ト波《なみ》の音合方《おとあひかた》へ、ラツパを冠《かぶ》せよろしく

ひやうし　幕

ト波《なみ》の音《おと》にてつなぎ直《すぐ》に引返《ひつかへ》す。

(辺見見世《へんみみせ》の場《ば》)‖本舞台元《ほんぶたいもと》へ戻《もど》り辺勢宅《へんせいたく》の道具《だうぐ》、二重《ちゆう》に勢《せい》左衛門《ざゑもん》紙幣《しへい》の五円札《ゑんさつ》を二百円算《ゑんかぞ》へ居《ゐ》る、おらん煙草《たばこ》を呑《の》みながら見《み》て居《ゐ》る、異国《いこく》めいた唄《うた》にて幕明《まくあ》く。

一↓一一三頁注七。
▽宇津蔵登場。
二 古風な感じを帯びる。時代がかる。『俳優評判記』第三編に「恵府林さん敵役のせりふじみるがまんまト首尾よく」とある。林之助が借銭を取られ零落するのが、実は見せかけの「芝居」であったことを明かす一種のどんでん返し。
三『俳優評判記』第三編は「左団次出て恵府林さんマンマと首尾よくと云と菊五郎コレと止て野暮な声だぜと云所全く此恵府林の役がチト無理な様に思う所ゆゑ堂か此ほうが本とうらしく見得て悪いと思つて居ましたら後には直してコレ大きな声だぜト云(はい)れましたが此方がグットやさしく聞えました」と評し、初演の間に台詞が変えられているのがわかる。『歌舞伎新報』明治二十三年は現行通り。台帳2は以下のようになっている。「何ゝ一金拾円也右者正しく請取申し候浅間下乳母志づ千之助逸見伯母方にて恵府林之助ヱ、そんならいつぞや乳母がなんぢうのその折から途方にくれて居るおりにわしが名前で向ふへいつたもやつぱりアノお倉どのであつたるか○コリヤ仇ニハ思わぬお倉どのチエーかたじけないと手ヲ合せホロリとしてよろしく礼を言ふもよふこの時後より久しくまへの種明宇津蔵いぜんの拵らへにて出来り(宇種)モシ若旦那(林)ヱ、(宇)敵役のせりふじやないが(種)まんまと首尾よく(林)アヽコレトおさへるが木がしら(林)イヤ大キナ声[ダ]ナト押へる両人は上手ニテロをおさへるこの仕組よろしく波の音佃にて」。
▽舞台に勢左衛門・おらん。
四『歌舞伎新報』明治二十三年「婆(あば)さん」。

勢左　これ婆《ばゞ》[四]あどん、悪《わる》[五]い跡《あと》は善《よ》いといふが、昨日《きのふ》林之助《りんのすけ》が新宅《しんたく》の祝《いは》ひに、気張《きば》つて糸織《いとおり》を一反土産《たんみやげ》に持《も》つて行《い》つて、七円《ゑん》五十銭損《せんそん》をしたゆゑ、昨夜《ゆふべ》は寝心《ねごゝろ》[六]が悪《わる》かつたが、思《おも》ひ掛《が》けなく二百円不意《ゑんふい》な金《かね》を今日取《けふと》つた。

らん　あの五郎《ろ》右衛門《ゑもん》さんがおくらをば、急《きふ》に娘《むすめ》にくれろといつて、養育金《やういくきん》を二百円出《ゑんだ》して貰《もら》つて行《ゆ》きなすつたのは、まさか自分《じぶん》の権妻《ごんさい》[七]になさるのでもあるまいし、[八]らしやめんにでも遣《や》る気《き》かしらぬ。

勢左　いや〳〵それは大丈夫《だいぢやうぶ》、おれも度々勧《たび〳〵すゝ》めて見《み》たが、なか〳〵頑固《ぐわんこ》な女《をんな》ゆゑ、そんな気遣《きづか》ひは決《けつ》してない。

らん　二百円《ゑん》でも取《と》らぬは損《そん》だが、[九]もそつと家《うち》へ置《お》いたなら、髭《ひげ》[一〇]さんからでも貰《もら》ひに来《き》て、大《おほ》きな金《かね》になりませうに。

勢左　所《ところ》があれは髭《ひげ》さんなぞへ行《ゆ》く心《こゝろ》は少《すこ》しもない、[一一]始終《しじゆう》は何処《どこ》へかおれが手《て》で片付《かたづ》けてやらねばならぬ、さうした日《ひ》には裸《はだか》でやつても[一二]二十と三十掛《か》けねばならぬ、まことにそれは[一三]入《い》れ仏事《ぶつじ》、親類中《しんるいなか》の五郎《ろ》右衛門《ゑもん》へ、二百円《ゑん》の養育金《やういくきん》でやつたは[一四]大極上々吉《だいごくじやう〳〵きち》、この上《うへ》もない仕合《しあは》せだ。

らん　あれはわたしの姪《めひ》だから、養育金《やういくきん》の[一五]二百円《ゑん》は、半分《はんぶん》わたしへおくれだらうね。

五 諺。悪いことがあったあとには良いことがあるという楽観的な教え。
六 寝ている時の心持。
七 「権」は副の意。仮の妻。めかけ。明治初年から二十年前後までの流行語であった（鏑木清方「明治の東京語」昭和十年、山田肇編『随筆集 明治の東京』岩波書店、平成元年所収）。『富士額男女繁山(ふじびたいつくばのしげやま)』では、お繁が正道の権妻となり、ゆすりにきた直次郎に「苦労もなく、此別荘でお蚕(かひこ)包(ぐるみ)」と揶揄される。
八 西洋人の妾となった日本の女を罵っていう言葉。語源には種々説がある。江戸時代生れの古老たちの話によれば、「よく敷物か何かに使つてありますラシヤは暖かいでせう（羅紗綿）その意味を取つて女を抱くかららしやめん〳〵といつたんだろうと思ひます」とあり、よく石をぶつけたという（岩科清次『横浜開港の頃』横浜郷土史編纂所、昭和十一年）。また、『高橋是清自伝』には、らしゃめんをからかう話が出てくるが、幼時清正公の境内でめんこなどをして遊んだ明治生れで横浜育ちの吉川英治によれば、らしゃめんに侮蔑的なひびきはなかったという（『忘れ残りの記』文藝春秋新社、昭和三十二年）。
九 もう少し。もちっと。
一〇 髭をはやした人を親しんで呼ぶ称。明治初年、多く八の字ひげを生やしていた官員、軍人などをいう。
一一 ついには。結局。
一二 二十円も三十円も掛かる。
一三 檀家が費用を出して、寺で仏事をすること。転じて、掛かりに無駄の多いこと。
一四 位づけで最上級をあらわす。
一五 『歌舞伎新報』明治二十三年「弐百円の半分は分りませぬね」。

勢左　どうして〳〵、長年喰《ながねんく》はした[一]雑用代《ざふようだい》、これはみんなおれが取《と》るのだ。

らん　それはあんまり[二]欲《よく》どうしい。

勢左　数年来添《すうねんらいそ》つて居《ゐ》ながら、おれが欲《よく》どうしいのを今知《いまし》つたか。

らん　とうから知《し》つては居《ゐ》るけれど、それはわたしが貰《もら》つてもい〻金《かね》だからおくれといふのだ。

勢左　何《なん》といつても、これは遣《や》られぬ。

らん　くれずばわたしが[三]手籠《てご》めに取《と》ります。

勢左　これを取《と》られてなるものか。

[四]ト勢左衛門《せいざゑもん》手早《てばや》く紙《かみ》に包《つゝ》んで仕舞《しま》はうとするを、おらん取《と》りに掛《かゝ》る、異国《いこく》の見世物《みせもの》の鳴物《なりもの》になり、これを奪《うば》ひ合《あ》ふ立回《たちまは》り、[五]トヾ札《さつ》の包《つゝ》みを投《はふ》り出《だ》しぱつと散《ち》る。奥《おく》より蒙《もう》八、おえい、前幕《まへまく》の鉄造《てつざう》、電吉《でんきち》、荷介出来《にすけいできた》り、

蒙八　旦那《だんな》さまが[六]紀文《きぶん》もどきで、札《さつ》を爰《こゝ》へお蒔《ま》きなされた。

皆々　拾《ひろ》へ〳〵。

ト五人拾《にんひろ》ひに掛《かゝ》るを、勢左衛門《せいざゑもん》あちらへ突《つ》きこちらへ突《つ》き、をかしみの立回《たちまは》り、トヾ札《さつ》の上《うへ》へべつたり坐《すわ》り、

一　種々のこまごました費用。
二　欲張っている。欲が深い。よくとしい。
三　腕力で他人の身体の自由を奪うこと。力ずくで。
四　底本「勢右衛門」を直す。
五　→五四頁注四。
六　紀国屋文左衛門。江戸中期の豪商。

勢左　あゝこれ〳〵蒔《ま》いたのではない、飛《と》ばしたのだ、一枚《まい》でもこれを拾《ひろ》ふものは直《すぐ》に給金《きふきん》で差引《さしひ》くぞ。

鉄造　それぢやあ、蒔《ま》いたのではござりませぬか。

勢左　誰《たれ》が札《さつ》を蒔《ま》くものだ。

電吉　七しわんばうの旦那《だんな》だから。

荷介　不思議《ふしぎ》なことだと思《おも》ひました。

トばた〳〵八になり、下手《しもて》より以前《いぜん》の臼《うす》右《ゑ》衛門《もん》足早《あしばや》に出来《いでき》り、直《すぐ》に門《かど》をはひり、

臼右　辺勢《へんせい》どの、大変《たいへん》だ〳〵。

勢左　いやそつちよりこつちが大変《たいへん》、九くすねぬやうに拾《ひろ》つてくれ〳〵。

五人　はい〳〵畏《かしこま》りました。（ト皆々《みな〳〵》札《さつ》を拾《ひろ》つて出《だ》す。）

臼右　これ辺勢《へんせい》どの、大変《たいへん》な次第《しだい》を聞《き》いて下《くだ》せえ。

勢左　何《なん》だか知《し》らぬが、勘定《かんぢやう》をしない内《うち》は聞《き》かれない。（ト此《こ》の内《うち》勢左《せいざ》衛《ゑ》門《もん》勘定《かんぢやう》をして、）やあ、三枚誰《まいたれ》かくすねたな。

蒙八　いえ〳〵どうして、

五人　わたくしどもは、

七　吝坊（しわんぼう）。吝嗇家（りんしよくか）。けちんぼう。

八　→用語一覧。

九　→三六頁注一。

らん　その三枚《まい》はわたしが拾《ひろ》つた。
勢左　早《はや》くそれを出《だ》しをらぬか。（ト取《と》りに掛《か》ゝるを臼右衛門《うすゑもん》留《と》めて、）
臼右　あゝこれ〳〵、札《さつ》の三枚《まい》や四枚《まい》は後《あと》でどうでも分《わ》かる事《こと》だ、まあわしが云《い》ふ事《こと》を聞《き》いて下《くだ》せえ。
勢左　して大変《たいへん》とは、どんな事《こと》だか、
らん　早《はや》く話《はな》して聞《き》かせなさい。
臼右　昨日《きのふ》貸方《かしかた》へ家《うち》を渡《わた》した、あの恵府林《ゑふりん》が元《もと》へ返《かへ》つて明日《あした》開店《かいてん》するに就《つ》き、今夜《こんや》嫁《よめ》が来《く》るさうだ。
勢左　え、あの恵府林《ゑふりん》が、元《もと》へ返《かへ》つて明日《あした》見世開《みせびら》きをするといふは、
蒙八　分《わか》らぬ話《はな》しでござりますな。
らん　さうして嫁《よめ》の来《く》るといふのは、そりや本当《ほんたう》でござりますか。
臼右　そこは臼右衛門《うすゑもん》如在《じよさい》[一]なくしやつぽ[二]を冠《かぶ》つて店《みせ》へ立《た》ち、家《うち》の様子《やうす》を見《み》た所《ところ》、羽織袴《はおりはかま》で林之助《りんのすけ》が町内回《ちやうないまは》りをして帰《かへ》り、家《うち》はどん〳〵賑《にぎ》はふ様子《やうす》、近所《きんじよ》の知《し》つた者《もの》の家《うち》で、今夜《こんや》嫁《よめ》が来《く》るといふ慥《たしか》なことを聞《き》いて来《き》たのだ。（ト皆々《みな〳〵》びつくりなし、）
勢左　それにいよ〳〵相違《さうゐ》なくば、このまゝにしてはおかれない。

一　てぬかりなく。
二　シャッポ。→一〇頁注一二。

らん　元《もと》へ返《かへ》らば先約《せんやく》ゆゑ、娘《むすめ》を女房《にようばう》にさせねばならぬ。

蒙八　何《なん》にしろお嬢《ちやう》さまに、早《はや》くお支度《したく》おさせ申《まう》せ。

えい　畏《かしこま》りましてござりまする。（ト奥《おく》へはひる。）

鉄造　どういふことで御親類《ごしんるい》の、

電吉　こちらへお話《はな》しなされずに、

荷介　嫁《よめ》をお貰《もら》ひなさりまするか。

蒙八　これは最前旦那《さいぜんだんな》さまが、伯父《をぢ》でなければ甥《をひ》でないと、おつしやつたからでござりませう。

勢左　今々思《いまくおも》へば貸方《かしかた》の、宇津蔵《うつざう》とやらいふ男《をとこ》も、何《なん》だか胡散《うさん》[三]な物《もの》の言《い》ひやう。

らん　代言人《だいげんにん》といつたのが、慥《たしか》あれは落語家《はなしか》かと、わたくしは思《おも》ひます。

臼右　こいつは一番《ばん》あいつ等《ら》に、狂言《きやうげん》[四]をかゝれたわえ。

ト奥《おく》より前幕《まへまく》のおしな、おえい付《つ》き出来《いでき》たり、

しな　様子《やうす》はおえいに聞《き》きましたが、林之助《りんのすけ》さんが元《もと》へ返《かへ》り、外《ほか》から嫁《よめ》を貰《もら》ふとは憎《にく》い仕方《しかた》でござんすなあ。

らん　これから直《すぐ》に押掛《おしか》けて、術《すべ》[五]よく娘《むすめ》を貰《もら》へばよし、

三　胡散臭い。どことなく疑わしい。
四　筋書を作って一杯くわす。だます。
五　手際よく。さっぱりと。

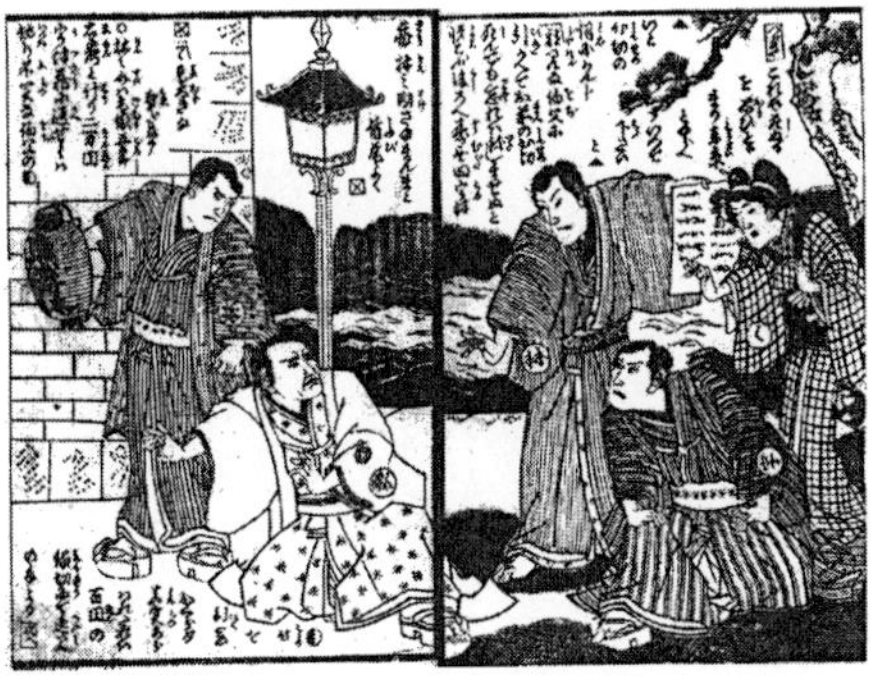

勢左　兎《と》やかう言《い》はゞ[一]すてばちに、[二]思入《おもひい》れ恥《はぢ》をかゝせてやらう。

蒙八　わたくしどもゝ御《ご》一緒《しょ》に、

三人　お供《とも》をいたして参《まゐ》りませうか。

勢左　臼右衛門《うすゑもん》どのが一緒《しょ》に行《ゆ》けば、番頭《ばんとう》どのも皆《みな》の者《もの》も、家《うち》の留守居《るすゐ》をしてくりやれ。

四人　畏《かしこま》りましてございます。

しな　ちつとも早《はや》く行《ゆ》きたいが、歩《ある》いて行《い》つては遅《おそ》くなる。

らん　[三]後押《あとお》し綱引三枚《つなびきさんまい》で、車《くるま》を早《はや》く頼《たの》んで来《こ》い。

荷介　はツ。（ト駆出《かけだ》して下手《しもて》へはひる。）

蒙八　何《なん》なら家《うち》の荷車《にぐるま》で、

鉄造　わたくし共《ども》が、

電吉　曳《ひ》きませうか。

臼右　それでは向《むか》うに[四]幅《はゞ》がきかぬ。

らん　まだ車《くるま》は来《こ》ないかな。

蒙八　まだ〳〵、[五]めつたにや参《まゐ》りますまい。

勢左　あゝ待《ま》ち遠《どほ》で、（トぽんと筒《つゝ》へ煙管《きせる》を入《い》れるを[六]道具《だうぐ》替《がは》りの知《しら》せ、）なら

一　自暴自棄。やけくそ。
二　思いっきり。
三　人力車を後押し一人、綱引一人を足して、計三人で引くこと。急ぎの場合にかじ棒に綱をつけて、別の人が先行する。綱引車。横浜で人力車を見たグリフィスは「乳母車の形をした大人の乗り物で、二人まで乗れる。長柄の内に入った男が一人でそれを引くが、後ろにもう一人の男がつくこともある。急ぎたい時は、二人雇うか、三人縦に並んで走らせてもいい」（『明治日本体験記』平凡社、昭和五十九年）と記述している。『富士額男女繁山（ふじびたいつくばのしげやま）』の序幕でも言及される。
四　羽振りのよさを見せつけることができない。
五　滅多（めった）矢鱈（やたら）には。むやみには。物事の規律・順序もなくむちゃくちゃには。
六　↓用語一覧。
七　↓用語一覧。
八　洲浜台（すはまだい）の上に、松竹梅に尉（じょう）・姥（ばう）や、鶴亀などの形を配したもの。婚礼・饗応などに飾り物として用いる。『曾我対面（そがのたいめん）』で、十郎・五郎が持って出る。
九　方形の折敷（おしき）を檜の白木で造り、前・左・右の三方に刳形のある台を取り付けたもの。
一〇　三つが一組になったもの。

ぬなあ。
ト待《ま》ち遠《どほ》なる思入《おもひいれ》。皆〳〵《みなく》七よろしく、右《みぎ》の見世物《みせもの》の鳴物《なりもの》にて道具《だうぐ》回《まは》る。

（恵府林宅婚礼の場《あふりんたくこんれいのば》）＝本舞台《ほんぶたい》一面平舞台《めんひらぶたい》、正面床《しやうめんとこ》の間《ま》鶴亀《つるかめ》の掛物《かけもの》、陶器《たうき》の花瓶《くわびん》へ梅《うめ》を活《い》け、続《つゞ》いて金地《きんち》の袋戸棚《ふくろとだな》、此《こ》の下《しも》腰張《こしばり》の茶壁《ちやかべ》、上《かみ》の方《かた》一間折回《けんをりまは》し障子屋体《しやうじやたい》、下《しも》の方同《かたおな》じく障子《しやうじ》、下手《しもて》へ金屏風《きんびやうぶ》を立《た》て、真中《まんなか》に島台《しまだい》八、三方《ばう》九に三ツ組《ぐみ》一〇杯《さかづき》、同《おな》じく干肴《ほしざかな》、長柄《ながえ》一一、加《くは》へ銚子《てうし》女蝶男蝶《めてふをてふ》一二を付《つ》け、左右《さいう》に菊灯台《きくとうだい》一三を置《お》き、総《すべ》て恵府林宅婚礼《あふりんたくこんれい》の体《てい》。上手《かみて》に林之助《りんのすけ》羽織袴《はおりはかま》、下手《しもて》におくら綿《わた》一四帽子《ばうし》をかぶり白《しろ》の打掛《うちかけ》、白《しろ》の着付《きつけ》、真中《まんなか》に五郎右衛門《ごろゑもん》羽織袴《はおりはかま》にて扇《あふぎ》を持《も》ち左右《さいう》に子役袴装《こやくはかまなり》、同《おな》じく振袖《ふりそで》にてよろしく控《ひか》へ、四一五海波《かいなみ》の謡曲《うたひ》にて道具留《だうぐと》まる。とやはり謡曲《うたひ》にておくら杯《さかづき》を取上《とりあ》げ子役《こやく》の娘酌《むすめしやく》をなし、おくら呑《の》んで三方《ばう》へ杯《さかづき》を置《お》く、五郎右衛門林之助《ごろゑもんりんのすけ》の前《まへ》へ持《も》ち行《ゆ》き、子役《こやく》の男《をとこ》の子酌《こしやく》をなし祝言《しうげん》の模様《もやう》よろしく。ばた〳〵になり花道《はなみち》より藤七《とうしち》、喜助袴装《きすけはかまなり》、手代《てだい》一六にて手《て》

一一 柄の長い銚子。多く松竹梅・鶴亀などの模様をほったもの。
一二 婚礼などの時に、長柄の銚子の首に飾る雌の蝶・雄の蝶に擬した折紙。
一三 台座を菊の花の形にした灯明台。
一四 真綿をひろげて造ったかぶりもの。後には縮緬（ちりめん）などで造り、婚礼に新婦の顔をおおうものに用いた。
一五 謡曲「高砂（たかさご）」の一節で、「四海波静かにて、国も治る時つ風」の小謡。婚姻・祝賀の席で謡うもの。
一六 手代の扮装で。七三頁九行「紺の前垂手代のこしらへにて」。

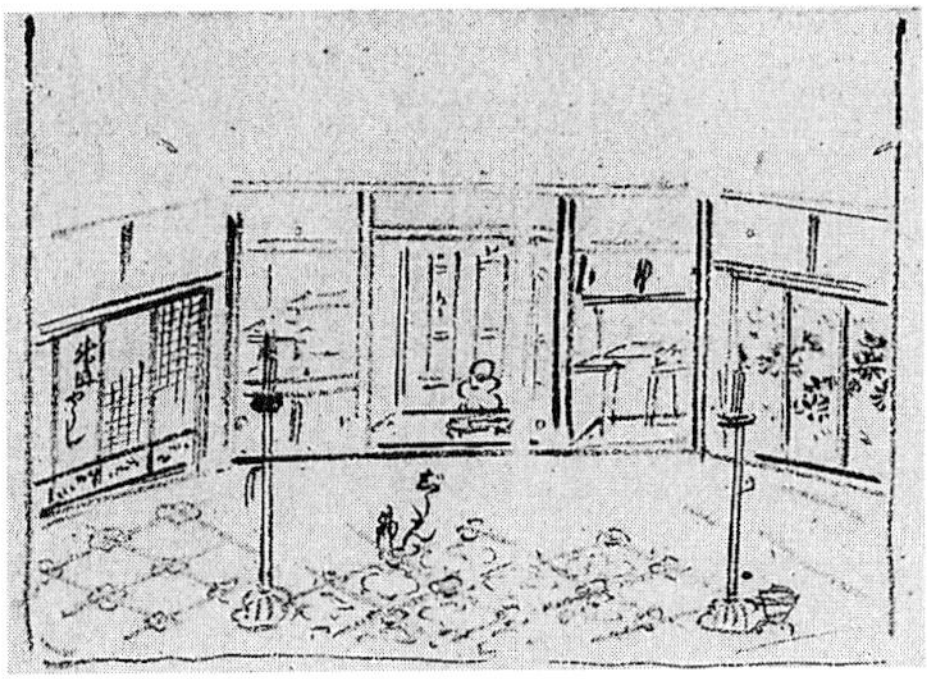
台帳所載大道具下絵
（早稲田大学演劇博物館蔵）

を広《ひろ》げ留《と》めながら出来《いでき》る、後《あと》より以前《いぜん》の勢左衛門《せいざゑもん》、おらん、おしな、臼右衛門《うすゑもん》出来《いでき》り、花道《はなみち》にて、

藤七　只今《たゞいま》御婚礼《ごこんれい》の杯《さかづき》最中《さいちゆう》、

喜助　お通《とほ》し申《まう》すことはなりませぬ。

勢左　その婚礼《こんれい》を留《と》めに来《き》たのだ。

らん　仮令《たとひ》杯《さかづき》最中《さいちゆう》ぢやとて、

しな　親類中《しんるいなか》のわたし共《ども》、

臼右　通《とほ》されぬとは何《なん》のことだ、

勢左　留立《とめだ》てせずと、

四人　通《とほ》したく〳〵。

藤七　いえ〳〵奥《おく》へは、

両人　通《とほ》されませぬ。（ト合方《あひかた》にて留《とめ》るを掻《か》き退《の》け、四人舞台《ぶたい》へ来《きた》り、）

勢左　一合点《がてん》の行《ゆ》かぬは林之助《りんのすけ》、昨日《きのふ》親父《おやぢ》の古借《こしやく》の抵当《かた》に、渡《わた》した家蔵《いへくら》、

らん　今日《けふ》又《また》家《うち》へ立帰《たちかへ》り、婚礼《こんれい》するとは何《ど》うした訳《わけ》、

しな　なぜ、親類《しんるい》のわたし等《ら》へ、

臼右　此《こ》の相談《さうだん》をしないのだ。

一『俳優評判記』第三編では勢左衛門と五郎右衛門がやり合う件がある。「逸勢は何でも外（ほか）から娶（よめ）を貰（もら）う事は不承知だ是非ともお品を娶にせにやアならぬと云を五郎右衛門わしが娘を娶によこしたに何も云分（いひぶん）は有めへト云「逸貴様（きさま）は子は持（もた）ぬではないかと云（いふ）五郎右衛門イ、ヤ貰（もら）った娘が一人（ひとり）ある今おまへ方（がた）へ見せやうと綿帽子（わたぼうし）を取（とる）とお倉なれば四人恂（びっく）りする」。

五郎　貴様達《きさまたち》は林之助《りんのすけ》へ絶交《ぜつかう》すると申《まう》せし由《よし》、それゆゑ沙汰《さた》はしないのだ。
勢左　して、此《こ》の家《うち》へは、どうして帰《かへ》つた。（ト上手《かみて》にて、）
宇津　その訳《わけ》、只今《たゞいま》お話《はな》し申《まう》さう。
勢左　何《なん》と。（ト合方《あひかた》になり上手屋体《かみてやたい》より宇津蔵《うつざう》羽織袴《はおりはかま》にて出来《いでき》る、）や、こなたは昨日《きのふ》の古借《こしやく》の貸方《かしかた》、
臼右　して又《また》、話《はな》しといふ訳《わけ》は。
宇津　二昨日《きのふ》これなる林之助《りんのすけ》さんの、親御《おやご》へわしが一万円《まんゑん》貸《か》したといふは、ありやあ嘘《うそ》だ。
四人　え。（トびつくりして、）
勢左　貸《か》したといふが、嘘《うそ》だとあれば、
らん　有金地面《ありがねぢめん》この屋敷《やしき》まで、
しな　林《りん》さんの手《て》へ返《かへ》りし上《うへ》は、
臼右　又元々《またもとく》に親類付合《しんるいづきあひ》。
勢左　娘《むすめ》を嫁《よめ》にやらねばならぬ。
宇津　三どつこいさうは行《ゆ》きませぬ、嫁御《よめご》は爰《こゝ》に極《きま》つて居《ゐ》る。
らん　して〳〵それは、

二『歌舞伎新報』明治十二年は「お前方は実意が無く金に計（ばかり）目を着て余と言ば薄情故恵府林さんと言合（いひあはせ）貸たと云は偽にて不実意を例（ためし）たのだ」。『歌舞伎新報』明治二十三年「嘘サ」。

三 相手の行動などをさえぎり止める時に発する語。

三人　何処《どこ》の娘《むすめ》だ。
五郎　今《いま》そなた衆《しゆ》に逢《あ》はせませう。
勢左　そんならそれが、
しな　花嫁《はなよめ》なるか。
らん　何処《どこ》の娘《むすめ》か、帽子《ばうし》を取《と》つて。（ト立《た》ち掛《かゝ》るを、）
五郎　いや急《いそ》ぐに及《およ》ばぬ、花嫁《はなよめ》は今近付《いまちかづ》きにいたします。
　ト五郎右衛門《ろゑもん》おくらの帽子《ばうし》を取《と》る、皆々《みなく》見てびつくりなし、
勢左　や、嫁《よめ》は誰《たれ》かと思《おも》つたら、五郎右衛門《ろゑもん》どのへ、今日《けふ》やつた、
らん　そなたは姪《めひ》のおくらなるか。
臼右　どうして嫁《よめ》になつたのだ。
五郎　先頃《さきごろ》これなるおくらから、形見《かたみ》の金《かね》の為替手形《かはせてがた》を此《こ》の五郎右衛門《ろゑもん》が預《あづか》りし、其《そ》の夜窃《よひそか》に店《みせ》へ来《き》て、急《きふ》に十円入用《ゑんにふよう》ゆゑ形見《かたみ》の内《うち》を貸《か》してくれと、頼《たの》むは如何《いか》なる訳《わけ》なるかと、様子《やうす》を聞《き》けば林之助《りんのすけ》が乳母《うば》へ貢《みつ》ぎの十円《ゑん》を、母《はゝ》の形見《かたみ》の櫛簪《くしかんざし》脇《わき》[一]へ預《あづ》けて金《かね》を借《か》り、それと言《い》はずに林之《りんの》助《すけ》の許《もと》より送《おく》りし積《つも》りにて、乳母《うば》へ恵《めぐ》んで遣《や》りしと聞《き》き、奇特《きとく》な事《こと》と櫛簪《くしかんざし》を取《と》り入《い》る金《かね》を貸《か》して遣《や》りしが、又《また》もや昨日《きのふ》我《わ》が方《かた》より十円借《ゑんか》

一　質店へ入れて。「脇」は婉曲に言ったもの。

りて林之助《りんのすけ》の落目《おちめ》を救《すく》ふ志《こゝろざ》し、実意《じつい》なものと見抜《みぬ》きしゆゑ、二十円《ゑん》を十倍《ばい》に二百円《ゑん》を是《こ》れ迄《まで》の、養育金《やういくきん》にこなたへ渡《わた》し、おれが娘《むすめ》に貰《もら》ひ受《う》け、改《あらた》めて林之助《りんのすけ》へ送《おく》りしおくらは嫁《よめ》なるぞ。

しな　わたしが嫁《よめ》と思《おも》つたに、そんなら先《さき》へおくらさんが、

くら　毛織《けおり》さまへ貰《もら》はれて、わたしや爰《こゝ》へ参《まゐ》りました。

宇津　この身代《しんだい》の嫁《よめ》になるのも、人《ひと》を憐《あはれ》むお心《こゝろ》ゆゑ、則《すなは》ちこれが天《てん》の恵《めぐ》みだ。

勢左　して又貸《またか》しもせぬ金《かね》を、

臼右　貸《か》したといつて偽《いつは》つたは、

林之　お前方《まへがた》の薄情《はくじやう》を、試《ため》さう為《た》めにしたことだ。

勢左　扨《さて》はさつきの推量通《すいりやうどほ》り、

臼右　貸《か》したといふのは、

四人　狂言《きやうげん》なるか。

宇津　三その立作者《たてさくしや》はこの宇津蔵《うつざう》。（ト奥《おく》より梅生羽《ばいしやうは》織着《おりき》流《なが》し、落語家《はなしか》のこしらへにて出《い》で、）

梅生　狂言回《きやうげんまは》しは円生《ゑんしやう》の、四前座《ぜんざ》を勤《つと》める此《こ》の梅生《ばいしやう》。

勢左　して又何《またなに》ゆゑ、此《こ》のやうな、そちは狂言書《きやうげんか》いたのだ。

二 諺「人は落ち目が大事」、あるいは「人は落ち目の志」とも。

▽梅生登場。

三『俳優評判記』第三編では「寿無木米商人と云たのは富竹（とみたけ）と云席（いふせき）の亭主（ていしゆ）「口（くち）ノ上（うへ）又私しは富竹へ出席の講釈師（かうしやくし）の前座（ぜんざ）なるを代言人（だいげんにん）と拵（こしらへ）て」と明かされる。さらに「皆五郎右衛門云付（いひつけ）て仕た狂言だと云事が訳（わか）る」と付け加えられる。なお、「富竹亭」は義太夫の定席として、馬車道の吉田橋近くに実在した。↓七四頁注八。台帳2ではそれぞれ「富竹といふ席のあるじサ」「講釈師で石川一口が門人で石川二口と云ふ者さ」となっている。

四 三代目三遊亭円生。嶋岡（もと野本カ）新兵衛。天保十年（一八三九）―明治十四年（一八八一）。四十三歳で夭折。師三遊亭円朝から芝居噺の道具一切を譲られて襲名し、明治十年代の番付類に「芝居咄ぼたんとうろう三遊亭円生」などと見えている（『落語家事典』平凡社、平成元年）。

宇津　その略筋《りやくすぢ》は立作者《たてさくしや》があらまし話《はな》して聞《き》かさうが、これなる主人《あるじ》の恵府《ゑふ》林殿《りんどの》が乳母《うば》の難儀《なんぎ》を助《たす》け度《た》く十円《ゑん》の無心《むしん》を云《い》つた時《とき》、僅《わづ》かの金《かね》を貸《か》しもせず、門戸《もんと》どのから二万円形見《まんゑんかたみ》が来《く》ると忽《たちま》ちに、それを目当《めあて》に追従《ついしよう》軽薄《けいはく》、この身上《しんしやう》を乗《の》つ取《と》らうと娘《むすめ》を餌《ゑば》に押掛《おしか》け女房《にようばう》、古借《こしやく》の抵当《かた》に家《いへ》蔵《くら》まで渡《わた》した体《てい》に見《み》せかければ、切《き》つても切《き》れぬ伯父甥《をぢをひ》の縁《えん》をば切《き》つて立帰《たちかへ》り、

林之　猶《なほ》も心《こゝろ》を試《ため》さんと路頭《ろとう》に迷《まよ》ふ体《てい》に見《み》せ、又《また》も十円無心《ゑんむしん》を言《い》へばけんも一ほろゝの挨拶《あいさつ》にて、一銭《せん》たりとも貸《か》されぬと、伯父《をぢ》、伯母《をば》、娘《むすめ》、臼《うす》右衛門揃《ゑもんそろ》ひも揃《そろ》ふ強欲者《がうよくもの》、たゞ金《かね》にのみ目《め》がくれて義理《ぎり》を知《し》らざる薄《はく》情《じやう》に、愛想《あいそ》もこそも尽《つ》きました。

勢左　いや、その薄情《はくじやう》は当時《たうじ》の流行《りうかう》、凡《およ》そ二三千五百万《まん》の人《ひと》は残《のこ》らず薄情《はくじやう》だ。

五郎　曲《まが》つた目《め》から見《み》たならば人《ひと》も曲《まが》つて見《み》えようが、林之助《りんのすけ》どの始《はじ》めとして三条理《でうり》を守《まも》る我々《われわれ》ども、道《みち》に欠《か》けたる事《こと》はしない。幾《いく》ら欲《よく》の世《よ》の中《なか》でも我《われ》さへよければどうでもよいと、人《ひと》の難儀《なんぎ》も構《かま》はずに、たゞ欲張《よくば》るばかりでは、親《した》しむ人《ひと》も無《な》くなる道理《だうり》。

林之　四これから心《こゝろ》を入替《いれかへ》て、慈悲善根《じひぜんこん》をなさるがよい、たゞ金《かね》にのみ目《め》がく

一　無愛想に人の相談などを拒絶するさま。取りつくすべもないさま。
二　『団々珍聞（まるまるちんぶん）』（明治十七年一月十六日号）の「茶説」欄に「同胞三千五百万トカ三千五百万ノ兄弟ト称セシカ近来ニ至リ相場ガ上リ三千六百万トナリ又頃日聞ク処ニヨレバ三千七百万ノ高数ニ及ベリト云フ」とある。又、森銑三は「『三千余万のわがはらからよ』という歌の文句を、明治七年の生れだつた私の母が口にしたが、あれはいつ頃出来た唱歌だつたのであろうか」（『明治東京逸聞史』1、平凡社、昭和四十四年）と伝えている。当時の内務省の全国戸籍表によれば、人口三千四百三十三万八千余人（『朝野新聞』明治十一年八月二十八日）。
三　物事の道理。
四　台帳2では清左衛門ら四人が改心する。
（清）不承じやあらふが五郎右衛門どの今日を限りあらたむれば
（嘉）今迄なせし事柄を
（らん）水に流してさつぱりと
（志な）元の通り一門中

宇津　れて人《ひと》を恵《めぐ》まぬその時《とき》は、天《てん》の御罰《ごばつ》で忽《たちま》ちに、

しな　こなたが企《たく》む嫁入《よめいり》も、裏《うら》をかゝれて鶍《いすか》の嘴《はし》、[五]

勢左　今更女房《いまさらにようばう》にしてくれと、言《い》つても外《ほか》に極《きま》つたからは、

らん　いふだけ野暮《やぼ》な禿頭《はげあたま》、

臼右　何《なん》にも言《い》はぬ其《そ》の代《かは》り、

くら　どうか親類付合《しんるいづきあひ》を、

　伯父《をぢ》さま始《はじ》め皆様《みなさま》が心《こゝろ》をお替《か》へなされしからは、以前《いぜん》に替《かは》らず睦《むつ》まじう、どうぞお願《ねが》ひ申《まう》します。

林之　一旦《たん》お世話《せわ》になつたれば、何処《どこ》がどこまで此方《こちら》では、伯父《をぢ》と敬《うやま》ひ親類《しんるい》付合《づきあひ》、

宇津　拵《こしら》へおいた引物《ひきもの》[六]を、お四人《よつたり》へ上《あ》げてくりやれ。

藤七 喜助　はッ。（ト床《とこ》の間《ま》の広蓋《ひろぶた》の中《なか》にある鰹節《かつぶし》の切手《きつて》[七]の包《つゝ》みを、四人《にん》の前《まへ》へ並《なら》べる。）

勢左　この包《つゝ》みは、

宇津　中《なか》を開《ひら》いて御覧下《ごらんくだ》され。

　ト勢左衛門《せいざゑもん》開《ひら》き見《み》る、中《なか》に百円札入《ゑんざつい》れてある。

（四人）どうぞ附合て下さりませ
（五郎）成程ナ悪につよきは善にもツヨシ
（林）能くマア改心
（□）なんの悪く思ひませふ
（林）元より深いおぢおいの事そのお言葉をきく上はこのようなよろこばしい事はござりませぬ

五（鶍の上下のくちばしが左右にくい違って合わないところから）物事がくい違って思うようにならないこと。

六 引出物。

七 商品との引き換えを目的とした証券。商品切手。

勢左　や、こりや鰹節《かつぶし》の切手《きつて》かと、
らん　思《おも》ひの外《ほか》に百円札《ゑんざつ》、
しな　そんなら是《こ》れをわたし等《ら》へ、
臼右　今日《けふ》の祝《いは》ひに下《くだ》さりまするか。
五郎　一それで目出度《めでた》く、（トうなづくを木《き》の頭《かしら》。）
林之　お開《ひら》き下《くだ》され。

ト下座《げざ》にて「二千秋万歳《しうばんぜい》千箱《ちはこ》の玉《たま》を奉《たてまつ》る」と、謡《うたひ》にて、林之助《りんのすけ》の側《そば》へおくら寄《よ》るを見《み》て、おしな立掛《たちかゝ》るを、勢左衛門《せいざゑもん》留《と》める、皆《みな》く々よろしく、

ひやうし　幕

一『マネー』の大団円では、エヴリンがフレデリックとジョージナの結婚に、持参金一万ポンドを二倍にしてやると述べるので、破約を怒っていた父親のジョンもそれを聞いて満足し、娘の結婚を許す。台帳2の幕切は、林之助が「再び栄へる恵府の家名」と立つ所へ祭礼の若い者が二人「最前の仕返しじや」とからむのを五郎右衛門と林之助が取りひしぎ、「目出たい〳〵」となる。

二謡曲「難波」に「浜の真砂の数積もりて雪は豊年の御調物（みつきもの）許すゆゑにやなかなかいや増しに運ぶ御宝の千秋万歳の千箱の玉を奉る」。婚礼の祝儀として「千秋万歳千箱の玉を奉る」とうたった。

島《しま》鵆《ちどり》月《つきの》白《しら》浪《なみ》

神山彰
原道生
校注

五幕九場の散切物。

〔**初演**〕明治十四年（一八八一）十一月二十日より東京新富座の二番目狂言として初演。この時の興行は一番目『復咲《かえりざき》後日梅《ごにちのうめ》』、大切『浪底親睦会《なみのそこしんぼくかい》』だった。

〔**成立**〕この年六月同座上演の自作『古代形新染浴衣《こだいがたしんぞめゆかた》』の続篇に当る作品。同作中で福島屋に押し入った二人の盗賊明石島蔵と松島千太の後日談として構想されたもの。作者は本作を最後に引退し、以後古河黙阿弥を名乗ることになるが、そのため、自身の一世一代の狂言として全編を単独執筆という異例の行き方をとっている。

〔**題名**〕「島」で島蔵、「衛」で千鳥に縁の深い松島の千太、「月」で望月輝をそれぞれにあらわし、さらにその三人がいずれも盗賊だったということで「白浪」と結んだもの。なお「月」にはお照も利かせてあり、菊五郎・左団次・団十郎に半四郎という四人の主演俳優と対応させたものともなっている。また、月光の中の黒い島影に白い波頭、他方、波音に交じる千鳥の声など、視覚的にも聴覚的にも優れた表現技巧といえるだろう。

〔**初演配役**〕五世菊五郎（明石の島蔵）、初世左団次（松島千太、福島屋清兵衛）、九世団十郎（望月輝）、八世半四郎（弁天お照）、四世松助（野州徳、猝金お市）、初世団右衛門（磯右衛門）、四世福助（福島屋娘お仲）他。

〔**梗概**〕懲役仲間の島蔵と千太は、その後島蔵が前非を悔いて罪の償いを志すようになったのに対し、千太は相変わらず悪の道から抜け出せない。ある日千太は元直参の望月輝を殺すために島蔵に加勢を頼みに行くが、逆に島蔵は改心を勧め、二人は落ち合った招魂社の鳥居前で激しく争った。けれども最後は島蔵の誠意に深く心を打たれ、千太も改心を承知することとなる。

〔**特色**〕本作は、白浪作者の黙阿弥が自ら最後と定めた作品にふさわしく、主な登場人物がすべて盗賊であり、しかも皆改心に至るという特異な展開のものとなっているが、その中心は、前作『古代形新染浴衣』で福島屋に押し入って以後、まったく対照的な道を歩み始めることとなった島蔵・千太の二人の生き方に置かれているといってよい。そこでは、二人が、善悪それぞれなりに、現実の困難に直面させられながら、いかにしてそれを切り抜けてゆこうと努めているかがリアルに描かれているのである。特に五幕目招魂社の場は、黙阿弥作品の集大成ともいうべき密度の濃さと深い問題性とを持っている。

口上

[一]若葉《わかば》の闇《やみ》に[二]奥山《おくやま》から西《にし》と東《ひがし》へ別《わか》れたる千太《せんた》は親《おや》の世《よ》になきを[三]白川宿《しらかはじゆく》で伯父《をぢ》に逢《あ》ひ聞《きい》て泪《なみだ》に袖濡《そでぬら》す[四]弁天《べんてん》お照《てる》が母親《はゝおや》の無心《むしん》に困《こま》る百円《ひやくゑん》を恵《めぐ》む替《かは》りに貰《もら》ひし[五]指輪《ゆびわ》[六]夫《それ》を証拠《しやうこ》に抜《ぬ》き差《さし》のならぬ[七]輝《あきら》へ言掛《いひがゝ》れど[八]瓦解以前《ぐわかいいぜん》に強談《がうだん》で人《ひと》に知《しら》れし浪士《らうし》ゆゑ余《よ》義《ぎ》なく其場《そのば》は物別《ものわか》れ[九]扨島蔵《さてしまざう》は霧深《きりふか》き旅路《たびぢ》に[一〇]幾夜《いくよ》明石潟《あかしがた》三歳《みとせ》ぶりにて磯右衛門《いそゑもん》お浜《はま》に廻《めぐ》り[一一]大津絵《おほつゑ》の心《こゝろ》の鬼《おに》も忽《たちまち》に発起《ほつき》なせしは悴《せがれ》の片輪《かたわ》悪《あく》の報《むく》ひは早手《はやて》の難船憂《なんせんうき》事積《ことつも》る[一二]牛込《うしごめ》に今《いま》は堅気《かたぎ》の酒屋《さかや》店醤油《みせしやうゆ》を買《か》ひし小娘《こむすめ》から辛《から》き浮世《うきよ》に[一三]清兵衛《せいべゑ》が難義《なんぎ》を知《し》つて百円《ひやくゑん》を貢《みつ》いで帰《かへ》る我家《わがや》の門然《かどしか》も九月《くぐわつ》の約束《やくそく》に尋《たづ》ねて来《き》たる松島《まつしま》を連出《つれだ》す[一四]九段《くだん》の招魂社真身《せうこんしやしんみ》も及《およ》ばぬ明石《あかし》が意見《いけん》に小陰《こかげ》に忍《しの》ぶ[一五]野州徳迄改心《やしうとくまでかいしん》なして浮雲《うきくも》の空《そら》も[一六]晴行望月《はれゆくもちづき》が助力《じよりき》に千円金整《せんゑんかねとゝの》ひ科《とが》を自訴《じそ》なす[一七]大切《おほぎり》[一八]迄夏《までなつ》より冬《ふゆ》へ続《つゞ》き狂言《きやうげん》

一 本作初演の年の六月新富座上演の『古代形新染浴衣《こだいがたしんぞめゆかた》』で、本作の前提となる主人公の明石島蔵と松島千太が福島屋へ押し入る事件の設定を受けている。 二 浅草奥山。『古代形新染浴衣』大切で島蔵・千太が再会を期し、別れる場所として設定。 三 「世になきを知らず」と掛ける。「白波」「白露」「白壁」等状況に応じて使う常套手法。ここから序幕の設定。 四 七福神の一、弁財天。転じて美女の称。弁天お照という仇名の美女。黙阿弥の代表作の主人公「弁天小僧」のイメージからお照も白浪であることも暗示する。 五 「抜き差」に掛けると同時に新風俗を効かせる。→一七六頁注三。 六 この部分は三幕目の筋。 七 本作の主要人物、望月輝。お照の夫となる。「照」と「望月輝」、「明石」と文明開化啓蒙期の明るさを暗示する寓意名。 八 維新前後の時代相を偲ばせる件。 九 この部分は二幕目の筋。 一〇 「幾夜明かす」の掛詞。白川から明石へと、古来の歌枕として馴染みの、名所絵よろしく道中物の記憶を残す劇作法を暗示する。 一一 「廻りおう(あふ)」と掛ける。大津絵には、鉦を持ち回向する「鬼の念仏」の趣向の絵柄が多く、その視覚的残像を女房に先立たれた明石島蔵の改心に見立てる。 一二 「憂し」の掛詞。場面が東京に移る。ここから四幕目の設定。 一三 『古代形新染浴衣』で島蔵・千太が押入った福島屋の主人。 一四 本作初演の二年前(明治十二年)、「靖国神社」と改号。当時の東京名所絵類に必ず描かれた。松島・明石という歌枕の「名所絵」から東京の「真景図」への視覚的イメージの呈示。ここからが大詰の筋に入る。 一五 序幕、四幕目以降に登場する人物名。 一六 「空も晴行」の縁語。 一七 大詰(最後の場面)を世話物では概ね、こう呼ぶ。 一八 『古代形新

島鵆《しまちどり》月《つきの》白浪《しらなみ》[一]

五　幕

明治《めいぢ》十四年《じふよねん》辛巳《かのとのみ》十一月狂言《きやうげん》新富座《しんとみざ》[二]において興行《こうぎやう》

古河黙阿弥作[三]

序《じよ》　幕《まく》　白川宿《しらかはじゆく》[四]旅籠屋《はたごや》の場《ば》　同《おなじく》　明神峠《めうじんとうげ》山越《やまごえ》の場《ば》

一　旅芸者《たびげいしや》弁天《べんてん》お照《てる》　〔岩井〕半四郎
一　旅籠屋《はたごや》の女房《にようぼう》おみち　〔岩井〕しげ松
一　同《おなじく》下女《げぢよ》おしの　〔岩井〕此　糸
一　同《おなじく》おのぶ　〔坂東〕あやめ
一　百姓《ひやくしやう》東右衛門《とうゑもん》　〔中村〕鶴　蔵
一　奥州《おうしう》同者《どうしや》[六]陸兵衛《ろくべゑ》　〔市川〕猿十郎
一　同《おなじく》　奥蔵《おくざう》　〔小川〕幸　升
一　人力車《じんりきしや》下総松《しもふさまつ》　〔市川〕升　蔵

一　士族《しぞく》望月輝《もちづきあきら》　〔市川〕団十郎
一　銀行《ぎんかう》手代《てだい》浜崎千右衛門《はまざきせんゑもん》
　　実《じつ》は松島千太《まつしませんた》　〔市川〕左団治
一　お照《てる》の母《はゝ》猝金《ねぢがね》[五]お市《いち》　〔尾上〕松　助
一　人力車《じんりきしや》野州徳《やしうとく》　同
一　辻講師《つぢこうし》古川弁山《ふるかはべんざん》　〔大谷〕門　蔵
一　探索方《たんさくかた》瀬栗菊蔵《せぐりきくざう》　〔坂東〕竹治郎
一　同《おなじく》　鳥形幸助《とりかたかうすけ》　〔尾上〕尾登五郎

染浴衣』（六月）から本作（十一月）へ。

以上一四七頁

一　島は明石島蔵、鵆（千鳥）で松島（嶋）千太、月で望月輝を見立て、その役の菊五郎、左団次、団十郎に対応させ、半四郎の弁天お照も、月の縁語で連想させ、「白浪作者」黙阿弥の引退を飾る趣向。画題が月光、島影、白波という名所絵風の一幅の絵面で、千鳥の声、波音を聞かせる苦心の外題。井浦芳信「『島鵆』小考」では百人一首の源兼昌の「淡路島通ふ千鳥の鳴く声に幾夜寝覚ぬ須磨の関守」等の見立てを論じている（『国立劇場』筋書、昭和五十八年三月）が、「松島や雄島が磯による浪の月の氷に千鳥なくなり」（『俊成卿女集』）は更に外題の語彙に近い。

二　本作初演の劇場。江戸三座の一つ守田座が、座主十二世守田勘弥の意向で明治五年新富町（現、中央区）に移転、八年に新富座と改称。焼失後、十一年に再開場。表を瓦斯灯のイリュミネーションで飾り、客席天井にはシャンデリアが設置される一方、茶屋制度や枡で仕切られた座席、桟敷席は残すという、開化期の和洋折衷建築で、当時の東京名所絵類には必ず描かれる名所。建築は江戸以来の通例で大道具師の十四世長谷川勘兵衛で、客席配置にも従来にない、可視性を高める工夫を加えた。

三　本作で引退後、明治十四年末よりこう名乗った。従って、初演時、同年十一月の番付は「河竹新七」である。「河竹黙阿弥」の呼称は、生前は余り用いず、一般化したのは没後。

四　奥州街道の宿駅。当時も多くの旅籠が軒を連ねた。現、福島県白河市の本町通りに当る。また、古くからの歌枕として以外に明治初期には、白河は維新の激戦区の記憶も残る地名。

五　駄菓子の名。由来は二七五頁注一九と前後を

一　旅役者《たびやくしや》市川《いちかは》辺《へ》丹次《たんじ》　〔市川〕小半治

一　同《おなじ》　岩井《いはゐ》鈍四郎《どんしらう》　〔中村〕[七]志やこ六

一　望月《もちづき》の下《げ》男宅助《なんたくすけ》[八]

一　旅籠屋《はたごや》の若者《わかいもの》太助《たすけ》　〔坂東〕橘　治

一　同《おなじ》　半治《はんぢ》　〔坂東〕八平治

一　同《おなじ》　佐七《さしち》　〔坂東〕利喜松

[九]本舞台《ほんぶたい》四間通《しけんとほし》[一〇]の家体《やたい》[一一]、上手《かみて》弐間《にけん》常足《つねあし》[一二]の弐重《にぢう》[一三]、揚椽付《あげえんつき》[一四]下手《しもて》一間《いつけん》落《おち》[一五]間《ま》、向《むか》ふ奥州屋《おうしうや》と云《いふ》紺《こん》の暖簾口《のれんぐち》[一六]、上手《かみて》まゐら[一七]戸《ど》の戸棚《とだな》、落間《おちま》の折回《をりまは》[一八]し板羽目《いたばめ》、上《かみ》の方戸袋《かたとぶくろ》[一九]石灰塗《しつくいぬり》にて、「御泊宿白川宿奥州《おんとまりやどしらかはじゆくおうしう》屋《や》」と記《しる》し有《あり》、見付《みつき》[二〇]の柱《はしら》「御泊宿奥州屋《おんとまりやどおうしうや》」[二一]と書《かき》し行灯《あんどん》を掛《かけ》、軒口《のきぐち》に一新講《いつしんこう》[二二]の旗《はた》を立《たて》、下《しも》の方冠木門《かたかぶきもん》[二三]、見越《みこ》[二四]しの松《まつ》、都《すべ》て奥州《おうしう》街道白川宿《かいだうしらかはじゆく》旅籠屋《はたごや》の体《てい》、見世先《みせさき》の床几《しやうぎ》へ辺丹次《へたんじ》立役《たちやく》[二五]、鈍四郎《どんしらう》女形旅役者《をんながたたびやくしや》の拵《こしら》へにて、腰《こし》を掛《かけ》、太助《たすけ》、半次宿屋《はんじやどや》の若《わか》い者《もの》、[二六]着流《きなが》し駒下駄《こまげた》[二七]にて立掛《たちかゝ》り、弐重《にぢう》におしの、おのぶ宿屋下女《やどやげぢよ》の拵《こしら》へ、燭台《しよくだい》の掃除《さうじ》をして居《ゐ》る、此見得《このみえ》[二八]米山甚九《よねやまじんく》[二九]にて幕明《まくあ》く。

太助　モシ、[三〇]明神《みやうじん》の夜芝居《よしばゐ》は大層這入《たいそうはい》るさうでござりますね。

辺丹　仕合《しあはせ》と初日《しよにち》から一《いつ》ぱいでござります。

半次　是《こ》りやア全《まつた》く花形《はながた》の、お前《まへ》さん方《がた》が出《で》るせへだ。

参照。六 道者。ここでは遍路、巡礼の意味。七 明治二十二年以後、団十郎門下となり市川姓。当時は中村宗十郎門下のため中村姓。→人名一覧。八 底本役者名不記。他資料でも不明。九・一〇 →用語一覧。一一 屋体・屋台と書くのが一般。舞台上の家屋をいう。一二 →用語一覧。一三 舞台上に、家屋などを飾るために台を組みあげたもの一般をさす。一四 →用語一覧。ただし、現行の舞台では用いない。一五—一九 →用語一覧。二〇 舞台正面のこと。二一 底本「御迫宿」を直す。二二 幕末から明治初期に流行の旅行組合。鉄道発達により衰退。二三 門柱上部に横木を渡した屋根のない門。二四 塀越しに外から見える松。二五 男役。二六 着物だけで、羽織や袴を付けない略装。二七 台と歯を一つの木材から刳(く)って作る、一般町人の下駄。二八 この様子。二九 下座音楽の名称。唄入り合方で多様に使う。明治期花街で流行したという。下座音楽附帳「嶋衢月白浪その他」(明治二十三年七月市村座、早稲田大学演劇博物館蔵。以下「明治二十三年附帳」と略)では「追分節駅路(えきろ)」とある。三〇 白河宿近くの鹿島神社境内が「明神」に当ろうが、默阿弥は現地取材して芝居を作る訳ではなく、一般にどの地にもある宮地芝居と考えてよい。元禄期には芝居好きの松平直矩(『松平大和守日記』)を藩主とした白河も、後の藩主松平定信は芝居類を忌避した。維新後、明治十一年に宿近くの寺院長寿院に「白河町ノ義ハ是迄劇場無御座、其時々筵張等仕無益ノ入費相懸ケ其上雨天ノ節甚タ不条理ニ付、右空地ヘ定舞台取建」の借地願いが出ている(『白河市史』)。寺社地での芝居が夜八時頃に至ることは慣行としてあった。

鈍四　有難《ありがた》い事《こと》に、何所《どこ》へ行《いつ》ても這入《はい》[一]らない事《こと》はない。
辺丹　爰《こゝ》は二人共《ふたりとも》東京《とうきやう》で、たゝき込《こん》だ腕《うで》だから、
[二]しの　ヲヤ〱お前《まへ》さん方《がた》は、東京《とうきやう》でござりますか。
のぶ　私達《わたしたち》は田舎回《いなかまは》りの役者衆《やくしやしゆ》かと思《おも》ひました。
辺丹　白川《しらかは》は開《ひら》けた所《とこ》と兼《かね》て噺《はなし》に聞《きい》て居《ゐ》たが、私等《わたしら》を田舎役者《いなかやくしや》と見《み》る様《やう》では[三]開《ひら》けないね。
鈍四　大方舞《おほかたぶ》台《たい》を見《み》なさるまいが、名《な》を聞《きい》た計《ばか》りでも東京役者《とうきやうやくしや》か田舎役者《いなかやくしや》か知《し》れさうな物《もの》だ。
太助　まだ番付《ばんづけ》[四]を見《み》なかつたが、額《ひたひ》[五]の出張《でばつ》たお前《まへ》さんは、何《なん》と云名《いふな》でござります。
辺丹　只《たゞ》お前《まへ》さんで能事《いゝこと》を、額《ひたい》が出張《でばつ》て居丈余《ゐるだけよ》計《けい》な事《こと》だ。
太助　ツイ目《め》に付《つい》たから云《いひ》ましたが、お前《まへ》さんは何《なん》と云《いひ》ます。
辺丹　額《ひたい》の出張《でばつ》た私《わたし》かへ。
しの　人《ひと》の事《こと》よりお前《まへ》さんが、出張《でばつ》たと云《いふ》くせに。
辺丹　浮《う》ツかり是《これ》は巻込《まきこま》れたのだ、私《わたし》は市川左団次《いちかはさだんじ》[六]の弟子《でし》で、市川辺丹次《いちかはへたんじ》と云《いひ》ます。

一　客の入りがいい。
二「しの」と「のぶ」の二人の女中名を合わせると「しのぶ」となり、奥州を舞台にした著名な浄瑠璃『碁太平記白石噺（ごたいへいきしろいしばなし）』（「奥州白石噺」ともいう）の主要人物「信夫」を連想させる仕掛け。
三　見る目がない田舎ものだということ。「開ける」は開化期の流行語なので、「開けない」は否定的言辞としてよく用いた。
四　演目、役者名等を記した興行案内。ここではチラシのように配るが、多様な種類がある。
五　辺丹次役の小半治の有名だった「お出額（おでこ）」の特徴の当て込み。→人名一覧。
六　初世市川左団次。初演時、千太を演じた。当時の表記は「左団治」も多く、江戸期に同名の役者がいたため、「四代目」とされていた。→人名一覧。
七　初演時、お照を演じた八世岩井半四郎。→人名一覧。　八　娘役を演ずる女方の意だが、旅役者一座に属すると、旅回りの男娼（旅陰間）を暗示するのが、「旅稼」等の台詞に滲む。
九　以下、動物の譬えは一般の役者への差別的言辞を踏まえた洒落であるが、「東京役者」（大芝居の格のある役者）の「旅役者」への差別意識でもある。　一〇　どうせ。どのみち。
一一　→注八。　一二　演目。出し物。
一三　ここでは『仮名手本忠臣蔵』。
一四　五段目山崎街道、六段目勘平腹切、七段目一力茶屋。　一五『忠臣蔵』の作中人物、早野勘平。塩谷家の浪士。
一六　同じく塩谷家の腰元、後に勘平の女房。
一七　五段目山崎街道に登場する。
一八　六段目に「狸の角兵衛」という猟師役が登場する。また、腹黒い、人を騙すという意味では現在も用いる。

太助　成程《なるほど》名は体《たい》を顕《あらは》すと、へたん次《じ》は能名《いゝな》だ。

半次　そちらの色《いろ》の黒《くろ》いお方《かた》は、

鈍四　私《わたし》は[七]岩井《いはゐ》半四郎《はんしらう》の弟子《でし》で、岩井鈍四郎《いはゐどんしらう》と云《いひ》ます、

半次　誰《だれ》が付《つけ》たか是《これ》も能名《いゝな》だ、半四郎《はんしらう》の弟子《でし》だと云《いつ》ては、夫《それ》ぢやアお前《まへ》は、

鈍四　アイ、[八]娘形《むすめがた》でござります。

半次　[九]貉形《むじながた》とは珍《めづ》らしひ名《な》だが、ハア顔《かほ》が貉《むじな》に似《に》て居《ゐ》るからか。

鈍四　イヱ、貉《むじな》ではない娘形《むすめがた》さ。

太助　貉《むじな》と云《いふ》のも無理《むり》はない、[一〇]どうでお前方《まへがた》は[一一]旅稼《たびかせぎ》で、獣物《けだもの》に違《ちが》ひない。

しの　爾《さう》して、毎晩狂言《まいばんきやうげん》[一二]が替《かは》るさうでござりますが、

のぶ　今夜《こんや》は何《なに》を被成《なさ》います。

辺丹　御贔屓様《ごひゐきさま》からお好《この》みで、[一三]忠臣蔵《ちうしんぐら》の[一四]五六七《ごろくしち》と三幕続《みまくつゞ》けて致《いた》します。

鈍四　辺丹次《へたんじ》さんが[一五]勘平《かんぺい》で、私《わたし》が[一六]おかるを致《いた》します。

太助　夫《それ》ぢやア[一七]猪《しゝ》が出《で》ますね。

辺丹　ハイ、五段目《ごだんめ》へ出《で》ます。

半次　[一八]狸《たぬき》も出《で》ますか。

鈍四　狸《たぬき》の出《で》るのは六段目《ろくだんめ》さ。

序幕　白川宿旅籠屋の場

太助　猪《ぶた》も出《で》ますか。
辺丹　何《なん》で猪《ぶた》が出《で》る物《もの》か。
太助　然《さ》う云《いふ》お前《まへ》が東京《とうきやう》の、[一]奥山《おくやま》の猪《ぶた》に能《よ》く顔《かほ》が似《に》て居《ゐ》るからさ。
しの　夫《それ》ではお軽勘平《かるかんぺい》は、
のぶ　猪《ぶた》と貉《むじな》でござりますね。
太助　是《こ》りやア[二]犬《いぬ》のカメ芝居《しばゐ》や、猿芝居《さるしばゐ》より増《ま》しだらう。
辺丹　あんまり馬鹿《ばか》に仕《し》なさんな。
鈍四　是《これ》でも[三]役者一疋《やくしやいつぴき》だよ。
太助　イヤ獣物《けだもの》と云《い》はれた迚《とて》、腹《はら》を立事《たつこと》はない、左団治《さだんぢ》だの半四郎《はんしらう》だのと、虎《とら》の威《い》をかる[四]狐《きつね》だ物《もの》。
両人　何《なに》、狐《きつね》とは、
太助　東京役者《とうきやうやくしや》と云被成《いひなさる》のは、人《ひと》を化《ばか》し被成《なさ》るからさ。
辺丹　こいつア[五]旅《たび》と知《し》られたか。
鈍四　尻尾《しつぽ》を出《だ》さない其内《そのうち》に、
辺丹　早《はや》く行《いつ》て[六]シヤギらせやう。
太助　[七]狸囃子《たぬきばやし》をかへ。

一　浅草の地名。見世物小屋の名所で動物の見世物も多かった。
二　犬に鬘や衣裳を着せ芸をさせる見世物。明治前期流行した。日清戦争頃まで人気を呼んだ。洋犬と書いてカメと読ませるのは英米人が飼い犬に向い come here というのを「カメや」と聞き違えたからという説もある。黙阿弥は明治五年の散切物『月宴升毬栗(つきのえんますのいがぐり)』や同十三年の『霜夜鐘十字辻筮(しもよのかねじゅうじのつじうら)』では洋犬(縫いぐるみ)を舞台に登場させている。
三　江戸期の法令では役者をこう数えた差別的な用法を逆手に使い、一人前の男性を意味する「男一匹」に掛ける。それを、女方の旅役者にいわせるおかしみ。
四　人をたぶらかし、欺くもの。女郎の比喩にも用いた表現。ここでも、旅役者に男娼の意を重ねる。
五　旅役者の意。明治初期の白河は興行税一日十五銭を払わぬ無許可の旅興行が絶えず、六年には県令が「農事繁劇ヲモ顧ズ、無用ニ財ヲ費スノミナラズ、コレガタメ懶惰ノ弊ヲ生ジ」とし、白河・白坂等十五の場所以外の興行を禁じた(『白河市史』)。
六　下座音楽で開場や幕間をとる閉幕時に演奏する鳴物。ここでは、この場を早く終えて退散しようという意味。
七　狸に譬えた旅役者をからかう。なお、同名の鳴物もある。
八　腹黒い、ずる賢い奴らというだけでなく、旅役者を陰間、男娼として侮蔑する表現。正岡容説では、相手をあさり尽くし「下ッ腹の毛」が擦切れるほど行為を繰返しているようなあばずれだという含意がある(『明治東京風俗語事典』有光書房、昭和三十二年)。

鈍四　モウ能加減《いゝかげん》に仕《し》てお呉《くれ》、

辺丹　ドレ、楽屋《がくや》へ行《ゆく》と仕様《しやう》か。

ト米山甚九《よねやまぢんく》で両人下手《りやうにんしもて》へ這入《はい》る。

太助　彼〔奴〕《あいつ》等〔ら〕は旅役者《たびやくしや》で、[八]下ツ腹《したばら》に毛《け》のない奴《やつ》だ。

半次　併《しか》し二人《ふたり》で[九]燻《いぶ》し付《つけ》、とう〳〵尻尾《しつぽ》を出《だ》さして遣《や》つた。[一〇]

しの　どんな事《こと》をする物《もの》だか、昼《ひる》だと行《いつ》て見《み》られるけれど、

のぶ　暮方《くれがた》から忙《いそが》しひので、夜芝居《よしばゐ》では行《ゆか》れない。

太助　今年《ことし》[一一]春《はる》の博覧会《はくらんくわい》から日光参《につくわうまゐ》り伊勢参《いせまゐ》り、大層田舎《たいそうゐなか》が出《で》たではないか。

半次　夫《それ》と云《いふ》のも近年《きんねん》は、何所《どこ》の[一二]田舎《ゐなか》も豊年《ほうねん》で、宿屋《やどや》も[一三]同者《どうしや》が一番多《いちばんおほ》ひ。

太助　噂《うはさ》をすれば影《かげ》とやら、同者《どうしや》が一群《ひとむれ》やつて来《き》た。

ト[一四]米山甚九《よねやまじんく》に成《な》り、[一五]向《むか》ふより東《とう》右衛《ゑ》門老《もんふけ》たる田舎同者脚《ゐなかどうしやきや》[一六]半草鞋《はんわらじ》、[一七]二《に》枚継《まいつぎ》の蓙《ござ》を引掛《ひつかけ》、[一八]蝙蝠傘《かうもりがさ》を持《もち》、[一九]陸兵衛《ろくべゑ》、奥蔵同《おくざうおな》じ拵《こしら》へにて出《で》て来《きた》り花道《はなみち》にて、

東右　[二〇]作《さく》右衛《ゑ》門《もん》が博覧会《はくらんくわい》の帰《かへ》り掛《がけ》に泊《とま》ツた時《とき》、[二一]大層手《たいそうて》当《あて》が能《よ》かつたと云《いふ》、奥《おう》州屋《しうや》と云《いふ》は向《むか》ふの内《うち》だ。

陸兵　旅籠代《はたごだい》は世間並《せけんなみ》[二二]二《に》十五《じうご》銭取《せんと》るさうだが、食物《くひもの》が能《よく》て、夜具《やぐ》が能《よ》く、

九　狸などを、煙を出して追い出すのに譬えた。

一〇　近年の東右衛門一行の登場しない上演台本では、ここから、すぐに一五九頁の千右衛門とお照の出となる。

一一　本作初演の明治十四年の三月に、第二回内国博覧会が東京上野で行われた。江戸期以来の日光・伊勢参りと合わせ、東北から赴くには白河の宿場を通らぬわけにはいかなかった。

一二　底本振仮名「ゐかな」を直す。

一三　→一四八頁注六。

一四　「明治二十三年附帳」では「流行(はや)うた太鼓入り」。

一五　「向ふ」、全集では「花道」。以下この異同については省略。

一六　泥除け等歩行に便利なように脛に巻く布。旅の扮装にはきまりの足拵え。

一七　雨除けの合羽替りに使う。糸経(いとだて)ともいう。

一八　咸臨丸で渡米の木村摂津守が万延元年(一八六〇)に持ち帰り、「此の頃西洋の傘を持ちふる人多し。和俗蝙蝠傘といふ。但し晴雨ともに持ふるなり」(『武江年表』慶応三年五月)と開化期風俗に欠かせぬ蝙蝠傘は唐物屋(輸入品店)で売る高価品だが流行した。河鍋暁斎は洋服長靴洋傘の忠臣蔵の定九郎を明治七年に描いた。明治十年代に国産が始まり、『諸工職業競』(明治十二年)には新産業として蝙蝠傘の製造が描かれている。なお、江戸の旅の雨具は雨合羽が基本だが、番傘を所持することはあった。

一九　二人で「陸奥」という寓意名。

二〇　東右衛門と同郷の人物名であろう。作中には登場せず。

二一　待遇。

二二　「明治十二年白河町物価一覧」では並酒と醤油が一升十銭である(『白河市史』)。

奥蔵　其上団扇《そのうへうちは》を一本宛土産《いっぽんづゝみやげ》に呉《くれ》ると云事《いふこと》だから、外《ほか》の宿《やど》より余《よ》ッ程徳《ほどとく》だ。

東右　少《すこ》し泊《とまる》にやア早《はや》ひけれど、[一]悪《わる》ひ所《とこ》へ泊《とま》るより奥州屋《おうしうや》へ泊《とま》らう。

陸兵　随分今日《づいぶんけふ》は草臥《くたびれ》たから、早泊《はやどまり》が能《よ》うござらう。

奥蔵　奇麗《きれい》な内《うち》に湯《ゆ》へ這入《はいり》、ゆつくり一《いっ》ぱい遣《や》りませう。

　　ト[二]甚九《じんく》で本舞台《ほんぶたい》へ来《く》る、[三]太助《たすけ》半次《はんじ》立掛《たちかゝ》り、

太助　あなた方《がた》はお泊《とまり》でござりますか。

半次　[四]一新講《いっしんかう》の奥州屋《おうしうや》でござりまする。

東右　[五]在所《ざいしょ》の者《もの》の差図《さしづ》により、お前《まへ》の所《ところ》へ泊《とま》る積《つも》りだ。

両人　夫《それ》は有難《ありがた》ふござりまする。

半次　サア、是《これ》へお掛被成《かけなされ》ませ。

しの　お荷物《にもつ》やお笠《かさ》は、こちらへお出《だ》し被成《なされ》ませ。

　　ト此内捨《このうちすて》[六]ぜりふにて、三人腰《さんにんこし》を掛半次《かけはんじ》す[七]ゝぎの盥《たらい》を持《もっ》て来《く》る、

　　おしの、おのぶは荷物《にもつ》、笠《かさ》を片付《かたづけ》る、三人《さんにん》は草鞋《わらじ》を解足《ときあし》を洗《あら》ふ。

のぶ　おかみさん、お泊《とまり》がござります。（ト奥《おく》にて、）

みち　アイ〳〵。（ト[八]右合方《みぎあいかた》にて奥《おく》よりおみち[九]宿屋女房《やどやにようぼう》の拵《こしら》へにて出《で》て来《きた》り、）是《これ》は〳〵どなた様《さま》も、お早《はや》ふお着《つき》でござります。

一　八隅蘆庵『旅行用心集』（文化七年）に「成丈家作のよき賑やかなる泊屋へ泊るへし。少々値高直（こうじき）にてもそれたけの益有也」とある。

二　下座の「米山甚句」。→一四九頁注二九。

三　底本振仮名「たせけ」を直す。

四　一新講の連中御用の。

五　自分の故郷の土地。田舎。

六　→用語一覧。

七　泥に汚れた足を濯ぐための盥。宿ではもちろん、百姓家等でも使う小道具。

八　右と同じ、つまり直前に用いた甚九の合方。合方は、唄の入らない三味線の演奏。人物の出入りや台詞の背景音楽として默阿弥は多用した。本作ではその例がないが、設定に応じて笛、尺八、琴、胡弓等と合奏する。その場合は「〇〇入り合方」と称するのが普通。なお「右合方にて」、全集にはなし。

九　黒襟付き着付に丸帯の衣裳。

東右　先達《せんだつ》て村《むら》の者《もの》が、博覧会《はくらんくわい》の帰《かへ》り掛《がけ》、お前《まへ》の所《とこ》へ泊《とまつ》た所《ところ》、丁寧《ていねい》にして呉《くれ》られたから、少《すこ》し早《はや》くも泊《とま》れと云《いふ》ので、

陸兵　モフ一宿行《ひとしゆくゆか》れるのを、

奥蔵　お前《まへ》の所《とこ》へ泊《とま》りました。

みち　夫《それ》は御贔屓《ごひゐき》に被成《なされ》て下《くだ》さいまして、有難《ありがた》ふござりまする[一〇]あなた方《がた》はどちらでいらつしやいます。

東右　私等《わたしら》は奥州松島在《おうしうまつしまざい》[一一]で。

みち　へイ、松島《まつしま》のお方《かた》でござりますか、此三月《このさんぐわつ》から引続《ひきつゞ》き博覧会《はくらんくわい》[一二]を御見物《ごけんぶつ》に、多《おほ》くのお泊《とまり》がござりましたが、作右衛門様《さくゑもんさま》の御近所《ごきんじよ》でござりますか。

東右　ヲヽ、其作右衛門《そのさくゑもん》の隣《となり》でござります。

みち　左様《さやう》でござりましたか。（ト此内足《このうちあし》[一三]を洗《あら》ひ上《うへ》へ上《あが》る。）

のぶ　お茶《ちや》をお上《あが》り被成《なされ》ませ。（ト三人《さんにん》へ茶《ちや》を出《だ》す、半次《はんじ》は脚半草鞋《きやはんわらじ》を片付《かたづけ》る。）

陸兵　コレ若《わか》イ衆《しゆ》、脚半《きやはん》の間違《まちがは》ぬ様《やう》に仕《し》て下《くだ》さい。

奥蔵　幸便《ついで》に草鞋《わらじ》も頼《たの》みますぞ。

一〇　→用語一覧。

一一　古来より景勝地、歌枕として馴染みの地名。宮城県宮城郡松島町。

一二　博覧会には全国各町村からの動員がかかったという。博覧会へ行くような土地の名士たちが泊る名代の宿なのだという含意もある。↓二〇七頁注六。

一三　ここでは自分で洗う。『守貞謾稿』に「駅亭の女は必ず旅客を泊る時、足をそそぐ故に、駅家の遊女を足あらひと名目すと也」とあり、宿場女郎（時には飯盛女）が足洗いをする旅籠屋も多かった。

半次　直《すぐ》に札《ふだ》を付《つけ》ますから、決《けし》て間違《まちがい》は致《いた》しませぬ。

しの　お湯《ゆ》が宜《よろ》しふござりますが、直《すぐ》にお這入被成《はいりなされ》ますか。

のぶ　[一]御膳《ごぜん》を先《さき》へ召上《めしあが》りますか。

東右　どうで一杯《いつぱい》やりますから、湯《ゆ》へ先《さき》へ、

三人　這入《はいり》ませう。

みち　夫《それ》ではお湯《ゆ》へ御案内申《ごあんないまう》しや。

女中
両人　畏《かしこま》りました。

東右　ドレ、草臥《くたびれ》を休《やす》め様《やう》か。

女中
両人　サア入《い》らつしやいまし。

ト米山甚九《よねやまじんく》に成《な》り、東右衛門外両人《とうゑもんほかりやうにん》、おしの荷物《にもつ》を持《もち》、おのぶ付《つい》て[二]暖簾口《のれんぐち》へ這入《はい》る。

みち　脚半《きやはん》へ直《すぐ》に札《ふだ》を付《つけ》なよ。

太助　何札《なにふだ》を付《つけ》るには及《およ》びませぬ、三足共汚《さんぞくともきた》ない脚半《きやはん》だ。

半次　是《これ》よりきたない脚半《きやはん》はないから、間違《まちがへ》た方《ほう》が徳用《とくよう》だ。

みち　又《また》そんな事《こと》を云《いふ》か、[三]堅《かた》いが名代《なだい》でお客様《きやくさま》の絶間《たへま》のない此方《こつち》の内《うち》、仮令《たとへ》脚半一足《きやはんいつそく》でも間違《まちがい》が有《あつ》ては[四]家《いへ》の疵《きず》、能《よ》く気《き》を付《つけ》て置《おい》て呉《く》りや。

一　旅籠屋は朝夕二食付き。食料持参で調理用の薪の料金(木賃)と宿泊(素泊り)料金で泊るのが木賃宿。

二　→用語一覧。

三　堅実な商いが評判の。

四　家名に疵が付く。

五　→一五四頁注八。

六　腰より内股までの襠(ちま)を高く作った袴。元来乗馬用で武家が用い町人は禁制だったが、明治四年に平民の着用も許可された。

七　現在の短靴。洋靴の国内製造は明治三年からで、軍靴の必要と関連が強い。築地に軍靴製造

両人　畏《かしこまり》ました。
　　ト右《みぎ》の合方《あいかた》[五]にて、下手《しもて》より幸助《こうすけ》菊蔵《きくざう》羽織《はおり》[六]まち高袴《だかばかま》半靴《はんぐつ》[七]探索方《たんさくがた》[八]の拵《こしら》へにて出《で》て来《きた》り、
菊蔵　おかみさん、此間《このあいだ》は。
みち　是《これ》は瀬栗《せぐり》[九]さんに鳥方《とりかた》さん、何《なん》ぞお調《しらべ》でござりますか。
幸助　些《ちつ》とお前《まへ》に聞《き》たい事《こと》がある。
みち　旅人《りよじん》の事《こと》でござりますか。（ト両人《りやうにん》揚椽《あげえん》[一〇]へ腰《こし》を掛《かけ》）
菊蔵　十日《とうか》程《ほど》お前《まへ》の所《ところ》に、天気《てんき》[一一]の能《いゝ》に逗留《とうりう》して、土地《とち》の芸者《げいしや》の弁天《べんてん》お照《てる》を、毎日《まいにち》車《くるま》[一二]へ相乗《あいのり》[一三]で、爰《こゝ》ら近所《きんじよ》を遊《あそん》で歩行《あるく》、東京《とうきやう》の客《きやく》は何者《なにもの》だ。
幸助　アノお方《かた》は東京《とうきやう》の、銀行《ぎんかう》[一四]の御手代《おてだい》[一五]衆《しゆ》だと申事《まうすこと》でござります。
みち　宿帳《やどちやう》をお見《み》セなさい。
菊蔵　ハイ、畏《かしこまり》ました○（ト宿帳《やどちやう》を出繰出《だしくりだ》し見《み》て、）是《これ》に名前《なまへ》がござります。（ト菊蔵《きくざう》見《み》て、）
みち　「東京《とうきやう》日本橋区《にほんばしく》南茅場町《みなみかやばちやう》[一六]五十番地《ごじふばんち》、浜崎千右衛門《はまざきせんゑもん》[一七]」
菊蔵　是《こ》りやアお前《まへ》の所《ところ》で馴染《なじみ》の客《きやく》かへ。
幸助　イヱ、お馴染《なじみ》ではござりませぬ。
みち

所「伊勢勝」を設けた元佐倉藩士西村勝三は後に瓦斯局に勤務し、新富座の瓦斯灯導入に尽力した（木村錦花『守田勘弥』新大衆社、昭和十八年）。芝居では履物は小道具扱いだが、洋靴は別に「靴屋」扱いで損料を払い、公演中の出し入れは小道具が担当する習慣がある。
八　刑事。
九　「探り」と「捕り方」（捕り手）を掛けた寓意の役名。
一〇　→用語一覧。
一一　好天なのに旅立ちもせず、商売をするでもなく、泊り続けている。
一二　人力車。→一五八頁注一。
一三　二人乗り。→一五九頁注一七。
一四　国立銀行条例は明治五年発布。翌年第一国立銀行創立。
一五　商家で小僧（丁稚）と番頭の間の身分。ここでは銀行員。森銑三は『驥尾団子』（明治十四年十一月九日）に「頭をざん切にし、口端に鮪髭を生やしたる官員の如き、書生の如き、銀行手代の如き」がやたらにステッキを携えるという記述を引き、「銀行手代」という用語のあるのを指摘している（『明治東京逸聞史』1、平凡社、昭和四十四年）。
一六　日本橋南東の海運橋（海賊橋）の南方。現、中央区日本橋茅場町一・二丁目の一部。明治十一年太政官通達で都会の地は区町名とした。銀行、郵船会社、酒問屋等があった。明治期のこの界隈は勝見豊次『雑談　明治』（近藤書店、昭和三十三年）に詳述がある。同書の谷崎潤一郎の序文に「君は私が日本橋の南茅場町に住んでゐた明治廿年代から卅年代に、つい筋向うの袋物屋の坊っちゃんとして育った人」とある。
一七　主要人物名は白浪の縁語で作られる。

太助　アノお客《きやく》は一人力車《じんりきしや》の、野州徳《やしうとく》が連《つれ》て参《まゐ》つた、

半次　二初《はじ》めてのお客《きやく》でござります。

菊蔵　一体何所《いつたいどこ》へ行旅人《ゆくりよじん》だね。

みち　松島《まつしま》が生《うま》れ古郷《こきやう》で、親《おや》を尋《たづ》ねて参《まゐ》るとやら申事《まうすこと》でござります。

菊蔵　三遊山旅《ゆさんたび》か知《し》らねへが、十日間《とうかかん》の長逗留《ながどうりう》、名所古跡《めいしよこせき》を見《み》るでもなく、

幸助　芸者《げいしや》を連《つれ》て遊《あそ》び歩行荒《あるきあら》ツぽい遣《つか》ひ振《ぶり》だから、此間《このあいだ》から目《め》を付《つけ》て居《ゐ》たのだ。

みち　然《さ》ら仰有《おつしや》れば銀行《ぎんかう》の御手代衆《おてだいしゆ》には、そぐはぬ物言《ものい》ひ、漢語交《かんごまじり》の其内《そのうち》に、四勇《いさ》みな詞《ことば》がござります。

太助　めつたな事《こと》は云《いは》れないが、

半次　五どろ衆《しゆう》かも知《し》れませぬ。

菊蔵　何《なん》ぞ怪《あや》しい事《こと》が有《あつ》たら、そつと知《し》らしてお呉《く》んなせへ。

みち　畏《かしこまり》ました。

菊蔵　決《けつ》して迷惑《めいわく》は掛《かけ》ねへから、隠《かく》しだてを仕《し》なさんな。

六幸助　跡《あと》で露顕《ろけん》する日《ひ》には、叱《しか》られた上《うへ》何《なに》がしか、罰金《ばつきん》を取《と》られるぜ。

みち　決《けつ》して隠《かく》しは、

一　発明者は諸説あるが、有力説では明治三年和泉要助が製造開始、直ぐに普及し、アジア諸国へも輸出された。時期、地方により形体、本体や車輪の材質、幌の有無に違いあり。明治十二年白河町には六十台が登録されていた(『白河市史』)。

二　見知らぬ客。関わり合いのない客だということ。

三　ここでは気晴らしの旅。

四　「いなせ」より更に柄の悪い語感。

五　泥棒。

六　底本、話者を半次とするのを直す。

七　茶屋には、芝居茶屋、引手茶屋、水茶屋、出会茶屋、色茶屋等があった。それらとの区別のために、料理を供する茶屋をいう。

八　シャッポ(帽子)は明治五、六年頃より流行。麦藁帽の内地製造は明治十一年頃より東京大森の業者によるという。

九　裏地のない羽織。明治二十三年再演時の評に、初演時は縞柄の羽織だったのを黒紋付にしたのは大仰すぎておかしいという評がある(『歌舞伎新報』一一五九号)。

一〇　裏地の付いている着物。

一一　絹織物の生地。衣服、帯地、風呂敷等に用いる。

一二　単に芸者というより、安っぽく、下卑た感じの呼称。「宿場女郎」という含意がある。上演ではビロードのショールを掛け、派手な感じを見せる工夫をする。初演の八世半四郎は美貌、洗練がすぎ「いかに弁天と云渾号(あだな)が有にもせよドコから見ても旅芸者とは見得ず」(六二連

三人　致《いた》しませぬ。

菊蔵　夫《それ》ぢやアおかみさん、頼《たの》みましたよ。

みち　畏《かしこまり》ました。

幸助　ドレ、[七]料理茶屋《れうりちやゝ》を、

両人　探《さぐ》ツて来《こ》やう。（ト右《みぎ》の合方《あひかた》にて下手《しもて》へ這入《はい》る。）

太助　どうも怪《あや》しひと思《おも》つたが、探索方《たんさくがた》の目《め》に留《とま》り、

半次　内々《ないく》調《しらべ》に成《なつ》てゐるとは、誰《だれ》の目《め》も違《ちが》はぬ物《もの》だ。

ト向《むか》ふより千右衛門《せんゑもん》[八]麦藁《むぎわら》のシヤツポ[九]単羽織《ひとへはおり》、[一〇]袷着《あはせき》流《なが》し駒下駄《こまげた》、お照[一一]縮緬《てるちりめん》の着付《きつけ》、[一二]宿場芸者《しゆくばげいしや》の[一三]拵《こしら》へにて出《で》て来《きた》り、跡《あと》より[一四]下総松《しもふさまつ》、[一五]半天半股引《はんてんはんもゝひき》、人力車夫《じんりきしやふ》の拵《こしら》へ、肩《かた》へ[一六]ケツトを掛《かけ》、[一七]二人乗《にゝんのり》の車《くるま》を引出《ひきで》て来《きた》り、

千右　車《くるま》も一日乗続《いちにちのりつゞ》けは却《かへつ》て腰《こし》が痛《いた》く成《なり》、歩行方《あるくはう》が余《よ》ツ程楽《ほどらく》だ。

お照　そりやア[一八]私《わたし》が大《おほ》きいから、窮屈《きうくつ》なせへでござりませう。

松　明日《あした》は相乗《あいのり》でなく、一人乗《いちにんのり》で一人宛《ひとりづゝ》お乗被成《のりなされ》ませ。

千右　[一九]程《ほど》の悪《わる》ひ事《こと》を云《いふ》ぢやアねへか、東京《とうきやう》にも二人《ふたり》とない弁天《べんてん》お照《てる》と名《な》の高《たか》ひ、白川一《しらかはいち》の芸者衆《げいしやしゆ》と相乗《あいのり》が仕《し》たい計《ばか》りに、腰《こし》の痛《いて》へを我慢《がまん》するのだ。

『俳優評判記』第十四編）とあるのは是非もない。明治二十三年再演で、「弁天お照を源之助が演った時に、序幕で〈平打(ひらうち)の銀モール〉を掛けたということであるが、一寸その時代が出て面白い思いつき」（松田青風『歌舞伎のかつら』演劇出版社、昭和三十四年）。平打は鬘の掛け物（アクセサリー）。また、源之助については「茶博多の帯の好みは当時すたつた品物なれど旅芸者と云処(いうとこ)よりしての拵へ請ました」（『歌舞伎新報』一一五九号）という評もある。

一三　扮装。

一四　下総は千葉県北部と茨城県南部の地域。北総ともいう。

一五　膝上までの長さの股引。芝居では「紺の腹掛け、千草（色）の股引」というのが、こういう役の定式。

一六　ブランケットの略。明治初年人力車の膝掛け、茶店の床几等に赤い毛布が使用された。やがて肩掛けにも使うようになり、新派の『滝の白糸』でも効果的に用いる。また、「おのぼりさん」を指す「赤ゲット」の用語もある。

一七　相乗車ともいう。男女の客が主に利用したが速度の遅さや風紀上の問題等あり、徐々に需要は少なくなった。「明治四十年頃になると、東京では、もう二人乗の車といふのは殆ど跡を絶つた…極く早い時代の二人乗の車は後に武者絵とか芝居絵とか、花鳥とかいふやうなものが、彩色入りの漆で書いてあつた。さういふ車を見かけたのは、東京では、精々で明治二十年頃まで」（馬場孤蝶『明治の東京』中央公論社、昭和十七年）。

一八　お照役の半四郎は当時の女方としては、背が高いので有名。→人名一覧。

一九　具合の悪い、印象の悪い、調子の悪い。

お照　ヱ、モ憎《にく》らしひ、そんな事《こと》を云《い》つて。（ト右《みぎ》の[一]騒《さは》ぎ唄《うた》にて三人《さんにん》舞台《ぶたい》へ来《きた》り、）

太助　是《これ》は旦那《だんな》、お帰《かへ》り被成《なされ》ませ。

千右　車《くるま》を下《お》りて歩行《あるい》たので、思《おも》ひの外遅《ほかおそ》く成《なつ》た。

半次　イヱ、お遅《おそ》ひ事《こと》はござりませぬ。

みち　今日《こんにち》は何地《どち》らへお出被成《いでなされ》ました。

千右　何所《どこ》と云当《いふあて》はなく、[二]松公《まつこう》が案内者《あんないしや》で、方《はう》〴〵名所《めいしよ》を見《み》て歩行《あるき》、今夜《こんや》は温泉《おんせん》へ一泊《いつぱく》しやうと思《おも》ツたが、何所《どこ》へ泊《とまつ》てもこつち位泊《くらゐとま》り心《ごゝろ》の能内《いゝうち》はねへ。

みち　夫《それ》は有難《ありがた》ふござりまする。

松　さつき左様仰有《さやうおつしや》りましたが、夜芝居《よしばゐ》へお出被成《いでなされ》ますか。

千右　どんな役者《やくしや》が出《で》て居《ゐ》るか、咄《はなし》の種《たね》に行《いつ》て見《み》やう。

お照　上手《じやうづ》な役者《やくしや》が居《ゐ》ると云《いふ》から、一幕見《ひとまくみ》たうござりますね。

太助　そりやアおよし被成《なされ》ませ、中《なか》〳〵以《もつ》てあなた方《がた》の御覧被成《ごらんなさる》芝居《しばゐ》ぢやアござりませぬ。

半次　先刻《さつき》も見世《みせ》へ参《まゐ》りましたが、[三]市川《いちかは》へたん次《じ》に岩井《いはゐ》鈍四郎《どんしらう》、下手《へた》らしひ

一　廓の場で多用する下座音楽。ここでは唄が入るそれの意。

二　車夫の下総松のこと。

三　千右衛門役の左団次、お照役の半四郎を前にしてこう言わせるところに、黙阿弥の江戸の狂言作者としての遊びがある。

四　左団次にこう言わせるのも、作者の遊び。

五　松の兄貴分の車夫、野州の徳松。

千右　役者《やくしや》でござります。イヤ生中《なまなか》[四]な役者《やくしや》より、妙《めう》な方《はう》が可笑《おかし》くつて能《い》イ。

お照　私《わたし》も行《いつ》て見《み》たいから、松《まつ》さん晩《ばん》に来《き》てお呉《くれ》よ。

松　畏《かしこまり》ましてござります ◯ 今日《こんにち》は旦那《だんな》の御贔屓《ごひゐき》の、徳《とく》[五]が用事《ようじ》がござりまして、替《かは》[六]りに私《わたくし》が上《あが》りましたが、嘸《さぞ》お乗憎《のりに》くふござりましたらう。

千右　少《すこ》しも乗憎《のりにく》ひ事《こと》はない。

松　今晩芝居《こんばんしばゐ》へ入《い》らつしやいますには、徳《とく》がお供《とも》を致《いた》します。

千右　お前《めへ》も一緒《いつしよ》に来《き》て呉《く》んねへ。

松　ヘイ、跡押《あとおし》[七]に上《あが》ります。

千右　夫迄《それまで》[八]行《いつ》て一《いつ》ぺいやんねへ。（ト紙入《かみいれ》から小札《こさつ》[九]を出《だ》して遣《や》る。）

松　是《これ》は有難《ありがた》ふござります ◯ お照《てる》さん、旦那《だんな》へ宜敷《よろしく》。（ト辞義《じぎ》をする。）

太助　松公《まつかう》しつかり呑《のめ》るな。

松　イヱ、晩《ばん》の仕事《しごと》がござりますから、一合《いちがふ》やつて置《おき》ます。（ト下手《しもて》へ車《くるま》を引《ひい》て這入《はい》る。）

みち　旦那《だんな》、お湯《ゆ》をお召被成《めしなさ》いませんか。

千右　今温泉《いまおんせん》へ這入《はいつ》て来《き》たから、今夜《こんや》は湯《ゆ》はよしに仕《し》ませう。

六 野州徳役の松助は、猝金お市役を兼ねているので、この場へは出られない。その工夫として代りに弟分の役を出すのは、歌舞伎の劇作法の常套手法。また、役者によっては出演できる条件でも、弟分や格下の役を作り、それに相応しい役者にあてて、最初の出番にはその役者が顔を出し、見せ場や顔の立つ場面から格上の役者が出演するという場合もある。これを幕内用語では「半無精」と称している。

七 「速力の点から、一つの車を二人で輓く場合は綱引きと称えて、梶棒へ綱を附けてその綱を一人が肩へかけて、先きへ立つて引きながら駆け、また急ぐ場合には後からもう一人、車の背を押し、つまり三人輓きになるのである」（馬場孤蝶『明治の東京』中央公論社、昭和十七年）。跡（後）押しには「後にいて、そそのかす」の含意もある。

八 単なる心付けでなく、前の台詞「跡押」に含意されているように、千右衛門のお照に対する気持ちを汲んで、その手助けを頼むという魂胆。この後の松の御礼の台詞等もその含みがある。

九 少額の札。とはいえ紙幣の祝儀は過分であり、それがすぐ後の松や太助の台詞に繋がる。

初世左団治と四世源之助のお照（『国文学 解釈と鑑賞』至文堂，昭 38・1 臨時増刊号）

太助　左様《さやう》なれば、

両人　お二階《にかい》へ。

千右　イヤ、爰《こゝ》で一《いつ》ぷくやりませう。

　ト千右衛門《せんゑもん》お照床几《てるしやうぎ》[一]へ腰《こし》を掛《かけ》る。又元《またもと》の米山甚九《よねやまじんく》に成《な》り、向《むか》ふよりお市色気《いちいろけ》[二]のある婆《ばゝ》アの拵《こしら》へ、草履《ざうり》がけ、弁山半合羽《べんざんはんがつぱ》[三]草履《ざうり》カバン[四]を提《さげ》、両人共蝙蝠傘《りやうにんともかうもりがさ》を杖《つゑ》に突出《つきで》て来《きた》り、花道《はなみち》にて、

弁山　おつかア、奥州屋《おうしうや》と云《いふ》は向《むか》ふだぜ。

お市　爰《こゝ》の宿屋《やどや》に逗留《とうりう》して居《ゐ》る、銀行《ぎんかう》の手代衆《てだいしゆ》に毎日呼《まいにちよば》れて出《で》て居《ゐ》るさうだ。

弁山　何《なん》にしろ銀行《ぎんかう》の手代《てだい》と云《い》やア、金《かね》が有《あ》らう。

お市　無心《むしん》[五]を云《いふ》にやア能幸先《いゝさいさき》だ。

弁山　おつかアお照《てる》は向《むか》ふの床几《しやうぎ》に居《ゐ》るゼ。

お市　ヲヽ違《ちげ》へねへ、あれは娘《むすめ》だ ◯（ト右鳴物《みぎなりもの》[六]にて両人舞台《りやうにんぶたい》へ来《きた》り、）お照《てる》、此間《このあいだ》は。

お照　ヲヤおつかさん、能《よく》お出《いで》だね。

お市　あんまり能《よく》も来《こ》ねへのさ、五十里《ごじふり》[七]有《あ》る白川迄《しらかはまで》、態《わざ》〳〵来《く》るからは、どうでろくな事《こと》ではねへ。

一　木製のベンチ状の背もたれのない腰掛け。
二　ここではいやらしさの残った意。黙阿弥自筆の本作「絵看板下絵」（『没後百年河竹黙阿弥』図録所収）には、「四十余悪婆」と指定がある。芝居では、衣裳はお召の着付けに小紋の羽織。頭は胡麻の地髱（じた ぼ）にお蝦蛄（こしゃ）の髷。

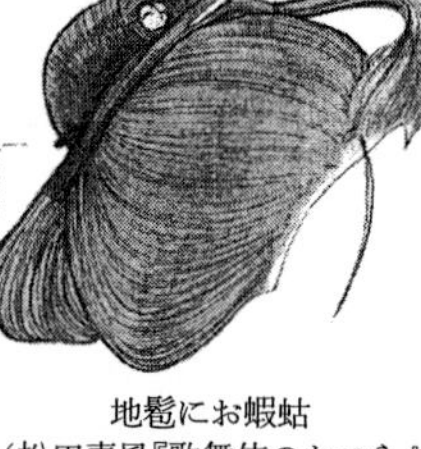
地髱にお蝦蛄
（松田青風『歌舞伎のかつら』演劇出版社，昭 34）

三　腰までの長さの合羽。着付けは着流し。頭巾をつける。
四　博覧会での展示品から販売が始まり、洋服姿の官員の必要から普及したともいう。
五　無理に金、物品をねだること。
六　「右鳴物にて」、全集にはなし。
七　「近世東京から白河迄を五日路、仙台までを十日路と見積りしは、一日の行程大凡十里にして、古今上下普通の旅程と思はる、夫はまた十里間毎に大宿駅、五里毎に中宿駅のあッた蹟を見ても、粗証明し得らるる」「明治十五年に馬車開けて、一日程平均廿五里となり、今鉄道通じて、百里が一日の常道だ」（芳賀真咲『松島道案内』金港堂、明治二十二年）。日光・奥州道中は、人力車と乗合馬車の長距離路線があり、明治五年以来の千住―宇都宮（十二時間）が、明治十三年に白河―福島まで延長。人力車路線は、東京

弁山　お照《てる》さん、久敷《ひさしく》お目《め》に掛《かゝ》りませぬ。

お照　誰《だれ》かと思《おも》つたら弁山《べんざん》さん、お前《まへ》[八]一所《いつしよ》にお出《いで》かへ。

弁山　[九]席《せき》の都合《つがふ》で此間《このあいだ》から遊《あそ》んで居《を》ります所故《とこゆゑ》、[一〇]座舗《ざしき》でも出来様《できやう》かと、[一一]おつかさんの供《とも》をしてこちらへ[一二]一所《いつしよ》に[一三]参《まゐ》りました。

太助　まア是《これ》へお掛被成《かけなされ》ませ。(ト床几《しやうぎ》を出《だ》す。)

お市　是《これ》は有難《ありがた》ふござります。

ト捨《すて》ぜりふにてお市《いち》、弁山床几《べんざんしやうぎ》へ腰《こし》を掛《かけ》る。千右衛門《せんゑもん》は脇《わき》を向《むい》て莨《たばこ》をのみゐる。

お照　おつかさん、何《なん》の用《よう》で出《で》てお出《いで》だへ。

お市　用《よう》と云《いふ》のは外《ほか》でもねへ、鬱陶《うつとう》しいと云《いふ》だらうが、又金《またかね》を借《かり》に来《き》たのだ。

お照　此間《このあいだ》[一四]郵便《いふびん》で持《もた》して上《あげ》た十円《じふゑん》は、お前《まへ》の方《ほう》へ届《とゞ》いたらうね。

お市　そりやア郵便《いうびん》だから、三日目《みつかめ》に間違《まちがひ》なく届《とゞい》たが、此節《このせつ》[一五]諸色《しよしき》が高《たか》いので、今《いま》の[一六]夷《ゑびす》の十円《じふゑん》は[一七]大黒銀《だいこくぎん》の有《あつ》た時分《じぶん》の[一八]壱両《いちりやう》にか成《な》らないから、直《すぐ》になくなつて仕舞《しまふ》はな。

お照　さうしてお前内《まへうち》へお出《いで》か。

お市　[一九]今泉屋《いまいづみや》へ往《いつ》たらば、御客様《おきやくさま》で此方《こつち》の内《うち》に、出《で》て居《ゐ》ると聞《きい》たから、

—宇都宮、宇都宮—白河、白河—福島の三区間に分け、一区間の所要時間が十三時間の運行だった(齊藤俊彦『轍の文化史』ダイヤモンド社、平成四年)。八 底本振仮名「いつしを」を直す。

九 弁山の生業である講釈の席。「席の都合」はその仕事がないという含意。

一〇 芸人用語で、客に呼ばれて、その場で芸をすること。現在でも「お座敷がかかる」という用法は残る。

一一 底本振仮名「いつしを」を直す。一二 自分がヒモである事の含意。

一三 底本振仮名「まる」を直す。

一四 明治四年より郵便事業開始。白河では翌五年に「二等郵便役所」が開設。

一五 庶事万般。転じて、物価。初演当時はインフレ傾向の時期だった。初演の明治十四年、普通米一升の平均価格は十一銭二厘で、明治十年の五銭六厘の約二倍。

一六 明治十、十一年に国立銀行発行の紙幣。額面は一円、五円の二種。ここは十円札の意味でなく、合計で十円ということ。裏面の図柄に七福神の恵比寿が描かれていた。表面は水兵と鍛冶屋で、富国強兵と殖産興業の象徴とされる。お雇外国人となった著名なイタリア人キヨソーネのデザイン。用紙、印刷とも紙幣局が製造の国産初の洋式紙幣。なお、明治十四年には、同じくキヨソーネのデザインによる神功皇后の肖像入りの一円札も発行されている。

一七 銀商人大黒家鋳造の文政銀、天保銀のことか。一八 初演の年二月から「改造紙幣」と「新紙幣」との交換が開始されたが、引換え準備の不手際もあり、不換紙幣が多くなり、更にその為の増発がインフレを招く悪循環で、紙幣価値は下落していた。

一九 お照を抱える芸者屋か置屋の名であろう。

弁山　お前《まへ》を尋《たづ》ねて爰《こゝ》へ来《き》たのだ。
みち　モシお照《てる》さん、何《なん》の御用《ごよう》か知《し》らないが、爰《こゝ》[一]は人《ひと》が来《き》ますから、二階《にかい》へお出被成《いでなさい》ましな。
お照　ハイ、有難《ありがた》ふござります。（トお市《いち》、弁山《べんざん》思入有《おもいれあつ》[二]て、）
お市　どうで今夜《こんや》は此宿《このしゆく》へ泊《とま》らうと思《おも》つた所《ところ》、爰《こゝ》のお内《うち》が奇麗《きれい》だから、爰《こゝ》へ泊《とまる》と仕様《しやう》かね。
弁山　私《わたし》も然《さ》う思《おも》つて居《ゐ》た所《ところ》だ。
太助　左様《さやう》なら、お泊被成《とまりなされ》ますか。
お市　今夜《こんや》はお世話《せわ》に成《なり》ませう。
太助　旦那《だんな》、あなたもお二階《にかい》へ入《い》らつしやいませ。
千右　暮《くれ》ると芝居《しばゐ》へ出掛《でかけ》るから、今《いま》の内一杯《うちいつぱい》やらうか。
お照　お相手《あいて》を致《いた》しませう。（トお市《いち》お照《てる》の袖《そで》を引《ひき》、）
お市　お照《てる》、あなたは[三]。（ト思入《おもいれ》）
お照　アイ、銀行《ぎんかう》へお勤《つと》め被成《なさ》る、浜崎様《はまざきさま》と仰有《おつしや》るお方《かた》で、御贔屓《ごひゐき》に成《なり》ますから、一寸《ちよつと》お礼《れい》を申《まうし》てお呉《くれ》。
お市　是《これ》はお初《はつ》にお目《め》に掛《かゝ》りますが、不束《ふつゝか》な娘《むすめ》をば御贔屓《ごひゐき》に被成《なされ》て下《くだ》さいま

一　揉め事になりそうなのを察していう台詞。
二　場の状況、設定に応じて、ある感情や内心を無言で表現すること。
三　あのお方は。
四　実子ではないだろうという疑い。明治三十三年上演時の『歌舞伎』四号の合評で、三木竹二は「私の考へでは此お照はネヂ金お市の娘ではなく孰(ずい)れ何某(なにがし)かの落胤(おとしだね)を里扶持(さとぶち)で貰つた者と思ひます」としている。この上演時はお照も白浪だという設定を外してもいる。→二八七頁注一二。
五　取柄のない親がどこか秀でた子を産む譬え。
六　話が長引き、揉めそうなので人目につかない二階に早く行って欲しいという思い。
七　底本「夫ぢやう」を直す。
八　下座音楽の一つ。「騒ぎ」は廓の場で多用される曲で、「宿場騒ぎ」はそのアレンジ曲として、宿場の場ではよく用いる。

して、有難《ありがた》ふござります。

千右　此子《このこ》の噺《はなし》に聞《きい》て居《ゐ》た、おつかさんはお前《まへ》かへ、幾《いく》つの時《とき》の子《こ》かしらぬ

が、[四]大層《たいそう》お前《まへ》は若《わか》イね。

お市　是《これ》は私《わたくし》が十八《じふはち》の時《とき》に産《うん》だ子《こ》でござります。

千右　夫《それ》ぢやアお前《まへ》のほんの子《こ》かへ。

太助　ほんの子《こ》ならば、[五]鳶《とんび》が鷹《たか》だ。

お市　何《なん》だとへ。

太助　イヤ、[六]兎《と》も角《かく》も旦那《だんな》を初《はじ》め、

半次　お二《に》階《かい》へ入《い》らつしやいまし。

千右　[七]夫《それ》ぢやアお照《てる》、

お照　おつかさんも御《ご》一所《いつしよ》に。

お市　ドレ、御厄介《ごやつかい》に、

お市
弁山　成《なり》ませう。

半次　サアいらつしやいまし。

ト[八]宿場騒《しゆくばさは》ぎに成《な》り、千右衛門《せんゑもん》、お照《てる》、お市《いち》、弁山《べんざん》、半次《はんじ》付《つい》て暖簾口《のれんぐち》へ這入《はい》る。太助傘《たすけかさ》を片付《かたづけ》る。

十二世 市川團十郎の千右衛門
七世 尾上梅幸のお照
現 坂東竹三郎のおみち
六世 尾上菊蔵のお市
初世 澤村昌之助の弁山
現 片岡市蔵の太助
現 山崎権一の半次

太助　モシお内義《かみ》さん、今《いま》のお袋《ふくろ》だと云人《いふひと》は、一筋縄《ひとすぢなは》ではいけませんね。

みち　中《なか》〳〵[1]喰《く》へそうもない婆《ば》アさんだが、一所《いつしよ》に来《き》たのは何《なん》だらう。

太助　何《なん》でも講釈師《こうしやくし》か咄《はな》し家《か》だが、私《わたくし》の監定《かんてい》では、あの婆《ば》アさんの色《いろ》[2]だと思《おも》ひます。

みち　成程貴様《なるほどこなた》の云通《いふとほ》り、大方《おほかた》そんな事《こと》だらうよ。

太助　夫《それ》はそうと探索方《たんさくがた》の、頼《たの》んで往《い》つた浜崎様《はまざきさま》、

みち　どうも様子《やうす》がおかしいが、

太助　証拠《しやうこ》の上《あが》らぬ其内《そのうち》に、

みち　[3]早《はや》く立《た》つて ◯ （ト[4]立上《たちあが》るを道具替《だうぐがはり》の知《し》らせ、）下《くだ》されば能《よい》が。

ト[5]宿場騒《しくばさは》ぎになり、心《こゝろ》に掛《かゝ》る[6]思入宜敷《おもいれよろしく》[7]道具《だうぐ》回《まは》る。

本舞台一面《ほんぶたいいちめん》の[8]平舞台《ひらぶたい》、向《むか》ふ上手床《かみてとこ》の間《ま》、下手《しもて》[9]秋田蕗《あきたぶき》の襖《ふすま》、[10]上下《かみしも》折回《をりまは》し障子《しやうじ》、[11]下《しも》の方階子《かたはしご》の上《あが》り口《くち》、都《すべ》て旅籠屋《はたごや》二階《にかい》の体《てい》。爰《こゝ》にお市弁山《いちべんざん》、下手《しもて》にお照《てる》[12]住居《すまゐ》、[13]宿場騒《しゆくばさは》ぎの合方《あひかた》にて[14]道具《だうぐ》留《とま》る。

お市　コレお照《てる》、[15]今度《こんど》が無心《むしん》の云仕舞《いひじまひ》だが、[16]百円都合《ひやくゑんつがふ》して呉《く》んねへな。

お照　此間郵便《このあいだいうびん》で態《わざ》〳〵持《もた》して上《あげ》たのを、何《なん》にお前仕《まへし》なすつたのだ。

一　一筋縄では行かない、と同義。
二　愛人。ここではヒモも含意。
三　関わり合いになりたくない思い。
四　おみちが立上がるのをキッカケに、舞台転換を狂言方が柝の音で知らせる。
五　「明治二十三年附帳」では「追分節駅路（えきろ）」。
六　役者の裁量に任せる思い入れの演技。
七　回り舞台を回転させて、裏盆（回り舞台の裏側）に飾ってある次の場面に舞台転換する。
八　二重を使わず舞台に直に道具を飾る状態。
九　秋田蕗の大形の葉の絵を摺った襖。
一〇　上手と下手に障子をカギの手に折り曲げた形で飾る。
一一　屋体外の下手側の切り穴の枠に、あるいは下手大臣柱に付けて手摺りを置き、階下からの出入りに見せる。↓一七三頁道具帳写真。
一二　既に座っていること。
一三　「明治二十三年附帳」では「道具中より関東唄入り」。
一四　回り舞台が止り、次の場面となる。
一五　これが最後の無心だ。
一六　初演の明治十四年、東京吉原の最高の大店での遊女の揚代（遊興費）が一円、巡査の初任給が六円。
一七　上野の東叡山の下一帯の地域。江戸期より動物等の見世物が多く、内国博覧会を機にそれらが浅草に移転後の明治期の記憶でも「神田日本橋あたりから見ると場末染みて…山下の附近の町は何となく陰惨であった」（内田魯庵「下谷広小路」久保田金僊編『下谷上野』松坂屋、昭和四年所収）。なお、底本「山下」の振仮名「やまみた」を直す。

お市　何《なん》にもしねへ朝夕《あさゆふ》の暮《くら》しに皆《み》んな遣《つか》ツたが、子《こ》に親《おや》が世話《せわ》に成《な》るのは、当《あた》り前《まへ》とは云乍《いひながら》度々《たび〱》云《いふ》のも気《き》の毒故《どくゆゑ》、今度《こんど》[一七]上野《うへの》の山下《やました》へ[一八]大道講釈《だいだうごうしやく》の席《せき》を拵《こしら》へ、弁山《べんざん》さんに[一九]叩《たゝ》かして、[二〇]己《おい》らが[二一]木戸《きど》から[二二]中売按摩《なかうりあんま》、三人前《さんにんまへ》も稼《かせ》ぐ積《つも》りだ。

弁山　不図《ふと》した事《こと》からおつかアと、今《いま》では夫婦《ふうふ》の様《やう》に成《な》り、共稼《ともかせぎ》に拺《かせい》で居《ゐ》れど、[二三]人《ひと》の持《もつ》て居《ゐ》る場《ば》所《しよ》へ出《で》ては[二四]長《なが》ひ銭《ぜに》も取《とれ》ないが、[二五]自前稼《じまへかせぎ》に[二六]骨《ほね》ツ[二七]限昼《きりちう》夜《や》を掛《かけ》て叩《たゝ》ひたら、屹度《きつと》儲《まうか》るに違《ちが》ひない、其所《そこ》で[二八]資本《しほん》を拵《こしら》へて、[二九]山下《やました》もよりへ席《せき》を建《たて》、生涯楽《しやうがいらく》にする積《つも》りだ。

お市　弁山《べんざん》さんと共稼《ともかせぎ》に拺《かせい》で苦労《くらう》は掛《かけ》ないから、是《これ》を無心《むしん》の云納《いひおさ》めと、思《おも》つて百円貸《ひやくゑんかし》て呉《く》んな。

お照　夫《そ》りやアあんまり無理《むり》ぢやアないか。

お市　何《なに》、無理《むり》とは。（ト合方《あひかた》に成《な》り、）

お照　是《これ》が東京《とうきやう》の[三〇]新橋《しんばし》か柳橋《やなぎばし》に出《で》て居《ゐ》たら、頼《たの》んで借《かり》るお客《きやく》もあれど、[三一]通一《とほりいつ》遍《べん》の[三二]奥州海道《おうしうかいだう》、土地《とち》の人《ひと》でも[三三]曖昧《あいまい》な事《こと》を仕《し》なけりや一円《いちゑん》でも呉《くれ》るお客《きやく》は有《あ》りやア仕《し》ない、十円《じふゑん》お前《まへ》に上《あげ》るのも並大体《なみたいてい》な事《こと》ぢやアない、お気《き》の毒《どく》だがおつかさん、所詮都合《しよせんつがふ》が出来《でき》ないから、堪忍《かんにん》してお呉《く》んなさ

一八 大道の往来で口演する講釈。「辻講釈」は葦簾張で筵敷きという差がある。
一九 講釈師が張扇で叩くこと。また、興行すること、芝居を打つこと自体をたたくということから、一芝居打って騙すことをいう例もある。
二〇 一人称の語彙で、下卑た感じを印象づけるのは、一六八頁三行目の「己」も同じ。
二一 客の出入り口の意だが、ここでは木戸番役の意か。
二二 自分は講釈場で木戸銭の徴収から、中へ入って売り子もやれば、按摩もやり、三人分働くということ。当時は講釈場によっては、客の昼寝用に木枕が用意されていたほどで、そこで按摩もするという発想。女按摩は『盲長屋梅加賀鳶(めくらながやうめがかがとび)』等黙阿弥得意の人物像。
二三 席亭のいる講釈場。
二四 多くの金。
二五 芸妓や娼妓の契約で収得の分配法により「抱え」「半抱え」「自前」等と区別した。前借なしで、独立した仕事で稼ぐのが「自前」。ここでは、席亭の世話にならず、大道で自分で稼ぐということ。
二六 精を出して、懸命に。
二七 講釈の席は、江戸期も十八世紀の馬場文耕の頃より夜席があった。
二八 元手の金。
二九 山下に近いあたり。
三〇 一流の地の芸者ならば、馴染みの、いい旦那もつくが。新橋は政府高官、柳橋は大店の主人・若旦那という金満家が多いという連想。
三一 通りすがりの旅の客相手をするような。
三二 江戸時代の五街道の一。正式には奥州道中。明治六年「陸羽街道」と改称。
三三 身を売らなくては。

い。

お市　イヤ堪忍《かんにん》する事《こと》は出来《でき》ねへ、忘《わす》れもしめへ六《むつ》ツの時手前《ときてめへ》の親父《おやぢ》に[一]死失《ごね》られて、跡《あと》は女《をんな》の手一《てひと》ツ故困《ゆゑこま》る中《なか》で芸事迄《げいごとまで》、仕込《しこん》で己《おれ》が[二]育《そだつ》たのは、[三]斯《か》う云御難《いふごなん》の其時《そのとき》に役《やく》に立様為計《たてやうためばか》り、[四]芸者《げいしや》で金《かね》が出来《でき》ねへなら、娼妓《しやうぎ》に成《なつ》て一年計《いちねんばか》り、稼《かせい》で呉《くれ》りやア出来《でき》る金《かね》だ。

弁山　[五]旅《たび》の芸者《げいしや》は曖昧《あいまい》な、皆娼法《みなしやうほう》をする中《なか》で、真《ま》じ目《め》にするのは大《おほ》きな損《そん》、其曖昧《そのあいまい》をすると思《おも》つて、おつかさんの頼《たの》みを聞《きゝ》、娼妓《しやうぎ》に成《なつ》て呉《く》んなせへ、夫共《それとも》それが出来《でき》ないなら、お前《まへ》を贔屓《ひゐき》に逗留《とうりう》して居《ゐ》る、アノ銀行《ぎんかう》の旦那殿《だんなどの》へ、無心《むしん》を云《いつ》たら出来様《できやう》に。

お照　お金《かね》は持《もつ》て居被成《ゐなさ》るが、わづか十日計《とうかばか》りのお馴染《なじみ》、そんな事《こと》が云《いは》れる物《もの》かね。

お市　客《きやく》へ無心《むしん》が云《いは》れずば、娼妓《しやうぎ》に成《なつ》て拵《こしら》へて呉《くれ》。

弁山　お前《まへ》がウンと云被成《いひなされ》ば、[六]宇《う》都宮《つのみや》の[七]貸座敷《かしざしき》に私《わたし》の懇意《こんい》の者《もの》が有《あ》れば、其所《そこ》へ噺《はなし》を向《むけ》たらば、直《すぐ》に百円《ひやくゑん》[八]前借《ぜんしやく》で、右《みぎ》から左《ひだり》へ出来《でき》る金《かね》。

お市　否《いや》でも応《おふ》でも手前《てめへ》の体《からだ》で、百円拵《ひやくゑんこせへ》て貰《もら》ひたい。

お照　是《これ》が初《はじ》めての事《こと》ならば、丸《まる》〱出来《でき》ずば半分《はんぶん》でも、都合《つがふ》して上様《あげやう》けれ

一 死なれて。
二 「育つ」はここでは他動詞の用法で、「育てる」の意。
三 現在のこういう難儀。
四 芸を売る芸者に対して、身を売る娼妓という通念が出ている。娼妓解放令は明治五年発令だが、実態は変らずただ鑑札の必要が生じたくらいだった。明治十年の白河の「大火罹災後の貸座敷業者の賦金免税再嘆願書」では「福島県大十区白河町芸妓十一名、娼妓七十名」としている(『白河市史』)。
五 様々な事情で東京を離れ旅で稼ぐ芸者。そのため身を売る者が多かったという。「娼法」は明治の流行語「商法」(商売の方法)を洒落たのが一般化した用語。
六 日光道中(街道)の主要な宿駅の一つとして栄えた。
七 遊女屋のこと。明治五年の娼妓解放令により改称。明治十二年白河町の貸座敷は二十六戸(「貸座敷娼妓取締規則遵守請書」『白河市史』)。
八 芸者・娼妓が雇用に際して前もって受取る相当額の金銭。

お市　ど、今度《こんど》は貸《かし》て上《あげ》られない、[九]路用位《ろようぐらゐ》は上様《あげやう》から、明日《あした》帰《かへ》ツて下《くだ》さんせ。路用位《ろようぐらゐ》な端《は》した金《がね》を、貰《もら》つて何《なん》で帰《かへ》る物《もの》だ、[一〇]親《おや》の為《ため》に娼妓《しやうぎ》に成《なる》のは世《せ》間《けん》に幾《いく》らも有《あ》る事《こと》だ、嫌《いや》と云《い》やアこつちも意地《いぢ》づく、何《なん》でもかでも娼《しやう》妓《ぎ》にして、百円取《ひやくゑんと》らにやア帰《かへ》らねへ。

弁山　お前《まへ》も嫌《いや》では有《あら》ふけれど、実《じつ》は[一一]負債《ふさい》が多《おほ》いので、[一二]裁判所《さいばんしよ》や[一三]勧解《かんかい》へ[一四]出訴《しゆつそ》されて毎日出《まいにちで》るが、其所《そこ》は[一五]でもだが[一六]席上《せきじやう》で、多弁付《しやべりつけ》てゐる弁山故《べんざんゆゑ》、舌《した》に任《まか》して云訳《いひわけ》すれど、借《かり》た物《もの》なら返《かへ》せと云此一言《いふこのいちごん》に限《かぎ》りでも出《だ》さうと思《おも》ふ大困難《おほこんなん》、お前《まへ》が百円貸《ひやくゑんかし》て呉《くれ》ねば、たつた一人《ひとり》のお袋《ふくろ》が路頭《ろたう》に迷《まよ》はにや成《なら》ないから、うんと云《いつ》て娼妓《しやうぎ》に成《なり》、金《かね》を貸《かし》て呉《く》んなせへ。（トお照思入有《てるおもいれあつ》て、）

お照　折角《せつかく》のお頼《たの》みだが、今日《けふ》計《ばか》りはおつかさん、お断申《ことわりまうし》ますよ。

お市　何《なに》、断《ことわ》るとは。

お照　お前《まへ》が真事《ほんと》に[一七]身《み》を持《もつ》て、[一八]席《せき》を出《だ》すと云事《いふこと》なら、出来《でき》ない乍《ながら》も都合《つがふ》して、上《あげ》まい物《もの》でもないけれど、弁山《べんざん》さんと二人《ふたり》して今日《けふ》は芝居《しばゐ》翌日《あす》は[一九]涼《すゞ》み、[二〇]栄曜《えよう》に遣《つか》ふ金《かね》の為《ため》、[二一]苦界《くがい》へ此身《このみ》を沈《しづめ》るのは、私《わたし》や嫌《いや》でござります。

お市　嫌《いや》とは何《なん》の事《こと》だ、云《いは》して置《おけ》ば能《いゝ》かと思《おも》つて、[二二]口幅《くちはゞ》ツてへ事《こと》を云《い》やアが

九　交通費や旅費。
一〇　廃娼運動は明治初期からあったが、注四のように、明治五年の娼妓解放令は実効性がなかった。
一一　ここでは単に借金の事。
一二　明治四年司法省設置により、五年東京裁判所を置く。同年東京府を六大区に分けて区裁判所とした。八年上等裁判所が東京、大阪、長崎、福島に置かれた。
一三　民事事件で、裁判官が原告、被告を和解させること。フランスの法制度の訳語で、西周『万国公法』(慶応四年)で仲裁の意味で訳され、明治当初は「居間(きよかん)」「扱」等の用語が用いられた。明治十年より裁判所で勧解制度が実施されるや、その年六十五万件に達したが、裁判官と高利貸が結託して借金返済を迫るような悪例もあったのは、黙阿弥の『水天宮利生深川(すいてんぐうめぐみのふかがわ)』の代言人茂栗安蔵の台詞に「勧解に訴えると一番脅してやりましょうか」とあるのでも分る。
一四　訴訟。
一五　「でも」は「でも医者」「でも坊主」「でも教師」のように、本来なるべきでない未熟な者がその生業としている状態。「でも講釈師」ともいうべきこの弁山だが、という意味。
一六　講釈の席で。
一七　自分の身体で、一身を投げ打って。
一八　お市がいう講釈場を本当に出す気があるならば。
一九　涼み船(納涼船)などで遊興に金を使って。
二〇　贅沢三昧な暮しをする。「栄耀栄華に暮すが得」は黙阿弥の白浪物にある台詞。
二一　遊女、遊郭の世界。
二二　大きなことをいう。

るな、弁山《べんざん》さんを亭主《ていしゆ》に持《もつ》たも、手前《てめへ》の仕送《しおくり》が足《た》りねへからだ、五円《ごゑん》や十円《じふゑん》の端《は》した金《がね》で芝居《しばゐ》や花見《はなみ》に行《ゆか》れる物《もの》か、能考《よくかんが》へて見《み》やアがれ。

弁山　私《わたし》だつて[一]十九《つゞ》や二十《はたち》の若《わか》イ者《もの》と云《いふ》ではなし、互《たが》ひに[二]天窓《あたま》の兀《はげ》た同士《どうし》、斯《か》らして夫婦《ふうふ》に成《なつ》たのも、云《い》はゞ[三]茶呑友達《ちやのみともだち》だ、中《なか》〳〵お前《まへ》が送《おくつ》た金《かね》で芝居《しばゐ》や納涼《すゞみ》に行様《ゆくやう》な、そんな浮《うい》た中《なか》ぢやアない。

お市　喰《くふ》に困《こま》ツて借《かり》に来《き》たが、どうでも金《かね》は出来《でき》ねへか。

お照　お気《き》の毒《どく》だが、今度《こんど》計《ばか》りわ。

弁山　夫《それ》ぢやア出来《でき》ないと云《いひ》なさるのか。

お照　どうぞ堪忍《かんにん》して下《くだ》さいまし。（トお市思入有《いちおもいれあつ》て、）

お市　金《かね》が出来《でき》にやア東京《とうきやう》へ帰《かへ》る事《こと》の出来《でき》ねへ体《からだ》、身《み》でも投《なげ》て死《し》なにやア[四]成《な》らねへ、[五]迚《とて》も死《し》ぬなら爰《こゝ》で死《し》んで、お照《てる》に恥《はぢ》をかゝせて遣《や》らう。

ト　お市手拭《いちてぬぐひ》を首《くび》へ巻《まき》、己《おの》が手《て》に引張《ひつぱり》ハツト云《いふ》、弁山是《べんざんこれ》を留《とめ》、

弁山　コレおつかアあぶねへ、何《なに》を為《す》るのだ。

お市　首《くび》を締《しめ》て己《お》らア死《し》ぬのだ。

弁山　死《し》ぬのは何時《いつ》でも死《し》なれるから、短気《たんき》な事《こと》を仕《し》なさんな。

お市　イヽヤ留《とめ》ずに放《はな》して下《くだ》せへ。

一　「つゞ」は元来「十」をあらわし、「つゞやはたち」は「十や二十」の意味だったのが誤伝されて、十九か二十歳の若い年ばえという風に用いられた。

二　芝居での弁山の鬘は「イガグリ」（坊主の月代〈さかやき〉の伸びた形）。ここでは、「いい歳をして」の意味。

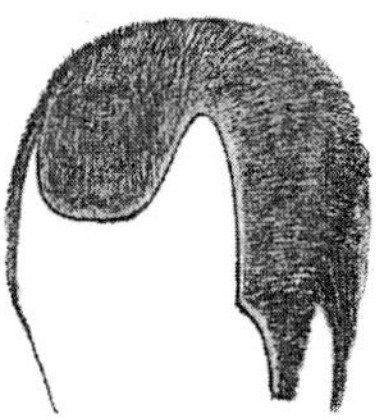

イガグリのかつら
（『歌舞伎のかつら』）

三　ここでは色気抜きのつきあいという意味。

四　底本「成〈なら〉らねへ」を直す。

五　どうせ。

弁山　是《これ》が留《とめ》ずに居《ゐ》られる物《もの》か。（トお市首《いちくび》を締様《しめやう》とするを、弁山留《べんざんとめ》る事宜《ことよろ》[六]敷《しく》、）

お照　何《なん》でお前《まへ》は其様《そのやう》に、早《はや》まつた事《こと》を仕《し》なさんす。

お市　誰《だれ》しも惜《をし》ひ命《いのち》だけれど、死《し》ぬと覚期《かくご》を極《きめ》たのは、手前《てめへ》が己《おれ》を殺《ころ》すのだ。

お照　私《わたし》がお前《まへ》を殺《ころ》すとは。

お市　頼《たの》みを聞《きい》て呉《くれ》ねへから、こんな不孝《ふかう》な奴《やつ》はねへ。（ト大《おほ》きな声《こゑ》をする、）

弁山　是《これ》さ〳〵、大《おほ》きな声《こゑ》を仕《し》なさんな。

お市　ア丶親殺《おやころ》しだ〳〵。（トお市《いち》わざとどたばた騒《さは》ぐ、是《これ》を弁山留《べんざんとめ》る、お照《てる》も留《とめ》て、）

お照　コレか丶さん、何《なに》が恨《うら》みで此様《このやう》に私《わたし》に恥《はぢ》をか丶せ被成《なさ》んす。

お市　金《かね》を貸《かし》て呉《くれ》ねへから。ア丶親殺《おやころ》しだ〳〵。（ト[七]奥《おく》よりおみち、太助《たすけ》、半次出《はんじで》て、お市《いち》を留《とめ》、）

みち　アモシお袋様《ふくろさま》、まア〳〵お静《しづか》に被成《なされ》ませ。

太助　親殺《おやころ》し〳〵と、大《おほ》きな声《こゑ》を被成《なさい》ますが、

半次　[八]御《お》廻《まは》り様《さま》のお耳《みゝ》へでも、這入《はいつ》た日《ひ》には大騒動《おほさうだう》。

六 ↓用語一覧。

七 正面襖より。「明治二十三年附帳」では、この辺りより「追分節」にかかり、一七三頁の千右衛門の出まで引き流し。

八 明治初年の邏卒の呼称を明治七年巡査と改称してからの言葉。

お市　イヤ〱何《なん》でも爰《こゝ》で死《し》ぬのだ、留《とめ》て下《くだ》さるな。
みち　隣近所《となりきんじよ》へ聞《きこ》へましても、内《うち》の外聞《ぐわいぶん》に成《なり》ますから、
太助　お静《しづか》に被成《なすつ》て、
三人　下《くだ》さりませ。
お市　イヤ〱、何《なん》でも死《し》ぬのだ〱。
みち　そんなに死《し》ぬ〱と仰有《おつしや》いますが、自分《じぶん》で首《くび》が締《しめ》られますか。
お市　ヱ。
太助　締《しめ》られるなら、己《おの》が手《て》に、
半次　首《くび》を締《しめ》て御覧《ごらん》じませ。
お市　ムヽ。（ト詰《つま》る弁山思入有《べんざんおもいれあつ》て、）
弁山　コレ〱おつかア、自分《じぶん》で死《し》なれぬ事《こと》もないが、爰《こゝ》の内《うち》へ厄介《やつかい》を掛《かけ》るのが気《き》の毒《どく》だ、死《し》ぬのは止《や》めにしたが能《よ》イ。
お市　ヲヽ然《さ》うだ〱、娘《むすめ》に恥《はぢ》はかゝせたいが、お内儀《かみ》さんへ済《すま》ないから、爰《こゝ》で死《し》ぬのは止《や》めにして、是《これ》から宇都宮《うつのみや》へ連《つれ》て往《い》つて、娼妓《しやうぎ》にせう。
弁山　夫《それ》が何《なに》より上策《じやうさく》だ。
お市　サア、己《おれ》と一所《いつしよ》にあゆびやアがれ。

一　店の世間体に関わりますから。「内」は「自分の家」の意。
二　「あゆび」は「歩み」。来やあがれ、の意。
三　先程出ていた。
四　歌舞伎や浄瑠璃の常套句。話題の重複を防ぐ、劇作法として用いられる。
五　底本振仮名「ないがしら」を直す。
六　話をつける。
七　不承。いやであろうが承知してくれ、の意。
八　底本「出来ぬへ」を直す。
九　今すぐに。
一〇　藩札などは別にすると、明治最初の紙幣は明治元年の太政官札（単位は両）だが、その後の銀行条例により明治六年に国立銀行紙幣として、二十・十・五・二・一円の五種発行。

ト お市《いち》お照《てる》の手《て》を取引立《とりひつたて》る、此時奥《このときおく》より以前《いぜん》[三]の千右衛門《せんゑもんで》出ておお市《いち》を留《とめ》、

千右　様子《やうす》[四]は奥《おく》で委《くは》しく聞《きい》た、立騒《たちさは》がずと静《しづか》にしねへ。

お市　貴君《あなた》がお留被成《とめなさ》るなら、無理《むり》にとは申《まうし》ませぬが、親《おや》を蔑《ないがしろ》[五]にしますから。

千右　定《さだ》めて腹《はら》も立《たゝ》ふけれど、私《わたし》が何《ど》うか捌《さばか》[六]ふから、まア不肖《ふせう》[七]して呉《く》んなせへ。

弁山　折角旦那《せつかくだんな》が立入《たちいつ》て、不肖《ふせう》しろと仰有《おつしや》るから、まアおつかア静《しづか》に仕《し》ねへ。

お市　静《しづか》に仕様《しやう》けれど、金《かね》が出来《でき》[八]ねへ其時《そのとき》は。

千右　夫《そ》りやア心配仕《しんばいし》なさんな、金《かね》は己《おれ》が出《だ》して遣《や》る気《き》だ。

お市　エ、夫《それ》では貴君《あなた》が、

両人　其金《そのかね》を。

千右　後共云《のちともいは》[九]ず、それ百円《ひやくゑん》。（ト千右衛門《せんゑもん》懐《ふところ》から十円札《じふゑんさつ》[一〇]で紙《かみ》に包《つゝみ》し百円《ひやくゑん》を投《なげ》出《だ》し遣《や》る、お市取上《いちとりあげ》、）

お市　夫《それ》では是《これ》を下《くだ》さりますか。

弁山　是《これ》で命《いのち》が助《たすか》ります。

序幕　二階座敷の場

両人　ヱヽ有難《ありがた》ふございます。（ト頂《いたゞ》く、お照思入有《てるおもいれあつ》て、）

お照　夫《それ》を貴客《あなた》に出《だ》させては。

千右　ハテ、大《たい》した金《かね》と云《いふ》ぢやアなし、纔百円計《わづかひやくゑんばか》りの金《かね》、決《けし》て心配仕《しんぱいし》なさんな。

お照　夫《そ》りやさうでもございませうが、未《ま》だまア纔十日計《わづかとうかばか》り、深《ふか》ひお馴染《なじみ》でもない事故《ことゆゑ》。

千右　仮令三日《たとへみつか》でも懇意《こんい》に成《な》りやア、己等《おら》ア百年《ひやくねん》も馴染《なじん》だ気《き》だ、今此金《いまこのかね》を出《だ》さなけりやア留《とめ》に這入《はいつ》た甲斐《かひ》がないから、黙止《だまつ》て己《おれ》に出《だ》させなせへ。

お照　何《なん》とお礼《れい》を申《まう》さうか、有難《ありがた》ふございます。（ト礼《れい》を云《いふ》、おみち不審《ふしん》に思《おも》ひ、）

みち　田舎《ゐなか》と違《ちが》つて東京《とうきやう》の、繁花《はんくわ》な土地《とち》のお客様《きやくさま》、お馴染浅《なじみあさ》ひお照《てる》さんへ百《ひやく》円《ゑん》お上被成《あげなさ》るとは、

太助　多《おほ》くのお金《かね》を取扱《とりあつか》ふ、

半次　銀行勤《ぎんかうづと》めのお方故《かたゆゑ》。

お市　何《なん》にしろ能旦那《よいだんな》に、御贔屓《ごひゐき》に成《な》るはお照《てる》の仕合《しあはせ》、就《つい》ては親《おや》の私迄《わたしまで》、大《おほ》仕合《じあはせ》でございます。

一　講釈師の持つ小道具。大袈裟にものをいう譬えでもある。
二　騒ぎ立てようと。
三　もって回った気に懸るような表現でなく、素直な言い方。
四　→一六五頁注八。
五　旅芸者としては、人柄のいい。「旅芸者」の含意は一六八頁注五参照。

弁山　若此金《もしこのかね》の出来《でき》ぬ時《とき》は、我持前《わがもちまへ》[一]の張扇《はりあふぎ》で、叩《たゝ》[二]き立様《たてやう》と思《おも》つたが、旦那《だんな》が奇麗《きれい》なお捌《さばき》で、[三]きざを云《いは》ずに帰《かへ》られます。

千右　お前方《まへがた》も爰《こゝ》の内《うち》へ、今夜《こんや》泊《とま》ると有《あ》るからは、後《のち》に寛《ゆつ》くり咄《はな》しませう。

お市　何《いづ》れお礼《れい》に改《あらた》めて、

両人　上《あが》りますでございます。

太助　イヤ、お二人様《ふたりさま》は此間《このあいだ》に、

半次　お湯《ゆ》へお這入被成《はいりなさい》ませ。

お市　思《おも》はぬ汗《あせ》をかきましたから、

弁山　ドレ一《いつ》ぱい這入《はいり》ませうか。

太助
半次　サア、お出被成《いでなさい》ませ。

ト[四]宿場騒《しゆくばさは》ぎに成《な》り、お市《いち》、弁山《べんざん》、太助《たすけ》、半次《はんじ》奥《おく》へ這入《はい》る。跡千《あとせん》右衛門《ゑもん》、お照《てる》おみち残《のこ》り、

みち　お照《てる》さん、能旦那《よくだんな》へお礼《れい》をお云《い》ひよ。

お照　誠《まこと》に貴客《あなた》のお蔭故《かげゆゑ》、危《あやふ》ひ難義《なんぎ》を遁《のが》れまして、有難《ありがた》ふございます。

千右　何《なに》、其礼《そのれい》には及《およ》ばねへ、[五]旅芸者《たびげいしや》には人《ひと》の能《いゝ》お前《めへ》が可愛《かあい》さうだから、百《ひやく》円《ゑんだ》出して遣《やつ》たのだ。

十二世 市川團十郎の千右衛門
七世 尾上梅幸のお照
現 坂東竹三郎のおみち
六世 尾上菊蔵のお市
現 片岡市蔵の太助
初世 澤村昌之助の弁山
現 山崎権一の半次

お照　お馴染薄《なじみうす》ひお前様《まへさま》に、百円《ひやくゑん》と云大金《いふたいきん》を、お気《き》の毒《どく》でございます。

千右　[一]其日稼《そのひかせぎ》の人《ひと》ならば、百円《ひやくゑん》は大金《たいきん》だが、銀行抔《ぎんかうなど》へ勤《つとめ》る者《もの》は、何十万《なんじふまん》と云《いふ》金《かね》を取扱《とりあつか》ふが商売故《しやうばいゆゑ》、百《ひやく》や二百《にひやく》は端《は》した金《がね》、決《けし》て心配《しんぱい》仕《し》なさんな　○

お照　併《しか》し気《き》の毒《どく》だと思《おも》ふなら、百円替《ひやくゑんがは》りにお前《めへ》から貰《もら》ひたい物《もの》が有《あ》る。

千右　エ、百円替《ひやくゑんがは》りに貰《もら》ひたい物《もの》とは。

お照　そんなに悯《びつく》り仕《し》なさんな、望《のぞみ》と云《いふ》はお前《めへ》の掛《かけ》[二]てゐる、其指輪《そのゆびわ》[三]を己《おれ》に呉《く》[四]んねへ。

千右　こんな麁末《そまつ》な指輪《ゆびわ》をば。

お照　唯《たゞ》お前《まへ》のを貰《もら》ひたいのだ。

千右　お望《のぞ》みならば上《あげ》ませう。（トお照指輪《てるゆびわ》を抜《ぬい》て千右衛門《せんゑもん》へ遣《や》る。[五]　おみち思入有《おもいれあつ》て、）

お照　是《これ》はどうか二番目《にばんめ》[六]の、筋《すぢ》に成《なり》さうでございますな。

みち　[七]そんな株《かぶ》は自分《こつち》にないのだ。

千右　夫《それ》はそうと三年跡迄《さんねんあとまで》[八]、東京《とうきやう》に居《を》りましたが、旦那《だんな》は何地《どち》らでございます。

お照　己等《おいら》の内《うち》は茅場町《かやばちやう》だ。

一　果敢(かは)ない身分。

二　「心（気）に掛ける」のほか、「見せかける」「欺く」の含意もある。

三　「東京府下ならびに諸県下の婦女子等、手の指に輪金を用ゐるは、当今一般の流行なり」（『新聞雑誌』明治七年十一月）。この芝居でも三幕目でも印象的に使われる小道具。この指輪の具体的なデザイン、特徴等は二七一頁注四を参照。こういう小道具の所有の推移を事件に絡ませて運ぶ筋立ては、默阿弥や歌舞伎のみならず、東西の劇作法に共通する手法。

四　この場の出から千右衛門の語尾が徐々に銀行の手代という偽りを離れ、地を出した台詞となっている。

五　近年の東右衛門一行の登場しない上演台本では、ここから、すぐに一八五頁の夜芝居へ出かける台詞となる。

六　町人、庶民の生活や色恋を題材にした世話物の世界。千右衛門がお照に気があるのを見越してそういう。また、三幕目で指輪がゆすりの種になることとの伏線。

七　ここでは、特有の癖、或いはこの場での関係のこと。色恋の沙汰ではないという事。

八　三年前。

お照　茅場町《かやばちやう》は[九]薬師《やくし》様《さま》の御近所《ごきんじよ》でござりますか。
千右　直薬師《すぐやくし》の裏門前《うらもんまへ》だ。
お照　ヲヤ、私《わたし》もあすこに居《を》りましたが。
千右　ヱ。
お照　何番地《なんばんち》でござります。
千右　慥《たしか》四《し》十六番地《じふろくばんち》だ。
みち　夫《それ》では旦那《だんな》宿帳《やどちやう》と、
千右　何《なに》、違《ちが》やアしねへ筈《はづ》だが。

ト千右衛門《せんゑもん》困《こま》る思入《おもいれ》、下手《しもて》の障子《しやうじ》を明《あけ》、以前《いぜん》の東右衛門《とうゑもん》、陸兵衛《ろくべゑ》、奥蔵《おくざう》出て来《きた》り、座鋪《ざしき》を間違《まちがへ》し思入《おもいれ》にて、

東右　イヤ是《これ》は御免被成《ごめんなさ》いまし、ツイ坐敷《ざしき》を間違《まちがへ》ました。
陸兵　飛《とん》だ麁相《そさう》を、
三人　仕《し》ましたな。
みち　イヱ、同《おな》じ間取《まどり》でござりますから、御尤《ごもつとも》でござります。（ト東右衛門《とうゑもん》千右衛門《せんゑもん》を見《み》て、）
東右　ヤ、其所《そこ》に居《ゐ》るのは。（ト千右衛門《せんゑもん》見《み》て、）

九　薬師は病苦を救う功徳があるとされ、東京にも数多い。ここでは名高い南茅場町（現、中央区日本橋茅場町一丁目）、智泉院境内のそれ。特に眼の神様として知られ、落語「心眼」でも使われる。

千右　ヲヽ、お前《まへ》は伯父御《をぢご》か。

東右　ヤレ千太《せんた》か、能《よ》く達者《たつしや》で居《ゐ》たな。

陸兵　何《なに》、千太《せんた》と云《いふ》は誰《だれ》だへ。

東右　笘作《とまさく》の悴《せがれ》の千太《せんた》よ。

陸兵　立派《りつぱ》な男《をとこ》に成《なつ》たから、

奥蔵　途中《とちう》で逢《あ》つては分《わか》らねへ。

お照　夫《それ》では旦那《だんな》は皆《みな》さんと、

みち　御懇意《ごこんい》でござりますか。

千右　ヲヽ、みんな以前《いぜん》の馴染《なじみ》の衆《しゆう》だ。

みち　お馴染《なじみ》とござりますなら、是《これ》へお出被成《いでなされ》ませ。（ト是《これ》にて三人《さんにん》[一]捨《すて》ぜりふにて[二]能所《よきところ》へ住居《すまゐ》、）

千右　伯父《をぢ》さん初《はじ》め皆《みな》さん方《がた》、お替《かは》りもござりませず、お目出《めで》たふござります。

東右　四五年《しごねん》此方《このかた》便《たよ》りがないから、死《し》んだかと思《おも》つて居《ゐ》た。

千右　[三]在所《ざいしよ》に居《ゐ》ますお袋《ふくろ》へ、久敷《ひさしく》便《たよ》りをしませなんだが、替《かは》る事《こと》はござりませぬか。

一　↓用語一覧。

二　他の役との関わりを見て、居所を決める。

三　田舎。

東右　夫《それ》ぢやア手前《てめへ》、何《なん》にも知《し》らぬか。

千右　何《なに》、知《し》らぬかとは。（ト四誂《あつらへ》の合方《あいかた》に成《な》り、）

東右　替《かは》る共《とも》〳〵、大替《おほかは》りに替《かは》つたは。

千右　内《うち》を出《で》てから商売用《しやうばいよう》で、五九州路《きうしうぢ》から長崎《ながさき》へ長《なが》らく往《いつ》て居《を》りましたから、さつぱり存《ぞん》じませなんだが、替《かは》りましたと仰有《おつしや》るのは。

東右　其方《こなた》の親父《おやぢ》は正直《しやうぢき》だつたが、所謂前世《いはゆるぜんせ》の因果《いんぐわ》とやら、便《たよ》りに思《おも》つた一人《ひとり》の其方《こなた》は内《うち》を出《で》て仕舞《しまひ》、爺《ぢゞ》い婆《ばゝ》アで漸《やう》〳〵と、其日《そのひ》を送《おく》つて居《ゐ》た所《ところ》、生《うま》れ付《つい》ての酒好《さけずき》が、病《やま》ひの元《もと》で中気《ちうき》に成《な》り、口《くち》はもどらず体《からだ》は利《きか》ず、田畑《たはた》の仕事《しごと》も出来《でき》ぬ上《うへ》、薬《くすり》の代《だい》は段《だん》〳〵溜《たま》り、六煎《せん》じ詰《つま》ツた痩世《やせぜ》帯《たい》、明日《あす》の米《こめ》にも困《こま》る様《やう》に成《なつ》たを近所《きんじよ》で不便《ふびん》に思《おも》ひ、米《こめ》や麦《むぎ》や味噌《みそ》醤油野菜物迄送《しやうゆやさいものまでおく》つて呉《く》れ人《ひと》の恵《めぐ》みで生《いき》て居《ゐ》たが、七定業故《ぢやうごうゆゑ》か私《わし》が所《とこ》へ礼《れい》に来《く》るとて八二本杖《にほんづゑ》で出《で》たさうだが、転《ころ》びでも仕《し》た事《こと》か、常願寺《じやうぐわんじ》の池《いけ》へ落《おち》、遂《つい》にはかなく死《し》んで仕舞《しまつ》た。

千右　親父《おやぢ》が死《しん》だと云事《いふこと》は、東京《とうきやう》へ出《で》た村《むら》の人《ひと》に九立《たち》ながら聞《きゝ》ましたが、そんな死《し》に様《やう》を仕《し》た事《こと》は、咄《はな》さぬ故《ゆゑ》に知《し》りませなんだ。

陸兵　寺《てら》から知《し》らして来《き》た故《ゆゑ》に村中《むらぢうい》往つて池《いけ》から引上《ひきあげ》、直《すぐ》に内《うち》へ連《つれ》て行《いつ》たが、

四 決り、指定でなく、附師（下座音楽の編曲担当者）の工夫や役者の注文による。

五 服役中だったことを隠す嘘。

六 生活が行き詰まった。「薬を煎じる」に掛ける。

七 前世からの定まった業、運命だったのか。

八 不詳。心身がすっかり弱っていた事の強調か、スキーのストックの如く二本で一具の両杖をいうのか。地方によっては「二本杖を突くのは死人のまね」という迷信があるという（矢野憲一『杖』法政大学出版局、平成八年）。

九 ちょっとは聞きましたが。

奥蔵　[一]早桶《はやおけ》を買銭《かふぜに》もなく、[二]せう事《こと》なしに味噌樽《みそだる》の古《ふる》いのへ死骸《しがい》を入《い》れ、[三]さし荷《に》ないで寺《てら》へ持込《もちこ》みお経《きやう》をざつと上《あげ》て貰《もら》ひ、

東右　私《わし》が施主《せしゆ》で葬《ほうむつ》たが、可愛《かあい》さうなは手前《てめへ》のお袋《ふくろ》、跡《あと》に残《のこ》つた婆《ばゞ》ア殿《どの》、中《ちう》気病《きやみ》でも亭主故《ていしゆゆゑ》、[四]杖《つゑ》に思《おも》つて居《ゐ》た所《ところ》、非業《ひごう》な死《し》をばした後《のち》は、明《あけ》ても暮《くれ》ても泣《ない》て計《ばか》り、千太《せんた》が居《ゐ》たならば〱と云《いつ》ても返《かへ》らぬ[五]旅《たび》の空《そら》、生死《しやうし》の程《ほど》も知《し》れざれば、喰《く》ふに困《こま》ると無為《あぢきな》き浮世《うきよ》に倦《あき》たか笘作殿《とまさくどの》が、百ケ《ひやくか》日《にち》の晩《ばん》に裏《うら》の井戸《ゐど》へ飛込《とびこ》んで、是《これ》もはかない死《し》をしました。

ト泪《なみだ》を拭《ぬぐ》ひ乍《なが》らいふ。

千太　スリヤお袋《ふくろ》も死《し》んだ親父《おやぢ》が百《ひやく》ケ日《にち》の其晩《そのばん》に、井戸《ゐど》へ身《み》を投死《なげし》にましたか、二人《ふたり》が二人《ふたり》[六]水《みづ》で死《し》ぬとは、何《なん》[七]たる因果《いんぐわ》な事成《ことな》るか。(ト愁《うれ》ひの思《おも》入《いれ》。)

陸兵　ほんに爺様《ぢさま》も婆《ば》ア様《さま》も村《むら》の[八]日待《ひまち》に寄合《よりあつ》ても噺《はなし》の末《すゑ》はこなたの噂《うはさ》、親《おや》を捨《すて》て家出《いへで》なし、憎《にく》ひ奴《やつ》だと口《くち》には言《い》へど、目《め》には一《いつ》ぱい泪《なみだ》を持《もち》、

奥蔵　達者《たつしや》で居《ゐ》るなら逢《あ》ひたいと、明暮言《あけくれいつ》て居《ゐ》られたが、到《たう》〱逢《あは》ずに非業《ひごう》な最後《さいご》、斯《か》う云立派《いふりつぱ》な男《をとこ》に成《なつ》たを、一目《ひとめ》見《み》せて遣《や》りたかつた。

一　座棺型の白木製の簡易な棺桶。
二　しかたなく。
三　早桶は縄で縛り、棒を渡して二人で担いで運ぶ。
四　頼りにして。
五　よるべなく心細い思いの譬えを、息子千太が旅に出て行方知れずの状態だという に掛ける。
六　息子千太が「白浪」(盗賊)なのでその因果で「水」を連想する。
七　幕末以来黙阿弥が繰返してきた台詞の一。因果の因が、故郷の先祖、両親や前世に存するとする思考も劇作法も観客にはなじみだった。
八　元来は終夜物忌みをして日の出を拝み、日の神を祭る行事。転じて徹夜で音曲、囲碁等で過すこともいう。

ト此内《このうち》始終《しゞふ》[九]千右衛門《せんゑもん》は[一〇]お照《てる》へ憚《はゞか》り、[一一]いゝ加減《かげん》に云《いつ》て呉《くれ》れば能《よい》と
[一二]云《いふ》こなしの内《うち》、親《おや》の死《しん》だ事《こと》を聞《きゝ》、愁《うれ》ひの思入《おもいれ》。

東右　然《さ》うして、見《み》れば以前《いぜん》と違《ちが》ひ立派《りつぱ》な形《なり》をして居《ゐ》るが、今《いま》は何《なに》をして居《ゐ》るぞ。

千右　[一三]在所《ざいしよ》に居《ゐ》ては一生涯《いつしやうがい》大《たい》した出世《しゆつせ》も出来《でき》ませねば、東京《とうきやう》へ出《で》て人《ひと》に成《な》らうと、古郷《こきやう》を跡《あと》に[一四]五年跡《ごねんあと》、伝手《つて》を求《もと》めて銀行《ぎんこう》へ奉公《ほうこう》に這入《はいり》ましたが此《この》身《み》に運《うん》の向時節《むくじせつ》か、重役衆《ぢうやくしゆう》の気《き》に入《い》りて段《だん》〳〵出世仕《しゆつせし》ます故《ゆゑ》、爰《こゝ》ぞ人《ひと》に成《な》る所《ところ》と、勉強《べんきやう》をした功顕《かうあらは》れ今《いま》は[一五]二《に》等手代《とうてだい》と成《な》り、[一六]商法上《しやうほうじやう》で九州路《きうしうぢ》へ久敷行《ひさしくいつ》て居《を》りましたが、今度帰《こんどかへ》りました故《ゆゑ》[一七]五周間《ごしうかん》の暇《いとま》を貰《もら》ひ、親父《おやぢ》はなく共《とも》お袋《ふくろ》へ出世《しゆつせ》を噺《はな》して悦《よろこ》ばせ様《やう》と参《まゐ》つた甲斐《かひ》も情《なさけ》なひ今《いま》は世《よ》に亡《な》き二人《ふたり》の衆《しゆう》、モウ一年早《いちねんはや》かつたら逢《あは》れましたに残念《ざんねん》な、[一八]手当《てあて》に持《もつ》て参《まゐ》つた金《かね》も[一九]手向《たむけ》の金《かね》に成《な》りましたか、果敢《はか》ない事《こと》でござりまする。

ト泪《なみだ》を拭《ぬぐ》ひ宜敷思入《よろしくおもいれ》。

陸兵　ほんに其方《こなた》が立派《りつぱ》に成《なつ》たを、二人《ふたり》の衆《しゆう》が見《み》たならば、何様《どんな》に悦《よろこ》ぶ事《こと》だらうに、

奥蔵　一年遅《いちねんおそ》ひばつかりに、墓場《はかば》へ行《ゆか》ねば逢《あは》れぬ両親《りやうしん》、惜《をし》ひ事《こと》を仕《し》ましたな。

九　底本「千衛右門」を直す。
一〇　お照に自分の出自や不孝ぶりやまして犯罪歴を聞かれては困る。
一一　底本「幾加減」を直す。
一二　内輪の仕草。
一三　田舎に暮しては。東京での出世を夢見て出郷して立身を果すという、明治前期の典型的理想を語るこの種の台詞は、散切物に多い。
一四　五年前。
一五　小僧奉公して、数年後に取立てられるのが手代。→一五七頁注一五。
一六　ここでは「仕事の用で」の意。商売の方法の意での「商法」は明治の流行語。「士族の商法」は慣用句。法律としての商法はここでは無関係。
一七　週は明治五年の太陽暦採用以降、明治九年三月十二日の太政官達による、同年四月より実施の日曜日を休日、土曜日を半ドンとする制度により、浸透した。
一八　用意してきた金。
一九　仏となった両親に供える金。

東右　シテ今聞《いまきけ》ば銀行《ぎんかう》の、二等手代《にとうてだい》に成《なつ》たと云《いふ》が、千太手前《せんたてめへ》が勤《つとめ》て居《ゐ》る、其《その》銀行《ぎんかう》は何《なん》と云銀行《いふぎんかう》だ。

千右　只《たゞ》、銀行《ぎんかう》でござります。

東右　[一]三井《みつゐ》を初《はじ》め所々《しよく》に有《ある》が、さうして所は何所《ところどこ》であるぞ。

千右　茅場町《かやばちやう》でござります。

東右　シテ[二]何番《なんばん》の銀行《ぎんかう》だ。（ト千右衛門《せんゑもん》ぐつと詰《つま》り、）

千右　三百三十三番《さんびやくさんじふさんばん》でござります。（ト東右衛門《とうゑもん》は心得《こゝろえ》ぬ思入《おもいれ》にて、）

東右　近頃諸県《ちかごろしよけん》に銀行《ぎんかう》が大層出来《たいそうでき》たと云事《いふこと》だが、まだ日本全国中《につぽんぜんこくちう》に[三]二百番《にひやくばん》は出来《でき》ぬ筈《はづ》だが。

千右　ヱ。（トぎつくり思入《おもいれ》。）

東右　三百三十三番《さんびやくさんじふさんばん》とは。

千右　サア是《これ》は近所《きんじよ》に[四]山王《さんわう》の御旅所《おたびしよ》が有《あ》る故《ゆゑ》に、[五]山王《さんわう》の猿《さる》にかた取《ど》り、三百《さんびやく》三十三番《さんじふさんばん》でござります。

東右　夫《それ》は珍《めづ》らしい銀行《ぎんかう》だな。

陸兵　わし等《ら》は田舎者《ゐなかもの》だけれど、新聞《しんぶん》が大好故《だいすきゆゑ》、凡東京《およそとうきやう》の[六]小新聞《こしんぶん》はあらかた買《かつ》て読《よん》で見《み》るが、

一　国立銀行条例により、三井組・小野組の発起人により明治六年第一国立銀行が設立。明治九年三井為替組が最初の私立として三井銀行を設立。銀行は代表的洋館として多くの東京名所絵類にも描かれ、視覚的にも開化の象徴だった。

二　明治十三年末の段階で、国立は第百五十三銀行まで、私立は四十三行が設立されていた。

三　底本振仮名「げひやくばん」を直す。

四　南茅場町の薬師堂の本社は、永田町の日枝神社(山王様)であり、「お旅所」は祭の際、神輿を一時休ませる場所。隔年六月十五日の本祭に、町内を渡御した神輿が一泊して本社へ還御する。

五　猿は山王の神使であるところから、三猿の形を見立て、三を並べた数字とした。

六　政論を重視する大新聞に対して、世俗の話題を主にする新聞。東京では『読売新聞』『東京絵入新聞』『仮名読新聞』が代表的。

奥蔵　まだ広告《くわうこく》の其内《そのうち》にも、三百三十三番《さんびやくさんじふさんばん》と云銀行《いふぎんかう》は、まだない様《やう》だ。

東右　何《なに》にしろ出世《しゆつせ》して、折角親《せつかくおや》に逢《あ》ひに来《き》たに、二人共死《ふたりともし》んで仕舞《しまひ》、逢《あ》ひに来《き》た七詮《せん》がないな。

千右　イヤ、思《おも》ひ掛《が》けなく伯父《をぢ》さんに、爰《こゝ》でお目《め》に掛《かゝ》りますれば、親《おや》に逢《あつ》たも同《おな》じ事《こと》、直《すぐ》に是《これ》から帰《かへ》ツても能《よ》ひ訳《わけ》でもござりますが、爰迄参《こゝまでまゐ》りましたから、墓参《はかまゐ》りを仕《し》て参《まゐ》りませう。

東右　手前《てめへ》が行《いつ》て花《はな》を上《あげ》、水《みづ》を手向《たむけ》て遣《や》つたらば、草葉《くさば》の陰《かげ》で悦《よろこ》ぶ八だらうが、夫《それ》に付《つけ》ても二人《ふたり》が死《し》んだ跡《あと》が仕様《しやう》がなく、手前《てめへ》は出《で》た限便《ぎりたよ》りはなく、死《し》んだか生《いき》たか分《わか》らぬから、此衆達共相談《このしゆうたちともさうだん》して、一先内《ひとまづうち》を畳《たゝ》んで仕舞《しまひ》、家財《かざい》を売《うつ》た其金《そのかね》は九永世無縁《えいせいむえん》にならぬやう、みんな寺《てら》へ納《おさ》めて仕舞《しまつ》た。

千右　何《なに》から何迄伯父《なにまでをぢ》さんの、厚《あつ》ひお世話《せわ》に成《な》りまして、有難《ありがた》ふござります。

（ト此時《このとき》おのぶ出《で》て来《きた》り、）

のぶ　松島《まつしま》のお客様《きやくさま》、御膳《ごぜん》をお上《あが》り被成《なされ》ませ。

陸兵　酒肴《さけさかな》も出来《でき》ましたかな。

のぶ　ハイ、お燗《かん》も出来《でき》て居《を》りまする。

七　ここでは、仕方がない、甲斐がないの意。

八　底本「だらうは」を直す。

九　後継ぎがいないので無縁仏になってしまうから。

奥蔵　夫《それ》では一杯《いつぱい》やりませうか。

千右　まだ伯父《をぢ》さんに色《いろ》〳〵と、お聞申《きゝまうし》たい事《こと》もござりますが、

東右　こつちも云《いひ》たい事《こと》が有《あ》るが、どうで[一]一《ひと》ツ旅籠屋《はたごや》故《ゆゑ》、後《のち》に又咄《またはな》しませう。

みち　左様《さやう》なればお客様《きやくさま》、

東右　イヤ、おやかましうござりました。

　ト米山甚九《よねやまじんく》に成《な》り、東右衛門《とうゑもん》、陸兵衛《ろくべゑ》、奥蔵《おくざう》、おのぶ付《つい》て下手《しもて》へは入る。跡見送《あとみおく》り千太《せんた》[二]伸《のび》を仕様《しやう》として心付《こゝろづき》、俯《うつむ》き悒《ふさ》ぎ居《ゐ》る思入《おもいれ》。

お照　今《いま》お聞申《きゝまうし》ますれば、お前《まへ》さんの親御《おやご》さんは、お二人共《ふたりとも》お亡《なく》なり被成《なされ》、嘸本《さぞほ》[三]意《い》ない事《こと》でござりませうな。

みち　傍《そば》でお聞申《きゝまうす》さへ、お気《き》の毒《どく》でござりまする。

千右　若《わか》い時《とき》には親達《おやたち》に、少《すこ》しは苦労《くらう》も掛《かけ》たから、生涯楽《しやうがいらく》をさせやうと態《わざ》〳〵金《かね》を持《もつ》て来《き》た、其甲斐《そのかひ》もなく死《しん》だと聞《きい》たら、俄《にはか》に胸《むね》が塞《ふさ》がつて、心持《こゝろもち》が悪《わる》く成《なつ》た。（ト悒《ふさ》ぐ思入《おもいれ》。）

お照　さう云時《いふとき》には憂《う》さ晴《はら》し、一《ひ》ト口《くち》どうでござります。

千右　イヤ、酒《さけ》もあんまり呑《のみ》たくない。（ト此時階子《このときはしご》[四]の口《くち》よりおしの出《で》て来《きた》

一　同じ旅宿だから。

二　ほっとして気が緩んだがまだお照のいることに気づいて。

三　心残りがあるでしょう。

四　二階への階段の上り口。舞台では、切り穴や下手側に梯子口の囲いをつけて段があるように見せて、そこから出る。↓一七三頁道具帳写真。

り、）

しの　モシ旦那様《だんなさま》、夜芝居《よしばゐ》へお出被成《いでなされ》ましとて、車屋《くるまや》の徳殿《とくどん》五がお迎《むか》ひに参《まゐ》りました。

千右　ヲヽ迎《むか》ひに来《き》たか ◯（ト千太思入有《せんたおもいれあつ》て、）是《こ》りやアうさ晴《はら》しに、芝居《しばゐ》へ行《ゆか》ふか。

みち　夫《それ》が宜《よろ》しふござりませう。

千右　お照《てる》、お前《めへ》も一所《いつしよ》に行《ゆき》な。

お照　アイ、お供致《ともいた》しませう。

千右　おかみさん、カバンを出《だ》して下《くだ》さい。

みち　畏《かしこま》りました。

お照　そんなら、旦那《だんな》。

千右　六芝居《しばゐ》で憂《う》さを晴《は》らさうか。

ト七端唄《はうた》に成《な》り、千太思入有《せんたおもいれあつ》て、お照《てる》おみちおしの付《つい》て階子《はしご》の口《くち》へ這入《はい》る。合方《あいかた》に成《な》り、下手《しもて》より東右衛門《とうゑもん》、陸兵衛《ろくべゑ》、奥蔵《おくざう》出《で》て来《きた》り、階子《はしご》の口《くち》を覗《のぞ》き思入有《おもいれあつ》て、

陸兵
奥蔵　東右衛門殿《とうゑもんどの》。

五 主要人物の一人、野州の徳蔵。後の場で、正体が知れる。

六 東右衛門一行の登場しない近年の台本では一七六頁一〇行め辺りで、指輪をお照が千右衛門に渡すと、すぐに、千右衛門がお照を夜芝居に誘い、「そんなら旦那」「サア出かけようか」というところでこの場は終り、次の場へ道具が回る。その場合は当然、以下の部分はない。

七 黙阿弥好みの下座音楽の唄入り合方の一。元来は清元作曲で長唄が唄うものだったという。「明治二十三年附帳」では「関東唄入り太鼓入り」。

東右　二人《ふたり》の衆《しゆう》。（ト[一]合方《あひかた》きつぱりと成《な》り、）

陸兵　千太《せんた》が立派《りつぱ》な形《なり》に成《なつ》たは、

奥蔵　どうも合点《がつてん》が行《ゆか》ないな。

東右　ヲヽ行《ゆか》ぬ共《とも》〳〵、第一合点《だいいちがつてん》の行《ゆか》ぬのは、三百三十三番《さんびやくさんじふさんばん》と云銀行《いふぎんかう》は聞《きい》た事《こと》がない。

陸兵　多分口《たぶんくち》から出任《でまか》せに、

奥蔵　嘘《うそ》をついたと思《おも》はるゝ。

東右　[二]子供《こども》の折柄手《をりからて》癖《くせ》が悪《わる》く、十五《じふご》の年《とし》に懲役《ちやうえき》に行《いつ》てから猶悪《なほわる》く成《な》り、色《いろ》〳〵意見《いけん》も加《くは》へたが、糠《ぬか》に釘《くぎ》で少《すこ》しも利《きか》ず、再《ふたゝ》び[三]赤《あか》い仕着《しき》セを着《き》たが、夫《それ》から国《くに》にも居《ゐ》られなく、上州辺《じやうしうへん》から東京《とうきやう》へ行《いつ》たと云噂《いふうわさ》を聞《きい》たが、夫《それ》限《ぎ》り便《たより》もない事故《ことゆゑ》、大方[四]終身懲役《おほかたしうしんちやうゑき》に成《なつ》た事《こと》と思《おも》つて居《ゐ》たが、思《おも》ひ掛《がけ》ない今夜《こんや》の出会《であひ》。

陸兵　見《み》れば立派《りつぱ》な形《なり》をして、爰《こゝ》の内《うち》に十日《とうか》程《ほど》、

奥蔵　芸者《げいしや》を上《あげ》て逗留《とうりう》するは、

東右　どうで堅気《かたぎ》な金《かね》ではあるまい。

陸兵　掛《かゝ》り合《あい》にならぬ内《うち》、

一　合方を改めて、耳に立つように弾き直す。観客の注意を促す効果がある。

二　黙阿弥の白浪物で、人物の来歴を語る常套句。

三　服役中に着せられる赤（あるいは柿色）の囚人服。当初は赤に水玉模様だったが、幕末には赤（あるいは柿色）のみ。

四　明治三年の新律綱領は従来の刑罰体系を改めた懲役法を制定し、「犯罪が持凶器強盗・監守常人盗・謀故殺・放火・反獄・偽造宝貨を除き、罪死にあたる者は、一体に寛宥して」終身懲役とした（『明治文化史』2法制編）。

五　ここで弁山が立聞きをすることで、三幕目で千太と再会する際に正体を知る手順の省略が可

奥蔵　明日《あした》早《はや》く立《たち》ませう。

東右　翌日《あす》は兎《と》もあれ今宵《こよひ》の内《うち》も○

ト[五]此内上手《このうちかみて》の障子《しやうじ》を明《あけ》、以前《いぜん》の弁山伺《べんざんうかゞ》ひ居《ゐ》て、扨《さて》は盗人《ぬすびと》で有《あつ》たかと云思入《いふおもいれ》、東右衛門是《とうゑもんこれ》を見《み》て恟《びつく》りなす、弁山障子《べんざんしやうじ》を締《しめ》る。

成程譬《なるほどたとへ》の○（トうなづくを道具替《だうぐがは》りの知《し》らせ、）壁《かべ》に耳《みゝ》だ、（ト三人《さんにん》思入《おもいれ》、宿場騒《しゆくばさは》ぎにて此道具回《このだうぐまは》る。）

本舞台上寄《ほんぶたいかみより》[六]に三間高《さんげんたか》[七]二重《にぢう》[八]岩組《いはぐみ》[九]、後《うし》ろ同《おな》く画心《ゑごゝろ》[一〇]の岩組《いはぐみ》にて見切平《みきりひら》舞台上《ぶたいかみ》の方柱《かたはしら》[一一]迄《まで》岩《いは》の張物《はりもの》で見切《みきり》、下手《しもて》谷《たに》[一二]の心《こゝろ》にて杉《すぎ》の梢《こずゑ》を見《み》せ、能所《よきところ》に飛込《とびこみ》[一三]の穴《あな》、向《むか》ふ[一四]遠山夜《とうやまよ》るの遠見《とうみ》、日覆《ひおほひ》[一五]より杉《すぎ》の釣枝《つりえだ》、都《すべ》て明神山《みやうじんやま》の体《てい》。道具中程《だうぐなかほど》[一六]より時《とき》の鐘《かね》[一七]山《やま》[一八]おろしにて道具留《だうぐとま》る。

ト合方山颪《あひかたやまおろし》にて下手《しもて》より宿屋《やどや》の若《わか》イ者弓張提灯《ものゆみはりてうちん》[一九]を持《もち》、紺看板《こんかんばん》[二〇]の中間手紙《ちうげんてがみ》を持出《もちで》て来《きた》り、舞台《ぶたい》にて、

中間　コレ宿屋《やどや》の若《わか》イ衆《しゆう》、おらが旦那《だんな》は暮合《くれあひ》から、何所《どこ》へお出被成《いでなされ》たのだ。

若者　此山向《このやまむか》ふの大信寺《だいしんじ》と云禅寺《いふぜんでら》の和尚様《おしやうさま》は学文《がくもん》が能《よ》く、詩作《しさく》が能《よ》く、分《わけ》て書《しよ》を能書《よくかゝ》ッしやるので旦那様《だんなさま》に逢《あ》ひたいと、内《うち》の主人《しゆじん》が檀家《だんか》故和尚様《ゆゑをしやうさま》

能になる。従って、この部分のない近年の台本だと、弁山が千太の嘘を直接知る機会はなくなり、三幕目では間接的に聞いたことになる。「立聞き」は東西問わず古くからある、話題や人物関係の説明を節約する劇作法。

六　上手よりの位置。

七　高さは舞台構造や客席からの可視性を考慮して実際には調節する。

八　↓一四九頁注一三。

九　木組み（近年は発泡スチロールも）の道具で拵えた、布か紙貼りの岩。

一〇　舞台後方は絵で岩の形を描き、上手、下手ともいっぱいまで岩組を飾り、客席から舞台後方や袖を見えないようにする。↓一九五頁道具帳写真。

一一　大臣柱のこと。元来能舞台の名称。歌舞伎では、上手側義太夫の床と舞台を区切る柱、下手側下座音楽を演奏する黒御簾（くろみす）と舞台を区切る柱を指す。

一二　谷というつもり。

一三　後に役者が飛び込み隠れる、舞台の切り穴を空けておく。

一四　舞台後方の絵柄の指定。

一五　舞台前面に天井から 吊るす簀の子（日覆）に杉を模した道具を吊り下げる。↓用語一覧。

一六　舞台が半分回った辺りから。

一七　下座音楽の指定。釣鐘の音に大太鼓を被せる山奥の情景描写のきまりの音楽。

一八　下座音楽の鳴物の名称。大太鼓を長撥で打つ。山から吹きおろす風の擬音。山中の場を中心に、多様に用いる。

一九　弓なりの木枠の取っ手つきの提灯。

二〇　紺看板は中間役の制服の衣裳だが、散切物への登場は珍しい。散切頭でなく丁髷姿となる。

に頼《たの》まれて、今日《けふ》お連申《つれまうし》たのだ。

中間　夫《それ》では大方詩《おほかたし》や歌《うた》の面白《おもしろ》くない咄《はなし》だらう、今日《けふ》のお倶《とも》を遁《のが》れたのは、大仕合《おほしあはせ》を仕《し》ました。

若者　今又《いままた》お前《まへ》が旦那様《だんなさま》に、急《きう》に逢《あ》ひたいと仰有《おつしや》るのは。

中間　東京《とうきやう》から[一]別配達《べつはいだつ》で郵便《いうびん》が来《き》ましたから、どんな御用《ごよう》か知《し》れぬ故《ゆゑ》、直《すぐ》にお届《とゞ》け申《まうし》たいのだ。

若者　一体《いつたい》お前《まへ》の旦那様《だんなさま》は、[二]官《くわん》へお勤《つと》め被成《なさ》るのか。

中間　イヤ旦那《だんな》は勤《つとめ》をさつしやれば、能《よ》イ月給《げつきう》が取《と》れるさうだが、窮屈《きうくつ》な事《こと》が嫌《きら》ひ故《ゆゑ》、[三]金《かね》を貸《かし》て気楽《きらく》に暮《く》らし、今度《こんど》も松島見物《まつしまけんぶつ》から帰《かへ》り掛《がけ》でござります。

若者　併《しか》しさうして[四]遊歴《いうれき》を被成《なさる》は何《なに》よりお楽《たのし》み、結構《けつかう》な事《こと》でござります、

中間　是《これ》と云《いふ》のも、[五]内証《ないしやう》が能《よ》イ故《ゆゑ》、

若者　兎角世界《とかくせかい》は金《かね》の事《こと》だ。（[六]ト時《とき》の鐘《かね》、）

中間　ヤ、あの鐘《かね》は。

若者　モウ[七]十時《じふじ》だから急《いそ》ぎませう。

ト時《とき》の鐘《かね》[八]合方山颪《あいかたやまおろし》にて[九]弐重《にぢう》を上《あが》り、上手《かみて》へ這入《はいい》る。[一〇]平舞台上手《ひらぶたいかみて》

一　配達時刻以外にも、配達局に到着次第随時配達する制度。郵便制度当初は随時配達が一般的だったが、配達回数の定着した東京、大阪等でも明治六年より別料金で開始。運送自体は一般と同じなので、明治四十四年開始の「速達」とは異なる。

二　金回り、暮し向きよいのは、官員というのが当時の連想。

三　この中間は、台詞の内容から後に望月の家のものとわかる。望月は三幕目では書家でもある設定なので、この場の幕開きからの台詞のやりとりとなる。

四　各地を巡り歩く。

五　懐具合、暮し向き。

六　劇中の時の鐘は時刻を知らせるだけでなく、人物の登退場のキッカケや雰囲気を変えるのに用いる音響効果である。

七　太陽暦定時法は明治五年十一月九日太政官布告。「一　時刻ノ儀是迄昼夜長短ニ随ヒ十二時ニ相分チ候処今後改テ時辰儀時刻昼夜平分二十四時ニ定メ子刻ヨリ午刻迄ヲ十二時ニ分チ午前幾時ト称シ午刻ヨリ子刻迄ヲ十二時ニ分チ午後幾時ト称候事」。

八　「明治二十三年附帳」では「流行唄トトテレトン山颪」。

九　岩組に上がり。

一〇　近年の上演では、中間と若者の件はなく、回り舞台が納まるとすぐ、この人力車の出となる。

より二人乗《にゝんのり》の人力車《じんりきしや》へ以前《いぜん》のお照《てる》、千太《せんた》を乗《の》せ、車夫《しやふ》[二]の徳《とく》是《これ》を引《ひき》、以前《いぜん》の松跡押《まつあとおし》をして出《で》て来《きた》り、

千太　ヲイ、徳公爰《とくかうこゝ》で能《いゝ》から下《おろ》してくんな。

徳　芝居《しばゐ》へお出被成《いでなされ》ませぬか。

千太　芝居《しばゐ》は是《これ》からモウわづか、此山道《このやまみち》[三]を越計《こすばか》り、どうで車《くるま》は引《ひけ》ないから、爰《こゝ》から下《お》りて歩行《あるい》て行《ゆか》ふ。

お照　何《なん》だか気味《〔き〕み》の悪《わる》い所《ところ》、爰《こゝ》へ下《お》りずと芝居《しばゐ》迄《まで》、乗《のつ》て行《ゆか》ふぢや有《あ》りませんか。

千太　何《なに》、此山《このやま》を越計《こすばか》り、強《こは》い事《こと》はありやア仕《し》ねへ。

徳　何《なん》ならお供《とも》を致《いた》しませうか。

千太　イヤ、送《おく》るにやア及《およ》ばねへ ○

ト是《これ》にて車《くるま》より千太《せんた》、お照《てる》下《お》りて、千太《せんた》小《ちい》サなカバンより紙包《かみつゝみ》の札《さつ》を出《だ》し、

是《これ》で帰《かへつ》て呑《のむ》がいゝ。（ト徳《とく》取《とつ》て、）

徳　毎度《まいど》有難《ありがた》ふございます ○ コレ松《まつ》や、旦那《だんな》へ御礼《おれい》を申《まう》せ。

松　旦那《だんな》、有難《ありがた》ふございます。

二　黙阿弥の散切物によく登場する車夫は、『富士額男女繁山（ふじびたいつくばのしげやま）』や『水天宮利生深川（すいてんぐうめぐみのふかがわ）』のように、生活に困窮し細民となった旧士族や脅しや盗みをする悪党の設定であるが、いずれも丁髷で時代に乗り遅れた姿を視覚化する。

三　底本振仮名「こゆ」を直す。

千太　大《おほ》きに夜道《よみち》を御苦労《ごくらう》だつた。（ト徳思入有《とくおもいれあつ》て、）

徳　モシ旦那《だんな》、おねだり申《まうし》ては済《すみ》ませんが、最《も》う少《すこ》し下《くだ》さいませぬか。

千太　何《なに》、モウ少《すこ》し呉《くれ》と〇（ト思入有《おもいれあつ》て、）わづかな所《ところ》も夜道故《よみちゆゑ》、[一]五十銭遣《ごじつせんや》つたらば、[二]云《いひ》ぐさを云《〔い〕》ふ所《とこ》は有《あ》るめへ。

徳　夫《そ》りやア只《たゞ》のお客《きやく》なら、結構過《けつかうすぎ》た[三]酒手《さかて》だが、江戸《えど》で名高《なだか》い銀行《ぎんかう》の旦那《だんな》にしては少《すく》ねへ酒手《さかて》だ。

ト不肖《ふせう》〴〵に云《いふ》。

お照　コレ徳殿《とくどん》、お前酒《まへさけ》にでも酔《ゑふ》たのかへ、毎日旦那《まいにちだんな》にお貰《もら》ひ申《まうす》に何《なん》でそん[四]なきざを云《いふ》のだ。

徳　云《いつ》ても能《いゝ》から、云《い》ひますのさ。（ト松聞兼《まつきゝかね》し思入《おもいれ》にて、）

松　是《これ》サ兄貴《あにき》、何《なに》を云《いふ》のだ、此間《このあいだ》から仲間内《なかまうち》でも、能旦那《いゝだんな》に可愛《かあい》がられると、皆《み》んなが羨《うらや》ましがつて居《ゐ》るのだ。

徳　手前達《てめへたち》の知《し》ツた事《こと》ぢやアねへ、今《いま》に酒手《さかて》を貰《もら》つて遣《や》るから黙止《だまつ》てそつちへ引込《ひつこん》で居《ゐ》ろ。

松　何《なん》だか己《おれ》にやアさつぱり読《よめ》ねへ。

千太　コレ、通《とふ》り一遍《いつぺん》の旅先《たびさき》だが、斯《か》うして毎日乗《まいにちの》るからは吝嗇《けち》な事《こと》をする

一　如何に過分な金かは、一九二頁注八参照。
二　不服。
三　心付けの金。小遣い銭。
四　もって回った不愉快なこと。
五　東京の銀行家という肩書きにしては、けちといわれるのは恥辱だから。
六　→用語一覧。
七　五年前。
八　寛政二年以来設置されていた佃島から石川島に繋がる位置にあった人足寄場（明治三年「徒場」と改称）。伝馬町の大牢と違い、心学の講釈、木工等の作業、その物品販売による積立金により更生を計り、改悛が認められれば道具や賃金を与えて釈放した。明治五年、「獄ハ人ヲ仁愛スル所以ニシテ人ヲ残虐スル者ニ非ズ」と緒言にいう監獄則（小原重哉作成）が制定され、「罪囚ヲシテ心神ヲ怡（よろこ）ハシ新鮮ノ気ヲ吸入セシメ」という放射線状の構造で「一目洞視」の監視所設置であるオランダの「ガン監獄」式が採用された。フーコーが『監獄の誕生』で論じた、パノプティコンである。→一九一頁図。
九　下野国の事。現、栃木県。
一〇　刑期を終えて。
一一　囚人が服役中獄舎の外部で働く場所。
一二　外役先で逃亡防止のため、囚人を二人ずつ鎖で繋いだ。→一九三頁図。黙阿弥は『勧善懲悪孝子誉（かんぜんちょうあくこうしのほまれ）』でその状況を描いている。
一三　外役先での一つ鎖での労働。「押どりがつがひ離れず土かつぎ」の川柳あり。
一四　→一八六頁注三。「二三度」は、前科二、三犯の意。
一五　懲役。
一六　陸中南部産の糸織の縞物の生地の袷。

徳　時《とき》は、[五]東京《とうきやう》の恥《はぢ》に成《な》るから、出《で》る度毎《たびごと》に酒手《さかて》を遣《や》り、手前達《てめへたち》に兎《と》やかうと云《いは》れる事《こと》は仕《し》ねへ気《き》だが、己《おれ》に酒手《さかて》を増《まし》て呉《くれ》とは、どう云訳《いふわけ》が有《あつ》て云《いふ》のだ。（ト是《これ》にて徳《とく》ずうぐ〵敷《しく》、）

千太　ヲイ千兄《せんあに》イ、お前己《めへおれ》を忘《わす》れたか。

徳　何《なに》、忘《わす》れたとは。（ト少《すこ》し凄《すご》みのある[六]誂《あつらへ》の合方《あいかた》に成《な》り、）

千太　[七]五年跡《ごねんあと》に窃盗《せつとう》で、お前《めへ》と一所《いつしよ》に[八]佃《つくだ》に居《ゐ》た、[九]野州生《やしうま》れの徳次郎《とくじらう》だ。

徳　ヱ。（トぎつくり思入《おもいれ》、）

千太　間《ま》もなくおらア[一〇]満期《まんき》で出《で》たから、見忘《みわす》れたかも知《し》れねへが、[一一]外役先《ぐわいえきさき》でお前《めへ》と一所《いつしよ》に、[一二]一《ひと》ツ鎖《くさり》に繋《つなが》れて[一三]土《つち》を担《かつ》いだ事《こと》があるぜ。

徳　夫《それ》ぢやア手前《てめへ》も窃盗《せつとう》で、

千太　[一四]赤《あか》い仕《し》着《き》せも二三度《にさんど》着《き》やした。

徳　コウ兄貴《あにき》、あの旦那《だんな》も五年跡懲役《ごねんあとちやうゑき》に成《なつ》たのか。

松　やつぱり己《おれ》と同《おな》じ科《とが》で、佃《つくだ》で[一五]苦役《くえき》を仕《し》なすつたのだ。

徳　見掛《みかけ》に寄《よ》らねへ物《もの》だなア。

松　[一六]南部《なんぶ》の袷《あはせ》に[一七]博多《はかた》の帯《おび》、無地《むち》[一八]御召《おめし》の単羽織《ひとへはをり》に、[一九]ゴウルの時計《とけい》、麦藁《むぎわら》シヤ

徳　ツポ、何所《どこ》へ出《だ》しても銀行《ぎんかう》の立派《りつぱ》な手代《てだい》と見《み》える拵《こしら》へ、虚《うそ》か真事《まこと》か[二〇]灰《はひ》

一七　博多産の絹織物は多く帯に用いた。

一八　表面に絞りを織り出した高級な縮緬の生地の羽織。

一九　金（ゴールド）の懐中時計。洋癖のある五世菊五郎は明治四年『東海奇談音児館（とうかいきだんねこまたやしき）』で日本駄右衛門に扮し、引込みに懐中時計を出して、高価な珍品を見世物にしたが、散切物の明治七年の『繰返開化婦見月（くりかえすかいかのふみづき）』や明治十三年の『霜夜鐘十字辻筮（しもよのかねじゅうじのつじうら）』では時計は単なる見世物でなく、時間厳守とそれに結びつく勤勉、立身という啓蒙的な意味を持つ小道具となっている。なお、底本振仮名「ととけ」を直す。

二〇　灰吹は煙草盆の吸殻入れ用の竹筒。吐月峰。「灰吹きから蛇」という俚言を踏まえて、立派な身なりだが意外な素性が知れるという含意。

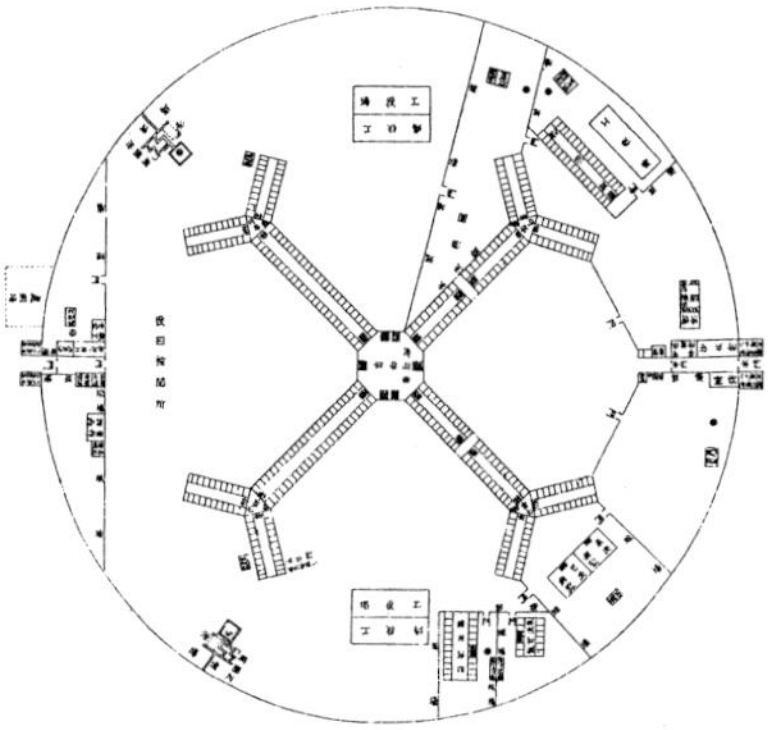

（重松一義『図鑑・日本の監獄史』雄山閣，昭60）

吹《ぶき》にかけて分《ぶん》[一]せき仕《し》たならば、能《い》か悪《わる》いが知《し》れやせう。

千太　世間《せけん》に幾《いく》らも似者《にたもの》が、他人《たにん》の猿似《さるに》[二]で有《あ》る物《もの》だ、そりやア人違《ひとちが》ひだぜ。

徳　お前《めへ》の目《め》からは小僧子《こざッこ》と思《おも》つてごまかす気《き》だらうが、仮令三日《たとへみつか》が間《あいだ》でも一《ひと》ツ飯《めし》を喰《くつ》たからは、人違《ひとちがい》をする物《もの》か、是《これ》が六十七十《ろくじふしちじふ》なら、耄《まう》ろくをする事《こと》も有《あ》るが、まだ[三]二十五《にじふご》にならねへ己《おれ》だ。何《なん》で顔《かほ》を忘《わす》れる物《もの》だ、併《しか》しお前《めへ》は忘《わす》れたらう、こつちはけちな窃盗《せつとう》に、差入物《さしいれもの》[四]はろくには来《こ》ず幅《はゞ》の利《きか》ねへ無籍者《むせきもの》[五]、満期《まんき》で出《で》たから古郷《こきやう》へ帰《かへ》り上州路《じやうしうぢ》から奥州《おうしう》かけ、か細《ぼそ》[六]い腕《うで》で車《くるま》を引《ひく》のも、云《い》はゞ此身《このみ》のぼく除《よけ》[七]だ、一里《いちり》[八]引《ひい》てもわづか六《ろく》銭長《せんなが》[九]ひ銭《ぜに》の取《と》れねへのも内職《ないしよく》[一〇]にする荒抃《あらかせぎ》で太《ふと》[一一]く短《みじか》く栄曜《ゑよう》をせし為《ため》、一《ひと》晩宿場《ばんしゆくば》へ友子《ともこ》[一二]を連兄《つれあに》いと云《いは》れて呑《のめ》る程《ほど》、お前《めへ》も苦役《くえき》をした体《からだ》、器用《きよう》[一三]に金《かね》を呉《く》んなせへ。（ト屹度《きつと》思入《おもいれ》、千太《せんた》悔《くや》しき思入有《おもいれあつ》て、）

千太　手前達《てめへたち》に威《おど》されて、酒手《さかて》を遣《や》るもこけ[一四]な訳《わけ》だが、些《ちつ》とこつち[一五]に目的《もくてき》が有《ある》から、今夜《こんや》は云《いふ》なりに、酒手《さかて》を遣《や》るから早《はや》く帰《けへ》れ。（ト千太《せんた》カバンから十円札《じふゑんさつ》を出《だ》して遣《や》る、徳取《とくとつ》て、）

徳　兄貴《あにき》、十円《じふゑん》かへ。

千太　夫《それ》で不足《ふそく》を云《いふ》ならば、こつちも意地《いぢ》だ一銭《いつせん》でも、余計《よけい》な銭《ぜに》は遣《や》らねへ

一　こじれたものを分ける意。
二　血縁がないのに、容貌が似通っていること。「他人の空似」とも。
三　黙阿弥の「絵看板下絵」の書き入れには、千太は「三十位」の年齢となっている。島蔵は「三十余」、望月は「三十五、六」の年齢設定。
四　「見舞物」ともいった。それが多い者は牢内の待遇が違ったのは黙阿弥『四千両小判梅葉（しせんりようこばんのうめのは）』に描かれている。
五　戸籍のない者だが、ここでは親分子分もない一匹狼の含意。
六　乏しい稼ぎ。
七　犯罪者が世間の目をごまかすための堅気の仕事や見せ掛けの善人的行為。
八　「明治十年六月内国通運福島分社人力車稼業取締規則・運賃表」では「人力車賃壱里当リ左ノ通相定候事／陸羽街道並浜街道、金六銭…枝道・難路・岐坂、金七銭…夜中ハ都テ本賃額三割増ノ事、但弐人曳ト総テ本賃三割増ノ事」とあり、更に細かい条件毎の規定がある（『白河市史』）。
九　→一六七頁注二四。
一〇　車夫は表向きで、脅しや盗みをしている事。
一一　同じ一生なら「栄耀栄華に暮す」のは、幕末の四世小団次が主演した白浪物の主人公の多くに共通の心情。
一二　友達を連れて。「友子友達」という表現もある。
一三　要領良く、さっさと。
一四　間抜けなことだが。
一五　後のお照とのやり取りを指す。

徳　ぞ。（ト千太《せんた》急度《きつと》云《いふ》、）

松　只貰《たゞもら》ふ金《かね》だから不足《ふそく》と云《いふ》わけはねへが、モウ十円《じふゑん》も貰《もら》ひてへのだ。コウ〳〵徳兄《とくあに》イ、能加減《いゝかげん》に云《い》はねへか、わづか宿《しゆく》から[一六]十町計《じつちやうばか》り堅気《かたぎ》の人《ひと》なら[一七]二銭《にせん》の酒手《さかて》だ、十円貰《じふゑんも》らやア五円《ごゑん》づゝ、[一八]単物《ひとへもの》の一枚《いちまへ》も着《き》られる訳《わけ》だ。

徳　ヱヽ目先《めさき》の見《み》えねへ事《こと》を言《い》へ、己《おれ》が腕《うで》で取《と》る金《かね》だ、誰《だれ》が[一九]山《やま》にする物《もの》だ。

松　夫《それ》ぢやア半分呉《はんぶんく》れねへのか。

徳　二十銭《にじふせん》か三十銭手前《さんじつせんてめへ》に遣《や》りやア沢山《たくさん》だが、壱円《いちゑん》やるから黙止《だまつ》て居《ゐ》ろ。

松　只《たゞ》の酒手《さかて》と違《ちが》ふから、半分呉《はんぶんく》れざア七分三分《しちぶさんぶ》、三円己《さんゑんおれ》に呉《く》んねへな。

徳　ヱヽ余計《よけい》な口《くち》をきゝやアがるな。

松　夫《それ》だと云《い》つて一円《いちゑん》は、あんまり酷《ひど》い相場《さうば》だから、

徳　手前《てめへ》がぐづ〳〵ぬかすので、こつちの咄《はなし》の気《き》が抜《ぬけ》た、モウ十円《じふゑん》と云《いひ》てへのだが、仕方《しかた》がねへ[二〇]不肖《ふせう》を仕《しま》せう。

松　[二一]長追《ながおひ》すりやア[二二]ぼろよりか、棒《ぼう》が出《で》るから了簡《れうけん》しろ。（ト徳蓖入《とくたばこいれ》へ札《さつ》を入《いれ》、）

徳　夫《それ》ぢやア千太《せんた》〇　イヤ酒手《さかて》を貰《もら》へば旦那様《だんなさま》、

一六　一町は六十間、約一〇九メートル。
一七　注八の規定の割増分に相当する。
一八　袷といわずにせめて単衣でもという意味。
一九　山分け。
二〇　不承。嫌ではあるが、承知しよう。
二一　深追い。あまり深く追及すると。
二二　棒は巡査の持つ樫の棍棒。自分たちの悪事がばれるどころか、巡査が来るということ。

（『図鑑・日本の監獄史』）

千太　口数《くちかず》きかずと、早《はや》く行《ゆ》ケ。

徳　お照《てる》さん、宜敷《よろしく》お礼《れい》を ◯（[一]トお照《てる》へ思入《おもいれ》、松車《まつくるま》を上《あ》げ、）

松　今夜《こんや》は是《これ》で切上《きりあげ》て、

徳　宿場《しゅくば》で愉快《ゆかい》を[二]極込《きめこま》うか。

　ト[三]時《とき》の鐘合方《かねあひかた》にて、徳《とく》、松車《まつくるま》を引《ひい》て上手《かみて》へは入《い》る。此内《このうち》お照気《てるき》味《み》の悪《わる》き思入《おもいれ》にて、

お照　サア旦那《だんな》、気味《きみ》の悪《わる》ひ所故少《ところゆゑすこ》しも早《はや》く参《まゐ》りませう。

千太　そんなにせくには及《およ》ばねへ、些《ちつ》とお前《めへ》に咄《はな》しが有《あ》るから、まア寛《ゆつ》くりとするが能《いゝ》。

お照　何《なん》のお咄《はな》しか存《ぞんじ》ませぬが、こんな所《ところ》でなさらずと、内《うち》でお噺《はな》し被成《なされ》ませ。

千太　内《うち》ぢやア辺《あた》りの人目《ひとめ》が有《ある》から、云《い》ひてへ事《こと》も云《いは》れねへ。

お照　夫《それ》だと云《い》つて気味《きみ》の悪《わる》い、人通《ひとゝほり》のない此山中《このやまなか》、私《わたし》や怖《こは》くてなりません。

千太　其怖《そのこは》がるのも尤《もつとも》だ、昼《ひる》と違《ちが》つて日《ひ》が暮《くれ》れば[四]往来稀《わうらいまれ》な明神越《みやうじんごえ》、どんな咄《はな》しを仕様共《しやうとも》狐狸《きつねたぬき》の其外《そのほか》は、聞手《きゝて》のねへのが己《おれ》が山《やま》[五]だ。

お照　然《さ》うして私《わたし》に噺《はな》しとは、何《どん》な事《こと》でござイます。（ト千太思入有《せんたおもいれあつ》て、）

一　二〇〇頁にある、悪巧みを含んでの思入れ。

二　ある事をその積りになって行うこと。愉快にいい客になって楽しもう。

三　繰返されるこの「時の鐘」の指定は不気味な雰囲気を出すだけでなく、劇中の時間経過を観客に自然に感じさせる、狂言作者の劇作法の優れた詐術の一つ。

四　人通りの滅多にない。

五　計略。目論見。

六　情婦。

七　凄みを効かせる場で使う。場合によっては、時の鐘、風音を被せ、ゆっくり演奏する。附師や役者の感覚によるが、西行様合方、こだま合方など。

八　「知らずに」の掛詞。

九　酒の相手が欲しいと、宿屋に頼んで芸者を呼んだこと。

一〇　→一四七頁注四。

一一　文字通りの意味に、「夜荒し」即ち盗賊、自分の意を重ね、それも目的で長逗留をしていたとなる。

一二　女に甘い自分のことを言う。

一三　→一六八頁注八。

一四　見すぼらしいというより、ここでは、身分の卑しいという含意。

千太　長《なが》く云《いふ》にも及《およ》ばねへが、色《いろ》六に成《なつ》て呉《く》んねへな。

お照　ヱヽ、(ト悒《びつく》りする。時《とき》の鐘《かね》、少《すこ》し凄《すご》み七の合方《あひかた》に成《な》り、)

千太　そんなに驚《おどろ》く事《こと》はねへ、先刻《さつき》も聞《きい》て居《ゐ》たらうが、久敷逢《ひさしくあは》ねへ親達《おやたち》に逢《あは》ふと思《おも》つて東京《とうきやう》から松島《まつしま》へ行《ゆく》一人旅《ひとりたび》、お前《めへ》の様《やう》な美《うつく》しひ芸者《げいしや》がある共《とも》八白川《しらかは》へおくれて泊《とま》つた奥州屋《おうしうや》、一人《ひとり》で酒《さけ》も味《うま》くねへから、相手《あいて》九に口《くち》を掛《かけ》た時《とき》、ハイ今晩《こんばん》はと座敷《ざしき》へ来《き》たお前《めへ》の顔《かほ》を見《み》て悒《びつく》り、弁天《べんてん》一〇と云名《いふな》を取《とつ》た宿一番《しゆくいちばん》の女《をんな》だと聞《きい》た其晩襟元《そのばんえりもと》へ、ぞつと染込《しみこ》む夜嵐《よあらし》一一に、少《すこ》し風気《かぜけ》を幸《さいは》ひと、長逗留《ながどうりう》を仕《し》て居《ゐ》たも、実《じつ》はお前《めへ》を手《て》に入《いれ》たく、無駄《むだ》な金《かね》も遣《つかつ》たが、旅芸者《たびげいしや》には珍《めづ》らしひ金《かね》で転《ころ》ばぬ気性故《きしやうゆゑ》さつき貰《もら》つた此指輪《このゆびわ》を、お前《めへ》と一所《いつしよ》に居《ゐ》る心《こゝろ》で、のろい一二奴《やつ》だが指《ゆび》へはめ、明日《あす》は一先松島《ひとまづまつしま》へ往《い》つて帰《かへ》りに口説《くどか》ふと思《おも》つて居《ゐ》たも親達《おやたち》が、死《し》んだとあれば行《ゆく》のは無駄《むだ》、是《これ》から直《すぐ》に東京《とうきやう》へ帰《かへ》る土産《みやげ》に前借《ぜんしやく》一三を、返《かへ》して連《つれ》て行《ゆき》てへのだ、定《さだ》めて嫌《いや》でもあらうけれど惚《ほれ》られたのが身《み》の因果《いんぐわ》、うんと云《いつ》て呉《く》んなせへ。

お照　一四見《み》る影《かげ》もない旅芸者《たびげいしや》を、夫程思《それほどおも》つて下《くだ》さいますは、有難《ありがた》ふはござりますが、お前《まへ》さんのお心《こゝろ》に随《したが》はれない訳《わけ》あれば、どうぞ免《ゆる》して下《くだ》さいまし。

序幕　明神峠山越の場

千太　何《どん》な事《こと》か知《し》らねへが、随《したが》はれぬと云訳《いふわけ》は、

お照　サア、其訳《そのわけ》は。

千太　夫《それ》を聞《きか》にやア思《おも》ひ切《き》られぬ。（トお照思入有《てるおもいれあつ》て、）

お照　何《なに》をお隠《かく》し申《まうし》ませう、[一]私《わた》しや東京《とうきやう》に言交《いひかは》した、男《をとこ》がござりまする故《ゆゑ》。

千太　夫《そ》りやア男《をとこ》も有《ある》だらうが、[二]浮気《うはき》家業《かぎやう》をするからは、そんな野暮《やぼ》を云《いは》ねへで、旅《たび》の恥《はぢ》はかき捨《ずて》と、おれが云事《いふこと》を聞《きい》て呉《く》んねへ。

お照　浮気《うはき》家業《かぎやう》はして居《ゐ》れど、末《すえ》は夫婦《ふうふ》に成《な》らうと云神《いふかみ》へ誓《ちか》ひを掛《かけ》た中《なか》、親《おや》の頼《たの》みに仕方《しかた》なく[三]浮世《うきよ》を忍《しの》ぶ文字摺《もじずり》の此奥州《このおうしう》の白川《しらかは》へ、前借《ぜんしやく》をして来《き》た私《わたし》、旅《たび》の芸者《げいしや》は十《とう》が八九《はつく》、お客《きやく》の座敷《ざしき》で[四]曖昧《あいまい》な事《こと》をするのが常《つね》なれど、男《をとこ》がある故《ゆゑ》今日《けふ》迄《まで》も、そんな噂《うはさ》のない芸者《げいしや》、御贔屓《ごひゐき》にして下《くだ》さいますなら、[五]色気《いろけ》なしで御座敷計《おざしきばか》り、御酒《ごしゆ》の相手《あいて》に私《わたし》をば、どうぞ呼《よ》んで下《くだ》さいまし。

千太　大方《おほかた》そんな言訳《いひわけ》と、思《おも》つて今夜《こんや》夜芝居《よしばゐ》へ行《ゆく》と云《いつ》て連出《つれだ》したは、否応《いやおふ》いはさぬ己《おれ》が[六]狂言《きやうげん》、さつき[七]仕馴《しなれ》ぬ立役《たちやく》に成《なつ》て百円《ひやくゑん》出《だ》したのも、[八]能《よく》ある筋《すぢ》だとお前《めへ》の体《からだ》へ、金《かね》で恩《おん》を着《き》せる為《ため》、嫌《いや》でも有《あら》ふがお袋《ふくろ》に娼妓《しやうぎ》にされたと諦《あきら》めて、[九]堅《かた》ひ心《こゝろ》を引《ひい》て[一〇]取夢《とりゆめ》と思《おも》つて濡《ぬれ》の場《ば》を、一幕見《ひとまくみ》せてくんな

一　ここでは、言逃れの為の嘘か、或いは既に面識ある望月のことか。
二　旅芸者でいるお照の身分をいう。
三　「信夫捩（もじ）摺り」は陸奥の信夫で摺り出す、いらくさ類の古代麻の一種である布。或いは忍草を染め出し模様とする福島産の布。捩れた模様に染まるからともいう。いずれにせよ「此の白川」に繋がる。世を忍んで、白河まで来てという意。文字摺りの生地で知られる白河まで来てという意。なお『古今和歌集』源融の歌に「みちのくのしのぶもぢずりたれゆへにみだれんと思ふ我ならなくに」がある。
四　売春。↓一六七頁注三三。
五　「床」での相手はせず、「座敷」での遊興だけしかしていない。
六　自分で仕組んだ嘘偽り。
七　立役はここでは「捌き役」の意。柄にない、いい役をして。
八　金で恩を着せるという設定はよくあるが。なお、「筋だと」、全集では「筋だが」。
九　そう堅い事をいわずに。
一〇　夢だとあきらめて身を任せろの意だが、「一幕見せて」という台詞は、江戸の狂言作りの手法として、濡れ場全体を夢の場とする趣向もあったのを想起させる。
一一　「丁度」と同じ。宛て字。
一二　合方を際立たせる。
一三　このあたり、黙阿弥得意の一種の「性善説」で「勧善懲悪」と結び付く発想。

せへ。

お照　夫程迄《それほどまで》に仰有《おつしや》るなら、幸《さいは》ひ調度《てうど》[一一]お袋《ふくろ》が参《まゐ》つて居《を》れば相談《さうだん》して、明日御《あしたお》返事《へんじ》致《いた》しませう。

千太　モウ此土《このと》地《ち》に足《あし》を留《とめ》、明日《あす》迄待《までまつ》ちやア居《ゐ》られねへ、大概己《たいがいおれ》が身《み》の上《うへ》も人《ひと》の咄《はな》しで悟《さと》つたらうが、今迄大《いまゝでおほ》きな螺《ほら》を吹銀行手《ふきぎんこうて》代《だい》と云《いつ》たは偽《いつは》り、実《じつ》はおらア盗人《ぬすつと》だ。

お照　ヱヽ。（ト合方《あいかた》[一二]きつぱりと成《な》り、）

千太　何《なに》もそんなに悔《びつく》りして逃《にげ》るにやア及《およ》ばねへ、盗人《ぬすつと》[一三]だとて同《おな》じ人間《にんげん》、ぎやつと生《うま》れて其時《そのとき》から人《ひと》の物《もの》を我物《わがもの》と、盗《ぬす》む心《こゝろ》は有《あ》りやアしねへ、元《もと》はみんな堅気《かたぎ》だが多《おほ》くは酒《さけ》と女《をんな》と賭博《ばくち》、身《み》[一四]の詰《つま》りからする盗《ぬす》み、初手《しよて》[一五]は明巣《あきす》の[一六]ちよつくら持《もち》、初犯《しよはん》で纔《わづか》な懲役《ちやうえき》から二《に》犯三犯段〱《はんさんばんだん》と功《かう》を積《つ》んで強盗迄《がうとうまで》、修行《しゆぎやう》して来《き》た松島千太《まつしませんた》、どうで始《し》[一七]終《じう》は天《てん》の罰《ばち》、運《うん》[一八]も佃《つくだ》で終身懲役《しうしんちやうゑき》、爰《こゝ》で手前《てめへ》を助《たすけ》た所《ところ》が、一等減《いつとうげん》[一九]じる訳《わけ》でもなけりやア、かばつて遣《や》るにも当《あた》らねへから、夫《それ》で爰《こゝ》へ連出《つれだ》したのだ、網《あみ》に掛《かゝ》つた鳥同《とりどう》様《やう》、最《も》う[二〇]羽根《はね》たゝきもさせやアしねへ。

お照　夫《そ》んなら何《ど》うでも此場《このば》にて、

一四　行き詰まり。
一五　最初は。
一六　持ち逃げ。
一七　事の最後には。ついには天罰で。
一八　「運も尽きた」の掛詞。↓一九一頁注八。
一九　減刑になる。
二〇　鳥が羽ばたきして嫌がる様子。

十二世　市川團十郎の千太
七世　尾上梅幸のお照

千太　是程云《これほどい》ても逃《にげ》る気《き》か。

お照　[一]サアそれは。

千太　サア、

お照　サア、

両人　サア〳〵。

千太　コリヤ手短《てみじか》に縛《しば》[二]り上《あげ》、引《ひつ》さらつて行《ゆか》にやア成《な》らねへ。（ト尻《しり》[三]を端折《はしをり》お照《てる》を手荒《てあら》く引居《ひきすへ》[四]る。）

お照　アレ、誰《たれ》ぞ来《き》て下《くだ》さいまし〳〵。

千太　エヽ、喧《やかま》しひ、静《しづか》にしやアがれ。

ト　お照振切《てるふりきつ》て逃《にげ》るを立回《たちまはつ》て引付手拭《ひきつけてぬぐひ》で縛《しば》らうとする。此時上手《このときかみて》へ以前《いぜん》の徳案内《とくあんない》して、探索方両人捕縄《たんさくがたりやうにんとりなは》[五]を持松付《もちまつゝい》て出《で》て来《きた》り、囁《さゝや》き合《あひ》ツカ〳〵と出《で》て、

菊蔵　松島千太《まつしませんた》、

両人　御用《ごよう》だぞ。（ト千太《せんた》見《み》て、）

千太　ヤ、コリヤ探索《たんさく》が。

菊蔵　此間《このあいだ》から盗賊《とうぞく》と、白眼《にらん》だ眼《まなこ》に違《ちが》ひなく、

一　相対する人物が詰問され返答に窮する時の、「くりあげ」という歌舞伎できまりのやりとり。

二　底本「縛〈ばし〉り引上〈ひつあげ〉さらつて」を直す。

三　着物の裾を上げ、帯に挟み込む。急ぎの用や力仕事をする時の様子を現す。

四　襟髪を取り動けぬようにする。

五　捕縛用の縄。

幸助　慥《たしか》な証拠《しようこ》が上《あが》つた上《うへ》は、遁《のが》れぬ所《ところ》だ、

両人　覚悟《かくご》なせ。

千太　さう知《し》られたら仕方《しかた》がねへ、察《さつし》の通強盗《とふりがうとう》で、其名《そのな》を知《し》られた松島千太《まつしませんた》、

菊蔵　汝《うぬ》らが縄《なは》に掛《かゝ》る物《もの》か。

幸助　明神山《みやうじんやま》へ追込《おひこん》だ、

菊蔵　得物《えもの》を逃《にが》して、

両人　成《な》る物《もの》か。（ト両人《りやうにん》組付《くみつく》を振解《ふりほど》く、此内《このうち》お照《てる》うろ〳〵するを徳《とく》とらへ、）

徳　お照《てる》さんは、己等《おいら》と一所《いつしよ》に、

松　早《はや》く此方《こつち》へ逃《にげ》なせへ。（ト徳《とく》、松《まつ》、お照《てる》を引張《ひつぱり》上手《かみて》へ這入《はい》る。）

千太　扨《さて》は徳《とく》めが、[六]訴人《そにん》をしたな。

菊蔵
幸助　知《し》れた事《こと》だ。

ト時《とき》の鐘《かね》、[七]誂《あつら》へ〔の〕鳴物《なりもの》に成《な》り、両人千太《りやうにんせんた》へ縄《なは》を掛様《かけやう》と云捕物《いふとりもの》の立回《たちまは》り宜敷有《よろしくあつ》て、千太《せんた》カバンを引《ひつ》さらひ、下手《しもて》谷間《たにま》の[八]切穴《きりあな》へ[九]飛込《とびこむ》、山颪烈敷《やまおろしはげしく》、

菊蔵　ヤア、崖《がけ》から谷《たに》へ飛込《とびこん》だが、下《した》は巌石尖《がんぜきするど》き谷間《たにま》、

六　密告したな。
七　こういう設定の捕物の立回りでは、早めの合方に山颪の鳴物が多い。
八　舞台の数か所にあるセリ。
九　「明治二十三年附帳」では「ドン」（飛込みの擬音）。

十七世　市村羽左衛門の望月
七世　尾上梅幸のお照

幸助　多分《たぶん》は岩《いは》で体《からだ》を打《うち》、くたばつたに違《ちが》ひねへ。

菊蔵　何《なん》にもせよ、谷《たに》へ下《お》り、

幸助　彼奴《あいつ》が行衛《ゆくえ》を、

両人　捜《さが》して呉《くれ》ん。

ト山颪《やまおろし》ばた〳〵にて、両人《りやうにん》下手《しもて》[二]へ逸散《いつさん》に這入《はい》る。矢張《やはり》ばた〳〵にて、上手《かみて》よりお照逃《てるにげ》て出《で》て来《く》るを徳《とく》、松追掛来《まつおひかけき》て、徳《とく》お照《てる》を引付《ひきつけ》、

徳　ハテ聞訳《きゝわけ》のねへお照《てる》さん、今夜《こんや》千太《せんた》が夜芝居《よしばゐ》へお前《めへ》を連《つれ》て行《ゆく》と云《いふ》は、深《ふか》ひ巧《たく》みの有《あ》る事《こと》と悟《さとつ》た故《ゆゑ》に酒手《さかて》をゆすり、探索方《たんさくがた》へ密告《みつこく》して、今《いま》の難義《なんぎ》を助《たすけ》たのだ、千太《せんた》の替《かは》りに己達《おらたち》の此処《こゝ》で自由《じいう》になつてくんねへ。

お照　危《あやう》ひ所《ところ》を助《たすか》つて、ヤレ嬉《うれ》しやと思《おも》つたら、やつぱりお前《まへ》も同《おな》じ事《こと》、私《わたし》を手込《てごめ》に仕様《しやう》と云《いふ》のか。

徳　そりやアお前《めへ》が弁天《べんてん》[三]と、云《いは》れる顔《かほ》のする事《こと》だ、二目《ふため》と見《み》られぬ女《をんな》なら、自身《こつち》も科《とが》を着《き》る事《こと》だ、誰《だれ》が手込《てごめ》にする物《もの》だ。

松　兎《と》やかう云間《いふま》に芝居《しばゐ》[四]のはね、人通《ひとゞほり》のねへ其内《そのうち》に、

徳　些《ちつと》も早《はや》く。

一 舞台上手最前でツケ打ち（東京では大道具方が担当する）の打つ「ツケ」のこと。走る音の擬音。
二 「下手へ逸散に」、全集では「逸散に下手へ」。
三 美貌であるが故に、こういう目にあうのだ。
四 芝居の終り。芝居が終ると人が来るから、その前に。
五 鉄砲の擬音。初演当時は、舞台を強く叩いて擬音としたり、竹筒に煙硝を入れ火口を仕掛けて点火して音を立てた。
六 初演時の評判記、団十郎の写真ともに初演時は洋服。「洋服に茶の霜降り、天鵞絨襟の外套、黒の中山高帽子」（安部豊編『舞台之団十郎』京文社、大正十二年）。望月のモデルについては、二六四頁注四参照。
七 明治五、六年頃より散切頭と共に普及した。↓一五九頁注八。
八 初演の団十郎は「二連発銃に鳥の袋」（『舞台の団十郎』）を持ち、狩猟姿。第二次世界大戦後の上演でも洋服は好みによるが、狩猟姿で猟銃を持っている。黙阿弥の「絵看板下絵」は羽織袴に帽子で、「ピストル」と表記された短銃を持っている。短銃（ピストル）は明治初年の世情不安期には多く流通し、連続の「ピストル強盗」も初演の前年から起った。
九 近年の上演では、以下二〇一頁最終行まで省略されて、短銃の音を聞いて直ぐに徳と松は驚いて下手に逃げ入り、最終行で様子に気づいた

松　ヲヽ合点《がつてん》だ ◯
　　ト山颪《やまおろし》早《はや》き合方《あひかた》にて両人《りやうにん》お照《てる》を引倒《ひきたほ》す。此時本鉄砲《このときほんてつぱう》[五]の音《おと》する。三人悩《さんにんびつく》りし、お照《てる》は俯伏《うつぶせ》に成《な》る、坂《さか》の上《うへ》より望月輝《もちづきあきら》[六]、羽織《はをり》まち高袴《だかばかま》高帽子《たかぼうし》[七]短銃《ぴすとる》[八]を持出《もちで》て来《きた》り、此内徳《このうちとく》[九]は打《うた》れはしないかと体《からだ》を見《み》る事有《ことあつ》て、ホツトして輝《あきら》を見付《みつけ》、
両人　扨《さて》は今《いま》のは。
輝　貴様《こなた》だな。
徳　理不尽致《りふじんいた》す人力車夫《じんりきしやふ》、警察官《けいさつくわん》[一〇]へ引立《ひつたて》やうか。
輝　そんな威《おど》しをくふ物《もの》か。（ト輝《あきら》へ立掛《たちかゝ》る、輝短銃《あきらぴすとる》を差付《さしつけ》、）
徳　命《いのち》はいらぬか。
松　ヤア、こいつは叶《かな》はぬ。
お照　逃《にげ》ろく。（トばたくにて両人向《りやうにんむか》ふへ逃《にげ》て這入《はい》る、お照顔《てるかほ》を上《あげ》、）
　　何方様《どなたさま》でござりますか。危《あやふ》ひ所《ところ》をお助下《たすけくだ》され、ヱヽ有難《ありがた》ふござります る。
輝　お照《てる》、嘸《さぞ》こわかつたらうな。
お照　ヱ、然《さ》ら仰有《おつしや》るは ◯（ト誂《あつらへ》［の］灯入《ひいり》[一一]の月《つき》を下《おろ》し、お照輝《てるあきら》を見《み》て、）

お照が岩上を見上げると、二〇二頁二行めの望月が「ア丶、い丶月だな」となって、お照手を合わせて感謝の意を現す形にて、合方鳴物（山颪に笛入りなど）よろしく幕というのが一般的である。明治二十三年再演時（望月役は二〇二頁注※参照）の評に、「先年（団十郎）が仕られし時と同じ拵へ、（三升〈団十郎の俳名―引用者〉）はせりふが僅（わづか）一トロにて例の十八番の大渋の様に言れしが」（『歌舞伎新報』一一五九号）とあるから、初演時から上記の演出だった可能性も強い。

一〇 この時期の呼称は巡査が一般的で、この望月の用例は珍しい。

一一 板を切り抜いただけの切出しの月でなく、照明（この時点では瓦斯）効果を加えた月。江戸時代から蠟燭を用いる例はあったが、瓦斯照明での迫真性は明治期の活歴、散切の評判となること多かった。『人間万事金世中』でも横浜埠頭の場の曇りガラスにランプの月は話題となり、客席より「イヤお月様」と声がかかった（『尾上菊五郎自伝』時事新報社、明治三十六年）。ただし、本作初演の時、新富座が瓦斯代滞納で、二幕目「播磨灘難風の場」の途中で差止めとなり、舞台が真っ暗となる事件があった。

九世団十郎の望月
（伊原敏郎『市川団十郎』エックス倶楽部，明35）

ヲヽ望月様《もちづきさま》。

輝　これ◯（ト押《おさ》へるを木《き》の頭《かしら》、[一]）アヽ、いゝ月《つき》だな。

ト月《つき》を見上《みあげ》る、お照《てる》は手《て》を合《あは》せ嬉《うれ》しき思入《おもいれ》、誂《あつら》へ[二]の合方《あひかた》、山颪《やまおろし》にて、拍子幕《ひやうしまく》[三]

一　幕切れにキッカケにより打つ、最初の柝の音。
二　「明治二十三年附帳」では「本つり、本調子小玉様合方、山おろし」。
三　→用語一覧。
※なお、明治二十三年再演時には、菊五郎が島蔵と望月二役だったため、この場は吹き替え（代役）で演じた。初演時の団十郎は二〇一頁八行のような一言だけの渋い演技だったが、「今回は最う一ぱい渋く遣込（やりこん）でせりふ一トロも無とはけしからぬこなしと見物もアッ気に取れて居（おり）しも尤も吹替にて（松助）にさせられしは余りと申せば不勉強（梅幸〈菊五郎の俳名―引用者〉）と云人は舞台好のクセに堂かすると斯言事（かういうこと）をする癖が有ますが感心し無事でござる悪い洒落なり已来（いら）止てほしうござるとな」（『歌舞伎新報』一一五九号）とある。明治三十三年上演時も尾上菊十郎が代り、「器用にこなして菊五郎と思つて見ている人もあつたのは大手柄」だが、「跡幕を見物が待構へる張合が抜けて折角の意匠を殺す」と三木竹二の評がある（『歌舞伎』四号）。

九世団十郎の望月
（『舞台之団十郎』）

弐《ふた》幕《まく》目《め》

[四]明石浦漁師町《あかしうられうしまち》の場《ば》　　同《おなじく》 播磨灘《はりまなだ》難風《なんぷう》の場《ば》

一 [五]島蔵妹《しまざういもと》おはま　〔坂東〕志ら調　一 明石《あかし》の島蔵《しまざう》　〔尾上〕菊五郎

一 同《おなじく》 悴《せがれ》 岩松《いはまつ》　〔尾上〕菊之助　一 漁師《れうし》磯《いそ》右衛門《ゑもん》　〔市川〕団右衛門

一 [六]斎坊主《ときばうず》西念《さいねん》　〔市川〕左伊助　一 同《おなじく》 沖蔵《おきざう》　[七]〔中村〕荒治郎

一 漁師《れうし》喜太六《きたろく》　〔中村〕志やこ六　一 同《おなじく》 [八]浪六《なみろく》　〔尾上〕尾登五郎

一 同《おなじく》 藤助《とうすけ》　〔坂東〕八平治　一 [九]在所《ざいしょ》かゝおくろ　〔市川〕小半治

[一〇]竹本連中

本舞台《ほんぶたい》三間《さんげん》の間《あいだ》[一一]平舞台《ひらぶたい》、向《むか》ふ真中《まんなか》[一二]柿木綿《かきもめん》の[一三]暖簾口《のれんぐち》、上手《かみて》[一四]押入戸《おしいれと》棚《だな》、是《これ》へ三尺《さんじやく》の仏壇《ぶつだん》、[一五]阿弥陀《あみだ》の掛物《かけもの》、仏具《ぶつぐ》[一六]宜敷《よろしく》誂《あつらへ》の位牌《いはゐ》、供《く》物《もつ》を備《そな》へ灯明《とうめう》を付《つけ》、此前《このまへ》へ[一七]手習机《てならひづくえ》、此上《このうへ》へ香炉《かうろ》線香《せんかう》を乗《の》せ、下《しも》手《て》[一八]鼠壁《ねづみかべ》上《かみ》の方《かた》一間《いつけん》[一九]折回《をりまは》し障子家体《しやうじやたい》、[二〇]いつもの所《ところ》[二一]丸太《まるた》の門口《かどぐち》、竹簀戸《たけすど》[二二]下《しも》の方《かた》麁朶垣《そだがき》、後《うし》ろ海《うみ》の遠見《とほみ》、都《すべ》て播州《ばんしう》明石浦《あかしうら》漁師《れうし》内《うち》の体《てい》、上手《かみて》に西念《さいねん》墨衣《すみごろも》斎坊主《ときばうず》の[二三]拵《こしら》へ、続《つゞい》て喜太六《きたろく》、藤助《とうすけ》着流《きなが》し

四 古来よりの景勝地、歌枕として、松島と対をなす趣向。わけても明石は外題に読まれた月の名所として名高かった。
五 以下の家族名は、皆「白浪」の縁語で繫がれている。
六 檀家で食事をしていく僧。
七 初世左団次の弟だが、当時は中村姓。後に市川姓となる。荒次郎とも表記する。↓人名一覧。
八 本文は「波六」。歌舞伎脚本では、こういう役名表記の不統一は、主役級の役でも往々にしてある。
九 土地の女房であるおくろという名前の女性。「かか」「かかあ」は母、女房の意。
一〇 義太夫の演奏者をいう。太夫と三味線一ずつが基本。ここでは、上手大臣柱上の位置(床という)に御簾を下した形で語る。↓二〇五頁道具帳写真。
一一 ↓用語一覧。　**一二** 柿色の木綿の暖簾。
一三 ↓用語一覧。　**一四** 押入れに同じ。
一五 南無阿弥陀仏と書いた掛け物。
一六 ↓用語一覧。
一七 子供の勉強机。経机を置くべきだが、代用している。
一八 鼠色の壁。　**一九** ↓用語一覧。
二〇 定式道具の決った場所。
二一 丸太の枠組みに、竹の簀の子の戸口を置く。竹簀戸は、写実性というよりも、下手側、花道外の客席からも、屋体内の演技が見えるように芝居ではよく使われる。「山木戸」と称するものと同じ。↓用語一覧
二二 家体(=屋体)外の下手は、粗朶を編んで作った垣根を描いた書割の装置。
二三 扮装。「打扮」とも書く。西念は墨染の袈裟、丸坊主。

[一]漁師《れうし》の拵《こしら》へ、おくろ同《おな》じく女房《にようぼう》の拵《こしら》へ、[二]四人共膳《よにんともぜん》に向《むか》ひ真中《まんなか》に磯右衛門《いそゑもん》[三]白髪鬘漁師《しらがかづらりやうし》の親仁《おやぢ》にて住居《すまゐ》、下手《しもて》にお浜《はま》[四]島田鬘漁師《しまだかづられうし》の娘《むすめ》の拵《こしらへ》お鉢《はち》を傍《そば》へ置盆《おきぼん》を持給仕《もちきうじ》をしてゐる、[五]岩松若衆鬘《いはまつわかしゆかづら》着流《きなが》しにて香炉《かうろ》へ線香《せんかう》を上《あげ》てゐる、[六]此見得《このみえ》波《なみ》の音浜唄《おとはまうた》にて幕明《まくあ》く。

磯右　西念《さいねん》さんは職務《しやうばい》だが、皆《みな》の衆《しゆ》は忙《いそが》しいのに、能《よ》う念仏《ねんぶつ》に来《き》て下《くだ》すつた。

藤助　外《ほか》と違《ちが》ツて不断《ふだん》から、親仁《おやぢ》どんには一方《ひとかた》ならず何《なに》やかや世話《せわ》に成《な》れば、

喜太　仮令職業《たとへしやうばい》を休《やす》んでも、此方《こつち》の内《うち》の法事故《ほうじゆゑ》、馳走《ちさう》に成《な》りに来《き》ましたのぢや。

お黒　取分《とりわ》け私《わたし》はおなぎさんと、心安《こゝろやす》くした中故《なかゆゑ》、何事置《なにごとお》いても来《こ》ずには居《ゐ》られぬ。

お浜　おくろさんのお蔭《かげ》にて、御膳拵《おぜんごしらへ》が早《はや》く出来《でき》、[七]嘸姉《さぞあね》さんも草葉《くさば》の陰《かげ》で喜《よろこ》んでござりませう。

西念　今日《けふ》の[八]膳部《ぜんぶ》の塩梅《あんばい》は、妹御《いもとご》がさつしやつたか、誠《まこと》に味《うま》ふ出来《でき》ました。

お浜　何《なん》の味《うま》い事《こと》がござりませう、仕馴《しなれ》ぬ私《わたし》の[九]摑《つか》み料理《れうり》、何《なに》も彼《か》も[一〇]不塩梅《ふあんばい》で上《あが》りにくうござりましたらう。

藤助　西念《さいねん》さんの云《いは》るゝ通《とほり》、中《なか》〳〵味《うま》ひ事《こと》で有《あつ》た。

一　漁師の典型的拵えは「腰切り」という腰までの長さの着付だが、ここでは法事の席なので、木綿物の着流し。
二　実際の舞台では劇場の大きさ、出演者の顔触れ等の条件により、人数も加減し、男女の数もそれに応じて変更がある。
三　散切物では、丁髷は旧弊な老人、細民等の役柄が多い。
四　未婚の娘の一般的な鬘。
五　子役なので前髪のある鬘。
六　この状態で、下座音楽で大太鼓の波の音に、浜唄を被せて幕が開く。浜唄は幾種類かあり、状況に合わせて異なる。海辺の場でも『ひらかな盛衰記』の「松右衛門内(ちう)の場」などは「磯のなー」を用いるのが多く、こちらの場面は「沖は凪よでー」などを用いる。僧と近所の講中が集まる供養の席で、筋を説明する台詞が続く幕開きは、浄瑠璃・歌舞伎の劇作法の一典型。視覚的にも、当時の観客には馴染みの構図での幕開き。
七　島蔵の妻おなぎを指す。
八　料理の塩梅。　九　無雑作に作った料理。
一〇　味付けの加減が悪く。
一一　煮物を売る店。
一二　「胡麻」は世辞をいうこと。酢のあえ物(酢合=酢和え)の味加減が、お世辞でなくよかった。七五調にするため、意味が些か取り難い一例。
一三　片付ける。
一四　血の繋がった、血縁の。
一五　生まれつきの性質。
一六　島蔵が前科者の盗賊であること。
一七　「小舅一人は鬼千匹に向かう」などというように小舅や小姑が嫁いじめをして苦労をさせるという譬えにあるようなこともなく。

喜太　爰《こゝ》ら近所《きんじよ》の煮《に》[一一]売屋《うりや》では、こんな料理《れうり》は所詮《しよせん》出来《でき》ぬ。

磯右　イヤ爰《こゝ》ら近所《きんじよ》にないと云《いふ》は、チト誉過《ほめすぎ》さつしやいませう。

お黒　イヤ〱酢《す》[一二]合《あひ》の胡麻《ごま》ではなく、能塩梅《いゝあんばい》でござりました。

西念　トキニ膳《ぜん》を引《ひい》[一三]て下《くだ》さいませぬか。

お浜　ハイ、只今引《たゞいまひき》ますでござります。

お黒　ドレ、手伝《てつだふ》て上《あげ》ませう。

ト皆《みな》〱捨台辞《すてぜりふ》にて、お浜《はま》お黒膳《くろぜん》を片付《かたづけ》、岩松前《いはまつまへ》へ出手《いでて》をつき、

岩松　今日《けふ》は何方《どなた》も母様《はゝさま》へ、御供養《ごくやう》を下《くだ》さいまして、有難《ありがた》ふござりまする。

西念　最前《さいぜん》から仏前《ぶつぜん》へ絶《たへ》ず線香上《せんかうあげ》さつしやつて、殊勝《しゆしよう》に回向《ゑかう》さつしやるのは、テモ感心《かんしん》な事《こと》ではある。

藤助　外《ほか》の者《もの》が千遍《せんべん》の、念仏《ねんぶつ》を唱《となへ》るより、血《ち》[一四]の余《あま》りの岩松《いはまつ》が、十遍《じつぺん》唱《となへ》る念仏《ねんぶつ》が、

喜太　おなぎさんはどの位《くらゐ》、嬉《うれ》しひ事《こと》か知《し》れぬわいナ。

お黒　今更云《いまさらいつ》ても返《かへ》らぬが、此岩松《このいはまつ》がお袋《ふくろ》は生《うま》[一五]れ立《たち》素直《すなほ》にて、知《し》[一六]ツての通《とほり》の悴故《せがれゆゑ》、無理《むり》な小言《こごと》も云《いつ》たれど遂《つい》に一度《いちど》逆《さか》らうて喧嘩《けんくわ》をした事《こと》もなければ、仮令《たとへ》[一七]にも云小舅《いふこじうと》のお浜《はま》を邪魔《じやま》にした事《こと》なく、真身《しんみ》の如《ごと》く可愛《かあい》がり、

磯右

弐幕目　明石浦漁師町の場

藤助　取分《とりわけ》わしを大事《だいじ》にして痒《かゆ》ひ所《とこ》へ手《て》が届《とゞ》く程《ほど》、能《よ》う世話《せわ》をして呉《くれ》た申分《まうしぶん》のない嫁《よめ》を、惜《をし》ひ事《こと》を仕《し》ましたわいの。（ト磯右衛門《いそゑもん》泪《なみだ》を拭《ぬぐ》ふ。）

喜太　夫《そ》りやこなた計《ばか》りじやない。あかの他人《たにん》の私《わし》らさへ、

お黒　廻《めぐ》りも早《はや》ひ三年忌《さんねんき》の、明日《あす》が忌日《きにち》に当《あた》る故《ゆゑ》、

西念　達者《たつしや》な時《とき》の噂《うはさ》して、貰《もら》ひ泣《なき》して居《を》りまする。

磯右　併《しか》しおなぎ殿《どの》が亡《なく》なつても、実《じつ》の娘《むすめ》のお浜殿《はまどの》がまだ縁付《えんづか》ずにござつたのが、磯右衛門殿《いそゑもんどの》の仕合《しあはせ》ぢや。

西念　夫《そ》りや西念《さいねん》さんの云《いは》るゝ通《とほり》、兄《あに》の不孝《ふかう》に引替《ひきかへ》て妹《いもと》が勝《すぐ》れた親孝行《おやかう〳〵》、夫《それ》に孫《まご》がやさしいので此二人《このふたり》を楽《たの》しみに、毎日矢張猟《まいにちやはりれう》に出《で》て、まだ殺生《せつしやう》を致《いた》します。

磯右　シテ、島蔵殿《しまざうどの》は三年跡国《さんねんあとくに》を出《で》て行《ゆか》れたが、今《いま》では何所《どこ》に居《ゐ》さつしやる。

西念　能《いゝ》も悪《わる》ひもお前方《まへがた》が知《し》つての通三年跡《とほりさんねんあと》、[一]筋《すぢ》の悪《わる》ひ事《こと》をして、八十日《はちじふにち》の懲役《ちやうえき》に行《いつ》たを嫁《よめ》が苦労《くらう》になし夫《それ》を気病《きやみ》に煩《わづら》ひ付《つき》、遂《つい》に[二]満期《まんき》に成《な》らぬ内《うち》養生叶《やうぜうかな》はず果敢《はか》ない最期《さいご》、調度《てうど》[三]三十五日《さんじふごにち》の日《ひ》に[四]日数《ひかず》も立《たつ》て帰《かへつ》て来《き》たが、少《すこ》しは面目《めんぼく》ないかして此《この》ほとぼりのさめる内《うち》、東京《とうきやう》へ往《い〔つ〕》て[五]雇《やとい》に這入人《はいりひと》と成《なつ》て帰《かへ》る迄《まで》、此岩松《このいはまつ》の養育《やういく》を頼《たの》むと云《いつ》て内《うち》を出《で》た限《ぎ》り、頓《とん》と夫《それ》から

一　道を誤った。
二　刑期を終えること。
三　女房没後三十五日目。五七日（ごしちにち）ともいう。
四　刑期の日数を終えて。
五　堅気になって働き、一人前になって。

音信不通《いんしんふつう》、どうした事《こと》と思《おも》つた所《ところ》、六博覧会《はくらんくわい》を見《み》に行《いつ》た国《くに》の者《もの》が東京《とうきやう》で逢《あつ》たと云《いへ》ば死《し》にもせず、達者《たつしや》で居《ゐ》ると見《み》えまする。（ト岩松思入有《いはまつおもいれあつ》て、）

岩松　七手《て》が書《かけ》ぬなら仕方《しかた》がないが、おとつさんは能書《よくかく》のに、何故便《なぜたよ》りを被成《なさら》ぬか、おつかさんには死《し》に別《わか》れ八便《たよ》り些《すくな》い私《わたし》をば、可愛《かあい》く思《おも》ひ被成《なされ》ぬのか、居所《ゐどこ》が知《し》れたら此方《こつち》から恨《うらみ》を云《いつ》て上《あげ》ねば成《な》らぬ。

お浜　そなたが恨《うら》むも尤《もつとも》だが、内《うち》を出《で》る時兄《ときあに》さんが人《ひと》に成《な》らねば帰《かへ》らぬから、母《はゝ》に替《かは》つて岩松《いはまつ》の世話《せわ》を頼《たの》むと呉《くれ》ぐも、私《わたし》へ云《いつ》て行《ゆか》しやんしたが、便《たよ》りのないは思《おも》はしひ事《こと》がないので有《あら》ふわいの。

磯右　どうで親《おや》に苦労《くらう》を掛《かけ》る不孝者《ふかうもの》の島蔵故《しまざうゆゑ》、天道様《てんたうさま》の御罰《ごばつ》でも人《ひと》に成《な》らるゝ事《こと》はない、九病《やま》ひが一〇直《なほ》れば能《よ》いけれど、直《なほ》らぬ時《とき》は仕舞《しまひ》は一一終身《しうしん》、生涯《せうがい》一二土《つち》を担《かつい》でも生《いき》てゐたらばお一三目出《めで》たで、赦免《しやめん》に成《な》るまい物《もの》でもない、どうぞ一四切《き》られて呉《くれ》ねばよいが。

西念　イヤ〳〵そんな事《こと》は有《ある》まい、根《ね》が利口《りこう》な島蔵殿《しまざうどの》、一五そでない事《こと》をさつしや〔つ〕たも、付合友《つきあふとも》が悪《わる》ひゆゑ、

藤助　明《あけ》ても暮《くれ》ても賭事《かけごと》に、終《つい》には所《しよ》〳〵へ借《かり》が出来《でき》、

六 →一五三頁注一一。本作でも序幕から話題になっている初演の年の第二回内国博覧会は、入場人員八十二万二千人、開催期間四か月、出品者数二万八千人という四年前の第一回の倍の規模であり、当時の観客に共有しうるイメージを喚起する言葉だった。劇作上必要な偶然の出会いも、かつての社寺への参詣などから博覧会や鉄道の駅という公共空間に移るのも、黙阿弥の他の散切物にも見られる劇作法の一つ。
七 字が書けない。
八 頼りにする者、よるべ。
九 盗み、強盗をするような性癖。
一〇 底本振仮名「なは」を直す。
一一 →一八六頁注四。
一二 →一九一頁注一三。
一三 維新時の赦免のあったことを指す。「今般御即位御大礼済ませられ、改元御出され候に付ては、天下の罪人、当九月八日迄の犯事、逆罪、放殺並びに犯状差免し難き者を除くの外、すべて一等を減じ、赦され候事」（明治元年九月「太政官日誌」八十一号）。三幕目では、望月輝がその恩恵を蒙ったことを述べる。→二八四頁注四。
一四 斬刑にならないでほしい。
一五 そうあるべきでない、悪いこと。

喜太　所謂貧《いはゆるひん》[一]の盗《ぬす》みにて、金《かね》が欲《ほし》さの出来心《できごゝろ》。

お黒　まさか命《いのち》にかゝはる事《こと》を、馬鹿《ばか》でないから被成《なさる》まい。

藤助　必《かなら》ず[二]案事《あんじ》、

三人　さつしやるな。

西念　何《なん》にしろ親孝行《おやかう〳〵》な、能妹御《よいいもとご》の有《あ》るのが仕合《しあはせ》。

磯右　どうで悴《せがれ》は当《あて》に成《な》らねば、此妹《このいもと》へ聟《むこ》を取《と》り、[三]位牌所《いはいじよ》を立《たて》さす積《つも》り、目《め》に叶《かな》ツた者《もの》が有《あつ》たら、一人世話《ひとりせわ》をして下《くだ》され。

西念　能《よ》いのが有《あつ》たら世話《せわ》をしませう。

藤助　併《しか》し浮《う》つかり其話《そのはな》しは、[四]世間《せけん》へぱつとせぬが能《よい》、皆《みな》の衆《しゆ》も知《し》つて居《ゐ》る、ならず者《もの》の沖蔵《おきざう》が、お浜殿《はまどの》に惚込《ほれこん》で女房《にようぼ》にしたいと云《いつ》て居《ゐ》れば、

喜太　此話《このはな》しを聞《きい》たらば、押掛聟《おしかけむこ》に来《こ》やうも知《し》れぬ、彼奴《きやつ》には[五]匂《にほ》ひも、

お黒　かゞされぬ。

三人　時《とき》に皆《みな》の衆《しゆ》、跡《あと》へ客《きやく》もござらうから、こちらはお暇《いとま》せうではないか。

西念　ヲヽ帰《かへ》りませう共《とも》〳〵、是《これ》から皆《みな》で寺《てら》へ行《ゆき》、

藤助　墓《はか》を奇麗《きれい》に掃除《さうじ》して、

喜太　お花《はな》を手向《たむけ》て上《あげ》ませう。

お黒

一　金に困っての盗み。

二　案じる。心配すること。

三　先祖の供養をさせる、跡取りにするという意。祖霊崇拝は、大詰まで、本作の通奏低音として続く。

四　表沙汰にしないようにした方がよい。

五　聟を取るというような気配も感じさせてはいけない。

お浜　夫《それ》は有難《ありがた》ふござります。
岩松　皆《みな》さんがお出《いで》なら、私《わたし》もお参《まゐ》り致《いた》しませう。
磯右　どうで明日《あす》参詣《さんけい》すれど、そちは母《はゝ》の事《こと》なれば、お参《まゐ》り申《まうし》て来《き》たがよい。
岩松　そんなら行《いつ》て参《まゐ》ります。
喜太　[六]モウ岩松《いはまつ》も歩行《あるけ》るか。
岩松　お寺位《てらぐらゐ》は参《まゐ》られます。
お黒　能《よ》く早《はや》く癒《なほつ》たな。
西念　左様《さやう》なれば磯右衛門殿《いそゑもんどの》。
磯右　皆《みな》の衆《しゆ》、
藤助　又明日《またあした》、
四人　逢《あ》ひませう。
ト波《なみ》の音浜唄《おとはまうた》[七]に成《な》り、西念《さいねん》、藤助《とうすけ》、喜太六《きたろく》、お黒《くろ》、岩松《いはまつ》樫《かし》[八]の杖《つゑ》に縋《すが》りびつこを引向《ひきむか》ふ[九]へ這入《はい》る。
磯右　ヲヽお浜太義《はまたいぎ》[一〇]で有《あつ》た、たつた一人《ひとり》で膳拵《ぜんごしら》へ、嘸草臥《さぞくたびれ》た事《こと》で有《あ》らう。
お浜　イヱ〱草臥《くたびれ》は致《いた》しませぬ、今日《けふ》の料理《れうり》が曲《まが》り形出来《なりでき》るもみんな姉《あね》さんが、不断教《ふだんをしへ》て下《くだ》さんした故《ゆゑ》、御恩返《ごおんがへ》しにどの様《やう》にも、私《わたし》がせねば成《な》

六 後にわかる事故による怪我のことを指す。
七 下座音楽の一。「沖は凪よで―」という歌いだし。→二〇四頁注六。
八 樫は材質堅く、船の材料ともなり、漁師の家にふさわしい。
九 花道揚幕へ。現行では、一般に脇役の出入りは下手へ入る。二一〇頁の沖蔵の出も同様。
一〇 大儀。御苦労だった。

らぬわいな。

磯右　是《これ》に付《つけ》ても島蔵《しまざう》め、連添《つれそ》ふ女房《にようぼ》の年忌《ねんき》もしらず、何所《どこ》に居《ゐ》をる事《こと》ぢや
やら、真人間《まにんげん》に成《なつ》たらば手紙位《てがみぐらゐ》はよこす筈《はづ》、やつぱりごろつき居《を》ると
見《み》える。

お浜　遊《あそ》んで成《な》らば能《よい》けれど、悪《わる》[一]ひ病《やま》ひが有《あ》る故《ゆゑ》に、案事《あんじ》られて成《な》らぬわい
ナ。

ト案事《あんじ》る思入《おもいれ》、波《なみ》の音浜唄《おとはまうた》に成《な》り、向《むか》ふより沖蔵着流《おきざうきなが》し三尺帯《さんじやくおび》[二]、
皮草履《かはざうり》[三]をはき出《で》て来《きた》り花道《はなみち》[四]にて、

沖蔵　今日《けふ》島蔵《しまざう》の女房《にようぼう》が三年忌《さんねんき》の逮夜《たいや》[五]にて、漁師仲間《れうしなかま》を呼《よ》んださうだが、今《いま》[六]
西念坊《さいねんばう》に聞《きい》たれば皆帰《みなかへ》つたと云事故《いふことゆゑ》、[七]じか談事《だんじ》に談事込《だんじこん》で、お浜《はま》を女《によう》
房《ぼ》に貰《もら》はにや置《おか》ぬ ◯（ト右《みぎ》[八]の鳴物《なりもの》に舞台《ぶたい》へ来《きた》り、）磯右衛門殿《いそゑもんどの》、内《うち》で
ござるか。

磯右　ヲヽ、沖蔵殿《おきざうどの》か。

お浜　アヽ、来《こ》ず共能《ともよい》に。

沖蔵　ヱ、

お浜　能《よ》うござんしたなア。（トツン[九]とする。）

一 盗癖、手癖の悪さ。
二 車夫、船頭、漁師等半纏着の役が用いる短い帯。鬘も髷で、開化になじんでいないイメージの視覚化。
三 竹の皮で作った草履。
四 花道七三の位置にて。
五 毎年の命日の前夜。
六 沖蔵の出の場所は、西念たちの引っ込みの場所からでなくてはならない。
七 直談判。
八 「右の鳴物に」、全集にはなし。
九 知らん顔をする。

沖蔵　今日《けふ》はおなぎ殿《どの》の三年忌《さんねんき》、能《よ》く法事《ほうじ》をさつしやつたな。
磯右　あれが里《さと》も死《し》に絶《たえ》て、[一〇]跡《あと》を立《たて》る者《もの》もなく、こつちでせねば仕《し》てがない。
（トお浜思入有《はまおもいれあつ》て、）
お浜　爺《とゝ》さん、私《わた》しや台所《だいどころ》を片付《かたづけ》て来《き》ますぞへ。
磯右　[一一]残《のこ》り者《もの》が晩《ばん》に来《く》れば、仕度《したく》をして置《おい》て呉《く》れ。
お浜　ドレ、仕度《したく》して置《おき》ませう。（ト合方《あいかた》にてお浜膳部《はまぜんぶ》を持奥《もちおく》へ這入《はい》る。）
磯右　トキニ何《なん》ぞ用《よう》でも有《あつ》てか。
沖蔵　今日《けふ》はこなたに頼《たの》みが有《ある》から、何《なん》でもうんと聞《きい》てくれ。
磯右　[一二]身《み》に叶《かな》つた事成《ことな》らば、頼《たの》みを聞《きく》まい物《もの》でもない。
沖蔵　夫《それ》は何《なに》より[一三]忝《かたじけな》ひ。
磯右　シテ其頼《そのたの》みと云《いは》つしやるは。
沖蔵　外《ほか》でもない此方《こなた》の娘《むすめ》を、己《おれ》が女房《にようぼ》に貰《もら》ひたいと、仲間《なかま》の者《もの》から[一四]言込《いひこん》だが、おなぎ殿《どの》の三回忌法事《さんくわいきほうじ》前《まへ》は取込《とりこん》で返事《へんじ》が成《なら》ぬと云《いは》つしやるので、仕方《しかた》なしに待《まつ》て居《ゐ》たが今日《けふ》は和尚[一五]直勧化《おしやうじきくわんげ》にお浜殿《はまどの》を貰《もら》ひに来《き》た、私《わし》が頼《たの》みを聞《きい》て下《くだ》さい。
磯右　[一六]外《ほか》ならぬこなた故頼《ゆゑたの》みを聞《きい》て進《しん》ぜたいが、知《し》ッての通島蔵《とほりしまざう》が国《くに》を出《で》て

一〇　死後の法事や塔婆を立てる者もいない。

一一　まだ供養に来ていない者。

一二　自分の思うようになることならば。

一三　底本「恭ひ」を直す。

一四　申し込む。縁談の申し込みによく使う。

一五　元来は、僧が仏寺建立の寄付金を求めることをいう。これまでは仲間を通して頼んでいたが、今日は自分で直談判に来たという意。

一六　この前後の沖蔵と磯右衛門のやりとりは、後の幕切れの伏線でもあり、磯右衛門役を立てるためでもあるが、主役の島蔵の出を遅らせるための劇作法でもある。幕開き間もなく、客の出入りの激しい時間の「塵鎮め」といわれるような部分を如何に厭きさせずに運び、主役の出までに客席を鎮めさせるかも、当時の芝居作りでは大切な手法だった。この辺り、「磯右衛門は黙阿弥さんの腹では確に盛衰記（↓二〇四頁注六）の権四郎を当込んで居るもの」と三木竹二は評している（『歌舞伎』四号）。

から便《たより》はなし、孫《まご》とてもまだ年《とし》がゆかねば跡《あと》を継《つが》せる訳《わけ》にも行《ゆか》ず、拠《よんどころ》なくお浜《はま》めに聟《むこ》を取《とつ》て掛《かゝ》らねば、能《よ》い年《とし》をして何時迄《いつまで》も己《おれ》が漁師《れうし》をせねばならぬ、此訳故《このわけゆゑ》に気《き》の毒《どく》ながらお浜《はま》はこなたに遣《やら》れぬわい。

沖蔵　成程《なるほど》こなたの云《いふ》のも尤《もつとも》、そんなら嫁《よめ》には貰《もら》ふまい、わしを聟《むこ》にして下《くだ》さい、然《さ》うしたならば隠居《ゐんきよ》させ、こなたに漁《れう》はさせませぬぞ。

磯右　[一]夫《それ》は何《なに》より忝《かたじけな》ひが、併《しか》し夫婦《ふうふ》の縁計《えんばか》りは親《おや》の自由《じいう》に成《な》らぬ物《もの》、篤《とく》と娘《むすめ》に話《はな》した上《うへ》で、否《いな》やの返事《へんじ》は跡《あと》から仕《し》ませう。

沖蔵　イヤ自身《じしん》に頼《たの》みに来《き》たからは、何《なん》でも彼《か》でも否《いな》やの返事《へんじ》を、今日《けふ》聞《きか》して貰《もら》ひたい、私《わし》がお浜殿《はまどの》に惚《ほれ》て居《ゐ》る事《こと》は、漁師《れうし》仲《な》ケ間《ま》で誰一人《たれひとり》夫《それ》を知《し》らぬ者《もの》はない、夫婦《ふうふ》に成《な》られぬ上《うへ》からは、明石《あかし》の浜《はま》にも居《ゐ》られぬ訳《わけ》、何所《どこ》へか影《かげ》を隠《かく》さにやならぬ。

磯右　夫《それ》は甚迷惑《はなはだめいわく》だ、縁談計《えんだんばか》りは当人《たうにん》の心《こゝろ》に済《すま》ねば極《きめ》られぬ。

沖蔵　何《なん》でもかでもお浜殿《はまどの》と、夫婦《ふうふ》にならねば男《をとこ》が立《たゝ》ぬ。

磯右　そんな無理《むり》な事《こと》はない、今返事《いまへんじ》の出来《でき》ぬと云《いふ》は、十《とう》が九《こゝの》ツ話《はな》しをしたら、こなたはお浜《はま》の気《き》に入《い》るまい。

沖蔵　何《なに》、此沖蔵《このおきざう》が気《き》にいらぬと。（ト沖蔵《おきざう》むつとする、磯《いそ》右《ゑ》衛門《もん》思入《おもいれ》有《あつ》

一　六二連『俳優評判記』では、沖蔵が「迫るを恥しめて帰す所どこ迄も手強さ頑固な老人の工合如何にも漁師の親父」と賞められた団右衛門は、敵役を得意とする役者である。→人名一覧。

て、）

磯右　わしが聟《むこ》にする気《き》がなければ、娘《むすめ》も亭主《ていしゆ》に持気《もつき》はあるまい。

沖蔵　ム、、然《さ》う嫌《きら》はれゝば最《も》う頼《たの》まぬ、私《わし》も明石《あかし》の此浜《このはま》で少《すこ》しは人《ひと》に知《し》られた沖蔵《おきざう》、外聞悪《ぐわいぶんわる》く爰《こゝ》にも居《ゐ》られぬ、是《これ》から伊豆《いづ》か相模《さがみ》の漁場《れうば》へ巣《す》を替《か》へて行《ゆか》ねば成《な》らぬ、其時《そのとき》どんな置土産《おきみやげ》[二]を置《お》いて行《ゆく》か知《し》れねへぞ。

磯右　夫《それ》は気味《きみ》の悪《わる》い事《こと》だが、呉《くれ》ると有《あ》らば置土産《おきみやげ》を、貰《もら》はずにも置《おか》れまい。

沖蔵　娘《むすめ》を一人失《ひとりうしな》ふも、親《おや》の心一《こゝろひと》ツだぞ。

磯右　そんな威《おど》しを恐《おそ》れる様《やう》な、磯右衛門《いそゑもん》だと思《おも》つて居《ゐ》るか、年《とし》は取《とつ》ても漁《れう》に出《で》たら若《わか》い者《もの》に負《まけ》ぬ腕《うで》、いらぬ無陀言《ごたくち》[三]をつかず共《とも》、己《おれ》が嫌《い〔や〕》で貰《もら》はぬ聟《むこ》、サア〳〵きり〳〵と帰《かへ》らつせへ。

沖蔵　ヲヽ、帰《かへ》らねへで何《ど》うする物《もの》だ。（ト沖蔵門口《おきざうかどぐち》へ出《で》る。）

磯右　エヽ、蚰《げぢ〳〵》[四]野郎《やらう》め、一昨日《をとゝひ》[五]うせろ。（ト門口《かどぐち》を締《しめ》る。）

沖蔵　今《いま》に意趣《いしゆ》[六]を返《かへ》すから、親父《おやぢ》め覚《おぼへ》[七]てうしやアがれ。

ト波《なみ》の音浜唄《おとはまうた》にて沖蔵向《おきぞうむか》[八]ふへ這入《はい》る、奥《おく》よりお浜出《はまで》て来《きた》り、

お浜　モシ爺《とゝ》さん、能加減《よいかげん》になさんすりや能《よい》に、あんな馬鹿《ばか》な男故《をとこゆゑ》、どんな事《こと》を仕様《しやう》も知《し》れぬわいナ。

二　一三行めの「意趣を返す」と同じ。
三　御託を抜かす。偉そうなたわ言をいう。「ごたくた」ともいう。なお全集では「無駄口をたゝかずとも」。
四　嫌われ者。なお底本「蚰」を直す。
五　「一昨日来い」に同じ。二度と来るな。
六　仕返しをする。
七　「失せやがれ」の訛。「失せろ」は消えてなくなれの意だが、ここでは「覚えていろ」の意味。
八　ここでは、後の島蔵の花道の出もあるので、下手へ入るのが普通。

磯右　如何《どん》な事《こと》をする物《もの》か、口計《くちばか》りの意気地《いくち》なし、
お浜　ほんに譬《たとへ》に云通《いふとふ》り、
磯右　[一]惣身《そうみ》へ智慧《ちゑ》の回《まは》り兼《かね》る、
お浜　[二]無駄《むだ》に大《おほ》きな、
磯右　野郎《やらう》だなア。
　ト波《なみ》の音《おと》[三]ばた〳〵に成《な》り、[四]向《むか》ふより以前《いぜん》の藤助走《とうすけはし》り出《で》て来《きた》り、
藤助　是親仁殿《これおやぢどの》、悦《よろこ》ばつしやい〳〵。
磯右　何《なに》、喜《よろこ》べとは、何《なん》の事《こと》だ。
藤助　さつき便《たよ》りがないと云《いつ》た、島蔵殿《しまざうどの》が帰《かへ》〔つ〕て来《き》た。
磯右　ヱ、悴《せがれ》が帰《かへ》ツて来《き》ましたとか。
お浜　[五]そりやほんまの事《こと》でござんすか。
藤助　今九郎兵衛殿《いまくろべゑどの》の所《ところ》へ寄《よつ》て、咄《はな》しをして居《ゐ》らるゝ故《ゆゑ》、先《さき》へ私《わし》が知《し》らせに来《き》ました。
磯右　夫《そ》りや能知《よくし》らして下《くだ》されました。
藤助　ドレ、仲《な》ケ間《ま》の者《もの》へも知《し》らして遣《や》らう。（トばた〳〵にて下手《しもて》へ這入《はい》る。）

一 沖蔵役の中村荒次郎は肥満体で、大敵から端敵まで得意とした。↓人名一覧。
二 前注に同じ。
三 ↓用語一覧。
四 この場合は、島蔵を演じる菊五郎の出の前触れなので、花道より出る。主演役者の出を引き立て、観客の意識を喚起するため、こういう筋の上では特に必要のない先触れの役を出すのも歌舞伎の劇作法の常套。
五 女方の台詞は、江戸の狂言でも上方の言葉やアクセントで言うことがあるのは、江戸時代以来の歌舞伎の劇作、演技術の習慣。
六 木戸口に出て揚幕の方を見て。
七 ここから義太夫が入る。「床」は義太夫（竹本ともいう）を演奏する場所を指すが、転じて義太夫そのものをいう。「ト書き浄瑠璃」は幕末の四世小団次の主演作以来、黙阿弥得意の手法。
八 歌舞伎脚本の慣例でこう書くこともある。
九 以下、「幾夜明石潟」など掛詞。
一〇 初演の菊五郎の扮装は「結城縞の着付。帯は博多の無地。鼠無地の襦袢。莫大小（メリヤス）の股引。モヘルの飾り付のマント。襟は厚目ビロード。共ボタン。深ゴムの靴」（安部豊編『五世尾上菊五郎（写真集）』同刊行会、昭和十年）。↓二一七

磯右　島蔵《しまざう》が帰《かへ》ると云《いへ》ば、其所等《そこら》を奇麗《きれい》に片付《かたづけ》て置《おけ》。

お浜　アイ〳〵○こんな嬉《うれ》しひ事《こと》はない。

磯右　ヲヽ嬉《うれ》しからう〳〵。（ト両人《りやうにん》嬉《うれ》しき思入《おもいれ》にて辺《あた》りを片付《かたづけ》る、お浜《はま》[六]門口《かどぐち》から向《むか》ふを見《み》て、）

お浜　モシ〳〵爺《とゝ》さん、向《むか》ふへ兄《あに》さんが見《み》えるわいナ。

磯右　ヲヽ見《み》えるか〳〵。（ト両人悦《りやうにんよろこ》ぶ、[七]是《これ》より床《ゆか》の浄瑠璃《じやうるり》に成《な》り。）

[八]上るり　〽過《すぎ》し日《ひ》は昨日《きのふ》か今日《けふ》と思《おも》へ共早《どもはや》くも[九]三歳立霧《みとせたつきり》に暫《しば》し隠《かく》れし島蔵《しまざう》が、旅寝《たびね》に幾夜《いくよ》明石潟馴《あかしがたなれ》し古郷《こきやう》へ立帰《たちかへ》り、

ト是《これ》へ波《なみ》の音《おと》を冠《かむ》せ、向《むか》ふより島蔵好《しまざうこの》み[一〇]の着付《きつけ》、[一一]達磨合羽《だるまがつぱ》脚半《きやはん》、[一二]尻端折《しりはしをり》、大《おほ》きなカバンを提《さげ》、蝙蝠傘《かうもりがさ》を杖《つゑ》に突出《つきで》て来《きた》り、花道《はなみち》にて、

島蔵　わづか三年立《さんねんたゝ》ぬ内《うち》に、[一三]往来幅《わうらいはゞ》が広《ひろ》く成《な》り、穢《きたな》い橋《はし》が奇麗《きれい》に成《なつ》て、以前《いぜん》に増《まさ》る[一四]立派《りつぱ》な学校《がくかう》、こんな所《とこ》にも石造《せきざう》や[一五]煉瓦造《れんぐわづく》りの見《み》えるのは、[一六]世界《せかい》は益《ます》〳〵開《ひら》けて来《き》たな。

[一七]上るり　〽帰《かへ》るを[一八]松《まつ》の片庇《かたびさし》、親《おや》は迎《むか》ひに立出《たちいで》て、（ト島蔵舞台《しまざうぶたい》へ来《く》る、磯右衛門《いそゑもん》門口《かどぐち》へ出《で》て、）

頁写真。なお底本「気付」を直す。

一一　袖のない回し合羽。なお底本「達魔」を直す。

一二　着物の裾をたくし上げ帯に挟む形。道中などで汚れを避ける時などに行う。↓一九八頁注三。

一三　道路の幅。明治九年全国の道路を国道、県道、里道に分け、一等（幅七間）から三等まで級別を定めた。県道は四、五間幅。初演の頃の明石は「市街は東西に通じ里程凡そ三十丁余人家は尤も稠密にして相応に美なり」（『朝野新聞』明治十四年二月五日）。帰省の際の故郷の開化を賞讃する類似の台詞は、『富士額男女繁山（ふじびたいつくばのしげやま）』にも見られる。

一四　明石では明治二年「府兵施設順序」で「小学校を設くる事」とされ、明治五年学制頒布、十年には明石市内の小学校は十一校を数えた。十二年学制廃止、新たに教育令が出されている（『明石市史』）。

一五　煉瓦建築の始まりについては諸説あるが、明治五年二月の東京の銀座・築地一帯の大火後に、耐火を目的として五年から十一年にかけ建設された銀座の煉瓦街が有名。なお、その頃服役囚に煉瓦作りの作業を行わせている。従って、島蔵も自ら賞讃する開化の象徴の煉瓦造りを苦役でしていたことになる。

一六　「世界」は江戸の「世間」とは異質の語感。「世界トハヨノナカト云コトニテ人間事体ノ分界アル方ヨリ云コト」（『改正小学読本名称訓』明治十年）。「バンモツノセイチヨスルクニ〳〵ヲ云」（『小学読本字引』明治十二年）。

一七　「上るり」に同じ。↓注八。

一八　「松」は「待つ」との掛詞。「片庇」は片方だけ傾斜のある粗末な屋根。門口近くにある松に差しかかるという景色。

磯右　ヲヽ島蔵《しまざう》、帰《かへ》ツたか〳〵。

島蔵　ヤ、親父様《おやぢさま》〇先《まづ》お替《かはり》のないお顔《かほ》を見《み》て、誠《まこと》に嬉《うれ》しふござります。

お浜　兄《あに》さん、能《よ》う帰《かへ》ツて下《くだ》さんしたな。

島蔵　ヲヽ妹《いもと》、そちも達者《たつしや》で能《よ》かつたな。

磯右　[一]まア〳〵足《あし》を洗《あら》ツて、早《はや》く上《あが》れ。

島蔵　イヱ、[二]足《あし》は穢《よご》れは仕《し》ませぬから、洗《あら》ふには及《およ》びませぬ。

磯右　そんなら早《はや》く上《あが》るが能《よ》い。

お浜　兄《あに》さん、爰《こゝ》へござんせいな。

上〽[三]妹《いもと》は心《こゝろ》の[四]花蓙《はなござ》を敷《しい》て兄《あに》をば饗応《もてな》せば、島蔵設《しまざうもう》けの座《ざ》に付《つい》て、

トお浜花蓙《はまはなござ》を出《だ》して[五]真中《まんなか》へ敷《し》く、[六]此上《このうへ》へ磯右衛門島蔵住居《いそゑもんしまざうすまゐ》、[七]

島蔵　岩松《いはまつ》が見《み》えませぬが、何所《どこ》ぞへ参《まゐ》りましたか。

磯右　明日《あす》はお袋《ふくろ》の三年忌《さんねんき》故《ゆゑ》、墓《はか》へ花《はな》を上《あげ》ながら[八]逮夜《たいや》参《まゐ》りに行《ゆき》おつた。

お浜　モウ往《い》つてから余程《よほど》の間《あいだ》、今《いま》に帰《かへ》ツて来《き》ませうわいナ。

島蔵　此世《このよ》にある内《うち》おなぎにも、余計《よけい》な苦労《くらう》を掛《かけ》たから、此三年忌《このさんねんき》に間《ま》に合《あふ》様旅中《やうりよちう》を急《いそ》ひで参《まゐ》りました。

磯右　能《よ》く帰《かへ》ツて来《き》て呉《くれ》た、是《これ》で明日《あす》の施主《せしゆ》が出来《でき》た。

一　靴を履く習慣のない磯右衛門は長年の習慣で、足を洗うのが当然と思っての台詞。

二　靴を履いているので汚れない。序幕の旅姿では必須だった足を洗う習慣との違い。何げない台詞のやりとりだが、旧弊(草鞋)と開化(洋靴)の対比を風俗を通して描く、散切物の劇作法。

三　この義太夫の詞章の間、島蔵が靴やマントを脱ぐのを、磯右衛門が手伝いつつ、それらを珍しがる捨て台詞や仕草などある。

四　多彩な模様で織込んだ茣蓙。心の晴れやかな様子を掛ける。

五　底本「真中敷〈まんなかへしく〉」を直す。

六　実際には並んで座れないので、島蔵のみ座る。その上手に磯右衛門、下手にお浜が座る。

七　底本振仮名「せまゐ」を直す。

八　→二一〇頁注五。

お浜　草葉《くさば》の陰《かげ》で姉《あね》さんも、嘸悦《さぞよろこ》び被成《なされ》ませう。（ト島蔵思入有《しまざうおもいれあつ》て、）

島蔵　何《なに》は扨置親父様《さておきおやぢさま》へ、お詫《わび》を先《さき》へせねば成《なら》ぬ ◯（ト 誂《あつらへ》合方《あいかた》に成《な》り、）三年跡《さんねんあと》に[九]不埒《ふらち》から八十日《はちじふにち》の御処刑受満期《ごしよけいうけまんき》に成《なつ》て帰《かへ》ッたれど、[一〇]所《ところ》に居《ゐ》るのも外聞悪《ぐわいぶんわる》く、其燼《そのほとぼり》のさめる内東京《うちとうきやう》へ出《で》て雇《やと》ひにでも這入《はいつ》て人《ひと》に成《な》らうと存《ぞんじ》、出《で》は出《で》ましたが思《おも》はしからず、なまじ便《たより》をしたならば又《また》もや余計《よけい》に苦労掛《くらうかけ》、不孝《ふかう》に不孝《ふかう》を重《かさ》ねます故《ゆゑ》、是迄便《これまでたより》を致《いた》しませぬは御《お》免《ゆる》し被成《なされ》て下《くだ》さりませ。

磯右　仮令苦労《たとへくらう》を仕様共《しやうとも》、何故《なぜ》しらしては呉《くれ》なんだ、漸《やう》やく此春東京《このはるとうきやう》に居《ゐ》る事《こと》を聞《きい》たれど、夫迄頓《それまでとん》と居所《ゐどこ》が知《し》れねば、村《むら》の者《もの》に聞《きか》れても、ならず者《もの》は居所《ゐどころ》の知《し》れぬ方《はう》が[一一]けつく能《よい》と、口《くち》では云《いへ》ど心《こゝろ》では血《ち》を分《わけ》た我子《わがこ》だ物《もの》、何所《どこ》に何《どう》してゐる事《こと》か、[一二]懲役《ちやうえき》にでも成《なり》はせぬかと、只《たゞ》の一晩其方《ひとばんそち》が事《こと》を、胸《むね》に忘《わす》れた事《こと》はない。

お浜　此間《このあいだ》も父《とゝ》さんが、夜中《よなか》に大《おほ》きな声《こゑ》をして、島蔵達者《しまざうたつしや》で帰《かへ》〔つ〕たかと云《いは》しやんすので私《わたし》も目《め》が覚《さめど》何うした事《こと》と聞《きい》たれば、今島蔵《いましまざう》が帰《かへ》ッて来《き》た夢《ゆめ》を見《み》たと云《いは》しやんして、是程親《これほどおや》が思《おも》ふのに何故便《なにゆゑたより》をして呉《くれ》ぬかと、爺《とゝ》さんが泣《なか》しやんすので、私《わたし》も甥《をい》の岩松《いはまつ》も貰《もら》ひ泣《なき》に泣《なき》ましたわいナ。

九　不法行為。
一〇　当地にいるのも。
一一　結句。結局は。
一二　従来の笞刑・入墨刑を廃止し、明治五年の懲役法に基づき、六年に笞刑・杖刑・徒刑・流刑の刑名を改め、すべて「懲役」とする改定律例が頒布された。→一八六頁注四。

五世菊五郎の島蔵
(『五世尾上菊五郎』同刊行会，昭 10)

上〽嬉《うれ》しひに付悲《つけかな》しひにつけ泪脆《なみだもろ》きは女子《をなご》の常《つね》、聞島蔵《きくしまざう》も嘆息《たんそく》なし、

トお浜泣《はまなく》、島蔵思入有《しまざうおもいれあつ》て、

島蔵　子供《こども》の折《をり》から悪戯《いたづら》で、お世話《せわ》をやかした其果《そのはて》が道《みち》に背《そむい》た事《こと》をして、終《つい》に[一]縄目《なはめ》の恥《はぢ》をかき、夫《それ》を気病《きやみ》に女房《にようぼう》が懲役中《ちようえきちう》にはかなく死《し》に、不便《ふびん》な事《こと》と思《おも》ふに付過《つけすぎ》た月日《つきひ》を考《かんがへ》れば、唯《たゞ》の一日孝行《いちにちかうかう》せず済《すま》ない事《こと》と気《き》が付《つけ》ば、所《ところ》に居《ゐ》るのも面目《めんぼく》なく、繁花《はんくわ》な土地《とち》の東京《とうきやう》で雇奉公《やといぼうこう》してなりと、人《ひと》と成《なつ》て古郷《こきやう》へ錦《にしき》を飾《かざつ》て帰《かへ》らうと、思《おも》ひ立《たつ》て出《で》ましたが、是《これ》ぞと申《ま〔う〕す》事《こと》がない故《ゆゑ》、遂《つい》に御不沙汰《ごぶさた》を致《いた》しました、漸《やう》〳〵[二]出世《しゆつせ》に取付《とりつき》ましたは、[三]伊太里国《いたりやこく》の異人《いじん》の所《ところ》へ、[四]ボウイに這入《はいり》ました所《ところ》、身《み》の仕合《しあはせ》に主人《しゆじん》の気《き》に入《い》り、半年計《はんとしばか》り勤《つとめ》る内《うち》、[五]番頭《ばんたう》に取立《とりたて》られ、[六]生糸《きいと》の仕入《しいれ》を任《まか》せられ、[七]何万《なんまん》と云金高《いふかねだか》に分合《ぶあひ》の礼《れい》も大《たい》した金《かね》、漸《やう》〳〵[八]人《ひと》に成《なり》ましたので、主人《しゆじん》も親《おや》に逢《あつ》て来《こ》いと、深切《しんせつ》に云《いは》れますので、[九]三周間《さんしうかん》の暇《いとま》を貰《もら》ひ、至急《しきう》に[一〇]出立《しゆつたつ》なしましたれば、土産物《みやげもの》さへ買間《かふま》なく、何《なに》も持《もつ》て参《まゐ》りませぬ。

磯右　無事《ぶじ》な顔《かほ》を見《み》せて呉《くれ》るが、何《なに》よりの土産《みやげ》なれば、品物抔《しなものなど》は決《けし》て入《い》らぬ。

島蔵　長年御苦労掛《ながねんごくらうかけ》た上《うへ》、懲役中《ちやうえきちう》の差入物《さしいれもの》から死《し》んだ女房《にようぼう》が[一一]取片付《とりかたづけ》、まだ其《その》上《うへ》に悴《せがれ》の養育《やういく》、種《いろ》〳〵御厄介《ごやつかい》を掛《かけ》ましたれば、せめてもの[一二]御恩送《ごおんおく》りに

一　捕縛される恥辱。
二　散切物のキーワードの一つ。序幕の千太もこの島蔵も出世を偽る故に罪を犯し、嘘をつく。
三　生糸の輸出先は、フランスとイタリアが多くを占めた（藤本実也『開港と生糸貿易』同刊行会、昭和十四年）。
四　西洋人に仕える下僕。「小廝」の字を当てた。また当時は男女ともボーイと呼んだ。
五　商店の役職で言う手代の長。
六　生糸は明治の主要産業であり、輸出量も多大だった。初演の明治十四年「十月より十一月に亘り生糸取引の事に関し横浜内外生糸商の間に紛議を生じ世上の金融及商業上に影響を与えしこと少なからず」（南部助之丞『米相場考』南部助之丞刊、明治二十五年）。
七　藤本実也『開港と生糸貿易』にあるイタリアの生糸貿易での巨利を見ると、島蔵の台詞にある金額の程はでたらめではない。→三三八頁注二。
八　一人前に身を立てました。
九　イタリア人が主人なので、そんな長い休暇をくれたという嘘。
一〇　旅立ち。
一一　後始末。
一二　恩返し。

楽《らく》をおさせ申度夫《まうしたくそれ》のみ心掛《こゝろがけ》ましたが、思《おも》ひ掛《がけ》なく天《てん》の恵《めぐ》みで、計《はか》らず金《かね》を得《え》ました故《ゆゑ》、取《と》る物《もの》も取敢《とりあへ》ず参《まゐ》りましてござります。

磯右　親《おや》が我子《わがこ》の世話《せわ》をするは、こりや世間《せけん》の普通《あたりまへ》、礼《れい》も何《なに》もいる物《もの》か、悪《わる》ひ心《こゝろ》が直《なほ》りさへすりや、何《なに》より夫《それ》が恩返《おんがへ》し。

お浜　爺《とゝ》さんの云《いは》しやんす通《とほり》、お前《まへ》が一三身《み》を持《もつ》て下《くだ》さんすりや、私迄《わたしまで》も共《とも》〴〵に、誠《まこと》に嬉《うれ》しふござります。

磯右　誰《たれ》より彼《かれ》より死《し》んだおなぎが、嘸悦《さぞよろこ》ぶ事《こと》であらう。

上　〽一四いふ尾《を》に付《つい》て妹《いもうと》が飾《かざ》る位牌《いはい》を取出《とりいだ》し、（トお浜仏壇《はまぶつだん》より位牌《いはい》を出《だ》し、一五机《つくゑ》の上《うへ》へ乗《の》せ、）

お浜　コレ姉《あね》さん、お前《まへ》も聞《きい》て居被成《ゐなさ》んしたらう、兄《あに》さんが出世《しゆつせ》して今日《けふ》帰《かへ》ツてござんした、嬉《うれ》しひ事《こと》でござんせうな。（ト島蔵《しまざう》も位牌《いはい》へ向《むか》ひ、）

島蔵　ア丶長年手前《ながねんてまへ》に苦労《くらう》を掛《かけ》たが、漸《やう》〳〵己《おれ》も人《ひと》に成《なつ》て、今日《けふ》親父様《おやぢさま》へ御《ご》恩送《おんおく》りをする様《やう》な身《み》に成《なつ》たから、草葉《くさば》の陰《かげ》で悦《よろこ》んで呉《く》れ、今更云《いまさらいつ》ても返《かへ》らぬが、今日迄達者《けふまでたつしや》で居《ゐ》たならば、少《すこ》しは楽《らく》をさせやう物《もの》◯

上　〽流石夫婦《さすがふうふ》の情合《じやうあひ》に、落《おつ》る泪《なみだ》を押隠《おしかく》し、（ト島蔵《しまざう》ホロリと思入有《おもいれあつ》て、）

一三　普段の行いをよくしてくれれば。

一四　前の言葉を受けて直ぐに。

一五　仏壇前の経机代りにしている手習机。

磯右　イヤ、[一]心計《こゝろばか》りでござりますが、親父様《おやぢさま》への御恩送《ごおんおく》り、是《これ》をお請下《うけくだ》さりませ。

　　ト島蔵《しまざう》カバンの中《なか》より金《かね》を出《だ》し、磯右衛門《いそゑもん》の前《まへ》へ出《だ》す、

島蔵　志《こゝろざ》しは忝《かたじけな》ひが、こんな心配《しんぱい》には及《およ》ばぬ物《もの》を。（ト島蔵又金包《しまざうまたかねづゝみ》を出《だ》し、）

磯右　妹《いもと》、是《これ》は其方《そなた》へ土産《みやげ》、好《す》きな物《もの》でも買《かつ》たがいゝ。（トお浜《はま》にやる。）

お浜　私《わたし》に迄《まで》お土産《みやげ》を、有難《ありがた》ふござりまする。

　　上〽頂《いたゞ》くこなたに磯右衛門《いそゑもん》、包《つゝみ》を取上不審顔《とりあげふしんがほ》、（ト磯右衛門金包《いそゑもんかねつゝみ》を取《とり》上思入有《あげおもいれあつ》て、）

磯右　ヤ、是《これ》は余程《よほど》の金包《かねづゝみ》、島蔵中《しまざうなか》には何程有《いくらあ》るぞ。

島蔵　ハイ、[二]三百円《さんびやくゑん》ござります。

磯右　ヱ、三百円《さんびやくゑん》あるとか。

島蔵　左様《さやう》でござりまする。

お浜　大《たい》したお金《かね》でござりますなア。

磯右　ハア丶

　　上〽はつと計《ばか》りに包《つゝみ》を投出《なげだ》し、声《こゑ》を上《あげ》て泣伏《なきふせ》ば、（ト磯右衛門包《いそゑもんつゝみ》を投《なげ》出《だ》し泣伏《なきふす》、）

一　気持ちだけの、ほんの僅かなもの。

二　福島屋より奪った金が千円で、千太と五百円ずつ山分けしている。

三　図星を指され、言葉に詰る思い入れ。

四　↓用語一覧。

五　仕入れ担当者。

お浜　爺《とゝ》さん、何《なに》を泣《なか》しやんす。
磯右　是《これ》が泣《なか》ずに居《ゐ》られる物《もの》か。
お浜　そりや何故《なにゆゑ》でござりまする。
磯右　悴《せがれ》の心《こゝろ》が直《なほ》らぬ故《ゆゑ》、
島蔵　何《なん》と仰有《おつしや》ります。
磯右　今日《けふ》持《もつ》て来《き》た此金《このかね》は　○（ト辺《あた》りへ思入有《おもいれあつ》て、）盗《ぬす》んだ金《かね》で有《あら》ふがな。
島蔵　ヱ　○（ト[三]ぎつくり思入合方《おもいれあひかた》[四]きつぱりと成《な》り、）以前《いぜん》が以前《いぜん》の島蔵故《しまざうゆゑ》、お疑《うたが》ひもござりませうが、左様《さやう》な金《かね》ではござりませぬ、今《いま》も申上《まうしあげ》ます通《とほ》り、外国人《ぐわいこくじん》の贔屓《ひいき》に成《な》り、[五]買物方《かいものかた》を引請《ひきうけ》て一切致《いつさいいた》して居《を》りますが、日本人《につぽんじん》と事替《ことかは》り外国人《ぐわいこくじん》は腹《はら》が大《おほ》きく、まだ新参《しんざん》の私《わたくし》へ千円金《せんゑんかね》を貸《かし》て下《くだ》され、そちも[六]商法《しやうほう》するが能《よい》と、[七]許《ゆる》しを請《うけ》て先達《せんだつ》て生糸《きいと》を千円買《せんゑんかい》ましたが、間《ま》もなく非常《ひじやう》に直《ね》が上《あが》り、纔《わづか》な内《うち》に三百円思《さんびやくゑんおも》はぬ利益《りゑき》を得《ゑ》ました故《ゆゑ》、是《これ》は天《てん》より賜物《たまもの》と存《ぞん》じまして御恩送《ごおんおく》りに、持《もつ》て[八]参《まゐ》ッた三百円《さんびやくゑん》、[九]不正《ふしやう》な金《かね》ではござりませぬ。
磯右　イヤ〳〵夫《それ》は呑込《のみこめ》ぬ、外国人《ぐわいこくじん》が何《ど》の位腹《くらゐはら》が大《おほ》きな者《もの》だとて、昨日抱《きのふかゝ》へた奉公人《ほうこうにん》に今日《けふ》千円《せんゑん》の大金《たいきん》を、よもや貸《かし》は致《いた》すまい、何故《なぜ》さう云《いふ》身分《みぶん》

六　↓一八一頁注一六。
七　底本振仮名「ゆる」を直す。
八　底本「参ツっ」を直す。
九　不正な手段で得た金。反対語は、二二三頁五行めにある「正路の金」。

三世　河原崎権十郎の磯右衛門
現　尾上菊五郎の島蔵
現　市村萬次郎のお浜

に成《なつ》たら、やうやく人《ひと》に成《な》りましたと、早《はや》く知《し》らしてよこさぬぞ。

島蔵　サア、夫《それ》は。

磯右　昔《むかし》と違《ちが》つて[一]郵便《いうびん》で、手紙《てがみ》を出《だ》せば四日《よつか》か五日《いつか》で、便《たより》の出来《でき》る世《よ》の中《なか》に、なぜ知《し》らしてはよこさぬぞ。

島蔵　サア。

磯右　[二]外国館《ぐわいこくくわん》へボウイに這《は》入《い》り、主人《しゆじん》の気《き》にいり番頭《ばんたう》に取立《とりたて》られて斯《か》う〱と、最初《さいしよ》からの手続《てつゞき》を知《し》らしてよこした上《うへ》ならば、嘘《うそ》でも誠《まこと》と思《おも》ふ故《ゆゑ》、志《こゝろざ》しの此金《このかね》を貰《もら》ふまい物《もの》でもないが、今日《けふ》出《だ》し抜《ぬけ》に帰《かへ》つて来《き》て、土産《みやげ》に呉《くれ》た三百円《さんびやくゑん》、誠《まこと》の事《こと》でも嘘《うそ》だと思《おも》ふ、貧乏暮《びんぼうぐら》しはして居《ゐ》れど、人様《ひとさま》の物《もの》は[三]箸片《はしかた》し盗《ぬす》んだ事《こと》のない磯右衛門《いそゑもん》、不正《ふしやう》の金《かね》は望《のぞ》みでない早《はや》く持《もつ》て帰《かへ》りおれ。

上〽包《つゝみ》を取《とつ》て投返《なげかへ》せば、（ト金包《かねづゝみ》を島蔵《しまざう》の前《まへ》へ投付《なげつけ》る、）

島蔵　スリヤ此金《このかね》を親父様《おやぢさま》には、不正《ふしやう》の金《かね》と仰有《おつしや》りますか。

磯右　[四]聢《しか》と其方《そなた》の手《て》に入《いつ》た不正《ふしやう》であらぬ証拠《しやうこ》が無《なけ》れば、此三百円《このさんびやくゑん》は請《うけ》られぬ。

島蔵　折角此身《せつかくこのみ》の御恩返《ごおんがへ》しと、思《おも》つた金《かね》も水《みづ》の泡《あわ》、ハテ是非《ぜひ》もない事《こと》だなア。

（ト当惑《たうわく》の思入《おもいれ》、）

一　郵便については一六三頁注一四参照。

二　底本振仮名「ぐわいこくくわく」を直す。

三　箸一本。僅かなものでさえという譬え。

四　はっきりと。

磯右　コレ娘《むすめ》、そちが貰《もら》ふた其金《そのかね》も、兄《あに》へ返《かへ》して仕舞《しまふ》が能《よ》い。

お浜　爺《とゝ》さんのお詞故《ことばゆゑ》、折角下《せつかくくだ》さいましたけれど、余義《よぎ》なくお返《かへ》し申《まうし》ます。
悪《わる》ふ思《おも》ふて下《くだ》さんすな。

ト　お浜島蔵《はましまざう》の前《まへ》へ包《つゝみ》を出《だ》す。

島蔵　五正路《しやうろ》の金《かね》に相違《さうゐ》なけれど、差当《さしあた》つて是《こ》れと云証拠《いふしやうこ》がなければ仕方《しかた》がない、
一度帰《ひとたびかへ》つて聢《しか》とした証拠《しやうこ》を持《もつ》て出直《でなほ》さう。

お浜　態《わざ》〳〵お出《いで》なさんしたに、爺《とゝ》さんの機嫌《きげん》が悪《わる》く、御気《おき》の毒《どく》でござりま
する。

ト　島蔵《しまざう》六じつと思入有《おもいれあつ》て、

島蔵　七是《これ》に付《つけ》ても人間《にんげん》は、正路《しやうろ》に心《こゝろ》を持《もた》ねばいけぬ。一旦悪事《いつたんあくじ》をした計《ばか》り、
八見継《みつぎ》の為《ため》に持《もつ》て来《き》た、札《さつ》も今《いま》では反古同然《ほごどうぜん》、是皆我身《これみなわがみ》がなした科《とが》、人《ひと》
を恨《うら》む所《ところ》はない。

上　〽先非《せんぴ》を悔《くい》て島蔵《しまざう》が手《て》を拱《こまぬい》て黙然《もくねん》と、暫《しば》し九詞《ことば》は荒磯《あらいそ》の、浜辺伝《はまべづた》ひに
岩松《いはまつ》が杖《つゑ》に縋《すが》りて立帰《たちかへ》り、

ト　此内島蔵腕組《このうちしまざううでぐみ》なし、じつと思入《おもいれ》、一〇向《むか》ふより以前《いぜん》の岩松杖《いはまつつゑ》に縋《すが》
〔り〕、びつこを引《〔ひき〕》ながら出《で》て来《きた》り、

五　正直な。正道の。
六　深くやや長い思入れ。
七　こういう事を考えても、それにしても。
八　援助、仕送り。
九　掛詞と縁語で繋ぐ。
一〇　二〇九頁一三行で下手へ入った場合は下手より出る。なお、国立劇場（昭和五十八年）上演時は、岩松は幕開きに出ず、ここで上手付屋体より初めて登場する手順だった。従ってそれ以前の台詞も異同はある。前進座上演時（平成六年）は、省略あるが原作の運び。

岩松　おぢいさん、今帰《〔いまかへ〕》りました。

磯右　ヲヽ、岩松帰《いはまつかへ》つたか。

お浜　コレ、爺《とゝ》さんがござんしたぞ。

岩松　ヱヽ、おとつさんがお出《いで》だと。

上〽聞嬉《きくうれ》しさに爪突《つまづい》て、はつと計《ばか》りに打転《うちまろ》べば、

ト岩松嬉《いはまつうれ》しき思入《おもいれ》にて、ツカ〳〵と内《うち》へ這入《はいり》、爪突《つまづき》てぱつたり転《ころ》ぶ、お浜介抱《はまかいほう》して、

お浜　アヽ足《あし》の悪《わる》ひに、[一]浮雲《あぶない》わいの。（ト岩松這《いはまつは》ひ寄《より》、）

岩松　おとつさん、能《よく》お帰《かへ》りでござりまする。

島蔵　ヲヽ岩松《いはまつ》か、爰《こゝ》へ来《こ》い　○　見違《みちがへ》る程大《ほどおほ》きく成《なつ》たな。

岩松　お前様《まへさま》もお変《かは》りなく、お嬉《うれ》しふござりまする。

島蔵　三年逢《さんねんあは》ぬ其内《そのうち》に、大層行義《たいそうぎやうぎ》が能《よ》く成《なつ》た。

お浜　此一二年《このいちにねん》は学校《がくかう》でも、試験《しけん》の度毎及題《たびごときうだい》して、何時《いつ》も甲《かう》[二]の御褒美《ごほうび》を貰《もら》ひ、今《いま》は二級《にきう》[三]になつてぢやわいナ。

島蔵　夫《それ》と云《い》ふのも一方成《ひとかたな》らず、親父様《おやぢさま》の御丹誠《ごたんせい》、有難《ありがた》ふござります。

お浜　おとつさんに其方《そなた》の書《かい》た、お清書《せいしよ》[四]をお目《め》に掛《かけ》や。

一　宛て字。「浮雲(ふうん)」は、はかないこと、あやういことの譬え。

二　学校の成績基準、甲乙丙丁の最高点。

三　明治十四年五月に文部省が小学校教則綱領を公布して学年制となる以前の教則では、八級までの等級制で、一級が最も難度が高い。

四　明治十四年五月公布の小学校教則綱領で小学初等科（三か年）の教科は「修身・読書・習字・算術ノ初歩及唱歌・体操」で、唱歌は「教授法等ノ整フヲ待チテ之ヲ設ク」とされた。

岩松　ハイ。
上〽はいと計《ばか》りに岩松《いはまつ》が、足《あし》を引《ひい》て立上《たちあが》れば、(ト岩松《いはまつ》びつこを引《ひき》て
立上《たちあが》れば、島蔵《しまざう》見《み》て、)
島蔵　ヤ、そちは足《あし》を何《ど》うしたぞ。
岩松　サア、是《これ》は。
磯右　島蔵《しまざう》そちから預《あづか》つた、此岩松《このいはまつ》を片輪《かたわ》にして、誠《まこと》に己《おれ》が面目《めんぼく》ない。
島蔵　何《ど》うして悴《せがれ》は此様《このやう》な、びつこに成《なり》ましたぞ。
上〽問《とは》れて親父《おやぢ》は五吐息《といき》をつき、(ト磯右衛門《いそゑもん》思入有《おもいれあつ》て、)
磯右　六しかも先月《せんげつ》の事《こと》で有《あつ》たが、七研上《とぎあげ》た出刃庖丁《でばばうてう》を、下《した》へ置《おく》のも浮雲《あぶない》と、
一寸棚《ちよつとたな》へ上《あげ》たのを、取紛《とりまぎ》れて忘《わす》れて仕舞《しまひ》、其晩猫《そのばんねこ》が鼠《ねづみ》を追掛《おひかけ》、棚《たな》から
落《おと》した庖丁《はうてう》が、下《した》に寝《ね》て居《ゐ》た岩松《いはまつ》の足《あし》へ当《あた》つて思《おも》はぬ大疵《おほきず》、筋《すぢ》を一本《いつぽん》
切《きつ》たので、とう〳〵びつこにして仕舞《しまつ》た。
岩松　モウ痛《いた》くはござりませぬが、まだ結《ゆは》へて居《を》りまする。(ト岩松左《いはまつひだり》の足《あし》
を白布《しろぬの》で結《むす》びあるを見《み》せる、)
島蔵　夫《それ》は飛《とん》だ怪我《けが》を仕《し》たが、八幾日《いくか》の事《こと》でござりました。
磯右　幾日《いくか》の晩《ばん》で有《あつ》たげな。

五 底本「仕息」を直す。
六 接続の意味としては、わかりにくい用法だが、単に「それは先月の事だったが」ということ。
七 こういう偶発事による因果応報の発頭は、黙阿弥一門の劇作法の頃までは、観客にとっても不自然とは感じない、一つの「約束事」だった。明治三十三年上演時、既にこの趣向を難ずる三木竹二等の若手の評家に対して、古老の幸堂得知は初演時には「因果因縁といふ事も其頃の頭と同じく大切に守つて居たものがあつたゆゑ岩松の足の怪我なども感心して見て居た観客(ぶけん)もあつたのだ、今から顧れば馬鹿々しい事だが是を以て作者を責るのは酷だよ」と弁護している(『歌舞伎』四号)。
八 「いっか」ともいう。何日。

お浜　アイ、二十日《はつか》の晩《ばん》でござりました。

島蔵　スリヤ先月《せんげつ》[一]の二十日《はつか》の晩《ばん》○

上
〽胸《むね》にぎつくり島蔵《しまざう》が、（ト島蔵《しまざう》思入有《おもいれあつ》て、）

シテ刻限《こくげん》は、何時《なんどき》[二]で有《あつ》た。

お浜　十二時前《じふにじまへ》でござりました。

島蔵　スリヤ先月二十日《せんげつはつか》の晩《ばん》、十二時前《じふにじまへ》で有《あつ》た[三]とか○

上
〽扨《さて》は其夜《そのよ》に福島屋《ふくしまや》[四]の主《あるじ》へ疵《きず》を負《おは》せたる酬《むく》ひなるかと後悔《こうくわい》なし、

（ト島蔵宜敷思入有《しまざうよろしくおもいれあつ》て）

ア、悪《わる》ひ事《こと》は出来《でき》ぬなア。

磯右　何《なに》、悪《わる》ひ事《こと》が出来《でき》ぬとは。

島蔵　悴《せがれ》が思《おも》はぬ其怪我《そのけが》は、わしがさしたのでござりまする。

磯右　合点《がてん》の行《ゆか》ぬ其《そ》の詞《ことば》、

お浜　兄《あに》さん、お前《まへ》がした事《こと》とは。

岩松　何《ど》う云訳《いふわけ》でござりまする。

上
〽いふに島蔵門口《しまざうかどぐち》[五]の外《そと》を伺《うかゞ》ひ座《ざ》をしめて、（ト島蔵門口《しまざうかどぐち》より外《そと》を見《み》て、元《もと》の所《とこ》へ住居《すまゐ》、）

一　底本振仮名「せんげん」を直す。

二　「なんどき」という問と「十二時」という答は、新旧二つの時間の交差する、初演時の時代を感じさせる。

三　底本「有たつとか」を直す。

四　『古代形新染浴衣（こだいがたしんぞめゆかた）』で島蔵と千太が押入った質店。その事件の仔細については、次頁の島蔵の述懐を参照。また、「福島屋」という屋号は、当時の観客には、「お園六三」の世界を連想させるものだった。それについては三幕目の二四〇頁注二・八参照。

五　人に聞かれてはいないかと外の様子を確認する。

島蔵　此身《このみ》の[六]懺悔《ざんげ》一通《ひとゝほり》、親父様《おやぢさま》も妹《いもうと》も篤《とく》と聞《きい》て下《くだ》され ◯（ト誂《あつらへ》の合方《あひかた》に成《な》り、）人《ひと》に成《な》らうと東京《とうきやう》へ参《まゐ》りましたが知《し》るべはなく、[七]曖昧宿《あいまいやど》の[八]口入《くちいれ》や安泊《やすどまり》へ泊込浮《とまりこみうか》く〳〵月日《つきひ》を送《おく》る内《うち》、二枚《にまい》の着物《きもの》は[九]一枚売鰹《いちまいうりかつを》と共《とも》にわた[一〇]抜《ぬき》の袷《あはせ》も光《ひか》る身《み》の垢《あか》に、[一一]どうで穢《よご》れた体故又窃盗《からだゆゑまたせつとう》を初《はじ》めた所《ところ》、間《ま》もなく[一二]取《と》られて八十日苦役《はちじふにちくえき》の内《うち》に[一三]兄弟《きやうだい》の縁《えん》を結《むす》んだ喰詰《くひつめ》もの、[一四]奥州無籍《おうしうむせき》の松島千太《まつしませんた》と満期《まんき》で出《で》てから言合《いひあは》せ、大《おほ》きな仕事《しごと》をしたらばよそうと、二十日《はつか》の晩《ばん》に浅草《あさくさ》で質屋《しちや》の内《うち》へ忍《しの》び込《こ》み、[一五]刃物《はもの》で主《あるじ》を威《おど》し付引攫《つけひつさらつ》たる金包《かねづゝみ》を、明《あけ》て二人《ふたり》が愕《びつく》りしたは、十円札《じふゑんさつ》でしかも千円《せんゑん》、思《おも》ひ掛《がけ》ねへ大《おほ》仕事《しごと》、爰《こゝ》らが盗《ぬす》みの止《や》め所《どこ》と、五百円宛二《ごひやくゑんづゝふた》つに分《わ》け、千太《た》は奥州《おうしう》私《わし》は播州《ばんしう》右《みぎ》と左《ひだり》へ別《わか》れたが、古郷《こきやう》へ飾《かざ》る身形《みなり》を拵《こしら》へ、再《ふたゝ》び盗《ぬす》みは止《や》め様《やう》と心《こゝろ》を清《きよ》めて伊勢《いせ》へ参《まゐ》り、京大阪《きやうおほさか》から明石《あかし》へ来《き》て久《ひさ》し振《ぶり》にて親仁《おやぢ》に逢《あ》ひ、不孝《ふかう》の詫《わび》に持《もつ》て来《き》た、三百円《さんびやくゑん》も盗物《ぬすみもの》と見透《みすか》されたでぎつくりと、轟《とゞろ》く胸《むね》へ[一六]又候《またぞろ》や此岩松《このいはまつ》が足《あし》の怪我《けが》、千円盗《せんゑんぬす》んだ其時《そのとき》に支《さゝへ》る主《あるじ》が向《むか》ふ脚《ずね》、引《ひつ》払《ぱら》つて逃《にげ》ましたが、時日《じじつ》も違《たが》はぬ先月《せんげつ》の、しかも二十日《はつか》の十二時前《じふにじまへ》。

磯右　ヱ。

島蔵　[一七]親《おや》の悪事《あくじ》が忽《たちまち》に、我子《わがこ》に報《むく》ふ忰《せがれ》が怪我《けが》、悪《わる》ひ事《こと》は出来《でき》ませぬ。

六　底本「懶悔」を直す。
七　売春宿。
八　金銭の斡旋、奉公の斡旋をすること。
九　一枚きりになってしまった冬用の綿入れの着物の綿を抜き、春用にしたものが綿抜き。それに初夏の訪れを表す鰹のはらわたと掛ける。衣替えの縁語でもある。
一〇　その一張羅の綿抜きの袷も着続けていたための垢による汚れで、生地が光ってきたのを、青魚である鰹の背の光に掛ける。直前の台詞の月日を徒費した感じを、衣服が冬から夏に変った時の流れに重ねる修辞。
一一　その着物の汚れと前科者という意識を重ねる。
一二　逮捕されて。
一三　義兄弟となったが、心掛け悪く生活に困っている者。犯罪者同士が義兄弟になる設定は、黙阿弥の『三人吉三廓初買（さんにんきちさくるわのはつがい）』などでも見られる。
一四　戸籍がない者。この事件の様子は、『古代形新染浴衣』の再現である。
一五　底本「刀物」を直す。
一六　その上にまた。
一七　因果応報を語る典型的台詞。

磯右　上〽先非《せんび》を悔《くい》て島蔵《しまざう》が、懺悔《ざんげ》をなせば聞親《きくおや》は、身《み》の行末《ゆくすへ》をかこち泣《なき》[一]、

[二]ト島蔵宜敷思入《しまざうよろしくおもいれ》にて云《いふ》

扨《さて》こそ己《おのれ》が持《もつ》て来《き》た金《かね》は盗《ぬす》みし金《かね》なるか、其根性《そのこんじやう》が止《やま》ざれば生涯柿《しやうがいかき》[三]の仕着《しき》せを着《〔き〕》て、土《つち》[四]を担《かつ》がにや成《な》らぬぞよ。〈ト磯右衛門顔《いそゑもんかほ》へ手拭《てぬぐひ》を当《あて》て泣《なく》、岩松思入有《いはまつおもいれあつ》て、〉

岩松　コレお爺《とつ》さん、子《こ》として親《おや》を恥《はぢ》しめるは、天《てん》[五]の道《みち》に欠《かけ》ますが◯

上〽お前《まへ》は学《がく》[六]問《もん》せぬ故《ゆゑ》に、親《おや》に孝行《かうく》する事《こと》を御存《ごぞんじ》なければ是迄《これまで》に、おぢい様《さま》に御苦労《ごくらう》をお掛《かけ》なさるを子心《こゝろ》にも、済《すま》ぬ事《こと》と成《な》[七]り替《かは》り、孝行仕様《かうくしやう》と思《おも》へ共《ども》◯

上〽生《うま》[八]れも付《つか》ぬ此片輪《このかたわ》、お年取《としと》られたおぢい様《さま》や年端《としは》も行《ゆか》ぬ私《わた》しをば、不便《ふびん》と思召《おぼしめす》ならば、盗《ぬすみ》を止《やめ》て下《くだ》さりませ。

上〽縋《すが》り嘆《なげ》けば恩愛《おんあひ》に、情《なさけ》を知《し》らぬ強盗《がうとう》も胸《むね》に迫《せま》りて泪《なみだ》に咽《むせ》、

ト岩松宜敷《いはまつよろしく》[九]こなし、島蔵《しまざう》せつなき思入有《おもいれあつ》て、

島蔵　ヲヽ其恨《そのうらみ》は尤《もつとも》だ、今《いま》も手前《てめへ》が云通《いふとほ》り、己《おれ》が育《そだ》つ時分《じぶん》には、学校抔《がくかうなど》と云物《いふもの》は咄《はなし》に聞《きい》た事《こと》もなく、漁師《れうし》の幼児《がき》が手習《てならひ》[一〇]は無駄《むだ》な事《こと》だと云中《いふなか》で、

一　恨み嘆きつつ泣くこと。
二　「ト島蔵…にて云」、全集にはなし。
三　赤い仕着せ（→一八六頁注三）と同じ。
四　→一九一頁注一三。
五　明治五年教部省発令の「三条ノ教則」の「天理人道ヲ明ニスヘキコト」を受けて、更に詳述した「三条演義」（明治六年）に「親子とは一気の分体にして、胚胎より成長(ヒトトナル)に至るまで、其恩の大なること挙て言べからず。故に子たる者は始終誠敬を尽し、己を勤めて親に仕るは人の孝道なり」「親は子を愛し、子は親を敬するは、人道の常にして、天神の本教なり」とある。
六　「人能ク其才ノアル所ニ応シ勉励シテ之ニ従事シ而シテ後初テ生ヲ治メ産ヲ興シ業ヲ昌ニスルヲ得ヘシサレハ学問ハ身ヲ立ルノ財本共云ヘキ者ニシテ人タルモノ誰カ学ハスシテ可ナランヤ」（太政官二百十四号「学制につき被仰出書」明治五年）。なお、初演時頃の小学校への就学率は男子五八《パーセント》、女子二二《パーセント》。
七　父の島蔵に成り代り。
八　先天的でない。
九　仕草。
一〇　文字を書く稽古。勉強。
一一　寺子屋。
一二　底本「引」を直す。
一三　商売に関する知識を並べた寺子屋用の初級教科書。
一四　寺子屋の教材として知られた、古くからの初級教科書。
一五　儒教でいう、仁、義、礼、知、信の道。「仁

親《おや》のお蔭《かげ》で寺屋《てらや》[一一]へ行《ゆき》[一二]、先《まづ》商売往来《しやうばいわうらい》[一三]迄《まで》やつとの事《こと》で上《あげ》たれど、童子教《どうじきやう》[一四]さへ習《なら》はねば、五常《ごじやう》[一五]の道《みち》を知《し》らねへから親《おや》が勝手《かつて》で拵《こせへ》た子《こ》だ、孝行《かう〱》するにやア及《およ》ばねへと己《おの》が勝手《かつて》に理屈《りくつ》を付《つけ》、親《おや》を親共思《おやともおも》はずに、実《じつ》に己《おれ》は不孝《ふかう》をした、手前抔《てめへなど》は開明《かいめい》[一六]の此結構《このけつこう》な世《よ》に生《うま》れ、物《もの》の道理《だうり》の分《わか》るのは、何《いつ》[一七]れの果《はて》も学校《がくかう》で子供《こども》が教《をしへ》を請《うけ》る故《ゆゑ》、こんな有難《ありがた》ひ事《こと》はねへ、誰《たれ》に異見《いけん》をされるより手前《てめへ》に云《いは》るゝ此異見《このいけん》は ◯

上〽棒鎖《ぼうさ》[一八]の責《せめ》にあふよりも、胸《むね》にこたへる身《み》の苦《くる》しさ。（ト島蔵思入《しまざうおもいれ》有《あつ》て、）

向後盗《きやうこうぬす》[一九]みを止《やめ》るから、己《おれ》に替《かは》つて親父様《おやぢさま》へ長《なが》く孝行《かう〱》してくりやれ。

上〽手《て》を取交《とりかは》し親《おや》と子《こ》が、暫《しば》し泪《なみだ》にくれにける。

岩松　そんなら是《これ》からふつゝりと、盗《ぬすみや》を止めて下《くだ》さりますか。

島蔵　ムヽ、やめなくつてどうする物《もの》だ。

お浜　ヲヽ、岩松《いはまつ》、能云《よくい》つた、其方《そなた》の異見《いけん》で兄《あに》さんが、盗《ぬす》みを止《やめ》ると云《いは》しやんすれば、こんな手柄《てがら》な事《こと》はない。

磯右　誠《まこと》に止《や》める事《こと》ならば、盗《ぬす》みし金《かね》を先《さき》へ返《かへ》し、其身《そのみ》の罪《つみ》を名乗《なのつ》て出《で》ろ。

島蔵　古郷《こきやう》[二〇]へ飾《かざ》る身形《みなり》を拵《こしら》へ百円足《ひやくゑんた》らず遣《つか》ひましたが、持《もつ》て来《き》た三百円《さんびやくゑん》[二一]に

義忠孝ノ心ハ人皆之有リ然ドモ其幼少ノ始ニ其脳髄ニ感覚セシメテ培養スルニ非レバ他ノ物事已ニ耳ニ入リ先入主トナル時ハ後奈何トモ為ス可カラズ」（「教学聖旨」明治十二年）。

一六 黙阿弥の好みの常套句の一。「この結構な世の中を捨ててあの世に行こうとは」（『青砥稿花紅彩画（あおとぞうしはなのにしきえ）』）とあるように、江戸でも明治でも「世の中」への肯定性は黙阿弥の作中随所に見られる。

一七 どんな辺鄙なところでも。全国どこでも。

一八 棒で打ち、鎖につなぐ刑罰。明治三年の新律綱領は六年の改定律例によって補正・補足された。「笞杖の打決は廃したが、存留養親および懲役人が逃げて即時決すべきとき等は、条例に照らして棒鎖をもってこれにかえる。笞十至五十は棒鎖一日、杖六十至七十は棒鎖二日、杖八十至百は棒鎖三日にあてる」（『明治文化史』2、法制編）。「棒鎖」とは「鉄棒ヲ両足ニ緊鎖シテ佇立セシム其時間ニ半日終日ノ別アリ凡ソ獄則ヲ犯シ軽キ者ハ此罰ヲ用ユ」（監獄則、明治五年）。

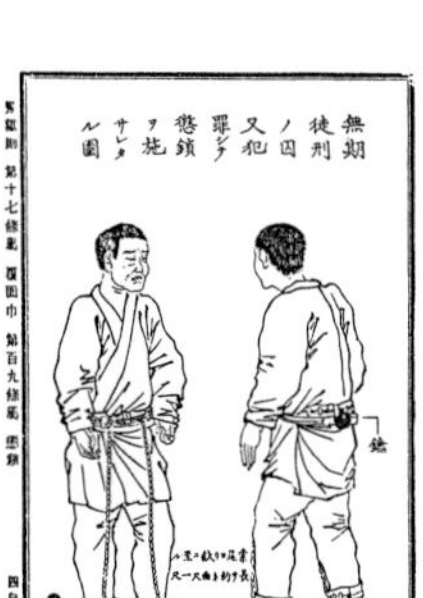

棒鎖の図
（小原重哉『監獄則註釈』王香堂，明 15）

一九 この後。

二〇 文字通り「故郷へ錦を飾る」ということで、高価なマント、靴、鞄、時計等を購入した。

二一 底本振仮名「きんびやくゑん」を直す。

まだ百円《ひやくゑん》ござりますから、モウ百円足《ひやくゑんた》しますれば、五百円《ごひやくゑん》に成《な》りますから、是《これ》から直《すぐ》に東京《とうきやう》へ帰《かへ》りまして死《し》[一]に身《み》に稼《かせ》ぎ、不足《ふそく》の金《かね》が整《とゝの》たら先《さき》へ返《かへ》して警察所《けいさつしよ》[二]へ、強盗《がうとう》せしを自首《じしゆ》[三]なして、上《かみ》の仕置《しおき》[四]を請《うけ》ませう。

上〽親子《おやこ》囁《さゝや》く門口《かどぐち》より内《うち》の様子《やうす》を立聞《たちぎく》沖蔵《おきざう》、妹《いもと》は悔《びつく》り立掛《たちかゝ》れば、見付《みつけ》られじと逃行《にげゆき》けり。

ト此以前下手《このいぜんしもて》[五]より以前《いぜん》の沖蔵忍《おきざうしの》び足《あし》にて出来《いでき》り、門口《かどぐち》より伺《うかゞ》ふ、お浜是《はまこれ》を見《み》て悔《びつく》りなし、門口《かどぐち》へ行《ゆく》、沖蔵下手《おきざうしもて》へ足早《あしばや》に這入《はいる》。

お浜　モシ兄《あに》さん、静《しづか》にしなさんせ、今門口《いまかどぐち》から沖蔵《おきざう》が様子《やうす》を聞《きい》て居《を》りました。

島蔵　何沖蔵《なにおきざう》が聞《きい》て居《ゐ》た、シテ其所《そこ》いらにまだゐるか。

お浜　私《わたし》が門《かど》を覗《のぞい》たので、悔《びつく》りなして蘆原《あしはら》の陰《かげ》へ逃《にげ》て行《ゆき》ました。

磯右　夫《〔それ〕》は大変彼奴《たいへんあいつ》めは、こつちの内《うち》に遺恨《いこん》があればそちが悪事《あくじ》を警察所《けいさつしよ》へ急度《きつと》知《し》らすに違《ちが》ひない。

島蔵　訴《うつたへ》られては五百円《ごひやくゑん》の、金《かね》を返《かへ》すに都合《つがふ》が悪《わる》ひ、少《すこ》しも早《はや》く逃《にげ》ませう。

お浜　夫《それ》はお名残惜《なごりをし》けれど、

島蔵　長居《ながゐ》をすれば身《み》の破滅《はめつ》、

一　死んだ気持ちになって稼ぎ。

二　警視庁は明治七年設置。明治十年に警察署の呼称始まる。

三　自首による減刑は江戸期よりあるが「改定律例ではさらに徹底させ、新律綱領では罪を犯して、人の官に陳告せんと欲することを知って自首する場合は、本罪に一等を減ずる制であったのを、減二等と改め、かつ官の捕獲せんと欲することを聞いて自首する場合に、本罪に一等を減ずるの規定および罪を犯して事已に告発を経るといえども本犯を未だ知らず、および官が罪犯の名を知らざるに自首する者はなお未発自首と同じく罪を免ずるの規定、をあらたに設けた(『明治文化史』2、法制編)。

四　刑罰。

五　沖蔵は、前頁の浄瑠璃のあたりで下手より出て立聞いている。

お浜　まだ色《いろ》〳〵のお咄《はなし》あれど、
島蔵　六眉《まゆ》に火《ひ》の付《つく》此《この》急場《きうば》、是《これ》でお暇致《いとまいた》しまする。
磯右　所詮陸《しよせんりく》では追手《おつて》の者《もの》に、捕《とら》へられるに違《ちが》ひない、浜辺《はまべ》へ行《いつ》て漁舟雇《れうせんやと》ひ、
神戸《かうべ》迄乗付《までのつゝけ》ろ。
島蔵　承知《しやうち》しました。
岩松　スリヤ爺《とゝ》さんは是《これ》から直《すぐ》に、
島蔵　長《なが》く居《ゐ》られぬ己《おれ》が体《からだ》、
岩松　七本意《ほい》ない事《こと》でござりますなア。（ト岩松島蔵《いはまつしまざう》に縋《すが》り泣《なく》、）
磯右　ヲヽ、そちよりか此親《このおや》が、何《ど》の位本意《くらゐほい》ないか、知《し》れぬけれども是非《ぜひ》が
ない。
お浜　せめて今宵《こよひ》一八ト夜《よ》さと、
磯右　留《とめ》たい所《とこ》を九せり立《たつ》て、帰《かへ》すも其身《そのみ》を思《おも》ふ故《ゆゑ》、
島蔵　左様《さやう》なれば親父様《おやぢさま》、御達者《おたつしや》で居《ゐ》て下《くだ》さりませ。
磯右　そつちも無事《ぶじ》で居《ゐ》てくりやれ。
島蔵　ハツ、（ト島蔵立掛《しまざうたちかゝ》る。）
岩松　モシ、とゝ様《さま》。

六　焦眉の急。緊急の事態。
七　残念なこと。
八　一夜だけでも居てほしかったけれども。
九　せきたてて。

三世　河原崎権十郎の磯右衛門
尾上尾登丸（現、菊市郎）の岩松
現　市村萬次郎のお浜
現　尾上菊五郎の島蔵

上〽縋《すが》[一]り付《つか》れて島蔵《しまざう》が、見合《みあは》す顔《かほ》が親《おや》と子《こ》の是《これ》が別《わか》[二]れとなる鐘《かね》に、心《こゝろ》せかれて振払《ふりはら》ひ、

[三]ト島蔵岩松宜敷愁《しまざういはまつよろしくうれ》ひの思入有《おもいれあつ》て、時《とき》の鐘《かね》、島蔵振払《しまざうふりはら》ひ、

島蔵　怪我《けが》をするなよ。

上〽跡《あと》をも見《み》ずに気強《きづよ》くも、浜辺《はまべ》をさして急《いそ》ぎ行《ゆく》。

ト波《なみ》の音《おと》ばたくにて島蔵《しまざう》カバンと蝙蝠傘《かうもりがさ》を持一散《もちいつさん》に向《むか》ふへ這《は》入《い》る。岩松泣伏《いはまつなきふす》、お浜《はま》は門口《かどぐち》より見送《みおく》る、磯《いそ》右衛《ゑ》門《もん》は岩松《いはまつ》を介《かい》抱《はう》しながら、

磯右　お浜《はま》、モウ行《いつ》たか。

お浜　一《いち》もくさんに行《ゆか》しやんしたわいナ。

岩松　モウ爺《とゝ》さんには逢《あは》れませぬか。

磯右　イヤ、逢《あは》れぬ事《こと》はないけれど、どうで親父《おやぢ》は是《これ》から懲役《ちようえき》、十年立《じふねんたゝ》[四]ずは逢《あは》れまい。

岩松　悲《かな》しい事《こと》でござりますなア。

上〽今更何《いまさらなん》と岩松《いはまつ》[五]が、泪《なみだ》に呉《くれ》る門口《かどぐち》へ、立帰《たちかへ》つたる沖蔵《おきざう》が、

ト波《なみ》の音《おと》に成《な》り、下手《しもて》より以前《いぜん》[六]の沖蔵出《おきざうで》て来《きた》り、

一　この浄瑠璃で島蔵は、靴を履き、マントを着る。十五世羽左衛門がこの場の島蔵を初めて演じた際、千太役だった六世菊五郎が、この愁嘆場を「親父(五世菊五郎)はこうやっていた」と「段取をすっかり演じて見せた。…散切狂言であるから、持ちものも蝙蝠傘を持ち、長靴を履いて、まんとを着ているので、竹本(＝義太夫―引用者)に乗れないのを、六代目はまんとをまくって、蝙蝠傘をいろいろに使って、傘をぽんと突いて泣き上げる振りなど、実に見事な演出を見せた」(竹柴蟹助「因縁深き『島衛』」「国立劇場筋書」昭和五十八年三月)。

二　別れの愁嘆を吹っ切るキッカケに時の鐘を使うのは決りの手法。「なる」は掛詞。

三　この前後の親子の別れの愁嘆も、江戸の狂言作者の劇作法の一つで、観客の期待に応える場としても必要だった。五世菊五郎はこういう設定を好み、得意とした。ここでは、親子三代の別れの愁嘆となっているところに工夫がある。

四　小泉輝三郎『明治黎明期の犯罪と刑罰』(批評社、平成十二年)には、「他一名とともに各所で強盗をはたらき、四千五百円余りの金品を奪った」強盗が「懲役終身」、「窃盗四犯、贓金十円以上」の者が「懲役十年」という明治十四年の犯罪例が引かれている。

五　掛詞。

六　この沖蔵の件は、近年の上演では省略されることもあるが、初演当時は、島蔵役者や大道具の次の場への拵えの時間の繋ぎ等で必要だった。黙阿弥のみならず、歌舞伎の脚本や劇作法には、こういう活字では無駄、冗長に思えても実際の上演上不可欠の件や場面が含まれる。

沖蔵　親父殿《おやぢどん》、又来《またき》ました。
磯右　ヲヽ、沖蔵殿《おきざうどの》、何《なに》しに来《き》た。
沖蔵　己《おれ》の来《き》たのは外《ほか》でもない、くどい様《やう》だが娘《むすめ》をくれぬか。
磯右　先刻《さつき》も貴様《そなた》に云通《いふとほ》り、聟《むこ》を取《と》らねば[七]成《な》らぬお浜《はま》、人《ひと》の女房《にようぼう》にや遣《や》られぬ。
沖蔵　女房《にようぼ》に呉《く》れずば此己《このおれ》を、お浜《はま》の聟《むこ》にして呉《く》れぬか。
磯右　舅《しうと》の己《おれ》が気《き》に入《い》らねば、嫁《よめ》にも遣《や》らねば聟《むこ》にも取《と》らぬ。
沖蔵　さういふからは島蔵《しまざう》に、縄《なは》を掛《かけ》るが合点《がつてん》か。
磯右　何《なに》、悴《せがれ》に縄《なは》を掛《かけ》るとは。
沖蔵　今門口《いまかどぐち》へ来《き》かゝつて、残《のこ》らず聞《きい》た悴《せがれ》が悪事《あくじ》。ヤ。
磯右　夫《それ》を是《これ》から訴人《そにん》をせうか。
沖蔵　[八]サア夫《それ》は、
磯右　夫《それ》とも己《おれ》に娘《むすめ》を呉《く》るか。
沖蔵　サア、
磯右　訴人《そにん》をせうか。

七　底本「成らね」を直す。
八　こういう台詞のやりとり、手法を「くりあげ」という。

磯右　サア、

沖蔵　サア、

両人　サア〳〵。

沖蔵　親子《おやこ》返事《へんじ》は、ドヽどうだ。（ト磯《いそ》右衛《ゑ》門《もん》思入《おもいれ》有《あつ》て、）

磯右　其返事《そのへんじ》は明日《あす》の朝迄《あさまで》、どうか待《まつ》て呉《くれ》まいか。

沖蔵　イヤ〳〵、明日《あす》の事《こと》は扠置《さておき》、一時《いつとき》の間《ま》も待事《まつこと》ならぬ。

磯右　其所《そこ》をどうぞ、明日《あす》の朝迄《あさまで》。

沖蔵　ヱヽしつこい、待《また》れぬと云《いふ》に。（ト留《とめ》るを振払《ふりはら》ひ、行《ゆか》ふとするをお浜《はま》縋《すが》り留《とめ》る、）

お浜　さう云《いは》ずと沖蔵《おきざう》さん、明日《あす》迄待《までまつ》て下《くだ》さんせいな。（ト一じつと留《とめ》る沖蔵《おきざう》二ぐつたりと成《な》る。）

岩松　此間《このま》に早《はや》ふ漁舟《れうせん》で。

沖蔵　ヤ。

磯右　モウ大丈夫《だいぢやうぶ》、落《おち》三たで有《あら》ふ。

沖蔵　イヤ、落《おち》たと聞《きい》ては斯《か》うしちや居《ゐ》られぬ。（ト行《ゆか》ふとするを抱留《だきとめ》、）

お浜　ハテまア、待《まつ》て下《くだ》さんせいなア。（ト波《なみ》の音風《おとかぜ》四の音烈敷《おとはげしく》、颶《はやて》の来《き》た思《おも》

一　島蔵を逃そうと、必死の思いで引きとめる。
二　お浜にとめられたので、つい気が緩む様子。
三　逃げ延びる。
四　下座音楽の鳴物の一。大太鼓で打つ。
五　全集では「沖蔵」。
六　疾風。急に吹き来る風。
七　沖蔵の襟首を取って、動けぬようにするのをキッカケに柝の頭。
八　大道具特に浪布や島蔵役者の拵えの都合から、近年は実際にはツナギ幕にする。舞台転換の時間は、下座の浪音で繫ぐ。
九　波模様を描いた布。平舞台一面に敷く他、ここでは舞台前にも置き、道具方や後見が入って波立たせて臨場感を出すこともする。本作以前、明治十二年『漂流奇談西洋劇（ひょうりゅうきだんせいようかぶき）』でも、十四世長谷川勘兵衛の工夫による海難の場は評判になった。その際の勘兵衛の工夫は『読売新聞』明治三十六年十月二十一日「諸芸一流今の名人」に記載がある。この後、ノルマントン号事件を黙阿弥門下の古河新水（十二世守田勘弥）が劇化した明治二十年の『三府五港写幻灯（さんぷごこううつすげんとう）』でも難船の場は、「化学応用の触れ込み」（木村錦花『守田勘弥』（新大衆社、昭和十八年））で評判だった。
一〇　舞台奥は黒幕で振り落とす仕掛け。
一一　→用語一覧。
一二　雲が群がっている様子。暗雲を描いた板張りの道具を下ろす。
一三　客席最前列の土間。本水使用の際など、水がかかるので空席となったという。→用語一覧。
一四　船頭の仕事の危険なことを言う。黙阿弥も『青砥稿花紅彩画（あおとぞうしはなのにしきえ）』の南郷力丸始め何度も用いた表現。

入《いれ》）

磯右[五] ヤヽ、俄《にはか》に吹来《ふきく》る此早手《このはやて》。[六]

お浜 海《うみ》が荒《あ》れるか、

岩松 あの波音《なみおと》。

磯右 是《こ》りや島蔵《しまざう》が乗出《のりだ》しても、

沖蔵 沖《おき》で難舟《なんせん》するは必定《ひつぢやう》。

磯右 イヤ、案事《あんじ》られる ○〈ト沖蔵行《おきざうゆか》ふとするを、引居《ひきすへ》[七]るを道具替《どうぐがはり》のしらせ、）事《こと》ぢやなア。

ト向《むか》ふへ思入《おもいれ》、お浜岩松案事《はまいはまつあんじ》るこなし、波《なみ》の音烈敷《おとはげしく》、此道具回《このだうぐまは》[八]る。

本舞台一面波布《ほんぶたいいちめんなみぬの》[九]を張《はり》、後闇《うしろやみ》[一〇]おとし、日覆《ひおほひ》[一一]より村雲《むらくも》[一二]の張物《はりもの》を下《おろ》し、浪《なみ》の音《おと》にて道具留《だうぐとま》る。ト雨落《あまおち》[一三]より波《なみ》の張物《はりもの》を出《だ》し、上《かみ》の方岩組《かたいはぐみ》を出《だ》し、都《すべ》て播州明石浦難風《ばんしうあかしうらなんぷう》の体《てい》、宜敷道具納《よろしくだうぐおさま》る、ト床《ゆか》の浄瑠《じやうる》理《り》に成《な》る、

上るり 〽実《げ》に舟中《せんちう》は板一枚下《いたいちまいした》[一四]は地獄《ぢごく》と諺《ことはざ》に、もれぬ颶《はやて》の村雲《むらくも》に忽暴風吹《たちまちぼうふうふき》

弐幕目　播磨灘難風の場

起《をこ》り[一]逆浪《さかなみ》高《たか》き明石浦《あかしうら》、沖《おき》に漂《たゞよ》ふ漁舟《れうせん》も秋《あき》の木《こ》の葉《は》の散《ち》るごとく、見《み》る間《ま》に影《かげ》も荒海《あらうみ》に浮《うき》つ沈《しづ》みつ島蔵《しまざう》が船《ふね》も危《あやふ》く一生懸命《いつしやうけんめい》、[二]矢声《やごゑ》を掛《かけ》て[三]漕来《こぎきた》り、

ト此内波《このうちなみ》の音誂《おとあつらへ》の鳴物《なりもの》にて、上手《かみて》より[四]誂丸物《あつらへまるもの》の漁舟《れうせん》、是《これ》に以《い》前《ぜん》の島蔵《しまざう》[五]肌脱尻端折《はだぬきしりはしをり》にて、櫂《かい》にて波《なみ》を切《きり》、波六《なみろく》鉢巻《はちまき》[六]筒《つゝ》ツぽ脚半《きやはん》にて櫓《ろ》を押出《をしで》て来《きた》り、[七]文句《もんく》の内舟動《うちふねうご》き難義《なんぎ》のこなし宜敷有《よろしくあつ》て、

島蔵　今迄晴《いまゝではれ》し晴天《せいてん》が、俄《にはか》に空《そら》がかき曇《くも》り、思《おも》ひ掛《がけ》ねへ此暴風《このはやて》、是《これ》ぢやア神《かう》戸《べ》へ乗切《のつき》れねへ。

波六　神戸所《かうべどころ》か此浜《このはま》へ乗付様《のりつけやう》と思《おも》つても、烈敷風《はげしいかぜ》に寄付《よりつか》れず、今日《けふ》の天気《てんき》は見《み》そこなつた。

島蔵　少《すこ》し風《かぜ》がなげるかと思《おも》つて居《ゐ》るに少《すこ》しもなげず、段《だん》〳〵強《つよ》く成《なつ》て来《く》るが、さつきは沖《おき》を[八]三《み》ツ菱《びし》の蒸気船《じやうきせん》が通《とほ》ツたが、今《いま》なら助《たすけ》て貰《もら》ふもの。

波六　こいつア[九]親方《おやかた》[一〇]地《ぢ》方迄《かたまで》、此塩梅《このあんべい》ぢやア乗付《のつゝけ》られねへ。

島蔵　何《なに》、乗付《のつゝけ》られねへ事《こと》はねへ、力一《ちからいつ》ぺいやつ付《つけ》ろ。

波六　合点《がつてん》だ。

ト波《なみ》の音[一一]誂《おとあつらへ》の鳴物《なりもの》烈敷《はげしく》波六《なみろく》[一二]櫓《ろ》を押切《おしき》る、[一三]仕掛《しかけ》にて船動《ふねうご》き[一四]乗切《のつき》

一「淡州通ひの便船は日に三回づつあり此淡州と明石との間は一里程の海峡なれど常に風雨あらく播磨灘の一大難所たり然れども此船に乗る舟人は之に熟練して大体の風波なれば少しも厭はず渡航す実に妙」(『朝野新聞』明治十四年二月五日)。
二 ここでは船頭の掛け声のこと。
三 ここまでの義太夫は実際の上演では舞台や役者の寸法に合せて部分的に省略する。
四 従来のものでなく、この場面用に、側面、裏面もきちんと立体的に作る(これを「丸物」という)船。 五 着付の上半身を脱ぐこと。初演の写真では五世菊五郎の島蔵は、着付を脱ぎ下帯だけとなっている。
六 歌舞伎の漁師役等の着る筒袖の衣裳。↓二三七頁写真。
七 右の義太夫の詞章。
八「明治四年、廃藩置県の時、岩崎氏は船を藩に還し、利益数万金を藩主に献じ数艘の船を払下げ汽船運送会社を立てこれを三菱会社といへり」(山路愛山『現代金権史』服部書店・文泉堂書房〈共同出版〉、明治四十一年)。なお、播州航路開設は明治十二年。大阪―明石は約四時間。上下便で一日一五〇人の乗客があった(『明石市史』)。
九 ここでは頼まれた客への敬称。
一〇 船頭言葉で、沖の反対、陸地を指す。
一一 ここでは海を表現する「千鳥の合方」や早笛の鳴物に加え、「ガラガラ」という音響効果を被せることなど。 一二 櫓をいっぱいに切る。
一三「船が揺る工合なぞは長谷川勘兵衛の大道具にて殊に浪の立あんばいから鳴物一切音羽屋が好みゆゑ少しも抜目なしと大評判」(『歌舞伎新報』一八九号)。十四世長谷川勘兵衛は五世菊五

れぬ思入《おもいれ》、波六櫓《なみろくろ》の[一五]早緒《はやを》が切《き》れ櫓《ろ》を持《もつ》た[一六]儘波幕《まゝなみまく》の中《なか》へ落《おち》る、[一七]波《なみ》の花《はな》ぱつと立《たち》、島蔵悑《しまざうびつく》りして、

島蔵　ヤヽ、早緒《はやを》が切《きれ》て落《おつ》こちたか ◯（ト此時鳴物烈敷《このときなりものはげしく》、舟動《ふねうご》き島蔵舟《しまざうふね》の中《なか》へ[一八]どうと成《な》り呆《あき》れし思入《おもいれ》、）是迄積《これまでつも》る身《み》の悪事《あくじ》、爰《こゝ》で舟《ふね》がくつがへり、鮫《さめ》や鯨《くじら》の餌食《ゑじき》に成《な》る共自業自得《ともじごうじとく》、仕方《しかた》がねへが腰《こし》に付《つけ》たる四百円《しひやくゑん》、いつぞや盗《ぬす》んだ福島屋《ふくしまや》へ返《かへ》す事《こと》も成《な》らぬのみか、[一九]天下《てんか》の宝《たから》を流《なが》すのが如何《いか》にしても勿体《もつてへ》ねへ、神《かみ》や仏《ほとけ》を願《ねが》つた所《ところ》が善人《ぜんにん》ならぬ悪党故《あくとうゆゑ》、助《たすけ》て下《くだ》さる気遣《きづか》ひねへ ◯ [二〇]家業《しやうばい》づくとは云乍《いひながら》、思《おも》はぬ早手《はやて》で波六《なみろく》が命《いのち》を捨《すて》たは不便《ふびん》な事《こと》だ ◯ 何《なん》にしろ櫓《ろ》を流《なが》せば、是《これ》から先《さき》は風次第《かぜしだい》、流《なが》れるより外仕様《ほかしやう》がねへ ◯（ト又波《またなみ》を切《きり》、）是《これ》も悪事《あくじ》の報《むく》ひなるか。

ト風《かぜ》の音鳴物烈敷島蔵凌《おとなりものはげしくしまざうしの》ぎ兼《かね》、[二一]たぢ〳〵として舟《ふね》より[二二]波布《なみぬの》の切《きり》穴《あな》へ落《おち》る、波《なみ》の花《はな》ぱつと立《たち》、能程《よきほど》に島蔵《しまざう》[二三]ずつぷり濡《ぬれ》て浮上《うきあが》り、舟《ふね》の小縁《こべり》へ手《て》を掛《かけ》るを[二四]木《き》の頭《かしら》、[二五]本水《ほんみづ》を吹《ふく》をキザミ、右《みぎ》の鳴物《なりもの》にて宜敷《よろしく》、[二六]拍子幕《ひやうしまく》

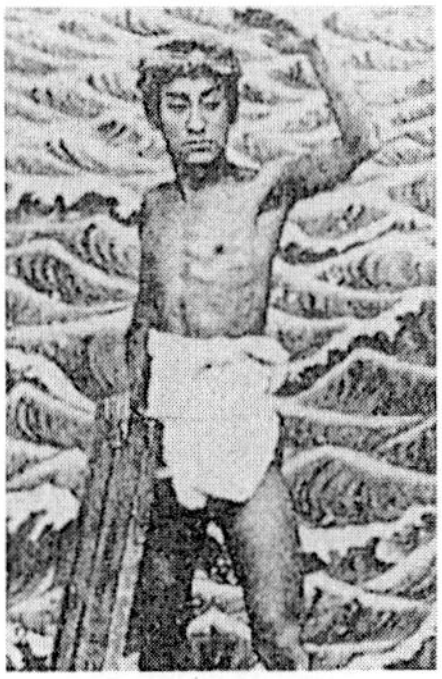
五世菊五郎の島蔵
（『五世尾上菊五郎』）

郎と多くの仕掛け物を発案した著名な大道具師。↓二三五頁注九。　一四 荒波を乗り切れない。
一五 船の櫓を漕ぐ時、櫓腕の先端にある柄にかける麻の引き綱。船体に下端を繋いである。
一六 波模様を染め抜いた引幕をいうが、この文脈では浪布に同じ。切り穴に被せて切ってある浪布に入り込む。
一七 古くはあられ、現在では生の米粒を後見が撒き上げて、波しぶきに見せる仕掛け。
一八 倒れこみ、一瞬動けなくなるさま。
一九「天下の回りもの」としての金。
二〇 船頭という仕事をしていた結果とはいえ。四幕目で波六も救助されたことになる。
二一 波の勢いに押されて。なお底本「だぢ〳〵」を直す。　二二 舞台の切り穴のある場所に前もって浪布を切っておき、そこへ飛び込む。
二三 場合によっては、浪布のなかで本水を被る、或いは鬘を濡れた「水入り」と呼ぶ形のものに取替えるなどの工夫もある。　二四 ↓用語一覧。
二五 島蔵が切り穴に用意した水を含み、それを演技で吹くをキッカケに柝を細かく刻むように打って幕を引く。なお底本「木水」を直す。
二六 ↓用語一覧。

三幕目《〔みまくめ〕》　神楽坂弁天湯の場《かぐらざかべんてんゆのば》　望月輝町住居の場《もちづきあきらまちずまゐのば》

浄《じやう》瑠《る》璃《り》　隣《となり》[一]で語《かた》る浄瑠璃《じやうるり》に過《すぎ》し其夜《そのよ》を思《おも》ひ出《いで》　色増艶夕映《いろまさるもみぢのゆふばえ》[二]　清元連中[三]

一　輝《あきら》の妻《つま》おてる　〔岩井〕半四郎　一　望月輝《もちづきあきら》　〔市川〕団十郎

一　望月《もちづき》の下女《げぢよ》おせい　〔沢村〕清十郎　一　松島千太《まつしませんた》　〔市川〕左団治

一　女髪結《おんなかみゆひ》おつね　〔坂東〕喜知六　一　お照《てる》の母猝金《はゝねぢがね》お市《いち》　〔尾上〕松　助

一　口入婆《くちいればゝ》[四]およく　〔市川〕猿十郎　一　辻講師《つぢこうし》古川弁山《ふるかはべんざん》　〔大谷〕門　蔵

一　明石屋島蔵《あかしやしまざう》　〔尾上〕菊五郎　一　小道具屋藤助《こだうぐやとうすけ》　〔小川〕幸　升

実《じつ》は明石《あかし》の島蔵《しまざう》　一　木《き》[五]ひろひ八兵衛《はちべゑ》　〔市川〕左伊助

本舞台《ほんぶたい》五間《ごけん》湯屋《ゆや》[六]の前側《まへがは》、真中三尺格子《まんなかさんじやくかうし》窓《まど》、下笹《したさゝ》[七]らこ板羽目《いたばめ》、上《かみ》の方四尺《かたししやく》の潜《くゞ》[八]り付障子《つきしやうじ》、是《これ》へ「男湯《をとこゆ》」と記《しる》し、此上格子《このかみかうし》窓下《まどした》笹《さゝ》らこ板羽目《いたばめ》、下《しも》の方同《かたおな》じ障子《しやうじ》、「女湯《をんなゆ》」と記《しる》し、此下上《このしもかみ》に同《おな》じ本庇《ほんびさし》[九]、真中《まんなか》に鉄《てつ》の針金《はりかね》で釣《つり》し硝子灯《がらすとう》[一〇]、上《うへ》より二《に》[一一]階手摺付《かいてすりつき》の前《まへ》

一　第二場望月輝町住居の場で演奏される浄瑠璃の語り。その趣向や気分、情景を簡潔に書く。また、近隣での演奏を劇中に設定して効果的に使用する演出法を「余所事（よそごと）浄瑠璃」と呼び、黙阿弥は好んでよく用いた。　二　その「浄瑠璃名題」（その場の清元の題名）。本名題と別に作るのが約束。明治二十三年市村座での再演時は角書きは同じで「深緑庭松影（ふかみどりにわのまつかげ）」となっている。なお「夕映」の底本振仮名「ゆふだえ」を直す。

三　清元は豊後系浄瑠璃の一。富本節より文化年間に独立。江戸末期の気分をよく伝える。ここでの作曲は二世清元梅吉。

四　斡旋、口利きをする女性。

五　薪を拾い集める者、焚く者。

六　明治初期の湯屋風俗は東京繁盛記物に描かれているが、黙阿弥も『繰返開化婦見月（くりかえすかいかのふみづき）』（明治七年）でその内部も描いている。

七　羽重ねにした下見板を、羽刻みにした木で押えた板壁。↓二四三頁道具帳写真。

八　潜り戸のついた障子。

九　書割に描きこむのでなく、別に庇を付ける。装置が立派になり、立体感、現実感を増す。

一〇　瓦斯灯。明治五年横浜、七年東京に街灯として設置され、以後街灯は増加したが、室内灯の受容は少なく、本作初演時明治十四年で二二二戸、ほとんど官庁、会社等だった。東京瓦斯株式会社設立は明治十八年。

一一　手摺を描いた湯屋の二階の前側の書割を舞台上より吊るす。

一二　雇人などの身元を引きうけて就職の世話をする家。口入宿。

一三　上半分が障子、下は板張りの戸口。

一四　鬢（びん）、髱（たぼ）を分けずに大雑把に結う髪型。

一五　仕事の際に衣服の汚れを防ぐ前掛け。商人、

側《がは》を下《おろ》し、下《しも》の方九尺庇付一間《かたくしやくひさしつきいつけん》の口《くち》、「[一二]雇人請宿百足《やといにんうけやどむかで》や」と記《しる》し[一三]有腰障子《あるこししやうじ》、此下三尺戸袋《このしもさんじやくとぶくろ》、都《すべ》て神楽坂辺湯屋《かぐらざかへんゆや》の体《てい》。下手《しもて》に長床几《ながしやうぎ》を置《おき》、是《これ》へお常結《つねむす》び[一四]髪着流《がみきなが》し[一五]前垂掛《まへだれがけ》、[一六]女髪結《をんなかみゆひ》の拵櫛《こしらへくし》を包《つゝ》みし小風呂敷《こぶろしき》を持《もち》、お欲天窓《よくあたま》の兀《はげ》し結《むす》び髪《かみ》、半天掛《はんてんがけ》、[一七]口入《くちいれ》女房《にようぼう》の拵《こしら》へにて両人腰《りやうにんこし》を掛煙草《かけたばこ》をのみ居《ゐ》る、傍《そば》に八兵衛《はちべゑ》穢《きたな》き半《はん》[一八]天三尺帯木拾《てんさんじやくおびきひろ》ひの拵《こしら》へ、[一九]明籠《あきかご》の天秤棒《てんびんぼう》へ腰《こし》を掛居《かけゐ》る、[二〇]道楽寺《だうらくじ》の[二一]合方木魚《あいかたもくぎよ》の音《おと》にて幕明《まくあ》く。

お欲　コレ、お常《つね》さん、まア爰《こゝ》へ掛《かけ》て一《いつ》ぷくおあがりな。

お常　今日《けふ》は朝《あさ》から忙《いそが》しくつて歩行続《あるきつゞ》け立続《たちつゞ》け〔で〕がつかりしましたから、一《いつ》ぷく呑《の》んで行《ゆか》ふかね　○（ト床几《しやうぎ》へ腰《こし》を掛《かけ》、）モシおばさん、お前《まへ》は[二二]元浅草《もとあさくさ》の広小路《ひろこうぢ》にお住居《ゐで》だつたが、あれから直此地《すぐこつち》へお出《いで》か。

お欲　イヱ、去年《きよねん》の六月時分《ろくがつじぶん》迄[二三]車坂《までくるまざか》に居《を》りました。

お常　然《さ》う云《いへ》ば[二四]新富町《しんとみちやう》で[二五]霜夜《しもよ》の鐘《かね》を仕《し》た時《とき》に、[二六]猿十郎《あんじふらう》がお前《まへ》をしたね。

お欲　[二七]安泊《やすどまり》に泊《とま》ツて居《ゐ》る浪人《らうにん》の子《こ》を世話《せわ》をしたが、夫《それ》を芝居《しばゐ》で仕《し》たさうだ。

（ト此内八兵衛《このうちはちべゑ》お常《つね》を見《み》て、）

八兵　モシ髪結《かみゆひ》さん、お前《まへ》さんは浅草《あさくさ》にお居《ゐ》でなさりやア仕《し》ませぬか。

町人の決りの扮装。

一六　女性は自分で結髪するのが身だしなみとされたが、髷（まげ）の形の技巧化、精巧化により十八世紀後半より女髪結が職業として登場。天保期（一八三〇-四四）には水野忠邦が醇風美俗に反するとして女髪結を厳禁。嘉永期（一八四八-五四）には入牢者も出たが、当時は江戸で千四百人以上を数えた。髪結は男より女の方が稼ぎがよかった（金沢康隆『江戸結髪史』青蛙房、昭和三十六年）。

一七　こういう役では、お欲、お常とも縞物の着付に黒の昼夜帯（ちゆうやおび）という日常着が世話物の定式の衣裳。一八→二一〇頁注二。

一九　自分の木拾いの道具に腰を掛けている。

二〇　阿呆陀羅経の芸人の唄を応用した木魚入り下座音楽。阿呆陀羅合方。

二一　下座音楽で楽器として用いる。

二二　浅草寺門前の通り。現、台東区浅草一丁目、雷門二丁目。二三　現、上野駅構内にあたる地。町名としては、台東区上野七丁目と東上野二・三丁目の一部。現在では上野七丁目から公園へ上がる坂をこう呼ぶ人もいる。

二四　ここでは初演の劇場新富座を指す。劇場を町名で呼ぶのは近年まで一般的だった。また、上演中の劇場名を芝居の中で役者に言わせる趣向も今でも行われる。

二五　明治十三年初演の黙阿弥作『霜夜鐘十字辻筮（しもよのかねじゆうじのつじうら）』。「車坂町入口の場」がある他、上野界隈が極めて印象的に描かれている。

二六　初代市川猿十郎。『霜夜鐘十字辻筮』で、同じ役柄の「口入婆出たら目お百」を演じたのを指す。明治二十三年三月九日没。↓人名一覧。

二七　『霜夜鐘十字辻筮』第三幕第一場「安泊丹波屋の場」で、中村宗十郎が演じた浪人士族六浦正三郎の子の貰い先をお百が世話した設定をいう。

お常　アイ、お祭《さつ》しの通五月迄《とほりごぐわつまで》、[一]東仲町《ひがしなかまち》の[二]福島屋《ふくしまや》と云質屋《いふしちや》の内《うち》に居《をり》ましたよ。

八兵　[三]半四郎娘《はんしらうむすめ》と評判《ひやうばん》の、能娘《いゝむすめ》の有《あつ》た内《うち》だね。

お常　能《よ》くお前知《まへし》ツておゐでだね。

八兵　此間迄大風呂《このあいだまでおほふろ》に木拾《きひろ》ひをして居《を》りました。

お欲　実《ほ》んに私《わたし》も広小路《ひろこうぢ》の[四]蓬莱屋《ほうらいや》に居《ゐ》た時分《じぶん》、能女中衆《よくぢよちうしゆ》を連《つれ》て行《いつ》たが、彼所《あすこ》の内《うち》も潰《つぶ》れたさうだね。

お常　[五]お前《まへ》も噂《うはさ》にお聞《きゝ》だらうが、[六]遠《とう》からお内《うち》が左《ひだ》り前《まへ》で、無拠《よんどころなく》[七]竹《たけ》の塚《つか》から千円金《せんゑんかね》を借《かり》た晩《ばん》に、盗賊《どろぼう》が這入《はいつ》て夫《それ》を盗《ぬす》まれ、剰《あまつさへ》内《うち》の旦那《だんな》の左《ひだり》の足《あし》を切《きつ》て逃《にげ》、漸《やう》〳〵疵所《きずしよ》が癒《なほつ》てから、約束《やくそく》をした聟《むこ》さんを貰《もら》ふ其晩杯《そのばんさかづき》前《まへ》に、[八]おそのさんが内《うち》を抜出《ぬけだ》し、云交《いひかは》した六三《ろくさ》さんの内《うち》へ駆込《かつこ》み、大《おほ》騒動《さうどう》に成《なつ》た時《とき》、私《わたし》は夫《それ》を執持《とりもつ》た科《とが》によつて暇《いとま》に成《な》り、以前髪結《いぜんかみゆひ》を仕《し》た事《こと》が有《あつ》たを幸《さいは》ひ爰《こゝ》へ来《き》て、此職業《このしやうばい》を初《はじ》めたので、何《ど》う成《な》り斯《か》うなり仕《し》て居《ゐ》ますが、お内《うち》は到《たう》〳〵潰《つぶ》れて仕舞《しまひ》、今御難義《いまごなんぎ》をなさいますから、御《ご》[九]恩送《おんおくり》に朝夕《あさゆふ》に、御世話《おせわ》を私《わたし》が仕《し》ますのさ。

お欲　夫《それ》は聞《きく》のもお気《き》の毒《どく》だが、何《なん》にしろお常《つね》さんお前《まへ》は誠《まこと》に仕合《しあはせ》だ、凡《およそ》女《をんな》のする仕事《しごと》で、[一〇]髪結位《かみゆひぐらゐ》な物《もの》はない、私抔《わたしなど》の家業《しやうばい》も田舎行《ゐなかゆき》の[一一]曖昧女《あいまいをんな》か、

一　浅草広小路に面した町名。現、台東区雷門一・二丁目の一部。

二　三世桜田治助作『三世相錦繡文章（さんぜそうにしきぶんしよう）』等お園六三郎を中心とする一連の芝居、浄瑠璃、草双紙類で馴染みの屋号。『三世相』では深川仲町の芸者屋だが、本作とその前作『古代形新染浴衣（こだいがたしんぞめゆかた）』では浅草東仲町の質屋としている。

三　愛嬌ある娘の意味。お照は半四郎が演じた。

四　仕出しや貸席で有名だった店。本作と同年明治十四年三月初演の『天衣紛上野初花（くもにまごううえののはつはな）』の大詰で上野広小路の蓬莱屋店開きの設定があるが、こちらは、大正年間まで存在したので、別の店か。あるいはここでは浅草広小路の意味か。

五　以下、前作で六月に上演した、島蔵・千太の強盗の件を扱った『古代形新染浴衣』の筋を説明する台詞が続く。

六　疾うから。

七　現、足立区の町名。『古代形新染浴衣』でここに住む奥野仙次郎から借りた事は後に知れる。

八　一連の「三世相」物というジャンルで馴染みの役名で、観客の記憶を導く効果がある。『古代形新染浴衣』を見ていない観客にも「三世相」の記憶を引用することで、人物設定を認知させる。黙阿弥は前作『古代形新染浴衣』以前も『繰返開化婦見月（くりかえすかいかのふみづき）』でも「三世相」の世界を用いている。

九　恩返し。

一〇　→二三九頁注一六。

一一　ここでは娼妓。

一二　役人、官吏をさす明治期の言葉。

一三　妾のことをいう明治の流行語。槌田満文『明

お清　[一二]官員《くわんゐん》さんの[一三]権妻《ごんさい》か、[一四]さう云口《いふくち》に有付《ありつく》と能金《いゝかね》が取《と》れるけれど、[一五]一季《ひとき》半季《はんき》の雇《やとひ》ぢやア纔《わづか》一円《いちゑん》で五銭宛《ごせんづゝ》だから[一六]五円《ごゑん》や七円《しちゑん》の給金《きうきん》ぢやア高《たか》の知《し》れた端《はし》た銭《ぜに》、夫《それ》も毎日《まいにちあ》有りやア能《いゝ》が、邂逅《たまさかとつ》取て日《ひ》に割《わる》と、たつた二十銭《にじつせん》か三十銭宿《さんじつせんやど》[一七]でも遠《とほ》ひと見《み》に行《ゆく》のに、[一八]下駄《げた》の代《だい》にも足《たり》やアしない。（ト女湯《をんなゆ》の内《うち》にて、）[一九]御新造《ごしんぞ》さま、お浮雲《あぶな》ふござります。

（ト誂《あつらへ》の端唄《はうた》に成《な》り、女湯《をんなゆ》の口《くち》よりお照《てる》着流《きなが》し、[二〇]御新造《ごしんぞ》の拵《こしら》へにて出《で》て来《きた》る、跡《あと》よりお清《せい》[二一]下女《げぢよ》の拵《こしらへ》浴衣《ゆかた》を包《つゝ》みし風呂敷包《ふろしきづゝみ》を抱《かゝ》へ出《で》て来《く》る。

お照　[二二]糠袋《ぬかぶくろ》を持《もつ》て来《き》たか。

お清　ハイ、手拭《てぬぐい》と一緒《いつしよ》に持《もつ》て参《まゐ》りました。

お常　是《これ》は御新造様《ごしんぞさま》、只今《たゞいま》お湯《ゆ》でござりますか。

お照　ヲヽお常《つね》さんか、朝《あさ》から待《まつ》て居《ゐ》たけれど、お前《まへ》の来様《きやう》が遅《おそ》ひから、お湯《ゆ》へ先《さき》へ来《き》ましたよ。

お常　ツイお昼前《ひるまへ》[二三]立込《たてこみ》まして、お気《き》の毒様《どくさま》でござります。明日《あした》早《はや》く上《あが》りませうか。

治大正風俗語典』（角川書店、昭和五十四年）によると服部撫松（誠一）の『東京新繁昌記』山城屋政吉、明治七―九年）五編にある造語とされ、「権知事」「権大警視」という用例のように「副妻」という意味。鏑木清方によると「明治二十年前後までで、用ひた間はさう永くない」（「明治の東京語」昭和十年、山田肇編『随筆集 明治の東京』岩波書店、平成元年所収）。

一四 そういう口入をする仕事があると。

一五 奉公人の勤める年季（契約年限）が、一年、半年。

一六 安い給金の仕事の世話をしても。初演の年、巡査の初任給が六円だった。

一七 紹介する奉公先が遠方だと、下見に行くのに。

一八 足代にもならない。

一九 御家人や苗字帯刀許可の町人、豪商の妻の呼称。

二〇 鬘は「馬の尻尾」と称する洗い髪姿、衣裳は黒襟の縞物に下馬（しもうま）付きという扮装で、『与話情浮名横櫛（よわなさけうきなのよこぐし）』のお富の扮装と同じである。下女の「御新造さま」という呼びかけ、下女を連れての登場という設定で、視覚的に直ちに、お照の境遇の変化を連想させる仕掛けが隠されている。↓二四二頁図。

二一 下女（「女中」は江戸語では女性一般を指す）を雇うことは負担が大きく、中流階層以上の生活をしている象徴でもある。旅芸者だったお照が、序幕で助けられた望月の妻になったことはその事でも知れる。

二二 小袋に糠を入れたもの。入浴時、美容のため用いる。この小道具も注二〇のお富を連想させる。

二三 忙しくって。

お照　イヱ、今日是《けふこれ》から来《き》てお呉《くれ》な。

お常　畏《かしこま》りましてござります ◯ 明日何地《あしたどち》らへぞ入《い》らつしやいますか。

お清　明日《あした》は新富町《しんとみちやう》へ入《い》らつしやいます。

お常　夫《それ》はお楽《たの》しみでござります、お前《まへ》お供《とも》でござりますか。

お清　連《つれ》て行《いつ》て遣《や》ると仰有《おつしやつ》たので、今《いま》ツから楽《たのし》みで、今夜大方寝《こんやおほかたね》られますまい。

お常　誠《まこと》にお羨《うらやま》しひ事《こと》でござります。

お照　何《ど》うで桟敷《さじき》は二軒物《にけんもの》[一]だから、都合《つがふ》が能《よ》くば同伴《いつしよ》にお出《いで》な。

お常　夫《それ》は有難《ありがた》ふござります。（トお欲前《よくまへ》へ出《で》て、）

お欲　御新造様《ごしんぞさま》、此間《このあいだ》は。

お照　ヲヽ口入《くちいれ》のお婆《ば》さんか。

お欲　此間上《このあいだあげ》[二]ました此子《このこ》は、如何《いかゞ》でござります。

お照　誠《まこと》に気軽《きがる》で能上《いゝうへ》に、容貌《きりやう》が能《よい》から給仕《きうじ》をさせるに、奇麗《きれい》で能《よ》イと私《わたし》より、大層旦那《たいそうだんな》のお気《き》に入《いつ》たよ。

お常　夫《それ》は御油断《ごゆだん》[三]が成《なり》ませんぜ。

お照　そりやお前《まへ》の云通《いふとほ》り、中〳〵油断《ゆだん》[四]は成《な》らぬわいナ。

一　桟敷席を二間通して押さえてあり、余裕があるから。
二　お世話しました。
三　この前後の台詞は、まだ名題下だが、人気の出てきたお清役の沢村清十郎（後の四世源之助）と盛りを過ぎたお照役の半四郎の当て込みにも取れる。事実、この翌年、半四郎は五十三歳で没。清十郎は源之助を襲名し、二十三年本作再演時は菊五郎の望月にお照役を演じた。
四　底本「由断」を直す。
五　雇い人の身元を引受け仕事の世話をする家。桂庵。
六　お欲とお清も寓意名。
七　隅田川岸沿いの複数の町を中代地、大代地等と呼んだ。現、台東区柳橋一・二丁目の一部。「大工の娘」はお清のこと。
八　飯炊きのような勝手仕事でも、家の内情に関わる奥の仕事でもない、その中間の雑用をする下女。明治の小説にも登場するそういう仕事の下女は、事情の理解の早い「東京地付きの庶民階級の出身」が多く、地方出身者が多くなるのは交通と教育の普及する大正からという（『史料が語る明治の東京100話』日本風俗史学会編、つくばね舎、平成四年）。
九　貧苦にあえぐような状態。愁嘆場のような状態もさす。「とんだ世話場を見せられた」というように用いた。

馬の尻尾のかつら
（『歌舞伎のかつら』）

お清　御新造《ごしんぞ》様迄《さままで》同《おな》じ様《やう》に、私《わたくし》をおいじめ被成《なされ》ますか。

お欲　旦那様《だんなさま》のお手《て》が付《つい》て、お妾《めかけ》にでもお前《まへ》が成《な》れば、[五]請宿《うけやど》は大仕合《おほしあはせ》、お礼《れい》が余計《よけいと》取れるのに、

お清　ヱヽ、[六]欲張《よくばつ》た事計《ことばか》り、

お欲　夫《そ》りやお前知《まへし》れた事《こと》、欲計《よくばか》りで生《いき》て居《ゐ》るのだ。

お照　夫《それ》ではお常《つね》さん、屹度来《きつとき》てお呉《くれ》よ。

お常　只今直《たゞいますぐ》あがります。

お照　清《せい》や、行《ゆか》ふかの。

お清　サア、いらつしやいまし。（ト端唄《はうた》にてお照《てる》、お清付《せいつい》て向《むか》ふへ這入《はい》る。）

お常　アノ[七]中代地《なかだいち》の大工《だいく》の娘《むすめ》は、お前《まへ》が世話《せわ》をしなすつたのか。

お欲　アイ、[八]中働《なかばたら》きに済《すま》したのさ。

お常　あの子《こ》抔《など》こそ旦那《だんな》を取《と》れば、能金《いゝかね》が取《と》れるのに。

お欲　内《うち》は[九]世話場《せわば》の様《やう》だけれど、お袋《ふくろ》が堅《かた》いので、そんな事《こと》をさせねへさうだ。

八兵　今時奇麗《いまどききれい》な娘《むすめ》を持《もつ》て堅《かた》い奉公《ほうこう》は珍《めづ》らしひ ◯ 今《いま》の立派《りつぱ》な御新造《ごしんざう》は、髪《かみ》

三幕目　神楽坂弁天湯の場

お常　結《ゆひ》さんの勤《つとめ》て居《ゐ》た、半四郎娘《はんしらうむすめ》に能似《よくに》て居《ゐ》るね。

お欲　ほんにお前《まへ》の云通《いふとほり》、〔一〕お園《その》さんに生写《いき〔うつ〕》しさ。

お常　お園《その》さんはどうしなすつたね。

お欲　六三《ろくさ》さんに添《そは》れなければ、死《し》ぬと云《いふ》ので仕方《しかた》なく、〔二〕不釣合《ふつりあひ》の大工《だいく》の所《ところ》へ、到《たう》〳〵お遣被成《やりなすつ》たのさ。

お常　夫《それ》ぢやア立派《りつぱ》な内《うち》を捨《すて》、叩《たゝ》〔三〕き大工《だいく》の女房《にようぼう》に、今《いま》ぢやア成《なつ》て居《ゐ》なさるとか。

八兵　イヤ、蓼喰《たでく》ふ虫《むし》も好《すき》〴〵だね。

お常　ほんに馬鹿気《ばかげ》た咄《はなし》さね。

八兵　ドレ、〔四〕一回《ひとまは》り回《まはつ》て来様《こやう》か。（ト八兵衛《はちべゑ》荷《に》を担《かつ》ぎ下手《しもて》へ這入《はいる》。男湯《をとこゆ》の内《うち》にて、）

千太　〔五〕何釣《なにつり》にやア及《およ》ばねへ○

　　ト前《まへ》の合方《あひかた》にて〔六〕男《をとこ》の口《くち》より、千太《せんた》着流《きなが》し〔七〕三尺帯《さんじやくおび》〔八〕駒下駄《こまげた》にて出《で》て来《きた》り、手拭《てぬぐひ》を絞《しぼ》りながら、

モシ、今女湯《いまをんなゆ》から出《で》た御新造《ごしんぞ》は、めつぽう能女《いゝをんな》だが、ありやア何所《どこ》の御新造《ごしんぞ》だね。

一『古代形新染浴衣（こだいがたしんぞめゆかた）』ではお園は半四郎が扮した。

二 寛延二年（一七四九）の大阪でのお園六三郎の心中事件の実説以来、六三郎はほとんどが大工の設定だった。ここでは、裕福な質屋の娘との釣合いが悪いということ。

三 簡単な仕事しか出来ない未熟な大工。但し、六三郎役は江戸にこの芝居を移した福森久助の『短夜仇散書（みじかようきなのちらしがき）』で三世菊五郎が演じた時、舞台で鉋をかける仕事振りの見事さも評判で、『古代形新染浴衣』の五世菊五郎も舞台で本物の鉋を使うのが話題となり、「浅草の銀花堂から『六三がけ』と云ふ鉋屑の根掛けを売り出すと」（伊原敏郎『明治演劇史』早稲田大学出版局、昭和八年）製作が間に合わないほど売れたという。

四 もう一仕事してこようか。

五 釣銭を受け取らないのは、お照に気づき慌てて飛び出した様子を示す。

六 男湯、女湯の出入り口には、島蔵・千太役者の紋どころを染め抜き、「弁天湯さんへ」と書いた暖簾を掛けるのが上演時の趣向。↓二五一頁写真。

七 ↓二一〇頁注二。

八 ↓一四九頁注二七。

お常　あれは此河岸通《このかしどほり》[九]で、官員《くわんゐん》だか士族《しぞく》だか、望月輝《もちづきあきら》と云《いふ》お方《かた》の御新造様《ごしんぞさま》さ。

千太　元《もと》は芸者《げいしや》ぢやアなかつたか。

お欲　旅芸者《たびげいしや》だと云事《いふこと》だが、何《なん》にしろ別品《べつぴん》だから、何所《どこ》へ行《いつ》ても売《うれ》るね。

お常　御新造様《ごしんぞさま》と云《いへ》ば、今直《いますぐ》に来《き》て呉《くれ》と仰有《おつしやつ》たを、ツイ多弁《しやべつ》て居《ゐ》て遅《おそ》く成《なつ》た、ドレ早《はや》く行《ゆき》ませう。

お欲　又帰《またかへ》りにお寄《より》よ。

お常　ハイ、お喧《やかま》しふござりました。

[一〇]ト右《みぎ》の合方《あひかた》にて、お常早足《つねはやあし》に向《むか》ふへ行掛《ゆきかけ》、千太《せんた》を見《み》て、何時来《いつかき》た賊《どろぼう》に似《に》てゐると云思入《いふおもいれ》。

お欲　お常《つね》さん何《なん》ぞお忘《わす》れか。

お常　イヱ、何《なに》も忘《わす》れは致《いた》しませんよ。（ト合方《あひかた》にて早足《はやあし》に向《むか》ふへ這入《はいる》。）

千太　今《いま》の女《をんな》は、何所《どこ》でか己《おれ》が見《み》た事《こと》の有《あ》る女《をんな》だが。（ト思入《おもいれ》。）

お欲　あれは元浅草《もとあさくさ》の東仲町《ひがしなかまち》の、福島屋《ふくしまや》と云質屋《いふしちや》の内《うち》に居《ゐ》た女《をんな》さ。（ト千太《せんた》思入有《おもいれあつ》て、）

千太　ム丶、福島屋《ふくしまや》の内《うち》に居《ゐ》た女《をんな》か ◯ 何《なん》だかじろ〳〵見《み》て行《いつ》たが、こいつア浮《う》ツかり出来《でき》ねへわへ。

九 神楽河岸。牛込門橋と船河原橋の東岸の呼称。対岸を市兵衛河岸と呼んだ。

一〇「前の合方」と同じ。

五世菊五郎の『古代形新染浴衣』の六三郎
（『五世尾上菊五郎』）

ト お欲思入有《よくおもいれあつ》て、[一]

お欲　さつき済《すま》した子守《こもり》[二]の宿《やど》を、帳面《ちやうめん》[三]へ付《つけ》なんだ、ドレ忘《わす》れぬ内《うち》に付《つけ》て置《おか》ふ。

ト お欲下手《よくしもて》の腰障子《こししやうじ》を明《あけ》て這入《はいる》。千太《せんた》[四]辺《あた》りを見回《みまは》し、思入有《おもいれあつ》て、

千太　犬《いぬ》も歩行《あるけ》ば棒《ぼう》に当《あた》ると、何《なん》ぞ仕事《しごと》を仕様《しやう》と思《おも》つて、爰《こゝ》の湯《ゆ》へ這入《はいつ》たばつかり、思《おも》ひ掛《がけ》ねへ白川《しらかは》で百円《ひやくゑん》出《だ》して馬鹿《ばか》を見《み》た、お照《てる》の居所《ゐどこ》が漸《やうや》くしれた、あの折徳《をりとく》が知《し》らしたので探索掛《たんさくがゝり》に取巻《とりまか》れ崖《がけ》から谷《たに》へ飛込《とびこん》だが、運能何所《うんよくどこ》も怪我《けが》をせず、到《たう》〳〵夜通《よどほ》し逃《にげ》あふせ、帰《かへ》り道《みち》に日光《につくわう》[五]から筑《つく》波《ば》を回《まは》ツて潮来《いたこ》へ行《ゆき》、遊《あす》びてへ程遊《ほどあす》んだが、何所《どこ》へ行《いつ》ても東京位金《とうきやうぐらゐかね》に成《な》る所《とこ》がねへから、先月此地《せんげつこつち》へ帰《かへつ》て来《き》て安宿《やすどまり》[六]とけいづ屋《〔や〕》を下宿《げしゆく》に仕《し》[七]馴《なれ》た挊《かせぎ》を初《はじ》め、今日《けふ》は千住《せんじゆ》[八]明日《あす》は中《なか》[九]と、所《ところ》を替《かへ》て毎晩《まいばん》[一〇]遊《あす》ぶが、お照《てる》位《ぐらゐ》の女《をんな》がねへから、あれが行衛《ゆくえ》を捜《さが》して居《ゐ》たに思《おも》ひ掛《がけ》なく出合《であつ》たは、金《かね》を拾《ひろ》[一一]ツた様《やう》な物《もの》だ、是《これ》に付《つけ》ても浅草《あさくさ》[一二]の山《やま》で別《わか》れた明石《あかし》の島蔵《しまざう》、こつちに居《ゐ》る内二人《うちふたり》で泊《とまつ》た安泊《やすどまり》やけいづ屋《や》へ立回《たちまはつ》て来《こ》ねへからは、まだ東《とう》京《きやう》へ出《で》て来《こ》ねへか、何《なに》をするにも相手《あいて》がなく、生中度胸《なまなかどきやう》[一三]の悪《わる》ひ奴《やつ》と浮《う》つかり組《くむ》と破《ば》[一四]れの元《もと》、早《はや》く兄貴《あにき》に逢《あひ》てへ物《もの》だ ○（ト懐《ふところ》へ手《て》を入思入《いれおもいれ》有《あつ》て、）ヲ、二階《にかい》[一五]の戸棚《とだな》へ守《まもり》[一六]を忘《わす》れた、ドレ上《あが》ツて取《と》ツて来《こ》やうか。

一 千太の怪しげな気配を察し、二人だけになり気まずい思いになり。
二 この場を去る口実。子守の紹介口を帳簿につけていなかった。
三 底本「面帳」を直す。
四 明治三十三年歌舞伎座上演時の番付記載の筋書では、菊五郎が望月と島蔵を替るため、ここで野州の徳蔵が出て、千太と顔を合わせ、逃げようとするのを千太が捕える。すると徳蔵が「島蔵は神楽坂で小売酒屋をしている」と告げるという手順で、この場は終り、次の望月宅の場に舞台回るという運びになっている。この通り上演されたかは不明。
五 茨城県行方郡潮来は日光街道の中継点として遊廓も多く繁盛した。
六 盗品を引き取り、売り捌く人。安宿と馴染みのけいづ屋を根城にして。
七 手慣れた盗み。
八 日光道中の主要宿場であると同時に、岡場所（非公認の遊廓）としても有名。
九 吉原のこと。
一〇 底本振仮名「まいぼん」を直す。
一一 底本「捨ツた」を直す。
一二 浅草奥山。『古代形新染浴衣（こだいがたしんぞめゆかた）』にある福島屋の事件の後、別れたままの。
一三 中途半端に。
一四 悪事がばれる原因となる。
一五 「明治初年にはたいていの湯屋に二階があって、そこには白粉臭い女が控へてゐて、二階に上がつた客はそこで新聞を読み、将棋を指し、ラムネを飲み、麦湯を飲み、菓子を食つたりしていた…風紀取締りの上から面白くない実例が往々発見されるので、明治十七、八年頃から禁止されてしまつた」（岡本綺堂「東京風俗十題」

ト[一七]端唄《はうた》に成り、千太男湯《せんたをとこゆ》の口《くち》へ這入《はいる》と、向《むか》ふより島蔵《しまざう》、着流《きなが》し[一八]羽織駒下駄《はおりこまげた》商人《あきんど》の拵《こしらへ》、跡《あと》より藤助《とうすけ》羽織《はおり》着流《きなが》し、低《ひく》き駒下駄《こまげた》、風《ふ》呂《ろ》敷包《しきづゝみ》の短刀《たんたう》を持出《もちで》て来《きた》り[一九]花道《はなみち》にて、

藤助　モシ、其所《そこ》へお出被成《いでなさり》ますは、明石屋《あかしや》さんではござりませぬか。

島蔵　ヲヽ、お前《まへ》は[二〇]田町《たまち》の刀屋《かたなや》さん、何所《どこ》へお出被成《いでなさい》ます。

藤助　今《いま》お宅《たく》へ上《あが》りましたら、たつた今神楽坂《いまかぐらざか》へお出被成《いでなすつ》たと仰有《おつしや》るから、お跡《あと》を追掛《おひかけ》て参《まゐ》りました。

島蔵　急《きう》な事《こと》でござりますか。

藤助　一寸《ちよつと》お咄《はなし》がござります。

島蔵　何《なん》の御用《ごよう》か知《し》らないが、向《むか》ふへ行《いつ》て聞《きゝ》ませう。

ト両人舞台《りやうにんぶたい》へ来《きた》り、藤助床几《とうすけしやうぎ》を前《まへ》へ出《だ》し、

藤助　まア是《これ》へお掛被成《かけなされ》ませ。

島蔵　爰《こゝ》へ掛《かけ》ても能《よ》うござりますか。

藤助　是《これ》は私《わたくし》が心易《こゝろやす》い請宿《うけやど》の床几《しやうぎ》だから、掛《かけ》ても宜《よろ》しふござります。

島蔵　夫《それ》では御免下《ごめんくだ》さりませ　◯（ト両人床几《りやうにんしやうぎ》へ掛合方《かけあひかた》にて、）シテ私《わたし》へ御《ご》用《よう》とは。

『国民演劇』昭和十六年八月号）。

一六　先の理由（二四四頁一二行以後）で急いで飛び出して来たためだが、後に島蔵と偶会する劇作上の手法。

一七　幕開きからの道楽寺の合方やお照の出とは異なる、設定の季節に合わせた「秋のよすが」などの稽古唄を用い、ここから気分、雰囲気を変える効果がある。

一八　三尺帯に素足の千太と違い、羽織を着、黒の博多帯に、足袋をきちんと履いた堅気の町人の扮装となっていることで、二幕目との境遇の違いを視覚的に直感させる。→二五三頁注五。

一九　底本「道花」を直す。

二〇　東京に同名は多いが、ここは場所柄、市谷田町と考えるのが普通。

藤助　イヱ、外《ほか》の事《こと》でもござりませぬが、お前《まへ》さんから拵《こしらへ》[一]をお頼《たの》み被成《なされ》た、此脇差《このわきざし》○（ト風呂敷《ふろしき》を明中《あけなか》より拵付《こしらへつき》[二]の脇差《わきざし》を出《〔だ〕》し、）是《これ》は勝《すぐ》れた業物《わざもの》[三]でござりますが、御存《ごぞんじ》でござりますか。

島蔵　実《じつ》は夫《それ》は此四《このし》[四]○イヤ、親類《しんるい》[五]の士族《しぞく》から買《かつ》て呉《くれ》と頼《たの》まれて、無拠《よんどころなく》買《かつ》た脇差《わきざし》、能《よ》いか悪《わる》いか存《ぞんじ》ませぬ。

藤助　銘《めい》はござりませぬけれど、余《あま》り勝《すぐ》れし金色故《かないろゆゑ》[六]、何《なん》でも是《これ》は名作《めいさく》と鑑定《かんてい》を仕《し》ましたから、去《さ》る目利《めきゝ》に見《み》せましたら、無銘《むめい》ながら正真《しやうじん》の五郎入《ごらうにふ》[七]道正宗《だうまさむね》だと申《まうし》ますので私《わたくし》も、恟《びつく》りなして帰《かへ》り掛此河岸《がけこのかし》通《とほり》にお出被成《いでなさ》る、望月輝様《もちづきあきらさま》といふ古物好《こぶつずき》の御得意《おとくい》へ一寸《ちよつと》お見《み》せ申《まうし》ますと、仮令《たとへ》[八]無名《むめい》でも正宗《まさむね》なら求《もと》めたいから先方《せんばう》へ咄《はな》して見《み》て呉《くれ》とお頼《たの》み故《ゆゑ》に、失礼《しつれい》ながらお咄《はなし》を致《いた》しますが、昔《むかし》と違《ちが》つて平民《へいみん》[九]では、今《いま》は差《さゝ》れぬ此脇差《このわきざし》、何《なん》と直《ね》を能《よ》く先方《せんばう》へ、お売被成《うりなされ》ては如何《いかゞ》でござります。

島蔵　仰有《おつしや》る通《とほり》平民《へいみん》が今差事《いまさすこと》はない脇差《わきざし》、元《もと》よりそんな銘作共《めいさくとも》知《し》らずに買《かつ》た物《もの》なれば、随分売《ずいぶんうつ》ても能《よい》けれど、銘《めい》はなくとも正宗《まさむね》と聞《きい》ては何《なん》だか売《うり》惜《をし》ひ。

藤助　イヤ、御尤《ごもつとも》でござりますが、銘《めい》があれば正宗《まさむね》なれど何《なん》ぼ出来《でき》が勝《すぐ》れて

一　柄鞘に金具を加えるほか、柄巻き、鞘塗り等の装飾、装備を施すこと。
二　前注の装飾を施した刀。
三　名匠の手になる名剣。
四　「この島蔵が」と思わず、福島屋へ押入った事件を口にしそうになる。全集本には「此の血」とあるが、次に「親類」という台詞が続く事からも（→注五）、「四」の誤記または誤植であろう。
五　直前に「此四」の「し」と言いかけたのをごまかすため、同じ音で始まる言葉にすり替える、歌舞伎で馴染みの手法。
六　金属の色をいう。
七　名匠岡崎五郎正宗の打った名刀。鎌倉期以来の伝説的名工の名もあるが、浄瑠璃、歌舞伎では『新薄雪物語（しんうすゆきものがたり）』の連想もあり、「正宗」は名刀の代名詞。
八　「無銘」と同じ。
九　明治二年より森有礼が提唱した廃刀随意令があるが、平民の帯刀禁止後も士族帯刀の風習は容易にやまず、山県有朋の建議により明治九年に大礼服着用と軍人・警察官吏等の制服着用時以外は帯刀を禁じた。廃刀令は、士族のみが武備する制度と異なる国民皆兵の徴兵制とも関連があり、士族の特権剝奪と見られて反発、反乱があったのはよく知られる。黙阿弥の散切物では『東京日新聞（とうきようにちにちしんぶん）』『木間星箱根鹿笛（このまのほしはこねのしかぶえ）』等に廃刀令を効果的に用いた設定が見られる。また、『水天宮利生深川（すいてんぐうめぐみのふかがわ）』の萩原は、廃刀令を機に成功した士族の例である。

も、無銘《むめい》の物《もの》は証拠《しやうこ》に成《な》らず、向《むか》ふが惚《ほれ》て居《を》りますから、売《うつ》た方《はう》が能《よ》うござりますぜ。

島蔵　シテ先方《せんばう》では何《ど》の位《くらゐ》に、あれをお買被成《かひなさ》る気《き》だ。

藤助　百円《ひやくりやう》ならば買《かひ》たいと申《まう》されましてござりますが、極《ごく》ほしい様子《やうす》故《ゆゑ》、モウ二《に》三十円《さんじふゑん》は出《だ》しましても引取《ひきとり》ますでござりませう。（ト島蔵《しまざう》思入有《おもいれあつ》て、）

島蔵　何《いづ》れ篤《とく》と考《かんがへ》て、跡《あと》から御《お》返事《へんじ》を致《いた》しませうから、内《うち》へ持《もつ》て行《いつ》て下《くだ》されまし。

藤助　能《よく》考《かんがへ》て御覧《ごらう》じませせだが、大概《たいがい》ならば思切《おもひきつ》てお譲《ゆづり》が能《よ》うござりませう。

島蔵　何《いづ》れお返事《へんじ》を致《いたし》ませう。

藤助　是《これ》が出来《でき》れば私《わたくし》も、御礼《おれい》にあり付《つき》ますから、何分《なにぶん》お頼《たの》み申《まうし》ます。

ト右《みぎ》の合方《あひかた》にて、藤助上手《とうすけかみて》へ這入《はいる》。島蔵辺《しまざうあた》りへ思入有《おもいれあつ》て、

島蔵　あれはいつか広小路《ひろこうぢ》一〇の天道干《てんたうぼし》一一に有《あつ》たのを、二円半《にゑんはん》で買《かつ》た脇差《わきざし》、世《よ》にも稀《まれ》なる正宗《まさむね》とは、ほんに夢《ゆめ》にも知《し》らなんだが、あれが百円《ひやくゑん》に売《うれ》るなら、こんなに苦労《くらう》をしねへものを、漸《やつ》との事《こと》で五百円《ごひやくゑん》、漸々金《やうくかね》が出来《でき》たれば、仮令千円揃《たとひせんゑんそろ》はず共《とも》、早《はや》く返《かへ》して仕舞《しまひ》たい物《もの》だ　◯　イヤ其晩更《そのばんふけ》一二て浅《あさ》

一〇　ここでは、浅草の広小路。『古代形新染浴衣（こだいがたしんぞめゆかた）』序幕「浅草広小路の場」に「古道具天道干道具を並べ売てゐる」とあり、福島屋清兵衛（左団次）が「目貫や柄ははた師（悪質の古道具商―引用者）が拾つて往たらふが小尻は四分一の勝虫（刀の小尻は銅一に対して四分の一以上の銀の合金で勝虫〈かつむし＝蜻蛉〉の装飾―引用者）鞘ははげても中身の錬へこいつは踏る脇差だが此様（こんな）物が大道に並べて有のは不用心だ」という台詞がある。それが後の場で道具屋（門蔵）がいう「今日夕方に私が見世で脇差をかつた二人連俳優（やくしや）でいへば左団次に菊五郎に似た散髪（ざんぎり）」となる（『歌舞伎新報』一五五、一五六号）。

一一　露店に。日中店を出している商人や商品を指し、夜店のそれは「天道干」とはいわない。天道干、夜店とも、旧士族の所持品や家財が明治初期には多かった。また、江戸の神社仏閣の縁日に立つ市と違い、信仰や宗教と関わりなく、「経済的な要素が拡大された」（槌田満文『東京記録文学事典』柏書房、平成六年）。露店は増加の一方で、明治十八年には、縁日以外のものは表向きは禁止された。

一二　福島屋へ強盗に入った晩。

五世菊五郎の島蔵
（『五世尾上菊五郎』）

千太　草《くさ》の、山《やま》[一]で別《わか》れた松島千太《まつしませんた》、再《ふたゝ》び出会《であふ》約束《やくそく》の九月《くぐわつ》も最早《もはや》末《すへ》に成《なつ》たが、まだ東京《とうきやう》へ出《で》て来《こ》ねへか、己《おれ》と違《ちが》つて酒《さけ》と女《をんな》で身《み》[二]を持事《もつこと》が出来《でき》ねへから、所詮彼奴《しよせんあいつ》は止《や》めやアしめへ、旅《たび》[三]を拵《かせい》で道中《だうちう》で、若御用《もしごよう》にでも成《な》りやアしねへか。（ト思入《おもいれ》、男湯《をとこゆ》にて、）[四]姉《あね》さん、又明日来《またあしたく》るよ ○（ト合方《あひかた》にて男湯《をとこゆ》の口《くち》より以前《いぜん》の千太《せんた》出《で》て来《きた》り、）あんまり娘《むすめ》の世辞《せじ》の能《いゝ》ので、又《またに》[五]二十銭損《じつせんそん》をした。（と行〔ゆき〕かけるを島蔵見《しまざうみ》て、）

島蔵　ヤ、千太《せんた》ぢやアねへか。

千太　ヲヽ、兄貴《あにき》か。

島蔵　夫《それ》ぢやア手前《てめへ》も東京《とうきやう》へ、

千太　約束通出《やくそくどほりで》かけて来《き》た。

島蔵　能間違《よくまちがへ》[六]ずに出《で》て来《き》たな。

千太　何《なん》にしろお前《めへ》も達者《たつしや》で、

島蔵　手前《てめへ》も無事《ぶじ》で、目出《めで》たかつた。

千太　まア兄貴《あにき》、爰《こゝ》へ掛《かけ》ねへ。（ト合方《あひかた》[七]きつぱりと成《な》り、両人床几《りやうにんしやうぎ》へ掛思入《かけおもいれ》有《あつ》て、）

一　奥山で。
二　行い、品行をよくする。
三　旅の途中で盗みで稼いで。
四　二四六頁の注一五にあるように湯屋の二階にいた女性。
五　祝儀をやってしまった意。
六　約束を違えずという事と悪事をしても捕まらずにという二重の意味。
七　合方を多少強め、気分を変えると同時に観客の注意を集める効果。
八　以下の序幕、二幕目の要約の台詞も、観客が長編脚本の全幕を通して見ることを前提としない江戸以来の劇作法では大切な部分。
九　天涯孤独の独身者の千太と、親、妹も子もある堅気の島蔵の対比は大詰まで重要な要因。
一〇　盗みがばれ。
一一　獄屋へ入れられる。
一二　「浜街道を上つて名古曽の関から霊山の城蹟を拝し鹿島香取へ参詣旁々」（芳賀真咲『松島道案内』金港堂、明治二十二年）とある参詣遊覧コースの一つ。地名の連続する台詞は古くからあるが、黙阿弥のツラネでも得意とするところで、道中物の記憶を喚起する快感があった。
一三　明治二十三年再演時の評に、「堅気の商人の拵へにて千太に逢ての言葉遣ひ昔の道楽者に成(なる)(梅幸〈菊五郎の俳名―引用者〉)の気の替り目感心で有ました」（『歌舞伎新報』一一六〇号）。
一四　正気になる。悪心を入れ替える。

島蔵　[八]さうしてあれから松島《まつしま》の、親《おや》の所《とこ》へ出掛《でかけ》たか。

千太　久《ひさ》し振《ぶり》で行所《ゆくとこ》だから、すつかり身形《みなり》を拵《こしら》へて、先銀行《まづぎんかう》の手代《てだい》と化《ば》け、白川迄行《しらかはまでいつ》た所少《ところすこ》し風邪気《かざけ》で十日計《とうかばか》り逗留《とうりう》して居《ゐ》る其内《そのうち》に、伯父御《をぢご》と村《むら》の者《もの》に逢《あ》ひ、様子《やうす》を聞《きく》と去年《きよねん》の秋親父《あきおやぢ》も老母《おふくろ》も死《しん》で仕舞《しまひ》、跡《あと》に身寄《みより》[九]も何《なん》にもねへから、内《うち》を畳《たゝ》んで其金《そのかね》を寺《てら》へ納《おさめ》て仕舞《しまつ》たと聞《きい》て見《み》りやア行《ゆく》のも無駄故《むだゆゑ》、明日《あす》は直《すぐ》に引《ひつ》かへさうと思《おも》ふ其晩拵《そのばんかせぎ》[一〇]が知《し》れ、すんでにく[一一]れい込《こ》む所《ところ》、首尾能其場《しゆびよくそのば》を逃延《にげのび》て、帰《かへ》り掛《がけ》に日光《につくわう》[一二]から筑波《つくば》へ回《まは》り鹿島《かじま》香取潮来迄何地彼地《かどりいたこまであつちこつち》を遊《あす》び歩行《あるき》、約束《やくそく》をした九月故此間《くぐわつゆゑこないだ》こつちへ帰《かへ》つて来《き》たが、兄貴《あにき》お前《めへ》は何《ど》うしなすつた。

島蔵　[一三]己《おれ》もあれから身形《みなり》を拵《こしら〔へ〕》直《すぐ》に古郷《こきやう》の明石《あかし》へ行《ゆき》、舗居《しきゐ》の高《たか》い親父《おやぢ》の内《うち》へ、不孝《ふかう》の詫《わび》に三百円金《さんびやくゑんかね》を持《もつ》て行《いつ》た所《ところ》、親父《おやぢ》が夫《それ》を請《うけ》ねへのに大《おほ》きな声《こゑ》ぢやア言《いへ》ねへが、己《おれ》が悪事《あくじ》を知《し》つた奴《やつ》が、訴人《そにん》をすると聞《きい》たから仕方《しかた》なく〳〵妹《いもふと》や悴《せがれ》に別《わか》れて漁場《れうば》から、舟《ふね》で神戸《かうべ》へ乗切《のつき》る途中明石浦《とちうあかしうら》で早《はや》手《て》に逢《あ》ひ、頼《たの》みに思《おも》ふ舟頭《せんだう》が艪《ろ》を持《もつ》た儘落《まゝおち》て流《なが》され、一人残《ひとりのこ》つた此己《このおれ》も鮫《さめ》の餌食《ゑじき》になる所運《ところうん》が有《あつ》てか三《み》ツ菱《びし》の蒸気船《じやうきせん》に助《たすけ》られ、危《あやふ》ひ所《ところ》を恙《つゝが》なく、此東京《このとうきやう》へ帰《かへ》つたから、爰《こゝ》らが人《ひと》[一四]の気《き》の付所《つくところ》と生《うま》れ替《かは》つた心《こゝろ》に

現　尾上菊五郎の島蔵
十二世　市川團十郎の千太

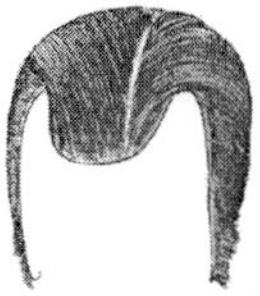

島蔵のかつら

千太のかつら
（『歌舞伎のかつら』）

なり、今《いま》は堅気《かたぎ》の小商人《こあきんど》、若《わか》い者《もの》と子僧《こぞう》を遣《つか》ひ、小売酒屋《こうりざかや》の見世《みせ》を出《だ》した。

千太　夫《それ》ぢやアあれぎり挊《かせぎ》はしねへか。

島蔵　さつぱりと止《や》めて仕舞《しまつ》た。

千太　小商内《こあきない》をするからは、定《さだ》めて女房《にようぼ》を持《もつ》たらうな。

島蔵　まだ女房《にようぼ》は持《もた》ねへが、堅気《かたぎ》に成《なつ》て酒見世《さかみせ》を出《だ》した事《こと》を郵便《いうびん》で親父《おやぢ》へ知《し》らしてやつた所《ところ》、調度《てうど》幸《さいは》ひ[一]妹《いもうと》が内《うち》に居《ゐ》られぬ事《こと》が有《あつ》て、悴《せがれ》を連《つれ》て明石《あかし》から態《わざ》〳〵此地《こつち》へ出《で》て来《き》たから、女房替《にようぼがは》りに飯《めし》を焚《たか》して、水入《みづい》らずでやつているのだ。

千太　夫《そ》りやア何《なん》にしろ仕合《しあはせ》だが、能商法《いゝしやうほふ》に当《あた》るかね。

島蔵　大《たい》した儲《まうけ》はないけれど、倦《あき》ずにするのが商内《あきない》だから、辛抱《しんばう》してやつて居《ゐ》ます。

千太　人《ひと》に勝《すぐ》れたいゝ腕《うで》を持《もつ》て居《ゐ》ながら小売位《こうりぐらゐ》な、商法《しやうほう》するのは馬鹿気《ばかげ》て居《ゐ》るぜ。

島蔵　其替《そのかは》り一生涯《いつしやうがい》、土《つち》を担《かつ》ぐに及《およ》ばねへ。

千太　シテ、何所《どこ》へ見世《みせ》を出《だ》したのだ。

一　二幕目で沖蔵にしつこく言い寄られたことをさす。

島蔵　神楽坂下《かぐらざかした》の左側《ひだりがは》で、明石屋《あかしや》と云紺暖簾《いふこんのれん》の掛《かゝ》つてゐるが目印《めじるし》だ。

千太　何《いづ》れ改《あらた》めて尋《たづ》ねて行《ゆか》ふ。

島蔵　内《うち》へ来《く》るなら妹《いもふと》が、己《おれ》と違《ちが》つて堅気《かたぎ》だから、拵《かせぎ》の咄《はな》しは仕《し》て呉《くれ》るな。

千太　そりやア己《おれ》も承知《しやうち》してゐる。

島蔵　夫《それ》ぢやア千太《せんた》。

千太　近《ちか》い内《うち》に尋《たづ》ねて行《ゆか》ふ。

ト端唄《はうた》に成《な》り、千太思入有《せんたおもいれあつ》て向《むか》ふへ這入《はいり》、島蔵跡《しまざうあと》を見送《みおく》り思入《おもいれ》有《あつ》て、

島蔵　懲役中《ちやうえきちう》に懇意《こんい》に成《な》り、血汐《ちしほ》[二]を呑《のん》で兄弟《けうだい》の縁《えん》を結《むす》んだあの千太《せんた》、逢《あつ》たらとつくり意見《いけん》[三]を云《いつ》て止《や》めさせ様《やう》と思《おも》つたが、所詮止《しよせんやめ》る事《こと》[四]ぢやアあるめへ。身成《みなり》[五]も悪《わり》い風体《ふうてい》で度々《たび〳〵》内《うち》へ来《く》る日《ひ》には、遂《つい》には世間《せけん》の目《め》に留《とま》り、いつか破《ばれ》るは知《し》れた事《こと》、どうか福島屋《ふくしまや》の行衛《ゆくえ》を尋《たづ》ね、金《かね》を返《かへ》して仕舞迄《しまふまで》、御用《ごよう》[六]の声《こゑ》を聞《きゝ》たくねへ。ア丶以前《いぜん》は二《に》[七]となき友達《ともだち》だつたが、今《いま》と成《なつ》ては我身《わがみ》の害《がい》、飛《とん》だ者《もの》と兄弟《きやうだい》の縁《えん》を結《むす》んだ ○

ト島蔵立上《しまざうたちあが》る、此時湯屋《このときゆや》の内《うち》にて、[八]チヨン〳〵と木《き》を打《うつ》、

事《こと》だなア。（トじつと思入《おもいれ》[九]、誂《あつらへ》の端唄《はうた》にて道具《だうぐ》[一〇]回《まは》る。）

二　相互に血盃を交して義兄弟となるのは、黙阿弥の『三人吉三廓初買(さんにんきちさくるわのはつがい)』の「稲瀬川庚申塚の場」にもある。
三　他人を諫めること。
四　底本「事ぢあア」を直す。
五　島蔵は結城の着付に羽織、黒襟付糯袢に足袋という堅気の商人の扮装なのに対して、千太はこの場は藍微塵の着付に三尺帯、腹巻、素足という崩れた扮装。鬘も、島蔵は「分けた散切」、千太は「五分刈の散切」（→二五二頁図）。扮装により視覚的にその職業、気質や身分の差を提示するのは、洋の東西を問わず近代以前の演劇では、その観客の理解を助ける経済的効果も含めて常識的な劇作法。
六　逮捕を免れたい。
七　第一の。
八　湯屋で客が背中の流しを三助に頼む時に番台が拍子木を打って知らせたのを芝居の幕切れの柝の代用とした趣向。近年の上演では、その趣向が判り難いこともあり、飴屋太鼓を使うこともあった。
九　底本振仮名「まもいれ」を直す。
一〇　「明治二十三年附帳」では「道楽寺唄、小木魚」。近年の上演ではここで「秋の夜すがら」唄入り合方となりキザミ幕。飴屋太鼓でツナギ幕となった。「明治二十三年附帳」では、盆回し（回り舞台）で「道具替り中より本調子替合方」。

本舞台《ほんぶたい》四間《しけん》通《とほ》し[一]常足《つねあし》の弐重《にぢう》[二]柿葺《こけらぶき》の本庇《ほんびさし》[三]本椽付《ほんえんつき》、向《むか》ふ上手《かみて》一間《いつけん》、[五]跡《あと》[六]腰《こし》張根《ばりね》岸土《ぎしつち》の茶壁《ちやかべ》、床《とこ》の間《ま》好《このみ》の掛物《かけもの》、花入《はな〔い〕れ》宜敷《よろしく》、真中《まんなか》[四]太鼓張《たいこばり》の襖《ふすま》出《で》這入《はいり》有《あ》り、上《かみ》の方《かた》、九尺《くしやく》隣《となり》の[七]二《に》階家《かいや》[八]伊《い》予簾《よすだれ》を下《おろ》し、隣《となり》の境《さかい》[九]四《よ》ツ目《め》垣《がき》、下《しも》の方《かた》丸太《まるた》の[一〇]柱上《はしらうへ》を丸《まる》くせし[一一]西洋門《せいやうもん》、跡《あと》[一二]建仁寺《けんにんじ》垣《がき》見越《みこし》の松《まつ》、門《もん》の柱《はしら》より舞台前迄《ぶたいまへまで》[一三]四《よ》ツ目《め》垣《がき》にて見切《みきり》、都《すべ》て望月宅《もちづきたく》の体《てい》。二重《にぢう》に[一四]誂《あつらへ》の鏡台《きやうだい》を直《なほ》し、お照《てる》是《これ》へ向《むか》ひ櫛《くし》で鬢《びん》をかきゐる、お常《つね》は紙《かみ》で手《て》を拭《ぬぐ》ひ髪《かみ》を[一五]結《ゆ》ひ上《あげ》し心《こゝろ》、お清《せい》[一六]くせ直《なほ》しの銅盥《かなだらい》櫛抔《くしなど》片付《かたづけ》居《ゐ》る、此《この》見得《みえ》[一七]端唄《はうた》にて道具《だうぐ》留《とま》る。

お清　御新造様《ごしんぞさま》、大層今日《たいそうこんにち》は能出来《よくでき》ました。

お照　髷《まげ》の格好《かつかう》がいつもより能出来《よくでき》た様《やう》だね。

お常　お内《うち》と違《ちが》つて、お芝居《しばゐ》へ入《い》らつしやいますのだから、念入《ねんいり》に致《いた》しました。

お清　念入《ねんいり》は念入《ねんいり》だけ、誠《まこと》に奇麗《きれい》でござります。

お常　明日《あした》は何時《なんどき》から新富町《しんとみちやう》へ入《い》らつしやいます。

お照　[一八]初《はじ》まりが九時《くじ》だから、八時《はちじ》を打《うつ》と出掛《でかけ》ますよ。

一　↓用語一覧。以下の「舞台書き」（舞台面の説明）は、二六一頁道具帳写真参照。
二　杉、檜などで葺いた庇。底本「葺柿」を直す。
三　二重屋体に、縁を付ける。
四　両面とも上張りの襖紙を張る襖。
五　そのほか。
六　上質な砂で作った壁土で腰までの高さに上塗りした薄茶色の壁を模した書割。
七　二階の設定だが、実際には本屋体と同じ高さにある。
八　伊予産の篠竹で編んだ簾。キッカケにより上下して、清元連中の出入りの役割を果す。
九　竹を縦横に組んだ垣根。
一〇　底本「程」を直す。
一一　西洋風の門。現行では用いず、代りに本庇の玄関となっている。
一二　京都の建仁寺で用いたという竹を縦横に渡して縄で結わえた垣根。
一三　四ツ目垣でその後方の舞台裏を観客から見えないようにする事。↓用語一覧。
一四　前幕の湯上り姿の後に化粧する姿を見せるのは、四世鶴屋南北『阿国御前化粧鏡（おくにごぜんけしょうのすがたみ）』の「湯上りの累」や三世瀬川如皐『与話情浮名横櫛（よはなさけうきなのよこぐし）』の記憶を喚起する効果がある、劇作上の約束事の一つ。↓二四一頁注二〇。
一五　結い上げたつもり。
一六　髪の癖を直すのに用いる水を入れておく。
一七　前場からの転換で回り舞台を用いず、いったん幕となる場合は、唄入り（近年では「梅が主なら」）で幕開きとなる。
一八　芝居の開演時間明記は、明治七年一月中村座から。この興行は番付では一番目の『復咲後日梅（かえりざきごにちのうめ）』は午前八時開演。

お常　夫《それ》では今夜《こんや》湯《ゆ》へ這入《はいつ》て、[一九]おつくりをして置《おき》ませう。
お照　モウ今日《けふ》はお仕舞《しまひ》かへ。
お常　イヱ、まだ最《も》う一二《いちに》軒《けんまゐ》参りませねば成《な》りませぬ。
お清　一二《いちに》軒《けん》ならよしになさいな。
お常　そりやなぜでございます。
お清　今日《けふ》お隣《となり》の松本様《まつもとさま》へ、[二〇]浜町《はまちやう》の家本《いへもと》が来《き》て、今《いま》に浄瑠璃《じやうるり》が初《はじま》ります。
お常　夫《それ》は承《うけたまは》りたうございますが、[二一]ワキは誰《だれ》でございます。
お清　家元《いへもと》の独吟《どくぎん》で、[二二]三味線《さみせん》は久《ひさ》し振《ぶり》の[二三]順三郎《じゆんざぶらう》が弾《ひき》ますとさ。
お常　家元《いへもと》さんの独吟《どくぎん》とは、[二四]聞事《きゝごと》でございますね。
お照　モウ今《いま》に初《はじ》まるだらうから、お茶《ちや》でも呑《のん》で遊《あす》んでお出《いで》な。
お常　さう云事《いふこと》と承《うけたまは》つては、仕事《しごと》は何《ど》うでも能《よ》うございます。
お照　清《せい》の親仁《おやぢ》も今日《けふ》来《く》ると、浄瑠璃《じやうるり》が聞《きか》れたのに。
お清　明日《あした》お供《とも》の[二五]お召物《めしもの》を、ヲヤ何《ど》う致《いた》しませう私《わたくし》の物《もの》を ◯ 間《ま》に合《あは》ぬといけませぬ故《ゆゑ》、せいて使《つかひ》を遣《や》りましたから、昨日持《さくじつもつ》て参《まゐ》りました。
お常　お爺《とつ》さんはお達者《たつしや》かへ。
お清　誠《まこと》に達者《たつしや》でございます。

一九　化粧をして、自分の髪を拵えておきましょう。
二〇　この場の出語りの太夫、四世清元延寿太夫は当時日本橋浜町に住んでいた。↓人名一覧。
二一　立語りの太夫の次の位置（二枚目）で語る太夫のこと。
二二　黒御簾の内（下座音楽）や山台（舞台上での演奏）でひとりで唄い或いは語る事。元来清元は五行（二梃三枚・三味線方二人、太夫三人の意味）で、現在では三梃四枚が多い。四世延寿太夫の孫二世寿兵衛（三世梅吉）によると、本作上演が「清元初まって以来の独吟物」で、望月役の九世団十郎の依頼で作曲し、団十郎のすすめで初の独吟にしたという。なお、その後、明治四十三年一月竹柴其水『亨和春両国紀聞（きようわのはるりようごくきぶん）』の清元でも独吟があった（植田隆之助筆『清元寿兵衛』（邦楽と舞踊社、昭和四十四年）。
二三　清元順三郎。後の三世順三。三味線方。後に関西で活躍した。↓人名一覧。
二四　聞き物。明治期の舞踊や余所事浄瑠璃の舞台でも、延寿太夫の美声は売物だった。なお底本振仮名「きくごと」を直す。
二五　いささか文意不明。全集では「お召物が」。また「ヲヤ…私の物を ◯」は全集になし。

お常　いつか代地《だいち》[一]の六三《ろくさ》さんの所《ところ》で、お目《め》[二]に掛《かゝ》つた事《こと》が有《あつ》たが、中《なか》〳〵おとつさんは気《き》が若《わか》く、二階番《にかいばん》[三]でも張《は》る気《き》が有《あ》るね。

お清　御存《ごぞんじ》の通目尻《とほりめじり》[四]が下《さが》つて、看板《かんばん》に偽《いつはり》なしでございます。

お照　飛《とん》だ気軽《きがる》で能《よい》けれど、旦那様《だんなさま》の前抔《まへなど》でそんな事《こと》を云《いひ》なさんなよ。

お清　是《これ》から叮嚀《ていねい》に申《まうし》ますから、御免被成《ごめんなされ》て下《くだ》さいませ。

お常　[五]ツイ大工《だいく》さんが出《で》てなりませんね。（ト奥《おく》より下女出《げぢよで》て来《きた》り手《て》を突《つい》て、）

下女　御新造様《ごしんぞさま》、只今御里《たゞいまおさと》の御隠居様《ごいんきよさま》が、裏口《うらぐち》[六]から入《い》らつしやいました。

お照　何《なに》、おつかさんがお出《いで》だへ　○　[七]お里《さと》と云《いふ》のも面目《めんぼく》ないね。

下女　直《すぐ》にお通《とほ》し申《まうし》ませうか。

お照　アヽ、是《これ》へお通申《とほしまうし》な。

下女　畏《かしこ》まりました。

お照　弁山《べんざん》さんも同伴《いつしよ》か。

下女　左様《さやう》にございます。（ト下女奥《げぢよおく》へ這入《はいる》。）

お照　[八]ほんに私《わたし》のおつかさんも、清《せい》が親父《おやぢ》と同《おな》じ様《やう》に。

お清　お目尻《めじり》がお下《さが》りでございますか。

一　柳橋の北側、隅田川畔の御蔵前片町代地。↓二四三頁注七。『古代形新染浴衣(こだいがたしんぞめゆかた)』の設定に合せてある。
二　お清役の沢村清十郎が『古代形新染浴衣』で演じた同名役の父音蔵を二世中村鶴蔵が演じた設定を効かせる。以下の父親についての台詞は、その役と役者についての含意がある。そういう遊びも江戸明治の狂言作者の劇作法の一つで、芝居に直接関わりなく、役者の声を通して耳にする、江戸東京の庶民の他愛ない会話のやりとりも、黙阿弥の魅力の一つだった。
三　女郎屋の階下は主人や男衆の部屋、二階は遊女専用で、客の遊ぶ部屋。そこの溜りで世話や雑事をする若い衆を二階番ともいったが、ここでは、二階で遊ぶ客としてまだ盛んであることとも取れる。
四　異性にだらしがなくって、見た目通りなんですよ。「看板に偽りなし」は元来、香具師の言葉で、品のいい表現ではないので、すぐ後の台詞でお照にたしなめられる。
五　下町の大工の家に育ったので、つい品のよくない表現で、軽口を叩くような癖があって仕方ありませんね。
六　後ろ暗い用事であるのを匂わせる。
七　お清のお里(家、育ち)のことをいったが、自分の母も自慢できるどころの者ではないという思い。
八　おっかさんもいい年をしていつまでも弁山のような男とくっついていて。

お照　夫《それ》[九]におの字《じ》がいる物《もの》かな。

お常　是《これ》に似《に》ましたお噺《はなし》がござります、私共《わたくしども》の隣《となり》の内《うち》で[一〇]ゆもじを洗《あらつ》て干《ほし》ますと、急《きう》に雨《あめ》が降《ふつ》て参《まゐつ》て一《ひと》[一一]つ長家《ながや》におの字《じ》を付《つけ》るお内義《かみ》さんがござりまして、折角《せつかく》おゆもじをお洗《あら》ひ被成《なすつ》たに、俄《にはか》[一二]のおふりでお困《こま》り被成《なさい》ませう。

お清　又《また》お常《つね》さんの嘘計《うそばか》り。

お常　イエ〳〵嘘《うそ》ぢやアござりませぬが、ゆもじの洗濯《せんだく》におふりはよいぢやアござりませぬか。

お照　ホヽヽ。

トお照笑《てるわら》ふ、合方《あいかた》きつぱり〔と〕成《な》り、奥《おく》より序幕《じよまく》のお市紋付《いちもんつき》[一三]の羽織《はおり》、弁山《べん〔ざ〕ん》も羽織《はおり》にて出来《でき》たり、

お市　お照《てる》、久敷逢《ひさしくあは》なんだな。

お照　ヲヤ、おつかさんに弁山《べんざん》さん、能《よく》お出被成《いでなさい》ました。

弁山　あんまり御不沙汰《ごぶさた》を致《いたし》ましたから、御窺《おうかゞひ》に上《あが》りました。

お清　こちらへお通被成《とほりなさい》ませ。

お市　夫《それ》ぢやア邪魔《じやま》に成《な》らない所《とこ》へ、[一四]お御輿《みこし》を居《すへ》ませう。（トお市《いち》、弁山上《べんざんかみ》

九　目尻に「お」を付けたりしないものだの意。

一〇　女性の下着の腰布。

一一　同じ長屋に。

一二　「ふり」は男女が褌、湯文字をつけない事。このことが雨が「降る」という元来の意味から連想されるおかしみと、雨に対して敬語を使うおかしみ、更に長屋住いのおかみさんがやたらに丁寧な言葉を使うおかしみが重なる。

一三　立派な門構えの望月宅へくるという改まった身なり。

一四　腰を落ち着けましょう。

豊原国周「開化人情鏡　権妻」
（町田市立国際版画美術館蔵）

手《て》へ住《すま》ふ、お常見《つねみ》て、）

お常　ヲヤ、お前《まへ》さんは能《よ》く見世《みせ》へ[一]曲物《まげもの》にお出被成《いでなすつ》た、弁山《べんざん》さんぢやアござりませぬか。

弁山　ヲヽ、お前《まへ》は福島屋《ふくしまや》のお常殿《つねどん》か、いつ髪結《かみゆひ》を初《はじ》めなすつた。

お常　彼所《あすこ》の内《うち》を出《で》ましてから、初《はじ》めましてござります。

弁山　能職業《いゝしやうばい》を初《はじ》めなすつたが、定《さだ》めて御亭主《ごていしゆ》を持《もち》なすつたらうね。

お常　イヱ、まだ一人《ひとり》でござります。

弁山　まだ一人《ひとり》とは[二]気《き》が悪《わり》いが、然《さ》うしてお前《まへ》の内《うち》は何所《どこ》だ。

お常　[三]ツイ神楽町壱丁目《かぐらちやういつちやうめ》でござります。

弁山　壱丁目《いつちやうめ》は何番地《なんばんち》だ。（トお市[四]悋気《いちりんき》の思入《おもいれ》にて、）

お市　そんなに委敷聞《くわしくきか》なくつても能《いゝ》に。

弁山　聞《きい》たつて能《いゝ》ぢやアないか。

お市　お前《まへ》が只《たゞ》の人《ひと》なら能《いゝ》が、女《をんな》と見《み》ると目《め》がないからさ。

お清　ヲヤ、夫《それ》ではあなたも親仁同様《おやぢどうやう》、女《をんな》がお好《すき》でござりますか。

弁山　夫《それ》は云《いは》ずと知《し》れた事《こと》、[五]貴顕紳士《きけんしんし》を初《はじ》めとして下等社会《かとうしやくわい》の我輩迄《わがはいまで》、世界《せかい》に好《す》かざる者《もの》はなしだ。

一　質草を持ってきた。

二　気をそそられる、みだらな気になるが。

三　ついこの近所の。

四　やきもち。

五　政府高官、高級官吏等々が権妻、妾を置く風潮を指す。↓二四一頁注一二。

六　前注の意に加え、明治十年代前半は、江戸時代からの職業も含めて、女髪結、女役者、女義

お常　ほんに六女流行《をんなばやり》でござりますね、ホヽヽ。

お照　今日《けふ》は何《なん》ぞ弁山《べんざん》さん、七面白《おもしろ》い物《もの》を一《ひと》くさり、読《よん》でお聞《きか》せ被成《なさい》ましな。

弁山　八何《ど》うして〳〵、是家様《こちらさま》で辻講釈《つぢこうしやく》の私《わたくし》が、何《なに》を弁《べん》じられませう、只《たゞ》おつかさんの跡《あと》に付《つい》て女《をんな》のお咄《はなし》でもして、一寸《ちよつと》九お座《ざ》を持計《もつばか》り、講釈抔《こうしやくなど》は出来《でき》ませぬ。

お市　一〇夫《それ》はさうと、旦那《だんな》はお内《うち》か。

お照　ハイ、お内《うち》でござりますが、何《なん》ぞ旦那《だんな》に御用《ごよう》かへ。

お市　些《ちつ》とお願《ねが》ひが有《あつ》て来《き》たのだ。

お照　何《なに》、お願《ねが》ひとは。

お市　外《ほか》でもない、小遣《こづかひ》がなくなつたから、貰《もら》ひ度《〔た〕》いのだ。

お照　此間《このあいだ》お出《いで》の時《とき》、来月分《らいげつぶん》の小遣《こづかひ》を貸《かし》て呉《くれ》とお云《いひ》だから、二月《ふたつき》ぶり上《あげ》たのに、モウあれが無《ない》のかへ。

お市　モウ無《ない》かと云《いつ》たつて、何《なに》も無駄遣《むだづか》ひに遣《つか》やアしねへ、家主《いへぬし》に店賃《たなちん》の借《かり》が五月溜《いつゝきたまつ》て居《ゐ》る上《うへ》、一一壱円宛《いちゑんづゝ》一二置買《おきがひ》の米《こめ》が三度《さんど》に酒屋《さかや》に薪屋《まきや》、一三小《こ》ざ〳〵借《がり》を残《のこ》らず返《かへ》し、質《しち》に入《いれ》て置《おい》た一四袷《あはせ》を二枚《にまい》出《だ》したので、一五十銭札《じゆ〔つ〕せんさつ》も残《のこり》はしねへ。

太夫、女代言人、女邯鄲師、女消防夫、女車夫、女馭者など女性の職業が話題となった。
七 講釈のこと。
八 弁山の口調も、旅芸者時代のお照相手とは変っている。
九 その場に居る人を喜ばせて、興を引く。
一〇 近年の上演では、この場の幕が開くと、ここまで全てカットし、お市と弁山は板付き(幕開きから舞台にいること)となり、いきなり、この台詞から入ることもある。その場合は、小遣いをねだるとすぐに、二六一頁七行目の弁山の「旦那にお願いしてくれ」という意味の台詞になる。(前進座上演時は、省略はあるが原作通りの手順。ただし、清元はなく下座の独吟で処理)。
一一 初演の明治十四年の普通米平均価格は一升宛て十一銭二厘。一円宛だと約九升強ほどの計算。
一二 掛けで買うこと。
一三 細かいもの、雑多なもの。
一四 秋になったので、裏地つきの着物がいる。
一五 紙質、印刷粗悪で、贋造もあった太政官札や民部省札に代り、明治五年四月発行の「新紙幣」の一つ。ドイツで作られたので「ゲルマン紙幣」「明治通宝」とも呼ばれ、十円から十銭まで六種類があった。十銭札は、その額面が最も低いので「あとはほんの小銭しかないのだ」という意味の、こういう台詞になる。しかも、明治十年の布告で五十銭以下の「新紙幣」は貨幣に交換とされたが、引換準備が順調に行かず不換紙幣が増え、明治十三、四年の紙幣価値は下落を極めていた。十五年から十六年にかけて、イタリアのお雇外国人キヨソーネのデザインの「改造紙幣」が発行され「新紙幣」と交換され始めた。

お照　夫《それ》では又《また》モウ一月《ひとつき》も、貸《かし》て呉《くれ》とお云《いひ》のか。

お市　一月位《ひとつきぐらゐ》借《かり》たとて、[一]芝居《しばゐ》の一度《いちど》も見《み》に行《ゆけ》ば直《すぐ》に無《なく》なつて仕舞《しまふ》から、又《また》借《かり》に来《こ》にやア成《な》らねへ、そつちも聞《きく》のが嫌《いや》だらうが、こつちも云《いひ》に来《く》るのが嫌《いや》だ、年跨《としまたぎ》に成《な》るけれど、[二]来年《らいねん》の二月迄《にぐわつまで》、三十円貸《さんじふゑんかし》て呉《く》んな。

お照　此間《このあいだ》のが済《すん》だらば、お願申《ねがひまうし》て上様《あげやう》けれど、まだ夫《それ》が済《すま》ぬ内《うち》は。

弁山　成程度〳〵《なるほどたび》の事《こと》なれば、仰有《おつしや》り憎《にく》ふござりませうが、今度《こんど》は月《つき》の切《きれ》る迄決《までけし》て跡《あと》は上《あが》りませぬ、保証人《ほしやうにん》に私《わたくし》が一緒《いつしよ》に上《あが》りましたから、何《ど》うぞ旦那《だんな》へ今一度《いまいちど》お願《ねが》ひ被成《なすつ》て下《くだ》さりませ。

お照　何《なん》ぼ気《き》の能旦那《いゝだんな》でも、先達《せんだつて》から度《たび》〳〵故《ゆゑ》、今日《けふ》はお願《ねが》ひ申《まう》されない。

お市　何云《なにいは》れねへ事《こと》が有《あ》る物《もの》だ、手前《てめへ》を遣《や》る時十円宛月〳〵《ときじふゑんづゝつき》送《おく》る約束《やくそく》は、証《しやう》書《しよ》を取《とつ》て極《きめ》たのだ、三月《みつき》や四月《よつき》前貸《まへがし》に貸《かし》たつて能訳《いゝわけ》だ、おらア手前《てめへ》のお袋《ふくろ》だぞ、[三]二等親《にとうしん》でも権妻《ごんさい》なら召仕《めしつかひ》の事《こと》だから、[四]云《い》はずと旦那《だんな》は主人《しゆじん》故《ゆゑ》、達《たつ》てとも云《いは》れねへが、結納貰《ゆひのふもら》つて遣《やつ》た娘《むすめ》、仮令身分《たとへみぶん》は違《ちが》ふ共《とも》おらア輝殿《あきらどの》の親《おや》だぞ、親《おや》が今日《けふ》喰《く》ふに困《こま》り路頭《ろとう》に迷《まよ》ふを子《こ》の身《み》として、[五]余《よ》所《そ》に見《み》ちやア済《すむ》めへぜ、手前《てめへ》の口《くち》から云《いは》れにやア己《おれ》がじかに旦那《だんな》に逢《あつ》て、金《かね》を借《かり》て行《ゆか》にやアならねへ。

一　座組みや劇場により差が大きいが、団十郎、菊五郎が出演するこの年の芝居は、高土間、平土間で、二円から三円程度が多い。茶屋代、祝儀等は、勿論別である。
二　現在九月末の設定なので、五か月で三十円貸せということ。
三　妾の法律上の位置。明治三年の新律綱領で妾に二等親としての地位を認め、八年の太政官通達で妻に準ぜられた。
四　言うまでもなく、妾ならいわば主従関係だが。
五　他人事のような顔はできない。
六　苦しい生活の中で。
七　音曲や踊。江戸時代に音曲や踊の稽古がさかんだったのは、武家屋敷や藩邸等への就職（奉公）に有利だった事情もある。
八　望月は表向き、書家でもある。
九　平然と。何もしないで。
一〇　それを待つ間。
一一　酒をねだっている。
一二　判断。

　　　トお市《いち》大《おほ》きな声《こゑ》をするを、弁山留《べんざんとめ》て、

弁山　是《これ》サおつかア、静《しづか》にしねへ、他人《たにん》も側《そば》に聞《きい》て居《ゐ》るに、大《おほ》きな声《こゑ》をしなさんな。

お市　大《おほ》きな声《こゑ》を仕《し》たくもねへが、せつねへ[六]中《なか》で諸芸迄仕込《しよげいまでしこん》[七]で手前《てめへ》を育《そだつ》たは、我身《こつち》が年《とし》を取《とつ》た時世話《ときせわ》に成《な》らう其為《そのため》だ、親《おや》を親《おや》と大切《たいせつ》に敬《うやま》ひせへすりやア云《い》やアしねへ、突《つ》ツ慳貪《けんどん》に物《もの》を云《いふ》から、ツイ大《おほ》きな声《こゑ》をするのだ。

弁山　まア己《おれ》に任《まか》して静《しづか》にしねへ〇（トお照《てる》に向《むか》ひ、）モシお照《てる》さん、嘸迷《さぞめい》惑《わく》でござりませうが、モウ此後来年迄御《このごらいねんまでご》無理《むり》は申《まうし》ませぬから、旦那《だんな》へお願《ねが》ひ下《くだ》さりまし。

お照　お前《まへ》さんがさうお云《いひ》なら、お咄申《はなしまうし》て見《み》ませうが、今《いま》[八]お書物《かきもの》を被成《なすつ》てだから、後迄待《のちまでまつ》て下《くだ》さいまし。

弁山　ヲヽ待《まち》ます共《とも》〳〵、何時迄《いつまで》でもお待申《まちまうし》ます。

お市　併《しか》しまじ[九]〳〵待《まつ》て居《ゐ》るも、退屈《たいくつ》でいかねへから、其内《そのうち》[一〇]一本付《いつぽんつけ》[一一]て貰《もら》はふ。

弁山　成程夫《なるほどそれ》は能《いゝ》[一二]お捌《さばき》、寛《ゆつ》くり一杯頂戴致《いつぱいてうだいいた》さう。

お市　お照《てる》、何《なん》ぞないか。

お照　昼間《ひるま》のお肴《さかな》が有《あ》りますから、清《せい》に出《だ》させて上《あげ》ませう。

三幕目　望月輝町住居の場

お清　車海老《くるまあび》の一鬼《おに》がら焼《やき》と、二こちの煮《に》たのがござります、あれをお上申《あげまうし》ませう。

お市　肴《さかな》も何《なに》もいりやアしねへ、一寸香《ちよつとかう》〱があれば能《い》イのだ。

弁山　実《じつ》はさつきから三咽《のど》ぐびだから、早《はや》く付《つけ》て下《くだ》さいまし。

お清　畏《かしこま》りました。

弁山　併《しか》し四さしでは味《うま》くない、お常《つね》さんお前《まへ》もお出《いで》な。

お常　五酒外《さかはづ》れは仕《し》ない物《もの》だから、六お合《あひ》でも致《いた》しませう。

お市　夫《それ》ぢやアおてる、

お照　寛《ゆつく》りとおあがり被成《なさ》い。

お市　ドレ、七跡《あと》の見《み》られぬ酒《さけ》を呑《のま》ふか。

ト端唄《はうた》に成《な》り、お市《いち》、弁山《べんざん》、お常《つね》、お清付《せいつい》て奥《おく》へ這入《はいる》。跡合方《あとあひかた》

八弾流《ひきなが》し、お照思入有《てるおもいれあつ》て、

お照　悪《わる》ひ人《ひと》でも実《じつ》の親《おや》、長《なが》の年月育《としつきそだて》られた恩《おん》が有《あ》る故仕方《ゆゑしかた》もないが、何《なん》ぼ仕送《しおく》る約束《やくそく》でも、十日《とふか》にあげず無心《むしん》に来《き》て、気随気儘《きずいきまゝ》に九云《いひ》たいがい、何《なん》の小言《こごと》も仰有《おつしや》らぬが旦那《だんな》へ対《たい》して気《き》の毒《どく》で、実《じつ》に此身《このみ》を切《き》らるゝ思《おも》ひ、一〇末始終《すゑしじふ》はおつかさん故私《ゆゑわたし》が愛相《あいそ》を尽《つか》されて若《もし》も離縁《りえん》に成《なつ》たらば、

一 伊勢海老、車海老等を殻付きのまま照焼きにした料理。
二 近海魚。夏は美味とされる。いずれも望月の豪勢な暮しを連想させる。
三 咽が鳴っているさま。早く一杯やりたい。
四 差し向い。お市と二人きりでは。
五 酒席で酒を呑まずにいること。
六 合方をしましょう。
七 後腐れのない。
八 皆々引込んだ後も、そのまま弾き続ける。
九 口から出放題。
一〇 事の最後には。
一一 三味線は芸者の象徴。お照の心情を縁語で繋いで詠嘆に集約する黙阿弥得意の表現。
一二 狂言方が、柝をチョチョンと短く打って観客の注意を促すのが、こういう場の約束。五世菊五郎の回想では、明治二十三年と三十三年には望月と島蔵と二役とも菊五郎が演じており、しかも明治三十三年はこの清元を抜いて上演している。「あの住所(ゐすま)の所さ書下しから清元の出語りで行つてゐる奴ですが、この前が直侍で同じ福助と濡模様の所を仕てゐて又今度では目が変りませんから、惜しいがこの浄瑠璃を抜いて只(だた)に仕ました。而して望月の出は私(あつし)の体の都合で少くなりましたのは余義ない事です」(山岸荷葉編『五世尾上菊五郎』文学堂、明治三十六年)。
一三 所作事の出語りでは原則として肩衣、前垂れ。余所事浄瑠璃で隣家での演奏という設定なので羽織袴というのが約束事。
一四 前奏なしで直ぐに語りとなる。
一五 一中節の上品雅味ある曲想を用いる。一中節は現在では古曲といわれる浄瑠璃で、十八世

又《また》もや元《もと》の旅芸者《たびげいしゃ》、[一一]弾三味線《ひくさみせん》の棹《さほ》よりも心細《こゝろぼそ》い私《わたし》が身《み》の上《うへ》、糸《いと》は切《き》れても切《き》る事《こと》のならぬ義理《ぎり》ある親子《おやこ》の縁《えん》、苦労《くらう》の絶《たへ》ぬ事《こと》ぢやわいナ ○

トお照《てる》じつと思入《おもいれ》、[一二]知《し》らせに付上手《つきかみて》隣《となり》の二《に》階《かい》の簾《すだれ》を巻上《まきあげ》る。爰《こゝ》に清元連中《きよもとれんぢう》[一三]羽織袴《はおりはかま》にて居並《ゐなら》び、[一四]前弾《まへびき》なしに[一五]一中模様《いつちうもやう》[一六]独吟《どくぎん》の浄瑠《じやうる》理《り》になる。

上るり
〽[一七]雁金《かりがね》を結《むす》びし蚊屋《かや》も昨日今日《きのふけふ》、残《のこ》る暑《あつ》さも忘《わす》れてし肌《はだ》に冷《つめ》たき風《かぜ》立《たち》て、昼《ひる》も音《ね》を鳴蟋蟀《なくこほろぎ》に[一八]哀《あは》れを添《そふ》る秋《あき》の末《すゑ》、[一九](とお照莨《てるたばこ》をのみながら是《これ》を聞《き》く、)

隣《となり》のお内《うち》へ浜町《はまちやう》の家元《いへもと》が来《き》て、浄瑠理《じやうるり》が有《あ》ると聞《きい》たが、モウ初《はじ》まつたか、常《つね》ならどんなに面白《おもしろ》く能楽《よいたの》しみをする所《ところ》、折《をり》も折《をり》とて母《はゝ》さんが無《む》心《しん》に来《き》たので気《き》が揉《もめ》て、聞事《きくこと》さへもならぬわいナ。

上
〽[二〇]我身《わがみ》一《ひと》ツにあらね共憂《どもうき》事《こと》にさへ、[二一]露《つゆ》の泪《なみだ》の翻《こぼ》れ萩《はぎ》、曇《くもり》勝《がち》なる[二二]空癖《そらくせ》に、夕日《ゆうひ》の影《かげ》の薄紅葉《うすもみぢ》、梅《うめ》も桜《さくら》も色替《いろか》へる中《なか》に常盤《ときは》の松《まつ》の色《いろ》、

ト此内《このうち》お照思案《てるしあん》[二三]に余《あま》る思入《おもいれ》にて、泪《なみだ》を拭《ぬぐ》ひ宜敷《よろしく》こなし、[二四]能程《よきほど》に奥《おく》より序幕《じよまく》の望月着《もちづきき》流《なが》し[二五]好《このみ》の拵《こしら》へにて出《で》て来《きた》り、一寸浄瑠理《ちよつとじやうるり》を

紀初頭は劇場音楽でもあったが、豊後系の隆盛により座敷芸に戻る。「『雁金』は半ば一中節で作られております」(植田隆之助筆『清元寿兵衛』邦楽と舞踊社、昭和四十四年)。

一六 底本「独味」を直す。→二五五頁注二一。

一七 以下の詞章は「蚊帳の内で雁の声聞くと災ひ至る、故に雁を描いて呪ひ除けとす」(『守貞謾稿』)を踏まえる。この曲の浄瑠璃名題は二三八頁の通りだが、通称は冒頭をとり「雁金」と呼ぶ。

一八 底本「衰れ」を直す。

一九 この詞章の間、煙草だけでは間が持たないので、お照はお常、お清に手伝わせ、着替えて身拵えするなど、役者による工夫がある。また、この後に二六二頁一三行の「悪ひ人でも」以下の台詞を入れる台本もあり、その場合は九行目「隣のお内へ」以下は省略し、二〇の句の「我身一ツ」にかかる。

二〇 百人一首でも名高い『古今和歌集』の「月見れば千々に物こそ悲しけれ我が身一つの秋にはあらねど」(大江千里)を踏まえる歌詞。

二一 散る萩の花、またその模様を掛詞で繋ぐ。かような叙景に託して、人物の心情を暗示するのも黙阿弥薬籠中の手法。なお底本「霧」を直す。

二二 ある季節によく見られる空模様。

二三 よい思案の浮ばない。

二四 「翻れ萩」の切れる辺りで出る。その場合、「曇勝」以下は省略し、合方で繋ぎ、その合方に被せて輝の台詞となる。

二五 役者の好みに任せた扮装。明治三十三年五世菊五郎が島蔵と二役変ったときの扮装は「鼠角通しの吉野織の着付。黒縮緬の羽織。紋は抱き柏。白の紐。下着は更紗。黒八丈襟付の襦袢。白足袋。オパルの指輪」という拵え。↓二六五頁写真。

聞思入有《きくおもいれあつ》て、

輝　隣《と（な）り》の主《あるじ》が贔屓《ひゐき》だから、[一]お葉《えふ》かと思《おも》つたら、今日《けふ》は[二]太夫《たゆふ》の浄瑠理《じやうるり》だな。

お照　ヲヤ、旦那《だんな》には何時《いつ》の間《ま》に、爰《こゝ》へお出《いで》なさいました。

輝　[三]橋場《はしば》から頼《たの》まれた[四]大幅《たいふく》を書《かい》たので、暫《しば》し労《つか》れを休《やす》め様《やう》と、筆《ふで》と煙管《きせる》を取替《とりかへ》た所《ところ》へ浄瑠理《じやうるり》が聞《きこ》へた故《ゆゑ》、幸《さいは》ひ鬱気《うつき》を散《さん》ぜん為《ため》、爰《こゝ》へ一段聞《いちだんきゝ》に来《き》たのだ。

お照　調度宜《てうどよろ》しふござりました。今初《いまはじ》まつた計《ばか》りでございますが、何時《いつ》も乍《なが》ら家元《いへもと》は能声《いゝこゑ》でござりますな。

輝　当時独吟《たうじどくぎん》で語《かた》るのは、[五]延寿太夫《ゑんじゆだゆふ》に限《かぎ》る様《やう》だ。

お照　[六]夕立《ゆうだち》なども独吟《どくぎん》で、語《かた》ツたのでござりますね。

輝　[七]あの浄瑠璃《じやうるり》は短《みじか》くて、だれる所《とこ》がなくて能《いゝ》。

お照　ほんに夕立《ゆうだち》と申《まうし》ますれば、あの文句《もんく》にもござりますが、私《わた》しや貴君《あなた》に白川《しらかは》で危《あやふ》ひ難義《なんぎ》を助《たす》けられ、其晩《そのばん》お宿《やど》へ同伴《いつしよ》に参《まゐ》り、御酒《ごしゆ》のお相手《あいて》した跡《あと》で、旦那《あなた》に手《て》をば取《と》られし時《とき》、[八]紅麻《こうあさ》うつる顔《かほ》の色《いろ》で、何《ど》んなに嬉《うれ》しふござりましたらう。

輝　あの前一度《まへいちど》[九]金花楼《きんくわろう》へ呼《よん》だ事《こと》が有《あつ》たれど、傍《はた》の人目《ひとめ》にしげ〳〵とそなた

一　名高い清元の名手。二世延寿太夫の娘で、四世はその婿。↓人名一覧。
二　男声なので、お葉ではないと気づく。名人の誉高いお葉でなく、単に「太夫」といえば四世延寿太夫。↓人名一覧。
三　現在も台東区にある地名。寺院、田地に別荘もあり、そこの知人に依頼された設定。
四　望月は書家でもあるという設定（大詰参照）。望月は正体不明だが、周囲の役の台詞からは、士族で官員とも考えられる。長谷川伸によると望月は「薩藩の伊東四郎右衛門のやうな人がモデルであらう。伊東は後の海軍の伊東祐亨元帥で、幕末に伊東四郎といひ、その渡米以前に、関東浪士と共に強盗をやつたと江戸人改め東京人に思はれたものである。事実は幕府の軍資金を民間に押へてとつたその形態が強盗類似であつただけ」という（「黙阿弥の〝黙〟の字」『演劇界』臨時増刊「河竹黙阿弥」昭和二十七年五月）。
五　四世清元延寿太夫。名人として名高く黙阿弥と親しい。この辺りの台詞は当然、出演の太夫により異なる。↓人名一覧。
六　清元の曲名。浄瑠璃名題は「貸浴衣汗雷（かしゆかたあせになるかみ）」で、慶応元年八月市村座で黙阿弥作『処女評判善悪鏡（むすめひようばんぜんあくかがみ）』の色模様の場で用いた。作と離れ、独立の舞踊や他の場面にも転用され、よく使われた曲。
七　従ってこれは黙阿弥の自讃。
八　清元「夕立」の一節の引用。「夕立」の詞章「蚊帳より胸に波打ちて」から続く。くれない色に染めた麻の蚊帳の中の濡れ場の連想。
九　不詳。『新撰東京名所図会』「浅草区之部」に同名の貸座敷あるが、設定と合わない。金波楼（きんぱろう）ならば向島の著名な酒楼で『遊歴雑記』（十方庵敬順／朝倉治彦校訂、平凡社〈東洋文庫〉、平

の顔《かほ》も見《み》なんだが、助《たすけ》た晩《ばん》に差向《さしむか》ひ初《はじ》めて篤《とく》り見《み》て恂《びつく》り、手《て》に持《もつ》
煙管《きせる》を浮《う》ツかり落《おと》し、こんな女《をんな》が世《よ》に有《あ》る物《もの》かと、馬鹿《ばか》な事《こと》だがぞつ
とする程《ほど》、[一〇]其艶色《そのゑんしよく》に惚込《ほれこん》で酒《さけ》に酔《よつ》たる体《てい》にもてなし、手《て》を取迄《とるまで》の心配《しんぱい》
は、実《じつ》に胸《むね》がどき〳〵した。

お照　そりや貴君《あなた》より私《わたし》こそ◯（トお照望月《てるもちづき》を見《み》て恥《はつ》かしき思入《おもいれ》、[一一]口説模《くどきも》
様《やう》に成《なり》、）
上　[一二]ヘまだ其時《そのとき》は卯《う》の花《はな》の夏《なつ》の初《はじ》めに[一三]白川《しらかは》の関《せき》はなけれど人目《ひとめ》をば、厭《いと》
ふ隔《へだ》ての旅《たび》の[一四]宿飛《やどとび》かふ蝶《てふ》に灯火《ともしび》の消《きえ》て若葉《わかば》の木下闇《こしたやみ》、思《おも》はぬ首尾《しゆび》に
しつぽりと結《むす》びし夢《ゆめ》も短夜《みぢかよ》に覚《さめ》て恨《うら》みの明《あけ》の鐘《かね》、（トお照《てる》[一五]くどき模《も》
様《やう》の振宜敷《ふりよろしく》有《あつ》て、）
調度《てうど》幸《さいは》ひ母《はゝ》さんが来《き》て居《ゐ》た故《ゆゑ》に前借《ぜんしやく》を、返《かへ》して直《すぐ》に東京《とうきやう》へ旦那《あなた》と二人《ふたり》
相乗《あひのり》の、車《くるま》で帰《かへ》る私《わた》しの嬉《うれ》しさ。

輝　浮《うい》た家業《かぎやう》に珍《めづ》らしひ堅《かた》い心《こゝろ》の其方《そなた》ゆゑ、表向妻《おもてむきさい》となせしが、朋友共《ほういうども》の
請《うけ》も能《よ》く、[一六]先持当《まづもちあて》しと思《おも》ひしに、玉《たま》に疵《きず》なは老婆《おふくろ》だ。

お照　夫故誠《それゆゑまこと》に旦那《あなた》へ対《たい》し、お気《き》の毒《どく》で成《なり》ませぬ。

輝　何《なん》の気《き》の毒《どく》な事《こと》が有《あ》る物《もの》か、斯《か》うして縁《えん》を結《むす》ぶからは己《おれ》が為《ため》にも姑《しうと》は

成元年）初編にもある。

一〇 なまめかしい容色。

一一 聴かせどころの節となり。

一二 以下、序幕の白川での二人の出会いを回想する思い。「人目」「隔て」「旅の宿」等「白川の関」にかかる縁語で繋ぐ妙。

一三 かつて名高かった白川の関はなくなったが、「人目の関」があるのでそれを気にして、ひそかに宿をとって。

一四 以下は二人の夜から朝までの交情を暗示する詞章。

一五 初演時の「雁金」正本には「振附花柳寿輔、ふり附花柳芳蔵、芳松」の三人の連名がある。本作と同じ年の四月初演の『天衣紛上野初花（くもにまごううえののはつはな）』の「忍逢春雪解（しのびあうはるのゆきどけ）」も同じ振付。寿輔は後に団十郎と振付を巡り、不和となった。

一六 思いがけず、よいものを手にする。

五世尾上菊五郎の望月
（楽屋での撮影）
（『五世尾上菊五郎』）

お照　親《おや》、決《けし》て遠慮《ゑんりよ》するには及《およ》ばぬ、聞《きけ》ば今《いま》し方《がた》来《こ》られたさうだが、大方《おほかた》今日《けふ》も無心《むしん》だらうな。

輝　仰有《おつしや》る通《とほり》今日《けふ》も又《また》無心《むしん》に参《まゐ》りました故《ゆゑ》、何《ど》うも旦那《あなた》へ済《すみ》ませぬ。

お照　済《すむ》も済《すま》ぬも有《あ》る物《もの》か、無心《むしん》と云《いふ》も十円《じふゑん》か高《たか》が二十円《にじふゑん》の事《こと》だらう、機嫌《きげん》能《よく》貸《かし》て遣《や》るが能《い》イ。

輝　そんならお貸下《かしくだ》さりますか、エヽ有難《ありがた》ふござります ◯ （ト端《は》[一]唄模様《うたもやう》に成《なり》、）

上〽[二]空《そら》ほの暗《ぐら》き東雲《しのゝめ》に木《こ》の間隠《まがく》れの時鳥《ほとゝぎす》、鬢《びん》のほつれを掻上《かきあげ》る櫛《くし》の雫《しづく》か雫《しづく》か雨《あめ》か、濡《ぬれ》て嬉《うれ》しき朝《あさ》の雨《あめ》、（ト此内両人浄瑠璃《このうちりやうにんじやうるり》を聞思入《きくおもいれ》、）

お照　[三]あのまア端唄《はうた》の意気《いき》な事《こと》、どうしてあゝ[四]云声《いふこゑ》が出《で》るか、嘸女《さぞをんな》が惚《ほれ》ませうね。

輝　割《わり》には[五]色《いろ》が出来《でき》ないさうだ。

上〽[六]早夏秋《はやなつあき》もいつしかに、過《すぎ》て時雨《しぐれ》の冬近《ふゆちか》く散《ち》るや木《こ》の葉《は》のはら〳〵と、風《かぜ》に乱《みだ》るゝ[七]荻芒《おぎすゝき》、

ト此内向《このうちむか》ふより、以前《いぜん》の千太《せんた》出《で》て来《きた》り、花道《はなみち》にて向《むか》ふだと云思《いふおも》入有《いれあつ》て、舞台下手《ぶたいしもて》へ来《きた》り、

一　端唄風の節付けとなり。

二　以下、二人の濡れ場の後の明け方の情景とその回想的詞章。「空ほの暗き」以下の詞章は、小唄にも編曲されて流行した。

三　延寿太夫の艶のある美声を生かす詞章を作るのを默阿弥は十分心得ていた。

四　底本振仮名「こせ」を直す。

五　「色」は情人。延寿太夫とその妻お葉に当てた楽屋落ち。默阿弥はその仲人を勤めるほど親しかったので、その当て込み。それを清元を好まないことで知られていた団十郎の望月にいわせるのも趣向。

六　二人の出会いよりの、時の経過の早さを叙景に託する。

七　いずれも風に靡き易く、外見も似ている。

八　道中の馬の首等に付けた鈴。下座音楽の楽器でも使う。明治二十三年再演時は、菊五郎が望月と島蔵二役のため、大詰に望月の代りに、尾上幸蔵が手代役で出た。その際の評に、「此の場の口へ（幸蔵）がさしたる役も無（なく）手代の役にて一寸出られしは新狂言（かきおろし）の時無つた役なり後大詰に望月の代理に招魂社へ出る人故爰

千太　さつき神楽坂《かぐらざか》の湯屋《ゆや》の前《まへ》で、聞《きい》たは慥《たしか》に爰《こゝ》の内《うち》、成程是《なるほどこ》りやア立派《りつぱ》な物《もの》だ、こつちも一番慇懃《いちばんいんぎん》に、案内《〔あ〕んない》をして遣《や》らう ○（ト門《もん》の傍《そば》へ来《き》て、）頼《たの》まう〳〵。

輝　ヲヽ、表《おもて》へ誰《だれ》か案内《あんない》が有《あ》る。

お照　清《せい》を呼《よん》で取次《とりつが》せませう。

ト煙草盆《たばこぼん》の引出《ひきだ》しより[八]駅路《あきろ》の鈴《すゞ》を出《だ》し鳴《な》らす、直《すぐ》に奥《おく》より以前《いぜん》のお清出《せいで》て来《きた》り、

お清　ハイ、御用《ごよう》でござりますか。

お照　表《おもて》へ誰殿《どなた》かお出被成《いでなすつ》た。

お清　ハツ、左様《さやう》でござりますか、お取次《とりつぎ》を致《いた》しませう ○（ト下手《しもて》へ来《きた》り[九]門《もん》を明《あけ》、）何地《どち》らからお出被成《いでなされ》ました。

千太　奥州《おうしう》の白川《しらかは》から、千太《〔せんた〕》と申《ま〔うす〕》者《もの》が参《〔ま〕ゐ》りましたと、御新造様《ごしんぞさま》へ仰有《おつしやつ》て下《くだ》さりませ。

お清　畏《かしこ》まりました。（トこちらへ来《く》る、）

お照　御使《おつかひ》は何所《どこ》からだ。

お清　ハイ、奥州《おうしう》の白川《しらかは》から千太《せんた》と云者《いふもの》が参《まゐ》りましたと、御新造様《ごしんぞさま》へ申上《まうしあげ》て

（こ）へ顔を見せて置迄の事故（ゆへ）さしたる事なし」（『歌舞伎新報』一一六一号）とある。明治三十三年上演時の歌舞伎座番付の筋書によると、同様に、ここで下女の代りに書生が取次ぎに出ている。

九　現行の道具では門はなく、すぐに玄関口に来る。

十七世　市村羽左衛門の望月
七世　尾上梅幸のお照

お照　呉《くれ》と、申《まうし》ましてござりまする。

輝　ヱ〇（トぎつくり思入有《おもいれあつ》て、）夫《それ》では爰《こゝ》へ尋《たづ》ねて来《き》たのか。

お照　お照《てる》、知《し》ッた者《もの》か。

ハイ。（ト俯向《うつむく》、）

上
〽草《くさ》[一]の主《あるじ》は誰《たれ》ぞとも、名《な》[二]を白菊《しらぎく》の咲出《さきいで》て、匂《にほ》ふ此家《このや》ぞ、

ト此内千太《このうちせんた》門《もん》の内《うち》へ這入《はいり》、お照顔《てるかほみ》見合《あは》セ悑《びつく》り思入有《おもいれあつ》て俯向《うつむく》。三《さん》[三]重《ぢう》にて清元連中《きよもとれんぢう》を消《け》す。

千太　真平御免下《まつぴらごめんくだ》さりませ。

お照　千太《せんた》さんか。

千太　お照《てる》さん、久《ひさ》し振《ぶ》りで逢《あ》ひましたね。

ト誂《あつら》への合方《あひかた》に成《なり》、千太《せんた》下手《しもて》へ住《すま》ふ、お照思入有《てるおもいれあつ》て、

お照　お前《まへ》は達者《たつしや》で居《ゐ》なさんしたか。

千太　あの折谷《をりたに》へ飛込《とびこん》で助《たすか》る迄《まで》も大怪我《おほけが》と、思《おも》ひの外《ほか》に疵《きず》もなく、浮雲《あぶ》ねへ命《いのち》を拾《ひろ》ッた故《ゆゑ》、日光山《につくわうざん》から筑波《つくば》を掛土《かけと》[四]地《ち》に名代《なだい》の雷《かみなり》と共《とも》に諸方《しよはう》をごろ[五]付歩行《つきあるき》、漸《やう〳〵》先月此地《せんげつこつち》へ出《で》たが、さうしてお前《めへ》は白川《しらかは》から、何時《いつ》此地《こつち》へ出《で》て来《き》たのだ。

一「草の主」は菊のこと。『堀河百首』大江匡房「かばかりの匂ひはあらじ菊の花むべこそ草の主なりけれ」を踏まえる詞章。
二「名を知らない」という掛詞にお照を重ね、それを千太が嗅ぎ付けた暗示。
三 ここでは曲の終りの部分の決りの節付けに合せて、伊予簾を下して清元連中を隠すという意。
四 日光から筑波の地域は雷害が多く、雷神を祀る神社も多い。
五 雷に「ごろ」を掛け、「ごろつき」の千太を掛けた表現。
六 すんでのことに。もう少しで。
七 女は身分が低くても、高位の人に嫁いで出世ができる。
八 口にするものを貸せということで、小道具によりお照が千太と関わりあったように見せ、なれなれしさを強調する。
九 底本「姻管」を直す。
一〇 千太の衣裳は、茶微塵の着付、平絎（ひらぐけ）の

お照　私《わたし》もあの折既《をりすで》[六]の事命《ことゐのち》を捨《すて》る所《ところ》で有《あつ》たが、危《あやふ》ひ所《とこ》へ此旦那《このだんな》が、お通被成《とほりなされ》てお助下《たすけくだ》され、まだ其上《そのうへ》に前借《ぜんしやく》も奇麗《きれい》に済《すま》して東京《とうきやう》へ、旦那《だんな》と同伴《いつしよ》に帰《かへ》りました。

千太　夫《それ》ぢやア危《あやふ》ひ難義《なんぎ》をば助《たすけ》られたが縁《えん》と成《なり》、御新造様《ごしんぞさま》に成《なつ》たのか、成程《なるほど》[七]女《をんな》は氏《うぢ》なくて玉《たま》の輿《こし》の立身出世《りつしんしゆつせ》、何《なん》にしろ目出《めで》てへ事《こと》だ。

輝　何《いづ》れの人《ひと》か存《ぞん》ぜぬが、お照《てる》が懇意《こんい》とあるからは、茶《ちや》でも早《はや》く進《しん》ぜぬか。

お清　畏《かしこま》りました。

千太　イヱ其《その》お茶《ちや》には及《およ》びませぬ、お火《ひ》を一《ひと》ツ貸《かし》て下《くだ》さりまし。

お清　サア一《いつ》ぷくお上《あが》り被成《なされ》ませ。（ト千太《せんた》の前《まへ》へ莨盆《たばこぼん》を出《だ》す、千太《せんた》思入有《おもいれあつ》て、）

千太　お照《てる》さん、[八]お前《まへ》の煙管《きせる》を貸《かし》て呉《くん》ねへ。

お照　イヱ、此煙管《このきせる》は。（ト[九]煙管《きせる》を脇《わき》へ遣《や》る。）

千太　何《なに》も身[一〇]《み》形《なり》が悪《わる》ひと云《いつ》て、穢《きた》ながるには及《およ》ばねへ、旦那《だんな》の前《まへ》では云憎《いひにく》ひが白川《しらかは》に居《ゐ》た時分《じぶん》には、一《ひと》ツ物《もの》を半分宛喰《はんぶんづゝくつ》た事《こと》も有《ある》ぢやアねへか。
（トきざに云《いふ》、お照思入有《てるおもいれあつ》て、）

お照　成程私《なるほどわたし》が白川《しらかは》に、芸者《げいしや》をして居《ゐ》た其時《そのとき》に、お前《まへ》に呼《よば》れて十日《とうか》程座敷《ほどざしき》へ

帯に素足。島蔵のような襦袢を着け羽織も着、足袋も履いた堅気の町人の扮装と違い、望月家のような立派な構えの家を訪う格好ではない。
↓二五一頁写真。

十七世　市村羽左衛門の望月
七世　尾上梅幸のお照
六世　尾上菊蔵のお市
十二世　市川團十郎の千太
初世　澤村昌之助の弁山

千太　出《で》た事《こと》が有《ある》が、[一]口広《くちひろ》ひ事《こと》だが、遂《つい》に一度《いちど》私《わた》しや曖昧《あいまい》な事《こと》をした覚《おぼへ》はありませぬ。
千太　夫《そ》りやア今更《いまさらし》知らねへと、しらを切《き》られても証拠《しやうこ》はなし、其晩並《そのばんなら》[二]べた枕《まくら》より外《ほか》に知《し》ツて居《ゐ》る者《もの》がねへから、知《し》らねへと云《いは》れても仕方《しかた》がねへが、お前《めへ》の母《おふくろ》が東京《とうきやう》から金《かね》の無心《むしん》に来《き》た時《とき》に、出来《でき》ずば旅《たび》の娼妓《しやうぎ》にすると延引《のつびき》ならねへ場合《ばあひ》を見兼《みかね》、百円《ひやくゑんだ》出して遣《やつ》たのは、よもや忘《わす》れはしめへね。
お照　ム、◯（トお照《てる》ぎつくり思入有《おもいれあつ》て、）其時《そのとき》お前《まへ》が母《おつか》さんへ、百円渡《ひやくゑんわた》し被成《なすつ》たは忘《わす》れはしない、覚《おぼへ》て居《を》ります。
千太　通一遍《とほりいつぺん》の旅芸者《たびげいしや》に、只百円《たゞひやくゑん》と云金《いふかね》を遣《やり》ます者《もの》が有《あり》ませうか、枕《まくら》を並《なら》べて寝《ね》た上《うへ》で、末《すゑ》は夫婦《ふうふ》に成《な》らうと云堅《いふかた》ひ約束《やくそく》しましたから、百円金《ひやくゑんかね》を遣《やつ》たのだ、夫《それ》を知《し》らねへと云《いは》れては黙止《だまつ》て聞《きい》て居《ゐ》られねへ◯モシ旦《だん》那《な》、私《わつ》チが偽《うそ》を言《いは》ねへ証拠《しやうこ》は、是《これ》でお察《さつ》し下《くだ》さりませ。
　ト輝思入有《あきらおもいれあつ》て、
輝　いかにも貴殿《こなた》の云通東京《いふとほりとうきやう》ならば知《し》らぬ事《こと》、[三]只一通《たゞひとゝほり》で呼《よん》だ芸者《げいしや》に、百《ひやく》円遣《ゑんやら》ふ訳《わけ》がない◯シテ又旅《またゝび》で此照《このてる》と、云交《いひかは》したと云《いは》るゝには、何《なん》ぞ

一　偉そうなことをいう。口幅ったい。
二　同衾した事の暗示。
三　千太の「通一遍」と同じ。たまたま呼んだだけで馴染みもない。
四　明治七年の「馬鹿の番付」に「洋銀の指輪をは

証拠《しやうこ》が有《あつ》ての事《こと》か。

千太　其証拠《そのしやうこ》はお照《てる》から、[四]指輪《ゆびわ》を貰《もら》ツて置《おき》ました。

お照　ヱ。（トお照《てる》悔《びつく》りする、千太《せんた》左《ひだり》の薬指《くすりゆび》へはめし、誂《あつらへ》の指輪《ゆびわ》を見《み》セ、）

千太　しかも[五]銀台金鍍金《ぎんだいきんめつき》で、[六]丁子車《てうじくるま》に照《てる》と云《いふ》名前《なまへ》を彫《ほつ》てあるのが証拠《しやうこ》。

お照　夫《それ》はお前《まへ》が其折《そのをり》に達《たつ》て欲《ほし》いと云《いは》しやんす故《ゆゑ》、[七]無拠《よんどころなく》上《あげ》た指輪《ゆびわ》、夫《それ》が証《しやう》拠《こ》に成《なり》ます物《もの》か。

千太　是《これ》が証拠《しやうこ》に成《な》らねへとは、能《よく》そんな事《こと》が云《いは》れた事《こと》だ、言交《いひかは》した其時《そのとき》に後日《ごにち》の証拠《しやうこ》に取交《とりかは》した、[八]ダイヤモンドの這入《はいつ》てゐる、金《きん》の指輪《ゆびわ》を持《もつ》て居《ゐ》ねへか。

お照　私《わた》しやお前《まへ》に指輪《ゆびわ》などを、貰《もら》ツた事《こと》は有《あり》ませぬ。

千太　貰《もら》はねへとは情《なさけ》ねへ、斯《か》う云《いふ》旦那《だんな》が出来《でき》たから大方己《おほかたおれ》が遣《やつ》た指輪《ゆびわ》は、小間物屋《こまものや》へでも売《うつ》て仕舞《しまひ》、今知《いまし》らねへと云《いふ》のだらう。ヱヽ、欺《だま》されたが口惜《くちをし》ひ。

ト千太《せんた》わざと悔《くや》しき思入《おもいれ》、お照《てる》も悔敷思入《くやしきおもいれ》[九]にて、

お照　口惜《くちをし》いのはお前《まへ》より、私《わたし》がどんなにくち惜《をし》いか、身《み》に覚《おぼへ》もない事《こと》を、指輪《ゆびわ》を遣《やつ》たと[一〇]云掛《いひかけ》られ、旦那《だんな》の前《まへ》へ言訳《いひわけ》がない。

めてうれしがツてをる人」とあるほどで、明治十年頃までは、鍍金に家紋など彫った指輪を持つのは矢場か麦湯売りの女性くらいで花柳界にはなかったが、第一回内国博覧会以後、西洋風の安物の模造品が多くなり、二十年頃までに一般化したという。

五　鍍金は幕末から簪類にも流行した。天保期（一八三〇－四四）の実説を題材にした『天衣紛上野初花（くもにまごううえののはつはな）』二幕目の三千歳部屋で「簪の鍍金もついに剝げやすく、地金がでりやア」云々と片岡直次郎の台詞がある。↓二八一頁注一三。金鍍金を「てんぷら」といったのは『安愚楽鍋』にも用例がある。

六　お照役の岩井半四郎の替え紋。

丁子車（八ツ丁子）
（『紋づくし』芸艸堂，昭 39）

七　どうしようもなく。

八　江戸時代の金剛石はザクロ石などで、本物のダイヤモンドは開化後、毛利家が明治初期に指輪を作らせ、「明治九年には、九州の高島炭鉱でダイヤモンドを埋め込んだボーリングのビットが使用され」（斎藤靖二「ダイヤモンド展を開く」『図書』平成十二年十月）、以後、装飾、工業両面で用いられた。ダイヤモンドは、ここでは「磨けば光る」勤勉や立身の象徴ではなく、単に大金の象徴。

九　底本「思入てに」を直す。

一〇　言い掛かりを付けられ。

千太　何《なに》、言訳《いひわけ》のねへ事《こと》はねへ、以前言交《いぜんいひかは》した男《をとこ》だと、云《いつ》て仕舞《しまへ》ば済事《すむこと》だ。

お照　まだ〳〵そんな事《こと》を云《いつ》て。（トお照立掛《てるたちかゝ》るを輝留《あきらとめ》て、）

輝　コレお照《てる》、静《しづか》にしやれ、覚《おぼへ》がないと云《いつ》た迚《とて》、云《いは》ば互《たが》ひに水掛論《みづかけろん》、証拠《しやうこ》に成《なつ》てならぬ訳《わけ》だ。

千太　そつちは証拠《しやうこ》が有《ある》めへが、此方《こつち》は貰《もら》ツた此指輪《このゆびわ》、是《これ》が何《なに》より確《たしか》な証拠《しやうこ》だ。

ト[一]此時奥《このときおく》より以前《いぜん》のお市《いち》、弁山《べんざん》、[二]お常出《つねで》て来《きた》り、

お市　さつきからがや〳〵と、騒《さう》〴〵しひから出《で》て来《き》たが、お前《まへ》は[三]銀行《ぎんかう》の喰《くは》せ者《もの》、

弁山　何《なん》で此地《こち》らのお内《うち》へ来《き》たのだ。

千太　白川以来尋《しらかはいらいたづ》ねて居《ゐ》た、お照《てる》が此地《こつち》に居《ゐ》る事《こと》を、知《し》つて態《わざ》〳〵尋《たづ》ねて来《き》たのだ。

お常　お前《まへ》はさつき湯屋《ゆや》の前《まへ》で、御新造様《ごしんぞさま》を聞《きい》た人《ひと》だね。

千太　ヲヽ内《うち》を聞《きい》たはお前《めへ》だつたか、己《お》らア此内《こつち》の御新造《ごしんざう》の、斯《か》う見《み》えても昔《むかし》の色《いろ》だ。

お市　何《なに》をお前《めへ》は愚図《ぐづ》〳〵と、そんな気障《きざ》な事《こと》を云《いつ》て娘《むすめ》に難義《なんぎ》を掛《かけ》るのだ、

一　「明治二十三年附帳」では「二上り合方」。
二　近年の上演では、ここではお市と弁山だけでお常は出てこないことが多い。その場合、以下のお常の台詞は、カットされるか、お市が言うことになる。（前進座上演時はお常も登場した）。
三　銀行の手代と偽ったまやかし者。

千太　成程《なるほど》己《おれ》が白川《しらかは》で娼妓《しやうぎ》にすると威《おど》した時《とき》、百円出《ひやくゑんだ》したに違《ちげ》へねへが、何《なに》もあの時娘《ときむすめ》が頼《たの》んで、出《だ》して貰《もら》つた金《かね》ぢやアねへ、言《いは》ばお前《めへ》が酔狂《すゐきやう》で己《おれ》に百円渡《ひやくゑんわた》したのだ、其時無理《そのときむり》に娘《むすめ》から貰《もら》ツた指輪《ゆびわ》を種《たね》にして、言交《いひかは》した証拠抔《しやうこなど》と、爰《こゝ》へゆすりに来《き》たのだな。

千太　己《お》らアゆすりに来《き》やアしねへ、一旦末《いつたんすゑ》は夫婦《ふうふ》に成《な》らうと云約束《いふやくそく》をして置《おい》て、爰《こゝ》の御新造《ごしんぞ》に成《なつ》たから、当《あた》り前《めへ》なら出刃庖丁《でばばうてう》でも持《もつ》て[四]振込所《ふりこむとこ》だが、何《ど》うで立派《りつぱ》な旦那衆《だんなしゆ》と競《くら》べ物《もの》に成《な》らねへ[五]遊人等《こちとら》、[六]見替《みかへ》られるは当《あた》り前《めへ》、併言替《しかしいひかは》した女《をんな》をば人《ひと》に取《と》られて其儘《そのまゝ》に黙止《だまつ》て見《み》ても居《ゐ》られねへから、[七]祝義《しうぎ》がてら今日《けふ》来《き》たは、是《これ》からお照《てる》と兄弟《きやうだい》の縁《えん》を結《むす》んで兄《あに》となり、旦那《だんな》のお世話《せわ》に成《なり》てへのだ。

弁山　コレ〳〵千太《せんた》さん、お前《めへ》の云《いふ》のも尤《もつとも》だが、そんな事《こと》を云《いは》ねへで、男《をとこ》は[八]当《あた》ツて砕《くだけ》ろと、早《はや》い咄《はなし》にしなさい、お前《まへ》が百円出《ひやくゑんだ》した事《こと》は、私《わたし》も傍《そば》で知《し》ツて居《ゐ》るから、[九]幾《いく》らか貰《もら》ツて上様《あげやう》から、そんな気障《きざ》を云《いは》ないで、うんと云《いつ》て静《しづか》にしねへ。

お常　口《くち》を出《だ》しては済《すみ》ませんが、[一〇]新聞屋《しんぶんや》にでも聞《きか》れると、直《すぐ》に明日《あした》の[一一]続《つゞ》き物《もの》、[一二]ぱつと世間《せけん》へ仕《し》ますから、爰《こゝ》はこつそりと弁山《べんざん》さんに任《まか》してお金《かね》を貰《もら》

四　暴れ込む。

五　自分のこと。やくざ者の使う一人称。

六　思う相手を取り替える。

七　望月とお照の婚姻の祝いにという皮肉。

八　思いきってやってみろ。

九　自分にその中立ちの手数料をよこせという含み。

一〇　当時の小新聞の記者には「探訪者」といったいかがわしい存在もいた他、問題の記事をその家の前で大声に読み上げて金銭をゆするような者もいた。

一一　明治十一年頃から隆盛した小新聞の連載の読み物。際物の実話物や猟奇的犯罪、毒婦物が人気を博した。

一二　世間へ悪評が広まるから。

ふ方《はう》が、上分別《じやうふんべつ》でござりますぜ。

弁山　[一]不肖《ふせう》でも有《あら》ふけれど、私《わたし》が[二]弁《べん》をふるふから、何《ど》うか任《まか》して呉《く》んなせへ。

千太　御深切《ごしんせつ》に有難《ありがた》いが、二十《にじふ》や三十《さんじふ》貰《もら》ツた迚《とて》、[三]夏《なつ》の氷《こほり》で見《み》てゐる間《ま》に、直《すぐ》に消《きえ》て仕舞《しまふ》から、金《かね》をお貰《もら》ひ申気《まうすき》はねへ、生涯《しやうがい》お世話《せわ》に成《な》りてへのだ。

弁山　さう強情《がうじやう》を云《いひ》なさりやア、無拠《よんどころなく》派出所《はしゆつじよ》へ次第《しだい》を申上《まうしあげ》にやア成《な》らねへ、つまらぬ事《こと》で拘引《こういん》され、調《しらべ》を請《うけ》て古疵《ふるきず》が発《おこ》るまい物《もの》でもねへ、然《さ》うした日《ひ》には藪《やぶ》をつツ突《つい》て、蛇《へび》を出《〔だ〕》す様《やう》な物《もの》だぜ。

千太　そりやアお前《めへ》が云《いは》ねへでも、どうで[四]暗《くれ》へ体《からだ》だから拘引《こういん》されて調《しら》べられたら、遁《のが》れられねへ[五]刑場持《けうじやうもち》、長《なが》く佃《つくだ》へ行《ゆか》にやア成《な》らねへ、[六]お前達《めへたち》も己《おれ》が金《かね》を貰《もら》つたからは其時《そのとき》は、[七]一緒《いつしよ》に誘引《さそつ》て連《つれ》て行《ゆく》から、馴《なれ》てもつらい懲役《ちやうえき》の味《あぢ》を覚《おぼへ》て[八]汐風《しほかぜ》に、吹《ふか》れて悪事《あくじ》の黒人《くろと》に成《な》んねへ。

ト[九]此内《このうち》お常《つね》お清《せい》に囁《さゝや》〔い〕て、

お清　夫《それ》では何時《いつ》かお園《その》さんの、お内《うち》へ這入《はいつ》た[一〇]押込《おしこみ》かへ。（ト千太《せんた》ぎつくりして、）

千太　[一一]何《なん》だと、

お常　イヱ、お前《まへ》の体《からだ》が盗賊《どろぼう》に、能似《よくに》て居《ゐ》ると云《いつ》たのさ。

一　不承。不承知であろうが。
二　弁山が講釈師であるのを効かせている。
三　氷は幕末より移入されたという。明治初期は貴重品で、「函館氷」は人気があった。当時はまだ直接白砂糖をかけて食した。本作上演時は「価僅かに一銭、都鄙の貴賤、以て飽吃して熱を排すべし。何等の開化ぞ」（『花月新誌』明治十四年四月二十七日）と安価になっている。望月役の九世団十郎に「身にしむや夏の氷の有りがたき」という句あり。また、望月の副業高利貸を音をもじり「アイス」と呼ぶこともあった。黙阿弥は明治十年『千種花月氷（ちぐさのはなつきのこおり）』で氷店を描いている。
四　前科のあること。底本振仮名「くら」を直す。
五　凶状持ち。前科者。
六　この辺り、七五調を整えるため意味が重複する。
七　巻き添えにして。
八　佃の徒刑場のことを暗示して脅す。↓一九一頁注八。
九　お常が出ない場合は、この前後の件は省略する。
一〇　強盗。
一一　底本「何〈な〉んだと」を直す。

千太　何《なに》、此千太《このせんた》が盗賊《どろぼう》だと、何《なに》を証拠《しやうこ》に己《おれ》が体《からだ》へ、汝等《うぬら》は悪名《あくめう》を付《つけ》やアがるのだ。

弁山　コレ〳〵千太《せんた》さん、高《たか》が女《をんな》の云《いふ》た事《こと》、相手《あいて》にするのは大人気《おとなげ》ねへ。

千太　斯《か》う云噂《いふうはさ》をされた日《ひ》にやア、探索方《たんさくがた》の耳《みゝ》に成《な》り、今《いま》に縄《なは》の掛《かゝ》る体《からだ》、其《その》時《とき》こそは[一二]引合《ひきあひ》に[一三]呼出《よびだ》し状《じやう》を付《つけ》るから、何奴《どいつ》も彼奴《こいつ》も待《まつ》てゐろ。（ト[一四]屹《きつ》度《と》いふ、お市前《いちまへ》へ出《で》て、）

お市　コレ、お前《めへ》も上辺《うはべ》は気《き》の利《きい》た能遊《いゝあす》び人《にん》の様《やう》に見《み》えるが、おいらが若《わか》イ時分《じぶん》には流行《はやつ》た威《おど》しのゆすり文句《もんく》、それを[一五]お生《なま》で今云《いまいふ》は[一六]箍《たが》の緩《ゆる》んだ年《とし》でもねへが、[一七]あんまり時代《じだい》おくれだぜ、夫《それ》も堅気《かたぎ》の[一八]商人《あきんど》なら恐《おそ》れもせうが幼児《がき》の折《をり》から、見《み》セ物小屋《ものごや》で駄菓子《だぐわし》を売綽名《うりあだな》に取《とつ》た[一九]ねぢがねお市《いち》、[二〇]賭博《とばく》の鋪《しき》が初《はじ》まりで、幾度行《いくたびいつ》たか知《し》れねへ私《わたし》、佃《つくだ》の味《あぢ》も知《し》つて居《ゐ》るから、お前《めへ》の威《おど》しは喰《くひ》たくねへ。

弁山　扠差替《さてさしかは》ツて身《み》の恥《はぢ》を弁《べん》じたくもないけれど、飯《めし》より好《すき》な[二一]袁彦道《あんげんだう》で、私《わし》も土《つち》をば担《かつい》だが辻講釈《つぢかうしやく》で叩《たゝ》き込《こん》だ[二二]国定忠次《くにさだちうじ》の咄《はなし》をするので、若《わか》イ者《もの》に[二三]可愛《かあい》がられ、思《おも》はぬ楽《らく》をして来《き》た弁山《べんざん》、私《わし》も苦役《くえき》をして来《き》た体《からだ》だ。

お市　まん[二四]更素人《ざらしろと》でねへ二人《ふたり》、お前《めへ》が何程強《いくらこは》がらしても悔《びつく》り共《とも》しねへから、

一二　巻き添えにすること。
一三　江戸期に訴状を受けた奉行所が被告を召喚する文書。民事訴訟でも出頭を命じる文書。
一四　強い口調で。
一五　いかにも聞いた風な事を言うのは。
一六　物事にだらしなくなって来た年齢。
一七　黙阿弥得意のゆすりの台詞を続けたところで、「お生で今云」「箍の緩んだ年」というのは黙阿弥自身へのアイロニー。
一八　底本振仮名「なきんど」を直す。
一九　駄菓子の名に、ねじくれ、ねじこみ等の言葉を掛けた仇名。
二〇　博打を行う場所を貸すこと。
二一　中国東晋時代の博打の名人。転じて博打のこと。
二二　幕末の上州の博徒だが、実録本や講釈で知られた。黙阿弥没後、門下の三世河竹新七が『上州織侠客大縞（じょうしゅうおりたてしのおおじま）』（明治二十七年）で劇化した。
二三　獄屋でも芸があると手心を加えられるのは、黙阿弥『四千両小判梅葉（しせんりょうこばんのうめのは）』でも見られる。
二四　前科のある。

野暮《やぼ》を云《いは》ずと弁山《べんざん》に任《まか》して幾《いく》らか旦那《だんな》から、貰《もら》ツて早《はや》く帰《かへ》んなせへ。

（ト千太《せんた》思入有《おもいれあつ》て、）

千太　黒人《くろと》がつた事《こと》を云《いつ》ても、まだ素人《しろうと》のお前方《めへがた》、佃《つくだ》の味《あぢ》も知《し》ツて居様《ゐやう》が高《たか》が[一]賭博《とばく》で八十日《はちじふにち》の所刑《しよけい》で苦役《くえき》をした二人《ふたり》、自慢咄《じまんばなし》をする様《やう》だが、十五《じふご》の年《とし》に奥州《おうしう》で八十日《はちじふにち》の懲役《ちやうえき》が初犯《しよはん》で夫《それ》から二《に》犯三犯《はんさんばん》、行度毎《ゆくたびごと》に等級《とうきう》が段《だん》〳〵登《のぼ》る[二]泥棒学問《どろぼうがくもん》、今《いま》ぢやア[三]教師《きやうし》に成《な》る程《ほど》に此科《このとが》ならば何年《なんねん》と、[四]体《からだ》が暗《くら》く成《なる》に付《つけ》、刑事《けいじ》の律《りつ》が明《あか》るくなり、憚《はゞか》り乍今行《ながらいまいつ》ても生涯《しやうがい》出《で》られぬ終身《しうしん》の、[五]古《ふる》イ手合《てあひ》に立《たて》られて凌《しの》げぬ夏《なつ》の暑《あつ》イ夜《よ》は、いたはる親父《おやぢ》に夜《よ》通《どほ》しあふがせ、又冬《またふゆ》の夜《よ》の寒《さむ》さにはすりの小僧《こぞう》を[六]辻番替《つぢばんがは》り、日《ひ》には幾《いく》度数知《たびかずし》れぬ差入物《さしいれもの》の[七]初穂《はつほ》を貰《もら》ひ、[八]湯《ゆ》は穢《よご》れねへ其内《そのうち》に這入《はい》る程《ほど》の松島《まつしま》千太《せんた》だ、同《おな》じ赤《あか》イ仕着《しきせ》は着《き》ても、[九]筋《すぢ》の違《ちが》つた己《おれ》に向《むか》つて、手前達《てめへたち》が悪《あく》党《とう》がつた、知《し》ツたか振《ぶり》は聞《きく》のが太義《たいぎ》だ。（ト宜敷思入《よろしくおもいれ》にて云《いふ》。）

お市　何《なん》だ、御大層《ごたいそう》な事《こと》を云《いつ》て、手前《てめへ》よりやアおら達《たち》がしつたか振《ぶり》を聞《きく》のが大義《たいぎ》だ、能男《いゝをとこ》がつた事《こと》を云《いつ》ても、己《おれ》が目《め》からは小僧《こぞう》ツ子《こ》の、手前達《てめへたち》が威《おど》しを喰《くつ》て、引込様《ひつこむやう》な己《おれ》ぢやアねへぞ。まだ[一〇]肩上《かたあげ》のある時《とき》から、[一一]四六《しろく》屋体《やたい》の宿場《しゆくば》へ売《うら》れ、旅《たび》から旅《たび》を[一二]鞍替《くらげへ》に拵《かせい》で歩行《あるい》た枕探《まくらさが》し、証拠《しやうこ》はしか

一　新律綱領に「賭博　凡財物ヲ賭シ。博戯ヲ為ス者ハ。皆杖八十」とあるのを、改定律例ではその適用関係から、「杖」を「懲役」に置換された。黙阿弥の『勧善懲悪孝子誉（かんぜんちようあくこうしのほまれ）』でも「隠し博奕が現れて…八十日のお相伴だ」とある。賭博罪が重刑に過ぎる事への異論は、児島惟謙「賭博罪廃止意見」（明治五年）の頃からあった。
二　牢獄を学校に、犯罪歴が増えるのを進級に譬え、当時の上昇志向のキーワードの学歴と出世への逆説で、「白浪作者」といわれた黙阿弥自身の諧謔でもある。
三　「学問」を重ねて、法の「知識」が増えた結果。
四　前科が増えるにつれ。
五　古い仲間。
六　見張り替りにたてて。
七　最初に淹れた茶。但し初穂を飲むと憎まれるという俗信あり。差入物も最初に手をつけられる程の威勢がある。
八　湯も囚人の内でも最初に入る。
九　悪党としての格の違う。
一〇　子供の時分から。成長に従い着られるよう、着物の袖を短く上げてある頃から。
一一　江戸期の下級娼家。昼六百文、夜四百文で済む為の呼称という。
一二　奉公先の遊女屋を何度も替え、その度に枕探しをして。

も旧幕《きうばく》の、墨《すみ》[一三]を直《なほ》した久利加羅《くりから》[一四]お市《いち》、腕《うで》[一五]を見《み》て物《もの》を云《い》へ。

ト片肌脱《かたはだぬい》[一六]でくりからの彫物《ほりもの》を見《み》せる。

弁山　今《いま》は堅気《かたぎ》に成《なつ》たけれど、一旦《いつたん》[一七]ひゞの入《いつ》た体《からだ》に、相《あい》[一八]み互《たが》ひと中《なか》[一九]へ立入《たちいり》、金《かね》を貰《もら》ツて遣《やら》ふと云《いふ》のだ。

お市　有難《ありがた》ひ事《こと》と三拝《さんばい》して、夫《それ》を貰《もら》ツて帰《かへ》りやアよし、否《いや》だと云《い》やア分署《ぶんしよ》[二〇]へ訴《うつたへ》、手前《てめへ》の体《からだ》へ、縄《なは》を掛《かけ》るぞ。

千太　夫《それ》をこつちア待《まつ》て居《ゐ》るのだ、[二一]サア爰《こゝ》の内《うち》から突出《つきだ》して呉《くれ》。

お常　テモふてぐ〱しいあの云《いひ》ぐさ。

お清　お廻《まは》りさんへ申《まうし》ませうか。

お照　お知《〔し〕》らせ申《まう》せば表向《おもてむき》、旦那《だんな》のお恥《はぢ》に成《な》る事故《ことゆゑ》、まア内分《ないぶん》にしたが能《よ》イ。

お常
お清　夫《それ》だと申《まうし》て。

お照　ハテまア、静《しづか》にしやと云《いふ》に。(トお照両人《てるりやうにん》を留《とめ》る。)

千太　サア、愚図《ぐづ》〱せずと早《はや》く突出《つきだ》せ。

お市　ヲヽ、突出《つきだ》さねへで、

お市
弁山　何《ど》うする物《もの》だ。(ト両人立掛《りやうにんたちかゝ》るを輝留《あきらとめ》て、)

輝　両人共先待《りやうにんともまづま》ちやれ、隣家《りんか》が至《いたつ》て近《ちか》ければ洩聞《もれきこ》へなば我恥辱《わがちじよく》。さら高声《かうしやう》

一三　前科者の証拠である腕の墨をごまかす為、その上から彩色の刺青をすること。囚人に黒の入墨を入れる刑は、明治三年廃止された。ここでは、旧幕の墨(いれずみ)刑以来、年季の入った悪党だという凄みを利かせる。なお、素人が好んで行うのは「彫物」といい「刺青」とはいわないという。黙阿弥の作品では『梅雨小袖昔八丈(つゆこそでむかしはちじょう)』の髪結新三、『四千両小判梅葉(しせんりょうこばんのうめのは)』の富蔵など、前科者が受刑した証拠の入墨を見せる場面は馴染みである。

一四　やくざの彫る倶利迦羅竜王の刺青。そういう刺青をする人。倶利迦羅は、元来は仏教の竜王の一つの名。岩の上の剣に黒竜が巻きつき、火焔に包まれている不動を描いた図柄。

一五　自分の腕前という意味と、文字通り刺青の入った腕を見ろという意味を掛ける。

一六　明治二十三年再演時の評(『歌舞伎新報』一一六一号)では、役者は同じ松助だが、片肌を脱ぐことはせず、腕をまくって、「着肉」(肌色の襦袢)の刺青を見せるのを「役者を上られた事と感心しました」とある。近年もその演じ方。

一七　犯罪歴のある体。

一八　お互い様。

一九　間に入って仲裁して。

二〇　明治十年各地方の警察出張所を警察署、屯所を分署と改称した。

二一　世間体を重んじ、警察沙汰にしたくないのを知って開き直る白浪の台詞もゆすり場の典型。

お市　に申《まう》さずに、まア静《しづか》に仕《し》たが能《よい》。

お市　辺《あた》り近所《きんじよ》を憚《はゞか》るから、大《おほ》きな声《こゑ》を仕《し》たくもないが、高《たか》が知れた〔し〕遊人《ごろつき》が御《ご》大層《たいそう》な事《こと》を云《いふ》から、黙止《だまつ》て聞《きい》ちやアゐられませぬ。

輝　夫《それ》は世上《せじやう》の譬《たとへ》に云彼《いふか》の売詞《うりことば》に買言葉《かひことば》、[一]角芽立《つのめだち》しも事丸《ことまる》く己《おれ》が納《おさめ》る所存《しよぞん》故《ゆゑ》、こなた衆《しゆう》は次《つぎ》の間《ま》へ暫《しばら》く退座《たいざ》して呉《く》りやれ。

お市　夫《そ》りやア立《たて》と仰有《おつしや》るなら、お次《つぎ》へ参《まゐ》りませうけれど、

弁山　私 共《わたくしども》が居《を》りませなんだら、何《ど》んな事《こと》を仕様《しやう》もしれねば、

輝　イヤ、斯《か》う見《み》た所《ところ》が善悪《ぜんなく》の分《わか》らぬ人《ひと》とも見《み》えざれば、決《けし》て気遣《きづか》ひするには及《およ》ばぬ。

お市　デモ、乱暴《らんぼう》な、

両人　者《もの》だから。

輝　ハテ、兎《と》も角《かく》も任《まか》して置《おき》やれ。

お照　斯《か》うして旦那《だんな》がお留被成《とめなさる》は、何《なに》か深《ふか》ひ思召《おぼしめし》の、有《あつ》ての事《こと》でござりませう。

お常　爰《こゝ》は仰《おほせ》に従《したがつ》て、お二人《ふたり》さんは一先切上《ひとまづきりあ》ゲ、

お清　奥《おく》へお出被成《いでなされ》ませ。

一　いがみあっているのも、うまく納める。望月には代言人もしているような台詞もある。

お市　行《ゆけ》と仰《おつしや》有る事《こと》だから、行《ゆき》も仕様《しやう》が相手《あいて》はごろつき。

弁山　お心《こゝろ》よしの旦那様《だんなさま》の、所詮《しよせん》[二]手際《てぎは》に行《ゆき》ますまい。

輝　手際《てぎは》に行《ゆか》ぬ其時《そのとき》は、又《また》お前方《まへがた》を頼《たの》まうから、先構《まづかま》はずと行《いつ》て下《くだ》せへ。

お市　さう仰《おつしや》有るなら仕方《しかた》がねへ。

弁山　奥《おく》へ[三]行《いつ》て[四]今《いま》の残《のこ》りを、

お常　御馳走《ごちそう》に成《なり》ませうか。

お照　アヽ、寛《ゆつく》りとお上《あが》りよ。

お市　そんなら、旦那《だんな》、

弁山　[五]若《もし》お手《て》に余《あま》つたら、

輝　[六]エヽ、口数利《くちかずきか》ずと、

お清　サア、お出被成《いでなされ》ませ。

ト[七]端唄《はうた》にてお市《いち》、弁山《べんざん》、お常《つね》、お清《せい》皆《みな》〱千太《せんた》へ思入有《おもいれあつ》て奥《おく》へ這入《はいる》、[八]跡合方輝思入有《あとあひかたあきらおもいれあつ》て、

輝　コレ、千太殿《せんたどの》とやら、最前《さいぜん》から此場《このば》の様子《やうす》、傍《そば》で親《した》しく聞《きい》た故何《ゆゑど》うか[九]無事《ぶじ》に扱《あつか》ひたいが、手前《てまへ》に任《まか》して呉《くれ》まいか。

千太　外《ほか》ならねへお前《まへ》さんが、扱《あつかつ》て下《くだ》さる事《こと》なら、宜敷《よろしく》お任《まか》せ申《まうし》ませう。

二　うまくあしらえますまい。

三　底本振仮名「ゆっ」を直す。

四　先ほどの膳の残りを。

五　千太の始末は自分達に任せろという含意。望月の正体を知らず、堅気と思っている。

六　それに対して、小悪党がぐずぐずいわずさっさと行けという思い。望月の正体はすぐに知れる。

七「明治二十三年附帳」では「竹の子唄入り」。

八「合方」、全集にはなし。

九　表沙汰にせずに済ませたい。お前のためにもならないという含意もある。

輝　夫《それ》は千万忝《せんばんかたじけな》ひ〇お照《てる》、手箱《てばこ》を是《こゝ》へ。

お照　ハイ。

ト合方《あひかた》きつぱりと成《なり》、奥《おく》へ這入《はいり》、直《すぐ》誂《あつらへ》の手箱《てばこ》を持《もつ》て来《き》て、輝《あきら》の傍《そば》へ置《おく》、中《なか》より金包《かねづゝみ》を出《だ》し、

輝　如何成深《いかなるふか》き訳《わけ》あるか、以前《いぜん》の事《こと》は存《ぞん》ぜぬが、お照《てる》が為《ため》に白川《しらかは》でこなたが出《だ》した百円《ひやくゑん》を、今日《けふ》の土産《みやげ》に進《しん》ぜるから、是《これ》を持《もつ》て帰《かへ》られよ。（ト輝千太《あきらせんた》の前《まへ》へ金包《かねづゝみ》を出《だ》す。）

千太　有難《ありがた》ふはござりますが、此《この》お扱《あつか》ひでは帰《かへ》られませぬ。

輝　此扱《このあつかひ》で帰《かへ》られぬとは。

千太　思召《おぼしめし》ではござりますが、百円計《ひやくゑんばか》りの金《かね》を貰《もら》つて、御礼《おれい》を云《いつ》て帰《かへ》られませぬ。

お照　さうしてお前《まへ》は何《ど》の位《くらゐ》、金《かね》が欲《ほし》ひと云被成《いひなさる》のだ。

千太　一旦己《いつたんおれ》が白川《しらかは》で夫婦約束《ふうふやくそく》したお照《てる》、黙《だまつ》て女房《にようぼ》に仕《し》なさりやア云《いは》ずと知《し》れた間男《まをとこ》だ、昔《むかし》ならば七両二分《しちりやうにぶ》[一]だが、諸敷《しよしき》と共《とも》に間男《まをとこ》も百層倍《ひやくそうばい》[二]に直《ね》が上《あが》り、先《まづ》[三]七百五十円《しちひやくごじふゑん》だが、其所《そこ》を一番大負《いちばんおほまけ》に元直《もとね》[四]限《かぎり》に五百円《ごひやくゑん》、手切《てきれ》に金《かね》を貰《もら》ひてへのだ。

一　江戸期には間男は斬罪が建前だが、七両二分払うと首代として見逃す慣習があった。
二　大仰な脅し文句ではあるが、西南戦争の戦費支弁目的の不換紙幣増発のためのインフレーションの時代だった。↓一六三頁一五・一八行。
三　江戸の貨幣制度では四分で一両。明治四年の新貨条例で一円をもって一両に充つべしとされた。従って、七両二分の百倍はこの値に換算される。
四　元値のまま利益を取らない。元値商い。

お照　手切抔《てきれなど》とは何《なん》の事《こと》、私《わた》しやお前《まへ》と其様《そのやう》な、約束《やくそく》した覚《おぼへ》はない。

千太　今更覚《いまさらおぼへ》が有《ある》のないのと、そんな事《こと》と云《いつ》たとて、こっちは証拠《しやうこ》の有《あ》る事《こと》だ。

輝　如何成証拠《いかなるしやうこ》が有《ある》かは知《し》らねど、身共《みども》は母《はゝ》のお市《いち》から、結納遣《ゆひなふやつ》て貰《もら》ッたお照《てる》、[五]送籍迄《そうせきまで》も済《すん》だ上《うへ》は、天下《てんが》晴《はれ》ての輝《あきら》が妻《つま》、芸者勤《げいしやづとめ》の其内《そのうち》に、夫婦《ふうふ》約束《やくそく》したとあれば、其節送籍《そのせつそうせき》なしたるか。

千太　ヤ。

輝　送籍《そうせき》なければ妻《つま》にあらず、表向《おもてむき》に[六]公裁《こうさい》を仰《あふ》がば証拠《しやうこ》は立《たゝ》ざるぞ。

千太　証拠《しやうこ》が立《たつ》か立《たゝ》ねへは、己《おれ》が口《くち》に有《あ》る事《こと》だ、此頃流行《このごろはやる》[七]演説《ゑんぜつ》の論《ろん》は上《じやう》手《〔ず〕》か知《し》らねへが、[八]罪《つみ》に落《おと》すと落《おと》さねへ悪事《あくじ》に馴《なれ》た[九]云取《いひとり》は、是《こ》りやア旦那《だんな》の知《し》らねへ事《こと》、出《で》る所《とこ》へ出《で》て此千太《このせんた》が、恐《おそ》れ乍《ながら》と言《い》ひ上《あげ》たら、[一〇]毒《どく》が変《へん》じて薬指《くすりゆび》、[一一]抜差《ぬきさし》ならねへ指輪《ゆびわ》の証拠《しやうこ》、嘘《うそ》か誠《まこと》は[一二]付石《つけいし》で[一三]下地《したぢ》の銀《ぎん》が出様共《でやうとも》何所《どこ》が何所迄言交《どこまでいひかは》したと、言張日《いひはるひ》には[一四]私通《しつう》に落《おち》、[一五]示談《じだん》にしろと下《さが》るは必定《ひつぢやう》、其時《そのとき》こそはお照《てる》に遣《やつ》た、ダイヤモンドの這入《はいつ》てある[一六]無垢《むく》の指輪《ゆびわ》に手切《てぎれ》を突込《つゝこみ》[一七]不正品買《けいづかひ》に踏《ふま》しても、三百円《さんびやくゑん》なら買代品物《かふしろもの》、[一八]紙屑買《かみくずかひ》なら知《〔し〕》らぬ事立派《ことりつば》な旦那《だんな》が百円《ひやくゑん》とは、余《あん》まり酷《ひど》い見《み》倒《たを》し様《やう》、此相場《このさうば》ぢやア

五　婚姻、縁組等に際し、戸籍を他の戸籍に送り移すこと。戸籍法は明治四年に定められた。
六　公の裁き。裁判沙汰。
七　明治の新語だが、望月を演じた九世団十郎が好み、黙阿弥も「それへ参って演説なさん」(『桃山譚〈ももやまものがたり〉』)のように活歴物では用いた。ここでは、団十郎を当てこんだ台詞。島崎藤村によると、団十郎は後には国会議員の演説まで聞きに行った(「夜咄」『桃の雫』岩波書店、昭和十一年)。
八　犯罪になるか、ならぬかの瀬戸際でのかけ引きに馴れた。
九　言葉の口先三寸のやり取り。
一〇　自分の毒(悪)が薬(善)に逆転する事もある。「薬指」「抜く」「指輪」と縁語で繋ぐ。
一一　切羽つまったという意味に加え、指輪が抜けないという縁語。
一二　金銀を擦り付け品質や真贋を見分ける珪石。
一三　贋物ということ。当時も既に贋物のダイヤモンドが多かった。→二七一頁注五。
一四　間夫、密通だとばれて。
一五　示談にしろと裁きが下るのは。
一六　「突込」は、数種のものを一緒にする意。ここでの「手切」はお照から貰い、今千太が持っている指輪のことか。双方の指輪を一緒にして、「不正品買」に持ち込むという意か。
一七　不正に得た品を買って商売をする人。
一八　『古代形新染浴衣(こだいがたしんぞめゆかた)』での左団次の演じた七郎助役。左団次と団十郎の給料の差を当込んだようにも取れる台詞。
一九　安く値踏みされる。

輝　売《うら》ねへから、出《で》る所《とこ》へ出《で》て恥《はぢ》をかきねへ。（ト千太《せんた》急度《きつと》[一]思入有《おもいれあつ》て云《いふ》。）

千太　いかにもそなたの云通《いふとほり》、罪《つみ》に落《おと》すと落《おと》さゞる悪事《あくじ》に馴《なれ》た言取《いひとり》は、身共《みども》は存《ぞん》ぜぬ事《こと》なれど、お照《てる》が覚《おぼへ》もない事《こと》を指輪《ゆびわ》を証拠《しやうこ》に言張《いひはつ》て、罪《つみ》に落《おと》すと申《まうす》のか。

お照　夫《そ》りやア私《わつ》チが出《で》る所《とこ》へ、出《で》て多弁《しやべつ》たら二人共《ふたりとも》、罪《つみ》に落《おと》すは造作《ざうさ》もねへ。

千太　夫《それ》では私《わたし》がしらぬ事《こと》を、指輪《ゆびわ》を証拠《しやうこ》に言交《いひかは》したと、何程《いくら》お前《まへ》が言張《いひはつ》ても其善悪《そのぜんあく》を分《わけ》るのが、夫《それ》が御上《おかみ》の御役故《おやくゆゑ》、言張《いひはつ》た迚通《とてとほ》りはしまい。通《とほ》らぬ事《こと》を言張《いひはつ》て、通《とほ》すが悪事《あくじ》に馴《なれ》た言取《いひとり》、出《で》る所《とこ》へ出《で》て[二]腕《うで》を見《み》ねへ。

ト輝《あきら》何《なに》を云《いふ》かといふ思入有《おもいれあつ》て、

輝　イヤ、腕《うで》も脚《すね》もある物《もの》か、高《たか》の知《し》れた銭貰《ぜにもら》ひ、素直《すなほ》に出《で》れば百円《ひやくゑん》を色《いろ》を付《つけ》て二百円《にひやくゑん》に、直《なほ》して遣《や》るまい物《もの》でもないが、そんな威《おど》しを云《いふ》からは、一円《いちゑん》たり共余計《ともよけい》は遣《や》らぬ、一旦出《いつたんだ》した金《かね》ゆゑに、此百円《このひやくゑん》で能《よく》ば遣《やら》ふ、嫌《いや》なら指輪《ゆびわ》を証拠《しやうこ》にして出《で》る所《とこ》へ出《で》て言《いつ》て見《み》ろ、御大層《ごたいそう》な事《こと》は云《いふ》が、己《おれ》が目《め》からはすりか窃盗《せつとう》、凶器《きようき》を持《もつ》た強盗《がうとう》のまだ[三]大舞台《おほぶたい》は踏《ふみ》は仕《し》めへ、[四]田舎《ゐなか》を挊《かせ》ぐ旅役者《たびやくしや》、[五]鬘《かづら》の名《な》に呼百日《よぶひやくにち》か五十日《ごじふにち》の苦役《くえき》をして、悪《あく》

一　きっぱりした強い態度で。
二　俺の悪事に長けた腕前を見ろ。
三　直後の台詞にあるように、自分（望月）のように幕府に歯向かうような大罪を犯したわけでもあるまいという意味。望月役のモデルについては、二六四頁注四参照。
四　けちな小悪党を、大舞台に出た事もない旅役者の緞帳芝居に譬えた。
五　鬘の名称で、百日間散髪もせず延び放題となった形を形容した「百日」（『楼門五三桐（さんもんごさんのきり）』の石川五右衛門など）、それより小ぶりの鬘を「五十日」（『菅原伝授手習鑑（すがわらでんじゅてならいかがみ）』の「寺子屋」の松王丸など）と呼ぶのを効かせている。なお「百日」、全集では「千日」。
六　底本「長舞詞」を直す。
七　声色はここでは、何処かで聞いた風なことを言うという意味。たかが小悪党が「御大層なことを言うな」という含意。
八　ご立派に筋の通ったような事をいうが。
九　白浪物等で、本性を顕す「見顕し」の局面では馴染みの形。姿勢を変えることで、別人格となる。
一〇　「明治二十三年附帳」では「二弦琴清元入」とある。同上演時の『歌舞伎新報』一一六一号では、「清元のなげ節にて思入も無花道の引込は実に感伏（かんぷく）」とある。なお「誂の合方に成」、全集にはなし。

党《とう》めいた長台詞《ながぜりふ》[六]、つぢつま[七]合《あは》ぬ声色《こはいろ》を聞《きい》て居《ゐ》るのは片腹痛《かたはらいた》ひ。（ト輝《あきら》せゝら笑《わら》ふ。千太《せんた》思入有《おもいれあつ》て、）

千太　強気《がうぎ》[八]に筋《すぢ》な事《こと》を云《いふ》が、お前《めへ》は以前囚獄《いぜんしうごく》の、小役人《こやくにん》でも仕《し》て居《ゐ》たのか。

輝　手前《てめへ》も見掛《みかけ》に似合《にあは》ねへ、目先《めさき》の見《み》えねへ奴《やつ》だなア。（ト輝《あきら》胡床《あぐら》[九]をかく。）

千太　何《なん》と。（ト急度成《きつとな》る。誂《あつらへ》[一〇]の合方《あひかた》に成《なり》。）

輝　己《おれ》を只《たゞ》の金貸《かねかし》と、思《おも》つて爰《こゝ》へゆすりに来《き》たか。

千太　ヱ。（ト悧《びつく》り思入《おもいれ》。）

輝　こんな事《こと》も十四五年維新此方言《じふしごねんいしんこのかたいは》なんだが、久《ひさ》し振《ぶり》で浚《さらは》ふ[一一]か、元《もと》は幕府《ばくふ》の昵近《ぢつきん》[一二]で千石取《せんごくどり》の何某《なにがし》だが、弘化《こうくわ》[一三]の頃《ころ》より億川《おくがは》[一四]の威勢《いせい》が衰《おとろへよ》世《よ》の中《なか》は所謂強《いはゆるつよ》ひ者勝《ものがち》に徒党《とゝう》[一五]を組《くん》で昼中《はくちう》から、軍用金《ぐんようきん》[一六]を名義《めいぎ》として、豪家《ごうか》[一七]へ押《おし》入強談《いりがうだん》[一八]にて、多分《たぶん》の金《かね》を出金《しゆつきん》させ、遊里《ゆうり》へ立入遣《たちいりつか》ひ捨《すて》、後《のち》には所々《しよく》へ強盗《がうとう》に這入《はいつ》て巨万《こまん》の金《かね》を盗《ぬす》み、栄耀栄花《〔えい〕ようゑいぐわ》をした果《はて》が遂《つい》には悪事《あくじ》が露《ろ》顕《けん》なし、金瓶楼《きんぺいろう》[一九]に遊《あす》んで居《ゐ》た其夜座敷《そのよざしき》へ踏込《ふんごま》れ、無刀《むたう》に是非《ぜひ》なく捕縛《ほばく》され、町奉行《まちぶぎやう》の詮義《せんぎ》に逢《あつ》たが、只借《たゞかり》たとのみ言張《いひはつ》て更《さら》に伏罪《ふくざい》なさゞるゆゑ、数度牢問《すどらうどひ》[二〇]に掛《かけ》られて手前達《てめへたち》が痛《いた》さを知《し》らねへ石《いし》[二一]を抱《だい》た事《こと》もある、

一一　復習すること。また、芸事で習熟した師匠が弟子に演じさせる「おさらい」の語感も含んでいる。お前たちのかなわない悪党の手本を見せてやろう、という尊大な言い回し。
一二　貴人の傍に使える者。直参、旗本をいう事があった。
一三　天保と嘉永の間の年号。一八四四年—四八年。
一四　黙阿弥は明治五年政府より守田座座元十二世守田勘弥、作者四世桜田治助と共に呼出しを受け「狂言綺語ト云ル言ヲ廃スヘシ譬ハ羽柴秀吉ヲ真柴久吉トス」をやめ、「都テ事実ニ反ス可ラス」と訓告を受けているが、明治十一年新富座開場の『松栄千代田神徳（まつのさかえちよだのしんとく）』の際も旧幕以来の約束を守り「億川家泰」とした（後の大正十五年『黙阿弥全集』二十七巻所収の際、徳川家康の役名とされた）。但し旧幕時代は、設定を鎌倉時代に置換するのが約束なので、北条時政や北畠春雄が家康の役どころだった（古井戸秀夫「黙阿弥の徳川」『国文学』平成十一年二月）。
一五　幕末の「打ちこわし」には、困窮したり、不満を持つ武士もいた事は知られている。
一六　打ちこわしのような運動に使う金。
一七　金持ちの家。
一八　脅しで無理やり話を纏めること。
一九　吉原の遊女屋。江戸期は大黒家と称したが、維新後改称し、いち早く西洋建築に改築し、楼内に椅子・テーブルを設置した。東京名所としても著名で、名所絵や繁盛記類に登場する。明治七年には大理石の門を立て、八年には「吉原博覧会」を催した。
二〇　拷問。
二一　「石問い」という、切石を膝の上に積み上げていく拷問。

白状《はくじやう》なしても斬罪《ざんざい》の所刑《しよけい》を請《うけ》る大罪《だいざい》に、[一]迚《とて》も死《し》ぬなら無罪《むざい》で死《しな》んと、覚悟《かくご》を極《きは》めし其折柄《そのをりから》、[二]上野《うへの》に於《おい》て戦争起《せんさうおこ》り[三]五月中《ごぐわつなか》ばに雨降《あめふつ》て遂《つい》に世界《せかい》の地《ち》かたまり、王政復古《わうせいふつこ》の代《よ》と成《な》りて仮令《たとへ》重罪《ちうざい》の者《もの》たり共一同赦免《ともいちどうしやめん》[四]の令出《れいいで》て、晴天白日《せいてんはくじつ》の身《み》と成《な》りしは、[五]是天朝《これてんてう》の御仁政《ごじんせい》、爰《こゝ》ぞ改心《かいしん》なす時《とき》と縁家《えんか》に預《あづけ》し金円《きんゑん》を資本《しほん》となして金《かね》を貸《かし》たが、元《もと》より悪運強《あくうんつよ》き身《み》に、する事《こと》なす事大利《ことだいり》を得《え》、一度暗《ひとたびくら》き囚獄《しうごく》に居《を》りしも[六]今《いま》は望月輝《もちづきあきら》、[七]刑事《けいじ》に掛《かけ》たら百般《ひやくはん》とも法律心得居《ほふりつこゝろえを》る身共《みども》、手前達《てめへたち》が口先《くちさき》で罪《つみ》に取《とつ》て落《おと》さう抔《など》とは、彼《か》の[八]蟷螂《たうらう》が斧《おの》を以《もつ》て[九]立車《りうしや》に向《むか》ふに等《ひと》しければ、及《およ》ばぬ事《こと》だ、よしに仕《し》やれ。（ト輝宜敷思入《あきらよろしくおもいれ》にて云《いふ》。千太《せんた》是《これ》を聞悔《きゝびつく》りせし思入有《おもいれあつ》て、）

千太　然《さ》う云強気《いふがうぎ》なお方共知《かたともし》らずに爰《こゝ》へゆすりに来《き》たは、私《わつ》チの目先《めさき》が見《み》えねへのだ、つまらぬ事《こと》を云《いつ》たのは、癪《しやく》にも障《さは》りましたらうが、堪忍《かんにん》してお呉《く》んなせへ。

輝　堪忍《かんにん》するもしねへもない、悪《わる》ひ事《こと》と気《き》が付《つい》たら、是《これ》から手前《てめへ》も改心《かいしん》なし、此百円《このひやくゑん》を資本《しほん》として、[一〇]商法開《しやうほふひら》いて良民《りやうみん》とならば生涯其身《しやうがいそのみ》の徳《とく》だ。

（ト千太《せんた》思入有《おもいれあつ》て、）

千太　イヱ、思召《おぼしめし》は有難《ありがた》ひが、今《いま》お前《まへ》さんの素性《すじやう》を聞一旦返《きゝいつたんかへ》した百円《ひやくゑん》を恐《おそ》れ

一　どうせ死罪なら自白せずに罪名などないまま死のうと。
二　戊辰戦争。「愈々上野の戦争ですが…其日は芝居が休みでしたものですから、私と九蔵と弟子…を連れて、上野の車坂下に…戦見舞と云ふのも可笑しいが、マア火事見舞のやうな拵へで、い組の刺子を着て…真の軍場を役者で見たのは私一人で御座いませう」（伊坂梅雪編『五代目尾上菊五郎自伝』時事新報社、明治三十六年）。
三　「雨天、暁より官軍東叡山に向はれ、山内に籠り居りし彰義隊と号せし脱走浪士と戦闘あり」（『武江年表』）。「雨中兵火にて谷中上の御門前の火夥敷」（『斎藤月岑日記』）。
四　王政復古に伴う恩赦（明治元年九月『太政官日誌』八十一号）。↓二〇七頁注一三。
五　天皇の治める御世のお蔭。
六　今では晴れて曇りのなく輝かしく成功した身の上という寓意の役名。
七　望月の正体は明確でないが、談判を引受ける代言人の仕事も行なっていたようにも思える。「刑事代言人ヲ許スノ議」が明治十二年発議され、同十五年「治罪法」で刑事事件の弁護人が制度化される。本作初演時は東京に私立の法律学校が続出した。↓二六四頁注四。
八　弱小のものが身もわきまえず、強いものに歯向う譬え。
九　立車は貴人の乗る車。
一〇　商売がうまく行き、堅気となれば。

輝　て貰《もら》ツて帰《かへつ》たと、後日《ごにち》に人《ひと》に云《いは》れては、何《なん》ぼけちな野郎《やらう》でも、あんまり意気地《いくぢ》のねへ訳《わけ》だ、是《〔こ〕》りやアお貰《もら》ひ申《まうし》ますめへ。

千太　コレ、そんな野暮《やぼ》一一を云《いは》ねへで、此百円《このひやくゑん》を持《もつ》て行《ゆけ》。お市婆《いちばゝ》アを甘《あま》く見《み》りやア、今又《いままた》一二お前《めへ》に甘《あま》く見《み》られ、成程世界《なるほどせかい》一三は一文上《いちもんあが》り、是《これ》一四から私《わつ》チも功《こう》を積《つみ》、お貰《もら》ひ申《まうすじ》時節《せつ》が来《き》たら、此百円《このひやくゑん》をお貰《もら》ひ申《まう》さう、先夫迄《まづそれまで》は輝《あきら》さん、お預申《あづけまうし》て置《おき》ませう。（ト奥《おく》よりお市《いち》、弁山出《べんざんで》て、）

お市　コレ、様子《やうす》は奥《おく》で聞《きい》て居《ゐ》たが、そんな痩我慢《やせがまん》を云《いは》ねへで、折角旦那《せつかくだんな》が下《くだ》さる百円《ひやくゑん》、

弁山　有難《ありがた》いと三拝《さんばい》して、貰《もら》ツて行《ゆく》が能《いゝ》ぢやアねへか。

千太　そりやア己《おれ》も銭《ぜに》がねへから、一五きざを云《いつ》て貰《もら》ひに来《き》たが、今日《けふ》は何《なん》と云《いは》ふ共此百円《ともこのひやくゑん》は貰《もら》へねへ。

輝　嫌《いや》だと云《いふ》ならよしにしろ、達《たつ》て遣《やら》ふとは云《いは》ねへは。（ト千太《せんた》思入有《おもいれあつ》て、）

千太　一六大《おほ》きにお喧《やかま》しふございました。（トづゝと立上《たちあが》るをお市金包《いちかねづゝみ》を取《とつ》て、）

お市　そんなら何《ど》うでも此金《このかね》を、貰《もら》はずこなたは帰《かへ》る気《き》か。

一一 ここでは、物わかりの悪いことを言わずに。
一二 直前の千太の台詞にある「意気地のねへ」奴と思われるのは情けない。
一三 少しずつ地位、給金が上がるのが世の中だ。明治二十三年再演時の評に「元より此狂言の作方（つくりかた）が俳優（やくしや）の一文上りの等級を種に脚色（しくん）だ物故彼是我輩が評する迄も有ません」（『歌舞伎新報』一一六一号）とある。
一四 ここで百円の金を貰ったりせず、地道に少しずつ稼いでいくということ。

一五 →一九〇頁注四。

一六 「お騒がせ致しました」という、黙阿弥の白浪物のゆすり場で、白浪が帰る時の決り台詞。

千太　是《これ》が堅気《かたぎ》の商人《あきんど》なら、千円元《せんゑんもと》を[一]おろさにやア、百円《ひやくゑん》の金《かね》は儲《まうか》ねへから飛付《とびつい》ても貰《もら》〔は〕ふが、[二]しみつたれな野郎《やらう》でも百《ひやく》や二百《にひやく》の端《はし》た金《がね》は、[三]今《こん》夜《や》の内《うち》にも手《て》に入《い》る体《からだ》、恥《はぢ》をかいちやア貰《もら》へねへ。

輝　夫《それ》ではよして早《はや》く帰《かへ》れ。

千太　ヲヽ帰《かへ》らねへでどうする物《もの》だ。（ト千太《せんた》思入有《おもいれあつ》て、門口《かどくち》へ出《で》る。）

お市　みすく／＼取《と》れる百円《ひやくゑん》を、

弁山　取《と》らぬは欲《よく》をしらねへ事《こと》だ。

千太　今日《けふ》其金《そのかね》を取《と》らねへでも、[四]殊《こと》に寄《よつ》たら命迄《いのちまで》、

輝　ヤ、

千太　イヤ、[五]時節《じせつ》が来《き》たら貰《もら》ひに来《き》やせう。

ト[六]唄《うた》に成《なり》、千太《せんた》今《いま》に見《み》ろと云思入有《いふおもいれあつ》て、向《むか》ふへ這入《はいる》。お市跡《いちあと》を見送《みおく》り、

お市　イヤ馬鹿《ばか》な奴《やつ》も有《あ》る物《もの》だ。（ト輝思入有《あきらおもいれあつ》て、）

輝　相手《あいて》にするも大人気《おとなげ》ないから、[七]虫《むし》を堪《こら》へて聞《きい》て居《ゐ》たが、あんまり癪《しやく》に障《さは》るから、言《いは》ないでも能事《いゝこと》を云《いつ》て、みんなの手前《てまへ》も面目《めんぼく》ない。

お照　ほんに旦那《だんな》が其以前《そのいぜん》、さう云《いふ》お方《かた》と云事《いふこと》は、今日迄存《けふまでぞん》じませなんだ。

一　底本「おろさにやヤ」を直す。
二　ここでは自分のこと。
三　今夜にも、改めて強盗に入ってやるという含意。
四　必ずこの意趣返しには来るという心。
五　「よい機会があったら」という意味で、これも白浪物の常套句。意趣返しの意志を更に強調する。
六　下座音楽の唄入り合方になり。「明治二十三年附帳」では「清元唄入風の音。左団次入ルトさつま様合方」。
七　怒りを抑えて。我慢をして。

お市　何所《どこ》が何所《どこ》迄《まで》以前《いぜん》から、
弁山　立派《りつぱ》な旦那《だんな》と思《おも》ひました。
輝　お照《てる》は日頃《ひごろ》内気《うちき》だから、今《いま》の咄《はなし》を聞《きい》たらば、己《おれ》が嫌《いや》に成《なつ》たらうな。
お照　イ、ヱ、然《さ》う云《いふ》お方《かた》なら、私《わた》しや嬉《うれ》しふござります。
輝　何《なに》、嬉《うれ》しひとは。
お市　お照《てる》も一度《いちど》懲役《ちやうえき》に、成《なつ》た事《こと》がござります。
輝　そりや又何《またな》んで。
お市　旦那《だんな》、レコ八でござります。（ト指《ゆび》九をかぎにして見《み》せる。）
お照　アレおつかさん、そんな事《こと》を。
輝　夫《そ》りやアさつぱり知《し》らなんだ。
弁山　真逆湯屋《まさかゆや》一〇でも有《あ》りますまいね。
お市　今《いま》は堅気《かたぎ》な御新造《ごしんぞ》だが、以前《いぜん》は宿場《しゆくば》一一の枕捜《まくらさが》しさ。
お照　アレ恥《はづ》かしひ、そんな事《こと》を。（トお照袖《てるそで》で顔《かほ》を隠《かく》す。）
輝　一二弁天《べんてん》と云綽名《いふあだな》を取《とつ》た、此美《このうつく》しひ顔《かほ》を持《もつ》て、
お市　枕《まくら》さがしを、
弁山　仕《し》たと云《いふ》のは。

八　「これ」の転倒語で、文脈により多様に使う。
九　窃盗を意味する仕草。
一〇　湯屋の脱衣場での窃盗。
一一　宿場客の寝ている間に金品を奪う事。
一二　美女というのみならず、神楽坂の近い牛込弁天町も掛ける。また、黙阿弥の代表作「弁天小僧」の語感から白浪を含意する。なお、明治三十三年上演時、お照を福助（後の五世歌右衛門）が演じた際は、この「枕探しの筋を抜いて」おり、「菊五郎が今時皆が盗賊（どろぼう）では可（よ）ねえとて改めさしたので…当人は…弁天お照と云ふ綽号（あだな）のあるは…奇麗を意味するばかりでなく半ば泥棒を意味するのですから只の旅芸者」ではおかしいといっているとしている（『歌舞伎』四号）。

輝　一蛇喰《へびく》ふと聞《きけ》ば恐《おそ》ろし雉子《きじ》の声《こゑ》。

お照　ヱ。

輝　人《ひと》は見掛《みかけ》に○（トお照《てる》の顔《かほ》を見《み》るを二木《き》の頭《かしら》。）よらない物《もの》だ。

ト莞爾《につたり》と笑《わら》ふ、お照《てる》は恥《はづ》かしきこなし、此模様《このもやう》宜敷《よろしく》三端唄《はうた》にて、

四拍子幕《ひやうしまく》

一 美しいものも正体は解らぬという譬え。弁天の元の姿は蛇神という伝説の連想もあり、弁天の絵には蛇が描かれる事が多く、弁天と蛇はつきもの。また、新派の『婦系図』のお蔦のように、巳歳の女性が弁天様を信仰する風習もあった。

二 →用語一覧。

三 「梅が主なら」など。「明治二十三年附帳」では、「さつま様合方」。

四 →用語一覧。

四《よ》　幕《まく》　目《め》

[五]神楽坂明石屋《かぐらざかあかしや》の場《ば》　　[六]宮比町裏長家《みやびちやううらながや》の場《ば》

一　島蔵妹《しまざういもうと》おはま　〔坂東〕志う調
一　同《おなじく》悴《せがれ》　岩松《いはまつ》　〔尾上〕菊之助
一　古道具屋《ふるだうぐや》眼七《がんしち》　〔大谷〕門　蔵
一　女髪結《をんなかみゆひ》おつね　〔坂東〕喜知六
一　口入婆《くちいればゞ》およく　〔市川〕猿十郎
一　人力車《じんりきしや》[七]げんこの半太《はんた》　〔市川〕新　助
一　土《つち》[八]こね作蔵《さくざう》　〔坂東〕利喜松
一　明石屋《あかしや》の丁稚三太《でつちさんた》　〔尾上〕梅之助

一　明石屋島蔵《あかしやしまざう》
　　実《じつ》は明石《あかし》の島蔵《しまざう》　〔尾上〕菊五郎
一　松島千太《まつしませんた》　〔市川〕左団治
一　明石屋《あかしや》の若《わか》イ者徳蔵《ものとくざう》
　　実《じつ》は野州徳《やしうとく》　〔尾上〕松　助
一　漁師《れうし》磯右衛門《いそゑもん》　〔市川〕団右衛門
一　奥野千治郎《おくのせんぢらう》[九]　〔中村〕鶴　助
一　若《わか》イ者《もの》　三　人
　　竹本連中

本舞台《ほんぶたい》四間通《しけんとほし》の家体《やたい》、下手《しもて》一間《いつけん》の土間《どま》上手《かみて》三間常足《さんげんつねあし》の二重《にぢう》、本庇本椽付《ほんびさしほんえんつき》、正面紺暖簾口《しやうめんこんのれんぐち》、此上一間《このかみいつけん》のまいら戸《ど》の戸棚《とだな》、此下《このしも》[一〇]鼠壁《ねづみかべ》[一一]諸帳面《しよちやうめん》を掛《かけ》、上《かみ》の方一間《かたいつけん》[一二]障子付家《しやうじつけや》体《たい》、[一三]下落間《しもおちま》、[一四]向《むか》ふ二段《にだん》に

五 牛込見付より北に上る坂及び地名。地名の由来に関しては、諸説ある。また神楽河岸は、神田川の最も奥の船着場であるため、山の手のこの界隈より下町への商用や、夏目漱石の『硝子戸の中』で印象深く描かれる浅草方面への芝居見物等の娯楽に船で向かう際に使われるなど、山の手と下町を繋ぐ一つの要地でもあった。現在も新宿区に同名の町名が残る。

六 現、新宿区下宮比町、神楽坂の一部。なお、裏長屋の場は、初演以来明治四十三年九月の市村座までは上演されているが、大正年間以降は一度も上演されていない。

七 駕籠屋の符牒で、五、五十等を示す。それが人力車にも転用されたものか。

八 左官のこと。

九 この幕には上記以外の主要な人物として、「福島屋清兵衛／市川左団次」「同娘お仲／中村福助」の登場していたことが絵本番付、俳優評判記等に記されている。

一〇 鼠色の壁。

一一 歌舞伎の商家の舞台の決りの小道具類。大福帳、仕入帳、掛取帳など。

一二 本屋体の上手に付ける、障子で囲った部屋。

一三 下手側は土間。

一四 その突き当りに二段の棚。

呑口付本物《のみぐちつきほんもの》[一]の酒樽《さかだる》を並《なら》べ、此前《このまへ》に升《ます》、ぜうごを入《い》れし桶《をけ》、能《よき》所《ところ》に味噌樽《みそだる》、[二]塩笊《しほざる》を置下《おきしも》の方《かた》一間物置《いつけんものおき》、内《うち》に[三]醤油樽《しやうゆだる》の書割《かきわり》、此《この》前《まへ》に[四]駒寄内《こまよせうち》に[五]大半切《おほはんぎれ》、一升樽五六本有《いつしやうだるごろつぽんあり》、[六]軒口《のきぐち》に明石屋《あかしや》と云《いふ》[七]紺《こん》暖簾《のれん》を掛《かけ》、舞台《ぶたい》に[八]長床几《ながしやうぎ》を二脚《にきやく》並《なら》べ都《すべ》て牛込神楽町酒見世《うしごめかぐらちやうさかみせ》の体《てい》。二重《にぢう》に[九]お浜二幕目《はまふたまくめ》の娘前垂掛《むすめまへだれがけ》にて帳《ちやう》を付居《つけゐ》る、平舞台《ひらぶたい》に[一〇]序幕《じよまく》の[一一]徳蔵柿素《とくざうかきそ》の着付《きつけ》同《おな》じく前垂《まへだれ》、[一二]若《わか》イ者《もの》の拵《こしらへ》にて立掛《たちかゝ》り、門口《かどくち》に車《しや》[一三]夫花色《ふはないろ》の筒《つゝ》ツぽ、同《おな》じく半股引人力車夫《はんもゝひきじんりきしやふ》の拵《こしら》へ、[一四]ガラス徳利《とくり》を持《もち》、[一五]土捏紺印半天三尺帯同《つちこねこんしるしはんてんさんじやくおびおなじ》く徳利《とくり》を持《もち》、立掛《たちかゝ》りゐる、合方《あひかた》[一六]飴《あめ》屋《や》の唐人笛《とうじんぶゑ》で幕明《まくあ》く。

徳蔵　お前《まへ》さんは何《なに》を上《あげ》ます。

人力　能《い》イのを二合《にがふ》ついで呉《く》んねへ。（ト徳利《とくり》を出《だ》す、徳蔵請取《とくざううけとり》、）

徳蔵　能《い》イのは一合[一七]三銭《いちがふさんせん》でござりますが、宜《よろ》しふござりますか。

人力　[一八]一里《いちり》引《ひか》にやア六銭《ろくせん》の銭《ぜに》の取《と》れねへ人力車《じんりきしや》が、二合呑《にがふのん》ぢやア合《あは》ねへが、纔《わづか》な事《こと》で二銭五厘《にせんごりん》は水《みづ》ツぽくて呑《のま》れねへ。

徳蔵　イヱ、私共《わたしども》の内《うち》の二銭五厘《にせんごりん》は、水《みづ》ツぽい事《こと》はござりませぬ、外《ほか》の内《うち》の三銭《さんせん》と同《おな》じ事《こと》でござります。

一 底本振仮名「はんもの」を直す。 二 塩を入れる容器。 三 背景に描き込んでしまい小道具として出さない指定。近年の実際の舞台では小道具として出ている。 四 人馬の侵入防止のための門口近くの低い柵。 五「半切」はここでは浅底の盥状の桶。盤切ともいう。その大きめのもの。ただし、「半切紙」の意にとり、大判の半切れ半紙を置いた舞台の例もある。 六 門口を入って直ぐの正面。 七 商家の入り口近くにある、店先と奥とを隔てる大ぶりな暖簾。 八 定式より寸法の長い床几。近年の上演では出さない。 九 二幕目に既に出ている娘。 一〇 序幕に出ていた。 一一 柿衣。酒屋の奉公人が着用する柿渋で染めた赤茶色の仕着せ。 一二 紺木綿の着付に千草の股引、前垂れという若い者の扮装をして。 一三 はなだ色（薄い藍色）の筒袖の衣裳。「ズンドー」といわれる法被とシャツを折衷したデザインの綿製の上衣。これに股引が車夫の制服のようなもの。 一四 江戸期はギヤマン、ビードロという呼称が普通。明治九年に官営工場ができ、一般化した。 一五 紺地に白抜きの紋入りの半纏。 一六 下座音楽の一種。江戸明治期に中国人の扮装で売り歩いた飴売りの吹いたチャルメラ。近年では、江戸の商家の場面での幕開きの定番「角兵衛」を用いる。「明治二十三年附帳」では「稽古うた飴屋太鼓」。 一七 初演の年、上等酒でも全国平均で一升十一銭という記録もあるので、かなり高級な酒を扱う店ということになる。 一八 →一九二頁注八。車夫には「おかかえ」「やど」「ばん」「もうろう」等の差があるのは横山源之助『日本之下層社会』（教文館、明治三十一年）にあり、収入差もかなりあった。「明治十三年、東府の予算案に計上されている府雇い車夫の月給は一人五円五〇銭。当時、下男の月給（中程

人力　同《おな》じ事《こと》なら五厘《ごりん》でも、安《やす》イ方《はう》に仕様《しやう》かね。

お浜　まアお口《くち》に合《あ》ふか合《あ》ひませぬか、一寸上《ちよつとあが》ッて御覧《ごらう》じませ。

ト此内徳蔵利酒《このうちとくざうきゝざけ》の茶碗《ちやわん》へついで出《だ》す、車夫《しやふ》呑《のん》で、

人力　成程是《なるほどこれ》は能《い》イ酒《さけ》だ、是《これ》を二合《にがふ》ついで呉《く》んねへ。

徳蔵　ハイ〳〵、畏《かしこま》りました。

お浜　お負《ま》け申《まうし》て上《あげ》なよ。

徳蔵　ハイ〳〵。（ト酒《さけ》をつぐ。）

土捏　お前《まへ》の所《ところ》は新見勢《しんみせ》だが、売物《うりもの》が能《い》イに、計《はか》りがいゝから、客《きやく》の絶《たへ》る事《こと》がないね。

お浜　一九引札替《ひきふだがは》り当分《たうぶん》は、品《しな》の能《よ》イのを二〇元直《もとね》限《かぎ》り、お安《やす》く上《あげ》ますでござります。

人力　何《なん》でも今《いま》の世《よ》の中《なか》は、能《よく》ッて安《やす》く売《うら》なけりやア、大《おほ》きな商内《あきない》はありやアしねへ。

土捏　併《しか》し元直《もとね》のある商売《しやうばい》、盗人《どろぼう》ならば知《し》らぬ事《こと》、さう安《やす》くは売《うら》れまい。

ト　お浜《はま》二二ぎつくり思入《おもいれ》、徳蔵《とくざう》は徳利《とくり》を出《だ》し、

徳蔵　たつぷりお負申《まけまうし》ました。

人力　夫《そ》りやア何《なに》より有難《ありがた》ひ。

四幕目　神楽坂明石屋の場

徳蔵　お前《まへ》さんは何《なに》を上《あげ》ます。

土捏　おいらは醤油《しやうゆ》を二合《にがふ》呉《く》んねへ。

徳蔵　醤油《しやうゆ》は並《なみ》が二銭五厘《にせんごりん》、能《よ》イのが三銭《さんせん》でござります。

土捏　お前《めへ》の所《とこ》は物《もの》が能《い》イから、二銭五厘《にせんごりん》にして置《おか》う。

徳蔵　ハイ〳〵畏《かしこま》りました。

土捏　私《わた》しやア左官《さくわん》の土《つち》こねだが、此頃《このごろ》[一]下町《したまち》へ仕事《しごと》に行《ゆく》ので、弁当《べんたう》の菜《さい》を辛《から》く煮《に》るので、醤油《しやうゆ》が沢山入《たんといつ》ていけない。若《わか》イ衆《しゆ》、[二]気《き》をしてついで呉《く》んねへ。

徳蔵　仰有《おつしや》いませずと五勺程《ごしやくほど》、お負申《まけまうし》てござります。（ト徳利《とくり》を出《だ》す。）

土捏　夫《それ》ぢやア[三]天保《てんぽう》が六枚《ろくまい》に、[四]青《あを》が一文《いちもん》。

人力　おいらは[五]銅貨《どうくわ》で五枚《ごまい》あるよ。（ト両人銭《りやうにんぜに》を出《だ》す。）

徳蔵　是《これ》は有難《ありがた》ふござります ◯ ハイ代済《だいすみ》。（ト銭《ぜに》をくすねて[六]銭箱《ぜにばこ》へ打込《うちこむ》。）

人力　ドレ、内《うち》へ行《いつ》て一《いつ》ぺい遣《やら》ふか。

土捏　今日《けふ》は[七]しつかりに成《なつ》たと見《み》えるね ◯（ト両人捨《りやうにんすて》ぜりふにて花道《はなみち》へ行《ゆく》、）今《いま》の酒屋《さかや》の若《わか》イ者《もの》が、[八]ちよろり銭《ぜに》をくすねたが、為《ため》に成《な》らねへ奉公人《ほうこうにん》だ。

度）が三円二八銭であった」（斎藤俊彦『轍の文化史』ダイヤモンド社、平成四年）。一九 開店挨拶のチラシを配るつもりで。挨拶代りに。二〇 原価で。二一 島蔵のことがあるのでという思入れ。

以上二九一頁

一 江戸東京の味付けは関西より濃く、山の手よりも下町の方が更に濃いのは昭和戦前期までは一般的だった。身体を使い汗をかく仕事をする人は、そのために塩分を欲するからともいう。
二 気を利かせて、多めについでくれ。
三 天保通宝。天保銭。
四 青銭。文久永宝（四文銭）のこと。それ以前の四文銭（寛永通宝）の青海波の改定デザインの為、青銭とも波銭ともいった。明治四年新貨条例公布に際し、寛永一文銭が新貨相当一厘、天保銭が八厘、文久銭が二厘（一説には一・五厘）とした。新貨相当額として、天保銭は明治二十四年まで、他は明治年間通用、法的に停止されたのは実に昭和二十八年という。ここでは、合計五銭になる計算。
五 ここでは五銭相当なので、明治六年発行の一銭銅貨。明治七年には二銭銅貨、半銭銅貨も発行。
六 屋体の下手側の帳場格子（帳付け、勘定をする場所に立てる囲い。格子状の低い衝立）の脇に必ず置く、銭を入れる長方形の木箱。実生活の商店にも、世話物の舞台でも馴染みの小道具。ここでは、帳場にお浜が座って帳付けをしており、徳蔵は右手でくすねた銭を懐中し、左手で残りの銭を銭箱に入れる。
七 身入りの金がたっぷりあったと見えるね。銅貨の支払い具合や購入量からの推察。
八 人目につかぬよう、すばしこく。「ちょろま

人力　彼奴《あいつ》は野州《やしう》徳《とく》と云《いふ》奥州海道《おうしうかいだう》の人力《じんりき》だが、どうして此地《こつち》へ来《き》て居《ゐ》るか。

土捏　油断《ゆだん》の成《な》らねへ奴《やつ》だねへ。（ト両人思入有《りやうにんおもいれあつ》て、[九]右《みぎ》の鳴物《なりもの》にて向《むか》ふへ這入《はいる》。）

お浜　岩松《いはまつ》が[一〇]招魂社《せうこんしや》へ行《いつ》た限《ぎり》で帰《かへ》らぬ故《ゆゑ》、跡《あと》から三太《さんた》を迎《むか》ひにやつたが、[一一]木乃伊《ミイラ》とりが木乃伊《ミイラ》に成《な》ると譬《たとへ》の通《とほり》、同《おな》じ様《やう》に遊《あす》んで居《ゐ》ると見《み》えるわいな。

徳蔵　仰有《おつしや》る通《とほ》り三太殿《さんたどん》も、遊《あす》んで居《ゐ》ると見《み》えますが、私《わたくし》が行《いつ》て見《み》て参《まゐ》りませう。

お浜　跡《あと》が私一人《わたしひとり》では、お客《きやく》が来《き》た時困《ときこま》るゆゑ迎《むか》ひに行《ゆく》には及《およ》ばぬが、[一二]達者《たつしや》な体《からだ》でない岩松《いはまつ》、早《はや》く帰《かへつ》て来《く》ればよいに。

ト[一三]替《かは》つた合方《あひかた》に成《な》り、向《むか》ふより前幕《まへまく》の島蔵羽織《しまざうはおり》[一四]雪踏《せつた》にて出《で》て来《きた》り、[一五]花道《はなみち》に留《とま》り、

島蔵　己《おれ》が持《もつ》て居《ゐ》る短刀《たんたう》を、望月《もちづき》と云金貸《いふかねかし》が何《ど》う云望《いふのぞ》みが有《あつ》ての事《こと》か、昨日《きのふ》百円《ひやくゑん》に直《ね》を付《つけ》たに売《うら》ぬ故《ゆゑ》に段《だん》〳〵付上《つけあ》げ、今《いま》も道具屋《どうぐや》へ寄《よつ》たらば、弐《に》百円迄買《ひやくゑんまでか》ふと云由《いふよし》、思《おも》ひ掛《がけ》なひ此金《このかね》の我手《わがて》に入《い》るも福島屋《ふくしまや》へ、返《かへ》す時《じ》節《せつ》が来《きた》つたか、是《これ》に付《つけ》ても[一六]仲町《なかまち》から何《いづ》れへ今《いま》は行《ゆか》れたか、早《はや》く有所《ありしよ》を

かす」という用法もある。

九　幕開きと同じ。

一〇　→一四七頁注一四、三五八頁注一。

一一　十八世紀よりある古い譬え。

一二　足に怪我をしていること。

一三　定式のものでない、別誂えの三味線の演奏。「明治二十三年附帳」では「稽古唄同じく」と幕開きと同じ。

一四　竹皮製、裏に皮を張った草履。「町人は駒下駄を穿くが、武士は穿かない。武士は雪駄を穿く。外出の時は草履を穿く。雨の時は足駄を穿いた」（岸井良衛編『岡本／綺堂江戸に就ての話』青蛙房、昭和三十一年）。明治期には一般化し、雪踏は男女とも用いた。↓四一〇頁注九。

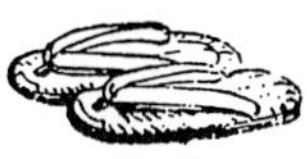

雪　駄
（平出鏗二郎『東京風俗志』中の巻，冨山房，明34）

一五　以下、近年では直ぐに舞台に来て、お浜と挨拶の後、徳蔵も直ぐに炭俵を積みに入り、二九五頁一五行の「あの男はどうだな」の島蔵の台詞となることもある。

一六　ここでは浅草東仲町（現、台東区雷門一・二丁目）。

お浜　知《し》りたいものだ ◯（ト本舞台《ほんぶたい》へ来《きた》り、）お浜《はま》、今帰《いまかへ》ツた。

島蔵　ヲヽ、兄《あに》さん、お帰《かへ》りなさんしたか。

徳蔵　[一]川岸《かし》から帰《かへり》に一二軒《いちにけん》、寄道《よりみち》をしたので遅《おそ》く成《なつ》た。

島蔵　旦那様《〔だ〕ん〔な〕さま》お帰《かへ》り被成《なされ》ませ ◯ [二]相場《さうば》は如何《いかゞ》でござりました。

徳蔵　引続《ひきつゞ》いての[三]入津《にふつ》で、[四]灘物《なだもの》が二《に》割下《わりさが》り、小売見世《こうりみせ》は売能成《うりよくなつ》た。

島蔵　夫《それ》は宜《よろ》しふござりますな。

徳蔵　今日《けふ》は見世《みせ》は如何《どう》だつたな。

島蔵　今少《いますこ》し[五]途切《とぎれ》ましたが、朝《あさ》から立続《たちつゞ》けで、二時《にじ》を打《うつ》てお昼《ひる》をば食《たべ》る位《くらゐ》でござります。

徳蔵　夫《そ》りやア大《おほ》きに御苦労《ごくらう》だつた。

島蔵　三太《さんた》が役《やく》に立《たゝ》ぬから、見世《みせ》の事《こと》から[六]持出《もちだ》し迄《まで》、皆徳蔵《みなとくざう》が一人《ひとり》でする故《ゆゑ》、大体《たいてい》な事《こと》ぢやござんせぬ。

お浜　小売店《こうりみせ》は[七]うつとしいから、能《よ》く働《はたらい》て呉《くれ》さへすれば、此地《こつち》も[八]骨《ほね》は盗《ぬす》まない、芝居《しばゐ》でも見《み》せて遣《や》るから、夫《それ》を楽《たの》しみに働《はたらい》てくれ。

島蔵　私《わたくし》の様《やう》な[九]不調法者《ぶてうほふもの》を遣《つか》ツて下《くだ》さりますれば、決《けし》て骨《ほね》は惜《をし》みませぬ。どうぞ旦那《だんな》末長《すへなが》く、お目《め》を掛《かけ》て下《くだ》さいまし。

徳蔵

一　ここでは船の積荷の着く場所。新川なのは次の場で知れる（→三二四頁注一）。「此辺は…酒問屋業をなす者最も多し河岸通を北新川と云ひ又北新河岸とも云ふ」（看雨隠士（村田峰次郎）編著『東京地理沿革誌』稲垣常三郎、明治二十三年）。
二　酒の仕入れの相場。
三　船が入港すること。
四　酒の名所である灘の産の商品。
五　客が漸く途切れたが、忙しくて今まで立ちっぱなしで。
六　配達。
七　気が晴れない。
八　他人の苦労を無にしない。
九　行き届かない者。

島蔵　こなたさへ辛抱《しんばう》すれば、此方《こつち》は何時迄《いつまで》も遣《つか》ふ気《き》だ。ツイ忙《いそが》しひので聞《きか》なんだが、是迄何所《これまでどこ》に奉公《ほうこう》してゐた。

徳蔵　イヱ、奉公《ほうこう》は此家《こちら》が初《はじ》めて、年《とし》[一〇]は取《とつ》ておりますが、初奉公《ういぼうこう》でございます。

お浜　さうして徳蔵《とくざう》、そなたの生《うま》れは。

徳蔵　ヘイ、私《わたくし》は野州《やしう》の佐野《さの》[一一]でございます。

島蔵　酒屋《さかや》は外《ほか》の商売《しやうばい》と違《ちが》ひ、歩行《あるく》[一二]のが元手《もとで》だが、足《あし》は丈夫《じやうぶ》であらうな。

徳蔵　実《じつ》は是迄奥州《これまでおうしう》で人力《じんりき》を引《ひい》て居《を》りましたから、歩行《あるき》ますのは何里《なんり》でも、大丈夫《だいじやうぶ》でございます。

島蔵　夫《それ》は何《なに》より望《のぞ》む所《ところ》だ。（ト徳蔵思入有《とくざうおもいれあつ》て、）

徳蔵　イヤ、旦那《だんな》がお帰《かへ》り被成《なすつ》たら、裏《うら》の炭《すみ》[一三]を今《いま》の内積込《うちつみこん》で置《おき》ませう。

島蔵　ヲヽ今夜《こんや》はどうか[一四]降《ふり》さうだ、御苦労《ごくらう》だが積《つん》でくれ。

徳蔵　畏《かしこま》りましてございます。（ト合方《あひかた》にて徳蔵下手《とくざうしもて》へ這入《はいる》、島蔵跡見送《しまざうあとみおく》り、）

島蔵　お浜《はま》、あの男《おとこ》はどうだな。

お浜　大層能《たいそうよ》く働《はたら》きまして、気《き》が利《きい》て居《を》ります。

一〇 千太が三十歳位、島蔵三十余歳の設定なので、二十代の終りという年配。→一九二頁注三。

五世菊五郎の島蔵
（『五世尾上菊五郎』）

一一 現、栃木県佐野市。

一二 御用聞きと配達の仕事が多いことを指す。

一三 炭は年間を通しての必需品。

一四 どうやら降りそうだ。

島蔵　併《しか》し男《おとこ》の奉公人《ほうこうにん》は、間抜《まぬけ》はいゝが気《き》が利《きい》て居《ゐ》るのは、一ヱテ油断《ゆだん》がならねへから、手前《てめへ》能《よ》く気《き》を付《つけ》て呉《く》れろ。

お浜　夫《そ》りやもう気《き》を付《つけ》て居《を》りますわいナ。

ト合方唐人笛《あひかたとうじんぶゑ》に成《な》り、向《むか》ふより岩松着流《いはまつきなが》し、二草履下駄《ざうりげた》、三樫《かし》の木《き》の杖《つえ》を四突丁稚三太《つきでつちさんた》付《つい》て出《で》て来《きた》り、

三太　岩松《いはまつ》さん、あぶないから静《しづか》にお出被成《いでなさい》ませ。

岩松　大《おほ》きに遅《おそ》く成《なつ》たから、少《すこ》しも早《はや》く帰《かへ》りたい。

三太　転《ころ》んで怪我《けが》でもなすつては、私《わたくし》が済《すみ》ません。

岩松　何《なに》、杖《つえ》が有《あ》れば大丈夫《だいじやうぶ》だ◯（ト杖《つえ》を突《つき》五趁跛《びつこ》の思入《おもいれ》にて舞台《ぶたい》へ来《きた》り、）伯母《をば》さん、大《おほ》きに遅《おそ》く成《なり》ました。

お浜　ヲヽ、岩松帰《いはまつかへ》ツたか、平生《いつも》より遅《おそ》ひから、三太《さんた》を迎《むか》ひに遣《やつ》たわいの。

岩松　有難《ありがた》ふござります。

三太　調度《てうど》六吹水《ふきみづ》の所《とこ》で、お目《め》に掛《かゝ》り、直《すぐ》にお連《つ》れ申《まうし》ました。（ト岩松前《いはまつまへ》へ出《で》て、）

岩松　お爺《とつ》ツさんお帰《かへ》り被成《なさい》ましたか。

島蔵　招魂社《せうこんしや》へ行《ゆく》ならば、一人《ひとり》で行《ゆか》ずに三太《さんた》をば一所《いつしよ》に連《つれ》て行《ゆく》がよい。

一　得てして。ともすると。

二　「草履下駄（板付草履）も一時盛に行はれしものの、足の疲れ易き為めにや、幾（いくばく）もなくして廃れぬ」（平出鏗二郎『東京風俗志』中の巻）。

草履下駄
（『東京風俗志』中の巻）

三　→二〇九頁注八。明石より持参している。

四　「でつち（梅之助）の拵へ縞の着物は如何是は柿素で無ればならぬ処可成（なるべく）は島蔵も柿素を着てもよいくらいなり」（六二連『俳優評判記』第十四編）。両人とも木綿物の粗末な仕事着でいいという評。

五　跛のつもりで。

六　『黙阿弥全集』では「噴水」。明治十年の博覧会が始めとされる噴水は当時の靖国神社の名物で東京名所図、東京案内等に描かれている。「招魂社境内の滝は一昨夕までに成就したり。その景状は正面は噴水（噴揚すること三尺余）十条…炎夏を忘るるばかりに涼しげなり」（『東京曙新聞』明治十一年七月五日）。→付録錦絵。

岩松　今度《こんど》から左様《さやう》致《いた》しませう、今日《けふ》も一人《ひとり》で参《まゐ》ツた故《ゆゑ》、いじめられまして
ございます。

島蔵　何《なに》、いじめられたとは。（ト誂《あつらへ》の合方《あひかた》に成《なり》、）

岩松　何時《いつ》も私《わた》しをいじめます悪童子《いたづらつこ》が大勢《おほぜい》で、酒屋《さかや》の趁跛《びつこ》〳〵と囃子立《はやした》て
いじめた上《うへ》、杖《つゑ》を持《もつ》て行《ゆき》ましたを、調度其所《てうどそこ》へ来合《きあは》せて叱《しかつ》て呉《くれ》たお人《ひと》
が有《あつ》たが、是《これ》も私《わた》しと同《おな》じ事《こと》、矢張《やつぱり》びつこでございます故《ゆゑ》、悪童子《いたづらつこ》が
馬鹿《ばか》にして云事《いふこと》を聞《きか》ぬ所《ところ》へ、御廻《おまは》り様《さま》がお出被成《いでなされ》お叱《しか》り被成《なされ》ましたの
で、杖《つゑ》を置《おい》て一《いち》もくさんに、皆《み》んな逃《にげ》て行《ゆき》ました。

島蔵　夫《それ》は浮雲《あぶな》い事《こと》で有《あつ》た、今《いま》も己《おれ》が云通《いふとほ》り、此後《このゝち》一人《ひとり》で行《ゆか》ぬがよい。

お浜　さうしてお前《まへ》と同《おな》じ様《やう》な、片足悪《かたあしわる》ひ其《その》お人《ひと》は。

岩松　誠《まこと》に見《み》るから深切《しんせつ》な、能《よ》イお人《ひと》でございますが、不思義《ふしぎ》な事《こと》は私《わたし》と同《おな》
じ左《ひだり》の足《あし》の怪我《けが》、咄《はなし》を聞《きけ》ば月日《つきひ》も替《かは》らず同《おな》じ四月廿日《しぐわつはつか》の晩《ばん》、切《きら》れた時《じ》
刻《こく》は[七]十二時前《じふにじまへ》、

島蔵　ヱ〇（ト思入有《おもいれあつ》て、）スリヤ[八]四月廿日《しぐわつはつか》の晩《ばん》、十二時前《じふにじまへ》に切《き》られしとか。

お浜　若《もし》やいつぞや兄《あに》さんが、お咄被成《はなしなされ》し其人《そのひと》なるか。

島蔵　シテ、其人《そのひと》の年恰好《としかつかう》は、

七　太陽暦定時法は明治五年十一月九日太政官布告。
八　この因果関係については、二幕目参照。

岩松　一 年《とし》は五十位《ごじふぐらゐ》にて、鼻《はな》は高《たか》く目《め》は大《おほ》きく、能格服《よいかつぷく》でござります。

三太　私《わた》しも傍《そば》で見《み》て居《ゐ》ましたが、役者《やくしや》で言《い》へば二 高島屋《たかしまや》に、能似《よくに》てゐるかと思《おも》ひました。

ト島蔵思入有《しまざうおもいれあつ》て、

島蔵　扨《さて》は弥《いよ〳〵》其人《そのひと》なるか。

お浜　そんなら、お前《まへ》が。

島蔵　コレ○（ト押《おさ》へて、）三太手前《さんたてめへ》は裏《うら》へ行《いつ》て、炭《すみ》を積手伝《つむてつだい》をしろ。

三太　畏《かしこま》りました。（ト三太下手《さんたしもて》へ這入《はいる》、島蔵思入有《しまざうおもいれあつ》て、）

島蔵　正《まさ》しく夫《それ》と思《おも》はるゝが、シテ其人《そのひと》の内《うち》は何所《どこ》だ。

岩松　三太《さんた》が急《いそ》ぎまするので、遂聞《ついきか》ずに仕舞《しまひ》ました。

島蔵　内《うち》が知《し》れたら早速《さつそく》に、是《これ》から尋《たづ》ねて行《ゆか》ふもの。

岩松　麁相《そさう》な事《こと》を致《いた》しました。

島蔵　ハテ、残念《ざんねん》な事《こと》だなア。（ト島蔵残念《しまざうざんねん》な思入《おもいれ》。）

お浜　コレ岩松《いはまつ》、台所《だいどころ》が不用心故《ぶようじんゆゑ》、奥《おく》へ行《いつ》て見《み》て居《ゐ》て呉《く》れ。

岩松　ハイ、三 張番《はりばん》をして居《を》りませう。

ト合方《あひかた》にて岩松《いはまつ》びつこを引《ひき》奥《おく》へ這入《はいる》、島蔵思入有《しまざうおもいれあつ》て、

一 福島屋清兵衛も演じた左団次はこの時数えで四十歳。その身体的特徴でもある。
二 左団次の屋号。
三 ここでは見張り番のこと。
四 家主に代って、貸家、貸地の管理をする人。差配人は、黙阿弥の散切物では『水天宮利生深

島蔵　兼《かね》てそちにも云通《いふとほり》、少《すこ》しも早《はや》く返《かへ》し度《たく》、此間《このあいだ》も仲町《なかまち》へ行《いつ》て様子《やうす》を聞《きい》たれど、借金故《しやくきんゆゑ》に行先《ゆくさき》が口留《くちどめ》がして有《あ》る事《こと》やら、何所《どこ》で聞《きい》ても曖昧《あいまい》にて浦和在《うらわざい》へ逼塞《ひつそく》せしと、[四]差《さ》配人《はいにん》さへ誠《まこと》を云《いは》ねば詮方《せんかた》なさに諸《しよ》〳〵方《はう》〴〵、草《くさ》を分《わけ》て尋《たづ》ねる折柄《をりから》、悴《せがれ》が逢《あつ》たは正《まさ》しく其人《そのひと》、所《ところ》を聞《きい》て呉《くれ》たなら、かゝる苦労《くらう》はせまい物《もの》。

お浜　夫程《それほど》世話《せわ》に成《なつ》たらば、所《ところ》を聞《きけ》ばよかつたに、利口《りこう》な様《やう》でもまだ子供《こども》、何故《なぜ》聞《きい》ては来《こ》なんだか。

島蔵　今更《いまさら》云《いつ》ても返《かへ》らぬ事《こと》だ。

ト[五]合方《あひかた》きつぱりと成《なり》、向《むか》ふよりお仲[六]島田鬘《なかしまだかづら》、落《おち》ぶれし[七]世話娘《せわむすめ》の拵《こしらへ》にて出《で》て来《きた》り、

お仲　[八]此五月迄浅草《このごぐわつまであさくさ》で、何不自由《なにふじゆう》なく居《ゐ》たものが不仕合故是非《ふしあはせゆゑぜひ》なく〳〵、生《うま》れし所《ところ》を立退《たちのい》て今《いま》は[九]幽《かすか》な裏家住居《うらやずまゐ》、[一〇]常《つね》が[一一]御《ご》ぜんは焚《たい》て呉《くれ》れど[一二]髪《かみ》を結《ゆひ》に出《で》た留守《るす》は、[一三]馴《なれ》ぬ買物《かいもの》せねば成《な》らぬ、思《おも》へばつらひ事《こと》ぢやわいな。

ト本舞台《ほんぶたい》へ来《きた》り、門口《かどぐち》を[一四]行《いつ》たり来《き》たりする、此内島蔵思案《このうちしまざうしあん》の思《おも》入《いれ》、不斗《ふと》お仲《なか》を見《み》て、

島蔵　コレお浜《はま》、あの娘御《むすめご》はさつきから行《いつ》たり来《き》たりして居《ゐ》るが、何《なに》を尋《たづ》ね

川（すいてんぐうめぐみのふかがわ）』に登場する。

五　「明治二十三年附帳」では「稽古唄阿免や」。

六　島田は、主に若い未婚女性の結う代表的な髷の形。娘から芸者まで、女房で用いる場合もある。潰し島田、高島田、割り島田など種類も多い。歌舞伎の鬘は実際の髪形とは多少異なるし、上演時にはト書き通りでなく、それを基準に役者の顔立ち、好み、芸風、他の役との比較によって工夫を加える。お仲とお浜は、ともに「地髱（じぼた）の銀杏返し」という町家の娘や女中に用いる典型的な鬘で、掛け物（アクセサリー）や絓糸（すがいと）や鹿の子で差異をつける。明治二十三年再演時の評でも「銀杏返しのあたま」となっている（『歌舞伎新報』一一六一号）。

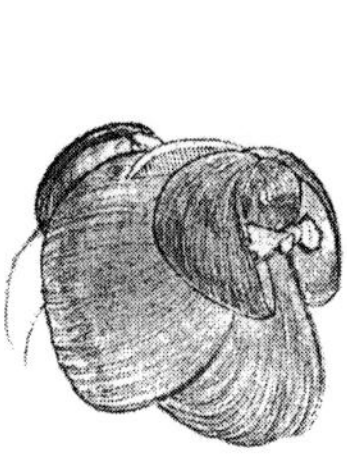

地髱の銀杏返しのかつら
（『歌舞伎のかつら』）

七　生活に疲れた、やつれた感じの扮装の娘。

八　この年六月上演の『古代形新染浴衣（こだいがたしんぞめゆかた）』の事件を指す。

九　淋しい裏通りにある借家住い。

一〇　三幕目に登場した、女髪結お常のこと。

一一　「御飯」の丁寧語。次頁七行の「お醬油（したじ）」と共にお仲の育ちのよさが感じられる語彙。

一二　お常の仕事が髪結だったのは、前幕でわかる。

一三　買物は下女の仕事で、大店の娘は生活品の買物などしない。

一四　馴れぬこととて恥ずかしい様子。

るのだか聞《きい》て見《み》やれ。

お浜　ハイ、聞《きい》て見《み》ませうわいな ◯（ト門口《かどぐち》へ出《で》て、）モシ一お姉《あね》ヱさん、何《なん》ぞお尋《たづ》ね被成《なされ》ますのか。

　トお仲間《なかま》の悪《わる》さうな思入《おもいれ》にて、

お仲　二こちらは酒屋《さかや》でござりますな。

お浜　ハイ、左様《さやう》でござります。

お仲　何《ど》うぞお三醤油《したじ》を二合《にがふ》持《もつ》て来《き》て四下《くだ》さいまし。

お浜　畏《かしこまり》ましてござりまする、何所等様《どちらさま》でござります。

お仲　宮比町《みやびちやう》の米屋《こめや》の裏《うら》でござります。

お浜　只今《たゞいま》持《もつ》て上《あが》りますが、お名前《なまへ》は何《なん》と仰有《おつしや》ります。

お仲　福島屋《ふくしまや》と申《まうし》ます。

お浜　醤油《しやうゆ》は能《よい》のに致《いた》しますか、並《なみ》のに致《いた》しますか。

お仲　五能《よい》のが宜《よろ》しふござります〔る〕。

お浜　畏《かしこまり》ましてござりまする。（ト合方《あひかた》にてお仲恥《なかはづ》かしさうに向《むか》ふへ這入《はいる》。跡《あと》を見送《みおくり》、）

島蔵　お浜《はま》、人柄《ひとがら》の能《い》イ娘御《むすめご》だな。

一「大正初年まで東京には『にいさん・ねえさん』という頭音を延ばした呼び方はなかった。上へは『おあにいさん・おあねえさん』『あにさま・あねさま』『おあにいさま・おあねえさま』、下へは『あにい・あねえ』と変化しはしたが、あくまで『あに・あね』であり『にい・ねえ』ではなかった」（正岡容『明治東京風俗語事典』有光書房、昭和三十二年）。

二 あたり前のことを聞くことで、お仲のうぶな態度や恥ずかしげな様子を示す。

三 前頁一二行「御ぜん」と同じく丁寧語。

四 底本「下まいまし」を直す。

五 暮し向きが苦しくとも「能」のを選ぶのも、お仲の育ちを出す。

お浜　醬油《しやうゆ》を小《こ》買《がひ》[六]にする様《やう》な、御身分《ごみぶん》ではござりますまい。

島蔵　何《なん》でも以前《いぜん》は立派《りつぱ》な内《うち》の、お嬢様《じやうさま》に違《ちが》ひない、家名《いへな》は何《なん》とか言《い》ツたな。

お浜　福島屋《ふくしまや》と仰有《おつしや》いました。（ト島蔵思《しまざうおも》ひ出《だ》せしこなしにて、）

島蔵　ム、、福島屋《ふくしまや》と云《いふ》からは、若《もし》や浅草仲町《あさくさなかまち》の、

お浜　そんならお前《まへ》が尋《たづ》ねなさんす、

島蔵　今《いま》の娘《むすめ》の様子《やうす》では、己《おれ》が尋《たづ》ねる人《ひと》かもしれぬ。

お浜　[七]少《すこ》しも早《はや》く徳蔵《とくざう》に、今《いま》の醬油《しやうゆ》を持《もた》して遣《やり》、内《うち》の様子《やうす》を見《み》せさせませう。

島蔵　イヤ、徳蔵《とくざう》より己《おれ》が行《ゆき》、尋《たづ》ぬる人《ひと》か人《ひと》でないか、素知《そし》らぬ振《ふり》で見《み》て来《こ》やう。

ト[八]島蔵徳利《しまざうとくり》へ醬油《しやうゆ》をつぐ、此内向《このうちむか》ふより二幕目《ふたまくめ》の磯《いそ》右衛《ゑ》門脚半《もんきやはん》[九]草鞋《わらじ》、[一〇]竹笠雨除《たけがさあまよけ》の蓙《ござ》を引掛出《ひつかけで》[一一]て来《きた》り、

磯右　先達《せんだつ》て来《き》た郵便《いうびん》に、所書《ところがき》から番地《ばんち》迄委《までくは》しく書《かい》て有《あつ》たので、悴《せがれ》の内《うち》が直《じき》に知《し》れた、[一二]昔《むかし》と違《ちが》ツて番地《ばんち》の有《ある》ので、誠《まこと》に弁理《べんり》のいゝ事《こと》だ ◯（ト磯《いそ》右衛《ゑ》門舞台《もんぶたい》へ来《きた》り、門口《かどぐち》の表札《ひやうさつ》を見《み》て、）ヲ、爰《こゝ》だ〳〵。

島蔵　ヤ、あの声《こゑ》は。（トお浜出《はまで》て、）

お浜　ヲ、お前《まへ》は爺《とゝ》さん。

六　一合、二合と少しずつ量り売りで買うこと。

七　福島屋の件を上演しない近年の台本では、ここで徳蔵に行かせることにして徳蔵は花道へ入る。岩松と磯右衛門は既に奥に居ることとして、一場を省略し、直ぐに三三五頁八行の千太の出になることが多い（平成六年の前進座上演時は、省略はあるが、この場は原作通りだった）。五世菊五郎の明治三十三年上演時の談では、「元のですと（黙阿弥の案という意味か—引用者）彼処(あすこ)は神楽坂へ島蔵が立派な店を出して、手代小僧を抱へて開業してゐます。是ぢやどうも福島屋の方へ返さうといふ五百円の金を拵へる為に店を出さうといふのではもと〳〵、あまり仕事が大きうがすから、妹を帳場に置いて、小僧を一人使つてゐるといふ、まづ通例の商人にして、而して福島屋の娘がさういひに来た醬油を、自分で持つて行くといふのに繋ぎました。それに全体此所には野州徳がのめ摺込んでゐて、売の銭をくすねるなんといふ所があります。島蔵位になつた泥棒が、徳の一癖あらうといふのに目が付かない分(わけ)はありませんから、わざと此所へは出しませず」（山岸荷葉編『五世尾上菊五郎』文学堂、明治三十六年）。

八　底本「徳蔵」を直す。

九　↓一五三頁注一六。

一〇　扮装で全く旧弊な地方の老人を視覚化する。

一一　「明治二十三年附帳」では「稽古唄阿免や」。

一二　「区内ノ順序ヲ明ニスルハ番号ヲ用フベシ」（明治四年「戸籍編製法」第七則）。散切物と明治初期の啓蒙的風潮とは切り離せない。

磯右　娘達者《むすめたつしや》か。(ト島蔵見《しまざうみ》て、)

島蔵　是《これ》は親父様《おやぢさま》、能出掛《よくでかけ》てお出被成《いでなされ》ました。(ト奥《おく》より岩松出《いはまつで》て来《きた》り、)

岩松　おぢいさん、御機嫌宜敷《ごきげんよろし》[一]ふござりましたか。

磯右　ヲヽ、岩松《いはまつ》、其方《そち》も達者《たつしや》か。

お浜　まア、何《なに》は兎《と》もあれ足《あし》を洗《あらつ》て、此方《こちら》へお上《あが》り被成《なされ》ませ。

ト磯右衛門椽《いそゑもんえん》へ腰《こし》を掛《かけ》る、お浜盥《はまたらい》[二]へ水《みづ》を汲《くみ》、磯右衛門《いそゑもん》の足《あし》を洗《あら》つてやる、皆《みな》〳〵捨台詞《すてぜりふ》有《あつ》て、

磯右　漁師《れうし》はすれど舟《ふね》よりも陸《りく》を歩行《あるく》方《はう》が能《いゝ》から、足《あし》に任《まか》して出《で》て来《き》たが、三人達者《さんにんたつしや》な顔《かほ》を見《み》て草臥《くたびれ》たのもさつぱり忘《わす》れた。

島蔵　疾《とく》にも是《これ》が知《し》れたらば、[三]品川迄《しながはまで》も私《わたくし》が今日《けふ》お迎《むか》ひに出《で》ますもの、何故《なぜ》郵便《いうびん》を下《くだ》さりませぬ。

磯右　[四]先達《せんだつ》て己《おれ》が言《いつ》た、意趣《いしゆ》を爰《こゝ》で返《かへ》されたが知《し》ツての通書《とほりかけ》[五]ぬ故《ゆゑ》、人頼《ひとたのみ》をするも面倒《めんだう》、夫故手紙《それゆゑてがみ》を出《だ》さなんだ。

お浜　サア〳〵足《あし》[六]は宜《よろ》しふござります。

岩松　お祖父《ぢい》さん、是《これ》へお出被成《いでなされ》ませ。

磯右　ヲイ〳〵、爰《こゝ》らが居所《ゐどころ》に能《よ》からう　◯　(ト能所《よきとこ》[七]に住居《すまゐ》、)今日《けふ》は旅《たび》[八]の憂《う》

一　底本「御嫌機」を直す。

二　脚絆を着けた古いスタイルの旅拵えであるために、足を洗う。→二一六頁注一・二。

三　鉄道の神戸—新橋開通は明治二十二年。初演明治十四年当時、神戸—横浜は蒸気船で三、四日かかり、運賃は下等で約六円。横浜から鉄道で新橋まで下等三十七銭、中等六十銭、上等一円(明治五年開業時より値下げ)で、所要時間は五十三分。

四　以前島蔵に、何故郵便をよこさないかと叱った事を指す。

五　無筆である。

六　足はきれいになりました、の意。

七　ここでは屋体内の上手よりが普通。

八　旅の気疲れもなくなり、自分の家に戻ったようだ、の意。

さを忘《わす》れ、内《うち》へ帰《かへつ》た様《やう》ぢやわい。

島蔵　先御機嫌《まづごきげん》の能《よ》イお顔《かほ》を見《み》て、私《わたくし》初《はじ》め三人共《さんにんとも》、

お浜　誠《まこと》に嬉《うれ》しふ、

三人　ござりまする。

磯右　己《おれ》も替《かは》る事《こと》のない、三人《さんにん》の顔《かほ》を見《み》て、こんな嬉《うれ》しひ事《こと》はない。

島蔵　シテ今度《こんど》お出掛被成《でかけなされ》たは、何《なん》ぞ火急《くわきう》な用事《ようじ》でも有《あつ》ての事《こと》でござりますか。

磯右　別《べつ》に何《なに》も用事《ようじ》はないが、沖蔵《おきざう》めがお浜《はま》をば是非共呉《ぜひともくれ》ろと迫《せま》る故《ゆゑ》、手前《てめへ》が内《うち》を持《もツ》たを幸《さいは》ひ、岩松諸共《いはまつもろとも》[九]よこしたが其後度々《そのゝちたび／＼》替《かはり》のない事《こと》を手紙《てがみ》で知《し》らして呉《くれ》たが、[一〇]今《いま》も云手《いふて》が書《かけ》ねば[一一]内証《ないしやう》の事《こと》を白地《あからさま》に人《ひと》に云《いは》ねば成《な》らぬ故《ゆゑ》、[一二]夫《それ》ら是《これ》らで東京《とうきやう》へ態々《わざ／＼》出《で》て来《き》た其実《そのじつ》は、孫《まご》の顔《かほ》が見《み》たいからだ。

お浜　憮《さぞ》さうでござりませう、併《しか》し明石《あかし》に居《をつ》たより、水《みづ》が合《あつ》てか岩松《いはまつ》も誠《まこと》に達者《たつしや》でござりますから、沢山《たんと》顔《かほ》を御覧被成《ごらんなされ》ませ。（ト岩松《いはまつ》を前《まへ》へ出《だ》す、）

岩松　私《わたくし》もお祖父《ぢい》さんの顔《かほ》が見《み》たうござります。

九　島蔵へ預けたが。
一〇　今言ったように。
一一　無筆なので手紙の内容を書き手に知られてしまう。
一二　「それこれ」と同じ。あれやこれや。

磯右　ヲヽ、まつ黒《くろ》[一]なぢいが顔《かほ》、篤《とつく》りと見《み》てくりやれ。（ト磯右衛門岩松《いそゑもんいはまつ》を引寄嬉敷思入《ひきよせうれしきおもいれ》、）

お浜　さうして内《うち》は誰《だれ》ぞに頼《たの》み、此地《こち》らへお出被成《いでなされ》ましたか。

磯右　何《なに》もない気散《きさん》[二]じは、隣《となり》のお婆御《ばご》に留守《るす》を頼《たの》み、其身其儘《そのみそのまゝで》出て来《き》たのだ。

島蔵　能尋《よくたづね》て来《き》て下《くだ》さいました、まア寛《ゆつく》りと逗留《とうりう》して、所々《しよく》を見物被成《けんぶつなされ》ませ。

磯右　今日《けふ》神奈川《かながは》[三]から鉄道《てつだう》で、新橋《しんばし》[四]とやらへ来《き》た時《とき》に、是《こ》りやアメリカへでも来《き》はせぬかと煉化造《れんぐわづく》りに恟《びつく》りした。

島蔵　まだ〳〵あんな事《こと》ではない、諸官省《しよくわんしやう》[五]から三井《みつゐ》[六]の銀行《ぎんかう》、見《み》る所《ところ》は沢山《たくさん》有《あり》ます、先何《まづなに》よりか爰《こゝ》から近《ちか》ひ招魂社《せうこんしや》[七]へ、明日《あした》にも御参《おまゐ》り被成《なされ》て御覧《ごらん》なさい。

磯右　博覧会《はくらんくわい》[八]を見《み》に来《き》た者《もの》が、帰《かへつ》てからの咄《はなし》に聞《きい》たが、大層立派《たいそうりつぱ》だと言事《いふこと》だ。

島蔵　是《これ》から毎日私《まいにちわたくし》が、案内者《あんないしや》に成《なり》ますから、寛《ゆつく》りと見物被成《けんぶつなされ》ませ。

磯右　国《くに》へ土産《みやげ》に残《のこ》る所《とこ》なく、見物《けんぶつ》をして行《ゆき》ませう、イヤ土産《みやげ》と云《いへ》ば悦《よろこ》ばす能《い》イ土産《みやげ》の咄《はなし》が有《あ》る。

島蔵　夫《そ》りやどんな咄《はなし》でござりまする。

磯右　手前《てめへ》を乗《の》せて明石浦《あかしうら》で難船《なんせん》をした波六《なみろく》が、助舟《たすけぶね》に引上《ひき〔あ〕げ》られ、危《あやふ》ひ命《いのち》を

一　漁師として日焼けした顔。

二　気楽さ。

三　神奈川駅の意とすると、横浜の次の駅。いずれにしても、かなりの経済的負担である。それでも、鉄道開通の前年明治四年には、東京―大阪は十四日間、宿泊費もいれて十一円三十六銭だったが、東海道線開通後は二十時間、三円七十六銭となった（『日本国有鉄道史』第一巻、日本国有鉄道、昭和四十四年）。

四　煉瓦造りの立派な駅舎は多くの錦絵に描かれ、黙阿弥も『繰返開化婦見月（くりかえすかいかのふみづき）』で「新橋ステンション」を一場にしており、そこでは開化の象徴というだけでなく、時間厳守で出発する汽車という文明の非情さも描かれる。後には川上音二郎の新演劇や新派の舞台にも登場する。

五　明治初期の諸官省は、旧大名の藩邸を転用していた。徐々に新築、移転され、本作初演の年には、外務省が霞ヶ関に移転。

六　「三井の銀行」は一八二頁注一参照。日本橋駿河町（現、中央区日本橋室町一・二丁目のうち）にあった名所絵によく描かれた洋館。

七　当時数多く出版された東京案内類では、由来と共に、新装成って博覧会と同様の噴水、庭園を始め、各種の見世物が演じられる観光名所として紹介されている。

八　黙阿弥は二幕目（二〇七頁）でも磯右衛門に博覧会のことをいわせている。当時は輝かしい開化の象徴であった。「同胞諸君ヨ試ニ我邦二三十年前ノ情況ヲ回憶セヨ工業技術一ニ往古ノ陳套ヲ墨守シ毫モ改良更新ノ念無ク上ハ奨励ノ道ヲ知ラズ下ハ競争ノ志ヲ発セズ…日ニ精ク月ニ進ミ以テ今日有ルヲ致スハ豈望外ノ幸福ニ非ズヤ」（成島柳北「第二回勧業博覧会開場之記」『朝野新聞』明治十四年三月二日）。

お浜　助《たすか》つたぞ。

磯右　爺《とゝ》さん[九]夫《それ》は此間《このあいだ》の、手紙《てがみ》に書《かい》てござんしたぞへ。

島蔵　ヲヽ手紙《てがみ》に書《かい》てよこしたか、年《とし》を取《とる》と同《おな》じ事《こと》を幾度《いくたび》も云《いつ》て成《な》らぬ。

お浜　此間《このあいだ》のお手紙《てがみ》に、其事《そのこと》がござりまして、誠《まこと》に安心致《あんしんいたし》ました。

島蔵　まア、何《なに》は兎《と》もあれ爺《とゝ》さんも、嘸《さぞ》お労《つか》れでござりませうから、奥《おく》へお出被成《いでなされ》ませ。

磯右　久《ひさ》し振《ぶり》で私《わたくし》が、足《あし》を摩《さすつ》て上《あげ》ませう。

岩松　夫《それ》は何《なに》より忝《かたじけな》ひ、詞《ことば》に従《したが》ひ奥《おく》へ行《ゆき》、

磯右　悴《せがれ》を相手《あいて》に何《なに》やかや、

お浜　お咄《はなし》なさるもお楽《たのし》み、

磯右　ドレ、寛《ゆつく》りと噺《はな》さうか。

トお浜岩松磯右衛門《はまいはまついそゑもん》を伴《ともな》ひ、[一〇]奥《おく》へ這入《はい》る。島蔵思入有《しまざうおもいれあつ》て、

島蔵　福島屋《ふくしまや》へ返《かへ》す金《かね》も漸《やう〳〵》昨今《さつこん》[一一]五百円《ごひやくゑん》、金《かね》の[一二]員数《いんず》が揃《そろつ》た故《ゆゑ》、そつくり返《かへ》して身《み》の科《とが》を直《すぐ》に[一三]自首《じしゆ》なし御処刑請《ごしよけいうけ》、[一四]誠《まこと》の人《ひと》に帰《かへ》るのは、モウ遠《とう》からずと思《おも》つたも、[一五]寸善尺魔《すんぜんしやくま》は兄弟分《きやうだいぶん》の千太《せんた》に昨日《きのふ》[一六]出合《であつ》たが、尋《たづ》ねて来《く》るに違《ちが》ひないが、願《ねが》ひが成就《じやうじゆ》せぬ内《うち》に[一七]事《こと》の破《やぶ》れに成《な》らねばよいが、包《つゝ》む悪《あく》

九　磯右衛門の老いにかこつけて、事情を観客へもそれとなく知らせるための劇作術。

一〇　「明治二十三年附帳」では「同じく」(以前と同じ曲の意)。
一一　盗んだ千円の半額。
一二　数のこと。
一三　→二三〇頁注三。
一四　改心して、堅気の身となる。
一五　良い事少なく、悪い事は多い。
一六　底本振仮名「であひ」を直す。
一七　破綻。

事《じ》が露《ろ》顕《けん》なし、若《もし》捕《と》られでもした時《とき》は今《け》日《ふ》態《わざ》〳〵尋《たづ》ねて来《き》た親《おや》仁《ぢ》に苦《く》労《らう》を掛《かけ》ねばならぬ、どうぞ国《くに》へ帰《かへ》る迄《まで》此《この》身《み》を無《ぶ》事《じ》に仕《し》たい物《もの》だ。（ト島《しま》蔵《ざう》腕《うで》を組《くみ》思《し》案《あん》の思入《おもいれ》、奥《おく》より以《い》前《ぜん》のお浜《はま》出《で》て、）

お浜　モシ兄《あに》さん。（ト大《おほ》きく云《いふ》。）

島蔵　ヱ、、悔《びつく》りした。

お浜　忘《わす》れた事《こと》がござんすぞへ。

島蔵　何《なに》、忘《わす》れた事《こと》とは。

お浜　さつきお出《いで》の娘《むす》御《めご》が、頼《たの》んで行《いつ》た醬《しやう》油《ゆ》をば。

島蔵　ヲ、親《おや》父《ぢ》が来《き》たので遅《おそ》く成《なつ》た、一《ひと》走《はし》り行《いつ》て来《き》様《やう》か。（ト徳《とく》利《り》を取《とり》上《あげ》る。）

お浜　お前《まへ》が行《ゆか》ずと徳《とく》蔵《ざう》にでも。

島蔵　イヤ、行《いつ》て様《やう》子《す》を見《み》て来《き》やう。

お浜　そんなら兄《あに》さん。

島蔵　親《おや》仁《ぢ》の世《せ》話《わ》を頼《たの》んだぞ。

　ト時《とき》の鐘《かね》合《あひ》方《かた》にて島《しま》蔵《ざう》徳《とく》利《り》を提《さげ》、向《むか》ふへ這《は》入《い》る。お浜《はまあと》跡を見《み》送《おく》り、右《みぎ》の合《あひ》方《かた》にて道《だう》具《ぐ》回《まは》る。

一　次の福島屋の場が出ない近年の上演の台本処理、演出については三〇一頁注七参照。
二　二重舞台（屋体を飾る際、舞台に土台として置く台）の上に平台（舞台の一部を必要に応じて組みあげるための台）を六枚使って組む道具をいう。「六枚飾り向ふ」、全集では「常足の二重、正面」。
三　「道具の好みよく極（ごく）ケチな長家に立派な簞笥の有処は以前が見へて感心又古畳の敷塩梅抔実に能（よく）心を付けられました事也」（六二連『俳優評判記』第十四編）。明治二十三年再演時には、粗末な簞笥にしたため効果が失われたと評されている（『歌舞伎新報』一一六一号）。
四　二枚扉の仏壇に南無阿弥陀仏と書いた掛け物と位牌を置く。
五　華瓶（けびょう）、燭台、香炉の仏壇用一揃い。
六　約一・八《メートル》後方に下がった位置に。
七　火床が一つだけの竈。裏長屋の侘しい暮しを見せる。
八　据付でない移動可能な小道具の流し。
九　定式道具の寸法で置く場所。
一〇　九尺間をあけて一間間口の腰障子。
一一　→用語一覧。
一二　→用語一覧。
一三　うらぶれた感じの扮装。明治三十三年上演時の八百蔵（七世中車）は、「左団次のはどうであつたか知らぬが仮髪（かづら）が髷を直して散髪（ざん

本舞台《ほんぶたい》三間《さんげん》の間《あいだ》六枚《ろくまひ》[二]飾《かざ》り向《むか》ふ一間《いっけん》押入戸《おしいれと》棚《だな》下手《しもて》鼠壁《ねづみかべ》、此前《このまへ》に箪《たん》[三]笥《す》、上《うへ》に厨子《づし》[四]入《いれ》の阿弥陀《あみだ》仏《ぶつ》位牌《ゐはい》三《み》[五]ツ具足《ぐそく》を並《なら》べ、上《かみ》の方《かた》壱間《いっけん》[六]跡《あと》へ下《さげ》て台所《だいどころ》、内《うち》に一《ひと》[七]ッ竈《べつひ》置流《おきなが》[八]し、水桶《みづおけ》手桶《ておけ》台所《だいどこ》道具《だうぐ》宜敷《よろしく》、い[九]つもの所《ところ》門口《かどぐち》、下《しも》の方《かた》[一〇]九尺《くしやく》一間《いっけん》[一一]腰障子《こししやうじ》三尺《さんじやく》[一二]戸袋《とぶくろ》都《すべ》て宮比町《みやびちやう》裏《うら》長屋《ながや》の体《てい》。弐重《にぢう》上手《かみて》に清兵衛《せいべゑ》[一三]やつし形《なり》にて住居《すまゐ》下手《しもて》に眼七《がんしち》羽織《はおり》着流《きなが》しにて莨《たばこ》をのみ居《ゐ》る。跡《あと》[一四]へ下《さが》りてお仲《なか》[一五]火鉢《ひばち》へ鉄瓶《てつびん》を掛《かけ》、破《やれ》[一六]団扇《うちは》であふぎ居《ゐ》る、[一七]道具《だうぐ》中程《なかほど》より稽古《けいこ》[一八]唄《うた》にて道具《だうぐ》留《とま》る、ト合方《あひかた》[一九]弾流《ひきなが》し、

清兵　眼七殿《がんしちどの》、能尋《よくたづね》て来《き》て下《くだ》すつた。

眼七　[二〇]遠《とう》から上《あが》らうと存《ぞんじ》ましたが、扨貧乏暇《さてびんぼうひま》なしで御無沙汰《ごぶさた》を致《いた》しました。

清兵　[二一]世《よ》にある時《とき》は朝夕《あさゆふ》に来《こ》ず共能者迄《ともよいものまで》が、ちやほやと云《いっ》て能来《よくく》れど、斯《か》う落《おち》ぶれては誰一人《たれひとり》尋《たづね》て呉《くれ》る者《もの》はない。

お仲　態《わざ》〳〵尋《たづね》て下《くだ》さんしたは、私《わたし》が踊《おどり》を稽古《けいこ》した、[二二]西川《にしかは》の御師匠《おしせう》さん計《ばか》り、

眼七　[二三]巳根造《みねざう》さんは新聞《しんぶん》にもいつか出《で》ました親孝行《おやかう〳〵》、不断《ふだん》あなたのお噂《うはさ》を能《よく》申《まうし》て居《をり》ました、イヤ親孝行《おやかう〳〵》と申《まうし》ますれば、[二四]鬼灯屋《はうづきや》の息子《むすこ》をば御存《ごぞんじ》でご

つば）にしたのは好い好（このみ）であった」とされている（『歌舞伎』四号）。黙阿弥自筆の「絵看板下絵」では、『水天宮利生深川（すいてんぐうめぐみのふかがわ）』の筆売幸兵衛と同じ、地色の毛羽二重に乱れた髷という風に見える。初演時の『歌舞伎新報』一九一号挿絵は散髪。ただし同紙の挿絵は上演の実態と違うことが多い。→三一五頁図。

一四　その後方で。

一五　火鉢は季節に関わりなく通年使用する町家の必需品。

一六　零落した様子を表す小道具。

一七　舞台が半分回って次の場が見えてきた辺りで、前の合方から稽古唄に変る。「明治二十三年附帳」では「道具替り中より四つ竹唄」。

一八　下座音楽の唄入り合方の一種。町家の幕開きによく用いる。

一九　そのまま演奏し続ける。

二〇　早くから、以前から。

二一　繁盛していた時は。

二二　お仲役者は、四世中村福助（後の五世歌右衛門）で、明治十年から四年程父の四世芝翫と地方巡業をした。「そのころ名古屋で有名な踊の師匠で西川鯉三郎という人が、大そう権力がありましたので」稽古を頼んだ（伊原青々園編『歌右衛門自伝』秋豊園、昭和十年）。

二三　不詳。文脈からすると西川流の舞踊家か。西川巳之蔵ならば、五世扇蔵の門下として『初代花柳寿輔』（河竹繁俊著、花柳家元、昭和十一年）に名はある。黙阿弥の舞踊作品や芝居のなかの振付は殆どが花柳寿輔。寿輔は西川の門下だった。なお底本「己根造」を直す。

二四　『古代形新染浴衣（こだいがたしんぞめゆかた）』での七郎助の倅市之助（中村仲太郎）の仕事。鬼灯を鳴らす遊びは江戸時代から女性に人気があった。

ざりませうな。

清兵　能《よ》く[一]浅草居回《あさくさゐまはり》を、毎日売《まいにちうつ》て歩行《あるい》た子僧《こぞう》か。

眼七　あれが親父《おやぢ》は[二]本所《ほんじよう》の三笠町《みかさちよう》に居《をり》ました、七郎助《しちろうすけ》と云《いふ》[三]紙屑屋《かみくづや》、[四]元《もと》は鎗《やり》を持《もた》した身分《みぶん》で、[五]石取《こくどり》でございましたが[六]瓦解此方零落《ぐわかいこのかたれいらく》なし、ひどい難義《なんぎ》を致《いたし》ましたが、先頃領地《さきごろりやうち》の百姓《ひやくしやう》が態《わざ》〳〵国《くに》へ呼迎《よびむか》へ、[七]田地《でんち》を分《わけ》て呉《くれ》たので、今《いま》は楽《らく》な身分《みぶん》に成《な》り百姓《ひやくしやう》をして居《をり》ますさうだが、何《なん》でも人《ひと》は正直《しやうじき》でなければ恵《めぐ》みはございませぬ。

清兵　夫《それ》は何《なん》にしろ仕合《しあはせ》な事《こと》だ、人《ひと》の事《こと》でも喜《よろこ》ばしい。

眼七　旦那《だんな》も常《つね》からお慈悲深《じひふか》く、正直《しやうじき》なお生《うま》れ故《ゆゑ》、今《いま》に能事《よいこと》がございませう。

清兵　其紙屑屋《そのかみくづや》が仕合《しあはせ》も鬼灯売《ほうづきうり》が孝行故《かうくゆゑ》、夫《それ》に引替娘《ひきかへむすめ》のお園《その》、娘心《む〔す〕めごゝろ》の[八]後先《あとさき》見《み》ずに親《おや》を捨《すて》し不孝者《ふかうもの》。

眼七　お園《その》さんをお貰《もら》ひ申《まうし》た、六三殿《ろくさどの》は参《まゐ》りますか。

清兵　[九]以前《いぜん》なれば勘当《かんだう》をする所《ところ》なれど当節故《とうせつゆゑ》、是非《ぜひ》なくお園《その》は遣《やつ》たれど、出《で》入《いり》は留《とめ》て音信不通《いんしんふつう》。

眼七　夫《それ》は疾《とく》より私《わたくし》も承《うけたま》はツて居《をり》ましたが、夜《よ》るでも内証《ないしやう》でこつそりと上《あが》る事《こと》かと存《ぞんじ》ましたが、夫《それ》では誠《まこと》にお出入《でいり》なく、音信不通《いんしんふつう》でございます

一　浅草の近所、付近。
二　現、墨田区亀沢三・四丁目の一部。『古代形新染浴衣(こだいがたしんぞめゆかた)』で、お園六三の駆落ち先の七郎助の家がある。
三　『古代形新染浴衣』での零落士族七郎助の職業。
四　以前は家来を持つ武士であった。
五　家禄を取る身分。
六　幕府の崩壊。
七　明治五年地券発行地租収納規則を設け、田畑の永代売買禁止が解除され、地券の授受により所有権が移転されるようになる。
八　無分別に。
九　旧幕時代は、公的な勘当は町役人に届け人別帳から除外した。

か。

お仲　せめて私《わたし》の所迄《ところまで》、お姉《あね》ヱさんからお文《ふみ》でも参《まゐ》りさうな物《もの》なれど、何《なん》の便《たより》もござりませぬ。

眼七　其《その》お便《たより》はござりますまい。

お仲　夫《そ》りや何故《なにゆゑ》に。

眼七　御存《ごぞんじ》なくば私《わたくし》がお咄《はなし》を致《いたし》ますが、六三《ろくさ》殿《どの》が瘧《をこり》[一〇]を煩《わづら》ひ久敷《ひさしくし》仕事《ごと》に出《で》ぬ所《ところ》へ、交《くわ》て加《くは》へてお園《その》さんが同《おな》じ病《やま》ひで此頃《このごろ》は、二人共日《ふたりともひ》[一一]震《ぶる》ひで枕《まくら》を並《なら》べて寝《ね》て居《を》れば、実《じつ》の事《こと》は其日《そのひ》[一二]に困《こま》り、私方《わたくしかた》へ此間《このあいだ》いらぬお[一三]道具《だうぐ》を五《ご》円程売《あんほどうつ》た位《くらゐ》でござります。

清兵　親《おや》を捨《すて》て出《で》たからは、天《てん》の罰《ばち》でも其位《そのくらゐ》な報《むく》ひはなくてならぬ筈《はづ》だ。

お仲　スリヤ、[一四]六三《ろくさ》さんも姉《あね》さんも煩《わづら》ふてござんすとか、一寸見舞《ちよつとみまひ》に行《ゆき》たいにも、表向《おもてむき》では行《ゆか》れぬ身《み》の上《うへ》、[一五]心柄《こゝろがら》とは云《い》ひ乍《ながら》お労敷《いとし》ひ事《こと》でござりますナ。

眼七　お二人共《ふたりとも》に旦那様《だんなさま》の、罰《ばち》で斯《か》う云憂目《いふうきめ》を見《み》ると、いつそ悔《くや》んでゝござります。

清兵　親《おや》の免《ゆる》さぬ色恋《いろこひ》をすれば必《かなら》ず其通《そのとほり》二人共《ふたりとも》瘧《をこり》を煩《わづら》ひ、其日《そのひ》に困《こま》る難義《なんぎ》

一〇　間歇熱の一種、マラリア性の発熱。

一一　毎日起きる瘧の病。「日本でもふるくから流行し、平安時代から記録にあらわれる。病原体のマラリア原虫(プラスモジウム)はすべてアノフェレス(ハマダラカ)属の蚊が媒介する。ふつう感染して一―三週間して突然悪寒発熱戦慄をともなう四十度前後の高熱が四、五時間継続し、発汗とともに急に熱がさがる。つぎの一日は平熱で、そのつぎの日つまり三日目(四十八時間)に再び熱発作がおこる。これが日本にみられる三日熱マラリアである。…この間歇的発作をくりかえし…体力は極度に衰弱する」(立川昭二『江戸人の生と死』筑摩書房、平成五年)。黙阿弥は文久元年(一八六一)の『竜三升高根雲霧(りょうとみますたかねのくもきり)』で、この病気を印象的に見せている。

一二　その日の暮しにも困り。

一三　生活上の諸道具。

一四　底本振仮名「ろくさん」を直す。

一五　自業自得とはいえ、可哀相なこと。

をするも、世間《せけん》の娘《むすめ》のよい戒《いまし》め、親《おや》はさのみに思《おも》はねど天《てん》がお免《ゆる》し被成《なさら》ねば、憂目《うきめ》を見《み》るは当《あた》りまへぢや。

一ト床《ゆか》の浄瑠璃《じやうるり》に成《なり》、

上るり　へ口《くち》には云《いへ》ど恩愛《おんあい》に不孝《ふかう》な子《こ》程《ほど》不便《ふびん》が増《ま》し、二塞《ふさが》る胸《むね》の門口《かどぐち》を明《あけ》て入《いり》来《く》る仙次郎《せんじらう》、

ト清兵衛《せいべゑ》お仲《なか》三じつと思入《おもいれ》、此内向《このうちむか》ふより四千次郎《せんじらう》羽織《はおり》着流《きなが》しにて出《で》て来《きた》り、門口《かどぐち》に伺《うかゞ》ひ居《ゐ》て、

仙次　清兵衛殿《せいべゑどの》、内《うち》でござるか。

清兵　ヤ、竹《たけ》の塚《つか》の仙次郎殿《せんじらうどの》、能《よく》こゝが知《し》れましたな。

仙次　貴殿《こなた》が爰《こゝ》に居《ゐ》る事《こと》は、慥《たしか》に聞《きい》て今日《けふ》来《き》たのだ。

眼七　まア此方《こちら》へお通《とほり》被成《なされ》ませ。

仙次　お前《まへ》は五広小路《ひろこうぢ》の道具屋《だうぐや》さん、貸《かし》でも有《あつ》てござつたのか。

眼七　イヱ左様《さやう》ではござりませぬ。(ト仙次郎《せんじらう》真中《まんなか》へ住居《すまゐ》、お仲《なか》盆《ぼん》へ茶碗《ちやわん》を乗《の》せ、)

お仲　ハイ、お茶《ちや》をお上《あが》り被成《なされ》ませ。

仙次　ヲヽお仲坊《なかばう》、六些《ちつ》と見《み》ぬ間《ま》に大《おほ》きく成《なつ》た、是《これ》ではお嫁《よめ》に行《ゆつ》ても能《よ》イな。

一 黙阿弥得意の「ト書き浄瑠璃」という手法。幕末の四世小団次主演の作品以来、黙阿弥が効果的に用いた劇作法。場面の見せ場や愁嘆場に義太夫を入れて、芝居を展開する。上方で育った小団次の芸風に合わせて作ったともいわれるが、観客の気分を変え、舞台への注目を高める方法として、黙阿弥は菊五郎主演の世話物でも数多く用いている。ト書きにあたる部分を浄瑠璃(義太夫)化したので「ト書き浄瑠璃」と呼んでいる。本作では二幕目での親子の別れの場面でも用いている。→二一五頁注七。

二 掛詞。

三 こういう場合は時間が空いてもそのまま動かず、仙次郎の出を待つのが、歌舞伎の演技の約束。

四 仙次郎と同じ。場割(場面)名、役名その他表記の不統一は歌舞伎脚本では一般的。

五 ここでは浅草広小路。→二四九頁注一〇。

六 三一二頁のお仲を嫁にくれという伏線。

七 「今般区郡制定ニ付テハ、右区郡役所左ノ場所へ設置来ル四日開庁事務取扱候条、此旨布達候事／明治十一年十一月二日東京府知事楠本正隆」として、牛込区役所は神楽町三丁目三番地(現、新宿区神楽坂四丁目)に設置された(『東京日日新聞』明治十一年十一月四日)。

八 国内。

九 そっけなく。

お仲　そんな事《こと》は存《ぞん》じませぬわいナ。

清兵　手前《てまへ》が爰《こゝ》に居《をり》ますのを、何所《どこ》でお聞被成《きゝなされ》ました。

仙次　何《ど》んな所《ところ》へ逃様共《にげやうとも》、七昔《むかし》と違《ちが》ツて区役所《くやくしよ》で籍《せき》を糺《たゞ》せば直《すぐ》に知《し》れる、外国《ぐわいこく》へでも行《いつ》たら知《し》らず、八内国中《ないこくちう》に隠《かく》れて居《ゐ》れば知《し》れぬと云事《いふこと》がない。

清兵　誠《まこと》に以《もつ》てお前様《まへさま》には、申訳《まうしわけ》もない事《こと》ながら、最《も》う少《すこ》し待《まつ》て下《くだ》さりませ。

仙次　イヤ待事《まつこと》は成《なり》ませぬ、九愛敬《あいけう》もなく断《ことは》るのも、金《かね》を借《かり》た其晩《そのばん》に其方《そつち》も金《かね》を盗《ぬす》まれゝば、一〇此方《こつち》も証書《しやうしよ》を盗《ぬす》まれて、其趣《そのおもむき》は双方《さうはう》から一一分署《ぶんしよ》へ御届《おとゞけ》なしたれば、貸《かし》た借《かり》たは判然《はんぜん》すれど、惚《ほれ》たお園《その》の聟《むこ》にすると、一二蝮《うはばみ》めが口車《くちぐるま》に浮《う》ツかり乗《のつ》て一三抵当《ていたう》の地面《ちめん》を外《ほか》へ売《う》られて仕舞《しまひ》、半金返《はんきんかへ》して半金《はんきん》は持参金《ぢさんきん》にして呉《くれ》との頼《たのみ》を聞《きい》たも聟《むこ》に成《なり》たさ、一四本書《ほんしよ》の出《で》る迄仮証取《までかりしやうとり》、一五将婚礼《いでこんれい》と云晩《いふばん》に白無垢《しろむく》の儘《まゝ》お園《その》に逃《にげ》られ、馬鹿《ばか》にされた仙次郎《せんじらう》、是《これ》ではどんな一六色事師《いろごとし》でも敵役《かたきやく》に成《なら》ねばならぬ、詰《つま》りが持参《じさん》の五百円《ごひやくゑん》を、百《ひやく》円宛《ゑんづゝ》五ヶ年賦《ねんぷ》に取《とつ》て呉《くれ》との達《たつ》ての頼《たのみ》に、当金百円入《たうきんひやくゑんいれ》たらば待《まつ》て遣《やら》ふと大負《おほまけ》に、負《まけ》て遣《やつ》たに其金《そのかね》を、今日《けふ》の明日《あす》のと云延《いひのば》し、とゞの仕舞《しまひ》が一七随徳寺《ずいとくじ》、あんまり酷《ひど》い仕方《しかた》だから、今日《けふ》は是非共約束《ぜひともやくそく》の、金《かね》を取《と》らねば帰《かへ》らぬぞ。

一〇　以下、『古代形新染浴衣(こだいがたしんぞめゆかた)』の筋との関係で、仙次郎の役を語らせる劇作法。仙次郎の証書入りの紙入れを巾着切りが盗み、それを千太と島蔵が更に奪う。「此時島蔵の菊五郎出て紙入の中の証書を見て…証書なんぞはつまらねへが千円といふ金高ゆゑ何ぞ後日に役にたつか己に譲ッてくんなせへ(左)其証書を種に遣ひ後日の脚色(しくみ)が見てへ物だ」(『歌舞伎新報』一五六号)。

一一　明治初年に巡査の駐屯所を屯所と称していたが、明治十年「分署」として地名を被せることになる。

一二　『古代形新染浴衣』で登場する蝮の勘七。同作に登場する口入れのお常の台詞に「何でも彼でも一呑にする蝮の勘七の周旋で竹の塚の大百姓に」、仙次郎の台詞に「勘七殿の言込で此福島屋へ千円貸したも」とある。

一三　明治十三年土地売買譲渡規則により、三〇八頁注七にある土地所有権移転の条件、登記の条件も変った。

一四　「鶴助奥野千次郎着流し田舎大尽にて出て来り(鶴)勘七殿の言込で此福島屋へ千円貸たも評判の娘の聟にならふと思へば約束の此証書迄取て置ばモウ安心だとはいふものの」(『歌舞伎新報』一五六号)。

一五　さあ、これから、の意。

一六　仙次郎役は『古代形新染浴衣』と同じ中村鶴助。六二連『俳優評判記』では『古代形新染浴衣』では突っころばし(役柄の一。上方和事風の頼りない男。突けば転びそうな男の意—引用者)風で、今度は敵役風で、この役はよく書けていないと評されている。

一七　逃亡。脇目もふらず、ずいといくの意。「一目山随徳寺」と洒落でいう。

清兵　御尤《ごもつとも》でござりますが、先達《せんだつて》も申《まうす》如く親類共《しんるいども》へ頼母子《たのもし》[一]を予《かね》て頼《たの》んで置《おき》ましたれば、初会《しよくわい》[二]を振迄暫《ふるまでしば》しの内《うち》、どうぞ待《まつ》て下《くだ》さりませ。

仙次　イヤ〱、今日《けふ》は待《また》れぬ〱、其頼母子《そのたのもし》の言訳《いひわけ》も是迄幾度聞《これまでいくたびきい》たか知《し》れぬ、何《なん》でもかでも今日《けふ》は百円金《ひやくゑんかね》を取《と》らねば帰《かへ》らぬのだ、達《たつ》て[三]金《かね》が出来《でき》ぬなら百円替《ひやくゑんがはり》に此妹《このいもと》を、私《わし》が女房《にようぼ》に下《くだ》さるか。

清兵　思召《おぼ〔し〕めし》は有難《ありがた》ひが、余《あま》[四]り年《とし》が違《ちが》ふのに、唯今是《たゞいまこれ》が居《をり》ませぬと、実《じつ》に朝夕《あさゆふ》[五]困《こまり》ますから、其義《そのぎ》は御免下《ごめんくだ》さりませ。

仙次　そんなら百円渡《ひやくゑんわた》さつしやるか。

清兵　[六]サア、夫《それ》は。

仙次　妹《いもと》を替《かはり》に下《くだ》さるか。

清兵　サア、

仙次　サア、

両人　サア〱〱。

仙次　二《ふた》ツに一《ひと》ツの返事《へんじ》をさつしやれ。

上〽のつ引《びき》ならぬ此場《このば》の迫《せつ》[七]パ、眼七見兼《がんしちみかね》て中《なか》へ入《い》り、（ト仙次郎屹度《せんじらうきつと》成《なる》、眼七見兼《がんしちみかね》て、）

一　無尽。期日、掛金を決め籤引きか入札により順次融通する組合組織。
二　その最初の順が回ってくるまで。
三　「お園を出すか千円貸た金を帰すかト清兵衛に迫る所はまことに何だか訳がわからず…夫もならずは金の代りに妹のお仲を渡せト云に至ては弥々(いよ)訳がわからず…固より千円貸たを枷に無理に聟に来るト云筋ゆへ始より極(ご)よい人と云では有まじ」(六二連『俳優評判記』第十四編)。
四　お園と違って妹のお仲は、仙次郎との年齢が離れているからという言訳。お仲が、まだ十五歳なのは三一九頁一行参照。
五　日常の生活に困る。
六　「くりあげ」という歌舞伎では時代世話を問わず見られる演出手法。
七　物事の差迫った状態。

眼七　然《さ》ら仰有《おつしや》るのは無理《むり》ではないが、今清兵衛《いませいべゑ》さんの言《いは》るゝ通《とほり》、百円取《ひやくゑんどり》[八]の頼母子《たのもし》が、急度《きつと》今月《こんげつ》出来《でき》る約束《やくそく》、此眼七《このがんしち》が世話《せわ》人故《にんゆゑ》請合人《うけあひにん》に立《たち》ますから、夫迄《それまで》お待下《まちくだ》さりませ。

仙次　イヤ〳〵夫迄《それまで》待事《まつこと》成《な》らぬ、金《かね》が出来《でき》ず妹《いもと》を呉《くれ》ずば、[九]召連訴《めしつれうつたへ》をせねば成《な》らぬ、サア己《おれ》と一所《いつしよ》に来《き》さつせへ。上〽胸《むな》ぐら取《とつ》て引立《ひつたつ》るを、（ト仙次郎清兵衛《せんじらうせいべゑ》の胸《むな》ぐらを取引立《とりひつたつ》るを、眼七留《がんしちとめ》て、）

眼七　まア〳〵お待被成《まちなされ》ませ、是《これ》が乱暴人《らんぼうにん》と云《いふ》ではなし、借貸《かりかし》の一件《いつけん》では[一〇]お取上《とりあげ》はござりませぬ。

仙次　有《あつ》てもなくても連《つれ》て行《ゆく》のだ。

眼七　そんな野暮《やぼ》を仰有《おつしや》らずと、私《わたくし》にお任《まか》せ被成《なされ》ませ。

仙次　イヤ〳〵、任《まか》す事《こと》は成《な》らぬ〳〵。

眼七　お仲《なか》さんがお望《のぞ》みなら、私《わたくし》がお世話《せわ》を致《いた》しませうから、どうぞ任《まか》して下《くだ》さりませ。

仙次　誠世話《まことせわ》をする事《こと》なら、任《まか》して遣《や》るまい物《もの》でもない。

眼七　急度《きつと》お世話《せわ》致《いた》しますから、一所《いつしよ》にお出下《いでくだ》さりませ。

八　百円融通のつく。

九　監督の立場に当る親や大家が、子や店子を連れて出頭する事で、直後に眼七が言うように、この場合は無理な表現。

一〇　事件として扱ってくれません。

仙次　外《そと》へ行《ゆか》ずと、ツイ爰《こゝ》で、

眼七　爰《こゝ》では咄《はなし》が出来《でき》ませぬ。

仙次　夫《それ》だと云《いつ》て、

眼七　ハテまア、お出被成《いでなされ》ませ。

上〽気転《きてん》きかして眼七《がんしち》が、無理《むり》に引出《ひきだ》し耳《みゝ》に口《くち》、一 旨《うま》ひ咄《はなし》に乗《の》せられて、
打連立《うちつれだち》て出《いで》て行《ゆく》、

ト眼七無理《がんしちむり》に仙次郎《せんじらう》を門口《かどぐち》へ連出《つれだ》し囁《さゝや》く、仙次郎諾《せんじらううなづ》き両人下《りやうにんしも》手《て》へ這入《はい》る。

上〽跡《あと》に清兵衛茫然《せいべゑぼうぜん》と、

清兵　仙次郎殿《せんじらうどの》が尋《たづ》ね来《き》て、催促《さいそく》するも無理《むり》ではない、是迄世間《これまでせけん》へ隠《かく》して居《ゐ》たが、弐千円《にせんゑん》からかさみし借財《しやくざい》、無拠《よんどころなく》地所《ちしよ》をはなし衣類道具《いるいだうぐ》も売払《うりはら》ひ、今《いま》は纔一円《わづかいちゑん》の金《かね》にも困《こま》る身《み》と成《な》れば、親類中《しんるいぢう》で頼母子講《たのもしこう》が出来《でき》ると云《いふ》も偽《いつはり》にて、ほんの一《いつ》かい遁《のが》れの云訳《いひわけ》、まだしも其晩抵当《そのばんていたう》の、証書《しやうしよ》を盗《ぬす》み取《と》られたが、今《いま》では此方《こつち》の仕合《しあはせ》なるか。

お仲　二 今日《けふ》は折能眼七《をりよくがんしち》さんが、連《つれ》て行《いつ》て呉《くれ》たれど、

清兵　明日又来《あすまたき》たらば云訳《いひわけ》も、

一 耳打ちをする。観客にはその内容はわからないが、その興味をつなぐと同時に次の局面展開に際して、そこで不要になった人物を処理して引っ込ませるのによく使われる劇作法の一つ。

二 以下、黙阿弥得意の割り台詞となる。同じ心情を持つ複数の人物が、台詞を分割して言い、最後に斉唱する。台詞の多くは縁語や掛詞で繫ぎ、詠嘆となる。

お仲　泣《なき》の泪《なみだ》に袖濡《そでぬれ》る、

清兵　時雨降《しぐれふ》る夜《よ》の冬近《ふゆちか》く、

お仲　哀《あは》れ身《み》にしる秋《あき》の暮《くれ》、

清兵　思《おも》へば果敢《はか》ない、

両人　身《み》の上《うへ》ぢやなア。

上〽親子《おやこ》手《て》に手《て》を取交《とりかは》し、泪《なみだ》に咽《むせぶ》折柄《をりから》に、徳利《とくり》携《たづさ》へ島蔵《しまざう》が確《たしか》に爰《こゝ》と点頭《うなづ》きて、門《かど》へ立寄《たちよ》り小腰《こどし》三を屈《かゞ》め、

ト此内清兵衛《このうちせいべゑ》お仲宜敷思入《なかよろしくおもいれ》、能程《よきほど》に向《むか》ふより以前《いぜん》の島蔵徳利《しまざうとくり》を提出《さげで》て来《きた》り、花道《はなみち》で向《むか》ふだ四と云思入有《いふおもいれあつ》て舞台《ぶたい》へ来《きた》り、門口《かどぐち》から内《うち》を伺《うかゞ》ひ、

島蔵　へイ、御免下《ごめんくだ》さりませ、福島屋様《ふくしまやさま》はこちらでござりますか。（ト両人《りやうにん》門《かど》を見《み》て、）

清兵　ハイ、手前《てまへ》でござります。

島蔵　先刻《せんこく》お醬油《したじ》をさう仰有《おつしや》いましたが、あいにく男《をとこ》五が居《をり》ませず、大《おほ》きに遅《おそ》なはりましてござりまする。

お仲　持《もつ》て来《き》て下《くだ》さいましたか。

三　内を窺う形となる。
四　底本「だと立」を直す。
五　使用人。

（『歌舞伎新報』191号）

島蔵　是《これ》へ持《もつ》て参《まゐ》りました。
清兵　代《だい》はいか程《ほど》でござります。
島蔵　一 二合六銭《にがふろくせん》でござりまする。
清兵　二 あいにく買《かつ》た銭《ぜに》がなく、コリヤ一銭足《いつせんた》りぬわい。
島蔵　代《だい》は何時《いつ》でも宜《よろ》しふござります。
清兵　夫《それ》では一銭貸《いつせんかし》て下《くだ》され。
お仲　ハイ、五銭《ごせん》ござります。（ト銭《ぜに》を出《だ》す。）
島蔵　有難《ありがた》ふござります ○（ト銭《ぜに》をとり、）旦那様《だんなさま》は浅草《あさくさ》でお見掛申《みかけまうし》たと思《おも》ひますが、以前《いぜん》は彼地《あちら》でござりますか。（ト清兵衛《せいべゑ》ぎつくり思入有《おもいれあつ》て、）
清兵　イヤ、夫《それ》は大方人違《おほかたひとちが》へ、私《わし》は以前《いぜん》は芝《しば》三の者《もの》、浅草《あさくさ》に居《ゐ》た事《こと》はない。
島蔵　左様《さやう》でござりましたか。
お仲　然《さ》う云《いふ》お前《まへ》は浅草《あさくさ》に、居《ゐ》なさんしたのでござりますか。
島蔵　イエ、私《わたくし》も浅草《あさくさ》に居《を》ツた者《もの》ではござりませぬ。
清兵　大《おほ》きにお世話《せわ》でござりました。
島蔵　左様《さやう》なら又何《またなん》ぞ、御用《ごよう》をお願《ねが》ひ申《まうし》ます ○

一 二九〇頁一二行の徳蔵の台詞によると、上等の方の醤油の値段となる。
二 「代を払ふとき一銭たらぬと云て間のわるさうなこなし大出来で有ました奥野仙次郎との掛合もさしたる事はなけれども以前は大商人でありしとは確に受とれました」（六二連『俳優評判記』第十四編）。
三 咄嗟の嘘をついている。

上〽二足三足行掛《ふたあしみあしゆきかけ》しが、
正《まさ》しく今《いま》のは福島屋《ふくしまや》、以前《いぜん》の住居《すまゐ》を隠《かく》すのは。
上〽何《なに》か[四]子細《しさい》の有磯海《ありそうみ》、深《ふか》き様子《やうす》を探《さぐら》んと暫《しば》し小陰《こかげ》に身《み》を忍《しの》ぶ、（ト島蔵思入有《しまざうおもいれあつ》て下手《しもて》へ這入《はい》る、）
上〽内《うち》には斯《かく》としらざれば、娘《むすめ》は親《おや》に打向《うちむか》ひ、（ト床《ゆか》[五]の合方《あいかた》に成《な》り、お仲思入有《なかおもいれあつ》て、）

お仲　モシお爺《とつ》さん、お願《ねが》ひがございますが、お聞被成《きゝなされ》て下《くだ》さりますか。

清兵　改《あらたま》ツて此親《このおや》に、そちが願《ねが》ひが有《あ》ると云《いふ》は。

お仲　外《ほか》の事《こと》でもございませぬが、私《わたし》をどうぞ吉原《よしはら》へ、勤《つと》めに遣《やつ》て下《くだ》さりませ。

清兵　そりや何故《なにゆゑ》に。

お仲　夕《ゆう》べ尊父《あなた》が夜長故《よながゆゑ》[六]、お目《め》が覚《さめ》ての一人言《ひとりごと》に○
上〽千円借《せんゑんかり》し大事《だいじ》の金《かね》、其夜《そのよ》忍《しの》びし白浪《しらなみ》[七]に盗《ぬす》み取《と》られて疵《きず》を請《うけ》、片足《かたあし》きかぬ身《み》となれど、杖《つえ》と頼《たのま》ん人《ひと》もなく、仙次郎殿《せんじらうどの》へ返《かへ》す金《かね》が○
上〽出来《でき》ねば死《し》ぬより外《ほか》はないと、さめぐ〵泣《ない》て仰有《おつしや》るを、寝《ね》た振《ふり》を

明治10年代の吉原
（北海道大学附属図書館北方資料室所蔵）

四「ありそうな」と掛け、縁語で繋ぐ。
五 義太夫の語り抜きの太棹三味線の演奏（メリヤスともいう）で以下の台詞となる。
六 十月十三日の設定であるのは、次の場で知れる。→三三二頁注二。
七 泥棒の異名。

して聞悲《きくかな》しさ、夫故苦界《それゆゑくがい》へ身《み》を沈《しづ》め、
お金《かね》を借《かり》てお命《いのち》を、お助申《たすけまうし》たい故《ゆゑ》に。
上 〽お免《ゆる》し被成《なされ》て下《くだ》されと、云《いふ》に父親面目《てゝおやめんぼく》なく、

ト此内《このうち》お仲《なか》[一]さはりの振宜敷《ふりよろしく》、清兵衛思入有《せいべゑおもいれあつ》て、

清兵　扨《さて》は夕《ゆう》べの我愚痴《わがぐち》を、そちは目《め》が覚聞《さめきい》て居《を》ツたか。ア丶面目《めんぼく》ない事《こと》ではある、是《これ》に付《つけ》ても親《おや》を捨《すて》、婚礼《こんれい》の夜《よ》に家出《いへで》せし、不孝《ふかう》な姉《あね》に引替《ひきかへ》て、其身《そのみ》を苦界《くがい》へ沈《しづ》めても親《おや》の難義《なんぎ》を助《たすけ》たいとは、世《よ》にも稀《まれ》なるそちが孝《かう》〳〵行、志《こゝろざ》しは忝《かたじけな》ひが、今手放《いまてばな》す其時《そのとき》は跡《あと》に残《のこ》ツた片輪《かたわ》[二]の己《おれ》が、仕様模《しやうも》[三]様《やう》もあらざれば、娼妓《しやうぎ》に成《な》らふと云事《いふこと》は思《おも》ひ止《とま》ツて呉《く》りやいの。

お仲　其跡《そのあと》〳〵はお常《つね》[四]が引受御不自由《ひきうけごふじいう》の、ない様《やう》に致《いた》させますから、私《わたくし》の、願《ねが》ひをお叶《かな》へ下《くだ》さりませ、実《じつ》は最前《さいぜん》お常《つね》に咄《はな》し、口入《くちいれ》をなすその人《ひと》に、頼《たの》んで貰《もら》ひましたわいナ。

清兵　スリヤお常《つね》にも打明《うちあけ》て、此事《このこと》を頼《たの》みしとか。

お仲　お常《つね》も初《しよ》[五]ては留《とめ》ましたが、何《ど》うでも此身《このみ》を沈《しづ》めねば家《いへ》の立《たゝ》ぬ入訳《いりわけ》[六]を委《くは》しふ咄《はなし》て聞《きか》せし故《ゆゑ》、さう云事《いふこと》なら兎《と》も角《かく》も、口入《くちいれ》[七]へ往《い〔つ〕》て其道《そのみち》の様子《やうす》を聞《きい》て参《まゐ》りませうと、さつき参《まゐ》りましたわいナ。

一 義太夫の聞かせどころに合わせて動きを工夫して。
二 島蔵に左足を切られて、不自由になっている。
三 やり方。同義の言葉を重ね強調する。
四 三幕目に登場した女髪結の名。
五 初手。最初。
六 さまざまな込み入った事情。
七 三幕目に登場した口入稼業のお欲のこと。

清兵　年《とし》は今年十六《ことしじふろく》なれど、年弱故《としよはゆゑ》[八]に十五年《じふご》何ヶ月《ねんなん》と云《いふ》そちが身《み》で、娼妓《しやうぎ》に成《な》らうと覚期《かくご》せし其心根《そのこゝろね》が不便《ふびん》でならぬ、以前《いぜん》の身《み》ならお嬢様《ちやうさま》で、何《なに》不自由《ふじいう》なく致《いた》させんに、斯零落成《かくれいらくな》したるも、元《もと》はと云《いへ》ば我落度《わがおちど》、年端《としは》も行《ゆか》ぬ其方《そち》に迄《まで》、斯様《かやう》な苦労《くらう》をさせると云《いふ》は、思《おも》へば広《ひろ》ひ世《よ》の中《なか》に助《たすけ》る神《かみ》も仏《ほとけ》もないか、アヽ情《なさけ》ない事《こと》ぢやなア。

上
〽我身《わがみ》を悔《くや》み清兵衛《せいべゑ》が、世《よ》に捨《すて》られし果敢《はか》なさを託《かこ》[九]ち泪《なみだ》に暮《くれ》にける、門《かど》に伺《うかゞ》ふ口入《くちいれ》の老婆《らうば》が鼻《はな》を打《うち》かめば、お常《つね》は堪《こら》へずわつと泣込《なきこ》[一〇]み、

ト清兵衛《せいべゑ》宜敷思入《よろしくおもいれ》、此以前下手《このいぜんしもて》[一一]より前幕《まへまく》のお常《つね》、お欲出《よくで》て、門《かど》口《ぐち》に伺《うかゞ》ひ両人宜敷愁《りやうにんよろしくうれ》ひの思入有《おもいれあつ》て、此内《このうち》お常《つね》わつと泣《なき》ながら内《うち》へ這入《はいる》。

お常　旦那様《だんなさま》、御尤《ごもつとも》でござります。

清兵　ヲヽ、お常《つね》か。

お常　様子《やうす》は門《かど》で承《うけたまは》りましたが、お慈悲深《じひぶか》ひお前様《まへさま》が、此様《こん》な御難義被成《ごなんぎなされ》まするは、仰有通《おつしやるとほ》り世《よ》の中《なか》に、神《かみ》も仏《ほとけ》もござりませぬ。（トお常声《つねこゑ》を上《あげ》て泣《なく》、お欲介抱《よくかいはう》しながら、）

お欲　ヲヽ、お常《つね》さん尤《もつとも》だが、只《たゞ》さへ悲《かな》しひお二人《ふたり》さん、お前《まへ》がそんなに泣出《なきだ》

八　七月より十二月までの生れ。
九　悲嘆に暮れる。
一〇　泣きながら入り込み。
一一　三一八頁の最終行あたりより出て立ち聞く形でいる。

しては、猶《なほ》〳〵泪《なみだ》の留度《とめど》がない。

お常　一夫《それ》でも小《ちい》サい時《とき》からして、お育申《そだてまうし》たお嬢様《ぢやうさま》が、あんな事《こと》を仰有《おつしやる》かと、思《おも》ふと私《わた》しや悲《かな》しふて、迚《とて》も泣《なか》ずに居《ゐ》られませぬ。（トお常又泣《つねまたなく》、お欲手拭《よくてぬぐひ》で顔《かほ》を拭《ふい》て遣《や》り、）

お欲　サア〳〵能加減《いゝかげん》に二泣止《なきやみ》なせへ○（ト拭《ふ》きながら、）何所《どこ》が顔《かほ》だか知《し》れやアしない、成程妙《なるほどめう》三にへこんだ顔《かほ》だ。

お常　顔《かほ》はへこんで居《ゐ》るけれど、人《ひと》にへこまされた事《こと》はない、余計《よけい》な事《こと》をお云《いひ》でない。

清兵　こりやお常《つね》、其方《そち》へ娘《むすめ》が身《み》の上《うへ》を頼《たの》んだと申事《まうすこと》だが、弥《いよ》〳〵夫《それ》に相違《さうゐ》ないか。

お常　ハイ、お仲様《なかさま》が達《たつ》てのお頼《たの》み、余義《よぎ》なく近所《きんじよ》に居《をり》まするお婆《ば》さんに訳《わけ》を話《はな》しましたれば、然《さ》う云事《いふこと》なら四娼妓《しやうぎ》より、芸者《げいしや》の方《はう》が能《よか》らうと申《まうし》ましてござりまする。（トお欲前《よくまへ》へ出《で》て、）

お欲　是《これ》は旦那様《だんなさま》、御免下《ごめんくだ》さりませ、私《わたくし》は五此町内《このちやうない》に居《をり》まする口入婆《くちいればゞ》でござります、お常《つね》さんとは日頃《ひごろ》から御懇意《ごこんい》に致《いた》します故《ゆゑ》、お内《うち》の事《こと》は遠《とう》からして承《うけたまは》つて居《を》りますれば、お気《き》の毒《どく》でござりますから、芸者《げいしや》をお進《すゝ》

一　お常が福島屋に居た事情については二四〇頁を参照。
二　底本「泣止なさへ」を直す。
三　お常役は坂東喜知六。「ちりれんげ」という黙阿弥が付けた仇名の独特の風貌で有名。↓人名一覧。
四　直後の台詞にあるような事情を指す。↓注六。
五　底本振仮名「ごちやうない」を直す。宮比町をさす。

お常　め申《まうし》ましたが、[六]娼妓《しやうぎ》と違《ちが》ツて客《きやく》を取身《とりみ》を穢《けが》さずに済《すみ》ますから、先其方《まづそのはう》になすつた方《はう》が、宜《よろ》しからうと存《ぞんじ》ます。

お欲　調度《てうど》幸《さいは》ひ[七]長唄《ながうた》を能《よく》お諷《うた》ひなさる上《うへ》、踊《おどり》も多《おほ》く御存《ごぞんじ》なれば、打《うつ》て付《つけ》かと存《ぞんじ》ます。

お仲　先当分百円借《まづたうぶんひやくゑんかり》、向《むか》ふで[八]座敷《ざしき》の取回《とりまは》し[九]座付《ざつき》や端唄《はうた》を仕込《しこむ》内《うち》、何《なん》ぞ能事《よいこと》が有《あつ》て、お金《かね》がお手《て》に入《いり》ましたら、噺合《はなしあい》で金利《きんり》を出《だ》し、取戻《とりもど》して上《あげ》ませう。

お常　[一〇]女郎《ぢよらう》と違《ちが》ツて芸者《げいしや》なら、猶更嬉《なほさらうれ》しふございます。

清兵　是《こ》りやお仲《なか》さんのお願《ねが》ひを、お聞被成《きゝなされ》て金《かね》を借《かり》、難義《なんぎ》をお遁《のが》れなされたが、宜《よろ》しひかと存《ぞんじ》ます。

お常　成程其方《なるほどそち》が申通《まうすとほ》り、一時《いちじ》の難義《なんぎ》を助《たすか》ツたが能《よい》とは思《おも》へど[一一]仲町《なかまち》と、纔隔《わづかへだて》し吉原《よしはら》で、芸者《げいしや》をさせるは家《いへ》の恥《はぢ》。

お欲　そりや左様《さやう》でもございませうが、以前《いぜん》の立派《りつぱ》なお内《うち》と違《ちが》ひ、今《いま》は斯様《かやう》なお住居《すまゐ》故《ゆゑ》、

お常　お嬢様《ぢやうさま》のお願《ねが》ひ[一二]通先芸者《どほりまづげいしや》に被成《なされ》まし、お美《うつく》しひから[一三]大鯰《おほなまづ》が必《かなら》ず掛《かゝ》るに

お欲　疑《うたが》ひなし、さう成《な》る時《とき》は恥所《はぢどころ》か、却《かへつ》て[一四]見《み》えに成《なり》まする。

六 吉原の娼家の抱える「内芸者」には、登楼客も手を出せず、身請けもできなかったという（三好一光編『江戸／東京 風俗語事典』青蛙房、昭和三十四年）。
七 稽古事を多く習う富裕な家の娘だった事が知れる。
八 客あしらい。
九 座敷での最初の挨拶、または最初に演奏する曲。
一〇 岡本綺堂によると「吉原の芸者は江戸芸者の総元締」で「吉原は一方に花魁がいるだけに、本当に芸の出来る者でなければ通らなかった。従って顔形の器量などは二の次ぎであるだけに、大変な権力を持っていた」（岸井良衛編『岡本綺堂 江戸に就ての話』青蛙房、昭和三十一年）。
一一 →地図。

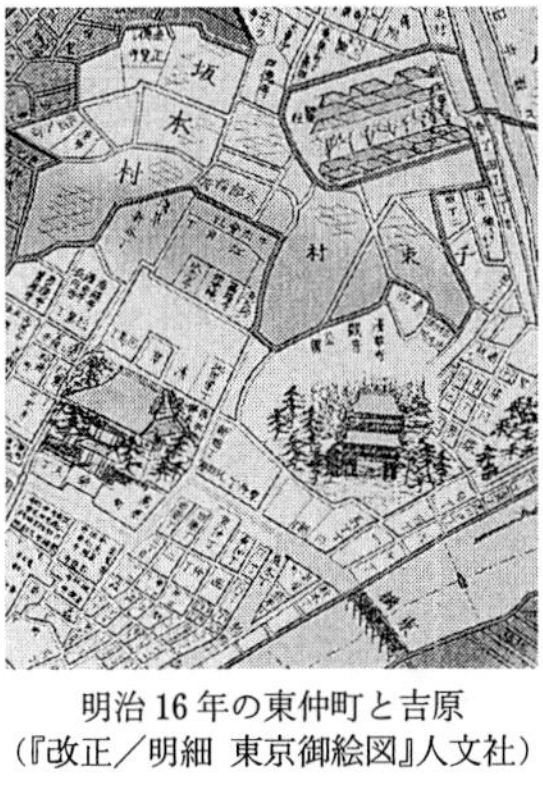
明治16年の東仲町と吉原
（『改正／明細 東京御絵図』人文社）

一二 底本振仮名「どはり」を直す。
一三 官員。髭をはやす者がいたところから、官員を鯰と呼んだ。
一四 ここでは自慢になるの意。

清兵　成程《なるほど》お前《まへ》の云通《いふとほり》、身《み》[一]を捨《すて》てこそ浮《うか》む瀬《せ》もあり、詞《ことば》に従《したが》ひ吉原《よしはら》へ、娘《むすめ》を芸者《げいしや》に遣《や》りませう。

お仲　そんなら私《わたし》が願《ねが》ひを叶《かな》へ、

お常　[二]お聞済下《きゝずみくだ》さりますか。

清兵　誠《まこと》に是非《ぜひ》なき事故《ことゆゑ》に、

上〽[三]跡云《あといひ》さして清兵衛《せいべゑ》が、又《また》も我身《わがみ》を託泣門《かこちなくかど》に始終《しゞう》を[四]立聞島蔵《たちぎくしまざう》、親子《おやこ》にかゝる苦《く》をさすも我《わが》なす業《わざ》と後悔《こうくわい》なし、共《とも》に泪《なみだ》を拭《ぬぐ》ひける、

ト此以前《このいぜん》下手《しもて》より島蔵出《しまざうで》て、門口《かどぐち》にて宜敷思入《よろしくおもいれ》、お欲《よく》こなし有《あつ》て、

お欲　御得心《ごとくしん》なら先方《せんぱう》へ、少《すこ》しも早《はや》く咄《はな》しませう。

上〽云折門《いふをりかど》に伺《うかゞ》ふ島蔵《しまざう》、小腰屈《こゞしかゞ》めて内《うち》に入《いり》、（ト島蔵門口《しまざうかどぐち》を明内《あけうち》へ這入《はいる》。）

島蔵　[五]憚《はゞかり》ながら其《その》お咄《はなし》を、暫《しばら》くお待下《まちくだ》さりませ。

清兵　ヤ、そう云《いふ》こなたは、

島蔵　只今醬油《たゞいましやうゆ》を持《もつ》て参《まゐ》ツた、酒屋《さかや》でござります。

お欲　ヲヽ、お前《まへ》さんは此間《このあいだ》若《わか》[六]イ衆《しゆ》を上《あげ》ました、明石屋《あかしや》さんでござりますか。

一　一身を犠牲にする覚悟があってこそ成功もありうる。
二　承諾して下さいますか。
三　言いかけてやめて。
四　「立聞き」は筋や設定の説明の重複を避け、芝居を進行させる、東西を問わぬ古来からの劇作法。
五　恐れ入りますが。
六　口入れの仕事として、徳蔵を紹介した。

島蔵　ハイ、[七]神楽町《かぐらちやう》の小売酒屋《こうりざかや》、明石屋島蔵《あかしやしまざう》でござりまする。

お常　まアこちらへお出被成《いでなされ》ませ。（ト島蔵下《しまざうした》に居《ゐ》て、）

島蔵　今日初《こんにちはじめ》て上《あが》りましたが、以前《いぜん》は[八]よしあるお方《かた》と存《ぞん》じ、如何成事《いかなること》で此様《このやう》に御難義《ごなんぎ》を被成《なされ》ますかと、実《じつ》は門《かど》で最前《さいぜん》からお宅《たく》の様子《やうす》を承《うけたまは》り、貰《もら》ひ泪《なみだ》を翻《こぼ》しました。甚《はなはだ》[九]失敬《しつけい》ではござりますが、其百円《そのひやくゑん》は私《わたくし》が御用立《ごようだて》申《まうし》ますから、どうか是成《これな》るお嬢様《ぢやうさま》を芸者《げいしや》に被成《なされ》ますするのを、お見合《みあは》せ下《くだ》さりませ。

上
〽思《おも》ひ掛《がけ》なき一言《いちごん》に、人《ひと》ぐ〳〵顔《かほ》を見合《みあは》せて、（ト皆《みな》ぐ〳〵恂《びつく》り思入有《おもいれあつ》て、）

清兵　[一〇]スリヤ見《み》ず知《し》らずのお前様《まへさま》が、百円《ひやくゑん》と云金《いふかね》を貸《かし》、娘《むすめ》をお助《たす》け下《くだ》さりまするか。

島蔵　世《よ》にも稀成《まれな》る御孝行《ごかうく》の、お志《こゝろざ》しを感《かん》じ入《いり》、失敬《しつけい》を顧《かへりみ》ずお貸申《かしまうし》ますでござりまする。

清兵　扨《さて》は弥《いよ》〳〵此娘《このむすめ》が、親《おや》を思《おも》ふ孝心《かうしん》を、

お仲　不便《ふびん》に思召《おぼしめし》まして、

お常　何《なん》の御縁《ごえん》もないお方《かた》が、

七 牛込御門外の牡丹屋敷から岩戸町辺りを称した。現、新宿区神楽坂一・二丁目の一部。

八 由緒のある。

九 明治の流行語。明治十一年三月九日『団々珍聞』に「失敬の説」として書生がよく用いるとある。黙阿弥は活歴物でも用いた。

一〇 「百円の金を貸ところも福島屋親子が只管に有がたがるを始終気の毒だと云思入が十分過るので反(かえつ)て此人が堂して斯なに深切に仕て呉るかと疑ひを起して委しく履歴を尋られたら堂するで有ふと思ふ様で有ました」（六二連『俳優評判記』第十四編）。

お欲　百円《ひやくゑん》お貸被成《かしなされ》ますとか。

清兵　誠《まこと》に以《もつ》て夢《ゆめ》かと思《おも》ふ、お慈悲深《じひぶか》ひお志《こゝろざ》し、

お仲　何《なん》とお礼《れい》を申《まうし》ませうやら、

清兵　ヱ丶有難《ありがた》ふ、

両人　ござりまする。

島蔵　〔さ〕幸《いは》ひ今日《こんにち》新川《しんかは》一へ、酒《さけ》を買《かひ》に参《まゐ》りましたが、都合《つがふ》に依《よつ》て買《かは》ずに帰《かへ》り、まだ其儘《そのまゝ》に懐中《かいちう》に所持《しよぢ》致《いた》して居《をり》ましたは、お二人様《ふたりさま》の御難義《ごなんぎ》を救《すく》ふ知《し》らせでござりましたか、お心置《こゝろおき》なく何時迄《いつまで》も、お遣《つか》ひ被成《なされ》て下《くだ》さりませ。

上〽貢《みつ》ぐ子細《しさい》二も白紙《しらかみ》に包《つゝ》む心《こゝろ》の十円札《じふゑんさつ》三、主《あるじ》の前《まへ》へ差出《さしだ》せば、手《て》に取上《とりあげ》て押頂《おしいたゞ》き、

ト島蔵宜敷思入有《しまざうよろしくおもいれあつ》て、紙《かみ》四に包《つゝ》みし百円《ひやくゑん》を出《だ》し、清兵衛《せいべゑ》の前《まへ》へ出《だ》す、清兵衛《せいべゑ》取上頂《とりあげいたゞ》ひて、

清兵　我身《わがみ》の愚痴《ぐち》に最前《さいぜん》も、此広《このひろ》ひ世《よ》の中《なか》に神《かみ》も仏《ほとけ》もない事《こと》かと、恨《うら》みましたは勿体《もつたい》五ない、思《おも》ひ掛《がけ》なく百円《ひやくゑん》を、お貸被成《かしなされ》て下《くだ》さりましたは、親子《おやこ》の者《もの》には神仏《かみほとけ》、

一 現、中央区の地名。江戸期より酒問屋が多いことで知られた。↓二九四頁注一。

二 掛詞の常套句。子細も知らず。『様子は何か白紙の』…院本などにありふれて婦女児童も耳慣れたる、いとも拙き相関詞を得意貌に綴りいだすは寔に可厭なり」(坪内逍遙『小説神髄』松月堂、明治十八・十九年)。ただし、逍遙は黙阿弥を擁護したことで知られる。

三 明治六年八月銀行条例で五種の紙幣を発行、以後数回発行。↓一七三頁注一〇。

四「紙に包みし…頂ひて」、全集では「清兵衛の前へ出す、取上げ頂いて紙に包みし百円を出し」。

五 底本「忽体」を直す。

お仲　手《て》を合《あは》して拝《をが》みます。

上〽神《かみ》や仏《ほとけ》と手《て》を合《あは》せ親子《おやこ》の者《もの》が伏拝《ふしをが》む金《かね》は日外盗《いつぞやぬす》みし金《かね》に心苦敷島《こゝろぐるしくしま》蔵《ざう》は額《ひたひ》の汗《あせ》を押拭《おしぬぐ》ひ、

ト両人手《りやうにんて》を合《あは》せ島蔵《しまざう》を伏拝《ふしをが》む、島蔵《しまざう》せつなき思入《おもいれ》にて、額《ひたひ》の汗《あせ》を拭《ぬぐ》ひ、

島蔵　其様《そのやう》にお二人《ふたり》して厚《あつ》く礼《れい》を仰有《おつしやつ》ては、誠《まこと》に痛入《いたみいり》まして、額《ひたひ》に汗《あせ》を覚《おぼへ》まする、元《もと》はと云《いへ》ば此金《このかね》は。

清兵　ヱ。

島蔵　イヤサ、元《もと》より遊《あす》んで居《ゐ》る金故《かねゆゑ》、仮令《たとへ》二《に》年《ねん》が三年《さんねん》でも此方《こつち》はお貸申《かしまうす》心《こゝろ》、イヤ御都合《ごつがふ》の能《よ》イ其時迄《そのときまで》、お返《かへ》し被成《なさ》るにや及《およ》びませぬ。

お常　ほんにお前《まへ》さんの様《やう》に、お慈悲深《じひぶか》ひやさしひ心《こゝろ》の者《もの》はない、仮令盗《たとへぬす》んだ金《かね》にても、

島蔵　ヤ、

お常　イヤサ、斯《か》う奇麗《きれい》には貸《かさ》れぬ物《もの》、実《じつ》に感心致《かんしんいた》しました。

お欲　イヤ、感心《かんしん》せぬは此口入《このくちいれ》、望《のぞ》む所《ところ》の百円《ひやくゑん》が出来《でき》れば最早《もはや》破《ば》れ咄《ばな》し。六

お常　ほんにお前《まへ》に気《き》の毒《どく》だが、斯《か》う云事《いふこと》に成《なつ》たからは、私《わたし》が五合買《ごんがふかは》ふから、七

六　破談。

七　酒を五合ばかりおごるから。

お欲　それで[一]不肖《ふせう》して下《くだ》さんせ。金《かね》が出来《でき》れば仕方《しかた》がない、其替《そのかは》りお常《つね》さん、[二]権《ごん》の字《じ》にでも出《で》る子《こ》が有《あつ》たら、直《すぐ》に知《し》らして下《くだ》さいよ。

お常　心当《こゝろあた》りが有《あ》りますから、能《い》イのをお世話致《せわいた》しませう。

お欲　[三]何分《なにぶん》お頼《たの》み申《まうし》ます。

島蔵　飛《とん》だ私《わた》しが邪魔《じやま》をして、

清兵　誠《まこと》にお前《まへ》に気《き》の毒《どく》だつた。

島蔵　是《これ》は少《すこ》し計《ばか》りだが。（ト島蔵[四]小札《しまざうこさつ》を紙《かみ》に包《つゝ》み、お欲《よく》に遣《や》る。）

お欲　是《これ》をお貰《もら》ひ申《まうし》ましては、

お常　お婆《ば》さん、無駄足《むだあし》でもなかつたね。

お欲　いゝ商法《しやうはふ》でござります。

上　〽口入婆《くちいればゞ》はいそ〳〵と、[五]目《め》に汐寄《しほよ》せて帰《かへ》りける。（トお欲早足《よくはやあし》に向《むか》ふへ這入《はいる》。）

上　〽跡《あと》に清兵衛手《せいべゑて》をつかへ、（ト清兵衛思入有《せいべゑおもいれあつ》て、）

清兵　縁《えん》も由縁《ゆかり》もないお方《かた》に、百円《ひやくゑん》と云大金《いふたいきん》を唯《たゞ》お借申《かりまうし》ますのは、済《すま》ぬ事《こと》とは存《ぞんじ》ますが、無《なく》てならぬ[六]迫《せつ》ぱ故《ゆゑ》、お借申《かりまうし》ますでござりまする。

一　↓一七三頁注七。
二　「権妻」の略。↓二四一頁注一三。
三　底本振仮名「なんぶん」を直す。
四　額面の低い紙幣。
五　汐には愛嬌の意がある。ここでは嬉しそうにして。
六　せっぱ詰った、緊急の状況なので。↓三一二頁注七。

島蔵　イヱ、仮令《たとへ》御縁《ごえん》はないにもせよ、其身《そのみ》を売《うつ》ても親御様《おやごさま》の御難義《ごなんぎ》を救《すく》ふと云《いふ》お娘御《むすめご》の御孝行《ごかうく》、承《うけたま》はツて此儘《このまゝ》に、どう見捨《みすて》て帰《かへ》られませう、以《い》前《ぜん》は立派《りつぱ》なお暮《くら》しを被成《なさい》ましたお前様《まへさま》が、今此苦労《いまこのくらう》を被成《なされ》ますも ◯

上〽我《わが》なす業《わざ》と胸迫《むねせま》り、浮《うか》む泪《なみだ》を呑込《のみこみ》て、（ト島蔵《しまざう》せつなき思入有《おもいれあつ》て、）

[七]諸色《しよしき》の高《たか》い時節故《じせつゆゑ》、能云事《よくいふこと》の[八]暮《くら》し負《まけ》、お気《き》の毒《どく》でございます。

上〽[九]深切面《しんせつおもて》に顕《あらは》れゝば、こなたも隠《かく》す身《み》の上《うへ》を、包《つゝ》み兼《かね》て座《ざ》を進《すゝ》み、

（ト清兵衛《せいべゑ》思入有《おもいれあつ》て、）

清兵　斯御深切《かくごしんせつ》成るお心《こゝろ》に、覊《ほだ》されまして身《み》の上《うへ》を包《つゝま》ずお咄申《はなしまうし》まするが、元《もと》私《わたくし》は浅草東仲町《あさくさひがしなかまち》に居《をり》まして、質渡世《しちとせい》を致《いた》しました福島屋《ふくしまや》清兵衛《せいべゑ》と申《まうし》ます者《もの》でございます、運悪《うんわる》くして不幸続《ふかうつゞ》き遂《つい》に見世《みせ》も衰微《すいび》なし、不都合《ふつがふ》に成《なり》し故《ゆゑ》、奥野《おくの》仙次郎《せんじらう》と云人《いふひと》より千円金《せんゑんかね》を借受《かりうけ》し、其夜《そのよ》庭《には》より強盗《がうとう》が入《い》り金《かね》を盗《ぬす》まれました上《うへ》、左《ひだり》の足《あし》を深《ふか》く切《き》られ、夫《それ》から趁跛《びつこ》に成《なり》ましたが、其足《そのあし》よりも身《み》の上《うへ》が歩行兼《あゆみかね》て地所《ぢしよ》も売《うり》、一時《いちじ》は片《かた》を付《つけ》ましたれど、追〳〵内《うち》も[一〇]左前《ひだりまへ》に、衣類《いるい》は元《もと》より道具《だうぐ》[一一]迄売代《までうりしろ》なして古郷《こきやう》を立退《たちのき》、かゝる裏家《うらや》に幽《かすか》な住居《すまゐ》、お恥《はつ》かしふございます。

七　様々な物価の高い。↓二八〇頁注二。
八　暮しが苦しいこと。
九　底意のない親切と見てとって。
一〇　物事が食い違い、零落すること。
一一　物を売って金銭に換える。

島蔵　お聞申《きゝまうす》も泪《なみだ》の種《たね》、以前《いぜん》のお内《うち》を故有《ゆゑあつ》[一]て能《よ》く存《ぞんじ》て居《をり》ますれば、お労敷《いたはし》く存《ぞんじ》ます。

清兵　只今《たゞいま》斯様《かやう》な難義《なんぎ》をなすも、其夜《そのよ》這入《はいつ》た強盗故《がうとうゆゑ》、上《かみ》[二]でも厳敷《きびしく》御詮義《ごせんぎ》なされど、未《いま》だにお手《て》に入《い》らぬ様子《やうす》、憎《にく》しと思《おも》ふ親子《おやこ》の者《もの》が、何故《なぜ》に思《おも》ひが届《とゞ》きませぬか。

お仲　只《たゞ》の一日半日《いちにちはんにち》でも、思《おも》ひ出《だ》さぬ事《こと》はなく、

清兵　今《いま》にも盗《ぬす》んだ強盗《がうとう》が、

お仲　知《し》れた事《こと》なら喰付《くひつい》ても、

清兵　日頃《ひごろ》の恨《うらみ》を晴《はら》さうと、

お仲　思《おも》へど今《いま》に知《し》れませぬは、

清兵　実《じつ》に悔《くや》しふ、

両人　ござりまする。

上 〽[三]現在傍《げんざいそば》に盗人《ぬすびと》が居《ゐ》る共知《ともし》らず親《おや》と子《こ》が、悔《くや》し泪《なみだ》にかき口説《くどく》を、聞《きく》島蔵《しまざう》は[四]五体《ごたい》をば刺《さゝ》るゝ思《おも》ひの身《み》の苦《くる》しさ、いつそ打明云《うちあけいは》ふかと口《くち》へ出《いづ》れど千円《せんゑん》の金調《かねとゝの》へし其上《そのうへ》で、名乗《なの》らんものと[五]唾《つ》を呑込《のみこみ》、

ト此内清兵衛《このうちせいべゑ》お仲悔《なかくや》しき思入《おもいれ》、[六]島蔵《しまざう》は是《これ》を聞《きゝ》せつなきこなし宜《よろ》

一 事情があって。島蔵は言い出しかねて、こういう表現を取る。

二 警察当局も。

三 こういう床の「ト書き浄瑠璃」による真情の表現は、四世小団次から五世菊五郎に通じる見せ場であり、黙阿弥も得意とした。↓三一〇頁注一。

四 いわゆる針の筵に置かれる、いたたまれない状態。

五 言葉が喉元まで出かけたのを抑えて。

六 ここは島蔵の見せ場なので、浄瑠璃の清兵衛お仲はじっとうつむいたままで、島蔵は役者の工夫によりさまざまな演技をしてみせるのが約束。

敷《しく》、

島蔵　御尤《ごもつとも》でござります、嘸口惜《さぞくちをし》ふござりませう、左程迄《さほどまで》にお二人《ふたり》が憎《にく》しと思《おも》ふ其一念《そのいちねん》、七必《かなら》ず賊《ぞく》の身《み》に報《むく》ひ、お上《かみ》のお手《て》に掛《かゝ》るは必定《ひつぢやう》、又《また》さもなくば煩《わづら》ふて目《め》が潰《つぶれ》るか腰《こし》が抜《ぬけ》るか、天《てん》の御罰《ごばつ》を蒙《かふむ》りて、憂目《うきめ》を見《み》るでございませう。

清兵　イヤ、天《てん》も当《あて》には成《なり》ませぬ、親子《おやこ》の者《もの》が此位難義《このくらゐなんぎ》をするを見《み》てござるは、聞《きこ》へぬ事《こと》でござります。

お仲　イヱ、さう計《ばか》りも云《いは》れませぬ。今日《けふ》酒屋様《さかやさま》が百円《ひやくゑん》のお金《かね》を貸《かし》て下《くだ》さいましたは、天《てん》のお恵《めぐみ》でござります。

お常　お仲《なか》さんの仰有《おつしや》る通《とほり》、思《おも》ひ掛《がけ》なくお慈悲深《じひぶか》ひ島蔵《しまざう》さんのお情《なさけ》で、お仲《なか》さんも吉原《よしはら》へお出《いで》なさらず済《すみ》ましたは、悪《わる》く云《いは》れぬ天《てん》のお助《たす》け。

清兵　成程云《なるほどいへ》ばそんな物《もの》、天《てん》を悪《わる》くも云《いは》れぬな。

上〽和《やは》らぐ詞《ことば》を立《たち》八しほに、（ト島蔵思入有《しまざうおもいれあつ》て、）

島蔵　又《また》お尋《たづ》ね申《まうし》ますが、此後共《このゝちとも》に今日《けふ》の様《やう》なお困被成事《こまりなさること》が有《あつ》たら、一寸左様仰有《ちよつとさやうおつしやり》ませ。及《およ》ばずながら私《わたくし》が、お力《ちから》に成《な》るでござります。

清兵　遠《とう》くの親類近《しんるいちか》くの他人《たにん》と、見《み》ず知《し》らずのお前様《まへさま》が御深切《ごしんせつ》に云《いつ》て下《くだ》さり

七 以下、頻出する「天」という語には、従来の「因果応報」というだけでなく、明治五年教部省発令「三条ノ教則」の「天理人道ヲ明ニスヘキコト」の含意が感じられる。

八 立つ潮時に。帰るきっかけに。

島蔵　ますは、有難泪《ありがたなみだ》が翻《こぼ》れます。（ト泪《なみだ》を拭《ふい》て礼《れい》を云《いふ》、島蔵《しまざう》じゆつなき[一]思《おも》入《いれ》にて、）
最早《もはや》近《ちか》い其内《そのうち》に、天《てん》の罰《ばち》を蒙《かふむ》て尋《たづ》ぬる賊《ぞく》が捕《とら》へられ、金《かね》も返《かへ》りませうからお気《き》を長《なが》く時《とき》の来《きた》るを、お待被成《まちなすつ》てござりませ。（ト立掛《たちかゝ》るを、）

お常　モウお帰《かへ》りでござりますか。

お仲　何《いつ》れ、お礼《れい》に私《わたくし》が。

島蔵　決《けし》て夫《それ》には及《およ》びませぬ。

清兵　左様《さやう》ならば、島蔵様《しまざうさま》。

島蔵　其内《そのうち》お目《め》に掛《かゝ》ります。

〽上暇乞《いとまごひ》して門《かど》へ出《いで》、ほつと一息《ひといき》[二]つく〴〵と思《おも》へば済《すま》ぬ身《み》の科《とが》に、心《こゝろ》残《のこ》して立帰《たちかへ》る。

ト島蔵花道《しまざうはなみち》へ行《ゆき》、宜敷思入有《よろしくおもいれあつ》て、向《むか》ふへ這入《はいる》。

清兵　アヽ、忝《かたじけ》なひ〳〵、此百円《このひやくゑん》を仙次郎殿《せんじらうどの》へ渡《わた》せば当分気《たうぶんき》も楽《らく》に、枕《まくら》を高《たか》く夜《よ》るも寝《ね》られる。斯零落《かくれいらく》はしたけれど、島蔵殿《しまざうどの》に助《たす》けられしは、まだ運命《うんめい》が尽《つき》ぬと見《み》える。

お常　是《これ》と云《いふ》のも日頃《ひごろ》から、誠《まこと》を守《まも》るあなた故《ゆゑ》、天《てん》の恵《めぐみ》でござります、夫《それ》に

一 どうしようもない、つらい、切ない。
二 掛詞。

お仲　付《つけ》ても島蔵《しまざう》さんは、何《なん》と云情深《いふなさけぶか》ひ能《よ》イお方《かた》でござりませう、人《ひと》の物《もの》を只取《たゞとつ》て難義《なんぎ》を掛《かけ》る盗人《どろぼう》とは、何《なん》と云違《いふちが》ひでござりませう。

お常　[三]其盗人《そのどろぼう》で思《おも》ひ出《だ》したは、顔《かほ》を包《つゝ》んで見《み》えなんだが、今《いま》のお方《かた》の形《なり》かたち、日外這入《いつぞやはいつ》た盗人《どろぼう》に、似《に》て居《ゐ》る様《やう》に思《おも》はれます。

お仲　ヱ、めつたな事《こと》を仰有《おつしや》りますな、人《ひと》に情《なさけ》を掛《かけ》る者《もの》が、何《なん》で盗《ぬすみ》を致《いたし》ませう。

清兵　[四]急度《きつと》さうとは思《おも》はねど、只格好《たゞかつかう》が似《に》てゐる故《ゆゑ》。

お常　[五]イヤ、仮《かり》にも左様《さやう》な事《こと》は云《いふ》な、かゝる情《なさけ》の有《あ》る人《ひと》を。（ト金《かね》を取上《とりあげ》る。）

清兵　盗人抔《ぬすびとなど》と疑《うたが》ふては、

天道様《てんたうさま》へ済《すま》ぬわへ。

上〽善《ぜん》か悪《あく》かは白浪《しらなみ》の、果《はて》[六]は後《のち》にぞ、

ト時《とき》の鐘《かね》、清兵衛《せいべゑ》金《かね》を頂《いたゞ》き、三重《さんぢう》[七]にて宜敷道具《よろしくだうぐ》回《まは》[八]る。

本舞台元《ほんぶたいもと》の酒屋《さかや》の道具《だうぐ》[九]、以前《いぜん》のお浜帳《はまちやう》[一〇]を控《ひか》へ、三太壱升樽《さんたいつしやうだる》を並《なら》べ、[一一]引合《ひきあは》せ居《ゐ》る、合方題目太鼓《あひかただいもくだいこ》[一二]にて道具《だうぐ》留《とま》る。

三　明治二十三年再演時は、ここで、清兵衛の「それにつけても最前招魂社で出会つたびつこの子は島蔵殿に生写し若(も)や悴ではないか」という台詞が入っている（『歌舞伎新報』一一五七号）。

四　確かに。明確にそうだという訳ではないが。

五　典型的な善人として清兵衛を描いたのは、一つには左団次のもう一役の千太との対比を強調するための劇作法である。

六　結びの言葉を省略して、三重（次注）で終るのは定法。

七　三味線の様々な局面で用いる曲調をいうが、ここでは一場の終りの決りのそれ。

八　底本振仮名「まに」を直す。

九　大道具。装置、場面のこと。

一〇　商売の帳面をつけている。

一一　帳面と数を合せている。

一二　日蓮宗の信徒が叩く団扇太鼓。ここでは下座で演奏する。「明治二十三年附帳」では「道具替り中より題目太鼓。須磨や稽古唄」。

お浜　今日《けふ》は毘《び》[一]沙門様《しやもんさま》の御縁日《ごえんにち》で、お題目《だいもく》が有《ある》と見《み》える。

三太　[二]さつきからどんどこ〳〵と、太鼓《たいこ》を叩《たゝい》て居《を》ります。

お浜　先《まづ》帳合《ちやうあひ》[三]も済《す》んだから、今《いま》の内奥《うちおく》へ行《いつ》て、[四]お夜食《やしよく》を喰《たべ》て仕舞《しまひ》な。

三太　徳殿《とくどん》が帰《かへ》りませぬが、先《さき》へ食《たべ》て仕舞《しまひ》ませう。

お浜　戸棚《とだな》に香《かう》〳〵が出《で》て居《ゐ》るよ。

三太　有難《ありがた》ふござります。(ト子《こ》僧奥《ぞうおく》へ這入《〔は〕いる》、お浜向《はまむか》ふへ思入有《おもいれあつ》て、)

お浜　此兄《このあに》さんは何《ど》うなさんしたか、宮比町《みやびちやう》は纔壱丁《わづかいつちやう》、何所《どこ》へお回《まは》りなさんしたか、モウお帰《かへ》り被成《なさ》れそうな物《もの》だ。

ト合方題目太鼓《あひかただいもくたいこ》にて向《むか》ふより以前《いぜん》の島蔵出《しまざうで》て来《きた》り、花道《はなみち》にて、

島蔵　さつき悴《せがれ》が招魂社《せうこんしや》で、世話《せわ》に成《なつ》たと云人《いふひと》は、正敷今《まさしくいま》の清兵衛様《せいべゑさま》、先達《せんだつて》からお行衛《ゆくゑ》を尋《たづね》て居《ゐ》たが計《はか》らずも、今日《けふ》お目《め》に掛《かゝ》ツた上《うへ》は、早《はや》く金《かね》をお返《かへ》し申《まうし》、此身《このみ》の科《とが》を自首《じしゆ》なして、[五]御処刑請《ごしよけいうけ》て天下《てんが》晴誠《はれまこと》の人《ひと》に成《なり》たいが、折《をり》も折《をり》とて播州《ばんしう》から遥《はる》〴〵尋《たづね》て来《き》た親父《おやぢ》、嘸嘆《さぞなげ》かつしやる事《こと》で有《あら》ふ。アヽ親《おや》に不孝《ふかう》な事《こと》だなア　○　(ト本舞台《ほんぶたい》へ来《きた》り、)今帰《いまかへ》ツた。

お浜　大《だい》ぶ遅《おそ》ふござんしたな。

島蔵　余義《よぎ》ない事《こと》で遅《おそ》ふ成《なつ》た。

一　七福神の一。ここでは神楽坂にある日蓮宗善国寺。加藤清正の守護仏。その縁日は寅の日。露店が多く出て賑わった。↓三四〇頁注二。

二　この日は後にわかるが十月十三日の設定。日蓮宗のお会式の日に当っている。信徒が団扇太鼓をどんどこどんどん打ち鳴らし、南無妙法蓮華経を唱えて、大万灯をかついで練り歩くさまが、十月十二・十三日と続くことは、平出鏗二郎『東京風俗志』中の巻(冨山房、明治三十四年)、若月紫蘭『東京年中行事』(春陽堂、明治四十四年)にも活写されている。文永八年(一二七一)九月十二日、相州竜口で日蓮上人が斬罪に処せられんとする折、俄かに一天かき曇り雷雨となる内、赦免の命が下ったことを、日蓮が法華経を唱念した功徳によるとするところから出た信仰。黙阿弥は『四千両小判梅葉《しせんりようこばんのうめのは》』で巧みに、この法会を描いている。ただし、私生活では一向宗。息女のいとは、遺言に「我家は代々一向宗にて…改宗の義はゆるさず」としている(河竹登志夫『作者の家』講談社、昭和五十五年)。

三　帳面との引き合せ。

四　現在の「夕食」の意味であるのは、時間設定からわかる。

五　底本「此処刑」を直す。

お浜　そうしてお前《まへ》の尋《たづね》なさんす、福島屋《ふくしまや》さんでござりますか。

島蔵　ヲヽ、如何《いか》にも己《おれ》が尋《たづね》て居《ゐ》た、浅草《あさくさ》の福島屋《ふくしまや》だ。

お浜　夫《それ》では先頃千円《さきごろせんゑん》の、

島蔵　コレ ◯（ト押《おさ》へて辺《あた》りへ思入有《おもいれあつ》て、）人《ひと》に知《し》れゝば身《み》の大事《だいじ》、必《かなら》ず大《おほ》きな声《こゑ》をするな ◯ シテ、徳蔵《とくざう》は内《うち》に居《ゐ》るか。

お浜　[六]今《いま》どん〳〵の橋本《はしもと》さんへ、酒《さけ》を持《もつ》て行《ゆき》ました。

島蔵　人《ひと》の耳《みゝ》へ入《いつ》た時《とき》は、己《おれ》が身《み》の大事《だいじ》だから、めつたな事《こと》を云《いつ》て呉《くれ》るな。

お浜　是《これ》から気《き》を付《つけ》ませうわいナ。

　　ト[七]合方《あひかた》に成《なり》、奥《おく》より以前《いぜん》の磯《いそ》右衛《ゑ》門《もん》、岩松出《いはまつで》て来《きた》り、

磯右　ヲヽ、悴帰《せがれかへ》ツたか。

島蔵　只今内《たゞいまうち》へ帰《かへ》りましたが、[八]お湯《ゆ》へでもお出被成《いでなされ》ましたか。

磯右　明日《あした》寛《ゆつく》り這入《はいら》ふと、今夜《こんや》は湯《ゆ》をばよしました ◯（ト磯《いそ》右衛《ゑ》門真中《もんまんなか》へ住《すま》ふ。）夫《それ》はそうと今爰《いまこゝ》に誰《たれ》も憚《はゞか》る者《もの》はないが、島蔵《しまざう》そちは[九]悪《わる》ひ病《やま》ひを、能思《よくおも》ひ切《きつ》て呉《くれ》たな。

島蔵　サア、[一〇]同日同夜《どうじつどうや》同刻《どうこく》に、此岩松《このいはまつ》が同《おな》じ怪我《けが》、悪《わる》ひ報《むく》ひと云事《いふこと》を初《はじめ》て存《ぞん》じましたから、すつぱり思切《おもひきり》ました。

六　現、新宿区下宮比町から文京区後楽二丁目へ渡されている船河原橋。寛文期より「どんどばし」と記されており、「俗にドンド橋あるいは単にドンドンともいふ」と『新撰東京名所図会』第四十一編（東陽堂、明治三十七年）にある。

七「明治二十三年附帳」では「時のかね」。この前後、筋の上では繰り返しの多い、不用なやりとりに思えるが、左団次が福島屋清兵衛より千太に替るためのツナギの時間稼ぎとして必要な劇作法。

八　江戸時代は旗本屋敷は別にして、一般には武士も町人も湯屋へ行った。下町は防火上、内風呂は禁止。明治以降、その禁制は解かれたが、この時期の内風呂は少ない。

九　以前の盗癖、強盗の前歴。

一〇　因果応報による改心という構図。

磯右　実《じつ》は止《や》めたと云手紙《いふてがみ》が、届《とゞい》たけれど酒好《さけずき》が、禁酒《きんしゆ》すると同《おな》じ事《こと》で、何《ど》うも思切《おもひき》られぬ事故《ことゆゑ》、実《じつ》は様子《やうす》を見《み》に来《き》たのだ。今其方《いまそなた》が留守《るす》の内《うち》、娘《むすめ》に委敷咄《くはしくはなし》を聞《きい》たが、只《たゞ》の一晩夜泊《ひとばんよどまり》[一]を、した事《こと》がないと聞《きゝ》、私《わし》も安心《あんしん》しましたわいの。

島蔵　折角思切《せつかくおもひきり》まして、御安心《ごあんしん》をさせましたが、又《また》もやあなたへ御苦労《ごくらう》を掛《かけ》ませねば成《なり》ませせぬ。

磯右　そりや何故《なにゆゑ》に。

島蔵　一度犯《ひとたびおか》した罪有《つみあ》れば、明日《あす》にも悪事《あくじ》が露顕《ろけん》すれば、軽《かる》[二]くて十年重《じふねんおも》ければ生涯出《しやうがいで》られぬ終身《しうしん》の、苦役《くえき》をせねば成《なり》ませせぬ。

お浜　エ、夫《それ》では兄《あに》さんお前《まへ》は止《や》めても、一旦《いつたん》なせし科《とが》あれば、

岩松　遁《のが》れる訳《わけ》には行《ゆき》ませぬか。

島蔵　刃物《はもの》を持《もつ》て押込《おしこみ》[三]に這入《はいつ》たからは以前《いぜん》なら、五《ご》[四]ケ所《しよ》の札所《ふだしよ》を引回《ひきまは》され獄《ごく》[五]門《もん》に成刑場《なるけうじやう》[六]だが、今《いま》[七]は命《いのち》が助《たすかつ》て身《み》は終身《しうしん》の懲役《ちやうゑき》でも、其内御《そのうちお》[八]上《かみ》にお目出度御祝《めでたいおいは》ひ事《ごと》が有《あつ》たらば、再《ふたゝ》び裟婆《しやば》へ出《で》られる体《からだ》、思《おも》ふ金《かね》さへ整《とゝのへ》ば直《すぐ》に分署《ぶんしよ》へ自首《じしゆ》なして、上《かみ》の御処刑受《ごしよけいうけ》る所存《しよぞん》。

岩松　お老爺《ぢい》さんのお顔《かほ》を見《み》て、悦《よろこ》ぶ甲斐《かひ》も情《なさけ》ない、然《さ》う成時《なるとき》はお爺《とつ》さんは、

一　外泊。

二　新時代の罪状と懲役年数の比重については、黙阿弥は『勧善懲悪孝子誉（かんぜんちようあくこうしのほまれ）』『時鳥水響音（ほととぎすみずにひびくね）』等でも触れている。↓二三二頁注四。

三　強盗。

四　牢を出て刑場（鈴ヶ森か小塚原）へ行く間、罪状と刑罰を書いた捨札を立てられた日本橋、筋違橋、赤坂御門、両国橋、四谷御門の五か所を引回された。

五　刑死後、囚人の首を刑場に曝す極刑。

六　凶状。ここでは処罰。

七　江戸期の刑罰では十両以上の盗みは基本的に死刑だった。

八　↓二〇七頁注一三。

島蔵　[九]佃《つくだ》へお出被成《いでなされ》ますするか。

お浜　此身《このみ》に[一〇]恥《はぢ》を柿染《かきぞめ》の、仕着《しき》せを着《き》ねば成《なり》ませせぬ。

磯右　さう成《なつ》たらばどうしませう。

島蔵　ア、、なした罪故是非《つみゆゑぜひ》がない。（ト皆《みな》〳〵じつと思入《おもいれ》、時《とき》の鐘《かね》、）

お浜　秋《あき》の日《ひ》の釣瓶《つるべ》落《おと》し、[一一]今《いま》の間《ま》に暗《くら》く成《なつ》た ◯ お浜灯《はまあかり》を付《つけ》な。

アイ〳〵。

ト[一二]時《とき》の鐘《かね》誂《あつらへ》の合方《あひかた》に成《なり》、お浜《はま》[一三]ランプへ灯《あかり》を付《つけ》、能所《よきところ》へ掛《かけ》る、[一四]此内向《このうちむか》ふより、[一五]前幕《まへまく》の千太《せんた》帯《おび》を締《しめ》、着《き》流《なが》し、[一六]駒下駄《こまげた》にて出《で》て来《きた》り、

千太　神楽坂《かぐらざか》の左側《ひだりがは》で、明石屋《あかしや》と云小売酒屋《いふこうりざかや》、慥《たしか》に向《むか》ふに違《ちげ》へねへ ◯（ト思入有《おもいれあつ》て舞台《ぶたい》へ来《きた》り、門《かど》から内《うち》を覗《のぞ》き、）ハイ、御免《ごめん》なさいまし。（トお浜立《はまたつ》て来《き》て、）

お浜　入《い》らつしやいまし、何《なに》を上《あげ》ます。

千太　イヱ、何《なに》も買物《かいもの》ぢやアござりませせぬが、明石屋《あかしや》の島蔵《しまざう》さんと云《いふ》は、此方《こちら》でござりますか。

お浜　ハイ、手前《てまへ》でござります。

九　→一九一頁注八。

一〇　掛詞。柿染の仕着せは一八六頁注三参照。

一一　瞬く間に。

一二「明治二十三年附帳」では「稽古唄」。

一三　幕末一部で使用され始め、明治五、六年頃より普及。この場でも見られるように、商店の夜間営業を可能にした点でも大きい。当時の東京の商店の夜間営業の様子は井上安治の版画『銀座商店夜景』（明治十五年）にも活写されている。佐田介石の「ランプ亡国論」は本作初演の前年。但し「黙阿弥は死に至るまで洋灯を用いず、行燈を用い」た（河竹繁俊『黙阿弥の手紙日記報条など』演劇出版社、昭和四十一年）。劇作上でも、江戸の芝居では行灯や手燭を持ち出すことも夜を表現する一手段だったが、明治の芝居ではランプを点すことで、観客の視覚を夜に導き、数時間の経過を錯覚させる劇作上の詐術効果がある。

一四　三〇一頁注七でも触れたが、福島屋を出さない近年の上演では、徳蔵を福島屋へやったことにして、すぐに島蔵の「秋の日の釣瓶落し」の台詞になり、千太が登場する手順になる（平成六年の前進座上演時は、この場は幕開きより原作通りの手順）。

一五　前幕に登場した千太。

一六　底本振仮名「こまごた」を直す。→一四九頁注二七。

千太　夫《それ》ぢやア御免被成《ごめんなさい》まし。（ト千太《せんた》[一]ずつと内《うち》へ這入《はいる》、島蔵見《しまざうみ》て、）

島蔵　ヤ、松島《まつしま》か。

千太　ヲヽ兄貴《あにき》、能《よ》く内《うち》に居《ゐ》なすつた。

島蔵　夕《ゆふ》べ来《く》るかと思《おもつ》て居《ゐ》た。

千太　実《じつ》は来様《こやう》と思《おもつ》たが遁《のが》れられねへ用《よう》が出来《でき》て、夫《それ》で夕《ゆふ》べ来《こ》なかつた。

ト言《いひ》ながら能所《よきところ》[二]へ住《すま》ふ、磯右衛門《いそゑもん》お浜顔《はまかほみ》見合《あは》せ思入《おもいれ》。

磯右　悴《せがれ》、貴客《あなた》[三]は何所《どこ》のお方《かた》だ。

島蔵　此《この》お方《かた》は私《わたくし》が、兄弟同様懇意《きやうだいどうやうこんい》に致《いた》す友達《ともだち》でござります。

磯右　夫《それ》ではこなたのお友達《ともだち》か。

島蔵　ハイ、左様《さやう》にござります。

千太　兄貴《あにき》、其《その》[四]お方《かた》は。

島蔵　是《これ》は今度《こんど》播州《ばんしう》から出《で》て来《き》た、私《わし》が実《じつ》の親《おや》だ。

千太　ヲヽ夫《それ》ぢやア不断咄《ふだんはなし》に聞《きい》た、播州《ばんしう》に居《ゐ》るお前《めへ》の親仁《ちやん》[五]か。

島蔵　アヽコレ。（ト島蔵目《しまざうめ》で押《おさ》へる。）

千太　イヤ、ちやんとして来《く》れば能《よ》かつたが、こんなちやんが○イヤ、こんな御客《おきやく》が有《あら》ふ共知《ともし》らずに不断《ふだん》[六]の形《なり》で来《き》て、お目《め》に掛《かゝ》るも面目《めんぼく》ねへ。

一　案内もなく、かまわず家にあがってしまう。
二　三三五頁注一四のような手順の場合は、この場では、この箇所で初めて磯右衛門と岩松が出て、捨て台詞にて座るという手順になる。
三　あのお方。
四　自分を胡散臭く見られた千太が、皮肉に言い返す。千太にそぐわぬ丁寧な口調のおかしみ。
五　堅気の商人の家庭では「おとつつあん」。「ちやん」という呼びかけは、育ちの悪い印象。ために、島蔵がたしなめる。また、直前の丁寧な物言いがすぐ馬脚を現すおかしみの効果もある。
六　この件で、かつての千太役者は、「襟を合せて両手を膝におく」（初代吉右衛門）、「上まえを直し行儀よく坐る」（二世左団次）などの仕草をしたという（三宅三郎「島蔵と千太の思い出」『演劇界』昭和三十二年九月号）。この前後は、明治二十三年再演時の『歌舞伎新報』一一六一号でも「痴気（ばかげ）た仕打」といわれているが、「此場の千太は福清（ふくせい）を見せた跡故一入眼立て見へます感心〳〵」とあるように、左団次の二役の対照の妙を際立たせるための劇作法なのである。千太の扮装は、三幕目と同じ。↓二六九頁注一〇。

磯右　（ト磯右衛門《いそゑもん》思入《おもいれ》有《あつ》て、）是《これ》は初《はじめ》てお目《め》に掛《かゝ》りますが、私《わたくし》は島蔵《しまざう》が親《おや》磯右衛門《いそゑもん》と申者《まうすもの》[七]。

お浜　又私《またわたくし》は妹《いもと》の浜《はま》、是《これ》に居《を》るのは兄《あに》の悴《せがれ》、

岩松　岩松《いはまつ》と申《まうし》まする。

磯右　シテお前様《まへさま》の御名《おな》は、

千太　ヱヽ、私《わつ》[八]チが名《な》かへ。

島蔵　[九]アヽコレ○此方《このかた》は、松島千右衛門殿《まつしませんゑもんどの》と云《いは》れます。

磯右　千右衛門様《せんゑもんさま》と仰有《おつしやり》ますか。（ト千太《せんた》しやんと成〔なつ〕て、）

千太　如何《いか》にも、松島千右衛門《まつしませんゑもん》と申《まうし》ます。

磯右　[一〇]悴《せがれ》が御懇意《ごいんい》と有《ある》からは、

お浜　どうぞ是《これ》から、お心易《こゝろやすく》、

岩松　お願《ねが》ひ申《まうし》、

三人　上《あげ》まする。

千太　私《わつ》チも時折参《ときをりまゐ》りますから、是《これ》から兄弟同様《きやうだいどうやう》に、心易《こゝろやす》くしてお呉《く》んなせへ。

島蔵　コレ。（ト袖《そで》を引《ひく》、千太《せんた》真《ま》じ目《め》に、）

七　底本振仮名「ますよもの」を直す。

八　「こちとら」「わっち」ともに柄の悪い感じの一人称。この場の島蔵は「私」で通す。

九　また変な物言いをされてはかなわないと、千太を制する。

一〇　「懇意」とあれば、以前の盗賊仲間と察して、以下の台詞となる。

千太　イヤ、下《くだ》さりませ。

磯右　シテ、お前様《まへさま》の御商売《ごしやうばい》は。

千太　私《わつ》チの商売《しやうばい》は、どろ[1]さ。

磯右　ヘヱ、どろと仰有《おつしや》いますは。

千太　サア、どろは。（ト島蔵引《しまざうひき》とり、）

島蔵　どろと云《いふ》のは横浜《よこはま》で、諸国《しよこく》の銀貨《どろ》を取扱《とりあつか》ふ、どろ屋《や》の事《こと》でござります。

千太　いかにも、私《わつ》チやア、其《その》どろ屋《や》さ。

お浜　能御商売《よいごしようばい》でござりますな。

磯右　定《さだ》めてどろ屋《や》は大金《たいきん》を、お取扱《とりあつか》ひ被成《なされ》ませうな。

千太　出来《でき》の能《い》イ其晩《そのばん》は、何百円《なんびやくゑん》と云金《いふかね》を、持《もつ》て帰《かへ》る事《こと》も有《あり》ます。

磯右　夫《そ》りやどう云訳《いふわけ》でござります。

千太　其訳《そのわけ》かね。（ト云《いは》ふとするを島蔵引取《しまざうひきとり》、）

島蔵　夫《それ》は、どろ[2]の相場《さうば》が有《あつ》て荒高下《あらかうげ》の其時《そのとき》は、何百円《なんびやくゑん》と云金《いふかね》を儲《まうか》る事《こと》も有《あり》ますが、纔《わづか》な高下《かうげ》の其時《そのとき》は、端《はし》た金《がね》を取《とり》ますのさ。

磯右　夫《それ》では矢《や》張《はり》[3]米《こめ》相場《さうば》と、同《おな》じ様《やう》な物《もの》でござるか。

島蔵　同《おな》じ様《やう》な物《もの》でござります。

一「泥棒」の略。それを洋銀相場師の「どろ（ドル）屋」として島蔵が話を引き取る。

二 ドルの交換規定は、安政元年（一八五四）の日米和親条約以来決められていたが、相場は流動するので、「ドロ屋」と通称される洋銀相場師が必要となった。万延元年（一八六〇）に公許の洋銀相場立会所が設置された。その後、明治十二年横浜に洋銀取引所を、翌年横浜正金銀行を開設。なお、五世清元延寿太夫は、本作初演の「其頃はドロ相場の盛んな時でした」と回想し、自身が三井物産社員だった明治十七年に厳禁のドロ相場で五、六万円も儲けたという。延寿太夫は、「銀行へ預けると知れるので…泥棒等に目をつけられると不可（いけない）いから…玄関の下駄箱の上に五六万の金が常に置いてありました、私は其茶箱をあけては紙幣の束を摑み出して五年間遊び通しました」（井口政治編『延寿芸談』三杏書院、昭和十八年）。

三 明治九年米商会所条例公布。初演の前年「東京米況は…漸次騰貴に向ひ銀貨の高下及び其秋登あるに拘はらず遂に未曾有の高価に上りたり」（南部助之丞『米相場考』南部助之丞、明治二十三年）。

四 現物でなく金の授受だけを目的とする米の売買。米の賭博的運用。『人間万事金世中（にんげんばんじかねのよのなか）』にも使われる。

千太　何《なん》にしろ此世《このよ》の中《なか》に、元手入《もとでい》らずの商法《しやうほう》だから。
お浜　元手《もとで》いらずで出来《でき》ますとは。
島蔵　サア、元手入《もとでい》らずと今云《いまいつ》たは、空米相場《くうまいさうば》[四]と同《おな》じ事《こと》で、其所《そこ》へ金《かね》を積《つま》ず共何万円《ともなんまんゑん》でも商売《しやうばい》の出来《でき》るが今云元手《いまいふもとで》いらず。
千太　只取《たゞと》る様《やう》な商法《しやうほう》さ。
磯右　大《たい》した金《かね》を只取《たゞと》るとは。
お浜　どうやら夫《それ》では。
ト此時《このとき》[五]ばた〳〵にて徳蔵逃《とくざうにげ》て来《きた》り、舞台《ぶたい》にて思入有《おもいれあつ》て下手《しもて》へ這入《はいる》。跡《あと》より三人尻端折《さんにんしりはしをり》にて追掛出《おつかけで》て、お浜《はま》の台詞《せりふ》[六]の留《とま》りへ、
三人　泥棒《どろぼう》〳〵。（ト辺《あた》りを捜《さが》す、千太《せんた》此声《このこゑ》に悩《びつく》りして立上《たちあが》る[七]を、島蔵《しまざう》押《おさ》へて、）
島蔵　何《なに》をそんなに驚《おどろ》くのだ、街賊《すり》が簪《かんざし》でも抜《ぬい》たのだらう。
千太　おらア又《また》さうとは知《し》らず、疵持足《きずもつあし》[八]に悩《びつく》りした。（ト門口《かどくち》の三人思入《さんにんおもいれ》あつて、）
○　今《いま》の街賊《すり》めは何所《どこ》へ行《いつ》たか。
△　爰《こゝ》らで影《かげ》が見《み》えなく成《なつ》た。

十二世　市川團十郎の千太
現　尾上菊五郎の島蔵
三世　河原崎権十郎の磯右衛門
尾上尾登丸（現、菊市郎）の岩松
現　市村萬次郎のおはま

五　→用語一覧。
六　台詞の終りに被せて。
七　立ちかかるのを島蔵が止める。
八　「脛に傷」と同じ意。

□　裏《うら》へ這入《はいつ》て捜《さが》して見様《みやう》。（ト三人下手《さんにんしもて》へ這入《はい》る。）

島蔵　シテ、千右衛門殿《せんゑもんどの》には、今夜何《こんやなん》ぞ用《よう》でも有《あつ》て来《き》なすつたのか。

千太　些《ちつ》と内証《ないしやう》の咄《はなし》が有《ある》が、少《すこ》し何所《どこ》一ぞへ遣《や》つて呉《く》んねへ。

島蔵　承知《しやうち》しました ◯ コレお浜《はま》、千右衛門殿《せんゑもんどの》が内証《ないしやう》の咄《はなし》が有《ある》と云《いは》るゝから、幸《さいは》ひ今日《けふ》は二寅《とら》の日《ひ》故《ゆゑ》、神楽坂《かぐらざか》の毘沙門様《びしやもんさま》へ、親仁様《おやぢさま》と三人連《さんにんづれ》で、お参《まゐ》り申《まうし》て来《く》るがよい。

お浜　御縁日《ごえんにち》にはかゝさずに急度《きつと》お参《まゐ》り申故《まうすゆゑ》、一所《いつしよ》にお連申《つれまうし》ませう。

磯右　夫《それ》では己《おれ》も一所《いつしよ》に行《ゆく》のか。

岩松　三植木屋《うゑきや》が出《で》て賑《にぎ》やか故《ゆゑ》、帰《かへり》に御覧被成《ごらんなされ》ませ。

磯右　ヲヽ、国《くに》へ土産《みやげ》に見物《けんぶつ》せうか。（ト奥《おく》より三太《さんた》四ぶら提灯《てうちん》を持出《もちで》て、）

三太　毘沙門様《びしやもんさま》なら御供《おとも》しませう。

島蔵　手前《てめへ》も一所《いつしよ》に行《ゆく》がいゝ。

お浜　そんなら行《いつ》て参《まゐ》ります ◯ 五あなた、御寛《ごゆる》りと。

千太　寛《ゆつく》り跡《あと》で咄《はな》します。（ト皆《みな》〳〵門《かど》へ出《で》て、）

岩松　サア、お老爺《ぢい》さん、参《まゐ》りませう。

磯右　ヲヽ、案内《あんない》をして呉《くれ》。

一　父子三人に席を外してくれということ。

二　毘沙門天の縁日は寅の日。多くの近代小説にも登場する。神楽坂の毘沙門天（善国寺）の縁日は「露店商人が極めて多く出た」と若月紫蘭『東京年中行事』（春陽堂、明治四十四年）にある。

三　「中に最も面白いものは植木店であらう…法外な値段を吹きかけて椋鳥の引きかかるのを待つてをる」（『東京年中行事』）。黙阿弥作品にも、『因幡小僧雨夜噺（いなばこぞうあめのよばなし）』『霜夜鐘十字辻筮（しもよのかねじゅうじのつじうら）』に植木屋の露店商売は活写されている。

四　竹の柄付きの、ぶら下げて歩く提灯。明石屋と書いてある。まだ東京の夜道は暗い。

五　千太への呼びかけ。

ト唄《うた》に成《なり》、花道《はなみち》へ行《ゆき》、磯《いそ》右衛《ゑ》門《もん》お浜《はま》と顔《かほ》見合《みあは》せ、思入《おもいれ》有《あつ》て[六]跡《あと》へ帰《かへ》り、下手《しもて》へ這入《はい》る。島蔵門口《しまざうかどぐち》を明《あけ》、[七]表《おもて》へ思入《おもいれ》有《あつ》て、

島蔵　コレ千太《せんた》、あれ程己《ほどおれ》が云《いつ》て置《おく》に、以前《いぜん》の事《こと》をべら〳〵饒舌《しやべり》、おらアびつしより[八]汗《あせ》に成《なつ》た。

千太　おれもあんな爺《とつ》さんが来《き》て居《ゐ》様《やう》とは思《おも》はねへから、何《なん》と云《いつ》て能《いゝ》か知《し》らねへから、実《じつ》におらア[九]どじついた。

島蔵　手前《てめへ》まだ[一〇]止《や》めねへか。

千太　酒《さけ》と女《をんな》がふつゝりと、嫌《きら》ひに成《なつ》たら知《し》らねへ事《こと》、[一一]一杯遣《いつぺへやる》と一晩《ひとばん》でも、遊《あす》びに行《ゆか》にやア寝《ね》られねへから、死《し》ぬ迄《まで》おらア止《やめ》られねへ。

島蔵　能加減《いゝかげん》に見切《みきり》を付《つけ》て、手前《てめへ》も足《あし》を洗《あら》へばいゝ。

千太　さうして兄貴《あにき》、お前《めへ》は止《やめ》たか。

島蔵　己《おれ》はふつゝり止《や》めて仕舞《しま》ツた。

千太　何《なん》で止《やめ》て仕舞《しまつ》たのだ。（ト誂《あつらへ》の合方《あひかた》に成《なり》、島蔵思入《しまざうおもいれ》有《あつ》て、）

島蔵　何《なん》でも仕《し》て悪《わる》い事《こと》だと、自分《じぶん》で思《おも》ツた其日《そのひ》には、気《き》後《おく》れがして街賊《すり》も出来《でき》ねへ、是《これ》には色《いろ》〳〵訳《わけ》が有《あつ》て、ふつゝり止《やめ》る気《き》に成《なつ》たのも、[一二]一《ひと》ツでも二《ふた》ツでも余計《よけい》に年《とし》を取《とつ》て居《ゐ》る上《うへ》、[一三]親兄弟《おやきやうだい》に子《こ》迄《まであ》有るから、老込様《をいこみやう》

[六] 本舞台の方へ後戻りして。
[七] 誰も聞いていないかを確かめる。
[八] 冷や汗をかいた。「明治二十三年附帳」では、この台詞をキッカケに「ツッテン替合方」。
[九] あわててまごつく。「どじつく」も柄の悪い語感。
[一〇] 盗み、犯罪を止めないのかということ。
[一一] 底本「一抔」を直す。
[一二] 島蔵と千太の年齢設定については、一九二頁注三参照。
[一三] 独身の千太と家族持ちの島蔵の対比は、本作の重要なモチーフ。解説参照。

も早《はや》ひのだ、何時《いつ》がいつ迄苦労《までくらう》を掛《かけ》るも本意《ほんい》でねへと心《こゝろ》が付《つき》、足《あし》を洗《あらつ》て堅気《かたぎ》に成《なり》、纔《わづか》な儲《まうけ》の小《こ》売酒屋《うりざかや》、一合《いちがふ》二合《にがふ》の商《あきな》ひで一生楽《いつしやうらく》に暮《くら》す気《き》だ。

千太　さう云事《いふこと》とは知《し》らねへから、以前《いぜん》の積《つも》りで出《で》て来《き》たが、実《じつ》は今夜《こんや》仕事《しごと》が有《あつ》て、お前《めへ》の手《て》をば借《かり》に来《き》たのだ。

島蔵　いゝ事《こと》ならば兄弟《きやうだい》の縁《えん》を結《むす》んだ中《なか》だから、どんな事《こと》でも手《て》を貸《かそ》ふが、悪《わる》ひ事《こと》ならお断《ことは》りだ。

千太　向《むか》ふの相手《あいて》が士族《しーぞく》[一]だから、度胸《どきやう》の悪《わり》ひ奴等《やつら》をば、連《つれ》て行《いつ》た其時《そのとき》は、思《おも》ふ仕事《しごと》が出来《でき》ねへ上《うへ》、喰《くれ》[二]へ込《こむ》めへ物《もの》でもねへから、お前《めへ》を今夜《こんや》頼《たの》みに来《き》たのだ、兄弟分《きやうだいぶん》の因身《よしみ》を持《もつ》て、今夜《こんや》一所《いつしよ》に行《いつ》て呉《く》んねへ。

島蔵　折角手前《せつかくてめへ》の頼《たの》みだが、金毘羅様《こんびらさま》[三]へ願《ねが》ひを立《たて》、すつぱり止《や》めて仕舞《しまつ》たから、夫計《そればか》りは堪忍《かんにん》してくれ。

ト此時下手《このときしもて》より磯右衛門《いそゑもん》お浜岩松出《はまいはまつで》て、門口《かどぐち》[四]に伺《うかゞ》ひ居《ゐ》る。

千太　夫《そ》りやアさうでも有《あら》ふけれど、明日《あす》が日己《ひおれ》が手当《てあて》[五]に成《なり》、送《おく》[六]りに成《なつ》た其《その》時《とき》に、どんな問《とひ》[七]を掛《かけ》られても云《いは》ねへ気《き》だが、何《ど》う云事《いふこと》で見知《みし》[八]り人《にん》が、向《むか》ふに有《あつ》て遁《のが》れられず、罪《つみ》に落《おち》たら千円盗《せんゑんぬす》んだ旧悪《きうあく》で、お前《めへ》も一所《いつしよ》に行《ゆか》[九]ざア成《なる》めへ。

一　当然、望月のことを指す。
二　「食（らく）ひ込む」の訛。逮捕されて獄屋へ入る。
三　讃岐（香川県）の象頭山金刀比羅宮（ぞうずさんことひらぐう）。またそこに祀られている海神。航海安全の神として信仰された。東京にも丸亀藩邸のあった芝琴平町に明治二年讃岐より鎮祀した金刀比羅神社があり、一時は水天宮と並ぶほどの参拝者を集めた。なお、縁日が毎月十日だったことから、盗人の隠語で十日の拘留処分を受けることを「金毘羅さん」と言ったというが、ここでは関係ない。
四　立ち聞きする様子。
五　逮捕、捕縛。
六　獄屋へ送られる。
七　牢問い、つまり拷問を受けても。
八　探索方や巡査等に顔を知る者がいたならば。
九　ここでは獄屋へ。

島蔵　ムヽ、（トぎつくり思入《おもいれ》、）

千太　幾《いく》らお前《めへ》が堅気《かたぎ》に成《なつ》ても、どうで一度《いちど》は[一〇]刑場《けうじやう》を着《き》にやア奇麗《きれい》に成《な》られぬ体《からだ》、今夜《こんや》己《おれ》と一所《いつしよ》に行《いつ》て[一一]一働《ひとはたらき》して呉《くれ》ても、別《べつ》に罪《つみ》の重《おも》くなる訳《わけ》もなけりやアコレ兄貴《あにき》、どうぞ一所《いつしよ》に行《いつ》て呉《く》んねへ。（ト島蔵是非《しまざうぜひ》なき思《おも》入《いれ》にて、）

島蔵　其事《そのこと》に付《つい》て手前《てめへ》にも咄《はなし》てへ事《こと》が有《あ》るが、何《なに》を云《いふ》にも爰《こゝ》は市中《しちう》、隣近所《となりきんじよ》へ憚《はゞか》れば大《おほ》きな声《こゑ》で云《いへ》ねへ身《み》の上《うへ》、兎《と》も角《かく》も此四月《このしぐわつ》、九月末《くぐわつすへ》に逢《あは》ふと云《いつ》て、西《にし》と東《ひがし》の生《うま》れ古郷《こきやう》へ[一二]羽《は》がひを伸《のばし》て別《わか》れた二人《ふたり》、運能天《うんよくてん》[一三]の網《あみ》を遁《のが》れ約束通《やくそくどほり》九月《くぐわつ》の末《すへ》に、目出度《めでたく》逢《あつ》た今宵《こよひ》の出会《であひ》、達《たつ》ての頼《たのみ》を断《ことは》るも、あんまり[一四]色気《いろけ》のねへ事《こと》だから、一所《いつしよ》に行《ゆか》ふが今《いま》は行《ゆけ》ねへ、親父《おやぢ》や妹《いもと》が帰《かへ》つて来《き》て[一五]用《よう》を拵《こしら》へ跡《あと》から行《ゆく》から、暮《くれ》ては人《ひと》の通《とほり》も少《すく》ねへ、[一六]招魂社《せうこんしや》の鳥居前《とりゐまへ》で、己《おれ》が行《ゆく》のを待《まつ》て居《ゐ》ろ。

千太　夫《それ》ぢやア己《おれ》が頼《たの》みを聞《きい》て、今夜《こんや》一所《いつしよ》に行《いつ》て呉《くれ》るか、夫《それ》は何《なに》より有難《ありがた》ひ、是《これ》でこそ兄弟分《きやうだいぶん》だ、お前《めへ》が行《いつ》て呉《くれ》せへすりやア、[一七]心丈夫《こゝろぢやうぶ》に働《はたら》ける、どうで向《むか》ふへ忍《しの》び込《こむ》のは十二《じふに》時《じ》過《すぎ》の事《こと》だから、是《これ》から何所《どこ》ぞで一《いつ》ぺい飲《のみ》、十時過《じふじすぎ》に招魂社《せうこんしや》の鳥居前《とりゐまへ》に待《まつ》てゐるから、急度《きつと》来《き》て呉《く》んなせへ。

一〇　処罰を受けなければ。ここでは「刑場」は「凶状」と同じ。
一一　ここでは望月の家へ強盗に。
一二　羽根を伸ばして。
一三　悪人を捕えるため巡らした網。天網。「羽がひ」と共に「鳥」の縁語。外題の「島（嶋）千鳥」も「嶋」蔵、松「嶋」もすべて鳥でつながる。
一四　素っ気無い。
一五　口実を作って。
一六　鳥居は建立当初はなく、明治六年一月に建てられた。→三五八頁注四。
一七　安心して。

島蔵　八幡《はちまん》[一]の十時《じふじ》を合図《あいづ》に出掛《でかけ》て行《ゆく》から、待《まつ》て居《ゐ》て呉《く》れ。（ト千太《せんた》思入有《おもいれあつ》て、）

千太　いつか広小路《ひろこうぢ》[二]の天道干《てんたうぼし》[三]で、威《おど》しに買《かつ》た脇差《わきざし》を、お前《めへ》未《いま》だに持《もつ》て居《ゐ》るか。

島蔵　今《いま》はいらねへ物《もの》だけれど、思《おも》ひの外《ほか》に勝《すぐ》れた業物《わざもの》[四]。

千太　ヱ。

島蔵　イヤ、筋《すぢ》[五]の悪《わる》き代物《しろもの》だから、浮《う》ツかり売《うる》のも気味《きみ》[六]が悪《わる》く、そつと隠《かく》して持《もつ》て居《ゐ》る。

千太　内《うち》に有《あ》るこそ調度《てうど》幸《さいは》ひ、あれを持《もつ》て来《き》てくんねへ。

島蔵　夫《それ》は云《いは》ずと己《おれ》も承知《しやうち》だ。

ト此内門口《このうちかどぐち》の三人人《さんにんひと》の来《く》る思入《おもいれ》にて、下手《しもて》へ這入《はい》る。引違《ひきちが》へて橋掛《はしがゝり》[七]より以前《いぜん》の徳蔵出《とくざうで》て、

徳蔵　小遣《こづか》ひ取《どり》に引《ひつ》[八]こ抜《ぬい》た財布《さいふ》の中《なか》は端《はし》た銭《ぜに》、小札《こさつ》[九]が一枚《いちまい》ありやアしねへ〇（ト財布《さいふ》を懐《ふところ》へ入《い》れ、門口《かどぐち》を明《あけ》、）ハイ、大《おほ》きに遅《おそ》く成《なり》ました。

島蔵　ヲヽ、徳蔵《とくざう》か。

徳蔵　橋本様《はしもとさま》へ参《まゐり》ましたら、お遣《つか》ひ物《もの》に成《なり》ますので、お供《とも》をして築土《つくど》[一〇]迄参《までまゐり》ましたので、遅《おそ》く成《なり》ました。

一　日本橋本石町、浅草寺、本所横川町、上野大仏下、芝切通、目白不動、赤坂田町、四谷天竜寺と共に市谷八幡の鐘は、江戸幕府公認の九か所の一つだった。現、新宿区市谷八幡町にある。
二　ここでは『古代形新染浴衣《こだいがたしんぞめゆかた》』の設定にあった浅草広小路。→二四九頁注一〇。
三　日中、大道に出る露店とそこで売る商品。夜店は「天道干」とはいわない。→二四九頁注一一。
四　→二四八頁注三。
五　実際は三幕目（二四八頁）で見た業物だが、千太の手前ごまかす。
六　おっかない。うっかり売ってそこから足が付くのを恐れる。
七　舞台下手奥より出る。
八　すり取った。
九　額面の低い紙幣。
一〇　築土八幡のことか、その町名である筑土八幡町のこと。

島蔵　春《はる》と違《ちが》ツて秋《あき》の日暮《ひぐれ》は、暮《くれ》かゝると睫間《またゝくま》だ。

徳蔵　途中《とちう》で日《ひ》が暮《くれ》て仕舞《しまひ》ました○（ト云《いひ》ながら千太《せんた》を見《み》て恟《びつく》りなし、）ヤ、お前《めへ》は。

千太　ム丶、徳次郎《とくじらう》か。（ト千太《せんた》も恟《びつく》りこなし、）

徳蔵　どうして爰《こゝ》へ来《き》なすつた。

島蔵　是《こ》りやア新参《しんざん》の奉公人《ほうこうにん》だが、手前《てめへ》は知《し》ツて居《ゐ》るのか。

千太　奥州《おうしう》の白川《しらかは》に、己《おれ》が遊《あす》んで居《ゐ》た時分車《じぶんくるま》を引《ひか》した若《わか》イ者《もの》、野州徳《やしうとく》と肩書《かたがき》[一一]のある旅《たび》[一二]を拵《かせ》ぐ人力車《じんりきしや》だ。

徳蔵　誠《まこと》に親分《おやぶん》[一三]お前《めへ》さんに、爰《こゝ》で逢《あつ》ては面目《めんぼく》ない。（ト天窓《あたま》を押《おさ》へ蹲踞《うづくまる》。）

島蔵　夫《それ》ぢやア是《これ》もひゞ[一四]のある、旅拵《たびかせぎ》の人力車《じんりきしや》か。

千太　己《おれ》が佃《つくだ》に居《ゐ》た時《とき》に、一所《いつしよ》に土《つち》を担《かつい》だ奴《やつ》で、以前《いぜん》を知《し》ツて居《ゐ》る所《とこ》から、足元《あしもと》を見《み》てゆすつた上《うへ》、己《おれ》が悪事《あくじ》を探索《たんさく》へ、いつ付口《つけぐち》[一五]をしやアがつた。

徳蔵　実《じつ》はあの折銭《をりぜに》に困《こまり》、済《すま》ねへ事《こと》を仕《し》ましたが、堪忍《かんにん》してお呉《く》んなせへ。[一六]其後長《そのゝちなが》く煩《わづら》ツて難義《なんぎ》をしたのでさつぱり目《め》が覚《さめ》、堅気《かたぎ》に成気《なるき》で足《あし》を洗《あら》ひ、こつちのお内《うち》へ雇《やとひ》に這入《はいり》、樽拾《たるひろ》ひ[一七]に成《なり》ました、腹《はら》が立《たつ》なら私《わつ》チをば存分《ぞんぶん》にしてあの折《をり》の、科《とが》を免《ゆる》しておくんなせへ。

一一　悪党として一寸名の知られたという意。
一二　旅で盗みを働く。
一三　思わず以前の呼称を使う。
一四　前科のある。
一五　「言ひ付け口」の促音化したもの。密告。→一九九頁注六。
一六　現に掏摸等の犯罪は止めていないのだから、この台詞は偽り。
一七　酒屋で得意先の酒樽を集めて歩く小僧や若い者。

ト手《て》を突《つき》、[一]天窓《あたま》を摺付《すりつけ》て詫《わび》る、千太《せんた》思入有《おもいれあつ》て、

千太　外《ほか》で逢《あ》やア遺恨《いこん》が有《あ》るから、只此儘《たゞこのまゝ》ぢやア置《おか》ねへが、以前《いぜん》と違《ちが》ツてこつちの内《うち》の奉公人《ほうこうにん》と有《あ》るからは、[二]己《おれ》が存分《ぞんぶん》にする日《ひ》には、兄貴《あにき》に難義《なんぎ》を掛《かけ》にやアならねへ、其所《そこ》を思《おも》ツて何《なん》にも云《いは》ず、此儘手前《このまゝてめへ》は免《ゆる》して遣《や》らう。

徳蔵　夫《それ》は有難《ありがた》ふござります。是《これ》と云《いふ》のも御慈悲深《おじひぶか》ひ、こちらに奉公《ほうこう》したお蔭《かげ》○旦那様《だんなさま》、有難《ありがた》ふござります。

島蔵　[三]目見得《めみゑ》に来《き》た其時《そのとき》から、[四]痒《かゆ》い所《とこ》へ手《て》の届《とゞ》く心《こゝろ》の利《きい》た奉公人《ほうこうにん》、油断《ゆだん》のならねへ男《をとこ》だと、思《おも》ツて居《ゐ》たが案《あん》のぜう、手前《てめへ》も悪事《あくじ》の有《あ》る体《からだ》か。

徳蔵　大《たい》した事《こと》も致《いた》しませぬが、三度《さんど》懲役《ちやうえき》に行《ゆき》ました。

千太　云《い》ひてへ事《こと》も云《いは》ねへ替《かは》り、手前《てめへ》も己《おれ》に逢《あつ》た事《こと》を、決《けし》て人《ひと》に云《いつ》て呉《くれ》るな。

徳蔵　[五]何《なに》しに人《ひと》に云《いひ》ます物《もの》か。（ト時《とき》の鐘島蔵思入有《かねしまざうおもいれあつ》て、）

島蔵　毘沙門様《びしやもんさま》へ参《まゐ》りに行《いつ》た、モウ爺《とつ》さんや妹《いもうと》が、帰《かへ》ツて来《く》る時分《じぶん》だから、帰《かへ》らぬ内《うち》に出掛《でかけ》てくれ。

千太　こつちも逢《あふ》のは面倒《めんだう》だ、帰《かへ》らぬ内《うち》に出掛様《でかけやう》○（ト下手《しもて》へ来《きた》り、）夫《それ》ぢやア兄貴《あにき》、必《かなら》ず今夜《こんや》。

一　土下座して。
二　千太が徳蔵に意趣返しをして痛い目に合わせると。
三　正式な雇い以前の見習の頃から。目見得奉公。
四　底本「痒い」を直す。
五　何のために。
六　軍鶏鍋。幕末から庶民に人気あり、黙阿弥の通った両国「坊主（丸屋）」の倅は弟子入りして竹柴晋吉と名乗った。『三人吉三廓初買（さんにんきちさくるわのはつかい）』でも、軍鶏鍋を作る趣向がある。なお、通称「坊主しやも」ともいった同店の支店は「新橋信楽新道の鳥料理屋二葉に赴く」と永井荷風『断腸亭日乗』（大正十五年十二月十三日）にあるのがそれで、「二葉は向両国坊主しやもの出店に

島蔵　急度行《きつとゆく》から待《まつ》て居《ゐ》ろ。（ト千太《せんた》門口《かどぐち》へ出《で》、）

千太　ドレ、軍鳥《しやも》[六]で一《いつ》ぺいやつて行《ゆか》ふか。

　　ト時《とき》の鐘合方《かねあいかた》にて、千太《せんた》向《むか》ふへ這入《はいる》、徳蔵思入有《とくざうおもいれあつ》て、

徳蔵　旦那様《だんなさま》、どうして主人《あなた》はあのお人《ひと》を、御存《ごぞんじ》でござります。

島蔵　あれは以前《いぜん》の友達《ともだち》だ。

徳蔵　兄貴《あにき》〳〵とお心易《こゝろやす》く、兄弟《きやうだい》の様《やう》に云《いは》れるのは　○　若《もし》や旦那《だんな》も。

島蔵　ヱ。

徳蔵　旦那《だんな》も定《さだ》めて私《わたくし》の、以前《いぜん》を聞《きい》て油断《ゆだん》のならぬと思召《おぼしめす》でござりませうが、[七]御用奉公《ごようぼうこう》する位《くらゐ》、心《こゝろ》を改《あらた》めましたから、油断《ゆだん》が成《な》らぬと思召《おぼしめさ》ず、お遣《つか》ひ被成《なされ》て下《くだ》さりませ。

島蔵　人《ひと》は一旦悪《いつたんわる》ひ事《こと》をして、改心《かいしん》をした者《もの》が堅気《かたぎ》な者《もの》より役《やく》に立故《たつゆゑ》、決《けし》てこつちは疑《うたが》はねへから、己《おれ》が内《うち》に辛抱《しんばう》して呉《く》れ。

徳蔵　然《さ》う仰有《おつしやつ》て下《くだ》さりますれば、誠《まこと》に有難《ありがた》ふござります。

島蔵　まだ飯前《めしまへ》だらう、奥《おく》へ行《いつ》て夜食《やしよく》[八]を喰《くつ》て仕舞《しまふ》がいゝ。

徳蔵　夫《それ》では頂戴致《てうだいいた》しませう。（ト徳蔵立上《とくざうたちあが》る時《とき》、懐《ふところ》から財布《さいふ》を落《おと》す、島蔵《しまざう》取上《とりあげ》、）

て、主人は狂言作者竹柴晋吉翁なること人の知る所なり」とある。晋吉は、坪内逍遙『桐一葉』や徳冨蘆花『不如帰』など、明治末の東京座で上演作品の劇化に関わった。河竹登志夫『作者の家』（講談社、昭和五十五年）にその人脈や経歴は述べられている。

七　ここでは得意先を回る御用聞きの仕事。そういう地道な仕事をする位。

八　ここも時刻は遅いが、夕食、晩飯の意味。三三二頁注四。

九段坂下．「しやも三銭五厘」の看板が見える．
（『東京景色写真版』江木商店，明26．国立国会図書館所蔵）

島蔵　ヤ、此財布《このさいふ》は。

徳蔵　イヱ、私《わたくし》のでござります。（ト引取《ひつとつ》て懐《ふところ》[一]へ入《い》れ、合方《あひかた》に成《なり》、徳蔵《とくざう》奥《おく》へ這入《はい》る、島蔵跡《しまざうあと》を見送《みおく》り、）

島蔵　初手《しよて》から油断《ゆだん》のならねへ奴《やつ》と、思《おも》ツて居《ゐ》たが役《やく》に立故《たつゆゑ》、一年極《いちねんぎめ》で雇《やとつ》たが、彼奴《あいつ》も旅《たび》の挊《かせぎ》と聞《きい》ては、遣《つか》ツて居《ゐ》るも気《き》[二]がねへが、今暇《いまいとま》を遣《やつ》たらば仇《あだ》を返《かへ》すに違《ちげ》へねへ、己《おれ》が望《のぞ》みの叶《かな》ふ迄《まで》は、先手《まづて》なづけて置《おく》のが専《せん》[三]一《いち》、こんな事《こと》を親父《おやぢ》の耳《みゝ》へどうぞ入度《いれたく》ねへ物《もの》だ ◯

ト時《とき》[四]の鐘《かね》、床《ゆか》[五]の浄瑠璃《じやうるり》に成《な》り、

上るり　〽跡《あと》には何《なん》[六]と島蔵《しまざう》が思案《しあん》にくる〵秋《あき》の季《すへ》、冬《ふゆ》を隣《となり》に伺《うかゞ》ひし袖《そで》[七]に時雨《しぐれ》の三人《さんにん》が、門《かど》の戸《と》明《あけ》て入《いり》ければ、

ト此内島蔵《このうちしまざう》じつと思案《しあん》の思入《おもいれ》、下手《しもて》より以前《いぜん》の三人出《さんにんで》て、門口《かどぐち》を明《あけ》、[八]ずつと内《うち》へ這入《はいる》、島蔵悄《しまざうびつく》りなし、

モウお帰《かへ》りでござりましたか、大層《たいそう》お早《はや》ふござりましたな。

磯右　ヲヽ早《はや》ひ筈《はづ》だ、毘沙門様《びしやもんさま》へは参《まゐ》らなんだ。

島蔵　毘沙門様《びしやもんさま》へ参《まゐ》らずに、何所《どこ》へお出被成《いでなされ》ました。

磯右　何所《どこ》へも行《ゆか》ずに門口《かどぐち》で、

一　底本振仮名「とところ」を直す。

二　気が進まないが。

三　とりあえずは一番良い。

四　時の鐘をキッカケに浄瑠璃にかかるのは、単に気分を変えるためや合図としてだけでなく、それによって虚構の時間の経過を観客に錯覚させる、劇作上の効果。

五　ここも「ト書き浄瑠璃」。↓三一〇頁注一。ただし、現行では、この場は浄瑠璃は全て抜くことが多い。親子三人は、裏口より戻った心で屋体内の下手紺暖簾より出る。

六　以下、掛詞と縁語で繋ぐ。

七　涙を拭った袖を濡らした形容。

八　島蔵に知らせず奥まで入っていくさま。島蔵の下手に岩松、お浜、上手に磯右衛門が座る。

お浜　最前《さいぜん》からの様子《やうす》をば、

岩松　残《のこ》らず聞《きい》て居《を》りました。

島蔵　ヱ○（トぎつくりなし、）夫《それ》では千太《せんた》と二人《ふたり》の咄《はなし》を、

上〽[九]南無三大事《なむさんだいじ》を聞《きか》れしかと、驚《おどろ》く悴《せがれ》の前《まへ》へ座《ざ》し、（ト島蔵《しまざう》悄《びつく》り思入《おもいれ》、磯右衛門《いそゑもん》傍《そば》へ寄《より》、）

磯右　島蔵《しまざう》、まだ心《こゝろ》が直《なほ》らぬな。

島蔵　何《なに》、直《なほ》らぬとは。（ト誂《あつらへ》の合方《あひかた》に成《な》り、）

磯右　招魂社《せうこんしや》の鳥居《とりゐ》前《まへ》で、千太《せんた》とやらが待合《まちあは》すは、盗《ぬす》みに行《ゆく》のであらうがな。

島蔵　アコレ、めつたな事《こと》を仰有《おつしや》いますな。

磯右　隠《かく》して有《あ》る脇差《わきざし》を、今夜《こんや》持《もつ》て行《ゆか》ふと云《いふ》は、強盗《がうとう》をなす所存《しよぞん》だな。

島蔵　さう云訳《いふわけ》ではござりませぬが、今此家《いまこのいへ》で断《ことは》る共《とも》、中《なか》く[一〇]心《こゝろ》の曲《まが》ツた奴《やつ》故《ゆゑ》、容易《ようい》な事《こと》では得心《とくしん》[一一]しませぬ。辺《あた》りに遠慮《ゑんりよ》のない所《とこ》で、篤《とつ》くり千太《せんた》に云聞《いひきか》セ、思《おも》ひ切《きら》す所存故《しよぞんゆゑ》、必《かなら》ず御案事《おあんじ》被成《なされ》ますな。

磯右　イヤく、夫《それ》は嘘《うそ》ぢやく、矢《や》ツ張内《ばりない》[一二]く是迄《これまで》も、盗《ぬす》みをしたに違《ちが》ひない。

上〽浜辺《はまべ》[一三]育《そだ》ちに磯右衛門《いそゑもん》が、大声上《おほごゑあげ》るを憚《はゞか》りて、（ト磯右衛門《いそゑもん》大《おほ》きな

[九]「南無三宝」の略。驚き、失敗の時に漏らす言葉。底本振仮名「なまさん」を直す。

[一〇]相当に。

[一一]納得する。

[一二]内緒で。

[一三]海上暮しの漁師なので、地声が大きい。

声《こゑ》をするを留《とめ》て、)

島蔵　コレ親父様《おやぢさま》、明石《あかし》と違《ちが》ツて[一]家込《いへごみ》に軒《のき》を並《なら》べる市中《しちう》の住居《すまゐ》、大《おほ》きな声《こゑ》を被成《なされ》ますな、隣《となり》と云《いへ》ば壁一重《かべひとへ》、今此事《いまこのこと》が[二]洩聞《もれきこ》へ、召捕《めしとり》に成其時《なるそのとき》は、改心《かいしん》なした甲斐《かひ》もなく、一旦盗《いったんぬす》んだ金《かね》を返《かへ》し、御上《おかみ》の御処刑請《ごしよけいうけ》た上《うへ》、誠《まこと》の人《ひと》に成《な》らうと思《おも》ふ、此島蔵《このしまざう》が望《のぞ》みも叶《かな》はず、[三]自首《じしゆ》せぬ時《とき》は強盗《がうとう》に、生涯出《しやうがいいで》られぬ終身《しうしん》の苦役《くえき》をせねば成《なり》ませぬ。

磯右　夫《それ》も[四]己《おのれ》が心柄《こゝろがら》、人《ひと》の知《し》つた事《こと》ではない。

お浜　折角遥《せつかくはる》〴〵爺《とゝ》さんが、国《くに》から尋《たづ》ねてござんしたに、[五]能耳《よいみゝ》はお聞《きか》せ申《まう》さず、又《また》もや御苦労掛《ごくらうかけ》るのは、兄《あに》さん不孝《ふかう》でござりますぞへ。

岩松　祖父様《おぢいさま》のお[六]心休《こゝろやす》め、今夜《こんや》は何所《どこ》へもお出被成《いでなさら》ず、内《うち》に居《ゐ》て下《くだ》さりませ。

上〽今更何《いまさらなん》と[七]岩松《いはまつ》に、縋《すが》り留《とめ》られ是非《ぜひ》もなく、(ト[八]岩松縋《いはまつすが》り留《とめ》る、島《しま》蔵思入有《ざうおもいれあつ》て、)

島蔵　妹《いもと》が知《し》つて居《ゐ》る通《とほり》、改心《かいしん》なして[九]只一夜《たゞひとよ》[一〇]暮《くれ》ては外《そと》へ出《で》ぬ島蔵《しまざう》、増《まし》てや国《くに》から親父様《おやぢさま》がお出被成《いでなされ》た事《こと》なれば、常《つね》なら今宵《こよひ》は内《うち》に居《ゐ》て、御酒《ごしゆ》でも上《あげ》て夜終過越方《よもすがらすぎこしかた》のお咄《はなし》を致《いた》しますでござりますが、千太《せんた》と約束《やくそく》なしたれば、行《ゆか》ずに居《ゐ》れば又内《またうち》へ再《ふたゝ》び彼《かれ》が参《まゐ》ります故《ゆゑ》、[一一]纔半時《わづかはんとき》か一時《いつとき》の内《うち》、

一　家が建て込んでいる場所。
二　底本「洩声へ」を直す。
三　→二三〇頁注三。
四　自業自得。お前の性根の悪いところからそうなったのだ。
五　良い事を耳に入れず。
六　磯右衛門が心配せぬように。
七　掛詞。
八　岩松は、島蔵の膝に手を置き、留めるこなし。
九　たった一夜でさえも。
一〇　夜働き(盗み)どころか夜遊びもしない。
一一　一、二時間。

どうぞ遣《や》つて下《くだ》さりませ。

上〽云《いふ》をも聞《きか》ぬ老《をい》の一徹《いつてつ》、

磯右　ヲヽ、行《ゆく》なら勝手《かつて》に行《ゆく》がよい、国《くに》へ帰《かへ》ツて島蔵《しまざう》もさつぱり悪《わる》ひ心《こゝろ》が直《なほ》り、真人間《まにんげん》に成《なり》ましたと、土産咄《みやげばなし》に仕様《しやう》と思《おも》ひ、夫《それ》を楽《たのし》みに来《き》た所《ところ》、やつぱり心《こゝろ》が直《なほ》らずに、[一二]夜働《よばたらき》を致《いた》しますと人《ひと》に咄《はなし》が出来様《できやう》ぞ、再《ふたゝ》び国《くに》へ帰《かへ》られねば、身《み》でも投《なげ》て死《し》なねば成《な》らぬ。

お浜　爺《とゝ》さんが死《し》なさんすりや、私《わたし》も生《いき》ては居《を》りませぬ、供《とも》〴〵冥土《めいど》へ行《ゆき》まする。夫《それ》も[一三]定《さだ》まる約束《やくそく》と思《おも》へば悲《かな》しひ事《こと》もないが、[一四]人並《ひとなみ》ならぬ岩松《いはまつ》を、一人跡《ひとりあと》へ残《のこ》して行《ゆく》が、私《わた》しや悲《かな》しふござりまする。

岩松　さう成時《なるとき》は私《わた》しも一人何《ひとりなん》で生《いき》て居《を》りませう、お祖父様《ちいさま》や伯母様《をばさま》と、一所《いつしよ》に私《わた》しも死《し》にまする。

お浜　そんならそちも一所《いつしよ》に死《し》ぬか。

岩松　人並《ひとなみ》ならぬ片輪《かたわ》な私《わたし》、跡《あと》に残《のこ》ツて憂目《うきめ》を見《み》るより、死《し》ぬのが増《まし》でござります。

お浜　お前故《まへゆゑ》に死《し》なしやんしたおなぎさんの忘《わす》れ紀念《がたみ》、たつた一人《ひとり》の岩松《いはまつ》が死《し》ぬのが可愛《かあい》ふござんせぬか。

一二　人の寝る間に盗みをすること。
一三　前世の定まりごと。運命。
一四　足の不自由なことをいう。

岩松　上〽一さりとは難面《つれな》い心《こゝろ》やと、悔《くや》み嘆《なげ》けば岩松《いはまつ》も、私《わたし》が斯《か》う云片輪《いふかたわ》に成《なつ》たも、親《おや》の因果《いんぐわ》が子《こ》に報《むく》ふ譬《たとへ》の通《とほり》、二怪我《けが》からして趁跛《ちんば》に成《な》りし此岩松《このいはまつ》 ○

お浜　上〽三夫《それ》が智識《ちしき》でさつぱりと、盗《ぬす》みを止《や》めて下《くだ》さんしたは、片輪《かたわ》に成《なつ》ても私《わたし》の孝行《かうかう》、嬉《うれ》しふ思《おも》ふて居《を》りましたに。

岩松　上〽情《なさけ》ない爺様《とゝさま》と、縋《すが》り泣《なく》こそ意地《いぢ》らしき。（ト岩松宜敷有《いはまつよろしくあつ》て、）遥《はる》〴〵遠《とほ》ひ明石《あかし》から、お前《まへ》の心《こゝろ》の直《なほ》ツたを楽《たのし》みにしてござんした、

お浜　お年寄《としよ》られしお四爺父様《ぢいさま》を、殺《ころ》すも生《いか》すも兄《あに》さんの、心一《こゝろひと》ツにござりまする。

岩松　どうぞ行《ゆか》ずに下《くだ》さりませ。

上〽五右《みぎ》と左《ひだり》に妹《いもふと》と悴《せがれ》に縋《すが》りかき口説《くど》かれ、聞《きく》もせつなき島蔵《しまざう》が、嘆《たん》息《そく》なして二人《ふたり》を留《とめ》、

ト お浜岩松島蔵《はまいはまつしまざう》に縋《すが》り付《つい》て嘆《なげ》く、島蔵《しまざう》せつなき思入《おもいれ》にて、

島蔵　今岩松《いまいはまつ》が云通《いふとほ》り、親《おや》の因果《いんぐわ》が子《こ》に報《むく》ふ道理《だうり》を悟《さと》り目《め》が覚《さめ》て、心《こゝろ》を改《あらた》め ふつゝりと盗《ぬす》みを思《おも》ひ切《きつ》た島蔵《しまざう》、以前遊《いぜんあす》んで居《ゐ》た時分兄弟分《じぶんきやうだいぶん》の縁《えん》を結《むす》んだ、千太《せんた》が尋《たづ》ねて来《き》たのが災難《さいなん》、内《うち》では世間《せけん》を憚《はゞか》る故《ゆゑ》、向《むか》ふで頼《たの》む

一 そうとは、何とも情のない。
二 怪我をしたのが原因で。→二二五頁九行以下。
三 この後の島蔵の台詞にある「道理を悟」ること。道理を悟り、きっぱりと。
四 底本「お父爺様」を直す。
五 こういう場合、お浜が島蔵の上手側へ行き、下手側にいる岩松と二人で島蔵をはさんで口説く形となる。愁嘆場でよく見られる構図。

を幸《さいは》ひに人通《ひとゞほり》なき招魂社《せうこんしや》の鳥居《とりゐ》前《まへ》で篤《とつ》くりと、意見《いけん》をなして賊《ぞく》を止《や》めさせ、誠《まこと》の人《ひと》になす所存《しよぞん》、所謂《いはゆる》常《つね》[六]が常《つね》ならばと、是迄《これまで》悪《わる》ひ行《おこな》ひに誠《まこと》の事《こと》と思召《おぼしめ》さず、親父様《おやぢさま》が死《し》ぬとあらば、死出《しで》[七]の魁《さきがけ》島蔵《しまざう》が、命《いのち》を捨《すて》て潔白《けつぱく》を立《たて》るは安《やす》い事《こと》なれど ◯

上 〽只《たゞ》の一日《いちにち》孝行《かうく》せず、不孝《ふかう》に不孝《ふかう》を重《かさ》ねる道理《だうり》、夫故《それゆゑし》死なねば成《なら》ぬのを、恥《はぢ》を忍《しの》んで生《いき》ながらへ、金《かね》を整《とゝの》へ福島屋《ふくしまや》へ返《かへ》した上《うへ》で自首《じしゆ》なして、一度《ひとたび》上《かみ》[八]の御法通《ごはふどほり》苦役《くえき》を勤《つと》め満期《まんき》の後《のち》、世間《せけん》[九]も明《あか》るき身《み》と成《なつ》て、子供《こども》の折《をり》から御苦労《ごくらう》掛《かけ》た御恩送《ごおんおく》[一〇]りに一日《いちにち》でも、孝行《かうく》をして島蔵《しまざう》が不孝《ふかう》のお詫《わび》をする心《こゝろ》、嘘偽《うそいつはり》は申《まうし》ませねば、暫時《ざんじ》の間《あいだ》親父様《おやぢさま》、どうぞお暇《いとま》下《くだ》さりませ。

上 〽どうぞ免《ゆる》して下《くだ》されと、事《こと》[一一]を分《わけ》たる島蔵《しまざう》が、詞《ことば》に誠《まこと》顕《あらは》れて、磯《いそ》右衛門《ゑもん》も打《うち》うなづき、（ト島蔵宜敷思入《しまざうよろしくおもいれ》、磯《いそ》右衛門動作有《ゑもんこなしあつ》て、）

磯右　ム丶偽《いつはり》でない事《こと》ならば、やるまい物《もの》でもないけれど、若又心《もしまたこゝろ》が直《なほ》らねば、直《すぐ》に己《おれ》は身《み》を投《なげ》て生《いき》て再《ふたゝ》びそちには逢《あは》ぬぞ。

島蔵　親《おや》の命《いのち》に拘《かゝは》る事《こと》、決《けし》て背《そむ》きは致《いた》しませぬ。

お浜　明日《あす》の朝迄爺《あさまでとゝ》さんは、私《わたし》がお留申《とめまうし》ますから、必《かなら》ず悪《わる》ひ心《こゝろ》を出《だ》さず、

六 普段の行いが悪いから。
七 親父に先立ち、死を選んで身の潔白を証明するのは容易だが。
八 天朝の作った新法で裁きを受けて。
九 世間へも堂々と顔向けできるように、罪ほろぼしをして。
一〇 恩返し。
一一 筋道立てて説明した。

岩松　お祖父様《ぢいさま》のお土産《みやげ》に成《なり》ます様《やう》に、モシ爺《とゝ》さん、どうぞお願《ねが》ひ申《まうし》まする。

島蔵　手前達《てめへたち》にも苦労《くらう》は掛《かけ》ぬ、案事《あんじ》るには及《およ》ばぬぞ。

磯右　其詞《そのことば》に偽《いつはり》なくば、免《ゆる》して遣《や》るからいつて来《こ》い。

島蔵　スリヤ、お免《ゆる》し下《くだ》さりますとか、ヱヽ有難《ありがた》ふござりまする。

上〽[一]親《おや》の免《ゆる》しに嬉《うれ》しやと、安堵《あんど》なしたる門口《かどぐち》へ、立帰《たちかへつ》たる[二]丁稚《でつち》の三太《さんた》、来《きた》り、

ト島蔵《しまざう》ホッと思入《おもいれ》、[三]ばた〳〵にて[四]橋掛《はしがゝ》りより三太《さんた》[五]提灯《てうちん》を持出《もちで》て

三太　毘沙門様《びしやもんさま》で遊《あす》んで来《こ》いと、お浜《はま》さんのお免《ゆる》しで、寛《ゆつ》くり遊《あす》んで来《き》た

○（ト門口《かどぐち》を明《あけ》、）ハイ、只今帰《たゞいまかへ》りました。（ト内《うち》へ這入《はいり》、）

お浜　ヲヽ、三太《さんた》帰《かへ》ツたか。

三太　今徳蔵殿《いまとくざうどん》に逢《あひ》ましたが、何所《どこ》へ御使《おつかひ》に参《まゐ》りました。

お浜　イヤ、何所《どこ》へも使《つかひ》に遣《や》りはせぬが、

三太　包《つゝ》みを背負《しよつ》て[六]坂下《さかした》へ、大層急《たいそういそ》いで行《ゆき》ました。

島蔵　南無三《なむさん》、[七]彼奴《きやつ》に持逃《もちにげ》されたか。

上〽聞《きく》より島蔵一大事《しまざういちだいじ》と、奥《おく》の一《ひ》ト間《ま》へ駆入《かけいつ》たり、

ト島蔵《しまざう》ツカ〳〵と奥《おく》へ這入《はい》る、[八]皆《みな》〳〵立掛《たちかゝ》り、

一　この浄瑠璃の内、四人、それぞれに捨て台詞あること。

二　底本「丁雅」を直す。

三　「ばた〳〵」というト書きは駆け足で来るということ。少々遊びすぎて、帰るのが遅れたという含意。

四　全集では「下手」。

五　提灯を持って出ることで、改めて夜の時間を表現する。照明の変化を意図的に表現できない時代にあっては、小道具により時間を表現するのは、重要な劇作法。行灯や手燭を持った腰元や侍が、登場する場面も現在では何の意味も感じられない形容にすぎないが、かつての劇作法では必要な人物や小道具。それによって、時間を台詞で表現せずとも観客に視覚化する。

六　神楽坂下へ。その先にある招魂社で、徳蔵とは後に出会う。

七　徳蔵の正体を知っているだけでなく、自分も盗賊であることから、大事の刀を盗まれたことを直感する。

八　この間に三太は、下手側暖簾口へ入ってしまう。

お浜　油断《ゆだん》がならぬと思《おも》ッたが、着物《きもの》でも盗《ぬす》み出《だ》せしか。

磯右　跡《あと》を追掛行《おつかけゆか》ふにも、己《おれ》は所《ところ》〔九〕の勝手《かつて》がしれず、

岩松　勝手《かつて》を知《し》ッた私《わたくし》は、行事《ゆくこと》ならぬ此趁跛《このちんば》。

お浜　困《こまつ》た事《こと》が出来《でき》ましたな ◯（トばたくにて奥《おく》より島蔵出《しまざうで》て来《く》る。）何《なん》ぞ持《もつ》て行《ゆき》ましたか。

島蔵　簞笥《たんす》の着類《きるい》が四五枚《しごまいみ》見えぬが、夫《それ》は纔《わづか》な物《もの》なれど、二百円《にひやくゑん》に買人《かいて》のある、あの脇差《わきざし》〔一〇〕を持《もつ》て行《いつ》た。

お浜　スリヤ、脇差《わきざし》を、ヱ、、、。（ト恟《びつく》りなす。）

島蔵　悪《わる》い奴《やつ》と知《しり》ながら、奥《おく》へ一人置《ひとりおい》たが誤《あやま》り、

磯右　少《すこ》しも早《はや》く跡追掛《あとおつかけ》、

お浜　取押《とりおさ》へて下《くだ》さんせいなア。

島蔵　イヤ、追掛《おつかけ》て行《ゆく》に及《およ》ばぬ。

お浜　そりや又何故《またなにゆゑ》。

島蔵　今徳蔵《いまとくざう》が跡追掛引《あとおつかけひつ》とらへて差出《さしだ》さば、必《かなら》ず悪事《あくじ》を言立《いひたつ》て、己《おれ》を抱込《だきこむ》〔一一〕に違《ちが》ひない、さすれば日頃《ひごろ》の望《のぞ》みも叶《かな》はず、終身娑婆《しうしんしやば》へ出《で》られぬ懲役《ちやうえき》◯（ト本釣鐘《ほんつりがね》〔一二〕を打込《うちこむ》。）ヤ、、ありや八幡《はちまん》の十時《じふじ》〔一三〕の鐘《かね》。

九　この辺りの地理もわからず。

一〇　刀のこと。

一一　巻き添えにする。

一二　下座で打つ、時の鐘。

一三　一八八頁注七にある定時法採用に関する、明治五年十一月九日太政官布告に続けて「一　時鐘ノ儀来ル一月一日ヨリ右時刻ニ可改事／但是迄時辰儀時刻ヲ何字ト唱来候処以後何時ト可称事」とある。ここでは筑土八幡で打つ鐘。

磯右　千太《せんた》とやらに招魂社《せうこんしや》にて、
岩松　爺《とゝ》さん、お前《まへ》が、
お浜　出合《であ》ふ刻限《こくげん》。（ト島蔵岩松《しまざういはまつ》の杖《つゑ》をとり、）
島蔵　道《みち》の用心《ようじん》、此杖《このつゑ》を、犬威《いぬおど》し[一]に持《もつ》て行《ゆか》ふ。
お浜　そんなら、お前《まへ》は、
岩松　招魂社《せうこんしや》へ。
島蔵　ヲヽ、約束《やくそく》なれば行《ゆか》ねばならぬ　◯（ト島蔵腹守《しまざうはらまもり》[二]の胴巻《どうまき》[三]を出《だ》し、）親父《おやぢ》様《さま》、是《これ》を預《あづか》て下《くだ》さりませ。
ト磯右衛門《いそゑもん》の前《まへ》へ投《なげ》る、磯右衛門取上《いそゑもんとりあ》ゲ、
磯右　ヤ、此包《このつゝ》みは、
島蔵　そりや福島屋《ふくしまや》へ返《かへ》す金《かね》。
磯右　ヲヽ、慥《たしか》に己《おれ》が預《あづか》ツた。
お浜　そんなら、兄《あに》さん。
岩松　少《すこ》しも早《はや》ふ。
島蔵　留守《るす》をしつかり　◯（ト外《そと》へ出門口《いでかどぐち》を締《しめ》るを木《き》[四]の頭《かしら》。）頼《たの》んだぞ。
ト尻《しり》[五]を端折《はしをり》、屹度《きつと》[六]なる、本釣鐘《ほんつりがね》の寺鐘早《てらがねはや》き合方《あひかた》にて、宜敷《よろしく》[七]、拍《ひやう》[八]

一　見せかけの刀の替りとして。現行では持っていかない。
二　腹と貴重品とを守るために巻いている。
三　金銭、貴重品を入れ胴に巻く袋。近年では、胴巻を出す件はない。島蔵は、足袋を脱ぎ、前垂れを外し、動きやすい形となる。
四　→用語一覧。
五　着物の裾をからげて、帯にはさみ込む形。急いで走りこむ時、力を使う仕事をする時などに動き易いように行う。ここでの島蔵は左手で裾をたくしあげた形で走りこむこともある。
六　花道七三の位置で、おこつく(つまずく)仕草をして、いったん形を決める。花道の引っ込みでよく行う演技。
七　→用語一覧。
八　→用語一覧。

子《し》幕《まく》ト時《とき》の鐘《かね》、[九]水《みづ》の音《おと》にてつなぎ、[一〇]直《すぐ》に引返《ひつかへ》す。

九　下座の大太鼓で表現する。ただし、近年では、「阿呆陀羅の唄入り合方」に「木魚」の鳴物でつなぐ。「明治二十三年附帳」では「風の音」。
10　幕間なしに、道具や役者の拵えが出来次第に、すぐ次の幕を開ける。

五《いつ》 幕《まく》 目《め》　[一]招魂社鳥居前《せうこんしやとりゐまへ》の場《ば》

一 明石《あかし》の島蔵《しまざう》　〔尾上〕菊五郎　一 望月輝《もちづきあきら》　〔市川〕団十郎
一 [二]夜蕎麦売百蔵《よそばうりひやくざう》　〔坂東〕八平治　一 松島千太《まつしませんた》　〔市川〕左団治
一 [三]堀《ほり》の内参《うちまいり》 杢兵衛《もくべゑ》　〔大谷〕門兵衛　一 野州徳《やしうとく》　〔尾上〕松　助
一 同《おなじく》 七助《しちすけ》　〔尾上〕音　扇　竹本連中

本舞台上寄《ほんぶたいかみより》に[四]石《いし》の大鳥居《おほとりゐ》、左《さ》右《ゆう》[五]石垣《いしがき》の草土手《くさどて》、此上《このうへ》に小松《こまつ》上下《かみしも》松《まつ》の大樹《たいじゆ》、日覆《ひおほひ》より同《おなじ》く松《まつ》の[六]釣枝《つりえだ》、後《う〔し〕ろ》[七]銅灯籠《かなどうろう》一対《いつゝい》、石灯籠《いしどうろう》数《かず》多《おほく》、[八]本社《ほんしや》を見《み》たる[九]夜《よ》るの遠見《とほみ》、都《すべ》て招魂社鳥居《せうこんしやとりゐ》先《さき》の体《てい》、爰《こゝ》に夜《よ》蕎麦売荷《そばうりに》を下《おろ》し、傍《そば》に尻端折脚半草履《しりはしをりきやはんざうり》堀《ほり》の内参《うちまゐり》二人《ふたり》蕎麦《そば》を喰《く》つて居《ゐ》る、[一〇]此見得時《このみえとき》の鐘《かね》、[一一]四《よ》ッ竹節《だけぶし》にて幕明《まくあく》。

○　ヲイ蕎麦屋《そばや》さん、モウ一《いつ》ぺい替《かは》りをくんねへ。
蕎麦　ハイ〳〵。
△　次手《ついで》に己《おれ》も替《かは》りを[一二]貰《もら》はふ。

一 明治二年創建、十二年靖国神社と社号変更、別格官幣社へ列記されていた。
二 江戸の世話物には馴染みの風物。安直な夜食として人気があった。
三 十月十三日のお会式に堀の内の妙法寺へ参詣すること。池上本門寺と共に賑う。現、杉並区堀ノ内にある。↓三三二頁注二。
四 明治六年設置の本殿前の鳥居は木造であり、十七年八月撤去された。現在第二鳥居として残る銅の鳥居は明治二十年設置。黙阿弥は本作と同年初演の『天衣紛上野初花（くもにまごううえののはつはな）』の湯島天神でも実際の銅鳥居を「石」としている。初演時の『歌舞伎新報』一九一号では「本ぶたい真中大鳥居左右玉垣此内警視局奉納の灯籠奥深に招魂社の本社夜るの遠見」。
五 写真や錦絵、名所絵で見る明治十年代の招魂社は、殺風景な空間であると同時に、競馬や見世物の開催される好奇の対象の場でもあった。
六 ↓用語一覧。
七 明治十三年警視局より奉納された青銅大灯籠一対。西南戦争で犠牲となった警察官慰霊の目的で、鈴木嘉幸（長吉）デザインで、起立工商（工芸品輸出で当時著名）の製作。屋根の曲線、八角の火袋、赤ガラス、古代中国の神獣の文様という。独特のデザインの名物として名所絵には鳥居の脇に必ず描かれた。昭和二十年代までの舞台写真には見ることができるが、同三十年代の舞台より姿を消し、以後の舞台からは、招魂社を特定できる視覚的装置は消失し、一般の神社とさほど変らない。国立劇場（昭和五十八年）上演時もなし。ただし、前進座上演時（平成六年）には、その黒い胴体部分だけを見せたが、最も特徴ある上部は隠れていた。↓付録錦絵。
八 明治二年当初の旧本殿は板葺きの仮宮で、新

蕎麦　ハイ〳〵。（ト蕎麦屋《そばや》そばを拵《こしら》へる。）

○　以前《いぜん》と違《ちが》ツて夜鷹蕎麦《よたかそば》[一三]は、売人《うりて》が今《いま》ぢやアすくねへ様《やう》だね。

蕎麦　仰有《おつしや》[一四]る通山《とほりやま》[一五]の手計《てばか》り、下町《したまち》にはござりませぬ。

△　其替《そのかは》り鍋焼温飩《なべやきうどん》が、一年増《いちねんまし》に多《おほ》く成《なつ》[一六]た。

蕎麦　ヘイ、お替《かは》りが出来《でき》ました。

　　ト出《だ》す、両人捨台詞《りやうにんすてぜりふ》にて喰《く》ひながら、

○　夜鷹蕎麦《よたかそば》には珍《めづ》らしいな。

△　さうよ、めつぽうに能塩梅《いゝあんばい》だ。

蕎麦　此辺《このへん》には蕎麦屋《そばや》が少《すくな》く、一寸不自由《ちよつとふじゆう》でござりますから、大概私《たいがいわたくし》の参《まゐ》りますを、お待被成《まちなす》つて下《くだ》さいます故《ゆゑ》、蕎麦《そば》もしたじ[一七]も気《き》を付《つけ》ますので、此居《このゐ》[一八]回《まは》りから三丁目谷《さんちやうめだに》[一九]を、一回《ひとまは》り回《まは》りますと、荒方売《あらかたうれ》て仕舞《しまひ》ます。

○　夫《そ》りやア必《かな》ず売《うれ》る筈《はづ》だ、したじ塩梅《あんばい》の能事《いゝこと》は、居見世《ゐみせ》[二〇]の蕎麦屋《そばや》も同《おな》じ事《こと》だ。

△　是《これ》では誰《だれ》でも待《まつ》て居《ゐ》る筈《はづ》だ。

蕎麦　有難《ありがた》ふござります ○ お前《まへ》さん方《がた》は、脚半《きやはん》[二一]がけで、何所《どこ》へお出被成《いでなされ》ました。

本殿は明治五年落成。初演当時は、遊就館が建設中の時期である。

九　遠景を描いた書割。初演当時実際の靖国神社には滝の山、噴水、奏楽堂等があったが、現行の舞台では、一般の「宮遠見」といわれる定式に近い。↓注七。

一〇　↓用語一覧。

一一　下座音楽の合方。「明治二十三年附帳」では「道楽寺唄入り。小木魚入り」。

一二　底本「貰〈もら〉らふ」を直す。

一三　夜蕎麦売りと同じ。語源については諸説ある。

一四　底本振仮名「おやしや」を直す。

一五　「近頃は鍋焼饂飩が大流行で、夜鷹蕎麦とては喰ふ人が少な」く、府内に鍋焼饂飩売りが八六三人、夜鷹蕎麦は十一人だけという記事もある（『読売新聞』明治十四年十二月二十六日）。

一六　底本振仮名「たつ」を直す。

一七　醬油のことだが、ここでは蕎麦つゆの意とも取れる。

一八　近所、この付近。

一九　「五番町はもと堀端一番町の内と五番町とを称す。三町目谷の処同町内坂を下りて東へ入るを大横町と云へり」（看雨居士（村田峰次郎）『東京地理沿革誌』稲垣常三郎、明治二十三年）。現在の千代田区五番町と異なり、靖国神社南門から御厨谷坂を下った辺りが麴町三丁目であり、そこから市谷方向へ向かうと大横町。待合、置屋もあった。

二〇　屋台、露天でなく、家屋を構えて商う店。

二一　脚半をつけているので、遠方から歩いてきたと推察できる。↓一五三頁注一六。

○　今日昼過《けふひるすぎ》から堀《ほり》の内《うち》へお参《まゐり》に出掛《でかけ》たが、秋《あき》の日《ひ》の短《みじか》イのに、[一]しがらきで御輿《おみこし》を居《す》へ、

△　草臥休《くたびれやす》めに寛《ゆつく》りと呑《のん》で、[二]鍋屋横町《なべやよこちやう》を暮《くれ》て出《で》たから、大層遅《たいそうおそ》く成《なり》ました。

蕎麦　そりやア嘸《さぞ》お草臥被成《くたびれなされ》ましたらう。

△　コウ吉公《きちこう》、此[三]招魂社《このせうこんしや》と云《いふ》のは、何《なに》を祭《まつ》〔つ〕た物《もの》だな。

○　是《こ》りやア[四]近《ちか》イ頃戦争《ころせんそう》で死《し》んだ人《ひと》を祭《まつ》〔つ〕たのだが、[五]身分《みぶん》は軽《かる》イ兵隊《へいたい》でも、御上《おかみ》の為《ため》に死《し》んだのだから、こんなに立派《りつぱ》に出来《でき》たのだ。

△　おらア何時《いつ》でも外《そと》を通《とほ》ツて、中《なか》を見《み》た事《こと》がないが、斯《か》う見《み》た所《ところ》が奇麗《きれい》さうだな。

蕎麦　昼間這入《ひるまはいつ》て御覧《ごらう》じまし、泉水《せんすい》の中《なか》に[六]吹水《ふきみづ》が有《あつ》て、[七]庭《には》の樹木《じゆもく》は大《たい》した物《もの》で、四季《しき》に花《はな》が絶《たえ》ませず、随分態《ずいぶんわざ》〳〵遠方《ゑんばう》から、お出被成《いでなすつ》ても能《よ》うござります。

○　アイ、蕎麦屋《そばや》さん、銭《ぜに》を取《と》んねへ。

蕎麦　ヘイ、有難《ありがた》ふござります。（ト銭《ぜに》を取《と》る。）

△　サア〳〵急《いそ》イで[八]切《き》り出《だ》そう。

○　蕎麦屋《そばや》さん、何時《なんどき》だね。

一　堀の内参りの客相手の、「のっぺい」という豆腐・大根・人参等を煮て、葛を加えた料理で著名な店。
二　堀の内参りは青梅街道の鍋屋横町を左折して和田本町を西にとるのが本道。現、中野区本町四丁目、中央三・四丁目の商店街。
三　当時は既に靖国神社と改称されていたが、招魂社の名称の方が明治時代の日常語としては一般的で、明治末年の小説中の会話にも「招魂社」として用いられる場合が少なくない。
四　戊辰戦役に加え、明治十年の西南の役の戦没者の慰霊も目的とされ、初演時には既に例大祭は年四回となっていた。また、この場は秋の例大祭の四日前の設定である。
五　江戸の芝居では「身分は軽い足軽でもお主の為めに」だった。江戸期と違い、「御上の為に死」ねば身分に関わりなく同じ「国民」になれるという「国家」意識形成期の啓蒙的な台詞の典型。
六　→二九六頁注六。
七　社内の造園も東京名所図、東京案内、繁盛記類には必ず記載され、見世物行事も多く賑った。当時の庶民には、見世物や競馬等の娯楽場としての意味が大きく、娯楽空間は寺社と結びついて連想される方が普通。
八　言おうと思っていたことを切り出す。

蕎麦　今十時《いまじふじ》を打《うち》ました。

△　能芝居《よくしばゐ》でもする事《こと》だが、蕎麦屋《そばや》さんと云《いふ》と、時《とき》[九]を聞《きく》ね。

蕎麦　こりやア紋切形《もんきりがた》でござります。

○[一〇]　時《とき》を聞《きい》たら些《ちつと》も早《はや》く、

蕎麦　私《わたし》も是《これ》から一回《ひとまは》り、

△　夫《それ》ぢやア蕎麦屋《そばや》さん、

蕎麦　お別《わか》れ申《まうし》ます。○[一一]　蕎麦《そば》イ〱。

ト右《みぎ》の合方《あひかた》にて、蕎麦屋《そばや》は上手《かみて》へ、両人《りやうにん》は向《むか》[一二]ふへ這入《はい》る。時《とき》の鐘《かね》、床《ゆか》の浄瑠璃《じやうるり》に成《なる》。

上るり　〽秋《あき》[一三]の夜《よ》のならひか空《そら》に風有《かぜあり》て、雲行早《くもゆきはや》く星影《ほしかげ》も、所《ところ》〲に二《ふた》ツ三《み》ツ四《よ》[一四]ツ辻過《つぢすぎ》て来《く》る人《ひと》を、松島千太《まつしませんた》が小陰《こかげ》に彳《たゝづみ》、

ト時《とき》の鐘風《かねかぜ》[一五]の音《おと》にて、上手《かみて》より前幕《まへまく》の千太《せんた》頬冠《ほうかむり》[一六]にて出《で》て来《きた》り、辺《あた》りへ思入有《おもいれあつ》て、

千太　今打《いまうつ》たのは十時《じふじ》だが、まだ島蔵《しまざう》が出《で》て来《こ》ねへは、見世《みせ》を仕舞《しまつ》て来《く》る積《つも》りか、一旦約束《いつたんやくそく》をしたからは、まさか来《こ》ねへ事《こと》は有《あ》るめへ、何《なん》にしろ[一七]高台《たかだい》で風《かぜ》の当《あた》りが強《つよ》ひから、涼《すゞ》しひ所《どころ》か寒《さむ》いので、宵《よひ》の酒《さけ》がさめて仕《し》

九　江戸の小話類から落語まで数多い。

一〇　底本「○」を思い入れとするのを、人物に直す。

一一　底本「○」を人物とし、次の「蕎麦イ〱」をその台詞とするのを、思い入れと直す。なお全集も「○」を人物とする。

一二　現行では下手へ入る。

一三　十月十三日夜という設定。

一四　「三ツ四ツ」「四ツ辻」、「来る人」「人を待つ」と掛詞で繋ぐ手法。

一五　実際の風音の擬音としてのほか、物陰に潜んでいた人物の登場の時に用いる。

一六　現行では、頬被りはしない。明治二十三年再演時の『歌舞伎新報』一一五九号では「ほふ冠りをして出て来り」とある。

一七　関東大震災後の復興計画で改造される以前の九段坂は現在より急だった。府下三分の一を見渡せる位置にあり、また名物の灯明台は、現在と道路の反対側にあったが、東京湾の漁船の目印にもなる程の高さに位置するランドマークだった。

上一舞《まっ》た、十一時《じふいちじ》に成《な》らねへ内《うち》、早《はや》く来《き》て呉《くれ》りやアいゝが。
〽辺《あた》り見回《みまは》し捨石《すていし》二を、是幸《これさいは》ひと腰《こし》を掛《かけ》、待間程《まつまほど》なく向《むか》ふより息《いき》せき来《き》たる島蔵《しまざう》が、星《ほし》の光《ひかり》に透《すか》し見《み》て、
ト時《とき》の鐘《かね》、向《むか》ふより前幕《まへまく》の島蔵出《しまざうで》て来《きた》り、花道《はなみち》に留《とま》り向《むか》ふを見《み》て、

島蔵　鳥居《とりゐ》の傍《そば》に人影《ひとかげ》の見《み》えるは慥《たしか》に松島千太《まつしませんた》、十時《じふじ》を打《うっ》て出《で》て来《き》たから、己《おれ》の来《く》るのを待《まっ》て居《ゐ》たらう、ドレ早《はや》く行《いっ》て逢《あっ》てやらう ◯
上〽暗《くら》三き夜道《よみち》も馴《なれ》し身《み》に、鳥居《とりゐ》の前《まへ》へ歩行《あゆみ》来《き》て、（ト島蔵本舞台《しまざうほんぶたい》へ来《きた》り、）

千太　其所《そこ》に居《ゐ》るのは、千太《せんた》か。
島蔵　ヲヽ、兄貴《あにき》か、能出《よくで》て来《き》て呉《く》んなすつた。
千太　内《うち》で十時《じふじ》を聞《きい》たから、三十分《さんじつぷん》四もおくれたらう、余《よ》ッ程《ぼど》爰《こゝ》で待《まっ》て居《ゐ》たか。
島蔵　己《おれ》も軍鳥屋《しやもや》で二本飲《にほんのん》で、今《いま》し方《がた》爰《こゝ》へ来《き》たから、何《なに》もそんなに待《ま》ちやアしねへ ◯ まア兄貴《あにき》、爰《こゝ》へ掛《かけ》ねへ。
調度《てうど》能《い》イ石《いし》が有《あっ》たな。（ト新内《しんない》五の合方《あひかた》に成《な》り、手拭《てぬぐひ》で石《いし》の上《うへ》を払《はら》ひ、両人捨台詞《りやうにんすてぜりふ》にて腰《こし》を掛《かけ》、）

一　以下の浄瑠璃の詞章は、演出や道具、演技の寸法により、上演のたびに適宜加除される。
二　大道具で用意する切り石状のもの。直後にあるように、芝居の必要に応じて役者が動かして腰掛ける。道端や山中の舞台では「切り株」を使うのが多い。
三　島蔵は提灯もなしに、手ぶらである。この界隈の明治初期の暗さは、小林清親の版画「九段坂五月夜」（明治十三年）で推察できる。

小林清親「九段坂五月夜」

四　神楽坂からそれ程かかるまいが、三十分という時間の切り方は、従来の芝居の生活感覚との差異を実感させる。
五　江戸の浄瑠璃「新内節」が流して歩く際の三味線の節を、下座（長唄三味線）で演奏する。世話

千太　[六]爰《こゝ》らを新内《しんない》が流《なが》して歩行《あるひ》て、語《かた》らせる者《もの》があるかなア。

島蔵　[七]有《あ》るからあゝして歩行《あるく》のだ、[八]門付《かどづけ》や[九]道楽寺《だうらくじ》は山《やま》の手《て》が得意《とくい》ださうだ。

千太　成程《なるほど》是《こ》りやア其土地《そのとち》へ、住《すま》ッて見《み》にやア知《し》れねへな。

島蔵　夫《そ》りやアさうと手前《てめへ》が今夜《こんや》、己《おれ》に一所《いつしよ》に行《いつ》て呉《くれ》と云《いふ》、其先《そのさき》は何者《なにもの》だ。

千太　其先《そのさき》と云《いふ》は神楽坂下《かぐらざかした》で、[一〇]表《おも》て掛《がゝ》りは一寸見《ちよつとみ》ると、[一一]官員《くわんいん》かと思《おも》ふ様《やう》な拵《こしらへ》だが、元旧幕《もときうばく》の[一二]直参《ぢきさん》で、今書家《いましよか》だとか云《いつ》て居《ゐ》るが、腹《はら》の中《なか》の知《し》れねへ獣物《けだもの》、[一三]瓦解前《ぐわかいまへ》に[一四]強談《がうだん》で既《すで》に[一五]首《くび》に成《な》る所《ところ》、御一新後《ごいつしんご》に天朝《てんてう》から[一六]非常《ひじやう》の大赦《たいしや》で放免《はうめん》され、盗《ぬす》んだ金《かね》か知《し》らねへが、夫《それ》から世間《せけん》へ金《かね》を貸《かし》、今望月輝《いまもちづきあきら》と云《いつ》て、金《かね》に困《こま》らぬ楽《らく》な身《み》の上《うへ》、其所《そこ》へ今夜《こんや》忍《しの》び込《こみ》、夫婦《ふうふ》を殺《ころ》して有金《ありがね》を、残《のこ》らず浚《さら》ッて[一七]上方《かみがた》へ高飛《たかとび》をする了簡《れうけん》だ。

島蔵　ムヽ、其望月輝《そのもちづきあきら》と云《いふ》のは、子細有《しさいあつ》て知《し》ッて居《ゐ》るが、金《かね》は有《あ》るに違《ちげ》へねへから、只威《たゞおど》して取《とつ》たら能《いゝ》に、何《なん》で夫婦《ふうふ》を殺《ころ》すのだ。

千太　是《これ》にも訳《わけ》の有《あ》る事《こと》さ。

島蔵　シテ、其殺《そのころ》す訳《わけ》と云《いふ》は。

千太　今其輝《いまそのあきら》が表向女房《おもてむきにようぼ》にして居《ゐ》る女《をんな》と云《いふ》は、此四月迄白川《このしぐわつまでしらかは》で弁天《べんてん》お照《てる》と名《な》の高《たか》い、[一八]枕芸者《まくらげいしや》の旅稼《たびかせ》ぎ、そいつに惚《ほれ》て浮《うか》〳〵と十日《とうか》計白川《ばかりしらかは》に、

物では頻用する。
六 山の手には、しかも靖国界隈にはそぐわないという台詞で、千太がこの辺に不案内なのを示すが、当時の芝居の見物にもそういう感想が生じるのを牽制して、わざわざ言わせた台詞に思える。
七 九段坂下の花街を流す。
八 門口で音曲を演奏して物を乞う人。
九 阿呆陀羅経を唱える物乞いの人。前幕では下座音楽の演奏で用いていた「道楽寺」の合方は、阿呆陀羅経を模した音楽で、小さな木魚を交えて演奏する。
一〇 家の外見。
一一 官吏。開化期の出世の体現者と見られた。
一二 将軍直属の家臣。
一三 幕府の崩壊。
一四 強談判（こわだんぱん）という以上の恐喝行為。望月は幕末に多かった強盗も行なった設定。
一五 処刑されるところ。
一六 王政復古の大赦。↓二〇七頁注一三、二八四頁注四。
一七 京阪地方。
一八 枕探しをする芸者。

長逗留《ながどうりう》をして居《ゐ》る内《うち》、金《かね》びらきつて口説《くど》いたが、中《なか》〳〵向《むか》ふの目《めー》[一]が高《たか》く、己《おれ》が云事《いふこと》を聞《きか》ねへから、手込《てごめ》にしやうと思《おも》ツた時《とき》、探索方《たんさくがた》に取巻《とりまか》れ、危《あや》ふく其場《そのば》を逃去《にげさつ》て、所《しよ》〳〵を経廻《へめぐ》り此地《こつち》へ来《き》て、計《はか》らずお照《てる》の居所《ゐどこ》が知《し》れ、昨日《きのふ》ゆすりに行《いつ》た所《ところ》、以前《いぜん》は浪士《らうし》で強談《がうだん》をして来《き》た果《はて》の輝故《あきらゆゑ》、向《むか》ふが[二]一枚役者《いちまいやくしや》が能威《よくおど》し文句《もんく》を何共思《なんともおも》はず、己《おれ》がお照《てる》に白川《しらかは》で百円遣《ひやくゑんやつ》た其金《そのかね》を、返《かへ》して遣《や》るから是《これ》を持《もつ》て早《はや》く帰《かへ》れとあべこべに、向《むか》ふの凄《すご》みな台詞《せりふ》を聞金《きゝかね》を取《とつ》て帰《かへ》るのもあんまり役《やく》[三]が悪《わり》いから、素手《すで》ですご〳〵帰《かへ》ツて来《き》たは、其二《そのに》[四]番目《ばんめ》の仕返《しかへ》しに、今夜《こんや》お前《めへ》と一緒《いつしよ》に行《ゆき》、夫婦《ふうふ》をばらして遺恨《いこん》を晴《はら》し、盗《ぬす》んだ金《かね》を二《ふた》ツに分《わけ》、又半年《またはんとし》も上方《かみがた》へ下《くだ》[五]り役《やく》者《しや》で乗込積《のりこむつも》りだ、頼《たの》みと云《いふ》は此一件《このいつけん》、嫌《いや》でも有《あら》うが、コレ兄貴《あにき》、[六]一役《ひとやく》助《すけ》て呉《く》んねへな。（ト島蔵思入有《しまざうおもいれあつ》て、）

島蔵　夫《そ》りやア折角《せつかく》の頼《たの》みだが、どうも己《おれ》は聞《きか》れねへ。

千太　聞《きか》れねへとは、夫《そ》りや何《なん》で。

島蔵　さつきも手前《てめへ》に云通《いふとほり》、己《おれ》はすつかり心《こゝろ》を改《あらた》め、盗《ぬす》みは思《おも》ひ切《きつ》て仕舞《しまつ》た。

千太　[七]同《おな》じ事《こと》を繰返《くりかへ》して、くどく云《いふ》にも及《およ》ばねへが、幾《いく》らお前《めへ》が思《おも》ひ切《きつ》ても、明日《あす》が日《ひ》己《おれ》が手[八]当《てあて》に成《なつ》たら、云《いは》ずとお前《めへ》は同類《どうるい》で、軽《かる》くて十年重《じふねんおも》けり

一　ここでは、男を見る目があるという意味。

二　「役者が一枚上」は現在も使う表現だが、ここは団十郎と左団次の地位に当て嵌まる。作者も役者も見物も当時は承知の台詞。

三　損な役どころ。望月に恥をかかされた上、金をその場で貰っては、余りに体裁が悪いという事。

四　世話物（二番目）には、恥をかかされた役が仕返しをする場がつくことがあり、黙阿弥は自身が多用した。『梅雨小袖昔八丈（つゆこそでむかしはちじよう）』など好例。

五　江戸期には江戸から京阪の劇場に行く役者の事だったが、明治もこの時期には逆の譬えで使われている。ここでは、序幕同様、見知らぬ土地で他人の名や職業を騙って悪事をして暮すのを、役を演ずる「下り役者」の比喩で語る。

六　自分の仕組む大芝居に付き合ってくれ。

七　確かに以下の千太、島蔵の台詞共に前場までの繰り返しが多い。

八　→三四二頁注五。

九　底本「千稚」を直す。

一〇　近年の上演では、竹本（義太夫）の三味線のメリヤス（台詞や仕草に適宜合せる合方）を弾く。

一一　楽器として使う虫の声を擬した笛。

一二　何度も繰り返された『古代形新染浴衣（こだいがたしんぞめゆかた）』の福島屋へ強盗に入った日のこと。

島蔵

やア、生涯《しやうがい》出《で》られぬ終身懲役《しうしんちやうえき》。

夫《そ》りやア手前《てめへ》が云《いは》ず共己《ともおれ》も承知《しやうち》はして居《ゐ》るから、御用《ごよう》の声《こゑ》の掛《かゝ》るのは、覚悟《かくご》の前《まへ》で斯《か》うして居《ゐ》るも、少《すこ》し望《のぞ》みの有事《あること》だ、悪《わる》ひ心《こゝろ》を入替《いれかへ》て、盗《ぬす》みを止《や》めたも訳《わけ》の有事《あること》、まア一通《ひとゝほ》り聞《き〔い〕》てくれ ○

上 〽見回《みまは》す辺《あた》りも更《ふけ》る夜《よ》に、往《ゆき》かふ人《ひと》の影《かげ》もなく、九千種《ちぐさ》に虫《むし》の声計《こゑばか》り、

ト 一〇誂《あつらへ》の一一合方虫笛《あひかたむしぶゑ》に成《なり》、島蔵辺《しまざうあた》りへ思入有《おもいれあつ》て、

一二日外《いつぞや》手前《てめへ》に浅草《あさくさ》で別《わか》れてあれから生《うま》れ古郷《こきやう》の明石《あかし》へ尋《たづ》ねて往《いつ》た所《ところ》、親《おや》兄弟《きやうだい》に替《かは》りはねへが、親父《おやぢ》に己《おれ》が預《あづけ》て置《おい》た一人《ひとり》の悴《せがれ》が趁跛《びつこ》に成《な》り、生《うま》れも付《つか》ねへ片輪《かたわ》に成《なつ》た訳《わけ》を聞《きい》て驚《おどろ》いたは、出刃庖丁《でばぼうちやう》を親父《おやぢ》が研《とぎ》、棚《たな》へ上《あげ》て置《おい》たのを、夜更《よふけ》て猫《ねこ》が鼠《ねづみ》を取《と》るはづみに棚《たな》から夫《それ》を落《おと》し下《した》に寝《ね》て居《ゐ》た悴《せがれ》の足《あし》へ、当《あた》ツて深《ふか》ひ疵《きず》を請《うけ》、夫《それ》から遂《つい》に趁跛《びつこ》と成《なり》、歩行《あるく》も自由《じゆう》にならねへ片輪《かたわ》爰《こゝ》に不思議《ふしぎ》は疵《きず》を請《うけ》た其夜《そのよ》は四月廿日《しぐわつはつか》の夜《よ》で、しかも時刻《じこく》は十二時前《じうにじまへ》、己《おれ》が手前《てめへ》と福島屋《ふくしまや》へ這入《はいつ》た晩《ばん》も同《おな》じ廿日《はつか》で、時刻《じこく》も同《おな》じ十二時前《じうにじまへ》、切《きつ》たも同《おな》じ左《ひだり》の足《あし》 ○

上 〽親《おや》の因果《いんぐわ》が子《こ》に報《むく》ふと、世《よ》の譬《たとへ》にも云《いふ》けれど、斯《か》う的面《てきめん》〔に〕報《むく》ふ物《もの》かと、

五幕目　招魂社鳥居前の場

心《こゝろ》が付《つい》て見《み》る時《とき》は、凡盗《およそぬす》みをした者《もの》は、人間一生五十年《にんげんいつしやうごじふねん》の坂《さか》を越《こ》した者《もの》はなく、先二十五《まづにじうご》の暁迄《あかつきまで》に天《てん》の罰《ばち》を蒙《かうむつ》て長《なが》く生《いき》て居《ゐ》られねへのは、みんな悪事《あくじ》をした報《むく》ひ、こいつア心《こゝろ》を改《あらた》めにやア成《な》らねへ事《こと》と気《き》が付《つい》て、すつぱりと止《や》めて仕舞《しまひ》、其時調度《そのときてうど》四百円金《しひやくゑんかね》が残《のこ》つて有《あつ》た故《ゆゑ》、五百円《ごひやくゑん》に是《これ》をまとめ、福島屋《ふくしまや》へ返《かへ》した上自首《うへじしゆ》して上《かみ》の御処刑受《ごしよけいうけ》、誠《まこと》の人《ひと》に成《な》る積《つも》りで[一]再《ふたゝ》び帰《かへ》ツて神楽坂《かぐらざか》へ、小売酒屋《こうりざかや》の見勢《みせ》を出《だ》し、今《いま》は堅《かた》気《ぎ》な明石屋島蔵《あかしやしまざう》、此訳故《このわけゆゑ》に折角《せつかく》の手前《てめへ》の頼《たの》みが聞《きか》れねへ。

上〽[二]悪《あく》の報《むく》ひを云諭《いひさと》せど、千太《せんた》は馬《うま》の耳《みゝ》に風《かぜ》、

千太　夫《それ》ぢやアお前《めへ》は福島屋《ふくしまや》の、亭主《ていしゆ》の足《あし》を切《きつ》た日《ひ》と同《おな》じ廿日《はつか》の其晩《そのばん》に、息子《むすこ》が[三]怪我《けが》をした所《とこ》から臆病風《おくびやうかぜ》に誘《さそは》れて、弱《よは》い心《こゝろ》に成《なつ》たのか。

島蔵　如何《いか》にも手前《てめへ》の云通《いふとほり》、悪事《あくじ》の報《むく》ひをしつたから、弱《よは》い心《こゝろ》に成《なつ》たのだ、只気《たゞき》の毒《どく》なは福島屋《ふくしまや》千円盗《せんゑんぬす》んだ其金《そのかね》から遂《つい》に[四]地面《ぢめん》を売《うつ》て仕舞《しまひ》、内《うち》を畳《たゝ》んで逼塞《ひつそく》なし今《いま》は行衛《ゆくえ》もしれぬ故《ゆゑ》、所《しよ》〳〵方《はう》〴〵を尋《たづ》ぬる内《うち》、今日計《けふはか》らずも見世《みせ》へ来《き》た、人柄《ひとがら》の能小娘《いゝこむすめ》が醬油《しやうゆ》を二合持《にがふもつ》て来呉《きてくれ》ろと云《いふ》ので名《な》を聞《きけ》ば、福島屋《ふくしまや》と云事《いふこと》を聞《きい》て若《もし》やと醬油《しやうゆ》を持《もち》、尋《たづ》ねて行《いつ》て見《み》た所《ところ》、案《あん》に違《たが》はず其人《そのひと》にて、[五]宮比町《みやびちやう》の裏家《うらや》に住親子《すみおやこ》二人《ふたり》が幽《かすか》な暮《くら》し、目《め》も当《あて》ら

一　東京へ戻って。

二　因果応報の理を。

三　底本「軽我」を直す。

四　土地を手放して。三一四頁一一行の清兵衛の台詞参照。

五　底本振仮名「なやびちやう」を直す。

れねへ有様《ありさま》に、調度《てうど》幸《さいは》ひ百円《ひやくゑん》の金《かね》に困《こま》つて居《ゐ》る所《とこ》ゆゑ、夫《それ》と云《いは》ずに金《かね》を恵《めぐ》み、[六]十分一《じふぶいち》の報《むく》ひをなし、残《のこり》の金《かね》の四百円《しひやくゑん》を返《かへ》して直《すぐ》に自首《じしゆ》したさも、折《をり》の悪《わる》さは明石《あかし》から堅気《かたぎ》に成《なつ》たを悦《よろこ》んで、遥《はる》〳〵親父《おやぢ》が来《き》た故《ゆゑ》に、無拠《よんどころなく》[七]期《ご》を伸《のば》した所《ところ》へ今夜《こんや》思《おも》ひ掛《がけ》なく、手前《てめへ》が来《き》ての余義《よぎ》ない頼《たの》み、内《うち》で兎《と》やかう云時《いふとき》は親父《おやぢ》や妹《いもと》の手前《てまへ》もあり、殊《こと》に隣《となり》は壁一重《かべひとへ》、事《こと》が洩《もれ》れば互《たが》ひの身《み》の上《うへ》、夫《それ》で爰《こゝ》へ出《で》て来《き》たが、頼《たの》み甲斐《がひ》のねへ者《もの》と思《おも》ふで有《あら》うが此訳故《このわけゆゑ》、一緒《いつしよ》に行《ゆく》のは許《ゆる》して呉《くれ》。

千太　随分《ずいぶん》お前《めへ》も是迄《これまで》は情《なさけ》[八]をしらねへ人《ひと》だつたが、何《なん》でそんな気《き》に成《なつ》たか、[九]凡夫《ぼんぶ》盛《さか》りに神祟《かみたゝ》りなしと悪事《あくじ》をなした其報《そのむく》ひで、お前《めへ》に夫丈罰《それだけばち》が当《あた》りやア、己《おれ》にも当《あた》らにやア成《な》らねへ訳《わけ》だ、誰《だれ》にも報《むく》ひが有《あ》る事《こと》なら、金《かね》を取《と》られた福島屋《ふくしまや》も[一〇]商売柄《しやうばいがら》にいか物《もの》でも、拵《こせへ》て売《うつ》た報《むく》ひだらう、内《うち》が潰《つぶ》れて裏店《うらだな》で貧乏《びんぼう》ぐらしを仕《し》て居《ゐ》るも、其身《そのみ》を懲《こら》す天《てん》の罰《ばち》、其所《そこ》へ盗《ぬす》んだ金《かね》を返《かへ》すはこんな馬鹿気《ばかげ》た事《こと》はねへ、先《まづ》あの時《とき》から半年余《はんとしあま》り、斯《か》うして楽《らく》に暮《くら》して居《ゐ》るは、天《てん》が罰《ばち》を当《あて》る程《ほど》の体《からだ》に罪《つみ》がねへからだ、そんな気《き》の弱《よは》い事《こと》を云《い》はずに、今夜《こんや》一緒《いつしよ》に行《いつ》て呉《く》んねへ。

島蔵　幾《いく》ら往《い》ツて呉《くれ》と云《いつ》ても、己《おれ》はふつゝり止《や》めたから、此頼《このたの》みは聞《きか》れねへ、

六　十分の一にしかならない僅かな。
七　金を返し、自首する時期。
八　無情な人間だったのに。
九　つまらぬ者でも勢いに乗る時は神仏もかなわぬ。
一〇　質屋という商売柄いかさまものを売った。

現　尾上菊五郎の島蔵
十二世　市川團十郎の千太

千太　一人《ひとり》で行《ゆけ》ずは幸《さいは》ひだ、手前《てまへ》も今夜《こんや》止《よし》にしろ。（ト千太《せんた》むつとせし思入《おもいれ》有《あつ》て、）

島蔵　今更云《いまさらいつ》ても仕方《しかた》がねへが、佃《つくだ》[一]に居《ゐ》た時貝殻《ときかいがら》[二]のこはれで互《たが》ひに腕《うで》を切《きり》、[三]血汐《ちしほ》を飲《のん》で兄弟《きやうだい》の義《ぎ》を結《むす》んだ其時《そのとき》に、是《これ》から先《さき》は生《い》き死《し》にを一所《いつしよ》に仕《し》様《やう》と云《いつ》たのを、よもや夫《それ》を忘《わす》れやアしめへ、夫《それ》に頼《たの》みを聞《きか》ねへのは、あんまり因身《よしみ》[四]がねへぢやアねへか。

千太　イヤ、因身《よしみ》が有《ある》から留《とめ》るのだ。

島蔵　何《なん》だと。（ト合方《あひかた》[五]きつぱりと成《なり》、）どんな遺恨《いこん》がある事《こと》か、委《くは》しひ事《こと》は知《し》らねへが、今夜手前《こんやてめへ》が切《き》り込《こん》で、向《むか》ふの二人《ふたり》を殺《ころ》した上《うへ》、金《かね》を浚《さら》ツて逃《にげ》た所《ところ》が、昨日《きのふ》ゆすりに行《いつ》たからは直《すぐ》に上《かみ》の目串《めぐし》[六]が付《つき》、夫《それ》からそれへ電信《でんしん》[七]で知《し》らせが回《まは》れば遁《のが》れられねへ、三日《みつか》と立《たゝ》ず捕《と》らへられ、送《おく》り[八]に成《なつ》たら賊《ぞく》と違《ちが》ツて、人《ひと》を殺《ころ》せば斬《ざん》[九]罪《ざい》の処刑《しよけい》は云《いは》ずと知《し》れた事《こと》、仮令今夜千円《たとへこんやせんゑん》の金《かね》を盗《ぬす》んで行《いつ》た所《とこ》が、三《みつ》日《か》の内《うち》に捕《と》られたら遣《つか》ツた金《かね》は五十《ごじふ》[一〇]か一本《いつぽん》、纔《わづか》な金《かね》で命《いのち》を捨《すて》るは、あんまり馬鹿気《ばかげ》た事《こと》ぢやアねへか。手前《てめへ》も己《おれ》が異見《いけん》に付《つい》て、爰《こゝ》らが足《あし》の洗《あら》い所《どころ》、堅気《かたぎ》に成《なる》なら何所《どこ》が何所《どこ》迄《まで》[一一]、兄弟分《きやうだいぶん》の因身《よしみ》を思《おも》ひ、己《おれ》が世話《せわ》

一　→一九一頁注八。
二　義兄弟の契りを結ぶのに、刑期中なので『三人吉三廓初買（さんにんきちさくるわのはつがい）』のように刀を使えず、貝殻のかけらで腕を切ったという事。
三　→二五三頁注二。
四　誼。因縁ある交わり。
五　「明治二十三年附帳」では「本調子、虫の合方」。
六　おおよその見当。
七　電報。幕末に電信の機械はペリーによってもたらされ、明治二年に横浜で実用化、五年に設置された築地電信局は服部撫松『東京新繁昌記』（山城屋政吉、明治七年）に描かれている。黙阿弥も同年初演『月宴升毬栗（つきのえんますのいがぐり）』で「てれがらふ」として用いている。明治九年の「神風連の乱」に際して、熊本鎮台の愛妾が東京に打った電報「ダンナハイケナイワタシハテキヅ」は当時流行し、後に新演劇で劇化され、昭和初期まで再三復演された。菊池寛はこれを「電信文学」と呼んだ（『明治文明綺談』六興商会、昭和十八年）。
八　獄屋へ送られたら、単なる盗みと違い殺人は。
九　死刑。
一〇　ここでは、五十円か百円の意。元来は、「一本」は百両の意。「一本ばかり稼ごうと」というように黙阿弥もよく用いている。
一一　底本振仮名「どどこまで」を直す。

をして遣《や》らう、悪《わり》ひ事《こと》は云《いは》ねへから、二《ふた》ツに分《わけ》た五百円丸《ごひやくゑんまる》で出来《でき》ずば幾《いく》らでも、金《かね》を拵《こせ》へて福島屋《ふくしまや》へ返《かへ》した上《うへ》で己《おれ》と一緒《いつしよ》に、立派《りつぱ》に罪《つみ》を名《な》乗《のつ》て出《で》ろ。

千太　お前《めへ》も四十《しじふ》に成《な》らねへが、一二強気《がうぎ》に焼《やき》が回《まは》ッたな、おらア八方取巻《はつぱうとりまか》れても逃《にげ》られる丈逃《だけにげ》る気《き》だ、是《これ》から自首《じしゆ》をした所《ところ》が、一三一等減《いつとうげん》じて十年《じふねん》の苦《く》役《えき》を佃《つくだ》で仕《し》にやア成《な》らねへ。己《おれ》が事《こと》を馬鹿《ばか》だと云《いふ》が、お前《めへ》も随分馬鹿《ずいぶんばか》気《げ》て居《ゐ》らア。

島蔵　十年苦役《じふねんくえき》をすると云《いふ》は、夫《そ》りやア手前《てめへ》が一四小《ちい》サな了簡《れうけん》、盗《ぬす》んだ金《かね》を先《さき》へ返《かへ》し改心《かいしん》なして自首《じしゆ》すれば、一五上《かみ》にも格別御慈悲《かくべつごじひ》が有《あつ》て、一等減《いつとうげん》じて十《じふ》年《ねん》の物《もの》ならないし七年《しちねん》か五年《ごねん》に成《なつ》たら懲役中《ちやうえきちう》、身《み》を慎《つゝし》んで大事《だいじ》に勤《つと》め、初犯《しよはん》か二犯《にはん》の若《わか》イ者《もの》が満期《まんき》で出《で》たら強盗《がうとう》を、仕様《しやう》など〳〵跡先見《あとさきみ》ずの窃《せつ》盗《とう》に、悪事《あくじ》をすれば天《てん》の罰《ばち》で必《かなら》ず報《むく》ひのある証拠《しやうこ》は、一六己《おれ》の倅《せがれ》が斯《か》う〳〵と諭《さと》して心《こゝろ》を和《やは》らげさせ、万《まん》に一人改心《いちにんかいしん》なす者《もの》が有《あつ》たらお上《かみ》へ忠《ちう》節《せつ》、役人方《やくにんがた》の目《め》に止《とま》らば五年《ごねん》も減《げん》じて三年《さんねん》と成《な》るは其身《そのみ》の行《おこな》ひ次第《しだい》、又三年《またさんねん》が二年《にねん》と成《な》り満期《まんき》で出《で》たら是迄《これまで》の、一七悪事《あくじ》は佃《つくだ》の海《うみ》へ流《なが》し、数年《すねん》の罪《つみ》は泡《あわ》と消《きえ》、誠《まこと》に青天白日《せいてんはくじつ》の世間晴《せけんはれ》た身《み》と成《なつ》たら、其時一生懸命《そのときいつしやうけんめい》

一二 ひどく。すっかり。
一三 減刑になったとしても。明治五年に懲役刑に改められ、「杖笞の各一つを懲役一日に数え、懲役九日以下は切り捨て、懲役十日を以て最下の懲役刑とし、最高は懲役十年以上もやれるものとした。十年以上の懲役を終身懲役と称した」（小泉輝三郎『明治黎明期の犯罪と刑罰』批評社、平成十二年）。同書には、「窃盗四犯、贓品十円以上、窃盗条ニ依リ懲役終身ノ処、情法ヲ酌量シ一等ヲ減ジ、懲役十年」の明治十四年の例が出ている。
一四 視野の狭い、浅い考えだ。
一五 以下の台詞は、二幕目の「三条演義」等についての注参照。→二二八頁注五。
一六 岩松が、自分の悪の報いで足が不自由になったという因果応報の話をして。
一七 「悪事は尽く」と掛け、「海へ流し」は次行の「泡と消」と縁語で繋ぐ。

に、昼夜《ちうや》稼《かせい》だ事《こと》ならば ◯

上 〽一度《いちど》は罰《ばち》を当《あて》た天《てん》の、再《ふたゝ》び恵《めぐみ》を請《うけ》るは必定《ひつぢやう》、さつきも己《おれ》が云通《いふとほ》り[一]旧幕時分《きうばくじぶん》の十円《じふゑん》から死罪《しざい》にされる時《とき》ならば、[二]迚《とて》も死《し》ぬなら行掛《ゆきがけ》の駄賃《だちん》と云《いふ》もあるけれど、今《いま》は上《かみ》の御処刑替《ごしよけいかは》り千円盗《せんゑんぬす》んだ強盗《がうとう》でも、一命助《いちめいたすか》り終身懲役《しうしんちやうえき》、此有難《このありがた》ひ世《よ》の中《なか》に人《ひと》を殺《ころ》して命《いのち》を捨《すて》るは、あんまり[三]手前《てめへ》は開《ひら》けねへ、[四]親《おや》から貰《もら》ツた大事《だいじ》な体《からだ》を粗末《そまつ》にせずと心《こゝろ》を入替《いれかへ》、己《おれ》と一所《いつしよ》に堅気《かたぎ》に成《な》れ。

千太 上 〽[五]事《こと》を分《わけ》たる島蔵《しまざう》が、[六]直《すぐ》な詞《ことば》も横《よこ》に聞心《きゝこゝろ》ゆがみし松島千太《まつしませんた》、[七]お前《めへ》は親父《おやぢ》や妹《いもふと》に可愛《かあ〔い〕》イ悴《せがれ》が有《あ》る事《こと》だから、心《こゝろ》を改《あらた》め堅気《かたぎ》に成《なり》、素人《しろと》に成《な》る気《き》に成《なつ》たらうが、おらア親《おや》も無《なけ》りやア兄弟《きやうだい》もなし、今更堅気《いまさらかたぎ》に成《なつ》た迚《とて》、誰《たれ》も喜《よろこ》ぶ者《もの》はねへから、一生涯盗《いつしやうがいぬす》みをして、仕《し》てへ三昧《ざんまい》な事《こと》をしたら、切《き》られて死《しん》でも本望《ほんまう》だ。

島蔵 夫《そ》りやア手前《てめへ》あんまり愚《ぐ》だ、仮令此世《たとへこのよ》に居《ゐ》られねへとて、草葉《くさば》の陰《かげ》で親達《おやたち》が、どんなに案事《あんじ》て居《ゐ》るか知《し》れねへ、[八]死《し》んで仕舞《しまへ》ば空《くう》へ帰《かへ》り、跡《あと》形《かた》もねへ物《もの》ならば朝廷初《てうていはじ》め[九]華族方先祖《くわぞくがたせんぞ》の祭《まつ》りはなされはしめへ、必《かなら》ず跡《あと》のあるもんだから、心《こゝろ》を入替盗《いれかへぬす》みをやめ、冥土《めいど》の親《おや》に喜《よろこ》ばせろ。

一 →二三二頁注四、三六九頁注一一。
二 どうせ死ぬなら、ついでにもうひと稼ぎして行こうという気持ちになる事もあろうが。
三 今いったような理屈の分らない奴という事だが、「開ける」は開化の時代の流行語。
四 島蔵の台詞には、二二八頁注四で触れた「天の道」に連なる、『三条演義』(明治六年)にある「親子とは一気の分体にして、胚胎より成長(ヒトトナル)に至るまで、其恩の大なること挙て言べからず」という「天理人道」の響きがある。
五 筋道立ててわかり易く説明する。
六 素直に耳を貸さず、ひがんだ心で理解する。このあたりの詞章は『義経千本桜』の「いがみの権太」を役名ともども連想させる。権太も千太も改心する結末。
七 千太が天涯孤独の独身、島蔵が父子妹のいる家族持ちという対照的設定も重要な劇作法。
八 本作と直接関係はないが、初演の秋「地球壊滅説」が流布し、壊滅の日割り入りの絵双紙『世界顚覆奇談』を警視総監名で差し押さえるような世相もあった。なお、ここから「先祖の祭りはなされはしめへ」までは、近年二度の上演(国立劇場と前進座)では省略されているが、当時の文脈では極めて重要な意味を持つ上、戦前までは芝居好きは声色も使うほど有名な台詞だった。
九 明治二年に太政官通達で「自今公卿諸侯ノ称被廃改テ華族ト可称」「華族ハ国民中貴重ノ地位」とされ、公卿・諸侯も「国民」化された華族令は明治十七年。例外はあるが、一万石以上の諸侯は華族として優遇された。明治十二年に「華族」一同から靖国神社へ奉納された六十基の石灯籠は現在も参道に見られる。改心して天に報い「先祖の祭り」をすることで、身分の上下なく

千太　何《なに》、悦《よろこ》ばせるに及《およ》ぶものか、親《おや》だと云《いつ》てぅぬが勝手《かつて》に、己《おれ》を拵《こしら》へた事《こと》だから、恩《おん》もなけりやア義理《ぎり》もねへ、勝手《かつて》に苦労《くらう》をするがいゝ。

上〽腹立紛《はらたちまぎ》れの憎《にく》て[一〇]口《くち》、聞島蔵《きくしまざう》は呆《あき》れ果《はて》、

島蔵　手前《てめへ》は夫程分《それほどわか》らねへ木偶《でく》[一一]の坊《ばう》とは思《おも》はなんだ、今日《けふ》から口《くち》は利《きか》ねへから、何《ど》う共《とも》そつちの勝手《かつて》にしろ。

千太　ヲヽ、仕《し》なくつてどうする物《もの》か、兄弟分《きやうだいぶん》に成《な》る時《とき》に、どんな事《こと》でも生《いき》死《しに》を一所《いつしよ》に仕様《しやう》と約束《やくそく》した、其甲斐《そのけへ》もなく此《この》おれが、頼《たの》みを聞《きい》て呉《くれ》ねへけりやア、兄《あに》でもなけりやア弟《おとゝ》でもねへ、縁《えん》を切《き》りやア今日《けふ》から他《た》人《にん》だ、今夜是《こんやこれ》から切込《きりこん》で喰《く》[一二]れへ込《こん》だら其時《そのとき》に、お前《めへ》を呼《よび》[一三]によこすから、仕度《したく》をして待《まつ》て居《ゐ》ねへ。

島蔵　夫《それ》ぢやア是程訳《これほどわけ》を云《いつ》ても、己《おれ》が云事《いふこと》を聞《きか》ねへか。

千太　兄弟分《きやうだいぶん》なら兄《あに》だから、聞《きく》めへ物《もの》でもねへけれど、他人《たにん》となれば五分《ごぶ》と五分《ごぶ》、誰《だれ》が云事《いふこと》を聞物《きくもの》か。

島蔵　聞《きか》ざア聞《きく》な、こつちも又他人《またたにん》と成《な》りやア是《これ》から自首《じしゆ》して、手前《てめへ》に縄《なは》[一四]を掛《かけ》るから卑怯未練《ひきやうみれん》に逃《にげ》るなよ。

千太　卑怯未練《ひきやうみれん》に逃《にげ》ねへから、何時《いつ》でも己《おれ》を迎《むか》ひに来《こ》い、今夜輝《こんやあきら》へ切込《きりこめ》ば、

前科者の我々でさえも平等の国民になれるのだ、という開化期の啓蒙的道徳観。祖霊崇拝は二幕目の台詞にもある。→二〇八頁注三。

一〇　憎まれ口。

一一　役立たず。

一二　逮捕されたら。あるいは牢に入れられたら。

一三　共犯者として逮捕させるから。

一四　前注と同じ。

島蔵

どうでこつちア命掛《いのちがけ》、[一]二人殺《ふたりころ》すも三人殺《さんにんころ》すも取《とら》れる首《くび》はたつた一《ひと》ツ、悪《わる》く留立仕《とめだてし》やアがると、島蔵[二]我《しまざうわれ》の命《いのち》はねへぞ。

上 〽[三]片肌脱《かたはだぬい》で懐《ふところ》に隠《かく》せし短刀抜放《たんたうぬきはな》し、目先《めさき》へ突出《つきだ》す白刃《しらば》の光《ひかり》、島蔵《しまざう》じろりと打見《うちみ》やり、

ト千太急度成《せんたきっとなっ》て立上《たちあが》り、片肌脱《かたはだぬぎ》、懐《ふところ》に隠《かく》せし短刀《たんたう》を抜《ぬき》、島蔵《しまざう》の前《まへ》へ突出《つきだ》す、島蔵[四]尻目《しまざうしりめ》に掛《かけ》てせゝら笑《わら》ひ、[五]尻《しり》をまくつてでんぼう成《な》る動作《こなし》に成《なり》、

島蔵

コレ、夫《そ》りやア[六]素人《しろと》に云台詞《いふせりふ》だ、己《おれ》に云《いふ》のは釈迦《しやか》に説法《せつぽう》、こんな無駄《むだ》な事《こと》はねへ、忘《わす》れもしめへ佃《つくだ》に居《ゐ》た時《とき》、[七]熱気《ねつき》の世話《せわ》に成《なつ》たが縁《えん》で、兄《きやう》弟分《だいぶん》の義《ぎ》を結《むす》び、満期《まんき》の後《のち》に娑婆《しやば》へ出《で》て、強盗《がうとう》をする威《おど》し文句《もんく》は、己《おれ》が教《をしえ》てやつたのだ、[八]鼠小僧《ねづみこぞう》は闇《やみ》の夜《よ》に向《むか》ふが見《み》えたと云事《いふこと》だが、同《おな》じ盗《ぬす》みをして居《ゐ》ながら、余《あんま》り[九]向《むか》ふが見《み》えねへ奴《やつ》だ、[一〇]即善信士《そくぜんしんじ》の墓《はか》へ参《まゐ》り、[一一]樒《しきみ》の水《みづ》でも飲《のん》で置《お》ケ、なんだ威《おど》しに短刀《どす》を抜《ぬい》て、夫《それ》で手前《てめへ》は切《き》る心《こゝろ》か、[一二]石牌《せきひ》の角《かど》は欠様《かけやう》が、己《おれ》が天窓《あたま》はかけねへぞ。サア、切《き》れるなら切《きつ》て見《み》ろ。

上 〽恐《おそ》れ気《げ》もなく身《み》を差付《さしつけ》れば、千太《せんた》も引《ひく》に引《ひか》れねば、

一 四世鶴屋南北以来黙阿弥も何度も使っている観客には馴染みの台詞。「一人殺すも千人殺すも」ということもある。
二 「我」はここでは二人称。お前の命。
三 ここでは右袖を脱ぐ。
四 顔を動かさず、目だけで見やる。
五 裾を捲り上げ、開き直って、以前のやくざな兄貴分としての島蔵に戻る。ただし、現行ではこの形はとらない。「伝法」は元来は無銭見物を指したというが、黙阿弥は他作品でも、勇みな感覚表現として用いている。
六 以下の台詞は、初演の菊五郎から戦前の十五世羽左衛門の時代までは、名台詞として知られていた。ここでの「素人」は堅気の人間の意。
七 発熱。
八 幕末の義賊として実録本・講釈等で伝説化した鼠小僧次郎吉は黙阿弥も『鼠小紋東君新形（ねずみこもんはるのしんがた）』（安政四年）で劇化し、五世菊五郎が演じた。鼠小僧は明治期に入っても人気だけでなく、一種の信仰対象となり、本所回向院にある墓には幟が奉納され、香華が手向けられる事が続いていた。この辺りの台詞はそれを踏まえている。
九 すぐ前の「鼠小僧は」の台詞を受けているが、先程島蔵が諭したような見通しもなく考えも足りない奴だという含み。
一〇 鼠小僧の戒名とされる。墓にある戒名は「保昌教学賊善信士」。
一一 先が見えたという鼠小僧を見習え。その功徳を受けろ。
一二 鼠が物を引くので、運を引くという連想から鼠小僧の墓石を削り取ると賭け事、勝負事、ひいては受験に御利益があるという信仰がある。黙阿弥の『小袖曾我薊色縫（こそでそがあざみのいろぬい）』の主人公

　　ト島蔵《しまざう》体《からだ》[一三]を突付《つきつけ》る、千太《せんた》思入有《おもいれあつ》て、

千太　ヲヽ、切《き》らねへでどうする物《もの》だ。

　　上
　　〽云《いふ》より早《はや》く切付《きりつけ》れば、飛鳥《ひちやう》[一四]の如《ごと》く身《み》を開《ひら》き、出没自在《しゆつぼつじざい》の霧隠《きりがく》れ、
　　抜《ぬけ》[一五]ツ潜《くゞり》ツ挑《いど》み合《あ》ふ。

　　ト千太《せんた》切《きつ》て掛《かゝ》る、島蔵身《しまざうみ》をかはし、杖《つえ》[一六]にて烈敷立回《はげしきたちまは》り、島蔵小《しまざうこ》手《て》を打《うつ》、千太《せんた》短刀《たんたう》を落《おと》す、是《これ》を取《とら》ふとするを、島蔵留《しまざうとめ》て両人《りやうにん》屹度見得《きつとみえ》、是《これ》より笛《ふえ》[一七]の入《い》りし誂《あつらへ》の鳴物《なりもの》に成《なり》、両人摑《りやうにんつか》み合《あひ》の立回《たちまは》り宜敷有《よろしくあつ》て、

　　上
　　〽島蔵千太《しまざうせんた》を捻倒《ねぢたほ》[一八]し、落散《おちゝ》る短刀取上《たんたうとりあげ》て、（ト島蔵千太《しまざうせんた》を引倒《ひきたほ》し、短刀《たんたう》を取上胸元《とりあげむなもと》へ差付《さしつけ》、）

島蔵　サア千太《せんた》、今手前《いまてめへ》を殺《ころ》すのは有無《うむ》を云《いは》せず一突《ひとつき》だぞ、命《いのち》を捨《すて》ても改心《かいしん》しねへか。（ト突放《つきはな》す。）

千太　誰《だれ》が改心《かいしん》する物《もの》か、殺《ころ》すと云《いふ》なら早《はや》く殺《ころ》せ、己《おれ》を殺《ころ》せば手前《てめへ》は解死人《げしにん》[一九]、[二〇]一人《ひとり》は死《し》なねへ殺《ころ》してくれ。

島蔵　悪《わる》ひ奴《やつ》でも人一人《ひとひとり》、手前《てめへ》を殺《ころ》せば其替《そのかは》り、己《おれ》も死《し》ぬのは覚悟《かくご》のめへだ。

千太　覚悟《かくご》なら早《はや》く殺《ころ》せ、サア殺《ころ》せ〳〵、早《はや》く己《おれ》を殺《ころ》してくれ。

鬼薊清吉という盗賊の墓石も病気治癒等に利益ありとされた。

一三　実際には、千太を見すえて動かない。

一四　かつて盗賊だった頃の島蔵の身の軽さ、こなしの鮮やかさを印象づける表現。

一五　千太が切りつけるのをかわす表現。

一六　明石屋を出る時、岩松の杖を持っている。→三五六頁。近年の上演では用いない。

一七　下座音楽の指定。近年では、新内流しの合方をやや早めに弾き、風音を誂えで入れている。立回りの間、島蔵は「改心しろ」と捨て台詞で繰返す。

一八　底本「捻〈ねち〉ち倒〈たほ〉し」を直す。

一九　下手人。犯人。

二〇　お前も人殺しとして、やがて死ぬんだという事。

島蔵　上〽身《み》を摺付《すりつけ》れば島蔵《しまざう》が、堪《こら》へ兼《かね》て引倒《ひきたほ》し、

ト千太《せんた》憎《にく》[一]く島蔵《しまざう》に体《からだ》を摺付《すりつけ》る、島蔵胸《しまざうむな》ぐらを取引倒《とりひきたを》し、

ヲヽ、殺《ころ》せとあるなら、殺《ころ》して遣《やら》う◯

上〽短刀逆手《たんたうさかて》に島蔵《しまざう》が、突《つか》んとせしがためらひて、悪人《あくにん》ながらも今日《けふ》迄《まで》は、兄《あに》よ弟《をとゝ》と云《いひ》し故《ゆゑ》、不便《ふびん》に思《おも》ひ気《き》を取直《とりなほ》し、（ト島蔵宜敷思入《しまざうよろしくおもいれ》有《あつ》て、）

売詞《うりことば》に買詞《かひことば》で、殺《ころ》せと云《いふ》なら今殺《いまころ》すが、己《おれ》も一旦兄弟《いつたんきやうだい》の縁《えん》を結《むす》んだ事《こと》だから、殺《ころ》してへ事《こと》はねへ、悪《わる》ひ事《こと》だと気《き》が付《つい》て、盗《ぬす》みを止《やめ》る事《こと》ならば、何所《どこ》が何所《どこ》迄引受《までひきうけ》て生涯世話《しやうがいせわ》をして遣《や》る気《き》だ、手前《てめへ》が分《わけ》た五百円《ごひやくゑん》も心《こゝろ》さへ改《あらた》めたら、どうか己《おれ》が算段《さんだん》して、福島屋《ふくしまや》へ返《かへ》した上《うへ》自首《じしゆ》[二]した事《こと》なら今《いま》も云《いふ》、十年《じふねん》ならば七年《しちねん》か五年《ごねん》に成《な》るは御上《おかみ》の御慈悲《おじひ》、夫《それ》を頼《たの》みに思切《おもひき》れ、見得《みえ》[三]にもならねへ事《こと》だけれど、金《かね》を返《かへ》して自首《じしゆ》するは流石《さすが》は立派《りつぱ》な強盗《がうとう》だと、盗人仲間《ぬすつとなかま》の噂《うはさ》に成《なり》、性《せい》[四]は善《ぜん》なる人《ひと》の身《み》に悪《わる》ひ事《こと》だと心付《こゝろつ》き、盗《ぬす》みを止《やめ》る者《もの》が出来《でき》たら、聊《いさゝか》[五]御上《おかみ》への御奉公人《ごほうこうひと》に誉《ほめ》られて生延《いきのび》るか、悪《わる》く云《いは》れて命《いのち》を捨《すて》るか、爰《こゝ》が生死《しやうし》の境《さかひ》だから、能了《よくれう》簡《けん》を付《つけ》て見《み》ろ。

一 憎らしげに擦り付ける。役者や立師の付ける立回りの手順によるが、近年では立回りの後、千太は島蔵に押さえつけられ天を仰いだ形なので、この形にはならない。従って、一行めの義太夫の詞章もない。

二 自首に関わる減刑についての台詞も何度もある。→二三〇頁注三。

三 自慢になるようなことではないが。

四 黙阿弥が繰返し用いた台詞の一つ。

五 ほんの少しでもお上の役に立つではないか。盗賊でも有用の人たり得るではないかという、明治期の啓蒙期らしい発想であり、当時の新律綱領の基本的発想。

六 この義太夫の間も島蔵は「改心してくれるか」

五世菊五郎の島蔵
（『五世尾上菊五郎』）

上
〽[六]流石《さすが》は兄《あに》に成《な》るだけの、堪忍強《かんにんづよ》き島蔵《しまざう》が、意見《いけん》も秋《あき》の[七]小夜風《さよかぜ》と、
共《とも》に身《み》に入悪党《しみあくとう》の千太《せんた》は夢《ゆめ》の覚《さめ》たる如《ごと》く、善《ぜん》に返《かへ》りて両手《りやうて》を突《つき》、
ト島蔵宜敷有《しまざうよろしくあつ》[八]て云《いふ》、此内千太《このうちせんた》段《だん》〳〵に俯向《うつむき》、後悔《かうくわい》せし思入《おもいれ》にて、
顔《かほ》を上《あげ》ず、能程《よきほど》に顔《かほ》を上《あげ》、泪《なみだ》を拭《ぬぐ》ひ両手《りやうて》を突《つき》、

千太　コレ兄貴《あにき》、堪忍《かんにん》してくんねへ、お前《めへ》の異見《いけん》ですつぱりと、己《おら》ア今日《けふ》から改心《かいしん》した。

島蔵　スリヤ、千太《せんた》には改心《かいしん》したか。

千太　ヲヽ、是《これ》がせずに居《ゐ》られる物《もの》か、五年此方兄弟《ごねんこのかたきやうだい》の縁《えん》を結《むす》んだ中《なか》だとて、己《おれ》が様《やう》な人《ひと》でなしを、愛相《あいそ》も尽《つか》さず幾度《いくど》となく、真身《しんみ》の者《もの》も及《およ》ばぬ異《い》見《けん》、今日《けふ》と云今日《いふけふ》肝《きも》にこたへて、己《おら》アすつぱり改心《かいしん》した、嘘偽《うそいつはり》でない証拠《しやうこ》は、

上
〽傍《そば》に有合《ありあ》ふ短刀《たんたう》を、取《とる》より早《はや》く胸元《むなもと》を突《つか》んとなすを取押《とりおさ》へ、
ト千太改心《せんたかいしん》せし思入有《おもいれあつ》て、短刀《たんたう》を取胸元《とりむなもと》へ突立《つきたて》んとするを島蔵《しまざう》留《とめ》て、

島蔵　コレ千太《せんた》、何《なに》をするのだ、手前《てめへ》の命《いのち》が助《たすけ》てへから、口《くち》を酢《す》くして異見《いけん》もするのだ、今殺《いまころ》す位《くらゐ》なら誰《たれ》が異見《いけん》をする物《もの》だ、改心《かいしん》したと云傍《いふそば》から、

「黙っていちゃあ判らねえ」等の捨て台詞をいいつつ、義太夫の「秋の小夜風と」の辺りで、千太を抱き起こす。千太は正面向きで、俯いた形となる。
七 夜風と同じ。
八 ↓用語一覧。

十二世 市川團十郎の千太
現 尾上菊五郎の島蔵

何故不了簡《なぜふれうけん》な事《こと》をするのだ。

　　ト短刀《たんたう》を[一]もぎ取《とる》。

千太　お前《めへ》と違《ちが》ツて改心《かいしん》しても、何《なん》の役《やく》にも立《たゝ》ねへ千太《せんた》、[二]死《し》ぬのが世界《せかい》の為《ため》と思《おも》つて、命《いのち》を捨《すて》る気《き》に成《なつ》たのだ。

島蔵　其様《そん》な詰《つま》らぬ事《こと》をせずと、命《いのち》を大事《だいじ》に堅気《かたぎ》に成《なり》、[三]見世《みせ》でも出《だ》して稼《かせい》だら、[四]草葉《くさば》の陰《かげ》の親達《おやたち》が嘸悦《さぞよろこ》ぶで有《あら》ふから、再《ふたゝ》び悪《わる》ひ心《こゝろ》を出《だ》すな。

千太　今日《けふ》から盗《ぬす》みはふつゝり止《や》め、[五]是迄長年苦労《これまでながねんくらう》を掛《かけ》た親《おや》の忌日《きにち》が来《き》たならば、水《みづ》でも手向《たむけ》て遣《や》りませう。

島蔵　さうした事《こと》ならどの位《くらゐ》、安心《あんしん》するか知《し》れやアしねへ、迚《とて》もの事《こと》の安心《あんしん》次手《ついで》、今夜《こんや》手前《てめへ》望月《もちづき》へ、切込事《きりこむこと》も思《おも》ひ切《きつ》たか。

千太　すつぱり思《おも》ひ切《きり》ました。

島蔵　夫《それ》でおれも安心《あんしん》した。

千太　早《はや》く改心《かいしん》したならば、お前《めへ》に苦労《くらう》を掛《かけ》めへ物《もの》。兄貴《あにき》、堪忍《かんにん》してくんねへ。

　　上〽頭《かしら》を地《ち》へつけ詫《わび》る折《をり》、樹木《じゆもく》の陰《かげ》より徳蔵《とくざう》が、包《つゝみ》を抱《かゝ》へ立出《たちいで》て、

　　ト千太《せんた》詫《わび》る、下手《しもて》の土手《どて》の後《うしろ》より[六]前幕《まへまく》の徳蔵《とくざう》、紺木綿《こんもめん》の風呂敷《ふろしき》

一　底本「もぎ取〈とる〉る」を直す。

二　類似の台詞を反復して観客に印象づけ、強調するのは黙阿弥の劇作法の特徴の一つ。

三　商売でも始めて。

四　三七〇頁注四で触れた、孝行に関する「天理人道」の教訓。

五　千太の両親の死については、序幕第二場(一七九・一八〇頁)を参照。

六　明治三十三年上演時のこととして、「いつもですとこの野州徳が風呂敷包を背負つて招魂社へ来懸り、千太の改心したのを聞いて、自分も改心するといふ、兎角此所(こゝ)の所で悪落が来ていけませんから、今度は丸で出を抜いて仕舞ひました」(山岸荷葉編『五世尾上菊五郎』文学堂、明治三十六年)という五世菊五郎の回想もある。その際上演時の合評(『歌舞伎』四号)では、実際にここで徳蔵の件を抜いたか否か判断できない。

包《づゝみ》を抱《かゝ》へ出《で》て来《く》る。

徳蔵　旦那様《だんなさま》、御免被成《ごめんなされ》て下《くだ》さりませ。

島蔵　ヤ、徳蔵《とくざう》か。（ト徳蔵下《とくざうした》に居《ゐ》て、）七

徳蔵　千太《せんた》さんが来《き》た計《ばか》り、今日迄隠《けふまでかく》した素性《すじやう》が知《し》れ、最早長居《もはやながゐ》が出来《でき》ないと、思《おも》つて路用《ろよう》八に箪笥《たんす》から着類《きるい》を出《だ》した其時《そのとき》に、底《そこ》に有《あつ》た一腰《ひとこし》九を是《これ》幸《さいは》ひと盗出《ぬすみだ》し、爰《こゝ》の樹木《じゆもく》の陰《かげ》へ隠《かく》し、夜明《よあけ》に成《なつ》たら持出《もちだ》さうと、藪蚊《やぶか》一〇に喰《くは》れて居《ゐ》た計《ばか》り、最前《さいぜん》からの咄《はなし》を聞《きゝ》、成程今夜盗《なるほどこんやぬす》んだ品《しな》をばらして一一栄耀《えよう》一二をした所《ところ》が、纔五日《わづかいつか》か十日《とうか》にて、又《ま》た一年《いちねん》の懲役《ちやうえき》の苦患《くげん》をせねばなりませぬから、今日限《けふかぎり》私《わたくし》も悪《わる》ひ心《こゝろ》を改《あらた》めますから、何《ど》うぞ免《ゆる》して下《くだ》さりませ。

上〽盗《ぬすみ》し品《しな》に短刀《たんたう》を、添《そへ》てひれ伏詫《ふしわび》ければ、

ト徳蔵風呂敷包《とくざうふろしきづゝみ》の上《うへ》へ短刀《たんたう》を乗《の》せて出《だ》し、手《て》を突《つい》て詫《わび》る。

島蔵　一三過《あやまつ》て改《あらたむ》るに憚《はゞか》る事《こと》なしとやら、悪《わる》ひ心《こゝろ》を入替《いれかへ》て、手前《てめへ》も誠《まこと》の人《ひと》に成《なる》なら、盗《ぬす》んだ科《とが》は免《ゆる》してやらう。

徳蔵　スリヤお免《ゆる》し下《くだ》さりますか、有難《ありがた》ふござります。

千太　今《いま》も兄貴《あにき》が云通早速爰《いふとほりさつそくこゝ》に野州徳《やしうとく》が、改心《かいしん》したはこつちの一四規模《きぼ》、斯《か》う

七　舞台に座り手を付く。
八　逃亡する旅費として。
九　刀剣。
一〇　じっと木陰に身を潜めていた。
一一　売り捌いて金に替えて。
一二　贅沢に派手に遊んだところが。
一三　間違いを改めるのに遠慮は不要。
一四　こちらの面目も立つ。

成上《なるうへ》はあの折分《をりわけ》た、五百円《ごひやくゑん》の金《かね》を拵《こしら》へ、兄貴《あにき》と一緒《いつしよ》に返《かへ》したいが、五《ご》百円《ひやくゑん》は扨置《さてお》い て五円《ごゑん》の金《かね》もねへ千太《せんた》、差当《さしあた》ツて望月《もちづき》から百円取《ひやくゑんと》るより当《あて》はねへ。

島蔵　其望月《そのもちづき》が懇望故《こんまうゆゑ》、此短刀《このたんたう》を弐百円《にひやくゑん》に売《う》れば夫《それ》にて三百円《さんびやくゑん》、まだ弐百円《にひやくゑん》たりないが、

千太　盗《ぬすみ》を止《やめ》ては一円《いちゑん》でも、金《かね》の出来様当《できやうあて》はねへ。

上〽[一]金《かね》の員数《いんず》を算《かぞ》ふる折柄《をりから》、（ト[二]上手《かみて》鳥居《とりゐ》の内《うち》にて、）

輝　イヤ、其弐百円進上申《そのにひやくゑんしんじやうまう》さう、

上〽小陰《こかげ》を出《いづ》る望月輝《もちづきあきら》、

ト鳥居《とりゐ》の内《うち》より三幕目《みまくめ》の望月《もちづき》[三]羽織着流《はおりきなが》し、駒下駄《こまげた》にて出《で》て来《く》るを見《み》て、

島蔵　ヤ、さう仰有《おつしや》るは、

千太　望月殿《もちづきどの》。

輝　島蔵殿《しまざうどの》には初《はじ》めてなれど、千太殿《せんたどの》には計《はか》らずも昨日面会《きのふめんくわい》なしたる輝《あきら》、今宵所用《こよひしよう》で[四]麹町《かうじまち》より帰《かへ》る途中《とちう》の招魂社《せうこんしや》、ひそ〳〵咄《はなす》は何事成《なにごとなる》かと、聞《きく》ともなしに小陰《こかげ》にて一部始終《いちぶしどう》を聞《きゝ》し故《ゆゑ》、二百円《にひやくゑん》を進上申《しんじやうまうす》。

一　金を人に譬えての数の勘定。

二　再演の明治二十三年には菊五郎が望月と島蔵二役を替った為、望月家の手代や書生が出たこともあった。以後、酒屋と招魂社だけの上演が一般化してからは、女方が出る方が舞台面の彩りもよい事から、お照が替ることが少なくない。また、望月とお照両人が出た例もある。「望月輝は御承知の通り初手は堀越（九世団十郎―引用者）が仕たんだが、二丁目（市村座のこと。明治二十三年再演時―引用者）から私《あつし》が仕るやうになりました。本当で行くと是非島蔵と顔が変つて貰ひたいんですね。其故招魂社の所へ輝で出る事が出来ませんから、二丁目の時には代りにお照を出しましたけれど、今度（明治三十三年上演時―引用者）は書生を出すやうにしました」（山岸荷葉編『五世尾上菊五郎』文学堂、明治三十六年）。明治二十三年再演時の『歌舞伎新報』一一六一号によれば、望月の代りに手代（尾上幸蔵）が出て、望月は木陰で事情を知り、帰宅後、いいつけられた手代が「寸志」を進上するという台詞になっている。また、明治三十三年上演時の『歌舞伎座筋書』では、磯右衛門とお浜、千次郎、お常まで登場し、それについて、書生稲田穂作（市川染五郎、後の七世松本幸四郎）が出て「一部始終を聞た上は、千太とやらへ百円の金は主人より進ぜる程にそれを土産に自首して出て、罪亡しをするがよい」などといっている。さすがに、『歌舞伎』四号の合評では「金を貸して遣らうなぞとは恐しく幅の利いた書生」（永井素岳）など散々に酷評されている。磯右衛門以下が、実際にこの場で舞台に出たかは不明だが、合評に触れられていないことから、その可能性は少ない。また、同合評で饗庭篁村は「書下しには…堀越（団十郎の本名―引用者）

島蔵　千太《せんた》は兎《と》もあれ私《わたくし》は、お近付《ちかづき》でもない貴君《あなた》が、

千太　小金《せうきん》ならぬ二百円《にひやくゑん》、下《くだ》さりますと仰有《おつしやる》は。

輝　島蔵殿《しまざうどの》へ寸志《すんし》の謝礼《しやれい》。

島蔵　とは又何故《またなにゆゑ》。

輝　遺恨《いこん》に依《よつ》て千太殿《せんたどの》が、今宵《こよひ》邸宅《ていたく》へ切込《きりこめ》ば、不意《ふい》の事故《ことゆゑ》討《うた》るゝか、運能《うんよ》く命助《いのちたすか》る共《とも》、如何成深手《いかなるふかで》を負《おは》ふも知《し》れず、危《あやふ》き災難遁《さいなんのが》れしは、島蔵殿《しまざうどの》が止《とゞ》めし故《ゆゑ》、恩義《おんぎ》を報《むく》ふ二百円《にひやくゑん》。

島蔵　スリヤ其金《そのかね》を私《わたくし》へ、お恵被成《めぐみなされ》て下《くだ》さりますか。

千太　かゝるお慈悲《じひ》な心《こゝろ》も知《し》らず、今夜《こんや》己《おれ》が切込《きりこん》だら、仕舞《しまひ》は首《くび》を切《きら》れる所《ところ》。

徳蔵　成程悪《なるほどわる》ひ事《こと》は出来《でき》ない、能《よ》イ事《こと》すれば忽《たちまち》に、思《おも》ひ掛《がけ》なく出来《でき》る金《かね》。[五]

輝　噂《うはさ》に聞《きい》たかしらね共《ども》、僕《ぼく》[六]も以前《いぜん》は遁《のが》[七]れぬ仲間《なかま》、今両人《いまりやうにん》が改心《かいしん》せし志《こゝろざし》を喜《よろこ》びて、二百円《にひやくゑん》を進上致《しんじやういた》す。

千太　お慈悲深《じひぶか》ひお心《こゝろ》にあまへて又《また》もお願《ねが》ひは、昨日手切《きのふてきれ》に下《くだ》さいますと、仰有《おつしやい》ました百円《ひやくゑん》をどうぞ千太《せんた》に下《くだ》さいまし。

島蔵　手前《てまへ》も道具屋藤助《だうぐやとうすけ》[八]よりお咄申《はなしまう》せし此短刀《このたんたう》、高《たか》イ物《もの》だが二百円《にひやくゑん》にお求《もと》め被成《なすつ》て下《くだ》さりまし。[九]

の望月が後で聴いて居る其の姿が如何にも前の二人に障らぬやうにして居ましたので、成程名人だと今にも眼に残ッて居ります」と述べ、「無人芝居(ぶにんしばい)。主要役者の少ない一座での公演―引用者)でお照を代りに出し」たこともあるといっている。

三 近年では、三幕目と気を替え、羽織袴に帽子姿という扮装で、ステッキを持ち出ている。また、提灯を持った書生と共に出て、捨て台詞で車(人力車)のところで待たせることにして引込ませるという手順にすることもある。

四 千代田区麴町。望月の住居の神楽坂へ戻るのに、招魂社を通るのは自然な道筋。

五 底本振仮名「かぬ」を直す。

六 書生言葉の一人称の語感だが、漢語を好む学者等は江戸期より用いていた。

七 同じ盗賊だった。

八 三幕目に登場した仲介の道具屋の名。

九 望月に加えてお照も出る場合は、ここで鳥居内でお照が以下のように声を掛けて出る例もある(以下、昭和五十八年国立劇場上演時の河竹登志夫補綴の脚本による)。

お照　その脇差は私に売ってもらいましょう。

　　　トお照羽織着流しにて提灯を持ち、鳥居の陰より出る。

島蔵　もしやあなたは望月様の。

千太　や、お照、ではないご新造様。面目ねえ。

お照　面目ないことはありませんよ。(ト合方になり)今夜主人の帰宅がおそく案じ過してそこここと迎えに来ました招魂社、灯籠の陰でお話を残らずきいておりました。

輝　して又そなたが脇差を買おうというは何故なるぞ。

輝　いかにも一旦《いったん》渡《わた》さうと、申《まう》せし手切《てきれ》の百円《ひやくゑん》は、千太殿《せんたどの》へ遣《つか》はさん、又《また》短刀《たんたう》は懇望故《こんまうゆゑ》、約束通二百円島蔵殿《やくそくどほりにひやくゑんしまざうどの》へ渡《わた》し申《まう》さん。

徳蔵　スリヤ、最前《さいぜん》の短刀《たんたう》は二百円《にひやくゑん》でござりましたか、お返《かへ》し申《まうし》て能《よ》かつたは、此徳蔵《このとくざう》が持《もつ》て居《ゐ》たら纔《わづか》な金《かね》で売《う》る所《ところ》、

島蔵　[一]正宗《まさむね》なりと申《まうせ》ども、銘《めい》も有《あ》らざる短刀《たんたう》を、

千太　二百円《にひやくゑん》でお買被成《かいなさる》は。

輝　元短刀《もとたんたう》は先祖《せんぞ》より家《いへ》に伝《つた》はる無名《むめい》の正宗《まさむね》、[二]重器《ちやうき》も瓦解《ぐわかい》の其折柄《そのをりから》、一度《ひとたび》人手《ひとで》へ渡《わた》りし短刀《たんたう》、計《はか》らず我手《わがて》へ戻《もど》りし故《ゆゑ》、高価《かうか》を厭《いと》はず求《もと》めし短刀《たんたう》。

島蔵　夫《それ》をお求《もと》め下《くだ》されば、千太《せんた》が分《ぶん》の五百円整《ごひやくゑんとゝの》ひますれば福島屋《ふくしまや》へ、先刻《せんこく》恵《めぐみ》し百円《ひやくゑん》に残《のこり》は宅《たく》に四百円《しひやくゑん》。親父《おやぢ》に預《あづけ》て置《おい》たれば、是《これ》にて員数《いんず》も調度《てうど》千円《せんゑん》。

千太　思《おも》ひ掛《がけ》なく此金《このかね》が、今夜《こんや》爰《こゝ》へ集《あつま》りしは、

徳蔵　改心《かいしん》なせし天《てん》の恵《めぐ》み。

島蔵　難義《なんぎ》に迫《せま》る福島屋《ふくしまや》を、かばつて今日迄所持《けふまでしよじ》したる、日外手《いつぞやて》に入《い》る千円《せんゑん》の証書《しやうしよ》を添《そへ》て返《かへ》せし上《うへ》、

千太　直《すぐ》に両人警察署《りやうにんけいさつしよ》へ、罪《つみ》の次第《しだい》を自首《じしゆ》なさば、

お照　その脇差は旦那様のお家に伝わる無銘の正宗、ご一新にて人手に渡り、いま又漸々戻りし重宝。それを私が買いますのは、お助けなされしその上にお世話下さる旦那様へ私の手から差し上げたさ。

千太　さすがは見上げたお照様。

島蔵　これをお求め下されば、これにて万端整いて。

輝　拙者の心も望月の。

お照　私の名前の照る月夜、お嬉しう存じまする。

島蔵・千太　ありがとうございます。

とあって、三八一頁一一行めのト書きに続く。お照の出る脚本には、他の例も多い。

以上三七九頁

一　↓二四八頁注七。

二　家宝。この望月の台詞は文脈の乱れよりも、七五調の語感を優先する黙阿弥の劇作の特徴の一つ。

三　以下、白浪の縁語で割り台詞にするのは、歌舞伎の劇作法の約束。ここに居る人々は、お照が出る場合も含めて全員前科のある白浪である趣向。

四　無数にある事の譬え。白浪の縁語として黙阿弥は頻用。

五　老獪な手練の意。

六　黙阿弥の引退の辞を兼ねた表現。引退記念に柴田是真の引き汐に横這いの蟹の絵に自作の狂文、狂歌入りの「引き汐」という摺物を内輪に配った。「幼き頃竹柴の浦辺に育ちし由縁にや、浜の真砂の尽せざる彼盗人の狂言を、員(かず)多く脚色(しくみ)しゆえ、白浪作者と言はれしも、素より智恵の浅瀬にて深き趣向のあらざれば、沖を越したる功(いさお)しなく、唯長しほの長々しく

輝　官《くわん》に於《おゐ》ても特別《とくべつ》の、必《かなら》ず軽《かる》き御《ご》処刑《しよけい》あらん。

徳蔵　此事柄《このことがら》が新聞《しんぶん》へ、出《で》たらば賊《ぞく》の能教《よいをしへ》。

島蔵　是《これ》と云《いふ》のも外《ほか》ならぬ、望月様《もちづきさま》の皆《みな》お蔭《かげ》。

輝　助力致《じよりきいた》すは其以前《そのいぜん》、此身《このみ》も同《おな》じ白浪《しらなみ》に、

千太　三爰《こゝ》に打寄《うちよ》る人《ひと》ぐは、

徳蔵　四浜《はま》の真砂《まさご》の窃盗《せつとう》より、

島蔵　五沖《おき》を越《こ》したる強盗《がうとう》の、

千太　六気《き》の荒波《あらなみ》も引汐《ひきしほ》に、

輝　七忽《たちまち》善《ぜん》に返《かへ》る浪《なみ》◯

上
〽善《ぜん》に返《かへ》りて打悦《うちよろこ》ぶ、折柄《をりから》八四時《よじ》の朝清《あさぎよ》め、

ト九鈴《すゞ》の入《い》りし台拍子《だいびやうし》、一〇鶏笛《にはとりぶゑ》に成《なり》、皆《みな》く思入有《おもいれあつ》て

島蔵　アノ台拍子《だいびやうし》は、招魂社《せうこんしや》の、

毎朝四時《まいてうよじ》の朝清《あさぎよ》め、

千太　一一不浄《ふじやう》を払《はら》ふ鶏《にはとり》の、

徳蔵　声勇《こゑいさ》ましき一二夜明前《よあけまへ》。

輝　空《そら》も晴行《はれゆく》◯

も硯の海に年を取りしを算ふれば早五十年、額によする漣(さざなみ)に磯馴(そなれ)の松の腰も曲り言の葉の老いさびぬれば、茲らが汐の引時とて、引いはひ(引き祝い=引退の祝い—引用者)してまた元の浪の素人に帰るになん/河竹其水/腸(はらわた)の無き愚かさに直(すぐ)な道知らで幾年(いくとせ)横に這ふ蟹」。

七「善に」を「前に」ととり、黙阿弥は引退後の復帰の意図を察する解釈もある。

八 朝の開門から神饌を供し、朝拝に至る一日の行事の始まりだが、開門時は大太鼓を打ち鳴らすので、ト書きの指定のように神楽を奏する事や四時の開門を毎朝の日課としたのは『靖国神社誌』『靖国神社百年史』にも記載なく、靖国神社の「社務日誌」の記録にもないという。劇中時間を考えると、島蔵が駆けつけた十時半から五時間半も経過したことになり、また十月半ばの東京の日の出時間としても些か不自然だが、六時の開門や日の出に合わせると更に不自然が重なることから、大詰の幕切れは夜明けに設定したい黙阿弥の芝居としての効果を優先した時間設定と趣向であろう。

九「本神楽」という鳴物。「台拍子」は一般には「大拍子」と表記。神社の場で多用する下座音楽の名称。前注の通り、実際の開門時には大太鼓を打つ。

一〇 鶏鳴を擬した音を出す笛。後見の役者が担当。

一一 鶏鳴は古来、神道と関わり深い伝説が多い。四時という定時法と神話的時間の交差する明治初期の感覚が目と耳で実感される。

一二 近年ではこれ以前より徐々に舞台明るくなるが、初演当時の新富座の調光装置のないガス照明でも紗幕の使用等の工夫があった。

ト空《そら》を見《み》るを木《き》[一]の頭《かしら》。

東雲《しのゝめ》ぢやなア。

ト皆《みな》[二]〳〵引張宜敷《ひつぱりよろしく》、早《はや》き台拍子《だいびやうし》へ鈴《すゞ》の音《おと》[三]鶏笛《にわとりぶゑ》を冠《かむ》せ、[四]拍子幕《ひやうしまく》

一 →用語一覧。近年では、これをキッカケに舞台、客席ともに明るくする。

二 役同士が、それぞれの関係に応じて形を付けるという指定。現行では、皆々喜ぶこなしで、捨て台詞の内に、本神楽に新内の前びきの合方を被せた下座音楽のうちに幕となる。

三 「鶏笛」、全集にはなし。

四 →用語一覧。

五 右島鵆《みぎしまちどり》は明治《めいぢ》十四年十一月新富座《しんとみざ》において小生《せうせい》一世《いつせ》一代《いちだい》の折賊《をりぞく》の狂言《きやうげん》の作納《かきをさ》め六に脚色《しぐみ》たる物《もの》なれば重《おも》なる役《やく》は賊《ぞく》にして後改心《のちかいしん》をなす事《こと》になしたり去《さ》れば賊《ぞく》でなくもがなのお照迄《てるまで》も賊《ぞく》にせしは白浪作者《しらなみさくしや》の一世《いつせ》一代賊《いちだいぞく》を主《しゆ》とせし狂言故例《きやうげんゆゑれい》の拙《つたな》き条立《すぢだて》も多年《たねん》御愛顧《ごあいこ》蒙《かう〔む〕》りし好劇家《かうげきか》の諸君方宜敷《しよくんがたよろし》く見免《みゆる》し願《ねが》ひ上候《あげそろ》

古七河　黙　阿　弥

五 今回底本とした『狂言百種』のためのあとがき。

六 実際には引退後、復帰した。また、千太の改心後の後日譚を仮名垣魯文の勧めで作りかけている。河竹繁俊『河竹黙阿弥』(演芸珍書刊行会、大正三年)によると『千社札天狗古宮(せんじやふだてんぐのふるみや)』という外題で「千という数に縁を持たしたもので、語り代り(狂言の内容、趣向を知らせる「語り」の代用として―引用者)の角書にも…『今同心の松島千太が、千日参りの千人塚』としてある」。序幕と二幕目は、『歌舞伎新報』千号記念(明治二十二年四月)に掲載された。三幕目以後未完だが、粗筋は河竹繁俊の同書に出ている。「改心した千太の後日を書いた」もので、左団次に「演じさせるやうな心組であつたらしい」。

七 引退後の他の署名には、河竹黙阿弥、古河黙阿、吉村其水、河竹其水等がある。

風《ふう》船《せん》乗《のり》評判《うわさの》高《たか》閣《どの》

神山　彰
原　道生
校注

一幕二場の浄瑠璃所作事。

〔**初演**〕明治二十四年（一八九一）一月八日より東京歌舞伎座の大切浄瑠璃所作事として初演。この時の興行は一番目『鼠小紋春着雛形《ねずみこもんはるぎのひながた》』、中幕『祇園祭礼信仰記《ぎおんさいれいしんこうき》』だった。

〔**成立**〕前年の明治二十三年十・十一月にイギリス人のスペンサーが横浜と上野で軽気球による飛行を披露して話題になった出来事を題材とし、それに同年十一月の浅草凌雲閣（十二階）の開場を取り合わせて新しい東京の賑わいを描いた風俗舞踊劇。

〔**題名**〕前年秋に「評判」を呼んだスペンサーの「風船乗」と凌雲閣の「高閣」の二つを結びつけた命名。

〔**初演配役**〕五世菊五郎（風船乗スペンサー、大人形、三遊亭円朝）、幸三（遠見のスペンサー）、四世松助（百姓畑右衛門）、二世幸蔵（通弁横垣栄司、三遊亭金朝）、四世芝翫（福富万右衛門）、二世菊之助（三遊亭梅朝）他。浄瑠璃は常磐津小文字太夫・清元延寿太夫など。他に「市中音楽会楽士連中」が洋楽を演奏した。

〔**梗概**〕上野公園の博物館前にはスペンサーの風船乗りを見ようと大勢の人々が集まっていた。中には畑右衛門のように失敗ばかりする田舎者もいる。初めは通弁の横垣栄司が登場して、紙の大人形にガスを吹き込んでふくらませ、さまざまに踊らせて見せた後、いよいよスペンサーが軽気球で空中に浮上して、観衆を驚かせた。やがて地上に戻ったスペンサーは、英語で演説をし、広告のビラを撒く。一方、二の酉で賑わう浅草では、十二階から見た風船の話題に花が咲いている。その中には、金持の万右衛門親子や噺家の円朝父子もいた。一同は互いの所望に応じて次々と踊りを踊って興じ合った。

〔**特色**〕新し物好きの菊五郎の求めに応じて作られた際物だが、新奇な物珍しさとユーモラスな明るさとが好まれて評判がよかったと伝えられている。開化とともに変貌を遂げてきた上野・浅草の雰囲気が巧みに生かされている点も成功の一因といってよいだろう。また、作中多くの楽屋落ちや当て込みがあることも、観客に親しみを感じさせるものとなったに違いない。主演の菊五郎は三つの役を兼ね、円朝の身振り、声色で客を喜ばせたり、スペンサーでは英語で演説したりするなど大活躍だった。なお、後者には福沢諭吉の助言があったといわれている。気球が浮上すると、遠見の子役に交替するが、それに扮した数え歳七歳の尾上幸三は、後の六代目菊五郎だった。

〔[一]上之巻《じやうのまき》は
[二]上野《うへの》の博物館《はくぶつくわん》
下之巻《げのまき》は
[三]浅草《あさくさ》の凌雲閣《りようううんかく》〕

[四]風船乗評判高楼《ふうせんのりうはさのたかどの》

上の巻　上野博物館前の場

下の巻　浅草公園奥山の場[五]
[六]常磐津連中
[七]清元連中

風船乗スペンサー[八]　尾上菊五郎　　通弁横垣栄司[九]　尾上　幸蔵
大人形　尾上菊五郎　　人足　尾上菊三郎
百姓畑右衛門　尾上　松助　　同　尾上菊四郎

一 底本中扉の記載にしたがい、角書を補った。
二 明治十四年ジョサイア・コンドル設計により完成。翌年開館。当時の上野は、徳川家の墓所や戊辰戦争の記憶や山下の見世物や売色等のイメージと、それを払拭しようと政府が推進した公園化計画や数度の博覧会や博物館の開化のイメージの交差する地名。
三 五階の東京の愛宕塔、九階の大阪凌雲閣を凌ぐ高さの十二階として、東京の上水道設計者ウィリアム・バルトンが設計、明治二十三年十一月開業。十階まで煉瓦、それ以上は木造。高さは公称二二〇尺、実測一七三尺(約五二メートル)。設置したエレベーターは故障続出で、二十四年五月撤去。関東大震災による崩壊まで三十三年間の東京名物だった。バルトンは永井荷風の父久一郎の知己で、写真家でもあり、十二階設立は江崎礼二も関わり、工事は泉好治郎が請負った。
四 初演前年、第三回内国勧業博覧会が開催された明治二十三年の東京の「評判」の見世物、スペンサーの「風船乗」と浅草十二階凌雲閣の「高楼(閣)」を当て込んだ外題。なお初演時番付類は「高閣」とするが底本は「高楼」と表記。
五 浅草公園計画は明治六年の公園選定の布達により十五年より田圃埋立工事と造成が始まり、十九年完成。凌雲閣下に二軒開いた水茶屋の一軒は三遊亭円朝の弟子金朝が出した店で、この場はその店前の設定(初代田中涼月・小林責共著『田中涼月歌舞伎囃子一代記』国立劇場芸能調査室、平成四年)。
六 豊後系浄瑠璃の一つ。清元より語りの要素が強い。本作は岸沢式佐が作曲。
七 →二三八頁注三。
八 パーシバル・スペンサー。明治二十三年、神戸、横浜と東京で数度、気球の見世物をしたこ

同　尾上梅助
同　中村翫太郎
同　中村翫助
同　坂東八平次
見物　大ぜい
[二]遠見のスペンサー　尾上幸三
[三]福富万右衛門　中村芝翫
福富の娘お玉　尾上栄之助
福富の下女お民[六]　中村歌女之丞
芸妓小松　岩井松之助

同　小梅　坂東竹松
[一]箱屋吉蔵　坂東家橘
茶屋女房お仙　尾上芙雀
茶屋娘お村　沢村曙山
簪売り熊吉　尾上栄次郎
同　亀松　尾上きく
三遊亭円朝[四]　尾上菊五郎
三遊亭梅朝[五]　尾上菊之助
三遊亭金朝[七]　尾上幸蔵

(上野《うへの》公園《こうゑん》博物館《はくぶつくわん》前《まへ》の場《ば》)‖本舞台《ほんぶたい》一面《めん》の平舞台《ひらぶたい》、向《むか》う上野《うへの》博物館《はくぶつくわん》の書割《かきわり》[八]中遠見《ちゆうどほみ》、上《かみ》の方《かた》[九]八角《かく》の屋台《やたい》、此内《このうち》に[一〇]洋楽師《やうがくし》椅子《いす》へ腰掛《こしか》け居《ゐ》る、正面白茶色《しやうめんしらちやいろ》の布《ぬの》に白《しろ》の網《あみ》を掛《か》けし[一一]軽気球《けいききう》を飾《かざ》り、下手《しもて》に[一二]瓦斯《がす》の樽《たる》を誂《あつら》へ通《どほ》り並《なら》べ、此樽《このたる》より軽気球《けいききう》へ瓦斯《がす》の通《かよ》ふ布《きれ》の樋《とひ》あり、傍《かたはら》に[一三]備前焼《びぜんやき》の壺《つぼ》、白焼《しらやき》の口《くち》と手《て》の付《つ》きし徳利《とくり》あり、

とで著名な英国人(一説に米国人)。
九 通訳。通弁の役名は「横文字を書く」、米司は「英字」の寓意名。

以上三八七頁

一 芸者の三味線等を運ぶ他、雑用をする男衆。
二 同じ扮装をした子役を遠景の人物として出す趣向。『一谷嫩軍記《いちのたにふたばぐんき》』『ひらかな盛衰記』等で行われている。
三 金満家の寓意名。また浅草に同名の町もあった。
四 三遊亭円朝。天保十年(一八三九)—明治三十三年(一九〇〇)。噺家。黙阿弥、五世菊五郎とも親しかった。本作上演の年には、寄席よりの引退を表明した。→人名一覧。
五 架空の円朝の弟子名。二世菊之助が扮したので、尾上家の俳名を借用した役名。
六 平民を表す寓意名。
七 二世三遊亭金朝。嘉永二年(一八四九)?—明治四十二年(一九〇九)。円朝の弟子。芝居噺を得意とし、声色でも売った。長男が三世を継ぎ、次男は歌舞伎囃子方の初世田中涼月。→人名一覧。
八 中景に当る書割。
九 上野に明治二十三年五月七日開場のパノラマ館の形。浅草にも同年同月二十七日に開場、こちらは十六角形だったという。ただし、スペンサー飛行当日は、東京音楽学校奏楽堂(同年同月完成)で洋楽を演奏したというから、奏楽堂を想定の可能性もある。
一〇 明治十九年設立の「東京市中音楽隊」の「吹奏楽が用いられ、楽長加川力ほか十数名の者がガロップを奏した」(堀内敬三『音楽明治百年史』音楽之友社、昭和四十三年)。菊五郎は明治五年『音響曲駒鞭《おとにきくきよくばのかわむち》』で喇叭・木琴・オルゴールの合方を用いているが、演奏は歌舞伎の囃子

下《しも》の方浄瑠璃台《かたじやうるりだい》[一四]樹木《じゆもく》の張物打返《はりものうちかへ》し、総《すべ》て上野公園博物館前《うへのこうゑんはくぶつくわんまへ》の体《てい》。爰《こゝ》に紺半纏腹掛股引草鞋《こんばんてんはらがけもゝひきわらぢ》の一、二、三、四、五、六の人足六人《にんそくにん》、瓦斯《がす》の樽《たる》へ壺《つぼ》[一五]の薬《くすり》を徳利《とくり》にて注《そゝ》ぎ居《ゐ》る、此見得洋楽《このみえやうがく》にて幕明《まくあ》く。

一　時《とき》に一服《ぷく》やつちやあどうだえ。

二　やらうとも〳〵、ならば一杯《べえ》やりてえのだ。

三　何《なん》とどこから何処《どこ》までぎつしりと、大層《たいそう》な人《ひと》ぢやあねえか。

四　もう十[一六]一月《ぐわつ》の廿日過《はつかす》ぎだが、とんと霜枯《しもがれ》のやうぢやあねえ。

五　先《ま》づ上等《じやうとう》が一円《ゑん》[一七]に、中等《ちゆうとう》が五十銭《せん》。

六　芝居《しばゐ》でいやあ立見《たちみ》の所《ところ》が、下等《かとう》の場所《ばしよ》で二十銭《せん》だ。

一　今日《けふ》一日《にち》の上《あが》り高《だか》は、なか〳〵容易《たやす》い金《かね》ぢやねえ。

二　何《なに》しろ、軽気球《けいききう》で、空《そら》へ昇《のぼ》るは一人《ひとり》だが、

三　何千人《なんにん》といふ人《ひと》を、呼《よ》ぶのは豪気《がうぎ》な事《こと》だ。

四　曲馬《きよくば》[一八]だの軽業《かるわざ》だのと、種々《いろ〳〵》西洋《せいやう》ものを見《み》たが、

五　海《うみ》へでも落《お》ちりやあ命掛《いのちが》け、こんなけ[一九]んのんな事《こと》はねえ。

六　それを思《おも》ふと一円《ゑん》でも、なか〳〵高《たか》いものぢやあねえ。

ト　やはり洋楽《やうがく》にて、下手《しもて》より百姓畑右衛門《しやうはたゑもん》、[二〇]ぼつと鬘木綿《かづらもめん》[二一]の

方だった。

一一　水素ガスを封入した絹製の袋の下に籠を付け、人が乗って浮遊する見世物。単に「風船」と呼んだ。当初は普仏戦争の前例による軍事の脱出、連絡用目的だという。

一二　水素ガス精製器からゴム管と竹管で連結して、大きな樽に集め、ポンプで注入したという。横浜での飛行の際は「横浜瓦斯局の瓦斯を用ひて、風船を膨らました、其時間は凡そ半日以上も掛つて、お負けに其瓦斯代は百何十円と云ふ多額に達した」(今泉秀太郎述・福井順作記『一瓢雑話』誠之堂、明治三十四年)。写真集『五世尾上菊五郎』(安部豊編、同刊行会、昭和十年)に小道具の写真が掲載されている。

一三　久保田米僊の「軽気球上昇飛覧之図」(明治十一年)では数個の壺を運ぶ様子が描かれている。

一四　浄瑠璃の太夫・三味線方が座る「山台」という台を用意し、それを樹木に描き蝶番付きの書割で隠しておき、キッカケで前へ二つ折にして倒し、演奏者を見せるように作っておく。なお底本「浄璃瑠台」を直す。

一五　具体的には不明。

一六　実際の上野での飛行は十一月二十四日。

一七　スペンサーの当日の見物料は上等一円、中等五十銭、下等二十銭、小児半額。

一八　フランス人スリエの曲馬団(サーカス)が明治四年(一八七一)に来日、十月に招魂社、翌年一月から浅草や京都で興行。これを劇化(舞踊化)したのが、注一〇の『音響曲駒鞭』で、『続続歌舞伎年代記・乾』に引用された番付には「著述作者河竹其水」(当時の黙阿弥の別号)と明記され、写真集『五世尾上菊五郎』には「黙阿弥に書かせた」とある。菊五郎が「異人ジヨアニ」(イタリアの曲芸師)、芝翫が「異人スリエ」を演じた。

羽織《はおり》、花色《はないろ》[一]の股引《もゝひき》、尻端《しりはしを》折り竹《たけ》[二]の皮草履《かはざうり》、田舎者《ゐなかもの》のこしらへ、
煙管《きせる》を持《も》ち煙草《たばこ》を呑《の》みながら出来《いでき》たり。

畑右　もし、わしは田舎者《ゐなかもの》で、何《なん》にも知《し》りましねえが、風船乗《ふうせんの》りをする人《ひと》は、何《なん》といふ人《ひと》でござりますな。

一　是《こ》れは英国《えいこく》の産《うま》れの人《ひと》で、スペンサーといふ人《ひと》だが、

二　軽気球《けいききう》へ乗《の》るのが上手《じやうず》で、ドイツ、フランス、合衆国《がつしゆうこく》、

三　所々万国《しよくばんこく》を打回《うちまは》し、今度《こんど》日本《につぽん》へ始《はじ》めて来《き》たのだ。

畑右　それは珍《めづ》らしい事《こと》でござりますが、あの袋《ふくろ》が空《そら》へ上《あが》りますのか。

四　さあ、あれに瓦斯《がす》を中《なか》へ入《い》れ、其気《そのき》で上《うへ》へあがるのだ。

五　此袋《このふくろ》が上《うへ》へあがると、丁度《ちやうど》お月《つき》さま位《ぐらゐ》に見《み》えます。

六　実《じつ》に不思議《ふしぎ》なものだから、上《あが》つた所《ところ》をよく見《み》なせえ。

畑右　先《ま》づ長生《ながい》きをしたお蔭《かげ》には、[三]大地震《おほぢしん》から大暴風雨《おほあらし》、画《ゑ》ばかりでなく本《ほん》[四]物《もの》の、戦《いくさ》を現《げん》に見《み》ましたが異国《いこく》からさもいろ〳〵な珍《めづ》らしいものが来《き》ましたが、[五]象《ざう》や虎《とら》は目《め》[六]古《ふる》くなり、今度《こんど》風船乗《ふうせんの》りを見《み》ますのは、今《いま》の世《せ》界《かい》の有難《ありがた》さ、田舎《ゐなか》へ土産《みやげ》になりまする。（ト畑《はた》右衛《ゑ》門煙草《もんたばこ》を呑《の》む、）

一　若《も》し、此瓦斯樽《このがすだる》の側《そば》で、煙草《たばこ》は無用《むよう》。

↓三九一頁写真。十九年来日のイタリア人チャリネの曲馬団も著名(↓三九〇頁注五)。二十二年にはアメリカの曲馬団エーベル一座なども来日。なお、幕末にはアメリカのリズリー・サーカスが横浜で興行している。幕末には逆に、欧米に渡った日本の曲芸の芸人も少なくない。

一九　危ないこと。

二〇　田舎者を表現する鬘名。「ぼっと」は鬢に付ける付け毛の部分名。「ぼっと出」という。

二一「木綿着」は安物の日常着の羽織。富裕でない人物像の衣裳によるさりげない視覚化。後に出る福富の糸織の羽織との対照。

以上三八九頁

一　はなだ色。薄い藍色。　二　皮草履は竹皮が普通。単に皮草履というのと同じ。

三　安政二年(一八五五)十一月の大地震と、被害はそれに倍したという翌年九月の大風雨洪水を指す。

四　戊辰戦争。

五　江戸期にも象や虎の見世物はあり、明治期に興行改良も行なった、鳥屋熊吉の見世物も幕末には評判だった(川添裕『江戸の見世物』岩波新書、平成十二年)。海外のサーカス団では、三八九頁注一八のスリエ曲馬団について、明治十九年来日のイタリア人チャリネの曲馬団も著名で、他に、熊、獅子、水牛、大蛇なども観覧に供した。黙阿弥作『鳴響茶利音曲馬(なりひびくちやりねのきよくば)』では五世菊五郎がチャリネ、一本足のミストル(ミスター)・ハーバル、象、虎遣いのアバデを演じた。その際の二人の弟子が前足・後足に入った作り物の象と並んだ菊五郎のアバデの写真は、写真集『五世尾上菊五郎』に所載されている。↓三九一頁写真。その後は明治二十二年の憲法発布祝賀祭にも日本の芸人が象や虎を遣い公演した。　六　目慣れたので新しさを感じない。

二　ひよつと火気《くわき》が瓦斯《がす》へうつると、大事《おほごと》が出来《でき》ます。

畑右　はあ、どんな事《こと》が出来《でき》ますな。

三　瓦斯《がす》の樽《たる》へ火気《くわき》が移《うつ》れば、直《すぐ》に破裂《はれつ》して怪我《けが》をします。

四　お前《まへ》、煙草《たばこ》をあがるなら、そつちへ行《い》つてあがんなさい。

畑右　さういふ事《こと》なら止《よ》しますべい。(ト腰提《こしさ》げの煙草入《たばこいれ》へ煙管《きせる》をしまひ、)何《なに》しろ二十銭《せん》の木戸《きど》は高《たか》いやうだが、[七]まだ日本《につぽん》で初《はじ》めての、風船《ふうせん》を見《み》るは有難《ありがた》い。(ト是《こ》れを聞《き》き皆々《みなく》思入《おもひいれ》あつて、)

五　もし、お前《まへ》さんは二十銭《せん》で這入《はひ》りなすつたか。

畑右　はい、二十銭《せん》で這入《はひ》りました証拠《しようこ》は、[八]切手《きつて》の端《はし》があります。(ト煙草《たばこ》入《いれ》から下等《かとう》の切符《きつぷ》の切《きれ》[九]を出《だ》す、)

五　それぢやあ外《そと》へ出《で》て見《み》なせえ。

畑右　爰《こゝ》で見《み》ては悪《わる》いかね。

一　悪《わる》いとも〳〵、爰《こゝ》は上等《じやうとう》の場所《ばしよ》で、[一〇]一人前《にんまへ》一円《ゑん》だ。

畑右　いや、一人前《にんまへ》一円《ゑん》とは、それはは魂《たま》げた事《こと》だ、実《じつ》は囲《かこ》ひの外《そと》に居《ゐ》ましたが、人《ひと》の天窓《あたま》で見《み》えましねえから、囲《かこ》ひの破《やぶ》れから潜《もぐ》り込《こ》みました。

七 気球の存在は日本では寛政期(一七八九―一八〇一)より知られ、明治十年五月西南戦争の際、海軍で炭素ガスによる気球の初実験が築地で行われ、見世物としても評判だった。明治二十三年十一月には天覧に供した(↓三九二頁注六)。スペンサーの翌月には米国のボールドウィンも上野で風船乗を見せた。『一瓢雑話』によると「ボルドウインは僅か三、五円足らずの資金」で行い、「十五間もある高い櫓の上から、下に綱を張つ

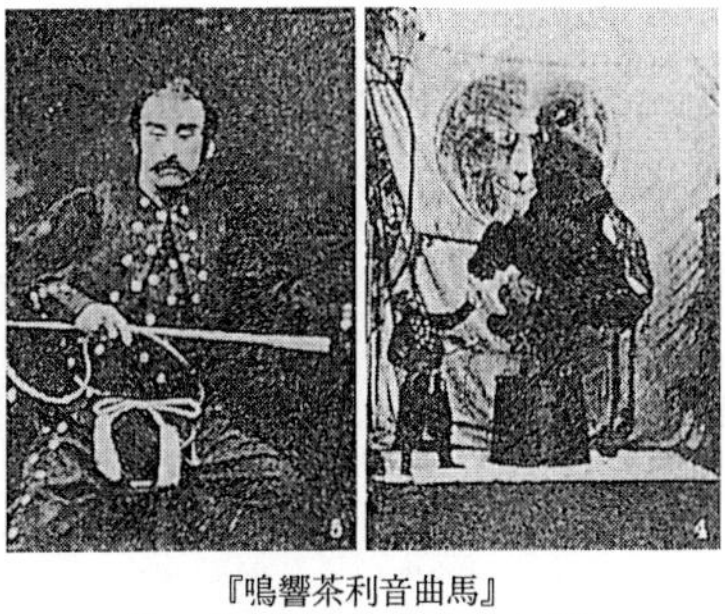

『鳴響茶利音曲馬』
左:五世菊五郎の象遣いアバデ
右:五世菊五郎のアバデ,竹次郎の象の前足,扇蔵の象の後足
(『五世尾上菊五郎』)

『音響曲駒鞭』
菊五郎の異人ジョアニ,菊蔵の同幼童ボメ
(『五世尾上菊五郎』)

二　囲《かこ》ひを破《こは》して這入《はひ》るなどゝは、そりやあ飛《とー》んだ事《こと》だけれど、

三　見《み》りやあ田舎《ゐなか》の人《ひと》だから、大目《おほめ》に見《み》るから早《はや》く行《ゆ》きねえ。

畑右　そんな事《こと》を言《い》はねえで、隅《すみ》の方《はう》へ置《お》いてくれさつせえ。

四　そりやあ幾《いく》ら頼《たの》みなさつても、値段《ねだん》が違《ちが》ふから置《お》かれねえ。

五　それとも一円出《あんだ》しなさるか。

畑右　どうして〳〵一円《あん》あれば着物《きもの》を着《き》ます、外《そと》へ出《で》れば人《ひと》の天窓《あたま》で上《あが》る所《ところ》が見《み》られないが、むゝよし〳〵、あの松《まつ》の木《き》へ登《のぼ》つて見《み》よう。

六　さあ〳〵早《はや》く行《ゆ》きなさい。

畑右　えゝ喧《やかま》しい、今行《いまゆ》きますわい。（ト洋楽《やうがく》にて畑右衛門《はたゑもん》、不承々々《ふしようぐ》に下手《しもて》へ這入《はひ》る。）

一　とんだ交《まぜ》[二]つけえしだ。

ト洋楽《やうがく》を打上《うちあ》[三]げ、知《しら》[四]せに付《つ》き、下手樹木《しもてじゆもく》[五]の張物《はりもの》を打返《うちかへ》し、爰《こゝ》に常磐津連中居並《ときはづれんぢゆうゐなら》び、直《すぐ》に浄瑠璃《じやうるり》になる。

〽外国《とつくに》に其名《そのな》も高《たか》き軽気球《けいききう》、昇《のぼ》る雲井《くもゐ》[六]の叡覧《えいらん》に、君《きみ》の御感《ぎよかん》を蒙《かうむ》りて、栄誉《えいよ》を得《え》たる英国《えいこく》のスペンサー氏《し》の離《はな》れ業《わざ》。

ト此内人足《このうちにんそく》六人上下《にんかみしも》へ控《ひか》[七]へる、洋楽《やうがく》になり上手《かみて》より通弁横垣栄《つうべんよこがきえい》

て…其上に飛降りる曲芸を見せ」たが、「薪を凡そ二、三円ばかり其外に石油一鑵を買ひ調へ…地に穴を掘つて、土管で煙出しを拵へて、其先きに風船を附け…俄かに其薪に石油を打掛けて、それに火を点じた…十分か十五分間ばかりで、大きな風船が充分に膨脹」したという。また、木村錦花『明治座物語』（歌舞伎出版部、昭和三年）によると、千歳座（明治座の前称）焼失跡で、明治二十四年に自称元巡査が「日本人風船乗」と称して試み、再三失敗して笑い者になっている。

八 切符。　九 半券。

一〇 この年、普通米一升の平均販売価格は七銭、巡査の初任給が八円。

――以上三九一頁

一 とんでもないこと。

二 余計な邪魔者に水を差された。

三 演奏を強めて、いったんはっきりと中断する。

四 狂言方が柝を打ってキッカケを知らせる。

五 浄瑠璃を演奏する山台を、客席から隠していた張物（パネル）を蝶番で繋いである部分から折り返して、太夫・三味線方の姿を見せる。↓三八九頁注一四。

六 明治二十三年十一月十二日、スペンサーの気球が二重橋前で天覧に浴したことを指す。なお、前述のチャリネの曲馬も天覧を得ている。また、歌舞伎の天覧は、明治二十年四月二十六日より四日間麻布鳥居坂下の井上馨外相邸で行われている。スペンサーの天覧に関しては、以下の記録がある。「皇后と倶に宮城御出門、二重橋外仮御座所に於て、英国人スペンサーの軽気球操縦を御覧あらせられ、皇太子始め、皇族・大臣・親任官・宮内省勅奏任官及び各国公使館員・同妻、陸海軍将校、学習院及び華族女学校生徒等に陪覧せしめたまふ」（宮内庁編『明治天皇紀』第七、

司《し》、黒《くろ》の洋服《やうふく》、靴《くつ》にて、手《て》に黒《くろ》のしやつぽを持《も》ち出来《いでき》たり、数《す》へけふぞ再《ふた》ゝび[八]上野《うへの》にて、催《もよほ》す知《しら》せの報告《ほうこく》に、人波打《ひとなみう》ちし大入《おほいり》は、千里隔《りへだ》つ海外《かいぐわい》より、渡《わた》り来《きた》りし身《み》の[九]冥加《みやうが》、深《ふか》き恵《めぐ》みを謝《しや》しにける。

ト栄司《えいし》しやつぽを持《も》つてよろしく[一〇]振《ふり》[一一]あつて、見物《けんぶつ》へ向《むか》ひ辞儀《じぎ》をなし、[一二]懐中時計《くわいちゆうどけい》を見《み》て。

栄司　先刻《せんこく》より余程《よほど》の間《あひだ》、嘸諸君方《さぞしよくんがた》には御退屈《ごたいくつ》、スペンサー氏《し》が昇降《しやうかう》までは少々《せう〳〵》間《あひだ》がござりますれば、お慰《なぐさ》みに瓦斯《がす》の気《き》で、[一三]一万尺昇《まんじやくのぼ》りまする[一四]理合《りあひ》を御覧《ごらん》に入《い》れまする。これ、人形《にんぎやう》をこゝへ。

三　はつ。（ト下手《しもて》へ這入《はひ》り、直《すぐ》に[一五]紙細工《かみざいく》の人形《にんぎやう》を持《も》つて出来《いできた》る、栄司《えいし》取《と》つて、）

栄司　此紙細工《このかみざいく》の人形《にんぎやう》へ、瓦斯《がす》の気《き》を入《い》れますと、空中《くうちゆう》へ昇《のぼ》り自在《じざい》に働《はたら》きます。

トやはり洋楽《やうがく》にて、栄司《えいし》一二の人足《にんそく》、瓦斯樽《がすだる》の口《くち》を抜《ぬ》き、人形《にんぎやう》の足《あし》より瓦斯《がす》を入《い》れる、人形《にんぎやう》しやつきりとなり、ふは〳〵と飛《とび》上《あが》る。栄司《えいし》足《あし》に付《つ》きし糸《いと》を引《ひ》く、これにて人形下《にんぎやうした》へ下《お》りる、足《あし》の糸《いと》を取《と》つて放《はな》すと、[一六]日覆《ひおほひ》へふは〳〵と上《あが》る、又小《またちひ》さな[一七]ポンチ

『鳴響茶利音曲馬』
五世菊五郎のチャリネ
（『五世尾上菊五郎』）

『江湖新聞』（慶応4）の戯画
（岩波文庫『ワーグマン日本素描集』）

吉川弘文館、昭和四十七年）。新聞記事によると、当日は天候悪く、雨のため二時間ほど開始が遅れたという。
七　所定の場に下がる。
八　横浜に次いで再び。
九　身に余る光栄で、忝い。
一〇　↓用語一覧。
一一　踊の振り。踊ること。
一二　↓一九一頁注一九・四一〇頁注七。
一三　約三三〇〇《メートル》。実際の気球の高度については、六百尺（約一八〇《メートル》）説から三千五百―四千五百尺（約一〇五〇―一三五〇《メートル》）説まであり特定できない。しかし、明治十年の実験（↓三九一頁注七）の際、約二〇〇〇《メートル》に達したという。

　画《ゑ》のやうな人形《にんぎやう》へ瓦斯《がす》を入《い》れ、土間《どま》[一]の方《はう》へ放《はな》す、ふはくと見《けん》物《ぶつ》の方《はう》へ飛行《とびゆ》き、落《お》ちた所《ところ》へ遣《や》る[二]。

今度《こんど》は、大人形《おほにんぎやう》を御覧《ごらん》に入《い》れます。

〽言《い》ふに心得傍《こゝろえかたへ》なる、小屋《こや》より運《はこ》ぶ大人形《おほにんぎやう》。

ト下手《しもて》へ二三人這入《にんはひ》り、紙細工人形《かみざいくにんぎやう》[三]のこしらへの菊五郎《きくらう》を手舁《てか》[四]きにして持《も》つて来《く》る、菊五郎《きくらう》ぐつたりと紙細工《かみざいく》のこなし、栄司《えいし》菊五郎《きくらう》の片足《かたあし》を捉《とら》へ、瓦斯樽《がすだる》の口《くち》へ当《あ》てる。

〽足《あし》の先《さき》より瓦斯《がす》の気《き》を、入《い》[五]る日《ひ》まばゆく散《ち》る紅葉《もみぢ》、そよ吹《ふ》く風《かぜ》に膨《ふく》らみて、木陰《こかげ》に宿《やど》る鳥《とり》ならで、ぱつと飛行《とびゆ》く足《あし》の糸《いと》、引戻《ひきもど》されてしやんと立《た》つ。

ト此内菊五郎紙人形《このうちきくらうかみにんぎやう》の如《ごと》く、段々《だんく》に手足《てあし》を動《うごか》し瓦斯《がす》の気《き》一杯《ばい》に這入《はひ》りし思入《おもひいれ》にて立上《たちあが》り、ふはくと上手《かみて》へ行《ゆ》くを、栄司《えいし》足《あし》の糸《いと》を引《ひ》く、引《ひ》かれて戻《もど》る思入《おもひいれ》にて跡《あと》へ返《かへ》りしやんとなる。

〽きのふ野掛《のがけ》[六]の遊猟《いうれふ》に、出掛《でか》けた途中《とちゆう》で日《ひ》が暮《く》れて、月《つき》[七]をよすがに薄原《すゝきはら》、たんく狸《たぬき》が打《う》ち寄《よ》りて、居《ゐ》るは思《おも》はぬ獲物《えもの》ぞと、見《み》れば親《おや》子《こ》が鼓《つゞみ》[八]の稽古《けいこ》、腹膨《はらふく》らしてタヽポヽ[九]くタツポツポ、〽こいつは面《おも》

一四 理屈。
一五「気球上昇前三、四個の異様なる人形を飛揚せしむ」(『朝野新聞』明治二十三年十一月二十五日)とあるように、実際のスペンサーの飛行前にも人形を飛ばした。
一六 ↓用語一覧。
一七 英国の絵入り雑誌『パンチ』に由来する滑稽風刺の戯画。日本ではチャールズ・ワーグマンが文久二年(一八六二)創刊の『ジャパン・パンチ』から広まり、戯画的な存在を言った。

——以上三九三頁

一 一階の客席の方。
二 新聞記事によると「一、二の小気球(その下に時事新報の広告札を附けたり)を飛ばせしが、コハ前に異なりて桟敷の天井へ向けヒラヒラと飛び揚がり(これまた糸もて引き揚ぐ)天井に達するやたちまち下に落ち来たりて、下なる見物人は争うてこれを拾ひ取れり」(『時事新報』明治二十四年一月十四日)。「いろくな広告カアドを見物席へまいた。私はそれを取らうとして、土間の狭い所に置いてあつたお茶の土瓶をひつくり返して、母に叱られた」(小山内薫「劇場茶話」『新演芸』大正九年三月号)。
三 人形振りは歌舞伎の一つの演技法であり、以下にあるように、菊五郎は『操り三番叟』等の人形振りも得意とした。特に天覧劇(↓三九二頁注五)で『操り三番叟』を演じた際には、天皇が興味を示した挿話があり、「君の御感を蒙」ったことと、この趣向とは繋がっている。「菊五郎の人形が…ぐにやぐにやになつて、元の紙の人形に戻る所、そこの変化がひどく巧妙だつた…ロシアのニジンスキイといふ人のペトルシカといふ人形振りの踊を見てひどく感心したが、その感心と雖も、少年時にこの菊五郎の紙人形を

黒狸《くろたぬき》だと、共《とも》に浮《うか》れてタ、ポツポ、負《ま》けず劣《おと》らず[一〇]拍子事《ひやうしごと》。

ト此内菊五郎《このうちきくらう》ふら〳〵と人形《にんぎやう》の動《うご》くやうな振《ふり》あつて、負《ま》けず劣《おと》らずと、洋楽《やうがく》と[一一]岸沢《きしざは》打合《うちあは》せの拍子《ひやうし》よろしくあつて菊五郎《きくらう》ぐにや〳〵と倒《たふ》れる。

一　や、こりやどうしたのでございませう。

栄司　何処《どこ》に[一二]かぽッつり穴《あな》が明《あ》き、それから瓦斯《がす》が漏《も》れたのだ。〈ト[一三]紙人形《かみにんぎやう》を見《み》て、〉

二　爰《こゝ》に小《ちひ》さな穴《あな》があります。

栄司　それならそこを結《いは》へて置《お》から。

ト引裂《ひきさ》き紙《がみ》で結《むす》ぶ思入《おもひいれ》、一は人形《にんぎやう》の足《あし》を捉《とら》へ、瓦斯《がす》を入《い》れる、これにてしやんとなり。

〽又《また》も双方《さうはう》打寄《うちよ》りて、たん〳〵タヽポヽスツタツタ。

ト菊五郎《きくらう》拍子《ひやうし》を踏《ふ》み、ぐた〳〵になり倒《たふ》れる。

三　又穴《またあな》が明《あ》きましたか。

四　今度《こんど》は継手《つぎて》がはなれたのだ。

栄司　それでは飛《と》ばす事《こと》も出来《でき》ぬ、早《はや》く小屋《こや》へ持《も》つて行《ゆ》け。

見た時の感心には迚（とて）も及ばなかつた」（小山内薫・同前）。菊五郎はこの後も明治二十七年七月市村座の『鈴音真似操（れいのおとまねてあやつり）』で「ダークの人形」を踊っている。→三九五頁写真。

四 肩へかつぐのでなく、手でかかえる。

五 掛詞から季節に応じた叙景に移るのは、風俗舞踊の詞章の常套。

六 野遊びの狩り。以下も秋の景物を読み込む詞章。

七 頼りにして。

八 ここでは狸の腹鼓。

九 鼓の擬音として、歌舞伎ではお馴染み。『義経千本桜（よしつねせんぼんざくら）』で早見の藤太等も用いる。

一〇 ここでは拍子に合せて踊ること。

一一 常磐津の三味線方の姓。本作の作曲と立三味線も岸沢式佐だった。

一二 以下、人形が動けなくなり、再度動き出す

『鈴音真似操』
左：五世菊五郎のダークの人形，栄三郎の西洋婦人の人形(左)，福芝の同(右)
右：五世菊五郎のからくり人形
(『五世尾上菊五郎』)

五六　畏《かしこま》りました。
〽大人形《おほにんぎやう》を引抱《ひつかゝ》へ、小屋《こや》の内《うち》へぞ入《い》りにける。

ト五六両人《りやうにん》菊五郎《きくごらう》の人形《にんぎやう》を抱《だ》き、一下手《しもて》へ這入《はひ》る。又洋楽《またやうがく》になり、二以前《いぜん》の畑右衛門《はたゑもん》出来《いでき》たり。

畑右　やあ面白《おもしろ》かつた〳〵、紙《かみ》の人形《にんぎやう》の踊《をど》つたのは、とんと生《い》きてる人《ひと》のやうだ。
一　や、お前《まへ》はさつきの田舎《ゐなか》のお人《ひと》、
二　又邪魔《またじやま》に出《で》なすつたのか。
畑右　あんまり今《いま》のが面白《おもしろ》かつたから、あの踊《をど》りを覚《おぼ》えこんで、国《くに》へ土産《みやげ》にしたいから、憚《はゞか》りだがおらが足《あし》へ、其瓦斯《そのがす》を入《い》れてくれさつせえ。
（〔ト〕畑右衛門足《はたゑもんあし》を出《だ》す。）
栄司　いえ、紙細工《かみざいく》の人形《にんぎやう》だから瓦斯《がす》の気《き》で今《いま》のやうに、生《い》きてるやうに踊《をど》りますが、人間《にんげん》へ瓦斯《がす》は入《い》れられませぬ。
畑右　そりやさうでもあらうけれど、股引《もゝひき》の間《あひだ》へ入《い》れたら、瓦斯《がす》でむく〳〵と、今《いま》の踊《をど》りが踊《をど》られよう〔。〕国《くに》へ土産《みやげ》にしますから、どうぞ入《い》れてくれさつせえ。

のは『操り三番叟』等にもある趣向。
三　人足の二番目の役者の意。
——以上三九五頁
一　菊五郎はすぐスペンサーの扮装のための早拵えにかかる。
二　この件は活字の上では不用だが、菊五郎の早拵えの時間を稼ぐ舞台進行上は必要な「ツナギ」と呼ぶ場面。
三　どうしても。何としても。
四　危ない。
五　不忍池。「弁天さま」は現在もある弁天堂を指

米司　達《たつ》[三]てお前《まへ》がさう言《い》ひなされば、入《い》れて上《あ》げまいものでもないが、股引《もゝひき》の間《あひだ》へ瓦斯《がす》を入《い》れたら、お前《まへ》の体《からだ》が空《そら》へ昇《のぼ》り、何所《どこ》へ落《お》ちるか知《し》れませぬぜ。

畑右　瓦斯《がす》の気《き》で空《そら》へ昇《のぼ》り、何所《どこ》へ落《お》ちるか知《し》れぬとは、それは何《なに》よりけん[四]のんだ、弁天《べんてん》[五]さまの池《いけ》へでもおつこちたら大変《たいへん》だ、何《なん》しろ今《いま》の踊《をど》りの、タヽポヽ〳〵タツポツポ、こいつは面黒狸《おもくろたぬき》だと、共《とも》に浮《うか》れてタヽポツポ、（ト畑右衛門《はたゑもん》思入《おもひいれ》あつて、）あすこの所《ところ》を覚《おぼ》えたい。（ト米司《えいし》時計《とけい》を見《み》て、）

米司　もう時刻《じこく》でござりますから、軽気球《けいききう》が始《はじ》まります、元《もと》の所《ところ》へおいでなさい。

畑右　風船乗《ふうせんの》りが始《はじ》まるなら、松《まつ》へ登《のぼ》つて見物《けんぶつ》しませう。

〇　さあ〳〵、早《はや》うお出《い》でなさい〳〵。

四人　今《いま》の踊《をど》りを忘《わす》れぬやうに、タヽポヽ〳〵タツポツポ。

ト畑右衛門《はたゑもん》踊《をど》りながら下手《しもて》へ這入《はひ》る。人足等《にんそくら》皆々《みな〳〵》出来《いできた》り、綱《つな》に付《つ》けし重《おも》りを取《と》る。

畑右　〽早《はや》や日《ひ》も西《にし》へをちこちに、むら立《だ》つ雲《くも》も晴《は》れ渡《わた》り、小春日和《こはるびより》の

す。当時の不忍池周辺は、競馬も行われるような空間だった。

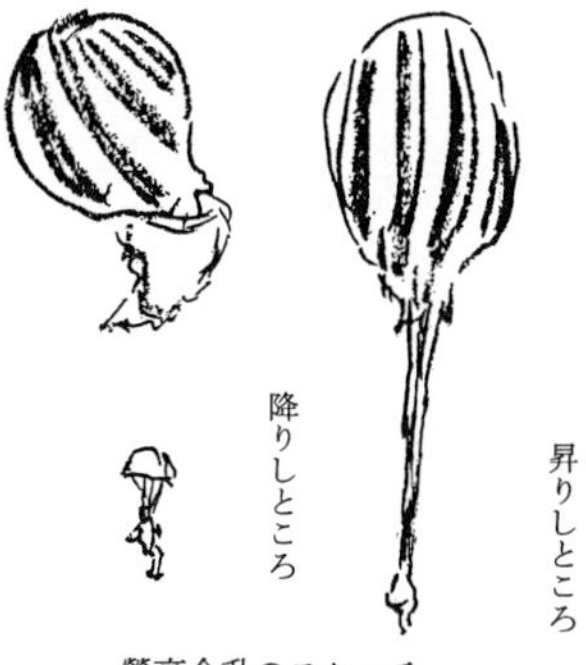

鶯亭金升のスケッチ
（『鶯亭金升日記』演劇出版社，昭36）

五世菊五郎のスペンサー
（『五世尾上菊五郎』）

麗《うらゝか》に、そよ吹く風《ふ》も中空《かぜ なかぞら》へやがてぞ昇《のぼ》る軽気球《けいききう》。万国《ばんこく》に名《な》も聞《きこ》えたる[一]スペンサー氏《し》は満場《まんぢやう》の、[二]諸見物《しよけんぶつ》に一礼《れい》なし、気球《ききう》の許《もと》へ立寄《たちよ》りて、呼吸《こきふ》をはかり一声《せい》の、合図《あひづ》の声《こゑ》に押《おさ》へたる、綱《つな》を放《はな》てば忽《たちま》ちに、虚空《こくう》はるかに。

ト此内人足《このうちにんそく》は重《おも》りを取《と》り綱《つな》を押《おさ》へ居《ゐ》る。洋楽《やうがく》になり栄司《えいし》袋《ふくろ》の脇《わき》へスペンサーの乗《の》る台《だい》を取付《とりつ》ける、よき程《ほど》に下手《しもて》よりスペンサー、黒《くろ》のしやつぽ鼠《ねずみ》の洋服《やうふく》にて出来《いできた》り、見物《けんぶつ》へしやつぽを取《と》り辞儀《じぎ》をなし、鼠《ねずみ》の小《ちひ》さなしやつぽを冠《かぶ》り、台《だい》の上《うへ》へ乗《の》る、栄司《えいし》始終後見《しじゆうこうけん》をなし、スペンサー合図《あひづ》の声《こゑ》を掛《か》ける、是《こ》れにて押《おさ》へし綱《つな》を放《はな》す、[三]誂《あつら》への鳴物《なりもの》にて、軽気球《けいききう》と共《とも》にスペンサー[四]宙乗《ちうの》りにて[五]広告《くわうこく》を撒《ま》きながら[六]日覆《ひおほひ》へ上《あが》る。此時大勢《このときおほぜい》[七]拍手《はくしゆ》する、[八]知《しら》せに付《つ》き、[九]向《むか》う博物館《はくぶつくわん》の張物《はりもの》を打返《うちかへ》し、向《むか》う奥深《おくぶか》に空《そら》の遠見《とほみ》よろしく、道具納《だうぐをさま》る。

〽遥《はるか》に高《たか》き空中《くうちゆう》にて、[一〇]見《み》る目《め》もぞつとスペンサー氏《し》は、[一一]気球《ききう》を放《はな》れ危《あやふ》くも、開《ひら》きし傘《かさ》に風《かぜ》を切《き》り次第《しだい》〱に。

ト此内誂《このうちあつら》への鳴物《なりもの》、遠見《とほみ》の軽気球《けいききう》、これへ[一二]子役《こやく》同《おな》じ拵《こしら》へ、遠見《とほみ》

一 菊五郎の扮装は「黒へ細い茶の縞の背広、ズボンは弁慶。白のチョッキ、丸カフス、頭は甲羅付、頭髪も髭も茶色、鳥打シャッポ。靴」(写真集『五世尾上菊五郎』)。→四〇一頁写真。スペンサーは飛行時着用のチョッキを後日菊五郎に贈呈した(『都新聞』明治二十四年二月二十七日)。同記事では、それを横浜港座の上演に着用するとあるが、港座の上演の有無は不詳。伊原敏郎『歌舞伎年表』(第八巻、昭和三十八年)での『風船乗』の外題は、他に明治二十七年四月真砂座の「中まく」、同二十九年二月大阪朝日座の「所作」として見られる。後者は、『近代歌舞伎年表・大阪篇』(国立劇場芸能調査室編、昭和六十三年)によると、「切狂言『春色浪花賑』所作事」とあり、二世中村時蔵が「風船乗りカネアルー」に扮している。

二 スペンサーの振りについては英人に習う筈が手違いがあり、「築地居留地に滞留して居る仏人某氏は同国の振付にて有名の人の由なるが此人は直に来て洋楽に合せ三四番の舞踏を」菊五郎に教えた。黙阿弥、岸沢式佐、花柳寿輔、東京市中音楽隊も同席した(『歌舞伎新報』一二〇五号)。 三 →用語一覧。

四 連尺という用具を衣裳の下に仕込む仕掛けにより飛び去る。江戸期からある手法で、仕掛け物好きの菊五郎は他でも度々用いた。

五 横浜公園の飛行の際は、『時事新報』の引札を撒いた(『一瓢雑話』)。舞台で菊五郎が撒いたのは、三九四頁注二参照。芝居の中で広告を行うのは江戸期からの通例。

六 →用語一覧。

七 日本での拍手の起源は諸説あるが、明治十四年黙阿弥の『天衣紛上野初花(くもにまごううえのはつはな)』の河内山の啖呵の台詞の後「土間桟敷どよみ渡り喝采

によき所《ところ》まで上《あが》り、仕掛《しかけ》にて気球《ききう》を放《はな》れ傘《かさ》を開《ひら》き、ふは〳〵と下《した》へ降《お》りる、気球《ききう》は下手《しもて》へ引《ひ》いて取《と》り、向《むか》うの遠見《とほみ》浅草《あさくさ》の凌雲《りようん》閣《かく》の小《ちひ》さく見《み》ゆる書割《かきわり》よろしく[一三]道具《だうぐ》納《をさま》る。

〽下降《かかう》の途中《とちゆう》さま〴〵な放《はな》れし業《わざ》は大空《おほぞら》を、翔《かけ》る鳥《とり》にも弥勝《いやまさ》り、目《め》を驚《おどろか》す技芸《ぎげい》の妙《めう》、〽折柄《をりから》さつと一吹《ふ》きの風《かぜ》に追《お》はれて、

[一四]ト此内《このうち》スペンサー傘《かさ》を持《も》ち、日覆《ひおほひ》より降《お》りて来《く》る、途中《とちゆう》にて[一五]大《だい》の字《じ》など好《この》みの芸《げい》をなし、段々《だん〳〵》降《くだ》る心《こゝろ》にて、左右《さいう》へ樹木《じゆもく》の[一六]梢《こずゑ》を段々《だん〳〵》に上《うへ》へあげる。よき程《ほど》に風《かぜ》の音《おと》になり、スペンサー風《かぜ》に追《お》はるゝこなしにて傘《かさ》を遣《つか》ひよろしくあつて、[一七]トヾ下手《しもて》へ降《お》りながら奈落《ならく》へ這入《はひ》る。洋楽《やうがく》になり、知《しら》せに付《つ》き、博物館《はくぶつくわん》の元《もと》の道《だう》具《ぐ》へ戻《もど》る、爰《こゝ》へ見物《けんぶつ》の[一八]仕出《しだ》し大勢《おほぜい》[一九]捨《すて》ぜりふにて、[二〇]わや〳〵と褒《ほ》める事《こと》あつて。

栄司　只今風《たゞいまかぜ》が出《で》ましたから、[二一]根岸《ねぎし》の辺《へん》へ落《お》ちましたと思《おも》はれますが、車《くるま》で直《すぐ》に帰《かへ》りまして、[二二]演説《えんぜつ》をいたしますから、暫《しばら》くお待《ま》ち下《くだ》さりませ。

ト是《こ》れにて仕出《しだ》し左右《さいう》へ這入《はひ》る。[二三]ばた〳〵にて、下手《しもて》より人足《にんそく》六人畑《にんはた》右衛《ゑ》門《もん》を担《かつ》ぎ出来《いできた》り。

の手拍子急霰の如くなりし」（『続続歌舞伎年代記・乾』）とある。

八　狂言方の打つ柝をキッカケにして。「木の入るを相図に、たちまち遠見の博物館はセリ下り、上手、下手も一般に雲の幕を覆い、舞台の上も一面に雲幕を引き、満目ただ空中の様を見せ」（『時事新報』明治二十四年一月十四日）。

九　ここでは舞台奥。

一〇　見ていると恐いという事。

一一　スペンサーは「繭絹の洋傘に五彩のリボンをつけた物を持ち、軽気球から飛びおりた」（長谷川伸「五世菊五郎の英語」『随筆集芝居』大河内書店、昭和二十三年）。

一二　「幸三（→人名一覧）のスペンサーはちよつと体を逆にして一芸を演じたる後、気球は彼方へと切り離れ、節落傘のみにて下手へ向け、次第に降りて見えずなる」（『時事新報』同前）。「あの時の切りは『スペンサアの風船乗り』で今の寺島君（六世菊五郎—引用者）と尾上きくが遠見を勤めましたね」（小山内薫「鼠小僧の追憶と感想」『世話狂言の研究』天弦堂、大正五年）とあるのは小山内の記憶違いで、きくはこの狂言では簪売りを勤めている。

一三　芝居の進行を止めず背景を転換する、居所替りという手法。この後、再度博物館の背景に戻るのも同じ。

一四　「舞台全面の上より菊五郎のスペンサーは節落傘に攫まりて飄々と降り来たり、この時すでに雲幕を引ける舞台には穴を明ありて、その穴へズット降り行くの趣向なり」（『時事新報』同前）。　一五　各種芝居絵や『歌舞伎新報』一二〇九号表紙にその形を思わせる絵が掲載されている。

一六　『楼門五三桐（さんもんごさんのきり）』の迫上げでも、舞台上手下手の囲いの部分を共に迫上げるような仕掛

六人　大変《たいへん》だ〳〵。
栄司　大変《たいへん》とは、何《なに》が大変《たいへん》だ。
一　さつき来《き》た田舎者《ゐなかもの》が、松《まつ》の木《き》の上《うへ》へあがり、見物《けんぶつ》をして居《を》りましたが、軽気球《けいききう》の上《あが》つた時《とき》、
二　よせばいゝに人並《ひとなみ》に手《て》を打《う》たうとして、松《まつ》からおつこち、
三　打《う》ち所《どこ》でも悪《わる》かつたか、目《め》を回《まは》して、
四　居《を》りました。
皆々　それは実《じつ》に大変《たいへん》だ、池《いけ》の水《みづ》を汲《く》んで来《こ》い。
栄司　水《みづ》は爰《こゝ》にありますから、
◎　顔《かほ》へ吹《ふ》つかけて遣《や》りませう。（ト合方《あひかた》にて畑右衛門《はたゑもん》を介抱《かいはう》し、番手桶《ばんでをけ》[一]
×　の水《みづ》を顔《かほ》へかける、）
皆々　田舎《ゐなか》の人《ひと》ツ。（ト呼《よ》び[二]生《い》ける、是《こ》れにて畑右衛門《はたゑもん》ウンと気《き》が付《つ》く、）
栄司　気《き》が付《つ》きましたか。
畑右　あゝ、気《き》が付《つ》きました、体《からだ》が痛《いた》い。
　ト洋楽《やうがく》になり畑右衛門《はたゑもん》紙人形《かみにんぎやう》[三]の思入《おもひいれ》にて、手足《てあし》を段々《だん〳〵》動《うご》かし、
　トヾしやんと立《た》つ、畑右衛門唄《はたゑもんうた》ふ心《こゝろ》にて。

けはある。視覚の錯覚を利用する手法。
一七 いろいろあって、とどのつまり。
一八 その他大勢の役。以下の件も、菊五郎が奈落より花道の揚幕へ回る間の「ツナギ」として必要。 一九 台本にない台詞。
二〇 ざわざわとした様子。仕出しの役を「ワヤ」と呼ぶ事もある。
二一 現、台東区根岸。実際のスペンサーは道灌山付近の田圃に着地したとあるほか、着地点については諸説ある。
二二 →二八一頁注七。
二三 ツケの擬音。→用語一覧。

以上三九九頁

一 小道具の定式でいくつも用意されている手桶。「番の衣裳」というようにも使う用法。
二 死者の名を呼び生き返らせる「魂呼び」「魂よばい」を模して、古くより芝居で使う手法。
三 この件、以前の菊五郎の仕草を真似て繰返す「鸚鵡」という手法。
四 人力車の急ぎの場合の運転法。三人掛りで引く。→一六一頁注七。
五 拍手の音。
六 福沢諭吉の次男捨次郎宛書簡によると「風船の事は秀さんが最初より掛合にて極々くろふとゆゑ、夫れ是れと教へてやり、其節拙者の考にて菊五郎にほんとふの英語にて演説することスペンサーの如くにしては如何との言に、菊五郎も是非やつて見たしとて、夫より英語を作り、ミストル・アッコレーに直して貰ひ、又これを日本語の口上に訳し、別紙の通りの広告にも記し、六七日前より舞台に試候処、英語も相応に出来候よし、即そのお師匠様は秀さんにて、此方には時事新報広告のインテレストあるゆゑ、秀さんは毎日のやうに楽屋に入込み英語教授そ

栄司　〽たん〳〵狸《たぬき》が打寄《うちよ》りて、居《ゐ》るは思《おも》はぬ獲物《えもの》ぞと、見《み》れば親子《おやこ》が鼓《つゞみ》の稽古《けいこ》、でつかい腹《はら》を膨《ふく》らして、タヽポヽ〳〵タツポツポ。

ト畑《はた》右衛《ゑ》門人形《もんにんぎやう》の思入《おもひいれ》にて、不器用《ぶきよう》なる振《ふり》よろしくあつて、ばつたり倒《たふ》れる。

畑右　や、又目《まため》を回《まは》しなされたのか。

皆々　いや、穴《あな》があいて瓦斯《がす》が抜《ぬ》けたのだ。

悪《わる》く洒落《しや》れるぜ。

〽折柄綱《をりからつな》〔び〕曳後押《きあとおし》[四]の、車《くるま》で馳《は》せ来《く》るスペンサー。

ト洋楽《やうがく》になり、花道《はなみち》より以前《いぜん》のスペンサー人力車《じんりきしや》に乗《の》り、後押《あとおし》綱曳《つなびき》にて、直《す》ぐに舞台《ぶたい》へ来《く》る、此内手《このうちて》[五]を打《う》つ音《おと》してスペンサー、しやつぽを取《と》り見物《けんぶつ》へ辞儀《じぎ》をする、此内人足《このうちにんそく》瓦斯《がす》の樽《たる》を後《うしろ》へ並《なら》べる、スペンサー此上《このうへ》へ上《あが》り英語《えいご》[六]にていふ、栄司《えいし》これを聞《き》き通《つう》弁《べん》にて。

栄司　只今《たゞいま》スペンサーが申《まう》しましたるは、軽気球《けいききう》が空中《くうちゆう》へ[七]三千五百尺程上《しやくほどじやう》昇《しよう》いたしましてござりますが、降《くだ》りの砌《みぎ》り折悪《をりあし》く少々《せう〳〵》風《かぜ》が出《で》ましたので、根岸《ねぎし》へ落《お》ちましたと申《まう》しましたのでござります。

の外の指図に忙しく致居候」（石河幹明『福沢諭吉伝』四巻、岩波書店、昭和七年）。その「秀さん」こと福沢の甥の今泉秀太郎述『一瓢雑話』によると、「其英語演説は私が僅か一時間ばかりの内に、音羽屋へ教へたもので、左記の口上でありました。音羽屋の英語演説 "Ladies and Gentlemen, I have been up at least three thousand feet. Looking down from that fearful height, my heart was filled with joy to see so many of my friends in Kabukiza, who had come to witness my new act. Thank you, Ladies and Gentlemen; with all my heart, I thank you." 翻訳口上　御婦人様方並に紳士方へ申上ます私は唯今凡そ三千尺の高さまでは昇りました」とある。遠見のスペンサー役の幸三（六世菊五郎）の記憶では「デデーズ・エンゼントルマン・アップ・スリサウセント・フイッツ・ルッキングダウ…紳士淑女諸君、私が三千尺も登つて、下を見降しますと云ふと、風琴の鳴物が入りました」という（写真集『五世尾上菊五郎』）。なお、歌舞伎俳優が英語で長い台詞をいった最初は、明治二十年十月『三府五港写幻灯（さんぷごこううつすげんとう）』の際、スタンダード石油の社員から九代目

五世菊五郎のスペンサー
（『五世尾上菊五郎』）

仕出　ようく。(ト手《て》を叩《たゝ》く、スペンサー下《した》へおりる、)

大勢　一時事新報《じじしんぽう》の広告《くわうこく》や、二平尾《ひらを》の歯磨《はみがき》の広告《くわうこく》が、まだ残《のこ》つて居《を》りますから、

栄司　是《こ》れを撤《ま》いて下《くだ》さいまし。

トスペンサーうなづく、栄司《えいし》広告《くわうこく》を渡《わた》す、皆々《みなく》も手伝《てつだ》ひ、おびたゞしく広告《くわうこく》をぱつと撒《ま》く。三打《うち》おろしの洋楽《やうがく》になり、知《しら》せに付《つ》き四道具幕《だうぐまく》を振落《ふりおと》し、五双盤《さうばん》にてつなぐ。

此《こ》の道具幕《だうぐまく》、奥山《おくやま》から凌雲閣《りようウんかく》を見《み》たる遠見《とほみ》の道具幕《だうぐまく》、双盤《さうばん》にて納《をさま》る。六とやはり双盤《さうばん》にて羽織《はおり》着流《きなが》しにて、小《ちひ》さな熊手《くまで》、七唐《たう》の芋《いも》など持《も》ちし仕出《しだし》四人出来《にんいできた》り、

○　もし喜助《きすけ》さん、お前《まへ》さんも凌雲閣《りようウんかく》で風船《ふうせん》を御覧《ごらん》なすつたのか。

△　八上野《うへの》へ行《ゆ》かうと思《おも》ひましたが、九酉《とり》の市《まち》へ参《まゐ》りましたから、十二階《かい》で見《けん》物《ぶつ》しました。

□　側《そば》で近《ちか》く見《み》るよりも、上《あが》つた所《ところ》は遠《とほ》くの方《はう》が、風情《ふぜい》があつてようございます。

団十郎の門下となった市川徳三郎(「佐浪錦川」名で雑誌記事も書いた)だという(河竹繁俊「歌舞伎の舞台で始めて英語を喋つた人」『芸術殿』昭和九年十月号)。七 ↓三九三頁注一三。

以上四〇一頁

一 明治十五年、慶応義塾出版部創刊の日刊新聞。↓三九八頁注五。

二 日本橋馬喰町の平尾賛平商店の商品。同社は明治期に「小町水」「レート白粉」「東京役者似顔はみがき」などで著名。黙阿弥とも親しく、引札を書いた他、作中での広告を依頼した書簡が残る。初演の年ダイヤモンド歯磨を売り出した(『平尾賛平商店五十年史』昭和四年)。

三 きっぱりと強調した音を付けた洋楽となり。

四 その場に相応しい絵柄を描いた幕。

五 元来仏具だが、下座音楽で楽器として寺院の場で使う。木枠に吊した鉦を撞木で打つ。立回りの音楽にも用いる。

六 以下の件も、菊五郎が円朝に扮装を変える早拵えのための「ツナギ」の場面。

七 酉の市には、熊手と共に売られた芋頭(サトイモ)は、頭の芋(「唐の芋」は当て字)ともいわれて、人の頭に立つという縁起物。

八 「今日酉の町なれば、かたがた上野へ入る人、実に数千、上野山内、人の為めに黒みわたれり。斯様に人の出たる事珍らし。午後三時頃風船上りたり。飛び下りの技もとどこおりなくすむ。それより浅草公園に至りて帰宅」(花柳寿太郎・小島二朔編『鶯亭金升日記』演劇出版社、昭和三十六年)。

九 毎年十一月の酉の日の市。ここでは浅草大鷲神社へ参詣する。

◎ それに[一〇]二十銭出《せんだ》すよりも、爰《こゝ》で[一一]八銭《せん》で見《み》た方《はう》が第《だい》一懐《ふところ》が違《ちが》ひます。

○ 何《なん》にしろ二《に》[一二]の酉《とり》へ行《い》つた人《ひと》が入《はひ》つたから、十二階《かい》は一杯《ぱい》だ。

△ 実《じつ》に押《お》されて困《こま》つたが、いゝ女《をんな》と同《おな》じ所《ところ》に、並《なら》んで居《ゐ》たのが儲《まう》けであつた。

□ いゝ女《をんな》といへば、[一三]成駒屋《なりこまや》の福助《ふくすけ》に似《に》たお嬢《ぢやう》さんは、びつくりする程《ほど》いゝ女《をんな》だ。

◎ 十二階《かい》の上《うへ》に居《ゐ》た、[一四]源之《げんの》助《すけ》と[一五]栄之《えいの》助《すけ》に似《に》て居《ゐ》た芸者《げいしや》も別嬪《べつぴん》だつた。

○ いゝ女《をんな》を見《み》た所《とこ》から、是《こ》れから[一六]北廓《なか》へ繰込《くりこ》んで、[一七]全盛遊《ぜんせいあそ》びでござりませうな。

△ 所《ところ》が今日《けふ》は二《に》の酉《とり》で、滅法人《めつぽふひと》が出《で》ましたから、[一八]回《まは》しを喰《く》ふのも気《き》がないから、

□ 北廓《なか》へ行《ゆ》かずに[一九]万梅《まんばい》で、[二〇]公園猫《こうゑんねこ》を呼上《よびあ》げて、[二一]わつさり騒《さわ》いでお帰《かへ》りかね。

◎ そんな景気《けいき》ぢやあござりませぬ、[二二]金田《かねだ》のしやもで一杯《ぱい》やり、直《すぐ》に家《うち》へ帰《かへ》ります。

○ それは何《なに》より上分別《じやうふんべつ》、お上《かみ》さんがお仕合《しあは》せだ。

一〇 二十銭はスペンサー見物の下等の料金。
一一 十二階の入場料。「縦覧料は大人八銭小児四銭なるが、昇降機に入れば労せず八階まで一瞬に昇降し得べく上野の森を打ち越して彼方を望み」(『官報』明治二十三年十月二十七日)。
一二 十一月の二番目の酉の日の市。三の酉まである年は火事が多いという俗信あり。
一三 四世中村福助(五世歌右衛門)、大阪の同姓同名役者(屋号高砂屋)と区別して屋号を付ける。↓人名一覧。
一四 四世沢村源之助。↓人名一覧。
一五 初世尾上栄之助(六世梅幸)、菊五郎の養子。↓人名一覧。
一六 吉原の通称。南廓は品川の廓。
一七 豪勢な遊び。
一八 遊女に他の座敷と掛持ちされる。
一九 浅草公園にあった著名な料亭。黙阿弥は『初霞空住吉(はつがすみそらもすみよし)』(かっぽれ)でもとりあげ、後年久保田万太郎は『火事息子』の舞台とした。河竹繁俊によると、店の名づけ親が黙阿弥で、繁俊の養子縁組の披露もここで行われた(河竹登志夫『作者の家』講談社、昭和五十五年)。
二〇 猫は芸者の別称。浅草芸者をいう。
二一 陽気に楽しく。あるいは、あとくされなく。
二二 浅草馬道の鶏料理屋。正智院在住時の黙阿弥の近隣で、開店の報条(引き札)を書いた。仮名垣魯文も贔屓筋。

△　時《とき》にお二人《ふたり》にも、久《ひさ》し振《ぶ》りだが、金田《かねだ》へお付合《つきあひ》なさらないか。

□　[一]どうで何所《どこ》へか行《ゆ》く積《つも》り、お邪魔《じやま》でなくば御《ご》一緒《しよ》に、

◎　そりやあ何《なに》より有難《ありがた》い、是《こ》れから直《すぐ》に火鉢《ひばち》を取巻《とりま》き、

○　好《す》きな芝居《しばゐ》の話《はなし》でも、

△　仕《し》ながら一杯《ばい》、

四人　遣《や》りませう。

トやはり[二]双盤《さうばん》にて四人上手《にんかみて》へ這入《はひ》る、[三]道具見計《だうぐみはか》らひにて道具幕《だうぐまく》を切《き》つて落《おと》す。

(浅草公園《あさくさこうゑん》の場《ば》)＝本舞台《ほんぶたい》[四]上《かみ》の方《かた》[五]九尺庇付《しやくひさしつき》の茶見世《ちやみせ》、軒口《のきぐち》に[六]好《この》みの団子提灯《だんごぢやうちん》、[七]上手《かみて》[八]正観世音菩薩《しやうくわんぜおんぼさつ》と書《か》きし[九]朱塗《しゆぬり》の長提灯《ながぢやうちん》を掛《か》け、[一〇]下手《しもて》台《だい》の上《うへ》に赤銅《あかどう》の[一一]総銅壺《そうどうこ》、茶釜《ちやがま》、真鍮《しんちゆう》の薬罐《やくわん》を掛《か》け其外茶道具《そのほかちやだうぐ》よろしく飾《かざ》り、正面《しやうめん》[一二]常足《つねあし》の二重《ぢゆう》、障子《しやうじ》立《た》てあり、門《もん》の柱《はしら》に[一三]梅屋《うめや》といふ掛行灯《かけあんどう》、下《しも》の方浄瑠璃《かたじやうるり》台《だい》、真中《まんなか》[一四]建仁寺垣《けんにんじがき》、山茶花《さゞんくわ》[一五]扇骨木《かなめ》などあしらひ、此後《このうしろ》へ煉瓦造《れんぐわづく》りの凌雲閣《りようううんかく》を見《み》せ、総《すべ》て浅草公園《あさくさこうゑん》の体《てい》、爰《こゝ》に簪売《かんざしう》りの両人対《りやうにんつい》の装《なり》、[一六]三尺《じやく》、[一七]おしよぼ

一　どうせ、どのみち。

二　→四〇二頁注五。

三　大道具の転換の加減を計算して、出来上がり次第に。その間は鳴物でつなぐ。

四　上手の方に。

五　九尺幅の間口で庇を付けた茶店。

六　好みの模様の団子形の小提灯。軒口に横にずらりと並べる。

七　茶店の中の上手側。

八　聖観世音。普通に呼ぶ観音様。

九　朱塗りの枠の。

一〇　茶店の中の下手側。

一一　全部銅製の湯沸しなどの用品。竈の銅製の側壁もいう。

一二　→用語一覧。

一三　『歌舞伎新報』『筋書』、番付の役名も「清水屋」。金朝、涼月親子の茶屋の屋号が清水屋だった。

一四　→用語一覧。

一五　植物名のかなめもち。生垣に使う。また扇の要の部分に用いる。

一六　三尺帯。主に職人などが用いる短い帯。

一七　着付の帯の下をたくし上げ、帯の下に挟み込む。

からげ、白足袋草履《しろたびざうり》、赤《あか》い紐《ひも》の付《つ》きし文庫《ぶんこ》[一八]へ熊手《くまで》[一九]の簪《かんざし》を入《い》れ、これを首《くび》へ掛《か》ける、手《て》にも熊手《くまで》の簪《かんざし》を持《も》ち、茶屋女銀杏返《ちやゝをんないちやうがへ》[二〇]しの鬘前垂《かづらまへだれ》、盆《ぼん》を持《も》ち立《た》ち掛《かゝ》り居《ゐ》る、浄瑠璃《じやうるり》[二一]台《だい》に清元連中居並《きよもとれんぢゆうゐなら》び、双盤打《さうばんう》ち上《あ》げ、道具幕《だうぐまく》切《き》つて落《おと》す。と流行《はや》[二二]唄模様《りうたもやう》の浄瑠璃《じやうるり》になる。

[二三]〽けふは日和《ひより》も吉原《よしはら》かけて、人《ひと》の山《やま》なす奥山続《おくやまつゞ》き、田圃込合《たんぼこみあ》[二四]ふ二《に》[二五]の酉詣《とりまうで》、客《きやく》を掻《か》き込《こ》む熊手《くまで》の手事《てごと》[二六]、ちよつと格子《かうし》[二七]で吸付《すひつ》[二八]けられし、延《の》ばし鼻毛《はなげ》の長羅宇煙管《ながらうぎせる》、ほんに馬鹿《ばか》げた阿房草《あはうぐさ》[二九]。

ト双盤入《さうばんい》りにて三人振《にんふり》[三〇]あつて。

お村　お前方《まへがた》へ引込《ひきこ》まれて、わたしも一緒《しよ》に踊《をど》つたわいなあ。（ト床几《しやうぎ》へ掛《か》ける、両人前《りやうにんまへ》へ出《で》て、）

簪売一二　さあ〳〵皆《みな》さん、選取《よりと》つた〳〵。

簪一　これは評判熊手《ひやうばんくまで》の簪《かんざし》、お福《ふく》[三一]を掻込《かきこ》む縁起《えんぎ》のよいのが、

簪二　一本《ぽん》五厘《りん》で二本《ほん》で一銭《せん》、

両人　[三二]より取《と》つた〳〵。

ト右《みぎ》の合方《あひかた》にて茶見世《ちやみせ》の内《うち》より、茶屋《ちやゝ》の女房《にようばう》、前垂掛《まへだれが》け駒下駄《こまげた》

一八 手箱。
一九 熊手の形を模した簪。
二〇 束ねた髪で左右に輪の形に纏めた髪型。
二一 →三八九頁注一四。
二二 端唄、小唄風の曲調になる。
二三 この件の描写は風俗舞踊の作りの定法であると同時に、菊五郎が円朝に替る拵えの「ツナギ」でもあり、また簪売りの尾上栄次郎のための仕抜き（ある役者を目立たせるために、一人だけの振りを付けること）でもある。栄次郎は十五歳で菊五郎の養子となり、後離縁、系図にも残っていない。→人名一覧。
二四 千束田圃、入谷田圃など周辺は田圃地だった。この時点では埋立済み。
二五 →四〇三頁注一二。
二六 遊女の手練手管。
二七 廓の格子先。
二八 廓で使う羅宇の長い煙管を遊女が自分で吸い付け、それを渡されて、悦に入りだらしなくなる様子。
二九 煙草の異名。煙草を忘れ草ともいう事から、物忘れを阿呆に譬えた。ここでは「長羅宇煙管」の縁語。
三〇 後に見るように、この役の沢村曙山が名題披露なので、ここで三人での振りがある。→四一六頁注二。
三一 熊手に付いているお多福の面に掛けて、幸福を招くの意。
三二 選び取る。

　　　にて、盆《ぼん》に茶碗《ちやわん》を二つ載《の》せて持《も》ち出来《いできた》る。

[一]お仙　お前方《まへがた》は朝《あさ》から簪《かんざし》を呼《よ》び続《つゞ》けで、さぞ喉《のど》が乾《かわ》からうね、まあ息継《いきつ》ぎにお茶《ちや》でもお上《あが》り。

　　　ト茶《ちや》を出《だ》す。

簪一　これは毎度《まいど》有難《ありがた》うござります、（ト両人茶《りやうにんちや》を呑《の》み、）[二]初手《しよて》の酉《とり》が降《ふ》りましたから、今日《けふ》は大層人《たいそうひと》が出《で》ました。

簪二　朝《あさ》ッから売《う》れますので、三度《ど》家《うち》から持《も》つて来《き》ました。

お仙　それは何《なに》よりよかつたね、是《こ》れといふもお前方《まへがた》が、踊《をど》りがいゝのに呼《よ》びやうが、面白《おもしろ》いから売《う》れるのだね。

お村　お上《かみ》さんのお言《い》ひの通《とほ》り、[三]大人《おとな》ぢやあこんなに売《う》れません。

簪一　もう少《すこ》しで売切《うりき》れますが、是《こ》れといふのもお酉様《とりさま》の、お蔭《かげ》ゆゑでござります。

簪二　日《ひ》が暮《く》れたらばお参《まゐ》りに、二人《ふたり》連《づ》れで行《ゆ》きます積《つも》り。

お仙　けふは[四]刎橋《はねばし》が明《あ》いて居《ゐ》るから、大方《おほかた》[五]北《な》廓《か》へお回《まは》りだらうが、引《ひ》つかゝつてはいけないよ。

簪一　それは大丈夫《だいぢやうぶ》でござります、まだ[六]二人《ふたり》とも食気《くひけ》の方《はう》で、色気《いろけ》はさつぱ

一　江戸の「笠森お仙」以来の名残で、水茶屋の女の役名に多い。

二　一の酉が雨だったので。

三　簪売りが若い二人だからよく売れる。

四　吉原の大歯黒溝へ架かる橋。酉の市の日には、非常用である刎橋をあげて往来を自由にする決まりだった。

五　→四〇三頁一六。

六　二人とも子供であるのと、直前のお仙の台詞を受ける。

七　お酌はまだ半人前の芸者。雛妓とも書く。そのお酌を情婦にしている事は。

八　簪売り役の栄次郎の当時の養父、菊五郎を効かせる。菊五郎に愛妾が二人いたのは有名だった。「尾上菊五郎は京橋区木挽町一丁目十二番地に辻井うめ（三十六）、日本橋浜町一丁目三番

り知《し》りませぬ。

お仙　なに、知《し》らない事《こと》があるものかね、[七]お酌《しやく》に情婦《いろ》のある事《こと》は、疾《と》うから聞《き》いて居《を》りますよ。

簪一　そんな事《こと》をいつて下《くだ》さいますな、親仁《おやぢ》に知《し》れると叱《しか》られます。

お仙　若《も》し[八]おとつさんが叱《しか》つたら、親《おや》の真似《まね》を子《こ》がしては、悪《わる》うございますかと、[九]一本《ぽん》お極《き》めな。

お村　ほんに爰《こゝ》らが極《き》め所《どこ》だよ。

簪一　どうしてそんな事《こと》が言《い》へますものか。

簪二　兄《にい》さん、構《かま》はずさう言《い》つて、おとつさんに叱《しか》られたら、[一〇]梅園《うめぞの》のお仙《せん》さんがさう言《い》つたと言《い》ひなさい。

お仙　そんな事《こと》を言《い》つてはいけない、わたしがおとつさんに叱《しか》られるよ。

〽空《そら》も小春《こはる》の麗《うらゝか》に、十二階《かい》から風船《ふうせん》を、見《み》ての帰《かへ》りの芸者連《げいしやづ》れ。

ト[一一]合方通《あひかたとほ》り神楽《かぐら》にて、上手《かみて》より芸者小《げいしやこ》松《まつ》、小梅好《こうめこの》みのこしらへ、駒下駄《こまげた》、箱屋吉蔵羽織着流《はこやきちざうはおりきなが》し駒下駄誂《こまげたあつら》へおかめの面《めん》の付《つ》きし熊《くま》手《で》を持《も》ち出来《いできた》る、お仙見《せんみ》て、

お仙　小松《こまつ》さんに小梅《こうめ》さん、今《いま》お帰《かへ》りでございましたか。

渡辺忠久「上野公園ヨリ市中望」
（『東京名所』の内，明24．町田市立国際版画美術館蔵）

地に秋田ぎん（三十九）といふ妾を置く」（黒岩涙香「弊風／一斑　蓄妾の実例」『万朝報』明治三十一年七月十四日）。

九　はっきり言ってやれ。

一〇　浅草寺の支院である梅園院（ばいおんいん）境内に安政元年（一八五四）に茶屋を開いたので命名したという、現在も続く浅草仲見世の甘味屋の名が想起されるが、ここに水茶屋を出していたかは不明。なお、当時は坂東小三津が興した梅園流という舞踊の流派もあったが、その意ではない。

一一　下座音楽の一つ。世話物で江戸の町中を表現するのによく用いる。

小松　今日《けふ》風船《ふうせん》を見《み》るのには、凌雲閣《りよううんかく》が上桟敷《じやうさじき》[一]だと、吉《きち》どんに勧《すゝ》められ、十二階《かい》へ上《あが》りましたが、
小梅　何所《どこ》も彼所《かしこ》も一杯《ばい》で、降《お》りる事《こと》が出来《でき》ないので、どんなに困《こま》りましたらう。
吉蔵　其替《そのかは》り上野《うへの》の山《やま》が、目《め》の下《した》に見《み》えますから、昇《のぼ》る所《とこ》から落《お》ちる所《とこ》まで、すつかり見物《けんぶつ》いたしました。
お仙　嘸《さぞ》お草臥《くたびれ》なさいましたらう。
お村　まあ爰《こゝ》へお掛《か》けなさいまし。（ト是《こ》れにて下手《しもて》の床几《しやうぎ》へ掛《か》ける、）
小松　おや、通《とほ》り神楽《かぐら》が聞《きこ》えますが、[二]春《はる》のやうでありますね。
お仙　今日《けふ》は酉《とり》の市《まち》で、[三]太神楽《だいかぐら》が爰《こゝ》らを流《なが》して居《を》ります。（ト　簪《かんざし》売《うり》両人《りやうにん》前《まへ》へ出《い》で、）
簪一　さあ〳〵皆《みな》さん、選取《よりと》つた〳〵、これは評判《ひやうばん》の熊手《くまで》の簪《かんざし》、[四]お福《ふく》を取込《とりこ》む縁起《えんぎ》のよいのが。
簪二　[五]一本《ぽん》五厘《りん》で、二本《ほん》で一銭《せん》。
両人　選取《よりと》つた〳〵。
小松　吉《きち》どん、其《そ》の簪《かんざし》を買《か》つておくれな。

一　見易い上等の桟敷席。
二　町を流す太神楽の囃子が聞えると初春のような気がする。→四〇七頁注一一。
三　お祓いをするため鳴物を使い獅子舞や曲芸を見せながら市中を回る演芸。
四　幸福を呼びよせる。熊手に付きもののお多福や太神楽の芸で使う面。その面にかけていう。
五　幕末には「縮緬紙、金具紙、或いは真鍮はりがね細工、いろいろの形に作って、一本四文、又は二文で売って」（三谷一馬『江戸商売図絵』青蛙房、昭和三十八年）いた。

吉蔵　一本《ぼん》五厘《りん》の簪《かんざし》を、近所《きんじよ》[六]へ遣《や》れもしますまい。

小松　近所《きんじよ》へ遣《や》れはしないけれど、可愛《かはい》らしい子供《こども》だから、たんと買《か》つて遣《や》りたいのさ。

吉蔵　さういふ事《こと》なら買《か》ひませう、これ兄《あに》い、総仕舞《そうじまひ》[七]で幾《いく》らばかりだ。

簪二　もう僅《わつか》でございますから、みんな買《か》つて下《くだ》さいますなら、三十銭《せん》で負《ま》けませう。

吉蔵　それぢやあみんな買《か》つて遣《や》らう。（ト吉蔵《きちざう》[八]十銭銀貨《せんぎんくわ》を三つやる、）

簪売両人　これは有難《ありがた》うございります。

小梅　ほんに二人《ふたり》とも調子《てうし》のいゝ、気《き》の利《き》いた子《こ》でございりますね。

小松　それだから買《か》つて遣《や》つたのさ。

お仙　さうしてこんなにお買《か》ひなすつて、此簪《このかんざし》をどうなさいます。

小松　持《も》つて帰《かへ》るも邪魔《じやま》だから、近所《きんじよ》の子供《こども》に遣《や》つておくれ。

お仙　それは有難《ありがた》うございます。

お村　嘸《さぞ》子供《こども》が喜《よろこ》びませう。

簪一　入《い》りもしない簪《かんざし》を、そつくり買《か》つて下《くだ》さるとは、

簪二　芸者衆《げいしやしゆう》は違《ちが》つたものだ。（ト首《くび》[九]を振《ふ》つて思入《おもひいれ》。）

六　こんな安いものを、という意。
七　全て買いきる事。
八　明治四年の新貨条例制定により発行。明治六年、模様改定。
九　感心した様子。子供が知ったようなことをするおかしみ。

凌雲閣ができて間もない頃の浅草六区
（石黒敬章氏蔵）

簪一　えゝ、生利《なまぎ》[一]きな事《こと》をいふなえ。

〽是《こ》れから直《すぐ》に酉《とり》の市《まち》、熊手《くまで》[二]に付《つ》いた於多福《おたふく》の、いゝ[三]なかを回《まは》つて帰《かへ》らうと、唐《たう》[四]の芋《いも》から五[五]つ六つ、年《とし》を重《かさ》ねし小《こ》ませ者《もの》、打《う》ち連《つ》れ立《だ》ちて急《いそ》ぎ行《ゆ》く。

ト簪売両人振《かんざしうりりやうにんぶり》あつて、皆々《みなく》へ辞儀《じぎ》をなし下手《しもて》へ這入《はひ》る。

〽折《をり》から又《また》も高楼《たかどの》より、爰《こゝ》へ下《お》り来《く》る金満家《きんまんか》。

トやはり合方通《あひかたとほ》り神楽《かぐら》にて、上手《かみて》より福富万右衛門《ふくとみまんゑもん》、黒《くろ》のしやつぽ糸織《いとおり》[六]の羽織《はおり》着流《きなが》し、金《きん》[七]の時計鎖《とけいくさり》を帯《おび》へ巻《ま》き、駒下駄《こまげた》にて物持《ものもち》のこしらへ、娘《むすめ》お玉《たま》、島田髷《しまだかづら》、黒縮緬《くろちりめん》の羽織《はおり》、お召縮緬《めしちりめん》[八]の着付駒下駄《きつけこまげた》、下女《げぢよ》お民島田髷《たみしまだかづら》着流《きなが》し雪駄《せつた》[九]、誂《あつら》への袱紗《ふくさ》包《づゝ》みを持《も》ち出来《いできた》り、跡《あと》より三遊亭金朝《いうていきんてう》、羽織《はおり》着流《きなが》し噺《はな》し家《か》のこしらへ、駒《こま》下駄《げた》にて出来《いできた》り。

万右　やれく、押《お》されて切《せつ》なかつたく。

お玉　やうく下《した》へおりたので、わたしやほつとしたわいの。

お民　あなたにお怪我《けが》をさせまいと、誠《まこと》に心配《しんぱい》いたしました。

金朝　其御《そのご》心配《しんぱい》には及《およ》びませせぬ、金朝《きんてう》がお供《とも》をいたせば、大丈夫《だいぢやうぶ》でござりま

一　知ったかぶり。
二　↓四〇八頁注四。
三　吉原を通って。
四　↓四〇二頁注七。
五　「唐」を十に掛けて、十五、六歳の簪売りの年頃をいう。
六　強度の高い糸で織る縒織(よりおり)の絹織物。
七　金満家の象徴。服部時計店(精工舎)が国産の懐中時計を製作したのは明治二十八年なので、ここでの懐中時計は当然舶来という事になるが、明治二十年代には年間十五万個以上が輸入されている。
八　上等な縮緬で作られた着物。かつて貴人が着用したので、敬語として用いた用語という。
九　↓二九三頁注一四。「二十五年の頃より雪踏、男女共に大いに行はれ、芸人洒落者などは必ずこれを穿くこととなりしに、兎角に夏は水撒きの為に難(なや)ませられ、冬は地氷の為めに滑る憂ひあるが上に、既にして革皮の騰貴し、頗る高価となりしかば、何時しか衰ふ」(平出鏗二郎『東京風俗志』中の巻、冨山房、明治三十四年)。

す。

お仙　是《こ》れは旦那様《だんなさま》、お帰《かへ》りでござりましたか。

万右　大層《たいそう》な人込《ひとご》みで、やつとの事《こと》で帰《かへ》つて来《き》た。

お仙　お嬢《ぢやう》さま、面白《おもしろ》うござりましたか。

お玉　あい、面白《おもしろ》うござりましたわいな。

金朝　面白《おもしろ》いの面白《おもしろ》くないのと、上《あが》る所《とこ》から落《お》ちる所《とこ》まで、目《め》の下《した》に見《み》える十二階《かい》、風船《ふうせん》の御見物《ごけんぶつ》は凌雲閣《りようううんかく》[一〇]に限《かぎ》ります。

お仙　まあ〳〵是《こ》れへお掛《か》け、

お仙
お村　遊《あそ》ばしませ。

・ト毛布《もうふ》[一一]を掛《か》けし床几《しやうぎ》を出《だ》す、是《こ》れへ万右衛門《まんゑもん》お玉掛《たまか》け、後《うしろ》の床几《しやうぎ》へお民掛《たみか》ける、小松万右衛門《こまつまんゑもん》を見《み》て、小梅《こうめ》と思入《おもひいれ》あつて前《まへ》へ出《い》で、

小松　どなたかと存《ぞん》じましたら、石町《こくちやう》[一二]の旦那様《だんなさま》でござりますか。

万右　お丶、新橋《しんばし》の小松《こまつ》に小梅《こうめ》か。

小松　お嬢《ぢやう》さま此間《こなひだ》は、何《なに》[一三]よりの品《しな》を頂戴《ちやうだい》いたし、

小松
小梅　有難《ありがた》うござります。

一〇 →三八七頁注三。この辺りや四〇八頁も凌雲閣の宣伝を兼ねている。こういう場合は、凌雲閣で総見(団体見物)や切符の買取などを行い相応或いはそれ以上の見返りをするのは、本作の他の宣伝効果のある台詞は勿論、他の演目の場合も同じ。「明治二四年の正月三が日、凌雲閣では数百の風船に電話券や登閣券をつけて最上階から飛ばすというイベントを行った。明らかに、スペンサーの演技の記憶に基づく催しだ。券が結ばれた風船は塔のまわりから次第に散らばり、その光景は奇観」でこの三が日で、十二階の入場者は「二万三百人余りを数えた」という(細馬宏道『浅草十二階』青土社、平成十三年)。

一一 普通は緋毛氈をかけるので、贅沢な舶来品をわざわざ使う指定。

一二 現、中央区日本橋本石町。元来、米屋が多い所縁で石町と呼ばれた。明治初期から、問屋街として富裕な商人の多い町のイメージだった。

一三 このあとの小梅の台詞で簪とわかる。

吉蔵　私《わたし》も旦那様《だんなさま》からお羽織《はおり》を頂戴《ちやうだい》いたし、有難《ありがた》うござります。（ト辞儀《じぎ》をする。）

小梅　あの頂戴《ちやうだい》のお簪《かんざし》は、万吉《まんきち》[一]でござりますか。

お玉　あい、吉兵衛《きちべゑ》から取《と》りました。

吉蔵　[二]呉服物《ごふくもの》と染物《そめもの》は、[三]堀田原《ほつたはら》の[四]竺仙《ちくせん》に、櫛簪《くしかんざし》は万吉《まんきち》が当時《たうじ》一等《とう》でござります。

小松　旦那様《だんなさま》も風船《ふうせん》の、御見物《ごけんぶつ》でござりますか。

[五]万右　酉《とり》の市《まち》へ参《まゐ》りながら爰《こゝ》へ出《で》て来《き》た。凌雲閣《りようううんかく》をまだ娘《むすめ》が見《み》ないから、見《み》せに上《うへ》へあがつた所今風船《ところいまふうせん》が上《あが》るといふので、[六]八階目《かいめ》で見物《けんぶつ》しました。

小松　私共《わたくしども》も[七]十二階《かい》で、見物《けんぶつ》をいたしましたが。

小梅　込《こ》み合《あ》ひますのでお嬢《ぢやう》さまを、お見掛《みか》け申《まう》しませなんだ。

お玉　わたしや多《おほ》くの人《ひと》に酔《ゑ》ひ、どう仕《し》ようかと思《おも》つたわいな。

お民　それに下《した》の方《はう》が一杯《ばい》ゆゑ、下《お》りるにはおりられず。

吉蔵　嘸《さぞ》お困《こま》りなされましたらう。

万右　是《こ》れから帰《かへ》りに[八]万梅《まんばい》へ行《ゆ》くから、みんなも一緒《しよ》に行《ゆ》くがいゝ。

小松
三人　それは有難《ありがた》うござりまする。（ト万右衛門向《まんゑもんむか》うを見《み》て、）

一　指物師として著名な太田万吉ではなく、万屋吉兵衛という小間物商。『木間星箱根鹿笛（このまのほしはこねのしかぶえ）』（明治十三年）では小田原でも、東京の著名な店の商品が入手できるようになった例として台詞にあるが、『商人名家東京買物独案内』（選者兼発行人上原東一郎、明治二十三年）、松本順吉『東京名物志』（公益社、明治三十四年）等には見当らず、河竹繁俊『黙阿弥襍記』（岡倉書房、昭和十年）、『黙阿弥の手紙・日記・報条など』（演劇出版社、昭和三十八年）にも名はない。
二　この前後も宣伝の台詞。
三　浅草福富町と真砂町の間の一帯の名。現、台東区蔵前三・四丁目辺り。
四　染物、呉服で著名な金屋竺仙（橋本仙之助）。黙阿弥始め文人、芸人と親交深く通人として知られた。黙阿弥の配り物等の染めを依頼するだけでなく、明治十四年の『古代形新染浴衣（こだいがたしんぞめゆかた）』には語りに「仕入模様は当世流行の竺仙好」とある。細木香以（津藤）が、小柄な仙之助のことを「ちく、ちく」と呼んだところから「ちくせん」と称したという。
五　底本「万吉」を直す。
六　凌雲閣のエレベーターは八階止まり。内部は勧工場（かんこうば）風の売店のほか、諸説あるが、美術品展覧所、洋楽演奏の上等休憩室、新聞縦覧所等があり、十階以上が展望台。
七　若い二人の芸妓は、八階で下り、らせん階段を上り、最上階の十二階まで上って、更に広い展望を楽しんだ。望遠鏡が設置され、見料一銭だった。万右衛門の体力では、らせん階段は上れないのであろう。
八　→四〇三頁注一九。
九　→一五七頁注一三・一五九頁注一七。
一〇　→二三九頁注二三。　一一　地域名。延暦寺の末寺灯明寺（現在、北上野二丁目にあり）があっ

万右　や、向《むか》うへ来《く》るのは三遊亭《いうてい》、
小松
三人　円朝《ゑんてう》さんでござります。

ト合方通《あひかたとほ》り神楽《かぐら》にて、花道《はなみち》より三遊亭円朝《いうていゑんてう》、黒《くろ》の羽《は》織着《おりき》流《なが》し駒《こま》下駄《げた》、同《おなじ》く梅朝同《ばいてうおな》じこしらへにて出来《いでき》り花道《はなみち》に留《とま》り。

〽日暮《ひぐれ》も早《はや》く上野《うへの》から、鐘《かね》に追《お》はれて浅草《あさくさ》へ、今日《けふ》お目見《めみ》えに合乗《あひの》[九]りの、[一〇]車坂町横《くるまざかまちよこ》に見《み》て、[一一]灯明寺店暮近《とうみやうじだなくれちか》く、五時《じ》か六区《[一二]く》の公園《こうゑん》へ、初《はつ》[一三]席急《せきいそ》ぐ噺《はな》し家《か》が、[一四]扇《あふぎ》の骨《ほね》の親子《おやこ》連《づ》れ。

ト両人振《りやうにんふり》あつて舞台《ぶたい》へ来《きた》り、[一五]円朝皆々《ゑんてうみなく》を見《み》て、

円朝　これは石町《こくちやう》の旦那様《だんなさま》、お嬢様《ぢやうさま》も御《ご》一緒《しよ》で、酉《とり》の市《まち》へいらつしやいましたか。

万右　察《さつ》しの通《とほ》り酉《とり》の市《まち》から、十二階《かい》で風船乗《ふうせんの》りを見《み》て居《ゐ》た。

小松　お師匠《ししやう》さん、お出《い》でなさいまし。

円朝　おや小松《こまつ》さんに小梅《こうめ》さん、今日《けふ》は旦那《だんな》のお供《とも》かね。吉《きち》さん此間《このあひだ》は。おやお民《たみ》どんの美《うつく》しい事《こと》、不断着《ふだんぎ》と余所行《よそゆ》きは、こんなに違《ちが》ふものか。

金朝　そりやあ[一六]馬喰町《ばくらうちやう》の平尾《ひらを》で売《う》る、[一七]小町水《こまちすい》の下塗《したぬ》りに、[一八]小町白粉《こまちおしろい》の上塗《うはぬ》りだから、美《うつく》しいは当《あた》り前《まへ》さ〔。〕

た。現、台東区東上野六丁目全域。
一二　浅草六区は、明治十五年に始まる公園地造成事業により十七年に完成した。大阪の道頓堀、京都の新京極と並ぶ繁華街として整備された。
一三　掛持ちをする噺家が最初に出る席。本作が初芝居(正月公演)なのも含意する。
一四　尾上菊五郎家の家紋が「重ね扇に抱き柏」なので「扇」はそれを想起させ、別れていた菊五郎と菊之助が扇の骨のように結び付いての久々の共演を示す。また、三遊派の定紋は元来「橘」だが、円朝は高崎藩主大河内家から定紋「三ッ扇」(高崎扇)の使用を許されたという(永井啓夫『三遊亭円朝』青蛙房、昭和三十七年)ことも含んでいるが、円朝と息子朝太郎との和解を願い、促すという連想も働く。
一五　菊五郎の扮装は「万筋の糸織の着附、黒斜子の羽織、紋は三扇黒八丈の襟付襦袢。献上の帯。白足袋に中山高、ノメリの下駄。鼻緒は鼠。持物は筒差し煙草入れ。筒は巻絵。緒締は珊瑚珠。頭は散切り」(写真集『五世尾上菊五郎』)。「少し猫背で、背をまるめて歩く円朝の癖をよく真似て、円朝をよく知っている観客の大喝采を博したのを、藤浦富太郎は記憶している」(永井啓夫・前掲書)。菊五郎の舞台姿は写真集『五世尾上菊五郎』で実感できる。→四一五頁写真。
一六　→四〇二頁注二。
一七　平尾商店の看板商品。次注参照。
一八　「馬喰町の平尾(小町水本家)方で製し西久保葺手町の山崎日進堂で発売(うりだし)た小町おしろいは鉛製でないゆえ沢山に売るとのこと」(『歌舞伎新報』一八九号)。当時の白粉は鉛毒の危険があり、多くの役者もそれを因とした病や死に至った。明治十四年の『天衣紛上野初花(くもにまごううえののはつはな)』五幕目(隆慶橋茶店の場)でも、同製品の宣

お仙　お師匠《ししやう》さん、今日《こんにち》は。

円朝　おやお前《まへ》も大層《たいそう》今日《けふ》はきれいだ、よく白髪《しらが》が染《そ》まつたね。

お仙　知《し》りませんよ。

吉蔵　相変《あひかは》らずお師匠《ししやう》さんが、万遍《まんべん》なく嬉《うれ》しがらせるね。

金朝　そこが[一]名代《なだい》のお世辞屋《せじや》さ。

円朝　そりやあ金朝《きんてう》、お前《まへ》のことだ。

万右　時《とき》に師匠《ししやう》、何処《どこ》へ行《い》つたのだ。

円朝　スペンサー氏《し》の軽気球《けいききう》を、上野《うへの》へ参《まゐ》つて見物《けんぶつ》いたし、酉《とり》の市《まち》へ参《まゐ》らうと、車《くるま》で急《いそ》いで参《まゐ》りました。

万右　[二]物《もの》を見《み》るのが好《す》きだから、とつくり側《そば》で見《み》て来《き》たらうね。

円朝　いえ私《わたくし》もよく見《み》ましたが、[三]寺島《てらじま》が風船《ふうせん》を浄瑠璃《じやうるり》にでもする気《き》と見《み》え、[四]作者《さくしや》を連《つ》れて来《き》て居《を》りましたが、例《れい》の[五]念者《ねんしや》でござりますから、あつちを見《み》たりこつちを見《み》たり、うるさく側《そば》へ行《ゆ》きますので役者《やくしや》と知《し》らぬ外国人《ぐわいこくじん》が、何《なに》かぺら〱小言《こごと》をいひ、そつちへ行《ゆ》けと酷《ひど》く突《つ》かれ、どつさり尻餅《しりもち》をついた時《とき》は、[六]可笑《をかし》くつて〱。（ト[七]円朝《ゑんてう》の思入《おもひいれ》にて俯《うつむ》いて笑《わら》ひ、）それでも平気《へいき》で見《み》て居《を》りましたが、何《なん》でも人《ひと》に喰《くは》れぬうち、

伝をしており、平尾岳陽堂とも当時は称したのがわかる。『霜夜鐘十字辻筮（しもよのかねじゅうじのつじうら）』では、松本順軍医総監の名まで出して、同社の風邪薬を賞讃している。

――以上四一三頁

一 前行の台詞といい、円朝にはそういう如才なさがあったのか、菊五郎自身の当て込みか。井上ひさし「悪党と幽霊」（『円朝・黙阿弥』学習研究社、昭和五十七年）のように、以前より政府高官の視察旅行に随行していた円朝への「当てこすり」とする見方もある。

二 菊五郎の物見高いのや新し物好きは有名で、維新時には上野の戦争も見物した。↓二八四頁注二。

三 尾上菊五郎の本姓。向島の寺島に居住していたこともある。

四 黙阿弥は実際には同行していないが、木村錦花『近世劇壇史・歌舞伎座篇』（中央公論社、昭和十一年）には「スペンサーが上野の博物館前で興行した時に、菊五郎は竹柴其水を連れて見物に行き…黙阿弥にせがんで書いて貰つた」とある。

五 綿密に調べたり、物事に凝る人。菊五郎は自他共に認める念者。「去る十九日、かのスペンサー氏が横浜に於て同技を演ぜし際、俳優尾上菊五郎はわざわざ同地へ赴きてこれを観物したる由にて…ぜひともこれを仕組まんとて、目下しきりに計画中なりといふ。奇を好む、一にこれに至るか」（『東京日日新聞』明治二十三年十月二十五日）。

六 底本「可笑〈をかし〉しくつて」を直す。

七 ここでは、円朝独特の癖を取り入れての意。

八 初物を好む。菊五郎の新し物好きの気性を自ら言う。

九 円朝役の菊五郎自身が、菊五郎の性癖を述べ

万右　走《はし》[八]りを喰《く》ふ気《き》と見《み》えます、はツくしよ、誰《たれ》[九]かおれの噂《うはさ》をするわえ。
そりやあ嘸可笑《さぞをかし》かつたらう。師匠《ししやう》、そこに居《ゐ》るのは、そりやあお前《まへ》の弟子《でし》かえ。

ト是《こ》れまで梅朝《ばいてう》うつむき居《ゐ》る。

円朝　お見《み》忘《わす》れなさいましたか、私《わたし》[一〇]の悴《せがれ》でございます、久《ひさ》しく芸道修行《げいだうしゆぎやう》の為《ため》、上方《かみがた》へ参《まゐ》つて居《を》りましたが、今度《こんど》こちらへ帰《かへ》りましてございます。

万右　それぢやあ息子《むすこ》の菊坊《きくばう》か、大層立派《たいそうりつぱ》な男《をとこ》になつたな。（ト梅朝前《ばいてうまへ》へ出《い》で、）

梅朝　誠《まこと》にお久《ひさ》し振《ぶ》りでござりまする、相変《あひかは》らず御贔屓《ごひいき》をお願《ねが》ひ申《まう》し上《あ》げまする。

万右　それはおれより何《いつ》れも様《さま》へ、よくお願《ねが》ひ申《まう》すがいゝ。

円朝　憚《はゞか》[一一]りながら旦那様《だんなさま》、お引合《ひきあは》[一二]せの口上《こうじやう》を、

万右　知《し》つての通《とほ》り口不調法《くちぶてうはふ》[一三]、やつぱりお前《まへ》が言《い》ふがよい。

円朝　それぢやあ御免《ごめん》を蒙《かうむ》りまして。（ト思入《おもひいれ》あつて、）悴《せがれ》の序《ついで》に浜町《はまちやう》[一四]の、息子殿《むすこどの》の御披露《ごひろう》を一緒《しよ》にしようから、二人《ふたり》とも爰《こゝ》へ。

ト皆々下《みなみなした》[一五]に居《ゐ》る、浄瑠璃台《じやうるりだい》[一六]より延寿太夫《えんじゆだいふお》下りて来《きた》り、下手《しもて》へ並《なら》

たあとで、自分で自分を笑うおかしみ。

一〇 菊五郎の養子、二世尾上菊之助。音羽屋の乳母との関係で勘当され、大阪で尾上松幸の名を用いていたが、その勘当を許されて東京に旧名で戻った。↓人名一覧。なお、円朝の不肖の息子朝太郎も菊之助と同年の明治元年生れ。性向も生活も定まらず、前年末には離婚している。この場面が、現実の「円朝の目にはどのように映ったのであろうか、偶然とはいえ、あまりに皮肉なこの結果は、黙阿弥も菊五郎も予想だにしなかったにちがいない」（『三遊亭円朝』）とする考え方もあれば、この件は「円朝には不愉快」で「黙阿弥の筆の呼吸（いき）が円朝にたいしては…余所余所（よそよそ）しい」（井上ひさし・前掲書）とする見方もある。

五世菊五郎の三遊亭円朝
（『五世尾上菊五郎』）

ぶ、[一]円朝引合《あんてうひきあは》せの口上《こうじやう》あつて、[二]おむら私《わたくし》もと頼《たの》む思入《おもひいれ》、円朝口《あんてうこう》上《じやう》あつて納《をさま》り、流行唄《はやりうた》の合方《あひかた》になり、皆々元《みな〱もと》の所《ところ》へ並《なら》び。

万右　久《ひさ》しく上方《かみがた》に居《ゐ》たとあれば、何《なに》か珍《めづ》らしい踊《をど》りがあらう、ちよつと踊《をど》つて見《み》せてくれ。

梅朝　外《ほか》ならば知《し》らぬこと、[三]旦那《だんな》の前《まへ》で私《わたし》などは、手《て》も足《あし》も出《で》はしませぬ。

お玉　そんな事《こと》を言《い》はないで、所変《ところかは》れば品変《しなかは》る、珍《めづ》らしい上方《かみがた》の踊《をど》りをわたしや見《み》たいわいな。

小松　お嬢《ぢやう》さまのお好《この》みゆゑ、

小梅　さあ〱早《はや》く見《み》せなさんせ。

梅朝　それではちよつと踊《をど》りませう。

ト梅朝羽織《ばいてうはおり》を脱《ぬ》ぎ[四]緋縮緬《ひぢりめん》の襦袢《じゆばん》を片肌《かたはだ》ぬぎ、桃色《もゝいろ》の手拭《てぬぐひ》を冠《かぶ》り、

〽[五]伊勢《いせ》ぢや浜荻《はまをぎ》、浪花《なには》ぢや蘆《あし》よ、所柄《ところがら》とて替《かは》りし中《なか》に、土地《とち》の自慢《じまん》は[六]砂持《すなも》ち踊《をど》り、〽貴賤老若男女《きせんらうにやくなんによ》の中《なか》も、[七]ヨウサテウサと砂《すな》をば担《かつ》ぎ、[八]片身替《かたみがは》りの[九]きり物着《ものき》れば、犬《いぬ》や猫《ねこ》の姿《すがた》をうつし鈴《すゞ》と[一〇]鳴子《なるこ》をぶらりんと提《さ》げて、手《て》には太鼓《たいこ》をどんどゝ叩《たゝ》き、[一一]おどん〱や踊《をど》らにやそんぢや、どん〱がら〱どんがらこ〱。

一二　恐れいりますが。
一三　勘当を許す仲介をしたのは、万右衛門役の四世芝翫と十二世守田勘弥だった。
一三　芝翫は台詞憶えが悪く、言い間違えの多いのは有名。
一四　日本橋浜町は延寿太夫の住所で通称でもある。前年に養子になった三世栄寿太夫(五世延寿太夫)の紹介をする。栄寿太夫は菊之助の長兄だった(『延寿芸談』三杏書院、昭和十八年)。↓人名一覧。
一五　舞台に正座すること。
一六　実際には延寿太夫と栄寿太夫が山台(浄瑠璃台)より下りて居並んだ。

以上四一五頁

一　観客に紹介する。劇中でこういう口上を行うのは、歌舞伎の慣例で現在も行われる。
二　おむら役の三世沢村曙山は、三世田之助(明治十一年没)の姉の養子となり、田之助の俳名を俳優名として襲名。その挨拶を菊五郎が行なった。後年初世左団次門下となり、市川莚女として活躍した。↓人名一覧。
三　万右衛門役の芝翫の踊りは独特の持味で定評があった。
四　着付を片肌脱いで緋縮緬の襦袢を見せるという意味。緋縮緬、桃色の手拭ともに、噺家、芸人らしい色柄で、素人が日常身につけるものではない。
五　所により名が変る譬え。古くは「伊勢島には浜荻と名づくれど難波わたりには葦とのみ云」(『住吉社歌合』嘉応二年)とあり、同義異名の好例として和歌に多く詠まれた。
六　「砂持ち」は元来は社寺の造営に信者や氏子が砂を運ぶことを指したが、次第に遊戯化し、「砂持ちせぬやつあ腹黒じや」といいつつ踊るこ

ト梅朝《ばいてう》振《ふり》あつて、[一二]貴賤老若《きせんらうにやく》から吉蔵《きちざう》同《おな》じく片脱《かたはだ》ぬぎ、手拭《てぬぐひ》を冠《かぶ》り出《い》で、両人《りやうにん》にて振《ふり》、此内万《このうちまん》右《ゑ》衛門踊《もんをど》りに浮《うか》れ[一三]首《くび》をふる、皆々《みな〳〵》[一四]よう〳〵と褒《ほ》める。

万右　なか〳〵これは旨《うま》いものだ。

お玉　跡《あと》は差詰《さしづ》め円朝《ゑんてう》さん、お前《まへ》も何《なん》ぞおいゝはこの踊《をど》りを。

円朝　[一五]若《わか》い時《とき》には無器用《ぶきよう》ながら、ちよつと踊《をど》りも踊《をど》りましたが、[一六]いつが日《ひ》にも手《て》に取《と》りませねば、先《ま》づそれよりは[一七]花柳《はなやぎ》の一番弟子《ばんでし》のお嬢《ちやう》さま、何《なに》かあなたの振事《ふりごと》を、拝見《はいけん》したうござります。

お玉　久《ひさ》しく踊《をど》りを[一八]温習《さらは》ないから、大概忘《たいがいわす》れてしまつたわいな。

円朝　そんな事《こと》をおつしやつても、あなたの[一九]お覚《おぼ》えのよい事《こと》は、師匠《ししやう》から聞《き》いて居《を》りまする。

お玉　それでは踊《をど》らにやならぬかいな。

お民　円朝《ゑんてう》さんのお頼《たの》みなれば、何《なん》ぞ短《みじか》い踊《をど》りをば。

小松　ならう事《こと》なら私共《わたくしども》も、

小梅　拝見《はいけん》したうござります。

万右　さあ〳〵早《はや》く踊《をど》るがいゝ。

とが、明治期まで関西地区では行われた。名古屋の熱田神宮では「数日来砂持ノ挙アリ…歌妓娼婦ヲ飾リ出スニ、紅粉雑陳シテ、綺羅雲ノ如ク実ニ華麗ノ景況タリ」(『東京日日新聞』明治七年七月十二日)とあり、大阪の豊臣神社では「各花街の芸妓は思ひ思ひの打扮(いでたち)にて砂持ちに押出さんと目論見中」(『朝野新聞』明治十二年四月二十日)とある。

七 その際の掛け声。関西での祭の掛け声。

八 左右絵柄の違う着物。

九 着物の上方での呼称。

一〇 板に小ぶりの竹筒を付けて鳴らす、鳥脅し。

一一 「踊れ踊れ」を太鼓の音に掛ける。

一二 「貴賤老若」という詞章のところから。

一三 不詳。このト書き、芝翫に関して何度も繰返されるので、初演当時の幕内の人々や一部の観客には何らかの連想を誘う仕草だったのか。ただし、菊五郎は世話物の花道の出の際など、首で「のの字」を書くといわれるような癖はあった。

一四 誉め言葉。実際に「ようよう」と声に出す。

一五 若年の円朝は派手な芝居噺で評判をとったりしたことをさす。四一九頁一－四行の吉蔵と円朝の台詞参照。

一六 だいぶ以前から。

一七 お玉役の栄之助(後の六世梅幸)は元来名古屋出身で西川流の門下だったが、その回想では「十六の年の春から稽古事に通い始めて、踊は植木店の藤間と浅草田町の花柳で…教はりました」(六世尾上梅幸『女形の事』主婦之友社、昭和十九年)。初代花柳寿輔は西川の門下で、五世菊五郎とは相性よく、多くの舞踊の振付も行なった。

一八 おさらいの会を「温習会(おんしゅうかい)」という。

一九 お玉役の栄之助の特徴。

お玉　短《みじか》いものを踊《をど》りますが、側《そば》であなたが首《くび》を振《ふ》ると、つい可笑《をかし》くなりますから、首《くび》をふらずに居《ゐ》て下《くだ》さりませ。

万右　おゝ承知《しようち》だく\、決《けつ》して首《くび》はふらぬから、さあく\早《はや》く遣《や》つたりく\。

　ト お玉扇《たまあふぎ》を持《も》つて前《まへ》へ出《で》る、下手《しもて》張物打返《はりものうちかへ》し一、常磐津連中居《ときはづれんちゆうゐ》並《なら》び掛合《かけあひ》二になる。

常三〽ほのぐ\と霞棚引《かすみたなび》く朝《あさ》ぼらけ、日影長閑《ひかげのどか》にみんなみの梅《うめ》が笑《わら》へば鶯《うぐひす》の、鳴《な》くも嬉《うれ》しき庭《には》四もせに、常〽まだ山々《やまく\》は白々《しろぐ\》と、残《のこ》んの雲《くも》も有明《ありあけ》五の、月《つき》はいつしか山《やま》の端《は》へ、常〽入江《いりえ》六の沢《さは》の薄緑《うすみどり》、芽《め》ぐむ柳《やなぎ》に風《かぜ》もなく、常〽静《しづ》けき春《はる》ぞ楽《たの》しけれ。

　ト お玉振《たまふり》あつてよき程《ほど》より小梅《こうめ》お民《たみ》を招《まね》き、二人《ふたり》を相手《あひて》に振《ふり》ある、此内万右衛門《このうちまんゑもん》首《くび》を振《ふ》る、心付《こゝろづ》いて両手《りやうて》で首《くび》を押《おさ》へ居《ゐ》る。

もうたまらぬ。（ト無闇《むやみ》に首《くび》をふり納《をさま》る、）

金朝　ようく\、親《おや》七はないかと申《まう》したうござります。

小松　さあ此跡《このあと》は円朝《ゑんてう》さん、

小梅　お前《まへ》の番《ばん》でござんすぞえ。

金朝　それは幾《いく》らお好《この》みでも師匠《ししやう》八に踊《をど》りは踊《をど》れませぬ。

一 →三九二頁注五。
二 多くは舞踊で、複数の浄瑠璃や唄を交互に演奏すること。更に、長唄や義太夫が入る場合は「三方掛合い」という。
三 「常磐津」の略。
四 庭中がいっぱいになる程に。
五 夜が明けても残っている月。
六 山の端へ入ると入江を掛ける。
七 栄之助の次はその親の菊五郎の番だということ。
八 当時の円朝は、素噺専門になっており、踊りなどはいたしませんということ。金朝役の幸蔵の師匠で円朝の五歳下の菊五郎は、依然として踊りは得意で天覧の栄を受けても、こうして宙乗りまでやっている。このあとの吉蔵の台詞も含めて、些か権門好きのすぎる円朝への皮肉にもとれる。
九 簡単な道具を飾ってする芝居噺。円朝は素噺ばかり演ずる以前は、芝居噺で売っていた。
一〇 吉蔵役の坂東家橘は菊五郎の四歳年下の親

吉蔵　なに、踊《をど》れない事《こと》があるものか、其以前《そのいぜん》は道具話《だうぐばな》[九]しで、芝居《しばゐ》の真似《まね》もしなすつたのだ。

円朝　そんな事《こと》を言《い》ひなさると、[一〇]お前《まへ》の年《とし》が知《し》れますぜ、先《ま》づ此跡《このあと》は旦那様《だんなさま》、踊《をど》りは専売特許《せんばいとくきよ》[一一]の本元《ほんもと》、何《なん》ぞお見《み》せ下《くだ》さりませ。

万右　[一二]おれが踊《をど》りは古《ふる》めかしいから、今日《けふ》は御免《ごめん》を蒙《かう》むらう。

円朝　いえ〳〵、[一三]あなたの踊《をど》りをば、みんなが待《ま》つて居《を》りまする。

お仙　どうか旦那《だんな》、私共《わたくしども》に、

皆々　お見《み》せなすつて下《くだ》さいまし。

万右　それではどうでも踊《をど》るのなら、其熊手《そのくまで》を貸《か》してくれ。

吉蔵　さあ〳〵お遣《つか》ひなされませ。〈ト万右衛門《まんゑもん》おかめの面《めん》を取《と》り熊手《くまで》を持《も》ち、〉

万右　さらば是《こ》れにて踊《をど》らうか。

常〽[一四]十返《とかへ》りの松《まつ》に花吹《はなさ》く君《きみ》[一五]が代《よ》の、目出度《めでた》き時《とき》に相生《あひおひ》[一六]の、松諸共《まつもろとも》に年《とし》老《お》いて、常〽幾歳《いくとせ》[一七]こゝに住《すみ》の江《え》の、岸《きし》のさゞ波皺《なみしわ》よりて、常〽面影《おもかげ》かはる尉《じよう》[一八]と姥《うば》。

ト万右衛門《まんゑもん》熊手《くまで》を持《も》ち、お仙《せん》を姥《うば》に遣《つか》ひ、振《ふり》あつて、爰《こゝ》へ簪《かんざし》

戚筋なので、こんな台詞も出る。↓人名一覧。

一一 特許、パテントについては明治十八年公布。専売特許条例は明治十八年公布。芝翫は代々舞踊の名手であることをここでは指す。なお、明治二年の出版条例は版権条例、脚本楽譜条例等と共に、改めて明治二十年に公布された。また、默阿弥の作品を巡っての訴訟問題もあった。倉田喜弘『著作権史話』(千人社、昭和五十五年)、和田修「河竹默阿弥の版権登録」(『演劇研究』十七号、早稲田大学演劇博物館)を参照。

一二 芝翫の古風な、或いはやや時流に合わない大様な芸風を自ら口にさせる趣向。

一三 かつて絶大な人気を誇った芝翫の踊りを期待する観客の代弁。こういう台詞をいわせるのも、默阿弥のいう「客に親切」な狂言作者の劇作法の一つ。

一四 松は百年に一度花を咲かせると伝えられることから、それを十回繰り返すことで、千年にも及ぶ時の流れをあらわす。ことほぎや祝儀に用いる語。なお、『新後撰集』の藤原基俊の歌に「松の花十返り咲ける君が代に何をあらそふ鶴のよはひぞ」がある。

一五 江戸期から祝儀物を中心に、浄瑠璃、唄物の詞章にはよく使われた語彙。

一六 二本の木が一緒に生育したり、幹が分化するという原義から、「相老い」の同音にも転じて夫婦が共に長命でいることに譬える。特に「相生の松」のように夫婦共に齢を重ねる譬えに用いるほか、ここでも下敷きになっている謡曲の「高砂」は古くは「相生」とも呼んだ。

一七 晩年に至った芝翫(当時数え六十二歳)に默阿弥自身(七十六歳)の境地も重ねた詞章。

一八 能の「高砂」の老翁と老嫗。熊手と箒を持つ、祝事にふさわしい趣向。

売《うり》の一、二出《い》で、

〽蘆辺《あしべ》に群《むら》がる[一]雛鶴《ひなどり》を、友《とも》に[二]余念《よねん》もあら磯《いそ》へ、打来《うちく》る波《なみ》の鼓《つゞみ》につれて、翼《つばさ》かはして舞《ま》ひ遊《あそ》べば、[三]尉《じよう》も浮《うか》れて手拍子《てびやうし》を。（ト簪売《かんざしうり》一、二鶴《つる》の思入《おもひいれ》、万右衛門《まんゑもんこ》是れを相手《あひて》に振《ふり》あつて、）

〽[四]うつゝ他愛《たわい》も中空《なかぞら》へ、舞《ま》ひ行《ゆ》く影《かげ》を打《う》ち仰《あふ》ぎ、翼《つばさ》ほしやと[五]かこち泣《な》き、尉《じよう》が切《せつ》なる心《こゝろ》をば知《し》るや知《し》らずや舞《ま》ひ下《お》りれば、あら嬉《うれ》しやと扇《あふぎ》をさし、千歳《ちとせ》の齢万歳《よはひばんぜい》と祝《いは》ひかなでゝ舞《ま》ひ納《をさ》む。

ト簪売《かんざしうり》一、二飛《と》び行《ゆ》く振《ふり》、万右衛門《まんゑもん》[六]空《そら》へ思入《おもひいれ》、両人前《りやうにんまへ》へ出《で》る、万右衛門悦《まんゑもんよろこ》び扇《あふぎ》をもちて、[七]舞模様《まひもやう》にて納《をさま》る。

円朝　[八]相変《あひかは》らず旦那《だんな》の踊《をど》りは、凄《すご》いものでございます。

金朝　実《じつ》にこれは[九]専売品《せんばいひん》だ。

お仙　さあ〳〵、跡《あと》はお師匠《ししやう》さん。

お民　お前《まへ》さんの番《ばん》でござんすぞえ。

円朝　[一〇]椅子《いす》へ掛《か》けて小半日《こはんにち》、風船《ふうせん》を見《み》て居《ゐ》たので、[一一]脚気《かつけ》が起《おこ》つて踊《をど》られない。

小松　そんな卑怯《ひけふ》な事《こと》をいふと、

小梅　昨夜《ゆふべ》の事《こと》を言《い》ひますぞえ。

一　簪売りの若い二人の見立て。
二　夢中でいるさまをあらわす。「余念もあらばこそ」とでもいうところを、「あら磯へ」と掛け、縁語で繋ぐ。
三　還暦も過ぎた芝翫を指す。
四　前句の「手拍子」を「打つ」に掛けると同時に「他愛もない」の掛詞だが、中空へ舞い行く鶴に、スペンサーのイメージを重層させる。
五　恨みをいいつつ嘆く。
六　鶴と風船への双方の視線を重ねる思い。
七　祝儀物の詞章なので、それらしく格調ある振り、形となる。
八　芝翫の踊りは、振りなど大雑把でも独特の魅力があった。
九　→四一九頁注一一。
一〇　→四一四頁注五。菊五郎は横浜或いは上野で実際に風船乗りの見物をした。また、菊五郎は元来「洋癖」があり、明治四年には自宅で椅子を用いていたという（森銑三『明治写真鏡』日本古書通信社、昭和五十七年）。
一一　黙阿弥は「脚気を病んで癒り、床上げした折の口上にも『脚気といへる病を煩ひ、噂になしゝ箱根の湯治も、つひに小田原相談となり云々』ともあつた」（河竹繁俊『河竹黙阿弥』演芸珍書刊行会、大正三年）。

万右　なに、昨夜《ゆふべ》の事《こと》とは。

吉蔵　[一二]柳橋《やなぎばし》での意気筋《いきすぢ》を、

円朝　それを爰《こゝ》で言《い》はれては、

小松　いえ〳〵言《い》はねばならぬわいな。（ト小松円朝《こまつゑんてう》をとらへ口説《くど》[一三]きになる、）

[一四]清〽[一五]そもや初日《しよにち》の初《はじ》めから、真《しん》の噺《はなし》の人情《にんじやう》に、迫《せま》る涙《なみだ》は笑《わら》ふより、身《み》に沁々《しみぐ》と忘《わす》られず、常〽夜毎《よごと》に通《かよ》ふ席亭《せきてい》へ、仇《あだ》な浮名《うきな》が立花《たちばな》[一六]や、遂《つひ》に離《はな》れぬ中入《なかいり》[一七]から、清〽掛持《かけも》[一八]ち多《おほ》き主《ぬし》ゆゑに、外《ほか》へ心《こゝろ》が移《うつ》らうかと、常〽気《き》[一九]も合乗《あひの》りは余所目《よそめ》から、羨《うらやま》しいぢやないかいな。

ト小松円朝《こまつゑんてう》を捉《とら》へ口説《くど》きの振《ふり》、是《こ》れへ吉蔵小梅金朝《きちざうこうめきんてう》からみよろしく振《ふり》ある、此内万右衛門《このうちまんゑもん》浮《うか》れて首《くび》をふる、お玉袖《たまそで》を引《ひ》く、心《こゝろ》付《づ》きて止《と》め又首《またくび》をふる、可笑味《をかしみ》あつて納《をさま》る。

万右　さういふ事《こと》がある上《うへ》は、みつしり爰《こゝ》で踊《をど》るがいゝ。

円朝　あゝ、[二〇]昔《むかし》へかへつて踊《をど》りませう。（ト此時《このとき》獅子《しゝ》[二一]の鳴物《なりもの》になる、）獅子《しゝ》の来《き》たのは丁度幸《ちやうどさいは》ひ、囃子《はやし》をかりておかめの踊《をど》りを。

吉蔵　さあ〳〵[二二]時代《じだい》に、

一二　円朝の妻女お幸は柳橋の芸妓だったのと、菊五郎の愛妾ぎん（幸三後の六世菊五郎の実母）も柳橋の芸者だったのを重ねて、利かせている。

一三　聴かせどころの曲調。

一四　「清元」の略。

一五　「初日」は遊廓等で最初の出会いをいう「初会」のもじり。以下、柳橋での逢瀬を寄席の世界に置換しての詞章。「そもや初会のその夜から」は常磐津「俳諧師」にもある詞章。この詞章より清元常磐津掛合いとなる。

一六　「浮名が立つ」と掛ける。立花家は両国米沢町にあった著名な席亭。明治五年開場、円朝とも縁深く、関東大震災の焼失まで一流の寄席だった。

一七　寄席の休憩時間。「離れぬ仲」と掛ける。

一八　寄席の掛持ちと、男女の浮気心を掛ける。

一九　人力車に二人で乗る仲のよい様子。→一五七頁注一三・一五九頁注一七。

二〇　素噺で通した中年以降と異なり、若年の円朝は鳴物入り、背景も飾る芝居噺の高座を勤めていた。その頃の昔に帰ってということだが、幕末の若き日以来の黙阿弥と二十三歳年下の円朝の交友を偲ばせると共に、菊五郎との縁の深さも感じさせる表現。

二一　太神楽。二人立ちの獅子舞は現在も太神楽の代表芸。明治八年には、卑猥な仕草を理由に一度禁止されたという。この興行が初春興行であり、その打ち出しの場面で獅子を見せる趣向。

二二　「時代にいう」とは台詞を堅い語彙、張った調子でいうこと。次の台詞「所望ぢや」をそういう調子でいう。

皆々　所望《しよまう》ぢや〳〵。

ト獅子《しゝ》[一]の鳴物《なりもの》にて羽織《はおり》をぬぎ、お福《ふく》[二]の面《めん》を冠《かぶ》り、姉《あね》[三]さん冠《かぶ》りに手拭《てぬぐひ》を冠《かぶ》り前《まへ》へ出《い》で。

常〽おかめ〳〵と村中《むらぢゆう》で、鼻《はな》は顎《あご》より低《ひく》けれど、噂《うはさ》は高《たか》い評判《ひやうばん》の、常〽娘盛《むすめざか》りに白々《しろぐ》と、白粉《おしろい》付《つ》けて紅《べに》付《つ》けて、しよなめく[四]姿《すがた》は若《わか》い衆《しゆ》が、常〽袖褄引《そでづまひ》[五]くも数多《かずおほ》く、誰《たれ》に仕《し》ようか思案橋《しあんばし》[六]、常〽ちよいとわたしの目《め》に付《つ》いた、男《をとこ》があつて聟《むこ》に取《と》り、常〽三々九度《ど》の杯《さかづき》も、いつか日《ひ》もたち月《つき》もたち、清〽満《み》つる十月《とつき》にやゝ[七]産《う》んで、祝《いは》ふ産衣《うぶぎ》の宮参《みやまゐ》り、常〽ねん〳〵ころ〳〵ねんねこせい、ねんねが守《もり》はどこへ行《い》た、山《やま》を越《こ》えて里《さと》へ行《い》た、清〽わたしが聟《むこ》の其里《そのさと》は、山坂越《やまさかこ》えて谷川《たにがは》の、流《なが》れへかけし水車《みづぐるま》、常〽臼舂《うすつ》く拍子《ひやうし》の合方 面白《おもしろ》や、清〽雨後《うご》は水増《みづま》しくる〳〵と、常〽早《はや》めて廻《めぐ》る水車《みづぐるま》。

ト此内《このうち》獅子《しゝ》の鳴物《なりもの》を冠《かぶ》せ、おかめの振《ふり》よろしくあつて、羽織《はおり》を子供《こども》となし、子《こ》を扱《あつか》ふ世話《せわ》[八]の振《ふり》よろしく、万右衛門《まんゑもん》是《こ》れを見《み》て首《くび》を振《ふ》らうとして心付《こゝろづ》き、両手《りやうて》で首《くび》を押《おさ》へ居《ゐ》る、水車《みづぐるま》の件《くだん》より円朝首《ゑんてうくび》をふる、万右衛門《まんゑもん》怺《こら》へ兼《か》ね首《くび》をふる、それより万右衛門《まん ゑ もん》

一 笛と太鼓によるお神楽の鳴物。
二 立役の踊り手がこのような女の振りをするのを悪身（わりみ）という。
三 女性の手拭のかぶり方の一つ。

（『都新聞』明27・4・15）

四 媚態をふりまく。
五 誘いが多いの意。
六 「思案する」を橋の名になぞらえ、更に「ちよいとわたし」（渡る）と掛ける。
七 赤子。
八 写実的な振り。

にかぶれ、お玉《たま》、小松《こまつ》、お仙《せん》、お民《たみ》、おむら、吉蔵《きちざう》、金朝《きんてう》、小《こ》梅《うめ》、簪《かんざし》売《うり》一、二皆々《みなく》一時《じ》に首《くび》をふる、九トヾ早《はや》めてふる可笑味《をかしみ》あつて、円朝面《ゑんてうめん》を取《と》り。

円朝　一〇是《これ》から跡《あと》は紋切形《もんきりがた》、総踊《そうをど》りといふ所《とこ》だが。（ト此時頭取《このときとうどり》一一出で、）

頭取　一二先《ま》づ今日《こんにち》は是《こ》れ限《ぎ》り。

ト目出度く打出し一三

九「とどのつまり」の略。結局、最後には。

一〇 主要な役者全員で揃って踊るのが総踊り。それで終るのが、風俗舞踊の振付の典型である。

一一 楽屋の仕来りや一日の芝居の一切を座元に代って取り仕切る役職。かつては座元が信頼できる古老の役者から選ばれた。

一二 終演である事を告げる切り口上。江戸期には時間の都合で最後まで上演できない事があり、その際に頭取か座頭役者がこの挨拶を述べた。明治以降も、最後の場で事情に関係なくこれを述べる習慣だけを踏襲する場合がある。

一三 全ての演目の終りを知らせる鳴物。大太鼓で演奏する。

付録

主要人名一覧

神山　彰

1　見出し名は、本文通り、初演時の名跡。括弧内には、それ以前或いは以後にも一般に流通しているもの、最終名跡、或いは別表記の有るものを挙げた。配列は五十音順。

2　記事中の「評判記」は、六二連『俳優評判記』の以下の各号を指す。『人間万事金世中』(『金世中』と略)は第三編(明治十二年三月二十四日刊)、『古代形新染浴衣』(『古代形』と略)は第十三編(明治十四年十一月八日刊)、『島衛月白浪』(『島衛』と略)は第十四編(明治十五年二月刊)。それぞれ、『歌舞伎 研究と批評』三号(平成元年)、十五号(平成七年)、十六号(平成七年)に法月敏彦の覆刻により掲載されている。なお、『風船乗評判高閣』は『風船乗』と略記する。

3　記事中に「年代記」とあるのは、田村成義編『続続歌舞伎年代記・乾』(市村座、大正十一年)、利倉幸一編『続々歌舞伎年代記・坤』(演劇出版社、昭和五十四年)を参照したことを指す。

4　履歴、生没年等の記載に際して、国立劇場(日本芸術文化振興会)調査養成部調査資料課の資料を参照し、協力を得た。

市川猿十郎《いちかわえんじゅうろう》　?―明治二十三年(一八九〇)。屋号若屋。松本国五郎の息。河原崎権十郎(九代目団十郎)門下に入り、山崎権内、国松から市川国五郎を経て猿十郎。勉強芝居では座頭格の役を演じたが、一時破門され猿昇を名乗り小芝居、旅回りを続けた後、団十郎門下に復帰。「年代記」にも「年齢詳らかならず」とある。『金世中』併演時の『勧進帳』では四天王を勤め「評判記」に「出精の功があらはれ等級が上りまして仕合」とあるが、『島衛』の「けいわん婆アさしたる事なし」とされている。

市川小団次(治)《いちかわこだんじ》　嘉永三年(一八五〇)―大正十一年(一九二二)。五世。幕末の名優四世小団次の息子で、明治十一年襲名。屋号は高島屋だが、左団次との比較で「小高屋(ちいたかや)」と呼ばれた。二世左団次を守り立てての脇役、晩年の老役や舞踊の印象が語られるが、岡本綺堂の追悼文(『演芸画報』大正十一年六月号)では、二枚目役の他「『高橋おでん』の浪之助や、『金世中』の娘おしなや、『箱根鹿笛』の山猫おきつ」といった変った役が好評だったという。また、黙阿弥没後の明治座時代から精彩を欠いたのは、黙阿弥は先代以来の縁で狂言作りにも小団次の役どころを配慮したのだろうと綺堂は推察している。『金世中』で娘おしなを演じた際の「評判記」では「大当り」で「少しも点の打所なし極まじめで奇麗な娘で何もイヤな振りもせず」等と賞賛されている。河竹登志夫『日本のハムレット』（南窓社、昭和四十七年）によると、明治四十年明治座、山岸荷葉翻案の『はむれつと』ではハムレットにあたる葉村年麿役を演じて、歌舞伎俳優では始めて「生か死か」の独白に相当する台詞をいっている。看過されがちだが、興味深い役者である。

市川小半次（治）《いちかわこはんじ》　安政五年（一八五八）―？。本名は神林久太郎。初代左団次の門弟。母は、四世小団次の門下で幕末に活躍した先代小半次の妻だったことがあるので、小半次を名乗ったらしい。代数は不詳。敵役中心に活躍。小山内薫「世話物作者としての黙阿弥」（『旧劇と新劇』玄文社、大正八年）に「小半治は……今でも高島屋の一座にゐるあの立師の小半治」とある。

市川左団次（治）《いちかわさだんじ》　天保十三年（一八四二）―明治三十七年（一九〇四）。初世。屋号高島屋。江戸時代に同名の役者が他に数人いたので、四世とされていたこともある。明治期の黙阿弥にとって、散切物のみならず『樟紀流花見幕張（くすのきりゆうはなみのまくはり）』や『大杯觴酒戦強者（おおさかずきしゆせんのつわもの）』等多くの時代物も主演した重要な存在。江戸期の黙阿弥作品のほとんどを主演した四世市川小団次の養子筋であり、小団次系の黙阿弥作品を考える上で欠かせない。一時廃業した後、俳優として復帰する際には、黙阿弥が尽力した。二世左団次の『父左団次を語る』（三笠書房、昭和十一年）に詳しい。黙阿弥没後もその門弟の三世河竹新七の『籠釣瓶花街酔醒（かごつるべさとのえいざめ）』を主演し、岡本綺堂の追憶では、当時は評判をとり再演もされた竹柴其水『会津産明治組重（あいづさんめいじのくみじゆう）』も好演だったという。更に劇壇外の作者として松居松葉の作品を初めて演じ、装置、照明等に新時代の洋画や電気を巧みに採用するなど、画期的な存在だった。二世左団次も父の得意とした黙阿弥やその一門の作を演じたが、その後継者に恵まれず、黙阿弥の左団次系統の芸風は途絶えてしまっている。『島衛』の「評判記」では概して好評なのだが、序幕の銀行員に化けた姿が「生来が人柄のよい人ゆえ此形が寸張（つっぱり）はまつて堂しても盗賊とは見得ません」という評や、四幕目の清兵衛が「以前は大商人でありしとは確に受けとれました」、大詰の「相手が（菊五郎）の小手利ゆへ立廻りは実にあぶなくて見て居れぬ様」という辺りに、その人柄や芸風が感じられる。

市川団右衛門《いちかわだんえもん》　？―明治二十二年（一八八九）。初世。屋号成田屋。大谷万作から、明治七年九代目団十郎襲名時に門下となり、団右衛門を名乗る。大兵肥満で愛嬌に富む端敵で売った。九代目初演の「河内山」で北村大膳を演じた際、「大男総身に知恵が」の台詞をいれたという挿話もある。『島衛』の「評判記」では磯右衛門役「適当で申分なし」とされつつ「根が敵役ゆへドコトなく悪ツ振になるは残念」とあるのも、この人らしい。明治二十二年十一月二十一日没。明治末から昭和初期に活躍した二世もやはり大軀で著名だったが、血縁はなく、屋号も八幡屋。

市川団十郎《いちかわだんじゆうろう》　天保九年（一八三八）―明治三十六年（一九〇三）。九世。屋号成田屋。黙阿弥一門の不得意な時代物、活歴物を書かせることで、黙阿弥の一面を逆照射する役割を果した。活歴物がなければ、黙阿弥の作品群はかえって単調に思えただろうし、黙阿弥自身もその劇作法への疑問を持つ事もない、名人芸の披瀝で生涯を終えたかもしれない。三島由紀夫は「黙阿弥がむしろ、美の孤独な状況を発見したのは、啓蒙的道徳劇である活歴を書かされるやうになつてからではないか」（「六世中村歌右衛門序説」『六世中村歌右衛門』講談社、昭和三十四年）と述べている。「評判記」では『金世中』の毛織は「先何も云所もなし□尤当人も遊で居る気で仕て居るので有ませうが鬘が林之助ト同じ様で額いの所へ毛が四五本下るのは堂も若けらツぽく見えてわるし○大かた当人は斯(こん)なことを骨を折て仕て見せたら人に笑われやア仕まいか位な見識かも知ない」「面白みなし依て評は略しました」とある。『島衛』の望月では「自分の旧悪をかたる所は大に歌舞いて遣れたゆへ聞ごたへが有て宜御座いました」、大詰は「二番目の局結をつけに来たお役人様かと思ふ斗(ばか)りにてさしたる事なし」とある。いずれも、併演の一番目（時代物）の方が、主演である団十郎にとっては眼目だったのである。

岩井繁松（しげ松）《いわいしげまつ》　文政九年（一八二六）？―明治二十六年（一八九三）。屋号大和屋。京都生れ。『梅雨小袖昔八丈(つゆこそでむかしはちじょう)』初演では半四郎の白木屋お熊に、白木屋の後家を勤めるような位置だった。半四郎の衣裳の見立ても担当し、その舞台をよく憶え、故実に詳しい事で定評があった。『金世中』の「評判記」では「乳母おしづはまり役にて大出来大出来惜い事に病人らしく見得ないのは残念」とある。岡本綺堂の「明治時代の女形」によると、「大柄な上品な女形で、専ら老役を得意とし……大抵の名優の母」役を演じた。

岩井半四郎《いわいはんしろう》　文政十二年（一八二九）―明治十五年（一八八二）。八世。屋号大和屋。江戸歌舞伎の最後の立女方であると同時に、「眼千両」と言われた美貌で丈の高い、新時代向きの大柄の女方でもあった。散切物にも多く出演し、幾度かは洋装姿も見せている。『金世中』『島衛』上演時は、既に齢五十を越していたが、「評判記」では美貌の衰えなく、前者では「お倉は余り奇麗なのト持まへの愛敬でどうも林之助と出来て居るのかと思ふ様で有ました」とあり、後者の弁天お照でも「大太夫の官目」が賞賛されているが、「何分調子がひくい故遠くの見物には聞へず誠に一得一失是非もなき」とされている。すでに体調が思わしくなかったのか、『島衛』の公演の一番目（時代物）の役は途中で休演したようで、その三か月後の、明治十五年二月に没した。鉄道開通後に、横浜居留地で外国人の芝居があり、団十郎、菊五郎を始め、黙阿弥までも立場上同行し見物したが、半四郎だけは、同行を拒否したという挿話に、江戸歌舞伎最後の女方としての意地と気質と気位とが感じられる。

岩井松之助《いわいまつのすけ》　安政五年（一八五八）―明治三十九年（一九〇六）。四世。本名荒井久次郎。八世半四郎門下で、『盲長屋梅加賀鳶(めくらながやうめがかがとび)』初演時は菊五郎の梅吉に女房おすがを勤めるなどして、明治二十五年の「俳優橋見立四十八景」（『読売新聞』三月七日）には、団菊左が、日本橋、両国橋、吾妻橋以下の人気俳優四十八人のうち、神田橋に見立てられる程だった。岡本綺堂の「明治時代の女形」によると「小肥りに肥つた丸顔の人で、上品な役には余り向」かず、「色気のある世話物の女形などには一種妖艶の趣があつて、いつも好評」だったが、楽屋でも冷酒を呷るなど、酒癖が悪く疎んじられ、小芝居や旅回りに出て、巡業地の小樽で没。長男岩井竹松（明治二十一年―明治四十年）も深川座などに出た女方だが、早世。

大谷門蔵（馬十）《おおたにもんぞう》　嘉永元年（一八四八）？―明治四十年（一九〇七）。屋号明石屋。大坂生れ、大谷友右衛門門下で、門三から門蔵となる。台詞をいうと赤くなる癖から、「茹で蛸」「赤玉」と仇名された。息子の新派の名女方河合武雄の著『女形』（双雅書房、昭和十二年）によると、明治二十二年中村（市川）荒次郎が名題昇進の際、序列が上の門蔵を飛び越す事が当時は許されなかったので、同時に名題昇進披露をして馬十に改名したという。その両人の「名題披露の配り物は白縮緬に河竹島女史（黙阿弥の次女—引用者）の筆になりたる鶴、裏は緋縮緬を付けたる帛紗及び扇子にて両人の発句は左の通り」とあり、「春駒の数にどうして小荷駄馬」とあるのは、その事情を推察させる。黙阿弥の散切物にも多く出演、後には新派にも出演している。『島衙』の「評判記」では「弁山は辻講釈より三百代言の方へ近いとの評」とある。明治四十年十一月十四日没。

小川幸升《おがわこうしょう》　生没年不詳。屋号成玉屋。明治期前半に活躍。『金世中』併演時には、九世団十郎の『勧進帳』の四天王を勤めた事もあり、尾上梅五郎（四世松助）、市川猿十郎、坂東喜知六と同格の役が多い。「暖簾が肝心早く大樹の蔭へ」と『金世中』上演時の「評判記」にあるから、特に門下に入らず生涯を終えたのだろうか。明治四十年代にはその名が見られなくなる。

尾上梅五郎《おのえうめごろう》**（四世松助）**　天保十四年（一八四三）—昭和三年（一九二八）。四世。尾上梅五郎（屋号は山村屋）時代から世話物の脇役として重用され、『梅雨小袖昔八丈（つゆこそでむかしはちじょう）』では勝奴を勤め、『天衣紛上野初花（くもにまごううえののはつはな）』の按摩丈賀も評判で、黙阿弥の脇役に不可欠の存在だった。「評判記」には「師匠（五世菊五郎）の片腕」とされており、明治十四年六月『古代形』上演時に松助襲名。「評判記」では『金世中』の代言人では「何もせぬがどこ共なくよし□是は全く売出す所の愛嬌で有ま正（しゃう）」とされ、『島衙』では野州徳が評判で「品格万端二等寺島とも云ッべし装飾其外一点の申分なし」、猝金お市は「此人丈の出住にて先一通り申分なし」「何分お照と母子とは見得兼て」とある。長命で多くの芝居好きの記憶に残り、『与話情浮名横櫛（よわなさけうきなのよこぐし）』の蝙蝠安は一代の当り芸とされた。邦枝完二『松助芸談舞台八十年』（大森書房、昭和三年）は貴重な聞き書。

尾上梅三郎《おのえうめさぶろう》　嘉永五年（一八五二）？—明治十五年（一八八二）。屋号音羽屋。芝居茶屋奥州屋の養子。二世尾上菊次郎門下で菊三郎と名乗り、明治八年師の没後、五世菊五郎門下となり梅三郎となる。将来を嘱望された女方だったが『島衙』初演の「評判記」に「梅三郎は病気にて当狂言出勤なし」とあり、その翌年夭折した。明治十五年七月十日没。その後、菊五郎門下の女方が梅三郎を襲ったが、やはり明治三十一年に没している。

尾上栄次郎《おのええいじろう》　明治四年（一八七一）—大正元年（一九一二）。屋号音羽屋。本名伊藤長三郎。芝森元町の高砂座の立者坂東勝之助（後に坂東雛助名で常盤座で活躍）の息子で、九歳で五世菊五郎門下となり千歳座の開場公演『碁盤忠信（ごばんただのぶ）』で初舞台。十五歳で菊之助、栄之助（六世梅幸）に続く菊五郎の養子となる。その後離縁となり、父の坂東雛助と共に常盤座で人気を博した。以後は、旅回りを続け横浜の芝居にも出るうち、菊五郎没後明治四十一年、六世梅幸の薦めで歌舞伎座に復帰、翌年二月の菊五郎追善興行で名題昇進したが、菊五郎家の系図に加えられていない。『風船乗』の頃は二十歳前後の人気盛りだった。大正元年九月三日、誕生日と同日に没という。

尾上栄之助《おのええいのすけ》**（六世梅幸）**　明治三年（一八七〇）—昭和九年（一九三四）。三世菊五郎の孫、浅次郎の息子で名古屋生れ。舞踊の西川門下で西川栄之助と名乗っていたが、五世菊五郎に認められ養子となる。明治十五年名古屋橘座で巡業の菊五郎・左団次一座の『島衙』

の狂言のほほづき売」（自著『女形の事』主婦之友社、昭和十九年）で歌舞伎の初舞台とあるのは、『古代形』の七郎助倅市之助の役のことで、『島衛』に『古代形』の筋や場を入れ込んで上演した例は、これ以後もある。上京後の明治十八年、尾上栄之助名での東京での初舞台が黙阿弥の散切物『水天宮利生深川（すいてんぐうめぐみのふかがわ）』初演時のお霜。明治二十四年に五世栄三郎となり、養父没の翌月、明治三十六年三月に、六世菊五郎と同時に六世梅幸襲名。黙阿弥物では、養父の大きな遺産である「能取り物」とも称される『土蜘』『茨木』『戻橋』等、妖気溢れる系統の作品を得意とし、五世菊五郎が「家の芸」として選んだ『新古演劇十種』の芸脈は六世菊五郎以上に、この六世梅幸によって継承されたといえる。明治末には帝国劇場の座頭俳優として、女優の養成、共演もするなど多面的な活躍をした。黙阿弥物の女方としては、十五世市村羽左衛門と共演した、三千歳直侍、十六夜清心等々の名舞台は、黙阿弥の洗練されたイメージを定着するのに大なるものがあった。黙阿弥物では、他にも『富士額男女繁山（ふじびたいつくばのしげやま）』の女書生、『月宴升毬栗（つきのえんますのいがぐり）』のお富等の散切物も演じた。芸談『梅の下風』（法木書店、昭和五年）は名高い。

尾上尾登五郎《おのえおとごろう》　？―明治四十年（一九〇七）？。『古代形』の「評判記」では「大工菊松は福島屋の仕事場で鉋けづりを仕て居る所は尾登五郎ト云役者だと云事を知つて居る人は只感心したし知らぬ人は本物の大工を連れて来たトより見得ぬ程」とされ、『島衛』では明石浦難船の船頭では「めつぽう出来もよく色の黒い（生質にもせよ）ところなぞ一点の打どころはない」（『歌舞伎新報』一八九号）と好評だったが、実際の当人は頗る船に弱く、舞台の船でさえも船酔いを起したという。改名記事等は見当らないが、明治二十年より「音五郎」と標記がかわり、「年代記」には「明治四〇年四月二九日尾上音五郎歿」とある。

尾上きく（岩五郎）《おのえきく》　明治十三年（一八八〇）―明治四十四年（一九一一）。十二世守田勘弥の弟、鈴木長三の息子で、本名豊三郎。五歳で初舞台、父没後は菊五郎門下の尾上斧蔵に引き取られ、団菊左の子役で活躍し、天覧劇の『寺子屋』では、ぼたん（二世左団次）の小太郎に対して菅秀才を勤めた。明治十二年生れとも言うが、『風船乗』の際はまだ十二歳だったことになる。前述（四二九頁下段）の「俳優橋見立四十八景」では、天神橋に見立てられる程だったが、十九歳で梅蔵と改名後は、旅興行や小芝居が多くなり、数度改名、明治四十二年梅幸門下となり岩五郎と改め名題昇進。小芝居では松王、光秀等を演じたが、大酒で寿命を縮め、三十二歳で没。

尾上菊五郎《おのえきくごろう》　天保十五年（一八四四）―明治三十六年（一九〇三）。五世。明治期の黙阿弥の名作のほとんどに主演し、そのイメージと黙阿弥の劇作とは切り離せない。『五代目尾上菊五郎自伝』（伊坂梅雪編、時事新報社、明治三十六年）と『五世尾上菊五郎』（山岸荷葉編、文学堂、明治三十六年）は黙阿弥の散切物のみならず、独特の歯切れのいい口語体で、幕末明治という時代の一側面を知る挿話に満ちた快著である。明治初期から時計や椅子を好む洋癖は正に散切物そのもので、人力車で楽屋入りして周囲を驚かせ、まだ珍しいゴム製の車輪の人力車では警備の巡査まで煙に巻いた。細部に徹底してこだわる芸談の多くは、役者気質というだけではなく、十九世紀末の自然主義の演劇の動向を視野にいれると興味が深いところである。『金世中』の「評判記」ではおおむね「申分なし」で、「作者の筆と役者の腕と一対の見どこ也」とあり、

『島鵆』では「世話物の天道様外に類なし大当り」で「河竹も一世一代の骨折なれども働く俳優の仕生したる所また少からず大当り」「近頃此位ひ面白い二番目の大詰は見ませんでした」とあって、黙阿弥との相性のよさが感じられる。二幕目で明石へ帰郷する場で揚幕を出ると「何となく此人が出ると場が賑やかに成る愛嬌は不思議」というのや、招魂社で「真身の意見は見物一同泪をこぼしました」という評言にその芸風が偲ばれる。一方、能に題材をとった『茨木』『土蜘』等の松羽目舞踊でも黙阿弥と関係が深い。また、三世菊五郎以来の家の芸である怪談物の応用で、早替り、仕掛け物、宙乗り等を得意として、開化の風俗をとり入れた『風船乗』やスリエ、チャリネ（『風船乗』三八九・三九〇頁脚注参照）、『奴凧』等を演じた側面は、黙阿弥と菊五郎を語る上で重要である。菊五郎は晩年まで、仕掛け物や宙乗り（当時はあまり「ケレン」とは呼ばない）をやめなかったのである。

尾上菊之助《おのえきくのすけ》　明治元年（一八六八）—明治三十年（一八九七）。二世。幕府の御用植木職萩原平作の孫（一説には末子）で、同職の斎藤（一時萩原家へ養子に行き戻る）吉之助の三男で、秀作といった。萩原家初代が盆栽好きの三世菊五郎を贔屓にした縁で、五世菊五郎の養子となる。五世清元延寿太夫は実兄。子役の頃より評判よく、『金世中』の千之助では「小腕乍いつも見物を泣せます」「大極上々の大当り」、『島鵆』の岩松でも「申分なしの上出来」とされ、将来を嘱望された。その後養父と齟齬を生じ、明治十八年大阪の中村宗十郎のもとへ赴き、五年間尾上松幸と名乗る。この間の事情は村松梢風の小説で、後に劇化、映画化された『残菊物語』の題材となった。事実関係は五世清元延寿太夫の『延寿芸談』（井口政治編、三杏書院、昭和十八年）にある。明治二十三年勘当を許されて東京に戻り、翌年正月『風船乗』で久々に親子共演し、口上で披露したのは作中にある通り。以後東京の和事師の随一とまでいわれたが、病魔に襲われ早世した。共に大阪へ赴いた女性おりえ（明治二十七年没）との間に男子があったが、俳優にはならなかった。

尾上幸三（六世菊五郎）《おのえこうぞう》　明治十八年（一八八五）—昭和二十四年（一九四九）。『風船乗』上演時の『歌舞伎新報』（一一〇六号）の雑報見出しに「後世恐るべし」とある。「明治の麒麟児とでもいふべきは菊五郎の倅幸三にて一昨夜も歌舞伎座に於て上るりの風船を乗り試すとて梅幸はじめ係り合のもの数十名仕かけものの取つけ大空の日覆より地上の奈落の底までトントンカチカチ大道具小道具方一生懸命に仕事を終り遠見のフエルサーに成る幸三が小軽気球へ乗つて見たのは午後二時頃なりしといつも乳人の懐ろを探り夜に入ると直にワヤクともに眠りに就くのに幸三は眼を皿のごとくまだまくは出来ぬか（じやない）まだ風船は出来ぬかとまんじりともせず起て居て頓て風船だまに乗り凡そ二十四五尺の所にて風船より例の傘へ乗り移りしに泰然として笑顔で帽子をとつて一礼しソレと地上へ下り「諸君五百尺まで昇りました」といつたのは一同舌を巻き拍子喝采しばらく鳴りも止ずであつた僅か六ッや七ッで胆力のあるは感心だと見て居た人の話しではおつかさんの育柄今度の上るりは此子に何も彼も〆られませう」。また、当人も後にこう追想している。「風船を放れて、パラシユートへ移るといふ仕事を此処（ここ）で演るんだが、実に小児（こども）心にも危険（あぶない）と思ひましたよ。凝り性の五代目（おやぢ）だから、開場前に散々自宅で稽古をさせられた。最初は怖がつて何うしても私が演らなかつたのを、菊三郎、斧蔵なんかが介添で、宥めつすかしつゝとうとう演らせられた。その時の怖かつた事は未だによく覚へてゐる……五代目（おやぢ）の扮装（なり）がといふと、大柄格子縞の洋服に鳥打帽子といふ、マア其時分には大モダンな服装……私も遠見だから同じ扮装をさせられた。これが又不快でネ。……五代目（おやぢ）が髭ムシヤに顔を扮へたから、私もロヒゲや頬ヒゲをつけなくてはならない。今ならニスだがその時分はニカワを引いて、その上へヒゲを植へるんです。これがチクチクムズムズと、何うにも我慢が出来なかつたので、隙を狙つちやアむしり取るものだから、後見の弟子達がこれには手古摺つたといひますよ」（『演芸画報』昭和三年九月号）。

尾上幸蔵《おのえこうぞう》　安政二年（一八五五）―昭和九年（一九三四）。二世。屋号大橋屋。中村鴻蔵の子で菊五郎門下で活躍。小芝居では座頭役を勤め、晩年は六世梅幸につき帝劇専属となった。『風船乗』の通弁役にはこんな挿話が『五代目尾上菊五郎自伝』（伊坂梅雪編、時事新報社、明治三十六年）に紹介されている。「紙人形に瓦斯が入つて次第に揚るのを、脇で通弁役の幸蔵がいろいろに綱を引いて踊り踊りやると云ふ筋なのであつた。例の八釜し屋の五代目のことであるから、毎日毎日駄目を出すので終に幸蔵も怒り出し、『上と下とでさう旨く行くものか……第一役者の給金が異ワエ』と、中腹で引張つたのが五代目の耳に入つたので、男衆の留爺イを大橋屋の部屋へやつて、『旦那（菊五郎）が帰りに亀井橋（愛妾辻井梅方）へ寄つて呉れ』と云つていましたと云はした。それを聞いた幸蔵は、又お小言かと覚悟を決めて行くと、種々な御馳走が出て……何んだ、斯んなに御馳走などするなら舞台であんなに小言を云はなければ良いのにと中腹で居ると、『大橋屋、お前怒つて居るな、今日の様に引張れば、何も舞台で小言など云ヤーしない』と却つて気に入ると弟子の御機嫌を取つた上、大橋屋が日頃慾しがつて居た莨入を呉れた事があつた」。

尾上芙雀《おのえふじやく》　?―明治二十七年（一八九四）。七世。大阪の三世高砂屋福助の義弟。明治三年東京に出て三世沢村田之助門下となり、沢村千鳥。菊五郎門下となり、明治二十一年、芙雀となる。黙阿弥作品ではあまり印象に残らない。

尾上松助《おのえまつすけ》　→尾上梅五郎《おのえうめごろう》

清元栄寿太夫《きよもとえいじゆだゆう》**（五世延寿太夫）**　文久二年（一八六二）―昭和十八年（一九四三）。四世清元延寿太夫とお葉の養子。その経緯や生涯は、多くの興味深い挿話に充ちた『延寿芸談』（井口政治編、三杏書院、昭和十八年）に詳しい。将軍家の植木職の斎藤（一時萩原家へ養子に行き戻る）吉之助の長男。本名斎藤（後に岡村）庄吉。二世尾上菊之助の兄。少年時から、叔父亀次郎が亭主だった当時有名な横浜富貴楼のお倉の庇護を受けて育った。富貴楼は伊藤博文、井上馨、陸奥宗光などの要人が贔屓にし、貴顕の宴会には多くの芸人が出入りしていた。井上馨の世話で三井物産に入社、一方清元菊寿太夫に清元を習う。明治十三年、後の「ビール王」と称され財界の大物となった馬越恭平が支店長だった横浜支店に転勤し、『島衛』の島蔵の偽りの儲け話にあるような「ドル屋」商売で大金を得て、清元のパトロンとなり、やがてお葉に見込まれて養子となる。実業界での出世を見込んでいたお倉は猛反対したが、井上馨の取成しで納まったという。三井時代の贔屓筋を生かして、また、五世菊五郎没後の後継者六世菊五郎、六世梅幸、十五世市村羽左衛門の芸風もあって、元来は職人好みの下司な感覚のものだった清元を更に洗練されたものとし、地位も高めた。明治三十年に五世延寿太夫を襲名、大正昭和期の名人として知られる。わけても、梅幸、羽左衛門主演での『三千歳』『十六夜』という黙阿弥物や『かさね』などは、長く語り継がれた。

清元延寿太夫（二世太兵衛・延寿翁）《きよもとえんじゅだゆう》　天保三年（一八三二）―明治三十七年（一九〇四）。四世。森鷗外『細木香以』（『東京日日新聞』大正六年九月十九日―十月十三日、『鷗外全集』第十八巻所収）に香以の友人として登場する、江戸中で屈指の質店、谷中の三河屋（斎藤権右衛門）の長男。本名は斎藤（後に岡村）源之助（鷗外の伝では権之助）。心中未遂など、道楽を重ねるうちに清元千蔵に弟子入りし、その縁で二世延寿太夫の娘清元お葉と結婚、延寿太夫を襲う。黙阿弥が香以の交友関係の大きな存在だったこともあり、安政六年『小幡怪異雨古沼（こはだのかいいあめのふるぬま）』の「由縁色萩紫（ゆかりのいろはぎのむらさき）」から出勤した。以後、『三人吉三廓初買（さんにんきちさくるわのはつがい）』には「初櫓噂高島（はつやぐらうわさのたかしま）」を清元で書き込むなど、幕末から黙阿弥とは縁深く、明治の余所事浄瑠璃の大部分は延寿太夫が語っている。養子に三井物産の社員で、清元の贔屓筋であった斎藤庄吉を迎え、明治二十四年『風船乗』上演時に、栄寿太夫を名乗らせて劇中で披露した。この年、二世太兵衛と改名、二十六年には延寿翁となった。

清元お葉《きよもとおよう》　天保十一年（一八四〇）―明治三十四年（一九〇一）。二世清元延寿太夫（初世太兵衛）の娘。四世延寿太夫の妻。女師匠の清元延信につき清元を習得、十六歳の時から、母のお磯と多くの曲の節付け（作曲）をした。養子に入った斎藤源之助（後の四世延寿太夫）と結婚。長女は二世清元梅吉の、三女は清元家内太夫の妻。時の貴顕や外国要人が宴会、接待等で利用した横浜富貴楼に芸人として出入りするうちに知った、三井物産に勤務していた斎藤庄吉を養子にして、後の五世延寿太夫とした。市川九女八、三世歌沢芝金と共に、女芸人の三幅対といわれた。伊原青々園・後藤宙外編『唾玉集』（春陽堂、明治三十九年）によると黙阿弥の浄瑠璃は「節も付けい〻が手も付けい〻」「黙阿弥さんは彼の通りな人品で、何にも知らん人だと思ふと、サア其の書いた浄瑠璃には中々文句が細かくッて如何も人情が籠ッて居ますよ、福地さんは何しろ桜痴居士だてんで学問もあり、〇〇も彼の通り散々おやんなすッたんだから、浄瑠璃の文句だッて旨い所があるんだらうと思はれますが、如何も妾なんかは面白くないね」。「黙阿弥さんは数を列べるのが癖で『清心』（清元の曲名。『梅柳中宵月（うめやなぎなかもよいづき）』）。一般には『十六夜（いざよい）』と称する―引用者）にも『星の影さへ二つ三つ』なんて、斯様な風な文句が彼の人の浄瑠璃には能ッくありますね、それが実に旨く適ッて居て、語ッても心持が宜う御座んすよ」。

清元順三郎（三世順三）《きよもとじゅんざぶろう》　嘉永四年（一八五一）―大正五年（一九一六）。富本金蔵という三味線方の養子で、富本いろは太夫として修業。後、三味線に転じて二世金蔵となるも、養父と不縁となり、姉の縁で二世清元順三（「坊主順三」と呼ばれた）の養子となり、順三郎を名乗る。順三の上調子を勤め、後に、初世・二世梅吉、四世斎兵衛らと共に四世延寿太夫の立三味線を勤めた。明治十六年の養父の没後、三世順三を襲うが、延寿太夫と不和を生じ、大阪に移り、以後関西での清元普及に功績を残した。『島衛』の「雁金」は二世梅吉の作曲だが、脚本によると順三郎が立三味線を勤めたことになる。黙阿弥作品では、『水天宮利生深川（すいてんぐうめぐみのふかがわ）』の余所事浄瑠璃「風狂川辺の芽柳（かぜにくるうかわべのめやなぎ）」を作曲した。他の事情は町田佳声『清元雑考 合切袋』（版元・刊行年不明）に詳しい。

沢村曙山《さわむらしょざん》(市川莚女) 慶応四年(一八六八)—昭和十九年(一九四四)。伊勢松坂生れ。明治五年九世仁左衛門門下で我久松を名乗り、名古屋橋座で初舞台。明治八年豊橋へ来た三世田之助の門下となり、小田之と改名。明治二十三年上京し、田之助の姉てう子の養子となり、十月曙山と改名、菊五郎の直侍と源之助の三千歳の「大口寮」で新造を勤める。三世の養子四世田之助は病弱で舞台から遠ざかり(明治三十二年没)、明治二十三年二月に三世田之助の遺児由次郎が十七歳で急逝したのと関るのか不明。翌年一月の『風船乗』で菊五郎が『曙山』の出身(故田之助)の一門なる事を披露し見物へお引立を願ふ口上」(「年代記」)を述べた。同書による当時の評判は「容貌もよしこなしも大とり」。明治二十六年明治座新開場時に左団次門下に移り、市川莚女と改名。以後は腰元役多く「万年腰元」といわれたが、宮戸座では朝顔、お園等も演じた。長谷川時雨『旧聞日本橋』(岡倉書房、昭和十年)の「明治座今昔」には、曙山から莚女に改名する前後の風貌が活写されている。晩年は大阪で、初世鴈治郎一座の老女方として活躍したのはよく知られる。その息子が、市川松柏(明治三十五年—昭和六十一年)で、やはり関西の脇役だった。

沢村清十郎《さわむらせいじゅうろう》(四世源之助) 安政六年(一八五九)—昭和十一年(一九三六)。屋号紀伊国屋。三世沢村源之助の養子。清子、清三郎を経て、明治九年清十郎と改名。明治十五年に四世源之助を襲名。浅草田圃に在住したことから、「田圃の太夫」と称された。一時は、九世団十郎、五世菊五郎の相手役を勤め、天覧劇にも出演、明治二十三年『島衛』再演時には、菊五郎の望月を相手に弁天お照を勤めるなど、錦絵風の容姿、伝法な調子は他の追随を許さない人気と実力を維持した。女方はもちろん、立役にも独自の境地を示した。小芝居に出演したため、主流から外れる位置に置かれたが、黙阿弥物でも、弁天小僧、お嬢吉三、髪結新三などは、菊五郎系とは別個の味わいがあり、切られお富、女定九郎などの「悪婆物」と呼ばれる系統の芝居や役柄は、源之助の存在なくしては残存しなかったと思われる。『島衛』上演時は、まだ二十三歳だが、二四二頁脚注でも触れたように、黙阿弥も清十郎時代の源之助を八世半四郎の後継と見込んでいた節があり、実際お照の役を再演時には受け継いだのである。世上を賑わせた殺人事件の「花井お梅」との関係などでも知られる。

三遊亭円朝《さんゆうていえんちょう》 天保十年(一八三九)—明治三十三年(一九〇〇)。初世。山々亭有人編『粋興奇人伝』(文久三年)に黙阿弥(其水)と共に名を連ねているように、幕末から通人たちの集う「粋狂連」の仲間として、二十三歳年長の黙阿弥と交友があった。また、「粋狂連」を中心に、当時一般にも流行した「三題噺の会」がよく催され、黙阿弥もそこから狂言作りの案や趣向を得た。文字通り『三題咄高座新作(さんだいばなしこうざのしんさく)』(文久二年)という狂言もあり、落語の『鰍沢』の成立には黙阿弥も深く関ったともいう。明治期には、時期的には黙阿弥とはすれ違いだが、同じ本所二葉町に住んだ。黙阿弥の散切物には、新時代の流行や風俗を巧みに用い、人情噺と絡めつつ「立身出世」を啓蒙的に語り、『木間星箱根鹿笛(このまのほしはこねのしかぶえ)』のように怪談物を「神経病」として扱うなど、円朝の世界と共有する性質が極めて多い。黙阿弥は、円朝の作を直接劇化はしていないが、黙阿弥門下の作者が、怪談噺、人情噺を数多く劇化した。そのほとんどを初演した五世菊五郎の愛妾秋田ぎんが居た日本橋浜町梅屋敷には、円朝も明治五年頃から住んだが、その縁で菊五郎とも親しくなったという。『風船乗』上演当時の挿話は四二〇頁以下の脚注を参照されたい。

三遊亭金朝《さんゆうていきんちょう》　嘉永二年(一八四九)?—明治四十二年(一九〇九)。二世。元来声色を得意として、素人連(芸好きの素人の集まり)で活躍。円朝に入門して、芝居噺を演じたが、やはり菊五郎や左団次の声色で売り、わけても左団次を十八番としてその屋号を被せて「高島屋金朝」とまで呼ばれたという。『風船乗』の下の巻に登場する浅草十二階下の「清水屋」という茶屋は、金朝の妻が経営していた。その前後の事情は、次男で歌舞伎の囃子方だった初世田中涼月の『田中涼月歌舞伎囃子一代記』(小林責共著「国立劇場歌舞伎資料選書」平成四年)に詳しい。菊五郎は金朝に円朝の普段の癖を頻りに尋ねた。『風船乗』上演の翌年、明治二十五年頃より眼疾を患い、後に失明した。同書によると、左団次はさかんに金朝親子を心配し、黙阿弥の『梅雨小袖昔八丈(つゆこそでむかしはちじょう)』の源七を演じた時には、気遣う捨台詞を毎日入れたという。長男は、三世金朝を襲い、晩年は赤坂の寄席豊川亭の席亭となった。涼月の長男が、十一世田中伝左衛門。

中村(市川)荒次(治)郎《なかむらあらじろう》　嘉永三年(一八五〇)—明治四十年(一九〇七)。屋号若松屋、後に大黒屋。初世左団次の実弟。肥満の体軀を生かして、大敵から端敵まで得意とした。明治四年『有職鎌倉山(ゆうしょくかまくらやま)』の三浦荒次郎の菊五郎の代役が評判となり、前名中村叶より荒次郎と改名したのはよく知られる。「自筆履歴書」(『演劇界』昭和二十九年十二月号)には明治九年、市川姓となるとあるが、番付類では明治十八、十九年でも中村姓。明治二十二年一月大谷馬十とともに名題昇進の際は市川姓となっている。その際の発句は「下萌や角力とり草は目につかず」(大谷馬十の項参照)。初世左団次没後も、五世小団次と共に、甥の二世左団次をよく助けたという。左団次系の黙阿弥物にはよく出ているが、新富座での『古代形』上演時の時代物『夜討曾我狩場曙(ようちそがかりばのあけぼの)』の「評判記」では台詞が乱暴下作とされ、その余波を蒙り「若荒さん(「左団次の弟の荒次郎さん」の意味—引用者)爰は中島座や寿座とは違ふよ特別一等の大劇場だよ当込ばかりが能ではないよ少しは太刀の振どに心を付ないと兄じや人高橋氏(左団次の本姓—同)の名に迄係るよ」と酷評されているのは気の毒。『金世中』上演時の「評判記」に「あらあらしいと言れても突込んでやりたまへ」とあるから、左団次の実弟でも役に恵まれなかったのは、体軀肥満の条件だけでなく、覇気に乏しかったのか。明治四十年七月二日没。

中村歌女之丞(福芝)《なかむらかめのじょう》　?—明治三十一年(一八九八)。二世。明治二十七年一月名題昇進し、福芝と改名。「丈ヶは聊か高すぎたれど色気ありて恰も真の女性の如き人なりき」(「年代記」)。

中村芝翫《なかむらしかん》　文政十三年(一八三〇)—明治三十二年(一八九九)。四世。屋号成駒屋。幕末明治を通じ一級格別の人気を保ち、芸容や貫目(かんめ)の大きさで定評があった。黙阿弥作品では幕末の『青砥稿花紅彩画(あおとぞうしはなのにしきえ)』の南郷力丸はよく知られるが、台詞憶えの悪さでも「定評」があった割りには、『東京日新聞(とうきょうにちにちしんぶん)』『繰返開化婦見月(くりかえすかいかのふみづき)』『明治年間東日記(めいじねんかんあずまにっき)』など明治期の黙阿弥の散切物にも意外に多く出演している。菊五郎がチャリネを演じた『鳴響茶利音曲馬(なりひびくちゃりねのきょくば)』では異人役のスリエに扮しているのが珍しい(三八九・三九〇頁脚注参照)。

中村(市川)志やこ六(蝦蛄六)《なかむらしやころく》　嘉永五年(一八五二)—?。元来は「阪東やま平」という役者の弟子で阪東三子吉と名乗り初舞台を踏む。中村宗十郎門下となり中村志(し)やこ六、明治二十二年宗十郎没後団十郎門下となり、市川姓となり海老蔵に因んで「蝦蛄六」と改める。団十郎の馬の脚を勤めて評判をとり、『歌舞伎新報』の懸賞で三等賞を得たという。『演芸画報』大正八年七月号に芸談が掲載され、小山内薫「世話物作者としての黙阿弥」(『旧劇と新劇』玄文社、大正八年)に「今では帝劇の地下室に時勢の推移を嘆じてゐる」とあるが、昭和期の名鑑類には名が見当らない。

中村鶴助《なかむらつるすけ》 弘化三年(一八四六)?—明治二十五年(一八九二)。三世歌右衛門の孫。幼名橋之助から橋五郎と改名、大阪の子供芝居の座頭となり、東京へ来て鶴助と改めたが伸び悩んだ。明治十五年、中村宗十郎とともに大阪に戻る。『島衛』の「評判記」では仙次郎役自体が曖昧な役で「脚色も完全な物とは申がたき所無にしも非れども仕様に依たらもう少し堂か成さうな事」「全体わるい役ゆへ本人も拋て仕て居たものか中出来」とされている。明治二十五年九月二十二日没。

中村鶴(霍)蔵《なかむらつるぞう》 天保二年(一八三一)?—明治二十三年(一八九〇)。二世。屋号鍋屋、舞鶴屋。大阪で姉川仲蔵に入門し鬼久蔵、江戸へ移り四代中村仲蔵門下となり中村雁八を名乗り、明治四年一月師匠の前名鶴蔵を襲い、九年名題昇進。道化方として知られたという。『島衛』の東右衛門では「質朴な百姓のこなし申分なし」「此人も近頃は斯云役は大分仲蔵が乗うつゝて来た様で有ます」と「評判記」にある。明治二十三年四月十一日没。

中村仲蔵《なかむらなかぞう》 文化六年(一八〇九)—明治十九年(一八八六)。三世。『与話情浮名横櫛(よわなさけうきなのよこぐし)』初演時の蝙蝠安を勤めた程だから、明治元年ですでに六十歳に達していたが、明治の黙阿弥の世話物でも元気に活躍し、『梅雨小袖昔八丈(つゆこそでむかしはちじょう)』初演には弥太五郎源七と家主の二役を勤めた。活歴物、散切物でも活躍した。散切物では明治十三年の『霜夜鐘十字辻筮(しもよのかねじゅうじのつじうら)』の按摩宗庵役がことのほか好評で、「宵に呼ばれた茅町の」以下の台詞は大正期までは、芝居好きの記憶に残っていた。『金世中』上演時の「評判記」では「何をさせても見物に感服させる人しかし惜い事にはチト老松」とあるが勢左衛門役は「云に云れぬうまみ大当り」と賞賛されている。その著『手前味噌』(郡司正勝校註、青蛙房、昭和四十四年)は、幕末明治の世相を知る上での多くの情報に満ちた、無類の書である。

中村福助(五世歌右衛門)《なかむらふくすけ》 慶応元年(一八六五)—昭和十五年(一九四〇)。四世。屋号成駒屋。五世芝翫を経て、五世歌右衛門。福助時代は圧倒的な美貌で、伝説的人気を誇った。黙阿弥物にはあまり縁なく、『中村歌右衛門自伝』(秋豊園、昭和十年)にも黙阿弥の記述はない。散切物の娘役の他は、九代目団十郎没後の活歴物を数作継承した。『古代形』と『島衛』では福島屋娘を演じて、「評判記」では「神楽坂酒屋の場へ醬油を買に来る所白粉けなし真の素顔に鬘は銀杏返しのこわれたのに縮緬の半天の少し綿の出たのを着られたは感心」とある。

坂東(市村)家橘《ばんどうかきつ》 弘化四年(一八四七)—明治二十六年(一八九三)。初世。五世尾上菊五郎の弟。明治元年十四世市村羽左衛門を襲名後、三年に市村家橘、五年に坂東家橘となる。一時関西に行ったが、明治十一年帰京。「大納言」と仇名されるおっとりした芸風、「鳩ぽっぽ」と呼ばれるような台詞回しが特徴だった。『金世中』の藤太郎では、「評判記」に「何ともなくてよし」「赤裏の廻し合羽に手提を持て出た所何(つい)も若旦那ツケが無くて大よし」とあるのも、その特徴を偲ばせる。『梅雨小袖昔八丈(つゆこそでむかしはちじょう)』初演では手代忠七を演じるなど元来は和事や若旦那役に本領があったが、『盲長屋梅加賀鳶（めくらながやうめがかがとび）』では巳之吉と伊勢屋主人を演じるなど、役柄は意外に広く、老け役、敵役までこなし、九代目団十郎の活歴物でも相手役を勤めている。

坂東喜知六《ばんどうきちろく》　?—明治三十四年（一九〇一）。屋号喜屋（よろこびや）。元は嵐吉三郎門下で、吉六といった。顔に特徴あり「『散り蓮華』と仇名の名題下で、河竹の二番目物には彼の『かぼちゃ頭』と『中低く』が通りものであり、新富座の初開場から頭取を勤め……『喜び家』と云ふ待合を始めたり、新相中の下廻りを集め、立廻りの勉強会など催し……仮名垣魯文の妖怪尽しの引幕に、道行姿を画かれたり、舞台では名優に当擦りの台詞を言はれ、身分以上に浮名を流した」（木村錦花『守田勘弥』新大衆社、昭和十八年）。「評判記」では『島鵆』の「女髪結おつね正直な所と欲ばつた所とあつて大出来」、『金世中』の「蒙八恵府林に又お出なせへと云乍ら表へ突出格子を閉る時自分の首を挟むのは新しい趣向で有ました」とある。明治三十四年十月十三日没。養子に主に関西や旅芝居で活躍した五世坂東簑助（前名利喜松）がいる。

坂東志う（秀）調《ばんどうしゅうちょう》　嘉永元年（一八四八）—明治三十四年（一九〇一）。二世。生地の名古屋で四世市川小団次に入門し、米丸、米十郎を経て上京し、十二世守田勘弥の門弟になり坂東志（し）ぅ調、明治十七年より秀調。「逆さ瓢箪」という仇名の風貌で悪声だったが技量に優れ、特に時代世話ともに奥方、女房役に向き、団菊左の女房役を勤めた。『島鵆』では「磯右衛門との取合よく申分なし」「兄妹のこなしハツキリと分りて夫婦と紛わしくないは感心」という「評判記」の評は、その芸風と特徴を裏付けている。

坂東竹松（十五世市村羽左衛門）《ばんどうたけまつ》　明治七年（一八七四）—昭和二十年（一九四五）。初世坂東家橘の養子で、坂東家橘、市村家橘を経て十五世市村羽左衛門。竹松時代は坂東姓。五世菊五郎系の黙阿弥物を更に洗練させて、大正昭和前期に黙阿弥物の気分やイメージを確立するのに大いに貢献し、『島鵆』の島蔵も持ち役でしばしば演じ、「明石屋」と「招魂社」の二場構成だけでも上演される人気狂言にした。田村西男の評（『演芸画報』昭和三年二月号）に「涼しい眼の中に一種の凄味が含まれているだけでも、凶状持だということが納得され……眉が根に寄るこの人の八の字が、暗い島蔵の一面を語るがよう」で「白い額へかけて散切頭のばらりと下つた様子合、私の傍にいた老人が、五代目（尾上菊五郎—引用者）よりはズットいいと頻りに褒めて」いたとあるのが印象深い。

用語一覧

神山　彰

1　以下は本巻所収の三作品の舞台用語を中心に以下の基準で選び、五十音順に配列、所収作品の用例に即して述べたものである。

2　舞台用語及び解説は、あくまでも舞台上の用法、用例であり、日常生活でのそれとは異なる。

3　各作品、各場に共通して用いられるものを主に選んだ。ある場面の特定の設定で指定されたものは、当該頁の脚注を参照されたい。

4　舞台用語の表記は多様で、必ずしも統一されていない。時代、地域、ジャンル、作者、劇場等により、用法も呼称も異なる場合がある。

5　演技や鳴物（下座音楽）等個々の表現に関しては、当該の脚注を参照されたい。また、個々の脚注はその場面の演技、演出に即しているので、ここでの説明と多少異なる場合もある。

6　図版は、伊藤熹朔『舞台装置の研究』（小山書店、昭和十六年）によった。

揚縁　店先などに吊り上げる形に作った濡れ縁。たたむと戸の替りにもなった。

誂え　従来の決まったものでなく、担当者が役者や作者と相談のうえ、別に工夫すること。

雨落　客席最前列の土間。本水使用の際など、水が掛かるので空席となったという。「雨落といふ名土間にありしが今はなし。今の小一（最前列の狭い寸法の枡席―引用者）の所なり」（赤塚錦三郎『芝居見物心得』赤塚錦三郎刊、明治十五年）。

一間腰障子　一間間口の腰障子。

いつもの所　定式道具の決まった場所。

伊予簾　伊予産の篠竹で編んだ簾。キッカケにより上下する。

置流し　据付けでない移動可能な小道具の流し。

落間　屋体の下、土間にあたる部分。

折回し板羽目　鉤の手に曲げてある板塀。

折回し障子　鉤の手に折り曲げた形で飾ってある障子。

上手　舞台向って右手。反対は下手。双方をいうときは「上下（かみしも）」という。

キザミ幕　柝（拍子木）を細かく早間（はやま）で刻み込むように打ち、幕を引く。生世話（きぜわ）物の幕切れでよく用いる。

きつぱり　しぐさや音楽の演奏等を強調すること。

木の頭　幕切れに、台詞や仕草のキッカケにより打つ、最初の柝の音。

切穴　舞台の数か所に切り抜いてある穴。花道の七三の位置にあるもののみスッポンと称している。

潜り付き障子　潜り戸のついた障子。

蹴込み　縁の下の部分の張物。段の前面部分もいう。

建仁寺垣　京都の建仁寺で用いたという、竹を縦横に渡して縄で結わえた垣根。

腰障子　上半分が障子、下は板張りの戸口。

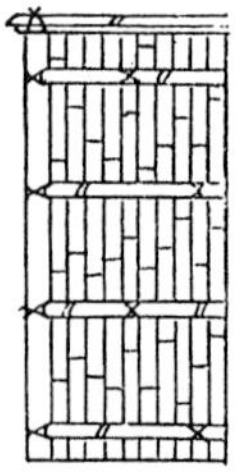
建仁寺垣

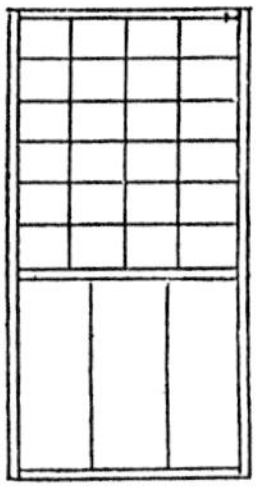
腰障子

この見得　この様子で。この形で。ある状態でいることをさす。

三間の間　「本舞台」の項参照。

下の方　舞台向って左側。或いは屋体外の下手側。

障子付き付け屋体　本屋体の上手につける、障子で囲った部屋。

厨子入りの阿弥陀仏　二枚扉の仏壇に南無阿弥陀仏と書いた掛け物と位牌を置く。

捨ぜりふ　台本にない台詞。即興でいう台詞。

住う　舞台の居どころにつくこと。

粗朶垣　粗朶を編んで作った垣根を描いた書割の装置。

太鼓張り　骨を少なくして両側から上張りの襖紙を張る襖。ふくらんだ形に見えるのでそう呼ぶ。

常足の二重　舞台の上に一尺四寸の高さ（常足）の台（二重）を飾る屋体。

釣枝　日覆いに吊り下げる造花や樹木の枝を模した道具。

道具替りの知らせ　装置の転換を知らせる柝の合図。狂言方が打つ。

通しの屋体　指定の寸法（四間なら四間）に飾る屋体。

戸袋　開けた雨戸を納める囲いの部分。

波布　波模様を描いた布。平舞台一面に敷く他、舞台前に置き、道具方や後見が入って波立たせて臨場感を出すこともする。

二重　屋体等を飾る土台になる部分。また、屋体の名称。→常足の二重。

鼠壁　鼠色の壁。

暖簾口　世話物の屋体正面の暖簾の下がった出入り口。

梯子上り口　切穴の枠や下手側に手摺りを置き、階下からの出入り口に見せる装置。

ばたばた　舞台上手最前でツケ打ちの打つ「ツケ」のこと。走る音の擬音。

張物　木枠に紙や布を張り、場に応じて絵を書いた大道具。

日覆い　舞台前面上部に天井から吊るす簀の子。野外劇場時代に、日光を避けるため仮設したことからの命名という。雪を降らせたり、雲、鳥などを下ろすときに用いる。

引つぱり　役々が互いの心持ちを見計らう状態。また、それを形であらわすこと。

一つ竈　火床が一つだけの竈。裏長屋の侘しい暮しを見せる。

ひやうし（拍子）幕　狂言方が徐々に柝を刻んで打って行き、幕を閉める演出。

平戸　まいら戸に同じ。まいら戸の訛伝か。

平舞台　舞台平面に直に道具を飾る状態。

本縁　二重屋体の正面や脇に縁側としてつける床板。

本庇　書割に描きこむのでなく、別に庇をつける。装置が立派になり、立体感、現実感を増す。

本舞台　明治の劇場構造では、いわゆる「舞台」を指す。江戸期は「三間」とするのが一般的だった。黙阿弥の時代は、三間、四間を場面により使い分ける。

本屋体　舞台中央に位置する大道具の建物をいう。上手側につける小型のものを「付け屋体」という。

まいら戸（**間平戸**）　細い桟のついた引き違えの戸。

○　思い入れをするという、歌舞伎脚本の決まりの印。具体的には、芝居の状況、役の設定により、多様である。

丸太の門口、竹簀戸　丸太の枠組みに、竹の簀の子の戸口をつけた装置。竹簀戸は、写実性というよりも、下手側、花道外の客席からも、屋体内の演技が見えるように芝居ではよく使われる。「山木戸」といわれる道具と同じ。

見切り　後方の舞台裏を観客から隠すための張り物。「突き出し」ともいう。

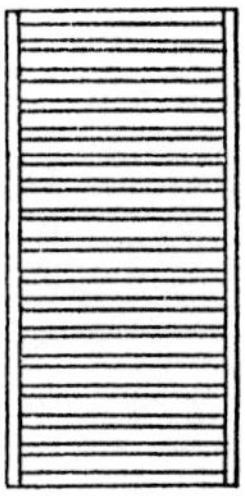

まいら戸

山木戸

三つ具足　華瓶（けびょう）、燭台、香炉の仏壇用具一揃い。

四ツ目垣　竹を縦横に組んだ垣根。

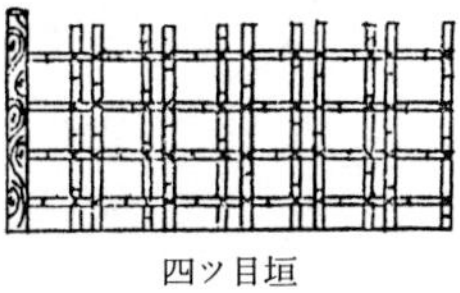

四ツ目垣

宜敷（**よろしく**）　状況や設定に応じて、役者や道具方の判断に任せる演技・演出。大道具、小道具、扮装等にも多様に用いる。

関連資料

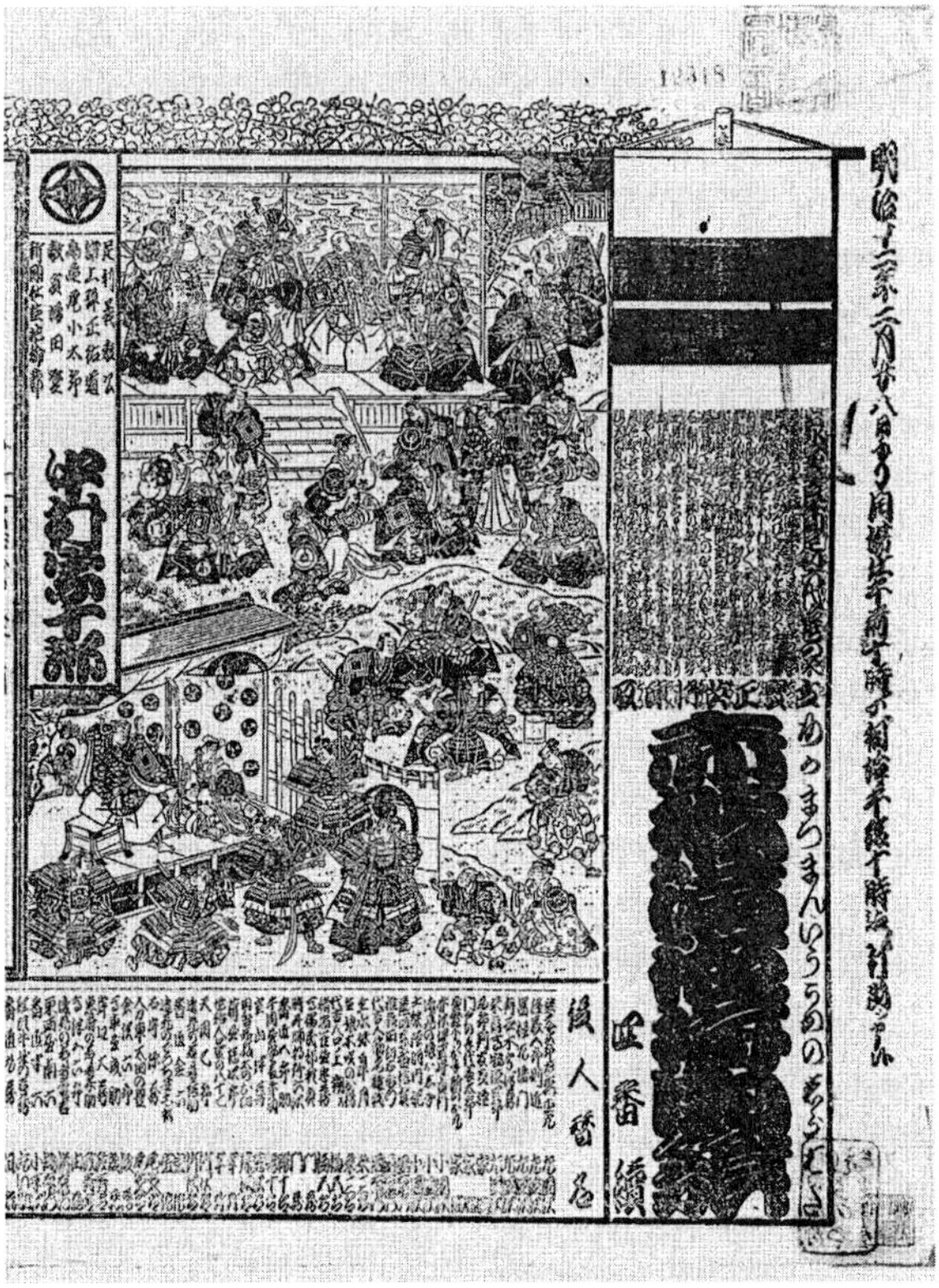

『人間万事金世中』辻番付
（早稲田大学演劇博物館蔵・ロ二二―〇〇五一―一二四）

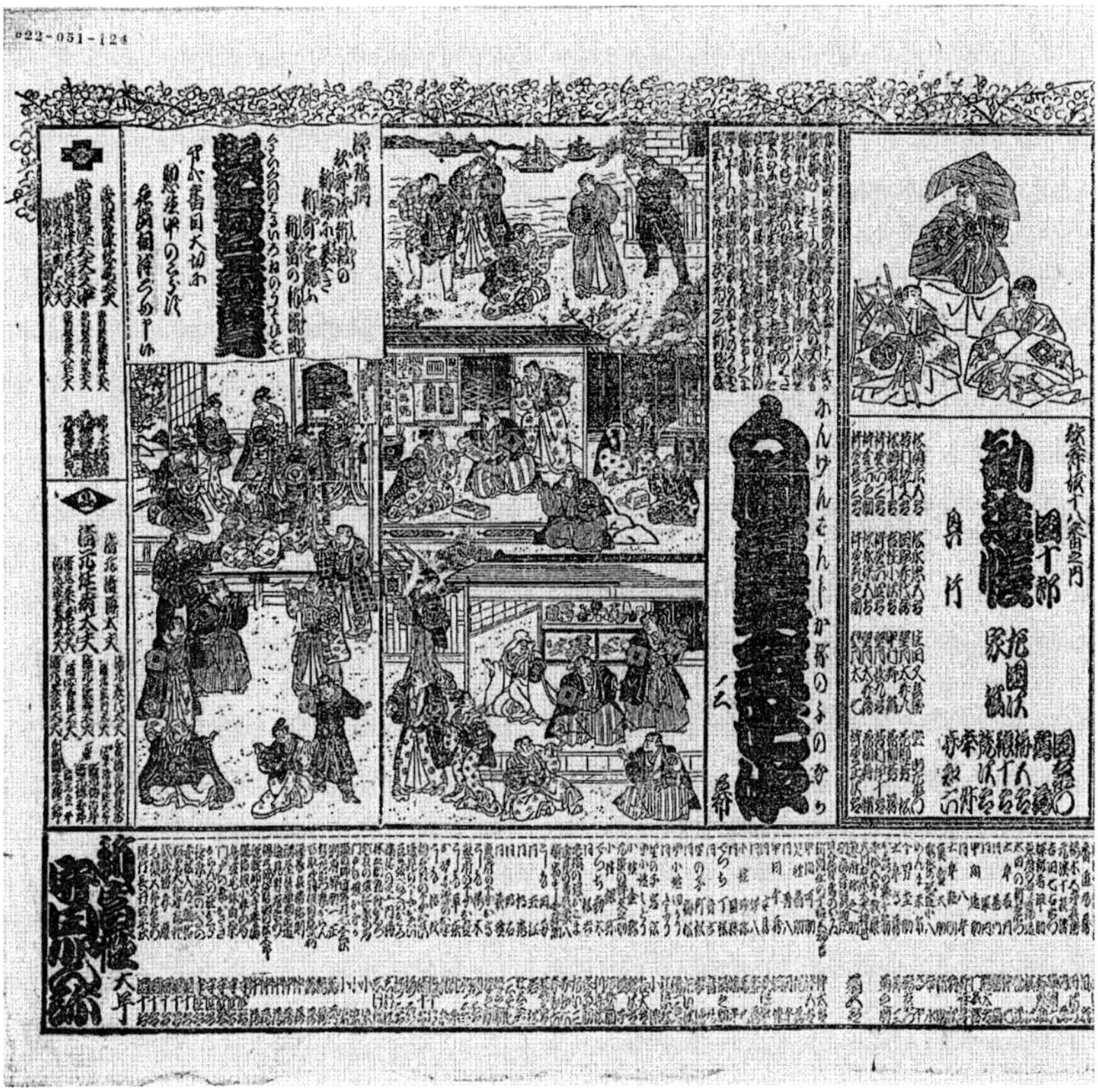
22-051-124

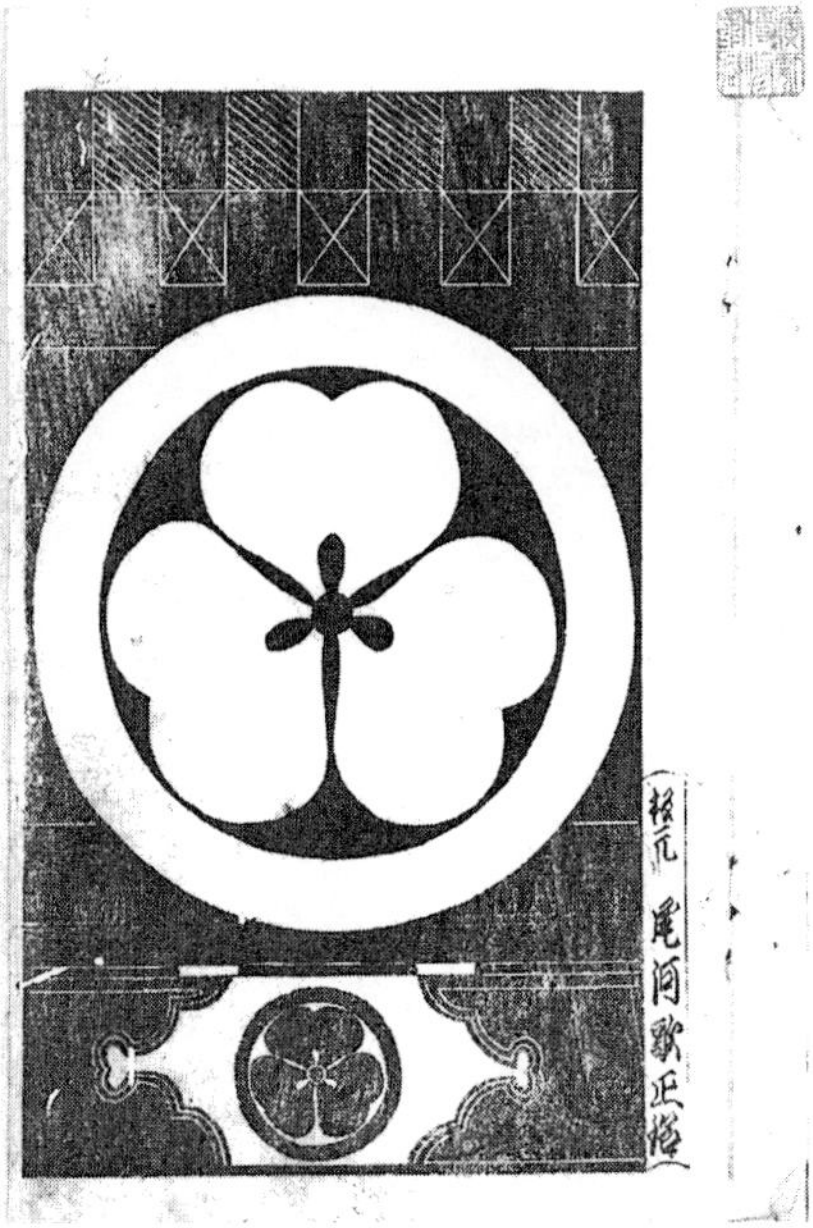

『人間万事金世中』絵本役割番付
（早稲田大学演劇博物館蔵・ロ二四－七－二〇J）

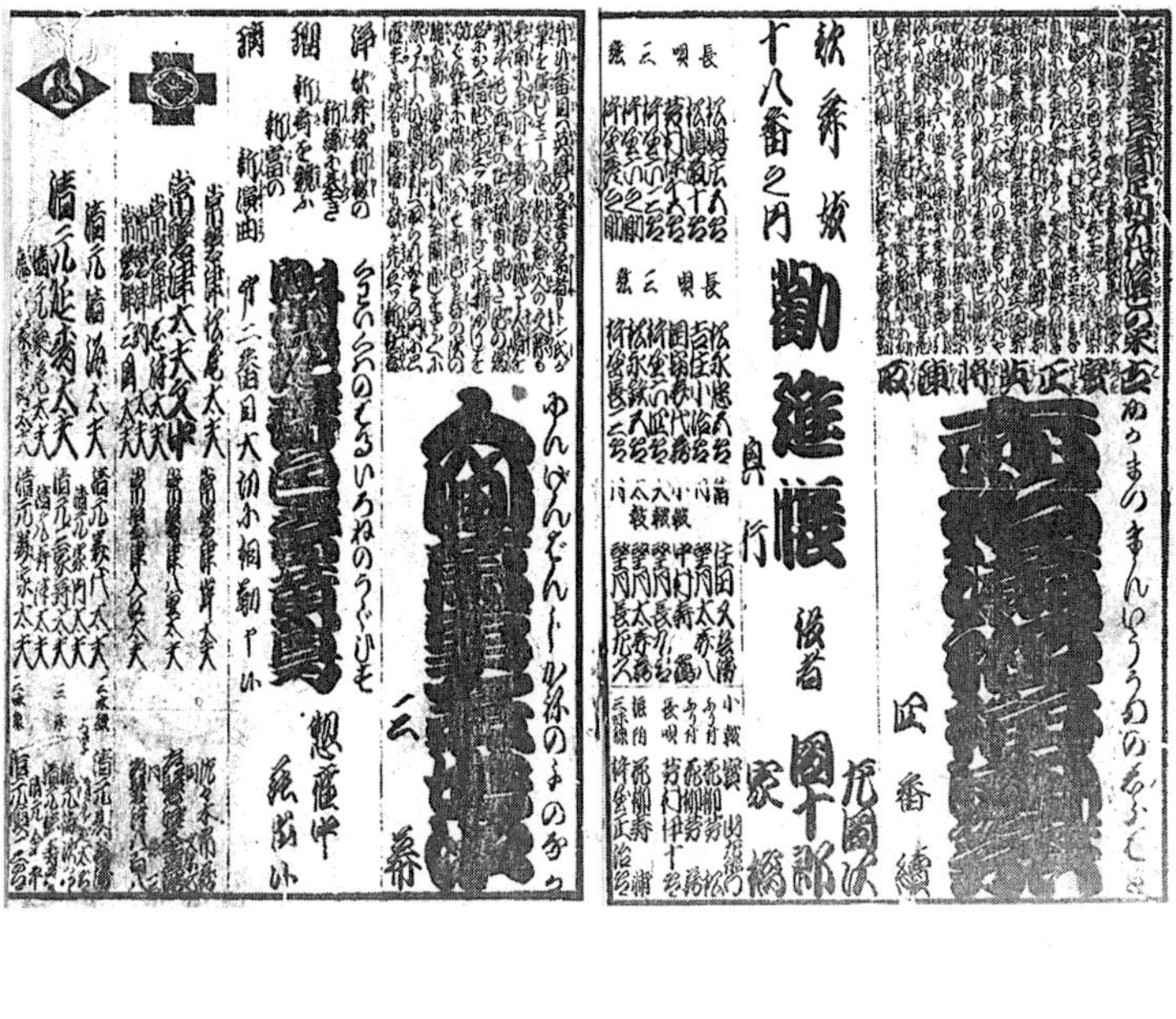

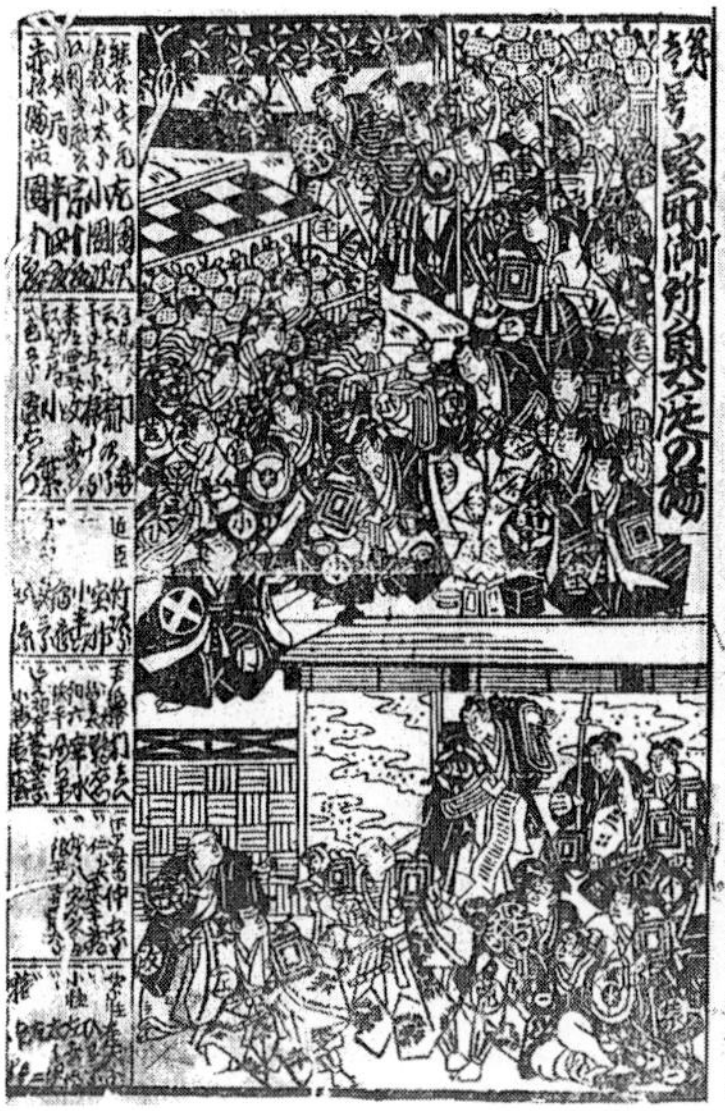

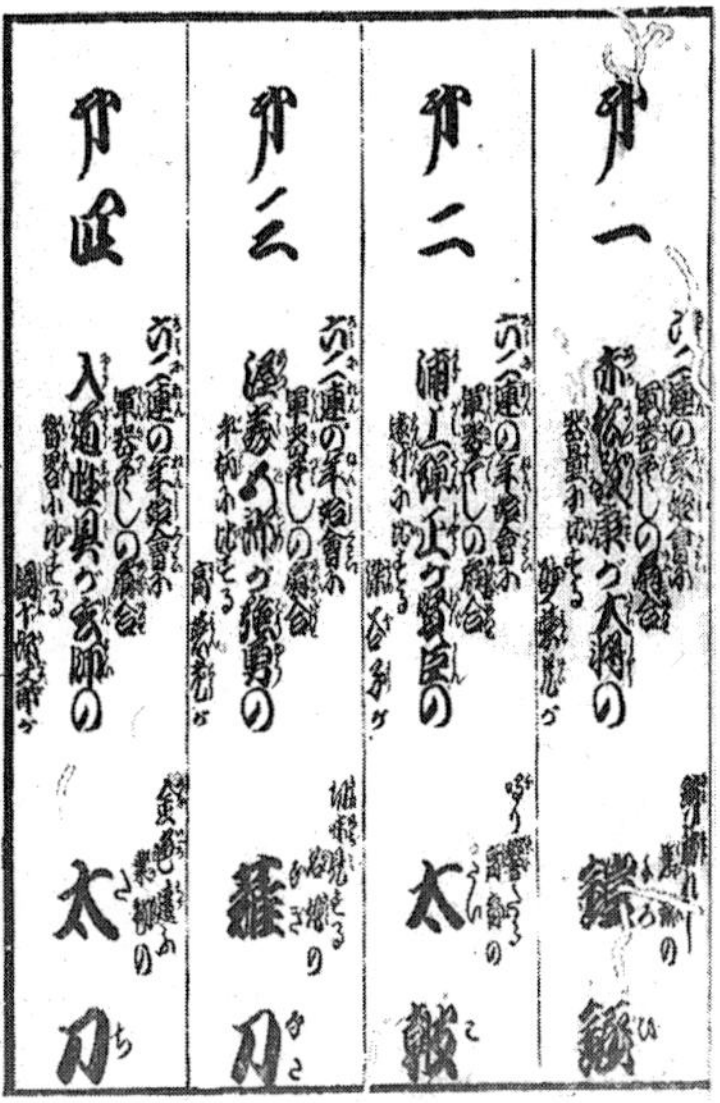
第一
第二
第三
太鼓
薙刀
太刀

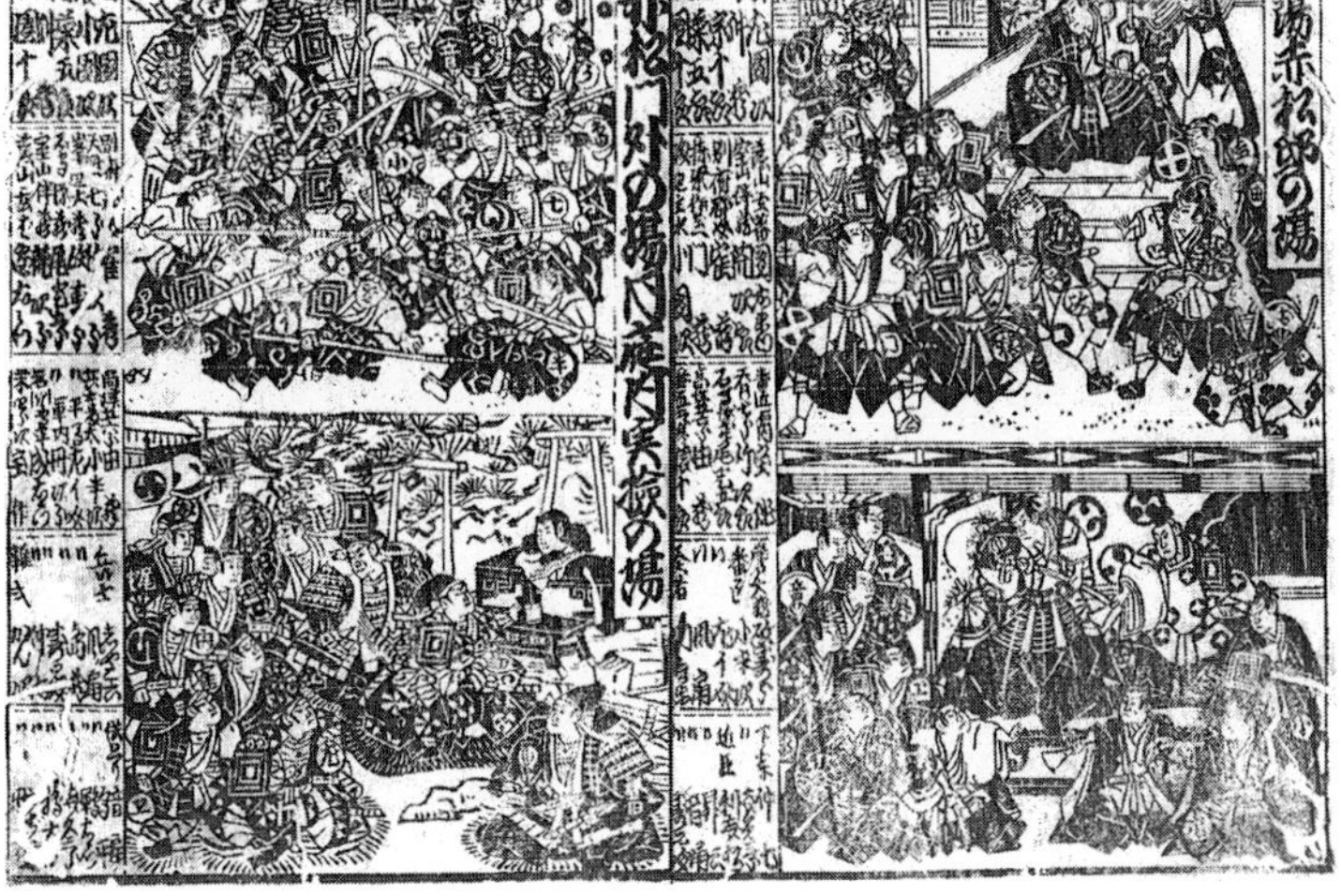
赤松門外の場
赤松邸の場

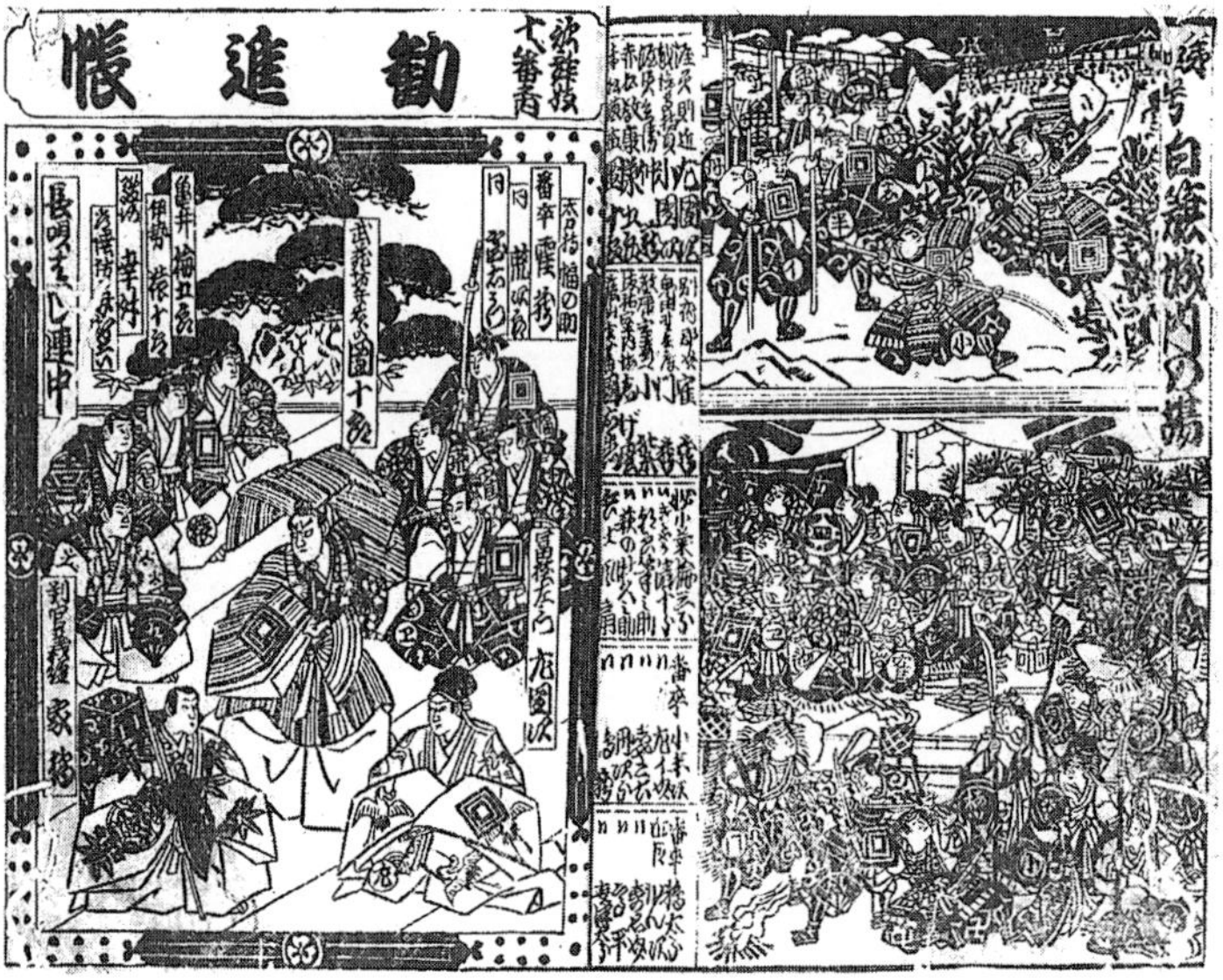
勧進帳

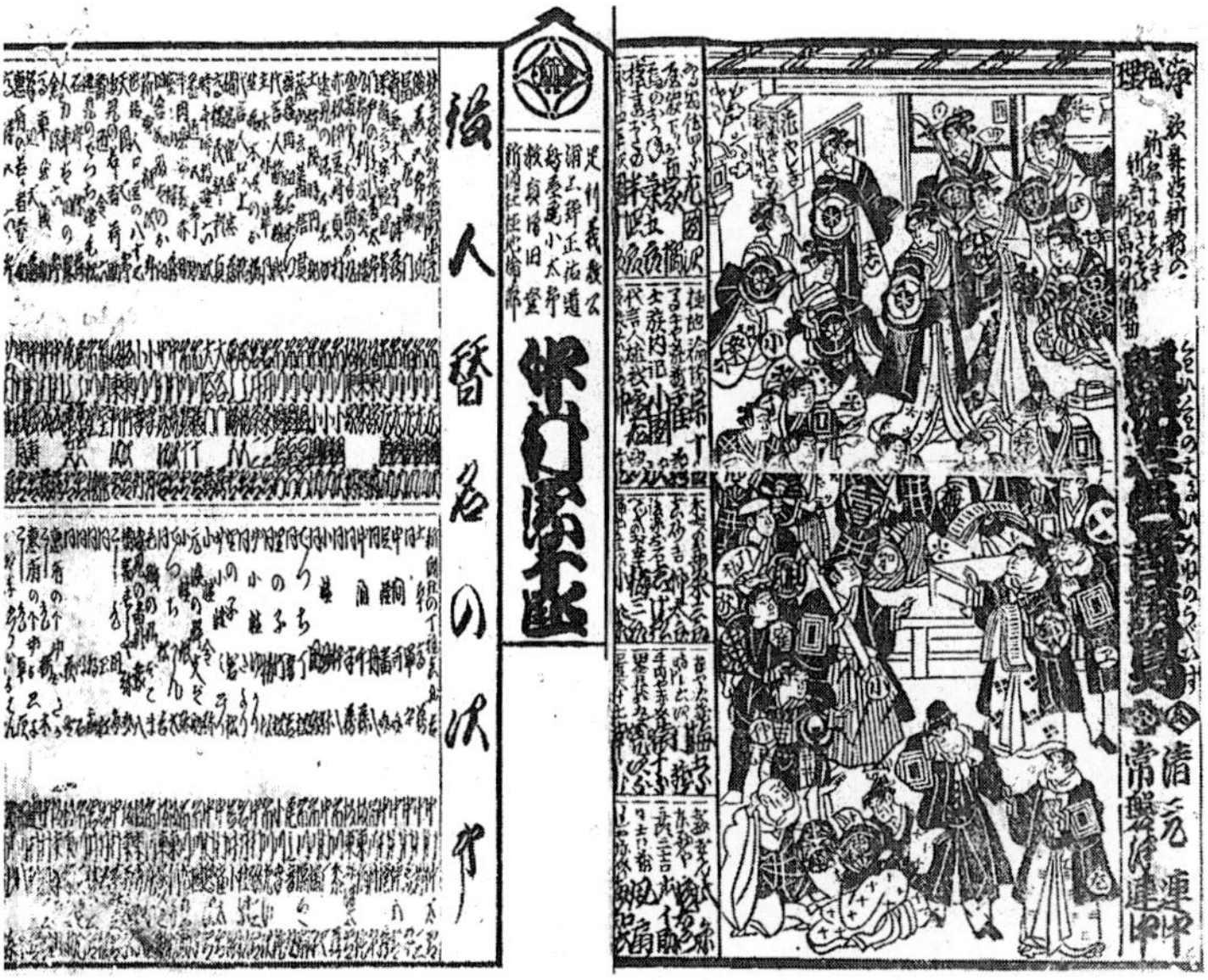

役人替名の次第

清元連中
常磐津連中

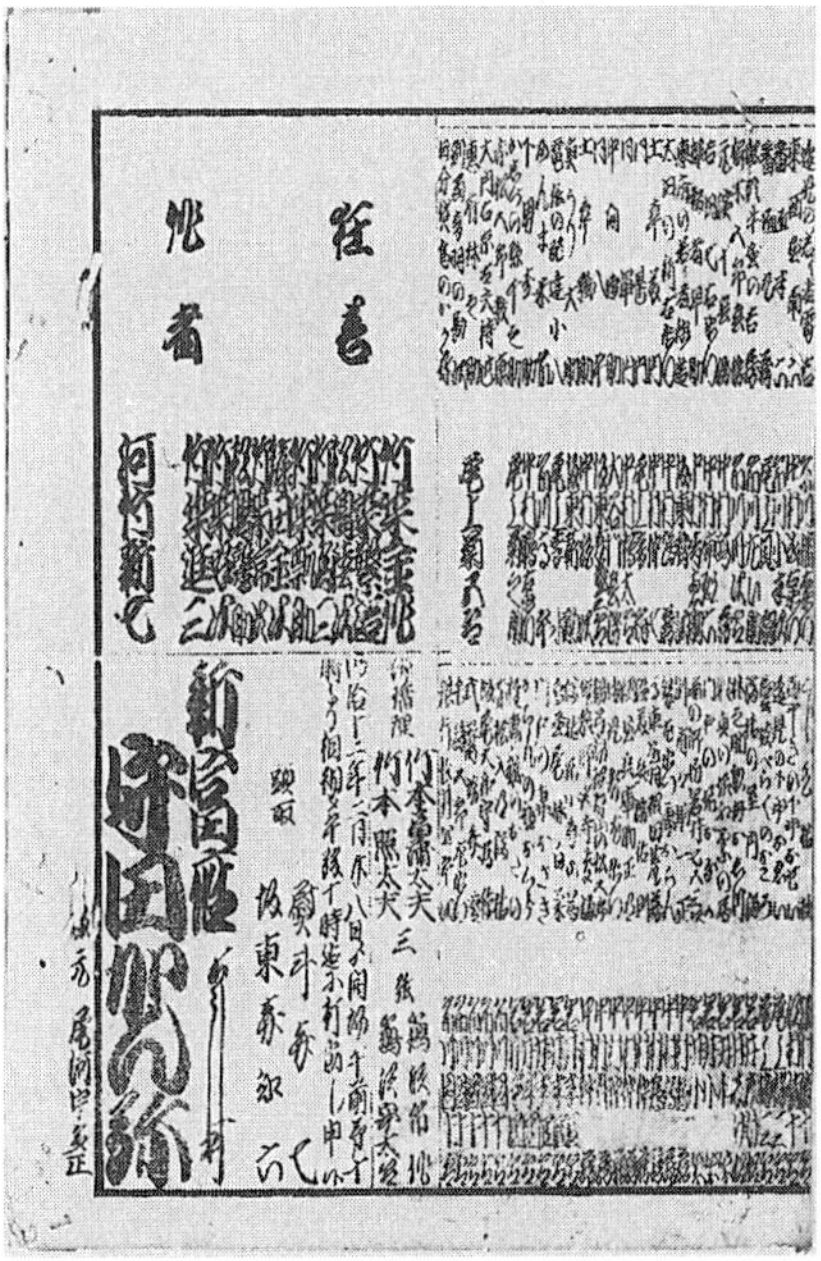

狂言
作者

河竹新七

新富座

『人間万事金世中』錦絵
（小林令子所蔵）

市川團十郎
周延筆

『人間万事金世中』錦絵
（国立劇場蔵）

恵府林之助
中村芝翫
娘おくら
市川女寅

『島鵆月白浪』辻番付
（早稲田大学演劇博物館蔵・ロ二二―〇〇五一―〇一七七）

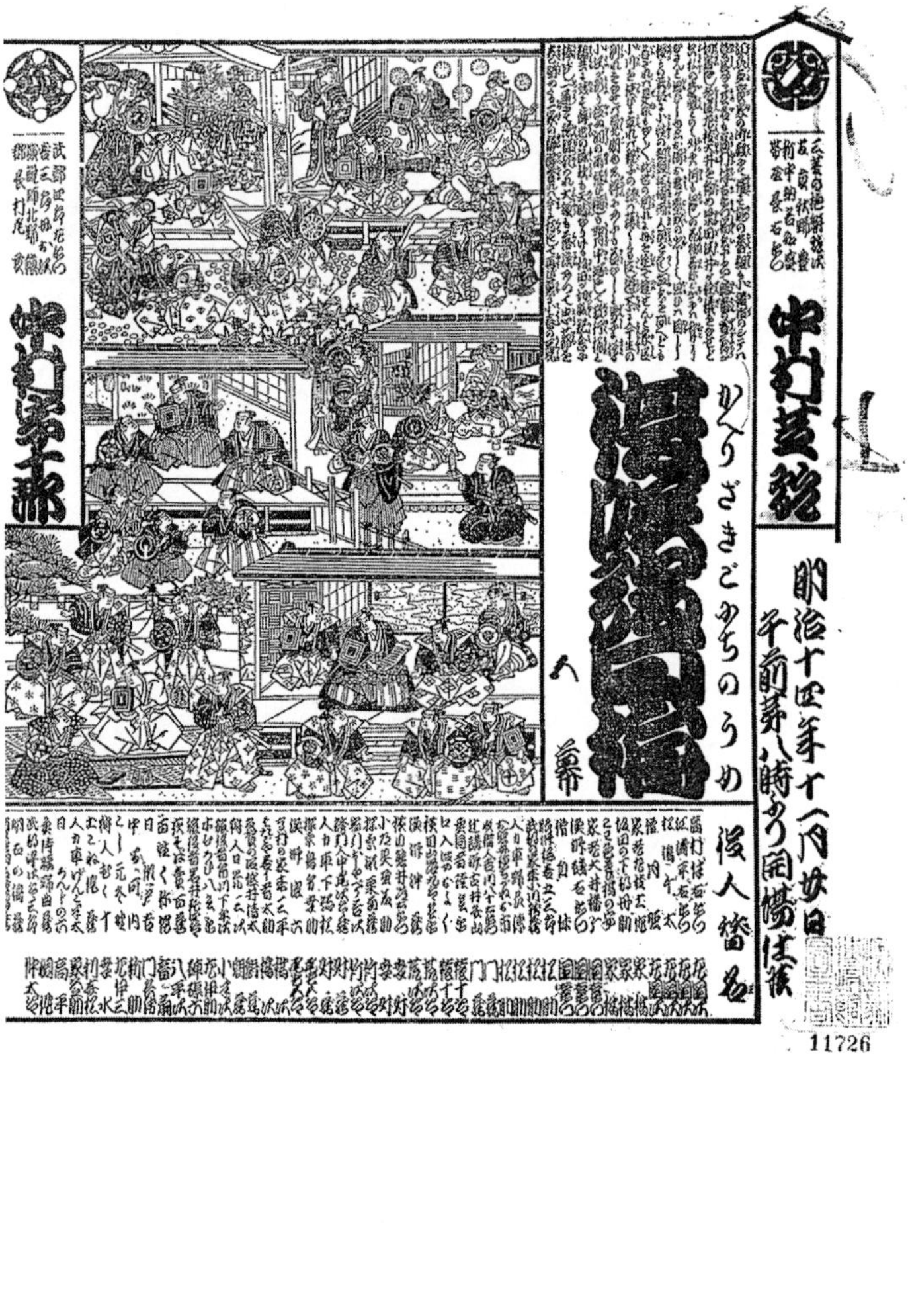

ロ22-051-177

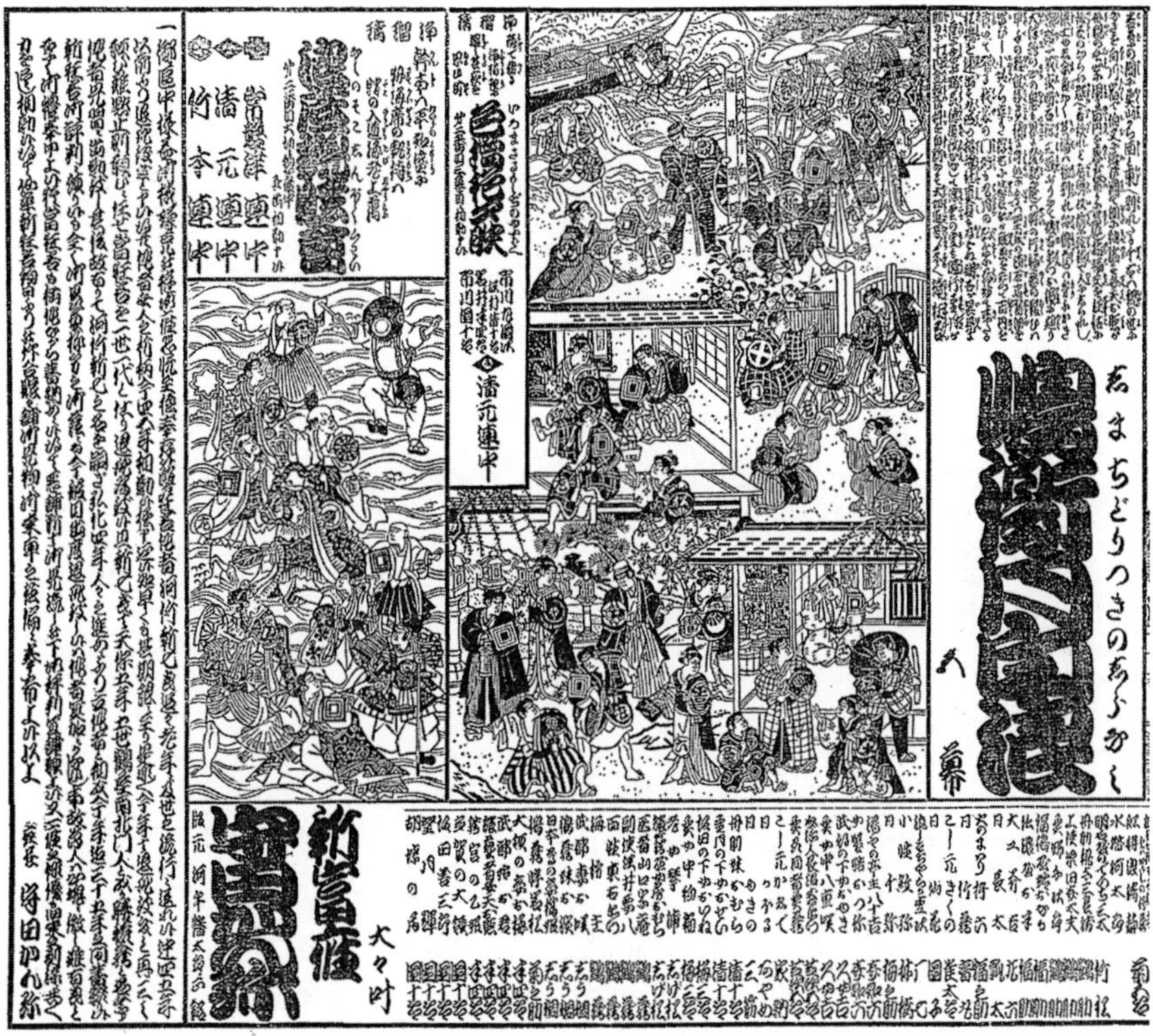

『島鵆月白浪』絵本役割番付
（早稲田大学演劇博物館蔵・ロ一八―〇〇五一―〇〇〇六）

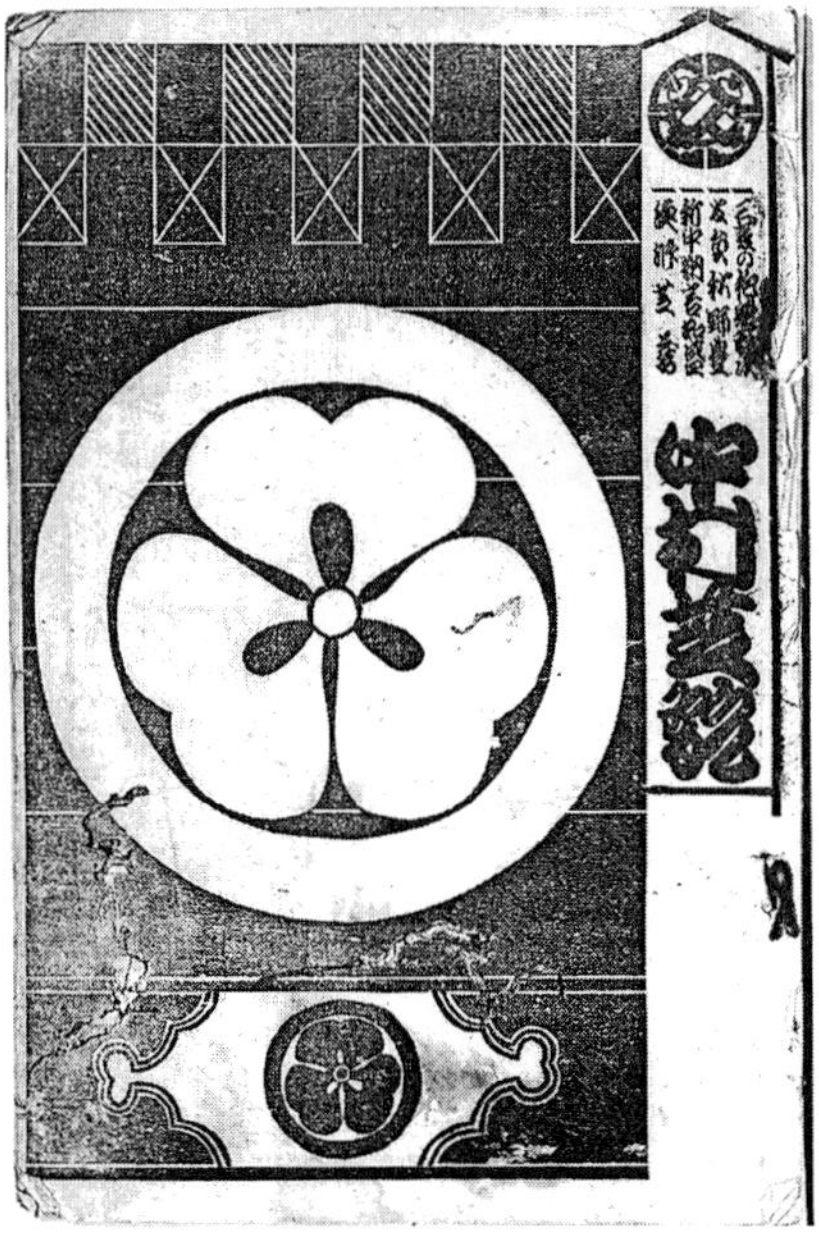

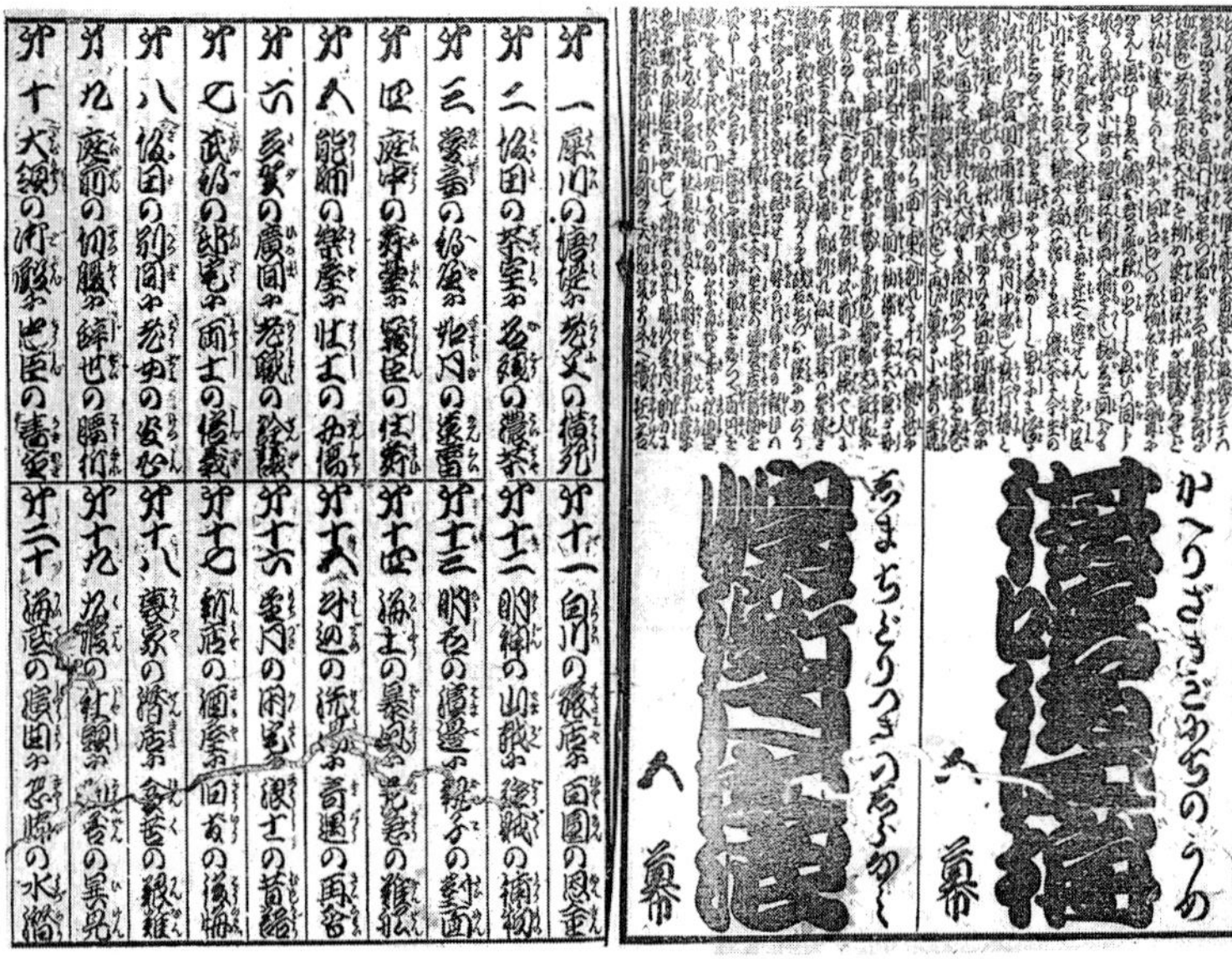

常磐津連中
清元連中
竹本連中

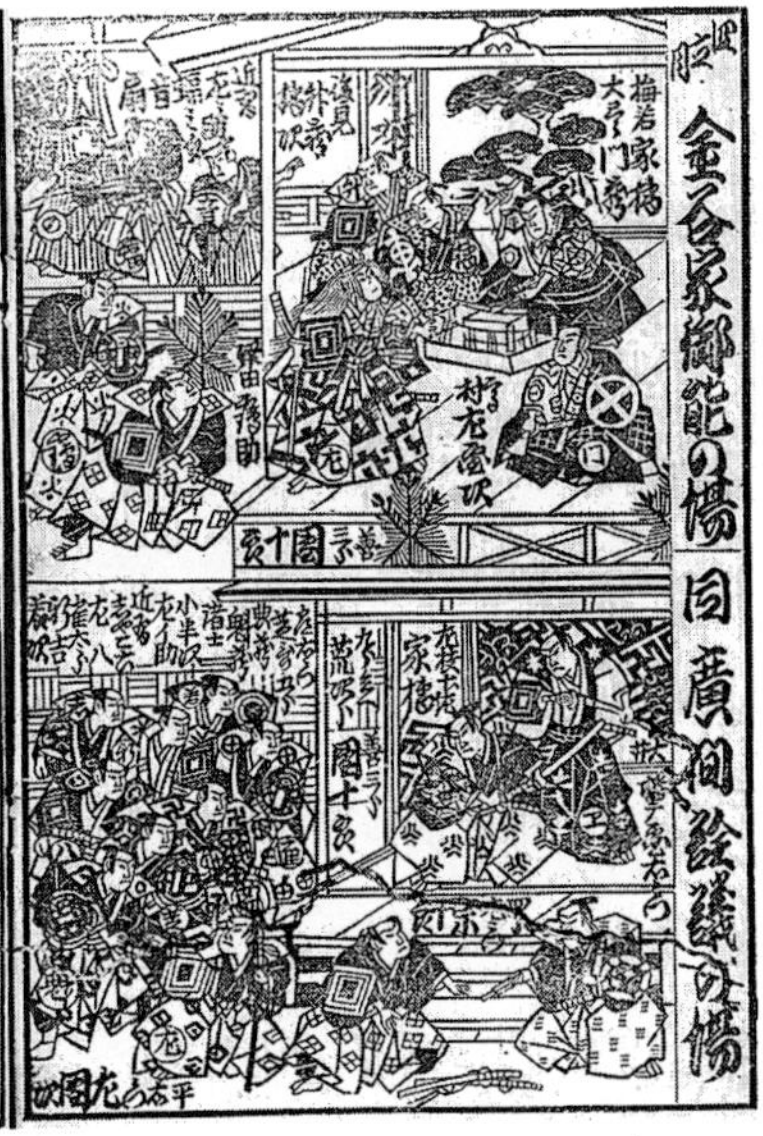

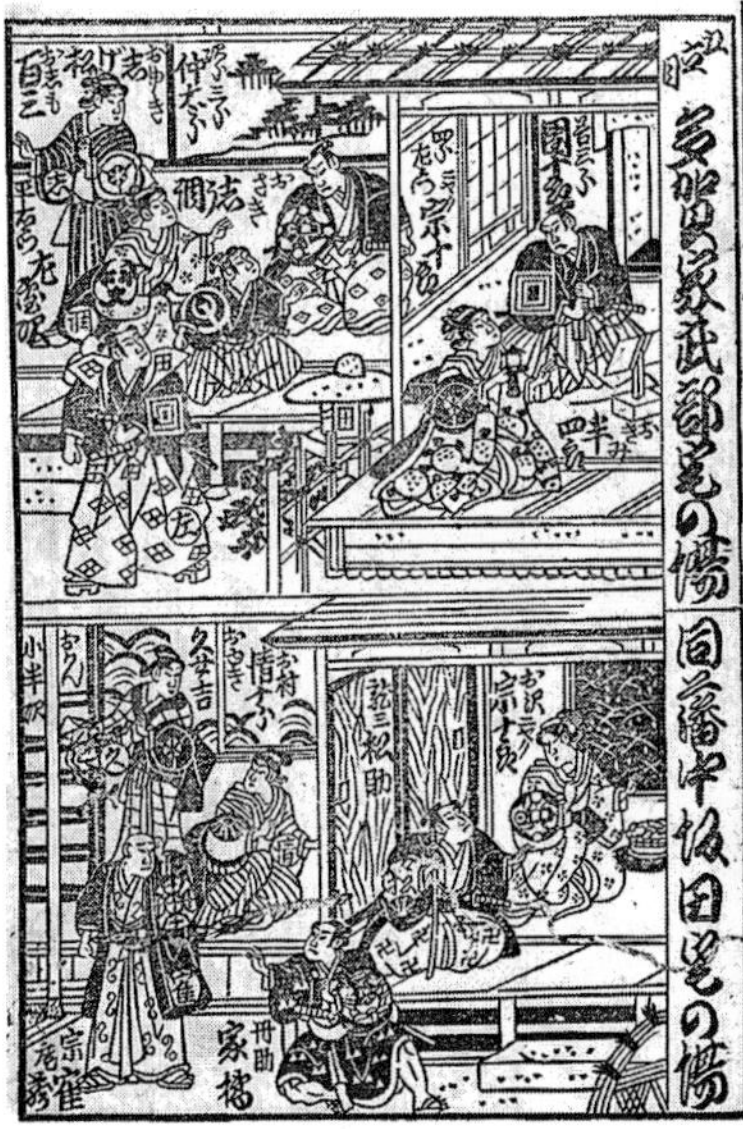

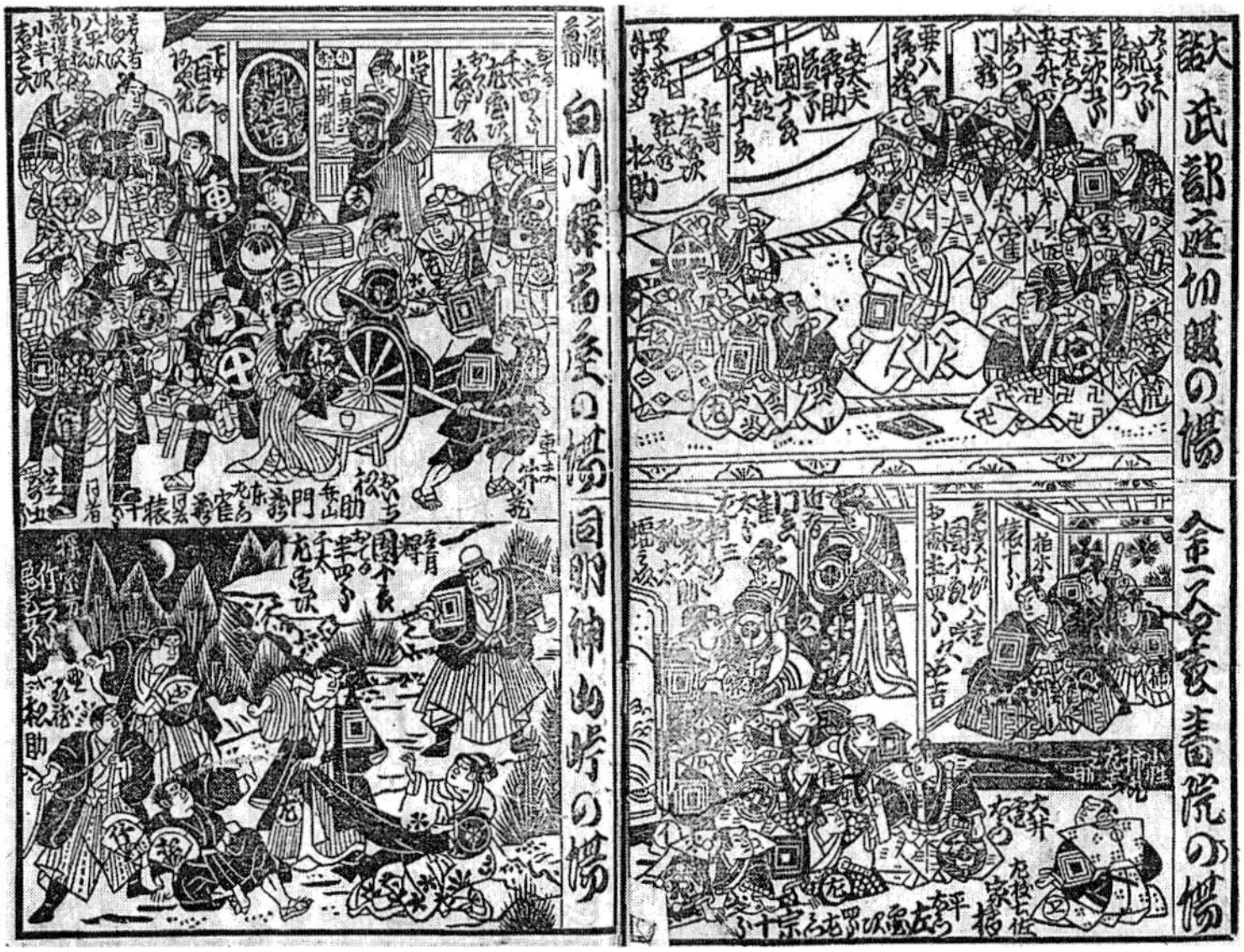

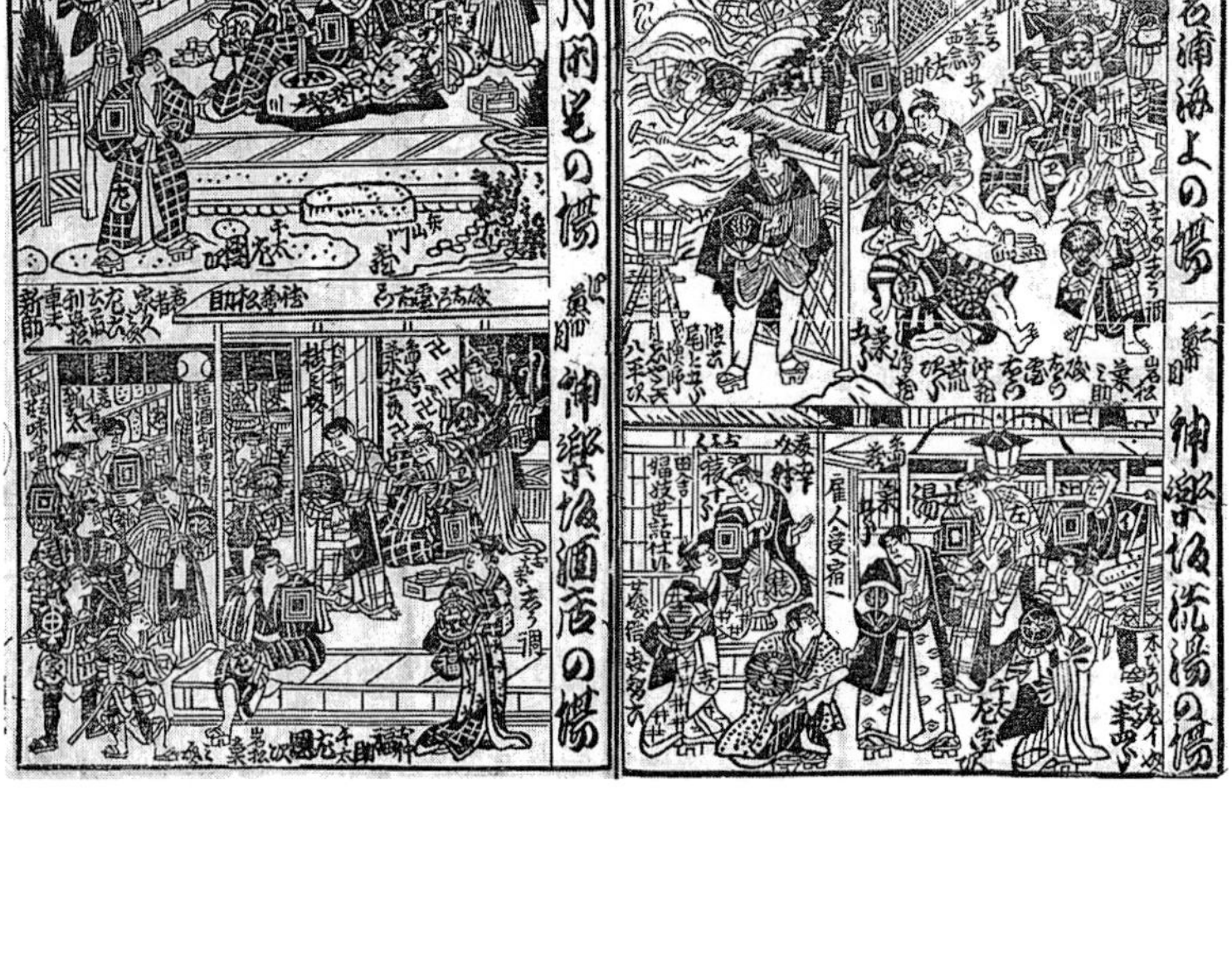

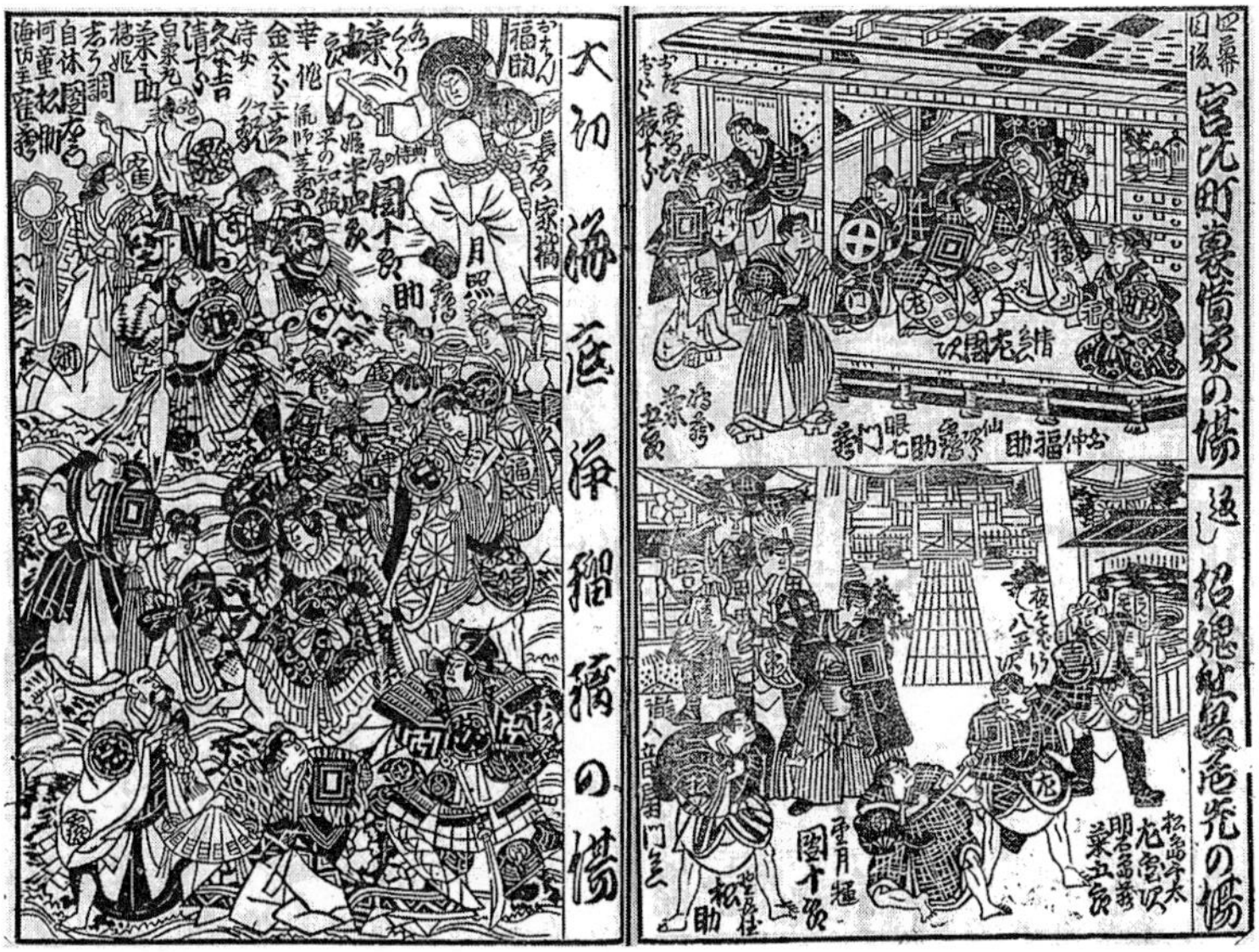

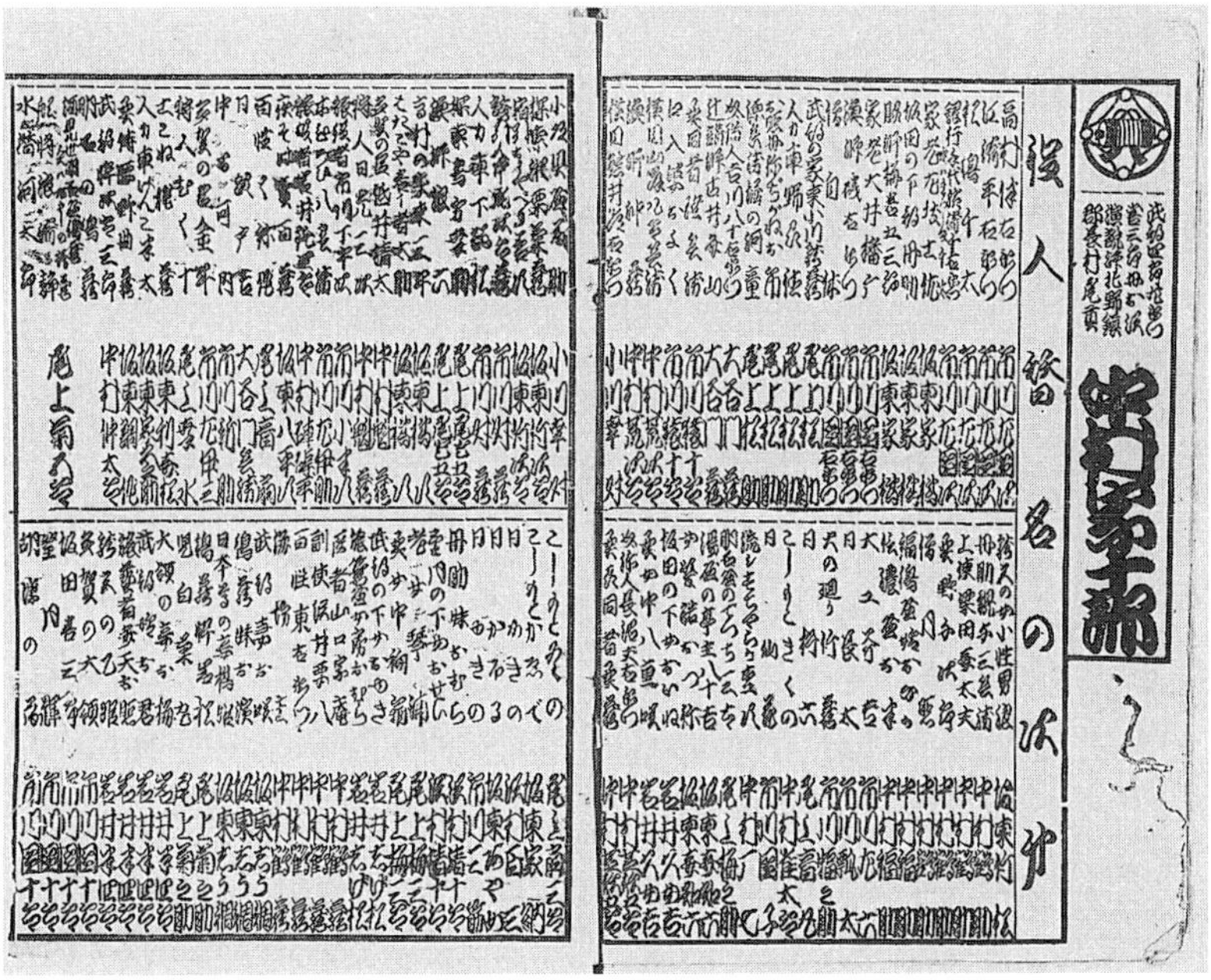
役人替名の次第

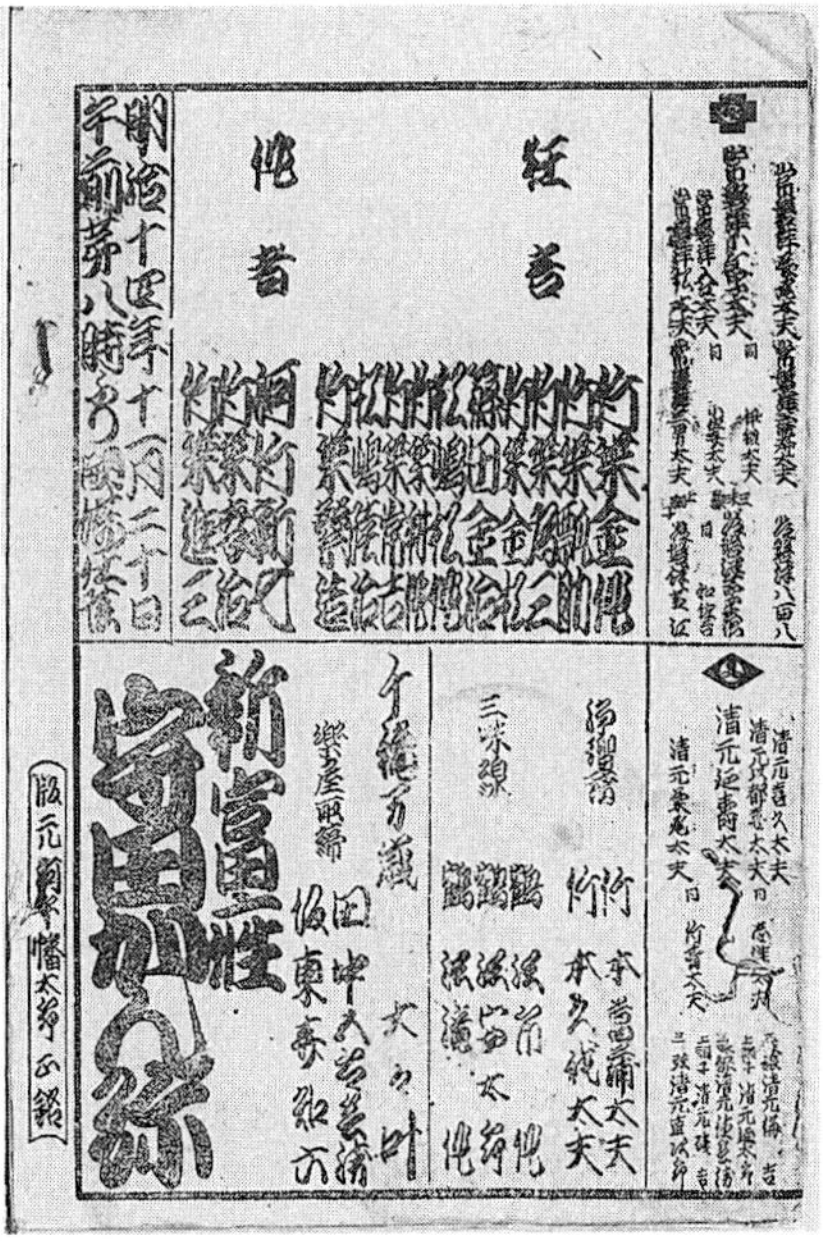
狂言
作者
浄瑠璃
三味線
新富座
明治十四年十一月二十日
午前第八時より

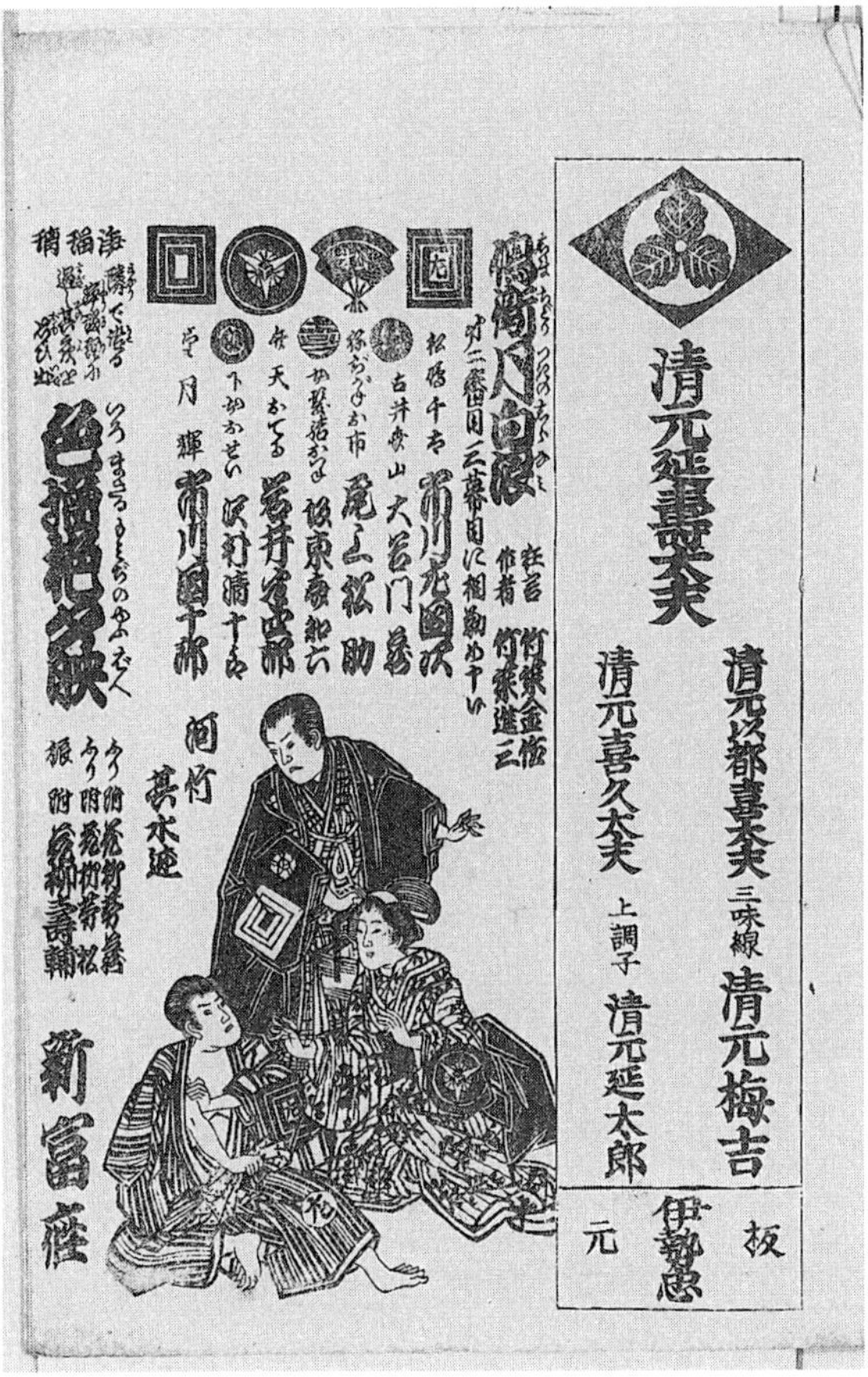

『島鵆月白浪』（「色増艶夕映《いろにまさるもみじのゆうばえ》」）清元正本
（早稲田大学演劇博物館蔵・ト二一－五四－四）

『島鵆月白浪』錦絵
（国立劇場蔵）

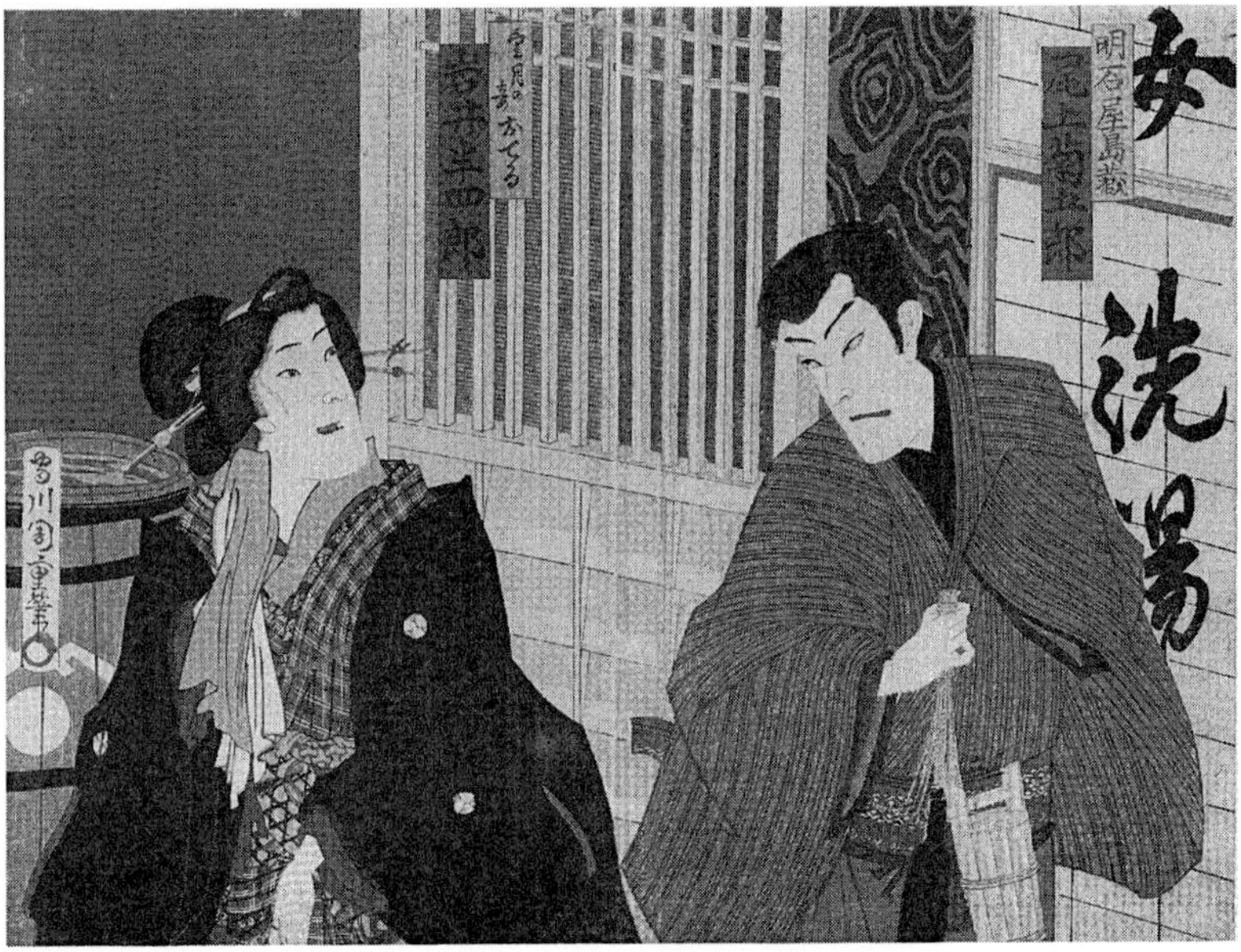

『島衞月白浪』錦絵
（国立劇場蔵）

『島鵆月白浪』錦絵
（靖国神社遊就館蔵）

東京名所之内　九段坂靖国神社境内一覧の図
（靖国神社遊就館蔵）

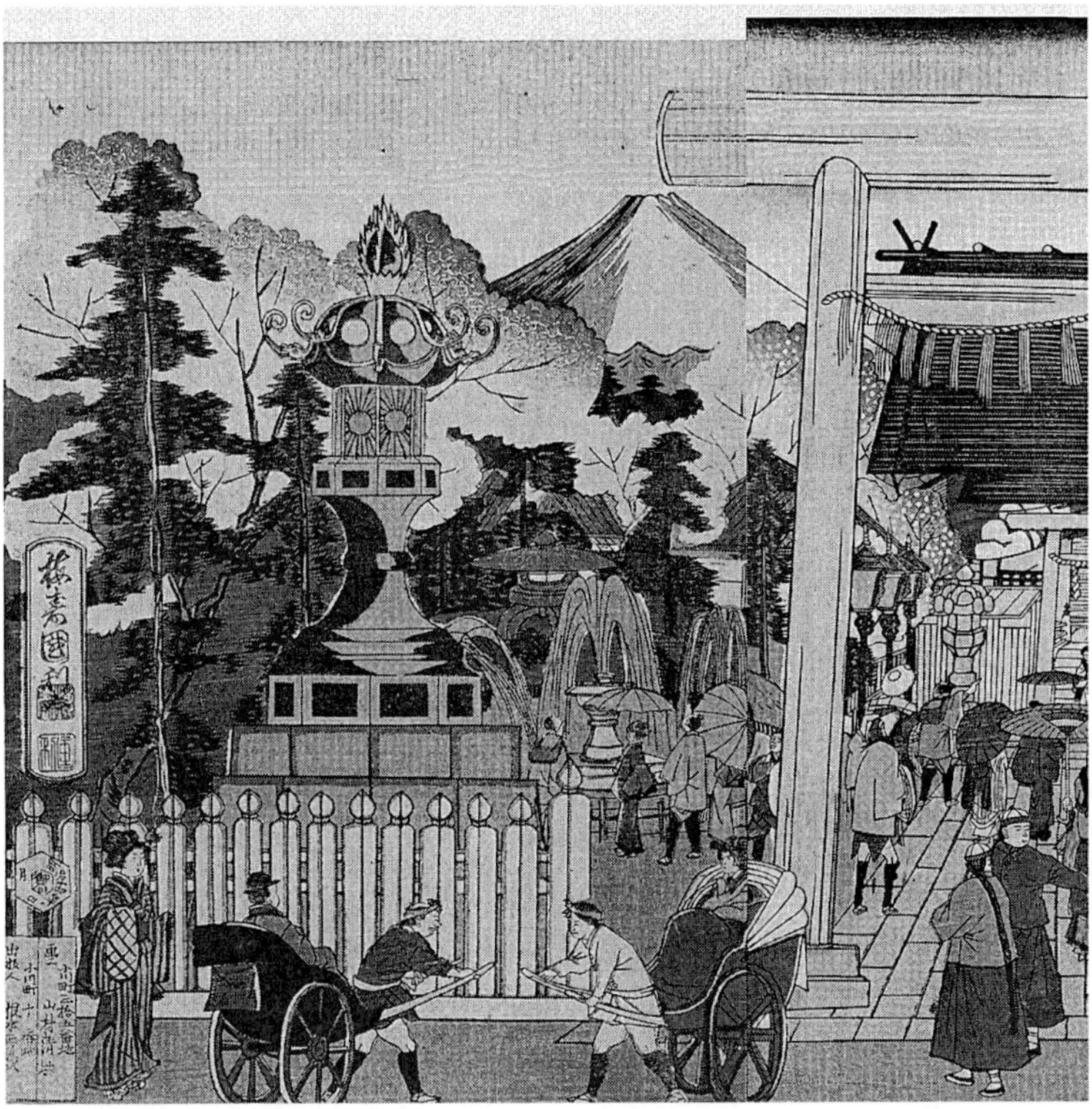

『風船乗評判高閣』辻番付
（早稲田大学演劇博物館蔵・ロ二二―〇〇五三―〇一〇〇）

大
市中音樂會 樂士連中
風船乗評判高閣
祇園祭禮信仰記
金閣寺の段

『風船乗評判高閣』絵本役割番付
（早稲田大学演劇博物館蔵・ロ二四－〇〇〇七－〇二九I）

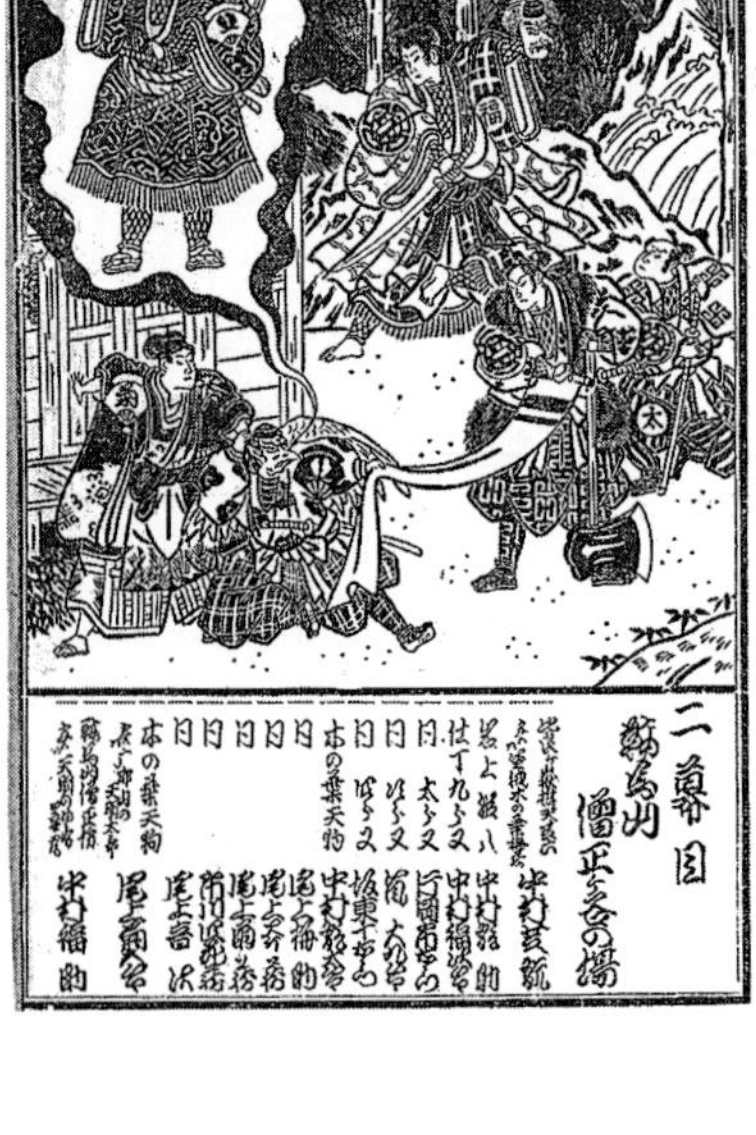

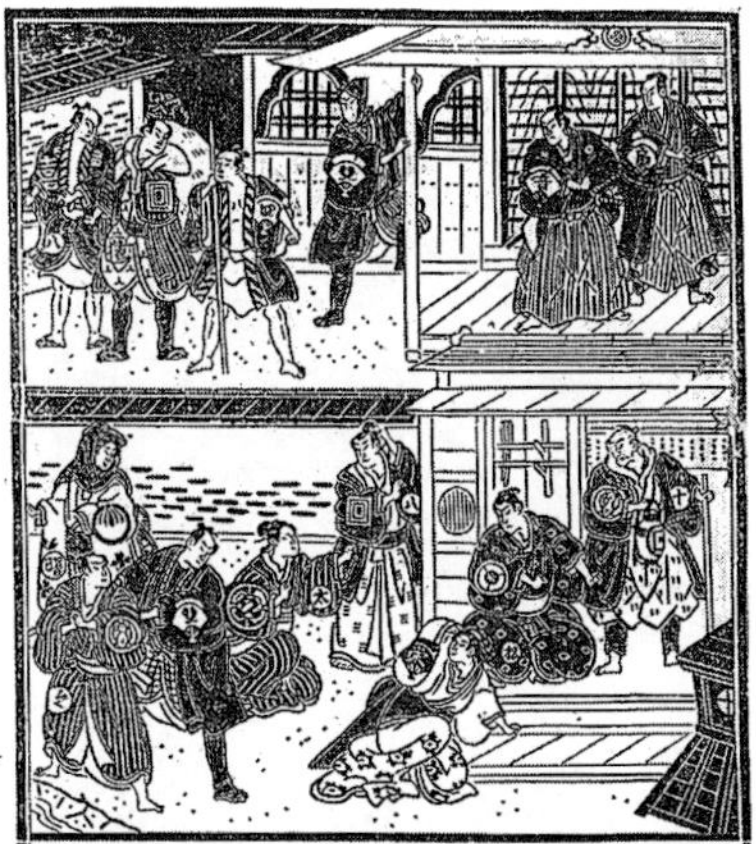

三幕目
武者小路辻番所の場
同 稲毛家玄関先の場

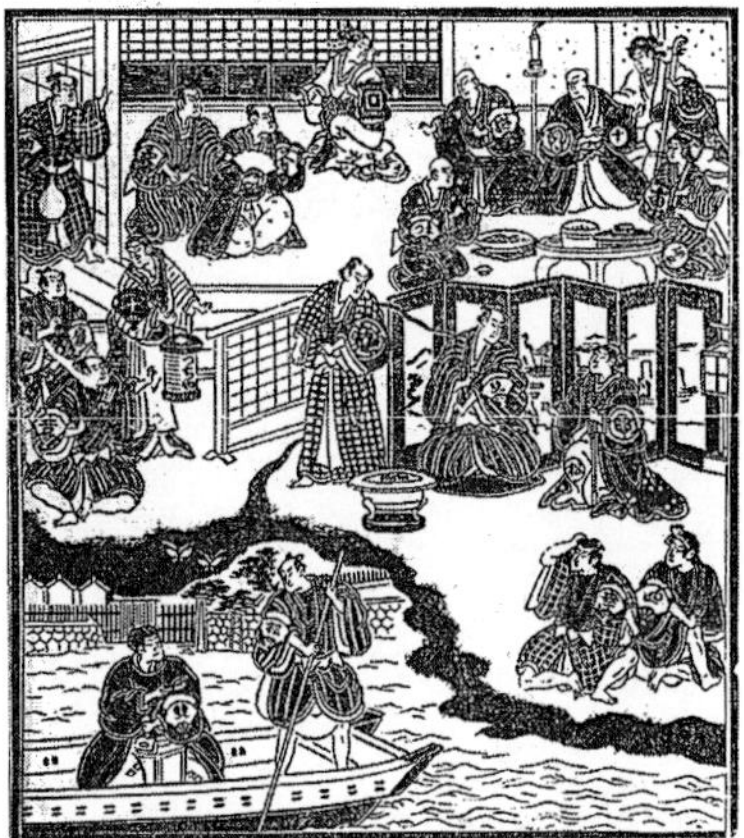

四幕目

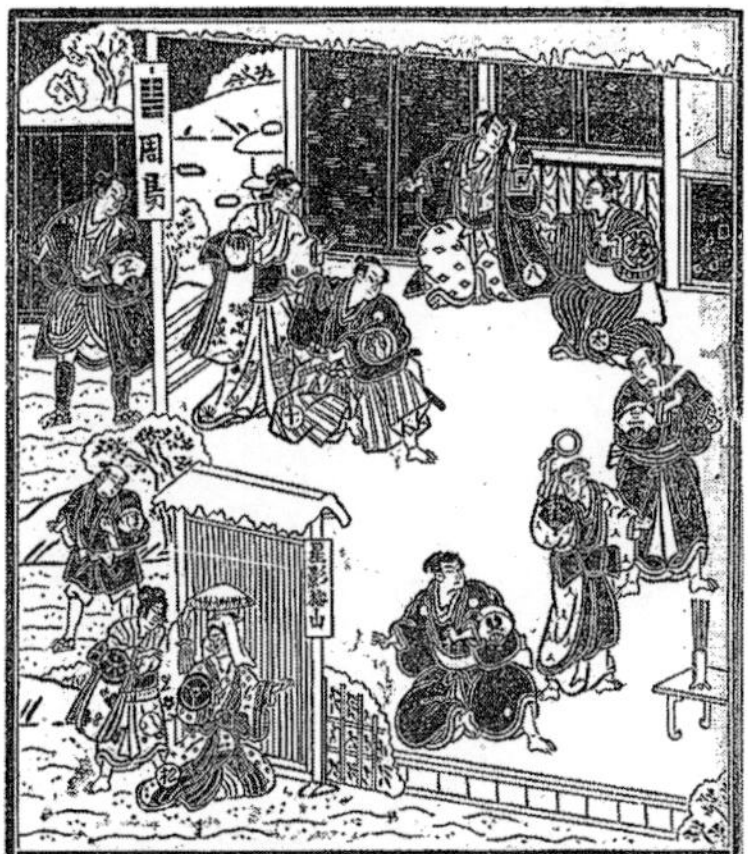

八幕目

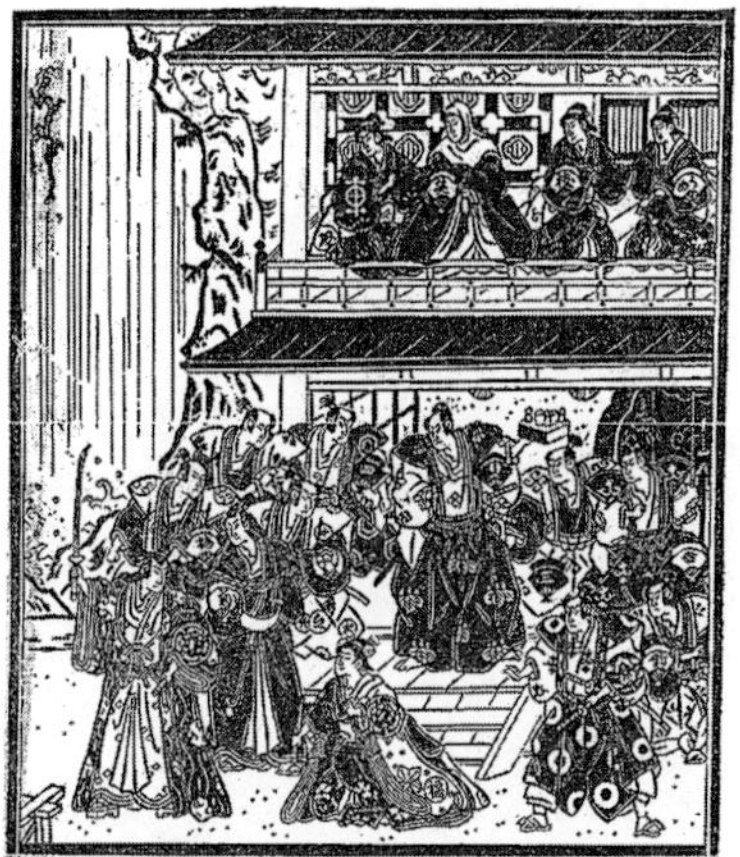

中幕
花洛北山
金閣寺の場

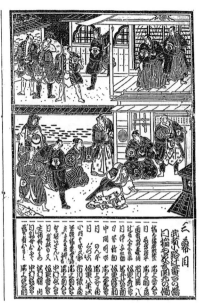

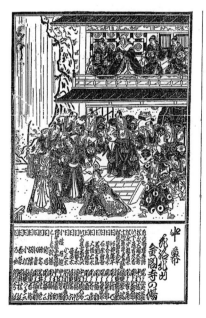

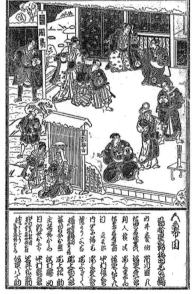

大切上之巻　上野公園博物館の場
市中音樂會　樂士連中
出勤仕り

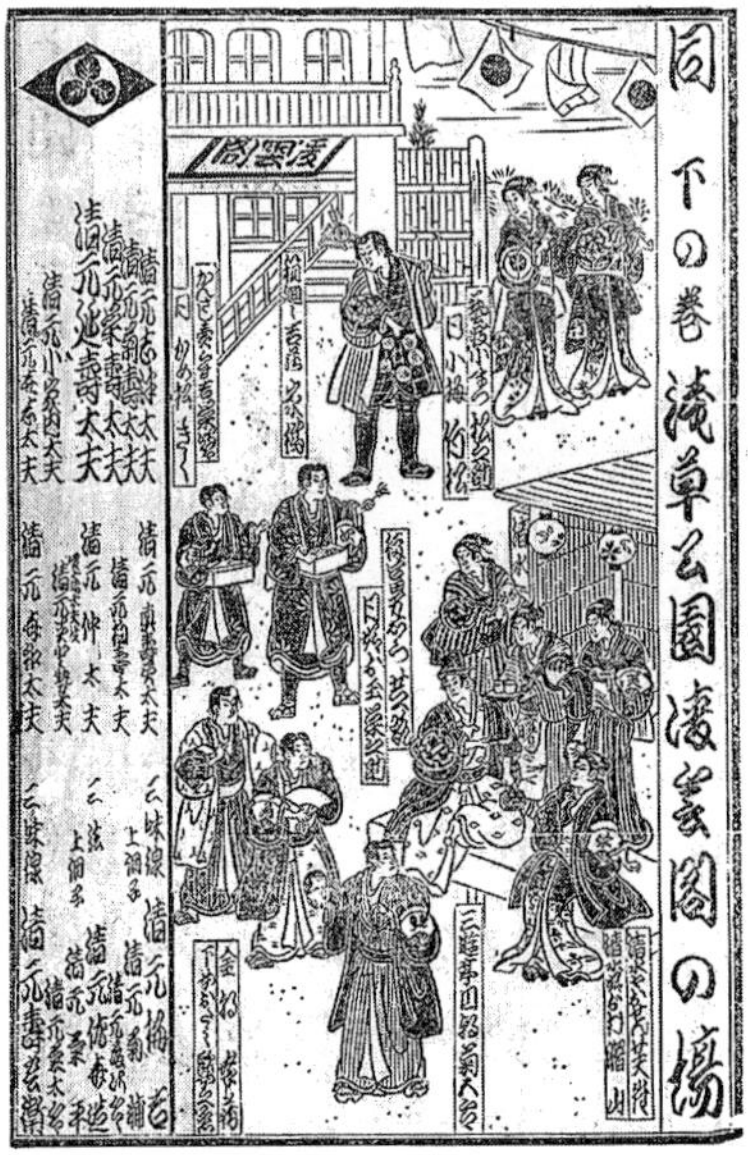
同　下の巻　浅草公園凌雲閣の場

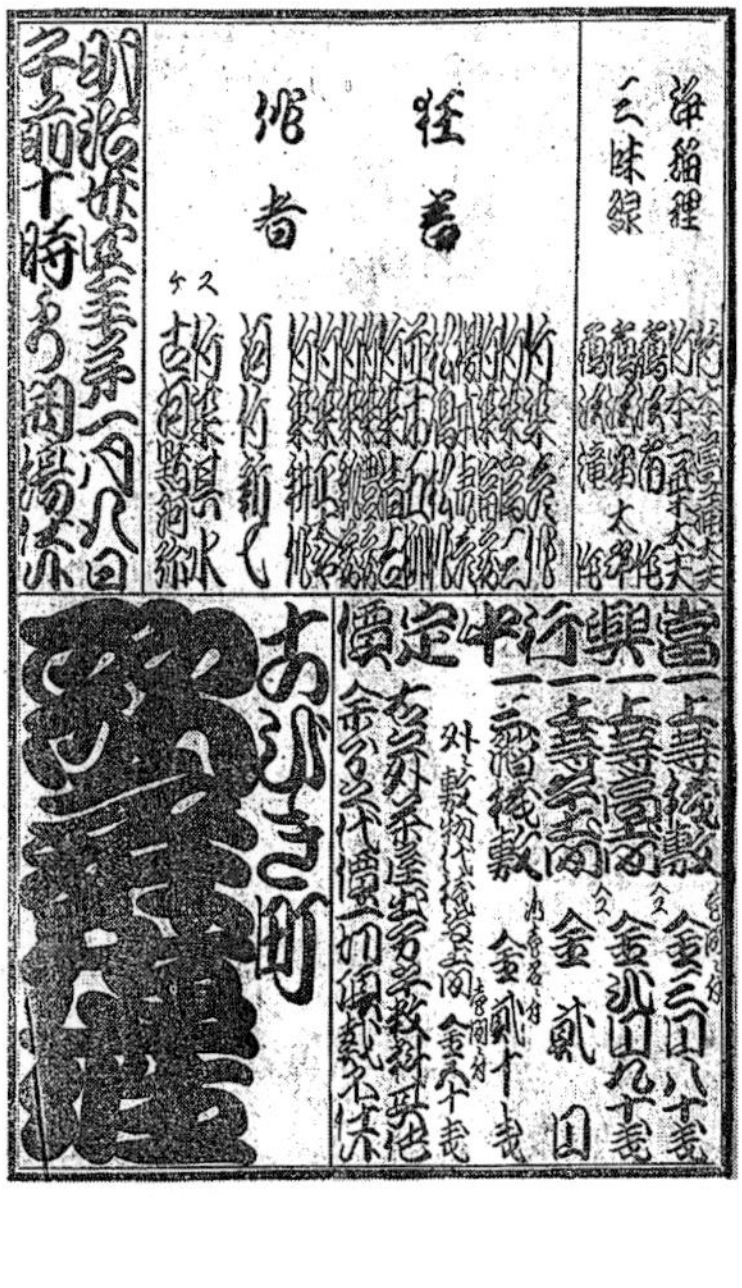
淨瑠璃
三味線
狂言
作者
當一等桟敷
與一等高場
行一等平場
中二等桟敷
定
價
金弐円
金弐十銭
あひき町

『風船乗評判高閣』錦絵
（国立劇場蔵）

『風船乗評判高閣』錦絵
（国立劇場蔵）

香朝楼筆

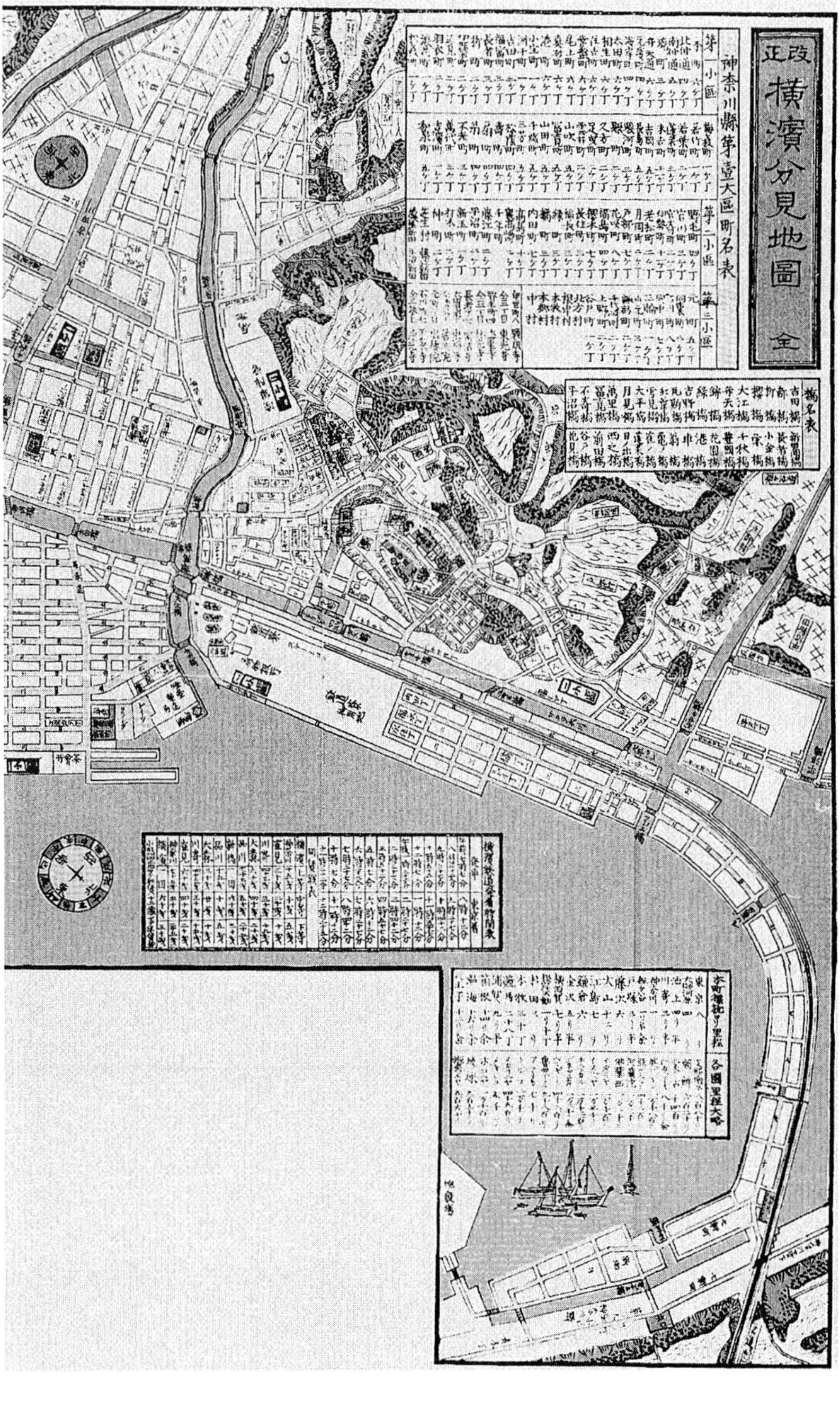

『改正　横浜分見地図　全』　明治十一年版
（古地図史料出版株式会社）

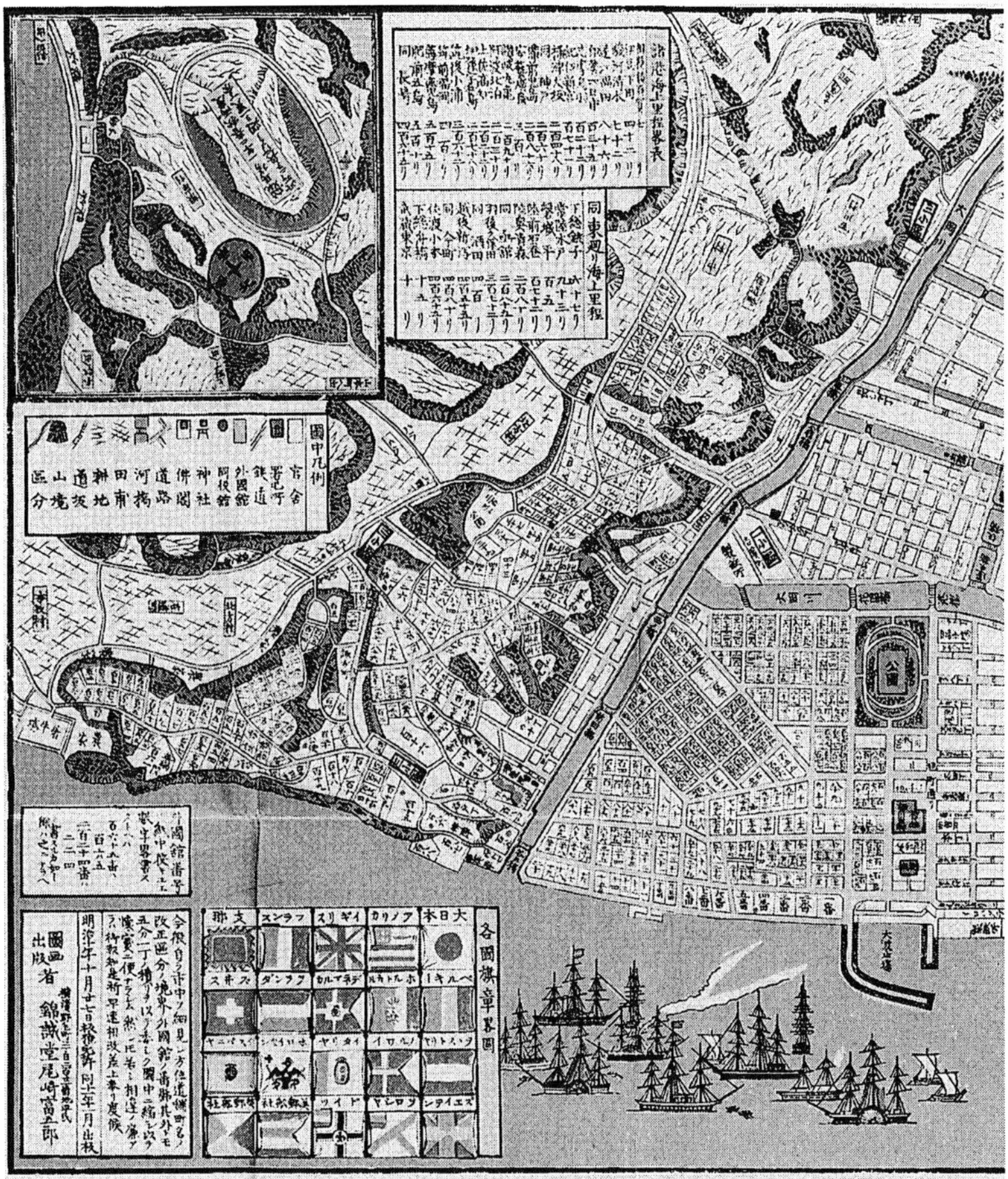
各國旗章畧圖
大日本
圖中凡例
公園

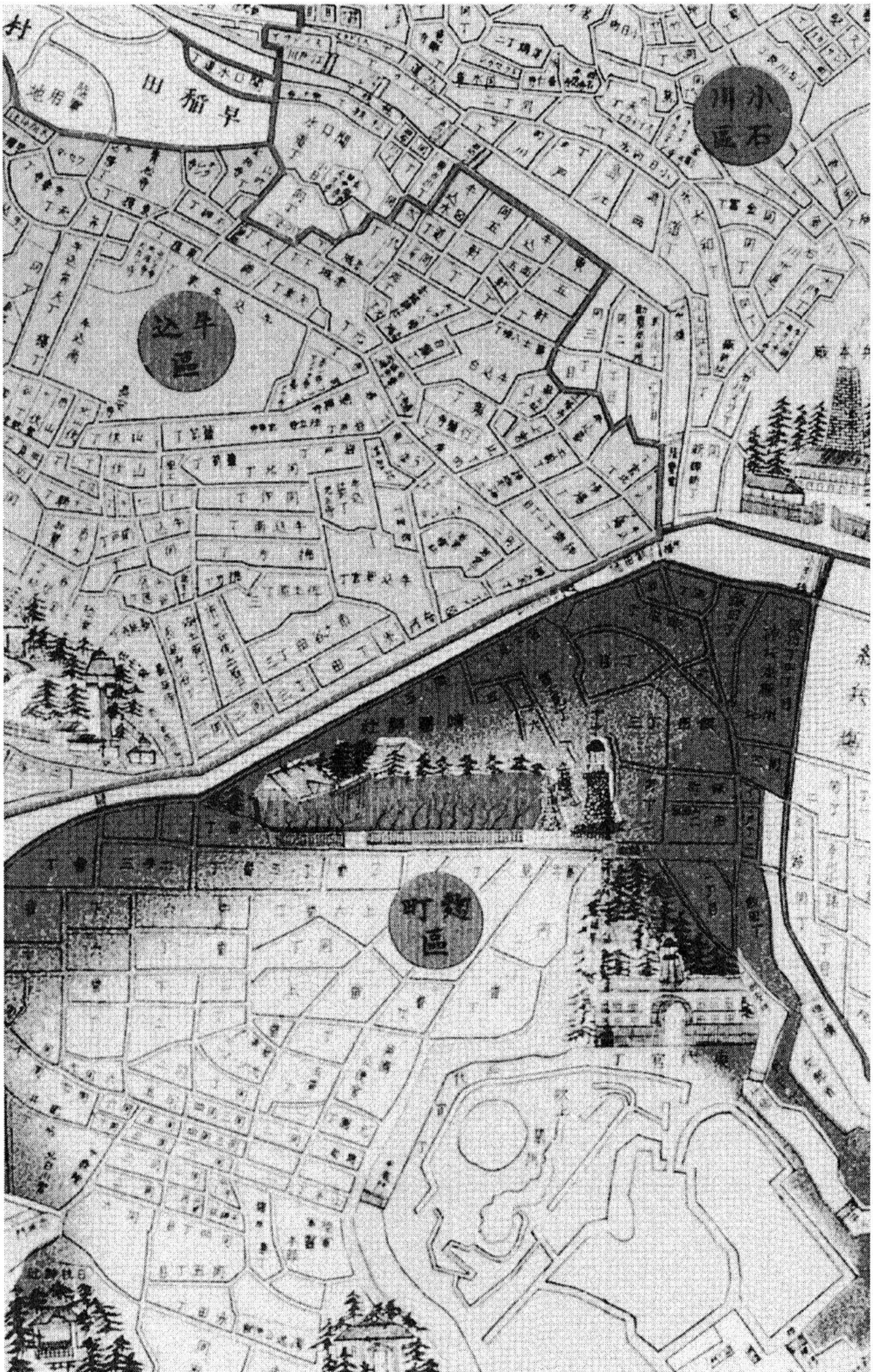

『改正／明細　東京御絵図』明治十六年版
（日本地図選集『明治大正昭和東京近代地図集成』人文社、昭和五十六年）

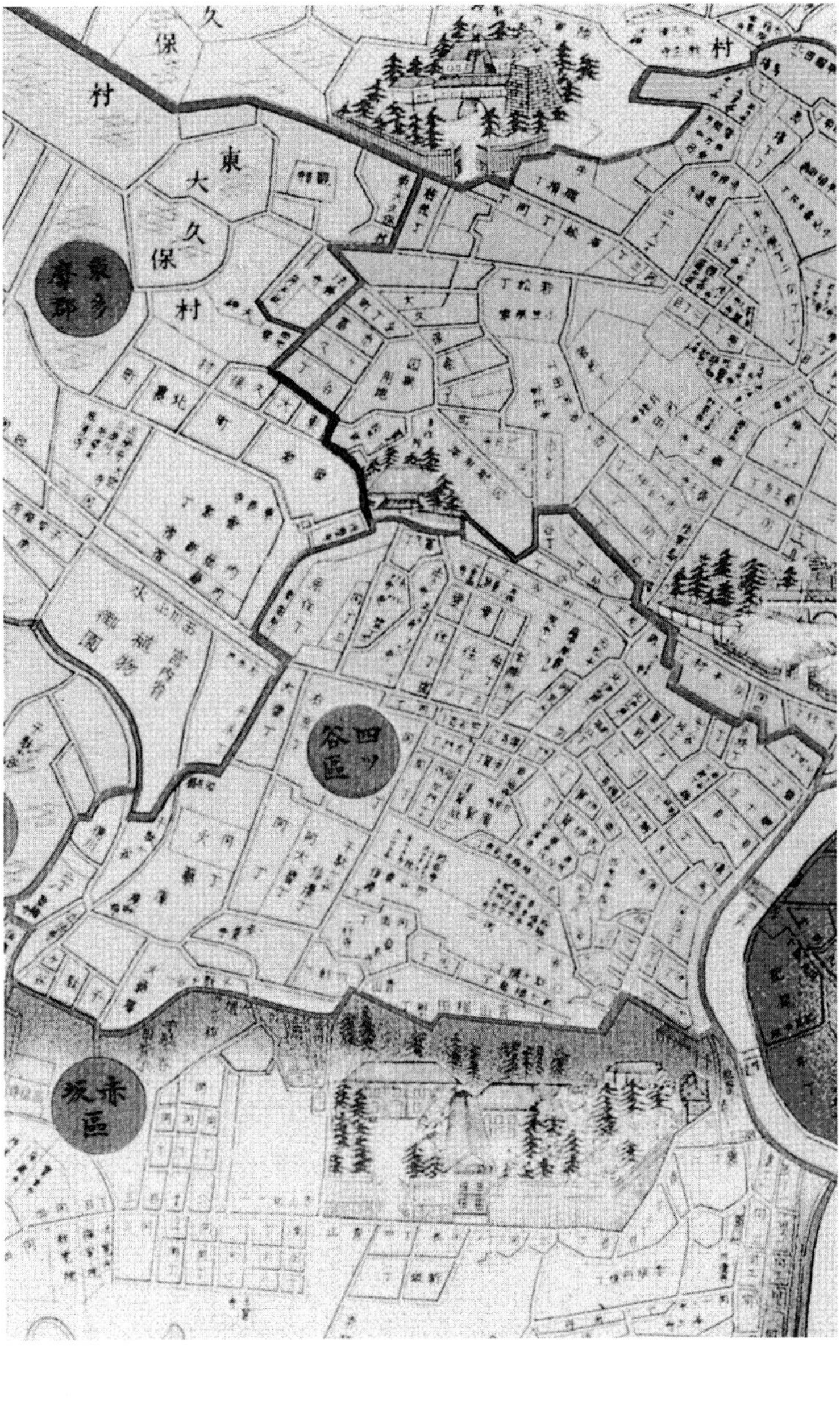
東大久保村
東多摩郡
四ツ谷区
赤坂区

リットン卿(Lord Lytton)作

『金(Money)』全五幕の梗概

渡辺喜之

〔一幕一場　サー・ジョン・ヴェシー(Sir John Vesey)家の居間〕

ジョンが娘のジョージナ・ヴェシー(Miss Georgina Vesey)に、ヘンリー・グレーヴズ(Mr. Henry Graves)からきた手紙を見せ、話している。インドのカルカッタで莫大な資産をなしながら、子孫を残さずに客死したフレデリック・ジェームズ・モードーント(Mr. Frederick James Mordaunt)の遺書を、この家に集まる親類全員の前で読んで聞かせるため、遺言執行人に指定されたグレーヴズが、弁護士シャープ(Mr. Sharp)を伴ってまもなく来訪するとの知らせである。ジョンは「けちんぼジャック(Stingy Jack)」と仇名をつけられるほどの吝嗇家であるが、これまでも「ごまかし(humbug)」を使って収入以上の暮らしを維持してきた。しかし、内実は苦しく、娘に金持の婿をとらせて何とか凌ごうと思っている。ジョージナが亡き妻の縁でつながるモードーントの姪であり、一番近い親類ということから、遺書に女子相続人と指定されているのではないかと期待している。

ジョンは、心ならずも家に二人の居候を置いている。一人は彼の遠い親戚筋に当るアルフレッド・エヴリン(Mr. Alfred Evelyn)で、両親を失い無一文となったため引きとっている。皮肉屋で世のすねものだが、才能豊かで文書の類を書かせることができるので、無報酬の私設秘書として、召使同様にこき使っている。もう一人は彼が名付け親となったクララ・ダグラス(Miss Clara Douglas)だが、こちらは無用の厄介者。そこで、彼とは異父(母)姉妹であるレイディー・フランクリン(Lady Franklin)がちょうどロンドンに出てきたのを幸い、あずかってもらうつもりである。

〔同一場〕

そこへ、フランクリンがクララを連れて登場する。クララは、彼女の父がかつてモードーントに助けてもらった恩義を忘れず喪服を着ているが、フランクリンは普段のままの着飾った衣裳で陽気に振舞う。グレーヴズが、たえず亡き妻マライア(Maria)の名を出して、悲嘆に暮れ、いつも喪服を着用し馬車も馬も黒ずくめなのを茶化して興ずるふりをするが、傍白では、かつてグレーヴズが好きだったこと、良き夫となる資質の持主だと漏らす。その間にエヴリンが登場し、テーブルの前に坐り、本を取り上げて読んでいるが誰も気づかない。ジョンとフランクリンは、これから続々と集まってくることになっている親類達の噂をする。経済学者のスタウト(Mr. Stout)、もとは貴族でなかった祖父が質屋をしていたグロースモア卿(Lord Glossmore)、r の音を下品だとして使わないサー・フレデリック・ブラウント(Sir Frederick

Blount)。フレデリックは、気取り屋の当世風若者だが、ジョージナを好いており、その美しさと遺産に恋をしても悪くないと思っていると、フランクリンは評する。もう一人縁者として、学者エヴリンがいると思い出したところで、一同エヴリンがいるのにやっと気づく。

ジョン、ジョージナ、フランクリンは、一斉に自分達の頼んでおいた用事を果してくれたかとエヴリンに問う。エヴリンは、読みかけの本の文句を引いて、煙に巻き[1]、ジョンとジョージナに施しを求める。実母の最期を見とってくれた乳母が、六か月分の家賃を滞納したまま病気になり、今にも死にそうだというので見舞ってきたのである。ジョンは、そんなことは明日にしろと断り、奥に入る。ジョージナは、ハンドバッグからイアリングを取り出して渡そうとするが、遺産が入るまでは倹約と考え直し、乳母の住所だけを聞く。エヴリンが書いてジョージナに渡す住所を、クララが後から覗き込んで記憶する。ジョージナは、空約束をして退場。エヴリンは舞台下手のテーブルの前に坐り、両手で顔を覆っている。その様子を見ていたたまれなくなったクララは、紙幣を取り出して手紙を書こうとするが、フランクリンに見つかってしまう。仕方なく、実は名前を明かさずに、ある貧しい人に施しをしたいのだと打ち明け協力を依頼する。その間、エヴリンは、貧乏が、自分の人生・学問・恋すべてを邪魔していることを嘆く。フランクリンは、クララの願いを受け入れ、筆跡がわからぬように自分の家の女中を使って、すぐにも手紙と金を発送することを約して退場。

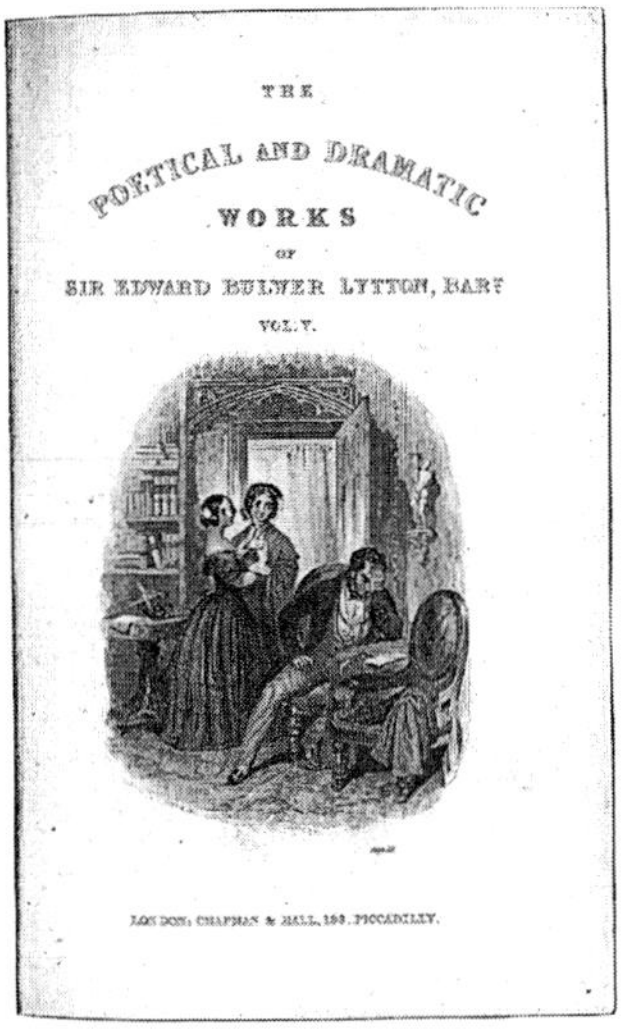

リットン作『詩と戯曲作品集』より（鶴見大学蔵）

〔同三場〕

エヴリンは読書を続け、クララは舞台前面に一人坐っている。そこへフレデリックが登場。rを落した気取った発音で、クララにも気のある様子で話しかける[2]。エヴリンは読んでいる本の文章を引用して、彼に当てつけ冷やかす。フレデリックは、そんなエヴリンを無視して、パノラマ展の噂から、一年おきにナポリやローマへ旅行していることを自慢し、クララを外出に誘って、手を取ろうとする。その瞬間、エヴリンが「すずめ蜂だ！」と叫ぶので、あわてふためく。折から召使にジョンが書斎で待っていると告げられ、ジョージナを愛しているが、この美しいクララに気に入られても悪くないとつぶやきながら退場。

〔同四場〕

エヴリンとクララは二人だけになる。エヴリンは、クララが自分同様、食客の身分であるのを嘆き、愚か者、気取り屋が我物顔に振舞う世間を毒づく。彼は、自分が受けている屈辱は、彼女と同じ家にいて、同じ空気を吸っているというだけで、これまでどうにか耐えられたのだと述べ、そうして、初めて彼女を愛していると告白し、彼女のためなら、名声も財産も得たいと考えるようになったと言って、手を取る。しかし、クララは、二人の結びつきは不可能だと言い拒否する。エヴリンが、自分が貧しいからかと問うと、クララは、窮乏した結婚生活がどんな惨めなものかを見てきたからと答える。クララが退場した後、エヴリンは、クララに愛されていると思っていたのが、とんだ思い違いで、実はからかわれ、だまされていたにすぎないと自暴自棄になる。そこへ、グロースモアが登場。

〔同五場〕

ついで、経済学者のスタウトもやってくる。教区会で、貧者の相手をして閉口した旨を語る。エヴリンは、わざとスタウトに同調して、餓死する者に金を浪費するのは無駄だと言う。それを聞きとがめたグロースモアが、困窮者を助けるのは富んだ人の義務だと反論してくる。すかさずエヴリンは、グロースモアに、死にかけている貧しい女に施しをしてくれるかと頼む。するとグロースモアは、自分ではなく、教区がその義務を負っており、個人的には一銭たりともやるものではないと断る。

〔同六場〕

ジョン、フレデリック、フランクリン、ジョージナが座に加わる。ジョンは、これまで故モードーントには毎年二回チェルトナムの水を三十ダース贈り続けてきたと誇らしげに言う。スタウトは、自分も議会の討論報告書を定期的に送っていたことを述べたあと、さらに、モードーントはマルサスの人口論の信奉者で、結婚して子孫を残し、金を浪費する愚をしなかった、その独り身の成果が今や実り……と言いさすのを、エヴリンが引きとって、親類全員が感謝して、遺産をかすめとると茶化す。そこへ、グレーヴズが弁護士シャープと共に登場。

〔同七場〕

グレーヴズの登場に、待ち受けたジョン、グロースモア、フレデリック、スタウトが一斉に歓迎の挨拶をし、ジョージナは、ハンカチを目にあてる。グレーヴズは、噂通り、喪服もワインの色もことごとく亡き妻を思い起させると溜息をついてみせるが、フランクリン相手に話をしているうち、彼女のことを「何て素敵な女性だ」と傍白で、つぶやく。

いよいよ遺書の開封ということになる。ジョンはエヴリンを退席させようとするが、シャープが聞きとがめ、いかに遠縁であっても、故人に関係する親類はすべて同席するよう求める。そこで、フランクリンは、クララも呼びに行く。さて、一同揃ったところで、シャープがおもむろに遺書を取り出し、読み上げて行く。一同は、一人一人の名前が読み上げられるたびに、「生き生きとした感情の動き」をあらわにし、遺産がきまると「ほっと息をつく」という反応を繰り返す。

最初はスタウト。「議会の討論報告書を送ってきて大いに迷惑し、あまつさえ送料をいつも払わされた、それを差引いて、十四ポンド二シリング四ペンス」。次はフレデリック。「ロンドン中に聞えたベスト・ドレッサーの若い紳士とのこと、かつは財産持ちとの証拠もある故、化粧道具入れを買うだけの五百ポンド」。三番目はグロースモア。「親類と主張しているが怪しいので、乾燥した蝶のコレクション一式とジョン王の御代以降のモードーント家の家系図」。四番目はジョン。「姉と結婚し、毎年チェルトナムの水を送ってきて、おかげでほとんど死にかけた、その空の瓶を遺贈」。五番目、グレーヴズ。「三分利付き公債のうち五千ポンド」。六番目、ジョージナ。「父は名うての倹約家で資産もある故、独身女性が所有するにふさわしい分として、一万ポンドのインド株」。愕然としたジョンは、一体残りの財産はどうするつもりなのだと訝《いぶか》しがる。

そこで、シャープは最後に、「前記の遺産・例外を除いた全財産、すなわちインド株・債券・大蔵省証券・三分利付き整理公債、及びカルカッタ銀行にあずけた資産は、前記ヘンリー・グレーヴズを遺言執行者として、ケンブリッジのトリニティ・コレッジにいるアルフレッド・エヴリンに遺贈する」と読み上げるので、一座の者は皆一様に興奮する。その遺産贈与の理由は、「エヴリンは、自分同様、変り者だが、これまで一度も媚びたこともない上、窮乏生活をよく知っているので、財産の使い道もその分心得ていよう」というのである。次いで、シャープは、故人からの私信を一通エヴリンに手渡し、かくて遺産相続の件は落着をみる。

全員がエヴリンの周りに群がって、口々に祝意を述べ御機嫌をとろうとする。一人クララのみは、離れて、二人の仲は富のために一層隔たりができたとつぶやく。エヴリンは彼女の沈黙を横目で見ながら悲しむ。ジョンから、息子同様にして面倒を見てきたお前の望みは何でも叶えてやると言われたエヴリンは、「誰か老いた乳母に十ポンド貸してくれないか」と言う。皆々が一斉にポケットに手を突っ込むところで幕。

〔二幕一場　エヴリンの新しい屋敷の控えの間〕

雇われ人となったシャープが、舞台片隅にある衝立《ついたて》の蔭で、机に向かって書きものをしている。室内には、肖像画家、出版屋、建築家、室内装飾家、銀器製造人、馬車製造業者、馬商人、仕立屋が押し寄せ、召使達が舞台を出入りしている。[3]

めいめいが、エヴリンに買い上げてもらおうと、持参した商品やそれを描いた絵を見せ合い、お国訛りも交えつつ待ち受けるところへエヴリンが登場。肖像画家に声をかけると、四千ポンドでコレッジョ[4]の絵を買ったというだけで、自分が絵画の目利きとされているのに呆れる。出版屋にはかつて自分の詩を五ポンドで買いとってもらおうと交渉し、断られたことがあったのだが、今は五百ポンドでも出すと言われる。周りを取り囲んで、口々に品物を勧める彼らに、エヴリンは、どうにでも勝手にしろと追い返す。

そこへスタウトが現われ、エヴリンがグロージンホール州に広大な地所を買ったことを確かめにくる。その州から議員として出ているホプキンスの余命が幾許《いくばく》もないので、替りに出馬する愛国者ポプキンスを応援し、一緒に啓蒙運動にも参加してくれと要請する。続いて、グロースモアが登場。

〔同二場〕

グロースモアは、ポプキンスではなく、若いサイファー卿の方の応援を頼む。サイファーは年収五万ポンドの利権を守る「秩序（constitution）」派であり、ポプキンスのような「平等主義者（leveller）」と組むのは危険だと説く。エヴリンは、政治党派など自分には関係がない、君達は好き勝手に「羽根つき（battle-dore）」をやっていればいいと拒否する。そこで二人は、一旦退散することにする。エヴリンは、シャープを呼び、人間が金次第でどうにでも変わること、今や愚者、悪党、偽善者ばかり周りにはびこっていると吐き捨て、昨日家を焼かれた煉瓦屋に百ポンド恵んでこいと命じ、次いで現われたグレーヴズを相手に、なおも世間を攻撃する。

〔同三場〕

エヴリンは、グレーヴズだけが唯一共感を持てる友人だと述べ[5]、自らの生い立ちを語る。

父を早くに失い、一人残った母が食べるものも切り詰めて自分に教育を与えてくれたのは、学問は家や土地に優る、と人に言われたからだ。ところが、それはとんだ嘘であった。自分は、特待免費生として、学寮《コレッジ》で優秀な成績を修め、数々の賞を獲得し、いずれ大学の特別研究員になる道を望んで、母に恩返しをするつもりだったが、ある日、若い貴族に侮辱され喧嘩になり、全学寮員の目の前で、その男をむちで打ってこらしめたところ、数日後、大学から放逐されてしまった。これも富者と貧者の差から出たものであった。それでも母のためにロンドンに出て働いたが、やがてその母も亡くなり、そこで、貧しい縁戚としてジョンの家の居候兼召使となった。そうしてたまたまその家にいた女性に一目惚れをし、自分の生きる糧にしてきたのだが、その女性に、遺産を受けとる一時間程前に愛を告白し、見事、貧しさ故に振られてしまった。遺書が読まれた後、故モードーントの私信を手渡されたが、その中に訓戒と共に、ジョージナとクララのうちどちらかを妻にせよという勧めがあった。自分はその要請に義理からいっても応じなければならぬ。自分を振ったのはクララだが、彼女との結婚は、いわば天国を目の前にしながら入れぬ地獄のようなものだ。一方のジョージナなら幸福にはなれぬが自足はできる。というのは、一度乳母の住所を教え、施しを頼んだことがあったが、彼女はそれと名乗らずに送金してくれた。クララがそうしてくれたのなら、と期待したこともあったが、証拠はない。自分を振った仕返しには、モードーントの私信に遺言補足書を加え、二万ポンドを遺産として送って独立させ、自分のやったことであるのを隠しておいた。それが「復讐」だと、いうのである。

グレーヴズは、エヴリンの行為に感心し、実際はクララが住所を盗み見て、金を送った可能性もある。それを確かめるため、フランクリンの元へ一緒に出向こうと誘う。二人は共に、女性を愛するのは気違い沙汰、この世は涙の谷と唱和しつつも、急ぎ、出かけて行く。

〔同四場　サー・ジョン・ヴェシー家の居間〕

フランクリンは、外出する予定だったが、馬の怪我のため取り止め、養女としたクララと話している。夜会にかぶる新調のターバン帽がインクで真黒にされてしまったことを聞かされても、似合いの色になったと陽気に対応し、さらに、グレーヴズが亡き妻マライアのことを絶えず口にして、悲しんでいるのは、再婚したい手管だと見抜いており、すでに彼の好意を得て、靡《なび》かせたと自信満々である。そして、ふさぎこんでいるクララに、ひそかに愛しているエヴリンのことを諦めずに幸福をつかめと励ます。途中、新聞を探しにジョンが部屋に入ってきてうろうろしている。フランクリンは、クララがエヴリンの乳母に手紙を書いて金を送ったことを自分が知らせてやれば、きっとエヴリンに良い効果があると言い出す。しかし、クララは、エヴリンのためならどんな拷問・苦行もいとわないが、憐みを乞うたり、富を当てにしたと思われたら、屈辱的だと述べ、送金したことを明かさぬよう、フランクリンに懇請し約束させる。二人が退場した後、ジョンは、たった今盗み聞きした手紙の話を思いめぐらしている、と、ちょうど入ってきたジョージナから、彼女が乳母の住所をエヴリンに教えられたことを知り、利用しようと思いつく。そこへ、グレーヴズとエヴリンが来訪する。

〔同五場〕

フランクリンが戻ってきて、ジョンに新聞を手渡す。するとグレーヴズはひとしきり新聞がいかに下らぬものかを捲し立てる。その話に興じたフランクリンは、グレーヴズが、素敵な笑顔があるにもかかわらず笑わないのは、フレデリックの悪口によれば、前歯が欠けてしまったからだ、と言う。二人は大笑いしながら、奥の居間のテーブルに引き下がる。そこへ、キャプテン・ダッドリー・スムーズ（Captain Dudley Smooth）が登場。彼は、カード・ゲームの名人で、必ず勝って人の財産を浪費させるので、「命取りのスムーズ（Deadly Smooth）」と仇名されている男だが、エヴリンは進んで近づきになる。次いで、フレデリックが登場し、自分はかつてジョージナの求婚者として認められていたが、遺産の公表以来、ジョンが自分を遠ざけ、エヴリンの方にジョージナの愛情があるようほのめかしていると言う。そこへクララが現われるので、エヴリンはフレデリックから離れようとするが、フレデリックは、一万ポンドしか持たぬジョージナに対し、クララは二万ポンドを譲られ、その上自分に少しは好意を持っているから紹介してくれと食い下がる。実は、フレデリックはジョージナの裏切りに仕返しをするため、クララに言い寄ろうとの魂胆。エヴリンは、皮肉たっぷりに、クララにフレデリックを紹介し、自分の方が金持だから、女の心を得るのに成功するかと問う。クララはとまどうが、余儀なくフレデリックの相手をする。それを傍らで見るジョージナは、フレデリックの裏切りを罰してやろうと思う。ジョンは、ジョージナの描いた絵を次から次へと見せて、エヴリンの歓心を買おうとしている。しかし、エヴリンは、相手をしながらも、フレデリックがクララと話しているのが気にかかってならない。クララの方も、エヴリンがジョージナを愛しているのではないかと考え、惨めな気持になるが、誇りを傷つけられまいとヒステリックな笑い声を立ててまぎらす。その不自然なわざとらしい笑い声に、エヴリンはいら立つ。ジョンは、さらに、エヴリンを脇に連れ出し、秘密めかして、鼈甲《べっこう》をちりばめたギターの代金として渡しておいた金をジョージナが数か月前、慈善に使ったことを明かし、その証拠の手紙を見たと言う。エヴリンがあわてて取り出して見せる手紙の筆跡が彼女のものでないのは、自分がしたことを隠しておこうと他人に頼んだためで、彼女からも口止めされていると添える。これを聞いたエヴリンは、乳母を救ってくれたのはジョージナに違いないと信じ、彼女の虚飾のない行為に感動して、それこそは自分が生涯を共にする伴侶に求めていたものだと述べる。そこへ、クララがフレデリックとオペラに行く約束をして近づいてくるので、一段と声を高め、彼女を見据えながら、ジョージナに向かって、自分はかつては別の人を愛していたが、今やわが手と財産を受けてくれ、と宣言する。ジョンが、生涯最良の日と喜ぶ傍らで、クララは、手を握りしめて立ちつくしているが、やがて、ゆっくりと椅子に坐ったあと、そのまま沈みこみ気絶しそうになる。エヴリンが思わず駆け寄って助け起こそうとする。と、にっこり微笑んで立ち上がったクララは、エヴリンに祝福の言葉を与える。

〔三幕一場　サー・ジョン・ヴェシー家の居間。前幕から数日経過〕

ジョンは、ジョージナとの結婚の日取りをエヴリンがなかなか言い出さないので焦っている。一方ジョージナは、エヴリンよりフレデリックの方が会っていて楽しく、身装《みなり》も良いと言うので、ジョンはジョージナに、婚約中の娘としてフレデリックなどと会ってはならぬと厳命する。ジョージナは、クララが手紙を書いたことがエヴリンにわかってしまうのではないか、と心配している。だが、ジョンはそれよりも、エヴリンが遺産を手に入れてから、王侯然とした生活をし、ロンドンの屋敷は宮殿さながら、田舎には大きな不動産を買い込み、日夜、舞踏会やら宴会に明け暮れ、美術品、楽師に金を費やし、慈善を施したりで、あとがこわいと心配でならない。あまつさえ、噂によれば、賭け事に耽って、スムーズと付き合い、このままでは贈与財産を磨り減らしてしまう危険がある。そこで、すぐにも結婚を進めるため、二人で宝石を選びに行くことにする。目障りなクララについては、家から追い出すことに決め、ジョージナに呼びに行かせる。

〔同二場〕

呼び出したクララに、ジョンは、単刀直入、彼女のエヴリンへの愛着が、ジョージナの結婚にとって障害になっていることを告げる。さらに、彼女の書いた手紙は、ジョージナが書いたことにしてくれ、さもなくば、エヴリンに手紙の件を打ち明けてしまうと脅すので、クララは、泣いて、それはしないよう頼む。次いでジョンは、フランクリンがグレーヴズを手に入れるため、この家に暫く滞在する模様なので、今や独立しているクララに、ちょうど小旅行を計画している亡妻の叔母に当たる婦人のお伴をしたらどうかと勧める。クララはこれに同意して、五日後に出発すると決め、その手はずを整える手紙を書く。その間ジョンは、召使を相手に、来訪予定客への例の「ごまかし」を使った応対の仕方を一人一人について指示したあと、ジョージナと馬車で外出する。手紙を書き終えたクララは、一人述懐する。数日後、エヴリンとは永久の別れとなり、自分とは別の女性が彼の妻と呼ばれることになる。その喜ばしい陽光を曇らす存在の自分は、遠く離れた異国で祝福をし、祈りを捧げていよう。と、そこへ、外からエヴリンが、ジョージナを訪ねてきた声がする。

〔同三場〕

部屋から出て行こうとするクララを引き止めて、エヴリンは、ジョージナとの結婚の日取りを定めにきたのだが、これからは田舎住いになるゆえ、クララと会うのもこれが最後だ、と告げる。クララは、このままエヴリンと喧嘩別れのようになるのは耐えられぬと考え、自分もイングランドを離れる予定だと打ち明け、これまでの親切を感謝し、友人、「妹」としての変らぬ友情を誓う。エヴリンは感動して、苦い過去のことは水に流すと言う。クララは、エヴリンがいつか名声を勝ち得るよう、そしてその時は遠くから、かつてその人が自分を愛してくれたことがあると心に言える日が来るだろう、と語ったあと、エヴリンの現在の虚飾に満ちた贅沢《ぜいたく》な暮らし振りには少しばかり苦言を呈する。エヴリンは、それはかつて貧乏故に求愛を拒否されたクララへあてつけるためにしたことだが、いずれも虚しかった、どちらにしても、クララからは愛を得られず、自分の運命は封印されてしまっている、今のジョージナとて、空虚で、軽薄な女かも知れないと不安を隠し切れない。しかし、クララは、ジョージナが世俗的な父の元を離れれば、エヴリン自身の手で教化してレベルを引き上げることができると勧告し、最後の別れを告げて出て行く。一人になったエヴリンは、クララの言葉、口調、顔付を思い返して、まだ自分を愛してくれているのではないかと一縷の望みをつなぎ、自分の性急な選択を後悔するが、今となってはその成行に耐えるしかないと覚悟を決める。そこへ、グレーヴズが登場。

〔同四場〕

フランクリンを訪ねてきたグレーヴズは、彼女の着替えを待つ間、エヴリンに話しかける。グロージンホール州の議席が空いた、エヴリンの資産ならば自分で選挙運動をしなくても当選できる、立候補してみてはどうか、というのである。エヴリンは、最初取り合わないが、クララの言った「大望」という言葉をふと思い出し、国に恩恵を蒙っているイギリス人の務めを果しても構わない、と答える。もっとも、グレーヴズには、「恩恵」とは、東風、霧、リューマチ、肺疾患、それに税金ぐらいのものとからかわれる。その冗談を聞き流し、エヴリンは落ち着きなく部屋を歩き回る。それを見たグレーヴズは、かつて君はクララを愛していると告白したのに、その日の午後、ジョージナに求婚するとはと、冷やかす。エヴリンが、クララはいずれフレデリックに靡《なび》くだろうと言うと、グレーヴズは、フランクリンから聞くところによると、フレデリックはクララに振られたそうだ、その上、ついここへくる道で、ジョージナがフレデリックと公園を歩いているのを見たと告げる。エヴリンは顔を曇らせ、手が震える。さらにグレーヴズは、エヴリンが賭博に耽っているのを指摘する。エヴリンも、それが卑しい退屈凌ぎであることを認めるが、ジョンが心配のあまり、今夕クラブに出向いて観察に来ると聞き、それならば、スムーズと思う存分賭けをして負けて見せ、金と同時にジョンも失ってみせよう、と言い出す。次いで、ジョンから忠告の、危くなった銀行に預けてある金をおろすのも時間切れだから従えぬと言伝てして退場する。グレーヴズは、エヴリンの気違い沙汰に呆れながら、フランクリンの私室に呼ばれるのを潮に、亡き妻マライアの思い出を種にして、一緒に悲嘆に暮れてもらおうと、愉快そうに退場。

〔同五場　レイディー・フランクリンの私室〕

フランクリンは、この惨めになりたがっている男グレーヴズを幸せにし、笑わせ、歌わせてやろうと目論んでいる。グレーヴズが登場し、溜息をつく。それに合せて溜息をつきながら、フランクリンは、故マライアの活力、表情、眼差しを褒め上げて、グレーヴズを次第に乗せて行く。マライアが、芝居がかって日に何度も口にした、『嫉妬深い妻』(6)の中の女主人公の台詞を引いて、二人は代る代る彼女の声色を真似て興じる。次いで、マライアがよく歌っていたフランス小唄を、二人でハミングしたあと、クリスマス・パーティーの時彼女が踊ったスコッチ・リールのステップを踏んでいる所へ、ジョン、フレデリック、ジョージナが入ってきて、呆れて眺める。フランクリンは部屋から逃げ去り、グレーヴズは興を醒《さ》まされて、かんかんに怒る。三人は、彼を追いかけながら、からかい、かつなだめるふりをする。

〔同六場　＊＊＊クラブの室内〕

夜、照明が点いている。小さなソファ・テーブルに本、新聞、紅茶、コーヒーなどが出ている。グロースモアとスタウトが現われる。下手前方の椅子に坐り新聞を読んでいる年老いたクラブ員が、ウエイターを呼んで嗅ぎ煙草を持って来させる。グロースモアは、上手前方のトランプ用テーブルの前に坐ってレモネードを啜《すす》っているスムーズが、鴨を待ち受けていると目をつける。そこへエヴリンが登場。暖炉のそばにたむろして足を椅子の背や、テーブル、マントルピースの上に投げ出して坐っている各メンバーに、上機嫌に挨拶をし、グロースモアとスタウトにも声を掛けたあと、スムーズを見つけて、早速賭トランプのピケット・ゲームを挑戦する。クラブ員達は、意味ありげに互いに突っつき合う。スタウトに嗅ぎ煙草を持って行かれた老クラブ員はそれを睨みつけ、暫くしてから、「ウエイター！　嗅ぎ煙草を！」と声を張り上げる。（この演出は、以下◎で示すように何回となく鳩時計よろしく繰り返され滑稽な効果を生む。）次いで、フレデリックが現われ、グロースモアも誘って、四人でやるラバーというゲームをするため奥のトランプ・テーブルに行く。上手前方のテーブルでは、スムーズが勝負に勝ち、エヴリンは支払いをする。そうしながらスムーズに木曜から火曜まで自分からいくら捲き上げるつもりかを聞き、計算してから、耳打ちして何やら内密の約束をする。◎そこへ、ジョンが登場。二人がゲームを続けているのを目にして、案じ顔。奥のテーブルから一休みに出てきたフレデリックがジョンに声をかける。◎エヴリンの方は、案の定、負けが込み、熱くなっている様子。賭け金は二倍から三倍へと上がって行く。◎居ても立ってもいられぬジョンは、二人の傍をうろうろして、エヴリンにゲームをやめさせようとするが止まらない。◎やがて、エヴリンは、カードを放り投げて、癇癪を起こす。他のメンバー達も周りに集まってきて、一か月もすれば破産だとひそひそ囁《ささや》き合う。拷問台にかけられたようなジョンは冷汗千斗。そのうち、フレデリックや、グロースモア、スタウトも、エヴリンに対しそれぞれ金をかけて挑戦する。みんなが寄ってたかってエヴリンを唆すので、ジョンはおろおろしている。結局、エヴリンは全勝負に負けて支払いを約す。◎一体いくら負けたのかがジョンには気がかりだが、スムーズは聞かれても明かさず、グロースモアに向かって、一万二千ポンドの屋敷、三千ポンドの家具の購入を申し出る。◎エヴリンは、なおも自分の屋敷で、徹夜で勝負を続けようと、スムーズを誘って退場。ジョンは、狂気の如くそれをやめさせようと従《つ》いて行く。クラブ員達は、「けちんぼジャック」のその様を見て大笑い。最後に、初めて立ち上がった老クラブ員、憤然として、「ウエイター！　嗅ぎ煙草だ！」と叫ぶ。

〔四幕一場　二幕一場と同じくエヴリンの屋敷の控えの間〕

室内装飾家、銀器製造人、仕立屋などを初めとした商人や職人達が集まり、エヴリンが賭け事に熱中していることを噂して、早いところ勘定を払ってもらおうと待ち構えている。そこへスムーズが奥の部屋から登場し、控えの間のカーテンや張り出し窓、部屋の広さなどを値踏みするように眺め回すので、皆、彼が家を買い取ったのかと、問い質す。だが、スムーズはぐらかす返事ばかりして答えず、なおも椅子やテーブル等を調べながら退場。

〔同二場〕

そこへ、慌てふためいてシャープが現われ、鈴を鳴らして召使達を呼び寄せ、ジョンの元へ、あるいはパスポートを取りにと使いを出す。居合わせた連中はびっくりして、何事が起こったかと問う。どうやら、スムーズと一晩トランプ勝負を続けた結果、ひどいことになったらしい。銀行にも取り付け騒ぎがあるとのこと。彼等は、それぞれ自分の勘定が取れなくなっては大変と案じつつ退場。

〔同三場〕

グロースモアとフレデリックが、スムーズとの差し向いの徹夜勝負の結果を確かめに訪ねてくる。現われたエヴリンは、二人に昨晩の借金を清算しようとするが、断られるのを幸い、替りにそれぞれに対して内密に五百ポンドと六百ポンドの借金を頼み、二人から別々に小切手を受け取る。とこうするうち、今晩スムーズを招んでの宴会が最後かも知れぬと言うエヴリンが涙声でいるのに気づいた二人は心配になり、今渡した小切手の支払いを銀行に停止してもらおうと、急いで帰って行く。

〔同四場〕

召使頭のトークが、宴会の支度のため召使達に指示して部屋を片付けさせている。そこへ仕立屋が現われ、半ズボンを届けた上、地下の勝手口を開けておいてくれるよう、賄賂を使って頼む。トークは承知し、下男が入ってきて地下室の通用門を閉めに行こうとするのを、換気のため開けておけと言って止める。

〔同五場　エヴリンの屋敷の豪華な大広間〕

グレーヴズに、銀行から金をおろしたかと問われて、エヴリンは、まだおろしていないと平然としている。そこへ、ジョン、フランクリン、ジョージナ、スタウトが登場。エヴリンは、ジョンが貸してくれた五百ポンドには大げさに礼を言う。しかし、まだ足りないのでジョージナからも一万ポンド借りたいと言い出すので、ジョンは気が気でない。ジョージナには、当座を凌いだら田舎でつつましく暮そうと約し、数週間貸してくれるよう申し出るが、ジョージナは父に相談するのが上策と、返事を一日延ばす。ジョンは、エヴリンが買ったコレッジョの絵を見せられて閉口している。次いで、フレデリック、グロースモア、スムーズも登場。グロースモアは、スムーズに、グロージンホールの選挙に出ている自分の推すサイファーへの応援を頼む。スタウトも、スムーズを内心軽蔑しながらも近づき、自分の方のポプキンス支援を頼む。やがて、エヴリンが進み出て、十二か月前の今日、巨額の遺産を手に入れたが、それ以来の金の使い道は皆の意に叶ったものだったかどうかと問うと、全員がその贅沢な暮らし振りを良しとする。一人ジョンのみ渋い顔だが仕方なく賛成する。エヴリンは、みんな内心では、宴会、衣裳、酒、トランプ等より有用なものに使うべきだと思っていたのではないかと追及する。そこへ、シャープが慌《あわただ》しく登場し、銀行が破産したと知らせる。しかし、エヴリンはあわてずに、あとは明日のことにして、今日は取り敢えず予定の宴会をと言う。皆々不安に駆られる。スムーズは、屋敷や家具その他のものを買い取ることをジョンに告げる。スタウトからも、ジョージナを別の男に投機した方が賢明だと忠告されたジョンは、フレデリックに無礼をはたらいたと後悔する。次いでトークが登場し、商人達が借金の請求に押し寄せていることを知らせる。その上、執達吏まで現われて、押収を迫る。格安と称する一五〇ポンドの仕立代の請求書だが、エヴリンがジョンに払ってくれと頼んでも、ジョンはすでに貸した五百ポンドを先に返して欲しいと言って拒否する。するとグレーヴズが、代りに払ってやると執達吏を連れ出す。フランクリンは、グレーヴズのその行為を喜ぶ。ジョン、ジョージナ、フレデリック、グロースモア、スタウトが出て行こうとするのを引き止めたエヴリンは、皆、自分が牢にでも入れられるとでも思ったのかと嘲笑し、最後にもう一度老いた乳母に十ポンド貸してくれと言うと、全員が尻込みするので、スムーズを除いて追い出してしまう。戻ってきたグレーヴズと共に三人は、すべてが作戦通り、騙し屋を騙した、今や我々だけで祝杯を上げようと退場する。

〔五幕一場　＊＊＊＊クラブ〕

グロースモアが、スムーズにいくら捲き上げたのか、家ぐるみかを聞こうとまといついているが、スムーズは言を左右にしてはぐらかす。そこへグロースモアに一通の手紙が届けられる。エヴリンがグロージンホールで立候補し、我々は負けだというサイファーからの知らせ。グロースモアはびっくりする。ジョンとフレデリックが話しながら登場。ジョンは、ジョージナの持参金一万ポンドと空手形の蓄財をちらつかせて、ジョージナをもらってくれとフレデリックに頼んでいる。次いでスタウトが額を拭いながら登場し、ジョンを傍らに連れて行って、エヴリンが実は銀行に三百ポンドも預けていなかったことがわかったと告げる。さらにグロージンホールでは自分の候補ポプキンスが苦戦し、どうやら、エヴリンが議席を獲得しそうだ、というのも、グロージンホールの地主に払えぬはずの残金をエヴリンは既に払い終えているからだと言う。ジョンは、先刻したばかりのフレデリックとの夕食の約束を取り消し、直ちに地主のもとへ自ら出向いて確かめてこようと考え、急いでその場を去る。残されたフレデリックは、スタウトにエヴリンが破産していないことを知らされて、ジョンの変心に気づき、ジョージナとの待ち合せに出かける。スタウトは教区会へと向かう。

〔同二場　サー・ジョン・ヴェシー家の居間〕

　フランクリンが、グレーヴズと話しながら登場し、エヴリンがまだクララを愛していることを彼女に話してくれと頼む。入ってきた召使に聞くと、ジョージナは広場に行ったきりだが、自分がお伴をしたクララは今、ドラモンド銀行から帰ったところだと言う。そのクララが登場。フランクリンにドラモンド銀行に行った用を尋ねられ、どぎまぎする。クララは、エヴリンの逆境を心配し、現在の負債は一万ポンドで何とか始末がつくとジョージナから聞いたが、その通りかと問う。すかさずグレーヴズが、エヴリンは女性の気前の良さなどを当てにしない男だと言う。それを聞きとがめたフランクリンが、男は女より貪欲《どんよく》でないと言えるのかと反論する。すると、グレーヴズは、実際、自分を捨てた女に独立を遺贈してやるため、弁護士に頼んで遺言補足書を書かせ、それを秘密にしていた男がいる、そして、その男は女をまだ愛していながら他の事にかまけているのだと吐き捨てて退場する。クララは初めて真相を悟り、エヴリンの隠れた親切心と寛大さを知る。その上、フランクリンから、ジョージナがエヴリンと会わないことにしたと言っており、婚約中も毎日フレデリックと広場でデートしていたことを聞かされ、居ても立ってもいられぬ思いに駆られる。いよいよ募るエヴリンへの思いのたけを存分にフランクリンに打ち明けたクララは、これまでと違って、大胆になり、積極的にエヴリンの元へと急ぐ。

〔同三場　エヴリンの屋敷の一室〕

　エヴリンは、スムーズとシャープを使った擬装がまんまと成功したことを一人ほくそ笑んでいる。そこへグレーヴズが来訪。世間の評判はますますエヴリンに悪くなっていると言う。だが、エヴリンは、賭け事が悪いのではなく、善も悪も世間は失敗か成功かの物差しで評価しているだけだと述べ、それでも心配するグレーヴズに、実は、賭け事に耽ってみせたのは策略で、人間と金のどちらを取るのかを試したもの、失った財産は一か月の収入にも当らないと明かす。そして、ジョージナが一万ポンドを貸すのを承諾してくれるかどうかが、彼女の誠実を証《あか》す鍵で、もし彼女が拒絶すれば、婚約は御破算にして、クララに思い切って過去の弁明と未来の祝福を頼むのだと述べる。そこへ召使が一通の手紙を持って入ってくる。それを読んだエヴリンは、ジョージナへの疑いを晴らし、婚約を履行する旨の返信を書く。グレーヴズは落胆するが、いつもの口調で諦める。エヴリンは何故《なぜ》か心が沈むのを自分でも不思議に思うが、決意は変えられない。

〔同四場〕

フランクリンが、クララを連れて登場。エヴリンにクララを引き合わせ、二人だけにするよう、グレーヴズに耳打ちして奥の部屋へと引き下がり様子を見ている。エヴリンの挨拶の言葉を聞く間ももどかしく、クララはわれとわが感情に身を委ね、自分がよそよそしくしていた時もエヴリンがどんなに自分のことを思ってやさしくしていてくれたかにやっと気づいたと告白する。エヴリンは、激しいクララの心情の吐露に当惑し、かつて彼女の前にひざまづいて求婚した時、拒絶の答をしたあの時と同じ声かと訝《いぶか》る。クララは、昔、父もまた、エヴリンと同じように、無欲で、才能に恵まれ、大望を抱き、感受性豊かであったのに、貧乏と心遣いだけを持った母と結婚して、惨めな生活に陥った、その轍《てつ》を踏むまいとして、あなたの求婚を拒否したのだと打ち明ける。そうして今は、エヴリンの借金を払っても半分は残る財産でつつましく暮らせる、と訴える。エヴリンは、クララのこの言葉に心を動かされるが、今となっては遅すぎた、富もクララがいてこそ意味があったが、現在は他の者に信義を縛られていると述べるので、クララは、ジョージナがまだエヴリンを捨ててないと知り、愕然《がくぜん》とする。

〔同五場　大団円〕

ジョンの登場と同時に、フランクリンとグレーヴズも奥の部屋から出てくる。ジョンは、エヴリンとのよりを戻そうと、娘ジョージナが一万ポンドを貸すと言って聞かないと告げる。「幸せなしに何の金ぞ？」と警句も吐く。ところが、エヴリンはすでにその金を受け取っていると言うので、ジョンはまた冗談かと訝る。当の娘が見つからぬのを、フランクリンに尋ねてみるが、彼女も見かけぬと答える。すると、エヴリンは、ジョージナに手紙を送り、結婚式の日取りも定めるよう伝えたと述べるので、ジョンは喜び、すぐにもジョージナを探してくれるようフランクリンに頼む。フランクリンは、クララを引き止めておいて、一旦退場する。そこへ、シャープが現われ、グロージンホールの投票が済みエヴリンが選ばれたことを知らせる。エヴリンは、それはクララを喜ばせるためにしたことだと白状する。ジョンの方は、それよりもエヴリンが、破産した銀行でいくら損をしたか知りたくて、シャープに聞く。損はたった二二三ポンド六シリング三ペンスとわかり、ジョンは騙されたと大喜びをする。クララは、すべてを誤解していたことを詫び、退出しようとするが、エヴリンが引き止め、財産などわずかな価値しかないものだと述べ、母の死以来流したことのない涙を流して、クララとの別れを惜しむ。そこへ、フランクリンが、ジョージナを連れて再登場。後にはフレデリックがばつの悪そうな様子で従《つ》いてきている。娘に詰め寄ろうとするジョンを下がらせたエヴリンは、ジョージナに直接、自分に対する真実の気持を問い質す。ジョージナは、父の方を見ながら、「幸せなしに何の金ぞ？」と始めたまではよいが、今朝方父に言われた通りエヴリンとの婚約の破棄を通告し、加えてフレデリックと新たに結婚の誓いをしたことを打ち明ける。ジョンとエヴリンは共々びっくり仰天。急いでエヴリンは、先刻もらった手紙を取り出す。フランクリンが、それを調べるとドラモンド銀行からのもので、クララがしてきたことだとわかる。同じ署名があった前の手紙も、実はクララからのものだったと初めて気づいたエヴリンは、これで自分は自由になり、解放され、クララをわが妻と呼べることになったと歓喜する。一方ジョンは、ジョージナが最後に反則をしてゲームに負けてしまったと叱り、フランクリンには皮肉に「感謝」すると述べるが、実はフランクリンは、ジョージナがフレデリックとこのままスコットランドへ駆け落ちしようとする所を救ってきたのである。ジョージナは、泣きべそをかきながら父に詫びる。フレデリックは、ジョージナには悪くない縁組だと自讃しつつ、一万ポンドのことを口に出す。すると、エヴリンが、それを二倍にしてやろうと言う。ジョンの怒りは納まらぬものの、この二倍というエヴリンの約束に気を変え、ジョージナの結婚を許すことにする。グレーヴズにもどうやら結婚の気分が伝染し、フランクリンの方を向くと、心得たフランクリンは手を差し伸べて承諾を与える。グレーヴズは、亡き妻の名前を呼びつつ、喜びの声を上げる。スムーズが登場し、一家のパーティーに加わり、ジョンの渋面をからかう。次いでスタウトとグロースモアも慌しく入ってきて、共にエヴリンがいつか自分の党派を支援してくれることを当てにする。エヴリンはスムーズに、ピケット・ゲームの清算をして、これまでの協力を感謝し、最後にクララに向かって、「君は富がつまずいた所で成功した」と賞讃し、この虚飾と欺瞞と愚行のはびこる「人間喜劇」の世界でも、すべてを購《あがな》ってくれる真実と愛を見出せぬとしたら、我々自身の落度なのだ、と結論づける。それを受けて、グレーヴズが真実と愛の他に、我々を適度に幸福にしてくれるものは、と述べ、以下、全員が一人ずつ、フランクリン「健康」、グレーヴズ「快活な精神」、クララ「親切な心」、スムーズ「無邪気なトランプ・ゲーム」、ジョージナ「合った気心」、フレデリック「程良い分別」、スタウト「啓蒙的な意見」、グロースモア「秩序を守る原則」、ジョン「世間を知ること」、エヴリン「そして、たくさんのお金！」と口々に締めくくる。

（1）エヴリン登場早々の諧謔を弄する言辞は、シェイクスピアのハムレットの登場を思わせる。

（2）『ハムレット』二幕二場で、ハムレットは本の文句を引いて、ポローニアスをからかう。

（3）シェイクスピア『アテネのタイモン』一幕一場でも、タイモンの屋敷に金をめあてに、画家、詩人、宝石商、商人らが群がってくる。

（4）ルネッサンス期イタリアの画家。Correggio, Antonio Allegri da（一四九四―一五三四）。

（5）ハムレットがホレーショを唯一の信頼する友とするのに対応する。

（6）一七六一年ドゥルアリー・レーン（Drury Lane）劇場で初演されたジョージ・コールマン（George Colman）の"The Jealous Wife"。十九世紀においても人気のある演目だった。

解説

自作を活字化した狂言作者
——明治期の黙阿弥の一側面——

原　道　生

一

江戸時代全般を通じて、歌舞伎の世界では、その上演台帳がそのままの形で公刊されるということはなかった。その点では、近世演劇のもう一つの柱である人形浄瑠璃が、ごく初期の時点から、その詞章から曲節の記載に至るまで、すべて作者・演者の意向に忠実である旨を標榜した正本を刊行し続けていたのとは、すこぶる対照的であったといえるだろう。そしてさらに、それは、明治以降、劇作家たちの手になる戯曲のテキストが、必ずしもその上演の有無とは一致しない形で、単行本、あるいは新聞・雑誌等の活字媒体を通して公けにされることがほぼ常態化するようになっているという近代的なあり方とも、まったく異質なものではないかと思われる。ところで、以上のような特色は、実は、歌舞伎という演劇の本質とも深い関わりを有する事柄とされている。

周知の通り、歌舞伎では、役者の占める比重が非常に大きなものであるために、新しく上演される作品の脚本は、それを演ずる役者の顔触れと極めて密接な関連の下に構想されるものとなっていた。しかも、そうした事情は、さらに再演時以降にも及び、その結果、後に同じ演目が繰り返し上演されるといった場合であっても、その内容には、そのたびごとの出演者を始めとする諸条件に対応した何らかの改変が加えられるということが、当然の行き方とされていたのである。このように、ある特定の興行と不可分の形で、その都度書き直されることが原則となっていた歌舞伎の脚本にあっては、それに固有の一回的な性格の強さのゆえに、その作品の最もスタンダードなテキストを、個別的な上演の事例を超えて確定するという定本化への志向は、自ずと弱いものとなってゆかざるを得ないだろう。事実、そのために、歌舞伎の台帳とは、完成された戯曲作品としてよりも、むしろ、その上演時における関係者間の心覚えの記録としての役割に重点の置かれたものとなり、ごく限られた手書きの稿本のみが、いわば制作者側の内部資料として、立作者の許などに伝えられているといったものとなっていたのである。

もっとも、実際には、そうした事態とは別に、台帳そのものを、丸ごとそのままの形で読んでみたいという愛好者たちの欲求に応えるべく、右のような作者所持の上演台帳を転写した貸本用の書写台帳が別人の手で作製され、貸本屋の流通経路を通して、直接一般読者たちの目に触れるという道も確立してはいた。けれども、そのことは、作者以下の幕内の側からすれば、あくまでも例外的・副次的な産物というに過ぎないものであって、前記の如き非公開性という台帳固有の本質を大きく損なうものとはなり得なかったと解されてしかるべきだろう。

なお、ここで、台帳に準ずる歌舞伎のテキスト類について若干付記しておくならば、近世中期の上方では、人気狂言の脚本を台帳の形式を生かしつつ読本化した絵入根本《えいりねほん》、また、幕末の江戸では、これも台帳形式を残しながら草双紙化した正本写《しょうほんうつし》しなどという絵入りの読み物が多数印刷・刊行され、読者たちに、書物を通じてその演目の詳しい内容を伝えるという独自の役割を果すものとなっていた。ただし、これらも、近代的な戯曲享受のあり方にかなり近接したものとなっているとはいえ、他人の手による整理を経た上のものであるという点で、やはり台帳そのものの公刊ということとは質を異にしている事柄として考えるべきものと思われる。

ともあれ、明治元年(一八六八)には五十三歳で、すでに三十余年の作者生活を送ってきていた河竹黙阿弥《かわたけもくあみ》が、まさにこのような、自身の作品の台帳がそのままの形で出版されるという事態を実際に体験したことがないばかりか、そんな事態が現実にあり得ようなどと想像することさえもないままに、平素の狂言作製に励み続けていた典型的な江戸の狂言作者の一人であったという事情は、容易に了解されるに違いない。

しかるに、その後十年程を経た頃から、もっぱら印刷技術のめざましい発達・普及という時代の動向に促されて、歌舞伎脚本の忠実な活字化という従来にはなかった新しい試みが次第に具体化されてくることになった。その中にあって、黙阿弥は、そうした、非公開から公刊へというこれまでとはまったく逆の状勢の変化にほとんど違和感を示すこともなく、むしろ自作台帳の刊行という企てに対しては積極的に取り組むという意欲的な姿勢をも見せるようになっているのである。黙阿弥にとっての明治期の持つ意味ということに関しては、昨今、種々多彩な問題の蔵されている旨が改めて指摘され始めてきているが、このような、自作台帳の発表方法の画期的な転換という、歌舞伎史上の希有な事態を身をもって体験した最初の狂言作者という点においても、今後さらに検討の必要があるのではないかと思われる。

二

歌舞伎脚本の活字化という新しい事態が成立するに当っては、当時の東京劇壇における近代的な演劇ジャーナリズムの誕生、すなわち、その嚆矢となった明治十一年(一八七八)六月創刊の『劇場新報』、次いで翌十二年二月創刊の『歌舞伎新報』といった演劇雑誌の刊行という現象が大きな役割を果すものとなっていた。中でも、後者は、その創刊の辞において、「河竹が新作の筋書」を掲載することを最大の売り物の一つとしてあげているなど、黙阿弥作品の紹介に力点の置かれているものだったのである。

当初、同誌は、その言明の通りに、彼の諸作の梗概を掲載し続けていたが、やがて同年十二月十七日発行の第五十号からは、未上演の黙阿弥作品『霜夜鐘十字辻筮《しもよのかねじゆうじのつじうら》』の脚本を「河竹翁新作正本」として丸ごと連載するという企画を発足させている。ところで、同作が実際に上演されたのは、翌十三年六月の新富座においてのことだから、実はこの『霜夜鐘十字辻筮』という演目は、まさに渡辺保氏の指摘にある通り、「はじめて実際の上演用ではなく雑誌のために書かれた作品」なのであり、「雑誌のために書き下ろされた」「日本文学史上最初の」「戯曲」としての位置づけを与えられてしかるべき画期的な作品なのだった。また、この作品はさらに単行本化も果されることになるのだが、いずれにせよ、そこには、もはや前章で見たような上演台帳の公開という次元の問題をも大きく超えて、「生涯座付作者として生きた黙阿弥が直接上演を前提としないで書いた戯曲」[1]という、従来の狂言作者の台帳観とはまったく異質の行き方が実現されるに至っているさまを見出すことが出来るに違いない。

次いで、同誌は、右の『霜夜鐘十字辻筮』の初出より三年後に当る十五年三月二日発行の第二〇六号から、やはり未上演の黙阿弥作品『恋闇鵜飼燎《こいのやみうかいのかがりび》』(初演は四年後の十九年五月、千歳座)の連載を始めている。

こうした二つの事例を見るならば、少なくともこの時期以降の黙阿弥は、自身の作品を劇場に来た観客に見せるということを本旨としていた旧来の狂言作者としての性格に加えて、新しい活字メディアを介して不特定多数の一般読者に直接自分の作品を提供するという、近代的な文学者・劇作家としての性格をも併せ具えた存在へと変貌を遂げ始めていたものと解されるべきではなかろうか。ともあれ、その後の明治二十年代には、演劇改良運動の動向とも相俟って、依田《よだ》学海《がっかい》・川尻宝岑《かわじりほうしん》合作の『吉野拾遺名歌誉《よしのしゅういめいかのほまれ》』（二十年一月刊、鳳文館）を始めとする新作戯曲の出版が盛んに行われるようになっているが、上記の黙阿弥の試みは、そうした時代の趨勢に対して、先駆的な役割を果すものでもあったということは確かだろう。ちなみに、本巻に収録した三篇のうちの二篇『人間万事金世中《にんげんばんじかねのよのなか》』（十二年二月）と『島鵆月白浪《しまちどりつきのしらなみ》』（十四年十一月）とは、ともに戯曲先行の発表方法をとっているわけではないものの、いずれもこの時期に初演された作品に他ならない。

一方、黙阿弥は、明治二十年代にはいると、前記二作のような事例とは別に、自身の旧作の活字化という企てに対しても、すこぶる精力的に取り組むようになっていた。以下、それらを、年代順に紹介してゆくことにしたい。

一、『読売新聞』への連載

明治二十一年（一八八八）一月三日を第一回として、『鼠小紋東君新形《ねずみこもんはるのしんがた》』（安政四年〈一八五七〉一月、市村座初演）の脚本が、当時文芸新聞として定評のあった『読売新聞』に連載されている。これには、饗庭篁村《あえばこうそん》と坪内逍遥《つぼうちしょうよう》の尽力が大きかった旨が知られており、(2)黙阿弥を「我国の沙翁」と称える後者の文章も併載されていた。なお、その後同紙二月二十六日号からは、『三人吉三廓初買《さんにんきちさくるわのはつがい》』（安政七年〈一八六〇〉。三月より万延〉一月、市村座初演）の連載が始められている。

二、「演劇脚本」の刊行

明治二十一年五月十一日には、「第壱回演劇脚本百番の内」との叢書名を付された『大杯觴酒戦強者《おおさかずきしゅせんのつわもの》』（明治十四年〈一八八一〉五月、猿若座初演）の脚本が、台帳形式を模した簡素な小冊子として、歌舞伎新報社より「著作者　吉村新七／発行者　吉村いと」の名儀で発行されている。同書巻頭の口上や刊行前後の『歌舞伎新報』誌の広告などに従えば、この叢書は、「今や版権興行権之最難有き御布令有り此機を失ふ所に非ず」との現状認識から、默阿弥に勧めて、その旧作を「新古取交」ぜつつ、「河竹正本狂言尽」の名の下に「陸続発兌」しようとする意図のものであったことが知られるが、事実、以後、その目論見の通り、作者没後の明治三十年代に至るまで、途中発行所の変更などはあったものの、計二百余点にも及ぶ厖大な分量の冊子が刊行され続けたのだった。

もっとも、この叢書の出版に関しては、明治二十年末における版権条例等の公布といった社会状況の中で、默阿弥父子が自家の作品の版権興行権の取得・保持ということを主たる目的として企てたものであるということが知られている。そのため、旧作台帳の忠実な翻刻ということよりも、とりあえず自作であることを主張する根拠となり得るものとして、出来るだけ多くの作品を活字化しておくという必要性に迫られての仕事とならざるを得なかった(3)ことの結果、テキスト自体としては、省略の多い杜撰なものとなってしまっていることが惜しまれる。なお、この版権確保の問題は、明治期の默阿弥にとっての極めて重大な関心事の一つだが、今はそれに触れている余裕がないために、ここでは、倉田喜弘(4)・和田修(5)・岩井真実(6)氏らに詳しい研究のあることを紹介するのみに止めたい。

三、「狂言百種」の刊行

明治二十五年（一八九二）四月二十五日には、『勧善《かんぜん》懲悪《ちょうあく》覗《のぞき》機関《がらくり》』（文久二年〈一八六二〉閏八月、守田座初演）の脚本

が、「黙阿弥作狂言百種」の第一冊として、春陽堂から発行された。同書は、これも篁村ら文学者たちの後援によって出版に至ったものであることが知られるが、その序文において、黙阿弥は、「今《いま》や演劇盛《えんげきさか》んにして名高《なだか》き学者《がくしや》の先生方《せんせいがた》が新奇《しんき》を競《きそ》ふ脚本《きやくほん》は」「美々《びゞ》敷意匠《しきいしやう》の条立《すぢだて》に金時計《きんどけい》の光《ひか》り有《あ》る脚色《しぐみ》の改正台詞《かいせいせりふ》の高尚《かうしやう》」といわゆる改良派を意識した上で、「素《もと》より野鄙《やひ》な世話《せわ》狂言《きやうげん》無学《むがく》無識《むしき》の手《て》に成《な》れば時代違《じだいちが》ひ仮名違《かなちが》ひ糸抜《いとぬ》け多《おほ》き唐桟写《とうざんうつ》し偽物《ごまかしもの》の拙作《せつさく》を平生着《ふだんぎ》の儘修正《まゝしうせい》の洗濯《せんたく》もせず出版《しゆつぱん》せしは」と自らを卑下した言辞を記している。けれども、そこには、却って、自身の旧作に対しての並々ならぬ自負の念を感じ取らせるものがあるに違いない。その意味からしても、この翻刻には、前記の二例よりも、定本意識というものが強く働いているのではないかと思われる。なお、この叢書は、翌二十六年一月の黙阿弥の死によって、全八号（奥付は二月十日）で中断し、彼自身の手になる最後の脚本出版となっている。

先にも述べてきたように、この時期における黙阿弥は、新しく活字を用いた発表手段に対し、極めて意欲的・積極的な取り組み方を見せていた。そのことは、旧来の、劇場を介してもたらされていた狂言作者としての彼の人気の上に、新たに読書を通じて得られるようになった幅広い愛好者層をも加えることとなり、その名声を後代にまで伝える上でのさらに大きな要因として働くものともなっていたということが出来るだろう。

ところで、これまでに見てきたような黙阿弥の脚本公刊の試みは、同時期における印刷技術の発達、出版機構の整備、そして、著作権意識の定着という、いずれも近代が生み出した物心両面における独自の要因と不可分の形で成立するに至ったものだった。だとすれば、少なくともその点、すなわち、狂言作者としての彼の周辺に形成されつつあった近代的な文化基盤をいち早く有効に活用して自作の活字化を存分に果し得たという点に関する限りでは、明治期における黙阿弥は、新しい時代への適応を最も円滑に成し遂げることの出来た文学者の一人だったといってよいのかも知れない。

三

ここで、本巻収録三篇の底本選定の問題について触れておくことにしたい。

前記のような歌舞伎台帳の特色を考えれば、その脚本を翻刻するに際しての最良の底本というものが、作者自筆の初演台帳であり、もしそれが得られなかった場合には、作者自身の直接の関与が確認出来る手書き台帳がそれに次ぐという事情は容易に了解されるに違いない。ところが、今回収録の三篇に関しては、いずれもそれに該当する伝本を見つけることが出来なかった。そして、その他幾つかの書写本の中にも、現段階の調査では、右に準ずると思しきものを確定することが出来なかったために、止むなく、三篇とも、後に出版された活字本に拠らざるを得ないこととなったのである。

周知の通り、現在活字化されている黙阿弥脚本の中で、最も信頼が置けるとされているものに、没後約三十年を経て遺族の糸女（補修）・繁俊（校訂編纂）両氏の手によって上梓された『黙阿弥全集』全二十八巻（大正十三年〈一九二四〉七月—十五年十二月、春陽堂）がある。もとより、同書に対するそのような評価は、基本的には妥当だが、他方、同書の底本選定や校訂方針をめぐっては、何かと疑問の余地もある旨がかなり早い頃から指摘されてきているということも、広く知られたところといえるだろう。そのため、最近の黙阿弥本文の研究における主たる関心の一つは、いかにして全集本を超えるテキストを確定し得るかという点に置かれるようにもなっているのである。

ちなみに、本巻が目ざすところも、それと軌を一にするものであることはいうまでもない。そこで、作業の具体的な手順としては、依拠するに足る手書き台帳が得られない以上、初演から全集刊行までの時期における脚本活字化の跡を辿り、それらの中に、全集本よりも作者の意向を忠実に反映している可能性が高いと思われるものがある場合に限ってそれを採用し、それ以外に関しては、全集本に拠るという方法をとることにした。以下、各篇についての調査結果を示しつつ、その選定の基準を説明してゆくことにしたい。なお、そこには、同時期の黙阿弥周辺に見られた活字化の動向を知る上で参考にもなると思われるので、脚本だけではなく、梗概等を通しての内容紹介の事例も掲げておくことにする。

(一)『人間万事金世中』　明治十二年二月、新富座

（作者生前）

A　歌舞伎新報　第三―四号（明治十二年二月二十三日―三月七日）

〈第三号に梗概、第四号に雑報〉

〔参考〕俳優評判記　三（明治十二年三月二十四日）

〈初演時芸評〉

B_1　演劇脚本　上（明治二十一年十一月二十一日）

〈序幕裏借家まで〉

A′　歌舞伎新報　第一一九〇―一一九六号（明治二十三年十一月十七日―十二月五日）

〈明治二十三年十一月、寿座上演時の梗概〉

（作者没後）

A″　歌舞伎新報　第一五八三号（明治二十七年六月十六日）

〈明治二十七年六月、歌舞伎座上演時の梗概〉

B_2　演劇脚本　下（明治二十七年七月二十七日）

〈序幕遺状開から大切婚礼まで〉

D　黙阿弥脚本集　第八巻（大正九年九月十八日）

E　黙阿弥全集　第十三巻（大正十四年八月十三日）

㈡『島鵆月白浪』　明治十四年十一月、新富座

（作者生前）

A　歌舞伎新報　第一八三―一九二号（明治十四年十一月八日―十二月十一日）

〈梗概〉

〔参考〕俳優評判記　十四（明治十五年二月十五日）

〈初演時芸評〉

B_1　演劇脚本　上（明治二十一年十一月十四日）

〈序幕白川旅籠屋のみ〉

B$_2$　演劇脚本　下（明治二十二年七月四日）

〈二幕明石漁師町から大切まで〉

A′　歌舞伎新報　第一一五二―一一六一号（明治二十三年七月十八日―八月十九日）

〈明治二十三年七月、市村座上演時の梗概〉

C　狂言百種　第三号（明治二十五年六月九日）

（作者没後）

D　黙阿弥脚本集　第十二巻（大正十年一月一日）

E　黙阿弥全集　第十六巻（大正十四年二月十五日）

㈢『風船乗評判高閣』明治二十四年一月、歌舞伎座

（作者生前）

A　歌舞伎新報　第一二〇六―一二一一号（明治二十四年一月十日―一月二十五日）

〈脚本抄録〉

（作者没後）

B　演劇脚本（明治二十七年九月二十四日）

〈全幕〉

D　黙阿弥脚本集　第二十五巻（大正十二年一月二十一日）

E　黙阿弥全集　第二十巻（大正十五年四月十九日）

上記諸点のうち、A群の『歌舞伎新報』掲載の梗概類は除外するとして、その刊行に際して黙阿弥自身が校訂に関与している可能性のあるものといえば、勿論、生前から出版されていたB「演劇脚本」とC「狂言百種」ということになるだろう。そして、現に全集第一巻の凡例にも、「狂言百種及び其以前に一度印行せられたものは、多くは作者自身の校訂を経たもの」と記されているのである。しかしながら、Bに関しては、前述もした通り、省略も多く粗笨さの目立つものであるために、かりに作者の意向が大きく働いているものであったとしても、あえて全集本を排することをしてまで採用すべき底本となり得ないことは明らかであるといってよい。しかるに、一方、Cは、これも前章で見たように、最晩年の黙阿弥がかなりの意欲を注いでいたと推測されるものであり、その具体的な校訂や校正の作業自体にどの程度関係していたかの実情は不明であるとはいえ、少なくとも出版に至るまでの過程のどこかで、作者自身の目に直接触れることのあり得たもの、つまり、全集本よりも作者の意図に近いと想定することの出来るものという観点から、底本に採用することにした。その結果、本巻では、『島鵆月白浪』のみが狂言百種本を底本とすることとなり、他の二篇は全集本に拠るということになったのである。

なお、ここで、没後刊行の『黙阿弥脚本集』についても付言しておこう。同書は、後にそれを基本として全集が作られたとされているところから、後者と同質のものと見なして、今回の底本の検討ではあまり重きを置くことをしなかった。けれども、同書の刊行は、全集とは違い、関東大震災以前のことであるために、その校訂の過程では、当然焼失前の自筆台帳による校合の機会があり得たものと想定されるので、今後一度は、その本文に対する慎重な吟味が必要なのではないかと思われる。(7)

いささか順序が逆転してしまった嫌いもあるが、最後に、作者黙阿弥の閲歴・事蹟について紹介しておこう。もっとも、その生涯に関しては、直系の繁俊・登志夫両氏による行き届いた伝記研究を始めとして、諸種の参考文献類にも記載があり、広く一般に知られているところも多いと思われるために、ここでは、その作品を中心に、ごく概略を記すのみに止めたい。

四

文化十三年(一八一六)二月に江戸日本橋の町家に生まれた黙阿弥(幼名芳(由)三郎)は、早く十代なかばの頃から遊蕩生活を送っていたといわれている。ただし、その間、貸本屋の手代となって俗書の乱読にふけったり、また、雑俳の点者ともなって狂歌・茶番・三題噺・歌謡等々の遊芸にその才能を発揮したりしたという特異な体験が、後の作者としての活動に大きく資するところとなったらしい。恐らくこの期に体得した幕末江戸の遊びの文化の精神が、作者黙阿弥にとっての原形質の一つとなっていたことは確かだろう。

その後、天保五年(一八三四)十九歳の折に父の死に遭ったことが機となって、弟に家業を譲り、自分は、翌年より作者五世鶴屋《つるや》南北《なんぼく》の許に弟子入りして勝諺蔵《かつげんぞう》と名乗り、芝居の世界の人となった。そして、以後、明治二十六年(一八九三)一月二十二日七十八歳で没するまでの五十余年の間、当初は実家の事情などによる若干の空白がありはしたものの、一貫して狂言作者の道を歩み続け、時代物・世話物・所作事を合わせて約三六〇篇の作品を書き遺して江戸歌舞伎の集大成を果したことにより、「最後の狂言作者」と称されることになるのである。

ところで、この作者生活にはいってからの彼に関しては、その作風の変遷など、通例なされる四期に分けての説明が概ね妥当と考えられるので、以下の記述もそれに従って進めてゆくことにする。

〔第一期〕天保六年（一八三五）二十歳―嘉永六年（一八五三）三十八歳

南北に入門してからのこの約二十年間は、作者としての基本を身につけるための修業・習作の時代だった。そこでの彼は、生来の才気を生かして順調な成長を遂げ、天保十四年（一八四三）には二十八歳で河原崎座の立作者となって、二世河竹新七《しんしち》を襲名するに至っている。また、この時期、江戸劇壇の第一人者である五世市川海老蔵《いちかわえびぞう》（七世市川団十郎《だんじゅうろう》）に認められたことも、彼にとっては幸いした。嘉永三年（一八五〇）三月、天保の改革で江戸を追放されていた海老蔵の帰参を祝う『難有御江戸景清《ありがたやおえどのかげきよ》（岩戸のだんまり）』（河原崎座）や、最初の本格的な劇作とされる『升鯉滝白旗《のぼりごいたきのしらはた》（閻魔小兵衛）』（嘉永四年十一月、河原崎座）といった佳作は、いずれもその縁で作られたものだったのである。

〔第二期〕嘉永七年（一八五四。十一月より安政）三十九歳―慶応二年（一八六六）五十一歳

嘉永七年三月に河原崎座出勤の四世市川小団次《こだんじ》のために、『都鳥廓白浪《みやこどりながれのしらなみ》（忍ぶの惣太）』を執筆して以後約十年間の黙阿弥は、この幕末の名優との提携を中軸としながら、その白浪作者としての実力を遺憾なく発揮して、もっぱら生世話物《きぜわもの》の秀作を次々と発表し、当代一の作者の地位を確立することに成功した。この時期の彼は非常に多作だが、その一端を以下に列記すれば、翳のある悪人役の表現に特異な個性を示した小団次のために書き下した、『蔦紅葉宇都谷峠《つたもみじうつのやとうげ》（文弥殺し）』（安政三年〈一八五六〉九月、市村座）、『鼠小紋東君新形（鼠小僧）』『網模様灯籠菊桐《あみもようとうろうのきくきり》（小猿七之助）』（安政四年七月、市村座）、『小袖曾我《こそでそが》薊色縫《あざみのいろぬい》（十六夜清心）』（安政六年二月、市村座）、『三人吉三廓初買』『勧善懲悪覗機関（村井長庵）』等といった作品群の他、売り出し中の美貌の若手役者十三世市村羽左衛門《いちむらうざえもん》（五世尾上菊五郎《おのえきくごろう》）に向けた

『青砥稿花紅彩画《あおとぞうしはなのにしきえ》（白浪五人男）』（文久二年〈一八六二〉三月、市村座）や、極めて幕末的な早熟の女形三世沢村田之助《さわむらたのすけ》に与えた『処女翫浮名横櫛《むすめごのみうきなのよこぐし》（切られお富）』（元治元年〈一八六四〉七月、守田座）等がある。

これら当期の諸作品の上には、黙阿弥らしさが最も顕著に認められるといわれているが、その多くに共通している特色はといえば、表には勧善懲悪を標榜しながらも、その実、悪を犯したアウト・ロ－たちの義理や仁侠に殉ずる生き方の潔さに焦点を合わせ、そうした彼らの言動に、美辞を連ねた七五調のセリフ、諸種の音曲を多様に取り合わせた背景音楽、華麗な色彩感に富む衣裳や舞台美術など、江戸歌舞伎の粋を尽した甘美な感覚的表現を与えて描き出しているという点に見出すことが出来るといえるだろう。しかしながら、他方、そのような悪の華の魅力を伝える独自の様式美の背後では、彼ら登場人物たちのすべてが、前世の因果と現世の金銭との桎梏からはどうしても逃れられない悲惨な人生を送るべく宿命づけられてしまっているという苦い認識が陰鬱に語られているということも見落されてはならない。彼の諸作が、幕末、さらには維新の混乱期における観客たちの心を深く捉えることが出来たのは、こうした二面性に負うところが大きかったものと思われる。

〔第三期〕慶応三年（一八六七）五十二歳―明治十四年（一八八一）六十六歳

慶応二年五月の小団次の急死は、黙阿弥らに対し、翌三年の幕府の倒壊に先立って、如実に江戸の終焉ということを実感させる出来事だったとされている。その後明治にはいってからの黙阿弥の十余年間は、時代の大きな変動の中で、とりわけ、新政府の推進する欧化政策の線に沿った演劇改良運動との深刻な軋轢の中にあって、いかにして自身に固有の作品世界を創り出してゆくことが出来るかに腐心していた時期といってよいだろう。けれども、そこでの彼は、そうした困難な状況下に置かれながらも、改良運動の流れに応じた新史劇である活歴物《かつれきもの》として、『増補《ぞうほ》桃山譚《ももやまものがたり》

（地震加藤）』（明治六年〈一八七三〉九月、村山座）、『牡丹平家譚《なとりぐさへいけものがたり》（重盛諫言）』（明治九年五月、中村座）、開化期の新しい世相風俗を写した散切物《ざんぎりもの》として、『東京日日新聞《とうきょうにちにちしんぶん》（鳥越甚内）』（明治六年十一月、守田座）、『人間万事金世中』『霜夜鐘十字辻筮』『島鵆月白浪』、旧幕時代の市井生活を素材にして過ぎ去った江戸の情趣を詩情豊かに描き出した世話物として、『梅雨小袖昔八丈《つゆこそでむかしはちじょう》（髪結新三）』（明治六年六月、中村座）、『天衣紛上野初花《くもにまごううえののはつはな》（河内山と直侍）』（明治十四年三月、新富座）、能・狂言を取り入れた格調高い所作事の松羽目物《まつばめもの》として、『土蜘《つちぐも》』（明治十四年六月、新富座）等々を、九世市川団十郎、五世尾上菊五郎、初世市川左団次《さだんじ》以下、新時代を担う俳優たちのために次々と書き与えるなど、非常に多彩な作風を展開させているのだった。ちなみに、前章までに見てきた自作活字化の試みも、この期に取り組まれた新事業に他ならない。そこには、初めて体験することとなった転換期の厳しい現実の中に置かれつつもなお、時代と積極的に向き合おうと努める意欲的な作者の姿勢を見出すことが可能なのではなかろうか。従来、この期の黙阿弥作品、中でも散切物に対する評価に関しては、前記渡辺保氏の著述以下若干の事例を除いては、必ずしも高いものとはされてきていない。今後は、右のような視点からの再検討も必要なのではないかと思われる。本巻における注解の試みがそれへの一助ともなり得れば幸いである。

なお、右の『島鵆月白浪』を一世一代として、黙阿弥は引退を表明し、以後、番付面から退いて、古河《ふるかわ》黙阿弥を名乗ることとなった。

〔第四期〕明治十五年（一八八二）六十七歳―明治二十六年（一八九三）七十八歳

引退を果してから後も、黙阿弥は、約十年間、さまざまな事情から実質的な作者としての活動を続けることとなり、旧作の改訂や所作事の数も含んでのこととはいえ、九十篇に近い大量の作品を残している。この時期、一方では、二十年(一八八七)四月の天覧劇、二十二年十一月の歌舞伎座開場など、歌舞伎の社会的地位の向上を目ざした近代化がさらに急速に進められつつあったが、彼自身は、そうした動きに多少の距離を置きながら、その筆力には少しも衰えを見せることなく、『新皿屋《しんさらや》舗月雨暈《しきつきのあまがさ》(魚屋宗五郎)』(明治十六年五月、市村座)、『北条九代名家功《ほうじょうくだいめいかのいさおし》(高時)』(明治十七年十一月、猿若座)、『水天宮利生深川《すいてんぐうめぐみのふかがわ》(筆屋幸兵衛)』(明治十八年二月、千歳座)、『四《し》千両小判梅葉《せんりょうこばんのうめのは》』(明治十八年十一月、千歳座)、『盲長屋梅加賀《めくらながやうめがかが》鳶《とび》』(明治十九年三月、千歳座)、『月梅薫朧夜《つきとうめかおるおぼろよ》(花井お梅)』(明治二十一年四月、中村座)等の狂言や、『茨木《いばらき》』(明治十六年四月、新富座)、『船弁慶《ふなべんけい》』(明治十八年十一月、新富座)、『紅葉狩《もみじがり》』(明治二十年十月、新富座)、『風船乗評《ふうせんのりうわ》判高閣《さのたかどの》』等の所作事など、相変わらず広い分野にわたって、円熟した独自の世界を展開させていたのだった。また、前述の「演劇脚本」と「狂言百種」の刊行を通して旧作の活字化に力を注いでいたのも、やはりこの時期のことである。

明治二十六年(一八九三)一月二十二日、黙阿弥は、その月歌舞伎座で上演された『奴凧廓春風《やっこだこさとのはるかぜ》』を絶筆として、東京本所の自宅で七十八歳の生涯を終えた。法名は釈黙阿居士、墓は現在東京中野の源通寺にある。

本巻の底本選定に際しては、国文学研究資料館共同研究の「河竹黙阿弥台帳の基礎的研究」の参加者諸氏より多くの御教示をいただいた。記して謝意を表したい。

(1) 渡辺保『黙阿弥の明治維新』新潮社、一九九七年十月。
(2) 河竹登志夫『黙阿弥』文芸春秋、一九九三年二月。
(3) 岩井真実「黙阿弥の〈演劇脚本〉をめぐって」『歌舞伎 研究と批評』13、一九九四年六月。

（4）倉田喜弘『著作権史話（歴史選書）』千人社、一九八〇年四月。
（5）和田修「河竹默阿弥の版権登録」『演劇研究』17、一九九三年三月。
（6）（3）に同じ。
（7）その他、本巻所収の『人間万事金世中』の脚注において、渡辺喜之氏の試みている、全集本本文と『歌舞伎新報』『俳優評判記』類所載の紹介記事との比較検討という方法も、ごく限られた部分に止まらざるを得ないものとはいえ、全集以前の実体をうかがうに当っては有効性の期待される作業であるに違いない。

人間万事金世中

渡辺喜之

一 『人間万事金世中』のテキスト

底本とした『黙阿弥全集』第十三巻(河竹繁俊校訂編纂、春陽堂、大正十四年)所収の『人間万事金世中』は、同校訂者が、大正九年に編んだ『黙阿弥脚本集』第八巻(春陽堂)所収のものを再録している。その元となった台帳(以下「台帳0」とする)は、大正十二年の関東大震災で焼失した。以下、校注をつけるに当って参照した資料のうち現テキストと関連するものにつき、少しく触れておきたい。

『歌舞伎新報』第三・四号(明治十二年二月二十三日・三月七日)は、河竹新七(後の黙阿弥)記とあり、作者が目を通した初演直前の筋書である。台詞の頭書《あたまがき》が役者名になっており、恐らく明治五年に義務づけられた「狂言仕組台帳の差し出し」(1)に使われた台帳(以下「原台帳」とする)に基づくものと思われる。筋立の大略と肝要な台詞のみであるが、現在のテキストに引き継がれている。

本作初演中の明治十二年三月二十四日に出ている『俳優評判記《やくしやひようばんき》』第三編(仮名読新聞社)は、当時の上演を細部にまでわたって記し、評したものであるが、歌舞伎の上演と台帳との関係や台帳の成立について考える上でも貴重な材料を提供してくれる。校注で示したように、初演の演出、台詞が現在のテキストとかなり違っている。舞台では、演技はもちろん、演出も台詞も役者の工夫によって変って行き、テキストはその共同作業によって成り立つ。『俳優評判記』には、テキストに残らなかった役者の入れ事、台詞、演出が多く見られ、はては役者の口調まで推測させるものもあるが、これらが上演の後、カット、変更、整理されて、現在のテキストの元となった「台帳0」にまとめられたと考えられる。

『歌舞伎新報』第一一九〇号―一一九六号(明治二十三年十一月十七日―同年十二月五日)は、寿座における再演時(同年十一月十三日―十二月九日)に並行して出されている。かなり詳しいテキストともいえる筋書で、頭書が役者名であり、ト書きも「花道」が「向ふより」等となっており、恐らく、前述した初演後に整備された「台帳0」に基づいて連載されたものだと推定される。筋立と演出は、現在のテキストとほとんど変らないと言えるが、校注で示したように、台詞がかなり異なっているのが際立つ特徴である。文意に違いはないものの、「てにをは」を含め、台詞の味わい、役の性格、芝居の雰囲気が微妙に違っている。総体的に見て、この明治二十三年版のテキストの方が江戸言葉を多く残しており、現在のテキストは東京語に変ってきているのではないか、と思われる。

『歌舞伎新報』第一五八三号(明治二十七年六月十六日)には、簡単な筋書が載っているが、これは同年六月十五日より五日間歌舞伎座で赤十字慈善興行の演目の一つとして再演された折のもので、この上演ではいくつかの件がカットされているようである。

明治三十六年一月の歌舞伎座での再演については、この時休んでいた五代目菊五郎の芸評が残っており、また、この公演でおらん役で出ていた松助が後年芸談で触れている。

明治十二年二月に売り出された草双紙（武田交来記、陽州周延画）は、絵入りの読み物になっている。付録に収められた初演の辻番付には、外題の他、舞台面の絵と「語り」の他、役人替名が載せられている。この役人替名には、門戸藤右衛門の妻や娘など、実際には登場しない役名も入っている。また、辺勢店の舞台面の絵に、「海上丸出帆」という板札が見えるが、「大平丸出帆」となっている辻番付もある。

『人間万事金世中』の台帳は、現在、早稲田大学の演劇博物館に四点残っている。これらは、河竹登志夫(2)によれば、大正十二年九月一日の関東大震災で、作者自筆の稿本類が焼失したあとに、河竹繁俊が大阪に出向き、もと道頓堀の弁天座の座主だった尼野貴英から台本三千冊を買入れた、とあるその中のものである。それらの台本の大部分はかつて東京の歌舞伎座にいた並木五柳の収集になるという。

その四点の台帳は、二つの系統に分けられる（以下「台帳１」「台帳２」「台帳２′」「台帳２″」とする）(3)。「台帳１」は、横本で、「序幕」「中幕大切」の二冊と「ヨブ（余部?）」とされる「序満来《じょまく》」のみの計三冊。頭書が役者名で書かれ、各場の舞台装置の絵があるところから、いわゆる善本と呼ばれる素性の良い台帳である(4)。「台帳２」も横本であるが、頭書が役名となっており、絵がない、いわゆる悪本である。上・中・下の巻の三冊で、下の巻には、現在のテキストの「恵府林宅婚礼の場」の代りに「大松楼二階祝言の場」と「横浜弁天社祭礼の場」が入っている。「台帳２′」は、縦本で、「台帳２」を写した上・中・下三巻。「台帳２″」は、同じく縦本で、「台帳２′」の上の巻だけを三冊カーボン紙で複写し、納本用・検印用・稽古用としている。「台帳１」「台帳２」にはともに袋がついており、裏に「本主弁天座本家」とある。

「台帳１」は、震災で焼失した「台帳０」に近いものと思われる。場割り、役人替名、筋立、台詞は、ほぼ現在のテキストと同じであり、同系統のものである。ただし細部においては、いくらかの違いがある。「序幕」が「横浜弁天通逸見勢店の場」となっており、「中幕大切」では、現在のテキストと同じ「横浜境町辺見店の場」になるのや、役人替名が「番頭藤八」とあり、本文の台詞では「蒙八」となっている矛盾などは、途中での変更、あるいは書き間違いと解される。現行のテキストは「台帳0」を元に、編集方針として頭書の役者名を役名に変え、ト書きの書き換え、書き加えを行なったと思われるが、「台帳1」や「台帳2」に残っている「思い入れ」や「こなし（演技）」等を示す○の記号は、現在のテキストでは省かれている。

「台帳2」は、現行のテキストとは系統の異なる異本である。まず、役名がかなり違っている。上の巻で、番頭藤八、でっち時松、臼杵嘉右衛門、中の巻には、寿無木宇津三、代言人原田種明とある。さらに、台詞、筋立も大きく異なっていると言ってよい。しかし、現行のテキスト、『歌舞伎新報』、「台帳1」の系統には伝わらず、『俳優評判記』の伝える初演の演出と覚しきものが多く含まれており、そのつながりが注目される。主なものは、校注で示しておいた。ただし「台帳2」には、『俳優評判記』にもない件があり、特に目立つのは、下の巻に入った「大松楼二階祝言の場」「横浜弁天社祭礼の場」である。「大松楼二階」は、清左衛門、おらん、お志那、嘉右衛門が婚礼を差し止めようと押しかけ、五郎右衛門らに撃退されてしまうまで。すぐ、「弁天社祭礼」となり、まず若い者六人が出て藤八の指図でおくらを待ち受け、弁天社遠見の前で人力車に乗ったおらんとお志那をおくらと間違えてからみ、止めに入った林之助が引抜いて立回りがあり、納まった所へ、五郎右衛門、宇津三ら、ついで清左衛門らが登場して、四人は改心をして謝る。五郎右衛門、林之助はこれを許し、切手、実は百円札を引物代りに差し出すという幕切れである。これは、「大切」としては納りのよい形であるが、初演では、このあと大切浄瑠璃『魁花春色音黄鳥《かいかのはるいろねのうぐいす》』がついたため

「横浜弁天社祭礼の場」は、前の場と共に一つにまとめられたと推測される。「台帳2」の一部は、断定はできないが「台帳1」の系統より古いものを残している可能性がある。因みに、幕開きのト書き、台詞には、辻番付にもある「太平丸出帆」が出ている。

以上の諸資料の関係を、あくまで仮定のものであるが、参考のため次頁に図示しておく。□は現存するもの、⬚は現存せず想定したもの、↓・⇣はそれぞれ関係のあるもの、関係が推測されるものである。

二　リットン、桜痴、黙阿弥

リットン(5)の名は、つとに『西国立志編』などで知られていたが、一般によく知られるようになったのは、明治十一年十月—十二年四月に刊行された丹羽純一郎訳『欧州奇事花柳春話』(明治十年九月版権免許、出版人高橋源五郎、発兌人坂上半七)によってである。これは『アーネスト・マルトラヴァーズ』及び『アリス』(6)の翻訳で、西欧の人情話として多くの青年に読まれ、今日でははかり知れない程大きな影響を与えた。この小説がどう受けとめられたかは、例えば、坪内逍遙の『小説神髄』や『妹と背かゞみ』等に垣間見られる。逍遙は『花柳春話』について、為永派の肉体の快楽を描く情史とは全く異なる「人情の最も切なるもの即ち愛情をば叙したるなり」(7)と述べ、男女間のあり方の違いに目を開かされている。同じく影響の大きかったウォルター・スコットは曲亭(滝沢)馬琴に、リットンは為永春水になぞられていたのは正岡子規も記している。(8)後年、内田魯庵は、何故リットンの小説があれ程面白く感じられたのか不思議に思い回想している。(9)リットン熱の高まっていたこの時期、洋式の開業式を挙行したばかりの新富座の出し物に、西洋物としてリットンの名前を謳うのは、宣伝効果も高かったであろう。

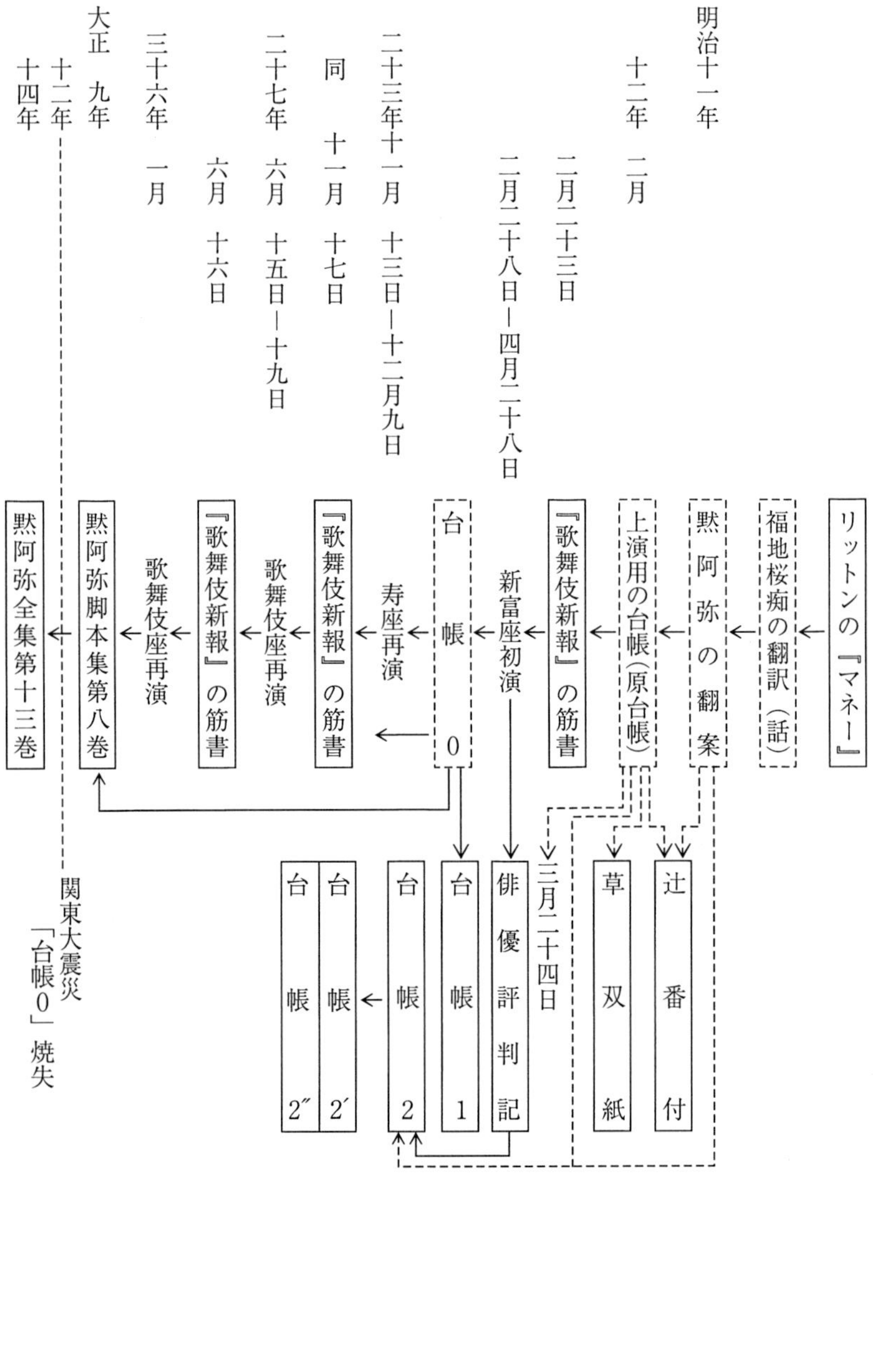
明治十一年
リットンの『マネー』
十二年　二月
福地桜痴の翻訳（話）
黙阿弥の翻案
二月二十三日
上演用の台帳（原台帳）
『歌舞伎新報』の筋書
二月二十八日―四月二十八日
新富座初演
台帳0
二十三年十一月　十三日―十二月九日
寿座再演
同　十一月　十七日
『歌舞伎新報』の筋書
二十七年　六月　十五日―十九日
歌舞伎座再演
六月　十六日
『歌舞伎新報』の筋書
三十六年　一月
歌舞伎座再演
大正　九年
黙阿弥脚本集第八巻
十二年
十四年
黙阿弥全集第十三巻
辻番付
草双紙
三月二十四日
俳優評判記
台帳1
台帳2
台帳2′
台帳2″
関東大震災
「台帳0」焼失

福地桜痴は、幕末から明治六年にかけて、幕府及び維新政府の使節団の通訳として四度にわたり洋行していた。その間、欧米では外国からの使節を劇場で接待する慣習があり、桜痴はその案内と通訳のため、シェイクスピア、シラー、シェリダン、リットンの戯曲を必要上読み、実地に観劇して、西洋演劇通になり、帰朝した。新富座座主の勘弥をはじめ、黙阿弥・円朝・団十郎・菊五郎・中村宗十郎らは、しばしば桜痴からそれらの芝居の話を聞かされたという。(10) 桜痴は、明治七年暮に役人をやめ、『東京日日新聞』の主筆となり、同八年の四月二十六日の社説で、「今日の新狂言の忌むべく醜態を極めたる」を難じたりしていたが、同年九月七日に出された、淫風醜態を禁じ、古人の栄誉を傷つける史実の歪曲を禁じる東京府達の主意に直ちに賛意を示す社説を書く。やがて桜痴は、西南戦争(明治十年二月―九月)を題材とした同十一年二月の黙阿弥作『西南雲晴朝東風《おきげのくもはらうあさごち》』に、勘弥の求めに応じて「勧降状起草の一場」を提供する。

黙阿弥がいつごろから桜痴に西洋演劇の話を聞いていたかは、正確にはわからないが、桜痴は仮名垣魯文や條野採菊(山々亭有人)らと明治初年から交友があり、西洋演劇通としても知られていたから、直接でなくとも間接的に話を聞いていた可能性はある。黙阿弥は明治維新に入ると、積極的に維新政府の方針にそって、逸早く歌舞伎の現代劇化の試みに挑戦し、『東京日新聞《とうきょうにちにちしんぶん》』(明治六年)や『繰返開化婦見月《くりかえすかいかのふみづき》』(明治七年)で散切物の新生面を切り開いて行った。(11) その時、西洋演劇をどこかで意識していたであろう。『繰返開化婦見月』には、プロシャのフレデリック大王の話が引用され、明治十年の『富士額男女繁山《ふじびたいつくばのしげやま》』には、翻訳物に対する関心やサントウイス、サンフランシスコ等の地名が出てくる。また、後者には、男装の女書生繁が登場するが、桜痴などを通じてシェイクスピアの話を聞いていたとすれば、『十二夜』のヴァイオラの男装がヒントになってはいないか、と思わせるものがある。作品のプロットは全く違うが、ヴァイオラがオーシーノー公爵に男装して仕え、オリヴィア姫に恋されるのは、繁が正道の屋敷に寄宿し、お芳に思いを寄せられるシチュエーションと酷似している。あるいは、『西南雲晴朝東風』で、主人公西条高盛（西郷隆盛）が身分を隠して百姓家で加治木村百姓作蔵から鹿児島軍を率いる自身の批判を受けるのは、『ヘンリー五世』のアジンコートの戦い前夜の場面と重なる。これらはいずれも確証はないが、黙阿弥の中にシェイクスピアに代表される西洋演劇的なものが徐々に浸透してきていることを感じさせる。直接残されたものとしては、黙阿弥未刊の「ハムレット梗概」がある[12]が、残念ながら黙阿弥はこれを翻案劇化することはなかった。黙阿弥が表立って西洋物を翻案したのは、このリットンの『マネー』が初めてであり、次いで明治十二年七月、ちょうど来日したアメリカの元大統領グラント将軍歓迎のため、その伝記を下敷にした『後《ご》三年《さんねん》奥州《おうしゅう》軍記《ぐんき》』（八幡太郎）、同年九月に英独仏の小説から採り、パリの劇中劇を織り込んだ『漂流《ひょうりゅう》奇談《きだん》西洋劇《せいようかぶき》』と、この時期に集中している。

三　リットン作『マネー』と黙阿弥作『人間万事金世中』

黙阿弥は、『マネー』から人物だけでなく、筋立も大幅に借りている[13]。

まず、筋立、シチュエーションの共通項を挙げてみる。

(1)名うての吝嗇家が、親類である男女二人を家に居候として置いている。

(2)主人公は、恩人の乳母の貧窮を救うために僅かな施しを求めるが、吝嗇家をはじめ、周囲の者にことごとく拒否される。それを傍らで聞いた女主人公が名前を隠して乳母の所へ施しの金を送る。

(3)遠地にいた親類の一人が、莫大な資産を残して没した通知がくる。

(4)遺産の分配を記した遺言状の読み上げが前半のクライマックスとなる。群がる親類縁者の中で、意外にも主人公が巨額の遺産を与えられる。
(5)財産家となった主人公に対し、親類はじめ周囲の人々の態度が豹変し、手の平を返したように追従する。とりわけ吝嗇家は、財産めあてに娘を嫁に押しつけようとする。
(6)主人公は、協力者を使って見せかけの破産を仕組み、まんまと騙しおおせる。
(7)主人公が破産したと信じた女主人公は、金を用立てて助けようとする。文書(手紙・請取書)によって、主人公は、女主人公の隠していた以前の施しを知る。
(8)主人公男女が結ばれ、吝嗇家はじめ、親類一同もそれぞれ分に応じた形で納まって大団円となる。
その他にも細かい所で類似がある。例えば、遺言状開きの場で、主人公、女主人公を同席させる仕方や遺言状の読み上げの手順等の工夫には、黙阿弥が桜痴からかなり詳しく戯曲の内容を聞いたことを窺わせるものがある。しかしながら、『人間万事金世中』には、茨木憲の言う如く、[14] 翻案劇臭(後のシェイクスピアの翻案劇にはある)が全く感じられず、極めて自然な筋立の歌舞伎劇になっており、同時に散切物として、旧来の歌舞伎とは一味違った新鮮な感触を具えている。

次いで、リットン作との相違点を見て、黙阿弥作の特質を探ってみたい。
(1)リットンの方は、貴族・上流社会が舞台であり、黙阿弥は、商人社会を扱っている。「金」に関して言えば、リットンでは、上流社会で身分を保持し、広大な土地を購入し、大望を果すのに必要なものであるが、黙阿弥作では、日々の生活の貧窮に迫られたかつかつのものである。

(2)リットン作では、何よりも、エヴリンとクララの行き違いの恋愛が中心であり、二人の愛情と誇り(プライド)の葛藤が入念に描かれる。王政復古期に始まるイギリス風習喜劇(Comedy of Manners)の流れを汲みながら、ジェーン・オースティンら十九世紀の小説にもつながる二人の主人公のキャラクターが出色である。(15)この点、黙阿弥の二人の主人公は折目正しく、控え目で後述するように違った形で描かれている。

(3)場面として、リットン作だけにあるのは、「＊＊＊クラブの場」である。これは、アクター兼マネージャーとしてマクリアディーが、入念なリハーサルを行なったと逸話が伝わっている評判の高かった場面。(16)一方、黙阿弥の方の『マネー』には登場しない乳母おしづと孫の千之助が暮らす「仙元下裏借家の場」及び浄瑠璃入りの「横浜海岸の場」は歌舞伎劇特有のものである。

(4)初演当時の世相、トピックとして、『マネー』では、グロージンホール州の選挙が話題となるが、これには当時、選挙の腐敗、選挙制度の改正などが背景にある。リットン自身が政治家でもある。さらに、新聞に対する攻撃をはじめ、エヴリン、グレーヴズの社会諷刺の台詞が多くちりばめられる。一方、黙阿弥作にあっては、これに当るのが、「文明開化」である。散切頭はもちろんのこと、横浜を舞台にしたことで、吉田橋、馬車道、高島町等々の地名や蒸汽船、郵便、電信、免許代言人、異人さんの洗濯屋、菓子パン、こうもり傘、シャッポ、指輪、玉突き、写真、ガス灯等々、今日では、想像するしかないが、当時の人々にこれらの言葉がいかに新鮮な響きを持っていたかは見逃せないであろう。

四　『人間万事金世中』の構想――「金」「色恋」「親孝行」

『人間万事金世中』に出てくる「金」は極めて具体的な数値である。辺見勢左衛門は登場早々、物の高い横浜で十人からの家計を立てるのに、食費だけで年「三百円」、月の掛りが「三十円」、地代・商法の税で「十円」は出るとこぼし、掛取りから帰った林之助に「三厘」足りないと小言を言う。辻占昆布を売って日に「四銭か五銭」しか稼げぬ千之助から乳母の苦境を知らされた林之助は、「十円」の都合をつけようと、次々と借金を頼み、断られる。仙元下裏借家では、店賃や米、薪の代金がこと細かく数字で言い立てられる等、枚挙すればいとまがない。まず、これらの「金」がいずれも、かつかつの生活費にかかっている点に注意したい。もとより、貨幣経済の発達した江戸期において、世話物の多くは、金をめぐってのドラマであった。しかしその金は、身請けの金であったり、お家再興の資金につながっていたり、或いは手切金、遊興費といったものが主であった。例えば、幕末の黙阿弥の『三人吉三廓初買《さんにんきちさくるわのはつがい》』で、百両の金包みが、狂言回しよろしく、めまぐるしく主要人物の間を交錯してめぐる。[17]だが「百両」という数値は『弁天小僧』『切られ与三郎』等に出てくる百両と同じく具体性よりも大金であるといういわば記号の役割をしている。

『人間万事金世中』には、維新前後、一挙に変わった経済活動の状況が背後にある。勢左衛門、臼右衛門らは、商売だけではやって行けず、一山当てる算段に明け暮れ、門戸藤右衛門の大病は彼らにとって格好の儲け話になる。一方、林之助、おくらの父親達、恵府林左衛門、倉田宗右衛門は、それぞれ当時最先端の「商売」である空米相場と生糸・蚕紙の仲買いで失敗し、破産してしまっている。唯一、藤右衛門のみが、長崎で成功し、莫大な遺産を残す。江戸期とは違った形で、貨幣経済が目に見えぬ猛威を揮い始めているのだが、この芝居では、それはいわば遠景であって、近景はそれに翻弄される人々の日々押しつまった生活である。

『富士額男女繁山』で女書生繁は、田舎にいる父親の病苦を郵便の便りで知り、寄宿して世話になっている神保正道の屋敷から「二百円」という金を盗み、父右膳に届けに行く。ところが右膳は、怪しい金と見破り、受け取ろうとしない。生活は逼迫していても、近隣の者の世話や貢《みつぎ》を受けて生きて行かれる、と右膳は言う。繁の方は都会生活、父親は田舎住い、この「ずれ」が繁を「悲劇」に駆り立てる。序幕の人力車夫らとのやりとりでも、遊興費をねだる書生らの金銭感覚は都会生活で麻痺している。その中に繁はいる。ところが後半、御家直こと直次郎が昔ながらの手切金をゆすりに来る。これは遊興費めあての金で、この芝居では男女関係ともども、金に対する姿勢もあいまいな所に過渡期の混乱が見えて、興味深い。一方、『勧善懲悪孝子誉《かんぜんちょうあくこうしのほまれ》』では、横浜元町の仙元下に住む没落した善吉一家のその日の煙も立て兼ねる生活が描かれる。ここでも、近所の衆が食べ物を届けたりする生活は残っているが、父親甚兵衛は、孫の卯之助を学校に行かせるため、「一円三分（で買ったと嘘を言う）」の着物を盗む。善吉は、この科《とが》の身代りとなって、小額の金品とは釣り合わぬ八十日間の懲役の刑を受ける。そもそも、この作品は懲役人となって土砂運びをさせられている父善吉に卯之助が会いにくる横浜海岸通の場を眼目にして、黙阿弥が初めて横浜を主たる舞台にしたものであるが、結末は、甚兵衛の先代が土中に埋めた「三千両」の慶長金が出てきて、これが何万円にも相当するという大金で、大団円となる。『マネー』から発想を得た遺産とは違うが、この結末の発展が『人間万事金世中』に移されているとも考えられ、黙阿弥の作品としては一作ずつつながっているといえよう。

林之助とおくらは、辺勢の家に居候として同居してはいたが、色恋ということは一切なかった。これは、歌舞伎の世話狂言の男女としては異例のことである。海岸脇の場になって初めて、おくらが乳母一家にひそかに金を恵んでくれたことを知った林之助は、その親切心に感じ入るが、言葉の上では礼を言うのみである。そうして終幕、五郎右衛門の肝煎りで、めでたく二人の祝言となる。「人の落目を救う志」「信義」を守り、「恩」を忘れぬという価値観を共有するところに二人の結びつきがある。

リットン作にはなくて、黙阿弥作にあるのは親孝行である。もちろん、エヴリンの母・乳母、クララの両親については言及され、貧苦の経験として引かれるが、筋を運ぶのは彼ら二人の愛情という横のつながりである。一方、林之助・おくらは、色恋について一切語らぬかわり、親のことを共通の話題とする。登場早々の二人の対話は、ともに破産して今はこの世にない親達についてである。ついで、同じく両親を亡くしている千之助の祖母への孝養が二人の胸を打つ。林之助は、見せかけの親の古借を返したあと、亡き親の菩提所に報告に行く。そうして、父の家業の瀬戸物問屋を再興する。『勧善懲悪孝子誉』の甚兵衛―善吉―卯之助を引き継ぐこれが『人間万事金世中』の縦の糸である。

皮肉なことに、勢左衛門は、繰返し「親なき後は伯父が親」という自分勝手に拵えた諺を口にする。親代りと称して、さんざんその権威だけを笠に着る。林之助が育ての親ともする乳母は、彼らにとっては「高い給金」を払った雇人にすぎない。勢左衛門は、林之助を「ただ取るように」こき使い、「飼殺し」にしている。おくらも下女同様に扱われている。五郎右衛門は、藤右衛門の遺書でおくらを縁づけることを頼まれ、一策を案じ、二百円を辺勢にやって養女に引き取る。辺勢夫婦には望外の「儲け」であるが、おらんは、「らしやめん」か「権妻」か、「髭さん」にでも世話をすれば、もっと金になったかも知れないとまだ欲ばっている。彼らにとって「娘」は金のなる木にすぎない。挙句は二人で、分け前をめぐってその金を奪い合う始末である。

乳母おしづと孫千之助が、リットン作と違って舞台に出るのは、この縦の糸のつながりを二重に浮き上らせるためである。開化以前の世であれば身分違いであった乳母を、林之助は、実の親代りとして救おうとする。おくらはその「真実に惚れて貢ぐ」。リットンのエヴリンとクララがあくまで横の関係で結びつくのと、ここが違うのであるが、逍遙の目を開かせた男女の姿も控え目ながら取り入れられていると言えよう。

五　黙阿弥にとっての「開化」

黙阿弥の散切物は、「開化」に肯定的である。しかし「開化」を口にする者が必ずしも肯定されている訳ではない。幕開きの店先で丁稚野毛松が生利《なまぎき》に言う「開化の世界は同じ権だ」は巧まずして面白い変奏を奏でる。恵府林の新宅では、手代が「世界は開化に進むほど人は薄情になる」と指摘する。勢左衛門・おらん・おしな・臼右衛門らの金に狂奔する姿は、「兎角は金へ目をつけて浮薄に流るゝ」人物群像として徹底的に描き出される。いわば敵役であるだけでなく、ここまで徹底すれば道化役でもある。辺勢・雅羅臼は、商法仲間として金儲けのみを話題とするが、それよりも呆れるのは、一旦、財産の有無が変れば、臆面もなく態度を豹変し、それに少しも頓着しないことだ。おらんは、欲張りなばかりか、男女関係についても品のないことをあけすけに口にする。おしなはおくらの前垂掛と対照的に、振袖・銀簪《かん》・指輪と着飾っている、まずは典型的な大店のお嬢さまという拵えにしておいて、これが親に瓜二つの徹底した欲の固まり、いわば美しく着飾った女の道化なのである。おしなに借金を断られた林之助は「こゝらが開化の娘か知らん」とつぶやく。遺言状の開封を待ち切れずに、立ったり坐ったりの勢左衛門の傍らには、「胸がどき〳〵するわいなあ」と言うおしながおり、結句、「業平さんでもひよつとこでも灯りを消したその時は、別に替りはござんせぬ、……わたしや男にや惚れませぬ、お金のあるのに惚れます(る)」と満場を唸らせる。その娘を親は、「金に惚れるは開化進歩、さて〳〵開けた娘だなあ」と誉め挙げるのである。

黙阿弥にとって、「開化」とは何であったか。開化した世に貨幣経済は江戸期とは違った形で急展開し、人々はまざまざと「金」の威力を見たに違いない。辺勢らの「金」に狂奔する姿は他人《ひと》事《ごと》ではなかったからこそ、大受けに受けたのであろう。その中にあって、「開化」とも「男女同権」とも言わぬおしづ・千之助・おくら。「辺勢宅の場」や「恵府林新宅の場」の生き生きとした人物群像と並んで、「仙元下裏借家の場」と「波戸場脇海岸の場」に漂う「人情の最も切なるもの」、ひんやりとした詩情は、かつての歌舞伎にはなかった質のものではなかったか。岡本綺堂や永井荷風(18)には、この黙阿弥の詩が捉えられず、黙阿弥は江戸期の詩人にとどめられたのであった。

（1）石井研堂『明治事物起原』第十四編遊楽部、復刻版『明治文化全集・別巻』日本評論社、一九六九年。

（2）河竹登志夫『作者の家』講談社、一九八〇年。

（3）早稲田大学演劇博物館での請求番号が、「イ三六八—〇一〜〇三」「イ三六五—〇一〜〇三」「イ三六七—〇一〜〇三」「イ一二—〇五九七—〇一〜〇三」をそれぞれ解説の便宜上、「台帳1」「台帳2」「台帳2′」「台帳2″」とした。

（4）河竹繁俊「歌舞伎の台本について」日本古典文学大系第五十四巻付録、月報55、岩波書店、一九六一年。

（5）エドワード・ブルワー＝リットンは、ロンドンに生れ、ケンブリッジ大学を卒業した後、『ポンペイ最後の日』（“The Last Days of Pompeii” 一八三四年。丹羽純一郎訳『欧州奇話寄想春史』、山中市兵衛、明治十二—十三年）を初めとした数多くの小説・戯曲その他を書き、政界においても、自由党及び保守党の議員として、植民地相まで務める活躍をした。戯曲では、当時の名優マクリアディー（一七九三—一八七三）のために、大成功した『マネー』の他、『リヨンの淑女』（“The Lady of Lyons” 一八三八年）、『リシュリュー』（“Richelieu”、一八三九年）などを書き、さらに、『マネー』の初演を観てリットンに成功を祝う手紙を送っているチャールズ・ディケンズらの素人劇団にも『見かけほど悪くない』（“Not so Bad as We Seem”、一八五一年）を提供している。

（6）“Ernest Maltravers”（一八三六年）。“Alice”（一八三八年）。

（7）坪内逍遙『妹と背かゞみ』会心書屋、明治十八—十九年。明治文学全集第十六巻『坪内逍遙集』筑摩書房、一九六九年。

（8）「スコットは馬琴に同じくリットンは春水に似たり…其男女の情を写して微細に立ち入り其心中をゑぐるが如くかゝる事をよくも大胆にいひ現はせしよと思はしむる処は…」（正岡子規『筆まかせ』第一編「英和小説家」、子規全集第十一巻、昭和五年。明治文学全集第五十三巻『正岡子規集』筑摩書房、一九七五年）。

（9）「中にもリットン卿の作物を読んだ時分などは、その面白さに魂が身に添はず、同じ小説でも外国には斯う云ふ面白いものがあるのかと、全く煙に巻かれたやうな心持であつた」（内田魯庵「予が文学者となりし径路」『新潮』第十一巻第六号、明治四十二年。明治文学全集第二十四巻『内田魯庵集』一九七八年）。

（10）柳田　泉「福地桜痴」明治文学全集第十一巻『福地桜痴集』筑摩書房、一九六三年。

（11）渡辺　保『黙阿弥の明治維新』新潮社、一九九七年。

（12）河竹繁俊が「沙翁と黙阿弥」（『早稲田文学』一二五号）に、古い書物を入れた箱の中から拾い出した手書を筆写したものとして載せている。これは第一幕から第五幕までの筋書を書いたもので、その第一頁に別人の手跡でハムレットを里見義豊とするなど、主要人物の翻案名をはめてあり、恐らく福地桜痴がその梗概を与えたものであり、執筆は明治十一、二年頃と推測されている（河竹登志夫『日本のハムレット』南窓社、一九七二年）。

（13）平辰彦「十九世紀の英国喜劇と翻案歌舞伎——リットンと黙阿弥の比較研究——」『演劇学』三十一号、一九九〇年。

（14）茨木　憲「明治の黙阿弥」『演劇』一九四三年八月号。後、明治文学全集第九巻『河竹黙阿弥集』筑摩書房、一九六六年。

（15）（16）"The Revels History of Drama in English: Vol. VI 1750-1880"（1975, Methuen）

（17）川村　湊「〈戯作〉を貫くもの——黙阿弥と紅葉」『早稲田文学』一九八一年。

（18）岡本綺堂「明治以後の黙阿弥翁」『十番随筆』新作社、大正十三年。後、『歌舞伎談義』同光社、一九四九年。永井荷風『紅茶の後』籾山書店、明治四十四年。荷風については、渡辺保『黙阿弥の明治維新』（前掲書）を参照。

島衢月白浪

神山　彰

一　「散切」というジャンル——見世物としての啓蒙

幕末から明治という時代を語る時、よく引用される福沢諭吉の言を用いれば、歌舞伎の「一身二世」ともいうべき特質を最もよく体現しているのが「散切物」というジャンルである。「散切頭」という髪型が演劇の一ジャンルの名称となるのは珍しい例であるには違いないが、初期歌舞伎の時代に幕府が加えた禁令と髪型が密接に結びついていることを考えるとそう不思議ではない。つまり頭髪は現在の教育や社会でも制限が加えられること多い身体部位であり、髪型が社会や秩序との距離感覚をも現すことはよく指摘される。尤も、黙阿弥や歌舞伎作者に限らず、明治末までは衣裳や髪型、小道具という風俗を綿密に描くのは、小説でも一般的だった。わけても、本来読み返しの利かない演劇では、それらは台詞以上に観客への理解を助けるという事情があるから、風俗描写は補助的機能ではなく、そこにこそ作者の手腕があったのであり、「性格」や「社会」はそれらを通して表現するものだったであろう。

ところで、「開化の音のする」散切頭はまず、時代のキイワードだった立身出世と結びついていた。しかし、「流行」を追うのが狂言作者の使命と心得ていた、江戸以来の名代の「白浪(盗賊)作者」黙阿弥の最大の困難と背理はここにあった。つまり、彼の得意とし、観客も期待する主人公である「白浪」にとって、「立身出世」とは何だろうか。勿論、江戸の芝居にも「立身出世」という言葉はある。だが、それは「栄耀栄華に暮すが得」という快楽原理であり、明治の「自己実現」としての実用的志向ではないからである。本作でも主人公二人がそれぞれ、最初は「偽りの出世」を果した姿で登場するのも、芝居の趣向というだけでなく、「白浪の出世」という背理を描いている。

次に演劇の困難は、それらを解説するのでなく、衣裳や鬘を付け、小道具を持つ役者という存在を通して舞台の背景の前で、観客の目に見せ、耳に聴かせねばならぬところにある。最も単純な例では、本作や「女書生」という題材を扱った『富士額男女繁山《ふじびたいつくばのしげやま》』などにも見られるように、丁髷《ちょんまげ》の登場人物は、車夫や旧弊な老人、零落した士族、細民というように視覚化されている。これは即ち本作の背後に見え隠れする博覧会に代表される「啓蒙」の役割であり、散切はその機能も担っていた。無論今日演劇に「啓蒙」の役割を期待する人はなく、「啓蒙」はおよそ「非芸術的」な官庁用語にすぎないが、重要なのは「芸術」や「演劇」という概念の異なる当時の文脈で考えることである。つまり、散切の多産された明治十年代には「啓蒙」は、新時代に活力を与える、非常に魅力あるイメージの源泉であり、庶民は「啓蒙」を一種の見世物として多くの風俗を通して積極的に娯楽化し、教訓や教化をさえも茶化して楽しんでいたのは当時の錦絵類やメディアをみれば明らかである。同時に、「啓蒙」や「教化」は、江戸以来の疫病や大火の頻発する明治初期の庶民には、笑い事でない重要な生活条件でもあった。現に、『島衞月白浪』（以下『島衞』と略す）初演の明治十四年二月には小林清親の光線画でも著名な両国の大火があり、その前年はまたコレラが流行していたのである。

二　『島鵆月白浪』の時代

本作は黙阿弥の引退作として、当時の狂言作りの慣例に反して自ら全幕を執筆したとされる。従って、黙阿弥の培った感性と技巧の集大成と見るのが普通であろう。しかし、興味深いのは、にも拘わらず、本作の構成が従来の黙阿弥作品とは明らかに異質であることである。

これについては既に服部幸雄が指摘している。「時代物浄瑠璃では大詰において大序の平穏に復さねばならないという絶対的な構成法が守られた」が、「その種の約束は江戸後期の観客から飽きられて」「「悪人滅び善人栄える」式の結末の、劇における比重は軽かった」のに、『島鵆』では「悪党が改心すること、それが一狂言中で重要な要素であり、劇としての見所にさえなっている」「悪人が「改心して皆善人に立返る」ことが、劇の展開を支配している」というのである（「黙阿弥の白浪物」『江戸歌舞伎論』法政大学出版局、昭和五十五年）。

だが、明治五年新政府による「勧善懲悪」に関する布告は改めて出されたものの、明治の黙阿弥にとっては、かつての手法で復すべき「大序の平穏」は既に失われていた。秩序体系自体が不安定である時代にあって、従来の黙阿弥の勧善懲悪の拠り所が、次々と制定される法律によって切り崩されると同時に、黙阿弥の現実への適応能力は逆に新法を拠り所としていくのが、散切物の過程でもある。勧善懲悪の劇作の仕組みで有効だった仇討も明治六年の復讐厳禁の令で、封じ手となる。常套の結末でも、辛苦に耐える人々の怨念が仇討により報われる前提あればこそ、大詰の比重は軽かったのだが、「人ヲ殺ス者ヲ罰スルハ政府ノ公権ニ候処」（太政官布告第三十七号）という法体系のなかで、私憤や怨念は「公権」に吸収されて行方を失う。尤も散切物でも禁令四年後の『富士額男女繁山《ふじびたいつくばのしげやま》』には仇討がある。

「親を害せしものなれど、敵討ちは天下の法度、それを犯せし」お繁は、「自訴なして、お上の処置を受ける」という。仇討を果した彼女は、江戸の劇作の約束事に従えば、当主に登用されて出世するか、元の地位に復すかだろうが、明治の散切ではただ自首して服役するだけなのだ。これほど芝居の見物の期待に遠い結末があっただろうか。

法学者の穂積重遠は「明治の法制の変化をみるには黙阿弥の散切物にかぎる」(河竹登志夫「解説 女書生繁」『名作歌舞伎全集』第二十三巻、東京創元社、昭和四十六年)と述べたというが、それは各場の脚注でも触れ、後にも論ずるように黙阿弥の劇作法や勧善懲悪の変質に関わるところ大だったのである。

同時に散切物の魅力は、奇瑞による完治や一巻を巡る因縁など旧来の趣向が混在している所にある。第一、新時代の前進する勢いと、円舞曲のようにいつも同じ場所に戻ってくる安定した秩序を実感させる七五調の台詞とは合致しなかった。この奇妙な混在は、決して従来のような「黙阿弥の限界」といった紋切型で批判されるべき性質のものではない。逆にその種の混在や不調和こそが、明治という時代そのものの特質や魅力であるし、劇作法からしても、古い手法による江戸期の名残こそが、観客の演劇的記憶に呼応して、散切物の命脈を保ったのである。本作初演の明治十四年は、東大の学生だった坪内逍遥がホートン教授の試験で「ガートルードの性格(character)を論ぜよ」という問に窮して、後に「史劇論」で展開した「性格《カラクトル》」を演劇の主旨の一とするきっかけとなる年だった。「性格」などは、当時の黙阿弥一門の与り知らぬ命題だった。一方、この年には黙阿弥の兄弟子で、幕末を代表する作者の一人だった三世瀬川如皐が、時流に乗れぬまま、六月に失意の晩年を終えていた。そういう時代の交叉する地点で黙阿弥も引退を決意していたのである。

ところで、本作の二人の主役の出身地は何故、明石と松島なのだろうか。かような疑問はあまり深追いすべきではないかもしれない。「松島」「明石」は古来、歌枕として親しまれ、また名所絵の景色として馴染みの地名だったからに違いない。だが、それでは、何故黙阿弥は、同じ白浪でありながら直ちに改心して堅気に戻る人物の方を明石生れに、最後まで旧悪に泥み、大詰で改心する役どころを松島出身に設定し、その逆ではなかったのだろうか。これは単なる結果にすぎず、また穿った見方にすぎないかもしれないが、幕末維新期の藩の動向が反映されているように思える。つまり、明石藩は元来長州征伐から鳥羽・伏見の戦いまで佐幕論が大勢だったが、その後忽ち新政府に恭順の誓書を提出したのに対し、仙台藩は薩長迎撃の奥羽列藩同盟の盟主となったが、白河の激戦で千二百人もの戦死者を出し、その後、ようやく降伏恭順したという命運への対応を思わせるからである。明治十四年初演時の観客の地名の連想や記憶装置がどう働いたかは、わからない。だが、黙阿弥の意識を越えたところで、何らかの作用は働いていた。何故なら、それは、白河に始まり、九段の招魂社に終る構成にも反映されているからである。

三　各場の構成と劇作法

序幕　黙阿弥に限らず、江戸の芝居の序幕に神社や宿場が多いのは、劇作上の必要からである。不特定多数の人物が出入りし、偶然の出会いがあっても不自然でない設定として、参詣客や旅人が行き交う寺社や宿場は、多くの人物を観客に紹介し、印象づける必要から、序幕にはよく用いられた。その宿場が白河に設定されたのは、一つには主役の一人千太が松島の出身であるのに関連する訳だが（それなら何故「松島」千太なのか）、諸国の名所を歴訪する道中物の趣向が浄瑠璃や歌舞伎の劇作法の一つでもあったから、黙阿弥がその記憶を宿していることは、極く自然である。だが、同時に明治十四年の観客にとって、白河という地名は、単に歌枕の語彙ではなく、維新の激戦区の記憶を導いたに違いない。そこに現れる千太という「白浪」の立身出世を偽る姿が、銀行員という「金世中」と直結する立身の権化の姿なのは、是非もない。それは「白浪」という黙阿弥の旧幕以来のしがない姿の主人公を、新時代の四民平等での立派な身分の「立身出世」と結びつける手段だったのだ。

道中物の転換点の設定が多く屋外の場であるように、ここでも、千太はお照を山中へ連れ出す。そこでのお定まりの脅し。だが、窮地を救う人物に、望月輝《あきら》という「啓蒙(enlightenment)＝明治」の寓意の如き命名をするのが散切の時代なのだ。だが、黙阿弥の趣向はそれが三幕目で知れるように、彼等が元は同じ盗賊だというところにある。立身も開化も、一皮むけば同じ白浪——こんな趣向は、黙阿弥には何の苦もない薬籠中の手法だった。

二幕目　明治という時代にあって、文学のみならず、絵画や唱歌も含めて、「故郷」というテーマには格別な物が感じられる。勿論、江戸の浄瑠璃や歌舞伎にも故郷は登場する。だが、『鏡山旧錦絵《かがみやまこきょうのにしきえ》』の「旧」は個人の故郷でなく主家の「お家」であり、『道行故郷《みちゆきこきょう》の春雨《はるさめ》』の梅川忠兵衛も、『与《よ》話情浮名横櫛《わなさけうきなのよこぐし》』の与三郎も世を忍ぶ落人の姿でひっそりと故郷を訪れる。だが、本作で二幕目に初めて登場する島蔵の帰郷は、たとえ虚勢とはいえ、立身を擬して堂々と誇らかに帰郷する。その第一声が「往来幅が広く成り、穢い橋が奇麗になつて」「世界は益々開けて来たな」という故郷の変貌に対する楽観的な啓蒙意識と詠嘆であるのは、その二十九年後の「ふるさとに入りて先づ心痛むかな／道広くなり／橋もあたらし」(『一握の砂』)という石川啄木の意識と不思議なほど、正確な対をなしている。だが、島蔵の誇らかな帰郷も、黙阿弥の『青砥稿花紅彩画《あおとぞうしはなのにしきえ》』の勢揃いの台詞にある「故郷をあとに三浦から」という遊戯感覚とは異なる、明治の立身出世の意識を感じさせる。

その故郷が漁村なのは、序幕が山中だったことと対比し、次の難船の場で観客の目を楽しませるために逆算した劇作法であり、名所絵の記憶に過ぎないかも知れない。しかし、歌舞伎でも唱歌、小説でも志を果して（或いは挫折して）帰る父母の待つ故郷は、山村の情景が多いことを考えると珍しい例に思える。

この場の特徴は二つある。一つは思いきり古臭い「ト書き浄瑠璃」を使っての因果話である。福島屋での傷害が同日同時に息子に報いるという因果の収束とその解明と、「親子の別れ」の愁嘆は、明治三十三年上演時の合評で、三木竹二ら若手劇評家が既にその無稽さを批判している（二二五頁注七参照）。しかし、これもまた、初演時には愁嘆場を求める観客の欲求に応じた、幕末以来の黙阿弥の腕の見せ所であったし、その合評で古老の幸堂得知が、「因果因縁といふ事も其頃の頭と同じく大切に守つて居たものもあつたゆゑ」観客も「感心して見て居た」と弁護しているのが興味深い。かつては因果を通してしか実感できない世界もあったのである。

二つ目は、島蔵の悔恨が、己の体験しない学校教育制度と身をもって知っている監獄制度との対比を通して、何度も表白されることである。江戸の追放・身体刑から明治の懲役・教育刑へという、刑罰の近代化とそれに関連しての諸問題は、脚注でも触れたように全幕に渡って実に細かく組み入れられている。確かに『盲長屋梅加賀《めくらながやうめがかが》鳶《とび》』や『梅雨《つゆ》小袖昔八丈《こそでむかしはちじょう》』では江戸の長屋生活での密告を主とする相互監視制度が特徴的に描かれる。しかし、黙阿弥は、犯罪者（白浪）という常に人の眼を恐れる人間が、本作では用いられていないが、著名な写真師北庭筑波《きたにわつくば》の登場する『勧善《かんぜん》懲悪孝子誉《ちょうあくこうしのほまれ》』などの「写真」という小道具も用いて近代の「監視装置」のなかで変質していくのを、散切物の劇作法では呈示した。わけても、この場では、倅岩松の受けた「学校教育」の恩恵が強調される。そういう国家の恩恵を知らぬが故の島蔵の犯罪と苦衷という新時代の啓蒙の反復と、故郷が郷愁という感情以上に、因果を想起させ、因果の収束する場所でもあるという旧幕以来の構図との共存自体に、散切物の興味がある。

今日では映像の特殊撮影の分野でしか一般の興味を引くことはなくなってしまったが、かつては古今東西の演劇のみならず文学、絵画にあっても、主人公が生死の境に直面する難船の場面は、観客や読者（聞き手）の情動に強く訴える効果が高く、また作者や語り手の最大の腕の見せ所であった。もっとも本作の「播磨灘難風の場」は、活字で読む限りでは、たとえば戦記物や曲亭馬琴の『椿説弓張月《ちんせつゆみはりづき》』の海難の場面に比べても、場面の結構、主人公のスケール等、比較にならない程チャチな仕掛けに思えるかもしれない。しかし、明治の観客は、有名なノルマントン号事件を扱った『三府《さんぷ》五《ご》港写幻燈《こううつすげんとう》』（古河新水＝十二世守田勘弥作）や西洋人が歌舞伎の舞台に出演した『漂流奇談西洋劇《ひょうりゅうきだんせいようかぶき》』での、難船の場の仕掛けの「写実感」に目を瞠っていたのを忘れてはならない。やがて、油彩の装置や電気照明、パノラマの登場により、観客の視覚は決定的に変質するのだが、ここには、多くの浄瑠璃の海難の場の記憶を混えつつ、新奇の技術を応用した「写実」への希求と舞台の職人の知恵が見え隠れする筈である。この場の船頭役の尾上尾登五郎が船酔いして苦しんだという挿話（主要人名一覧参照）は、ベルナール・コマンの『パノラマの世紀』にある、初期のパノラマの難船シーンの臨場感に船酔いする観客が多かったという記述を連想させるものがある。

また、ここで、島蔵を救済するのが、神や超越的な存在の力でなく、「三ツ菱の蒸気船」であるのも注目に値する。もとより黙阿弥は霊験記に縁薄い作者であったが、島蔵が神仏に祈ることなく、文明開化の利器によって命を永らえるのはあまりに散切的である。この四年後、散切物の『水天宮利生深川《すいてんぐうめぐみのふかがわ》』で大川に飛び込んだ窮乏士族を救ったのは水天宮の利益に見えるが、実際は細民の代表で旧弊な丁髷姿の車夫なのである。

三幕目　ここから、舞台は東京に移る。文学、美術、映画等の分野で、巧みに描かれた東京はよく論じられるのに比して、「演劇の東京」は殆ど語られない。だが、演劇の分野で最も生彩ある筆致で東京を描いた作者の嚆矢が、黙阿弥である事は疑えない。だが、興味深いのは、引退作品で描く「東京」に、黙阿弥が、敢えて馴染みの薄い山の手の町を舞台に選んだことである。牛込地区は、後には逍遥、漱石、自然主義等々、明治文学にとっては親しい土地だが、黙阿弥というより歌舞伎にとっては縁薄い。しかし、島蔵が堅気となって酒屋を開いた神楽坂は、大詰を九段の招魂社に設定することから逆算しての選択だっただけでない。神田川の最も奥の船着場だった神楽河岸は、漱石の『硝子戸の中』にある家族が芝居見物へ赴く幼時の記憶にあるように、山の手と下町とを水運で繋ぐ位置にあったのである。

舞台の湯屋に瓦斯灯があるのは、三年前の明治十一年新開場以来の、新富座自慢の見世物でもあった。女湯から登場する洗い髪姿のお照は、四世鶴屋南北の『阿国御前化粧鏡《おくにごぜんけしようのすがたみ》』の湯上りの累や三世瀬川如皐の『与話情浮名横櫛』のお富を想起させる設定と扮装だが、彼女は妾暮らしのお富と違い、新時代の法で保証された「送籍迄も済んだ妻」である。黙阿弥の散切物の劇作法は、あるイメージを呈示するのに、いったん観客に過去の記憶の引用を促して想起させせつつ、時代の新風俗を重ねて再現し、そのズレを描くところにある。

ここでの島蔵の刀の扱いも同様である。黙阿弥の世話物でも幕末の『八幡祭小望月賑《はちまんまつりよみやのにぎわい》』では、大詰の刀は売買の対象であっても、ついには妖刀としての霊力を失ってはいない。しかし、開化の世の「廃刀令」の後の本作では、刀は大詰の「招魂社」で明らかなように、最後まで売値の上がって行く取引の商品にすぎない。

「望月宅」の作者としての眼目は、二つに分れる。前半は自家薬籠中のものとしていた「余所事浄瑠璃」の色模様にあるのだが、散切物における「余所事浄瑠璃」こそは、失われた「江戸」の記憶を巧みに誘導する劇作法だった。設定は開化の世、背景は貧家であっても、清元の音調が観客の耳を通して自ずと過去の演劇的記憶を引用する効果があった。本作初演の前後もそうだったように、江戸から明治初期の現実の生活が、コレラと火災の頻発する町であっても、その記憶を浄化し美化する効用があったというだけではない。「余所事浄瑠璃」の起源が長唄の独吟にあるとするなら、独吟と古くから視覚的イメージで結びつく「髪梳き」の記憶は、『天衣紛上野初花《くもにまごううえののはつはな》』の「大口寮」の三千歳と直侍に応用され、ここでも幕開きのお照の設定は、その約束を踏襲することで観客の記憶装置を刺激する役割を果している。「余所事浄瑠璃」と「髪梳き」の記憶の連想は、新派の『婦系図』の「めの惣の場」にまで継続している。

この場の後半の眼目は、「強請場」である。「強請場」が見せ場という劇作法は、近代劇に慣れた感覚からは理解し難いが、かつての作者には腕の奮いどころだった。ここでも、黙阿弥の本領は、千太のゆすり台詞とお市や弁山とのやりとりから、望月が一種の「見顕し」のあとの、名調子を聴かせる啖呵の台詞にある。ここは正体不明の「院外団」風の横顔を持つ望月役に乗り気でなかった九代目団十郎の見せ場だったと思えるが、今にして見ると、ここの運びや台詞の妙などは正に他の追随を許さない、黙阿弥の独擅場で、音読すると正に胸がすくような快楽がある。この種の縁語と掛詞で繋ぐ台詞の妙も劇作法も、だが、見事であればあるほど、新時代にそぐわぬ調子を感ずる。そこにこそ、江戸の手だれの狂言作者が、かつての体系での傑作が価値を失っていくあの時代に生きる背理があった。黙阿弥は、近代という「素人」の時代には、こんな見事な台詞を書いてはいけなかったのだ。

四幕目　「明石屋」の場で印象的なのは、明治の東京の時間表現である。小林清親や井上安治の光線画を思わせるような酒屋の店先の夕刻から夜への情景は、徳川の時世の江戸や大坂の世話物とは異質の時間を感じさせる。それまでは台詞や小道具や鳴物（音響）で約束事として処理した時間の明視化を可能にした瓦斯照明による視覚の変質は、近代演劇の劇作法にも大きく影響している。同時に、実時間と虚構の時間の落差は演劇では永遠に解消されないから、別の時間の詐術が用いられるのである。

ここで印象的な人物は野州徳という役である。こういう「渡り奉公」をするしがない無宿渡世の存在は、元来黙阿弥の世話物に不可欠だった。無宿人管理は、無論旧幕時代から行われていたが、ここでは磯右衛門がなにげなく開化の恩恵として口にする「区役所」や「番地」の行政の近代化により、改めて統御、排除される存在となる。どの道、行き場のない野州徳や「ごろつき」と自称する千太のやるせない思いが、秩序に回収されるのが、「招魂社」で十回以上反復される「改心」という「出世」と対を成すキイワードなのは、明治の出世双六類にも見ることができる。

江戸の黙阿弥の白浪達の末路は、自決か、捕縛か、白州での裁きかだったのが、明治には法制の刑罰減免に従い、勧善懲悪も減算されるように思える。つまり、幕末の潔く立腹を切る弁天小僧のように別途の倫理体系や「仁義の道」に生きる非道の命知らずでなく、白浪も「社会」の体系の一市民として生き長らえなくてはならない。そういう法体系のなかで「改心」し「教導」され「救済」される罪人のイメージを支えるのが、明治の勧善懲悪だったのだ。散切物の白浪にとって「立身出世」とは、「改心」して「真人間」になることにすぎないのである。

「裏長屋の場」で、貧家の設定でよるべない暮しを営む世話場を見せるのは、江戸以来の劇作の常套であり、ここでの愁嘆場はやがて訪れる解決を期待させ、強調する劇作法として重要な場であった。前作『古代形新染浴衣《こだいがたしんぞめゆかた》』を通して引用された江戸以来の一連の「三世相」物の記憶を重ね、また、左団次が非道の千太と二役の実直な清兵衛役を演じ、善悪両面を見せるのも、当時の見物にとっては眼目の一つだった。他作品でもこういう場の扱いは、今日では実に難しく、上演されないのが常である。この場は、明治四十三年を最後に上演されていない。時代は人物の「性格」や「個性」を求めていく。道徳や教訓の取込みに感心しつつ、「三世相」の趣向や左団次の千太との二役替りの変化の妙を味わう観客など減っていったのだ。

大詰 白河に始まるこの芝居を招魂社で決着させるのが、維新以後の内戦の、一種の「戦後処理」に思えるのは、後世の思い過しに違いない。だが、黙阿弥の意識を越えて訴えかけてしまうものがあったからこそ、この場はかつては単独でも上演される程の人気を持続したのである。少なくとも、幕開きの台詞にあるような招魂社への畏敬と感謝と娯楽空間としての好奇心は、黙阿弥の世代から昭和の戦前までは一般的な心性であった。それを除外して、この場のしんとした秋の夜気の漂うなかでの、島蔵の名台詞が多くの観客の心に訴えかけたかを感受できない。「明治百年」の昭和四十三年頃までは、明石屋と招魂社の二場構成でしばしば上演される人気演目だったが、以後の時代には上演が稀となったのも、明治の生活感や心情への共感の消失と関わるだろう。

同じ前科者でも千太が、天涯孤独、家族のない独身者であり、島蔵が家族持ちである設定は重要である。それが千太が「改心」を拒む理由でもあり、独身者は、家庭を作り家系を継続する生産性論理から排除された、或いは拒んだ存在だからである。だが、千太には新政府への怨恨がある訳ではなく、単に自暴自棄であるだけである。第一、黙阿弥自身の資質に、ルサンチマンともいうべきものが欠落していたというより、旧幕への忠誠心はあっても、千太を通しての維新の敗者・東北へのシンパシーがあったと思えない。だが、黙阿弥が、招魂社という、内戦の勝者のモニュメントの前で、敗者の記憶を響かせるところにこそ、この場の真髄がある。しかも場面は深夜である。ここでの時間設定に無理があるのは脚注(三八一頁注八)で触れたが、それでも、島蔵が千太に切々と語りかけるのは、現世の時間でなく、死者の呼吸する深夜でなくてはならない。ここではかつての観客の耳には、内戦の戦死者の霊が、島蔵の声を借りて語るように聞えた筈だった。

改心を拒む千太を得心させるのが、島蔵の「祖霊崇拝」の論理である。天涯孤独の人間にも親はあり、先祖に繋がる——「皇族始め華族方先祖の祀りはなさりはしめえ」という島蔵の台詞は、「祖霊崇拝」を通して、前科者の自分達でも、同じ「国民」として新時代の社会秩序に復帰できるという啓蒙意識を代言している（「国民」という語彙は黙阿弥は『満二十年息子鑑《まんにじゅうねんむすこかがみ》』で用いている）。

これら明治期の啓蒙や勧善懲悪を批判するのはあまりにた易い。それはまた別の現代の啓蒙意識にすぎないし、逆に黙阿弥の「隠された意図」などを探るのも、単に現代の文脈で通用するにすぎない。重要なのは、黙阿弥の意識を超えて溢出するもの、或いは、どれ程、「国家」の要請による啓蒙や理性が排除しようとしてもなしえないもののありかをみることであろう。そして、演劇の困難はそれは活字ではなく、舞台で役者の声を通して、道具や照明や風俗によって、観客の目や耳に感じさせねばならぬところにこそある。それを黙阿弥は若年より鍛えた肌身で知っていたのである。

風船乗評判高閣――黙阿弥の東京

神山　彰

本編に、数ある黙阿弥の舞踊演目のなかから、この所作事を選択したことを、酔狂沙汰と思われる向きもあるかもしれない。だが、黙阿弥と明治の時代の多面性を考える上で、こうした側面を加える事は重要である。少なくとも、「一身二世」を生きた江戸育ちの狂言作者の横顔を知る上で、『土蜘《つちぐも》』や『茨木《いばらき》』のような松羽目物より有効である。しかも、松羽目物に校注を施しても読者の関心に応えられると思えないが、本作には、江戸と明治、江戸と東京の間にある時空の差異や、都市と近代化に興味を持つ人々には必ずや反応するに違いない記憶が内蔵されている。読み落しがちな舞台書き（背景や人物の指定）を見て欲しい。外題の十二階と風船乗のほか、パノラマ館（或いは東京芸術学校奏楽堂）と博物館、博覧会という明治二十三年に続出した東京名所が収められている。人物もスペンサーや円朝や、菊五郎、芝翫等々は勿論、市中音楽隊の加川力、清元延寿太夫だけでなく、脚注でも触れた舞台に登場しない各名所の設計者も重層させると、演劇、建築、音楽、美術、目も眩むような明治の名産がぎっしり詰った「東京土産」なのだった。

『島鵆月白浪《しまちどりつきのしらなみ》』（以下『島鵆』と略）と『風船乗評判高閣《ふうせんのりうわさのたかどの》』（以下『風船乗』と略）は不思議な因縁で結ばれている。一つはそれぞれ初演の年に開催された博覧会であり、二つはそれとも関わるが幾つかのモニュメントを舞台の背景にしていることである。それは、黙阿弥の劇作術にも反影している。

例えば、江戸の町の誇るべき景色をかつての黙阿弥はこう描いていた。「筑波ならいを吹きかへす風肌寒き富士南」「空も朧ろに薄墨の絵にかく状の待乳山」（『曽我綉侠御所染《そがもようたてしのごしょぞめ》』）。西に富士、東に筑波という対句の叙景で始まり、「はて面白き眺めだなあ」という詠嘆で終るこの有名な渡り台詞は、江戸の名所図にも描かれた安定した視覚的秩序を感じさせる。実際の舞台でも、両花道に居並ぶ役者たちが均等に台詞を重ねていく修辞法は、耳で聞いても、眼で見ても破綻のない、しかし、一向に劇の状況の進展しない反復を感じさせる。

しかし、前田愛「塔の思想」（『都市空間のなかの文学』筑摩書房、昭和五十七年）によると、その安定した秩序を塔屋や時計塔が視覚的に切り裂いていったのが、明治の東京という都市の修辞法ということになる。その当否はともかく、『霜夜鐘十字辻筮《しもよのかねじゅうじのつじうら》』でその界隈を存分に描き、『島鵆』の弁山や望月の台詞にも残っていた、まだ旧幕の淫靡な気配の山下や、徳川家の記憶や、維新の戦場や彰義隊の血の匂いは、その十年後の本作の「公園地区」の上野ではまるで忘れ去られたかに見える。背景にあるパノラマが当時の視覚にもたらした力については多く語られているが、スペンサーの錦絵の殆どには、その背景に十二階やパノラマ館が描かれている。それらは当時の庶民の記憶には一幅の対となって、新たな開化の連想を誘ったに違いない。

それにしても、スペンサーの風船乗とこの黙阿弥の他愛ない作品は何故かくも多くの人の記憶に留まって、長く語られたのだろうか。それは何よりも形として残らない「風船」という、正に虚空遥かに消え去る「空虚」な存在であり、主役は「異人」というどこからか訪れ、あと白雲と消えてしまう虚ろな「まれびと」であり、この舞台が、まだ演劇がメディアとしての機能を担っていた最後の時代にふさわしい、典型的な「際物」だったからである。そして、正に、そこにこそ本作の価値があるのだ。「風船」という飛翔して行く虚ろな不在、記憶以外に何もそこに残らないものを現前させること。それを上演する「際物」という徹底した無意味さ。実体は残らず、確かなのは記憶だけだ。にも拘わらずでなく、そうであるが故に、スペンサーの飛行そのものも、黙阿弥のこの舞台化も、実に多くの明治人が記憶を反復し、それにより更に記憶は鮮明に増幅されたのである。

明治二十四年初演の歌舞伎座の客席には、その日記にある依田学海や穂積歌子らのほかに、当時十歳の小山内薫少年もいた。のちに見たニジンスキーよりも菊五郎の人形振りの方が印象的で「どんなにか少年の私を喜ばせたことであらう」という小山内は、菊五郎のスペンサーが「いろいろな広告カアドを見物席へまいた。私はそれを取らうとして、土間の狭い所に置いてあつたお茶の土瓶をひつくり返して、母に叱られた」と追想する。「取らうとして」取れないもの。記憶の中にしか残らないもの。実体が消えた後の記憶の強烈さこそが際物の生命なのだ。

『島衛』初演時に新富座主守田勘弥名で掲げた、黙阿弥引退披露の口上看板には、「追々老年に及び世の流行に後れ」と書かれている。しかし、黙阿弥は引退後も依然として「際物＝世の流行」に拘わり続けた。現代では否定的含意しかない「際物」は、江戸から明治前期までの文脈では、作者の手腕を発揮できる分野であったのである。興味深いのは「憲法発布」(『朝日《あさひ》影三組杯觴《かげみくみのさかずき》』)のような国家行事も、「チャリネ」(『鳴響茶利音曲馬《なりひびくちやりねのきよくば》』)も「風船乗」も黙阿弥や菊五郎にとっては、同一平面の「際物」であり見世物として捉えられていることである。もしも明治の演劇史が「名作」ばかりの歴史であったらば、どんなに退屈だろうか。「活歴」の奇怪な発想や「散切」の開化の風俗の現前、「風俗舞踊」の際物性こそが明治の演劇のみならず文化全般に生動感と色彩感を与え、有名無名文学実業芸術を問わず多くの人々の記憶を潤わせている。また、観客の期待に応えるのを使命としてきた黙阿弥が、それに背く「活歴」を書くことで初めて「美の孤独な状況を発見した」（三島由紀夫「六世中村歌右衛門序説」『六世中村歌右衛門』講談社、昭和三十四年）と見ることもできる。「活歴」の痛苦がなければ、黙阿弥は名人芸の披瀝により称賛に囲まれた、失意を知らぬ、陰影に乏しい晩年を終えたかもしれない。

ところで『風船乗』では、主役となるのは、天の高みに上る西洋人（まれびと）である。「虚空はるかに」飛び去るのは、江戸の劇作では妖怪変化の類か神仏霊魂の化身だった。それに接した田舎者の畑右衛門が、眩暈を感じて失神してしまうのは、寓意的である。見世物の文脈に即しても、明治当初は西洋人のそれであっても「国家に益なき遊芸」として不許可になったことはよく知られる（倉田喜弘篇、日本近代思想大系『芸能』岩波書店、昭和六十三年）。しかし、菊五郎が演じたチャリネやスペンサーは、その栄に浴した「天覧」の視線を芝居の観客もなぞることによって、明治十一年新富座新開場時に九世団十郎が述べた「無益の戯れに非ず」という意味を現前したのだ。

舞台が変って、浅草に移ると、黙阿弥一門の筆は馴染みの調子を取り戻すかに見える。だが、そこでも、芝居好きの目には馴染みの奥山の隠微で猥雑な見世物風景は排除され、整備された「公園地区」なのである。背景に聳える十二階は、『島鵆』の死者の記憶を湛えたモニュメントとしての招魂社と異なり、パリのエッフェル塔を見立てた未来志向のそれだった。

しかも、天覧のスペンサーに対比され菊五郎が二役を演じたのが三遊亭円朝（本作初演の年、その噺を天聴の栄に浴したとの一説すらある）であるのは、西洋人と共に円朝が当時なお担っていた啓蒙的役割を暗示している。黙阿弥と円朝とは、関係も感情も複雑だったと思えるが、西洋人と円朝の二役を早替りで演じることで、四年前に既に天覧劇に出演していた菊五郎は、「天覧」を軸にした戸板返しの仕掛けで、観客に正に時代の二つの側面を早替りして見せたのである。

そして、この年明治二十四年六月には、浅草・中村座で川上音二郎が『板垣君遭難実記《いたがきくんそうなんじっき》』を上演している。そちらに足を向ける観客には、「天保老人」の芝翫と菊五郎が「昔にかへつて踊りませう」という黙阿弥の世界は、最早そこに自足できない遠い時代の残響となっていただろう。それどころか、菊五郎当人が「門人多くを召連れ来観したるが元気の旺盛なると弁論の巧みなるには太《いた》く感動したる容子」（田村成義編『続続歌舞伎年代記・乾』市村座、大正十一年）と伝えられる。その「弁論」は黙阿弥の音域を遥かに越えていた。更にいえば、この舞台には聞こえてこないが、明治二十三年十二階開業時には、近くの「花屋敷」に「エジソン発明」の「蓄音機」が設置されていたし、それ以前より本作にも登場する「東京市中音楽隊」や軍楽隊が洋楽を響かせていた。勿論、一方には古くからの見世物も奇天烈な芸を続けている。そして、これら音声の幅の広さこそが明治という時代の音域であり、いずれもの声に耳を澄まさなくては明治の、ひいては近代の演劇を理解できない。

最後に触れたいのは、明治十、二十年代に芝居に通い、一日の慰みを求めた当時の多くの観客にとって、本編に収められた『人間万事金世中《にんげんばんじかねのよのなか》』『島鵆』と『風船乗』を分つものは何だろうかということである。それは前二作が、瓦斯照明の舞台で演じられたのに対して、『風船乗』は歌舞伎座の電気照明の舞台を見ていたという、今日我々の念頭に全く浮ぶことない事実である。三千歳直侍の逢引も、島蔵の招魂社での真情も、当時の観客は、江戸に比べれば遥かに明るく、以後の時代に比べれば想像を超えて暗い、焦点の甘いソフトフォーカス風の瓦斯照明の舞台と役者を見ていた。歌舞伎座が当初は夜だけ数分ずつしか連続して機能しないものの（つまり実用性より見世物として）、電気照明を導入して開場したのが、明治二十二年の十一月だから、その約一年後に『風船乗』は上演されたことになる。

黙阿弥は、劇場技術の面でも「一身二世」を生きた。自然光と補助光としての蠟燭から、瓦斯照明を経て電気照明に至る近代演劇のすべての過程を前提に、芝居を作った狂言作者は河竹黙阿弥とその一門しかいない。『三人吉三廓《さんにんきちさくるわの》初買《はつがい》』の土左衛門伝吉の因果の嘆きも、『島鵆』の千太の悪態と改心も、『風船乗』の啓蒙も、我々は最早空間が均一化された電気照明の舞台を無意識に前提して読む訳だが、それらは異なる明度と視覚を前提に作られていた。これらの作品群の明暗の格差は、時代々々の劇場技術のそれに、黙阿弥自身の意識を超えて侵蝕されていたに違いない。河竹繁俊によると、黙阿弥自身は明治二十六年に歿する迄、私宅の実生活ではランプさえも用いなかったという。我々はそこに「近代への抵抗」だのという紋切型の思考を見るべきではない。黙阿弥は、ただ、好きでそうしていただけであり、そこにこそ、あと白浪と消え去った、端倪すべからざる一個の「一身二世」の意気地を見るべきなのである。

新日本古典文学大系 明治編 8
河竹黙阿弥集

2001 年 11 月 15 日　第 1 刷発行
2024 年 9 月 10 日　オンデマンド版発行

校注者　原《はら》 道生《みちお》　神山《かみやま》 彰《あきら》　渡辺喜之《わたなべよしゆき》

発行者　坂本政謙

発行所　株式会社 岩波書店
〒 101-8002　東京都千代田区一ツ橋 2-5-5
電話案内　03-5210-4000
https://www.iwanami.co.jp/

印刷／製本・法令印刷

ISBN 978-4-00-731473-5　　Printed in Japan